ଯାହା କଲି ଯାହା ପାଇଲି

ଯାହା କଲି ଯାହା ପାଇଲି

ଗଗନ ବିହାରୀ ପାଣିଗ୍ରାହୀ

BLACK EAGLE BOOKS
2022

 BLACK EAGLE BOOKS

USA address:
7464 Wisdom Lane
Dublin, OH 43016

India address:
E/312, Trident Galaxy, Kalinga Nagar,
Bhubaneswar-751003, Odisha, India

E-mail: info@blackeaglebooks.org
Website: www.blackeaglebooks.org

First International Edition Published by
BLACK EAGLE BOOKS, 2022

JAHA KALI JAHA PAILI
by **Dr. Gagan Behari Panigrahi**

Cover & Interior Design: Ezy's Publication

ISBN- 978-1-64560-251-4 (Paperback)

Printed in the United States of America

ଉତ୍ସର୍ଗ

ସାଦରେ ପତ୍ନୀ **ସବିତା**ଙ୍କ ଆଙ୍ଗୁଳାରେ ଭରିଦେଲି
ସ୍ମୃତି ପୁଷ୍ପର ପାଖୁଡ଼ାଗୁଡ଼ିକ।

ପ୍ରଚ୍ଛଦ

ମଣିଷ ଜୀବନ ଦେଖିବାକୁ ଗଲେ ସତରେ "ସାପ-ସିଢ଼ି" ଖେଳ ସହ ସମାନ। ଜୀବନ ଚଲାପଥରେ କେତେବେଳେ ଉତ୍ଥାନ ତ କେତେବେଳେ ପତନ। ତା' ଭିତରେ ଖେଳାଳି ହୋଇ ସମସ୍ତ ଉତ୍ଥାନ ପତନକୁ ସାମନା କରି ମଣିଷ ନିଜର ଲକ୍ଷ୍ୟ ସ୍ଥଳରେ ପହଞ୍ଚିବାକୁ ଚେଷ୍ଟା କରେ। ଏ ପୁସ୍ତକର ଗଚ୍ଛ ସମାରୋହକୁ "ସାପ-ସିଢ଼ି" ଖେଳ ସହିତ ତୁଲନା କରି ଏ ପ୍ରଚ୍ଛଦପଟର ପରିକଳ୍ପନା। ପ୍ରଥମେ ଜଳରଙ୍ଗ ମାଧ୍ୟମରେ ଓ କମ୍ପ୍ୟୁଟର ସାହାଯ୍ୟରେ ମୁଁ ଏହାକୁ ଅଙ୍କନ କଲି। ତା' ପରେ ସେଥିରୁ ଅନେକ ଫୋଟୋ ତୋଳାହେଲା। କେଉଁ ଫୋଟୋଟି ପ୍ରଚ୍ଛଦପଟ ପାଇଁ ଉପଯୁକ୍ତ ତାହା ଚୟନ କରିବାରେ ପତ୍ନୀ ସବିତା ଓ କନ୍ୟା ଇନିକା ସାହାଯ୍ୟ କଲେ। ଶେଷକୁ ପୁତ୍ର ସୋମନ କମ୍ପ୍ୟୁଟର ମାଧ୍ୟମରେ ଓଡ଼ିଆ ଅକ୍ଷର ଲେଖି ବହିରାବରଣଟି ସମ୍ପୂର୍ଣ୍ଣ କରିଛନ୍ତି।।

ଆମ ପରିବାର

ଗୋବିନ୍ଦ ଚନ୍ଦ୍ର ପାଣିଗ୍ରାହୀ (ବାପା)
ମାଧବୀ ପାଣିଗ୍ରାହୀ (ମାଆ)
ଗୋପାଳ ଚନ୍ଦ୍ର ପାଣିଗ୍ରାହୀ
(କକା, ଯାହାଙ୍କୁ କି ଆମେ "ଇସ୍କୁଲ ବାପା" ବୋଲି ସମ୍ବୋଧନ କରୁଥିଲୁ)
ସର୍ବେଶ୍ୱରୀ ପାଣିଗ୍ରାହୀ (ଖୁଡ଼ୀ)

ଆମେ ଭାଇ, ଭାଉଜ, ଭାଇବୋହୂ, ଭଉଣୀ ଓ ଭିଣୋଇ
କରୁଣାକର (ବଡ଼ ନନା), ରକ୍ମିଣୀ (ବଡ଼ ବୋଉ)
ପ୍ରଭାକର (ପଦୁ ନନା), ମନୋରମା (ବୋଉ)
ହେମଲତା (ନାନୀ), ରତ୍ନାକର ପତି (ବଡ଼ ଭିଣୋଇ)
ଦିବାକର (ଦଇନ ନନା), ନଳିନୀ ପ୍ରଭା (କୁନି ଭାଉଜ)
ଗଗନ ବିହାରୀ, ସବିତା
ମଞ୍ଜୁଲତା (ମଞ୍ଜୁ), ଗଙ୍ଗାନାରାୟଣ ପଣ୍ଡା (ସାନ ଭିଣୋଇ)
ରତ୍ନାକର(ବାବୁଲି), ସଙ୍ଗୀତା (ଟିକି)
ଭଗବାନ (ଭଗ), ନିହାରୀକା
ସୁଧାକର (ମାନା), ଶୋଭାରାଣୀ (ମାଣିକ)

କଥା ପଦେ

'ଯାହା କଲି ଯାହା ପାଇଲି' ପୁସ୍ତକଟି ଡକ୍ତର ଗଗନ ବିହାରୀ ପାଣିଗ୍ରାହୀଙ୍କର ଆପଣା ଅନୁଭୂତି-ନିଗିଡ଼ା କାହାଣୀପୁଞ୍ଜର ଏକ ମନୋରମ ସଙ୍କଳନ । ଯେ କୌଣସି ଲେଖକ ଯେତେବେଳେ ଲେଖ ବସନ୍ତି ସେ ପ୍ରାୟତଃ ନିଜକୁ ହିଁ ଲେଖନ୍ତି । ପାତ୍ର ଓ ଚରିତ୍ରମାନଙ୍କୁ ଯେତେ ବାହାରୁ ଆଣିଲେ ବି ବର୍ଣ୍ଣନା କଲାବେଳେ ଲେଖକ ବା ଲେଖିକା ସେ ଚରିତ୍ର ଭିତରେ ପଶି ଯେଉଁ ଭାବର ଅନୁରଣନ କରନ୍ତି ତାହା ତାଙ୍କରି । ଅତଏବ ଲେଖା ମାତ୍ରେ ତାହା ଆମୃଜୀବନୀମୂଳକ । 'ଓଲ୍ଡ୍ ମ୍ୟାନ୍ ଏଣ୍ଡ ଦି ସି'ରେ ହେମିଙ୍ଗ୍‌ଓ୍ୱେ ଆପଣେ ସାନ୍ତିଆଗୋ ମୁହଁରେ ଆପଣା ଭାବ ଫୁଟାଇଛନ୍ତି । ମହାଭାରତର କର୍ଣ୍ଣଙ୍କ ଭାଷା ଓ ଭାବ ତ ସ୍ୱୟଂ ବ୍ୟାସଙ୍କର ବୋଲି ବାରି ହୋଇପଡୁଛି । ସବୁ ସଫଳ ସୃଷ୍ଟି ପଛରେ ଲେଖକର ଆପଣା ଛାୟା ଲାଗି ରହିଥାଏ ।

ଡକ୍ତର ପାଣିଗ୍ରାହୀ ଆପଣା-ଜୀବନ-ଗଙ୍ଗକୁ ଖଣ୍ଡଖଣ୍ଡ କରି ଏ ସଙ୍କଳନରେ ପରଷିଛନ୍ତି ପାଠକ ପାଠିକାଙ୍କ ପାଇଁ । ଚିତ୍ର ତାଙ୍କର ସାବଲୀଲ, କବିତା ଛନ୍ଦୋବଦ୍ଧ ଓ ଗଦ୍ୟ ସ୍ୱାଭାବିକ ଭାବେ ସହଜ ପୁଣି ଅନ୍ତରଙ୍ଗ । ଅତଏବ ଏ ଗଙ୍ଗଖଣ୍ଡଗୁଡ଼ିକରେ ସେ ନିଜ କଥାକୁ ବଖାଣିବା ବେଳେ ବେଶ୍ ସ୍ୱସ୍ଥ ଓ ଆମୃସଚେତନ ହୋଇପଡ଼ିଛନ୍ତି । ଏ ପ୍ରକାର ଲେଖାରେ ବର୍ଣ୍ଣନା ପାଟବ ଅପେକ୍ଷା ସତ୍ୟଶୀଳତା ହିଁ

ପରିବେଷଣକୁ ଅଧିକ ସୁଖପାଠ୍ୟ କରିଥାଏ। ସେଥିରେ ପାଠକ ଓ ପାଠିକା ଆପଣାକୁ ଖୋଜି ପାଆନ୍ତି। ଲେଖାଟି ଗୋଟାଏ ସାର୍ବଜନୀନ ଭାବ ପରଷି ଦିଏ। ସାହିତ୍ୟ ଯେତେ ସାର୍ବଜନୀନ ସେତେ କାଳଜୟୀ।

'ଆମ୍ବଜୀବନୀ' ବା ଆମ୍ବଜୀବନୀମୂଳକ ଗଳ୍ପଗୁଡ଼ିକ ସବୁବେଳେ ପ୍ରଥମ ପୁରୁଷରେ ବ୍ୟକ୍ତ। ସେଥିରେ ଯେଉଁ ଅନୁଭବ ଥାଏ ତାହା ଗୋଟିଏ ନିର୍ଦ୍ଦିଷ୍ଟ ସମୟର କଥା କହେ, ସ୍ଥାନର ଚରିତ୍ରକୁ ମୂର୍ତ୍ତିମନ୍ତ କରେ। ସେଥିପାଇଁ ସେଭଳି ସୃଷ୍ଟିରେ ସ୍ରଷ୍ଟା ଗୌଣ। ତହିଁରେ ଥିବା ମୂଲ୍ୟବୋଧ ହିଁ ଗୁରୁତ୍ୱପୂର୍ଣ୍ଣ ହୋଇପଡ଼େ। ମୂଲ୍ୟବୋଧ ଯେତେ ଉଦାର ଓ ଉର୍ଜ୍ଜସ୍ୱଳ, ସେ ଗଳ୍ପ ସେତେ ରସୋତ୍ତୀର୍ଣ୍ଣ।

ଡକ୍ଟର ଗଗନ ବିହାରୀ ପାଶିଗ୍ରାହୀ ଆପଣା ପରିବେଷଣରେ ସତ୍ୟଶୀଳ ଯେମିତି ଅନ୍ତରଙ୍ଗ ବି ସେମିତି। ମୋର ଆଶା ବହିଟି ଅଶେଷ ପାଠକଗ୍ରାହୀ ହେବ।

ଦାଶ ବେନହୁର

ଏ ପୁସ୍ତକ କାହିଁକି ଓ କିପରି ସମ୍ଭବ ହେଲା ?

"ଗଗନ ବାବୁ ! ମୁଁ ଆପଣଙ୍କୁ ଖୋଜୁଥିଲି, ମୋର ଆପଣଙ୍କୁ କିଛି କହିବାର ଥିଲା।"
ଶିକ୍ଷାବିତ, ସ୍ୱନାମଧନ୍ୟ ଲେଖକ ଦାଶ ବେନ୍‌ହୁର ମହାଶୟ ମଧ୍ୟାହ୍ନଭୋଜନ ପରେପରେ ଭୋଜନାଳୟରେ ଏକଥା ମୋତେ କହିଲେ। ଏହା ଥିଲା ୨୦୧୮ ମସିହା ଜୁଲାଇ ମାସର କଥା। ଆମେରିକାର ଡେଟ୍ରୋଏଟ୍ ସହରରେ ଓଡ଼ିଶା ସୋସାଇଟି ଅଫ୍ ଆମେରିକାଜ୍‌(ଓସା) ତରଫରୁ ସମ୍ମିଳନୀ ବଡ଼ ଧୁମ୍‌ଧାମ୍‌ରେ ଚାଲିଥାଏ। ସାରା ଆମେରିକା ଓ କାନାଡ଼ାରୁ ଶହ ଶହ ଓଡ଼ିଆ ସେଠରେ ଯୋଗ ଦେଇଥାନ୍ତି। ତା' ଛଡ଼ା ଓଡ଼ିଶାରୁ ଅନେକ ମାନ୍ୟଗଣ୍ୟ ବ୍ୟକ୍ତି, ନେତା, ସମାଜସେବୀ, ଲେଖକ ଓ କଳାକାରମାନେ ନିମନ୍ତ୍ରିତ ହୋଇ ଆସିଥାନ୍ତି। ଦାଶ ବେନହୁର ମହାଶୟ ତନ୍ମଧ୍ୟରୁ ମୁଖ୍ୟବକ୍ତା ହିସାବରେ ଆମନ୍ତ୍ରିତ ହୋଇଥିଲେ। ତାଙ୍କ ସହିତ ମୋର ଅଳ୍ପ ଦିନର ପରିଚୟ। ଯଦିଓ ମୋ ଦ୍ୱିତୀୟ କବିତା ସଂକଳନ 'ପ୍ରତିଛବି'କୁ ପଢ଼ି ସେ ମୁଖବନ୍ଧ ଲେଖିଥିଲେ ତାଙ୍କ ସହିତ ମୋର କେବେ ସାକ୍ଷାତ ହେବାର ସୁଯୋଗ ମିଳି ନଥିଲା। ସେଇଠି ମାତ୍ର ଦିନଟିଏ ଆଗରୁ କବିତା ପାଠୋସବରେ ମୁହଁ ଦେଖାଦେଖି ଓ ଗୋଟିଏ ଯୋଡ଼ିଏ ବାକ୍ୟ ବିନିମୟରେ ଯାହା ଯେତକ କଥାବାର୍ତ୍ତା।

ତାଙ୍କ କଥା ଶୁଣି ମୁଁ ସଙ୍ଗେ ସଙ୍ଗେ କହିଲି, "କ'ଣ କହିବେ, ଏବେ କହୁ ନାହାନ୍ତି ଆଜ୍ଞା, ଚାଲନ୍ତୁ ଏଠି ବସିବା।" ଏତକ କହି ଆମେ ଦୁହେଁ ସେଇ ଭୋଜନାଳୟରେ ଦୁଇଟି ଚଉକି ଭିଡ଼ି ଆଣି ଗପିବାକୁ ବସିଗଲୁ। କଥା ହେଉ ହେଉ ବେନହୁର ମହାଶୟ କହିଲେ, "ଆପଣଙ୍କୁ ମୁଁ ଗୋଟିଏ କଥା କହୁଚି, ଆପଣଙ୍କ ଜୀବନରେ ତ କେତେ କେତେ କ'ଣ ଘଟି ଯାଇଥିବ, ଦଶ କି ବାରଟି ଘଟଣା ମନେ

ପକେଇ ମୋତେ ଗପ ଆକାରରେ ଲେଖ ଦିଅନ୍ତୁ ।” ଏ କଥା ଶୁଣି ମୁଁ ତାଙ୍କୁ କିଛି କ୍ଷଣ ବିସ୍ମିତ ହୋଇ ଚାହିଁଲି । ପ୍ରଥମେ ଭାବି ପାରିଲିନି କ’ଣ ସେ କହୁଛନ୍ତି । ପୁଣି ପଚାରିଲି, “ସତରେ ଆପଣ କ’ଣ କହୁଚନ୍ତି ।” ସେ କଥାକୁ ଦୋହରେଇଲେ, “ଆଜିକାଲି ଏମିତି ଜୀବନର ଅଭିଜ୍ଞତା ଭଲି ଗଦ୍ୟ ଓଡ଼ିଆରେ ପଢ଼ିବାକୁ ମିଳୁନି, ଆପଣ ଆପଣଙ୍କର ଅଭିଜ୍ଞତା ନେଇ କିଛି ଲେଖନ୍ତୁ ନା ।” ଦ୍ୱିତୀୟ ଥର କହିବାରେ ତାଙ୍କ କଥା ମୋର ହୃଦୟଙ୍ଗମ ହେଲା । ମୋ ଜୀବନରେ ଏମିତି ଅନେକ ଉତ୍ଥାନ ପତନ ତ ଘଟିଛି, ତାହା ସତ, କେତୋଟି ଘଟଣା ବି ମୁଁ ସେତେବେଳକୁ ଲେଖ ରଖ୍ଥାଏ ଓ ତନ୍ମଧରୁ ଗୋଟିଏ ଗପ ଆକାରରେ ଫକୀରମୋହନ ମହାବିଦ୍ୟାଳୟରେ ପ୍ରକାଶ ପାଉଥିବା ବାର୍ଷିକ ସ୍ମରଣିକା ‘ଦି ଫକୀର’ରେ ପ୍ରକାଶ ପାଇଥାଏ । ମନେ ମନେ ଭାବିଲି, ଏ କେମିତି ଜାଣିଲେ ? ସେତିକିବେଳେ ତାଙ୍କୁ ମୁଁ ମୁହଁ ଖୋଲି ପଚାରିଦେଲି, “ଆପଣ କେମିତି ଜାଣିଲେ ମୋ ଜୀବନରେ ଲେଖ୍ବା ଭଲି ଘଟଣା ଘଟିଛି ବୋଲି ?” ମୋ କଥା ଶୁଣି ସେ ମୋତେ ଚାହିଁଲେ, କହିଲେ, “ଲୋକଙ୍କୁ ଦେଖ୍ଲେ ଜାଣି ହୋଇଯାଏ, ଆପଣଙ୍କୁ ଯେତକ ସମୟ ଜାଣିଲିଣି, ମୋତେ କାହିଁକି ଲାଗିଲା, ଅନେକ ଉଲ୍ଲେଖନୀୟ ଘଟଣା ନିଶ୍ଚୟ ଘଟିଥିବ, ସେଇଥିପାଇଁ କହିଦେଲି ।” “ଆଛା ଠିକ୍ ଅଛି, ମୁଁ ଲେଖ୍ବି,” ତାଙ୍କୁ ଏତକ କହି ସେ ସମୟସୀୟ ଆଲୋଚନା ସେଇଠି ସ୍ଥଗିତ ରଖ୍ ଅନ୍ୟାନ୍ୟ କଥାବାର୍ତ୍ତା ହୋଇ ଆମେ ଦୁହେଁ ଅନ୍ୟ କାମରେ ଚାଲିଗଲୁ ।

ପରେ ତାଙ୍କ ସହିତ ସେଇ ସମ୍ମିଳନୀରେ ସାହିତ୍ୟ ଆଲୋଚନା ଅନେକ ରାତି ଯାଏଁ ଚାଲିଲା । ଆମେ ତାଙ୍କର ଲେଖକ ଜୀବନର ଅଭିଜ୍ଞତା ଶୁଣିବାକୁ ପାଇଲୁ । ମୋତେ ବହୁତ ଭଲ ଲାଗୁଥାଏ ତାଙ୍କର କହିବା ଶୈଲୀ, ବେଶ୍ ମନକୁ ଛୁଇଁଲା ଭଲି । ସେତକ ସମୟ ଭିତରେ ଆମେ ଦୁଇଜଣ କେମିତି କେଜାଣି ଏକ ନିବିଡ଼ ବନ୍ଧୁତ୍ୱରେ ବାନ୍ଧି ହୋଇଗଲୁ । ଓଡ଼ିଆ ସମ୍ମିଳନୀ ସରିଲା । ସମ୍ମିଳନୀ ପରେ ସେ ଆମ ସହିତ ଆମ ଟ’ରୋଣ୍ଟୋ ବାସ ଭବନକୁ ଆସିବାର ସମସ୍ତ ଯୋଜନା କରାହୋଇଥିଲା । ମାତ୍ର ସମ୍ବାଦ ସରବରାହ ଠିକ୍ ବେଳରେ ନ ହୋଇ ପାରିବାରୁ ଦୁଃଖର ବିଷୟ ତାହା ଫଳବତୀ ହୋଇ ପାରିଲା ନାହିଁ । ସେ ଯୋଜନା ଯୋଜନାରେ ହିଁ ରହିଗଲା ।

ଇତିମଧ୍ୟରେ ସେ ଓଡ଼ିଶା ଫେରିଗଲେ ଓ ମୁଁ କାନାଡ଼ା ଫେରି ଆସିଲି । କାନାଡ଼ା ଆସିବା ପରେ ପୁଣି ମନକୁ ଆସିଲା କାହିଁକି ସେ ମୋତେ ଲେଖ୍ବାକୁ କହିଲେ । ମନରେ ସେଇ ଗୋଟିଏ ପ୍ରଶ୍ନ ସବୁବେଳେ ରହିଲା, କିଏ କାହିଁକି ମୋ ଗପଗୁଡ଼ିକ ପଢ଼ିବାକୁ ମନ ବଲେଇବ ? ମୁଁ ତ ସାଧାରଣ ମଣିଷଟିଏ, କେଉଁ ପରୀରାଜ୍ଯର ରାଜକୁମାର, ମହାମନ୍ତ୍ରୀ, ରାଷ୍ଟ୍ରନେତା, ପ୍ରବଚନ ଦେଉଥିବା ବାବା ନା ବିଶ୍ୱବିଖ୍ୟାତ

ବୈଜ୍ଞାନିକ, କିଏ କାହିଁକି ମୋ ବହିର ପୃଷ୍ଠା ଲେଉଟେଇ ସମୟ ନଷ୍ଟ କରିବ ? ଲେଖ୍ ବସିଲା ବେଳକୁ ସେଇ ପ୍ରଶ୍ନ ବାରମ୍ବାର ମୋ ମନକୁ ଆନ୍ଦୋଳିତ କଲା, କମ୍ପ୍ୟୁଟରର କି-ବୋର୍ଡ଼ ଟିପିବାକୁ ସ୍ପୃହା ଆସିଲା ନାହିଁ । ହଁ, ଆଗରୁ ଏମିତି ମନ ଖରାପ ଥିଲେ ପ୍ରସ୍ତେ ଅଧେ ଲେଖ୍ ପକେଇଥିଲି ମାତ୍ର ସେ ସବୁକୁ ଯେ ଏମିତି ଏକ ପୁସ୍ତକ ଆକାରରେ ଲେଖିବି ସେ କଥା ମୁଁ କେବେ ହେଲେ କଳ୍ପନା ବି କରି ନ ଥିଲି ।

ଜୁଲାଇ ମାସ ୧୮ ତାରିଖରେ ପୁଣି ବେନହୁର ମହାଶୟଙ୍କୁ ଇ-ମେଲ୍‍ଟିଏ ଲେଖିଲି ସେଇ ପ୍ରଶ୍ନ ପଚାରି । "ମୁଁ ତ କୌଣସି ବିଖ୍ୟାତ ଲୋକ ନୁହଁ, ନୋବେଲ୍ ବିଜେତା ବୈଜ୍ଞାନିକ ନୁହଁ, ମୋ କଥା କିଏ, କାହିଁକି ଓ କ'ଣ ପାଇଁ ପଢ଼ିବ ? ହଁ, ଆପଣ କହୁଚନ୍ତି ମୁଁ ଲେଖିବି, ହେଲେ ପଢ଼ିବ କିଏ ? ମୋତେ ଟିକିଏ ଲେଖିବେ କି ?"

ମୋର ଚିଠି ପାଇ ମହାଶୟ ଇ-ମେଲ୍‍ରେ ଉତ୍ତରଟି ଦେଲେ ।

ତାଙ୍କ ଚିଠିର ମର୍ମ ହେଲା, "ପ୍ରଥମତଃ ମୋର ବିଶ୍ୱାସ ଆପଣ ସୁନ୍ଦର ଗଦ୍ୟ ଲେଖି ପାରିବେ । ଦ୍ୱିତୀୟତଃ କୌଣସି ଏକ ଆମ୍ଜୀବନୀରେ ସ୍ଥାନ, କାଳ ଓ ପାତ୍ର ଅତ୍ୟନ୍ତ ଗୁରୁତ୍ୱପୂର୍ଣ୍ଣ, ଯିଏ ଲେଖୁଚ୍ଛି ସିଏ ନୁହଁ । ତୃତୀୟତଃ ହୁଏତ ଆପଣଙ୍କ ଅଭିଜ୍ଞତା ପଢ଼ି ଓଡ଼ିଶାର ପୁରପଲ୍ଲୀରୁ କେହି ଜଣେ ଉଦୀୟମାନ ଯୁବକ ପ୍ରେରଣା ପାଇପାରିବ । ଶେଷରେ ସାହିତ୍ୟ କେବଳ କ'ଣ ଲେଖା ହେଇଚ୍ଛି ତାହା ନୁହଁ, କେଉଁ ଶୈଳୀରେ ଲେଖା ହୋଇଚ୍ଛି ତାହା ହିଁ ପାଠକ/ପାଠିକାଙ୍କୁ ଟାଣି ଆଣେ । ଆଉ ବିଳମ୍ବ ନକରି ଲେଖ୍ ଚାଲନ୍ତୁ, ମୁଁ ଆପଣଙ୍କୁ ଏତିକି କହୁଚ୍ଛି ଲେଖିବାରେ ଆପଣଙ୍କୁ ଅନେକ ଆମ୍ତୃପ୍ତି ମିଳିବ ।"

ଏ ଚିଠିଟି ପଢ଼ିବା ପରେ ଆଉ ବିଳମ୍ବ ନ କରି ମୁଁ ଲେଖିବା ଆରମ୍ଭ କଲି ।

କଥାରେ ଅଛି "ମଣିଷ ପରିସ୍ଥିତିର ଦାସ ।" ପରିସ୍ଥିତିକୁ ମୁକାବିଲା କରିବା ମଣିଷର କାମ । ପରିସ୍ଥିତି କେତେବେଳେ ନିଜ ଆୟତ୍ତରେ ରହେ ତ କେତେବେଳେ ଅଣଆୟତ୍ତ । କର୍ମ କରି ସୁଦ୍ଧା ପରିସ୍ଥିତି ବେଲେବେଳେ ଅଣଆୟତ୍ତକୁ ଚାଲିଯାଏ, ଯାହା କି ଆମେ ଭାଗ୍ୟ ବୋଲି କହିଥାଉ । ତେଣୁ ମୁଁ ଭାବେ ଜୀବନ ହେଉଚ୍ଛି କର୍ମ ଓ ଭାଗ୍ୟ ଭିତରେ ଚାଲିଥିବା ଏକ ଖେଳ । ଭାଗ୍ୟ ଯେ ସବୁବେଳେ ବିପରୀତ ହୁଏ ତା' ନୁହଁ ବେଲେ ବେଲେ ଜଟିଳ ପରିସ୍ଥିତିରେ ଭାଗ୍ୟ ଅନୁକୂଳ ଅବସ୍ଥା ସୃଷ୍ଟି କରି ନିରାପଦ ଜାଗାକୁ ବାଟ କଢ଼େଇ ନିଏ । ସେମିତି ଅନେକ କିଛି ଘଟଣା ବି ମୋ ଜୀବନରେ ଘଟିଚ୍ଛି, କେତେବେଳେ ତାହା ଆୟତ୍ତରେ ରହିଚ୍ଛି, କେତେବେଳେ ପୁଣି ଅଣଆୟତ୍ତ । କର୍ମ ଓ ଭାଗ୍ୟର ସମିଶ୍ରଣରେ 'ସାପ ଓ ସିଡ଼ି' ଖେଳ ଭଲି ଜୀବନ ଉଥାନ ପତନ

ଦେଇ ଗତି କରିଛି, ତେଣୁ ମୋ ଜୀବନ ଏକ ଊର୍ଦ୍ଧ୍ୱଗାମୀ ସରଳ ରେଖା ବୋଲି କହି ହେବନି, ବରଂ ଉତ୍ଥାନ ପତନ ସମ୍ମିଳିତ ଏକ ବକ୍ରରେଖା। ଏହି ଉତ୍ଥାନ ପତନ ସହିତ ମୋର କେତେଜଣ ଶୁଭାକାଂକ୍ଷୀ ଓ ଅନ୍ତରଙ୍ଗ ବନ୍ଧୁ ପରିଚିତ ଥିଲେ ହେଁ ଏହାକୁ ଲୋକଲୋଚନକୁ ଆଣିବାକୁ ଯାଇ ଏ ଲେଖାର ପ୍ରୟାସ ମାତ୍ର। ପ୍ରଥମରୁ ମୁଁ କହି ରଖେ ଏହା ଏକ ଆତ୍ମଜୀବନୀ ନୁହଁ। ଆତ୍ମଜୀବନୀ ଲେଖିବାର ଧୃଷ୍ଟତା ମୋର କରିବାର ନାହିଁ। ଜୀବନରେ ପାରିବାରିକ, ସାମାଜିକ ଓ ଅର୍ଥନୈତିକ ଚଢ଼ଉତ୍ରାକୁ ମୁଁ କିପରି ସାମନା କରିଛି ଓ ମୋର ପରିବାର ଲୋକେ କେମିତି ମୋ ସହିତ ସହଯୋଗ କରିଛନ୍ତି ସେଗୁଡ଼ିକ ଗଳ୍ପ ମାଧ୍ୟମରେ ଏଠାରେ ଲେଖି ଦେଇଛି।

'ପ୍ରଥମ ପାହାଚ' ପର୍ଯ୍ୟାୟରେ ଆମ ପିଲା ବେଳେ ଘରର ଅର୍ଥନୈତିକ ପରିସ୍ଥିତି, ଅଧ୍ୟୟନର ସୁବିଧା-ଅସୁବିଧା ଓ ପାରିପାର୍ଶ୍ୱିକ ଅବସ୍ଥା କ'ଣ ଥିଲା ତାହା ଲେଖା ଯାଇଛି। ଅଭାବ ଅନଟନ ଭିତରେ ବାପାମାଆ ନିଜର ବହୁ ସନ୍ତାନସନ୍ତତିଙ୍କୁ ନେଇ ଜୀବନ ତରୀ ବାହିବାକୁ ଚେଷ୍ଟାକରିଥିଲେ। ବିନା ଚାକିରିରେ ବାପା ନିଜର ସ୍ୱଳ୍ପ ପୈତୃକ ଜମିଜମା ଚାଷବାସ କରି ନିଜର ପରିବାର ଯେନତେନ ଚଳଉଥିଲେ। ଦାରିଦ୍ର୍ୟ ସତ୍ତ୍ୱେ ବି ସେ ସବୁବେଳେ ଆମକୁ ଉଚ୍ଚଶିକ୍ଷା ପାଇଁ ଏବଂ ସର୍ବୋପରି ଦୁନିଆରେ ଭଲ ମଣିଷଟିଏ ହେବା ପାଇଁ କଥା ମାଧ୍ୟମରେ ପ୍ରୋତ୍ସାହିତ କରୁଥିଲେ। କେତୋଟି ବାଲ୍ୟକାଳର ଚପଳତା ଏଠାରେ ସାମିଲ କରିଛି, ସେଗୁଡ଼ିକ ମୋର ଅପରିପକ୍ୱ କୌତୂହଳମୟ ସମୟର ଅଭିଜ୍ଞତା। ସେଥିରୁ ବି ଅନେକ ଶିକ୍ଷା ମୋତେ ମିଳିଛି ଯାହାକି ପରବର୍ତ୍ତୀ ଜୀବନ କାଳରେ ମୋର ସହାୟ ହୋଇଛି, ଉଦାହରଣ ସ୍ୱରୂପ 'ଚାର୍ମିନାର୍ ସିଗାରେଟ୍'ର ଅଭିଜ୍ଞତା। ପରେ ଜୀବନରେ ନିଶାଦ୍ରବ୍ୟ ପାଖକୁ ପୁଣି ଥରେ ଯିବାକୁ ମୋର କେବେହେଲେ ଇଚ୍ଛା ହେଇନି।

'ବିନା ଟିକଟରେ କଟକ' ଗଳ୍ପ କୈଶୋରିକ ମାନସିକ ପ୍ରତିକ୍ରିୟାର ଏକ ଉଦାହରଣ। କିଏ କ'ଣ କହିଲା ତା' ଉପରେ ଆଧାର କରି ଆଉ ଦିନେ ଦି'ଦିନ ଅପେକ୍ଷା ନକରି ଏତେ ଶୀଘ୍ର ଏଡ଼େ ଗୁରୁତର ପଦକ୍ଷେପ ନେବାଟା କେତେଦୂର ସମୀଚୀନ ତାହା ଆଲୋଚନାର ବିଷୟ। ଏହି ଗଳ୍ପର ଶେଷ ଆଡ଼କୁ ମାଆ ଯେତେବେଳେ ମୋତେ କହିଛି, "ଜୀବନରେ କେତେ କ'ଣ ଆସିବ, ବାପାରେ, ଏତେ ଅଧୈର୍ଯ୍ୟ ହେଲେ ହବ?" ଏଇ ବାକ୍ୟଟି ମୁଁ ମୋ ଜୀବନ ସାରା ଭୁଲି ପାରିନି। ଏହାକୁ ଜୀବନର ଚଲାପଥରେ ଅନେକ ସମୟରେ 'ରକ୍ଷା କବଚ' ହିସାବରେ ବ୍ୟବହାର କରିଛି।

'ନିଜ ଭାଗ୍ୟ ଡୋରି ନିଜ ହାତେ'ରେ ଲେଖା ଯାଇଛି ସମାଜରେ ଘଟୁଥିବା

ଅନ୍ୟାୟ ଅନୀତିକୁ ନେଇ। ମୋ ସହିତ କଲେଜ ଅନର୍ସ ବଛାବଛି ସମୟରେ ଯାହା ଘଟିଲା ତାହା ସମାଜରେ ହେଉଥିବା ଅନେକ ହେରାଫେରିରୁ ଗୋଟିଏ ମାତ୍ର ଜ୍ୱଳନ୍ତ ଉଦାହରଣ। ଯେ ପର୍ଯ୍ୟନ୍ତ ନିଜ ସହିତ ଏପରି ଘଟଣା ନ ଘଟିଛି ସେତେବେଳେ ଯାଏ ଆମେ କେବେହେଲେ ଏ ସବୁକୁ ବିଶ୍ୱାସ କରୁନା। ମୂଳରୁ ଏହା ଯଦି କୌଣସି ପ୍ରକାରେ ମୋ କାନକୁ ଆସି ନଥାନ୍ତା ହୁଏତ ମୋତେ ଆଉ ମୋ ଜୀବନରେ ଉଚ୍ଚଶିକ୍ଷା କରିବାର ସୁଯୋଗ ମିଳି ନଥାନ୍ତା। ଏମିତି ଶହ ଶହ ହେରାଫେରି ନିର୍ଦ୍ଦିଷ୍ଟ ଭାବରେ ସମାଜରେ ଘଟୁଥିବ ଯାହା କି ଲୋକଲୋଚନକୁ ଆସି ପାରୁନଥିବ। ସେଥିପାଇଁ ସମସ୍ତେ ସଜାଗ ରହିବା ଉଚିତ।

କଲେଜରେ ଯୋଗଦେବା ଦିନରୁ ହିଁ ଉଦ୍ଭିଦ ବିଜ୍ଞାନ ବା ପ୍ରାଣୀ ବିଜ୍ଞାନ ଅଧ୍ୟାପକ ହେବାକୁ ମୋର ଇଚ୍ଛା ଥିଲା। ପରିସ୍ଥିତି ଏପରି ହେଲା ଯେ ଏକ ସମୟରେ ଏହା ଆକାଶ କଇଁଆ ଚିଲିକା ମାଛ ପରି ଲାଗୁଥିଲା। ତଥାପି ସବୁ ବାଧାବିଘ୍ନକୁ ଏଡ଼େଇ ଶେଷରେ ଏହା ସମ୍ଭବ ହେଲା। 'ଅଧ୍ୟାପକତ୍ୱ ଏକ ଯାତ୍ରା'ରେ ଏ ସବୁ ଉଲ୍ଲେଖ କରା ହେଇଛି। ଦୁନିଆରେ କିଏ କେତେ ପ୍ରକାର କଥା କହି ପାରନ୍ତି, ସେ ସବୁରେ ପ୍ରତିକ୍ରିୟା ନ ଦେଖେଇ ବରଂ ସେ ସବୁକୁ ନିଜ ଆଖି ଆଗରେ ରଖି କାମକରି ଦୁନିଆରେ ଆଗେଇବାକୁ ପଡ଼ିବ।

ଆମର ବିବାହ ସମୟରେ ବି ଯୌତୁକ ପ୍ରଥା ଆମ ସମାଜରେ ବଡ଼ ସମସ୍ୟା ହିସାବରେ ମୁଣ୍ଡ ଟେକିଥିଲା। ଏହା ସମାଜର ଏକ କଳଙ୍କ ହିସାବରେ ରୂପ ନେଇଥିଲା। ଅନେକେ ଶ୍ୱଶୁରଘରକୁ ତଲିତଲାନ୍ତ କରି ଯୌତୁକ ଆଣି ବାହାଦୁରୀ ମାରିବାର ଦେଖା ଯାଉଥିଲା। 'ପ୍ରିୟାର ଅନ୍ୱେଷଣେ, ମଧୁଲଗ୍ନର ମୁହୂର୍ତ୍ତ ଓ ସବିତା– କାନାଡ଼ା ଯିବା ଆସ' ଏ ତିନୋଟି ଲେଖିବାର ଉଦ୍ଦେଶ୍ୟ ହେଲା ଯେ ସେ ସମୟରେ ଚାଲିଥିବା ସମାଜରେ କଳୁଷିତ ଯୌତୁକ ପ୍ରଥା, ବିବାହବେଳେ ଲୋକ ଦେଖାଣିଆ ପ୍ରଚୁର ବଦଖର୍ଚ, ଏ ସବୁ ଉପରେ ଆଲୋକପାତ କରିବା। ନିଜ ପକେଟକୁ ଚାହିଁ ମିତବ୍ୟୟୀ ହେଇ ବିବାହ କାର୍ଯ୍ୟ ବି ସୁରୁଖୁରୁରେ ସମ୍ପନ୍ନ କରାଯାଇପାରେ ତାହାର ଉଦାହରଣ ଏଥିରେ ରଖା ଯାଇଛି।

ଏ ସବୁ ତ ଗଲା ନିଜ କଥା। ଜୀବନର ଚଲାପଥରେ ଅନେକ ଲୋକଙ୍କୁ ଅଚାନକ ଭେଟିବାର ସୁଯୋଗ ମିଳିଥାଏ। ସ୍ୱାର୍ଥ ନଥାଇ କେତେ ଲୋକ ଦଉଡ଼ି ଆସନ୍ତି ଅନ୍ୟ ଜଣକୁ ସାହାଯ୍ୟ କରିବା ପାଇଁ। ସାକ୍ଷାତ ପରେ ହୃଦୟକୁ ହୃଦୟ ମେଲି ଯାଏ। ସେଇମିତି ଦୁଇଟି ଚରିତ୍ରକୁ ନେଇ ଲେଖାଯାଇଛି 'ପଞ୍ଚୁଆଇ' ଓ 'ବାଲିବନ୍ତର ମଣିଷ।' 'ପଞ୍ଚୁଆଇ' ଗଳ୍ପରେ ପଞ୍ଚାନନ ଯେନାର ଜୀବନ ଆମ ଘର ସହିତ କିପରି

ଓତପ୍ରୋତ ଭାବେ ଜଡ଼ିତ, ତାହା କାହାଣୀ ଆକାରରେ କୁହାଯାଇଛି । ଦୀର୍ଘ ଦିନ ଧରି କାମ କରି ଆସୁଥିବା ଜଣେ ବାହାର ଲୋକ ଆମ ନିଜ ପରିବାରର ସଦସ୍ୟ ହେଇପାରିଛି । କେବଳ ସଦସ୍ୟ ନୁହଁ, ତା'ର ଉଦ୍‌ବୋଧନମୂଳକ ବାର୍ତ୍ତା କିପରି ଆମକୁ ପିଲାବେଳେ ସର୍ବଦା ପ୍ରେରଣା ଯୋଗାଇ ଆସିଛି ସେ କଥା ମଧ୍ୟ ଏଥିରେ ଉଲ୍ଲେଖ କରାଯାଇଛି ।

'ବାଲିବନ୍ତର ମଣିଷ'ରେ କେବଳ ବିଦ୍ୟାଳୟ ପରିସରରେ ନୁହଁ, ଜଣେ ଶିକ୍ଷକ କିପରି ନିଜ ଛାତ୍ରମାନଙ୍କର ଉତ୍ତରୋତ୍ତର ଉନ୍ନତି ପଥେ ଚିର ଆଗ୍ରହୀ ତାହା ଏଥିରେ ଦର୍ଶାଯାଇଛି । ସ୍ନେହ ଶ୍ରଦ୍ଧା ଅଜାଡ଼ି ଦେଇ ଜୀବନର ପ୍ରତି ଅନ୍ଧକାର ମୁହୂର୍ତ୍ତରେ କିପରି ସେ ପଥ ପ୍ରଦର୍ଶକ ହିସାବରେ ଆଲୋକର ଉସ୍ସ ହେଇ ଆଲୋକପାତ କରି ଆସିଛନ୍ତି ଏଥିରେ ତାହାର ନମୁନା ରହିଛି । ଏ ଗଛ୍ଚର ଅନେକ ସ୍ଥାନରେ ଶିକ୍ଷକଙ୍କର ଛାତ୍ରବତ୍ସଲତା ମୁଖରିତ ହୋଇଉଠିଛି । ସରଳ ଜୀବନଯାପନ କରି ସଂସାରର ସମସ୍ତ ଦାୟିତ୍ଵ ତୁଲାଇବା ପରେ ଶେଷକାଳରେ ଶାନ୍ତିରେ ଜୀବନଯାପନ କରିବା ସମସ୍ତଙ୍କର ଇଚ୍ଛା । ଶେଷ ଆଡ଼କୁ ଏଥିରେ ତାହା ସ୍ଵଷ୍ଟ ଭାବରେ ବର୍ଣ୍ଣନା କରାହେଇଛି ।

ପିଲାଟି ଦିନରୁ ମୁଣ୍ଡ ଗୁଞ୍ଜିବାକୁ ଖଣ୍ଡିଏ ଘର ପାଇଁ ଆମେ ଅନେକ ହଇରାଣ ହରକତ ହେଇଛୁ । ଗାଁ ସ୍କୁଲ ବାହାର ବାରଣ୍ଡାରେ ପୋକଜୋକ ମଧ୍ୟରେ ଶୋଇଛୁ । ଯେହେତୁ ଆମର ବହୁକୁଟୁମ୍ଵୀ ପରିବାର, ସବୁବେଳେ ଆମର ଏକ ବାସୋପଯୋଗୀ ଘରର ଆବଶ୍ୟକତା ଥିଲା । ଆର୍ଥିକ ଦୁରବସ୍ଥା ଯୋଗୁଁ ବାପା, ଜେଜେବାପା କେହି ହେଲେ ଏ ଦିଗରେ କୌଣସି ପଦକ୍ଷେପ ନେବାକୁ ସକ୍ଷମ ହୋଇ ପାରି ନ ଥିଲେ । ପିଲାଟି ଦିନରୁ ଆମେ ଏ ଅଭାବ ଅନୁଭବ କରି ଆସିଥାଉ । ତା' ଛଡ଼ା ଆମେ ଦେଖୁ ଆମ ଗାଁରୁ ଅନେକ ଲୋକ ସହରାଭିମୁଖୀ ହୋଇ ଗାଁରେ ଆଉ ପାଦ ପକାନ୍ତିନି । ଏ ସବୁ ଦେଖି ଆମ ମନରେ ସବୁବେଳେ ଥାଏ ଗାଁରେ କିପରି ଘରଟିଏ ତୋଳିବା । ସେଇ ସ୍ଵପ୍ନ ଧୀରେ ଧୀରେ କିପରି ସତ୍ୟରେ ପରିଣତ ହେଇଛି ତାହା 'ଘର' ଗଛ୍ଚ ମାଧ୍ୟମରେ ପ୍ରକାଶ ପାଇଛି ।

ବୃତ୍ତିରେ ମୁଁ ଜଣେ ଗବେଷକ, ବିଜ୍ଞାନରେ ଗବେଷଣା କରିବା ମୋ କାମ । ଜଣେ ବୈଜ୍ଞାନିକକୁ ଅନୁସନ୍ଧିସୁ ମନର କୌତୂହଲ ମେଣ୍ଟେଇବା ପାଇଁ ଅନେକ ସମୟରେ ଅନିଶ୍ଚିତତା ଭିତର ଦେଇ ଗତି କରିବାକୁ ପଡ଼ିଥାଏ । ବେଳେବେଳେ ସମୟ ଜଟିଳ ହେଇପଡ଼େ, କେତେବେଳେ ଫଳ ମିଳେ କେତେବେଳେ ମିଳେନି । ତଥାପି ସେ ସେଥରୁ ନିବୃତ୍ତ ନହୋଇ ବାଧାବିଘ୍ନ ସତ୍ତ୍ଵେ ଆଗେଇ ଚାଲେ । ଏମିତି

ଅନେକ ମୁହୂର୍ତ ମୋ ଜୀବନରେ ଆସିଛି । 'ଗବେଷଣାରେ ଘୋଡ଼ାଦୌଡ଼' ପ୍ରସଙ୍ଗ ମାଧ୍ୟମରେ ଏ ସବୁରୁ ଗୋଟିଏ ମାତ୍ର ଉଦାହରଣ ଦିଆ ଯାଇଛି ।

ବୃତ୍ତି ବାହାରେ ଅବସର ସମୟରେ ମନୋରଞ୍ଜନ ନିମନ୍ତେ ମୁଁ ଚିତ୍ର ଆଙ୍କେ, ଫୋଟୋ ଉଠାଏ, ନାଟକରେ ନିର୍ଦ୍ଦେଶନା ଦିଏ ବା ଅଭିନୟ କରେ । ଯେ କୌଣସି ସର୍ଜନାତ୍ମକ କଳା ପ୍ରତି ମୋର ବାଲ୍ୟକାଳରୁ ଆଗ୍ରହ । 'ଚିତ୍ରକଳା ଓ ମୁଁ' ଏବଂ 'ନାଟକ ସନ୍ଧ୍ୟା'ରେ ଏ ସବୁର ବର୍ଣ୍ଣନା ହୋଇଛି ।

ମୁଁ ଯେତେବେଳେ ଓଡ଼ିଶା ଛାଡ଼ି କାନାଡ଼ା ଆସିଲି ସେତିକି ବେଳେ ଜାଣିବାକୁ ପାଇଲି ଉତ୍ତର ଆମେରିକାରେ ଏକ ଓଡ଼ିଆ ସଙ୍ଗଠନ ଗଢ଼ି ଉଠିଛି । ଧୀରେ ଧୀରେ ସଙ୍ଗଠନ ସହିତ ସମ୍ପର୍କ ହେବାରୁ ଅନେକ ଓଡ଼ିଆଙ୍କ ସହିତ ପରିଚୟ ହୋଇଛି, ସଙ୍ଗଠନ ପାଇଁ କାମ କରିବାକୁ ପଡ଼ିଛି । ସଙ୍ଗଠନ ମାଧ୍ୟମରେ ନିଜର ସୃଜନକଳାର ଅଭିବୃଦ୍ଧି କରିବାର ସୁଯୋଗ ମଧ୍ୟ ମିଳିଛି । ଫଳରେ ସାରା ଉତ୍ତର ଆମେରିକାର ଓଡ଼ିଆଙ୍କ ସହିତ ସମ୍ପର୍କ ସ୍ଥାପନ ହୋଇଛି । 'ଓସା, ଉତ୍ତର ଆମେରିକାରେ ଓଡ଼ିଶା'ରେ ଏ ସବୁ ଉଲ୍ଲେଖ କରାଯାଇଛି ।

ପୁସ୍ତକର କଳେବରକୁ ଆୟତ୍ତରେ ରଖିବାକୁ ଯାଇ ଆହୁରି ଅନେକ ଉତ୍ତର ଆମେରିକୀୟ ଜୀବନର ଅଭିଜ୍ଞତା ବାକି ରହିଗଲା । ଆଶା ରଖୁଛି ହୁଏତ ଭବିଷ୍ୟତରେ ଲେଖିବାକୁ ସମୟ ଯଦି ହୁଏ, ସୁଯୋଗ ଯଦି ମିଳେ ତେବେ ବାକିତକ ଆଉ ଏକ ପୁସ୍ତକ ମାଧ୍ୟମରେ ପ୍ରକାଶ କରିବାର ପ୍ରୟାସ ଜାରି ରଖିବି ।

ଏ ପୁସ୍ତକରେ ଯାହା ସବୁ ଗଳ୍ପ ମାଧ୍ୟମରେ ଲେଖା ଯାଇଛି ଆଶା କରୁଛି ତାହା ମୋ ଜୀବନର ମୂଲ୍ୟବୋଧ ଯଥା ଜାତିପ୍ରଥା, ବିଭିନ୍ନ ଧର୍ମ ଉପରେ ମୋର ମତ, ସମାଜର ସବୁ ଶ୍ରେଣୀର ଲୋକଙ୍କ ସହିତ ମିଶ୍ରଣ, ନିଶାଦ୍ରବ୍ୟ ନିଷେଧ ଓ ନିଶା ନିବାରଣ, ସମାଜ ସେବା, ଯୌତୁକପ୍ରଥାର ବିରୋଧ, ବିବାହ ସମୟରେ ଅଯଥା ଅପବ୍ୟୟ ନକରିବା, କଳା, ସାହିତ୍ୟ ଓ ସଂସ୍କୃତି ଉପରେ ଆଗ୍ରହ ରଖିବା, ଏ ସବୁ ଉପରେ ଆଲୋକପାତ କରିବାକୁ ସକ୍ଷମ ହେବ । ଆଶାକରେ ଏହା ସହୃଦୟ ପାଠକ ଓ ପାଠିକାମାନଙ୍କର ପଠନଯୋଗ୍ୟ ହେବ । ଯଦି ହୁଏ ତେବେ ଜାଣିବି ମୋର ଲେଖିବାର ଶ୍ରମ ସାର୍ଥକ ହେଲା ।

ଡକ୍ଟର ଗଗନ ବିହାରୀ ପାଣିଗ୍ରାହୀ

କୃତଜ୍ଞତା

ଏ ବହି ପାଇଁ ମୁଁ ଯେତେବେଳେ ଲେଖା ଆରମ୍ଭ କଲି ଏହା କୌଣସି ପ୍ରକାରେ ମୋ ପାଇଁ ସହଜ ନଥିଲା। ସାହିତ୍ୟ ପ୍ରତି ମୋର ଅନୁରାଗ ଥାଇପାରେ, ହେଲେ ପେସାରେ ମୁଁ ଜଣେ ବୈଜ୍ଞାନିକ। ଓଡ଼ିଆରେ ଗଳ୍ପ ଲେଖିବା ମୋର ପେସା ନୁହଁ, ତେଣୁ ମୋତେ ପ୍ରଥମେ ପ୍ରଥମେ ଅନେକ ପରିଶ୍ରମ କରିବାକୁ ପଡ଼ିଲା। ତଥାପି ଅଟକି ନଯାଇ ନଈ ଅମଡ଼ା ମାଡ଼ି, ପଥର, ଖାଲ ଡିପ ଡେଇଁ ବୋହିଗଲା ଭଳି କଷ୍ଟ ହେଉ ପଛେ ଲେଖ ଚାଲିଲି। ବହିଟିଏ ଲେଖିବା ଯେ କେତେ କଷ୍ଟକର ବ୍ୟାପାର ମୁଁ ଲେଖା ଆରମ୍ଭ କରିବା ପରେ ହୃଦୟଙ୍ଗମ କଲି। ତା' ସହିତ ଜାଣିଲି ଲେଖିଲା ବେଳେ ପ୍ରେରଣାର କେତେ ଆବଶ୍ୟକ।

ଯେଉଁମାନେ ଲେଖିଲାବେଳେ ମୋର ପ୍ରେରଣାଦାତା ଥିଲେ ସେମାନଙ୍କ ଭିତରୁ ପ୍ରଥମେ ହେଲେ ଦାଶ ବେନହୁର ମହାଶୟ। ସବୁରି ମୂଳରେ ସିଏ, ମୁଖବନ୍ଧରେ ମୁଁ ଏ କଥା ଲେଖିଛି, ବୀଜ ବପନକାରୀ ସିଏ, ଅଙ୍କୁରୋଦ୍ଗମ ପାଇଁ ଜଳ ଢାଳିବାରେ ସିଏ, ଡାଳ ପତ୍ର ମେଲି ବୃକ୍ଷରେ ଫୁଲ ଓ ଫଳ ଧରିବା ଯାଏଁ ସିଏ। ସବୁ ଥର ଲେଖିବେ "ଲେଖା କେତେ ଦୂର ଗଲା ?" କେବଳ ସେତେକ ନୁହଁ ଓଡ଼ିଶା ଭ୍ରମଣ ବେଳେ ସେ ମୋତେ ତାଙ୍କର ଦୁଇଟି ଗପ ବହି ଉପହାର ହିସାବରେ ଦେଲେ, ତାହା ମୁଁ

ସମ୍ପୂର୍ଣ୍ଣ ପଢ଼ି ଜ୍ଞାନ ଅର୍ଜନ କଲି, ଗପ କିପରି ଲେଖା ହୁଏ ଶିଖିଲି। ତାଙ୍କ ବିନା ଏ ପୁସ୍ତକ କୌଣସି ପ୍ରକାରେ ଆରମ୍ଭ ଓ ଶେଷ ହୋଇ ପାରି ନଥାନ୍ତା। ତାଙ୍କୁ ମୋର ଶତ ନମସ୍କାର।

ଦ୍ୱିତୀୟରେ ପତ୍ନୀ ସବିତା। ଏ ଲେଖା ଯେ ଗପ ଆକାରରେ ରୂପ ନେଇଛି ତାହା କେବଳ ତାଙ୍କର ଅନବରତ ଚେଷ୍ଟାରେ। ବଡ଼ କଟୁ ମନ୍ତବ୍ୟ ଦିଅନ୍ତି ସେ। ଲେଖାଟିଏ ଲେଖି ଖୁସି ମନରେ ଯାଇ ତାଙ୍କୁ ପଢ଼େଇଲେ ସେ କହିବେ, “ହେଲାନି, ଆଉ ଥରେ ଲେଖ।” ବଡ଼ ଚିଡ଼ି ଲାଗେ ଶୁଣି, ତଥାପି ତାଙ୍କ କଥା ମାନି ଆଉ ଥରେ ଲେଖେ। ପୁଣି ଲେଖା ସାରି ପଢ଼ିବାକୁ କହିଲେ କହନ୍ତି, “ଦେଖିଲ, କେମିତି ବାଗେଇଗଲା।” ତାଙ୍କ ପାଖରେ ମୁଁ ଚିରଋଣୀ। ଏଠାରେ ମୁଁ ଆଉ ଏକ କଥା କହି ରଖେ, ମୁଁ ବିବାହ ପରେ ପରେ ଯେତେବେଳେ ସମୟ ପାଏ ତାଙ୍କ ସହିତ ମୋ କଥା ଓ ଘର କଥା ବସି ଗପେ, ସେ ଶୁଣନ୍ତି, ପରେ ନିଜ ସ୍ମୃତିରୁ ମୋ କଥାକୁ ଆଧାର କରି ଅନେକ ପୃଷ୍ଠା ଲେଖି ପକେଇଥିଲେ। ପରେ ସେ ଗୁଡ଼ିକ ମିଳିଲା। ସେଇଥିରୁ ଜଣା ପଡ଼େ ସେ ସବୁବେଳେ ଚାହୁଁଥିଲେ ଏ କଥାଗୁଡ଼ିକ ଲୋକଲୋଚନକୁ ଆସୁ। ତାଙ୍କର ପ୍ରେରଣା ସର୍ବଦା ପ୍ରଶଂସନୀୟ।

ଆଉ ଦୁଇଜଣ ହେଉଛନ୍ତି ମୋର ମାତୃବତ୍ ଶାଶୁ ଚାରୁଲତା ମିଶ୍ର ଓ ଶ୍ୱଶୁର ଶରତ ଚନ୍ଦ୍ର ମିଶ୍ର। ଶାଶୁ ସବୁବେଳେ ସବିତାଙ୍କୁ ଫୋନରେ କହନ୍ତି “ଗଗନ ଲେଖା ଲେଖି କରୁଛନ୍ତି ତ?” ସେ କେଇ ପଦ କଥା ମୋତେ ବଡ଼ ପ୍ରେରଣା ଯୋଗାଏ। ଶ୍ୱଶୁର କିଛି ନକହିଲେ ବି ମୋ ଲେଖାରେ ତାଙ୍କର ଅନେକ ଆଗ୍ରହ। ସେ ସବୁବେଳେ ପଢ଼ନ୍ତି, ସେତକ ମୋତେ ଅନେକ ପ୍ରେରଣା ଯୋଗାଏ।

ମୋର ବଡ଼ ଭିଣୋଇ ରନାକର ପତି, ଶିକ୍ଷକତା କରିଥିବାରୁ ପଢ଼ାପଢ଼ିରେ ତାଙ୍କର ସର୍ବଦା ସଉକ ଓ ମନ। ଆମ ଜୀବନରେ ଘଟିଯାଇଥିବା ଅନେକ ଘଟଣା ସେ ସ୍ୱଚକ୍ଷୁରେ ଦେଖିଛନ୍ତି। ଘରର ଉତ୍ଥାନ ପତନ ଦେଖିଛନ୍ତି। ସବୁବେଳେ କହନ୍ତି, “ଆଉ କେତେ ଦୂର ଗଲା ଗପ ଲେଖିବା, କେବେ ବହି ବାହାରିବ?” ତାଙ୍କ ପ୍ରେରଣା ବିନା ଏ ଲେଖା ସମ୍ଭବ ହୋଇ ନଥାନ୍ତା। ଲେଖାର ପ୍ରଚ୍ଛଦପଟରେ ରହି ମୋତେ ଅନବରତ ପ୍ରେରଣା ଯୋଗେଇ ଥିବାରୁ ତାଙ୍କ ଠାରେ ମୁଁ ଚିର ଋଣୀ।

ଜୀବନର ଚଲାପଥ ଯେତେବେଳେ ଅନ୍ଧକାରମୟ ହୋଇ ଉଠେ ସେ ସମୟରେ ଯେଉଁମାନେ ଆଲୁଅ ଦେଖେଇଛନ୍ତି ସେମାନଙ୍କର ଋଣ ମୁଁ ଶୁଝି ପାରିବି ନାହିଁ। ସେମାନେ ହେଲେ ବିଶେଷ କରି ମୋର ଅଗ୍ରଜମାନେ। ଜ୍ୟେଷ୍ଠ ଭାତା କରୁଣା କର ପାଣିଗ୍ରାହୀ (ବଡ଼ ନନା)। ଆର୍ଥିକ ସାହାଯ୍ୟ କରିବାରେ କଷ୍ଟ ପଡ଼ିଲେ ବି ଦରକାର

ବେଲେ କରିଛନ୍ତି । ବଡ଼ ଭାଉଜ, ରୁକ୍ମିଣୀ ପାଣିଗ୍ରାହୀ ଆଜି ଦୁନିଆରେ ନାହାନ୍ତି, ଏହା ଲେଖିଲା ବେଲକୁ ମୋ ଆଖିରେ ଲୁହ ଜକେଇ ଆସୁଛି । ସେ ବି ପିଲାବେଲେ ଆମର ଅନେକ ଅଲି ଅର୍ଦଲି ଶୁଣିଛନ୍ତି, ସାହାଯ୍ୟ ଦରକାର ବେଲେ କରିଛନ୍ତି, ତାଙ୍କ ଠାରେ ମୁଁ ରଣୀ । ଦ୍ୱିତୀୟ ଭ୍ରାତା ହେଲେ ପ୍ରଭାକର ପାଣିଗ୍ରାହୀ (ପଦୁ ନନା) । ତାଙ୍କ ଠାରୁ ଅନେକ ଛାଟ ଖାଇଛି, ହେଲେ ତାଙ୍କର ମୋ ପ୍ରତି ଅନେକ ବିଶ୍ୱାସ ଓ ମୋର ତାଙ୍କ ପ୍ରତି ଅଗାଢ଼ ଭକ୍ତି । ମାଟ୍ରିକ୍ୟୁଲେସନ ବେଲେ ସମସ୍ତେ କହୁଥିଲେ ଗଣିତ ଇଚ୍ଛାଧୀନ ପତ୍ର ନ ନେବା ପାଇଁ । ମାତ୍ର ସେ କେବଲ ଜଣେ ମାତ୍ର ଲୋକ ଯିଏକି ମୋତେ ଜୋର କରି କହିଥିଲେ ନେବା ପାଇଁ । ତାଙ୍କର ମୋ ଉପରେ ଦୃଢ଼ ବିଶ୍ୱାସ ଥିଲା । ସେ ବିଶ୍ୱାସ ମୁଁ ଆଜି ଯାଏଁ ତୁଟେଇ ଦେଇ ନାହିଁ । ତୃତୀୟ ଭ୍ରାତା ଦିବାକର ପାଣିଗ୍ରାହୀ (ଦଇନ ନନା) ମୋର ପିଲା ଦିନର ସାଙ୍ଗ । ଯାହା କରୁ ଦୁଇ ଜଣ କରୁ, ଏବେ ବି ଦୁଇ ଜଣ ଗୁରୁତ୍ୱପୂର୍ଣ୍ଣ କାମରେ ପରାମର୍ଶ କରୁ । ଅନେକ ପ୍ରେରଣା ତାଙ୍କ ଠୁଁ ମିଳିଛି ଓ ଏବେ ବି ମିଳୁଛି । ଭ୍ରାତା ନଟବର ପାଣିଗ୍ରାହୀ ଯାହାଙ୍କୁ କି ମୁଁ ନଟନନା ସମ୍ବୋଧନ କରେ । ସେ ମୋ କକାଙ୍କର ତୃତୀୟ ପୁତ୍ର । କଲେଜରେ ପଢ଼ୁଥିବା ବେଲେ ସାଙ୍ଗ ଥିଲୁ । ପରେ ବିଏସସି ପଢ଼ିବା ବେଲେ ଅନର୍ସ ସିଲେକସନ ହେରାଫେରି ବେଲେ ମୋତେ ଯେଉଁ ପ୍ରକାରର ସାହାଯ୍ୟ ସେ କଲେ ତାହା ଜୀବନରେ ଭୁଲିବାର ନୁହେଁ । ସେ ମୋର ଚିର ନମସ୍ୟ । ଶେଷରେ ଅନୁଜ ରନାକର ପାଣିଗ୍ରାହୀ (ବାବୁଲି), ଦୁଃଖରେ ସୁଖରେ ସାଥୀ ଆମେ, ସାଙ୍ଗରେ କାନ୍ଦିଛୁ, ସାଙ୍ଗରେ ହସିଛୁ, ମଜା କରିଛୁ, ଅନେକ ସମୟ ସାଙ୍ଗରେ ବିତେଇବାର ସୁଯୋଗ ପାଇଛୁ । ତାର ପ୍ରେରଣା ମୋ ପାଇଁ ଅନେକ । ଗାଁ ଘର ସାମନାର ବାଲ୍ୟ କାଲର ବନ୍ଧୁ ଶ୍ୟାମ ସୁନ୍ଦର ପାଣିଗ୍ରାହୀ, ସମ୍ପର୍କରେ ଭାଇ, ମନ ଖରାପ ଥିଲେ ତା' ଘରେ ବୁଲି ଆସେ, ବିପଦ ପଡ଼ିଲେ ଭରସା କରି ଦଉଡ଼ି ଯାଏ, କେବେହେଲେ ନିରାଶ କରିନି, ବାଟ ଖୋଜି ସମାଧାନର ପନ୍ଥା ବାହାର କରେ, ସବୁବେଲେ ସେ ମନ ଖୁସିରେ ଥାଏ ଓ ମୋ ମନ ଖୁସି କରାଇବାରେ ଚେଷ୍ଟା କରେ । ତାର ପ୍ରେରଣା ଅନବରତ । ତା' ଠାରେ ମୁଁ ରଣୀ ।

ଅନ୍ୟମାନେ ହେଲେ ମୋର ପୂଜନୀୟ ଶିକ୍ଷକ ମଣ୍ଡଲୀ । ଶ୍ରୀ ଗୌରୀକାନ୍ତ କର ମୋର ବାଲ୍ୟକାଲର ଶିକ୍ଷକ ହେଲେ ବି ଜୀବନର ଘଡ଼ି ସନ୍ଧି ମୁହୂର୍ତରେ ପାଖରେ ପାଖରେ ରହି ମାର୍ଗଦର୍ଶକ ହିସାବରେ କାର୍ଯ୍ୟ ସମ୍ପାଦନ କରି ଆସିଛନ୍ତି, ତାଙ୍କ ଆଶୀର୍ବାଦ ମୋ ଉପରେ ଓ ଆମ ପରିବାର ଉପରେ ସଦାସର୍ବଦା ରହିଆସିଅଛି । ଡକ୍ତର ଜନାର୍ଦନ ବେହେରାଙ୍କ ସହିତ ବାଣୀବିହାରରେ ପରିଚୟ ହେବାଟା ଈଶ୍ୱରଙ୍କ ମୋ ପାଇଁ ଏକ ବର କହିଲେ ବହୁ ଭାଷଣ ହେବ ନାହିଁ । ତାଙ୍କର ଅନେକ ସାହାଯ୍ୟ ମୋ ପାଇଁ

ରହିଛି । ତାଙ୍କ ଠାରେ ମୁଁ ଋଣୀ । ଶେଷରେ ଜବାହର ଲାଲ ନେହେରୁ ବିଶ୍ୱବିଦ୍ୟାଳୟର ସୁନାମଧନ୍ୟ ପ୍ରଫେସର ରମେଶ ରାଓ ଓ ତାଙ୍କର ପତ୍ନୀ ଡକ୍ଟର ସୁଧା ରାଓ । ଅନେକ ଗୁରୁତ୍ୱପୂର୍ଣ ନିଷ୍ପତ୍ତି ନେବାରେ ସେ ଦୁହେଁ ସାହାଯ୍ୟ କରିଛନ୍ତି, ତାଙ୍କର ସ୍ନେହ ଶ୍ରଦ୍ଧା ଭୁଲିବାର ନୁହେଁ । ଏମାନଙ୍କୁ ଲେଖାର ଅନେକ ସ୍ଥାନରେ ଉଲ୍ଲେଖ କରାଯାଇଛି । ଜୀବନରେ ଘଟିଥିବା ଅନେକ ପରିସ୍ଥିତିରେ ଏମାନଙ୍କର ଉଚିତ ସାହାଯ୍ୟ ସଦାସର୍ବଦା ମନେ ରହିବ । ଏମାନଙ୍କ ଠାରେ ମୁଁ ଋଣୀ ହୋଇ ରହିବି ।

କାହିଁ କେତେବେଳେ ମଝିରେ ମଝିରେ ମୁଁ ରାତ୍ରି ଭୋଜନ ବେଳେ ଗଳ୍ପ ମାଧ୍ୟମରେ ପିଲାବେଳର ସ୍ମୃତି ସବୁ ମୋ ପିଲାମାନଙ୍କ ଆଗରେ ଗପି ବସେ । ପୁଅ ସୋମନ ଓ ଝିଅ ଇନିକା ମନୋଯୋଗ ସହକାରେ ଶୁଣନ୍ତି । କଥାଗୁଡ଼ିକ ଶୁଣି ଆଶ୍ଚର୍ଯ୍ୟ ହୁଅନ୍ତି, ଦୁଃଖ କରନ୍ତି ଅବା ଖୁସି ହୁଅନ୍ତି । ଶୁଣିବା ପରେ ସେମାନେ ବି କହନ୍ତି ଏ ସବୁ ତାଙ୍କ ପାଇଁ ଲେଖ ଦେବା ପାଇଁ, ଇଂରାଜୀରେ ନହେଲେ ବି ଅତି କମ୍‌ରେ ଓଡ଼ିଆରେ । ସେତକ ହେଲେ ସେମାନେ ଭବିଷ୍ୟତରେ ତାହାକୁ ଅନୁବାଦ କରେଇ ପଢ଼ି ପାରିବେ । ସେମାନଙ୍କର ଏପରି ଆଗ୍ରହ ଦେଖ ମୋତେ ଖୁସି ଲାଗେ ଓ ପ୍ରେରଣା ଯୋଗାଏ, ଲେଖିବା ପାଇଁ । ସେଥିପାଇଁ ପିଲା ଦୁହିଁଙ୍କୁ ମୁଁ ମୋର ଧନ୍ୟବାଦ ଜଣାଉଛି ।

ଯେଉଁମାନେ ପାଣ୍ଡୁଲିପି ପଢ଼ି ଠିକ୍‌ ସମୟରେ ମନ୍ତବ୍ୟ ଦେଇଛନ୍ତି, ଦୋଷ ତ୍ରୁଟି ଦର୍ଶାଇଛନ୍ତି ସେମାନେ ହେଲେ ପତ୍ନୀ ସବିତା ପାଣିଗ୍ରାହୀ, ଭ୍ରାତା ରତ୍ନାକର ପାଣିଗ୍ରାହୀ, ଭ୍ରାତା ବଧୂ ସଂଗୀତା ପାଣିଗ୍ରାହୀ ଓ ପ୍ରିୟ ବୁଢ଼ୀନାନୀ (ପ୍ରଭାତ ନଳିନୀ ମିଶ୍ର) । ଏମାନଙ୍କ ବିନା ବହିରେ ଆହୁରି ଅନେକ ତ୍ରୁଟି ରହିଯାଇଥାନ୍ତା, ତେଣୁ ସେମାନଙ୍କ ଠାରେ ମୁଁ କୃତଜ୍ଞ ।

ମୋର ପ୍ରଥମ କବିତା ସଂକଳନ ସାହିତ୍ୟ ପ୍ରେମୀ ଶ୍ରୀ ଲକ୍ଷ୍ମୀଧର ତ୍ରିପାଠୀଙ୍କ ସହାୟତାରେ ଫକୀର ମୋହନ ସାହିତ୍ୟ ପରିଷଦ ଆନୁକୂଲ୍ୟରେ ହୋଇଥିଲା ଓ ଦ୍ୱିତୀୟ କବିତା ସଂକଳନ ରାଷ୍ଟ୍ରପତି ପୁରସ୍କାରପ୍ରାପ୍ତ ଚଳଚ୍ଚିତ୍ର ନିର୍ମାତା ଶ୍ରୀ ଅକ୍ଷୟ ପରିଜାଙ୍କ ଦ୍ୱାରା ସମ୍ଭବ ହୋଇ ପାରିଥିଲା । ସେମାନଙ୍କର ପ୍ରେରଣା ମୋର ସାରସ୍ୱତ ସାଧନାକୁ ଆହୁରି ଆଗକୁ ଆଗକୁ ନେବାକୁ ସାହାଯ୍ୟ କରିଥିବାରୁ ସେମାନେ ଧନ୍ୟବାଦାର୍ହ ।

ଉତ୍ତର ଆମେରିକାରେ ଅନେକ ସାହିତ୍ୟ ପ୍ରେମୀ ଲେଖାଲେଖି କରିବାରେ ମୋତେ ପ୍ରେରଣା ଯୋଗେଇଛନ୍ତି । ସେମାନଙ୍କର ପ୍ରଶଂସା ମୋତେ ଅନେକ ଉତ୍ସାହିତ କରିଛି । ସେମାନେ ହେଲେ ପ୍ରଶାନ୍ତ ଭୂୟାଁ, ଧୀରେନ୍ଦ୍ର କର, ସନ୍ଦୀପ ଦାଶବର୍ମା, ଶ୍ରୀଗୋପାଳ ମହାନ୍ତି, ଲଲାଟେନ୍ଦୁ ମାନସିଂହ, ମନୋରଞ୍ଜନ ପଟ୍ଟନାୟକ, ସ୍ମିତା ଓ

ହର ପାଢ଼ୀ, ତନ୍ମୟ ଓ ସୁନନ୍ଦା ପଣ୍ଡା, ପୂର୍ଣ୍ଣିମା ପଟ୍ଟନାୟକ, କୁକୁ ଦାଶ, ସ୍ମୃତିରେଖା କାନୁନଗୋ(ଡଲି ଅପା), ଶାନ୍ତିଲତା ମିଶ୍ର, ଉମା ବଲ୍ଲଭ ମିଶ୍ର, ଶୁଭଶ୍ରୀ ଦାସ, ସ୍ଵପ୍ନଲତା ରଥ, ନିରଞ୍ଜନ ମିଶ୍ର, ବିଜ୍ଞାନୀ ଦାଶ, ସତ୍ୟ ପଟ୍ଟନାୟକ, ସସ୍ମିତା ଶତପଥୀ, ଅଶୋକ ପାଣିଗ୍ରାହୀ, ଚନ୍ଦ୍ରା ମିଶ୍ର, ସ୍ନେହା ମହାନ୍ତି, ବିଜୟା ପରିଡ଼ା, ଶାନ୍ତ୍ଵନା ଦାଶ, ମନୋରମା ଚୌଧୁରୀ, ରବି ସାହୁ, ତାପସୀ ମହାପାତ୍ର ଓ ଆହୁରି ଅନେକ। ସେମାନଙ୍କ ଠାରେ ମୁଁ ମୋର କୃତଜ୍ଞତା ଜଣାଉଛି। ଓଡ଼ିଶାରୁ ଅନେକ ସହୃଦୟ ପାଠକ/ପାଠିକା ମୋର ଲେଖା ପଢ଼ି ପ୍ରେରଣା ଯୋଗେଇଛନ୍ତି। ସେମାନେ ହେଲେ, ପୀୟୂଷ ପଟ୍ଟନାୟକ, ଲକ୍ଷ୍ମୀପ୍ରିୟା ମହାନ୍ତି, ପୁଷ୍ପମିତ୍ରା ମହାନ୍ତି, ରୀତା ମହାପାତ୍ର, ରଞ୍ଜନ ବାନାର୍ଜୀ, ସୁନିତା ମିଶ୍ର, ହେମନ୍ତ ପଣ୍ଡା, ଶ୍ରବଣ ଚାନ୍ଦ, ସୌରଭ ବେହେରା ଓ ସ୍ଵପ୍ନା ସାମନ୍ତ। ସେମାନଙ୍କୁ ମୋର କୃତଜ୍ଞତା ଜଣାଉଛି।

ଶେଷରେ ଅନେକ ସହୃଦୟ ପାଠକବୃନ୍ଦ। ସେମାନଙ୍କର ପଠନ ପ୍ରତି ଆଗ୍ରହ ନରହିଲେ ଏ ଲେଖା ବୃଥା। ସେମାନଙ୍କୁ ମୋର ଅଶେଷ ଧନ୍ୟବାଦ।

'ବ୍ଲାକ୍ ଇଗଲ୍ ବୁକ୍' ଦ୍ଵାରା ଏ ପୁସ୍ତକକୁ ପ୍ରକାଶ କରିବାର ସୁଯୋଗ ଦେଇଥିବାରୁ ଆମେରିକାର ବନ୍ଧୁ ସତ୍ୟ ପଟ୍ଟନାୟକ ବ୍ଲାକ ଇଗଲର ସମସ୍ତ କର୍ମକର୍ତ୍ତାଙ୍କ ନିକଟରେ ମୁଁ ଋଣୀ? ତାଙ୍କ ବିନା ଏ ପୁସ୍ତକ ଏତେ ଶୀଘ୍ର ପ୍ରକାଶ ପାଇପାରି ନଥାନ୍ତା?

ଡକ୍ଟର ଗଗନ ବିହାରୀ ପାଣିଗ୍ରାହୀ

ସୂଚିପତ୍ର

ପ୍ରଥମ ଭାଗ

ଦ୍ୱିତୀୟ ଭାଗ

ପ୍ରଥମ ପାହାଚ

“ଏ ପଞ୍ଚୁଆ, ଏ ପୁରିଆ ! କିଏ କେଇଟି ଅଛ ? ଧାଈଁ ଆସରେ, ଧାଈଁ ଆସ, ମୋ ଛୁଆ ଖସି ପଡ଼ିଲା ।”

ଦିନେ ଅପରାହ୍ନରେ ମାଆ ହାଉଳି ଖାଇ କାନ୍ଦୁଶୁ ମାନ୍ଦୁଶୁ ହେଇ ବାଡ଼ିରେ କାମ କରୁଥିବା ମୂଲିଆମାନଙ୍କୁ ଡାକ ପକେଇଲା । ନିଜେ ଶାଢ଼ୀ କାନିକୁ ଅଣ୍ଟାରେ ଭିଡ଼ି ଦେଇ ଧଇଁ ସଇଁ ହେଇ ଧାଈଁ ଆସି ଆମ୍ୱ ଗଛ ମୂଳରେ ପହଞ୍ଚିଲା । ମାଆର କୁହାଟ ଶୁଣି ପୁରିଆ ଭାଇ ଦୌଡ଼ି ଆସିଲା । ଗଛ ପାଖରେ ଅବସ୍ଥା ଦେଖି ଘରକୁ ଦୌଡ଼ିଯାଇ ବାଉଁଶ ସିଡ଼ିଟିଏ ଧରି ପୁଣି ଆସି ଘଟଣା ସ୍ଥଳରେ ପହଞ୍ଚିଲା । ଆଉ ଦୁଇଜଣ କାମ କଲା ବାଲା ବି ଦୌଡ଼ି ଆସିଲେ । ସମସ୍ତେ ମିଲି, ଜଣେ ସିଡ଼ି ଉପରେ ଆଉ ଦୁଇ ଜଣ ଗଛ ତଲେ ରହି, ମୋତେ ଉଦ୍ଧାର କଲେ । ଆମ୍ଭୁଡ଼ି ରାମ୍ଭୁଡ଼ି ହେଇ ମୋ ଜଙ୍ଘ ଓ ପେଟରୁ ସେତେବେଲେ ରକ୍ତ ବହିବାରେ ଲାଗିଥାଏ, ଦେହ ବରଡ଼ା ପତ୍ର ପରି ଥରୁଥାଏ । କ୍ଷତ ସ୍ଥାନରୁ ଲଙ୍କା ମରିଚ ବୋଳିଲା ଭଳି ଭୀଷଣ ପୋଡ଼ା ଜଲା । ତଲକୁ ଆସିବା ପରେ ମାଆ ମୋତେ ଡିମା ଡିମା ପିଆଜ ପାଖୁଡ଼ା ପରି ନାଲି ଆଖି ଦେଖେଇ, ମୋ କାନ ପାଖରେ ଚିକାର କରି ତାଗିଦ କଲା, କହିଲା, “ତୋତେ କେତେ ଥର ମନା କରିଛି ଆମ୍ୱ ଗଛରେ ଚଢ଼ିବାକୁ ? ଆଉ ଥରେ ଯଦି ଚଢ଼ିଲୁ ସେଇ ଦିନ ମୋ ରୂପ ଦେଖିବୁ, ମତେ ଚିହ୍ନିବୁ, ବୁଝିଲୁ ?” ତଲେ ଘାସ ଉପରେ ପିଠି ତଲକୁ କରି ପଡ଼ି ରହି ମୁଁ ତା’ ମୁହଁକୁ ବିଲି ବିଲି କରି ଚାହିଁଥାଏ, ଆଉ ସେ ମୋତେ ବକି ଚାଲିଥାଏ । ଏତିକି ବେଲେ ବଡ଼ ଭାଉଜ ଦୌଡ଼ି ଆସି ମୋ ଦେହରେ ମଲମ ଲଗେଇବାରେ ଲାଗିଗଲେ । ମାଆକୁ ଆଉ ପାଟି ନ କରିବାକୁ ଅନୁରୋଧ କଲେ । ତେବେ ଯାଇ ମାଆ ଟିକିଏ ତା’ ଚିକାର ବନ୍ଦ କଲା । ମୁଁ ବସି ପଡ଼ି ବିକଲରେ ଓଠୁ ଆହା ହେଇ କ୍ଷତ ସ୍ଥାନକୁ ଫୁଙ୍କିବାରେ ଲାଗିଥାଏ । ଭାଉଜ ସମବେଦନା ଜଣଉଥାନ୍ତି,

ପୁଣି କହୁଥାନ୍ତି, "ତମେ କାହିଁକି ଆମ ଗଛରେ ଚଢ଼ୁଚ କହିଲ ? ଆମେମାନେ କେତେ ମନା କଲୁଣି । ଗୋଡ଼ ହାତ ଯଦି ଭାଙ୍ଗି ଯାଇଥାନ୍ତା, ଆମ କିଏ କିସ ନେଇ ଯାଉଚି ନା ବାଡ଼ିରୁ ? ତମେମାନେ ତ ସବୁ ଖାଉଚ ।"

ସେ ଦିନ ଆମତୋଟାରେ ବୁଲୁ ବୁଲୁ ଦେଖ଼ିଲି ଗୋଟିଏ ଗଛରେ ବହୁତ ଗୁଡ଼ିଏ ପାଚିଲା ଆମ ପବନରେ ଦୋହୋଲିବାର । ସୂର୍ଯ୍ୟ କିରଣ ପଡ଼ି ମୋତେ ସେମାନେ ଆହୁରି ରଙ୍ଗ ରଙ୍ଗିଆ ଲୋଭନୀୟ ଦେଖାଗଲେ । ପାଚି ତଳେ ପଡ଼ିବାକୁ ଅପେକ୍ଷା କରୁଛି କିଏ ? ତଳେ ପଡ଼ିଲେ ବି କି ବିଶ୍ୱାସ ମୋତେ ମିଳିବ, ଆଉ କେଉଁ ଭାଇ ଭଉଣୀଙ୍କ ହାତରେ ପଡ଼ି ଯାଇପାରେ । ଭାବିଲି ତା' ପୂର୍ବରୁ ଆମ ଗୁଡ଼ିକ ନିଜେ କରାୟତ୍ତ କରିନେବା ଉଚିତ । ଖଣ୍ଡିଏ ନଗିଁ ନେଇ ଗଛ ଉପରକୁ ଚଢ଼ି ଆମ ଗୁଡ଼ିକ ବିଛେଇବାର ଉଦ୍ୟମ ତୁରନ୍ତ ଜାରି କଲି । ଗଛ ଚଢ଼ିବାରେ ମୁଁ ଧୁରନ୍ଧର । କୁଣ୍ଢେଇବା ପାଇଁ ଯଦି ଦୁଇ ହାତ ଗଛ ଗଣ୍ଠିକୁ ପାଉଛି ତେବେ ସେ ଗଛ ଚଢ଼ି ପାରିବାର ମୋର ଦକ୍ଷତା । ପେଟ, ହାତ ଅବା ଗୋଡ଼ ଆଙ୍ଗୁଡ଼ି ରାଙ୍ଗୁଡ଼ି ଯାଏ, ହେଲେ ସେଥିକୁ ପରବାୟ ନଥାଏ । ବୟସ ମୋତେ ନଅ କି ଦଶ । ଗଛ ଡାଲରେ ଠିଆ ହେଇ ଗୋଟିଏ ହାତରେ ଡାଲ ଆଉ ଆର ହାତରେ ନଗିଟିକୁ ଧରି ଆଙ୍କୁଶିରେ ଆମ ଲଗେଇ ଛାଟିବା କଥା । ଏଇ ସବୁ କଳା କଉଶଳ କାରସାଦି କରୁ କରୁ ଆୟଭରେ ନରହି ପାଦ ଖସିଗଲା ଠିଆ ହେଇଥିବା ଡାଲରୁ, ନଗି ହାତରୁ ଖସି ପଡ଼ିଲା ତଳେ । ମୁଁ ନିଜେ ତଳକୁ ଖସୁ ଖସୁ ହଠାତ୍ ଗଛର ଦୁଇ ଡାଲ ସନ୍ଧିରେ ମୋର ଗୋଟିଏ ଗୋଡ଼ ଅଟକି ଗଲା । ତଳେ ନପଡ଼ି ଓହଲି ରହିଲି ଗଛର ଦୁଇ ଡାଲ ମଝିରେ, ଠିକ୍ ଯେପରି ରାସ୍ତା କଡ଼ରେ ମଲା ଖାସି ଛେଲିକୁ ଝୁଲେଇ ଥାନ୍ତି ମୁଣ୍ଡ ତଳକୁ କରି । ଭୁଁଇ ଠାରୁ ତଥାପି ପାଞ୍ଚ ଛ ଫୁଟ ଉପରକୁ ମୁଁ, ଗୋଡ଼ ଉପରକୁ ତ ମୁଣ୍ଡ ତଳକୁ, ବାହାରିବାର ଉପାୟ ନାହିଁ । ସୌଭାଗ୍ୟକୁ ଅକସ୍ମାତେ ଏ ଦୃଶ୍ୟ ମାଆର ଆଖ଼ିରେ ଦୂରରୁ ଥାଇ ପଡ଼ିଲାରୁ ମୁଁ ଉଦ୍ଧାର ହେଲି, ଏତେ ବଡ଼ ଦୁର୍ଘଟଣାରୁ ବର୍ତ୍ତିଗଲି । ଦେହରେ କ୍ଷତ ଶୁଖ଼ିବାକୁ ବେଶ୍ କିଛି ଦିନ ଲାଗିଲା ।

ଆମ ଘର ଗ୍ରାମର ପୂର୍ବ ସୀମାନ୍ତରେ । ପୂର୍ବ ଦିଗକୁ ଦୃଶ୍ୟମାନ ହୁଏ ଦିଗନ୍ତ ବିସ୍ତାରି ଧାନ୍ୟ କ୍ଷେତ୍ର । ଦିନ ପ୍ରତିଦିନ ଦେଖାଯାଏ ତାଲ ଓ ବାଉଁଶ ବଣ ଫାଙ୍କରୁ ସକାଳ ସୂର୍ଯ୍ୟୋଦୟର ମନୋରମ ଦୃଶ୍ୟ । ପ୍ରଥମ ସୁନେଲି କଅଁଳ ସୂର୍ଯ୍ୟ କିରଣ ଆସି ବାଡ଼ି ପଟ ମାଟି ପିଣ୍ଡାରେ ବିଛାଡ଼ି ହେଇ ପଡ଼େ । ଘରୁ ଜମିକୁ ବାହାରି ଯାଇ ପଶ୍ଚିମ ପଟକୁ ଅନେଇଲେ ଦେଖାଯାଏ ନେଳିଆ ଧୂସର ରଙ୍ଗରେ ନୀଳଗିରିର ସ୍ୱର୍ଷଚୂଡ଼ ପର୍ବତ । ଦକ୍ଷିଣକୁ ତାଲ ବୁରେଇ ଓ ଉଭରକୁ ବୋହିଯାଉଥାଏ ମାଲ ଗାଁର ଛୋଟ ନଈଟିଏ ।

ମାଟି କାନ୍ଥ ଓ ନଡ଼ା ଛପରର ଘର ଆମର। ସାମନା ଦାଣ୍ଡରେ ବିଶାଳକାୟ ବରଗଛ ଓ ଗାଁ ଗୋହିରି। ଘର ପଛ ପଟେ ବିରାଟ ବାଡ଼ି। ତା' ଭିତରେ ଆମ୍ବ, ଜାମୁ, ତାଳ, ନାରିକେଳ, ତେନ୍ତୁଳି, ନିମ, କରଞ୍ଜ, ବେଲ, କଇଥ, ସାଲମା, ବରକୋଲି ଓ ବାଉଁଶ ଆଦି ବୃକ୍ଷ ମାନଙ୍କର ସମାବେଶ। ବୃକ୍ଷ ସାଙ୍ଗକୁ ମଲ୍ଲୀ, ମନ୍ଦାର, ଟଗର ଓ ତରାଟ ଫୁଲର ଗଛମାନ। ଦୁଇଟି ପୁଷ୍କରିଣୀ, ଗୋଟାଏ ବଡ଼ ଓ ଅନ୍ୟଟି କ୍ଷୁଦ୍ର। ତହିଁରେ ବଡ଼ରୁ ସାନ ଯାଏଁ ନାନା ଜାତିର ମାଛ। ପୁଷ୍କରିଣୀକୁ ବେଢ଼ି ରହିଥାଏ ଅନେକ ବୃକ୍ଷ। ପୂର୍ବ ପଟରେ ଉତ୍ତରରୁ ଦକ୍ଷିଣକୁ ଲମ୍ବି ଯାଇଥାଏ ବିଭିନ୍ନ ଆକାର ପ୍ରକାରର ଧରୁଥିବା ଅତି କମ୍ରେ କୋଡ଼ିଏ କି ପଚିଶଟି ଆମ୍ବଗଛ। ଆମ୍ବ ସମୟ ହେଲେ ତୋଟାରେ ଆମର ଅନେକ ସମୟ ବିତେ।

ଆମ୍ବ ଅଭିଯାନ

ଶୀତ ଯିବା ଅନ୍ତେ ବସନ୍ତ ଆସିଲେ ବାଡ଼ିପଟ ଆମ୍ବ ଗଛ ମାନଙ୍କରେ ବଉଳ ଲେସି ହେଇଯାଏ। ଆମ୍ବ ଡାଲରେ ଲୁଚି ରହି କୋଇଲି ରାବେ। ଦକ୍ଷିଣ ଦିଗରୁ ମଲୟ ପବନ ପୋଖରୀ କୂଳେ ସୁଲୁ ସୁଲୁ ହେଇ ବହେ। ପୋଖରୀକୁ ନଁଇ ଆସିଥିବା ଡାଲରେ ଆମ୍ବ ବଉଳର ଦୃଶ୍ୟ ଅତ୍ୟନ୍ତ ମନଲୋଭା। ବଉଳିବା ଦିନରୁ ହିଁ ପ୍ରାୟ ପ୍ରତିଦିନ ମୁଁ ଆମ୍ବ ଗଛ ମାନଙ୍କୁ ଚାହେଁ। ବଉଳରୁ ହୁଏ ଚଣା, ଚଣାରୁ କଷି, କଷିରୁ ପରିଣତ ହୁଏ ସବୁଜ ଆମ୍ବରେ ଓ ଶେଷକୁ ପାଚିଲା ଆମ୍ବ।

ଆମ୍ବ ଗଛକୁ ଚାହିଁବା ଅଭ୍ୟାସ ମାଆ ପାଖରୁ ମୋର ଶିକ୍ଷା। ଆମ୍ବ ସମୟ ଆସିଲେ ମାଆ ସବୁ ଗଛକୁ ଚାହିଁ ଚାହିଁ ଯାଏ ଆଉ ତା' ହାତ ଧରି ମୁଁ ଦେଖ ଦେଖାଯାଏ, ପଚାରି ପଚାରି ଯାଏ। କେଉଁ ଗଛର ଆମ୍ବକଷି ପଖାଲରେ ପକେଇବାକୁ ସୁଆଦିଆ, କେଉଁ ଗଛ ଆମ୍ବରୁ ଆଚାର ବା ଆମ୍ବୁଲ ହୁଏ, କେଉଁ ଆମ୍ବ ପାଚିଲେ ସୁଆଦିଆ ଲାଗେ, କେଉଁଟା ଖଟା, କେଉଁଟା ମିଠା ଇତ୍ୟାଦି ଇତ୍ୟାଦି। ମାଆ ମୋତେ ସେ ସବୁର ଉତ୍ତର ଦେଇ ଚାଲେ। କୁଆ ଥଣ୍ଡରେ ଖୁମ୍ପି ଓ ଗୁଣ୍ଠିଚି ଲାଞ୍ଜ ହେଲେଇ ଦୁଇ ହାତରେ ଧରି ଆମ୍ବ ଖାଇବାର ଦୃଶ୍ୟ ଦେଖ୍ବାକୁ ମୋତେ ଭାରି ମଜା ଲାଗେ, ମାଆ କିନ୍ତୁ ସେମାନଙ୍କ ଉପରେ ଚିଡ଼େ। କହେ, "ହେ, ସେ ଗୁଡ଼ା ଆମ୍ବ ସବୁ ନଷ୍ଟ କରି ପକଉଚନ୍ତି।" ଯେତେ ଆମ୍ବଗଛ ଆମ ବାଡ଼ିର, ଆମେ ସବୁ ଗଛର ନାଁ ଦେଇଥିଲୁ, କୁଆଲିଆ, ସିନ୍ଦୁରୀ, ନାଟ ସିନ୍ଦୁରୀ, ସୁଡ଼ି, ନଲି, ଧଲୀ, କାଲି, ଶାଗ ଦଲେଇ, କାଲି କୋଇଲି ଇତ୍ୟାଦି ଇତ୍ୟାଦି। ଆଖ୍ ବନ୍ଦ କରି ଆମ୍ବର କେବଳ ବାସନା ଶୁଙ୍ଘି ବା ଅନ୍ୟ ଭଲି ଆକାର ପ୍ରକାର ହାତରେ ବାରି ମୁଁ କେଉଁ ଗଛର ଆମ୍ବ ଚିହ୍ନ କହି ଦେବା ପିଲା। ଖରାଦିନେ ଆମର ସକାଳ ହୁଏ ଆମ୍ବ ଗଛ ମୂଳରେ, ସଞ୍ଜ ବାଜେ ଆମ୍ବ ଗଛ ମୂଳରେ।

ମାଆର ତ ଆମ୍ବ ଗଛକୁ ଚାହିଁବା ଅଭ୍ୟାସ, ଚାରି ଆଡ଼କୁ ତାର ନିଘା, ନୋହିଲେ ଏତେ ପିଲା ଛୁଆଙ୍କୁ ସମ୍ଭାଳନ୍ତା କିପରି ? ଦିନେ ସେ ଲକ୍ଷ୍ୟ କଲା ଆମ ଘର ଓଳି କଡ଼ ଗଛରେ ସବୁ ପାଚିଲା ଆମ୍ବ ଗୁଡ଼ିକର ତଳ ଖଣ୍ଡିଆ। କହିଲା, "ନିଶ୍ଚିତ ଏ ସବୁ ସେଇ ନଙ୍କା ପୋଡ଼ା ଗୁଣ୍ଟିମୂଷାଙ୍କ କାମ। ସେ ଦଶାଘାଟିଆ ଗୁଣ୍ଟି ଗୁଡ଼ାକ ଆମ୍ବର ତଳୁ ସବୁ ଖାଇ ଯାଉଚନ୍ତି।" ମୁଁ ଏ କଥା ଶୁଣିଥାଏ। ଆମ ଘର ଓଳି କଡ଼ ଆମ୍ବ ଗଛର ଆମ୍ବଟି ଲମ୍ବାଳିଆ, କୌଣସି କାରଣରୁ ତଳ ଆଡ଼ୁ ହଳଦିଆ ପଡ଼ି ଆସି ପ୍ରଥମେ ପାଚିବା ଆରମ୍ଭ କରେ।

ଥରେ ମାଆ ସେଇ ଓଳି କଡ଼ ଆମ୍ବଗଛ ତଳେ ଯାଉଥାଏ। ସେତିକି ବେଳେ ମୁଁ ସେ ଆମ୍ବ ଗଛରେ ଚଢ଼ି ଆମ୍ବ ଧରିଥିବା ଡାଲକୁ ଭିଡ଼ି ଆଣି କେତୋଟି ଆମ୍ବର ପାଚି ଆସୁଥିବା ତଳ ଅଂଶକୁ ଖାଇ ପୁଣି ଡାଲଟିକୁ ଧୀରେ ଛାଡ଼ି ଦେଲି। ମାଆକୁ ଶଢ଼ ହେବାରୁ ସେ ଉପରକୁ ଅନେଇଲା। ସେ ତଳେ ଠିଆ ହେଇଚି ବୋଲି ମୋତେ ଜଣା ନାହିଁ। ତଳେ ରହି ସେ ମୋର ଏ ସବୁ କାଣ୍ଡ କାର୍ଖି ନିଜ ଆଖିରେ ଦେଖିଲା। ସେଉଠୁ ପାଟି କରି କହିଲା, "ତୁ ଏଇଆ କରୁଚୁ ନା ? ମୁଁ ମିଛୁଟାରେ ସେ ନିରୀହ ଗୁଣ୍ଟିମୂଷା ଗୁଡ଼ାଙ୍କୁ ଦୋଷ ଦଉଚି। ଆ, ତଳକୁ ଆ, ଓହ୍ଲେଇ ଆ, ତତେ ଦଉଚି।"

ମାଆ ଅପେକ୍ଷା ବାପାଙ୍କୁ ମୋର ଡର ବେଶୀ। ବାପାଙ୍କ ହାତ ଚାପୁଡ଼ା ଭାରି ଟାଣ, ବଡ଼ କାଟେ। ତଥାପି ମାଆ ହାତରେ ବାଡ଼ି ଖଣ୍ଡେ ଯେତେବେଳେ ରୁଣ୍ଢେଇ ଗଛ ମୂଳରେ ଅଣ୍ଟା ଭିଡ଼ି ଠିଆ ହେଲାଣି, ଭୟ ତ ନିହାତି କରିବା କଥା। ମୁଁ ଧୀରେ ଧୀରେ ମାଆକୁ ଚାହିଁ ତଳକୁ ଓହ୍ଲେଇବାରେ ଲାଗିଲି। ମାଆ ବି ନିଶ୍ଚିତ ହେଇଯାଇଥାଏ ମୋତେ ଧରି ପାନେ ଦବ, ମନେ ମନେ ଭାବୁଥିବ, ଗଛରେ ସେ ଅଛି, ମୁଁ ତ ତଳେ, ଯିବ କୁଆଡ଼େ ? ଯେମିତି ମୁଁ ଟିକିଏ ତଳୁଆ ହେଇ ଯାଇଚି ମାଙ୍କଡ଼ ତ ଗୋଟିଏ ଲମ୍ବା କୁଦା, ଯାଇ ପଡ଼ିଲି ଧାସୁଙ୍କି ପାଖରେ ଥିବା କୁଟା ଗଦା ଉପରେ, ଆଉ ସେଉଠୁ ଆଖି ପିଛୁଲାକେ ଚମ୍ପଟ। ମାଆ ଠିଆ ହେଇ ଚାହିଁ ଥାଏ ଗଛ ମୂଳରେ। ସେ କ'ଣ ମୋ ସାଙ୍ଗରେ ଦଉଡ଼ି ପାରିବ ? ଭାବି ନଥିଲି, ତଥାପି ମାଆ ଦୁଃସାହସ କରି ମୋତେ ଧରିବା ପାଇଁ ଗୋଡ଼େଇଲା। ମୁଁ ଧାଉଁ ଧାଉଁ ଦେଖିଲି ବାପା ସାମନାରୁ ପୋଖରୀ ଆଡ଼ୁ ଆସୁଚନ୍ତି। ମାଆ ପାଟି କରି କହିଲା, "ଧର, ଧର ତାକୁ, ଦୁଷ୍ଟ, ପାଟି ଲଗେଇକି ସବୁ ଆମ୍ବ ଖାଣ୍ଡିଆ କରୁଚି।" ବାପାଙ୍କୁ ଯେମିତି ଦେଖିଚି ମୋର ଛାନିଆଁ ପଶିଗଲା। ଆଗରେ ସିଂହ, ପଛରେ ଶୃଗାଳ, ମୁଁ ମଝିରେ ଶଶକ ଯାଏ କୁଆଡ଼େ ? ସଙ୍ଗେ ସଙ୍ଗେ ଲଙ୍ଗଳା ହେଇପଡ଼ି ପ୍ୟାଣ୍ଟକୁ ପୋଖରୀ କୂଳ ନଡ଼ିଆ ଗଛ ମୂଳକୁ ଫୋପାଡ଼ି ଦେଇ ଖପ୍ କି ମାଇଲି ଡିଆଁ ପୋଖରୀ ଭିତରକୁ। ବାପା ମାଆ ଆଉ କ'ଣ

ପାଣିରେ ପଶିବେ? ତାଙ୍କୁ ତ ପହରା ଜଣାନାହିଁ। ନିରୁପାୟ ହେଇ ସେ ଦୁହେଁ ଦୁହିଁଙ୍କ ମୁହଁକୁ ଅନେଇ ଫେରିଗଲେ। ମାଆ ଗଲାବେଳେ କେବଳ ଏତିକି କହି ଦେଇଗଲା, "ଖାଇତେ ଆଇବୁ ତ? ସେଇଟି ଦେଖ୍‌ମି ତୋତେ, ତୋର ମୋର କଥାବାର୍ତ୍ତା।" ଏତିକି କହି ଦୁହେଁ ପଲେଇଲେ। ଖାଇବା ବେଳକୁ ମାଆ ଥଣ୍ଡା। ମାଆ ମାନଙ୍କର ପିଲା ପ୍ରତି ରାଗ କେତେ ବେଳ ଯାଏଁ କି?

ବାପା ମାଆ "ଆମ୍ବ ଗଛକୁ ଚଢ଼ନା ଚଢ଼ନା" କହି ମୋତେ ସବୁବେଳେ ତାଗିଦ କରନ୍ତି। ପବନ ହେଉଥିବା ବେଳେ ସରୁ ଡାଲରେ ଚଢ଼ି ଆମ୍ବ ବିଛେଇବା, ଆମ୍ବ ଗଛରେ ଚଢ଼ିଥିବା ବେଳେ କାଇ ମାନେ ମୋ ଉପରେ ଆକ୍ରମଣ କରିବା, ଖାଲି ଦେହରେ ଆମ୍ବ ଗଛରେ ଚଢ଼ି ଆଙ୍ଗୁଡ଼ି ରାମ୍ପୁଡ଼ି ଯିବା, ଏଇ ପରି ନାନା ରୋମାଞ୍ଚକର ଅନୁଭୂତିର ଅଭିକ୍ଷତା ମୋର। ଏହା ଯେ କେବଳ ଆମ ବାଡ଼ି ଆମ୍ବଗଛ ମାନଙ୍କରେ ସୀମିତ ଥିଲା ତା' ନୁହଁ ବେଳେ ବେଳେ ପଡ଼ୋଶୀଙ୍କ ବାଡ଼ିକୁ ମଧ ଉଚ୍ଛୁଲି ପଡ଼ୁଥିଲା।

ଆମ ଘର ବାଡ଼ିକୁ ଲାଗି ଝୁଲଣା ପଡ଼ିଆ ନାମରେ ଅନ୍ୟ ଏକ ପ୍ରକାଣ୍ଡ ବାଡ଼ି। ପାଣିଗ୍ରାହୀ ଉଆସର ଆଉ ଜଣେ ଜେଜେ ବାପା, ହରିଶ୍ଚନ୍ଦ୍ର ପାଣିଗ୍ରାହୀ ଏ ବାଡ଼ିର ମାଲିକ। ଆମେ ତାଙ୍କୁ ହରିଶ୍ ଜଜ ବୋଲି ଡାକୁଁ। ସେ ମଧ ଗାଁ ସ୍କୁଲରେ ଆମର ଶିକ୍ଷକ। ତାଙ୍କ ବାଡ଼ି ମଝିରେ କାଚକେନ୍ଦୁ ଭଳି ପାଣି ଥାଇ ପୁଷ୍କରିଣୀଟିଏ। ତା' ଚତୁର୍ଦ୍ଦିଗରେ ରସାଲିଆ ସୁଆଦିଆ ଜାତି ଜାତି ଆମ୍ବଗଛର ତୋଟା। ତାଙ୍କ ଘର ଠାରୁ ଏହା ଦୂରରେ। କେବଳ ଯେ ଆମ ବାଡ଼ି ଆମ୍ବ ସହିତ ମୋର ସମ୍ପର୍କ ଥିଲା ତା' ନୁହଁ ତାଙ୍କ ବାଡ଼ିର ସମସ୍ତ ଆମ୍ବ ସହିତ ମୋର ବେଶ୍ ପରିଚୟ। ଦ୍ବିପ୍ରହରରେ ଚାରିଆଡ଼ ଯେତେବେଳେ ଶୁନ୍‌ଶାନ ହେଇଯାଏ ଆଉ ବାପାଙ୍କର ମଧ୍ୟାହ୍ନଭୋଜନ ପରେ ଦିନ ବେଳା ଘୁଙ୍ଗୁଡ଼ି ଶୁଭେ ଠିକ୍ ସେତିକି ବେଳେ କବାଟ ଖୋଲି ମୁଁ ଖସି ଯାଏ ବାହାରକୁ, ଆଉ ମୋର ଆମ୍ବ ଅଭିଯାନ ଆରମ୍ଭ ହେଇଯାଏ।

ଆଉ ଦିନକର ଘଟଣା। ଆମ ବାଡ଼ ପଟରୁ ସ୍ବହସ୍ତ କୃତ ଗଲି ବାଟ ଦେଇ ଏପଟ ସେପଟ ଉଣ୍ଟି ଧରି ଧରି ମୁଁ ଝୁଲଣା ପଡ଼ିଆ ଭିତରକୁ ପଶିଲି। ଚାରିଆଡ଼ ଶୁନ୍‌ଶାନ୍। ଜନ ମାନବ ଶୂନ୍ୟ, କେହି କୁଆଡ଼େ ନାହାନ୍ତି, ପ୍ରଚଣ୍ଡ ରୌଦ୍ରତାପ ଦାଉରୁ ରକ୍ଷା ପାଇବା ନିମନ୍ତେ ସମସ୍ତେ ଘର ଭିତରେ କବାଟ କିଲି ପଶିଥାନ୍ତି। ଗରମ ଝାଞ୍ଜି ପବନ ସାଁ ସାଁ ପିଉଥାଏ। ପାଦ ପଡ଼ିଗଲେ ଶୁଖିଲା ପତ୍ର ସବୁ କଡ଼ ମଡ଼ ଶଚ କରୁଥାନ୍ତି। ଉପରକୁ ଅନେଇ ଦେଖିଲି ଗୋଟିଏ ମିଠା ଆମ୍ବ ଗଛରେ ବେଶ୍ ବଡ଼ ଆମ୍ବ କେତୋଟି ପାଚିବାର। ଗଛଟି ବି ସରୁ। ଚଢ଼ିବାକୁ ମୋ ପାଇଁ ସୁବିଧା। ଅନାୟାସରେ ଚଢ଼ିଗଲି ଉପରକୁ। ପ୍ରଥମ ଡାଲରେ ପହଞ୍ଚି ଡାଲ ଥରେ ଜୋରରେ ହଲେଇଛି କି

ନାହିଁ ଠସ୍ ଠାସ୍ ହେଇ କେତେଟା ଆମ୍ବ ଗଲି ପଡ଼ିଲେ ଶୁଖ୍‌ଲା ପତ୍ର ଉପରେ। ତାହା ଦେଖି ମୁଁ ଭାରି ଖୁସି। ହେଲେ ଠିକ୍ ତା’ ପର ମୁହୂର୍ତ୍ତରେ ଦୂରରୁ ଶୁଭିଲା ଶୁଖ୍‌ଲା ଆମ୍ବ ପତ୍ରର କଡ଼ ମଡ଼ ଶବ୍ଦ। ବାଘ ହେମ୍ବାଳ ଶୁଣି ହରିଣ କାନ ଠିଆ କରି ଶୁଣିଲା ଭଳି, ମୁଁ ଶୁଣିବାକୁ କାନ ପାରିଲି, ମନରେ ଶଙ୍କା, କିଏ ଆସିଲା କି ? ଭୟଭୀତ ହେଇ ଚାରି ଆଡ଼କୁ ଅନେଇଲି। ସତରେ ଯାହା ଦେଖିଲି ରକ୍ତ ମୋର ପାଣି ଫାଟିଗଲା। ଦୂରରେ ହରିଶ ଜଜ୍ ନେଲିଆ ଲୁଙ୍ଗିଟିଏ ପିନ୍ଧି ଖାଲି ଦିହରେ ଚାଲିଚନ୍ତି। କ’ଣ କରିବି ? ଗଛରେ ରହିବି, ନାଁ ତଳକୁ ଓହ୍ଲେଇ ଧାଇଁବି ? ଏମିତି ଦ୍ୱନ୍ଦ୍ୱରେ ମୁଁ। ସେ ଏତେ ଶୀଘ୍ର ଆସି ପହଞ୍ଚି ଗଲେ ଯେ ଓହ୍ଲେଇ ଧାଇଁବାକୁ ଆଉ ସମୟ ହେଲାନି। ତେଣୁ ସ୍ଥିର କରିନେଲି ନିରବରେ ଗଛ ଉପରେ ରହିଯିବି, ସିଏ ଆଉ କିସ ଉପରକୁ ଅନେଇବେ କି ? ଚୁପ୍‌ଚାପ ଡାଳକୁ କୁଣ୍ଢେଇ ବସିଲି। ଗଛ, ପବନରେ ଦୋହୋଲୁଥାଏ। ଦୂରରୁ କାଉ ମାନଙ୍କର କାଆ କାଆ ରାବ। କିଛି ସମୟ ପରେ ସେ ଠିକ୍ ସେଇ ଆମ୍ବ ଗଛ ଆଡ଼କୁ ଆସିଲେ। ତଳେ ପଡ଼ିଥିବା ଆମ୍ବ ଗୁଡ଼ିକ ସେ ଗୋଟେଇବାରେ ଲାଗିଲେ, ମୁଁ ଉପରେ ବସି ସବୁ ଦେଖୁଥାଏ। ମନେ ମନେ ଭାବୁଥାଏ ସେତେକ ନେଇ ଭଲା ସେ ପଳେଇ ଯାଆନ୍ତୁ, ମୋର ଆମ୍ବ ଦରକାର ନାହିଁ, ମୋତେ କିନ୍ତୁ ନଦେଖନ୍ତୁ। ଏଇଆ ଭାବୁ ଭାବୁ ସେ ଉପରକୁ ଚାହିଁଲେ, ମୋତେ ଦେଖିଲେ ମୁଁ ଗଛରେ ମାଙ୍କଡ଼ ପରି ବସିଛି। ଯେମିତି ଜାଣିଲି ସେ ମୋତେ ଦେଖି ସାରିଲେଣି ମୋ ଗୋଡ଼ ହାତ ଥୁରୁ ଥୁରୁ ହେଇ କମ୍ପିବାରେ ଲାଗିଲା। ମନେ ମନେ ଭାବୁଥାଏ ତଳକୁ ଓହ୍ଲେଇଲେ ମୋର ଅବସ୍ଥା କିସ ହବ ? ତାଙ୍କୁ ପିଲାଦିନେ ଆମର ବାଘ ଭଳି ଭୀଷଣ ଭୟ। ଖାଲି ମୁଁ ନୁହଁ, ସାରା ଗାଁ ଲୋକ ତାଙ୍କୁ ଡରନ୍ତି। ସମସ୍ତଙ୍କୁ ନାଲି ଆଖି ଦେଖାନ୍ତି, ତୁରା କାଢ଼ନ୍ତି। କିନ୍ତୁ ସେ ମୋତେ ଗଛ ଡାଳରେ ବସିଥିବା ଦେଖି ଅତି କଅଁଲେଇ ସାକୁଲେଇ ହସି ହସି କହିଲେ, "ଆ, ଓହ୍ଲେଇଆ, ମୁଁ କିଛି କରିବିନି।" ଆହୁରି ପ୍ରଲୋଭନ ଦେଖେଇ କହିଲେ, "ଏଇ ଆମ୍ବ ସବୁ ତୋତେ ଦେଇ ଦେବି, ତୁ ନେଇକି ଘରକୁ ପଳେଇ ଯିବୁ। ତୋର ଜମାରୁ ଡରିବାର ନାହିଁ, ଆ, ତଳକୁ ଓହ୍ଲେଇ ଆ।" ତାଙ୍କ ମୁହଁରୁ ଏପରି ଉତ୍ସାହପୂର୍ଣ୍ଣ ବାଣୀ ମୁଁ ଜମାରୁ ଆଶା କରି ନଥିଲି। ଏହା ପ୍ରକୃତରେ ସତ କି ଧୂଆଁ ବାଣ, ତାହା ବି ମୁଁ ଜାଣି ପାରୁ ନଥାଏ। ତଥାପି ତାଙ୍କ କଥାକୁ ଭରସି ଧୀରେ ଧୀରେ ଓହ୍ଲେଇବାରେ ଲାଗିଲି। ତଳେ ପହଞ୍ଚିଲେ ଯେ ମୋର ଅବସ୍ଥା କ’ଣ ହେବ, ସେ କଥା ମୋତେ ଅଜଣା। ଶେଷରେ ତଳେ ପହଞ୍ଚି ତାଙ୍କ ଆଗରେ ବିକଳିଆ ପରି ଠିଆ ହେଇ ତାଙ୍କୁ ଅନେଇ ରହିଲି। ପୁଙ୍ଗା ପେଟରେ ଗଛ ଚଢ଼ା ଧଲା ଗାର ଗୁଡ଼ିକର ଚିହ୍ନ। ସେ ମୋତେ ଚାହିଁଲେ। ସତକୁ ସତ ମୋ ହାତରେ ସବୁ ଆମ୍ବତକ ଧରେଇ

ଦେଇ କହିଲେ "ଯା, ଆଉ ଜମା ଆସିବୁନି, କ'ଣ କହୁ?" ମୋତେ ଜମାରୁ ବିଶ୍ୱାସ ହେଲାନି। ମୁଁ ଆଖ ମିଟି ମିଟି କରି ମୁଣ୍ଡ ଟୁଙ୍ଗାରି ସମ୍ମତି ଜଣେଇ ଆମ୍ଭ ସବୁକୁ ଛାତି ପାଖରେ ଜାକି ଧରି ଆଖ ପିଛୁଲାକେ ପବନ ବେଗରେ ଧାଇଁଲି। ଏଥର ମୋ କୃତ ଗଲି ବାଟ ଦେଇ ନ ଫେରି ମୁଖ୍ୟ ତାଟି ବାଟ ଦେଇ ଘରୁକୁ ଫେରି ଆସିଲି।

ଗାଁ ସ୍କୁଲ

ସାନ ସ୍କୁଲ ଆମ ଘର ପାଖରୁ ଡାକେ ବାଟ। ସ୍କୁଲ ଘଣ୍ଟା ଟାଂ ଟାଂ ହେଇ ବାଜିଲେ ଆମ ଘର ଦାଣ୍ଡକୁ ଶୁଭେ। ଘରେ ସମୟ ଦେଖିବାକୁ ଆମର ଘଡ଼ି ନଥାଏ। କେଉଁଠି ଖରା ପଡ଼ିଲେ କେତେ ସମୟ, ଆଗରୁ କାହା ହାତ ଘଡ଼ି ଦେଖ ଆମେ ଅଗଣାରେ ଚିହ୍ନ ମାରି ରଖିଥାଉ। ସେଇ ଛାଇକୁ ଦେଖ ସମୟ ଅନ୍ଦାଜ କରି ପାଠପଢ଼ା ବନ୍ଦ କରୁ ଓ ସ୍କୁଲ ଯିବାକୁ ପ୍ରସ୍ତୁତ ହେଉ।

ମୋ ଉପର ଭାଇ ଦଇନ, ଭଲ ନାଁ ଦିବାକର, ସେ ମୋ ଠାରୁ ମାତ୍ର ଦି' ବର୍ଷ ବଡ଼। ପିଲାଦିନେ ମୁଁ ତାକୁ ନନା ଡାକୁ ନଥିଲି, କେବଳ "ଦଇନ।" ମୁଁ ପ୍ରଥମ ଶ୍ରେଣୀରେ ପଢ଼ିଲା ବେଳେ ସେ ତୃତୀୟରେ। ଦୁଇ ଜଣ ସାଙ୍ଗ ହେଇ ସ୍କୁଲ ଯାଉ। ଆମର ସ୍କୁଲ ଯିବା ବାଟ ଗାଁ ଦାଣ୍ଡ ଗୋହିରି। ଗୋହିରିରେ ନାଲି ନାଲି ମୋଟା ସଫା ବାଲି। ବର୍ଷାଦିନେ ସେଥିରେ ପାଣି ଆମର ଅଣ୍ଠା ଯାକେ ଚାଲେ। ପାଣି ସୁଅ କାହୁଁ କାହୁଁ ବାଲି ଆଣି ଗୋହିରିରେ ଜମା କରି ଦିଏ। ବେଶୀ ପାଣି ଥିଲେ ଆମେ ଲଙ୍ଗଲା ହେଇପଡ଼ି ପ୍ୟାଣ୍ଟକୁ ବସ୍ତାନି ଭିତରେ ଭର୍ତି କରିଦେଉ, ଆଉ ବସ୍ତାନିକୁ ମୁଣ୍ଡରେ ମୁଣ୍ଡେଇ ପେଟେ ପାଣିରେ ଚାଲୁ। ଆମ ସାମନା ଘରେ ଶ୍ୟାମ ଓ ଘନ, ସେମାନେ ବି ଆମ ସାଙ୍ଗରେ ପଢ଼ନ୍ତି। ସେମାନଙ୍କୁ ତାଙ୍କ ଚାକର ଦର୍ଶନିଆ ଗୋଟିଏ କାନ୍ଧରେ ଜଣକୁ ତ ଆର କାନ୍ଧରେ ଆଉ ଜଣକୁ ବସେଇ ନେଇଯାଏ। ଆମେ ଦୁଇ ଭାଇ ତାଙ୍କ ପଛେ ପଛେ ଟୁଙ୍ଗୁରୁ ଟୁଙ୍ଗୁରୁ ହେଇ ବସ୍ତାନି ମୁଣ୍ଡରେ ମୁଣ୍ଡେଇ ଡିହ ପର୍ଯ୍ୟନ୍ତ ଯାଉ। ଶୁଖିଲା ଡିହରେ ପ୍ୟାଣ୍ଟ ପିନ୍ଧି ପକେଇ ସ୍କୁଲ ହତା ଭିତରକୁ ପଶୁ। ବର୍ଷା ଦିନେ ବେଶୀ ପାଣିରେ ଏଇମିତି ସ୍କୁଲ ଯିବା ଆସିବା ଥିଲା ଆମର ନିତିଦିନିଆ ଘଟଣା। ଗୋହିରିରେ ପାଣି ଯେତେବେଳେ କମିଯାଏ ଆମକୁ ଭାରି ଖୁସି ଲାଗେ। ଝିଲି ଝିଲି ପାଣି ଧାରରେ ପହଁରି ଯାଉଥିବା ଜାତି ଜାତି ବଡ଼ ସାନ ମାଛ ଦେଖିବାକୁ ମିଳେ। ବେହେରା ସାହିର ପୋଷା ବତକ ପହଁରୁ ଥିଲେ ତ ଆହୁରି ମଜା। "ହାସୁ" କହି ହାତରେ ତାଲି ମାରି ଦେଲେ ସେମାନେ ଆମରି ଆଗରେ "କେ କା କ କ" ରାବ ଦେଇ, ଡେଣା ଫଡ଼ ଫଡ଼ କରି ଉଡ଼ି ପଳାନ୍ତି। ବେଳେ ବେଳେ ବାଡ଼ କଡ଼ ପାଣିରୁ ହାତ ବଢ଼େଇ ନୀଳ କଇଁ ଫୁଲ ତୋଳୁ ତୋଳୁ ପ୍ୟାଣ୍ଟ ଓଦା ହେଇଯାଏ। ବର୍ଷା ଦିନ ପରେ ଶୀତ ଦିନ

ଆସିଲେ ଗୋହିରିରେ ପାଣି ସମ୍ପୂର୍ଣ୍ଣ ଶୁଖିଯାଏ, ଆମେ ଶୁଖିଲା ବାଲିରେ ଖେଳୁ । ଖରାଦିନ କିନ୍ତୁ ଦିପହରେ ଗୋହିରିର ବାଲି ଭାରି ତାତି ଯାଏ । ଖାଲି ପାଦରେ ତାତିଲା ବାଲିରେ ଚାଲିବା କଷ୍ଟକର ହେଇପଡ଼େ ।

ସାନ ସ୍କୁଲରେ ମାତ୍ର ଦୁଇଟି କୋଠରି, ଆଗରେ ବାରଣ୍ଡା । ସାମନାରେ ସଦା ବିହାରୀ, ହରଗୌରା, ରଙ୍ଗାଣୀ, ମଲ୍ଲୀ ଓ ଗେଣ୍ଡୁ ଆଦି ଫୁଲମାନଙ୍କର ବଗିଚା । ପ୍ରଥମ କୋଠରିରେ ଦୁଇଟି ଶ୍ରେଣୀ ବସେ, ତୃତୀୟ ଓ ପ୍ରଥମ । ଶିକ୍ଷକ ବସନ୍ତି ମଝିରେ ଟେବୁଲ ଚୌକି ପକେଇ, ତାଙ୍କ ବାଁ ପଟକୁ ପ୍ରଥମ ଓ ଡାହାଣ ପଟକୁ ତୃତୀୟ ଶ୍ରେଣୀ । ଆର କୋଠରିରେ କେବଳ ଦ୍ୱିତୀୟ ଶ୍ରେଣୀ । ସ୍କୁଲ ଘର, ମାଟି କାନ୍ଥ, ଟିଣ ଛପର, ପକ୍କା ଚଟାଣ ଓ ତହିଁରେ ବଡ଼ ବଡ଼ ଝରକା । ଚଟାଣ ବି ମଝିରେ ମଝିରେ ସିମେଣ୍ଟ ଉଠିଯାଇ କାଚୁ ଦିହ ଭଲି ଖଣ୍ଡିଆ ଖାବରା । ସ୍କୁଲର ନାଁ ଦାଶରଥ ଫିଡ଼ାର ନିମ୍ନ ପ୍ରାଥମିକ ବିଦ୍ୟାଳୟ, ଆମେ କହୁ ସାନ ସ୍କୁଲ । ଦାଶରଥୀ ଜେଜେବାପା ଏ ସ୍କୁଲର ପ୍ରତିଷ୍ଠାତା ବୋଲି ଆମେ ବାପାଙ୍କ ପାଖରୁ ଜାଣିଥାଉ । ସ୍କୁଲ ପଛ ପଟକୁ ବଡ଼ ସୁନିଆ ପୋଖରୀ । ସ୍କୁଲ ବାଡ଼କୁ ଲାଗି ପୋଖରୀର ପକ୍କାଘାଟ । ସ୍କୁଲରେ ଥିବା ବେଳେ ସେଇ ପୋଖରୀରୁ ଆମେ ପାଣି ପିଉ ଓ ବେଳେ ବେଳେ ସେଠରେ ଫୁଟିଥିବା ନାଲି କଇଁ ତୋଳୁ ।

ପ୍ରଥମ ଓ ତୃତୀୟ ଶ୍ରେଣୀରେ ପ୍ରଥମେ ଶିକ୍ଷକ ଥିଲେ ଗଣପତି ସାର୍ । ପରେ ଆସିଲେ, ହରିହର (ବେହେରା) ସାର୍ । ହରିହର ସାରଙ୍କ ଘର ଆମରି ଗାଆଁର ଉପର ସାହିରେ । ସେ ଦେଖିବାକୁ ଡେଙ୍ଗା, ଚନ୍ଦା, ଗାନ୍ଧୀଙ୍କ ଭଲି ଗୋଲ ଗୋଲ ଚଷମା ତାଙ୍କ ଆଖିରେ । ଫେଙ୍ଗୁଲା ପାଟି । ମଝିରେ ମଝିରେ ହାତରେ ପାନ ଦଲି ଆଁ କରି ପାଟିରେ ଖାଡ଼ି ଦିଅନ୍ତି, ଦି ତିନି ଥର ଏପଟ ସେପଟ ତାଲି ମାରି ଦେଇ ହାତ ସଫା କରନ୍ତି । ଅନ୍ୟ କୋଠରିରେ ଦ୍ୱିତୀୟ ଶ୍ରେଣୀର ଶ୍ରେଣୀ ଶିକ୍ଷକ, ଖାନ୍ଦଗର ଗାଁର କହ୍ନେଇ ଚରଣ ଦାସ, ସବୁଦିନେ ସାଇକେଲରେ ଆସନ୍ତି । ଦେଖିବାକୁ ଡେଙ୍ଗା, ଗୋଟିଏ ଗୋଡ଼ ଗୋଦର । ପାଟିରେ ସବୁବେଳେ ସପୁର କଟୁ ଚୋବାନ୍ତି ।

ସିଲଟ ପଟା ଓ ଫୁଲ ଖଡ଼ିରେ ଆମେ ପ୍ରଥମେ ଅ, ଆ ଲେଖା ଶିଖିଲୁ । ସେଇଥରେ ମିଶାଣ, ଫେଡ଼ାଣ, ଗୁଣନ, ହରଣ ଓ ପଣିକିଆ । ସବୁଦିନେ ହସ୍ତାକ୍ଷର ଗାରପକା ଖାତାରେ ଲେଖା ହୁଏ । ରଚନା ଓ ପତ୍ର ଲିଖନ ବି ସେଇ ଗାରପକା କାଗଜ ଖାତାରେ । ଖାତା ଉପରେ ରବି ଠାକୁରଙ୍କର ଲମ୍ବ ଦାଢ଼ିବାଲା ଛବି । ପତଲା ଖାତା ହେଇଥିଲେ ତାକୁ ଦି ନମ୍ବରି କୁହାଯାଏ, ଟିକିଏ ମୋଟା ହେଲେ ଚାରି ନମ୍ବରି । ବଡ଼ ସାଦା କାଗଜ, ବାଘ ମାର୍କା ନୋହିଲେ ହାତୀ ମାର୍କା । ମୁଁ ଆଲୁଅ ଆଡ଼କୁ ଟେକି ଧରି ବାଘ କିମ୍ବା ହାତୀ ଚିହ୍ନ ସମୟ ସମୟରେ ଦେଖି ଖୁସି ହୁଏ । ତାକୁ ଭାଙ୍ଗି ଛୋଟ ଖାତା

କରି ଚୁଞ୍ଚ ସୂତାରେ ସିଲେଇ କରାଯାଏ। ପିଉଲ ନିବ୍ ଲଗା କାଠ କଲମ ଓ ହାତ ତିଆରି କାଳିରେ କାଗଜ ଉପରେ ଲେଖା ହୁଏ। ସବୁଦିନେ ହସ୍ତାକ୍ଷର ଲେଖିବାକୁ ଓ ପାଣି ପାଗ ଖାତାରେ ମେଘ, ଛତା, କୁହୁଡ଼ି ଓ ସୂର୍ଯ୍ୟ ଆଦି ଚିହ୍ନ ଆଙ୍କିବାକୁ ମୋତେ ଭାରି ମଜା ଲାଗେ।

ସାର୍ କଳାପଟାରେ ଧଲା ଚକ୍ ଖଡ଼ିରେ ଲେଖନ୍ତି ଓ ହାତ ତିଆରି ଛୋଟ କନା ତକିଆରେ ଲିଭାନ୍ତି। ଶ୍ରେଣୀର କାନ୍ଥ ଚାରିପଟରେ କାର୍ଡ ବୋର୍ଡ ମାନଙ୍କରେ ବଡ଼ ବଡ଼ ମୋଟା ଅକ୍ଷରରେ ଲେଖା ହୋଇଥାଏ ଓଡ଼ିଶାର ମୁଖ୍ୟ ମନ୍ତ୍ରୀ- ବିଜୟାନନ୍ଦ ପଟ୍ଟନାୟକ, ରାଜ୍ୟ ପାଲ- ଅଯୋଧ୍ୟା ନାଥ ଖୋସଲା, ଭାରତର ପ୍ରଧାନ ମନ୍ତ୍ରୀ- ଜବାହରଲାଲ ନେହେରୁ ଓ ରାଷ୍ଟ୍ରପତି-ଡକ୍ଟର ରାଜେନ୍ଦ୍ର ପ୍ରସାଦ। ଆହୁରି ଅନେକ କେନ୍ଦ୍ର ଓ ପ୍ରଦେଶର ମନ୍ତ୍ରୀ ମାନଙ୍କର ନାଁ ବି। ଏ ସବୁ ମୋର ପୂରା ମୁଖସ୍ଥ ଥାଏ, ସାର୍ ଯେତେବେଳେ ଯାହା ପଚାରନ୍ତି ମୋର ଜମାରୁ ଭୁଲ ହୁଏନି।

ଦଇନ ମୋର ବହୁତ ସାଙ୍ଗ। ଦୁଇ ଜଣ ସାଙ୍ଗରେ ପାଠ ପଢ଼ୁ, ଖାଉ, ଶୋଉ, ଖେଳୁ, ସ୍କୁଲ ଯାଉ ଓ ଯେତେ ପ୍ରକାର ଦୁଷ୍ଟାମିରେ ଲିପ୍ତ ରହୁ। ଏକା ରଙ୍ଗର ଦି ଜଣଙ୍କର କୁରୁତା ଆଉ ପ୍ୟାଣ୍ଟ ବି। ସେ ସାରଙ୍କ ଡାହାଣ ପାଖେ ତୃତୀୟ ଶ୍ରେଣୀରେ ବସେ ଓ ମୁଁ ବାଁ ପାଖ ପ୍ରଥମ ଶ୍ରେଣୀରେ। ସେ ମୋର ଏତେ ସାଙ୍ଗ ଯେ ତାକୁ ଶ୍ରେଣୀରେ ମାଡ଼ ହେବାର ଦେଖିଲେ ମୁଁ ଭୋ ଭୋ ହେଇ କାଦେ। ମୋର ସାଙ୍ଗମାନେ ଆଶ୍ଚର୍ଯ୍ୟ ହୁଅନ୍ତି, କାବା ହେଇ ମୋତେ ଚାହାଁନ୍ତି, ସେମାନଙ୍କ ଭିତରେ କଥା ହୁଅନ୍ତି, "ଦେଖରେ, ତାକୁ ମାଡ଼ ହେଲେ ଇଏ କାନ୍ଦୁଛି?" ଏହା ଶୁଣିଲେ ମୋତେ ଆହୁରି କଷ୍ଟ ହୁଏ। ଲୋକମାନେ ଆମ ଦୁଇ ଜଣଙ୍କୁ ଏକା ସାଙ୍ଗରେ "ଦଇନ ଗଗନ" ବୋଲି ସମ୍ବୋଧନ କରୁଥିଲେ। କାରଣ ଆମେ ସବୁବେଳେ ଛାଇ ଭଳିଆ ସାଙ୍ଗ ହେଇ ବୁଲୁ ଥାଉ। ସେ ଦେଖିବାକୁ ଗୋରା ଓ ମୁଁ ଟିକିଏ ସାବନା। ତେଣୁ ଅନେକେ ଆମକୁ "କୃଷ୍ଣ ବଲରାମ" ବି କହନ୍ତି। ପିଲାବେଳେ ଦଇନ ମୋ ସହିତ ଅନେକ ପ୍ରକାରର ଦୁଷ୍ଟାମି କରେ। କିନ୍ତୁ ସମସ୍ତେ ଭାବନ୍ତି ସେ ସୁନା ପିଲା। ଆଉ କେବେ ଯଦି କିଛି ଦୁଷ୍ଟାମି କରିଛି ସେ ଗୁଡ଼ିକ ମୋର କୁପ୍ରଭାବରେ। ମୁଁ ଦ୍ୱିତୀୟ ଶ୍ରେଣୀ ଗଲାବେଳକୁ ଦଇନ ବଡ଼ ସ୍କୁଲକୁ ଚାଲିଗଲା। ଆମେ ଛାଡ଼ ବଡ଼ ହେଇଗଲୁ। ତା' ବଡ଼ ସ୍କୁଲ ଆଉ ଟିକିଏ ଆଗକୁ। ମୁଁ ସବୁ ବେଳେ ଶ୍ରେଣୀରେ ପ୍ରଥମ ହେଉଥିଲି। ହରିହର ସାର୍ ମୋତେ ଭଲ ପାଉଥିଲେ। ସବୁ ବିଷୟରେ ମୋର ଭଲ କିନ୍ତୁ ଗଣିତରେ ନିର (ନିରଞ୍ଜନ ପାଣିଗ୍ରାହୀ) ମୋ ଠାରୁ ଆହୁରି ଭଲ କରୁଥିଲା। ପଦ୍ମାବତୀ ସିଂ ଦିଠଟି ଅଙ୍କ ଭଲ କରିପାରୁଥିଲା ହେଲେ ଦୁଃଖର ବିଷୟ ସେ ମଝିରୁ ସ୍କୁଲ ଆସିବା ଛାଡ଼ିଦେଲା।

ନିର ଓ ମୁଁ ଏକା ସଙ୍ଗରେ ନିର୍ବାଚନ ପରୀକ୍ଷା ଦେଲୁ। ମୁଁ ଏକୁଟିଆ ବୃତ୍ତି ପରୀକ୍ଷା ଦେବା ପାଇଁ ନିର୍ବାଚିତ ହେଲି। ତିନି ବର୍ଷ ସାନ ସ୍କୁଲରେ ପଢ଼ିବା ପରେ ଚତୁର୍ଥ ଶ୍ରେଣୀ ବେଳକୁ ବଡ଼ ସ୍କୁଲକୁ ଉଠାର୍ଷ ହେଇଗଲି।

ବାପାଙ୍କ ଅଭିଯୋଗ ତାଲିକା

ସ୍କୁଲରେ ଦରମା ହେଉ ବା ପୂଜା ଚାନ୍ଦା ହେଉ, ଆମେ ଦୁଇ ଭାଇ ସବା ଶେଷରେ ଆମର ପାଉଣା ଦାଖଲ କରୁ। ବାପା ଆମକୁ ଭରସି ପଇସା କେବେ ହେଲେ ଆମ ହାତକୁ ଦିଅନ୍ତି ନାହିଁ। ଆମର ସ୍କୁଲ ଯିବା ରାସ୍ତା ପାଣି ଗୋହିରି। ଗୋହିରି ପାଣିରେ ବା ବାଲିରେ ପଇସା ଖସି ପଡ଼ି ହଜିଲେ ଗଲା। କାଲେ ଆମେ ପଇସା ହଜେଇ ଦବୁ ସେଇ ଭୟରେ ବାପା ନିଜେ ଅଣ୍ଟାରେ ଗୁଞ୍ଜି ଯାଆନ୍ତି ଓ ଶିକ୍ଷକଙ୍କ ହାତରେ ଦେଇ ଆସନ୍ତି।

ବାପା ଯେତେବେଳେ ସ୍କୁଲକୁ ଯାଆନ୍ତି ଆଉ ଗୋଟିଏ ତାଲିକା ତାଙ୍କ ମନ ଭିତରେ ତିଆରି କରି ନେଇ ଥାଆନ୍ତି। ସେଇଟି ହେଲା ମୋର ଯେତେ ପ୍ରକାରର ଦୁଷ୍ଟାମିର ତାଲିକା। ତାକୁ ଭିତ୍ତି କରି ମୋ ବିରୁଦ୍ଧରେ ଶିକ୍ଷକଙ୍କ ଆଗରେ ନାନା ପ୍ରକାରର ଅଭିଯୋଗ କରି ବସନ୍ତି। କାହାକୁ ଘରେ ପିଟିଲି, ପାଠ ନପଢ଼ି ଚିତ୍ର ଆଙ୍କିଲି, ଟିଆ ଭାଇ ଘରେ ଠାକୁର ବନେଇଲି, ଠାକୁର ଘରୁ କଦଳୀ ଚୋରେଇ ଖାଇଲି, ମାଥା କଥାରେ ଅବାଧ ଅବଲୋକରା ହେଲି, ଆମ୍ବ ଗଛରେ ଚଢ଼ିଲି, କାହାକୁ କ'ଣ କହିଲି ଇତ୍ୟାଦି ଇତ୍ୟାଦି। ଅଭିଯୋଗ ଶେଷରେ ବାପା ଶିକ୍ଷକଙ୍କୁ କହନ୍ତି, "ବୁଢ଼ିଲ ମାଷ୍ଟେ, ତା' ଆଖି କାନ ଗୁଡ଼ିକ ମୋର, ମୁଣ୍ଡ ତଲକୁ ଆଉ ବାକି ତକ ଦିହଟି ତମର, ଯେଉଁଠ ଯେତେ ପିଟିଲେ ମୋର କୌଣସି ଆପତ୍ତି ନାହିଁ।" ସେଇଥି ପାଇଁ ବାପା ସ୍କୁଲକୁ ଆସିବାର ଦେଖ୍ଲେ ମୋତେ ଭୟ ଲାଗେ। ଶ୍ରେଣୀରେ ଭଲ ପଢ଼ୁଥିବାରୁ ଶିକ୍ଷକମାନେ ବାପାଙ୍କ କଥାରେ ବେଶୀ ଗୁରୁତ୍ୱ ନଦେଇ ଖାଲି ଟିକିଏ ମୋତେ ଡାକି ତାଙ୍କ ଆଗରେ ତାଗିଦା କରି ଦିଅନ୍ତି। ଶିକ୍ଷକମାନେ ମୋତେ ଆଦର କରୁଥିଲେ, କାରଣ ମୁଁ ସ୍କୁଲରେ ଦୁଷ୍ଟାମି କେବେହେଲେ କରୁ ନଥିଲି, ବରଂ ସବୁ କାମରେ ଥିଲି ଆଗଭର। ସରସ୍ୱତୀ ପୂଜା, ଗଣେଶ ପୂଜା ଠାରୁ ଆରମ୍ଭ କରି ଅଗଷ୍ଟ ପନ୍ଦର, ଜାନୁଆରୀ ଛବିଶ ପାଳନ ପର୍ଯ୍ୟନ୍ତ ସବୁଥରେ ମୁଁ। ଶ୍ରେଣୀରେ ମନିଟର ଦାୟିତ୍ୱ ବି ମୋର ଥିଲା।

ନନାଙ୍କ ଅଣ୍ଟର ଓ୍ୱାୟର

ଦିନେ ଘରେ ହୁଲୁସ୍ଥୁଲ। ଘଣ୍ଟାଏ ଧରି ଘର ଭିତର, ବାହାର ଯେତେ ଆଢ଼ ସମ୍ଭବ ତିନି ଚାରି ଜଣ ମଣିଷ କୁଆଡ଼େ ଖୋଜି ଖୋଜି ହାଲିଆ ହେଇ ସାରିଥାନ୍ତି, ହେଲେ ମିଳୁନଥାଏ। କୁଆଡ଼େ ଗଲା? କିଏ ଆଉ ବାହାର ଲୋକ ନେଇ ଗଲାକି?

ଏମିତିକା ନବା ଜିନିଷଟା ବି ତ ନୁହଁ, କିଏ ନବ ? ବାଲେଶ୍ୱର ଯିବା ଗାଡ଼ି ବେଲ ହେଇଗଲାଣି, ତଥାପି ମିଲୁନଥାଏ । ଘରେ ସମସ୍ତଙ୍କୁ ପଚାରା ସରିଲାଣି । ଘରକୁ ଯେଉଁମାନେ କାମ କରିବାକୁ ଆସନ୍ତି ସେମାନଙ୍କୁ ବି ପଚରା ସରିଲାଣି, ସମସ୍ତେ ମନା କରି ସାରିଥାନ୍ତି, ଦେଖ୍ ନାହାନ୍ତି ବୋଲି କହିସାରିଥାନ୍ତି । ଶେଷକୁ ଗାଡ଼ିବି ଚାଲିଗଲା । ତେଣୁ ବଡ଼ ନନାଙ୍କର କାମକୁ ଯିବା ବନ୍ଦ, ସେ ପାଇଁ ସେ ରାଗ ଗରଗର, ଫଁ ଫଁ ସଁ ସଁ । ନିରୁପାୟ ହୋଇ ଅଫିସ ନ ଯାଇ ପାରି ସେ ଅନ୍ୟ ଘର କାମରେ ଲାଗିଥାନ୍ତି ? ସେ ଦିନର ଶନିବାରିଆ ସ୍କୁଲ ଛୁଟିହେଲା । ମୋର ଦ୍ୱିତୀୟ ଶ୍ରେଣୀ । ସପ୍ତାହ ଶେଷରେ ମୁଁ ମୋର ଉସ୍ତୁମୁଲିଆ ଝାଲୁଆ ଗନ୍ଧ ଅସନା ଜାମା ପିନ୍ଧି କାନ୍ଧରେ କାଲି ଛାପ ଲଗା ବସ୍ତାନି ଗଲେଇ ଗୀତ ଗାଇ ଗାଇ ଘରକୁ ଫେରୁଛି । ଠିକ ବରଗଛ ମୂଳ ଦାଣ୍ଡ ତାଟି ପାରି ହେଇଛିକି ନାହିଁ ଦୂରରୁ ମାଆ ଦେଖ୍ ପାଟି କଲା, କହିଲା, "ତୁ ନେଇକି ପଳେଇବୁ ନା, ଆମେ ଏତେ ଜଣ ଏତେ ବେଳ ଧରି ଖୋଜି ଖୋଜି ଥକିଲୁଣି, ଯା, ନନା ଜଗିଛି, ଅଫିସ ନଯାଇକି । ତ ପିଠିରେ ବସେଇବ ଦି'ଟା, ଯା ।"

ଦେହରୁ ମୋର ରକ୍ତ ଶୁଖ୍ଗଲା । ଏକେ ତ ନନା କ୍ଷଣ କୋପୀ । କଥା କଥାକେ ମାଡ଼ । ପାଠ ପଢ଼ାରେ ହେଉ କି ଦୁଷ୍ଟାମିରେ ହେଉ, ସବୁ କଥାରେ ମାଡ଼, ଆମ ଘରେ ବିନା ମାଡ଼ରେ କିଛି ସମାଧାନ ହୁଏନି । ଡାଙ୍ଗ, ବତା ଫାଳିଆ, ପାଞ୍ଚଣ, ହାତରେ ଯାହା ପଡ଼ିଲା ସେଇଥିରେ ମାଡ଼, କିଛି ନ ମିଲିଲେ ବି ମୁଣ୍ଡବାଲ ଝିଙ୍କିଆଣି ହାତ ଦ୍ୱାରା ପିଠିରେ ଦୁମ୍‌ଦାମ୍ ନିଃଶ୍ୱାସ ଅଟକି ଯିବା ପର୍ଯ୍ୟନ୍ତ । ଦେହ ସେତେବେଲକୁ ମୋର ମାଡ଼ ଭୟରେ ଥରିଲାଣି । ଏତେ ବଡ଼ କଥା ହେବ ବୋଲି ମୋ ଅକଲକୁ ଆସିଲାନି । ବସ୍ତାନିକୁ କାନ୍ଧରୁ କାଢ଼ି ତଲେ ଥୋଇଚି କି ନାହିଁ ନନା ସେଠାରୁ ଆସିଲେ । ତାଙ୍କୁ ଦେଖ୍ ଦେଇ ସାଙ୍ଗୋ ସାଙ୍ଗୋ ଲଙ୍ଗଲା ହେଇ ଚୁପ୍‌କି ନେଇ ତାଙ୍କ ସାମ୍‌ନାରେ ଥୋଇ ଦେଲି । ପଛେଇ ପଛେଇ ପଛକୁ ଆସି କାନ୍ଥକୁ ଡେରି ଲଙ୍ଗଲା ହେଇ ଠିଆ ହେଲି ତାଙ୍କରି ଆଡ଼କୁ ବିକଲରେ ଅନେଇ । ଛେଲିକୁ ହାଣକୁ ନେଲା ଭଲି, ମାଡ଼ ଭୟରେ । ସେ ମୋତେ ଚାହିଁଲେ, ମୋ ଆଖିରେ ଡବ ଡବ ଲୁହ । ଉଁ କି ଚୁଁ କିଛି ନକହି କେବଲ ତାଙ୍କ ଅଣ୍ଟର ଓ୍ୱାୟରଟି ଧରି ପଳେଇଲେ । ମୁଁ ବିଶ୍ୱାସ କରିପାରିଲିନି ଏମିତି କେମିତି ଅଜ୍‌କେ ମୋର ଏ ମସ୍ତବଡ଼ ଭୁଲର ସମାଧାନ ହେଇଗଲା ।

ସେତେବେଲେକୁ କେତେ ଦିନ ଧରି ମୁଁ ସ୍କୁଲରେ ସାଙ୍ଗମାନଙ୍କ ପାଖରୁ ଅପଦସ୍ତ ହେଇସାରିଥାଏ । ସାଙ୍ଗମାନେ ମୋ ପ୍ୟାଣ୍ଟ ଦେଖ୍ କହନ୍ତି "ହେଇରେ, ତା' ପ୍ୟାଣ୍ଟରେ ଦେଖ କେଡ଼େ ବଡ଼ କଣା ।" ମୋର ଖଣ୍ଡିଏ ବୋଲି ପ୍ୟାଣ୍ଟ, ବର୍ଷା ନାହିଁ, ଙୁଡ଼ି ନାହିଁ, ଖରା ନାହିଁ, ସବୁବେଲେ ସେଇ ଖଣ୍ଡକ । ସପ୍ତାହ ଶେଷ ବେଲକୁ ଝାଲ ଗନ୍ଧ ଖଣ୍ଡେ

ଦୂରକୁ। ଶନିବାର ଦିନ ସ୍କୁଲରୁ ଫେରି ସୋଢ଼ାରେ ମାଥା ସିଝେଇ ଦିଏ, ଆମେ ପୋଖରୀକୁ ନେଇ ପଥର ଉପରେ ଧଡ଼୍ ଧାଡ଼୍ ବାଡ଼େଇ ସଫା କରୁ। ସ୍କୁଲରେ ସିମେଣ୍ଟ ଚଟାଣରେ ତାଳ ପତ୍ର ପଟିଆ ପକେଇ ବସୁ। ପ୍ୟାଣ୍ଟର ପଛ ପଟ ସମୟ କ୍ରମେ ବସି ବସି ଘୋରି ହୋଇ ପତଳା ହେଇଯାଏ। ଅତି ପୁରୁଣା ହେଲେ ଆଗ କଣା ହୁଏ ସେଇଠି। ବଗୁଲିଆ ପିଲାମାନେ ମଜା ଦେଖିବା ପାଇଁ ପଛ ପଟରୁ ମୋ ଅଜାଣତରେ ତା' ଭିତରେ କାଠି ଖେଞ୍ଚି ଆହୁରି ବଡ଼ କରି ଦିଅନ୍ତି। ବାପାଙ୍କୁ ପ୍ୟାଣ୍ଟ କଥା କହିଲେ, ସେ ପ୍ୟାଣ୍ଟ କିଣିଦେବା ପରିବର୍ତ୍ତେ ଉଦାହରଣ ଦେଇ କହନ୍ତି, "ହରିବନ୍ଧୁ ଶତପଥୀ ଗାମୁଛା ପିନ୍ଧି ସ୍କୁଲରେ ପାଠ ପଢ଼ି ମଣିଷ ହେଇଚି, ଆଉ ତମର ଆଜି କାଲି ପ୍ୟାଣ୍ଟ ନହେଲେ ହଉନି।" ହରିବନ୍ଧୁ ଶତପଥୀ ଆମ ଗାଁର ବିଏ। ସରକାରୀ ଚାକିରି, ବଡ଼ ସ୍କୁଲର ସମ୍ପାଦକ, ଭାରି କାରପଟଦାର, ପାରିଲାବାଲା ଲୋକ। ବାପାଙ୍କର ଏପରି ଉଦାହରଣ ଶୁଣି ଆମକୁ ଆହୁରି ରାଗ ଲାଗେ। ଭାବୁ, ସବୁ ପିଲା ପ୍ୟାଣ୍ଟ ପିନ୍ଧି ସ୍କୁଲ ଆସୁଚନ୍ତି ଆଉ ବାପା ଦଉଚନ୍ତି ଆମକୁ ଗାମୁଛାର ଉଦାହରଣ।

ସେଦିନ ମୋ ପ୍ୟାଣ୍ଟରେ ବଡ଼ କଣାଟିଏ ଥାଏ। ତାକୁ ପିନ୍ଧି ସ୍କୁଲ ଯିବାକୁ ଲାଜ ମାଡ଼ିଲା। ଦେଖିଲି ଡୋରି ଲଗା ଧଲା କନାରେ ଯାହା କି ମୋତେ ପ୍ୟାଣ୍ଟ ଭଳିଆ ଦିଶିଲା, ତେଣୁ ସେଇଟା ତଳେ ପିନ୍ଧି ପକେଇ ତା' ଉପରେ ଜାମା ପିନ୍ଧି ପଲେଇଲି। ନାନା ଧୋତି ପିନ୍ଧି ତାଙ୍କ କଚେରି କାମରେ ବାଲେଶ୍ଵର ଗାଡ଼ିରେ ଯିବାର କଥା। ବିନା ଅଣ୍ଡର ଡ୍ରାୟରରେ କେମିତି ଧୋତି ପିନ୍ଧି କଚେରି ଯାଇଥାନ୍ତେ ଭଲା? ମୋ ଯୋଗୁଁ ସେଦିନ ତାଙ୍କର କଚେରି ଯିବା ନୋହିଲା। ମୋତେ କ'ଣ ଜଣାଥିଲା ସେଇଟା ନାନାଙ୍କ ଅଣ୍ଡର ଡ୍ରାୟର।

କୁରୁତା ଓ ପ୍ୟାଣ୍ଟ

ପିଲା ଦିନେ ସବୁବେଳେ ଆମର ଲୁଗା ପଟାର ଅଭାବ। ସପ୍ତାହ ଯାକ ସ୍କୁଲ ଯିବା ପାଇଁ ଖଣ୍ଡିଏ କୁରୁତା ଓ ଖଣ୍ଡିଏ ପ୍ୟାଣ୍ଟ। ତାହା ବି ସବୁବେଳେ ଠିକ୍‌ରେ ନଥାଏ। ବାପାଙ୍କର ଯାହା ବି ଯେମିତି ଛୋଟିଆ ମୋଟିଆ ଦଫାଦାରୀ ଚାକିରି ଖଣ୍ଡିଏ ଥିଲା ସେଇଟି ଆଉ ନଥାଏ। ବହୁ କୁଟୁମ୍ବୀ ପରିବାର। କୌଣସି କୁଆଡୁ ରୋଜଗାର ନାହିଁ, ଘରକୁ କିଛି ହେଲେ ପଇସା ଆସିବାର ନାହିଁ। ଆମେ ବଡ଼ ସାନକି ଆଠଟି, କିଏ ସ୍କୁଲ ଯାଉଛି, କିଏ ଘରେ ସ୍କୁଲ ଯିବା ବୟସ ହେଇନି, ଆଉ କିଏ କାଖରେ ଅବା କୋଳରେ। ଯାହା ହେବ ଧାନ ବିକ୍ରି କରି ହେବ। ଚାଉଳ ସରିଗଲେ ପୁଣି ଧାନ କରଜ ଆଣି କୁଟୁମ୍ବ ପାଲିବାକୁ ହେବ, ସେ ପରିସ୍ଥିତି ଆସିବାକୁ ବାପା କେବେ ଚାହୁଁ ନଥିଲେ, ସେଇଟା ବାପାଙ୍କୁ ସବୁବେଳେ ଭୂତ ଭଳିଆ ଡରାଏ। ବାପାଙ୍କ ମତରେ

ଭାତ ଥିଲେ ବାଡ଼ିରୁ ପନିପରିବା, ଶାଗ, ଖମ୍ବଆଳୁ, ବଣଆଳୁ ଓ ପୋଖରୀରୁ ମାଛ ଧରି କାଳ କଟେଇ ହେବ। ଭାତଟି ତାଙ୍କ ପାଇଁ ମୁଖ୍ୟ ଏବଂ ମୂଲ୍ୟବାନ୍। ତେଣୁ ଧାନ ତୋଷରପାତ କରିବାକୁ ସେ କେବେ ହେଲେ ଚାହୁଁ ନଥିଲେ। ତଥାପି ମହତ ବଞ୍ଜେଇବାକୁ ଯାଇ ଶ୍ୟାମ ତନ୍ତୀ ଘରୁ ଧାନ ବଦଳରେ ଗାମୁଛା, ଧୋତି ଓ ଶାଢ଼ୀ ଆସୁଥିଲା। ପଇସା ବିନିମୟରେ କୌଣସି ଜିନିଷ କିଣିବାକୁ ବାପା ସଦା ସର୍ବଦା ଅମଙ୍ଗ ହୁଅନ୍ତି, କାରଣ ତାଙ୍କ ପାଖରେ ପଇସା ନଥାଏ। ମଝିରେ ମଝିରେ ସେ କହନ୍ତି, "ମୋ ଅଣ୍ଟାରେ ତ ଫଟା ପାହୁଲାଟେ ନାହିଁ।" ଲୁଗା ପଟା ପାଇଁ ପଇସା ଦରକାର। ସେଥିପାଇଁ ପିଲାମାନଙ୍କ ଜାମା ପଟା, ମାଆ ପାଇଁ ଶାଢ଼ୀ ଓ ନିଜ ପାଇଁ ଗଞ୍ଜି, ଧୋତି, କାମିଜ ଓ ଗାମୁଛା ଠିକ୍ ବେଳରେ କିଣିପାରନ୍ତି ନାହିଁ। ମାଆ ଘରେ କନ୍ଥା ଶାଢ଼ୀ, କେଉଁଠି କେତେବେଳେ ଟିକିଏ ଚିରିଯାଇଥିଲେ ବି ପିନ୍ଧି ଚଳେଇଦିଏ। ବାହାରକୁ ବାହାରିଲେ ତାର ସେମିତି କିଛି ବାହାରେ ପିନ୍ଧିଲା ଭଳିଆ ଶାଢ଼ୀ ନଥାଏ। ଥରେ କିଏ ଜଣେ ବାଲେଶ୍ୱର ବଡ଼ ଡାକ୍ତରଖାନାରେ ଅସୁସ୍ଥ ହେଇ ପଡ଼ିଲା ଯେ ଉଆସରେ ଲୋକେ ସହରକୁ ଗଲେ ଦେଖିବାକୁ। ମାଆର ବି ଦେଖ ଯିବାକୁ ମନ କହିଲା। ପିନ୍ଧି ବାହାରକୁ ଗଲା ଭଳିଆ ଶାଢ଼ୀ ନାହିଁ, ଚିରା ପିନ୍ଧି ଯିବାକୁ ତାକୁ ଲାଜ ଲାଗିଲା। ଆମ ସାମନା ଘର ବାଙ୍ଗିରି ଖୁଡ଼ୀଙ୍କ ପାଖରୁ ଶାଢ଼ୀ ମାଗି ଆଣି ସେଦିନ ସେ ପିନ୍ଧି ବାଲେଶ୍ୱର ଗଲା। ଫେରି ଆସି ସଫା କରି ପୁଣି ଫେରେଇ ଦେଲା।

ଆମ ମାନଙ୍କର କୁରୁତା, ପ୍ୟାଣ୍ଟ ଓ ଭଉଣୀମାନଙ୍କର ଫ୍ରକ୍ ବାପା କେବେହେଲେ ନିଜେ ଖଲିପା ପାଖକୁ ଯାଇ ବନଉ ନଥିଲେ। ଯୋଗୀ ନାମ ଧାରି ବ୍ୟକ୍ତି ଜଣେ ଆମ ଘରକୁ ଆସୁଥିଲା। ସେ ଆସି ଆମ ମାନଙ୍କର ମାପ ନେଇଯାଏ। ତା' ମନ ମୁତାବକ ଗୋଟିଏ ରଙ୍ଗ କନାରେ ଅଣ୍ଟା ବଢ଼ା ଠାରୁ ଆରମ୍ଭ କରି ବଡ଼ମାନଙ୍କ ପର୍ଯ୍ୟନ୍ତ, ସବୁ ଭାଇ ଭଉଣୀଙ୍କର ସେ ଫ୍ରକ ଓ ଜାମା ବନେଇ ନେଇଆସେ। ତେଣୁ ଝିଅ ପିଲାର ଫ୍ରକର ରଙ୍ଗ ଯେମିତିକା ପୁଅ ପିଲାଙ୍କ ଜାମାର ରଙ୍ଗ ବି ସେଇମିତିକା। ଖାଲି ପ୍ୟାଣ୍ଟର ରଙ୍ଗ ଓ କନା ଅଲଗା। ସେ ଆସିଲେ ଆମେ ଧାଉଁ ତା' ପଛରେ ନୂଆ ଜାମା ପ୍ୟାଣ୍ଟ ପାଇଁ। ମୁଁ ଓ ଦୀନ ଆମେ ଦୁଇଜଣ ଏକା ରଙ୍ଗ ଜାମା ପିନ୍ଧିଛୁ ଦେଖିଲେ ଆମର ସାଙ୍ଗମାନେ ଆମକୁ ସ୍କୁଲରେ ଚିଡ଼ାନ୍ତି, କହନ୍ତି, "ହେଇବେ, ତା' ଭାଇ ଆଇଲାଣି, ତାଆର ବି ସେଇ ଏକା ରଙ୍ଗର କୁରୁତା।" ତାହା ଶୁଣି ମୋତେ ଭାରି ଲାଜମାଡ଼େ। ପାଖା ପାଖି ବୟସ ହେଇଥିବାରୁ ଆମର ମାପ ବି ପ୍ରାୟ ଏକା। ତେଣୁ ଜାମା କେତେବେଳେ ଅଜାଣତରେ ଅଦଲ ବଦଲ ହେଇଯାଏ। ଦୀନ ତା' ଜାମା ସଫା ରଖେ। ମୋର ଖାଲୁଆ ଗନ୍ଧ। ସେଇ ଜାମା ସପ୍ତାହ ଯାକ। ସେଇଥିରେ ବାହାରେ

ଦଉଡ଼ା ଦଉଡ଼ି, ଖେଳା ଖେଳି ଆଉ ଶ୍ରେଣୀ ଭିତରେ ପାଠପଢ଼ା। ତେଣୁ ମୁଁ ବେଳେ ବେଳେ ଜାଣି ଜାଣି ବଦଳେଇ ଦିଏ, ସେ ମୋତେ ତାଗିଦା କଲେ, ମୁଁ ଭୁଲରେ ବଦଳି ଯାଇଛି ବୋଲି କହେ।

ପ୍ରତି ବର୍ଷ କୁମାର ପୂର୍ଣ୍ଣିମାରେ ପିଲାମାନଙ୍କର ନୂଆ ଜାମାପଟା ହେବାଟା ଏକ ବିଧି। ସାଇ ପଡ଼ିଶାରେ ସବୁ ପିଲାଙ୍କର ନୂଆ ଜାମା ହୁଏ। ସନ୍ଧ୍ୟାବେଳେ ନୂଆ ଜାମା ପିନ୍ଧି ସମସ୍ତେ ଚାନ୍ଦ ପୂଜା କରି ବାହାରନ୍ତି। ଉଆସରେ ଘର ଘର ବୁଲି ଗୁରୁଜନଙ୍କୁ ମୁଣ୍ଠିଆ ମାରନ୍ତି। ମୋର ସବୁବେଳେ ଇଚ୍ଛା ହୁଏ ନୂଆ ଜାମା ପିନ୍ଧିବାକୁ, ତେଣୁ ମୁଁ ଚାହିଁ ବସିଥାଏ କୁଆଁର ପୁନେଇଁ ସନ୍ଧ୍ୟାକୁ। ସାମନା ଘର ଘନ ଆଉ ଶ୍ୟାମଙ୍କର ନୂଆ ଜାମା ଦେଖି ମନ ମୋର ହାଇଁ ପାଇଁ ହୁଏ। ସନ୍ଧ୍ୟା ହୁଏ, ଚାନ୍ଦ ପୂଜା ବେଳ ଆସେ। ମାଆ କହେନି ହେଲେ ମନରେ ତାର ସବୁବେଳେ ଥାଏ ତା’ ଛୁଆଙ୍କୁ ଟିକିଏ ପୁନେଇଁ ପରା ଦିନରେ ନୂଆ ଜାମା ପିନ୍ଧେଇବାକୁ, କିନ୍ତୁ ବାପା କିଣି ପାରନ୍ତିନି, ପ୍ରତିବର୍ଷ ହେଇ ପାରେନି। ମନର କଥାକୁ ମନରେ ରଖି କେଉଁ ପେଡ଼ିରୁ ରଖିଥିବା ନୂଆ ଧୋତିଟେ, ଚାଦରଟେ ଅବା ପାଞ୍ଚ ହାତି କନ୍ଦା ଶାଢ଼ୀଟେ ତା’ ସବୁ ଛୁଆଙ୍କୁ ଧାଡ଼ି କରି ବସେଇ ଦେଇ ସମସ୍ତଙ୍କ ଉପରେ ବେଢ଼େଇ ଦେଇ ବନ୍ଦେଇ ପକାଏ, ବିଧି ରକ୍ଷା ହେଇଯାଏ। ଆମେ ଚନ୍ଦନ ସିନ୍ଦୂର ନାଇ ଚାନ୍ଦ ପୂଜା କରୁ, ଠାକୁରଙ୍କୁ ମୁଣ୍ଠିଆ ମାରୁ, ବାପା ମାଆଙ୍କୁ ମୁଣ୍ଠିଆ ମାରୁ।

ଯେତେବେଳେ ବି ପ୍ୟାଣ୍ଟ ହୁଏ ସେଇ ଖଣ୍ଡିଏ। ସେଇଥିରେ ସବୁ, ସପ୍ତାହକ ଛଅ ଦିନ ସ୍କୁଲ। ସିଏ ଚିରିଲେ ଯାଇ ଆଉ ଖଣ୍ଡିଏ। ଘରେ ପିନ୍ଧିବାକୁ ଗାମୁଛା ବା ଛୋଟ ଧୋତି। ଛୋଟ ଧୋତି ବି ବେଶୀ ଦିନ ଯାଏନି। ସେଇଯ୍ୟା ପିନ୍ଧି ଗଛ ଚଢ଼ୁ, ଜାମ କୋଲି ଖାଉ। ସେଥିରେ ବେଳେବେଳେ ଜାମ କୋଲିର କନ୍ଥ ଲାଗି ଛାପ ଛାପକା ବାଇଗଣିଆ ରଙ୍ଗ ହେଇଯାଏ। ମାଆ ଲୁଗା ସଫା କଲା ବେଳେ ପାଟି କରେ। ଗଛ ଚଢ଼ିଲା ବେଳେ ଖୁଣ୍ଟା ଲାଗି ଛିଣ୍ଠି ଯାଏ। ସେ ପାଇଁ ବି ଗାଳି ମାଡ଼ ହୁଏ। ଖଣ୍ଡିଏ ପ୍ୟାଣ୍ଟ ଯୋଗୁଁ ମେଘୁଆ ପାଗରେ ସଫା ହେଇଥିଲେ ସୋମବାର ସକାଳ ସୁଦ୍ଧା ଶୁଖି ପାରେନି। ବାପା କେବେ କେବେ ଗରମ ଚୁଲି ଉପରେ କାଠ ବିଛେଇ ଶୁଖେଇବାକୁ ଚେଷ୍ଟା କରନ୍ତି। ବେଳେ ବେଳେ ଶୁଖିଯାଏ ସତ ହେଲେ ସୋମବାର ଦିନ ସ୍କୁଲ ଗଲା ବେଳକୁ ଧୂଆଁଳିଆ ଗନ୍ଧ ସେଥିରୁ ବାହାରେ। ସାଙ୍ଗମାନେ ନାକ ଟେକନ୍ତି। ବନ୍ଧୁ ବର୍ଗ ଶନିବାର ରବିବାର ଘରକୁ ଆସିଥିଲେ ଆମର ସେତେବେଳେ ଯଦି ପ୍ୟାଣ୍ଟ କୁରୁତା ସଫା ହେଇଛି, ବନ୍ଧୁଙ୍କ ଆଉଥାଲରେ ପୋଖରୀ ହୁଡ଼ାରେ ଖରାରେ

ଶୁଖେଇ ଦେଇ ମୁଁ ଲଙ୍ଗଳା ହେଇ ସେଇ ଆଡ଼େ ଘୁରି ବୁଲେ। କିଛି ସମୟ ପରେ ପ୍ୟାଣ୍ଟ ଦରଶୁଖା ହେଇଗଲା ପରେ ତାକୁ ପିନ୍ଧି ପକେଇ ଘର ଭିତରକୁ ଆସେ।

ଥରେ ଆମ ଦି ଭାଇଙ୍କର କୁରୁତା ପ୍ୟାଣ୍ଟ ଏତେ ଚିରା ଯେ ପିନ୍ଧିବା ଅବସ୍ଥାରେ ନଥିଲା। ବାପାଙ୍କ ପାଖରେ ପଇସା ନାହିଁ। ତେଣୁ ଆମେ ସ୍କୁଲ ଯିବୁନି କହି କନ୍ଦାକଟା କଲୁ। କକା ବାହାରେ ଚାକିରି କରନ୍ତି। ତେଣୁ ତାଙ୍କ ପରିବାର ନେଇ ସେ ବାହାରେ ରହନ୍ତି। ଖୁଡ଼ୀ ଯେତେବେଲେ ଗାଆଁକୁ ଆସନ୍ତି ମାଆ ସଞ୍ଚ ସଲିତା କରିବା ପାଇଁ କନା ଦରକାର କହିଲେ ଖୁଡ଼ୀ ତାଙ୍କ ପିଲାଙ୍କର ପୁରୁଣା ଜାମା ସବୁ ବୋକଟାରେ ବାନ୍ଧି ଆଣି ଗାଁରେ ଗଦେଇ ଦିଅନ୍ତି। ମାଆ ସେ ସବୁକୁ କଟା କଟି କରି ବୋକଟାରେ ସଞ୍ଚ ସଲିତା ପାଇଁ ସାଇତି ଥାଏ। ବାପା ସେଟିକିବେଲେ ସେଇ ବୋକଟାରୁ ଗୋଟିଏ ଆଣି ଆମ ଆଗରେ ଥୋଇ କହିଲେ, "ଦେଖ୍‌ଲ, ଏଥିରେ ତମ ମାପରେ କିଛି ଅଛିକି ?" ଆମେ ଖୁସି ହେଇ ଦୁଇ ଭାଇ ବୋକଟା ଗଣ୍ଠି ଫିଟେଇ ଖୋଜିବାରେ ଲାଗିଗଲୁ ଆମ ମାପରେ କିଛି ଅଛି କି। କାରଣ ଖୁଡ଼ୀଙ୍କର ପିଲାମାନେ କେତୋଟି ଆମ ବୟସ ପାଖା ପାଖ, କାଲେ ଆମକୁ ସେଥିରୁ କିଛି ମିଲିଯିବ, ସେଇ ଆଶାରେ। ଦେଖ୍‌ଲୁ ସିଏ ବି ସବୁ ପୁରୁଣା, ମଝିରେ ମଝିରେ ଚିରା। କିନ୍ତୁ ଆମ ଭଲିଆ ଏତେ ଖରାପ ନୁହଁ, ସେ ତୁଲନାରେ ଅନେକ ଭଲ। ତାକୁ ମରାମତି କରିବାକୁ ବାପା ଆମ ଦୁଇ ଭାଇଙ୍କୁ ଛୁଞ୍ଚି ସୂତା ଆଣି ଦେଲେ। ମୁଁ ଧରିଲି ଓ ଦଇନ ସିଲେଇ କଲା। ଏମିତି କିଛି ବାହାର କରି ଦୁହେଁ ମିଶି ସିଲେଇ ସାଲେଇ କରି କିଛିଦିନ ପିନ୍ଧି ଚଲେଇ ଦେଲୁ ଆମର ତିଆରି ହେବା ଯାଏଁ।

କଲମ

ବହି, ଖାତା, କଲମ ବା କାଲି ବାପା ଆମକୁ ଠିକ୍‌ ସମୟରେ ଯୋଗେଇ ପାରନ୍ତିନି। ସବୁବେଲେ ପୁରୁଣା ବହି ଅନ୍ୟ ପିଲାଙ୍କ ଠାରୁ ଯୋଗାଡ଼ କରି ବର୍ଷ ଆରମ୍ଭରୁ ରଖନ୍ତି। ଧାନ ବିକ୍ରି ହେଲେ ଯାଇ ଖାତା କିଣା ହୁଏ। ଭୂଗୋଲ ପଢ଼ିବା ବେଲେ ସାଥ ଦେବାକୁ ମାନଚିତ୍ର ବହିଟିଏ ନଥାଏ। ସବୁବେଲେ ଯାଉ ପାଖଘର ବାଦୁଡ଼ି (ବୈଦ୍ୟନାଥ ବେହେରା) ପାଖରୁ ତାର ବ୍ରିଜବାସି ୱାର୍ଲ୍ଡ ଆଟଲାସ ଖଣ୍ଡକ ମାଗିବାକୁ। ଏତେ ଥର ମାଗିବାକୁ ଗଲୁ ଯେ ସେ ଶେଷକୁ ତା' ସେଇ ସାତ ପୁରୁଣା ମାନଚିତ୍ର ବହିଟି ଆମକୁ ଅଧା ଦାମରେ ବିକିଦେଲା। ଦୁଇ ଭାଇଙ୍କ କଲମ ବି ନଥାଏ। ପଞ୍ଚମ ଶ୍ରେଣୀ ପର୍ଯ୍ୟନ୍ତ ମୋର କଲମ ନଥିଲା। ତୃତୀୟ ଶ୍ରେଣୀ ଯାକେ ଡିଜି କାଲି ବଟିକାରେ କାଲି ତିଆରି କରି ଦୁଆତରେ ରଖୁଥିଲୁ। କାଠ କଲମରେ ନିବ୍‌ ଲଗେଇ ତହିଁରେ ବୁଡ଼େଇ ଲେଖୁଥିଲୁ। ତଲେ ସିମେଣ୍ଟ ଚଟାଣରେ ବସୁଥିବାରୁ ଦୁଆତରେ କାମ ଚଲିଯାଉଥିଲା। ଚତୁର୍ଥ

ଶ୍ରେଣୀ ହେବାରୁ ଯେତେବେଳେ ବଡ଼ ସ୍କୁଲକୁ ଆସିଲୁ ସେଠାରେ ଉଚ ଡେସ୍କ ବସିବାକୁ। ତଳେ ପଡ଼ି ଭାଙ୍ଗିଯିବା ଭୟରେ ତା' ଉପରେ କାଚ କାଳି ଦୁଆତ ରଖିବା ସମ୍ଭବ ହେଲାନି। ତେଣୁ ଫାଉଣ୍ଟେନ ପେନର ଆବଶ୍ୟକତା ପଡ଼ିଲା। ଆମର ପଇସା କାହିଁ କିଏ ଆଣିଦବ ? ସବୁବେଳେ କ୍ଲାସରେ ଲେଖିବାକୁ ହେଲେ ଉପର ଶ୍ରେଣୀର ପିଲାମାନଙ୍କ ପାଖରୁ କଲମ ମାଗିବାକୁ ପଡ଼େ। ରଚନା ଲେଖିବା ଆରମ୍ଭ ହେଲେ ମୁଁ ଦୌଡ଼େ ଷଷ୍ଠ ଶ୍ରେଣୀ ପିଲାଙ୍କ ପାଖକୁ ମାଗିବାକୁ। ଯେହେତୁ ଦଇନ ସେଇ ଶ୍ରେଣୀରେ ପଢ଼େ ମୋତେ ବି ତା' ସାଙ୍ଗମାନେ ଅନେକେ ଚିହ୍ନିଥାନ୍ତି। ତେଣୁ ସେଇ ଆଶାରେ ମୁଁ ସେଇ ଶ୍ରେଣୀକୁ ଦୌଡ଼ି ଯାଏ, ଝରକା ପାଖରେ ଠିଆ ହେଇ ବିକଳ ହୁଏ। ଛାନିଆଁରେ ଆଖିରୁ ବି ବେଳେ ବେଳେ ଲୁହ ଝରିଯାଏ, ଗୋଡ଼ ଥରେ। କେତେବେଳେ ମିଳେ କେତେବେଳେ ବି ମିଳେନି। ଯେବେ ମିଳେନି ଶିକ୍ଷକଙ୍କ ଠାରୁ ମାଡ଼ ଖାଇବାକୁ ପଡ଼େ। ମୋର ଚତୁର୍ଥ ଶ୍ରେଣୀ ଶେଷ ଓ ଦଇନର ଷଷ୍ଠ ଶ୍ରେଣୀ ଶେଷକୁ ଆମେ ଦୁଇ ଜଣ ପଇସେ, ଦୁଇ ପଇସା, ପାଞ୍ଚ ପଇସା, ଦଶ ପଇସା ଏମିତି କୁଆଡୁ କୁଆଡୁ ଯୋଗାଡ଼ କରି ଆଠଣା କଲୁ। ଆମର ସାଙ୍ଗ ଗୌରାଙ୍ଗ ଯେନା ଯେତେବେଳେ ବାଲେଶ୍ୱର ଗଲା ତାକୁ ଦେଲୁ ଗୋଟିଏ କଲମ ଆଣି ଦେବାକୁ। ସେ ଆଣିଦେଲା। ତାକୁ ପାଇ ଖୁସିରେ ଆମ ଦୁଇଜଣଙ୍କର ରାତିରେ ନିଦ ହେଲାନି। କେତେବେଳେ ସେଥିରେ କଳା କାଳି ତ କେତେବେଳେ ନାଲି କାଳି, ପୁଣି କେତେବେଳେ ନୀଳ କାଳି ଏମିତି ସବୁ ରଙ୍ଗର କାଳି ପୁରେଇ ଅନେକ ଦିନ ସେଥିରେ ଲେଖିଲୁ। ତାକୁ ବି ସ୍କୁଲରେ କିଏ ଦିନେ ଚୋରି କରି ନେଇଗଲା ଯେ ତା' ପାଇଁ କେତେ ଦିନ ଧରି ଆମର ମନ ଦୁଃଖ ହେଲା।

ନଟୁ ଓ ଆଠଣି

ଦିନେ ଆମେ ଦାଣ୍ଡଘରେ ପଢ଼ି ବସିଥାଉ। ନନାଙ୍କର ଧଳା ରଙ୍ଗର କାମିଜଟି ସେଇ ଘରେ ଟଙ୍ଗା ହେଇଥାଏ। ଦଇନ ଓ ମୋର ସବୁଥିରେ କୌତୁହଳତା। ଇଚ୍ଛା ହେଲା ଜାଣିବାକୁ ତାଙ୍କ କାମିଜ ପକେଟରେ କ'ଣ ଅଛି। ହାତ ମାରି ଦେଖୁ ଦେଖୁ ଆବିଷ୍କାର କଲୁ ପକେଟରେ ପାଞ୍ଚ ଟଙ୍କାର ନୋଟ୍ ଓ ଆଠଣିଟିଏ ଥିବାର। ସମସ୍ତଙ୍କ ଅଜାଣତରେ ଆମେ ଦୁହେଁ ସେତକ ହସ୍ତଗତ କରିଦେଲୁ। ନେଇ ଆସିବା ପରେ ପାଞ୍ଚ ଟଙ୍କାଟି ଆମକୁ ଏତେ ବଡ଼ ଲାଗିଲା ଯେ ସେଥରେ କ'ଣ କରିବୁ ଆମେ ଭାବି ପାରିଲୁନି। ତେଣୁ ଭୟରେ ପୁଣି ନେଇ ପାଞ୍ଚ ଟଙ୍କା ନୋଟ୍ଟି ପକେଟରେ ଥୋଇଦେଲୁ କେବଳ ଆଠଣିଟି ପାଖରେ ରଖି। ପୁଣି ଚିନ୍ତା ହେଲା ଆଠଣିଟିରେ କରିବୁ କ'ଣ ? ସେଥିପାଇଁ ଗାଁ ଷ୍ଟେସନ ପାଖ ମନୋହରୀ ଦୋକାନକୁ ଗଲୁ। ସେଥିରେ ଦୁଇଟି ବେଶ୍

ବଡ଼ ବଡ଼ ଦେଖ଼ିଲା ଭଳିଆ ନଟୁ କିଣି ନେଇ ଆସିଲୁ। ମୋର ହଳଦିଆ ଓ ତା'ର ସବୁଜ। ନଟୁ କିଣି ଭାରି ଖୁସି। ବାଡ଼ିପଟ ଧାନ ଖଳାରେ କେତେ ଥର ନନା ବାପାଙ୍କ ଆଟୁଆଳରେ ଘୁରେଇଲୁ। ଆମେ ମନେ ମନେ ଭାବିଲୁ ଏକଥା କେହି ଜାଣି ପାରିବେ ନାହିଁ। କିନ୍ତୁ ଆମର ସେଇ ଭାବନାଟି କ୍ଷଣସ୍ଥାୟୀ ହେଲା। ନନା କୁଆଡ଼େ ଘର ଖର୍ଚ୍ଚ ପାଇଁ ଧାନ ବିକ୍ରି କରି ଆଣି ସେ ପଇସା ରଖ଼ିଥିଲେ। ସେଇ ଦିନ ସନ୍ଧ୍ୟାରେ ହିଁ ନନାଙ୍କୁ ଜଣା ପଡ଼ିଗଲା ପକେଟ୍‌ରେ ପଇସା ନାହିଁ। ଖୋଜା ପଟା ହେଲା ପରେ ସମସ୍ତେ ନିଶ୍ଚିତ ହୋଇଗଲେ ଏହା ଗଗନ ଦଇନଙ୍କର କାମ ନିଶ୍ଚୟ। ଆମକୁ ଧରାହେଲା, ଧମକା ଚମକା କରାହେଲା, ସେଥିରେ କିଛି ଫଳ ନ ମିଳିବାରୁ ଶେଷକୁ ନିସ୍ତୁକ ମାଡ଼ ହେଲା। ମାଡ଼କୁ ମହାଦେବଙ୍କର ବି ଡର, ଆମେ ତ ଛାର, ବକଟେ ବକଟେ ପିଲା। ଛେଚା ଖାଇବା ପରେ ପଇସା ନେଇଛୁ ବୋଲି ଆମେ ମାନିଗଲୁ। ମାନିଯିବା ପରେ ପୁଣି ପ୍ରଶ୍ନ, ପଇସା କାହିଁ? କ'ଣ କରିଛ କୁହ? କେଉଁଠ ଅଛି ଆଣ? ସେତେବେଳେକୁ ପଇସା ତ ନାହିଁ, ଆମ ପାଖରୁ ଯାଇ ସାରିଥାଏ। କ'ଣ କରିବୁ। ଶେଷକୁ ଆମେ ଦୁଇ ଭାଇ କିଣିଥିବା ନଟୁ ଦିଓଟି ଆଣି ଦେଖେଇଲୁ। ବଡ଼ ନନା ସଙ୍ଗେ ସଙ୍ଗେ ନଟୁ ଆମ ପାଖରୁ ଜବତ କରି ନେଲେ। ତହିଁ ପରଦିନ ମନୋହରୀ ଦୋକାନକୁ ଯାଇ ଫେରସ୍ତ ଦେଇ ତାଙ୍କ ଆଠଣା ଫେରି ପାଇଲେ।

ଶ୍ୟାମ ଓ ଘନ

ତୃତୀୟ ଶ୍ରେଣୀରେ ପଢ଼ିଲା ବେଳେ ଗାଁରେ ବସନ୍ତ ଲାଗିଲା। ସେଥିରେ ମୁଁ ଆମ ଘରୁ ପ୍ରଥମେ ଆକ୍ରାନ୍ତ ହେଲି। ପରେ ଘରେ ସମସ୍ତେ ଜଣେ ପରେ ଜଣେ ପଡ଼ିଲେ। ରୋଷେଇ କରିବାକୁ କାହାରି ଶକ୍ତି ରହିଲା ନାହିଁ, ତେଣୁ ଘରେ ଚୁଲି ଜଳିବା ବନ୍ଦ। ଯେଉଁ ପଡ଼ିଶା ମାନେ ଆମ ବାଡ଼ି ପୋଖରୀକୁ ଗାଧୋଇ ଆସୁଥିଲେ ସେମାନେ ବି ଯିବା ଆସିବା ବନ୍ଦ କରିଦେଲେ। ସେଇ ଘଡ଼ିସନ୍ଧି ମୁହୂର୍ତ୍ତରେ ଦଶ ପନ୍ଦର ଦିନ ହେବ ଆମେ ପିଲାମାନେ ଯାଇ ଆମ ସାମନା ଘର କୃଷ୍ଟିଆ କକେଇ(କୃଷ୍ଟଚନ୍ଦ୍ର ପାଣିଗ୍ରାହୀ)ଙ୍କ ଘରେ ଖିଆ ପିଆ କଲୁ ଓ ଅନ୍ୟ ପୀଡ଼ିତ ଲୋକଙ୍କର ଯାହା ଦରକାର ସେମାନେ ଯୋଗେଇ ଦେଇ ସେବା ଶୁଶ୍ରୁଷା କଲେ। କୃଷ୍ଟିଆ କକେଇ ହେଉଛନ୍ତି ସୂର୍ଯ୍ୟାନନ୍ଦ ପାଣିଗ୍ରାହୀଙ୍କର ମଝିଆଁ ପୁଅ। ସୂର୍ଯ୍ୟାନନ୍ଦ ପାଣିଗ୍ରାହୀଙ୍କୁ ଆମେ ବୁଢ଼ା ଜଜେଜ ବୋଲି ସମ୍ବୋଧନ କରୁ। ବଂଶର ବଂଶାବଳୀ ଅନୁସାରେ ଆମ ପରିବାର ତାଙ୍କ ପରିବାର ସହିତ ନିକଟତର। ଅଧିକନ୍ତୁ ଶୈଶବ କାଳରୁ ସୂର୍ଯ୍ୟାନନ୍ଦ ପାଣିଗ୍ରାହୀଙ୍କ ଛତ୍ର ଛାୟା ତଳେ ବାପା ଓ କକା। ସବୁ କଥାରେ କକେଇ।

କୃଷ୍ଣିଆ କକେଇ ଅତ୍ୟନ୍ତ ପରୋପକାରୀ ଓ ଦୟାଳୁ ମଣିଷ। ଦେଖିବାକୁ ଡେଙ୍ଗା, ଟିକିଏ ନିରସା ରଙ୍ଗ, ଚଉଡ଼ା ଛାତି, ଭଲ ଗଢ଼ଣ। ବଡ଼ ନନାଙ୍କର ଯେତେବେଳେ ଚାକିରି ନଥାଏ ମାଆ ଯାଇ ତାଙ୍କ ଆଗରେ କାନ୍ଦି କହିଲା "କୃଷ୍ଣରେ, ମୋ କରୁଣା ତ କୁଆଡ଼େ କିଛି କଲାନି, ତମେ ଯଦି କିଛି ରକମର ତାକୁ କୁଆଡ଼େ ଟିକିଏ କେମିତି ହେଲେ ପଶେଇ ଦିଅନ୍ତ ମୁଁ ତମ ପାଖରେ ଜୀବନ ସାରା ରଣୀ ହେଇ ରହନ୍ତି।" ଏତକ ଶୁଣିବା ପରେ ସେ କହିଲେ, "ବୋଉ (ଭାଉଜଙ୍କୁ ବାଲେଶ୍ୱରରେ ବୋଉ ଡାକନ୍ତି) ତମେ କହିଲ, ମୁଁ ନିଶ୍ଚୟ କରିବି, ବ୍ୟସ୍ତ ହୁଅନି, ଦେଖିବା ଯଦି ଆମ ଅଫିସରେ କେମିତି ହେଲେ ପଶେଇବାକୁ ଚେଷ୍ଟା କରିବି।" ସେ ନେଇ ପ୍ରଥମେ ତାଙ୍କ ଅଫିସରେ ବଡ଼ ନନାଙ୍କୁ ପଶେଇ ଥିଲେ। ଭଲ କାମ କରିବାରୁ ପରେ ସେ ମିଟର ରିଡର ହିସାବରେ ବିଦ୍ୟୁତ ବିଭାଗ ଅଫିସରେ ଚାକିରି ଖଣ୍ଟିଏ ପାଇଲେ। ସେହି ଦିନ ଠାରୁ ତାଙ୍କ ଘର ସହିତ ଆମ ଘରର ସମ୍ପର୍କ ଆହୁରି ଦୃଢ଼ୀଭୂତ ହେଲା। ବଡ଼ ନନାଙ୍କୁ ତ କକେଇ ସାହାଯ୍ୟ କରିଥିଲେ, ଏପରିକି ପଦୁନନା (ଦ୍ୱିତୀୟ ବଡ଼ ଭାଇ)ଙ୍କୁ ମଧ୍ୟ ପ୍ରଥମେ ତାଙ୍କ ଘରେ ରଖେଇ କଲେଜ ପଠେଇଥିଲେ। ଜଣକୁ କଲେଜରେ ପଇସା ଦେଇ ପଢ଼େଇବା ବାପାଙ୍କ ପାଇଁ ସେତେବେଳେ ଥିଲା ସ୍ୱପ୍ନ। ଅନେକ ପରିସ୍ଥିତିରେ କୃଷ୍ଣିଆ କକେଇଙ୍କର ଅନୁକମ୍ପା ଆମ ମାନଙ୍କ ଉପରେ ଥିବାରୁ ତାଙ୍କ ପ୍ରତି ଆମ ପରିବାର ବର୍ଗଙ୍କର କୃତଜ୍ଞତା ସଦା ସର୍ବଦା ରହିଥାଏ।

ସେଇ କୃଷ୍ଣିଆ କକେଇଙ୍କର ଦୁଇ ପୁଅ, ଘନ ଆଉ ଶ୍ୟାମ। ଘନ ଦଇନ ସାଙ୍ଗରେ ପଢ଼େ ଓ ଶ୍ୟାମ ମୋ ସହିତ। କକେଇଙ୍କର ଚାକିରି ଥିବାରୁ ତାଙ୍କ ପରିବାରର ଚଳଣି ଆମ ପରିବାର ତୁଳନାରେ ବେଶ୍ ସ୍ୱଚ୍ଛଳ। ଚାକର ବାକର ଥାଆନ୍ତି। ପୋଖରୀରେ ପକ୍କା ଘାଟ ଯେଉଁଥିରେ କି ପୂର୍ବ ପୁରୁଷଙ୍କ ନାଁ ଖୋଦେଇ ହେଇଥାଏ। ଦାଣ୍ଡ ଆଗରେ ଫାଟକ। ଦାଣ୍ଡ ଘରେ ବଡ଼ ବଡ଼ ବନ୍ଧେଇ ବାଲା ଦ୍ରୌପଦୀ ବସ୍ତ୍ର ହରଣ, କୃଷ୍ଣ ଗୋପୀଙ୍କର ଶାଢ଼ୀ ଚୋରି ଓ କାଳୀୟ ଦଳନ ଇତ୍ୟାଦିର ଫୋଟୋ। ଘରେ ରେଡିଓ। ରେଡିଓର ଆଣ୍ଟିନା ବାଉଁଶରେ ବନ୍ଧା ହୋଇ ଆକାଶକୁ ଉଠିଥାଏ। ତାଙ୍କ ଘରକୁ ଗଲେ ଘଡ଼ିଏ ସେ ତାରକୁ ଅନେଇ ମୁଁ କାବା ହୁଏ। ମନେ ମନେ ଭାବେ ଏଇ ତାରୁ କଥା କେମିତି ଆସୁଛି ? ରବିବାର ଦିନ ଶିଶୁ ସଂସାର ଶୁଣିବାକୁ ଶ୍ୟାମ ଡାକିଲେ ମୁଁ ଯାଇ ତାଙ୍କ ଘର ଝରକା ବାହାର ପଟେ ବସି ଶୁଣେ। ହିନ୍ଦୀ ବୁଝୁନଥିବାରୁ ଲାଲ୍‌ବାହାଦୁର ଶାସ୍ତ୍ରୀଙ୍କର ବିୟୋଗ ଘଟଣା ସେଇ ରେଡିଓରୁ ଶୁଣି ଲୋକେ ମୋତେ କହିଥିଲେ। କେବେ କେବେ ମାଆ ଗୀତିନାଟ୍ୟ ଆଦି ଶୁଣିବାକୁ ସନ୍ଧ୍ୟାବେଳେ ତାଙ୍କ ଘରକୁ ଯାଏ। ମହାଲୟାରେ ବଡ଼ି ଭୋର କଲିକତା ସେଣ୍ଟରର

ଚଣ୍ଡୀପାଠ, ଦୁର୍ଗାପୂଜାରେ ମହିଷା ମର୍ଦ୍ଦିନୀ ଓ ଜନ୍ମାଷ୍ଟମୀରେ କୃଷ୍ଟ ଜନ୍ମ ନାଟକ ଆଦି ଶୁଣିବାକୁ ଯାଏ।

ଘନ ଓ ଶ୍ୟାମଙ୍କ ସହିତ ଆମର ନିବିଡ଼ ବନ୍ଧୁତା। ସେମାନେ କିନ୍ତୁ ଆମ ଠାରୁ ଢେର ଅଲଗା। ତାଙ୍କର କେତେ କେତେ ଖଣ୍ଡ ଜାମା ପ୍ୟାଣ୍ଟ, ସବୁ ସଫା ସଫା। ଚିରା ଜାମା ପ୍ୟାଣ୍ଟ ଅଦେଖା ଅଶୁଣା। ସେମାନେ କେବେ ଘର ସୀମାରୁ ବାହାରକୁ ଆସିଲେ ତାଙ୍କ ମାଆଙ୍କର ଅନୁମତି ନେଇ ଆସନ୍ତି। ଆମର ମାଆକୁ ବେଳ ନଥାଏ କିଏ କୁଆଡ଼େ ଗଲା ଦେଖିବାକୁ। ଖାଲି ଏତିକି ସଞ୍ଜହେଲେ ଦେଖି ଗଣି ଦିଏ କେତୋଟି ମୁଣ୍ଡ ବିଛଣାରେ ଗଡ଼ୁଛନ୍ତି। ଆମ ଭଳି ସେମାନେ ଗୋହିରି ପାଣିରେ ପହଁରନ୍ତି ନାହିଁ କି ପୋଖରୀରେ ପଡ଼ି ମାଛ ଧରନ୍ତି ନାହିଁ। ତାଙ୍କ ଘରେ ଦୁର୍ଗାପୂଜା ହୁଏ। ତାଙ୍କର ମାମୁଁମାନେ ମଝିରେ ମଝିରେ ଗାଁକୁ ଆସନ୍ତି। ଆମର ମାମୁଁ ନଥିଲେ। ମାଆ କେବଳ ଜଣିଏ ତା' ଘରେ। ତା' ଜୀବନରେ ସେ ତା' ବାପାକୁ ବି ଦେଖିନାହିଁ। ତା' ମାଆ ପେଟରେ ଥିଲା ବେଳେ ସେ ବାପାକୁ ହରେଇଥିଲା। ମୋର ତୃତୀୟ ଶ୍ରେଣୀ ବେଳେ ଆଇ ଚାଲିଗଲା। ଏ ସବୁ ଅସମାନତା ସତ୍ତ୍ୱେ ବି ଶ୍ୟାମ ସହିତ ମୋର ଘନିଷ୍ଟ ବନ୍ଧୁତା, ଠିକ୍ କୃଷ୍ଟ ଓ ସୁଦାମା ଭଳି। ନାଁ ଟି ଶ୍ୟାମ କିନ୍ତୁ ଦେଖିବାକୁ ବେଶ୍ ଗୋରା। ଅତ୍ୟନ୍ତ ମେଳାପୀ ଓ ପରୋପକାରୀ। ସାହାଯ୍ୟ କରିବାକୁ କେବେ ପଛେଇ ଯାଏନି, ଠିକ ତା' ବାପା ଭଳିଆ। ଆମେ ଦୁଇ ଜଣ ବସି ପଢ଼ା ପଢ଼ି କରୁ, ତାର ବଡ଼ ରବର ବଲ୍ ପାଖ ପଣ୍ଟା ବାଡ଼ିରେ ଖେଳୁ ଓ ସମସ୍ତ ପ୍ରକାର ଦୁଷ୍ଟାମି ମଧ କରୁ। ମୁଁ ଚିତ୍ର କଲେ ସେ ବସି ଦେଖେ, ଜିନିଷ ଯୋଗେଇ ଦିଏ, ଖୁସି ହୁଏ, ମୋତେ ସେଥିରୁ ଉତ୍ସାହ ମିଳେ। ଦୁଇଜଣ ସାଙ୍ଗରେ ଯାଉ ରଙ୍ଗ କିଣି। ନୀଳ ରଙ୍ଗକୁ ଭଗବାନଙ୍କ ରଙ୍ଗ ବୋଲି ଆମେ କହୁ। ବିଭିନ୍ନ ଉପାୟରେ ରଙ୍ଗ ତିଆରି ହୁଏ ଓ ଚିତ୍ର ଅଙ୍କା ଯାଏ।

ଘନ ଓ ଶ୍ୟାମଙ୍କର ମାମୁଁ ରୁଷିଆ ଯାଇଥିଲେ। ଫେରିବାବେଳେ ନାନା ପ୍ରକାରର କଣ୍ଠେଇ ଶ୍ୟାମ ଓ ଘନଙ୍କ ପାଇଁ ଆଣିଥିଲେ। ତାଙ୍କ ଘରେ ଏ ସବୁ କଣ୍ଠେଇ ଦେଖି ଖୁସିରେ ମୁଁ କୁରୁଲି ଉଠେ। ହରିହର ସେଠୀ ନାମରେ ଟ୍ୟୁସନ ମାଷ୍ଟର ସେମାନଙ୍କୁ ପଢ଼େଇବାକୁ ଆସୁଥିଲେ। ବାପାଙ୍କର ତ ଟ୍ୟୁସନ ପଇସା ଦେଇ ପାରିବାର କ୍ଷମତା ନଥାଏ। ତଥାପି ବାପା କେବେ କେବେ ମୁହଁ ଖର୍ଚ୍ଚ କରି ଅନୁରୋଧ କଲେ ଟ୍ୟୁସନ ମାଷ୍ଟର ମୁଲାଜାରେ ବଶବର୍ତ୍ତୀ ହୋଇ ଆମକୁ ପଢ଼େଇବାକୁ ରାଜି ହୁଅନ୍ତି। ଆମେ କିଛି ଦିନ ଯାଉ, ହେଲେ ସେମିତି କିଛି ଆମକୁ ପଢ଼େଇବାର ଆଗ୍ରହ ନ ଦେଖି ପୁଣି ପଳେଇ ଆସୁ। ତାଙ୍କ ଟ୍ୟୁସନ ମାଷ୍ଟର ପଳେଇଯିବା ପରେ ପରେ ଆମେ ଚାରିଜଣ

ଅନେକ ସମୟରେ ବାସୁଳୀ ଠାକୁରାଣୀ ପିଣ୍ଠାରେ ବସି ନିଜେ ନିଜେ ପଢ଼ା ପଢ଼ି କରୁ। କକେଇ ତାଙ୍କ ପାଇଁ ବହି ଆଣିଥିଲେ ଆମେ ପଢ଼ି ଖୁସି ହେଉ।

ପଢ଼ା ପରେ ଅନ୍ୟ ସମୟରେ ତାଙ୍କ ଖଳାରେ ଯାତ୍ରାଭିନୟ ହୁଏ। ଛବି ସବୁ କାଟି ଅଠାରେ ଯୋଡ଼ି ଲମ୍ବା ରିଲ ଭଳିଆ କରି କାଗଜ ଡବାରେ ଝରକା ବନେଇ ସିନେମା ଦେଖେଇବା ହୁଏ। ତାଙ୍କ ଘରୁ ଆମ ଘର ଯାକେ ସୂତାରେ ଟେଲିଫୋନ ତିଆରି ହୁଏ। ଟେଲିଫୋନ ଥିଲା ଆମ ପିଲା ଦିନର ଏକ ଉଲ୍ଲେଖନୀୟ ପ୍ରକଳ୍ପ। ପ୍ରଥମେ ଦିଆସିଲି ଖୋଳ ନେଇ ଅନ୍ଧ ସୂତା ଓ ଦୂରତାରୁ ଏହି ପ୍ରକଳ୍ପର ସୃଷ୍ଟି ହେଲା। ପରେ ଏହା ବୃଦ୍ଧି ପାଇ ଆମ ଘରୁ ଠାରୁ ତାଙ୍କ ଘର ପର୍ଯ୍ୟନ୍ତ ଲମ୍ବିଗଲା। ସୂତା ଟାଣ କରି ବାନ୍ଧିଲେ ସତରେ ସେଥିରେ ଶବ୍ଦ ଗତି କରି ପାରୁଥିଲା।

ଆଉ ଏକ ବିଜ୍ଞାନ ସମ୍ବଳିତ ଖେଳ ଥିଲା ଆମର ଏହିପରି। ପାଣି ଭିତରେ ତରଙ୍ଗରେ ଶବ୍ଦର ଗତି। ଶ୍ୟାମ ଘନଙ୍କ "ନୂଆ ଗଡ଼ିଆ" ପୋଖରୀରେ ପ୍ରଥମେ ଜଣେ ବୁଡ଼ି ରହିବ, ଦ୍ୱିତୀୟ ଜଣ ପକ୍କା ଘାଟରେ ଠିଆ ହେଇ କେତୋଟି ଆଙ୍ଗୁଳି ଦେଖେଇବ। ତୃତୀୟ ଜଣ ଆଙ୍ଗୁଳି ଦେଖି ସେତିକି ଥର ପାଣି ଭିତରେ ନଖ ଦ୍ୱାରା ଟକ ଟକ କରିବ। କିଛି ସମୟ ପରେ ପ୍ରଥମ ଜଣ ପାଣିରୁ ଉଠିଲେ ତାକୁ ପଚରା ଯିବ ଦ୍ୱିତୀୟ ଜଣ କେତୋଟି ଆଙ୍ଗୁଳି ଦେଖେଇଲା। ପ୍ରାୟ ଦଶ ଥରରୁ ଆଠ ଥର ଆମେ ଏହାକୁ ସଠିକ ଭାବରେ କହି ପାରୁଥିଲୁ।

ଯାନି ଯାତ୍ରା, ପର୍ବପର୍ବାଣି ଆମକୁ ଦେଖେଇ ନବାକୁ ମାଆର ଭାରି ଇଚ୍ଛା। ବାପା କେବେହେଲେ ଏସବୁ ପସନ୍ଦ କରନ୍ତି ନାହିଁ। ଘର ଆଗରେ ଯାତ୍ରା ହେଲେ ବି ବାପା ଘର ଭିତରେ ଶୋଇବା ଲୋକ। ଯଦିବା କେବେ କେତେବେଳେ ଯାଇଛୁ ତାହା ସେଇ କକେଇଙ୍କ ସହାୟତାରେ, ଶ୍ୟାମଘନଙ୍କ ସାଙ୍ଗରେ। ଗାଁରେ କେବଳ ମେଳଣ ଯାତ୍ରାକୁ ଆମକୁ ଚାରଣା ପଇସା ମିଳେ ଯେଉଁଟାକି ବୁଟ ଭଜା ଖାଇବାକୁ ନିଅନ୍ତ। ମୋର କିନ୍ତୁ ସବୁବେଳେ ଇଚ୍ଛା ଥାଏ ନଟୁଟିଏ କିଣିବି, ବେଲୁନଟିଏ କିଣିବି ବା ଆଉ କିଛି କଣେଇ। ସେ ସବୁ ହେଇ ପାରେନି, ସେଇଥି ପାଇଁ ମୋର ମାଟିର କଣେଇ ଗଢ଼ି ରଖିବାକୁ ମନହୁଏ ଓ ମୁଁ ଟିଆ ଭାଇ ଘରକୁ ଯାଇ ତିଆରି କରେ। ଯଦି କେବେ କିଛି ଇଚ୍ଛା ପ୍ରକାଶ କରୁ ଆମ ଉପରେ ଭୀଷଣ ମାଡ଼ ହୁଏ। ଯଦି କେଉଁଠ ଗଲୁ ତେବେ ଆମକୁ ଆଗରୁ ସତର୍କ କରିଦିଆ ଯାଇଥାଏ, "ଚୁପଚାପ ଯିବ, କିଏ କିଛି କିଣିବାକୁ କହିବନି, ଦେଖିବ, ଚୁପଚାପ ଘରକୁ ଆସିବ।" ତଥାପି ମୁଁ ମାନିବା ପିଲା ନଥିଲି। ଥରେ ପ୍ଲାଷ୍ଟିକର ମାଙ୍କଡ଼ିସା ପାଖ ମାଲ ଗାଁର ଉଢ଼ା ପର୍ବରେ କିଣିବାକୁ ଅଳି କଲାରୁ ବଡ଼ ନନାଙ୍କ ପାଖରୁ ନିଷ୍କ୍ ଛେଚା ଖାଇ ରୂପ ହେଇଥିଲି।

ବଉଳ ବୃକ୍ଷ

ଆମ ଘର ଆଗ ବାସୁଲି ମନ୍ଦିର ବେଢ଼ାକୁ ଲାଗି ବିଶାଳ ବଉଳ ବୃକ୍ଷ। ତହିଁରୁ କେତୋଟି ଝୁଙ୍କାଳିଆ ଡାଳ ଗୋହିରି ଉପରକୁ ଝୁଲି ପଡ଼ିଥାଏ। ଖରାଦିନରେ ଝୁଙ୍କାଳିଆ ଡାଳ ତଳ ବେଶ୍ ଛାଇ ଓ ସୁଶୀତଳ। ଅନେକ ସମୟରେ ବାଟୋଇମାନେ ଦଣ୍ଡେ ଛାଇ ତଳେ ବସି ଯିବାର ଦେଖିବାକୁ ମିଳିଥାଏ। ଫୁଲ ହେବା ଋତୁରେ ଫୁଲ ଫୁଟି ଝୁରି ପଡ଼ିଲେ ଗୋହିରି ବାଲି ଫୁଲରେ ଫୁଲରେ ଛାଇ ହେଇଯାଏ। ଫୁଲ ସାଉଣ୍ଟି ନେଇ କୋଇଲି ସୂତାରେ’ ଆମେ ମାଳା ଗୁନ୍ଥି ପିନ୍ଧୁ। ରାମ ସୀତା ଅଭିନୟ କରୁ। ପାଚିଲା ବଉଳ କୋଲି ତଳେ ପଡ଼ିଲେ ଖାଉ।

କିନ୍ତୁ ଏହି ବୃକ୍ଷର ଆଉ ଏକ ବିଶେଷତ୍ଵ ଥିଲା। ତା’ ମୂଳରେ ଥିବା ବିରାଟ ବିରାଟ କଳା ରଙ୍ଗ ଚେରମାନଙ୍କର ଆକାର ପ୍ରକାର ଅଙ୍କା ବଙ୍କା ସତର ବଙ୍କା। ପ୍ରତି ବର୍ଷ ଗୋହିରିରେ ପାଣି ଚାଲିଲେ ସେ ଚେର ଗୁଡ଼ିକ ଆହୁରି ଆହୁରି ମାଟିରୁ ପଦାକୁ ବାହାରି ଆସନ୍ତି। କଳା କଳା ଚେର ଦୂରରୁ ଦେଖାଯାଏ ସତରେ ଯେମିତି ଗୋଟାଏ ବିରାଟ ମେସିନ। ଆମେ ଗୋହିରିରୁ ଶୁଖିଲା ବାଲି ନେଇ ସେଇ ଚେର ଉପରେ ଥିବା ଏକ ଗହ୍ଵର ଭିତରେ ପଶେଇଲେ କିଛି ଦୂରରେ ତଳେ ଆଉ ଏକ ଗହ୍ଵରରୁ ସେ ବାଲିତକ ସୁରୁ ସୁରୁ ହେଇ ଝୁରିଆସେ, ଠିକ୍ ଧାନକୁଟା ମେସିନରୁ ଚାଉଳ ବାହାରିଲା ପରି। ସଫା ବାଲି ଝୁରି ଆସିବା ବେଳେ ଆମେ ବିହ୍ଵଳ ହେଇ ଦେଖୁ। ସ୍କୁଲ ଛୁଟି ପରେ ମୁଁ, ଦଇନ, ଘନ ଓ ଶ୍ୟାମ, ଆମେ ଚାରି ଜଣ ସେଇଠି ଅନେକ ସମୟ କଟଉଥିଲୁ। ଦୁଇଜଣଙ୍କର କାମ ହେଲା ବାଲି ନେଇ ଉପରେ ଜମା କରିବା। ଆଉ ଜଣକର କାମ ଉପର ଗହ୍ଵରରେ ବାଲି ପଶେଇବା, ଚତୁର୍ଥ ଜଣକର କାମ ଥିଲା ତଳ ଗହ୍ଵରରୁ ବାହାରୁଥିବା ବାଲିକୁ ସଂଗ୍ରହ କରି ପୁଣି ଉପର ବାଲାକୁ ଦେବା। କିଏ ଆମ ଘରେ କିମ୍ଵା କକେଇଙ୍କ ଘରେ ପଚାରିଲେ, "ଶ୍ୟାମ, ଘନ, ଦଇନ, ଗଗନ କୁଆଡ଼େ ଗଲେ?" ବିନା ଦ୍ଵିଧାରେ ଜଣେ କହି ଦେଇ ପାରୁଥିଲା, "ହେଇ, ସେଇ ବଉଳ ଗଛ ମୂଳରେ ବାଲିରେ ଖେଲୁ ଥିବେ, ଆଉ ଯିବେ କୁଆଡ଼େ।" ଆମ ଚାରିଜଣଙ୍କର ନିବିଡ଼ ବନ୍ଧୁତ୍ଵ ଖବର ଲମ୍ଭି ଯାଇଥିଲା ପାଣିଗ୍ରାହୀ ଉଆସରୁ ଆରମ୍ଭ କରି ସ୍କୁଲ ଦେଇ ଗାଁର ଉପର ସାହି ଓ ବ୍ରାହ୍ମଣ ଶାସନ ପର୍ଯ୍ୟନ୍ତ।

କାନ୍ତୁ

ପିଲାଦିନେ ଦେହ ଖରାପ ହେଲେ ଆମ ମାନଙ୍କର ଅବସ୍ଥା ଅସମ୍ଭାଳ ହେଇଯାଏ। ବାପା ମାଆ ଘର ବାହାର ସବୁ କାମ କରି ଏତେ ପିଲାଙ୍କୁ ସମ୍ଭାଳିବା କଠିନ ହେଇ ପଡ଼େ। ଅସୁସ୍ଥ ପିଲାର ଯନ୍ ନେବାକୁ ସମୟ ମିଳେନି। ସହାନୁଭୂତି

ବଦଲରେ ଦିନ ଯାକର ପରିଶ୍ରମ ପରେ ମାଆ ବିରକ୍ତି ହୋଇ ପାଟି କରେ। ଜ୍ୱର ହେଲେ କହେ, "ଯା, ଆହୁରି ପୋଖରୀ ପାଣିରେ ପଡ଼ିବୁ, ଥଣ୍ଡାରେ ବୁଲିବୁ, ଯା।" କାଶ ହେଲେ କହେ, "କେତେ ଥର ତୋତେ କହିଛି, ସେ ବରକୋଲି ଗୁଡ଼ାକ ମୁଠା ମୁଠା ନ ଗିଳିବାକୁ।" ପଥ୍ୟ ଭିତରେ କେବଳ ବହଳିଆ ସାଗୁ, ତା' ସହିତ ଚିନି ଓ ଲେମ୍ବୁ କେଉଁଦିନ ଥାଏ, କେଉଁ ଦିନ ନ ଥାଏ। ଅତି ବେଶୀରେ କାଗଜି ଲେମ୍ବୁ କେବେ କେମିତି ପଡ଼ିଶା ଘରୁ ମାଗି ଚଳେଇ ନେବାକୁ ହୋଇଥାଏ। କିଛି ଦିନ ଭୋଗିବା ପରେ ବାପା ଯାଆନ୍ତି ଗାଁ ମଥୁରି ମାଷ୍ଟ୍ରଙ୍କ ପାଖରୁ ହୋମିଓପ୍ୟାଥ୍ ଔଷଧ ଆଣି। ସେଇଯ୍ୟା ଖାଇ ଭଲ ହୁଏ, ଅତି ଦେହ ଖରାପ ହେଲେ ବାଲେଶ୍ୱରର ଅନିଲ ବିଶ୍ୱାସ ଆଲୋପାଥିକ ଡାକ୍ତର। ଜ୍ୱର ତ ଜ୍ୱର, କିନ୍ତୁ କାଛୁ କୁଣ୍ଡିଆ ଥିଲା ଆମମାନଙ୍କର ଚିର ଶତ୍ରୁ। ବର୍ଷାଦିନେ ଛୋଟ ଟିକିରା ଛତୁ ଫୁଟିଲା ପରି ମୋ ଅଜାଗାରେ ସେ ଗୁଡ଼ିକ ଭରିଯାଏ। ଆଙ୍ଗୁଳି ସନ୍ଧିରେ ଭରି ଯାଏ। ରାତିରେ ଭୀଷଣ ଗଲୁ କରେ। କୁଣ୍ଡେଇ କୁଣ୍ଡେଇ ଜ୍ୱଳା ପୋଡ଼ା ହେଲେ ମୁଁ ଉଠି କାନ୍ଦେ, ହେଲେ କେହି ଶୁଣନ୍ତିନି। ବାପା ବେଳେ ବେଳେ ଉଠି ସହାନୁଭୂତି ଦେଖାନ୍ତି କିନ୍ତୁ ତାଙ୍କ ପାଖରେ ପଇସା ନ ଥାଏ ଠିକ୍ ବେଳରେ ଇଲାଜ କରେଇବାକୁ। ବେଳେ ବେଳେ ମାଆ ନିମ ଗଛର ଛାଲିରେ ପାଣି ଫୁଟେଇ ଆମ ଉପରେ ଗରମ ପାଣି ପକେଇ ସଫା କରେ। ଗାଧୋଇ ଦିଏ। ସେ ସବୁରେ ବି କିଛି ହୁଏନି। ଗନ୍ଧକ ତେଲରେ ଫୁଟେଇ ଦିଏ। ସେଠ୍ରେ ବି କିଛି ଲାଭ ହୁଏନି। ଏମିତି ବହୁ କଷ୍ଟ ଆମେ ପାଉ। ମୋ ପାଇଁ ପେଟରେ କୃମି ହେବା ଥିଲା ଆଉ ଏକ ଯନ୍ତ୍ରଣା ଦାୟକ ରୋଗ। ସନ୍ଧ୍ୟା ହେଲେ କୃମି ଖାଆନ୍ତି, ତେଣୁ ପାଠ ପଢ଼ାରେ ମନ ଲାଗେ ନାହିଁ। ଏତେ ପିଲାଙ୍କର ଯତ୍ନ ନେଉଛି କିଏ ? କିନ୍ତୁ କାଛୁର ପୀଡ଼ା ଓ ଯନ୍ତ୍ରଣା ସବୁଠାରୁ ମାରାମ୍ଭକ, ସବୁ ଯନ୍ତ୍ରଣାକୁ ଟପିଯାଏ।

ଲଣ୍ଠନ

"ଘର କାହିଁକି ଅନ୍ଧାର ? ପିଲାମାନେ ଗଲେ କୁଆଡ଼େ ? ପାଠ ପଢ଼ାରେ ବସିନାହାନ୍ତି କାହିଁକି ?" ବାଲେଶ୍ୱରରୁ ଫେରି ଘର ଭିତରେ ପଶୁ ନ ପଶୁଣୁ ଦିନେ ବଡ଼ ନନା, ମାଆ ଓ ବଡ଼ ଭାଉଜଙ୍କୁ ଏ ପ୍ରଶ୍ନ ପଚାରିଲେ। ଆମେ ସବୁ ଚୁପ୍। ମାଆ ଓ ବଡ଼ ଭାଉଜ ମଧ୍ୟ। ଡରରେ କାହାରି ପାଟିରୁ କିଛି କଥା ବାହାରୁ ନ ଥାଏ। କେହି କିଛି କହୁ ନ ଥାନ୍ତି। କିଛି ସମୟ ଯିବା ପରେ ମାଆ କହିଲା, "ସେ ଲଣ୍ଠନର କାଚଟା ଖୋଲି ହେଲାନି, ଜଳେଇବା କେମିତି ?" ବଡ଼ ନନା କହିଲେ, "ବଡ଼ ଆଶ୍ଚର୍ଯ୍ୟ କଥା, କ'ଣ ହେଲା ? ଲଣ୍ଠନର କାଚ ଖୋଲି ହଉନି, କ'ଣ ପାଇଁ, ସେଇ ଲାଗି ଘର ଅନ୍ଧାର ?" ସମସ୍ତେ ପୁଣି ଚୁପ୍।

ସନ୍ଧ୍ୟା ହେଲେ ଲଣ୍ଠନ ଜାଳି ଆମେ ପାଠ ପଢ଼ି ବସୁ। ସବୁଦିନ ଲଣ୍ଠନ କାଚ ସଫା କରି ତହିଁରେ କିରୋସିନ ଭରି ଜଳେଇବା ଦାୟିତ୍ୱ ଆମର। ତା’ ଆଗ ଦିନ ସଞ୍ଜବେଳେ ସବୁଦିନ ପରି ଲଣ୍ଠନ ଜାଳି ଆମେ ଦାଣ୍ଡ ପିଣ୍ଡାରେ ପଢ଼ି ବସିଥାଉ। ମୋ ପାଖରେ ଥାଏ କେତୋଟି ଜରି କାଗଜ। ମୋ ମନରେ କୌତୂହଳତା ଜାଗିଲା ଓ ପ୍ରଶ୍ନ ଆସିଲା ଜରି କାଗଜ ଗୁଡ଼ିକ ଲଣ୍ଠନ କାଚ ଓ ତା’ ଉପରେ ଥିବା ଧାତୁ ନିର୍ମିତ ଗୋଲେଇରେ ଲଗାଇ ଦେଲେ ତରଳି ଯିବକି ନାହିଁ? ଏହାର ସତ୍ୟା ସତ୍ୟ ନିରୂପଣ କରିବାକୁ ଯାଇ ମୁଁ ଜରି ଗୁଡ଼ିକ ସେଥିରେ ଲଗେଇ ଦେଲି। ଗରମ ଯୋଗୁଁ ସତକୁ ସତ ଜରିଗୁଡ଼ିକ ତରଳି ଯାଇ ସେଥିରେ ଲାଗିଗଲେ। ତହିଁ ପରଦିନ ପୁଣି ଲଣ୍ଠନ କାଚ ସଫା କରିବାକୁ ଗଲାବେଳକୁ କାଚ ଆଉ ନ ବାହାରନ୍ତି, ଥଣ୍ଡା ହେଇ ଯିବା ପରେ ଜରି ଗୁଡ଼ିକ ଅଠା ଭଳି ଧାତୁ ସାଙ୍ଗରେ ଲାଗି ଯାଇଥାନ୍ତି। ଖୋଲି ହେଲେ ସିନା ଲଣ୍ଠନ ଜଳାହେବ, ତେଣୁ ସନ୍ଧ୍ୟାବେଳେ ଲଣ୍ଠନ ଜଳିବା ନୋହିଲା। ଘର ଅନ୍ଧାର ଓ ଆମର ପାଠ ପଢ଼ା ବନ୍ଦ।

ବେଶୀ ଖୋଲତାଡ଼ କରିବାରୁ ଏ କଥା ଶେଷକୁ ବଡ଼ ନନାଙ୍କ କାନକୁ ଗଲା। ଘଟଣା କ’ଣ ବୁଝୁ ବୁଝୁ ଜଣା ପଡ଼ିଲା ମୋର କୀର୍ତ୍ତି। ନନା କହିଲେ, "ଆଣିଲ ଦେଖିବା କ’ଣ ହେଇଚି ଲଣ୍ଠନରେ, ମୁଁ ଟିକିଏ ଦେଖେ।" ସେ ମଧ ଲଣ୍ଠନ କାଚ ଖୋଲିବାକୁ ଚେଷ୍ଟା ଚଳେଇଲେ। ଅନେକ ସମୟ ଧରି ଏପଟ ସେପଟ ତଳ ଉପର ଉଠ ଆଖ ହେଇ ଟଣା ଓଟରା କଲେ। ଅସଫଳ ହେବାରୁ ରାଗ ଚଢ଼ିଲା ମୁଣ୍ଡରେ, କହିଲେ, "କୁଆଡ଼େ ଗଲା ସେ ଗଗନ? ଧରି ଆଣ ତାକୁ।" ବଡ଼ ନନାଙ୍କ ହାବୁଡ଼ରେ ପଡ଼ିବାରୁ ପିଠିରେ ବିଧା ବସିଲା ଦୁମ୍‌ଦାମ୍‌। ଲଣ୍ଠନ ନ ଜଳିବା ଫଳରେ ସେଦିନ ଘର ଅନ୍ଧକାରମୟ, ପାଠ ପଢ଼ା ସ୍ଥଗିତ। ଏହା ଥିଲା ମୋର ଏକ ଅବାଞ୍ଛିତ ଦୁଃସାହସିକ କୌତୂହଳତାର ଫଳ। ତହିଁ ପରଦିନ ଧାରୁଆ ଛୁରିରେ ସେ ଜରି ସବୁ କାଟି ବାହାର କରାହେଲା। ତାପରେ ଯାଇ ଲଣ୍ଠନ କାର୍ଯ୍ୟକାରୀ ଅବସ୍ଥାକୁ ଫେରି ଆସିଲା।

ଅବ୍‌ଦଲ୍‌-ଗବ୍‌ଦଲ୍‌

ପଢ଼ାରେ ବସିଥିବା ସମୟରେ ପାଠ ପଢ଼ା ଛାଡ଼ି ମୁଁ କେବେ କେବେ ଅନ୍ୟମନସ୍କ ହେଇ ଅନ୍ୟ କାମରେ ମାତିଯାଏ। ବାପା କି ବଡ଼ ନନା ଆସିଲେ କରୁଥିବା କାମ ଲୁଚେଇ ଦେଇ ପୁଣି ବହିକୁ ଅନେଇ ବସେ। କେଉଁଠୁ ଛବିଟିଏ ଦେଖିଲେ ମୁଁ ବ୍ଲେଡ ଦ୍ୱାରା କାଟି ଖାତାରେ ବେଲ ଅଠା ମାରି ଲଗେଇ ରଖେ। ପରେ ଏ ଗୁଡ଼ିକ ମୋତେ ଛବି ଆଙ୍କିବାରେ ସାହାଯ୍ୟ କରେ। ତେଣୁ ମୋ ବସ୍ତାନିଟି ଛବିର ଭଣ୍ଡାର ଘର।

ଦିନେ କୌଣସି ଜାଗାରୁ ମୋତେ ଛବିଟିଏ ମିଳିଲା। ମୋତେ ଏତେ କୌତୁକିଆ ଲାଗିଲା ଯେ ମୁଁ ପାଠ ପଢ଼ା ଛାଡ଼ି ତାକୁ କାଟିବାରେ ଲାଗିଗଲି। ଛବିଟି ଏଇପରି। ଦୁଇଟି ବପୁବନ୍ତ ବାଙ୍କର ବାଙ୍କର ପୃଥୁଳକାୟ ପିଲା ହାତ ଧରା ଧରି ହୋଇ ଚାଲିଛନ୍ତି। ମୁହଁରେ ତାଙ୍କର ହସର ଫୁଆରା ଓ ଦୁଇଜଣଙ୍କ ଲଣ୍ଠିତ ମସ୍ତକରୁ ଓହଲିଥାଏ ଚୁରୁକି। ଛବି ତଳେ ଲେଖା ହୋଇଥାଏ, ଅବ୍‌ଦଲ୍‌-ଗବ୍‌ଦଲ୍‌। ଛବି କଟା କାମ ସରିଲା। ଠିକ୍‌ ସେତିକି ବେଳେ ଦେଖିଲି ତେଲୁଣି ପୋକଟିଏ ଯାହାକୁ କି ଆମେ କେଣ୍ଡିଡ଼ି ବୋଲି କହୁ, ରେଲ ଗାଡ଼ି ପରି ଆମ ଆଡ଼କୁ ମନ୍ତର ଗତିରେ ମାଡ଼ି ଆସୁଛି। ତାକୁ ଦେଖି ମୋ ମନକୁ କାହିଁକି କେଜାଣି ବୁଦ୍ଧିଟିଏ ଆସିଲା, ମୁଁ କାଟିଥିବା ସେଇ ଅବ୍‌ଦଲ୍‌-ଗବ୍‌ଦଲ୍‌ ଛବିଟିକୁ ଟିକିଏ ବେଲ ଅଠା ମାରି ତା' ଉପରେ ଲଗେଇଦେଲି। ଦେଖିଲୁ ଯେତେବେଲେ ତେଲୁଣି ପୋକଟି ଚାଲିବା ଆରମ୍ଭ କଲା ତା' ସହିତ ଅବ୍‌ଦଲ୍‌-ଗବ୍‌ଦଲ୍‌ ବି ଚାଲିଲେ। ଯେଉଁ ଆଡ଼କୁ ତେଲୁଣି ପୋକ ମୋଡ଼ ନେଉଥାଏ ସେ ଆଡ଼କୁ ଅବ୍‌ଦଲ୍‌-ଗବ୍‌ଦଲ୍‌ ଚାଲିଥାନ୍ତି। ଏହା ଦେଖି ହସ ଆମର କିଏ ଆଉ ସମ୍ଭାଲେ। ମୁଁ ଓ ଦୀନା ବଡ଼ ଜୋର ହସି ହସି କୁରୁଲି ଉଠିଲୁ। ମନରେ ଅପାର ଆନନ୍ଦ। କୌଣସି ଉପାୟରେ ହସ ଆଉ ବନ୍ଦ ହେଲାନି। ଆମର ଏତେ ଜୋର ହସ ଶୁଣି ବଡ଼ ନନା କେଉଁଠି ଥିଲେ ଦଉଡ଼ି ଆସିଲେ, ଚିକ୍‌ାର କରି କହିଲେ, "ପାଠ ପଢ଼ୁଛ ନା ଏମିତି ବେମୁରୁବାଙ୍କ ଭଳିଆ ହସୁଛ?" ହସ ଅଣଆୟଉ ହେବାରୁ ଆମ ଉପରେ ଧଡ୍‌ ଧାଡ଼ ମାଡ଼ ବର୍ଷିବା ଆରମ୍ଭ ହୋଇଗଲା। ଦୀନା ତା' ହାତ ଉପରକୁ କରି ମାଡ଼ରୁ ନିଜକୁ ରକ୍ଷା କରୁ କରୁ ପୁଣି ଚାହିଁଦେଲା ଅବ୍‌ଦଲ୍‌-ଗବ୍‌ଦଲଙ୍କ ଆଡ଼େ। ନନା ବି ଦେଖିଲେ ଅବ୍‌ଦଲ୍‌-ଗବ୍‌ଦଲ୍‌ ଏପଟ ସେପଟ ରେଲଗାଡ଼ିରେ ବୁଲୁଚନ୍ତି। ନନା ଆଉ ପିଟିବେ କ'ଣ ପିଟୁ ପିଟୁ ସେ ବି ହସି ପକେଇଲେ ଅବ୍‌ଦଲ୍‌-ଗବ୍‌ଦଲଙ୍କ ରେଲ ଭ୍ରମଣକୁ ଦେଖି। କହିଲେ "ପାଠ ପଢ଼ା ନାହିଁ ଏଇୟା ଚାଲିଚି?" ତଥାପି ମାଡ଼ କିନ୍ତୁ ବନ୍ଦ ହେଲାନି, ମୋତେ ବି ଉଉମ ମଧମ ହେଲା ପରେ ଯାଇ ହସ ବନ୍ଦ ହେଲା ଓ ସମସ୍ତ ଥଣ୍ଡା ପଡ଼ିଲା। କିନ୍ତୁ ଅବ୍‌ଦଲ୍‌-ଗବ୍‌ଦଲଙ୍କର ରେଲ ଯାତ୍ରା ଆମ ମନରେ ରହିଲା। ପୁଣି ଦିନେ ସ୍କୁଲରେ ସାଙ୍ଗମାନଙ୍କ ଆଗରେ ଅନୁକୂଲ ଅବସ୍ଥା ଦେଖି ଏହା ପ୍ରଦର୍ଶନ କରାହେଲା ଓ ସାଙ୍ଗମାନେ ମଧ ହସରେ କୁରୁଲି ଉଠିଲେ। ସେଇଦିନ ଠାରୁ ଅବ୍‌ଦଲ୍‌-ଗବ୍‌ଦଲ୍‌ ଦୁଇଜଣ ଆମର ସ୍ମୃତି ହୋଇ ରହିଗଲେ। ଯେତେବେଲେ ମନେ ପଡ଼ିଯାନ୍ତି ଆମେ ନ ହସି ରହି ପାରୁନା।

ଚିଠା ଅଦଲ ବଦଲ

ପ୍ରତି ବର୍ଷ ପରି ସେ ବର୍ଷ ଅକ୍ଷୟ ତୃତୀୟା ଆସିଲା, ସେ ଦିନ ଅନୁକୂଲ କରି

ଜମିରେ ଧାନ ବୁଣିବା ବେଳ ହେଲା। ଘରେ କାମ କରୁଥିବା ମୂଲିଆ ମାନେ, ବଡ଼ ନନା ଓ ବାପାଙ୍କ ତତ୍ତ୍ୱାବଧାନରେ ଧାନ ବିହନ ସବୁ ବୁରାରୁ ବାହାର କରିବା ସମୟ ଆସିଲା। ଯେଉଁ ଧାନଟି ଦରକାର, ଚିଠା ଖୋଲି ନାଁ ପଢ଼ି ଜଣା ପଡ଼ିଲା ଯେ ସେ ବୁରାଟି ସବା ତଳେ ଅଛି। ତେଣୁ ତା' ଉପରେ ଯେତେ ସବୁ ବୁରା ଥିଲା ବାହାର କରାଯାଇ ତଳ ବୁରାଟି ଖୋଲା ହେଲା। ଖୋଲିବା ପରେ ଦେଖାଗଲା ଚିଠା ଅନୁସାରେ ଭିତର ଧାନଟି ଅଲଗା। ସମସ୍ତେ ଆଚମ୍ବିତ ହେଲେ। ଆଶ୍ଚର୍ଯ୍ୟ ହୋଇ ପରସ୍ପରର ମୁହଁ ଚହାଁ ଚହିଁ ହେଲେ। ଭାବିଲେ ଚିଠା ଲଗେଇଲା ବେଲେ କେହି ଜଣେ ନିଶ୍ଚୟ ଭୁଲ୍ କରିଦେଇଛି। କୌଣସି ପ୍ରକାରେ ଅନ୍ୟ ବସ୍ତା ଖୋଲା ଖୋଲି କରି ସେ ବର୍ଷ କାମ ସେଇମିତି ଚଲେଇ ନେଲେ।

ତହିଁ ପରବର୍ଷ ପୁଣି ବିହନ ବସ୍ତା ଖୋଲିବାର ସମୟ ହେଲା। ଚିଠା ଅନୁସାରେ ଯେ କୌଣସି ବସ୍ତା ଖୋଲିଲା ବେଳକୁ ଦେଖାଗଲା ତା' ଭିତରେ ଧାନ ଅଲଗା। ଅତି କଷ୍ଟ କରି ସବୁଠୁଁ ତଳ ବସ୍ତା ଖୋଲା ହେଲା ହେଲେ ଧାନ ବାହାରିଲା ଆଉ ଗୋଟିଏ। ଦେଖ୍ ସମସ୍ତେ ଆଶ୍ଚର୍ଯ୍ୟ ହେଲେ। ଏହା କିପରି ସମ୍ଭବ ? ସବୁ ବସ୍ତାରେ ତ ଭୁଲ୍ ହବ ନାହିଁ। ଗତବର୍ଷ ବି ଏମିତି ହେଇଥିଲା। ସେମାନଙ୍କ ମନରେ ସନ୍ଦେହ ଜାଗିଲା। ସମସ୍ତେ ଭାବିଲେ କେହି ଜଣେ ସବୁ ଚିରକୁଟ ଗୁଡ଼ିକ, ଏ ବସ୍ତାରୁ ନେଇ ସେ ବସ୍ତା ସେ ବସ୍ତାରୁ ନେଇ ଏ ବସ୍ତା, ଏଇମିତି ଜାଣି ଜାଣି ବଦଲେଇ ଦେଇଛି।

ପ୍ରତି ବର୍ଷ ଅମଳ ପରେ ପର ବର୍ଷ ଚାଷ ପାଇଁ ଧାନ ବିହନ ବଡ଼ ବଡ଼ ବୁରା ବସ୍ତାରେ ଭରି ରଖାଯାଏ। ଘର ଭିତରେ ବସ୍ତା ଗୁଡ଼ିକ ଭାଡ଼ି ମରାଯାଇ ତା' ଉପରକୁ ଉପରକୁ ରହେ। କେଉଁ ବସ୍ତାରେ କେଉଁ ଧାନ ରହିଲା ଜାଣିବା ପାଇଁ ଛୋଟ ଛୋଟ କାଗଜରେ ଧାନର ନାଁ ଲେଖ ସିଲେଇ ହେଇଥିବା ବସ୍ତାର ସନ୍ଧିରେ ପଶେଇ ଦିଆଯାଏ। ତହିଁ ପର ବର୍ଷ ଲାଗିଥିବା ଚିରକୁଟ ବାହାର କରି, ନାଁ ପଢ଼ି ଆବଶ୍ୟକ ବିହନ ବାହାର କରାଯାଏ। ଏଇ ପଦ୍ଧତି ବର୍ଷ ବର୍ଷ ଧରି ଚାଲି ଆସିଥାଏ ଏବଂ ଏହା ମୋ ଛୋଟ ଆଖ୍ ଦୁଇଟି ସବୁ ବର୍ଷ ଦେଖ୍ ଆସୁଥାଏ। ସତରେ ଥରେ ମୁଁ ଆବିଷ୍କାର କଲି ସବୁଠୁରେ ଚିଠା ଲାଗିଛି। କାହିଁକି କେଜାଣି ଇଚ୍ଛା ହେଲା ଅଦଲ ବଦଲ କରିଦେବା ପାଇଁ। ସମସ୍ତଙ୍କ ଆଉଆଲରେ ସବୁ ଚିଠା ବଦଲେଇ ଦେଇ ଚୁପ୍ ହେଇ ରହିଲି।

ଦରକାର ବେଳେ ଯେମିତି ବସ୍ତା ଖୋଲା ହେଇଛି, ସବୁ ଅଦଲ ବଦଲ। ବଡ଼ନନା ବାଡ଼ି ଖଣ୍ଡେ ଧରି ବାହାରିଲେ ମୋତେ ଖୋଜିବାକୁ, କହିଲେ, "କୁଆଡ଼େ ଗଲା ସେ ପାଜି ? ସେ ନିଶ୍ଚୟ ବଦଲେଇ ଦେଇଛି।" ସେଟିକି ବେଳେ ମୂଲିଆ ଭିତରୁ ଜଣେ ବାହାରି ପଡ଼ି କହିଲା, "ତୁ ସେ ଛୁଆଟାକୁ କାହିଁକି ପିଟିବୁ, ପିଲା

ଲୋକ କରି ପକେଇଟି, ଆର ବର୍ଷକୁ ଆଉ କେମିତି ସେ ନକରି ପାରିବ ସେଇ କଥା ଆମକୁ ଚିନ୍ତା କରିବାକୁ ପଡ଼ିବ ।"

ସେଇ ବର୍ଷ ପାଖରୁ ଚିରକୁଟ ଲଗେଇବା ପଦ୍ଧତି ବଦଳିଗଲା, କାଳି ଆଉ ଦାନ୍ତ କାଠିରେ ବୁରା ଉପରେ ବଡ଼ ବଡ଼ ଅକ୍ଷରରେ ଲେଖ ଦିଆଗଲା, ପାଟିଣି, ରଙ୍ଗ କଲମା, ଭୁତା, ସାମିଲି, ମୁଗୁଧ୍ୟ ଇତ୍ୟାଦି ଇତ୍ୟାଦି । ମୋର ଚପଲତା ଘରେ ବର୍ଷ ବର୍ଷ ଧରି ଅନୁସରଣ କରାହେଉଥିବା ପଦ୍ଧତିରେ ସେଇ ବର୍ଷ ପାଖରୁ ପରିବର୍ତ୍ତନ ଆଣି ଦେଲା ।

କିଆବୁଦା ପୋଡ଼ି

ମାଘ ମାସ ମକର ସଂକ୍ରାନ୍ତି ବେଳକୁ ଗାଁରେ ଧାନ ଅମଳ ସରି ଯାଇଥାଏ । ଧାନ ବିଲ ଶୂନ୍‌ଶାନ ହେଇଯାଏ । ଅନାବାଦୀ ଜମି ମାନଙ୍କରେ ଗାଈଗୋରୁ ପଲ ପଲ । ବୃହଦାକାୟ କିଆ ବୁଦା ଠାଏ ଠାଏ ଠିଆ ହେଇଥାଏ । ଶୀତ ଦିନେ ତହିଁର ତଳ ପତ୍ର ଗୁଡ଼ିକ ଶୁଖ୍‌ଯାଏ । ଆମ ଗାଁ ରୂପାବାଲି ପଡ଼ିଆ କଡ଼େ କଡ଼େ ସେଇ ପରି ଅନେକ ବିଶାଳକାୟ କିଆବୁଦା ।

ଦିନେ ମୁଁ ଓ ଦଇନ ଆମ ପଡ଼ିଶା ଘର ସମବୟସୀ କ୍ଷୀର କକେଇର ପ୍ରଭାବରେ ପ୍ରଭାବିତ ହେଇ ଏକ ନୂଆ ଅଭିଯାନରେ ବାହାରିଲୁ । କ୍ଷୀରର ଆଦେଶ ଅନୁସାରେ ଆମେ କିଛି ଦିଆସିଲି କାଠି ଆମ ଘରୁ ନେଲୁ, ଆଉ ସେ କିଛି ତା' ଘରୁ ଲୁଚେଇ ଆଣିଲା । ଠିକ୍ ଜାଗାରେ ପହଞ୍ଚି ଆରମ୍ଭ ହେଲା କିଆବୁଦା ଜଳେଇର ଆୟୋଜନ । ଗୋଟିଏ ପରେ ଗୋଟିଏ କାଠି ସରିବାରେ ଲାଗିଥାଏ ହେଲେ କୌଣସି ପ୍ରକାରେ ନିଆଁ ଧରୁ ନଥାଏ । ଏହା ଦେଖ ଆମ ମାନେ ହତାଶ ହେଇଗଲୁ । ଆମେ ନେଇଥିବା କାଠି ସଇଲା, କ୍ଷୀର ଆଣିଥିବା କାଠି ବି ସଇଲା, କୌଣସି ପ୍ରକାରେ ନିଆଁ ଧରିଲା ନାହିଁ, ଶେଷକୁ ରହିଲା ଗୋଟିଏ ଭଙ୍ଗା ଛୋଟିଆ କାଠିଟିଏ ବାକି । ବିଷଣ୍ଣ ସ୍ୱରରେ ଆମେ ସମସ୍ତେ କହୁଥାଉଁ, "ଇଏ ଆଉ କ'ଣ ହବ, ଏଇଟା ବି ଯଦି ଫୁସ୍‌କି ଯାଏ, ତେବେ ଗଲା ।" ଏଇମିତି କହୁ କହୁ ଠିକ୍ ସେତିକି ବେଳେ ଧରିଲା ନିଆଁ, ପଡ଼ ପଡ଼ ଚଡ଼ ଚଡ଼ ଶବ୍ଦ କରି ଉପରକୁ ଉଠିଲା ହୁତୁ ହୁତୁ ହେଇ । ଆଖ ପାଖ ବୁଦା ବି ଜଳିବା ଆରମ୍ଭ କଲା, ଆମେ ଦେଖ ଖୁସିରେ ଡେଇଁଲୁ । ନିଜ ନିଜ ଭିତରେ କଥାହେଲୁ "ଦେଖିଲ, ଶେଷକୁ ସେଇ ଛୋଟିଆ କୁଟୁରି କାଠିଟା କେମିତି କାମ ଦେଖେଇଲା । ସବୁ କଥାରେ ଧୈର୍ଯ୍ୟ ଦରକାର ।" କ୍ଷୀର କହିଲା "ଜାଣିଛ, ଛୋଟ ସାପର ବିଷ ବେଶୀ ।" ନିଆଁ ବୁଦା ପରେ ବୁଦା ମାଡ଼ି ଚାଲିଥାଏ ଆଉ ଆମେ ମଜା ଲୁଟି ଚାଲିଥାଉ ।

ମଝିରେ ମଝିରେ ଶବ୍ଦ ଆସୁଥାଏ, ଟେଁ ଠୁସ୍, ପଡ଼ ପଡ଼ ଚଡ଼ ଚଡ଼, ଟେଁ ଠୁସ୍। ଏ ସବୁ ଶୁଣି ଆମେ ଖୁସିରେ କୁରୁଳି ଉଠୁଥାଉ, ଡେଉଁଥାଉ।

ଠିକ୍ ସେତିକି ବେଳେ ପାଖ ମିଲ୍ ବାଡ଼ି ଭିତରୁ ଅଚାନକେ ଆସିଲା ଏକ ବିଶାଳକାୟ ଦେଖିବାକୁ କାଳିଆ ଲୋକ ଜଣେ। ଆମକୁ ଦେଖି କହିଲା, "ତମେ ତିନିଟା ଏଠି ନିଆଁ ଲଗେଇଚ ନା, ଦଉଡ଼ି ରୁହ ତମକୁ, କାହା ଘର ଛୁଆ ତମେ?" ଆମ ତିନିଜଣଙ୍କୁ ଧରି ପକେଇ ନେଇଗଲା ମିଲ୍ ବାଡ଼ି ଭିତରକୁ। ଦି' ଚାରି ଛାଟ ଦେଲା ଗୋଟିଏ ନହ ନହଙ୍କା ଛେଡ଼ିରେ। ଯେମିତି ଆମେ କାହା ଘର ଛୁଆ ଜାଣିଲା, କହିଲା ଆମ ବାପାଙ୍କ ପାଖକୁ ନେଇକି ଯିବ। ଆମେ କାକୁତି ମିନତି ହେଇ ଆଉ ଏମିତି କେବେ କରିବୁ ନି କହିଲାରୁ ସେ ଆମକୁ ଶେଷକୁ ଛାଡ଼ିଲା। ଆମେ ଘରକୁ କାନ୍ଦୁଣ୍ଡ ମାନ୍ଦୁଣ୍ଡ ହେଇ ଫେରିଲୁ। କାହାରିକୁ କିଛି ନକହି ଚୁପ ଚାପ ରହିଲୁ। କିଆ ବୁଦା ତ କିଆ ବୁଦା, କିଏ ଜାଣିଥିଲା ସେ କିଆବୁଦା ଗୁଡ଼ିକ ପୁଣି ତା' ମିଲ୍ ବାଡ଼ିର ବୋଲି। କିଆବୁଦା ପୋଡ଼େଇ ପର୍ବ ପାଳନ ସେଇ ଘଟଣା ପର ଠାରୁ ସବୁଦିନ ପାଇଁ ବନ୍ଦ।

ଚାରମିନାର ସିଗାରେଟ୍

ମୋର ଜଣେ ସହପାଠୀ, ନାଁ କରୁଣା କର ଭୋଲ। ପିଲା ଦିନରୁ ସାଙ୍ଗ। ଏକା ସାଙ୍ଗରେ ପ୍ରଥମ ଶ୍ରେଣୀରୁ ପଢ଼ି ଆସିଥାଉ। ଡାକ ନାଁ ଦୁଆରୀ। ଗଉଡ଼ ସାଇର ପିଲା। ପାଠ ଆଡ଼କୁ ତାର ସେତେ ମନ ନଥାଏ। ଦିନେ ସେ ସ୍କୁଲ ପାଖ ବଡ଼ ବାୟା କକେଇ "ପାନ, ବିଡ଼ି, ସିଗାରେଟ ଓ ଜଳଖିଆ" ଦୋକାନରୁ କେତୋଟି ପ୍ୟାକେଟ ଚାରମିନାର୍ ସିଗାରେଟ୍ କିଣି ନେଇ ଆସିଲା। ହଳଦିଆ ହଳଦିଆ ଖୋଲ ଓ ଚାରମିନାର ଚିହ୍ନ ତା' ଉପରେ। ପଇସା କେଉଁଠୁ ଆଣିଲା ଆମକୁ ଅଜଣା। ଆମ କେତେ ଜଣଙ୍କୁ ଦେଖେଇ କହିଲା, "ଟାଣିବ?" ଆମ ସାଙ୍ଗ ଭିତରୁ ନିର, ସଫା ସଫା ତା' ମୁହଁ ଉପରେ ମନା କରିଦେଲା। ଖାଲି ତ ମନା କଲାନି, ଧମକେଇଲା, କହିଲା ସାରଙ୍କୁ କହିଦବ। ତେଣୁ ତାକୁ ଆଉ ଡରିକି ସେ ପଚାରିଲାନି। ତାପରେ ମୋତେ ଆସି ପଚାରିଲା। ଆଗରୁ ମୁଁ ବିଡ଼ି ଲୁଚିକରି ଟାଣିଥାଏ। ଆମ ଘରେ ମୂଲିଆ ମାନେ ରାତିରୁ ଧାନ ଝେଡ଼େଇବାକୁ ଆସନ୍ତି। ତାଙ୍କ ଭିତରୁ ଜଣେ ଥାଏ, ତା' ନାଁ ଗେଣ୍ଡୁଆ। ସେ ବିଡ଼ି ପିଏ। ପିଇ ସାରି ଖାଣ୍ଟିଆ ବିଡ଼ି ଇଆଡ଼େ ସିଆଡ଼େ ଫୋପାଡ଼ି ଦିଏ। ମୁଁ ସେ ଗୁଡ଼ିକ ସଂଗ୍ରହ କରି ରଖେ। କୁଟା ପୁଞ୍ଜି କଡ଼ରେ ବସି ସମସ୍ତଙ୍କ ଆଉଆଲରେ ଘରୁ ଦିଆସିଲି ଲୁଚେଇ ଆଣି ସେ ଗୁଡ଼ିକ ପିଏ। ଘରେ କେହି ଜାଣି ପାରନ୍ତିନି। ସେତେବେଳେ ମୁଁ ସାନ ସ୍କୁଲରେ ପଢୁଥିଲି।

ଭୋଲ ଯେମିତି ମୋତେ ଯାଚିଲା, ମୁଁ ଭାବିଲି, ସିଏ ତ ଥିଲା ବିଡ଼ି, ଇଏ ସିଗାରେଟ୍‌, ତା’ ବଡ଼ ଭାଇ, ଆଉ ଟିକିଏ ତା’ ଉପରକୁ, ଦେଖିବା କେମିତି ଲାଗୁଚି, ଏଇୟା ଭାବି ତା’ କଥାରେ ଭଲି ଯାଇ ରାଜି ହେଇଗଲି। ଆମ ସହିତ ଅମୂଲ୍ୟ ବୋଲି ଆଉ ଜଣେ ପିଲା ସାଙ୍ଗ ଦେଲା। ସିଗାରେଟ୍‌ ଖୋଲକୁ ପ୍ରଥମେ ଶୁଙ୍ଘିଲି। ଭାରି ସୁନ୍ଦର ବାସନା। ପ୍ରଥମେ ସେଥିରୁ ଖଣ୍ଡେ ନେଇ ଟାଣିଲି, ଭାରି ଖୁସିରେ ଉପରକୁ ମୁହଁ କରି ସୁ– ଉ– ଉ– ଉ କରି ଛାଡ଼ିଦେଲି ଧୂଆଁ, ଦେଖିକି ଭାରି ଖୁସି ଲାଗିଲା। ତାପରେ ଆଉ ଗୋଟିଏ, ପୁଣି ଗୋଟିଏ, ଏମିତି ଗୋଟି ଗୋଟି କରି ଅତି କମରେ ପାଞ୍ଚ କି ଛଅ ଖଣ୍ଡ ସିଗାରେଟ ପଛକୁ ପଛ ଟାଣିଦେଲି। ସେମାନେ ବି ଟାଣିଲେ। ଆଖ ପାଖ ସିଗାରେଟ ଧୂଆଁରେ ଧୂମାୟିତ। ତା’ ପରେ ଆଉ ଯାଏ କୁଆଡ଼େ, କିଛି ସମୟ ଯାଇଛି କି ନାହିଁ, ମୋତେ ବାନ୍ତି ହେବା ଭଲି ଲାଗିଲା, କିନ୍ତୁ ପ୍ରକୃତ ବାନ୍ତି ହେଉ ନଥାଏ। ମୁଣ୍ଡ ଚରକି ବୁଲିବା ପରି ଚକ୍କର ଖାଇଲା। ଏମିତି ମୁଣ୍ଡ ବୁଲେଇଲା ଯେ ଚାଲିବା ବି କଠିନ, ପାଦ ଟଳ ମଳ, ମଦୁଆଙ୍କ ଭଲି ଖାଲି ଏ ପଟ ସେ ପଟ ପଡ଼ୁଥାଏ। ଆଖିକୁ ସବୁ କିଛି ଝାପ୍‌ସା କୁହୁଡ଼ିଆ ଦେଖାଯାଉଥାଏ। ଭୋଲକୁ କହିଲି, "ଭାଇ, ମୋ ମୁଣ୍ଡ ବୁଲଉଚି, ଠିଆ ହେଇ ହଉନି କି ଚାଲି ହଉନି।" ସେ କହିଲା, ହେଁ, କିଛି ହବନି ବେ, ତୁ ଟା ଡରୁଆଟେ ନା କିସ ? ଡରୁଚୁ କାହିଁକି ?" ତା’ କଥା ବି ଶେଷ ଆଡ଼କୁ ମୋତେ ଠିକ୍‌ ଠିକ୍‌ ଶୁଭିଲାନି। ଆଉ କିଛି ନକହି ଚୁପ ହେଇ ମୁଁ ଗୋଟିଏ ଜାଗାରେ ମୁଣ୍ଡକୁ ଧରି ଅନେକ ସମୟ ପର୍ଯ୍ୟନ୍ତ ପଡ଼ି ରହିଲି। ଭାବିଲି ମୁଁ ମରିଯିବି। କିଛି ସମୟ ଯିବା ପରେ ମୋତେ ଟିକିଏ ଭଲ ଲାଗିଲାରୁ ଘରକୁ ଫେରି ଯାଇ ଚୁପ ହେଇ ନଖାଇ ନପିଇ କାହାରିକୁ କିଛି ନକହି ଶୋଇ ପଡ଼ିଲି। ତହିଁ ପର ଦିନ ସକାଳେ ଯାଇ ମୋ ମୁଣ୍ଡ ଠିକ୍‌ ଲାଗିଲା। ସେଇ ଦିନ ଘଟଣା ପର ଠାରୁ ମୋ ସାଙ୍ଗ ନା କରୁଣା କର ଭୋଲ, ନା ସିଗାରେଟ୍‌।

ଘର କାମ

ଅଳ୍ପ ବୟସ ହେଲେବି ଆମ ଦୁଇ ଭାଇଙ୍କ ପାଇଁ ଅନେକ ପ୍ରକାରର ଘର କାମ ଖଞ୍ଜା ହେଇଥାଏ। ମଝିରେ ମଝିରେ ଆମକୁ ଚେତେଇ ଦିଆଯାଏ, "ଖାଇବ, ଆସିବ କେଉଁଠୁ? ଘର କାମ କରିବାକୁ ପଡ଼ିବ, ସବୁ କଥା ଜାଣିବାକୁ ପଡ଼ିବ।" ଆଠଟି ଗାଈ ଓ ଛଅଟି ବଳଦ ସଞ୍ଜବେଳେ ଘର ଲେଉଟିଲେ ସେମାନଙ୍କୁ ଯେଉଁ ଗୁହାଳରେ ବାନ୍ଧିବା କାମ ଥିଲା ଆମର। ନିଜେ ନିଜେ ସେମାନେ ନ ଫେରିଲେ ଆମକୁ ଖୋଜି ଯିବାକୁ ପଡ଼ୁଥିଲା। ଖରାଦିନ ଛୁଟିରେ ବଳଦଙ୍କ ପାଇଁ ମୁଁ କୁଣ୍ଢା ସିଝଉଥିଲି। ଛୁଟିଦିନେ କ୍ଷେତରେ କାମ କରୁଥିବା ମୂଲିଆ ମାନଙ୍କ ପାଇଁ ପଖାଳ,

ପିଆଜ, ଆଚାର ଓ ପାଣି ନେଇଯିବା କାମ ଥିଲା ଆମର। ଘରେ ପନିପରିବା ଲଗାହେଲେ ସେ ସବୁରେ ଆମେ ଦୁଇ ଭାଇ ପୋଖରୀରୁ ପାଣି ବୋହିଆଣି ଢାଲୁ। ଧାନ ଅମଳ ସମୟରେ ଜମିରୁ ଧାନ ବୋହି ଆଣିବା ଅନେକ କାମ। ସାରାଦିନ ଲାଗିଯାଏ କଲେଇ ଲଦା ବଳଦଙ୍କୁ ଅଡ଼େଇ ଘରକୁ ଆଣିବା, ପୁଣି ନେଇ ଜମିକୁ ଯିବା। ଧାନ ଖାଇ ନ ଯିବା ପାଇଁ ମଝିରେ ମଝିରେ ଜମିରୁ ଗୋରୁମାନଙ୍କୁ ଅଡ଼େଇବାକୁ ପଡ଼ୁଥିଲା। ଧାନ କଟା ହେଲେ ତଳେ ପଡ଼ିଯାଉଥିବା ଧାନକୁ ସାଉଁଟିବା କାମ ବି ଥିଲା ଆମର। ଛୋଟ ଭାଇ ଭଉଣୀଙ୍କର ଜାମାପଟା ସଫା ଆମର ଦାୟିତ୍ୱ। ଆମେ ସବୁ କରୁ, ଯେତେବେଳେ ମୁଁ ଏ ସବୁ କରିବାରେ ଅବାଧ ହୁଏ, ମାଡ଼ ଖାଏ।

ସ୍ୱଇଚ୍ଛାରେ ଆମେ କିନ୍ତୁ ଘର ଆଗରେ ଫୁଲ ବଗିଚାଟିଏ ବନେଇ ଥିଲୁ। ସେଥିରେ ଚଗର, ସଦା ବିହାରୀ, ମଲ୍ଲୀ, ସେବତୀ, ମଧୁ ମାଲତୀ, ରଙ୍ଗାଣୀ, ହରଗୌରା, ସର୍ବଜୟା, ସୂର୍ଯ୍ୟମୁଖୀ ଓ ଗେଣ୍ଡୁ ଆଦି ଫୁଲଗଛ ଲଗେଇଥିଲୁ। ମାଆର ଫୁଲ ପ୍ରତି ବଡ଼ ସଉକ, ସେ ଦେଖି ଖୁସି ହୁଏ। ସ୍କୁଲ ଛୁଟି ପରେ ଆମେ ସେଇଠି ଅନେକ ସମୟ କଟଉଥିଲୁ। ବିଭିନ୍ନ ରଙ୍ଗର ପ୍ରଜାପତି ଆସି ଫୁଲ ଉପରେ ବର୍ଷିଲେ ମୋତେ ଦେଖିବାକୁ ଭାରି ଖୁସି ଲାଗେ। ସୂର୍ଯ୍ୟମୁଖୀ ଫୁଲର ଗତି ସୂର୍ଯ୍ୟଙ୍କ ଗତି ସହିତ ବଦଲିବା ଥିଲା ମୋ ପାଇଁ ଆଉ ଏକ ଆଶ୍ଚର୍ଯ୍ୟଜନକ ପର୍ଯ୍ୟବେକ୍ଷଣ। ଏପରିକି ଖାତାଟିଏ ବନେଇ ବଗିଚାରେ କେଉଁ କେଉଁ ଫୁଲ ଗଛ ଅଛି ତାର ଏକ ତାଲିକା ମଧ ବନେଇଥିଲୁ। ଚଇତ ମାସରେ ମଲ୍ଲୀ ମହକିଲେ ଗାଁ ଗୋହିରିରେ ଯାଉଥିବା ଲୋକେ ବାସନା ଶୁଙ୍ଘି ଆମକୁ ତାରିଫ କରନ୍ତି। ଆମେ ଶୁଣି ଖୁସି ହେଉ ଓ ଫୁଲ ବାଡ଼ିରେ କରିଥିବା ପରିଶ୍ରମତକ ଭୁଲି ଯାଉ।

ପାଠ

ଯଦିଓ ବାପା ଓ ନନାମାନଙ୍କ ମନ ମୁତାବକ ପାଠ ମୁଁ ପଢ଼ୁ ନଥିଲି, ପ୍ରଥମରୁ ପଞ୍ଚମ ଶ୍ରେଣୀ ଯାକେ ଶ୍ରେଣୀରେ ପ୍ରଥମ ହେଉଥିଲି। ଦଇନ ଶ୍ରେଣୀରେ ତୃତୀୟ ହେଉଥିଲା। ପାଠ ସାଙ୍ଗକୁ ମୋର ଅକ୍ଷର ଗୋଲ ଗୋଲ ଓ ମୁଁ ଭଲ ଚିତ୍ର କରିପାରେ। ଦଇନର ସବୁବେଳେ ପଢ଼ାପଢ଼ିରେ ମନଥାଏ। ସମସ୍ତଙ୍କ କଥା ଶୁଣେ, ବୋଲ ମାନେ, ଅବୋଲକରା ହୁଏନି। ଯେଉଁଟା ଖେଳିବା ବେଳ ସେତେବେଳେ ବି ସେ ବହି ମେଲେଇ ପଢ଼ି ବସେ। ମୋତେ ସେଇଟା ଭାରି ଅସହ୍ୟ ହୁଏ, ତା' ଉପରେ ଚିଡ଼ି ମାଡ଼େ। ମୋର ପାଠ ପଢ଼ା ମୁଖ୍ୟତଃ ସ୍କୁଲରେ। ସେଇଠି ଯାହା ହେଲା ହେଲା। ସକାଳେ ଦୁଇ ଘଣ୍ଟା ଓ ସଂଧାରେ ତିନି ଘଣ୍ଟା ଆମେ ଘରେ ବସି ପଢ଼ିବା କଥା। ମୁଁ ପଢ଼ି ବସେ, କିନ୍ତୁ କେବେ କେବେ ବାପାଙ୍କ ଡରରେ କେବଳ ବହିକୁ ଖାଲି ଅନେଇଥାଏ, ମନ ଥାଏ ଅନ୍ୟ ଆଡ଼େ।

ଶୀତ ଦିନ ରାତିରେ ସାରା ପରିବାର ଗୋଟିଏ କୋଠରିରେ ଶୁଅନ୍ତି। ବଡ଼ି ଭୋରରୁ ଉଠି ବାପା ତାଙ୍କ ସମୟରେ ପଢ଼ିଥିବା "ସାହିତ୍ୟ କୁସୁମ" ବହିରୁ ମଧୁସୂଦନ ରାଓଙ୍କର "ଷଡ଼ ରତୁ" ଗାନ କରି ଆମକୁ ଶୁଣାନ୍ତି। "ତିନୋଟି ମାଛର କଥା" ନାମରେ ଗପଟିଏ କହନ୍ତି। ମାଛଙ୍କର ନାମ "ଅନାଗତ ବିଧାତା, ପ୍ରତ୍ୟୁପ୍ନ୍ନମତି ଓ ଦୀର୍ଘସୂତ୍ରୀ।" ଅନ୍ୟ ଏକ ଗଳ୍ପ, "ପାପବୁଦ୍ଧି ଓ ଧର୍ମ ବୁଦ୍ଧି"। ଆହୁରି ଅନେକ କବିତା ଓ ଗଳ୍ପ ସେହି ସାହିତ୍ୟ ବହିମାନଙ୍କରୁ ଶୁଣାନ୍ତି। କଥା ଛଳରେ ଅନେକ ନୀତି ଶିକ୍ଷା ବି କହନ୍ତି। ଅନ୍ୟର ସମ୍ପତ୍ତି ଉପରେ ଲୋଭ ନ କରିବାକୁ କହନ୍ତି, ଈଶ୍ୱର ଯେତିକି ଦେଇଛନ୍ତି ସେଥିରେ ମନ ଖୁସିରେ ଚଳିବାକୁ କହନ୍ତି। କାହାକୁ କଥା ଦେଇ ଶେଷ ମୁହୂର୍ତ୍ତରେ ପଛେଇ ଯିବାକୁ ବାରଣ କରନ୍ତି। କହନ୍ତି, "କାହାର ଭାତୁଆଣି କେବେ ଓହ୍ଲେଇ ଦେବନି।" ଅର୍ଥାତ୍ ଜଣକୁ କଥା ଦେଇ ପଛେଇ ଯିବନି। ଉଦାହରଣ ସ୍ୱରୂପ ଜଣକୁ ଜଣେ କହିଥିବ "ମୁଁ ତୋତେ ଚାଉଳ ଦେବି ତୁ ଚୁଲିରେ ପାଣି ଗରମ କର।" ପାଣି ଗରମ ହେଇଗଲା ପରେ ପ୍ରତିଶ୍ରୁତି ଦେଇଥିବା ବ୍ୟକ୍ତି ତା' କଥାରୁ ପଛ ଘୁଞ୍ଚା ଦେଇ ଚାଉଳ ଦେବାକୁ ମନା କରିଦେଲେ ଲୋକଟି ବାଧ୍ୟ ହୋଇ ତା' ଭାତୁଆଣିଟି ଚୁଲିରୁ ଓହ୍ଲେଇବ। ସେଇଭଳି କାମ ଜୀବନରେ ନ କରିବାକୁ କହନ୍ତି। ତାଙ୍କ କଥା ସବୁ ଶୁଣିବାକୁ ମୋତେ ଭାରି ଭଲ ଲାଗେ। ତାଙ୍କ ଗାଇବା ଗୀତ ଗୁଡ଼ିକ ଶୁଣି ଶୁଣି ମୋର ସେ ସବୁ ମନେ ରହି ଯାଇଥାଏ।

ପାଠ ପଢ଼ି ବର୍ଷ ଶେଷକୁ ପରୀକ୍ଷାର ଫଳ ଯେତେବେଳେ ବାହାରେ ମୋର ପ୍ରଥମ ହେବାର ଶୁଣି ମାଆ କହେ "ଦଇନ ବାଟି କୁଟି ପୋଡ଼ା ପିଠା, ଗଗନ ଆମର ଚୁଲିରେ ହଗି ଦେଇ ପୋଡ଼ା ପିଠା।" ଷଷ୍ଠ ଶ୍ରେଣୀ ପାଖରୁ କିନ୍ତୁ ମୋ ପ୍ରଥମ ସ୍ଥାନଟି ଟଳମଳ ହେବାକୁ ଲାଗିଲା ଯେତେବେଳେ ଅନ୍ୟ ସ୍କୁଲରୁ ପିଲାମାନେ ଆସି ମୋତେ ଯୋଗ ଦେଲେ।

ଗାଁରେ ଏକୁଟିଆ

ଶ୍ୟାମ ଓ ଘନଙ୍କର ପରିବାର ଗାଁଆଁରୁ ବାଲେଶ୍ୱର ସହରକୁ ସ୍ଥାନାନ୍ତରିତ ହେବାର ଖବର ଦିନେ ଶୁଣି ମନ ମୋର ଦୁଃଖ ହେଲା। ସତକୁ ସତ ସେମାନେ ଗାଁ ଛାଡ଼ି ଚାଲିଯିବେ ସେ କଥା ମୁଁ କେବେ ହେଲେ ଭାବି ନଥିଲି। ସହରରେ ରହି ବାଲେଶ୍ୱର "ଜିଲ୍ଲା ସ୍କୁଲ"ରେ ସେ ଦୁହେଁ ପଢ଼ିଲେ। ଶ୍ୟାମ ପଳେଇ ଯିବା ପରେ ମୁଁ ଏକୁଟିଆ ଅନୁଭବ କଲି। ଦଇନ ଯିଏକି ତା' ଶ୍ରେଣୀରେ ସବୁବେଳେ ତୃତୀୟ ହେଉଥିଲା ସପ୍ତମ ଶ୍ରେଣୀ ବୋର୍ଡ ପରୀକ୍ଷାରେ ଗଣିତରେ କେବଳ ସିଏ ଜଣେ ଶହେ ମାର୍କ

ରଖିଲା। ଛାତ୍ର ବୃତ୍ତି ପାଇବାକୁ ବିବେଚିତ ହେଲା। ସେ ମଧ୍ୟ ନବମ ଶ୍ରେଣୀ ପାଖରୁ ଗାଁ ଛାଡ଼ି କକାଙ୍କ ଚାକିରି ଜାଗା ଉଦଲାକୁ ଚାଲିଗଲା। କକାଙ୍କ ପାଖରେ ରହି ପଢ଼ିଲା।

ମୋର ସପ୍ତମ ଶ୍ରେଣୀ ବେଳକୁ ଚାରିଜଣଙ୍କ ଭିତରୁ ତିନିଜଣ ମୋତେ ଛାଡ଼ି ଚାଲି ଯାଇଥିଲେ। ରହିଗଲି ଗାଁଆରେ ମୁଁ ଏକା। ମଝିରେ ମଝିରେ ଦଇନ ଉଦଲାରୁ ପୋଷ୍ଟକାର୍ଡ଼ ଖଣ୍ଡକରେ ଚିଠି ଲେଖି ପଠାଏ। ଚିଠି ଗୁଡ଼ିକ ପ୍ରେରଣା ମୂଳକ। କିପରି ଭଲ ପଢ଼ିବି କେବଳ ସେଇଯ଼ାକୁ ଭିତ୍ତି କରି। ତା' ଚିଠି ପଢ଼ି ମନ ମୋର ଆହୁରି ଦୁଃଖ ହୁଏ, ଆଖିରେ ଲୁହ ଜକେଇ ଆସେ। ପଛ କଥା ମନେ ପକାଏ, ଭାରି ଏକୁଟିଆ ଲାଗେ, ମନ ଉଦାସରେ ଭରି ଯାଏ। ସାଙ୍ଗ ହେଲେ ବି ତା' ସହିତ ମଝିରେ ମଝିରେ ମୁଁ କଳି କରୁଥିଲି, ସେ କଥା ଭାବି ଅନୁତାପ କରେ। ନିଜକୁ ନିଜେ ପ୍ରଶ୍ନ ପଚାରେ, କାହିଁକି ମୁଁ ତା' ସହିତ କଳି କରୁଥିଲି ? ଯେହେତୁ ବାପାଙ୍କର କ୍ଷମତା ନଥିଲା ଏବଂ ଆମେ ଆମ ବ୍ୟବହାରରେ ଅନ୍ୟ ମାନଙ୍କ ଆଖିରେ ଗାଉଁଲିଆ ବା ବଣୁଆ ଦେଖା ଯାଉଥିଲୁ, କେତେକ ବନ୍ଧୁ ଓ ପରିବାର ବର୍ଗ ସମୟ ସମୟରେ ଆମ ଦୁଇ ଜଣଙ୍କୁ ହୀନ ଚକ୍ଷୁରେ ଦେଖୁଥିଲେ। ଆଢ଼ୁଆଳରେ ଆମ ବିଷୟରେ କଥାବାର୍ତ୍ତା ହେବାର ଆମେ ଶୁଣୁଥାଉ।

ଦଇନ ଅଷ୍ଟମ ଶ୍ରେଣୀରେ ପଢ଼ୁଥିବା ବେଳେ ବାପାଙ୍କୁ କେହି ଜଣେ ପଚାରିଲେ, "ଦଇନ କେମିତି ପଢୁଛି ?" ବାପା କହିଲେ "କହୁଚି ତ, ଶ୍ରେଣୀରେ ଫାର୍ଷ୍ଟ ହେଇଚି।" ଏହା ଶୁଣି ବ୍ୟକ୍ତି ଜଣକ ହସି କହିଲେ, "ହଁ, ଯେଉଁଠି ଗଛ ନଥାଏ ସେଠି ଗବ ଗଛ ବଡ଼, ଗାଁ ସ୍କୁଲରେ ସେ ଫାର୍ଷ୍ଟ ହବାର କିଛି ମୂଲ୍ୟ ନାହିଁ।" ବାପା ଶୁଣି ଯାହା ଭାବନ୍ତୁ କି ନ ଭାବନ୍ତୁ ଆମେ ଯେତେବେଳେ ମାଆ ପାଖରୁ ଏହା ଶୁଣିଲୁ ଆଉ ସେ ତାର ଅର୍ଥ ଆମକୁ ବୁଝେଇ ଦେଲା ଆମକୁ ସେଇଟା ଭାରି ଖରାପ ଲାଗିଲା। ଆମର ବୁଝିବା ଶକ୍ତି ଆସିବା ପରଠାରୁ କେବଳ ଆମେ ଦୁଇଜଣ ନିରୋଳାରେ ବସି କିପରି ଭଲ ପଢ଼ିବୁ ସେଇ କଥା ଚିନ୍ତାକରୁ, ଆହୁରି ଅନେକ ଘର କଥା ବି ଆଲୋଚନା କରୁ। ବେଳେ ବେଳେ ଘରର ଅଭାବ ଅନଟନ ମନେ ପକେଇ ଆମର ଆଖି ଛଳ ଛଳ ହେଇଯାଏ।

ସମସ୍ତେ ଗାଁରୁ ପଲେଇ ଯିବା ପରେ ମୁଁ ଏକୁଟିଆ। କଥା ହେବାକୁ ବା ସାଥ ଦବାକୁ, ପାଠରେ ହେଉ କି ଶାଠରେ ହେଉ କେହି ନଥାନ୍ତି। ପରେ ସ୍କୁଲରେ ଅନ୍ୟମାନେ ସାଙ୍ଗ ହେଲେ, ହେଲେ ତାହା ପୂର୍ବ ପରି ହେଲାନି। ମୋର ପ୍ରିୟ ଶିକ୍ଷକ ଗୋରୀକାନ୍ତ କର ସାର୍ ଆସିବା ପରେ ମୋତେ ଆଉ ଏତେଟା ଅଭାବ ଜଣା ପଡ଼ିଲା ନାହିଁ। ମଝିରେ ଦଇନ କେବେ ଗାଁକୁ ଆସିଲେ ଏତେ ଦିନର ଅନୁପସ୍ଥିତି ଯୋଗୁଁ ମୁଁ

ଆଉ ତାକୁ "ଦଇନ" ନ ଡାକି ପାରି "ଦଇନ ନନା" ଡାକିବାକୁ ଆରମ୍ଭ କଲି। କିନ୍ତୁ ସେଉଠୁ ପାଖରୁ ସେ ମୋ ଠାରୁ ଆହୁରି ଦୂରେଇ ଗଲା ବୋଲି ମୁଁ ଅନୁଭବ କଲି। ସେ ଗାଁରୁ ପଲେଇ ଯାଇ ବାହାରେ ପଢ଼ାରେ ଭଲ କଲା। କେବେ ହେଲେ ସେ ଆଉ ପଛକୁ ଫେରି ଚାହିଁନି। ଗାଁ ନୀଳଗିରି ରୋଡ଼ ହାଇ ସ୍କୁଲରେ ଗୋଟିଏ ବର୍ଷ, ଉଦଳା ହାଇସ୍କୁଲ ଓ ବାଲେଶ୍ୱର ଜିଲ୍ଲା ସ୍କୁଲରେ ପଢ଼ି ପ୍ରଥମ ହେଇ ଶେଷକୁ ମାଟ୍ରିକ୍ୟୁଲେସନରେ ବାଲେଶ୍ୱର ଜିଲ୍ଲା ସ୍କୁଲରେ ଗଣିତରେ ସର୍ବୋଚ୍ଚ ନମ୍ବର, ଶହେ ଓ ଅନେଶଠ ରଖି ପଦକ ଅର୍ଜନ କରିବାକୁ ସମର୍ଥ ହେଲା। ଜାତୀୟ ବୃତ୍ତି ପାଇଲା।

ଶ୍ୟାମ ଯିବାର କିଛି ଦିନ ଅନ୍ତେ ତା' ପାଖରୁ ଘର ଠିକଣାରେ ମାଟିଆ ରଙ୍ଗର ପୋଷ୍ଟ କାର୍ଡଟିଏ ଡାକ ମାଧ୍ୟମରେ ପାଇଲି। ଶୋଭାରାମପୁର, ବାଲେଶ୍ୱରରୁ ସେ ଲେଖିଥିଲା, "ପ୍ରିୟ ଗଗନ, କେମିତି ଅଛୁ? ତୋ କଥା ମୋର ଭାରି ମନେ ପଡୁଛି। ଆଉ ଗାଁରେ ସବୁ ଖବର କ'ଣ? ଦଦେଇ ଜେଠେଇ କେମିତି ଅଛନ୍ତି। ତୋ ସ୍କୁଲ କେମିତି ଚାଲିଛି? ନୂଆ ସାଙ୍ଗ କେହି ହେଲେଣି କି ନାହିଁ? ଚିତ୍ର କରୁଛୁ କି ନାହିଁ? ନ କରୁଥିଲେ ବି କରିବୁ। ମୁଁ ଯେବେ ଗାଁକୁ ଯିବି, ଦେଖିବି। ଗଲାବେଳେ ତୋ ପାଇଁ କାଗଜ ଓ ରଙ୍ଗ ନେଇଯିବି। "ପରାଗ" ଓ "ଚମ୍ପକ" ହିନ୍ଦୀ ମେଗାଜିନ ବି ନେଇଯିବି। ମନ ଦୁଃଖ କରିବୁ ନି।" ଚିଠିଟି ପଢ଼ି ତା' ଘର ଆଡ଼କୁ ଅନେଇଲି। ବଉଳ ଗଛ ଆଡ଼କୁ ଅନେଇଲି। ପଛ କଥା ମନେ ପକେଇଲି। ଆମେ ମିଲି ମିଶି ଲଗେଇ ଥିବା ଟେଲିଫୋନ ସୂତାକୁ ଚାହିଁଲି। ସୂତା ଗୁଡ଼ିକ ସେତେବେଳକୁ ଖରା ବର୍ଷାରେ ପାଣି ଖାଇ ଛିଣ୍ଡି ଓହେଲି ପଡ଼ିଥାନ୍ତି। ପବନରେ ଏପଟ ସେପଟ ଦୋହୋଲୁଥାନ୍ତି। ଆଉ ତାକୁ ବାନ୍ଧିବାକୁ ମନ କହିଲାନି। ସେ ଗୁଡ଼ିକୁ ଅଧିକ ଚାହିଁବାକୁ ବି ସାହସ କୁଲେଇଲାନି। ତହିଁରୁ ଆଖି ଫେରେଇ ଆଣିଲି। ପର ମୁହୂର୍ତ୍ତରେ ଅନୁଭବ କଲି ଆଖିରୁ ଦୁଇ ବୁଦା ଲୁହ, ଗାଲ ଦେଇ ଗଡ଼ି ଯିବାର।

ପଞ୍ଚାବନ ବର୍ଷ ପରେ

ବାପା, ମୋ ଆଇଏସ୍‌ସି ପରୀକ୍ଷାର ତିନି ସପ୍ତାହ ଆଗରୁ ୧୯୭୪ ମସିହାରେ ଅଚାନକେ ହୃଦ ରୋଗରେ ଚାଲିଗଲେ। ପୂର୍ଣ୍ଣ ଜୀବନ ସେଇ ଗାଁରେ ଅତିବାହିତ କରିବା ପରେ ମାଆ ଇହଲୀଳା ସମ୍ବରଣ କଲେ ୨୦୧୮ ମସିହା ଜାନୁଆରୀ ମାସରେ। ହରିଶ ଜଜ(ହରିଶ୍ଚନ୍ଦ୍ର ପାଣିଗ୍ରାହୀ)ଙ୍କ ସହିତ ମୁଁ ହାଇସ୍କୁଲ ପଢ଼ିବା ଠାରୁ ହିଁ ଘନିଷ୍ଟ ସମ୍ପର୍କ। ଖରାଦିନେ ସ୍କୁଲ କଲେଜ ଛୁଟି ହେଲେ ତାଙ୍କ ଘର ଦାଣ୍ଡ ପିଣ୍ଡାରେ ଆମେ ଭାଇମାନେ ଏକଜୁଟ ହେଉ। ମୁଁ ଓ ସାନ ଭାଇ ରଜ୍ଞାକର ଜଜଙ୍କ ସହିତ ଟେସ୍ ଖେଳୁ। ପଦୁନନା ଜଜଙ୍କୁ ଆସିଥିବା ପରୀକ୍ଷା ଖାତା ଦେଖିବାରେ ସାହାଯ୍ୟ କରନ୍ତି।

ସେତିକି ବେଳେ ପିଲାବେଳ କଥା ପଡ଼େ। ଜଇଜ ଜେଜେମାଙ୍କୁ ମୋର ଆମ୍ବ ଚୋରି ସମ୍ପର୍କରେ ଗପନ୍ତି। ସେତେବେଳେ ମୁଁ ତାଙ୍କୁ ପ୍ରଶ୍ନ କରେ, "ଆପଣ ତଳେ ରହି କାହିଁକି ଏତେ ଆଦରର ସହିତ ମୋତେ ଗଛରୁ ଓହ୍ଲାଇ ଆସିବାକୁ କହିଲେ ? ରାଗିଲେନି କାହିଁକି ?" ସେ କହନ୍ତି, "ମୁଁ ଭାବିଲି ପିଲାଟିକୁ ଡରେଇ ଦେଲେ ଯଦି ଭୟରେ ଗଛରୁ ଖସି ପଡ଼ିବ, ସେଇଥ୍ ପାଇଁ।" ଏବେ ସେଇ ଝୁଲଣା ପଡ଼ିଆ ଆମ୍ବ ତୋଟାଟି ଆମ ପରିବାର ଲୋକମାନଙ୍କ ହାତରେ। ଜଇଜ ଓ ଜେଜେମା ଆମ ଭାଇ ଓ ସ୍ତ୍ରୀ ମାନଙ୍କୁ ଅନେକ ଶ୍ରଦ୍ଧା କରନ୍ତି। ଗାଁକୁ ଗଲେ ସେମାନଙ୍କର ପାଦ ତଳେ ପ୍ରଣାମ କରି ଆମେ ଆଶୀର୍ବାଦ ଭିକ୍ଷା କରୁ। ଜଇଜ ୨୦୧୦ ମସିହାରେ ଇହଧାମ ଛାଡ଼ିଲେ। ଶ୍ୟାମ (ଶ୍ୟାମ ସୁନ୍ଦର ପାଣିଗ୍ରାହୀ) ଭାରତୀୟ ସେନାବାହିନୀରେ କ୍ୟାପଟେନ ପଦରୁ ଅବସର ନେଇ ପରିବାର ସହିତ ପୁନାରେ ଅବସ୍ଥାପିତ। ଦଇନ ନନା (ଦିବାକର ପାଣିଗ୍ରାହୀ) ରାଉରକେଲା ଇଞ୍ଜିନିୟରିଂ କଲେଜରେ ପଢ଼ି ଇଲେକ୍ଟ୍ରିକାଲ୍ ଇଞ୍ଜିନିୟର ହେଇ ଷ୍ଟିଲ ଅଥରିଟି ଅଫ୍ ଇଣ୍ଡିଆ ଅଧୀନରେ ଥିବା ବୋକାରୋ ଇସ୍ଥାତ କାରଖାନାରୁ ଜେନେରାଲ ମ୍ୟାନେଜର ପଦରୁ ଅବସର ନେଲେ। ଏବେ ରାଉରକେଲାରେ ଗୃହ ନିର୍ମାଣ କରି ସେଇଠି ବାସ କରନ୍ତି। ଆଉ ଗାଁ ଗୋହିରିର ପ୍ରିୟ ବଉଳ ଗଛଟି ଗାଁଆଁକୁ ପ୍ରଥମ କରି ବିଦ୍ୟୁତ ସରବରାହ ହେବା ବେଳେ ଧାରୁଆ କରତ ଦାତ ମୁହଁରୁ ପାର ପାଇ ପାରିଲାନି।

୧. ମଧ୍ୟମ ମୋଟେଇ ଲମ୍ବା ବାଉଁଶର ଶେଷ ଭାଗରେ ଅଙ୍କୁଶୀ ଲାଗିଥିବା ଘରୋଇ ଉପକରଣଟିକୁ ନଗି କୁହାଯାଏ।

୨. ଗଛ ଉପରେ ମାଡ଼ିଥିବା ଗୋଟିଏ ଲତାର ଚେର ଯିଏକି ତଳକୁ ଓହଲି ପଡ଼ିଥାଏ।

ବିନା ଟିକଟରେ କଟକ

"ଗଲା, ଏ ବର୍ଷ ମ୍ୟାଟ୍ରିକ ପରୀକ୍ଷା ଫଳ ଯେମିତି ହେଲାଣି ଏ ପରିସ୍ଥିତିରେ ଗଗନ, ମୋତେ କାହିଁକି ଲାଗୁନି ତୁ ପ୍ରଥମ ଶ୍ରେଣୀ ପାଇଥିବୁ।"

ମୋ ହାଇସ୍କୁଲର ଜଣେ ଶିକ୍ଷକ ଆଉ କେତେଜଣ ମାଇନର୍ ସ୍କୁଲ ଶିକ୍ଷକଙ୍କ ସାମନାରେ ମୋତେ ଲକ୍ଷ୍ୟକରି ଏପରି ନିରୁତ୍ସାହପୂର୍ଣ୍ଣ ତିକ୍ତ ମନ୍ତବ୍ୟଟିଏ ଦେଲେ। ଅତି କମ୍ ସଂଖ୍ୟକ ଛାତ୍ର ପ୍ରଥମ ଶ୍ରେଣୀରେ ଉତ୍ତୀର୍ଣ୍ଣ ହୋଇଥିବା କଥା ସେଇଠି ଆକାଶ ବାଣୀ କଟକର ସଦ୍ୟ ଆଞ୍ଚଳିକ ସମ୍ବାଦରୁ ଆମେ ସମସ୍ତେ ଶୁଣିଲୁ ଓ ଶିକ୍ଷକ ମହୋଦୟ ସମ୍ବାଦ ଶୁଣିବା ପରେ ଏପରି ମନ୍ତବ୍ୟଟି ଦେଲେ।

ମନ୍ତବ୍ୟ ଶୁଣିଲା ପରେ ମୋତେ ଯେମିତି ଲାଗିଲା କିଏ ଜଣେ ମୋ ମୁଣ୍ଡରେ ହାତୁଡ଼ିଟିଏ ବାଡ଼େଇ ଦେଲା ପରା। ମୁଁ ହତାଶ ହେଇଗଲି, ଅସ୍ତବ୍ୟସ୍ତ ହେଇ ପଡ଼ିଲି। ସତରେ କ'ଣ ମୋର ପ୍ରଥମ ଶ୍ରେଣୀଟିଏ ହେଇ ନଥିବ? କାନ୍ଦିବାକୁ ଇଚ୍ଛା ହେଉଥିଲେ ବି କାନ୍ଦି ପାରିଲିନି। ହେଇ ଥାଉ କି ନ ଥାଉ, ଭାବି ପାରିଲିନି ଏପରି ଘଡ଼ିସନ୍ଧି ମୁହୂର୍ତ୍ତରେ କେହି ଜଣେ ସହୃଦୟ ବ୍ୟକ୍ତି ପୁଣି ଶିକ୍ଷକ ହୋଇ ଏମିତି କିପରି କହିପାରିବ ଜଣେ ଛାତ୍ରକୁ, ପୁଣି ତା' ମୁହଁରେ ଓ ଏତେ ଲୋକଙ୍କ ସାମନାରେ।

ମନ ମୋର ଅଥୟ ହେଇ ଉଠିଲା। ସୁନାମି ମାଡ଼ି ଆସିଲା ପରି ପ୍ରବଳ ଉତ୍ସୁକତା ମାଡ଼ି ଆସିଲା ମନରେ କିପରି ଓ କେତେ ସଫଳ ପରୀକ୍ଷା ଫଳ ଜାଣିବି? କଟକରେ ଫଳ ଘୋଷଣା ହେଲେ ବାଲେଶ୍ୱର ଜିଲ୍ଲାର ମଫସଲ ଅଞ୍ଚଳରେ ପହଞ୍ଚିବାକୁ ଅତି କମରେ ତିନି ଚାରି ଦିନ ଲାଗିଯାଏ। ଏତେ ସମୟ ଅପେକ୍ଷା କରିବାକୁ ମୋର ଆଉ ଧୈର୍ଯ୍ୟ ରହିଲା ନାହିଁ ବିଶେଷ କରି ସେ ସାରଙ୍କର ଏଭଳି ମନ୍ତବ୍ୟ ଶୁଣିବା ପରେ।

ସ୍କୁଲରେ କାହାକୁ କିଛି ନ କହି, ମୁଁ ଘରକୁ ଛାନିଆଁରେ ଅନିଃଶ୍ୱାସୀ ହେଇ

ଧାଇଁଲି। ଯିବା ବାଟରେ ନିଜକୁ ନିଜେ ପୁଣି ପଚାରି ହେଉଥାଏ, ସତରେ କ’ଣ ପ୍ରଥମ ଶ୍ରେଣୀଟିଏ ମୋର ହେଇ ନଥିବ? ଏତେ ପରିଶ୍ରମ କ’ଣ ବୃଥା ଗଲା? ଘରେ କ’ଣ ଭାବିବେ? ଭାଇମାନେ କ’ଣ ଭାବିବେ, ବିଶେଷ କରି ମୋ ଦ୍ୱିତୀୟ ଭାଇ ପଦୁନନା, ଯିଏକି ମୋ ପାଇଁ ଏତେ ଅର୍ଥ ଶ୍ରାଦ୍ଧ କଲେ, ଏତେ ପରିଶ୍ରମ କରି ମୋ ସହିତ ଲାଗିଥିଲେ। ସିଏ ବି କ’ଣ ହାରିଗଲେ? ବାଁ ହାତ ଆଙ୍ଗୁଲିର ରେଖା ଗଣି ସବୁ ବିଷୟରେ କେତେ ମାର୍କ ରହିବ ଥରକୁ ଥର ମୁଁ ହିସାବ କରି ଚାଲିଥାଏ। ଆଠଟି ବିଷୟ, ପ୍ରତି ବିଷୟକୁ ୧୦୦ ନମ୍ବର, ସର୍ବ ମୋଟ ୮୦୦। ସେଥିରୁ ୪୮୦ ନମ୍ବର ରଖିଲେ ପ୍ରଥମ ଶ୍ରେଣୀ। ମୋ ହିସାବ ଅନୁସାରେ ଏତକ ତ ନିହାତି ରହିବା କଥା। ହିସାବରେ କିଛି ଭ୍ରମ ରହିଲା କି? ଦୋଷ ତ୍ରୁଟି ରହିଲା କି? ଏହିପରି ଦ୍ୱନ୍ଦ୍ୱରେ ପଡ଼ି ମନ ମୋର ବୁଝୁ ନଥାଏ, ଥୟ ଧରୁ ନଥାଏ। ପର ମୁହୂର୍ତ୍ତରେ ପୁଣି ମନ କହୁଥାଏ ଯଦି ପ୍ରଥମ ଶ୍ରେଣୀ ହେଇ ନଥିବ, କାହାକୁ ନ କହି ଘର ଛାଡ଼ି ଚାଲିଯିବି, ବମ୍ବେ, ମାଡ୍ରାସ ଆଡ଼େ କୁଆଡ଼େ କୁଆଡ଼େ ପଳେଇଯିବି। ମୋ ମୁହଁ ଆଉ ଗାଁରେ କାହାରିକୁ ଦେଖେଇ ପାରିବିନି। ତଥାପି ମନକୁ ବୁଝେଇ, ଦୃଢ଼ ହେଇ, ନିଜକୁ ଆୟତ୍ତରେ ରଖି ଦୀର୍ଘ ନିଃଶ୍ୱାସଟିଏ ନେଲି। ଫଳ କେତେ ଶୀଘ୍ର କେମିତି ଜାଣିବି କେବଳ ସେଇ ଯୋଜନାରେ ରହିଲି।

ଘରେ ପହଞ୍ଚିବା ମାତ୍ରେ ଆଉ ବିଳମ୍ବ ନକରି ନିକଟ ଅତୀତରେ ନୂତନ କରି ବନା ହେଇଥିବା ଫୁଲ୍ ପ୍ୟାଣ୍ଟ ଓ ଜାମା ପିନ୍ଧିଲି। ପାଦରେ ହାଓ୍ଆଇ ଚପଲ ହଲ୍କ। ସନ୍ଧ୍ୟାବେଳେ କୁଆଡ଼େ ବାହାରିଲି ବୋଲି ମୋତେ କେହି ସନ୍ଦେହ ନ କରିବା ପାଇଁ ପ୍ୟାଣ୍ଟ ଉପରେ ଲୁଙ୍ଗିଟିଏ ପିନ୍ଧି ଦେଇ ସେଇ ସାଜରେ ମୋର ସହପାଠୀ ନିରଞ୍ଜନ ପାଣିଗ୍ରାହୀର ଘରକୁ ଗଲି। ସମ୍ପର୍କରେ ସେ ସମବୟସୀ କକେଇ, ମୋ ସହିତ ମ୍ୟାଟ୍ରିକ ପରୀକ୍ଷା ଦେଇଥାଏ ଓ ତାର ଫଳ ଜାଣିବାରେ ପ୍ରବଳ ଇଚ୍ଛା ଥାଏ। ମୁଁ ନିର ଘରେ ପହଞ୍ଚି ତାକୁ ଫଳ ବାହାରିବାର ଖବରଟା ଦେବା ପାଇଁ କହିଲି, "ଜାଣିଲୁଣି ପରୀକ୍ଷା ଫଳ ବାହାରି ଗଲା, କଟକରେ?" ସେ ଆଶ୍ଚର୍ଯ୍ୟ ହେଇ ମୋତେ ଚାହିଁ ପଚାରିଲା, "ସତରେ, ତୁ କେମିତି ଜାଣିଲୁ?" ମୁଁ କହିଲି, "ଏଇ ଏବେ ମୁଁ ଆଞ୍ଚଳିକ ସମ୍ବାଦରୁ ଶୁଣି ଆସିଲି, କଟକରେ ବାହାରିଗଲା, ଏଠାରେ ପହଞ୍ଚୁ ପହଞ୍ଚୁ ଆହୁରି କେତେ ଦିନ ଲାଗିଯିବ। ଆମେ କିନ୍ତୁ କଟକ ଯଦି ଯାଇ ପାରନ୍ତେ ତେବେ କାଲି ସକାଳ ସୁଦ୍ଧା ଫଳ ପାଇ ପାରନ୍ତେ। ମୁଁ ଭାବୁଛି କଟକ ଯିବି, ତୁ ଯିବୁ ମୋ ସାଙ୍ଗରେ?" ମିନିଟିଏ ରହି ଯାଇ ସେ କହିଲା, "ତୁ ଯଦି ଯାଉଚୁ ତେବେ ହଁ, ମୁଁ ଯିବି ତୋ ସାଙ୍ଗରେ, କିନ୍ତୁ ପଇସାତ ମୋ ପାଖରେ ନାହିଁ।" ମୁଁ କହିଲି, "ମୋ ପାଖରେ ବି ନାହିଁ, ଦେଖିବା

କ'ଣ ଗୋଟେ କିଛି କରିବା ।” ଏଇୟା କହି ଦୁହେଁ ତର ତର ହେଇ ବାହାରି ପଡ଼ିଲୁ । ମୋତେ ସ୍କୁଲରେ କିଏ କ'ଣ କହିଲା ସେ କଥା ଆଉ ତା' ଆଗରେ କିଛି ପ୍ରକାଶ କଲିନି ।

ସନ୍ଧ୍ୟା ପାସେଞ୍ଜର ଗାଡ଼ିର ସମୟ ସେତେବେଳକୁ ନିକଟ ହେଇ ଆସୁଥାଏ । ଉପରେ ପିନ୍ଧିଥିବା ଲୁଙ୍ଗିଟିକୁ ପ୍ୟାଣ୍ଟ ଉପରୁ ଉତାରି ଦେଇ ତାହାରି ଘରେ ଥୋଇଦେଲି । ଯୋଜନା ହେଲା, ସନ୍ଧ୍ୟା ପାସେଞ୍ଜର ଗାଡ଼ିରେ ଗାଁରୁ ବାଲେଶ୍ୱର ଯିବୁ ଓ ସେଉଠୁ ଏକ୍ସପ୍ରେସ ଧରି କଟକ । ଗାଡ଼ି ସମୟ ହେଇଯାଇ ଥିବାରୁ ଦୌଡ଼ି ଦୌଡ଼ି ଗାଁ ଷ୍ଟେସନରୁ ଗାଡ଼ି ଧରିଲୁ ଏବଂ ଠିକ୍ ସମୟରେ ବାଲେଶ୍ୱରରେ ପହଞ୍ଚିଗଲୁ । ବାଲେଶ୍ୱର ଷ୍ଟେସନ ପ୍ଲାଟଫର୍ମରେ ଆମ ପାଣିଗ୍ରାହୀ ଉଆସର ଆଉ ଜଣେ ସମବୟସ୍କ କକେଇ, କ୍ଷୀରୋଦ ପାଣିଗ୍ରାହୀଙ୍କ ସହିତ ଅକସ୍ମାତେ ଆମର ଭେଟ ହେଇଗଲା, ସେ ଗାଁକୁ ଫେରୁଥିଲେ । ତାଙ୍କୁ ମୁଁ ଅନୁରୋଧ ପୂର୍ବକ କହିଲି, “କକେଇ, ଦୟା କରି ତମେ ଟିକିଏ ଘରେ ଯାଇ ଖବର ଦେଇ ଦିଅନ୍ତ ନାହିଁ ? ମୋ ପରୀକ୍ଷା ଫଳ ଆଜି ବାହାରିଛି, ମୁଁ କଟକ ଯାଉଛି ଜାଣିବା ପାଇଁ । ନୋହିଲେ ଘରେ ସମସ୍ତେ ସାରା ରାତି ଅନିଦ୍ରା ରହି ବଡ଼ ମନସ୍ତାପରେ କଟେଇବେ ।” ସେ କହିଲେ, “ହଁ, କହିଦେବି, କିଛି ଅସୁବିଧା ନାହିଁ ।” ସେତକ ପ୍ରତିଶ୍ରୁତି ତାଙ୍କ ପାଖରୁ ପାଇଲା ପରେ ଆମେ ଦୁଇଜଣ ହାଓଡ଼ା ମାଦ୍ରାସ ମେଲରେ ଉଠିବାକୁ ସ୍ଥିର କଲୁ । ଗଣିଦେଲେ ମାତ୍ର ପାଞ୍ଚ କି ସାତଟି ମୁଦ୍ରାର ଚାରଣି ଆଠଣି ବୋଲି ସାହାରା ମୋ ପକେଟରେ । ନିର ପାଖରେ ବି ସେଇମିତି କିଛି । ଟିକଟ କରିବୁ କେମିତି ? ଦୁଇ ଜଣ ଶେଷକୁ ମସୁଧା କଲୁ ବିନା ଟିକଟରେ ଗାଡ଼ିରେ ଉଠିବୁ ।

ଗାଡ଼ି ଚଢ଼ିବା ଆଗରୁ ନିର ମୋତେ ସତର୍କ କରେଇଦେଲା, କହିଲା, “ଶୁଣ, ଆମେ ଯେହେତୁ ବେଟିକିଟିଆ ଯାଉଛୁ, ଡରିବାର କିଛି ନାହିଁ, କିନ୍ତୁ ଆମକୁ ସବୁବେଳେ ସଜାଗ ହେଇ ରହିବାକୁ ପଡ଼ିବ, ଯେଉଁଠି ଟିଟିସି ନ ଉଠିବ ଆମକୁ ସେଇଠି ଚଢ଼ିବାକୁ ପଡ଼ିବ, ମୁଁ ଯାହା କହିବି ତୁ ସେଇୟା କରିବୁ, ବୁଝିଲୁ ?” ମୁଁ ତା' ମୁହଁକୁ ଚାହିଁ ମୁଣ୍ଡ ହଲେଇ ସମ୍ମତି ଜଣେଇଲି ।

କିଛି ସମୟ ପରେ ହାଓଡ଼ା ମାଦ୍ରାସ ମେଲ୍ ଆସି ବାଲେଶ୍ୱର ଦୁଇ ନମ୍ବର ପ୍ଲାଟଫର୍ମରେ ଲାଗିଲା । ଆମେ ବିନା ଟିକଟରେ ଗୋଟିଏ ଜେନେରାଲ କମ୍ପାର୍ଟମେଣ୍ଟରେ ନିର ଯେଉଁଠି ଉଚିତ ଭାବିଲା ସେଇଠି ଚଢ଼ିଗଲୁ । ମୋ ଛାତି ସେତେବେଳକୁ ଧଡ଼ ଧଡ଼, ତଥାପି ମନରେ ସାହସ ବାନ୍ଧି ସେ ସାରଙ୍କ କଥା ମନେ ପକେଇ ଉଠିଗଲି, ଯାହା ହବ ଦେଖାଯିବ, ଏଇ ମନବୃତ୍ତି ନେଇ । ଟ୍ରେନର ଡିଜେଲ ଇଞ୍ଜିନ ବିକଟାଳ ହର୍ଷଟିଏ ଦେଇ ପ୍ଲାଟଫର୍ମର ଲୋକ ଗହଲି ପଛକୁ ପକେଇ ଦେଇ

ବାଲେଶ୍ୱର ଷ୍ଟେସନ୍ ଛାଡ଼ିଲା। ମନରୁ ଟିଟିସିର ଭୟ ମୋର ଯାଉ ନଥାଏ। ପ୍ରତି ଷ୍ଟେସନରେ ଟିଟିସି ଉପରେ ନିଘା ରଖିବାକୁ ପଡ଼ିବ, ସାବଧାନ ହେଇ ଯେଉଁ ଜେନେରାଲ କମ୍ପାର୍ଟମେଣ୍ଟକୁ ସେ ନ ଉଠିଥିବ ଆମକୁ ସେଇ କମ୍ପାର୍ଟମେଣ୍ଟକୁ ଉଠିବାକୁ ପଡ଼ିବ। ଏ ସବୁ କାଇଦା ଗୁଡ଼ିକ ନିର ମୋତେ ବତେଇ ଦେଇଥାଏ। ଏ ସବୁ ମାମଲାରେ ନିର ବେଶ୍ ଧୁରନ୍ଧର, ଆଗରୁ ଏମିତି ବିନା ଟିକଟରେ ସେ କେତେ ଥର ଯା' ଆସ କରିଛି, ତାର ଅଭିଜ୍ଞତା ଅଛି। ସେଇଥିପାଇଁ ଆଗରୁ ସେ ମୋତେ ସତର୍କ ବି କରେଇ ଦେଇଛି ସେ ଯାହା କହିବ ମୋତେ ମାନିବାକୁ ପଡ଼ିବ। ତେଣୁ ମୁଁ ତା' କଥାକୁ ଅକ୍ଷରେ ଅକ୍ଷରେ ପାଳନ କରୁଥାଏ।

ଏକ୍ସପ୍ରେସ ଟ୍ରେନ୍‌ରେ ପ୍ରଥମ ଥର ପାଇଁ ଚଢ଼ିବାପରେ ହୃଦୟଙ୍ଗମ କଲି ତା' ଗତି କେଡ଼େ ପ୍ରଖର। ଆଖ୍ ପିଛୁଲାକେ ବାଲେଶ୍ୱର ଷ୍ଟେସନରୁ ଛାଡ଼ି ଆମ ଗାଁ ପହଞ୍ଚିଗଲା। କବାଟର ରେଲିଂ ଧରି ମୁଁ ଆମ ଗାଁ ଆଡ଼କୁ ଅନ୍ଧାର ଭିତରେ ଦୃଷ୍ଟି ନିକ୍ଷେପ କରି ଛିଡ଼ା ହେଇଥାଏ। ଯାନର ପ୍ରଖରତା ଯୋଗୁଁ ଏତେ ଶୀଘ୍ର ଆମ ଗାଁ ଅତିକ୍ରମ କରିଗଲା ଯେ ମୁଁ ଗାଁ କେଉଁଠି ଆଉ ଚିହ୍ନି ପାରିଲି ନାହିଁ। ସେଇମିତି କବାଟ ରେଲିଂକୁ ଧରି ମୁଁ ଠିଆ ହେଇଥାଏ। ଦେହରେ ଖିଲ ଖିଲ ଥଣ୍ଡା ପବନ ଆସି ବାଜୁଥାଏ। ମୋ ଗହଲିଆ ମୁଣ୍ଡ ବାଳକୁ ଉଡ଼େଇ ନେଇ ଏପଟ ସେପଟ କରିପକଉଥାଏ। ହେଲେ ସେଇ ଥଣ୍ଡା ପବନ ଟିକକ ଅତି କମ୍‌ରେ ମୋ ମନର ଅସ୍ଥିରତାକୁ କେତେ ମାତ୍ରାରେ ଲାଘବ କରଉଥାଏ, ଆଉ ସେଇଟା ଦେହରେ ଚନ୍ଦନ ଲେପିଲା ଭଳିଆ ଲାଗୁଥାଏ।

ଘନ ଅନ୍ଧକାର ମଧ୍ୟରେ ଟ୍ରେନ୍ ଦକ୍ଷିଣ ଦିଗକୁ କଟକ ଅଭିମୁଖେ ଆଗେଇ ଚାଲିଥାଏ। ମୁଁ ନିରବରେ ଛିଡ଼ା ହେଇ ଭାବି ହେଉଥାଏ, ଫଳ କ'ଣ ହେଇଥିବ ? ମାନସିକ ଦୁଶ୍ଚିନ୍ତାର ସୀମା ନାହିଁ କି ଅନ୍ତ ନାହିଁ। କାହିଁକି ଯେ ସେ ଶିକ୍ଷକ ଜଣକ ଏମିତି କହିଲେ ମନ ମୋର ସେଇଥିରେ ଡୁବି ରହିଥାଏ। ପରୀକ୍ଷା ଆଗରୁ ଆମ ଘରର ବନ୍ଧୁ ଜଣେ ମଧ୍ୟ ମୋର ସବୁ ଶ୍ରେଣୀ ପରୀକ୍ଷାର ମାର୍କ ଦେଖ୍ ଠିକ୍ ସେଇ କଥା କହିଥିଲେ, "ନା, ଇଏ ପ୍ରଥମ ଶ୍ରେଣୀ ପାଇବନି, ଶ୍ରେଣୀ ଟେଷ୍ଟ ପରୀକ୍ଷାରେ ଯଦି ସେ ଏତିକି ଏତିକି ମାର୍କ ରଖିଥାନ୍ତା ତେବେ ଯାଇ ବୋର୍ଡ ପରୀକ୍ଷାରେ କମି କମି ୪୮୦ ନମ୍ବର ରହିପାରିଥାନ୍ତା, ତାର ବି କିଛି ଗ୍ୟାରେଣ୍ଟି ନାହିଁ।" ସେତେବେଳେ ତାଙ୍କ କଥା ଖାଲି କାନରେ ଶୁଣିଯାଇ ମୁଁ ନିରୁତ୍ତର ହେଇ ରହିଥିଲି।

ସତରେ କୌଣସି ଶ୍ରେଣୀ ପରୀକ୍ଷାରେ ମୋର କେବେ ହେଲେ ପ୍ରଥମ ଶ୍ରେଣୀ ମାର୍କ ନଥିଲା। ସପ୍ତମ ଶ୍ରେଣୀ ଯାଏଁ ମୁଁ ଭଲ ପଢ଼ୁଥିଲି। ସେଇ ହାଓୱାରେ ହାଇସ୍କୁଲରେ ପହଞ୍ଚି ଅଷ୍ଟମ ଶ୍ରେଣୀରେ ବିନା ପରିଶ୍ରମରେ କିଛି ପଥ ଅତିକ୍ରମ କରିଗଲି। ତେଣୁ

ମୋର ପାଠ ପଢ଼ା ଅଷ୍ଟମ ଶ୍ରେଣୀରେ ଚଳନ ମୁତାବକ ଥିଲା। ନବମ ଶ୍ରେଣୀ ବେଳକୁ ସେଇଟା ଆଉ ସମ୍ଭବ ହେଲାନି କାରଣ ପାଠ ଛଡ଼ା ଶାଠରେ ବେଶୀ ମନ ବଳିଲା। ଶାଠ ବୋଇଲେ ଚିତ୍ର ଆଙ୍କିବା, ମୂର୍ତ୍ତି ଗଢ଼ିବା ଓ ସ୍କୁଲର ଅନ୍ୟାନ୍ୟ କାର୍ଯ୍ୟକ୍ରମରେ ସକ୍ରିୟ ଅଂଶ ଗ୍ରହଣ କରିବା। ବାଲ୍ୟ କାଳରୁ ସେ ସବୁରେ ମୋର ପ୍ରବଳ ଆଗ୍ରହ। ଚିତ୍ରକର ଜଣେ ଦେଖିଲେ ମୁଁ ତାଙ୍କ ସହିତ କଥାବାର୍ତ୍ତା କରି ଅଳ୍ପ ସମୟ ଭିତରେ ବନ୍ଧୁତ୍ୱ ଗଢ଼ି ଦେଉଥାଏ। ଆମ ଘର ପାଖେ ହାଡ଼ିବନ୍ଧୁ ଦାସ, ଯାହାକୁ କି ମୁଁ ଟିଆ ଭାଇ ଡାକେ, ତା' ସହିତ ମୋର ଘନିଷ୍ଟତା। ସେ ମାଟିରେ ବିଭିନ୍ନ ମୂର୍ତ୍ତି ଗଢ଼ି ରଙ୍ଗ ଦିଏ। ମୁଁ ତା' ଘରକୁ ମଝିରେ ମଝିରେ ଯାଇ ମୂର୍ତ୍ତିରେ ରଙ୍ଗଦେଇ ଆନନ୍ଦ ପାଏ। ଏ ସବୁ ବାପାଙ୍କୁ ଲୁଚି କରି କରାହୁଏ। ସ୍କୁଲରେ ସରସ୍ବତୀ ବା ଗଣେଶ ପୂଜା ବେଳେ ଝାଲର ଓ ଫୁଲ କାଟି ସଜାଇବା କାର୍ଯ୍ୟରେ ମୁଁ ସଦା ଧୁରନ୍ଧର, ଆଗ୍ରହୀ ଓ ଅଗ୍ରଣୀ। ତେଣୁ ପୂଜା ଆସିଲେ ଆଗରୁ ଦୁଇ ସପ୍ତାହ ଓ ପରେ ଏକ ସପ୍ତାହ ମୋର ସମୟ ନଷ୍ଟ ହୁଏ। ତୁଲି ଓ ରଙ୍ଗ ନେଇ ସ୍କୁଲ ଘର କାନ୍ତ ମାନଙ୍କରେ ନୀତି ଶିକ୍ଷା ଓ ପ୍ରସିଦ୍ଧ ଓଡ଼ିଆ କବିଙ୍କର ଜନପ୍ରିୟ ପଦଗୁଡ଼ିକ ମୋର ଲେଖିବା କାମ ଥିଲା। ସେ ସବୁ ଲେଖି ଅନେକ ସମୟ ନଷ୍ଟ ବି ହେଇଛି। ନବମ ଶ୍ରେଣୀରେ କେତେଦିନ ପୁଣି ଇଚ୍ଛା ବଳିଲା ଖଲ୍ଲିକୋଟ ଚାରୁକଳା ମହା ବିଦ୍ୟାଳୟରେ ଆର୍ଟ ପଢ଼ିବା ପାଇଁ। ଆମର ଶ୍ରେଣୀ ଶିକ୍ଷକ ନାଗମଣି ସାମନ୍ତ, ସେ ଶାନ୍ତି ନିକେତନରୁ ଏମ ଏ କରିଥାନ୍ତି। ସେ ସେଠାକାର ପ୍ରକାଶିତ ଲଲିତ କଳା ପୁସ୍ତକ ଖଣ୍ଡିଏ ଆଣି ମୋତେ ପ୍ରଦାନ କଲେ। ମୁଁ ତାକୁ ପଢ଼ି କିଛିଦିନ ଆଗ୍ରହୀ ହେଲି ଶାନ୍ତି ନିକେତନରେ ଲଲିତ କଳା ପଢ଼ିବି। ଚିତ୍ର ଛଡ଼ା ନାଟକରେ ମଧ ମୋର ପ୍ରବଳ ଇଚ୍ଛା। ନବମ ଶ୍ରେଣୀ ବେଳେ "ଦେଖିଲେ ଜାଣିବେ" ନାଟକ ସ୍କୁଲରେ ମଞ୍ଚସ୍ଥ ହେଲା। ସେଥିରେ ମୁଁ ଝିଅ ଭୂମିକାରେ ଅଭିନୟ କଲି। ମୋର ଅକ୍ଷର ସୁନ୍ଦର ହେତୁ ଅନେକେ ମୋତେ ନାଟକ ବହିରୁ ତାଙ୍କ ସଂଳାପ ମଧ ଉଭାରିବାକୁ ଦେଲେ। ଘରେ ନ କହି ନିକଟସ୍ଥ ହାଇସ୍କୁଲ ମାନଙ୍କୁ ଫୁଟବଲ୍ ଖେଳ ଦେଖିବାକୁ ଅନେକ ଥର ଯାଇ ସମୟ ନଷ୍ଟ ହେଲା।

ଏମିତି ଅନ୍ୟ ଦିଗରେ ବହୁ ସମୟ ନଷ୍ଟ ହେବାରୁ ପ୍ରକୃତ ପାଠ ପଢ଼ାରେ ମୁଁ ମନୋନିବେଶ କରି ପାରୁନଥିଲି। ଉନ୍ନତି କରିବା ପରିବର୍ତ୍ତେ ଅବନତି ଘଟି ନବମ ଶ୍ରେଣୀ ଷାଣ୍ମାସିକ ପରୀକ୍ଷାରେ ମୁଁ ଗଣିତରେ ୩୦ ନମ୍ବର ରଖିଲି ଓ ସଂସ୍କୃତରେ ୨୮ ନମ୍ବର ରଖିଲି। ୨୮ଟି ଫେଲ୍ ମାର୍କ। ତେଣୁ ତା' ଚାରି ପଟରେ ଶିକ୍ଷକ ନାଲି ମୁଣ୍ଡଲାଟିଏ ଲଗେଇଦେଲେ। ଜୀବନରେ ପ୍ରଥମ କରି ମାର୍କ ସିଟ୍ରେ ନାଲି ମୁଣ୍ଡଲାଟିଏ ବି ବୁଲିଗଲା। ଯେତେବେଳେ ପରୀକ୍ଷା ପରେ ଅଭିଭାବକଙ୍କର ଦସ୍ତଖତ ମାର୍କ ସିଟ୍ରେ

ଦରକାର ହେଲା ସେତେବେଲେ ବାପାଙ୍କୁ ଯାଉ ସାଉ କିଛି ଗୋଟାଏ ମିଛ ସତ କହି ଦସ୍ତଖତଟିଏ ମାରି ଆଣି ଶ୍ରେଣୀ ଶିକ୍ଷକଙ୍କଠାରେ ଜମା ଦେଇଥିଲି ।

ବାଧ୍ୟତା ମୂଳକ ଗଣିତରେ ଏତେ କମ୍ ନମ୍ବର ରଖିବାରୁ ଗଣିତ ଇଚ୍ଛାଧୀନ ପତ୍ର ନେବି କି ନ ନେବି ତାହା ବି ସନ୍ଦେହ ଜନକ ଥିଲା । ସେ ବିଷୟ ନେଇ ଘରେ ଭାଇ ମାନଙ୍କ ମଧ୍ୟରେ ଓ ସ୍କୁଲରେ ଶିକ୍ଷକ ମାନଙ୍କ ଭିତରେ ତର୍କ ବିତର୍କ ଓ ଆଲୋଚନା ଚାଲିଲା । ମୋ ଦ୍ୱିତୀୟ ବଡ଼ଭାଇ, ପଦୁନନା ବାଲ୍ୟକାଲରୁ ମୋର ମାନସିକ ଦକ୍ଷତା ଓ ବୁଦ୍ଧିକୁ ବେଶ୍ ପରିଖ୍ ପାରିଥିବାରୁ ସେ ମୋତେ ମୂଲରୁ ଗଣିତ ଇଚ୍ଛାଧୀନ ପତ୍ର ନେବାପାଇଁ ବାଧ୍ୟ କଲେ । ସମସ୍ତଙ୍କୁ କହିଲେ, "ହଁ, ମୁଁ ତାକୁ ଜାଣିଚି, ସେ ନିଶ୍ଚୟ ପାରିବ, ମୁଁ ତା' କଥା ବୁଝିବି ।" ଭବିଷ୍ୟତରେ କ'ଣ ହେବ ନହେବ ଏତେ କଥା ଆଉ ମୁଁ ନଭାବି, କେବଳ ତାଙ୍କ କଥା ମାନି ଗଣିତ ଇଚ୍ଛାଧୀନ ପତ୍ର ନେଇଗଲି ।

ପଢ଼ାରେ କମ୍ ନମ୍ବର ରଖିବା ପରେ ଦିନେ ଚିତ୍ର ଆଙ୍କିବା ବେଲେ ପଦୁନନା ମୋ ଉପରେ ଭୀଷଣ କ୍ରୋଧ ପ୍ରକାଶ କଲେ, କହିଲେ, "ତୁ ଯଦି ପାଠ ନପଢ଼ି, ଆଉ ଥରେ ଚିତ୍ର କରିତୁ ଦେଖିବୁ, ତୋ ରଙ୍ଗକୁ ନେଇ ମୁଁ ପୋଖରୀରେ ଯଦି ଫୋପାଡ଼ି ନ ଦେଇଚି ।" ଏହା ଶୁଣି ମୁଁ ଅଭିମାନ ଓ କ୍ରୋଧରେ ବଶବର୍ତ୍ତୀ ହୋଇ ଦିନେ ମୋ ରଙ୍ଗ ଓ ତୁଲି ମାନଙ୍କୁ ସତରେ ନେଇ ବାଡ଼ିଆଡ଼ ପୁଷ୍କରିଣୀ ଜଲରେ ବିସର୍ଜନ କରିଦେଲି ।

ନବମ ଶ୍ରେଣୀରେ ସଂସ୍କୃତରେ ରଖିଥିବା ନମ୍ବର ଉପରେ ନାଲି ମୁଣ୍ଡିଆ ବୁଲିବାରୁ ମୁଣ୍ଡରେ କଙ୍କଡ଼ା ବିଛା ଦଂଶନ କଲା ଓ ମୁଣ୍ଡକୁ ବୁଦ୍ଧି ଟିକିଏ ପଶିଲା । ପରୀକ୍ଷାରେ ଉଉମ କରିବାକୁ ହେଲେ ନିଜକୁ ହିଁ ପରିଶ୍ରମ କରିବାକୁ ପଡ଼ିବ । ତୀର୍ଥ ଦର୍ଶନ କ'ଣ ମା କାଖରେ ଥବା ବାପା କାନ୍ଧରେ ବସି ହୋଇପାରେ, ନିଜ ଗୋଡ଼ରେ ଚାଲିବାକୁ ପଡ଼େ । ଏଇୟ। ଭାବି ଅନ୍ୟ କାମ ସବୁ ବନ୍ଦ କରି ଶେଷକୁ ପାଠ ପଢ଼ାରେ ମନୋନିବେଶ କଲି ।

ପଦୁନନାଙ୍କର ପରାମର୍ଶ ଓ ଯୋଗାଡ଼ରେ ଗଣିତ ଶିକ୍ଷକ ବୃନ୍ଦାବନ ପ୍ରଧାନ ସାରଙ୍କ ଠାରେ ଗଣିତ ପଢ଼ିଲି । ତା' ପାଇଁ ମଧ୍ୟ ସେ ତାଙ୍କର ନୂଆ ଚାକିରି କରିଥିବା ସ୍ୱଳ୍ପ ଶହେ ଟଙ୍କା ବେତନରୁ କୋଡ଼ିଏ ଟଙ୍କା ଟ୍ୟୁସନ ଫି ପ୍ରତି ମାସ ଦେଲେ । ଚାରିଟା ବେଲେ ସ୍କୁଲ ଛୁଟିପରେ ପିଲାମାନେ ପଡ଼ିଆରେ ଭଲି ବଲ ଖେଲୁଥିବା ବେଲେ ମୁଁ କ୍ଲାସ ରୁମରେ ବସି କାଗଜ କଲମ ଧରି ଗଣିତ କଷିଲି । ରଙ୍ଗ ତୁଲି ଧରି ଚିତ୍ର ପରିବର୍ତ୍ତେ ଜ୍ୟାମିତିର ତ୍ରିଭୁଜ ଆଙ୍କିଲି । ସାରଙ୍କ ପାଖରୁ ତନ୍ନ ତନ୍ନ କରି ଗଣିତ ବୁଝିଲି । ମୋର ଗଣିତରେ ୩୦ ନମ୍ବର ରହିଥିଲେ ସୁଦ୍ଧା ପ୍ରଧାନ ସାର ମୋତେ କେବେହେଲେ ନିର୍ବୁଦ୍ଧିଆ ଚାଟ ହିସାବରେ ଗଣ୍ୟ କରୁନଥିଲେ । ତାଙ୍କ ପାଖକୁ ଅନେକେ ଆସୁଥିଲେ

ପଢ଼ିବା ପାଇଁ, ହେଲେ ମୋତେ କିନ୍ତୁ ସେ ସବୁବେଳେ ଅଲଗା ବସେଇ ସ୍ଵତନ୍ତ୍ର ଢଙ୍ଗରେ ପଢ଼ଉଥିଲେ। ଅଳ୍ପ ସମୟ ଭିତରେ ମୋର ପଢ଼ାରେ ଆଶାନୁରୂପ ଉନ୍ନତି ହେବାର ଦେଖାଗଲା। ଖରାଦିନେ ସ୍କୁଲ ଛୁଟି ପରେ ଉଦୁଉଦିଆ ଦ୍ୱିପହରରେ ସ୍ଵଳ୍ପ ସମୟ ବିଶ୍ରାମ ପରେ ଦୁଇ କିଲୋମିଟର ରାସ୍ତା ଚାଲି ଚାଲି ଅନ୍ୟ ଏକ ଗାଁ, ସେରଗଡ଼ ପର୍ଯ୍ୟନ୍ତ ଯାଉଥିଲି। ପୁହାଣ ସାରଙ୍କ ଠାରେ ଗଣିତ ପଢ଼ି ପୁଣି ଘରକୁ ଫେରି ଆସୁଥିଲି। ଦଶମ ଶ୍ରେଣୀ ପରୀକ୍ଷା ବେଳକୁ ସେମିତି କିଛି ଆଖିଦୃଶିଆ ନହେଲେ ବି ମୁଁ ସବୁଥିରେ ଚଳନୀୟ ନମ୍ବର ରଖିଲି।

ଆମ ଶ୍ରେଣୀରେ ଆମେ ପାଞ୍ଚ ଜଣ, ମୁଁ, ସାଧୁ ଚରଣ ନାୟକ, ପ୍ରକାଶ ମୋହନ ଦାସ, ନିଶାମଣି ଦାସ ଓ ସୁନୀଲ ଶତପଥୀ ଏମ୍ ଇ ସ୍କୁଲରେ ଗୌରୀକାନ୍ତ କର ସାରଙ୍କ ପାଖରେ ପଢ଼ୁଥିଲୁ। ସେତେବେଳେ ଆମ ପାଞ୍ଚ ଜଣଙ୍କୁ ସାର ପଞ୍ଚରଥୀ ନାମ ଦେଇଥିଲେ। ଆମ ମଧ୍ୟରେ ବନ୍ଧୁତ୍ୱ ଅତ୍ୟନ୍ତ ନିବିଡ଼ ଥିଲା। ଯେହେତୁ ସୁନୀଲ ସଂସ୍କୃତ ପଣ୍ଡିତ ସାରଙ୍କ ପାଖକୁ ପଢ଼ିବାକୁ ଯାଉଥିଲା, ମୋତେ ସେ ଉପଦେଶ ଦେଲା ସଂସ୍କୃତରେ ଉତ୍ତମ ନମ୍ବର ହାସଲ କରିବାକୁ ହେଲେ ତାଙ୍କ ପାଖକୁ ଯିବାପାଇଁ। ମୁଁ ଅବିଳମ୍ବେ ତା' କଥାରେ ରାଜି ହେଇ ସଂସ୍କୃତ ପଢ଼ିବାକୁ ଗଲି। ମୋ ଦେଖା ଦେଖି ସାଧୁ ଏବଂ ପ୍ରକାଶ ମଧ୍ୟ ଗଲେ। ପଣ୍ଡିତ ସାର ସେତେବେଳେ ଆମ ଗାଁ ନିକଟବର୍ତ୍ତୀ ପାଟରା ନାମକ ଆଉ ଏକ ଗାଁର ରାସ୍ତାକଡ଼ ବଂଶକୁଞ୍ଜ ଭିତରେ ଗୋଟିଏ ନଡ଼ା ଛପର ଟୁଙ୍ଗୀ ଘରେ ଅତି ନିରାଡ଼ମ୍ବର ସହକାରେ ବସ ବାସ କରୁଥିଲେ। ଲାଗୁଥିଲା ଯେପରି ରାମାୟଣ ମହାଭାରତ ଯୁଗର ମୁନି ରଷିଙ୍କ ଭଳି ତାଙ୍କର ଜୀବନ ଯାପନ ପ୍ରଣାଳୀ। ପଢ଼ା ସରିଲେ ଆମେ ସାରଙ୍କ ପାଇଁ ପୋଖରୀରୁ ମାଠିଆରେ ପାଣି ଭରି ଆଣି ରଖି ଦେଉଥିଲୁ। କେତେବେଳେ ରୋଷେଇ ପାଇଁ କାଠ ଯୋଗାଡ଼ କରି ଆଣି ଥୋଇ ଦେଉଥିଲୁ। ସାର ଏକୁଟିଆ ରୋଷେଇ କରି ଖାଇ ଟୁଙ୍ଗୀ ଘରେ ରହୁଥିଲେ। ସାର ଟିକିଏ ଟେରା। ଚାହିଁଥିଲା ବେଳେ କାହାକୁ ଚାହିଁଚନ୍ତି ବାଆଁକୁ କି ଡାହାଣକୁ, ଜାଣିବା କଠିନ। ସତରେ କିନ୍ତୁ ସେ ଚାହିଁଥାନ୍ତି ସାମନାକୁ। ତାଙ୍କୁ ଆମର ଭାରି ଡର। କଥା କଥା କେ ବେତ ପାହାର। କଥା କଥା କେ ଆମକୁ କହନ୍ତି, "ତୁ କ'ଣ ଇନ୍ଦ୍ର ଆସିଲୁକି?" ଝିଅ ମାନଙ୍କୁ କହନ୍ତି, "ତୁ କ'ଣ ସତୀ ଆସିଲୁକି?" ସେଇଥିପାଇଁ ମୋର ସଂସ୍କୃତରେ ଡର ପଶିଯାଇଥାଏ। ତାଙ୍କ ପାଖରେ ପଢ଼ିବା ବେଳେ ପ୍ରଥମେ ଯେତେବେଳେ ସେ ମୋ ଖାତା ନାଲି କାଲି ବାଲା କଲମ ଧରି ସଂଶୋଧନ କଲେ ଖାତା ପୁରା ବସନ୍ତ ଋତୁରେ ପଳାଶ ଫୁଲ ଫୁଟିଲା ଭଳି ଲାଲେ ଲାଲ। ମୁଁ ଜାଣି ପାରୁ ନଥିଲି ସେ ସେଥିରେ ଲେଖିଛନ୍ତି କି ମୁଁ ସେଥିରେ ଲେଖିଛି। ତାହା ଦେଖି ପ୍ରଥମେ

ପ୍ରଥମେ ମନଟା ମୋର ଆୟିଲେଇ ଉଠିଲା। ଲୋକେ କହନ୍ତି ଓଡ଼ିଆ ଲେଖି କାଲି ଛିଟିକା ମାରିଦେଲେ କୁଆଡ଼େ ପରା ସଂସ୍କୃତ ହେଇଯାଏ, ହେଲେ ମୋର କାହିଁକି ଏମିତି ଦୁରବସ୍ଥା? ପଣ୍ଡିତ ସାରଙ୍କ ପାଖକୁ ପଢ଼ିଯିବା ପରଠାରୁ ଦିବାରାତ୍ରି ସଂସ୍କୃତ ଉପରେ ନିଘା ରଖିଲି, ମନ ଧ୍ୟାନ ଦେଇ, ପରିଶ୍ରମ କରି, ଯୋଜନା କରି ପଢ଼ିଲି। ଫଳରେ ମୋ ଖାତା ନାଲିରୁ କ୍ରମେ କ୍ରମେ ନୀଳ ହେଇ ଶେଷରେ ସମ୍ପୂର୍ଣ୍ଣ ନୀଳ ହିଁ ହେଇ ରହିଲା।

ଦିନେ କାହିଁକି କେଜାଣି ମନକୁ ଆସିଲା ମୋ ପାଇଁ ନହେଲେ ବି ପଦୁନନାଙ୍କ ସମ୍ମାନାର୍ଥେ ମୋତେ ପ୍ରଥମ ଶ୍ରେଣୀ ପାଇବାକୁ ପଡ଼ିବ ହିଁ ପଡ଼ିବ। ଏତେ କଷ୍ଟରେ ସେ ମୋତେ ଟ୍ୟୁସନ ପଇସା ଦେଉଛନ୍ତି, ତାଙ୍କ ଦରମା ଶହେ ଟଙ୍କାରୁ କୋଡ଼ିଏ ଟଙ୍କା, କ'ଣ କମ୍ ହେଲାଣି, କ'ଣ ପାଇଁ? ଏ କଥା ମୋ ଅନ୍ତରକୁ ବିଦାରି ପକେଇଲା। ସେଉଠୁ ପାଖରୁ ମୁଁ ଅଧ୍ୟୟନ ଛଡ଼ା ଆଉ କୌଣସି କାମରେ ମନ ଦେଲିନାହିଁ। ଏକାଦଶ ଶ୍ରେଣୀରେ "ପାଷାଣୁ ଲୁହ ଝରେ" ନାଟକ ସ୍କୁଲରେ ମଞ୍ଚସ୍ଥ ହେଲା। ନାଟକ କଥା ଉଠିଲେ ମୋର ମନ ସର୍ବଦା ଛକ ପକ। ତଥାପି ନିଜ ମନକୁ ଆୟଉରେ ରଖି ମୁଁ ସେଥିରେ ଅଂଶ ଗ୍ରହଣ କଲି ନାହିଁ। କେବଳ ଏକାଦଶ ଶ୍ରେଣୀରେ କ୍ଲାସ ମନିଟର ଦାୟିତ୍ୱ ନେଇଥିଲି। ସେତେବେଳକୁ ମୋର ନିଜ ଉପରେ ଏକ ଆୟ୍ ବିଶ୍ୱାସ ସୃଷ୍ଟି ହେଇସାରିଥିଲା।

ବୋର୍ଡ ପରୀକ୍ଷା ସମୟ ଯେତେବେଳେ ପାଖେଇ ଆସିଲା ମୋ ଉପରେ ସମସ୍ତଙ୍କର ଆଖି। ସେତେବେଳେ ବି ମନ୍ତବ୍ୟ ଦେବା ଲୋକ କିଛି କମ୍ ନଥିଲେ। ଉପଦେଶ ଗୁଡ଼ିକ ବିନା ଅର୍ଥ ବ୍ୟୟରେ ବିନା ପରିଶ୍ରମରେ ସମ୍ଭବ ହୋଇପାରୁଥିଲା, ପବନ ଭଳିଆ ଉଡ଼ିଯାଉଥିଲା। ତେଣୁ ଯିଏ ଯାହା ପାରିଲା ମୋତେ କହିଯାଉଥିଲା, ମୁଁ କିନ୍ତୁ ସବୁକୁ ନିରବରେ ସହି ଯାଉଥାଏଁ।

ପରୀକ୍ଷା ପାଇଁ ପଢ଼ାପଢ଼ିରେ ବିରାମ ନଥାଏ। ଶେଷକୁ ଫାଇନାଲ୍ ପରୀକ୍ଷା ପାଇଁ ସମସ୍ତ ପ୍ରସ୍ତୁତି ସରିଲା। ସୋରୋ ସତ୍ୟାନନ୍ଦ ହାଇସ୍କୁଲରେ ପରୀକ୍ଷା ଦେଲୁ। ପରୀକ୍ଷାରେ ଭଲ ହେଲା ବୋଲି ଭାବିଲି, ସେଇ ଦିନ ପାଖରୁ ଗାଁରେ ଫଳକୁ ଅନାଇ ରହିଥିଲି। କେବଳ ମୁଁ ନୁହେଁ, ମୋର ସହପାଠୀ, ପରିବାର, ବନ୍ଧୁ ବର୍ଗ, ଶିକ୍ଷକ ଓ ଗାଁର ଅନେକ ଲୋକ ଅନେଇ ରହିଥିଲେ ମୋର ପରୀକ୍ଷା ଫଳ ଜାଣିବାକୁ। ଦଳେ କହିଲେ, "ଗଗନ ନିଶ୍ଚୟ ପ୍ରଥମ ଶ୍ରେଣୀ ପାଇବ।" ଏ ଦଳର ମୁଖ୍ୟ ରହିଲେ ମୋର ଦ୍ୱିତୀୟ ବଡ଼ ଭାଇ, ପଦୁନନା। ଆଉ ଦଳେ କହିଲେ "ସେ ପ୍ରଥମ ଶ୍ରେଣୀ ପାଇବ ନାହିଁ, କାରଣ ସେ କେବେହେଲେ ପ୍ରଥମ ଶ୍ରେଣୀ ନମ୍ବର ଆଗରୁ ହାସଲ କରିନାହିଁ।"

କଥାଟା ଗୋଟିଏ ଘୋଡ଼ା ଦୌଡ଼ ପ୍ରତିଯୋଗିତାରେ ବାଜି ମରା ମରି ଅବସ୍ଥାକୁ ଆସି ଯାଇଥିଲା ।

ଏତେ ଦିନର ପ୍ରତୀକ୍ଷା ପରେ ଆଜି ଏଇ ସନ୍ଧ୍ୟାରେ ମ୍ୟାଟ୍ରିକ୍ ପରୀକ୍ଷା ଫଳର ପ୍ରକାଶ, ଆକାଶବାଣୀ କଟକ କେନ୍ଦ୍ର ଆଞ୍ଚଳିକ ସମ୍ବାଦରୁ ଜଣା ପଡ଼ିଲା । କ'ଣ ସତରେ ଫଳ ହେଇଥିବ ସେ ନେଇ ଏତେ ମନସ୍ତାପ, ବ୍ୟସ୍ତତା, ଅସ୍ଥିରତା, ଏତେ କଥା । ହେଇପାରେ ଅତୀତରେ ମୋର ପଢ଼ାପଢ଼ିର ଗତିବିଧିକୁ ଲକ୍ଷ୍ୟ କରି ଶିକ୍ଷକ ଜଣକ ଏମିତି କହିଥାଇପାରନ୍ତି । କିନ୍ତୁ ଯେତେବେଳେ ସେ କଥା ମୋର ମନେ ପଡ଼ି ଯାଉଥାଏ ଭୀଷଣ ମନ ଦୁଃଖ ହେବା ସଙ୍ଗେ ସଙ୍ଗେ କ୍ରୋଧ ମଧ୍ୟ ମନକୁ ଆସୁଥାଏ, ହୃଦୟ ଦହି ପକଉଥାଏ ।

ହକର ମାନଙ୍କ ପାନ ବିଡ଼ି ସିଗ୍ରେଟ୍ ଚାହାର ଡାକ ଓ ଯାତ୍ରୀମାନଙ୍କ କୋଳାହଳ ଭିତରେ ଗାଡ଼ି ଅଟକିଲା ଭଦ୍ରଖ ଷ୍ଟେସନରେ । ବାଲେଶ୍ୱର ଛାଡ଼ିବା ପରେ ମାଡ୍ରାସ ମେଲର ଏହା ପ୍ରଥମ ଷ୍ଟପେଜ୍ । ସତର୍ପଣରେ ଟିଟିସିକୁ ଡରି ଡରି ଏପଟ ସେପଟ ଚାହିଁ ଆମେ ଦୁଇଜଣ ଟ୍ରେନ୍‌ର ତଳକୁ ଓହ୍ଲେଇ ଆସିଲୁ । ଟ୍ରେନ୍ ଏଠାରେ ବେଶ୍ ସମୟ ରହିଲା । କିଛି ପାସେଞ୍ଜର ଓହ୍ଲେଇ ଗଲେ ଆଉ କିଛି ଉଠିଲେ ବିଭିନ୍ନ କମ୍ପାର୍ଟମେଣ୍ଟକୁ । ଆମେ ପ୍ଲାଟଫର୍ମ ଉପରେ ଛିଡ଼ା ହୋଇ ରହିଥାଉ । ଭୟରେ ଯିଏ କଳା ପୋଷାକ ପିନ୍ଧିଚି ମୋତେ ଲାଗୁଥାଏ ସେ ଆଉ ଟିଟିସିକି ? ଝାପ୍‌ସା ଝାପ୍‌ସା ପ୍ଲାଟଫର୍ମ ଆଲୁଅରେ ମୋତେ ଲାଗୁଥିଲା ଚାରିଆଡ଼ ଟିଟିସିମୟ । ଟ୍ରେନ୍ ଛାଡ଼ିବା ବେଳ ହେଲା । ଆମେ ଚଢ଼ିବାକୁ ଭାବୁଥିବା କମ୍ପାର୍ଟମେଣ୍ଟକୁ ଟିଟିସି ନ ଚଢ଼ିବାରୁ ଆମେ ସେଇଠି ଉଠିଲୁ । କବାଟ ରେଲିଙ୍କୁ ଧରି ମୁଁ ପୁଣି ଛିଡ଼ା ହେଇ ରହିଲି । ଗାଡ଼ି ଛାଡ଼ିଲା । ପରବର୍ତ୍ତୀ ଷ୍ଟପ ଯାଜପୁର ରୋଡ଼ । କିଟିମିଟିଆ ଅନ୍ଧକାର ଚତୁର୍ଦ୍ଦିଗରେ ଛାଇ ହୋଇ ରହିଥାଏ । ଦୂରରୁ କେବଳ ଛୋଟ ସହର ଓ ଗାଁ ମାନଙ୍କରୁ କାହିଁ କେତେବେଳେ ମଝିରେ ମଝିରେ ମିଞ୍ଜି ମିଞ୍ଜି ହୋଇ ବତୀମାନ ଦୃଶ୍ୟମାନ ହେଉଥାନ୍ତି । ମନ ଅଥୟ ହେଉଥାଏ ଯେତେବେଳେ ମନେ ପଡ଼ି ଯାଉଥାଏ ପରୀକ୍ଷା ଫଳ ବାହାରିବା କଥା । ପୁଣି ଘରେ କାହାରିକୁ ନକହି ଆସିଛି । ସମସ୍ତେ ନିଶ୍ଚୟ ମୋ ଉପରେ ଖପ୍ପା ହେଉଥିବେ । ଘରେ ପହଞ୍ଚିଲେ ଯେ ଅବସ୍ଥା ମୋର କ'ଣ ହେବ ସେ କଥା ଭାବି ହେଉଥାଏ । ଏପରି କି, କଥା ମାଡ଼ ପର୍ଯ୍ୟନ୍ତ ଯିବା କିଛି ବିଚିତ୍ର ନୁହେଁ । ଘରେ ମାଡ଼ ଖାଇବା ମୋ ପାଇଁ କିଛି ନୂତନ କଥା ନଥିଲା । ଅବୋଲକରା ହେଇ ଆଗରୁ ଅନେକ ଥର ବଡ଼ଭାଇ ମାନଙ୍କ ପାଖରୁ ବିଭିନ୍ନ ପରିସ୍ଥିତିରେ ଛେଚା ଖାଇଛି । ବିନା ମାଡ଼ରେ ଆମ ଘରେ କିଛି ସମାଧାନ ହୁଏନି ।

ଥରେ ଅଷ୍ଟମ ଶ୍ରେଣୀରେ ପଢ଼ୁଥିବା ବେଳେ ଗଣେଶ ପୂଜା ପୂର୍ବ ରାତ୍ରିରେ

ସ୍କୁଲରେ ଶିକ୍ଷକଙ୍କ ସହିତ ମିଳିମିଶି ହସଖୁସିରେ ସାଜସଜ୍ଜା କରି ଅନେକ ରାତ୍ରିରେ ଘର ଲେଉଟିଲି। ତହିଁ ପରଦିନ ପୂଜା ପାଇଁ ସ୍କୁଲ ଯିବା କଥା। ସେତେବେଳେ ମୋର ଖଣ୍ଟିଏ ମାତ୍ର ଜାମା ଥାଏ। ନୂଆ ବେଳେ ସେ ଜାମାର ରଙ୍ଗ ହଳଦିଆ ଥିଲା। ମାତ୍ର ପ୍ରଥମ ସଫାରେ ହଳଦିଆ ରଙ୍ଗ ଛାଡ଼ି କଳରାପତରିଆ ବ୍ୟାଘ୍ର ସଦୃଶ ଛାପି ଛାପିକା ପାଲଟି ଗଲା। ସେଥ୍ ପାଇଁ ମୋତେ ସାଙ୍ଗ ମାନଙ୍କ ଠଚ୍ଚାର ଶିକାର ହେବାକୁ ପଡ଼ୁଥିଲା। ପୂଜାଦିନ ସକାଳେ କ'ଣ ମୋ ମନକୁ ଉଭଟ ଚିନ୍ତା ଆସିଲା କେଜାଣି, ସେ ଜାମା ପିନ୍ଧି ମୁଁ ସ୍କୁଲ ଯିବାକୁ ଅମଙ୍ଗ ହେଲି ଓ ନୂଆ ଜାମା ପାଇଁ ଅଳି କରି ବସିଲି। ପ୍ରଥମେ ବାପା ମାଆ ମୋତେ "ସୁନାରେ ଧନରେ" କରି ବୁଝେଇଲେ, ପରେ ପଦ୍ମନାଭ ବି ବୁଝେଇଲେ, ହେଲେ କୌଣସି ଥରେ କିଛି ଫଳ ଫଳିଲା ନାହିଁ। ମୁଁ ସେମିତି ଅବୁଝା ଅବୋଲକରା ହୋଇ ଜିଦ୍ ଧରି ବସିଲି ସ୍କୁଲ ନଯିବାକୁ। ଶେଷକୁ ନନାଙ୍କର ଧୈର୍ଯ୍ୟ ଚ୍ୟୁତି ଘଟିଲା। ଏକେ ତ ସେ କ୍ଷଣକୋପୀ। ତେଣୁ କ୍ରୋଧାନ୍ଧିତ ହୋଇ ସେ ମୋତେ ଭୀଷଣ ମାତ୍ରାରେ ପ୍ରହାର କରିବାକୁ ଲାଗିଲେ ଓ ବଳ ପୂର୍ବକ ସ୍କୁଲକୁ ମୋ ମୁଣ୍ଡ ବାଳ ଝିଙ୍କି ଘୋଷାଡ଼ି ଘୋଷାଡ଼ି ନେଇଗଲେ। ସ୍କୁଲ ହତାକୁ ପଶି ମଧ୍ୟ ପ୍ରହାରର ଅନ୍ତ ନାହିଁ। ଗଣେଶ ପୂଜା ଭଳି ଖୁସି ହାସିର ଦିନ। ସେଦିନ ପୁଣି ଏପରି ଭୟଙ୍କର ଅପ୍ରୀତିକର ପରିସ୍ଥିତି, ତାହା ଦେଖ୍ ସ୍କୁଲର ଛାତ୍ର, ଛାତ୍ରୀ ଓ ଶିକ୍ଷକମାନେ ସମସ୍ତେ ଦୌଡ଼ି ଆସି ଆମକୁ ବେଢ଼ିଗଲେ। ମୋର ଜଣେ ପ୍ରିୟ ଶିକ୍ଷକ, କୃଷ୍ଣଗୋପାଳ ଦାସ, ଯିଏ କି ମୋତେ ସବୁଠୁଁ ଭଲ ପାଆନ୍ତି, ଦୌଡ଼ି ଆସି ମୋତେ କୁଣ୍ଢେଇ ପକେଇ ନିଜ ହାତ ଦେଖେଇ ପ୍ରହାର ମୁଖରୁ ରକ୍ଷା କଲେ। ସେତେବେଳକୁ କାନ୍ଦି କାନ୍ଦି ମୋ ମୁଖମଣ୍ଡଳ ରକ୍ତବର୍ଷ। ଛାଟ ପ୍ରହାର ଖାଇ ଦେହରେ ଅଗ୍ନି ସଂଯୋଗ ହେଲା ଭଳି ଜଳୁଥାଏ। ଏକାଦଶ ଶ୍ରେଣୀର ଛାତ୍ରମାନେ ମଧ୍ୟ ମୋତେ ବହୁତ ସୁଖ ପାଉଥିଲେ। ତନ୍ମଧ୍ୟରୁ ବାବୁରାମ ବାବୁ(ସେଠୀ) ମୋତେ ନେଇ ତାଙ୍କ ପାଖରେ ବସାଇ ଭୋଜି ଖୁଆଇ ରାତ୍ରିରେ ହସ୍ଟେଲରେ ରଖେଇଲେ। ତହିଁ ପରଦିନ ମୋତେ ଘରକୁ ଛାଡ଼ିଲେ। ଏକ ସପ୍ତାହ ପର୍ଯ୍ୟନ୍ତ ମୋର ଦେହରୁ ପୀଡ଼ା ଯାଇ ନଥିଲା। ପରେ ଶୁଣିବାକୁ ପାଇଲି ମୋର ଶିକ୍ଷକମାନେ ବଡ଼ଭାଇଙ୍କର ନିନ୍ଦା କରିବାର। ସେମାନଙ୍କ ମତରେ ପୂଜାଦିନ ଏପରି ଦୁର୍ବ୍ୟବହାର ପିଲା ପ୍ରତି ଉଚିତ ହେଲାନି। ଛାଟ ପ୍ରହାର ମୋତେ ଯେତେ କଷ୍ଟ ଲାଗିନଥିଲା ତା' ଠାରୁ ବେଶୀ କଷ୍ଟ ଲାଗିଥିଲା ମୋର ସହପାଠୀ ଓ ସହପାଠିନୀଙ୍କ ସମ୍ମୁଖରେ ଛାଟ ପ୍ରହାର ଖାଇବାଟା, ବିଶେଷ କରି ସହପାଠିନୀ। ତା' ପାଇଁ ଅନେକ ଦିନ ଧରି ମୋତେ ଲଜ୍ଜାର ବଶବର୍ତ୍ତୀ ହେବାକୁ ପଡ଼ିଥିଲା। ଆଉ ଥରେ ନବମ ଶ୍ରେଣୀରେ ପଢ଼ୁଥିବା ବେଳେ ଏକ ଘରୋଇ କାମରେ ଅବହେଲା କରିଥାଏ। ଏ କଥା ବଡ଼

ନନା ଜାଣିଲେ। ସେତେବେଳେ ଭୀଷଣ ବର୍ଷା ହେଉଥାଏ, ମୁଁ ବର୍ଷାରେ ବାହାରକୁ ଦୌଡ଼ି ପଳେଇଯିବା ସତ୍ତ୍ୱେ ବି ବଡନନା ମୋତେ ଗୋଡ଼େଇ ଗୋଡ଼େଇ ଛେଡ଼ିରେ ପ୍ରହାର କରିଥିଲେ। ଦେହରେ ନୋଲା ବସିଯାଇଥିଲା ଓ ଅନେକ ଦିନ ଲାଗିଥିଲା ଭଲ ହେବାକୁ। ସେପରି ଅଭିଜ୍ଞତା ଜୀବନରେ କେବେ ଭୁଲିବାର ନୁହେଁ।

ଟ୍ରେନ୍‌ରେ ଠିଆ ହେଇ ଘରକୁ ଫେରିଲେ କ'ଣ ଯେ ହେବ ସେଇ କଥା ଖାଲି ଭାବି ହେଉ ଥାଏ। ପର ମୁହୂର୍ତ୍ତରେ ଯାହା ହେବ ହେବ ଦେଖାଯିବ, ଏଇ ମାନବୃତ୍ତି ନେଇ ମନକୁ ଦୃଢ଼ କରଉଥାଏ।

ଏତିକିବେଳେ ଟ୍ରେନ୍‌ର ହର୍ଷ ଶୁଣି ଭାବନାର ଖୈ ଛିଣ୍ଡିଗଲା। ଟ୍ରେନ୍ ଯାଜପୁର ରୋଡ଼ ଷ୍ଟେସନରେ ଅଟକିଲା। ପୁଣି ସେହି ପରି ଆମେ ତଳକୁ ଓହ୍ଲାଇ ଆସି କେତେ ମିନିଟ ଧରି ଟିଟିସିର ଗତିବିଧିକୁ ଲକ୍ଷ୍ୟ କଲୁ। ଭଦ୍ରଖ ଅପେକ୍ଷା ଏଠାରେ ଟ୍ରେନ୍‌ର ରହଣି ସମୟ ଅଳ୍ପ। ଟ୍ରେନ୍ ଛାଡ଼ିଲା। ତଥାପି କେମିତି ଟିଟିସି ହାବୁଡ଼ରେ ନପଡ଼ିବୁ ସେଇ ଚିନ୍ତା ମନରୁ ଯାଉ ନଥାଏ। ଏମିତି କି ଟିଟିସି ଚିନ୍ତାରେ ମଝିରେ ମଝିରେ ଭୁଲି ହେଇ ଯାଉଥାଏ କେଉଁଥି ପାଇଁ ମୁଁ ଟ୍ରେନ୍‌ରେ କଟକ ଯାଉଛି। ସବୁବେଳେ ଭଗବାନଙ୍କୁ ଡାକୁଥାଏ ଟିଟିସି ହାବୁଡ଼ରେ ଆମେ ଯେମିତି ନପଡୁ। ଯା ପରେ ସିଧା ଆମର ଲକ୍ଷ୍ୟସ୍ଥଳ, କଟକ ଷ୍ଟେସନ ଓ ସହର।

ଟ୍ରେନ୍ ବେଶ୍ ପ୍ରଖର ଗତିରେ ପୁଣି ଧାଇଁବାକୁ ଆରମ୍ଭ କଲା। ଆଉ କିଛି ସମୟ ପରେ କଟକ। ଜୀବନରେ କେବେ ପାସେଞ୍ଜର ଟ୍ରେନ୍ ଛଡ଼ା ଏକ୍ସପ୍ରେସ ଟ୍ରେନ୍‌ରେ ବସି ନାହିଁ କି ନିକଟସ୍ଥ ସୋର ଷ୍ଟେସନ ଟପିନାହିଁ, ଏକାବେଲକେ ବିନା ଟିକଟରେ କଟକ। ମୋର କଟକ ଜ୍ଞାନ କେବଳ ବାଲ୍ୟକାଳର ପୁସ୍ତକରୁ, "କଟକ ସହର, ଧବଳ ଟଗର, ଗଗନର ଘର।" ଭୂଗୋଳ, ଇତିହାସ ବହି ଓ ଖବର କାଗଜ ପୃଷ୍ଟାରୁ। ସେଠାରେ ଅଛି ଆକାଶ ବାଣୀ କଟକ, ବାଇମୁଣ୍ଡି ପ୍ରକଣ୍ଠିତ କାଠଯୋଡ଼ି ପଥର ବନ୍ଧ, ରେଭେନ୍‌ସା କଲେଜ, ତାଳଦଣ୍ଡା କେନାଲ, ବାରବାଟୀ ଷ୍ଟାଡିଅମ ଓ ହାଇକୋର୍ଟ। ସେକେଣ୍ଡାରୀ ବୋର୍ଡ ଅଫିସ୍ କେଉଁଠି ଓ ସେଠାକୁ କିପରି ଯିବାକୁ ହେବ ସେଇ ଚିନ୍ତା ଓ ଟ୍ରେନ୍‌ରେ ଟିଟିସି ଚିନ୍ତାରେ ପେଟରେ ମୋର ଅସରପା ପଶିଲା ପରି ମନେ ହେଉଥାଏ। ଯଦି ଟିଟିସିଙ୍କ ଦ୍ୱାରା ଧରାହେଲୁ ତେବେ ଆହୁରି ଅଧିକ ଝମେଲା, ହାଜତରେ ଆହୁରି କେତେ ଦିନ ମଧ କଟିଯାଇପାରେ। ତାହା ମଧ ଘୋର ଚିନ୍ତାର ବିଷୟ। ହାଜତରେ ରହିଲେ ପରୀକ୍ଷା ଫଳ ଜାଣିବାକୁ ଆହୁରି ଅଧିକ ଦିନ ଲାଗିଯାଇ ପାରେ, ସେ ପାଇଁ ବି ମନସ୍ତାପ ହେଉଥାଏ। ମଣିଷ କି ଝମେଲାରେ ପଦାର୍ପଣ କଲା, ଏଇଆ ଭାବୁ ଭାବୁ ଗାଡ଼ି ପୋଲ ଉପରେ ଗତି କରିବାର ଘିଡ୍ ଘିଡ୍

ଘିଡ୍ ଘିଡ୍ ଶବ୍ଦ ଶୁଭିଲା । ଅନ୍ୟ ମାନଙ୍କ କଥାରୁ ଜାଣିଲୁ ଏହା ପ୍ରସିଦ୍ଧ ମହାନଦୀର ପୋଲ । କ୍ଷୀଣ ଚନ୍ଦ୍ର ଆଲୁଅ ପ୍ରତିଫଳନରେ ମହାନଦୀର ପାଣି ଟିକ ମିକ୍ କରୁଥାଏ । ମନ ମଧ୍ୟରେ ବହିରୁ ପଢ଼ିଥିବା ମହାନଦୀର କାହାଣୀ ତକ ଜୀବନ୍ତ ହୋଇ ଉଠିଲା । ମାୟାଧର ମାନସିଂହଙ୍କ "ମହାନଦୀରେ ଜ୍ୟୋସ୍ନା ବିହାର" କବିତାରୁ ପଦୁଟିଏ ମନେ ପଡ଼ିଲା । "ଆହା କି ବିପୁଳ ଶୋଭା ଭାସେ ଆଖି ଆଗେ, କେମନ୍ତେ ବର୍ଣ୍ଣିବି ମୋର ମୁଗ୍ଧ ଅନୁଭବ, ଚକ୍ଷୁ ମୋର ଅନ୍ଧ ହୁଏ ଜ୍ୟୋଛନା ପରାଗେ, ବାଣୀ ମୋର ନାହିଁ ଫୁଟେ, ମାନି ପରାଭବ ।" ଏଇ ସେଇ ମହାନଦୀ, ଓଡ଼ିଶାର ସବୁ ଠୁଁ ବଡ଼, ବହୁ ଚର୍ଚ୍ଚିତ ନଦୀ, ଏଇ ସେ ମହାନଦୀ ଜଳରେ ଜହ୍ନ ଆଲୁଅ, ମାନସିଂହଙ୍କ ଭାଷାରେ "ଜ୍ୟୋଛନା ପରାଗ ।" ଭାବିଲି, ଆହା, ମୋର ଏମିତି ଦୟନୀୟ ମାନସିକ ଅବସ୍ଥାରେ ପ୍ରଥମ ଥର ମହାନଦୀ ଦର୍ଶନ କରିବାର ଥିଲା ।

କିଛି ସମୟ ପରେ ମାଳ ମାଳ ବିଜୁଳି ଆଲୁଅ ଓ ତାର ତେଜ ବୃଦ୍ଧି ପାଇବାରୁ, ଅନ୍ଦାଜ ଲଗେଇଲୁ କଟକ ସହର ଆସିଗଲା । ସତକୁ ସତ ମାଡ୍ରାସ ମେଲ୍ କଟକ ଷ୍ଟେସନରେ ଠିକ୍ ରାତି ଦୁଇଟାରେ ଲାଗିଲା । ଟ୍ରେନ୍‍ରୁ ଓହ୍ଲେଇ ପଡ଼ି ସନ୍ତୁ ସଦୃଶ କିଛି ନଜାଣିଲା ପରି ଷ୍ଟେସନର ପ୍ଲାଟଫର୍ମ ଭିତରେ ପ୍ରଭାତ ହେବା ଯାଏଁ ଆମେ ଦୁଇଜଣ ପଇଁତରା ମାରିଲୁ । ସେତେ ପର୍ଯ୍ୟନ୍ତ ବିପଦରୁ ସମ୍ପୂର୍ଣ୍ଣ ରୂପେ ମୁକ୍ତ ନହୁଁ, ଯେତେ ପର୍ଯ୍ୟନ୍ତ ପ୍ଲାଟ ଫର୍ମ ଭିତରେ ରହିଛୁ । ରାତିରେ ବାହାରକୁ ବାହାରିବାକୁ ସାହସ କୁଳାଉ ନଥାଏ । କଟକ ବଡ଼ ସହର, ସତ କି ମିଛ ଜଣା ନାହିଁ ତଥାପି ଚୋର ଖଣ୍ଡଙ୍କର ଭୟ ବୋଲି ଆଗରୁ ଶୁଣିଥାଉ । ମହରଗରୁ ଯାଇ କାନ୍ତାରେ ପଡ଼ିବା ଡରରେ ବାହାରକୁ ବାହାରୁ ନଥାଉ । ତେଣୁ ପ୍ଲାଟଫର୍ମରେ ରହି ଯାତ୍ରୀ, ଜନତା ଓ କର୍ମଚାରୀଙ୍କର ରାତ୍ରୀକାଳିନ ଗତିବିଧ୍ ଲକ୍ଷ୍ୟ କରୁଥାଉ । ସେଠାକାର ଆଞ୍ଚଳିକ କଟକିଆ ଭାଷା ଶୁଣି ଆମେ ବାଲେଶ୍ୱରିଆଙ୍କୁ କୌତୁକ ଲାଗୁଥାଏ ଓ ସେଥିରେ ଆମେ ଆମୋଦିତ ହେଉଥାଉ । "ସମାଜ" ଖବର କାଗଜର ବଡ଼ ବଡ଼ ଥାକ ପ୍ଲାଟଫର୍ମରେ ଥୁଆ ହୋଇଥାଏ, ସେ ପୁଣି ଗୋଟିଏ ଦିନ ଆଗିକାର, ଦେଖ ଆଶ୍ଚର୍ଯ୍ୟ ଲାଗୁଥାଏ ।

ପ୍ରଭାତ ହେବା ଉତ୍ତାରୁ ପୂର୍ବ ଆକାଶ ସିନ୍ଦୁରିତ ହେଇ ଆସିଲା । ଯେମିତି କଟକ ସହର ଅଳ୍ପ ମାତ୍ରାରେ ଜନ ମୁଖରିତ ହେଇ ଉଠିଚି, ଆମେ ଦୁହେଁ ପ୍ଲାଟଫର୍ମ ବାହାରକୁ ଆସି ଜଣେ ରିକ୍ସା ବାଲା ପାଖରେ ହାଜର ହେଲୁ, ବୋର୍ଡ ଅଫିସ ଯିବ କି ନାହିଁ ତାକୁ ପଚାରିଲୁ । "ହଁ ଯିବି" କହି ଅବିଲମ୍ବେ ସେ ରାଜି ହେଇଗଲା । ଗୁଣ୍ ଗୁଣ୍ ଗୀତ ଗାଇ ଆମକୁ ରିକ୍ସାରେ ବସେଇ ପେଲିବାରେ ଲାଗିଲା । ପ୍ରାତଃଭୋଜନ ପାଇଁ ନା ପାଖରେ ତା' ପାଇଁ ପଇସା ନା ଉଦରରେ ଭୋକ । ତହିଁ ଆଗଦିନ ରାତ୍ରି ଭୋଜନ

ବି କରା ହେଇ ନଥାଏ । ସେତେବେଳେ ମନ ମଧ୍ୟରେ କେବଳ ପରୀକ୍ଷା ଫଳ ଜାଣିବାର ବହଳ ଉତ୍ସୁକତା ଜମାଟ ବାନ୍ଧି ରହିଥାଏ । ତେଣୁ ଭୋକ ଶୋଷ ପବନରେ ମେଘ ଉଡ଼ି ପଳେଇଲା ଭଳିଆ କୁଆଡ଼େ ଉଡ଼ି ପଳେଇଥାଏ । କିଛି ସମୟ ପରେ ସକାଳୁ ସକାଳୁ ତେଲଙ୍ଗା ରିକ୍ସା ବାଲା ଆଣି ବୋର୍ଡ ଅଫିସ ଗେଟ ସାମନାରେ ରିକ୍ସା ଲଗେଇଲା । ଦୁଇ ଜଣ ଅଧା ଅଧା ପଇସା ତାକୁ ଦେଇ ତାର ପାଉଣା ଚୁକ୍ତି କରି ଆମେ ହତା ଭିତରକୁ ପ୍ରବେଶ କଲୁ ।

ଭକ୍ତମାନେ ସକାଳୁ ସକାଳୁ ମନ୍ଦିର ସାମନାରେ ଭିଡ଼ ଲଗେଇଲା ଭଳିଆ ଆମ ଆଗରୁ ସେଠାରେ ଅନେକ ଉତ୍ସୁକ ଛାତ୍ରଛାତ୍ରୀଙ୍କର ଗହଳି । ବିଭିନ୍ନ ଜିଲ୍ଲାର ଫଳ ଶୁଣେଇବା ପାଇଁ ବିଭିନ୍ନ ଝରକା । ଝରକା ଉପରେ ଜିଲ୍ଲା ମାନଙ୍କର ନାଁ କଳା ରଙ୍ଗରେ ବଡ଼ ବଡ଼ ଗୋଲ ଗୋଲ ଅକ୍ଷରରେ ଲେଖା ହେଇଥାଏ । ଆମେ ଯାଇ ବାଲେଶ୍ୱର ଜିଲ୍ଲା ଝରକା ସାମନାରେ ଧାଡ଼ି ଲଗେଇଲୁ । ଦିନ ଦଶଟାରେ ଅଫିସ ଖୋଲିବ । ସମୟ ଅନେକ ବାକି ଥାଏ । ଆମେ ସେଇଠି ଅପେକ୍ଷାରେ ରହିଲୁ । ସମୟ ଯେତେ ଯେତେ ପାଖେଇ ଆସୁଥାଏ ତା' ସହିତ ତାଳ ଦେଇ ମୋ ହୃତ୍‌ପିଣ୍ଡର କମ୍ପନ ସେତେ ସେତେ ବୃଦ୍ଧି ପାଇବାରେ ଲାଗିଥାଏ । ସତେ ପରା ବକ୍ଷ ବିଦାରି ହୃତପିଣ୍ଡ ବାହାରକୁ ବାହାରି ଆସିବ । ପୁଣି ମୋର ସେହି "ମଙ୍ଗଳାକାଙ୍କ୍ଷୀ" ଶିକ୍ଷକଙ୍କର ଶଢ ଗୁଡ଼ିକ "ଗଲା, ଏ ବର୍ଷ ମ୍ୟାଟ୍ରିକ ପରୀକ୍ଷା ଫଳ ଯେମିତି ହେଲାଣି ଏ ପରିସ୍ଥିତିରେ ଗଗନ, ମୋତେ କାହିଁକି ଲାଗୁନି ତୁ ପ୍ରଥମ ଶ୍ରେଣୀ ପାଇଥିବୁ" ବି ଜୁଲୁଜୁଲିଆ ପୋକ ଭଳି ମିଞ୍ଜି ମିଞ୍ଜି ହୋଇ ଜଳି ମୋ ମନ ମଧ୍ୟରେ ଉଡ଼ି ବୁଲୁ ଥାଆନ୍ତି ।

ବେଳ ପାଖେଇ ଆସିଲା । କର୍ମଚାରୀମାନେ ଢଳି ଢଳି ଜଣେ ପରେ ଜଣେ ଆସି ଅଫିସ ତାଲା ଖୋଲିବାରେ ଲାଗିଲେ । ନିର୍ଦ୍ଧାରିତ ସମୟ ଅନୁସାରେ ଝରକା ଖୋଲିଲା ଏବଂ ପରୀକ୍ଷା ଫଳ ଘୋଷଣା ଆରମ୍ଭ ହୋଇଗଲା । ମୁଁ ଆଗରେ ଓ ମୋ ପଛରେ ନିର । ଆମ ପାଲି ଆସିଲା ବେଳକୁ ମୁଁ କମ୍ପମାନ ହସ୍ତରେ, ବ୍ୟାକୁଳ ଚିତ୍ତରେ କାଗଜ ଖଣ୍ଡିକରେ ମୋର ରୋଲ୍ ନମ୍ବର ଲେଖି କିରାଣି ବାପୁଡ଼ାଙ୍କ ହାତକୁ ବଢ଼େଇ ଦେଲି । ମୋର ଠିକ୍ ପଛରେ ନିର ତତୋଧିକ ଆକୁଳ । ସେତେବେଳେକୁ ମୋର କପାଳ ସ୍ୱେଦ ବିନ୍ଦୁରେ ଭରପୂର ଓ ଚକ୍ଷୁ ଯୁଗଳ ଛଟାଣ ଭଳିଆ ଏକ ଲୟରେ କିରାଣିର ମୁହଁକୁ ଚାହିଁ ରହିଥାଏ, କିରାଣିଙ୍କ ମୁଖରୁ କି ପ୍ରକାର ବାଣୀ ନିସୃତ ହେବ, ସେଇ ଅପେକ୍ଷାରେ । ଅସମ୍ଭବ ବେଗରେ ହୃଦ କମ୍ପନ । ଭାବୁଥାଏ କିଏ ଠିକ୍, ସେ ଶିକ୍ଷକ ଜଣକ ଯିଏ ମୋତେ କଟୁ କରି କହିଲେ ନା ମୋ ଆଙ୍ଗୁଳିର ରେଖା ଗଣା ?

ଅବିଳମ୍ବେ କିରାଣି ଜଣକ ମୋ ନମ୍ବର ମେଲେଇ "ଫାର୍ଷ୍ଟ ଡିଭିଜନ" ବୋଲି

ଚିତ୍କାରଟିଏ କରିଦେଲେ। ତାପରେ ସଙ୍ଗେ ସଙ୍ଗେ ସେଇ କମ୍ପମାନ ହସ୍ତରେ ନିରର ନମ୍ବର ବଢ଼ାଇ ଦେଲି, ସେ ପଟରୁ ଉତ୍ତର ଆସିଲା, "ସେକେଣ୍ଡ ଡିଭିଜନ।" ନିରର ସେକେଣ୍ଡ ଡିଭିଜନ ହିଁ ଆଶା କରୁଥିଲା। ସେତେକ ଅମୃତବାଣୀ କିରାଣି ବାପୁଡ଼ା ମୁଖରୁ ଶୁଣିଦେଇ ଧାଡ଼ିରୁ ବାହାରି ଆସି ପକ୍କା ପାହାଚରେ ଧପକିନା ପାଞ୍ଚ ମିନିଟ ନିରବରେ ସ୍ଥାଣୁ ହୋଇ ଗାଲରେ ହାତ ଦେଇ ବସିଗଲି। କାନ୍ଦିବି, କି ଖୁସି ହେବି, ଜାଣି ପାରିଲିନି। ସତ କି ମିଛ, କ'ଣ ସବୁ ଏତେ ଶୀଘ୍ର ଘଟିଗଲା ଜାଣିପାରିଲିନି। ମୋର ଏପରି ଅବସ୍ଥା ଦେଖି ନିର ଟିକିଏ ବ୍ୟସ୍ତ ହେଇଯାଇ ମୋ ପାଖକୁ ଆସି ମୋତେ ହଲେଇ ଦେଇ ପଚାରିଲା, "ତୁ ଠିକ୍ ଅଛୁନା?" ସେତେବେଲେ ମୋର ସେ "ମଙ୍ଗଲାକାଡ଼୍‌ଷୀ" ଶିକ୍ଷକଙ୍କର ମୁଖ ମଣ୍ଡଲ, ଯାହାଙ୍କ ପାଇଁ ମୋତେ ଏତେ କଷ୍ଟରେ ନିୟମ କାନୁନ ଲଙ୍ଘନ କରି ବିନା ଟିକଟରେ କଟକ ଆସିବାକୁ ପଡ଼ିଲା ମନ ଭିତରେ ଭାସିଯାଉଥିବାରୁ ମୁଁ ଟିକିଏ ଅନ୍ୟମନସ୍କ ହୋଇଯାଇଥିଲି। ପାଟି ଅଠା ଅଠା ଲାଗୁଥାଏ, ଟ୍ୟୁର ଜ୍ଵଲନ, ତହିଁ ଆଗ ରାତ୍ରି ଉପବାସ ଓ ଅନିଦ୍ରାର ଦୁର୍ବଲତା। ଉପରକୁ ନିର ମୁହଁକୁ ଚାହିଁ ଉତ୍ତର ଦେଲି, କହିଲି, "ହଁ, ମୁଁ ଠିକ୍ ଅଛି।"

କିଛି ସମୟ ପରେ ଦୁଇଜଣ ବାଟ ଜାଣି ଯାଇଥିବାରୁ ଚାଲି ଚାଲି ରେଲ ଷ୍ଟେସନ ଅଭିମୁଖେ ଅଗ୍ରସର ହେଲୁ। ଆମ ପାଖରେ ଯଥେଷ୍ଟ ସମୟ ଥାଏ ଗାଁ ପାଇଁ ପୁରୀ ହାଓଡ଼ା ପାସେଞ୍ଜର ଟ୍ରେନ୍ ଧରିବାକୁ। କଟକ ଷ୍ଟେସନ ଛକ ପହଞ୍ଚିଲା ବେଲକୁ ଆମେ ଭୋକରେ ଆଉଟୁ ପାଉଟୁ। ସେତେବେଲେ ଯାଇ ଭୋକ କଥା ମନେ ପଡ଼ିଲା। ପାଖରେ ଯେତେ ଯାହା ପଇସା ଥିଲା ରାସ୍ତା କଡ଼ିଆ ଝୁମ୍ପୁଡ଼ି ରେଷ୍ଟୁରାଣ୍ଟବାଲାକୁ ସବୁତକ ଦେଇ, ଭାତ, ତରକାରି ଖାଇ, ଉଦର ଶାନ୍ତି କଲୁ। ତାପରେ କଟକରୁ ଗାଁ ଅଭିମୁଖେ ବଗେର ଟିକଟ ଟ୍ରେନ୍ ଧରିଲୁ। ପୁଣି ସେଇ ଟିଟିସିର ଚିନ୍ତା, କାଠକୁ ଉଚ୍ଚ ଖାଇଲା ଭଲି ମନକୁ ଖାଇବାରେ ଲାଗିଥାଏ। କେତେବେଲେ ଗାଡ଼ି ଗାଁ ଷ୍ଟେସନ ଧରିବ? ମନରେ କେବଲ ସେଇ ଚିନ୍ତା।

ଆମର ସୌଭାଗ୍ୟକୁ ସଂଧାରେ ଗାଁ ଷ୍ଟେସନରେ ବିନା ଅଘଟଣରେ ଗାଡ଼ି ଠିକ୍ ବେଲରେ ପହଞ୍ଚିଲା ଓ ଆମେ ଦୁଇଜଣ ନିରାପଦରେ ଓହ୍ଲେଇଲୁ। ସେତେବେଲକୁ ପ୍ରଧାନ ଶିକ୍ଷକ ରଘୁବର ସାରଙ୍କ ପ୍ରଚେଷ୍ଟରେ ଗାଁରେ ପରୀକ୍ଷା ଫଲ ମିଲି ସାରିଥିଲା ଓ ଘରେ ସମସ୍ତେ ଜାଣି ଯାଇଥିଲେ। ଘରେ ପହଞ୍ଚିବା ମାତ୍ରେ ବାପା ଓ ନନାଙ୍କ ଠାରୁ ଗାଲିର ବାଲ୍ଟି ପରିମାଣ ବର୍ଷା ମୋ ଉପରେ, ଯେଉଁଟାକି ସ୍ଵାଭାବିକ। ବାଧ୍ୟ ବାଲକ ସଦୃଶ ନିରବତାର ଚଦର ଘୋଡ଼େଇ ସେ ସବୁ ଗାଲିରୁ ନିଜକୁ ରକ୍ଷା କଲି। ଆଗରୁ ମୁଁ ଯାହା ସନ୍ଦେହ କରୁଥିଲି ଖୁସିର ବିଷୟ ମାତ୍ର ଆଡ଼କୁ କଥା ଆଉ ଗଲାନି।

ଏପରି ଅଜସ୍ର ଗାଳି ଶୁଣି ମାଆର ମୋ ପ୍ରତି ଦୟା ହେଲା। ଗାଳିର ସମାପ୍ତି ପରେ, ବାପା ଓ ନନାଙ୍କ ଆଢୁଆଲରେ, ସେ ମୋ ପାଖକୁ ଆସି ମୋ କାନ ପାଖରେ ଫୁସ୍ ଫୁସ୍ କରି କହିଲା, "ଫଳତ ବାହାରିଲେ ହାଟରେ ପଡ଼ି ଦାଣ୍ଡରେ ଗଡ଼ାଗଡ଼ି ହବ, ତୁ ବିନା ଟିକଟରେ କଟକ କାହାକୁ ନକହି ଏତେ ବାଟ ଚାଲିଗଲୁ କେମିତି ? ଯଦି ପୁଲିସ ନେଇ ହାଜତରେ ରଖିଦେଇଥାନ୍ତା। ଜୀବନରେ କେତେ କ'ଣ ଆସିବ, ବାପାରେ, ଏତେ ଅଧୈର୍ଯ୍ୟ ହେଲେ ହବ ?" ଏତକ କହି ମୋ ମୁଣ୍ଡ ଉପରେ ହାତ ବୁଲେଇ ଆଶୀଲା। ଭାବୁଥିଲି ସେ ଶିକ୍ଷକ ଜଣକ ମୋତେ କ'ଣ କହିଥିଲେ ସେ କଥା ତାକୁ କହିବି ବୋଲି, ହେଲେ ମୋ ଆଖିରୁ ବୁନ୍ଦା ବୁନ୍ଦା ଲୁହ ଅଚାନକ ଝରି ପଡ଼ିଲା ତା' ମୁହଁକୁ ଚାହିଁ। ଡବ ଡବ ଲୁହ ଭରା ଆଖିରେ ତା' ମୁହଁ ଖାଲି ମୋତେ ଝାପ୍‌ସା ଝାପ୍‌ସା ଦେଖାଗଲା, କୋହର ବଶବର୍ତ୍ତୀ ହୋଇ ମୋ ପାଟିରୁ ଭାଷା ବାହାରିଲାନି, ତେଣୁ ଆଉ କିଛି କହି ପାରିଲିନି।

ପଞ୍ଚରଥୀ ପ୍ରଥମ ଶ୍ରେଣୀରେ ଉତ୍ତୀର୍ଣ୍ଣ ହେଲେ। ଏତେ ଜଣ ବୋର୍ଡ ପରୀକ୍ଷାରେ ପ୍ରଥମ ଶ୍ରେଣୀ ପାଇବା ଆମ ଗାଁ ସ୍କୁଲରୁ ପ୍ରଥମ। ଅନେକେ ଦ୍ୱିତୀୟ ଶ୍ରେଣୀ ପାଇଲେ ଓ ଅନେକେ ତୃତୀୟ ଶ୍ରେଣୀରେ ଖାଲି ପାସ୍ କଲେ। ସେ ସନ ଆମ ସ୍କୁଲ, ନିକଟସ୍ଥ ନୀଳଗିରି, ଖଣ୍ଡାପଡ଼ା ଓ ରସାଲପୁର ଠାରୁ ବି ଭଲ ପରୀକ୍ଷା ଫଳ କରିଥିଲା।

ମାର୍କ ସିଟ୍ ସ୍କୁଲକୁ ଆସିବାର ଅପେକ୍ଷାରେ ଆମେ ଥାଉ। ସେଇ ଆଶାରେ ଦିନେ ଅପରାହ୍ନରେ ସ୍କୁଲ ଯାଇଥାଏ, ମାର୍କ ଆସି ନଥାଏ, ସେଇଠି କେତେ ଜଣ ସାରଙ୍କ ସହ ଦେଖା ହେଲା। ମୋତେ ଦେଖି ସମସ୍ତେ ଖୁସି ହେଲେ। ସେମାନଙ୍କୁ ଦେଖା କରି ଘରକୁ ଫେରୁ ଫେରୁ ସ୍କୁଲର ପୁରୁଣା ମାଟି ଘର ପାଖ ବରଗଛ ମୂଳେ ଏକୁଟିଆ ଦଣ୍ଡେ ବସିବାକୁ ଇଚ୍ଛା ହେଲା, ତେଣୁ ବସିଗଲି। ଉପରକୁ ଅନେଇ ଦେଖୁଥାଏ, ସେଇ ଚିହ୍ନା ବରଗଛ, ଯାହା ମୂଳରେ ଛାଇରେ ଆମେ ବସୁଥିଲୁ, ଖେଳ ଛୁଟି ହେଲେ ତା' ତଳେ ଖେଳୁଥିଲୁ। ସେଇ ପୁଷ୍କରିଣୀ। ପୁଷ୍କରିଣୀ ଭିତରେ କଇଁ। ଲମ୍ବା ଲମ୍ବା ଗୋଡ଼ ପକେଇ କେତୋଟି ପକ୍ଷୀ କଇଁ ପତ୍ର ଉପରେ ଚାଲି ଯାଉଥାନ୍ତି। ଗୋଟିଏ ଗୋଡ଼ରେ ଠିଆ ହେଇ ବଗଟିଏ ମାଛ ଆଶାରେ ପାଣିକୁ ଅନେଇ ଥାଏ। ଦୂର ବାଉଁଶ ବୁଦାରୁ ପକ୍ଷୀମାନଙ୍କର କିଚିରି ମିଚିରି ଶବ୍ଦ। ବର୍ଷାରୁ ଯୋଗୁଁ ଚତୁର୍ଦ୍ଦିଗ ସବୁଜିମାରେ ଭରପୂର। ପୂର୍ବ ପଟକୁ ଦିଗନ୍ତ ବିସ୍ତାରି ହରିତ ବର୍ଷର ଧାନ କ୍ଷେତ। ବରଗଛ ଚେର ଉପରେ ବସି ଭାବୁଥାଏ ଏହାରି ଭିତରେ ସ୍କୁଲ ସ୍ଥାପନା ହେବାର ଦଶ ବର୍ଷ ନଈରେ ପାଣି ବହିଲା ପରି ବହିଗଲାଣି। ଆଉ ତା' ସହିତ ହାଇସ୍କୁଲ ବେଳର କେତେ କେତେ ଖଟା ମିଠା କାହାଣୀ ସବୁ।

ସେତିକି ବେଳେ ଦୂରରେ ଦେଖିଲି ବନ୍ଧୁ ସାଧୁ ଚରଣ ସାଇକେଲ ଗଡ଼େଇ ଗଡ଼େଇ ସ୍କୁଲ ହତା ଭିତରକୁ ଆସିବାର। ଦୂରରୁ ଡାକ ପକେଇଲି, "ସାଧୁ, ସାଧୁ, ଏଠିକି ଆ।" ମୋତେ ଦେଖି ସାଇକେଲ ସ୍ଟାଣ୍ଡ ମାରିଦେଇ ଖୁସିହେଇ ସେ ମୋ ପାଖକୁ ଦୌଡ଼ି ଆସିଲା। "ଏଠି ଏକୁଟିଆ ବସିକି କିସ କରୁଚୁ ?" ସାଧୁ ହସ ହସ ମୁହଁରେ ପଚାରିଲା। ମୁଁ କହିଲି, "ଏମିତି, ମାର୍କ କାଲେ ଆସିଥିବ ବୁଝିବାକୁ ଚାଲି ଆସିଥିଲି। ମାର୍କଟ ଆସିନି। ଏଇଠି ଟିକିଏ ବସି ପଡ଼ିଛି, ଏଇଚାତ ଆମର ନିତିଦିନିଆ ଜାଗା ଥିଲା ନା।" ସାଧୁ ବି ସେଇ କଥା କହିଲା, "ମୁଁ ବି ସେଇ ମାର୍କ ପାଇଁ ଆସିଥିଲି, କାଲେ ଆସି ଯାଇଥିବ, ତାହେଲେ ମାର୍କ ସିଟ୍ ଆସିନି ବୋଲି ଅଫିସରୁ ତୁ ବୁଝିଲୁ ?" ମୁଁ "ହଁ" କହି ସମ୍ମତି ଜଣେଇଲି।

ଘାସଟିଏ ଉପାଡ଼ି ଛିଣ୍ଡଉ ଛିଣ୍ଡଉ ମୁଁ କହିଲି, "ସାଧୁ, ତୁ ଜାଣିଚୁ ନା ? ଏ ହାଇ ସ୍କୁଲର ସ୍ଥାପନା କଥା ? କିଏ କରିଥିଲା ? ମୁଁ ଯେତେବେଳେ ଦ୍ୱିତୀୟ ଶ୍ରେଣୀରେ ପଢ଼ୁଥିଲି ଏକ ଅପରାହ୍ନରେ ପ୍ରଧାନ ଶିକ୍ଷକ ହରିହର (ବେହେରା) ସାରଙ୍କ ସହିତ ଆମେ ତିନି ଜଣ, ମୁଁ, କ୍ଷୀର କକେଇ (କ୍ଷୀରୋଦ ଚନ୍ଦ୍ର ପାଣିଗ୍ରାହୀ) ଓ ଆମ ସାହିର କମଲା (ବେହେରା) ଏଇ ପୁଷ୍କରିଣୀ କୂଳ ଏଇ ବରଗଛ ମୂଳକୁ ଆସିଲୁ। ସାର୍ ଘରୁ ଥଲିରେ ଆଣିଥିଲେ ପାଚିଲା କଦଳୀ, ନଡ଼ିଆ, ଗେଣ୍ଡୁଫୁଲ, ଦୂବ, ବରକୋଲି ପତ୍ର ଓ ଛୋଟ କଦଳୀ ପୁଆ। ସେ ବାହାର କରି ଆମ ହାତକୁ ବଢ଼େଇ ଦେଲେ। କମଲା କୋଦାଲରେ ମାଟିରେ ହାତେ ପରିମାଣ ଗାତ ଖୋଲିଲା। ସାରଙ୍କ ନିର୍ଦ୍ଦେଶନାରେ ମୁଁ ଓ କ୍ଷୀର କକେଇ ଦୁଇ ଜଣ ଗାତରେ କଦଳୀ ଗଛ ପୋତିଲୁ। ସାର୍ ଯାହା ଯାହା ଆମକୁ ବତଉଥାନ୍ତି ଆମେ ତାହା କରୁଥାଉ। କଦଳୀ ଗଛ ଆଗରେ ଫୁଲ, ବରକୋଲି ପତ୍ର ଥୋଇ କଦଳୀ ଭୋଗ ଲଗେଇଲୁ। ଶେଷକୁ ଶୁଖିଲା ଭୁଇଁରେ ନଡ଼ିଆ ଫଟେଇ, ଆଣ୍ଠୁ ଭାଙ୍ଗି ତା' ଆଗରେ ଲମ୍ବତମ୍ୟ ହୋଇ ମୁଣ୍ଡିଆଟିଏ ମାରିଲୁ। ସେ ଯାଏଁ ଯେ କ'ଣ ହେଉଥିଲା ତାହା ଆମ କ୍ଷୁଦ୍ର ମସ୍ତିଷ୍କର ବାହାରେ ଥିଲା। କାର୍ଯ୍ୟ ସମାପ୍ତି ପରେ ଆମେ ସାରଙ୍କୁ ପ୍ରଶ୍ନ କଲୁ, "ସାର, ଏଠାରେ କିସ ହବ କି ?" ସାର କହିଲେ "ଏଠାରେ ପରା ଆମ ଗାଁର ନୂଆ ହାଇସ୍କୁଲ ବସିବ। ଆଜି ଭୂମି ପୂଜା ହେଲା କାଲି ଠାରୁ ନିଆଁ ଖୋଲା ହୋଇ ସ୍କୁଲ ଘର ତିଆରି କାମ ଆରମ୍ଭ ହେବ। କେତେ କେତେ ଆଖ ପାଖ ଗାଁରୁ ପିଲା ଆସି ପଢ଼ିବେ, ତମେ ମାନେ ବଡ଼ ହେଲେ ପଢ଼ିବ, ବଡ଼ ମଣିଷ ହବ, ଘର, ବାପ, ମାଆ ଓ ଗାଁର ନାଁ ରଖିବ, ମୁଁ ତ ସେତେବେଲେକୁ ଆଉ ନଥିବି ଦେଖିବାକୁ।" ସାର୍ ଥିଲେ ଆମ ଗାଁରେ ହାଇସ୍କୁଲ ସ୍ଥାପନା କରିବାର ଜଣେ ଉଦ୍ୟୋକ୍ତା। ନା ଥିଲେ ମନ୍ତ୍ରୀ ନା ଥିଲା ଜନ ସମାବେଶ, ନା ଖବର କାଗଜରେ ଏ

ଖବର କୁଆଡେ଼ ପ୍ରକାଶିତ ହେଲା, ନା ରେଡିଓରେ ପ୍ରଚାର ହେଲା। ଏଇମିତି ନିରାଡ଼ମ୍ବର ପୂର୍ବକ ସମସ୍ତଙ୍କ ଅଗୋଚରରେ ଏଇ ଆମ ଗାଁ ହାଇସ୍କୁଲର ମୂଳଦୁଆ ସ୍ଥାପନ ହେଇଥିଲା।

ତାହା ଥିଲା ୧୯୬୨ ମସିହାର କଥା। ସେଉଠୁ ପାଖରୁ ଶିକ୍ଷାନୁରାଗୀ ବଦାନ୍ୟ ବ୍ୟକ୍ତିଙ୍କର ସହାୟତାରେ ଯେନତେନ ପ୍ରକାରେଣ ଗ୍ରାମର ହାଇସ୍କୁଲଟିଏ ହେବାର ସ୍ୱପ୍ନ ସଫଳ ହେଲା। ତୁ ତ ଜାଣିଚୁ, ଏ ସ୍କୁଲ ଥିଲା ଏ ଅଞ୍ଚଳର ପ୍ରଥମ ହାଇସ୍କୁଲ୍। ସେଥିପାଇଁ ଆମ ଘର ସମେତ ଗ୍ରାମର ଅନେକ ବ୍ୟକ୍ତି ଜମି, ଶ୍ରମ ଓ ଅର୍ଥ ଦାନ କରିଥିଲେ। ଏଇ ନୂଆ ଗଢ଼ିଆ କୂଳ ବଟବୃକ୍ଷ ମୂଳେ ବାଡ଼ ଛଟା ମାଟି କାନ୍ଥ ଓ ନଡ଼ା ଛପରରେ ପାଞ୍ଚ ବଖରା ବିଶିଷ୍ଟ ଲମ୍ବା ସ୍କୁଲ ଘରଟିଏ ପ୍ରଥମେ ଛିଡ଼ା ହେଲା। ପ୍ରଥମେ ପ୍ରଥମେ ଅନେକ ବର୍ଷ ଧରି ସ୍କୁଲର ଆର୍ଥିକ ପରିସ୍ଥିତି ଜମାରୁ ସ୍ୱଚ୍ଛଳ ନଥିବାରୁ ବିଭିନ୍ନ ଝଡ଼ ଝଞ୍ଜା ଦେଇ ଅତିକ୍ରମ କରିବାକୁ ପଡୁଥିଲା। ନୂଆ ନୂଆ ସ୍କୁଲ ହୋଇଥିବାରୁ ଅନେକେ ଛାତ୍ର ଯାଡୁ ସ୍ୟାଡୁ ଫେଲ ଫାଲ ହେଇ ଆସି ଯୋଗ ଦେଇଥିଲେ। କିଛି ବର୍ଷ ଧରି ଏଇମିତି ଚାଲିଥିଲା। ୧୯୬୭ ମସିହା ପାଖରୁ ସ୍କୁଲ ଟିକିଏ ସ୍ୱଚ୍ଛଳ ଅବସ୍ଥାକୁ ଆସିଲା ଯେବେ ଠୁଁ ଆମ ରଘୁବର (ଦାଶ) ସାର୍ ପ୍ରଧାନ ଶିକ୍ଷକ ହିସାବରେ ନିଯୁକ୍ତି ପାଇଲେ। ତୁ ତ ତାହା ଜାଣିଚୁ, ତମେ ମାନେ ସେତେବେଳକୁ ଏ ଗାଁକୁ ଆସି ଗଲଣି।"

ସାଧୁ ମୋତେ କାବା ହେଇ ଚାହିଁ ଏ ସବୁ ଶୁଣୁଥାଏ। ଶୁଣିଲା ପରେ କହିଲା, "ଆଚ୍ଛା, ଆରେ ଏତେ କଥା ତ ତୁ କେବେ ହେଲେ ଆମକୁ କହିନୁ, ମୁଁ ଏ କଥା ଜମାରୁ ଜାଣିନଥିଲି, ଅତି ଭଲ କଥା, ଯାହା ହେଉ ଆଜି ସ୍କୁଲ ଛାଡ଼ିବା ବେଳରେ ତୋ ପାଖରୁ ଶୁଣିବାକୁ ପାଇଲି, ତୁ କଦଳୀ ଗଛ ପୋତି ଏ ସ୍କୁଲର ମୂଳଦୁଆ ପକେଇଥିଲୁ ବୋଲି।"

କଥାର ମୋଡ଼ ବଦଲେଇ ସେ ପଚାରିଲା, "ଆଉ କିସ କହ? କେତେ ନମ୍ବର ଆଶା କରୁଚୁ?" ମୁଁ କହିଲି, "ଭାଇ, ମୁଁ କିଛି ଆଶା କରୁନି, ଫାର୍ଷ୍ଟ ଡିଭିଜନଟିଏ ହେଇ ଯାଇଛି ସେଇ ଢେର। ଯେତେ ମାର୍କ ରହିବ ରହୁ।" ମୋ କଥା ଶୁଣି ସାଧୁ କହିଲା, "ମୋର ବି ସେଇ କଥା, ଦେଖା ଯାଉ କ'ଣ ହେଉଚି।" ୟା ପରେ ସେ ପଚାରିଲା, "ତୁ ବେଟିକିଟିଆ କଟକ କେମିତି ଚାଲିଗଲୁ କହିଲୁ, ବେ ତୋତେ ଡର ମାଡ଼ିଲାନି?" ୟା ଭିତରେ ସେ ମୋର କଟକ ଯିବା କଥା ଜାଣିଯାଇ ଥାଏ। ତାହା ଶୁଣି ମୁଁ କହିଲି, "କହନା ଆଉ ସେଇ କଥା। ଘରେ ମୋ ଉପରେ ସମସ୍ତେ ଖସ୍ସା, ବାପା ନନାଙ୍କ ଠାରୁ ଭୀଷଣ ଗାଳି। ଆଉ ମନେ ପକାନା ଭାଇ ସେ କଥା।" କାହିଁକି

ମୁଁ କଟକ ପଳେଇଲି ସେ କଥା ଆଉ ତାକୁ କହିଲିନି । ମୋ କଥା ଶୁଣି ସାଧୁ କହିଲା,
"ହଉ ଛାଡ୍ ସେ କଥା ।"

ଏତକ କହି ସେ ଯିବାକୁ ଉଦ୍ୟତ ହେବାରୁ ମୁଁ ତାକୁ ଅଟକେଇ କହିଲି,
"ଆରେ ଆଉ ଟିକିଏ ବସ୍, ଅତି କମ୍‌ରେ ଏବେ ଟିକିଏ ନିଶ୍ଚିନ୍ତରେ ତ ଗପି ପାରିବା ।
ଏତେ ଦିନ ପରେ ସମୟ ମିଳିଛି ।" ସେ କହିଲା, "ନାହିଁ ଭାଇ, ରହି ଥାଆନ୍ତି ଯେ
ହେଲେ ଯାହା ପାଖରୁ ସାଇକେଲଟା ମାଗି ଆଣିଛି, ମୁଁ ଗଲେ ଯାଇ ସେ ବାଲେଶ୍ୱର
ଯିବ, କାଲି ମୁଁ ପୁଣି ଆସିବି, ଆସିଲେ ଦେଖାହବ ।" ଏତକ କହି ସେ ସାଇକେଲ
ଗଡ଼େଇ ଗଡ଼େଇ ଚାଲିବାକୁ ଆରମ୍ଭ କଲା ।

ତା ଯିବା ବାଟକୁ ଅନେଇ ଭାବୁଥିଲି, ଏଇ ସାଧୁ ଚରଣ, ଷଷ୍ଠ ଶ୍ରେଣୀରୁ ମୋ
ସହିତ ପଢ଼ି ଆସିଛି । ସୁନ୍ଦର ଗୋଲ ଗୋଲ ଅକ୍ଷର, ସଂସ୍କୃତରେ ପାଣ୍ଡିତ୍ୟ, ଗଣିତରେ
ପ୍ରବୀଣ, ଇଂରାଜୀ ଶଢ, ଫ୍ରେଜ ଅନେକ ତାକୁ ଜଣା, ଭଲ ଚିତ୍ରକରେ । ଆର୍ଥିକ
ପରିସ୍ଥିତି ତା'ର ସ୍ୱଚ୍ଛଳ ନଥିଲା । ଅତ୍ୟନ୍ତ ସରଳ, ଦୟାଳୁ, ନିରୀହ ଏବଂ ପରୋପକାରୀ
ମଣିଷଟିଏ । ହାଇସ୍କୁଲରେ ପଢ଼ିଲା ବେଳେ ଟ୍ୟୁସନ୍ କରି, ଦରମା ପଇସା ମାଗି
ପଢ଼ିଛି । ଆମେ ଦୁଇ ଜଣ ସାଙ୍ଗ ହେଇ ବହୁତ ପଢ଼ିଚୁ । ଏବେ ମୋ ସହିତ ମ୍ୟାଟ୍ରିକରେ
ପ୍ରଥମ ଶ୍ରେଣୀ ପାଇଲା । ଆମେ ପାଞ୍ଚଜଣ ମୁଁ, ସୁନୀଲ, ନିଶାମଣି, ସାଧୁ ଓ ପ୍ରକାଶ
ବହୁତ ସାଙ୍ଗ ହେଇ ମାଇନର ସ୍କୁଲରୁ ଆସିଥିଲୁ । ଆମ ନିଜ ନିଜ ଭିତରେ ପ୍ରତିଦ୍ୱନ୍ଦିତା
ଥିଲେ ବି ଆମ ଭିତରେ ଘନିଷ୍ଟତା ଥିଲା । କିଏ କେତେବେଳେ କେଉଁ ବିଷୟରେ
ଅଧିକ ନମ୍ବର ରଖିବ ତାହା କହିବା କଠିନ । ହେଲେ ଅନେକ ସମୟରେ ସୁନୀଲ
କିମ୍ବା ନିଶା ଅଧିକ ନମ୍ବର ରଖୁଥିଲେ । ନିଶାମଣି ଅତ୍ୟନ୍ତ ମେଧାବୀ ଏବଂ ବୁଦ୍ଧିମତୀ ।
ଗଣିତରେ ଧୁରନ୍ଧରା । ପାଠ ଛଡ଼ା ତାଙ୍କର କେଉଁଥିରେ ନଜର ନଥିଲା । ସୁନୀଲ ଗଣିତ
ଓ ସାଧାରଣଜ୍ଞାନରେ ଧୁରନ୍ଧର । ଭୀଷଣ ତୁରୁତୁରିଆ । ବହୁତ ଜଲଦି କଥା କହେ
ଏବଂ ହସ୍ତାକ୍ଷର ଭାରି କଦର୍ଯ୍ୟ । ଅକ୍ଷର ଭଲଥିଲେ ସେ ପରୀକ୍ଷାରେ ଆହୁରି ଦଶ
ନମ୍ବର ଅଧିକ ରଖନ୍ତା । ପ୍ରକାଶ ଫୁଟବଲ ଖେଳିବା ବାଲା, ସବୁ ବିଷୟରେ ସମାନ
ପ୍ରକାରର, ମେଲାପୀ ।

ଯେତେବେଳେ ଆମେ ଦାଶରଥୀ ମିଡିଲ ସ୍କୁଲରୁ ସପ୍ତମ ଶ୍ରେଣୀ ପାସ କରି
ହାଇସ୍କୁଲକୁ ଆସିଲୁ ସେତେବେଳେ ରଘୁବର (ଦାଶ) ସାର୍ ବର୍ଷେ ହେଲା ପ୍ରଧାନ
ଶିକ୍ଷକ ହିସାବରେ ଯୋଗ ଦେଇଥାନ୍ତି । ଶଶୀ (ଶେଖର ଦାସ) ସାର୍ ଓ ପଣ୍ଡିତ
ସାର୍(ମହେଶ୍ୱର କର) ଆମ ଆଗରୁ ଆସି ସାରି ଥିଲେ । ଗଦାଧର ଆଚାର୍ଯ୍ୟ ଉପ ପ୍ରଧାନ
ଶିକ୍ଷକ ହିସାବରେ ପରେ ଆସିଲେ । ଅନ୍ୟାନ୍ୟ ଶିକ୍ଷକ ମାନଙ୍କ ମଧ୍ୟରେ ଆସିଲେ ବୃନ୍ଦାବନ

ପୁହାଣ (ଗଣିତ), କରୁଣାକର ମହାନ୍ତି (ଇଂରାଜୀ) ଓ ଭାଗୀରଥି ଦାଶ (ହିନ୍ଦୀ)। ଆଉ କେତେକ ଶିକ୍ଷକ ଆସି ଉତ୍ତମ କର୍ମ ସଂସ୍ଥାନରେ ନିଯୁକ୍ତି ପାଇ ସ୍କୁଲ ଛାଡ଼ି ଚାଲିଗଲେ। ସେମାନଙ୍କ ଭିତରୁ ନାଗମଣି ସାମନ୍ତ, କୃଷ୍ଣ ଗୋପାଳ ଦାସ ଓ ମୁକ୍ତିକାନ୍ତ ଦାସଙ୍କ ନାମ ଅବିସ୍ମରଣୀୟ। ଅଭିମନ୍ୟୁ ଆଚାର୍ଯ୍ୟ ସାର୍ କିରାଣି ହେଲେ ବି ଉତ୍ତମ ଛାତ୍ର ଥିବାରୁ ସେ ଆମକୁ ଗଣିତ ଇଚ୍ଛାଧୀନ ପଢ଼େଇଲେ। ଦାମ ଓ ନକୁଳ, ସ୍କୁଲରେ ପିଅନ।

ଆମମାନଙ୍କର ବେଶଭୂଷା ବି ଅତ୍ୟନ୍ତ ନିରାଡ଼ମ୍ବର ଥିଲା। ମନେ ପକେଇଲି ମୋର ଅଷ୍ଟମ ଶ୍ରେଣୀରେ ରଙ୍ଗଛଡ଼ା ସେଇ ହଳଦିଆ ଜାମା କଥା, ଆଉ ନନାଙ୍କ ପାଖରୁ ମାଡ଼ ଖାଇବା କଥା। ମୁଁ ହାଫ୍ ପ୍ୟାଣ୍ଟ ଖଣ୍ଡିଏ ଓ ଜାମାଟିଏ ପିନ୍ଧି ଫୁଙ୍ଗୁଲା ପାଦରେ ହାତରେ ବସ୍ତାନି ଧରି ସ୍କୁଲକୁ ଆସୁଥିଲି। ପ୍ରାୟ ସମସ୍ତଙ୍କର ତଦ୍ରୂପ ଅବସ୍ଥା। ଅନେକ ଝିଅ ପୁଅ ନିକଟବର୍ତ୍ତୀ ଗ୍ରାମମାନଙ୍କରୁ ଧାନ ବିଲ, ପଦା, ହିଡ଼, ନଈ, ନାଳ ଅତିକ୍ରମ କରି ନଗ୍ନ ପାଦରେ ଖରା ବର୍ଷା ନମାନି ପ୍ରତିଦିନ ସ୍କୁଲକୁ ଦୁଇ ତିନି କିଲୋମିଟର ରାସ୍ତା ଚାଲି ଚାଲି ଆସୁଥିଲେ ଓ ପୁଣି ସେତିକି ବାଟ ଫେରୁଥିଲେ। କେତେ ପିଲାଙ୍କର ପ୍ରତିଦିନ ଖାଇବାକୁ ମଧ୍ୟ ଦୁଇ ଓଳି ନଥିଲା। ଦିନ ମଜୁରିଆ ହିସାବରେ ଖଟି କେତେ ବାପା ମାଆ ପିଲାମାନଙ୍କୁ ଉଜ୍ଜ୍ୱଳ ଭବିଷ୍ୟତର ସ୍ୱପ୍ନ ଦେଖି ସ୍କୁଲକୁ ପାଠ ପଢ଼ିବାକୁ ପଠାଉଥିଲେ।

ସ୍କୁଲ ଘରକୁ ଚାହିଁ ମନେ ପକେଇଲି ସ୍କୁଲ ଘର ଏପରି ପକ୍କା ହେଇ ନଥିଲା। ଏଇ ବରଗଛକୁ ଲାଗି ପ୍ରଥମ ମାଟିର ବାଡ଼ଛଟା କାନ୍ଥ ଓ ନଡ଼ା ଛପର। ବେଳେ ବେଳେ ଛପରରୁ ବର୍ଷା ପାଣି ଗଳି ପଡ଼ୁଥିଲା, ଫଳରେ କ୍ଲାସ୍ ଛୁଟି ବି ହୋଇଯାଉଥିଲା। ସ୍କୁଲର ଆର୍ଥିକ ପରିସ୍ଥିତି ଜମାରୁ ଭଲ ନଥିଲା। ବିଜ୍ଞାନାଗାର ବୋଲି କିଛି ନଥିଲା। ତେଣୁ ବିଜ୍ଞାନରେ ପରୀକ୍ଷା ନିରୀକ୍ଷା କରିବା ଅତ୍ୟନ୍ତ ଦୁରୂହ ବ୍ୟାପାର, ସ୍ୱପ୍ନ କହିଲେ ଚଲେ। ଏକାଦଶ ଶ୍ରେଣୀ ବେଳକୁ ନରକଙ୍କାଳଟିଏ କିଛି ଅର୍ଥ ବିନିମୟରେ କିଣା ହୋଇ ଆସିଲା ଯାହାକି ଅଫିସ ରୁମରେ ପ୍ରଦର୍ଶନୀ ବସ୍ତୁ ସଦୃଶ ଥୁଆ ହେଲା। ଫୁଟବଲ ଖେଳାଳି ମାନଙ୍କ ପାଇଁ ନା ଥିଲା ଗୋଟିଏ ରଙ୍ଗର ପୋଷାକ ନା ପାଦରେ ଚମଡ଼ା ବୁଟ୍। ଖାଲି ପାଦରେ ଦୌଡ଼ାଦୌଡ଼ି କରି ପିଲାମାନେ ଖେଳୁଥିଲେ। ଥରେ ଖଣ୍ଟାପଡ଼ା ହାଇସ୍କୁଲ ସହିତ ଆମ ସ୍କୁଲର ମ୍ୟାଚ୍ ହେଲା। ଖଣ୍ଟାପଡ଼ା ହାଇସ୍କୁଲ ପିଲାମାନେ ବୀର ଦର୍ପରେ ପାଦରେ ପେଗ ଥିବା ଚମଡ଼ା ଜୋତା ପିନ୍ଧି ଖେଳିଲେ। ଆଉ ସେମାନଙ୍କୁ ସାମନା କଲେ ଆମ ପିଲାମାନେ ନଗ୍ନ ପାଦରେ। ଗୋଲ ତ ଖାଇଲେ ଖାଇଲେ, ବୁଟ୍ର ଲୁହା ପେଗ ବାଜି ଖଣ୍ଡିଆ ଖାବରା ଲହୁଲୁହାଣ ବି ହେଲେ। ତା'ପରେ ଯାଇ ଆମ ସ୍କୁଲର ଖେଳାଳିଙ୍କ ପାଇଁ ଜର୍ସି ଓ ଚମଡ଼ା ବୁଟ କିଣା ହେଲା। ଦଶମ ଶ୍ରେଣୀ

ବେଲକୁ ଯାଇ ସିମେଣ୍ଟ ଓ ଇଟାରେ ଏଇ ଏବେର ପକ୍କା ଘର ଓ ସ୍ଥାୟୀ ଛପର ଘରର ଯୋଜନା ହେଲା । ପ୍ରଥମେ ଦୁଇଟି କୋଠରି ଓ ପରେ ପରେ ଅନ୍ୟାନ୍ୟ କୋଠରିମାନ । ପ୍ରତି ସପ୍ତାହ ଶନିବାର ସକାଳେ ଏବଂ ଅନ୍ୟ ବାର ମାନଙ୍କରେ ଛୁଟି ପରେ ଘର ତିଆରି ପାଇଁ ଇଟା ଆମେ ଛାତ୍ର ଛାତ୍ରୀ ମାନେ ବୋହିଲୁ । ଜାମା ଖୋଲି, କାନ୍ଧ ଉପରେ ଜାମା ଥୋଇ, ରାମଚନ୍ଦ୍ରଙ୍କ ସେତୁ ବନ୍ଧ ମାଙ୍କଡ଼ ମାନେ ବାନ୍ଧିଲା ଭଳି ଆମେ ଇଟା ବୋହି ସ୍କୁଲ ଘର ଗଢ଼ିଲୁ । ଏବେ ଏଇ ଯେଉଁ ସମ୍ପୂର୍ଣ୍ଣ ପକ୍କା ଘର ଗୁଡ଼ିକ ମୋ ସାମନାରେ ଦେଖାଯାଉଛି ।

ସନ୍ଧ୍ୟା ହେଇ ଆସୁଥାଏ, ସେଦିନ ସ୍କୁଲ ହତା ପାଖରେ ବସି ଅତୀତର ରୋମନ୍ଥନ କରି ମୁଁ ଘରକୁ ଫେରି ଆସିଲି । ତହିଁ ପର ଦିନ ବହୁ ଅପେକ୍ଷିତ ମାର୍କ ସିଟ ସ୍କୁଲରେ ପହଞ୍ଚିବାର ଖବର ପାଇଲି । ଅବିଳମ୍ବେ କିରାଣି ଅଭିମନ୍ୟୁ ଆଚାର୍ଯ୍ୟ ବାବୁଙ୍କ ପାଖକୁ ଦୌଡ଼ିଲି ଦେଖିବାକୁ । ମାର୍କ ସିଟ ଦେଖି ସମସ୍ତ ଅବଗତ ହେଲି । ବାଧ୍ୟତା ମୂଳକ ଗଣିତରେ ୯୨ ରେ ଉତ୍ତର ଦେଇ ୮୭ ପାଇଛି । ମୋର ଚପଳତା ଦୃଷ୍ଟିରୁ ମୁଁ ଖଣ୍ଡିଏ ସହଜ ଅଙ୍କ ରେସିଓ ଓ ପ୍ରପରସନରୁ, ନଦେଖି ଛାଡ଼ି ଦେଇ ପଳାଇ ଆସିଥିଲି । ମୋ ଗଣିତ ଶିକ୍ଷକ ବୃନ୍ଦାବନ ପ୍ରହାଣ ସାର୍ ଯିଏ କି ମୋତେ ପଢ଼ାରେ ଏତେ ସାହାଯ୍ୟ କରିଥିଲେ, ବାଧ୍ୟତା ମୂଳକ ଗଣିତ ପ୍ରଶ୍ନ ଦେଖି ଭାବିଥିଲେ ମୁଁ ଶହେ ରଖିବି ବୋଲି, ଶହେ ରଖିବା କିଛି ଅସମ୍ଭବ ବି ନଥିଲା । ଇଚ୍ଛାଧୀନ ଗଣିତରେ ୮୯ । ସେ ପାଇଁ ଗଣିତ ଶିକ୍ଷକ ମୋର ଚିର ନମସ୍ୟ । ନବମ ଶ୍ରେଣୀରେ ମୁଁ ଇଚ୍ଛାଧୀନ ଗଣିତ ନେବି କି ନ ନେବି ସେ ନେଇ ଅନେକ ତର୍କ ବିତର୍କ ଚାଲିଥିଲା । ଶେଷକୁ ମୁଁ ଗଣିତ ଇଚ୍ଛାଧୀନ ପତ୍ର ନେଇଥିଲି । ମୋର ବଡ଼ଭାଇ ପଦୁନନା ଏହି ନିଷ୍ପତ୍ତି ନେବାରେ ମୋତେ ସାହାଯ୍ୟ କରିଥିଲେ, ଯାହାକି ମୋର ଜୀବନର ଗତିପଥ ବଦଲେଇ ଦେଲା । ସେ ପାଇଁ ତାଙ୍କ ଠାରେ ମୁଁ ଚିର ରଣୀ । ସଂସ୍କୃତରେ ନବମ ଶ୍ରେଣୀରେ ୨୮ ନମ୍ବର ରଖିଥିଲି, ମାଟ୍ରିକ୍ୟୁଲେସନରେ ୮୦ ନମ୍ବର ରଖିଲି । ପଣ୍ଡିତ ସାର୍ ମୋର ଚିର ନମସ୍ୟ ।

ଯେଉଁ ସାର୍ ଫଳ ବାହାରିବା ବେଳେ କଟୁ ମନ୍ତବ୍ୟଟିଏ ଦେଇଥିଲେ, ଯାହାଙ୍କ ପାଇଁ ମୋତେ କଟକ ଯିବାକୁ ପଡ଼ିଲା, ମୋ ସହିତ ତାଙ୍କର ବି ଦେଖା ହେଲା, ସେ ମୋ ଫଳ ଜାଣିଲେ, ମନରେ କ'ଣ ଭାବିଥିବେ କେଜାଣି, ସାମନାରେ କିଛି ଆଉ କହିଲେନି । ଶିକ୍ଷକ ହିସାବରେ ସିଏ ବି ମୋର ନମସ୍ୟ । ବିନା ଟିକଟରେ କଟକ ଯାତ୍ରା ଜୀବନରେ ପ୍ରଥମ ଓ ଶେଷ ହେଲେବି ଯେତେବେଳେ ମନେ ପଡ଼ିଯାଏ ମୋ ଛାତିଟା ଧକ୍ ଧକ୍ ହେଇଯାଏ ।

ନିଜ ଭାଗ୍ୟଡୋରି ନିଜ ହସ୍ତେ

"ଆଉ, କେଉଁଠି ପଢ଼ୁଛ ? ଫକୀର ମୋହନରେ, ନା ରେଭେନ୍ସାରେ ? କ'ଣ ପଢ଼ୁଛ ? ବିଜ୍ଞାନ ପଢ଼ୁଥିବ ନିଶ୍ଚୟ।"

ଗାଁ ରେଲଗାଡ଼ି ଷ୍ଟେସନ ପ୍ଲାଟଫର୍ମରେ ଗାଡ଼ି କମ୍ପାର୍ଟମେଣ୍ଟ ଭିତରକୁ ପଶୁ ପଶୁ ଗ୍ରାମବାସୀଙ୍କ ଭିତରୁ କେହି ଜଣେ ମୋତେ ଦେଖି ଏ ପ୍ରଶ୍ନ କଲେ। ଏ ସବୁ ଶୁଣି ମନରେ ଗର୍ବ ଆସୁଥାଏ। ହେଲେ ମନେ ମନେ ଭାବୁଥାଏ ରେଭେନ୍ସାରେ ପଢ଼ିବା କଥାଟା ପୁଣି ଆସିଲା କେଉଁଠୁ? ଆମ ଘରର ଯେଉଁ ଆର୍ଥିକ ପରିସ୍ଥିତି ଏହା ସତରେ କ'ଣ ସମ୍ଭବ ? ଖାଲି ଶୁଣି ଯାଇ ମନେ ମନେ ଆନନ୍ଦ ଅନୁଭବ କରିବା କଥା। ନମ୍ରତାର ସହିତ କହିଲି, "ହଁ ବିଜ୍ଞାନ ପଢ଼ିବି, ଏଇ ଆମ ବାଲେଶ୍ୱର ଫକୀର ମୋହନ କଲେଜରେ।" ତାପରେ ଆମେ ସମସ୍ତେ ଗାଡ଼ି ଭିତରକୁ ପଶି ଗଲୁ ଓ ଭଦ୍ର ବ୍ୟକ୍ତି ଜଣକ ଅନ୍ୟ ଚିହ୍ନା ଲୋକଙ୍କ ସହିତ ଗପିବାରେ ମଜ୍ଜି ଗଲେ।

ନୀଳଗିରି ରୋଡ଼ ରେଲ ଷ୍ଟେସନଟି ଆମ ଗାଁ ବରୁଣସିଂ ଓ ନିକଟସ୍ଥ ପାତରା ଗାଁର ମଝ। ମଝି। କଚେରିରେ କାମ କରୁଥିବା ଲୋକେ ସକାଳ ଗାଡ଼ିରେ ବାଲେଶ୍ୱର ଯାଆନ୍ତି। ମୋର ଫକୀର ମୋହନ କଲେଜରେ କାମ ଥିବାରୁ ମୁଁ ସେଦିନ ସକାଳ ଗାଡ଼ି ଧରିଥାଏ। ଦେହରେ କଲେଜକୁ ପ୍ରଥମ କରି ଯିବା ପାଇଁ ତିଆରି ହୋଇଥିବା ନୂଆ ଫୁଲ୍ ପ୍ୟାଣ୍ଟ ଓ ଜାମା। ପାଦରେ ହଲେ ନେଲିଆ ରଙ୍ଗର ହାୱାଇ ବାଟା ଚପଲ। ମୁଖ ମଣ୍ଡଳରେ ନୂଆ ନୂଆ ଗଜରୁ ଥିବା ଶ୍ମଶ୍ରୁ ଏବଂ କ୍ଷୁଦ୍ର ଉଇ ହୁକା। ସଦୃଶ ବ୍ରଣ ମାନଙ୍କର ରାଜୁଟି। ମୋ ସହିତ ଆଉ କେତେ ଜଣ କଚେରିଆ ଆମ ଗାଁରୁ ବାଲେଶ୍ୱର ଯିବାପାଇଁ ଗାଡ଼ିରେ ଚଢ଼ିଥାନ୍ତି। ଗାଡ଼ି ଯଦିଓ ଭିଡ଼ ନ ଥିଲା କେବଳ ଗୋଟିଏ ଷ୍ଟେସନ ଯିବାକୁ ଥିବାରୁ ମୁଁ ବସିବାର ପ୍ରୟାସ କରି ନଥିଲି। ହାତରେ କନା ଥଲିଟିଏ ଯାହା ଭିତରେ ଫକୀର ମୋହନ କଲେଜରେ ପଢ଼ିବା ପାଇଁ ପୂରଣ ସରିଥିବା ଫର୍ମ ଖଣ୍ଡିକ।

ଥାନା ପାଖ ଜେମିନି ଷ୍ଟୁଡିଓରୁ ନୂଆ କରି ତୋଲା ହୋଇଥିବା ବ୍ଲାକ ଏଣ୍ଡ ହ୍ୱାଇଟ ପାସ୍‌ପୋର୍ଟ ସାଇଜର ଫଟୋ ସେଥିରେ ଲଗା ହେଇଥାଏ। ଷ୍ଟେସନରେ ଅପେକ୍ଷା କରିବା ଭିତରେ ଅନେକ ଥର ସେ ଫଟୋ ଖଣ୍ଡିକୁ ଖୋଲି ଦେଖା ସରିଲାଣି। ନିକଟ ଅତୀତରେ ମ୍ୟାଟ୍ରିକ ପରୀକ୍ଷା ଫଳ ଘୋଷିତ ହୋଇଥାଏ। ଆମ ଗାଁ ନୀଳଗିରି ରୋଡ଼ ହାଇସ୍କୁଲରୁ ମୋ ସମେତ ସର୍ବମୋଟ ପାଞ୍ଚ ଜଣ ପ୍ରଥମ ଶ୍ରେଣୀରେ ଉତ୍ତୀର୍ଣ୍ଣ ହୋଇଥାଉଁ। ସେଥିପାଇଁ ଆମ ବୀରତ୍ୱର କାହାଣୀ ବଜାର, ହାଟ, ଘାଟରେ ସଦ୍ୟ ଆଲୋଚନା ସରିଥାଏ। ସ୍କୁଲ ଶିକ୍ଷକ ଓ ପରିଚାଳନା କମିଟି ସଭ୍ୟମାନେ ସେଥିପାଇଁ ଗର୍ବିତ, ତାହାର କାରଣ ସେ ପର୍ଯ୍ୟନ୍ତ ଏତେ ଜଣ ଛାତ୍ର ଆମ ସ୍କୁଲରୁ ପ୍ରଥମ ଶ୍ରେଣୀରେ କୌଣସି ବର୍ଷ ଉତ୍ତୀର୍ଣ୍ଣ ହୋଇ ନଥିଲେ।

ବାଲେଶ୍ୱର ଷ୍ଟେସନରେ ଓହ୍ଲାଇ ଚାଲି ଚାଲି ଫକୀର ମୋହନ କଲେଜର ହତା ଭିତରେ ପଶିଲି। କଲେଜ ଅଫିସରେ ଆଡ଼ମିଶନ୍ ପାଇଁ ଉଦ୍ଦିଷ୍ଟ କେତୋଟି ଛିଦ୍ର ଯୁକ୍ତ ମୁଢ଼ି ଟିଣ ଭିତରୁ ଗୋଟିକରେ ଫର୍ମଟିକୁ ଯତ୍ନ ସହକାରେ ପକାଇଲି। ଇଣ୍ଟିମେସନ ଆସିବା ଅପେକ୍ଷାରେ ରହିଲି। ବାୟୋଲଜି ନେଇ ଆଇଏସ୍‌ସି ପଢ଼ିବାର ମୋର ଇଚ୍ଛା। ଘରକୁ ପୁଣି ସାଢ଼େ ଦଶଟା ଗାଡ଼ିରେ ଫେରିବା ବେଳେ ସହପାଠୀ ସୁନୀଲ ଶତପଥୀ ସହ ଷ୍ଟେସନରେ ଦେଖାହେଲା। ସେ ମଧ୍ୟ ପ୍ରଥମ ଶ୍ରେଣୀରେ ମୋ ସହିତ ଉତ୍ତୀର୍ଣ୍ଣ ହୋଇ କଲେଜରେ ଫର୍ମ ଦାଖଲ କରିବା ପାଇଁ ଯାଇଥିଲା। କଥୋପକଥନରୁ ଜାଣିଲି ଯେ ସେ କଲେଜ ଛାତ୍ରାବାସରେ ରହି ପଢ଼ିବାର ବଦୋବସ୍ତ କରୁଛି। କଲେଜ ଛାତ୍ରାବାସରେ ସ୍ଥାନଟିଏ ପାଇବା କଠିନ ଏବଂ ରହିବା ବ୍ୟୟସାପେକ୍ଷ। ମୋର ମାର୍କ ଓ ମୋ ଘରର ଆର୍ଥିକ ପରିସ୍ଥିତି ସ୍ୱଚ୍ଛଳ ନଥିବାରୁ ତାହା ମୋ ପକ୍ଷରେ ସମ୍ଭବ ନଥିଲା। ସେତେବେଲେ ମନେ ପକଉଥିଲି କିପରି ମୋ ଦ୍ୱିତୀୟ ବଡ଼ ଭାଇ ପଦୁନନା ଗ୍ରାମବାସୀ ମାନଙ୍କଠାରୁ ଦୁଇଟଙ୍କା, ପାଞ୍ଚ ଟଙ୍କା, ଦଶ ଟଙ୍କା। ମାଗି ସର୍ବମୋଟ ପଞ୍ଚଷଠି ଟଙ୍କା। କରି କଲେଜରେ ଆଡ଼ମିଶନ ନେଇଥିଲେ। ଅତି କମ୍‌ରେ ମୋତେ ସେତକ କଷ୍ଟ ତ ଏବେ କରିବାକୁ ପଡ଼ୁନାହିଁ। ଏଇୟା ଭାବିଲାରୁ ମନକୁ ଉଶ୍ୱାସ ଲାଗୁଥାଏ।

କିଛି ଦିନ ଅନ୍ତେ ଆଡ଼ମିଶନ ନେବାକୁ ଚିଠି ଆସିଗଲା। ପ୍ରାପ୍ୟ ମୁତାବକ ପାଉଣା ଦାଖଲ କରି ପ୍ରଥମ ବର୍ଷ ବିଜ୍ଞାନ ଛାତ୍ର ହିସାବରେ ଫକୀର ମୋହନ କଲେଜରେ ଆଡ଼ମିଶନ ନେଇଗଲି। ଏହା ୧୯୭୨ ମସିହାର କଥା। ସେହିବର୍ଷ ବିଶ୍ୱବିଦ୍ୟାଳୟ କର୍ତ୍ତୃପକ୍ଷ 'ପୁନର୍‌ମୂଷିକ ଭବଃ' ପ୍ରଥା ଅବଲମ୍ବନ କରି ପୁଣି ଆଇଏସ୍‌ସି ଓ ବିଏସ୍‌ସି ଡିଗ୍ରୀର ପ୍ରଚଳନ କଲେ। ଆମ ସ୍କୁଲରୁ ପ୍ରଥମ ଶ୍ରେଣୀରେ ଉତ୍ତୀର୍ଣ୍ଣ ହୋଇଥିବା ଅନ୍ୟ

ଚାରିଜଣ ସହପାଠୀ ଓ ସହପାଠିନୀ ମଧ୍ୟ ବିଜ୍ଞାନ ଛାତ୍ର ହିସାବରେ ମୋ ସହିତ ଯୋଗଦେଲେ ।

ମୋ ପାଇଁ କକାଙ୍କ ବାଲେଶ୍ୱର ସହର ତଳି ଟୋଲାଙ୍କସାହି ବାସଭବନରେ ରହି ଅଧ୍ୟୟନ କରିବାର ବାପା, ଭାଇ ଓ କକାଙ୍କ ଭିତରେ ଆଲୋଚନା ହେଇ ସର୍ବ ସମ୍ମତି କ୍ରମେ ନିଷ୍ପତି ନିଆଯାଇଥାଏ । "ଅତି କମ୍‌ରେ ରହିବା ଖାଇବା ପାଇଁ ତ ପଇସା ଦେବାକୁ ପଡ଼ିବ ନାହିଁ, କେବଳ ମାସକୁ ମାସ କଲେଜ ପାଉଣା ଭରଣା କଲେ ହେଲା" ବୋଲି ବାପା କହିଲେ । ସେଇଥ୍ ପାଇଁ ସେଠାରେ ମୋର ରହିବାର ନିଷ୍ପତି ନିଆଯାଇଥିଲା । ଚାଷ ବାସ କରି, ପୈତୃକ ଜମିଜମା ବଖରା ଲଗେଇ ଚଳୁଥିବା ଯୋଗୁଁ ବାପାଙ୍କର ଆର୍ଥିକ ସମ୍ବଳ ଓ ସାମର୍ଥ୍ୟ ବୋଲି ସେମିତି କିଛି ନଥିଲା । ପ୍ରଥମ ଥର କରି ଗାଁ ଛାଡ଼ି ସହରକୁ ମୋତେ ଯିବାକୁ ପଡ଼ିଲା । ନିଜର ଯାହା ଆସବାବ ପତ୍ର ଓ ଲୁଗାପଟାମାନ କନା ବ୍ୟାଗରେ ଭରି ରଖିଲି । ଲୁଗା ପଟା ବୋଲି କହିବାକୁ ଗଲେ ନୀଳ ରଙ୍ଗର ଖୋର୍ଦ୍ଧା ଲୁଙ୍ଗି ଓ କମଲା ରଙ୍ଗର ଗାମୁଛା ଖଣ୍ଡିଏ । କଲେଜ ଯିବି ବୋଲି ନୂଆ କରି ମୋତିଗଞ୍ଜ ବଜାରର ଆନସରି ଅଲ୍ଲୀ ଟେଲର୍ ପାଖରୁ ହୋଇଥିବା ଦୁଇ ଖଣ୍ଡି ଫୁଲ ପ୍ୟାଣ୍ଟ ଓ ଦୁଇ ଖଣ୍ଡି ଜାମା । ପାଦରେ ହେଲେ ଚପଲ । ଏହା ଥିଲା ବଡ଼ ଭାଇଙ୍କର ଦରମାରୁ ତାଙ୍କର ସାନ ଭାଇ ପ୍ରତି କର୍ତ୍ତବ୍ୟ ବା ଦାନ, ଯାହାବି କୁହାଯାଇ ପାରେ ।

ନିର୍ଦ୍ଧାରିତ ଦିନ ଗୃହ ଦେବତା ଗୋପାଳଜୀଉଙ୍କୁ ମୁଣ୍ଠିଆଟିଏ ମାରି, ମାଆ ଓ ବାପାଙ୍କ ପଦ ଧୂଲି ନେଇ ଗାଁ ଛାଡ଼ି ସହର ଅଭିମୁଖେ ବାହାରିଗଲି । ସହରରେ କକାଙ୍କର ପକ୍କା ଘର, ତାଙ୍କର ସମସ୍ତ ପରିବାର ସେଇଠି ବସବାସ କରନ୍ତି । ମୋତେ ଛୋଟ କୋଠରିଟିଏ ରହିବା ପାଇଁ ମିଲିଲା । ଗାଁର ମାଟି ଘର ଅପେକ୍ଷା ମୋତେ ସେଠାରେ ରହିବାକୁ ଭାରି ଆନନ୍ଦ ଲାଗିଲା । ମୁଁ ପଦାର୍ଥ ବିଜ୍ଞାନ, ରସାୟନ ବିଜ୍ଞାନ, ଜୀବ ବିଜ୍ଞାନ ଓ ଗଣିତ ମୋର ପାଠ୍ୟ ବିଷୟ ହିସାବରେ ଚୟନ କରିଥାଏ । ତା' ଛଡ଼ା ଓଡ଼ିଆ ଓ ଇଂରାଜୀ ବାଧ୍ୟତା ମୂଲକ ବିଷୟ ସମସ୍ତ ବିଜ୍ଞାନ ଛାତ୍ରଛାତ୍ରୀମାନଙ୍କୁ ନେବାକୁ ପଡ଼ୁଥିବାରୁ ମୁଁ ନେଇଥାଏ । ଜୀବ ବିଜ୍ଞାନ ଏବଂ ଉଭିଦ ବିଜ୍ଞାନ ପ୍ରତି ମୋର ଯଥେଷ୍ଟ ଆଗ୍ରହ ଥିବାରୁ ଓ ମୋର ଚିତ୍ରାଙ୍କନରେ ପାରଦର୍ଶିତା ଥିବାରୁ ଭବିଷ୍ୟତରେ ପ୍ରାଣୀ ବିଜ୍ଞାନ ବା ଉଭିଦ ବିଜ୍ଞାନ ଅନର୍ସ ନେଇ ଉଚ୍ଚଶିକ୍ଷା କରିବା ପାଇଁ ମୁଁ ସେତେବେଲୁ ହିଁ ଯଥେଷ୍ଟ ମନ ବଲାଉଥିଲି ।

ଆଖ୍ ପିଛୁଲାକେ ଦୁଇ ବର୍ଷ ଦୁଇଦିନ ପରି ବିତିଗଲା । ୧୯୭୪ ମସିହା ମାର୍ଚ୍ଚ ମାସରେ ଆଇଏସ୍‌ସି ବାର୍ଷିକ ପରୀକ୍ଷା ସମ୍ମୁଖରେ ଉପଗତ । ଅଧ୍ୟୟନର ବିରାମ ନଥାଏ ।

ପରୀକ୍ଷାକୁ ଆଉ ମାତ୍ର ତିନି ସପ୍ତାହ ବାକି । ନଅ ତାରିଖ ଶନିବାର ସଂଧ୍ୟା ବେଳର ଘଟଣା । ମୁଁ ଟୋଲଙ୍କସାହି କକାଙ୍କ ବାସ ଭବନରେ ମୋ କୋଠରିରେ ବସି ପରୀକ୍ଷା ପାଇଁ ପଦାର୍ଥ ବିଜ୍ଞାନର "ୟଙ୍ଗସ ମଡ଼ୁୟ୍ଲସ" ଅଧ୍ୟୟନ କରୁଥାଏ । ସମୟ ପ୍ରାୟ ରାତ୍ରି ନଅଟା ପାଖାପାଖି ହେବ । ଫାଟକ ପାଖରୁ କାହାର "ଗଗନ, ଗଗନ" ଡାକ ଶୁଭିଲା । ଏତେ ରାତିରେ କିଏ ? ସମସ୍ତେ କାନ ପାରିଲେ । ହଠାତ୍ ଗାଁରୁ ଜଣେ ମୂଲିଆ ଯାହାକୁ କି ଆମେ କାଳିଆ ଭାଇ ବୋଲି ସମ୍ବୋଧନ କରୁ, ସେ ମୋ ନାଁ ଧରି ଡାକୁଥାଏ । ମନକୁ ପାପ ଛୁଇଁଲା, ଗାଁ ଘରେ କାହାର କିଛି ଦେହ ଖରାପ ହେଲା କି ? ଏତେ ରାତିରେ କାଳିଆ ଭାଇ କାହିଁକି ଆସିଲା ? କାହିଁକି ଡାକିଲା ? ଖୁଡ଼ୀ ଚାବି ଧରି ତରବର ହେଇ ଫାଟକର ତାଲା ଖୋଲିବାକୁ ଦୌଡ଼ିଲେ । ଚାବି ଖୋଲୁ ଖୋଲୁ ପଚାରିଲେ, "କାହିଁକି ଆସିଲୁ କିରେ କାଳିନ୍ଦୀ, କ'ଣ ହେଲା ?" ସେ କହିଲା, "ମାଇଁ, ତମେ ଚାବି ଖୋଲ, ମୁଁ କହୁଛି ।" ମୁଁ ଯାହା ଭାବୁଥିଲି ସେଇୟା ହେଲା । ସତକୁ ସତ କାଳିଆ ଭାଇ କହିଲା, "ମାମୁଁଙ୍କୁ (ବାପାଙ୍କୁ ସେ ମାମୁଁ ବୋଲି ସମ୍ବୋଧନ କରେ) ଅଚେତ ଅବସ୍ଥାରେ ବାଲେଶ୍ୱର ବଡ଼ ଡାକ୍ତରଖାନାକୁ ଆମ୍ବୁଲାନ୍ସରେ ନେଇ ଆସିଲେଣି ।" ଏହା ଶୁଣି ମୋର ପାଦ ତଳୁ ବସୁଧା ଧୀରେ ଧୀରେ ସୁଅ ପାଣିରେ ଚହଁରା ବାଲି ଖସିଗଲା ପରି ଖସି ଖସି ଗଲା । ଅବିଳମ୍ବେ ମୁଁ ଓ ମୋର କକା ପୁଅ ଭାଇମାନେ ସମସ୍ତେ ଯେନତେନ ପ୍ରକାରେଣ ବୋତାମ ଲାଗିଥାଉ ବା ନଲାଗି ଥାଉ, ଜାମା ପ୍ୟାଣ୍ଟ ପିନ୍ଧି ସାଇକେଲ ଧରି ଡାକ୍ତରଖାନାକୁ ଛୁଟିଲୁ । ମନା କରିବା ସତ୍ତ୍ୱେ ଆମ ସହିତ କକା ମଧ୍ୟ ନିଜକୁ ସମ୍ଭାଲି ନ ପାରି ଆସିଲେ । ହସ୍ପିଟାଲ୍ ହତା ଭିତରେ ପ୍ରବେଶ କଲୁ । ସାଇକେଲରୁ ଓହ୍ଲେଇ ସାରିବା ପରେ ମୋ ଦେହ ବରଡ଼ା ପତ୍ର ପରି କମ୍ପିବାରେ ଲାଗିଥାଏ । ପହଞ୍ଚି ଦେଖ଼ିଲୁ ଓ୍ୱାର୍ଡରେ ବାପା ଅଚେତ ଅବସ୍ଥାରେ । ସମୟ ସମୟରେ କଳା ରକ୍ତ, ବାନ୍ତି ଆକାରରେ ନିର୍ଗତ ହେଉଥାଏ । ରାତିରେ ବଡ଼ଭାଇମାନେ ଡାକ୍ତରଖାନାରେ ବାପାଙ୍କୁ ଜଗି ରହିଲେ ଓ ନିକଟରେ ମୋ ପରୀକ୍ଷା ଥିବାରୁ ଅନିଚ୍ଛା ସତ୍ତ୍ୱେ ମୋତେ ବାଧ୍ୟ କରି ଘରକୁ ପଠାଇ ଦେଲେ । ମୁଁ ଘରକୁ ଫେରିଲି ସତ, ହେଲେ ମୋର ମନ କିନ୍ତୁ ସବୁବେଳେ ଡାକ୍ତରଖାନାରେ ରହିବା ଯୋଗୁଁ ଆଖିରେ ନିଦ ଟୋପାଏ ଆସିଲା ନାହିଁ । ଶେଷକୁ ସେ କାଳ ରାତ୍ରି ଯେମିତି ପାହିଲି ମୁଁ ଧଡ଼ପଡ଼ ହେଇ ଉଠି ପୁଣି ଡାକ୍ତରଖାନା ଧାଇଁଲି ।

ସେଇଦିନ ସକାଳ ପାଖରୁ ବନ୍ଧୁବର୍ଗ, ଗାଁ ସାଇ ପଡ଼ିଶାଙ୍କର ବାଲେଶ୍ୱର ବଡ଼ ଡାକ୍ତରଖାନାରେ ବାପାଙ୍କ ଦର୍ଶନ ପାଇଁ ଗହଳି ଲାଗିଲା । ଘର ଶୋକାଚ୍ଛନ୍ନ । ଅନବରତ ମାଆ, ଭାଉଜ, ଭାଇ ଓ ଭଉଣୀ ମାନଙ୍କର କନ୍ଧାକଟା ଲାଗି ରହିଲା । ବାଲେଶ୍ୱରର

ଡାକ୍ତରଖାନାରେ ଆଧୁନିକ ଚିକିତ୍ସାର ସୁବିଧା ସୁଯୋଗ ସୀମିତ। ହୃଦ୍‌ରୋଗୀଙ୍କ ଚିକିତ୍ସା ନାମକୁ ମାତ୍ର। ଶେଷରେ ଡାକ୍ତରମାନଙ୍କର ଯାହା ଯେତେକ ବା ଚେଷ୍ଟା ସମସ୍ତ ବୃଥା ଗଲା। ବାପାଙ୍କର ଆଖ୍ ଖୋଲିଲା ନାହିଁ, ସେହି ଅଚେତ ଅବସ୍ଥାରେ ପାଞ୍ଚ ଦିନ ଡାକ୍ତରଖାନାର ରହଣି ପରେ ବୁଧବାର ଦିନ ଅପରାହ୍ନରେ ବାପା ଅଣସ୍ତରୀ ବର୍ଷ ବୟସରେ ଇହଲୀଳା ସମରଣ କଲେ। ଶବ ଗାଁକୁ ନେଇ ଦାହ କରାଗଲା। ମୁଁ ସେଥିରେ ଯୋଗଦାନ କଲି। ଦଶାହ ଓ ଏକଦଶାହ ଦିନ କ୍ରିୟା କର୍ମ ସମାପନ ପରେ ମୁଁ ଲଣ୍ଟିତ ମସ୍ତକରେ ପୁଣି ବାଲେଶ୍ୱର ଲେଉଟି ଆସିଲି।

ବାପାଙ୍କର ଡାକ୍ତରଖାନାକୁ ଆସିବା ଦିନଠାରୁ ପରୀକ୍ଷା ପର୍ଯ୍ୟନ୍ତ ମୁଁ ଅନ୍ୟମନସ୍କରେ ବୁଡ଼ି ରହି ମୁହୂର୍ତ୍ତିଏ ପାଠ ପଢ଼ି ପାରିନାହିଁ। ତରୁଣ ଅପରିପକ୍ୱ ବୟସରେ ପିତାଙ୍କୁ ହରାଇ ଥିବାରୁ ସାରା ପୃଥିବୀଟା ମୋ ପାଇଁ କେବଳ ଶୋକଭରା କଳା ପରଦାରେ ଢାଙ୍କି ହୋଇଗଲା। ମୋ ପାଇଁ ସବୁକିଛି ସେତେବେଳେ ଅନ୍ଧକାରାଚ୍ଛନ୍ନ। ସେହି ମାନସିକ ଅବସ୍ଥା ନେଇ ମୁଁ ପରୀକ୍ଷା ଦିଏ ଓ ଗାଁକୁ ଗ୍ରୀଷ୍ମାବକାଶରେ ଫେରିଯାଏ। ବହୁ ବିଳମ୍ବରେ ଅଗଷ୍ଟ ମାସରେ ଯାଇ ପରୀକ୍ଷା ଫଳ ବାହାରିଲା। ମୁଁ ତୃତୀୟ ଶ୍ରେଣୀଟିଏ ପାଇଲି। ଜୀବନର ଆଶା, ଆକାଂକ୍ଷା ଓ ତୋଳୁଥିବା ସ୍ୱପ୍ନର କୋଣାର୍କ ଅକସ୍ମାତେ ବାପାଙ୍କ ମୃତ୍ୟୁ ସହିତ ଧରାଶାୟୀ ହେଇଗଲା।

ଆଇଏସସି ପରେ ବିଏସସି ପଢ଼ିବା କଥା। ମୋର ସହପାଠୀଗଣ ଯେଉଁମାନେ ପ୍ରଥମ ଓ ଦ୍ୱିତୀୟ ଶ୍ରେଣୀରେ ଉଦ୍ତୀର୍ଣ୍ଣ ହେଲେ ସେମାନେ ବିଏସସିରେ ଆଡ଼୍‌ମିସନ ନେଇ ବିଭିନ୍ନ ଅନର୍ସ ପାଇଲେ। ଦୁର୍ଯୋଗ ଯେତେବେଳେ ଆସେ ସେ କେବେ ଏକୁଟିଆ ଆସେ ନାହିଁ, ତାର ଜ୍ଞାତି କୁଟୁମ୍ବ ସାଇ ପଡ଼ିଶାକୁ ସାଙ୍ଗରେ ଧରି ଆସେ। ବାପାଙ୍କର ଦେହାନ୍ତ, ଆଇଏସସିରେ ତୃତୀୟ ଶ୍ରେଣୀ, ପୁଣି ଅନର୍ସ ମିଳିବାତ ବହୁ ଦୂରର କଥା ସାଧା ବିଏସସି ପଢ଼ିବା ପାଇଁ ବି ମୋର କଲେଜରୁ ଇଣ୍ଟିମେସନ ଆସିଲା ନାହିଁ। ଏହା ମୋତେ କଟା ଘା'ରେ ଚୂନ ଦେଲା ଭଳି ଲାଗିଲା। ସମସ୍ତେ ଏଡ଼୍‌ମିସନ ନେଇଯିବାର କେତେ ଦିନ ପରେ ସ୍ୱଟ ସିଲେକ୍‌ସନରେ ସି ବି ଜେଡ୍ (କେମିଷ୍ଟ୍ରି, ବଟନି, ଜୁଲୋଜି) ପାସ୍ ପଢ଼ିବା ପାଇଁ ସିଟ୍ ଖଣ୍ଡିଏ ମିଳିଲା। ତେଣୁ ମୁଁ ନିରୁପାୟ ହୋଇ ବିନା ଅନର୍ସରେ ସି ବି ଜେଡ୍ ବିଷୟ ନେଇ ପାଠ ପଢ଼ିବା ଆରମ୍ଭ କଲି। ଅନର୍ସ ନ ପାଇବାରୁ ମାନସିକ ଦୁଶ୍ଚିନ୍ତା ସାଥେ ସାଥେ ହୀନମନ୍ୟତା ମୋତେ ଘାରିଲା। ଅନେକ ସହପାଠୀ ମେଡିକାଲରେ ଆଡ଼୍‌ମିସନ ପାଇ ପଳାଇଗଲେ। କେତେଜଣ ଇଞ୍ଜିନିୟରିଂରେ ଗଲେ। ବାକି ଯେଉଁ ସାଙ୍ଗମାନେ ସେଠାରେ ରହିଲେ ସେଥିରୁ ଅନେକେ ଅନର୍ସ ନେଇ ପଢ଼ିଲେ। ବାଲ୍ୟକାଳର ସହପାଠୀ ସୁନୀଲ ଶତପଥୀ ପଦାର୍ଥ

ବିଜ୍ଞାନ ଅନର୍ସ ନେଇ ପଢ଼ିଲା। ସାଧୁ ଚରଣ ନାୟକ ଓ ପ୍ରକାଶ ମୋହନ ଦାସ ଦୁଇଜଣ ଯାକ ଉଭିଦ ବିଜ୍ଞାନ ଅନର୍ସରେ ଯୋଗ ଦେଲେ। ମୋତେ କିଛି ମିଳିଲା ନାହିଁ। ପ୍ରାଣୀ ବିଜ୍ଞାନ ବା ଉଭିଦ ବିଜ୍ଞାନ ଅନର୍ସ ନେଇ ପଢ଼ିବାର ବହୁ ଦିନର ସ୍ୱପ୍ନ, ସ୍ୱପ୍ନରେ ହିଁ ରହିଗଲା। ଏପରିକି କେତେ ଜଣ ମେଧାବୀ ବନ୍ଧୁ ମୋତେ ନଦେଖିଲା ଭଲି ମୁହଁ ବୁଲେଇ ପଳେଇ ଯିବାର ଦୃଷ୍ଟାନ୍ତ ଦେଖିଲି, କାହିଁକି ନା ସେମାନେ ବିଭିନ୍ନ ଅନର୍ସ ପାଇ ପଢ଼ା ପଢ଼ି କରିବାର ବ୍ୟବସ୍ଥାରେ ବ୍ୟସ୍ତ ରହିଲେଣି। ମୋତେ ବିନା ଅନର୍ସ କେବଳ ପାସ୍ ନେଇ ପଢ଼ିବା ବାଲାକୁ ପଚାରୁଚି କିଏ ?

ଏକମାସ ଯିବା ଉତ୍ତାରୁ କେଉଁ ଏକ ଦିନେ ଆମେ କେତେ ଜଣ ସାଙ୍ଗ କଲେଜ କୋଅପରେଟିଭ ଷ୍ଟୋର ଓ ରଘୁ ପିଅନ କ୍ୱାଟର ମଝାମଝିରେ ସାଇକେଲ ହାତରେ ଧରି ଠିଆ ହେଇ କଥାବାର୍ତ୍ତା ହେଉଥିଲୁ। କଥା ପ୍ରସଙ୍ଗରେ ମୋର ଜଣେ ସହପାଠୀ ସୁବାସ ପାତ୍ର ମୋତେ ପ୍ରଶ୍ନ କଲା, "ଆରେ ଗଗନ, ତୁ ମେଡିକାଲ୍ ପରୀକ୍ଷା ପାଇଁ କ୍ୱାଲିଫାଏ କରୁଥିଲୁ କି ନାହିଁ ?" ମୁଁ କହିଲି, "ହଁ, ଭାଇ କରୁଥିଲି, ଓଡ଼ିଆ ଓ ଇଂରାଜୀକୁ ଛାଡ଼ି ସାଇନ୍ସ ସବଜେକ୍ଟର ମାର୍କ ଅନୁଯାୟୀ ମୁଁ ଯୋଗ୍ୟ ବିବେଚିତ ହୋଇ ପାରୁଥିଲି।" କାରଣ ମୋର ଫିଜିକ୍ସ, କେମିଷ୍ଟ୍ରି ଓ ବାଇଓଲୋଜିରେ ପଚାଶ ପରସେଣ୍ଟରୁ ଅଧିକ ଥିଲା, ମାତ୍ର ଇଂରାଜୀ ଓ ଓଡ଼ିଆ ସାହିତ୍ୟରେ କମ୍ ଥିଲା। ମୁଁ ପଚାଶ ପରସେଣ୍ଟର ଅଛ ତଳକୁ ରହି ଥାର୍ଡ ଡିଭିଜନ୍ ପାଇଛି।" ସୁବାସ ଜଣକୁ ଜାଣିଥିବା ଏକ ଖବର ଉପରେ ଭିତ୍ତି କରି ମୋତେ ପୁଣି ପ୍ରଶ୍ନ କଲା, "ମୁଁ ଜାଣିବାରେ ଜଣେ ଛାତ୍ରୀ ମେଡିକାଲ୍ ପାଇଁ ଯୋଗ୍ୟା ନଥିବା ସ୍ଲେ କିପରି ପ୍ରାଣୀ ବିଜ୍ଞାନ ଅନର୍ସରେ ସ୍ଥାନ ପାଇଗଲା ଆଉ ତୁ ପାଇଲୁନି ? ନିଶ୍ଚିତ ଭାବେ ସେ ତୋ ଠାରୁ କମ୍ ମାର୍କ ରଖିଛି।" ମୁଁ କହିଲି, "ଆଛା ସତରେ ? ନାହିଁ ଭାଇ, ମୁଁ ତ ଏ କଥା ଜମାରୁ ଜାଣିନି ?" ସେତେବେଲେ ମୋ ପାଖରେ ସେପରି କିଛି ସମ୍ବାଦ ନଥିଲା। ମାତ୍ର ସେହି କଥୋପକଥନରୁ ମୁଁ କ୍ଷୀଣ ଆଭାସ ପାଇଲି ଯେ ମୋ ଠାରୁ ଅଛ ନମ୍ବର ରଖି ଜଣେ ଛାତ୍ରୀ ପ୍ରାଣୀବିଜ୍ଞାନ ଅନର୍ସରେ ସ୍ଥାନ ପାଇଛି। ଏହା ଶୁଣିବା ମାତ୍ରକେ ମୋ ଦେହରେ କରେଣ୍ଟ ଲାଗିଲା ଭଲି ଶିହରଣଟିଏ ଖେଲିଗଲା। ସେଠାରେ ଉପସ୍ଥିତ ଅନ୍ୟ ସହପାଠୀମାନଙ୍କ ଭିତରୁ ନରହରି ଭୂୟାଁ ଓ ଦେବେନ୍ଦ୍ର ପ୍ରଧାନ ମୋତେ ପରାମର୍ଶ ଦେବା ଛଲରେ କହିଲେ, "ଯାଆ, ଅଫିସରେ କେଉଁ କିରାଣିକୁ ଧରାଧରି କରି ଶୀଘ୍ର ଏହାର ସତ୍ୟାସତ୍ୟ ନିରୂପଣ କର, ତୋତେ ଅନର୍ସ ମିଳିଯାଇପାରେ, କିଏ ଜାଣେ, ଭାଗ୍ୟ ଖୋଲି ଯାଇପାରେ ଭାଇ, ଭାଗ୍ୟ ଖୋଲି ଯାଇପାରେ।" ସେ ପ୍ରସ୍ତାବରେ ଅନ୍ୟମାନେ ସହମତ ହେଲେ। ସେତେବେଲେ କିଛି କାହାରିକୁ ନକହି ମନକୁ ମନ ଭାବିଲି, "ହୁଃ, କୁଆଡ଼େ ଭାଗ୍ୟ

ଖୋଲି ଯାଇପାରେ ?” ଏ ଆଲୋଚନା ପରେ ପରେ ସମସ୍ତେ ପୁଣି ନିଜ ନିଜ କାମରେ ଚାଲିଗଲେ । ମୁଁ ସାଇକେଲ ଧରି ସେଠାରୁ ଘରକୁ ବାହାରିଲି ।

ମୁଁ ଘରକୁ ଫେରୁ ଫେରୁ ମନରେ ଭାବୁଥାଏ, ସମୟ ବିତି ଏକ ମାସ ପାଠପଢ଼ା ସରିଲାଣି । ଏ ଘଟଣା କ'ଣ ପ୍ରକୃତରେ ସତ୍ୟ ? ଯଦିବା ଘଟଣାଟି ସତ୍ୟ ହୋଇଥାଏ ତେବେ ଏତେ ଦିନ ପରେ ମୋତେ କ'ଣ ସତରେ ଅନର୍ସ ମିଲିପାରିବ ? ଏଥ୍ ପାଇଁ କିଏ ମୋତେ ସାହାଯ୍ୟ କରିବ ? ଟିକିଏ ୟା ବିଷୟରେ ଭିତିରିଆ ଅନୁସନ୍ଧାନ କଲେ ହୁଅନ୍ତା । ଏମିତି ତ ପାସ ନେଇ ପଢ଼ିବି ସେମିତି ବି ପାସ ନେଇ ପଢ଼ିବି, କ'ଣ ଅଶୁଦ୍ଧ ହେଇଯିବ କାହାକୁ ଟିକିଏ ପଚାରିଦେଲେ । ପୁଣି ପର ମୁହୂର୍ତ୍ତରେ ମନକୁ ଆସୁଥାଏ, ପଚାରିବି ନା ପଚାରିବିନି, ଏହି ସବୁ ଦ୍ୱନ୍ଦ୍ର ବୁଢ଼ିଆଣୀ ଜାଲ ମନ ଭିତରେ ଛନ୍ଦିହୋଇ ପ୍ରବଲ ଦୁଶ୍ଚିନ୍ତା ଜାଗ୍ରତ କରେଇଲା । ଫଳରେ ସେଦିନ ସ୍ୱଚ୍ଛ ନିଦ୍ରା ବା ବିନିଦ୍ର ରଜନୀରେ ସମୟ ଅତିବାହିତ ହେଲା ।

ମୋର ଜଣେ କିରାଣି ବନ୍ଧୁ ମନୋରଞ୍ଜନ ନାମରେ ସେତେବେଳେ ଅଫିସରେ ବିଏସସି ମାର୍କ ସିଟ ଦାୟିତ୍ୱ ତୁଲାଉଥିଲେ । ସେ ଉଭିଦ ବିଜ୍ଞାନ ବିଭାଗରେ ଚିତ୍ରକର ହୋଇଥିବାରୁ ମୋର ତାଙ୍କ ସହିତ ଘନିଷ୍ଠତା ଥାଏ ଓ ମୁଁ ତାଙ୍କୁ “ମନ ଭାଇ” ବୋଲି ଡାକେ । ସେ ଦିନ ଆଲୋଚନାର ସତ୍ୟାସତ୍ୟ ଜାଣିବା ପାଇଁ ଆଉ ବିଲମ୍ବ ନକରି ତହିଁ ପରଦିନ ସକାଲେ ସକାଲେ କଲେଜ ଖୋଲୁ ନଖୋଲୁଣୁ ମୁଁ ଯାଇ ମନ ଭାଇ ପାଖରେ ହାଜର ହେଇଗଲି । ସମସ୍ତ ଘଟଣା ବର୍ଣ୍ଣନା କରି ମନ ଭାଇକୁ ମାର୍କ ଦେଖ୍ବାକୁ ଅନୁରୋଧ କରିବାରୁ ସେ କହିଲେ, “କିଛି ଅସୁବିଧା ନାହିଁ ଦେଖେଇବାରେ, ତମେ କହିବ ଆଉ ଆମେ ଦେଖେଇବୁନି, ଇଏ ଗୋଟେ କଥା ?” ଏତକ କହି ପଚାରିଲେ, “କାହାର ମାର୍କ ଦେଖ୍ବ ?” ମୁଁ ସାଙ୍ଗ ମାନଙ୍କ ପାଖରୁ ଶୁଣିଥିବା ଛାତ୍ରୀଟିର ନାଁ ଅନ୍ୟ କେହି ନଶୁଣି ପାରିଲା ଭଲି ଏପଟ ସେପଟ ଅନେଇ ମନ ଭାଇ କାନ ପାଖରେ ଯାଇ ଫୁସ୍ ଫୁସ୍ କରି କହିଲି । ଷ୍ଟିଲ ଆଲମାରୀରୁ ବଡ଼ ବଡ଼ ନାଲି ରଙ୍ଗର କନା ମଇଲାଟ ବାଲା ଖାତା ବାହାର କରି ମନ ଭାଇ ପାଟିରେ ପାନ ଚାକୁ ଚାକୁ କରି ଚୋବେଇ ନାମ ଖୋଜିବାରେ ଲାଗନ୍ତେ ମୋର ହୃତ କମ୍ପନ ଆରମ୍ଭ ହୋଇଗଲା । ଶେଷରେ ମୁଁ ଚାହୁଁଥିବା ନାଁ ପାଖରେ ସେ ଅଟକିବାରୁ ସହସା ମାର୍କ ଗୁଡ଼ିକ ଖଣ୍ଡେ କାଗଜରେ ଟିପିବାରେ ଲାଗିଗଲି । ତା' ସହିତ ପାଖାପାଖ୍ ଅନ୍ୟ ଦୁଇଜଣ ଛାତ୍ରୀଙ୍କର ନମ୍ବର ମଧ ଟିପି ଆଣି ସିଧା ଦୌଡ଼ିଲି କଲେଜ ହତା ଭିତରେ ଥିବା ମହାଦେବ ମନ୍ଦିର ପରିସରକୁ । ପାଦରେ ଚପଲ ହଲକ ପିନ୍ଧିଥିବା ଯୋଗୁଁ ଅନ୍ୟମନସ୍କ ଓ ତରତର ହୋଇ ପାହାଚରୁ ଓହ୍ଲାଇବା ବେଲେ ଛନ୍ଦି ଯାଇ ପଡ଼ୁ ପଡ଼ୁ ରହିଲି, ହେଲେ ଆଙ୍ଗୁଠି ଛିଣ୍ଡି ରକ୍ତ ବୋହିଲା ।

ସେତେବେଳେ ସେଥି ଆଡ଼କୁ କିଏ ବା ନଜର ଦେଉଛି ? ମହାଦେବ ମନ୍ଦିର ହତା ବରଗଛ ତଳ ଚାରିପାଖେ ହୋଇଥିବା ପକ୍କା ଆସ୍ଥାନ ଉପରେ ବସି ମନକୁ ସ୍ଥିର କରି ଟିପି ଆଣିଥିବା ନମ୍ବର ମୋ ନମ୍ବର ସହିତ ମିଳାଇଲି । ସେତେବେଳକୁ ଛାତି ମୋର ଛାନିଆଁରେ ଦୁଲୁକୁ ଥାଏ, ହାତ ଥରୁଥାଏ । ଯେଉଁ ଉପାୟରେ ହିସାବ କଲେ ମଧ୍ୟ ମୋତେ ଅନର୍ସ ମିଳିବାର କଥା, ମୋତେ ନ ମିଳି ସେମାନଙ୍କୁ ମିଳିଲା କିପରି ? ଇଏ ରହିଲା ମୋ ଆଗରେ ଏକ ବିରାଟ ପ୍ରଶ୍ନ । ତା' ପଛକୁ ଦ୍ୱିତୀୟ ପ୍ରଶ୍ନ ହେଲା ଏତେ ଦିନ ପରେ ମୋତେ କ'ଣ ସତରେ ଅନର୍ସ ମିଳିବ ? ମନ ଭିତରେ ନିର୍ବାପିତ ହୋଇ ଯାଇଥିବା ଅନର୍ସ ଆଶାର ବର୍ତ୍ତିକା ପୁଣି ଦିକ୍ ଦିକ୍ ହୋଇ ଜଳିବାକୁ ଆରମ୍ଭ କଲା ।

ଘରେ ପହଞ୍ଚି ମୋର କକା ପୁଅ ଭାଇ ଓ ବନ୍ଧୁ ଉଭୟ, ନଟବର ପାଣିଗ୍ରାହୀଙ୍କ ଆଗରେ ସମସ୍ତ ବୟାନ କରିଗଲି । ଭ୍ରାତା ହିସାବରେ ମୁଁ ତାଙ୍କୁ "ନଟ ନନା" ଡାକେ । ସେ ସେତେବେଳେ ଫକୀର ମୋହନ ମହା ବିଦ୍ୟାଳୟରୁ ଓଡ଼ିଆରେ ସର୍ବୋଚ୍ଚ ନମ୍ବର ରଖି ଏମ୍.ଏ ପଢ଼ିବା ପାଇଁ ଉକ୍କଳ ବିଶ୍ୱବିଦ୍ୟାଳୟ ବାଣୀବିହାରରେ ଆଡ଼ମିସନ୍ ନେଇଥାନ୍ତି । କ୍ଲାସ ଆରମ୍ଭ ହୋଇ ନଥିବା ଯୋଗୁଁ ଟୁଲଙ୍କସାହି ଘରେ ଥା'ନ୍ତି । କଲେଜର ଅଧ୍ୟାପକ ମହଲରେ ସେ ବେଶ୍ ସୁପରିଚିତ ଓ କଲେଜରେ ତାଙ୍କର ଯଥେଷ୍ଟ ସୁନାମ ଥାଏ । ପ୍ରଥମେ ସେ ମୋତେ ଅନର୍ସ ସିଲେକ୍ସନ୍ ଦାୟିତ୍ୱରେ ଥିବା ପ୍ରାଧ୍ୟାପକଙ୍କୁ ଦେଖାକରି ଏ କଥା ପଚାରିବା ପାଇଁ ଉପଦେଶ ଦେଲେ । ଯଦି ଏହା ପ୍ରକୃତରେ ଭୁଲ ଭଟକାରେ ହେଇଯାଇଥାଏ ଆଉ ସେ ଏହାର ସମାଧାନ କରି ଦିଅନ୍ତି ତେବେ ଉତ୍ତମ ଓ କଥା ସେଇଟି ସଳିଲା । ନଚେତ୍ ଅଧ୍ୟକ୍ଷଙ୍କ ପାଖକୁ ଅଭିଯୋଗ ନେବାରେ ସେ ମୋତେ ସାହାଯ୍ୟ କରିବେ ବୋଲି ପ୍ରତିଶ୍ରୁତି ଦେଲେ । ତାଙ୍କର ଆଶ୍ୱାସନା ବାଣୀ ମୋ ହୃଦୟରେ ଆଶା ସଞ୍ଚାର କଲା ଓ ତାପିତ ଶରୀରରେ ଶୀତଳ ଚନ୍ଦନ ଲେପନ କଲା ଭଲି ଲାଗିଲା ।

ତେଣୁ ମୋର ଲକ୍ଷ୍ୟ ରହିଲା କିପରି ପ୍ରାଧ୍ୟାପକଙ୍କୁ ସାକ୍ଷାତ କରି ମୋର ଗୁହାରି ଜଣେଇବି । ପ୍ରାଧ୍ୟାପକ ମହୋଦୟ ଏନ୍ସିସିର ଦାୟିତ୍ୱରେ ଥାଆନ୍ତି । ତେଣୁ ତାଙ୍କ ନାଁ ଆଗରେ "ମେଜର"ଟିଏ ଲାଗିଥାଏ । ବହୁ ଚେଷ୍ଟା ପରେ ଦିନେ ବେଳ କାଳ ଉଣ୍ଟି ତାଙ୍କ ଚେମ୍ବରରେ ନିରୋଳାରେ ଭେଟ ପାଇଲି । ବାଘ ମାଡ଼ି ବସିଲା ଭଲି ମନରେ ଭୟ ମୋତେ ମାଡ଼ି ବସିଥାଏ । ଦେହ ଥରୁଥାଏ । ପାଟି ଅଠା ହୋଇ ଖନି ବାଜୁଥାଏ । ତଥାପି ଦମ୍ଭର ସହିତ ତାଙ୍କ ଚେମ୍ବରକୁ ପଶି କହିଲି, "ସାର୍, ମୋ ନାଁ ଗଗନ ପାଣିଗ୍ରାହୀ, ମୁଁ ବିଏସ୍ସି ସି ବି ଜେଡ୍ କ୍ଲାସର ଥାର୍ଡ ୟିଅରରେ ଏଡ଼ମିସନ୍ ନେଇଛି ।" ସେ ଚଷମାଟି ଟେବୁଲ ଉପରୁ ନେଇ ପିନ୍ଧି ଦେଇ ମୁହଁ ଉପରକୁ କରି ମୋତେ ଚାହିଁଲେ,

କହିଲେ, "ହଁ ଏଡ୍‌ମିସନ୍‌ ନେଇଛ, ସେଉଠୁଁ କ'ଣ ହେଲା, କାହିଁକି ଆସିଛ ?" ମୁଁ କହିଲି, "ସାର୍‌, ଅନର୍ସ ସିଲେକ୍‌ସନ୍‌ ବିଷୟରେ ମୋର ଗୋଟିଏ କଥା ଆପଣଙ୍କୁ କହିବାକୁ ଥିଲା।" ସେ କହିଲେ, "ହଁ, କ'ଣ ? କହୁନା।" ମୁଁ କହିଲି, "ସାର୍‌, ମୁଁ ଶୁଣିଲି ମୋ ଠାରୁ କମ୍‌ ନମ୍ବର ରଖି କେତେ ଜଣ ଜୋଲଜି ଅନର୍ସ ପାଇଛନ୍ତି, ଅଥଚ ମୁଁ ପାଇନାହିଁ, ସାର୍‌।" ସେ ଟିକିଏ ଭୃକୁଞ୍ଚନ କରି ମୋତେ ଚାହିଁଲେ, ଅଳ୍ପ ସମୟ ରହିଯାଇ କହିଲେ, "କିଏ କହିଲା ଏ ସବୁ ତୁମକୁ ? ସେମିତି କିଛି ହେଲା ପରି ମୋତେ ତ ଲାଗୁନି, ଯାହା କରାଯାଇଛି ଠିକ୍‌ କରା ଯାଇଛି, ଯାହା ଶୁଣିଛ ସେ ସବୁ ଭୁଲ୍‌ ଶୁଣିଛ, ସବୁ ବାଜେ କଥା, ମୁଁ ନିଜେ ସିଲେକ୍‌ସନ ଦାୟିତ୍ବରେ ଥିଲି।" ମୁଁ ପୁଣି "ସାର୍‌...." ଏତକ କହୁ କହୁ ମୋର ବକ୍ତବ୍ୟ ନସରୁଣୁ ମହୋଦୟ ଅବିଳମ୍ବେ ତାଚ୍ଛଲ୍ୟ ହସଟିଏ ହସି ମୋତେ ମୋର ଅଭିଯୋଗରୁ ନିବୃତ ହେବାପାଇଁ ଆଦେଶ ଦେଇ କବାଟରେ ତାଲା ଲଗାଇ ବାସଭବନକୁ ପ୍ରସ୍ଥାନ କରିବାକୁ ଉଦ୍ୟତ ହେଲେ। ପୁଣି ଥରେ କିଛି କହିବାକୁ ମୋତେ ଫୁରସତ ଦେଲେ ନାହିଁ। ତାଙ୍କ କଥାରୁ ଏବଂ ଆବଭାବରୁ ମୁଁ ଯାହା ଅନୁଭବ କଲି, କଥାଟା ଭୁଲ ଭଟକା ନୁହଁ, ଜବରଦସ୍ତ ହେରାଫେରି। ଉଭିଦ ବିଜ୍ଞାନ ବିଭାଗରୁ ପାହାଚରେ ଓହ୍ଲାଇ ଓହ୍ଲାଇ ମୋ ପାଦ ତଳେ ପଡୁନଥାଏ। ମନରେ ଭାବିଲି, ଦେଖିବା, କିପରି ମିଳିବନି ମୋତେ ଅନର୍ସ, ଦିନ ଦ୍ବିପହରେ ହେରାଫେରି ?

ଆଇଏସ୍‌ସିରେ ମୋର ଥାର୍ଡ ଡିଭିଜନ ହେବା ଖବର ପାଇବା ଦିନଠୁଁ ମୁଁ ଆହତ ବ୍ୟାଘ୍ର ପରି ସେତେବେଳେ ଘୁରି ବୁଲୁଥାଏ, ତା' ଉପରେ ପୁଣି ଏମିତି ଅନ୍ୟାୟ ମୋ ସହିତ ? ସେତେବେଳକୁ ମୋତେ ମାତ୍ର ଉଣେଇଶି ବର୍ଷ। ଧମନୀରେ ପ୍ରବାହିତ ଉଷ୍ଣ ଶୋଣିତର ଧାରା। ସେଇ ବୟସର ଉଦ୍ଦାମତାରେ ବଂଶବର୍ଦ୍ଧୀ ହୋଇ ମନେ ମନେ ଭାବିଲି ଏ ଅନ୍ୟାୟକୁ ବରଦାସ୍ତ କରିବା ମୋ ପକ୍ଷରେ ଅସମ୍ଭବ, ଏ ଅନ୍ୟାୟ ମୁଁ ସହ୍ୟ କରି ପାରିବି ନାହିଁ। ଏହାର ଯଦି କିଛି ଫଳପ୍ରଦ ନିରପେକ୍ଷ ସମାଧାନ ନ ହୁଏ, ମୋତେ ଯଦି ମୋର ହକ୍‌ ପ୍ରାପ୍ୟ ନ ମିଳେ ତେବେ ଶଳାକୁ କଲେଜ ହତା ଭିତରେ ଛୁରା ପେଲିଦେବି, କେହି ମୋତେ ଅଟକେଇ ପାରିବେନି, କେହି ତାକୁ ବଞ୍ଚେଇ ପାରିବେନି। ଏ ଅନ୍ୟାୟର ଭାରି ବୋଝକୁ ମୁଁ ମୋ ମଥା ଉପରେ ଲଦି ସାରା ଜୀବନ ବଞ୍ଚି ପାରିବି ନାହିଁ। ନାସାଗ୍ରରୁ ଉଚ୍ଛ୍ବକ୍ତ ନାଗ ସାପ ପରି ଫଁ ଫଁ ଉଷ୍ଣ ନିଃଶ୍ବାସ ନିର୍ଗତ ହେଉଥାଏ, ବକ୍ଷ ଭିତରେ ହୃତପିଣ୍ଡ ଦପ୍‌ ଦପ୍‌, ତା' ସହିତ ଦୁଇ ଆଖିରୁ ଝରି ଯାଉଥାଏ ଅବାରିତ ଲୋତକର ଧାରା। ବିଷାଦ ଓ କ୍ରୋଧ ମିଶା ମନ ନେଇ, ଢପ୍‌ ଢପ୍‌ ଲମ୍ବା ଲମ୍ବା ପାହୁଣ୍ଡ ପକେଇ ମୁଁ ଚାଲିଥାଏ ଫକୀର ମୋହନ ମହାବିଦ୍ୟାଳୟ ସାମନା ପିଟୁ

ରାସ୍ତା ଉପରେ । ତଥାପି ନିଜକୁ ସଂଯତରେ ରଖ୍ କେତେବେଳେ ଘରେ ପହଞ୍ଚିଛି ଜାଣିନାହିଁ । ନିଜର ଭାବ ପ୍ରବଣତାକୁ ଆୟତ୍ତରେ ରଖ୍ ନଟନନାଙ୍କୁ ପ୍ରାଧ୍ୟାପକଙ୍କ ସହିତ ଭେଟିବାର ଫଳାଫଳ ବିଷୟରେ ଅବଗତ କରେଇଲି । ଏ କଥା କହୁ କହୁ କୋହ୍ବର ବଶଭବର୍ତ୍ତୀ ହେଇ ଆଖ୍ ମୋର ପୁଣି ଲୁହରେ ଭରିଯାଉଥାଏ । ସେ ମୋତେ ଅନ୍ୟ ମାର୍ଗ ଦେଖେଇ ସମାଧାନର ଆଶ୍ୱାସନା ଦେବାରୁ ମୁଁ ଚୁପ୍ ଓ ଥଣ୍ଡା ହେଇ ରହିଲି । ପ୍ରଥମ ପଦକ୍ଷେପ ମୋର ଅସଫଳ ହେଲା ।

କଲେଜର ଛାତ୍ରନେତା, ସଭାପତି ନିତ୍ୟଗୋପାଳ ପାତ୍ର ଓ ସମ୍ପାଦକ ଉପେନ୍ଦ୍ର ବିଶ୍ୱାଳଙ୍କୁ ନେଇ ଅଧ୍ୟକ୍ଷ କେ ପି ନିଗମଙ୍କୁ ସାକ୍ଷାତ କରିବା ମୋର ଦ୍ୱିତୀୟ ପଦକ୍ଷେପ । ସଙ୍ଗେ ସଙ୍ଗେ ଦ୍ୱିତୀୟ ପଦକ୍ଷେପ କିପରି କାର୍ଯ୍ୟକାରୀ ହେବ ତା'ର ଯୋଜନାରେ ରହିଲି । ଇତି ମଧ୍ୟରେ ନଟ ନନା ନିତ୍ୟଗୋପାଳ ବାବୁଙ୍କ ସହିତ କଥାବାର୍ତ୍ତା କରି ଏ ଘଟଣା ଉପରେ ସମସ୍ତ ଅବଗତ କରାଇସାରିଥାନ୍ତି । ସେତେବେଳେର ଅଧ୍ୟକ୍ଷଙ୍କ ପିଅନ ରଘୁର ଅଲଂଘନୀୟ ପ୍ରାଚୀରକୁ ଅତିକ୍ରମ କରି ମୁଁ ଓ ନିତ୍ୟଗୋପାଳ ବାବୁ ଦିନେ ଅପରାହ୍ନରେ ଅଧ୍ୟକ୍ଷଙ୍କ ପ୍ରକୋଷ୍ଠ ଭିତରକୁ ପ୍ରବେଶ କଲୁ । ଭିତରଟା ମୋର ଭୟ ଓ ଆଶଙ୍କାରେ ଢୁଢୁବୁଢୁ । ଆଗରୁ କେବେହେଲେ ଅଧ୍ୟକ୍ଷଙ୍କ ପ୍ରକୋଷ୍ଠ ଦୁଆର ଟପି ନଥିଲି । ଅଧ୍ୟକ୍ଷ କେ ପି ନିଗମ ବଡ଼ ଦାଣ୍ଡା ଲୋକ ବୋଲି ଆଲୋଚନା ମାଧ୍ୟମରେ ଅନ୍ୟମାନଙ୍କ ଠାରୁ ବହୁତ ଶୁଣିଥିଲି । ପୁରା ନାମ ତାଙ୍କର କୀର୍ତ୍ତି ପ୍ରସାଦ ନିଗମ, ଏହା ଖୁବ୍ କମ୍ ଛାତ୍ର ଜାଣିଥାନ୍ତି । ପୂର୍ବତନ ଅଧ୍ୟକ୍ଷ ପ୍ରଫେସର ରାମ ପଞ୍ଚନାୟକଙ୍କୁ ଛୁରାମାଡ଼ ହେବା ପରେ ଅବସ୍ଥାକୁ ସମ୍ଭାଳିବା ପାଇଁ ତାଙ୍କୁ କୁଆଡ଼େ ଫକୀର ମୋହନ କଲେଜକୁ ଅଣାଯାଇଥିବାର ଶୁଣାଯାଉଥାଏ । ସେ କେବଳ ଇଂରାଜୀ ଓ ହିନ୍ଦୀରେ କଥାଭାଷା କରନ୍ତି ବୋଲି ଜାଣିଥିଲି । ସେତେବେଳେ ମୁଁ ନା ଇଂରାଜୀ ନା ହିନ୍ଦୀ କଥୋପକଥନରେ ପାରଙ୍ଗମ । ଖାଲି ଦାରୁଭୂତ ମୁରାରି ସାଜି ଭିତରେ ଠିଆ ହେଲି । ନିତ୍ୟଗୋପାଳ ବାବୁ ଇଂରାଜୀରେ ତାଙ୍କୁ ସମସ୍ତ ବର୍ଣ୍ଣନା କରିବାରୁ ନିଗମ ସାହେବ ସଙ୍ଗେ ସଙ୍ଗେ କଲିଂ ବେଲ୍ ଟିପିଲେ । ତୁରନ୍ତ ରଘୁ ପିଅନ ଆସି ହାଜର ହେଲା, ତାକୁ ସେ କହିଲେ "ଭାଇସ ପ୍ରିନସିପାଲ ଡକ୍ଟର ଦାସ କୋ ବୋଲାଓ ।" ସଙ୍ଗେ ସଙ୍ଗେ ଉପାଧ୍ୟକ୍ଷ ମହୋଦୟ ଡକ୍ଟର ମୀନକେତନ ଦାସ ତାଙ୍କ ଚେମ୍ବରରେ ହାଜର ହେଲେ । ନିଗମ ସାହେବ ତାଙ୍କୁ କହିଲେ "ଅନର୍ସ ସିଲେକସନ୍ ମେ କୁଚ୍ ଗଡ଼ବଡ଼ ହୁଆ ହେ । ଜଲ୍ଦି ଇନଭେଷ୍ଟିଗେଟ୍ କର୍କେ ଓସକୋ ସମାଧାନ କରୋ ।" ଏତକ ଶୁଣିବା ପରେ ଆମେ ଦୁଇଜଣ ତାଙ୍କ ଠୁଁ ବିଦାୟ ନେଇ ବାହାରି ଆସିଲୁ ।

ଡକ୍ଟର ଦାସ ଏ ଘଟଣାର ତଦନ୍ତ କରିବା କାମ ଆରମ୍ଭ କରିଦେଲେ । ସେ

ଗଣିତ ବିଦ୍ୟାରେ ବିଘ୍ନ ଓ ତାଙ୍କର ସନ୍ଦର୍ଭ ଶୂନ୍ୟର ମୂଲ୍ୟ ନିରୂପଣ ଉପରେ ଆଧାରିତ ବୋଲି ଆମେ ଯାହା ଶୁଣିଥାଉ। ଅଧ୍ୟକ୍ଷ ମହୋଦୟ ଯେଉଁ ପ୍ରକାରର କଥାବାର୍ତ୍ତା ଆମ ସହିତ କଲେ ଓ ଉକ୍ତର ଦାସଙ୍କୁ ଯେଉଁ ପ୍ରକାରର ଆଦେଶ ଦେଲେ ତାହା ଶୁଣି ତାଙ୍କ ପ୍ରତି ମୋର ଯେଉଁ ଧାରଣା ଥିଲା ତାହା ସମ୍ପୂର୍ଣ୍ଣ ରୂପେ ବଦଳି ଗଲା। ସେ ଶିକ୍ଷାବିତ୍ ସଙ୍ଗେ ସଙ୍ଗେ ଜଣେ ଦକ୍ଷ ପ୍ରଶାସକ ବୋଲି ମୋ ମନରେ ଦୃଢ଼ ବିଶ୍ୱାସ ଜନ୍ମିଲା। ନିତ୍ୟ ଗୋପାଳ ବାବୁଙ୍କୁ କୃତ୍ୟ କୃତ୍ୟ ପୂର୍ବକ ଧନ୍ୟବାଦ ଅର୍ପଣ କରି ମୁଁ ଫେରି ଆସିଲି। ଦ୍ୱିତୀୟ ପଦକ୍ଷେପ ସଫଳ ହେବାର ଆଶା ନେଇ ପ୍ରତୀକ୍ଷାରେ ରହିଲି।

କିଛିଦିନ ଅତିବାହିତ ହେବା ଅନ୍ତେ କୌଣସି ସମାଚାର ନପାଇ ପୁଣି ଯାଇ ଉପାଧ୍ୟକ୍ଷଙ୍କୁ ସାକ୍ଷାତ କଲି। ତାଙ୍କ କଥାରୁ ଯାହା ଅନୁମାନ କଲି, ସେ ଜାଣି ସାରିଲେଣି ହେରାଫେରି ଘଟଣାଟି ସତ୍ୟ। ବେଶୀ ଖୋଲ୍ ତାଡ଼୍ କଲେ ସହକର୍ମୀଙ୍କ ସହ ଅପଟ ହେବାର ସମ୍ଭାବନା ବା ହେରାଫେରି ଲୋକଲୋଚନକୁ ଆସିବାର ଆଶଙ୍କା। ତେଣୁ ତାଙ୍କୁ ଘଣ୍ଟ ଘୋଡ଼ାଇବାକୁ ଯାଇ ସେ ନିଷ୍କ୍ରିୟ ଓ ନିରୁପାୟ। ସେଥିପାଇଁ ସେ ଗୋଲି ପାଣି କରି ବିଭିନ୍ନ ପ୍ରକାରର ଆଳ ଦେଖେଇ ମୋତେ ଭୁଆଁ ବୁଲେଇବାରେ ଲାଗିଲେ, ମୁଁ ଯେପରି ଏଥରୁ ନିବୃତ ରହେ। "ଅନର୍ସ ପାଇଁ ତୁମକୁ ଅଧିକ ପେପର ନେବାକୁ ପଡ଼ିବ, ତୁମର ଆଇଏସସିରେ ଥାର୍ଡ ଡିଭିଜନ୍, ପୁଣି ଯେତକ ମାର୍କ ତୁମର ଅଛି ତମେ ଅନର୍ସରେ ଜମା ପାରିବ ନାହିଁ, ତୁମକୁ ପୁଣି ଅଧିକ ଦରମା ଦେବାକୁ ହେବ, ତୁମେ ପାସ ନେଇ ପଢ଼, ଅତି କମ୍ରେ ବିଏସସିଟା ତ ପାସ କରିଯିବ, ଅନର୍ସ ନେଲେ ଡାହା ଫେଲ୍ ହେବ, ମୁଁ ମୋର ଅଭିଜ୍ଞତାରୁ ତୁମର ଭଲ ପାଇଁ ତୁମକୁ କହୁଛି, ମୋ କଥା ମାନ" ଇତ୍ୟାଦି ଇତ୍ୟାଦି। ଏଇମିତି କେତେ କ'ଣ ଆଳ ଦେଖାଇ ଏଥରୁ ମୁଁ କିପରି ନିବୃତ ହୁଏ, ବୃଥା ଉପଦେଶମାନ ଆଷାଢ଼ ମାସର ବର୍ଷା ଭଳି ମୋ ଉପରେ ବର୍ଷିବାକୁ ଲାଗିଲେ। ସେତେବେଳେ ମୁଁ କିନ୍ତୁ ଥିଲି ନ ଛୋଡ଼ ବନ୍ଦା। "ଅନର୍ସ ସିଟ ଛଡ଼ା ମୁଁ କୌଣସି କଥା ଶୁଣିବାକୁ ରାଜି ନୁହଁ" ବୋଲି ରୋକ୍ ଠୋକ୍ ତାଙ୍କ ମୁହଁରେ କହିଦେଇ ତାଙ୍କ ସହିତ ଆଉ ଅଧିକ ବେହେସ ବାଜି ନକରି ଫେରିଆସିଲି। ଯା ପରେ ମୁଁ ଶତକଡ଼ା ଶହେ ଭାଗ ନିଶ୍ଚିତ ହେଇଗଲି ଯେ ପ୍ରାଧାପକ ମହୋଦୟ ଜାଣି ଜାଣି ଯିଏ ସିଟ ପାଇଁ ହକଦାର ତାକୁ ନଦେଇ ପ୍ରିୟ ପ୍ରୀତି ତୋଷଣ କରି ଅନ୍ୟ ମାନଙ୍କୁ ଦେଇଛନ୍ତି। କାହିଁକି ଯେ ପ୍ରିୟ ପ୍ରୀତି ତାର କାରଣ ମୋତେ ଅଜଣା। ଏହା ଘୋର ଅନ୍ୟାୟ ଏବଂ ଯାହା ହେଇଯାଉ ପଛକେ ମୁଁ ଏହାକୁ କଦାପି ବରଦାସ୍ତ କରି ପାରିବି ନାହିଁ, ସେହି ଭାବନା ମୋ ମନ ମଧ୍ୟରେ ସର୍ବଦା ଲାଗି ରହିଲା।

ଇତି ମଧ୍ୟରେ କଲେଜର ଅଧାପକ ମଣ୍ଡଳୀରେ ଏ ଘଟଣା ପ୍ରଘଟ ହୋଇ ମୃଦୁ

ଲଘୁଚାପଟିଏ ସୃଷ୍ଟି ହୋଇ ଯାଇଥାଏ । ରସାୟନ ବିଜ୍ଞାନର ଅଧ୍ୟାପକ ଜଗନ୍ନାଥ ଦାସଙ୍କ ସହିତ ଆମ କକାଙ୍କ ପରିବାରର ଘରୋଇ ହିସାବରେ ସମ୍ପର୍କ ଥିବାରୁ ମୁଁ ତାଙ୍କୁ ସାକ୍ଷାତ କରି ଏ ଘଟଣା ଅବଗତ କରାଇ ଉପଦେଶ ଲୋଡ଼ିଲି । ସେ ମୋତେ ପୁଣି ଥରେ ଅଧ୍ୟକ୍ଷଙ୍କୁ ଯାଇ ସାକ୍ଷାତ କରିବାକୁ ପ୍ରସ୍ତାବ ଦେଲେ । କହିଲେ, ଅଧ୍ୟକ୍ଷଙ୍କୁ ଏହିପରି କହିବାକୁ ପଡ଼ିବ, "ସାର୍‌, ଆପଣ ଯଦି ତୁରନ୍ତ ଏହାର ତଦନ୍ତ କରି କିଛି ସମାଧାନ ନ କରନ୍ତି, ତେବେ ଆମେ ଏହାକୁ ଅଦାଲତ ପର୍ଯ୍ୟନ୍ତ ନେବୁ । ଏମିତି ଧମକଟିଏ ଦେବାକୁ ପଡ଼ିବ ନୋହିଲେ କିଛି କାମ ହେବନି ।" ସେଇଆ ହିଁ ହେଲା । ମୁଁ ପୁଣି ଥରେ ସଭାପତି ନିତ୍ୟ ଗୋପାଳ ବାବୁଙ୍କୁ ନେଇ ଅଧ୍ୟକ୍ଷଙ୍କୁ ସାକ୍ଷାତ କଲି । ସାଫ ସାଫ ନିତ୍ୟ ଗୋପାଳ ବାବୁ ଅଧ୍ୟକ୍ଷଙ୍କୁ ଚରମ ପତ୍ର ଦେଲା ଭଳି କହିଲେ ଯେ ସେ ଯଦି ଏହାର ତୁରନ୍ତ ଫଇସଲା ନ କରନ୍ତି ତେବେ କଥା ଅଦାଲତ ପର୍ଯ୍ୟନ୍ତ ଯିବ । ଏହା ଶୁଣିବା ମାତ୍ରେ ଅଧ୍ୟକ୍ଷ ତତକ୍ଷଣାତ୍‌ ଡକ୍ଟର ମୀନକେତନ ଦାସଙ୍କୁ ଡକେଇ ଭୀଷଣ ବିରକ୍ତ ହେଲେ ଏବଂ ଏହାର ଯେତେଶୀଘ୍ର ସମାଧାନ ପାଇଁ ଆଦେଶ ଦେଲେ ।

ତା'ପର ଠାରୁ ମୁଁ ପ୍ରାୟ ପ୍ରତିଦିନ ଦୁଇଥର ଡକ୍ଟର ଦାସଙ୍କୁ ଯାଇ ଦେଖା କରୁଥାଏ ଓ ଆଉ ସେ ଦିନ ପରେ ଦିନ ଗଡ଼ାଇ ଚାଲିଥାନ୍ତି । ନଭେମ୍ବର ଯାଇ ଡିସେମ୍ବର ମାସର ସପ୍ତାହେ ଗଲା, ଅନର୍ସର ଆଶା ପଦ୍ମ ଘୁଞ୍ଚି ଘୁଞ୍ଚି ଯାଇ ମଞ୍ଚ ପୋଖରୀ ହେଲା କିନ୍ତୁ ଏହାର କୌଣସି ଚୂଡ଼ାନ୍ତ ନିଷ୍ପତି ହୋଇ ପାରିଲା ନାହିଁ । ନାଁ ମୁଁ ଏ ପଟେ ନାଁ ସେ ପଟେ । ବିନା ପଢ଼ା ପଢ଼ି ଓ ମାନସିକ ଦୁଶ୍ଚିନ୍ତାରେ ସମୟ ମୋର ଅତିବାହିତ ହେଉଥାଏ ।

ଡକ୍ଟର ମୀନକେତନ ଦାସ ମଲ୍ଲିକାଶପୁର ଫକୀର ମୋହନ ସେନାପତିଙ୍କ ଶାନ୍ତିକାନନ ପାର୍ଶ୍ୱବର୍ତ୍ତୀ ଏକ ଭଡ଼ା ଘରେ ବାସ କରୁଥାନ୍ତି । କଲେଜ ପରେ ସନ୍ଧ୍ୟାରେ ସେ ଦିନେ ଗୃହ ପ୍ରତ୍ୟାବର୍ତ୍ତନ କରୁଥିବା ବେଲେ ମୋ ସହିତ ତାଙ୍କର ଅକସ୍ମାତେ ସାକ୍ଷାତ ହେଇଗଲା । ମୁଁ ବି ସେଇପଟେ ମୋର ବାସ ଯାଗା ଟୋଲଙ୍କସାହି କକାଙ୍କ ଘରକୁ ଯାଉଥିଲି । ଆମେ ଦୁଇଜଣ ବାର୍ତ୍ତାଲାପ କରି ମଲ୍ଲିକାଶପୁର ଆଡ଼େ ମୁହେଁଇଲୁ । ମୀନକେତନ ବାବୁଙ୍କର ମୁଣ୍ଡରେ ପଚ ପଚ କେନ୍ଦୁରାଇତିନ ତେଲ ଚକ ଚକ କରୁଥାଏ ଓ ତା'ର ତୀବ୍ର ମହକ ପବନରେ ଭାସି ଆସି ମୋ ନାକ ଫଟେଇ ପକଉଥାଏ । କହୁ କହୁ ସେ ମୋତେ କହିଲେ, "ଭଲ ହେଲା ତୁମ ସହିତ ମୋର ଦେଖା ହେଇଗଲା । ଅନର୍ସ ବିଷୟରେ ମୁଁ ସମସ୍ତ ତଦାରଖ କରି ଦେଖିଲି, ଜଣେ ନୁହଁ ତିନି ଜଣ ଠିଙ୍କ ବଦଲରେ ତିନିଜଣ ପୁଅ ଅନର୍ସ ପାଇବେ । କିନ୍ତୁ ଦୁଃଖର ବିଷୟ ଯେ ସେ ତିନି ପୁଅଙ୍କ ଭିତରେ ତୁମେ ନାହଁ । ତଥାପି ମୁଁ ପୁଣିଥରେ ଉତ୍ତମ ରୂପେ ତଦାରଖ କରି ତୁମକୁ ଜଣେଇବି ।" ଏହାକୁ ଶୁଣନ୍ତେ ମୋ ମୁଖରୁ କେତେ ମିନିଟ୍‌ ଧରି ବାକ୍ୟ

ସ୍କୁରିଲା ନାହିଁ। ତଥାପି ଚେଷ୍ଟା କରି ମୁଁ ତାଙ୍କୁ ଏତକ କହିଲି, "ସାର, ନ୍ୟାୟତଃ ଯାହାକୁ ଅନର୍ସ ମିଳିବା କଥା ମିଳିଲେ ମୋର କିଛି ଆପତ୍ତି ବା ଅଭିଯୋଗ କରିବାର ନାହିଁ।" ତାଙ୍କୁ ଧନ୍ୟବାଦ ଜଣେଇ ନମସ୍କାର କରି ତର ତର ହୋଇ ମୁଁ ଟୋଲଙ୍କ ସାହି ବାସ ଭବନ ଆଡ଼କୁ ଅଗ୍ରସର ହେଲି।

"ନ୍ୟାୟତଃ ଯାହାକୁ ଅନର୍ସ ମିଳିବା କଥା ମିଳିଲେ ମୋର କିଛି ଆପତ୍ତି ବା ଅଭିଯୋଗ ନାହିଁ", ଏପରି ବଡ଼ ବାକ୍ୟଟିଏ ବାହାଦୁରି ମାରି କହିତ ଦେଲି ହେଲେ ମନଟା ମୋର ସେତେବେଳେକୁ ଫିକା ପଡ଼ିଯାଇଥିଲା। ଘରେ ପହଞ୍ଚି ତକିଆ ଉପରେ ମୁହଁ ମାଡ଼ି ବହେ କାନ୍ଦିଲି। ମନ ଦିନ ରାତି ସନ୍ତୁଲି ହେବାକୁ ଲାଗିଲା। କୌଣସି ଥରେ ମନ ବସିଲା ନାହିଁ, ନିଦ ହେଲା ନାହିଁ। ଦିନ ରାତି ସ୍ୱପ୍ନ, ସେହି ଅନର୍ସ, ଅନର୍ସ, କେବଳ ଅନର୍ସର ସ୍ୱପ୍ନ।

ତହିଁ ପରଦିନ କଲେଜରେ ମୋର ଉପର ଶ୍ରେଣୀରେ ପଢୁଥିବା ବାନ୍ଧବୀ ଓ ଲେଖା ଯୋଖାରେ ଭଉଣୀ ଜଣଙ୍କୁ ଏ କଥା କହିଲି। ଏ ଘଟଣା କଲେଜରେ ସେ ଆଗରୁ କେମିତି ଶୁଣି ସାରିଥିଲେ। ମୋ ମୁଖରୁ ପୁଣି ଥରେ ଶୁଣି ସେ ଉପହାସ ଛଳରେ ମନ୍ତବ୍ୟଟିଏ ଦେଲେ, "ଓ, ତୁ ତା'ମାନେ ଦଳ ଛେଡ଼ିଲୁ ଆଉ ଅନ୍ୟ ମାନେ କଉ ଖାଇଲେ, ହଉ ଯାହା କଲୁ ଭଲ କଲୁ।" ତାଙ୍କର ଏ ପ୍ରକାର ମନ୍ତବ୍ୟ ଶୁଣି ମୁଁ ମର୍ମାହତ ହେଲି, ହେଲେ ନିରବ ରହିଲି। ଅନର୍ସ କଟି ଯାଉଥିବା ଜଣେ ଛାତ୍ରୀଙ୍କର ବଡ଼ ଭଉଣୀଙ୍କର ସହେଲି ଯୋଗୁଁ ସେ ମୋତେ ସେମିତି ଶୁଣେଇଦେଲେ। ତାହା ମୁଁ ପରେ ଜାଣିଲି। ଅନର୍ସ ତ ମିଳିଲା ନାହିଁ, ତା' ବଦଳରେ କଲେଜରେ ସମସ୍ତେ ଘଟଣାଟି ଜାଣିଯାଇ ଥିବାରୁ କେତେଜଣ ସହପାଠୀଙ୍କ ମହଲରେ ହାସ୍ୟାସ୍ପଦ ହେବାକୁ ଲାଗିଲି। କେତେ ପୁଣି ବିରୋଧୀ, ପ୍ରଚ୍ଛଦ ପଟରେ ରହି ଚିଟିକାରି ମାରି ତାଚ୍ଛଲ୍ୟ ପୂର୍ବକ ମଜା ଉଡ଼େଇବାର ଖବର ମଧ ପାଇଲି।

ଏଇମିତି ମୋର ପାସ କ୍ଲାସ ଚାଲିଥାଏ। ଦିନେ ମୁଁ ଉଭିଦ ବିଜ୍ଞାନ କ୍ଲାସ ସାରି କ୍ଲାସରୁ ବାହାରୁ ବାହାରୁ ଅଫିସରୁ ପିଅନଟିଏ ମୋତେ ଦେଖାକରି କହିଲା, "ତମ ସାଙ୍ଗରେ କଥା ହେବା ପାଇଁ ତମକୁ ଭାଇସ୍‌ ପ୍ରିନ୍‌ସିପାଲ୍‌ ତାଙ୍କ ଅଫିସକୁ ଡକେଇଛନ୍ତି।" ସେତେବେଳେ ଘଡ଼ିକେ ଘୋଡ଼ା ଛୁଟୁଥିଲା, ହେଲେ ପୁଣି କ'ଣ ହେଲା ? କାହିଁକି ଭାଇସ୍‌ ପ୍ରିନ୍‌ସିପାଲ୍‌ ଡାକିଲେ ? ଜାଣିବାକୁ ସନ୍ଦିହାନ ମନ ଓ ଆଶଙ୍କାରେ ଅଫିସ ଦୌଡ଼ିଲି ପିଅନଟି ସହିତ। ଡକ୍ଟର ମୀନକେତନ ଦାସ ତାଙ୍କର ଚେମ୍ବରରେ ମୋଟା କଳା ଫ୍ରେମବାଲା ଚଷମାଟିକୁ ମୁଣ୍ଡ ଉପରକୁ ଟେକିଦେଇ ବସିଥାନ୍ତି। ମୋତେ ଦେଖି କହିଲେ 'ଆସ ଆସ, ତମ ଅପେକ୍ଷାରେ ମୁଁ ଥିଲି, ଭଲ ଖବର, ଜାଣି ଖୁସି ହବ, ତମେ

ଶେଷରେ ଅନର୍ସ ପାଇଲ'। ତୁମ ନାଁ ଅନର୍ସ ପାଇଥିବା ତିନିଜଣ ନୂତନ ଛାତ୍ରଙ୍କ ମଧ୍ୟରେ ଅଛି। ନୋଟିସ ବାହାରିଲେ ଅନର୍ସ ଫି ଦାଖଲ କରି ଏଡମିସନ ନେଇ ନିଅ।" ସେତକ ଖାଲି ଶୁଣି ଦେଇ ତାଙ୍କୁ ଧନ୍ୟବାଦ କହି ମୁଁ ବାହାରକୁ ବାହାରି ଆସିଲି। ୟା ଭିତରେ ଯେଉଁ ମାନସିକ ଦୁରବସ୍ଥା ଦେଇ ମୁଁ ଗତି କରିଥାଏ, ମୋର ଆଉ କୌଣସି ଥରେ ବିଶ୍ୱାସ ହେଉ ନଥାଏ। ତାଙ୍କ କହିବାଟା ସତ୍ୟ ଅବା ମିଥ୍ୟା ତାହା ଜାଣିବା ପାଇଁ ଚାତକ ପାଣିକୁ ଅନେଇ ବସିଲା ଭଲି ନୋଟିସ ବାହାରିବାକୁ ଅନେଇ ବସିଲି।

ଡିସେମ୍ବର ମାସ ସ୍ପୋର୍ଟସ ପାଇଁ କ୍ଲାସ ଛୁଟିଥାଏ। ବଜାର ଯାଉ ଯାଉ ହଠାତ୍ କେମିତି କେଜାଣି ମନ କହିଲା ସାଇକେଲଟା ଧରି କଲେଜ ନୋଟିସ ବୋର୍ଡ ଆଡ଼େ ଚକ୍କରଟିଏ ମାରିଦେଇ ଆସିବାକୁ। ସ୍ପୋର୍ଟସ ଚାଲିଥିବା ଯୋଗୁଁ କଲେଜ ପୂର୍ବ ପଟ ପଡ଼ିଆରୁ ହୋ ହୋ ଶବ୍ଦ ଆସୁଥାଏ। ସେ ଆଡ଼କୁ ମୋର ଜମାରୁ ଧ୍ୟାନ କି କାନ କିଛି ନଥାଏ। ବହୁତ ଦୂରରୁ ନୋଟିସ ବୋର୍ଡ ଜାଲି ଭିତର ଦେଇ ନୋଟିସଟିଏ ମୋର ଦୃଷ୍ଟି ପଥ ଅବରୋଧ କଲା। ଧଡ଼କିନା ସାଇକେଲ ଷ୍ଟାଣ୍ଡ ମାରିଦେଇ ନୋଟିସ ବୋର୍ଡ ଆଡ଼କୁ ବିଜୁଲିବେଗରେ ଧାଇଁଗଲି। ଦେଖିଲି ସତକୁ ସତ ଅନର୍ସ ସିଲେକ୍ସନର ନୋଟିସଟି କାର୍ବନ କପିରେ ଲେଖା ହେଇ ବାହାରିଛି ଓ ମୋର ନାମ ଶେଷ ବ୍ୟକ୍ତି ହିସାବରେ ସେଠ୍ରେ ଟାଇପ ହେଇଛି। ନୋଟିସ୍ ବୋର୍ଡର ଜାଲି କବାଟଟିକୁ ଉପରକୁ ଟେକିଲି, ନୋଟିସଟିକୁ ଚିରି ପକେଟରେ ପକାଇ ଘରକୁ ମାରିଲି ଚମ୍ପଟ୍। ଆଉ ବଜାର ଯିବାକୁ ମାର ଗୁଲି। ତହିଁ ପରଦିନ ଶନିବାର ସକାଳେ କଲେଜ ଅଫିସ ଖୋଲନ୍ତେ ଅନର୍ସ ବାବଦରେ ଅଧିକ ଦରମା ଗଣ୍ଠାକ କିରାଣି ବାପୁଢ଼ାଙ୍କ ପାଖରେ ଦାଖଲ କରି ରସିଦ ନେଇ ଆସିଲି। ନିରୋଲାକୁ ଯାଇ ରସିଦଟିକୁ ହାତରେ ଧରି ବୋହେ କାଢ଼ିଲି। ଏହା କ'ଣ ସତ ? ମୋତେ କ'ଣ ସତରେ ଅନର୍ସ ମିଲି ଗଲା ? ମନକୁ ମନ ନିଜେ ନିଜେ ବୁଝେଇ ତୁନି ହେଇ ସୋମବାର ସକାଳେ କେମିତି ଅନର୍ସ କ୍ଲାସ ଯିବି ସେଇ ଅପେକ୍ଷାରେ ରହିଲି।

ସୋମବାର ସକାଲ ନଅଟାରେ ପ୍ରାଣୀବିଜ୍ଞାନ ଅନର୍ସର ପ୍ରାକ୍ଟିକାଲ କ୍ଲାସ ଆରମ୍ଭ ହେବାର କଥା। ଆଗରୁ ଯୋଗଦେଇଥିବା ଜୁଲୋଜି ଅନର୍ସ ସାଙ୍ଗ ମାନଙ୍କ ପାଖରୁ ଏ ଖବର ଆଣି ମୁଁ ଆଗରୁ ପ୍ରସ୍ତୁତ ହେଇ ରହିଥାଏ। ଅନର୍ସ ପାଇଁ ଦାଖଲ କରିଥିବା ପାଉଣାର ରସିଦ ଓ ଅନର୍ସ ସିଲେକ୍ସନର ନୋଟିସଟିକୁ ଅମୂଲ୍ୟ ଧନ ପରି ଛାତି ପକେଟରେ ସାଇତି ଲାବୋରେଟୋରି ଭିତରକୁ ପଶିଲି। ଅଧ୍ୟାପକ ଥା'ନ୍ତି ଗଜେନ୍ଦ୍ର ପାଢ଼ୀ। ଛାତି ମୋର ଭୟରେ ଦପ୍, ଦପ୍। କିଏ କ'ଣ ଭାବିବ, କିଏ କ'ଣ କହିବ। ପରିସ୍ଥିତି କ'ଣ

ହେବ ? ସେଇ ଆଶଙ୍କାରେ। ତଥାପି ସବୁକୁ ମୁକାବିଲା କରିବାର ସାହସ ନେଇ ଛାତିକୁ ପଥର ପରି ଦୃଢ଼କରି ଲାବୋରେଟୋରୀ ଭିତରକୁ ପଶିଲି। ସେତେବେଳକୁ ପ୍ରାୟ ଏ ବିଷୟ ସମସ୍ତେ ଜାଣି ଯାଇଥାନ୍ତି। ମୋତେ ଭିତରକୁ ପଶିବାର ଦେଖି କେତେ ଜଣ ଆଖି ଠାରା ଠରି ହେଇ ଫୁସୁର ଫାସର ହେବା ଆରମ୍ଭ କରିଦେଲେ, ମୁଁ ସେ ସବୁ ଦେଖିଲି। ସେତେବେଳେ ପ୍ରାଣୀ ବିଜ୍ଞାନ ଅନର୍ସ ଶ୍ରେଣୀ ପାଇଁ ମାତ୍ର ଷୋହଳ ଗୋଟି ସ୍ଥାନ ଥାଏ। ବାସ୍ତବରେ ମଧ ଲାବୋରେଟୋରି ଭିତରେ ଷୋହଳଟି ବସିବାର ସ୍କୁଲ ଥାଏ। ମୁଁ ଯାଇ ଗୋଟିଏ ସ୍କୁଲ ଅଧିକାର କରି ବସିବାରୁ ଜଣେ ଛାତ୍ରୀ ବସିବାକୁ ସ୍ଥାନ ନ ପାଇ ଅଧ୍ୟାପକଙ୍କ ଦୃଷ୍ଟି ଆକର୍ଷଣ କରି ଅଭିଯୋଗ କଲେ। ଅଧ୍ୟାପକ ଗଜେନ୍ଦ୍ର ପାଢ଼ୀ ମୋତେ ନୂତନ ଦେଖି "ତମେ କିଏ ? କାହିଁକି ଏଠାରେ ?" ଏମିତି ପ୍ରଶ୍ନ ପଚାରିଲେ। ମୋ କପାଳରେ ସେତେବେଳକୁ ବିନ୍ଦୁ ବିନ୍ଦୁ ଝାଳ। ହାତ ଥରୁଥାଏ। ଦର୍ପରେ କହିଲି, "ସାର୍, ମୋ ନାଁ ଗଗନ ବିହାରୀ ପାଣିଗ୍ରାହୀ।" ସଙ୍ଗେ ସଙ୍ଗେ ପକେଟରୁ ରସିଦ ଓ ନୋଟିସ ବାହାର କରି ତାଙ୍କୁ ନେଇ ଦେଖେଇଲି। ମୋର ରସିଦ ଦେଖି ସେ ଅନ୍ୟ ମାନଙ୍କୁ କହିଲେ କ୍ଲାସ ପରେ ଅଫିସକୁ ଯାଇ କାହାର ଅନର୍ସ କଟି ଯାଇଛି ତାହା ବୁଝାବୁଝି କରିବା ପାଇଁ।

ସେଇ ଘଟଣା ପରେ ତିନି ଜଣ ଛାତ୍ରୀ ଆଉ ଅନର୍ସ ଶ୍ରେଣୀକୁ ଆସିନାହାନ୍ତି। ପରେ ଯାହା ଜାଣିଲି ଜଣେ ସୋର ମହାବିଦ୍ୟାଳୟକୁ ସ୍ଥାନାନ୍ତରିତ କରିଗଲେ, ଜଣେ କୁନ୍ତଳା କୁମାରୀ ମହିଳା ମହାବିଦ୍ୟାଳୟରେ ରାଜନୀତି ବିଜ୍ଞାନ ନେଇ ପଢ଼ିଲେ ଓ ତୃତୀୟ ଜଣକ ସେହିଠାରେ ସି ବି ଜେଡ୍ ପାସ୍ ନେଇ ବିଏସ୍‍ସି ପଢ଼ିଲେ। ଅନର୍ସ ସିଲେକ୍ସନର ବିବାଦ ସେଇଟ ଟୁଟିଲା। ଚୂଡ଼ାନ୍ତ ନିଷ୍ପତ୍ତି ପରେ ଅବ୍‍ଦୁଲ କାଦିର, ସୁନୀଲ ପାତ୍ର ଓ ଗଗନ ବିହାରୀ ପାଣିଗ୍ରାହୀଙ୍କୁ ଅନର୍ସ ସିଟ୍ ମିଳିଲା। ଆଇଏସ୍‍ସିରେ କେତେକ ପ୍ରଥମଶ୍ରେଣୀ, ବହୁତ ଦ୍ୱିତୀୟ ଶ୍ରେଣୀ ଓ ଖୋବ୍ କମ୍ କେତେ ଜଣ ତୃତୀୟ ଶ୍ରେଣୀରେ ଉତ୍ତୀର୍ଣ ହୋଇ ପ୍ରାଣୀବିଜ୍ଞାନ ଅନର୍ସ ନେଇ ପଢ଼ିଲେ। ମୁଁ ତୃତୀୟ ଶ୍ରେଣୀ ବାଲା ଅନର୍ସରେ ଷୋହଳ ଜଣଙ୍କ ଭିତରୁ ଶେଷ ବ୍ୟକ୍ତି ହିସାବରେ ପ୍ରାଣୀ ବିଜ୍ଞାନ ଅନର୍ସ ଶ୍ରେଣୀରେ ପଶିଲି।

ଅନର୍ସ ତ ମିଳିଲା, ଏବେ କ'ଣ କରାଯିବ ? ସତରେ ମୁଁ କ'ଣ ପାରିବି ? ଅସଲ ଚିନ୍ତା ଆସିଲା ମୁଣ୍ଡକୁ। ପ୍ରଥମ ଦିନରୁ ପଣ କଲି, ସୂର୍ଯ୍ୟ ଦେବତା ପୂର୍ବ ଦିଗ ଛାଡ଼ି ପଶ୍ଚିମ ଦିଗରେ ଉଦୟ ହେଲେ ବି ମୁଁ ସେଥିରେ ବିଚଳିତ ବିବ୍ରତ ନହୋଇ ମୋର ସମସ୍ତ ସମୟ କେବଳ ବିଦ୍ୟା ଅଧ୍ୟୟନରେ ବିନିଯୋଗ କରିବି। ମୁଁ ସେତେବେଳେ ଚାହିଁଲି କିପରି ଦିନକୁ ଚବିଶ ଘଣ୍ଟାରୁ ପୂରା ଚବିଶ ଘଣ୍ଟା ଅଧ୍ୟୟନ

କରି ପାରିବି । ପଚିଶ ଘଣ୍ଟା ଯଦି ସମ୍ଭବ ହୋଇ ପାରୁଥାନ୍ତା, ତାହା ମଧ୍ୟ ମୁଁ କରିବାକୁ ପଛ ଘୁଞ୍ଚା ଦେଇ ନଥାନ୍ତି । ସେଥିପାଇଁ କକାଙ୍କ ଟୋଲଙ୍କସାହି ବାସ ଭବନର ପାରିପାର୍ଶ୍ୱିକ ଅବସ୍ଥା ଅନୁକୂଳ ନଥିଲା । ତେଣୁ ମୁଁ ସେଠା ଛାଡ଼ି ଗଡ଼ ଗଡ଼ିଆ ପୋଖରୀ ନିକଟସ୍ଥ ବାଣୀଭବନ ମେସ୍‌କୁ ମୋର ବାଲ୍ୟକାଳର ବନ୍ଧୁ ଓ ଉଭିଦ ବିଜ୍ଞାନ ଅନର୍ସ ନେଇ ଅଧ୍ୟୟନ କରୁଥିବା ସହପାଠୀ ସାଧୁଚରଣ ନାୟକଙ୍କ ସହିତ ରହିବା ପାଇଁ ଚାଲିଗଲି । ସେହିଦିନ ଠାରୁ ନିଜ ଭାଗ୍ୟ ଡୋରି ନିଜ ହାତରେ ନିଜ ଭାଗ୍ୟକୁ ଭରସା କରି ବାନ୍ଧିବାକୁ ଲାଗିଲି । ନିଜ ଜୀବନର ଭବିଷ୍ୟତ ଗଠନ ପାଇଁ ସମ୍ପୂର୍ଣ୍ଣ ଦାୟିତ୍ୱ ନେଇ କେତେକ ନିଜ ପରିବାରବର୍ଗଙ୍କ ଦୃଢ଼ ପ୍ରତିବାଦ ଓ ବାରଣ ସତ୍ତ୍ୱେ ମୁଁ ଟୋଲଙ୍କସାହି ବାସ ଭବନ ଛାଡ଼ିଥିଲି । ଭଲ ହେଲେ ମୋର ଖରାପ ହେଲେ ମୋର ।

ଆଗରୁ କେବେହେଲେ ମୁଁ ବାହାରେ ରହି ନଥିଲି । ସବୁବେଳେ ପରିବାରର ଛତ୍ରଛାୟା ତଳେ ବାସ କରି ଆସିଥିଲି । ବଡ଼ ନନା ଯୋଗାଡ଼ କରିବା ମୁତାବକ ବାଣୀ ଭବନ ମେସରେ ମୋତେ ପ୍ରଥମ କରି ବାହାରେ ରହିବାକୁ ପଡ଼ିଲା । ମନରେ ଭୟ । ସବୁ କଥାରେ ଜଗିବାକୁ ପଡ଼ିବ, ନିଜକୁ ସଜାଗ ରହିବାକୁ ପଡ଼ିବ । ମୋର ନିଜ ରୁମ୍‌ ମିଳିବାକୁ ଡେରି ହେବାରୁ ମୁଁ କେତେ ରାତି ଅନ୍ୟ ଜଣେ କଲେଜ ଛାତ୍ରଙ୍କ ସହିତ କଟେଇଲି । ତାଙ୍କର ରୁମ୍‌ଟି ଗଲିର ସର୍ବସାଧାରଣ ନାଳି ଗୋଡ଼ି ରାସ୍ତାକୁ ଲାଗି । କବାଟ ଝରକା ବନ୍ଦ କଲେବି ବାହାରର ଶବ୍ଦ । ରାସ୍ତାରେ ସାଇକେଲ ଗଲେ ଭିତରକୁ 'ସରର ସାରର' ଶବ୍ଦ ଶୁଭୁଥାଏ । ତା' ସହିତ ସାଇକେଲର 'କ୍ରିଂ କ୍ରିଂ' ଘଣ୍ଟି ଓ ହାତ ଟଣା ରିକ୍ସାର 'ପେଁ ପେଁ' ଆବାଜ । ଅଭ୍ୟାସ ନଥିବାରୁ ପ୍ରଥମ ରାତି ଶବ୍ଦରେ ଓ ଭୟରେ ମୋତେ କାଣିଚାଏ ବି ନିଦ ହେଲାନାହିଁ । ମୋତେ ସବୁବେଳେ ଲାଗୁଥାଏ କିଏ କବାଟ ଖୋଲିଲା କି ? ଭିତରକୁ କିଏ ପଶି ଆସିଲା କି ? ପୁଣି ବାହାରେ ଉଠା ପାଇଖାନା ଓ ରାସ୍ତା କଡ଼ ସର୍ବସାଧାରଣ କୂପରେ ଗାଧୁଆ । ଏସବୁ ମୋତେ ପ୍ରଥମେ ପ୍ରଥମେ ବିବ୍ରତ କରି ପକେଇଲା । ଉପାୟ ନାହିଁ । ସବୁ ଶେଷକୁ ଚଳେଇ ନେବାକୁ ପଡ଼ିଲା । କିଛିଦିନ ପରେ ମୋତେ ମୋର ନିଜ କୋଠରିଟି ମିଳିଗଲା । ଶୋଇବାକୁ ଖଟ ନାହିଁ । ସିମେଣ୍ଟ ଚଟାଣରେ ସତରଞ୍ଜି ପାରି ତହିଁ ଉପରେ ଶୋଇବାର ବନ୍ଦୋବସ୍ତ କଲି । ଚଟାଣ କିନ୍ତୁ ପାଣି ଜରକା ସତସତିଆ ଥିବାରୁ ପ୍ରଥମ ରାତିରେ ସତରଞ୍ଜି ଓଦା । ତହିଁ ପରଦିନ କିଛି କାର୍ଡବୋର୍ଡ ଯୋଗାଡ଼ କରାଗଲା । ତା' ଉପରେ ପ୍ଲାଷ୍ଟିକ୍‌ ଜରି ଖଣ୍ଡିଏ ପକେଇ ବିଛଣା ପାରିବା ହେଲା ।

ରହିବାର ବନ୍ଦୋବସ୍ତ ତ ହେଇଗଲା, ହେଲେ ଖାଇବି କେଉଁଠି ? ନିକଟସ୍ଥ ମେସରେ କିଛି ସୁବିଧା କରିବା ପାଇଁ ମୁଁ ଓ ବନ୍ଧୁ ସାଧୁଚରଣ କଥାବାର୍ତ୍ତା କରିବାକୁ

ଗଲୁ। ସେ ମେସ୍‌ର ଦାୟିତ୍ୱରେ ଥିବା ମୁଖ୍ୟଆ ଜଣକ ବିଭିନ୍ନ ପ୍ରକାରର ଆଳ ଦେଖେଇ ଆମ କଥାରେ ଅମଙ୍ଗ ହେଲେ। ଶେଷରେ ମୁଁ ମୋର ଯଥା ସାଧ୍ୟ ମାନସିକ ବଳ ପ୍ରୟୋଗ କରି ତାଙ୍କୁ ମନେଇବାରେ ସକ୍ଷମ ହେଲି। ତଥାପି ବାବୁ ଜଣକ କହିଲେ "ଆମର ଏତେ ଜଣ ମେସ୍‌ବାସୀଙ୍କ ପାଇଁ ପାଣି ରଖିବାକୁ ବଡ଼ ପାତ୍ର ନାହିଁ।" ମୁଁ କହିଲି, "ଠିକ୍ ଅଛି, ମୁଁ ଗୋଟିଏ ବଡ଼ ମାଟି ହାଣ୍ଡି ଆଣିଦେବି ପାଣି ରଖିବାକୁ।" ଶେଷକୁ ସେ ସେଥିରେ ବାଧ୍ୟ ହୋଇ ରାଜି ହେଲେ।

ତହିଁ ପରଦିନ ବନ୍ଧୁ ସାଧୁ ଚରଣକୁ ନେଇ ଥାନା ପାଖ ବଜାରକୁ ହାଣ୍ଡି କିଣିବାକୁ ଗଲି। ହାଣ୍ଡି କିଣାହେଲା ପରେ ଆଉ ହାତରେ ପଇସା ନ ଥାଏ ରିକ୍ସା କରିବାକୁ। କିଛି ବାଟ ସାଧୁ ମୁଣ୍ଡରେ ମୁଣ୍ଡେଇଲା ଓ କିଛି ବାଟ ମୁଁ ମୁଣ୍ଡରେ ମୁଣ୍ଡେଇ ହାଣ୍ଡି ଆଣି ମେସ୍‌ରେ ପହଞ୍ଚେଇଲୁ। ଏ ସବୁ ଅସୁବିଧା ସତ୍ତ୍ୱେ ମୋର ମନ କିନ୍ତୁ ବିଚଳିତ ନଥିଲା। ମନ ସବୁବେଳେ ପଢ଼ାରେ, ଲକ୍ଷ୍ୟ ଏକ ଏବଂ ଅକ୍ଷୁଣ୍ଣ।

ପ୍ରଥମ ଦିନରୁ ଯେତେ ଆଭ୍ୟନ୍ତରୀଣ ପରୀକ୍ଷା ହେଲା ସବୁଥିରେ ସର୍ବୋଚ୍ଚ ନମ୍ବର ରଖିଲି। କେତୋଟି ଘଣ୍ଟା ନିତ୍ୟକର୍ମ, ଭୋଜନ ଓ ଶୟନକୁ ବାଦ୍ ଦେଲେ ଆଉ ବାକିତକ ସମସ୍ତ ସମୟ ଅଧ୍ୟୟନରେ ବିତିଲା। ପରୀକ୍ଷାମାନଙ୍କର ଫଳ ଦେଖି ପ୍ରାଣୀ ବିଜ୍ଞାନ ବିଭାଗର ଅଧ୍ୟାପକ/ଅଧ୍ୟାପିକା ମାନେ ମୋର ପ୍ରିୟ ହେବାକୁ ଲାଗିଲେ। ସେତେବେଳେ ପ୍ରାଣୀ ବିଜ୍ଞାନ ବିଭାଗରେ ରେଣୁକା ଜେନା, ରମେଶ ସାହୁ, ଡକ୍ଟର ସ୍ମୃତି ବର୍ଦ୍ଧନ, ନଳିନୀ ନନ୍ଦ, ଗଜେନ୍ଦ୍ର ପାଢ଼ୀ ଓ ଇନ୍ଦୁ ଦାସ ଅଧ୍ୟାପକ/ଅଧ୍ୟାପିକା ହିସାବରେ ଥିଆନ୍ତି। ଦିନେ ମୋତେ ନିରୋଳାରେ ପାଇ ରିଡର ରେଣୁକା ମାଡାମ୍ ମୋର ପଢ଼ାପଢ଼ି କେମିତି ଚାଲିଛି ପଚାରିଲେ। ଏଇମିତି କଥା ପଡୁ ପଡୁ ମୋର ମ୍ୟାଟ୍ରିକ ଓ ଆଇଏସ୍‌ସି କେଉଁ ଡିଭିଜନ ବୋଲି ପଚାରି ଦେଲେ। ମୁଁ ଆଇଏସ୍‌ସି ଥାର୍ଡ ଡିଭିଜନ ବୋଲି କହିଲି। ସେତେବେଳେ ଆବେଗ ଭରା ଚକ୍ଷୁ ମୋର ଲୋତକାପ୍ଲୁତ ହୋଇଉଠିଥିଲା। ମାଡାମ୍ ମୋତେ ଦୁଃଖ ନ କରିବା ପାଇଁ ଆଶ୍ୱାସନା ଦେଇଥିଲେ। ରସାୟନ ବିଜ୍ଞାନର ଅଧ୍ୟାପକ ମାୟାଧର ବେହେରା ଓ ଭାଗୀରଥି ସାହୁ ମୋର ପରିଚିତ ହେଲେ। ଉଭିଦ ବିଜ୍ଞାନର ଅଧ୍ୟାପକଙ୍କ ମହଲରେ ମୁଁ ଧୀରେ ଧୀରେ ପରିଚିତ ହେବାକୁ ଲାଗିଲି। ଆଇଏସ୍‌ସି ପରୀକ୍ଷା ଫଳ ପରେ ଯେଉଁ ମେଧାବୀ ଛାତ୍ରମାନେ ମୋତେ ନ ଦେଖିଲା ପରି ମୁହଁ ବୁଲେଇ ଦେଇ ବାଟ କାଟି ପଳେଇ ଯାଉଥିଲେ ସେମାନେ ମଧ୍ୟ ମୋର ଅନ୍ତରଙ୍ଗ ହେବାକୁ ଲାଗିଲେ।

ତୃତୀୟ ବର୍ଷ ପ୍ରାଣୀ ବିଜ୍ଞାନ ଅନର୍ସ କ୍ଲାସ ପରୀକ୍ଷାରେ ଷୋହଳ ଜଣଙ୍କ ମଧ୍ୟରେ ସର୍ବୋଚ୍ଚ ନମ୍ବର ରଖି କଲେଜ ଉତ୍ତର ଛାତ୍ରାବାସର ଏକ ନିବାସୀ ବିଶିଷ୍ଟ ପ୍ରକୋଷ୍ଟରେ

ବାସ କରିବାକୁ ଯୋଗ୍ୟ ବିବେଚିତ ହେଲି। ଏହି ପ୍ରକୋଷ୍ଠ ଗୁଡ଼ିକ କେବଳ ଅନର୍ସ ମାନଙ୍କର ତୃତୀୟ ବର୍ଷ ପରୀକ୍ଷାରେ ସର୍ବୋଚ୍ଚ ନମ୍ବରଧାରୀ ଛାତ୍ରଙ୍କ ପାଇଁ ସଂରକ୍ଷିତ ଥାଏ। ତାର ସୁଯୋଗ ନେଇ ଚତୁର୍ଥ ବର୍ଷକୁ ବାଣୀ ଭବନ ମେସ୍ ଛାଡ଼ି ମୁଁ ଉତ୍ତର ଛାତ୍ରାବାସକୁ ରହିବା ପାଇଁ ଚାଲି ଆସିଲି। ଏମିତି ବି ଯୋଗ, ଯେଉଁ ପ୍ରାଧାପକ ମହୋଦୟ ଅନର୍ସ ସିଲେକ୍ସନରେ ହେରାଫେରି କରିଥିଲେ ସେ ସେତେବେଳେ ସେହି ଉତ୍ତର ଛାତ୍ରାବାସର ସୁପରିନ୍‌ଟେଣ୍ଡେଣ୍ଟ ଦାୟିତ୍ୱରେ ଥାଆନ୍ତି। ତାଙ୍କ ପାଇଁ ଉଦ୍ଦିଷ୍ଟ କ୍ୱାର୍ଟର୍ସରେ ବାସ କରୁଥାନ୍ତି। ସେ ସମୟରେ ସେ ମୋତେ ଦେଖିଲେ ଦୂରୁ ନଦେଖିଲା ପରି ଅନ୍ୟ ଆଡ଼କୁ ଚାହିଁ ପଥ ଅତିକ୍ରମ କରୁଥାନ୍ତି। ମୁଁ କିନ୍ତୁ ଯଥା ରୀତି ଯେମିତି ବ୍ୟବହାର କରିବା କଥା ସେମିତି କରୁଥାଏ। ସେଥିରେ ମୋର କିଛି ବ୍ୟତିରେକ ନଥିଲା। ଦିନ ରାତି ଅକ୍ଲାନ୍ତ ପରିଶ୍ରମ ଯୋଗୁଁ ମୁଁ ମଝିରେ ମଝିରେ ଅତ୍ୟନ୍ତ ଦୁର୍ବଳ ହୋଇ ପଡ଼ୁଥିଲି। ଭୀଷଣ ମେଲେରିଆ ରୋଗରେ ପୀଡ଼ିତ ହୋଇ ଷାଣ୍ମାସିକ ପରୀକ୍ଷା ଦେବାରୁ ବଞ୍ଚିତ ହେଲି। ବାର୍ଷିକ ପରୀକ୍ଷା ଉପରେ ମୋର ପରିବାର ବର୍ଗ, ବନ୍ଧୁ, ସହପାଠୀ ଓ ପ୍ରତିଦ୍ୱନ୍ଦୀ ସମସ୍ତଙ୍କର ଚକ୍ଷୁ ରହିଲା। ସେହି ଚାପରେ ମୁଁ ମଧ୍ୟ ବେଳେବେଳେ ମ୍ରିୟମାଣ ହୋଇ ପଡ଼ୁଥିଲି।

ବହୁ ପ୍ରତୀକ୍ଷିତ ବାର୍ଷିକ ପରୀକ୍ଷା ଆସିଲା। ଅନର୍ସ ପେପର ମାନଙ୍କରେ ଆଠଟି ପ୍ରଶ୍ନରୁ ଯେ କୌଣସି ଚାରୋଟିର ଉତ୍ତର ଦେବା କଥା। ମୁଁ କିନ୍ତୁ ସମସ୍ତ ପ୍ରଶ୍ନର ଉତ୍ତର ଉତ୍ତମ ରୂପେ ଦେବାକୁ ପାରଙ୍ଗମ ଥିଲି। କେମିଷ୍ଟ୍ରି ପାସ ପରୀକ୍ଷା ବେଳେ କେମିଷ୍ଟ୍ରି ଅଧାପକ ଭାଗୀରଥି ସାହୁ ଆସି ମୋ ଆଗରେ ଛିଡ଼ା ହୋଇ ମୋ ଉତ୍ତର ଦେବାର ଶୈଳୀ ଦେଖିଲେ। ଅନର୍ସ ଛାତ୍ରମାନଙ୍କ ଠାରୁ ଶୁଣିବାକୁ ପାଇଲି ଯେ ସେ କୁଆଡ଼େ ସେମାନଙ୍କୁ କହୁଥିଲେ, "ଗଗନ କେମିଷ୍ଟ୍ରି ପାସ ଛାତ୍ର ହେଇ ଯେମିତି ଉତ୍ତର ଲେଖିଛି ତମେ ଅନର୍ସ ଛାତ୍ରମାନେ ତାହା ଦେଖିବା କଥା।" ସେ ଯାହାହେଉ ଥିଓରିରେ ମୋର ସନ୍ତୋଷ ଜନକ ଉତ୍ତର ସବୁ ପେପରରେ ରହିଲା। ଥିଓରି ପରୀକ୍ଷା ସରିବା ପରେ ଅନର୍ସ ପ୍ରାକ୍ଟିକାଲ ପାଇଁ ବେଶ୍ କିଛିଦିନ ବିଲମ୍ବ ହେଲା। ଶେଷରେ ସମ୍ବଲପୁର ବିଶ୍ୱବିଦ୍ୟାଳୟରୁ ପ୍ରଫେସର ମାଧବ ଦାଶ ଆମର ଏକ୍‌ଟର୍‌ନାଲ୍ ହୋଇ ଆସି ପରୀକ୍ଷା କଲେ। ମୁଁ ମୋର ପ୍ରଥମ ପେପରରେ ସମସ୍ତ ପ୍ରଶ୍ନର ଉତ୍ତର ନିର୍ଭୁଲ ଭାବରେ ଦେଇଥାଏଁ, ସବୁଠୁଁ ଅଧିକ ମାର୍କ ରଖିଥାଏ ବୋଲି ଭିତିରି ଖବର ଲାବୋରେଟୋରୀ ଆସିସ୍ଟାଣ୍ଟଙ୍କ ଠାରୁ କିଏ ଜଣେ ପାଇ ମୋତେ କହିଲା। ଦ୍ୱିତୀୟ ପେପର ବେଳେ ଆମେ ସମସ୍ତ ଛାତ୍ର ଛାତ୍ରୀ ଲାବୋରେଟୋରୀରେ ବସିଥାଉ। ଅକସ୍ମାତ୍ ପ୍ରଫେସର ଦାଶ ସମସ୍ତଙ୍କୁ ଦେଖି ଶ୍ରେଣୀରେ ପଚାରିଲେ, "ଗଗନ ବିହାରୀ ପାଣିଗ୍ରାହୀ କିଏ ?"

ଅପ୍ରତ୍ୟାଶିତ ଓ ଅପ୍ରସ୍ତୁତ ଭାବରେ ଏହା ଶୁଣି ମୁଁ ଛିଡ଼ା ହେବାରୁ ମୋତେ ପ୍ରଶ୍ନ କଲେ, "ଆଛା ତୁମେ? ତୁମର ମ୍ୟାଟ୍ରିକ କେଉଁ କ୍ଲାସ୍?" ମୁଁ ଫାଷ୍ଟ କ୍ଲାସ କହିବା ପରେ ପରେ ଲଜ୍ଜାରେ ମୁହଁ ମୋର ତଳକୁ ହେଇଗଲା। ମୁଁ ସେତେବେଲେକୁ ଜାଣିଯାଇଥାଏ ଯେ ସେ ପୁଣି ମୋତେ ଆଇଏସ୍ସି କଥା ସମସ୍ତଙ୍କ ଆଗରେ ପଚାରିବେ। ସତକୁ ସତ ପଚାରିଲେ, "ଆଇଏସ୍ସି କେଉଁ କ୍ଲାସ?" ମୋର ମୁଖମଣ୍ଡଲ ସେତେବେଲେକୁ ଲଜ୍ଜାରେ ରକ୍ତବର୍ଣ୍ଣ। ଅବନତ ମସ୍ତକରେ "ଥାର୍ଡ ଡିଭିଜନ" ବୋଲି କହିଥିଲି। ସେଟିକିରେ ଶେଷନାହିଁ, ପୁଣି ପ୍ରଫେସର ପଚାରିଲେ, "ଏବେ ପରୀକ୍ଷାରେ ତ ଏତେ ଭଲ କରୁଚ, ମ୍ୟାଟ୍ରିକ ଫାଷ୍ଟ କ୍ଲାସ ପାଇ ଆଇଏସ୍ସି କାହିଁକି ଥାର୍ଡ ଡିଭିଜନ ହେଇଗଲା?" ନିରବରେ କହିଲି, "ସାର୍, ପରୀକ୍ଷାର ଦୁଇ ସପ୍ତାହ ପୂର୍ବରୁ ବାପାଙ୍କର ଦେହାନ୍ତ...", ଏତକ କହୁ କହୁ କୋହ ସମ୍ଭାଲି ନପାରି ଥମ୍ ହୋଇ ବସିପଡ଼ି ଟେବୁଲ୍ ଉପରେ ମୁହଁ ଜାକି କାଙ୍କାଁ ହୋଇ କାଦି ଉଠିଥିଲି। ପ୍ରଫେସର ଦାଶ ଚୌକିରୁ ଉଠି ମୋ ପାଖକୁ ଆସି ଦୁଃଖ ପ୍ରକାଶ ପୂର୍ବକ ମୋତେ ସାନ୍ତ୍ୱନା ଦେଇଥିଲେ। ଦୁଇ ବର୍ଷ ବିତିଯାଇଥିଲେ ହେଁ ବାପାଙ୍କର ଅକସ୍ମାତେ ପରଲୋକ ଗମନର କ୍ଷତ ସେତେବେଲ ଯାଏଁ ମାନସପଟରୁ ଲିଭି ନଥାଏ। ଦ୍ୱିତୀୟ ପେପରରେ ମଧ ମୁଁ ସବୁଠୁ ବେଶୀ ମାର୍କ ରଖିଲି ବୋଲି ରେଣୁକା ମାଡାମ୍‌ଙ୍କଠାରୁ ପରେ ଜାଣିଲି। ବିଏସ୍ସି ଅନର୍ସ ପରୀକ୍ଷା ସରିଲା। ବଡ଼ଭାଇ ପଦ୍‌ନନା ଆସି ଉତ୍ତର ଛାତ୍ରାବାସରେ ପହଞ୍ଚିଲେ। ଦୁଇଜଣ ମନ ଖୁସିରେ ଗ୍ରାମକୁ ଫେରିଗଲୁ। ସମସ୍ତେ ମୋ ପରୀକ୍ଷା ଫଲ ବାହାରିବାର ପ୍ରତୀକ୍ଷାରେ ରହିଲେ।

ହଠାତ୍ ଦିନେ ଫଲ ପ୍ରକାଶ ପାଇବାର ଖବର ଶୁଣି ସହରକୁ ଉତ୍କଣ୍ଠାର ସହିତ ଚାଲି ଆସିଲି। କେହି ଜଣେ ମୋତେ କହିଲେ ଯେ ମୋ ପରୀକ୍ଷା ଫଲକୁ ନେଇ ଚୋଲଙ୍କସାହି ବାସ ଭବନକୁ ଟେଲିଗ୍ରାମଟିଏ ଆସିଛି। ଅଶନିଃଶ୍ୱାସୀ ହୋଇ ଦୌଡ଼ିଲି କ'ଣ ସମାଚାର ଜାଣିବା ପାଇଁ। ଖୁଡ଼ୀ, ଆସିଥିବା ଟେଲିଗ୍ରାମଟି ମୋ ହାତରେ ଧରେଇଦେଲେ। ଟେଲିଗ୍ରାମଟି ଧରି ଖୋଲୁ ଖୋଲୁ ମୋ ହାତ ଥରୁଥାଏ। ପ୍ରବଲ ଉତ୍ତେଜନା ପୂର୍ବକ ଟେଲିଗ୍ରାମଟି ଖୋଲି ପଢ଼ିଲି। ସେଥିରେ ଇଂରାଜୀ କ୍ୟାପିଟାଲ ଅକ୍ଷରରେ ଲେଖା ଥିଲା, "ଗଗନ, ଫାଷ୍ଟ କ୍ଲାସ ଅନର୍ସ ଉଇଥ ଡିଷ୍ଟ ଇଙ୍ଗ୍ କମ୍" ଅର୍ଥାତ୍ ଗଗନ, ଫ୍ୟାଷ୍ଟ କ୍ଲାସ ଅନର୍ସ ଉଇଥ ଡିଷ୍ଟିଙ୍କସନ୍ ଏଣ୍ଡ ଇଙ୍ଗ୍ଲିସ କମ୍ପୋଜିସନ। ଟେଲିଗ୍ରାମଟି କରିଥିଲେ ସେତେବେଲେ ବାଣୀବିହାରର ଏମ୍ ଏ ଛାତ୍ର ନଟବର ପାଣିଗ୍ରାହୀ, ମୋ ପ୍ରିୟ ନଟନନା, ଯିଏ କି ମୋତେ ଅନର୍ସ ହେରାଫେରିରୁ ବଞ୍ଚେଇଥିଲେ। ହାତରେ ଟେଲିଗ୍ରାମ ଧରି ଛତୁଆ ପୋଖରୀ ବାଟ ଦେଇ ଅନ୍ୟ

ସହପାଠୀ ମାନଙ୍କର ଫଳ ଜାଣିବା ପାଇଁ ଫକୀର କଲେଜ ହଟାକୁ ଆସିଲି। ଆଇଏସସି ପରୀକ୍ଷା ଫଳ ବାହାରିବା ପରେ ଥାର୍ଡ ଡିଭିଜନ ଯୋଗୁଁ ଛତୁଆ ପୋଖରୀ ମହାଦେବ ମନ୍ଦିର ଓ କେତକୀ ବନ ଆଋଆଳରେ ମନରେ ଶାନ୍ତି ପାଇଁ ଉଚ୍ଚ ସ୍ୱରରେ କେତେ ବାର କାନ୍ଦିଛି। ମହାଦେବ ମନ୍ଦିର ଓ ଛତୁଆ ପୋଖରୀ ଥିଲେ ମୋ ମାନସିକ ଅସ୍ଥିରତାର ମୂକ ସାକ୍ଷୀ। ସେଦିନ ପୁଣି ସେ ପାଖ ଦେଇ ଯାଉ ଯାଉ ମୋର ଚକ୍ଷୁ ଲୋତକାପ୍ଲୁତ ହେଇ କେଇ ବୁନ୍ଦା ଲୁହ ଚରଣ ସ୍ପର୍ଶ କରିଥିଲା।

କଲେଜରେ ପହଞ୍ଚି ଦେଖେ ତ ବିଏସସି ପରୀକ୍ଷା ଫଳ ଜାଣିବା ପାଇଁ ଅନେକ ଛାତ୍ର ଛାତ୍ରୀ ମାନଙ୍କର ଉଦ୍‌ବେଗତା ଓ ଗହଳି। ଅଫିସ ଝରକାରେ ରହି ଜଣେ କର୍ମଚାରୀ ପରୀକ୍ଷା ଫଳ ଘୋଷଣା କରିବାରେ ଲାଗିଥାନ୍ତି। ଛାତ୍ର ଛାତ୍ରୀମାନେ ଉଦ୍‌ଗ୍ରୀବ ପୂର୍ବକ ଝରକା ଆଗରେ ବହୁ ସଂଖ୍ୟାରେ ରୁଣ୍ଡ ହୋଇଥାନ୍ତି। ମୁଁ ଯାଇ ସେମାନଙ୍କ ସହିତ ଯୋଗଦେଲି। ପ୍ରାଣୀ ବିଜ୍ଞାନ ଅନର୍ସର ସମୟ ଆସିବାରୁ ସେ ଉଚ୍ଚ ସ୍ୱରରେ ଡାକିଥିଲେ, "ଗଗନ ବିହାରୀ ପାଣିଗ୍ରାହୀ ପ୍ରଥମ ଶ୍ରେଣୀ ଅନର୍ସ ସହ ଡିଷ୍ଟିଙ୍କସନରେ ଉତ୍ତୀର୍ଣ୍ଣ ହୋଇ ମହାବିଦ୍ୟାଳୟରେ ପ୍ରଥମ ସ୍ଥାନ ଓ ବିଶ୍ୱବିଦ୍ୟାଳୟର ପ୍ରାଣୀ ବିଜ୍ଞାନ ଅନର୍ସରେ ପ୍ରଥମ ଦଶ ଜଣଙ୍କ ମଧରେ ସପ୍ତମ ସ୍ଥାନ ଅଧିକାର କରିଛନ୍ତି।" ଏହା ଶୁଣି ମୋର କେତେକ ଅନ୍ତରଙ୍ଗ ବନ୍ଧୁ ଖୁସିରେ ମୋତେ କୁଣ୍ଢେଇ ପକେଇ ଅଭିନନ୍ଦନ ଜଣେଇଲେ। ସେଇଠି ଜାଣିବାକୁ ପାଇଲି ଆମ କଲେଜରୁ ପ୍ରାଣୀବିଜ୍ଞାନରେ ଆଉ ତିନିଜଣ ଯଥା ବରେନ୍ଦ୍ର ନାରାୟଣ ମହାପାତ୍ର, ଦେବ ପ୍ରସାଦ ଦାସ ମହାପାତ୍ର ଓ ମାୟାବିନୀ ଜେନା ପ୍ରଥମ ଶ୍ରେଣୀ ଅନର୍ସରେ ଉତ୍ତୀର୍ଣ୍ଣ ହେବାର। ହାଇସ୍କୁଲ ବେଳର ସହପାଠୀ ସୁନୀଲ ଶତପଥୀ ପଦାର୍ଥ ବିଜ୍ଞାନରେ ପ୍ରଥମ ଶ୍ରେଣୀ, ସାଧୁ ଚରଣ ନାୟକ ଓ ପ୍ରକାଶ ମୋହନ ଦାସ ଉଦ୍ଭିଦ ବିଜ୍ଞାନରେ ଦ୍ୱିତୀୟ ଶ୍ରେଣୀ ପାଇବାର ସେଇଠି ଜାଣିଲି। ଆମେ ସବୁ ଆମ ଗାଁ ସ୍କୁଲରୁ ଏକା ସାଙ୍ଗରେ ପ୍ରଥମ ଶ୍ରେଣୀରେ ଉତ୍ତୀର୍ଣ୍ଣ ହୋଇଥିଲୁ। ଅନ୍ୟ ବନ୍ଧୁ ମାନଙ୍କର ପରୀକ୍ଷା ଫଳ ଜାଣି, ଅନେକଙ୍କର ହସ ହସ ମୁହଁ ଦେଖି ନିରବରେ ନଟନନାଙ୍କ ପ୍ରେରିତ ଟେଲିଗ୍ରାମଟି ହାତରେ ଧରି ପ୍ରିୟ ଗ୍ରାମକୁ ଫେରି ଆସିଲା ବେଳକୁ ଗ୍ରାମ ସାରା ମୋର ପରୀକ୍ଷା ଫଳ ପ୍ରଚଟ ହେଇ ସାରିଥିଲା। ଚିହ୍ନା ଅଚିହ୍ନା ଅନେକ ଲୋକ ମୋତେ ଖୁସିରେ ଅଭିନନ୍ଦନ ଜଣଉଥିଲେ। ଗାଁରେ ଏ ଖବର କିଏ ଆଗ ଦେଲା ତାହା ଜାଣିବାକୁ ମୁଁ ଆଉ ଚେଷ୍ଟା କରିନି।

ଅଧ୍ୟାପକତ୍ୱ, ଏକ ଯାତ୍ରା

"ଫଳ ବାହାରିଲା ପରେ ଗଗନ କେଉଁ ହାଇସ୍କୁଲରେ ବିଜ୍ଞାନ ଶିକ୍ଷକ ବା କଚେରିରେ କାହାକୁ ଧରା ଧରି କରି କିରାଣୀ ଚାକିରି ଖଣ୍ଡେ ଦେଖୁ। ଆଗ ସେ ବାଲେଶ୍ୱର ଏମ୍.ଏମେଣ୍ଟ୍ ଏକ୍‌ଚେଞ୍ଜରେ ନାଁ ଟା ଲେଖେଇ ଦେଉ। ଚାକିରି କଲେ ଘରକୁ ଦି ପଇସା ଆସିବ, ଆଉ ପଢା ଖର୍ଚ୍ଚରୁ ଆମକୁ ବି ଟିକିଏ ତ୍ରାହି ମିଳିବ। ତା' ଛଡ଼ା ତା' କଥା ସିଏ ନିଜେ ବୁଝି ପାରିବ, ନା ତୁ କ'ଣ କହୁଚୁ ପଦୁ?" ନୀରବତା ଭାଙ୍ଗି ତାଳପତ୍ର ବିଞ୍ଚଣା ବୁଲେଉ ବୁଲେଉ ବଡ଼ ନନା ମଝିଆଁ ପଦୁ ନନାଙ୍କୁ ଏ କଥା କହିଲେ।

ଗ୍ରୀଷ୍ମ ରାତ୍ରି। ବାଆ ବତାସ ବୋଲି ଟିକିଏ ହେଲେ ନଥାଏ। ପ୍ରବଳ ଗୁଲୁଗୁଲି। ଚାରିଆଡ଼ ଗୁମ୍। ବୃକ୍ଷମାନଙ୍କର ଡାଲ ପତ୍ର ନିଶ୍ଚଳ। ବାହୁଙ୍ଗା ସହ ନାରିକେଳ ବୃକ୍ଷ ସ୍ତମ୍ଭ ପ୍ରାୟ। ଅନ୍ଧକାରର ବହଳ ଆସ୍ତରଣ ଭିତରେ ଆକାଶରେ କେବଳ ମିଞ୍ଚି ମିଞ୍ଚି ତାରକାପୁଞ୍ଜ ଦେଖା ଯାଉଥାନ୍ତି। ଏପରି ଉଷ୍ଣତାରେ ଲଣ୍ଠନ ବା ଚୁଙ୍ଗିର କ୍ଷୀଣ ଆଲୁଅ ରେଖା ଅପେକ୍ଷା ଅନ୍ଧକାର ସୁଖକର। ରାତ୍ରି ଭୋଜନ ପୂର୍ବରୁ ଆମେ ଭାଇମାନେ ବାଡ଼ି ପଟ ପିଣ୍ଡାରେ ଅନ୍ଧାରରେ ବସିଥାଉ। ମୁହଁକୁ ମୁହଁ ଦିଶୁ ନଥାଏ, କେବଳ ମଝିରେ ମଝିରେ ମଶା ମାରିବାର ଚଡ଼ାସ୍ ଚଡ଼ାସ୍ ଶବ୍ଦ। ସେତିକି ବେଳେ ବଡ଼ ନନା ଏକଥା କହିଲେ।

ବଡ଼ ନନାଙ୍କର ଏମିତି ନୈରାଶ୍ୟ ପୂର୍ଣ୍ଣ ବାଣୀ ଶୁଣିବା ପରେ ପଦୁ ନନା ଆଉ ଚୁପ୍ ହେଇ ନରହି କହିଲେ, "ଏବେ ସେ ସବୁ ଚାକିରି ଫାକିରି ନାହିଁ, ସିଏ ପଢ଼ିବ, ସେ ପରୀକ୍ଷାରେ ଭଲ କରିଛି, ନିଶ୍ଚୟ ପ୍ରଥମ ଶ୍ରେଣୀ ପାଇବ, ଏହା ମୋର ଦୃଢ଼ ବିଶ୍ୱାସ। ପଇସା ଯେଉଁଠୁ ହେଲେ ଆସିବ, ଖାଲି ତାର ଏମ୍.ଏସ୍‌ସି ପଢ଼ିବା ପାଇଁ ବାଣୀବିହାର ହଉ କି ଆଉ ଯେଉଁଠି ହଉ, ସ୍ଥାନଟିଏ ପାଇବାର ଅଛି।"

ଭାଇ ମାନଙ୍କ ଶିକ୍ଷା ପାଇଁ ପଦୁ ନନାଙ୍କର ବଡ଼ ଜିଦ୍। ସମସ୍ତେ ଭଲ ପଢ଼ନ୍ତୁ,

ଉଚ୍ଚ ଶିକ୍ଷା କରନ୍ତୁ, ଉପରକୁ ଉପରକୁ ଯାଆନ୍ତୁ, ଦେଶ ବିଦେଶ ବୁଲନ୍ତୁ, ଜୀବନରେ ଉତ୍ତରୋତ୍ତର ଉନ୍ନତି କରନ୍ତୁ, ଏହା ସବୁବେଳେ ତାଙ୍କର ସ୍ୱପ୍ନ ଏବଂ ଅନବରତ ଚେଷ୍ଟା। ମ୍ୟାଟ୍ରିକୁଲେସନ୍ ପରୀକ୍ଷାରେ ମୋ ଉତ୍ତମ ଫଳର ପ୍ରଚ୍ଛଦପଟରେ କହିବାକୁ ଗଲେ ସିଏ। ପରୀକ୍ଷାର ତିନି ସପ୍ତାହ ପୂର୍ବରୁ ବାପାଙ୍କ ଦେହାନ୍ତ ଓ ତା' ଫଳରେ ମୋର ଆଇଏସ୍‌ସିରେ ତୃତୀୟ ଶ୍ରେଣୀ ପାଇବା ତାଙ୍କ ମନରେ ଘୋର ଦୁଃଖ ପହଞ୍ଚେଇ ଥିଲା। ବିଏସ୍‌ସିରେ ପୁଣି ମୁଁ ଭଲ ପଢ଼ିବାର ଦେଖ୍ ସେ ଆଶାବାଦୀ ହେଇ ଉଠିଥିଲେ।

ବଡ଼ ନାନା କହିଲେ, "ବଡ଼ ଆଚ୍ଛା କଥା, ତୁ ଯଦି ଭାବୁଛୁ ସେ ଆହୁରି ପଢ଼ିବ, ତାହେଲେ ତୁ ତାକୁ ପଇସା ଦେ। ତା' ପାଠରେ ଆଉ ଅଧିକା ପଢ଼ିଲେ କୁଆଡ଼େ ଚାକିରି ନାହିଁ ବୋଲି ମୁଁ ଯାହା ଶୁଣିଲି। ଯେତକ ବି କମ୍ ସଂଖ୍ୟକ ଅଧ୍ୟାପକ ଚାକିରି ମଝିରେ ମଝିରେ ବାହାରେ, ସେ ସବୁ ତାକୁ କୁଆଡ଼େ ମିଳିବନି, ଏ କଥା ବି ଶୁଣିଲି।" ପଦ୍ମନାନା କହିଲେ, "କିଏ କହିଲା ତମକୁ ଚାକିରି ନାହିଁ, ଦୟାନ୍ (ତୃତୀୟ ଭାଇ ଦୟାନନ୍ଦନାଙ୍କୁ ସେ ସସ୍ନେହେ ଦୟନ ବଦଳରେ ଦୟାନ୍ ଡାକନ୍ତି) ଯେତେବେଳେ ଇଞ୍ଜିନିୟରିଂ ପଢ଼ିବାକୁ ଗଲା, ଲୋକେ କହୁଥିଲେ ଗଣ୍ଡା ଗଣ୍ଡା ଇଞ୍ଜିନିୟର ବୁଲୁଛନ୍ତି। ମୋତେ ବି ସେମିତି ମ୍ୟାଟ୍ରିକ ପାସ ପରେ କହୁଥିଲେ ନପଢ଼ିବା ପାଇଁ, ମୁଁ ତ ପୁଣି ପଇସା ଗାଁ ଲୋକଙ୍କ ଠାରୁ ଟଙ୍କେ, ଦି ଟଙ୍କା, ପାଞ୍ଚ ଟଙ୍କା ମାଗି କଲେଜ ଯାଇ ବିଏ ପଢ଼ିଲି, ବିଏଡ୍ କଲି। ସେ ନହେଲେ ସେମିତି ଲୋକଙ୍କ ଠାରୁ ମାଗିକରି ପଢ଼ିବ, ଫାଲତୁ ଲୋକଙ୍କ କଥାରୁ ଆମକୁ କ'ଣ ମିଳିବ ? ପାଠ ଭଲ ପଢ଼ିଲେ ପଇସାର ଅଭାବ ରହିବ ନାହି।"

କଥାଟା ଗୋଟାଏ ଯୁକ୍ତିତର୍କ ବାକ୍‌ବିତଣ୍ଡା ଆଡ଼କୁ ମୁହେଁଇଲା। କିନ୍ତୁ ସେଇ କଥା ମାଧ୍ୟମରେ ଅସଲ କଥାଟା ପଦାକୁ ଆସିଗଲା। ବଡ଼ ନାନାଙ୍କୁ ମଧୁରା ପ୍ରକୃତିର ଲୋକ କେହି ଜଣେ କହିଚି, "ଗଗନ ପାଠରେ ଚାକିରି ନାହିଁ, ଅଧ୍ୟାପକ ଚାକିରି ମିଳିବା ଅସମ୍ଭବ ତା' ପାଇଁ।" ମୁଁ ବଡ଼ ନାନାଙ୍କ ବକ୍ତବ୍ୟ ଖାଲି ଶୁଣିଗଲି। ଆଗରୁ ଏଇ କଥା ବି ମୋତେ କଥା ପ୍ରସଙ୍ଗରେ କେହି ଜଣେ କହିଥିଲେ। ଏତେ କଷ୍ଟରେ ଅନର୍ସ ପାଇଟି, ଚାକିରି ବିଶେଷ କରି ଅଧ୍ୟାପକ ଚାକିରି ନପାଇବା କଥା ଶୁଣି ମନ ଭାରି ଦୁଃଖ ହେଲା। ହେଲେ ମନର ଦୁଃଖକୁ ମନରେ ଚାପି କେତୋଟି ମିନିଟ ନିରବ ରହିଗଲି। ମୋର ସେତେବେଳ ଯାଏ ପରୀକ୍ଷା ଫଳ ବାହାରି ନଥାଏ। ଏ ସବୁ ଶୁଣିବା ପରେ ମୁଁ କହିଲି, "ଏମିତି ଆମ ଆମ ଭିତରେ ଏବେ ଠୁଁ ଯୁକ୍ତିତର୍କ କରି କିଛି ଲାଭ ନାହିଁ। ମୋର ତ ଜମାରୁ ପରୀକ୍ଷା ଫଳ ଏ ପର୍ଯ୍ୟନ୍ତ ବାହାରି ନାହିଁ। ମୁଁ ଯଦି ଦ୍ୱିତୀୟ ଶ୍ରେଣୀ ପାଇଲି ତେବେ କଥା ସେଇଠି ସରିଲା। ମୋତେ ପଢ଼ିବା ପାଇଁ

ବାଣୀବିହାରରେ ସ୍ଥାନ ମିଳିବ ନାହିଁ। ତେଣୁ ଆଉ ଆଗକୁ ଚିନ୍ତା କରିବା ଅନାବଶ୍ୟକ। ପ୍ରଥମ ଶ୍ରେଣୀ ହେଲେ କଥା ଭିନ୍ନ। ଯଦି ଜାଗା ମିଳିଲା ତେବେ ମୋତେ ଜାତୀୟ ଛାତ୍ର ବୃତ୍ତି ମାସକୁ ୧୨୦ ଟଙ୍କା କରି ମିଳି ଯାଇପାରେ। କିନ୍ତୁ ପଇସାଟା ମିଳୁ ମିଳୁ ଡେରି ହେଇପାରେ। ତେଣୁ ମୋତେ ପ୍ରଥମ ବର୍ଷ ପାଇଁ ଯଦି କୌଣସି ପ୍ରକାରେ କିଏ କିଛି ପଇସା ଚଳିବା ପାଇଁ ଦେଇ ପାରନ୍ତେ ତେବେ ଦ୍ୱିତୀୟ ବର୍ଷ ଆଡ଼କୁ ଆଉ ଦେବାକୁ ପଡ଼ି ନପାରେ। ମୋ କଥା ମୁଁ ନିଜେ ବୁଝିପାରନ୍ତି।" କଥାଟା ସେତେବେଳେ ସମସ୍ତଙ୍କ ମନକୁ ଆପାତତଃ ପାଇଲା। ବଡ଼ ନନା କହିଲେ, "ହଉ, ସେ ଯଦି କହୁଛି ବୃତ୍ତି ପାଇବ ତାହାଲେ ଗୋଟେ ବର୍ଷ କେମିତି ହେଲେ ଚଳେଇତେ ପଡ଼ିବ, ଦେଖ଼ିବା।" ବଡ଼ନନା ପ୍ରଥମ ବର୍ଷ ପାଇଁ ପଇସା ଦବାକୁ ମଙ୍ଗିଲେ। ସବୁଥିରେ ସେ ଟିକିଏ ପଛୁଆ। ସବୁ କରିବେ ହେଲେ ପ୍ରଥମେ କୁନ୍ଥ।

ସେତିକି ବେଳେ ମାଆ ହାତରେ ବିଣ୍ଢଣା ବୁଲେଇ ବୁଲେଇ ଆସି ପହଞ୍ଚି କହିଲା, "କିସ ବେ, ଅନ୍ଧାରରେ ସବୁ ବସିକି କିସ ଭଟର ଭଟର ହଉଚ, ରାତି ଢେର ହେଲାଣି, ଖାଇବନି କି?" ତା' କଥା ଶୁଣି ସମସ୍ତେ ରାତ୍ରି ଭୋଜନ ପାଇଁ ଉଠିଗଲେ। ସେ ଆଲୋଚନା ପର ଠାରୁ ସମସ୍ତେ ମୋର ପରୀକ୍ଷା ଫଳ ବାହାରିବାକୁ ଅନେଇ ବସିଲେ। ମୁଁ ପ୍ରାୟ ପ୍ରତିଦିନ ସକାଳ ସଞ୍ଜେ ମୋର ପରୀକ୍ଷାରେ କେତେ ନମ୍ବର ରହିବ ହିସାବ କରି ଚାଲିଥାଏ।

ସେ ରାତି ଆଲୋଚନାର ମୁଖ୍ୟ ଉଦ୍ଦେଶ୍ୟ ଥିଲା ଭବିଷ୍ୟତରେ ମୋତେ କିଏ ପଇସା ଯୋଗେଇବ ମୋର ପଢ଼ା ଖର୍ଚ୍ଚ ପାଇଁ, ଯଦି ମୁଁ ପଢ଼ିଲି। ବାଲେଶ୍ୱରରେ ରହି ପଢ଼ିବାଟା ଯେମିତି ସେମିତି ଚଳିଯାଉଥିଲା। ପଇସା ଉପରେ ଏତେଟା ମାଡ଼ ନଥିଲା। ମାସକୁ ମାସ ଘରୁ ଚାଉଳ ଦରକାର ମୁତାବକ ନେଇ ଯାଉଥିଲି। ତା' ସହିତ କିଛି ଟଙ୍କା ବଡ଼ ନନା ଦେଇ ଆସନ୍ତି, ଛାତ୍ରାବାସ ଖର୍ଚ୍ଚ ବାବଦରେ। ଆଉ ଜଳଖିଆ ପାଇଁ ଘରୁ ଚିଣେ ମୁଢ଼ି ନେଲେ କାମ ହେଲା। କିନ୍ତୁ ଏମ୍ଏସସି ପଢ଼ିବା କଥା ଭିନ୍ନ। ଏମ୍ ଏସସି ପଢ଼ିବାର ସ୍ଥାନ କେବଳ ବାଣୀବିହାର, ଯାହାକି ଭୁବନେଶ୍ୱରରେ। ସେଠାରେ ରହିବାକୁ ପଡ଼ିବ। ଆମ ବାଲେଶ୍ୱରିଆଙ୍କ ପାଇଁ ଏହା ଦୂର ଜାଗାରେ ଗଣ୍ୟ। ସେତେବେଳ ଯାଏଁ ମୁଁ ଭୁବନେଶ୍ୱର ମାଟି ମାଡ଼ି ନଥାଏ। ଲିଙ୍ଗରାଜ ମନ୍ଦିର, ବିନ୍ଦୁ ସାଗର, କେଦାର ଗୌରୀ, ଖଣ୍ଡଗିରି, ଉଦୟ ଗିରି ଏସବୁ ମୋ ପାଇଁ କେବଳ ପୋଥି ବାଲଗଣ। ରବୀନ୍ଦ୍ର ମଣ୍ଡପ, ସଚିବାଳୟ, ବିଧାନ ସଭା, ଏମ୍ଏଲ୍ଏ, ମନ୍ତ୍ରୀ, ଅମଲା, ଏ ସବୁ ସମାଜ, ପ୍ରଜାତନ୍ତ୍ର ଓ ମାତୃଭୂମି ପୃଷ୍ଠାରୁ ଜ୍ଞାନ। ଯେତେବେଳେ ସେତେବେଳେ ଇଚ୍ଛା କଲେ ସେଠାକୁ ତ ଯା ଆସ କରି ହବନି। ସେଠାରେ ରହିବାକୁ ପଡ଼ିବ, ତେଣୁ ମାସକୁ ମାସ

ବେଶ୍ ପଇସା ଖର୍ଚ୍, ତାହା ଆସିବ କେଉଁଠୁ? ସେ ନେଇ ଭାଇ ଭାଇଙ୍କ ଭିତରେ ଆଲୋଚନା।

ମୋର ପରୀକ୍ଷା ଫଳ ଯଥା ସମୟରେ ଘୋଷିତ ହେଲା। ଡିଷ୍ଟିଙ୍କସନ୍ ସହ ପ୍ରଥମ ଶ୍ରେଣୀ ଅନର୍ସରେ ମୁଁ ଉତ୍ତୀର୍ଣ୍ଣ ହେଲି। ଫକୀର ମୋହନ ମହାବିଦ୍ୟାଳୟ ପ୍ରାଣୀ ବିଜ୍ଞାନ ଅନର୍ସ ଶ୍ରେଣୀରେ ପ୍ରଥମ ଓ ସାରା ବିଶ୍ୱବିଦ୍ୟାଳୟରେ ପ୍ରଥମ ଦଶ ଜଣଙ୍କ ମଧ୍ୟରେ ସ୍ଥାନିତ ବି ହେଲି। ଇଙ୍ଗଲିସ୍ କମ୍ପୋଜିସନ ପାଇଲି। ମୋ ହିସାବ ସତରେ ଠିକ୍ ହେଲା। ଅଧ୍ୟାପକ ହେବା ଇଚ୍ଛାର ଇଏ ମାତ୍ର ପ୍ରଥମ ପ୍ରତିବନ୍ଧକ ଗଲା ବୋଲି ମୁଁ ମନେ ମନେ ଭାବିଲି। ଫଳ ଜାଣି ଘରେ ସମସ୍ତେ ଖୁସିହେଲେ ବିଶେଷ କରି ପଦ୍ମନନା। ଶୁଭାକାଙ୍କ୍ଷୀ ଓ ବନ୍ଧୁବର୍ଗ ଶୁଭେଚ୍ଛା ଜଣେଇଲେ। ଏମ୍ଏସ୍ସି ପଢ଼ିବା ପାଇଁ ବାଣୀବିହାରରୁ ଆବେଦନ ପତ୍ର ମଗେଇ ପୂରଣ କରି ଡାକରେ ପଠେଇ ଦେଲି। ଯଦିଓ ଇଚ୍ଛା ନଥାଏ ତଥାପି ବ୍ରହ୍ମପୁର ବିଶ୍ୱବିଦ୍ୟାଳୟକୁ ବି ଆବେଦନ ପତ୍ର ଖଣ୍ଡିଏ ପକେଇ ଦେଲି କାଳେ ବାଣୀବିହାରରେ ସ୍ଥାନ ନମିଳିବ, ସେଇ ଆଶଙ୍କାରେ। ବାଣୀବିହାରରେ ପଢ଼ିବା ପାଇଁ ମାତ୍ର ଚବିଶ ଗୋଟି ସିଟ୍, ସେ ବର୍ଷ ଚାଳିଶ ଜଣ ପ୍ରଥମ ଶ୍ରେଣୀରେ ଉତ୍ତୀର୍ଣ୍ଣ ହୋଇଥାନ୍ତି, ଯଦିଓ ମୋର ସପ୍ତମ ସ୍ଥାନ ବିଶ୍ୱବିଦ୍ୟାଳୟରେ ଥାଏ ତଥାପି ସିଟ୍ ନପାଇବାର ବହୁତ ସମ୍ଭାବନା। କାରଣ କ୍ୟାରିଅର ମାର୍କିଂ ଓ ମୌଖିକ ପରୀକ୍ଷାରେ ଅନେକ ନିର୍ଭର କରେ, ସେଥିପାଇଁ ମୋର ଦୁଶ୍ଚିନ୍ତା।

କିଛିଦିନ ପରେ ମୌଖିକ ପରୀକ୍ଷାରେ ସମ୍ମୁଖୀନ ହେବା ପାଇଁ ମୋତେ ଉତ୍କଳ ବିଶ୍ୱବିଦ୍ୟାଳୟ ପ୍ରାଣୀ ବିଜ୍ଞାନ ବିଭାଗରୁ ଡାକ ମାଧ୍ୟମରେ ପତ୍ରଟିଏ ଆସିଲା। ମୁଁ ଯଥା ସମୟରେ ଭୁବନେଶ୍ୱର ଯାଇ କକା ଝିଅ ଭଉଣୀ, ନୀନ ନାନୀଙ୍କ ଡେଲ୍ଟା କଲୋନୀ ୟୁନିଟ୍ ଆଠ ନମ୍ବର କ୍ୱାର୍ଟର୍ସରେ ଦ୍ୱାରସ୍ଥ ହେଲି। ଭିଣୋଇ ବାମଦେବ ଶତପଥୀ। ଆମେ ତାଙ୍କୁ ବାମନନା ଡାକୁଁ। ଦେଖିବାକୁ ସୁନ୍ଦର ଚେହେରା, ଗୌରବର୍ଣ୍ଣ, ବାଙ୍ଗର। ଅତ୍ୟନ୍ତ ମେଳାପୀ, ମିଷ୍ଟଭାଷୀ, ମଜାଦାର ଓ ପରୋପକାରୀ। ଶଳା ମାନଙ୍କ ସହ କଥାର ଆଦାନ ପ୍ରଦାନ ବେଳେ ଅନାୟାସରେ କଥା ଭିତରେ ଗୋଟେ ଯୋଡ଼ିଏ ଅଶ୍ଲୀଳ ଶବ୍ଦ ସୁନ୍ଦର ଭାବେ ପ୍ରୟୋଗ କରି କଥୋପକଥନକୁ ଆହୁରି ବର୍ଣ୍ଣାଢ୍ୟ ଓ ରସାଳ କରି ଦିଅନ୍ତି। ମୋତେ ଦେଖିବା ମାତ୍ରକେ କହି ଉଠିଲେ, "ଶଳା, କେମିତି ମନେ ପଡ଼ିଗଲା ଆସିବାକୁ ବେ।" ତାଙ୍କ ଆଗରେ ନିକଟ ଅତୀତରେ ଘଟିଥିବା ଘଟଣାବଳି ଗୁଡ଼ିକ ପରୀକ୍ଷା ଫଳ ସହ ଶୁଆ ପକ୍ଷୀ ଭଳିଆ ଗାଇ ଗଲି। ପରୀକ୍ଷା ଫଳ ଜାଣି ସେ ଅତ୍ୟନ୍ତ ପ୍ରୀତ ହେଲେ। ଆସ ପାଶରେ ସେ କଲୋନୀରେ ଯେତେ ତାଙ୍କର ସାଙ୍ଗସାଥୀ ଜଣା ଶୁଣା ଥିଲେ ମୋତେ ନେଇ ସମସ୍ତଙ୍କ ଆଗରେ ଯାଦୁଘରର ଦର୍ଶନୀୟ

ବସ୍ତୁ ଭଳିଆ ପ୍ରଦର୍ଶନ କରି ପରିଚୟ କରେଇଲେ। କାହାରିକୁ ଆମର ମଧୁର ଶାଲା ସମ୍ପର୍କ ବିଷୟରେ ଅବଗତ କରେଇବାକୁ କେବେ ହେଲେ ଭୁଲିଲେ ନାହିଁ। ଗର୍ବର ସହିତ କହୁଥାନ୍ତି, "ଇଏ ମୋର ଶାଲକ, ପ୍ରଥମ ଶ୍ରେଣୀ ଅନର୍ସରେ ବିଏସ୍‌ସି ପାସ କରିଛି। ବିଶ୍ୱବିଦ୍ୟାଳୟରେ ପ୍ରଥମ ଦଶ ଜଣଙ୍କ ମଧ୍ୟରୁ ଜଣେ। ବାଣୀବିହାରରେ ଏମ୍ ଏସ୍‌ସି ପଢ଼ିବାକୁ ଆସିଛି" ଇତ୍ୟାଦି ଇତ୍ୟାଦି। ଯଦିଓ ସେତେବେଳେ ସ୍ଥାନ ମିଳିବାର କିଛି ନିଶ୍ଚିତତା ନଥାଏ ତଥାପି ତାଙ୍କ କହିବା ପଣରେ କାର୍ପଣ୍ୟ ନଥାଏ।

ମୌଖିକ ପରୀକ୍ଷାର ଦିନ ଆସିଲା। ରାଜଧାନୀ ଭୁବନେଶ୍ୱର ମୋ ପାଇଁ ନୂଆ, ରାସ୍ତାଘାଟ ଯାନବାହନ ମୋତେ ଅଜଣା। ଟାଉନବସରେ ଯାଇ ଠିକ୍ ବେଳରେ ବାଣୀବିହାର ହତା ପହଞ୍ଚିବାକୁ ଭିଶୋଇ ବାମନନା ମୋତେ ଭରସି ପାରିଲେନି। ତେଣୁ ପୁରା ରାଜ ଭବନ ପଛ ଡେଲ୍ଟା କଲୋନୀରୁ ଉଦ୍ୟାନ ପଟନ ପଥରେ ମୋତେ ତାଙ୍କ ସାଇକେଲ ଯାନରେ ବସେଇ ପେଡାଲ ମାରି ମାରି ପ୍ରାଣୀ ବିଜ୍ଞାନ ବିଭାଗ ଆଗରେ ପରୀକ୍ଷା ପୂର୍ବରୁ ପହଞ୍ଚେଇଲେ। ଜୁଲାଇ ମାସ ଉଷ୍ଣତା। ପହଞ୍ଚିବା ବେଳକୁ ଆମ ଦୁଇଜଣଙ୍କର ମୁଖ ମଣ୍ଡଳ ରକ୍ତବର୍ଣ୍ଣ ଓ ଅଙ୍ଗ ବସ୍ତ୍ର ସ୍ୱେଦ କଣିକାରେ ଉବୁଟୁବୁ। ବାମନନା ମୋତେ ଛାଡ଼ିଦେଇ ତୁରନ୍ତ ଅଫିସ ପ୍ରତ୍ୟାବର୍ତ୍ତନ କଲେ।

ନୋଟିସ୍ ବୋର୍ଡରେ ଲାଗିଥିବା ନୋଟିସ୍‌ରୁ ଅବଗତ ହେଲି ମୋ ପରୀକ୍ଷାର ସମୟ ଅପରାହ୍ନରେ। ତେଣୁ ସେଠାରେ ଅପେକ୍ଷା କରି ରହିଲି। ନିର୍ଦ୍ଧାରିତ ସମୟରେ ଖାକି ପୋଷାକ ପରିହିତ ପିଅନ ଜଣକ ମୋତେ ଡାକିବାରୁ ସନ୍ତର୍ପଣରେ ମୌଖିକ ପରୀକ୍ଷା ପ୍ରକୋଷ୍ଠ ମଧ୍ୟକୁ ମୁଁ ପ୍ରବେଶ କଲି। ପରୀକ୍ଷା ଉପର ମହଲା ବିଜ୍ଞାନାଗାରରେ। ମନ ମୋର ଭୟ ମିଶ୍ରିତ ଶଙ୍କାରେ ଢାଙ୍କି ଯାଇଥାଏ। ପ୍ରବେଶ କରି ଆଖ୍ ପହଁରେଇ ଆସିଲା ବେଳକୁ ଦେଖିଲି ସେଠାରେ ବସିଛନ୍ତି ତିନି ଜଣ। ପରେ ଜାଣିଲି ସେମାନେ ଥିଲେ, ପ୍ରଫେସର୍ ବସନ୍ତ ବେହୁରା, ଡକ୍ତର ପ୍ରିୟମ୍ବଦା ମହାନ୍ତି-ହେଜମାଡ଼ି ଓ ଡକ୍ତର ଡିଆର୍ ନାୟକ।

ମୋର ପ୍ରବେଶ ମାତ୍ରେ କିଛି ସମୟ ଧରି ସେମାନେ ଜଣ ପରେ ଜଣେ ମୋତେ ପ୍ରାଣୀ ବିଜ୍ଞାନ ସମ୍ବନ୍ଧୀୟ ପ୍ରଶ୍ନ ବାଣ ନିକ୍ଷେପିବାରେ ଲାଗିଲେ। ସେମାନଙ୍କ ତରଫରୁ ଯେତେ ପ୍ରଶ୍ନ ମୋତେ ପଚରାଗଲା ମୁଁ ନିର୍ଭୁଲ୍ ଭାବରେ, ଇଂରାଜୀ ଭାଷାରେ ମୋର ଦକ୍ଷତା ନଥିଲେ ବି ନିର୍ଭୀକତାର ସହିତ ଶତକଡ଼ା ଶହେ ଭାଗ ପ୍ରଶ୍ନର ଉତ୍ତର ଦେଲି। ଶେଷକୁ ଯେଉଁ କଥାକୁ ପୁଣି ସେଇ କଥା। ପ୍ରଫେସର ବେହୁରା ତାଙ୍କ ଚନ୍ଦା ମୁଣ୍ଡ ଉପରକୁ ଚଷମାକୁ ଟେକିଦେଇ ମୋର ଫାଇଲ ଦେଖି ମୁଣ୍ଡ ହଲେଇ ହଲେଇ ପଚାରିବାକୁ ବସିଲେ, "ହଁ..., ତମର ତ ମ୍ୟାଟ୍ରିକ୍ ଫାର୍ଷ୍ଟ ଡିଭିଜନ, ଭଲ କଥା,

ବିଏସସିରେ ପୋଜିସନ ରଖିଲ, ଆହୁରି ଉତ୍ତମ, ହେଲେ ଆଇଏସସିଟି କାହିଁକି ଏମିତି ହେଇଗଲା ?" ମୁଁ ସେତେବେଳେକୁ ଏଥି ପାଇଁ ଏକ ରକମ ପ୍ରସ୍ତୁତ ହେଇ ରହିଥାଏ । ପାଷାଣ ଭଳିଆ ଟାଣ । ଭାବପ୍ରବଣତାକୁ ଆୟତ୍ତରେ ରଖି ଧୀର ଓ ନମ୍ର ଗଳାରେ କହିଲି "ସାର, ବାପାଙ୍କର ମୃତ୍ୟୁ ପରୀକ୍ଷାର ତିନି ସପ୍ତାହ ପୂର୍ବରୁ ଘଟିବାରୁ..." ଏତକ କହୁ କହୁ ଡକ୍ଟର ନାୟକ ମୋତେ କଥା ମଝିରୁ ଅଟକେଇ କହିଲେ, "ଠିକ୍ ଅଛି, ଠିକ୍ ଅଛି, କିଛି ବ୍ୟସ୍ତ ହେବାର ନାହିଁ, ଏବେ ତମେ ଯାଇପାର ।" ଡକ୍ଟର ନାୟକଙ୍କ ସବୁ ପ୍ରଶ୍ନର ଉତ୍ତର ମୁଁ ସେତେବେଳେକୁ ସୁନ୍ଦର ଭାବରେ ଦେଇସାରିଥାଏ । ସେଇଠାରେ ମୋର ମୌଖିକ ପରୀକ୍ଷାର ଅନ୍ତ ହେଲା । ମୌଖିକ ପରୀକ୍ଷାରେ ଭଲ ହେଲା ଭାବି ବାହାରକୁ ଆସି ଦୀର୍ଘ ନିଃଶ୍ୱାସଟିଏ ନେଲି ।

ଅନ୍ୟମାନଙ୍କ ସହିତ କଥା ବାର୍ତ୍ତାରୁ ଖବର ମିଳିଲା ତହିଁ ପରଦିନ ଅପରାହ୍ନ ଚାରିଟା ପରେ ଫଳ ଘୋଷଣା କରାଯାଇ ବିଭାଗୀୟ ନୋଟିସ ବୋର୍ଡରେ ମରାହେବ । ମୁଁ ଭିଣୋଇଙ୍କ ଘରକୁ ସେଦିନ ଫେରିଲି । ତହିଁ ପରଦିନ ଆସି ନୋଟିସ ବୋର୍ଡରେ ଦେଖିଲି ଚବିଶ ଜଣଙ୍କର ନାମ ତାଲିକାରେ ସ୍ଥାନ ପାଇଛି, ମୋ ନାଁ କ୍ରମିକ ନମ୍ବର ଏଗାରରେ । ଅତି ଶୀଘ୍ର ଟାଉନ ବସ ନେଇ ନାନୀ ଓ ଭିଣୋଇଙ୍କୁ ମୋତେ ସ୍ଥାନ ମିଳିଯାଇଥିବାର ଶୁଭ ଖବରଟି ଦେବାକୁ ଦୌଡିଲି । ଆସିଲା ବେଳେ ଭାବୁଥାଏ ସ୍ଥାନ ମିଳିଲା, ଅଧ୍ୟାପକ ହେବାର ଦ୍ୱିତୀୟ ପ୍ରତିବନ୍ଧକଟି ଗଲା । ଏ ଖବର ଶୁଣି ନାନୀ ଭିଣୋଇ ଖୁସି ହେଲେ । ଭିଣୋଇ କହିଲେ "ମୁଁ କିନ୍ତୁ ନିଶ୍ଚିତ ଥିଲି ତୋତେ ଜାଗା ମିଳିବ, ଶଲା, ତୁ ତୁଚ୍ଛାଟାରେ ପ୍ୟାଣ୍ଟ ଓଦା କରୁଥିଲୁ ।" ବିଳମ୍ବ ନକରି ତହିଁ ପରଦିନ ଗାଁକୁ ଯିବାକୁ ଭୁବନେଶ୍ୱର ରେଳ ଷ୍ଟେସନରୁ ପୁରୀ ହାଓଡା ପାସେଞ୍ଜର ଟ୍ରେନ୍‍ରେ ଉଠିଲି ।

ସନ୍ଧ୍ୟାରେ ଯାଇ ଗାଡ଼ି ଗାଁ ଷ୍ଟେସନରେ ପହଞ୍ଚିବ । ଅନେକ ସମୟ ବାକି । ଗାଡ଼ିରେ ବସି ବସି ଆଖି ପାଇବା ପର୍ଯ୍ୟନ୍ତ ଦିଗନ୍ତ ବିସ୍ତାରୀ ଦୂର ଦିଗ୍‍ବଳୟକୁ ଅନେଇ ରହିଥାଏ । ଜୁଲାଇ ମାସ ବର୍ଷା ରତୁର ଜଳ ସ୍ପର୍ଶରେ ଶ୍ୟାମଳିମାରେ ଚତୁର୍ଦିଗ ଭରପୁର । ଝରକା ଦେଇ ଖୋଲ୍‍ ଖୋଲ୍‍ ପବନ ଗାଡ଼ି ଭିତରକୁ ପଶି ଆସୁଥାଏ । ମେଘମାଳା ପୂର୍ଣ୍ଣ ଆକାଶ ତଳେ ଦୂର ପାହାଡ଼, ସବୁଜ ଧାନ କ୍ଷେତ, ଗାଁ ଗଣ୍ଡାର ଦୃଶ୍ୟ ଏକ ପରେ ଏକ ଚକ୍ଷୁ ସାମ୍ନାକୁ ଆସି ପୁଣି ଉଭେଇ ଯାଉଥାନ୍ତି । ବେଳେ ବେଳେ ସେହି ଦୃଶ୍ୟମାନଙ୍କୁ ଭେଦି ଭାବନାର ଖିଅ ସବୁ ଆସି ବରଗଛର ଓହଲ ପରି ଚତୁର୍ଦିଗକୁ ପ୍ରସାରିତ ହେଇ ଯାଉଥାଏ । ଭୁବନେଶ୍ୱରରେ ଏମ୍‍ଏସସି ପଢ଼ିବି ସେ ପାଇଁ ମନ ଭିତରେ ଗର୍ବ । ମୋ ଜାଣିବାରେ ମୁଁ ବୋଧହୁଏ ଆମ ସେ ଅଞ୍ଚଳର ପ୍ରଥମ, ଯିଏ କି ବାଣୀବିହାରରେ ଏମ୍‍ଏସସି ପଢ଼ିବାର ।

ଘରେ ପହଞ୍ଚି ସମସ୍ତଙ୍କୁ ମୋର ପଢ଼ିବା ପାଇଁ ସ୍ଥାନ ମିଳିଯାଇଥ୍‌ବାର ଖବରଟି ଜଣେଇ ଦେଲି। ଏ ସମ୍ବାଦ ପାଇ ଓ ବାଣୀବିହାରରେ ଏମ୍‌.ଏସ୍‌.ସି ପଢ଼ିବା ନିଶ୍ଚିତ ହେବାର ଜାଣି ସମସ୍ତେ ଆନନ୍ଦ ପ୍ରକାଶ କଲେ।

ପାଠ ପଢ଼ା ଆରମ୍ଭ ହେବାକୁ ଆଉ ଅଳ୍ପ କେତେ ଦିନ ବାକି ଥାଏ। ଗାଁ ଛାଡ଼ି ଭୁବନେଶ୍ଵର ଯିବା ବେଳ ପାଖେଇ ଆସିଲା। ନାଁ ଲେଖା ପାଇଁ ବଡ଼ ନନା ଦୁଇ ଶହ କୋଡ଼ିଏ ଟଙ୍କା ଓ ପଦୁ ନନା ପଚାଶ ଟଙ୍କା। ଦେଇଥାନ୍ତି, ବିବେକ ମୋର ବାଧା ଦେଲା ସେମାନଙ୍କୁ ଅଧିକ ଖର୍ଚ୍ଚାନ୍ତ କରେଇବାକୁ। ତେଣୁ ମୋ ମନକୁ ଯାହା ଆସିଲା, ମୋ ପାରିଲା ପଣରେ ଯାହା ସମ୍ଭବ ହେଲା ମୁଁ ନିଜେ ନିଜେ ବାକି କିଛି ଜିନିଷ ଯୋଗାଡ଼ କରି ପକେଇଲି। ବାହାରିବା ଦିନ ମାଆ କହିଲା, "ବାପାରେ, ନାନୀ ପାଇଁ ବାଡ଼ିରୁ କିଛି ପରିବା, ଆଉ ଚାଉଳ କେତେ କିଲ ଦଉଟି, ନେଇଯା। ଛୁଆ ପିଲା ନେଇ ରହିଛି, ଭୁବନେଶ୍ଵର ଜାଗା, କେଡ଼େ ମହଙ୍ଗା ହେଇ ନ ଥ୍‌ବ ସବୁ ଜିନିଷ କିଣିବାକୁ। ତା' ଛଡ଼ା ତୁ ତ ତା' ପାଖରେ ଏତେ ଦିନ ରହିବୁ। ଭଲ ଦିଶିବନିରେ ବାପା।" ଏତକ କହି ମାଆ ଯୋଗାଡ଼ କରିଦେଲା ନାନୀ ପାଇଁ। ମନା କେମିତି କରନ୍ତି ଯେ, ସେ ସବୁ ବୁରାରେ ଭରିଲି।

ଗାଁରୁ ସଞ୍ଚା ହାଓଡ଼ା ପୁରୀ ପାସେଞ୍ଜର ଗାଡ଼ି। ତହିଁ ପରଦିନ ସକାଳେ ଭୁବନେଶ୍ଵରରେ ପହଞ୍ଚିବ, ଶସ୍ତା ପଡ଼ିବ ବୋଲି ସେଥ୍‌ରେ ମସୁଧା କରିଥିଲି ଯିବାକୁ। ସଞ୍ଚା ହେଲାରୁ ପଞ୍ଚୁଆଇ (ପଞ୍ଚୁଆ ଭାଇ) ଆସି ପହଞ୍ଚିଗଲା। ତା' ଚିକଣିଆ କଳା ମଟ୍‌ମଟ୍‌ ମୁହଁରେ ଚକଟକିଆ ମିଳ୍‌ ଫୁଲିଆ ଧଳା ଦାନ୍ତ ଦେଖେଇ କହିଲା, "ଚାଲ, ଗଗନ୍‌ବୁ, ତମ ଜିନିଷ ପତ୍ର ନେଇ ତମକୁ ଗାଡ଼ିରେ ଚଢ଼େଇ ଦେଇ ଆସିମି।" ସେ ମୁଣ୍ଡରେ ପାଗ ଖଣ୍ଡେ ବାନ୍ଧି ବଡ଼ ବୁରାଟା ମୁଣ୍ଡେଇଲା। ମୁଁ ଦେବା ଦେବୀ, ମାଆ, ବଡ଼ ଭାଇ, ଭାଉଜଙ୍କ ଆଶୀର୍ବାଦ ନେଲି। ସେଟିକି ବେଳେ ବାପାଙ୍କ କଥା ମନେ ପଡ଼ି ଯିବାରୁ ଆଖ୍‌ରେ ମୋର ଲୋତକ ଜକେଇ ଆସିଲା। ଭାବପ୍ରବଣତାକୁ ଆୟଉରେ ରଖ୍‌ ଛୋଟ ବୁରାଟି କାନ୍ଧରେ ପକେଇ ବାହାରିଲି ଷ୍ଟେସନ ଅଭିମୁଖେ। ପଞ୍ଚୁଆଇ ଆମ ଘରେ ପିଲାଟି ଦିନରୁ କାମ କରି ଆସିଥାଏ। ବଡ଼ ହେବାରେ, ସ୍କୁଲ କଲେଜରେ ପଢ଼ିବାବେଳେ ସେ ଆମକୁ ସବୁବେଳେ କହେ, "ବାବୁମାନେ, ପଳେଇ ଯାଅ, ପଳେଇ ଯାଅ, ଏ ଗାଁରେ କିଛି ନାହିଁ, ବେଶୀ ପାଠ ପଢ଼, ଦେଶ ବିଦେଶ ବୁଲ, ଦେଖ।" ତା' ମୂର୍ଖ ଅପାଠୁଆ ମୁହଁରୁ ଏମିତି ମିଠା ଉଦ୍‌ବୋଧନ ମୂଳକ ଉପଦେଶ ଆମ ଭାଇମାନଙ୍କୁ ସବୁବେଳେ ପ୍ରେରଣା ଯୋଗାଇ ଥାଏ। ପ୍ରଥମ ଥର ପାଇଁ ଗାଁ ଓ ବାଲେଶ୍ଵର ଛାଡ଼ି ନୀଳଗିରି ରୋଡ଼ ଷ୍ଟେସନରୁ ହାଓଡ଼ା ପୁରୀ ପାସେଞ୍ଜର ଗାଡ଼ିରେ

ବସିଲି ଓଡ଼ିଶାର ରାଜଧାନୀ ଭୁବନେଶ୍ୱରରେ ଉଚ୍ଚ ଶିକ୍ଷା ପାଇଁ। ମନରେ ଭବିଷ୍ୟତର ଅନେକ ସୁନେଲି ସ୍ୱପ୍ନ। ପ୍ରଥମ କରି ଏହା ମୋର ଏତେ ଘଣ୍ଟାର ଏକୁଟିଆ ରାତ୍ରି ରେଲ ଯାତ୍ରା, ସେଥିପାଇଁ ଭୟ ବି ଲାଗୁଥାଏ। ଡରି ଡରି ଅନିଦ୍ରାରେ ରାତ୍ରି ପାହି ସକାଳ ହେଲା। ସକାଳୁ ସକାଳୁ ଗାଡ଼ି ଭୁବନେଶ୍ୱରରେ ପହଞ୍ଚିଲା। ଷ୍ଟେସନରୁ ରିକ୍ସା ଖଣ୍ଡେ କରି ପହଞ୍ଚିଲି ନାନୀ ରହୁଥିବା ୟୁନିଟ ଆଠ ନମ୍ବର ବସା ଘରେ।

ବାମନନାଙ୍କର ସରକାରୀ ଘର ତଳ ମହଲାରେ। ଦୁଇ ବଖରା ବିଶିଷ୍ଟ। ମୁଖ୍ୟ କବାଟ ଦେଇ ପଶିଗଲେ ବସା ଉଠା କରିବା ପାଇଁ ଅଳ୍ପ ଜାଗା। ତା' ଭିତରେ ଚଳିବା ମୁତାବକ ଛୋଟ ରୋଷେଇ ଘର, ଗାଧୁଆ ଘର ଓ ପାଇଖାନା। ସାମନାରେ ନାଲି ମାଟି ଧୂଳି ଧୂସରିତ ଜମି। ତାଙ୍କ ବସାରେ ମୋର ରହିବା ପାଇଁ କହିବାକୁ ଗଲେ ଜାଗା ନଥାଏ। ଖାଲି ପରିସ୍ଥିତିରେ ପଡ଼ି ଉପାୟ ନଥିବାରୁ ରହିବା କଥା। ଭଣଜା ଭାଣିଜୀଙ୍କ ଗହଣରେ ମୁଁ ଗୋଟିଏ ଖଟ ଉପରେ ମୋ ଡେରା ପକେଇଲି।

ଏଇମିତି ଟାଉନବସରେ ବାଣୀବିହାର ଯା' ଆସରେ କିଛି ଦିନ କଟିଲା। ଦିନେ ବାଣୀବିହାର ହଟାରେ ବୁଲୁ ବୁଲୁ ଭାବୁଥାଏ ମୋତେ କେବେ ହଷ୍ଟେଲ୍ ମିଳିବ, କେବେ ପଢ଼ା ପଢ଼ି ମନ ମୁତାବକ ହେଇ ପାରିବ, ତାହା ଭାବିଲାରୁ ମୁଣ୍ଡ ମୋର ଚକ୍କର ଖାଇଗଲା। ଏମିତି ତ ଯା' ଆସରେ ସବୁ ସମୟ ଗଲା। ସୌଭାଗ୍ୟକୁ କିଛି ମାସ ଅନ୍ତେ ନିୟମାନୁସାରେ ମୋତେ ମୋ ନିଜ ନାଁରେ କୋଠରିଟିଏ ଦୁଇ ନମ୍ବର ଛାତ୍ରାବାସରେ ମିଳିଗଲା। ମୁଁ ନାନୀ ଘରୁ ଜିନିଷ ପତ୍ର ଧରି ବାଣୀବିହାରକୁ ଚାଲି ଆସିଲି। ପ୍ରାଣୀ ବିଜ୍ଞାନ ବିଭାଗରୁ ମୋର ସହପାଠୀ ପ୍ରସନ୍ନ ସାହୁ ମୋ ସହବାସୀ ହିସାବରେ ରହିବାକୁ ଆସିଲେ। ଦୁଇ ନମ୍ବର ଛାତ୍ରାବାସରେ ବାଁ ଓ ଡାହାଣ କି ଦୁଇଟି ବିଭାଗ। ଦୁଇ ପାଖରେ ଉପର ମହଲାକୁ ଯିବାକୁ ପାହାଚ। ପାହାଚ ଗୁଡ଼ିକ ନାଲି ରଙ୍ଗ କ୍ଷୁଦ୍ର ଜାଲି ଜାଲିଆ ଇଟାରେ ଢଙ୍କା ହୋଇଥାଏ। ହଷ୍ଟେଲର ମଧ୍ୟ ଭାଗରେ ସୁନ୍ଦର ବଗିଚା।

ଆମକୁ କୋଠରିଟିଏ ଡାହାଣ ବିଭାଗର ତଳ ମହଲାରେ ସବା ଶେଷ ଆଡ଼କୁ ମିଳିଲା। ଝରକା ବାହାର ପଟକୁ ହେଲେ ମଧ୍ୟ କୌଣସି ଥରେ ଲୁହାଛଡ଼ ଲାଗି ନଥାଏ। କୋଠରି ଗୁଡ଼ିକ ପଙ୍ଖାଶୂନ୍ୟ। ମଝି ବାରଣ୍ଡାରେ ଦିନ ବେଳେ ବି ଅନ୍ଧକାରର ରାଜୁତି। ଫଳରେ ମଶା ମାନଙ୍କର ଉପଦ୍ରବ। ଭିତର ଛାତ ଓ କାନ୍ଥମାନଙ୍କରେ ବୁଢ଼ିଆଣୀ ଜାଲ ସାମିଆନା ସଦୃଶ ଟଙ୍ଗା ହେଇଥାଏ। ଯେଉଁ କୋଠରି ଗୁଡ଼ିକ ଦୁଇଜଣଙ୍କୁ ଦିଆଯାଇଥାଏ ତାହା ପ୍ରକୃତରେ ଜଣକ ପାଇଁ ଉଦ୍ଦିଷ୍ଟ। ଆକାର, କଥାରେ ଯାହାକୁ କହନ୍ତି, "ବାଘ ମାଇପ ପିଚାର ପିଚେ।" ଦୁଇଟି ଛୋଟ ଜଣକିଆ ଖଟ ପଡ଼ିବା ପରେ

ଚଳାବୁଲା ପାଇଁ ଜାଗା ନିଅଣ୍ଟ। ଦୁଇ ପ୍ରକୋଷ୍ଠବାସୀ ଯଦି ଟିକିଏ ହୃଷ୍ଟପୁଷ୍ଟ ବପୁବନ୍ତ ପଡ଼ିଲେ ତେବେ କଥା ସରିଲା, ଚାଲବୁଲ ବେଳେ ଦେହକୁ ଦେହ ଘର୍ଷି ହେବା ବି କିଛି ବିଚିତ୍ର ନୁହଁ। ବାତାବରଣ ଅତ୍ୟନ୍ତ ଅସ୍ୱାସ୍ଥ୍ୟକର। ପାଇଖାନାମାନ ଗନ୍ଧଯୁକ୍ତ। ତା' ପାଇଁ ଦାୟୀ, ନିୟମିତ ପାଣି ନ ଆସିବା ଓ ଆଉ କେତେକ ଅସାମାଜିକ ସ୍ୱାସ୍ଥ୍ୟରକ୍ଷା ଜ୍ଞାନ ଶୂନ୍ୟ ଛାତ୍ରଙ୍କର ଅପବ୍ୟବହାର। ଅନେକ ସମୟରେ ମୁଁ ଦେଖେ କିଛି ଛାତ୍ର ପାଇଖାନା ଭିତରକୁ ସମ୍ପୂର୍ଣ୍ଣ ନଯାଇ ଦ୍ୱାର ଦେଶରେ ଦଣ୍ଡାୟମାନ ପୂର୍ବକ ପରିସ୍ରା କରିବାର। ବେଳେ ବେଳେ ଇଚ୍ଛା ହେଉଥିଲା ସେମାନଙ୍କର ସାମନା ସାମନି ହେବା ପାଇଁ। ହେଲେ ସେ ଦାଦା ପିଲାଙ୍କର ଏତେ ଲମ୍ବା କେଶ, ଲମ୍ବା କଲି ଓ ତା' ସାଙ୍ଗକୁ ସେତେବେଳର ବେଲ ବଟମ ପ୍ୟାଣ୍ଟ ସହିତ ଚଉଡ଼ା ପେଟି ଦେଖି ମୋ ଭଳିଆ ମଫସଲିର ସାହସ କୁଲଉ ନଥିଲା ମୁହଁ ଖୋଲିବାକୁ। ତେଣୁ ପର ମୁହୂର୍ତ୍ତରେ ପଛେଇ ଯାଉଥିଲି। ବାଲେଶ୍ୱରରେ ଏକାକୀ ନିଜ ପ୍ରକୋଷ୍ଠରେ ରହିବା ପରେ ମୋର ଅଭ୍ୟାସଗତ ରୁଚିରେ ପରିବର୍ତ୍ତନ ଘଟିଥିଲା। ଯଦିଓ ସହବାସୀ ପ୍ରସନ୍ନ ସାହୁ ଅତ୍ୟନ୍ତ ମେଳାପୀ ଦୁଇ ଜଣ ବସି ଗୋଟିଏ କୋଠରିରେ ଅଧ୍ୟୟନ କରିବା ମୋ ପକ୍ଷରେ କଷ୍ଟକର ହେଲା। ଫଳରେ ପଢ଼ା ପଢ଼ି ଠିକ୍ ନହେବାରୁ ମନରେ ନିରାଶ ଭାବ ଜାଗ୍ରତ ହେଲା।

ଏମିତି କିଛି ଦିନ ଅତିବାହିତ ହେବା ପରେ ଶୁଣିଲି ସେତେବେଳକୁ ନୂତନ କରି ଗଢ଼ା ହୋଇଥିବା ଚତୁର୍ଥ ଛାତ୍ରାବାସରେ ଏକ ନିବାସୀ ପ୍ରକୋଷ୍ଠମାନ ବଣ୍ଟନ କରାହେବାର। ଏହା ଜାଣିବା ମାତ୍ରେ କିପରି ତାହା ମୋତେ ମିଳି ପାରିବ ମୁଁ ସେଇ ଚେଷ୍ଟାରେ ରହିଲି। କୋଠରି ବଣ୍ଟନ ଦାୟିତ୍ୱରେ ଥାଆନ୍ତି ଗଣିତ ବିଭାଗର ପ୍ରଫେସର ଶଙ୍କର ମିଶ୍ର। ତାଙ୍କୁ ଦିନେ ସାକ୍ଷାତ କରି ବିନତି ପୂର୍ବକ ମୁଁ ମୋର ଗୁହାରି ଜଣେଇଲି। ମୋର ଆବଶ୍ୟକତା ଓ ଅସୁବିଧା ଜଣେଇଲି। ଏମ୍ଏସସି ପ୍ରଥମ ଭାଗ ପରୀକ୍ଷା ଦେବି ବୋଲି କହିଲି। ଦୟା ପରବଶ ହୋଇ ସପ୍ତାହେ ଭିତରେ ସେ ମୋତେ ଚତୁର୍ଥ ଛାତ୍ରାବାସରେ ଥିବା ଇ ବ୍ଲକର ତେଇଶି ନମ୍ବର କୋଠରିଟି ଦେଇଦେଲେ।

ନୂତନ ଚତୁର୍ଥ ଛାତ୍ରାବାସର ଅବସ୍ଥିତି ବାଣୀବିହାର ସୀମାନ୍ତରେ। ଉତ୍ତର ପଟକୁ ଦୂରରେ ସୈନିକ ସ୍କୁଲ ଓ ପୁଲିସ କ୍ୱାର୍ଟର୍ସ, ପୂର୍ବକୁ ରେଲ ଧାରଣା ଓ ମଞ୍ଚେଶ୍ୱର ରେଲୱେ ଷ୍ଟେସନ। ଏ ରୁ ଏଫ୍ ପର୍ଯ୍ୟନ୍ତ ଛଅଟି ବ୍ଲକ। ପ୍ରାୟ ସବୁ ବ୍ଲକର କୋଠରି ଗୁଡ଼ିକ ବେଶ୍ ଆଲୋକିତ ଏବଂ ପବନ ଚଳପ୍ରଚଳ ପାଇଁ ଖୋଲା। ବ୍ଲକ ମାନଙ୍କର ମଧ୍ୟ ଭାଗରେ ତଳ ମହଲାରେ ଭୋଜନାଳୟ ଓ ଠିକ୍ ତାହାରି ଉପରେ ସର୍ବସାଧାରଣ ବସାଉଠା ପାଇଁ ଏକ ପ୍ରଶସ୍ତ କୋଠରି। ଛାତ୍ରାବାସଟି ନୂତନ କରି ନିର୍ମାଣ ହୋଇଥିବାରୁ ପାଇଖାନା, ଗାଧୁଆ ଘର ପରିଷ୍କାର, ପରିଚ୍ଛନ୍ନ ଓ ଗନ୍ଧମୁକ୍ତ।

ଭୋଜନାଳୟରେ ମାତ୍ର ଦୁଇ ଓଳି ଭୋଜନର ବ୍ୟବସ୍ଥା ଥାଏ। ବିଜ୍ଞାନ ଛାତ୍ର ମାନଙ୍କର ପାଠ ପଢ଼ା ଆରମ୍ଭ ହୁଏ ସକାଳ ନଅଟାରେ। ତେଣୁ ଆମେମାନେ ତା' ପୂର୍ବରୁ ଯାଇ ଗହଲି କରୁ ମଧ୍ୟାହ୍ନ ଭୋଜନ ଖାଇବାକୁ। କଳା ବିଭାଗରେ ଅଧ୍ୟୟନ କରୁଥିବା ଛାତ୍ରମାନେ ଡେରିରେ ଆସନ୍ତି। ପୁଣି ରାତ୍ରି ଭୋଜନ ବାର ଘଣ୍ଟାର ବ୍ୟବଧାନରେ, ରାତି ନଅଟାରେ। ତା' ମଝିରେ ଛାତ୍ରମାନେ ଅପରାହ୍ନରେ ପିଆଜି, ସିଙ୍ଗଡ଼ା, ଆଲୁଚପ୍ ଆଦି ଜଳଖିଆ ଖାଇବାକୁ ଭିଡ଼ ଲଗାନ୍ତି ଛାତ୍ରାବାସ ସାମନାରେ ଥିବା ଏକ ଅସ୍ୱାସ୍ଥ୍ୟକର ଝୁମ୍ପୁଡ଼ି ଆଗରେ। ମୁଁ ପଇସା ବଞ୍ଚେଇବାକୁ ଯାଇ ଜଳଖିଆ ପାଇଁ ବାଲେଶ୍ୱରରୁ ମୁଢ଼ି ଆଣି ରଖିଥାଏ। ନୀଳଗିରିରୁ ଛାଡୁଥିବା "ପିଥର ଥର୍" ବସରେ ମୋତେ ଭୁବନେଶ୍ୱରକୁ ମୁଢ଼ି ନିୟମିତ ପଠେଇବାର ଦାୟିତ୍ୱ ଥିଲା ପଦୁନନାଙ୍କର। ମୁଢ଼ି ସରିଯାଇଥିଲେ ଯଦି ପଇସା ପାଖରେ ଥାଏ ତେବେ କାହିଁ କେତେବେଳେ ଝୁମ୍ପୁଡ଼ିକୁ ଯାଏ। ପଇସା ପାଖରେ ନଥିଲେ ସେଇ ଦୁଇ ଓଳି ଛାତ୍ରାବାସ ଭୋଜନାଳୟର ଖାଦ୍ୟ ଖାଇ ବାକି ସମୟତକ ଉପାସରେ ରହି ଚଳେଇ ଦିଏ।

ବାଣୀବିହାରର ପ୍ରାଣୀବିଜ୍ଞାନ ବିଭାଗଟି ଚମ୍ପା ଓ ଗୋଲାପି ରଙ୍ଗ ମିଶା ଦୁଇ ମହଲା ବିଶିଷ୍ଟ କୋଠାଘର। ଏହା ଶୁଷ୍କ ଟାଙ୍ଗରା ମାଙ୍କଡ଼ା ପଥର ଓ ନାଲି ମାଟି ଉପରେ ଦଣ୍ଡାୟମାନ। ବିଭାଗ ଭିତରକୁ ପ୍ରବେଶ ମାତ୍ରେ ଡାହାଣ ପଟକୁ ଜାଲି ଦିଆ ନୋଟିସ ବୋର୍ଡ। ଆଗକୁ ଆପାତତଃ ତିରିଶ ଜଣ ବସିବା ପାଇଁ ଅଧ୍ୟାପନା କକ୍ଷ ଯେଉଁଥିରେ କି ସମସ୍ତ ଅଧ୍ୟାପନା ହୁଏ। ତା' ପାଖକୁ ଲାଗି ପ୍ରଫେସର ବସନ୍ତ ବେହୁରାଙ୍କର କକ୍ଷ। ତଳ ମହଲାରେ ଗୋଟିଏ ବଡ଼ ଓ ଗୋଟିଏ ଛୋଟ ଗବେଷଣାଗାର। ବଡ଼ ଗବେଷଣାଗାରଟି ପ୍ରଥମ ବର୍ଷ ଛାତ୍ର/ଛାତ୍ରୀଙ୍କ ପାଇଁ ଉଦ୍ଦିଷ୍ଟ ଓ ଛୋଟ ଗବେଷଣାଗାରଟି ଡକ୍ଟର ଡି ଆର ନାୟକଙ୍କ ଗବେଷଣା କେନ୍ଦ୍ର। ପ୍ରଫେସର, ରିଡର ଓ ଅଧ୍ୟାପକମାନଙ୍କ ପାଇଁ ମାତ୍ର ଚାରୋଟି କୋଠରି। ପାହାଚକୁ ଲାଗି ଛୋଟ ଅଫିସଟିଏ। ପାହାଚରେ ଉପରକୁ ଗଲେ ପ୍ରାୟ ତଳେ ଯେତକ, ସେତକ ଗବେଷଣାଗାର। ଅଧ୍ୟାପନା କକ୍ଷ ବଦଳରେ ଗୋଟିଏ ସଂଗ୍ରହାଳୟ ଓ ପାଠାଗାର। ସଂଗ୍ରହାଳୟ ଭିତରେ କାଚ ଆଲମାରିରେ କାଚ ବୋତଲ ମାନଙ୍କରେ ସଂରକ୍ଷିତ ଜୀବମାନଙ୍କର ନମୁନା। ଆଉ ଏକ କାଚ ଆଲମାରିରେ ଦୋଲାୟମାନ ନରକଙ୍କାଳ। ମଝି ଟେବୁଲରେ ଦେଖିଲା ଭଳିଆ ସଂରକ୍ଷିତ କରା ଏକ ବିଶାଳକାୟ ଅଜଗର ସାପ। ବଡ଼ ପରୀକ୍ଷାଗାରଟି ଦ୍ୱିତୀୟ ବର୍ଷ ଛାତ୍ର/ଛାତ୍ରୀଙ୍କ ପାଇଁ ଓ ଛୋଟ ପରୀକ୍ଷାଗାରରେ ମାଡାମ ପ୍ରିୟମଦା ମହାନ୍ତି-ହେଜମାଡ଼ିଙ୍କର ଗବେଷଣା କେନ୍ଦ୍ର। ସିଡ଼ିକୁ ଲାଗି ବିଭାଗୀୟ ଚିତ୍ରକର ରମେଶ ବଳିୟାରସିଂଙ୍କର କୋଠରି। ଅନ୍ୟ କେତେକ ଅଧ୍ୟାପକ ତାଙ୍କ ନିଜ

ନିଜ କକ୍ଷରେ ଗବେଷଣା କରନ୍ତି । ସେମାନଙ୍କ ଭିତରୁ ଡକ୍ଟର ଭୂୟାଁ ଓ ଡକ୍ଟର ପରିଡ଼ା ଅନ୍ୟତମ । ଆଉ କେତେଜଣ ପ୍ରାୟ ଗବେଷଣା କରନ୍ତି ନାହିଁ ।

ଗବେଷଣାରେ ବ୍ୟବହୃତ ହେଉଥିବା ପ୍ରାଣୀମାନଙ୍କର ରକ୍ଷଣାବେକ୍ଷଣ ଓ ପାଳନ ପୋଷଣ ପାଇଁ ନିର୍ଦ୍ଦିଷ୍ଟ କୌଣସି କୋଠରିର ବ୍ୟବସ୍ଥା ନଥିବାରୁ ଡକ୍ଟର ଭୂୟାଁଙ୍କର ଗବେଷଣା କାମରେ ବ୍ୟବହୃତ ଶ୍ୱେତ ମୂଷିକ ମାନେ ଚଟାଣରେ ବସିଥିବା ପଞ୍ଜୁରି ମାନଙ୍କରେ ପାଳଣ ପୋଷଣ ହେଉଥାନ୍ତି । ସେଥିପାଇଁ ବିଭାଗ ଭିତରକୁ ପ୍ରବେଶ ମାତ୍ରେ ପ୍ରାଣୀ ଜନିତ ତୀବ୍ର ଗନ୍ଧ ନାସାଗ୍ରେ ପହଞ୍ଜିବା ସ୍ୱାଭାବିକ । ହେଲେ ସେଇ ଗନ୍ଧ ସମସ୍ତଙ୍କୁ ସୂଚେଇ ଦିଏ ଯେ ସେମାନେ ପ୍ରାଣୀ ବିଜ୍ଞାନ ବିଭାଗକୁ ପ୍ରବେଶ କଲେ ।

ନାମ ଲେଖା ପରେ ପରେ ପାଠ ପଢ଼ା ଜୋରସୋରରେ ଆରମ୍ଭ ହେଇଗଲା । ଶ୍ରେଣୀରେ ଉତ୍କଳ ବିଶ୍ୱବିଦ୍ୟାଳୟର ବିଭିନ୍ନ ମହାବିଦ୍ୟାଳୟରୁ ଛାତ୍ରଛାତ୍ରୀ ମାନଙ୍କର ସମାବେଶ । ଯେଉଁମାନଙ୍କର ନାଁ ମୁଁ ପରୀକ୍ଷା ଫଳ ବାହାରିବା ସମୟରେ ତାଲିକାରେ ଲେଖା ଥିବାର ଦେଖିଥିଲି ସେମାନଙ୍କୁ ଶ୍ରେଣୀରେ ମୁହାଁ ମୁହିଁ ଭେଟିବାର ସୁଯୋଗ ପାଇଲି ।

ପ୍ରାଣୀ ବିଜ୍ଞାନ ବିଭାଗରେ ପ୍ରଫେସର ବସନ୍ତ କୁମାର ବେହୁରା ଥାଆନ୍ତି ମାତ୍ର ଜଣେ ପ୍ରଫେସର । ରିଡର ପାହ୍ୟାରେ ତିନିଜଣ, ଡକ୍ଟର ଧ୍ରୁବରାଜ ନାୟକ, ଡକ୍ଟର ପ୍ରିୟମ୍ୱଦା ମହାନ୍ତି-ହେଜମାଦୀ ଓ ଡକ୍ଟର ବିଭୂତି ଭୂଷଣ ପରିଡ଼ା । ଅଧ୍ୟାପକ ହିସାବରେ ଡକ୍ଟର ଶଙ୍କର ପ୍ରସାଦ ଭୂୟାଁ, ଡକ୍ଟର ଏମ୍ଭିଏସ୍ ରାଓ ଓ ଶ୍ରୀମତୀ କଞ୍ଚନା ବଢ଼ିଦାର ।

ପ୍ରଥମ ବର୍ଷରୁ ହିଁ ଗବେଷଣା ଛାତ୍ର ଜନାର୍ଦ୍ଦନ ବେହେରାଙ୍କ ସହିତ ମୋର ପରିଚୟ ହେଲା । ସେ ଆଗରୁ ମୋ ବଡ଼ ଭାଇ ପଦ୍ମନାଙ୍କୁ ଜାଣିଥିଲେ । ଡକ୍ଟର ଭୂୟାଁଙ୍କ ଅଧୀନରେ ସାଇଟୋଜିନେଟିକ୍ସରେ ଗବେଷଣା କରୁଥାନ୍ତି । ଉତ୍ତର ବାଲେଶ୍ୱରର ଲୋକ, କିନ୍ତୁ ଭଦ୍ରକ କଲେଜରୁ ଉତ୍ତୀର୍ଣ୍ଣ ହୋଇଥାନ୍ତି ପ୍ରାଣୀବିଜ୍ଞାନ ଅନର୍ସରେ । କୁଞ୍ଚକୁଞ୍ଚିଆ କେଶ । ପାଠ ଛଡ଼ା ଆଉ କିଛି ସେ ବିଶେଷ ଆଲୋଚନା କରନ୍ତି ନାହିଁ । ବିଭାଗୀୟ ରାଜନୀତିରେ ସେ କେବେ ହେଲେ ନଥାନ୍ତି । ସବୁବେଳେ ଚିନ୍ତାମଗ୍ନ । ଯିଏ ତାଙ୍କୁ ଭଲକରି ଜାଣି ନଥିବ ଭାବିବ ଇଏ ଜଣେ ମସ୍ତ ଆଡ଼ିପାଗଲା ମଣିଷ । ଅନେକ ସମୟରେ ମୁଁ ତାଙ୍କ ପାଖକୁ ଯାଇ ଜେନେଟିକ୍ସ ଆଲୋଚନା କରେ । ବହିପତ୍ର ଦରକାର ହେଲେ ମାଗି ଆଣେ ।

କିଛି ମାସ ପାଠ ପଢ଼ିବା ଅନ୍ତେ ମୁଁ ଅନୁଭବ କଲି ବିଏସ୍‍ସି ଓ ଏମ୍‍ଏସ୍‍ସି ଭିତରେ ସେମିତି କିଛି ଖାସ୍ ପାର୍ଥକ୍ୟ ନାହିଁ ଅଧ୍ୟୟନ କରିବା ପ୍ରଣାଳୀରେ । ଯିଏ ଯେତେ ପ୍ରକାରର ବହି ଯୋଗାଡ଼ଯନ୍ତ୍ର କରି, ପଢ଼ି ଜ୍ଞାନ ଆହରଣ କରିପାରିଲା ସେତେ

ଉତ୍ତମ। ମୂଳତଃ ଅଧ୍ୟାପକମାନଙ୍କର କ୍ଲାସ ପରେ ସେଇ ବିଷୟ ମାନଙ୍କରେ ନୋଟ ବନେଇ ମନେ ରଖିବାର କଥା। ଯେମିତି ବିଏସ୍‌ସି ଅନର୍ସରେ ହେଉଥିଲା ଏମ୍‌ଏସ୍‌ସିରେ ବି ଠିକ୍ ସେଇ ପରି।

ଆଖି ପିଛୁଳାକେ ଗୋଟିଏ ବର୍ଷ ଏମିତି ବିତିଯାଇ ପ୍ରଥମ ଭାଗ ପରୀକ୍ଷା ଆସି ପହଞ୍ଚିଲା। ମୁଁ ପ୍ରଥମରୁ ମନସ୍ଥ କରିଥିଲି ପ୍ରଥମ ଭାଗ ପରୀକ୍ଷା ଦେବାପାଇଁ। ତେଣୁ ତା’ ପାଇଁ ଆଗରୁ ମୋର ଜୋର୍‌ସୋର୍‌ରେ ପ୍ରସ୍ତୁତି ଆରମ୍ଭ ହେଇଯାଇଥିଲା। ପ୍ରତି ବିଷୟ ପାଇଁ ଚାରି ଘଣ୍ଟାର ପରୀକ୍ଷା। ପ୍ରାଣୀ ବିଜ୍ଞାନରେ ପୁଣି ପ୍ରତି ପ୍ରଶ୍ନକୁ ଦୀର୍ଘ ଉତ୍ତର ଦେବାକୁ ପଡ଼େ। ଏକ ସମୟରେ ଅବିରତ ଚାରି ଘଣ୍ଟା ପରୀକ୍ଷା ଲେଖିବା ପରେ ଅଙ୍ଗ ପୀଡ଼ା। ଦେହରେ ଆଉ ଶକ୍ତି ରହେନି ଏପରିକି ଛାତ୍ରାବାସକୁ ଚାଲି ଚାଲି ଫେରିବାକୁ। ଯଥା ରୀତି ପରିଶ୍ରମ ବଳେ ପ୍ରଥମ ଭାଗ ପରୀକ୍ଷା ସରିଲା। ଅନେକ ସାଙ୍ଗ ପରୀକ୍ଷା ଦେଲେ, କେତେ ବି ବାକି ରହିଲେ ଏକାଠରେ ସମସ୍ତ ପରୀକ୍ଷା ଦେବା ପାଇଁ। କିଛି ମାସ ପରେ ଫଳ ବାହାରିଲା। ଦିନେ ଅପରାହ୍ନରେ ଦୌଡ଼ିଲୁ ପରୀକ୍ଷା ବିଭାଗକୁ ମାର୍କ ଦେଖିବା ପାଇଁ। ଦେଖି ଜାଣିଲି ଫଳ ମନ୍ଦ ନୁହଁ। ପ୍ରାକ୍ଟିକାଲ ପରୀକ୍ଷା ମାନଙ୍କରେ ସେମିତି ଉତ୍ସାହ ଜନକ ମାର୍କ ନଥିଲେ ବି ଥିଓରୀ ମାନଙ୍କରେ ଭଲ ନମ୍ବର ରହିଥାଏ। ଏପରିକି ଏଣ୍ଡକ୍ରାଇନୋଲୋଜିରେ ସର୍ବାଧିକ ମାର୍କ ମୋର। ଆଶ୍ୱସ୍ତ ହେଲି, ପ୍ରଥମ ଶ୍ରେଣୀ ସହିତ ନାମ ଅନେକ ଆଗରେ ଅଛି। ଭାବିଲି ଦ୍ୱିତୀୟ ଭାଗ ପାଇଁ ଆହୁରି ଅଧିକ ପରିଶ୍ରମ କରିବି। ପ୍ରାକ୍ଟିକାଲ୍ ମାନଙ୍କରେ କେମିତି ଅଧିକ ନମ୍ବର ଆସିବ, ତା’ ପାଇଁ ଚେଷ୍ଟିତ ହେବି। ତାହା ହେଲେ ଯାଇ ଉତ୍ତମ ଫଳ ପ୍ରାପ୍ତିର ସମ୍ଭାବନା, ସେଇ ଆଶା ନେଇ ରହିଲି।

ଏମ୍‌ଏସ୍‌ସିର ଦ୍ୱିତୀୟ ବର୍ଷ। ପାରିପାର୍ଶ୍ୱିକ ଅବସ୍ଥା ଅନୁକୂଳ ହେଲେ ଗଛର ଚେର ଯେପରି ମାଟି ଭିତରକୁ ଯାଇ ଗଛକୁ ସୁଦୃଢ଼ କରାଏ ସେଇ ପରି ଦ୍ୱିତୀୟ ବର୍ଷ ମୁଁ ଆପାତତଃ ସୁଦୃଢ଼ ହେଲି। ଜାତୀୟ ଛାତ୍ରବୃତ୍ତି ପ୍ରାପ୍ତ ହେଲା, ମାସକୁ ଶହେ କୋଡ଼ିଏ ଟଙ୍କା। ଆର୍ଥିକ ପରିସ୍ଥିତି ଅଳ୍ପ ସୁଧୁରିଲା। ଯେବେ ବୃତ୍ତି ପାଏ ଘରକୁ ଗର୍ବର ସହିତ ଲେଖିଦିଏ ଦୁଇ ତିନି ମାସ ପଇସା ନ ପଠେଇବାକୁ। ଘରେ ବି ଖୁସି ହୁଅନ୍ତି।

ଦ୍ୱିତୀୟ ବର୍ଷ ସ୍ୱତନ୍ତ୍ର ବିଷୟଟିଏ ନେବାକୁ ପଡ଼େ। କିଏ କେଉଁ ବିଷୟ ନେବ ତାହା ବିଭାଗୀୟ ପ୍ରବେଶ ପରୀକ୍ଷା ତାଲିକା ଅନୁସାରେ ନିରୂପଣ କରାଯାଏ। ତେଣୁ ମୋତେ ସାଇଟୋଜିନେଟିକ୍‌ସ ମିଳିଲା। ମନ୍ଦ ନୁହଁ ମୁଁ ଭାବିଲି, କାରଣ ମୋତେ ଜିନେଟିକ୍‌ସ ବହୁତ ଭଲ ଲାଗୁଥିଲା। ମୋ ଠାରୁ ଯେଉଁମାନେ ପ୍ରବେଶିକା ପରୀକ୍ଷା ତାଲିକାରେ ଆଗରେ ଥିଲେ ସେମାନେ ଏଣ୍ଡୋକ୍ରିନୋଲୋଜି ଓ ଏମ୍ବ୍ରିୟୋଲୋଜି ପାଇଲେ। କିନ୍ତୁ

ପରେ ମୁଁ ଯାହା ଶୁଣିବାକୁ ପାଇଲି ଉପର ଶ୍ରେଣୀର ଛାତ୍ର ମାନଙ୍କ ପାଖରୁ, ବିଭାଗୀୟ ରାଜନୀତି ଅନୁସାରେ ସାଇଟୋଜିନେଟିକ୍ସ ସ୍ୱତନ୍ତ୍ର ପତ୍ରେ ବେଶୀ ମାର୍କ ପାଇବା ସମ୍ଭବ ନୁହେଁ। ସେତେବେଳେ ମୋ ଅକଲକୁ ସେ ସବୁ ପଶିଲା ନାହିଁ। ସେ ବିଷୟରେ ଆଉ ଅଧିକ ମୁଣ୍ଡ ନଖେଳେଇ ମୁଁ ପୁଣି ଅଧ୍ୟୟନରେ ଲାଗିଗଲି। ସାଇଟୋଜିନେଟିକ୍ସରେ ହର୍ତ୍ତାକର୍ତ୍ତା ଦୈବ ବିଧାତା ରହିଲେ ଡକ୍ଟର ଭୂୟାଁ। ଡକ୍ଟର ପରିଡ଼ା ନାମକୁ ମାତ୍ର। ସୁରୁଖୁରୁରେ ପୁଣି କିଛି ମାସ ପଢ଼ା ପଢ଼ି ଚାଲିଲା।

ବାଣୀବିହାରରେ ପରୀକ୍ଷା ଘୁଞ୍ଚିବା ଏକ ବ୍ୟାଧି। ଏହାର କାରଣ ଶାସନ କଲର ଅପାରଗତା ଓ କେତେକ ଛାତ୍ରମାନଙ୍କର କୁପ୍ରଭାବରେ ଧର୍ମଘଟ। ଘୁଞ୍ଚି ଘୁଞ୍ଚି ହେଇ ପରୀକ୍ଷା ସରିବାକୁ ଆହୁରି ଅଧିକ ସମୟ ଲାଗିଲା। ମୋର ମନ ମୁତାବକ ଯାହା ହବା କଥା ହେଲା, ମୁଁ ଖୁସି ହେଲି। ପରୀକ୍ଷା ସାରି ଘରକୁ ବାହାରିଲି। ଦୁଇବର୍ଷ ବଦଳରେ ଆମକୁ ତିନି ବର୍ଷ ଏମ୍.ଏସ୍ସି ସାରିବା ପାଇଁ ଲାଗିଗଲା। କିଛି ମାସ ପରେ ପରୀକ୍ଷା ଫଳ ବାହାରିଲା। ମାର୍କ ଦେଖିଲି। ସ୍ୱତନ୍ତ୍ର ପତ୍ର ସାଇଟୋଜିନେଟିକ୍ସର ସର୍ବୋଚ୍ଚ ନମ୍ବରଟି ମୋର, ପଞ୍ଚସ୍ତରୀ, ଜାଣି ଖୁସି ହେଲି। ଆଶ୍ଚର୍ଯ୍ୟର କଥା ମୁଁ ଜାଣିବାକୁ ପାଇଲି ଅନ୍ୟ ସ୍ୱତନ୍ତ୍ର ପତ୍ର ମାନଙ୍କରେ କିଏ ନବେ ପାଇଲାଣି ତ କିଏ ଚଉରାନବେ। ପଚରା ପଚରି ହେଉ ହେଉ ମୁଁ ଉପର ବ୍ୟାଚର ଛାତ୍ରଙ୍କ ଠାରୁ ଶୁଣିବାକୁ ପାଇଲି ସ୍ୱତନ୍ତ୍ର ପତ୍ରରେ ମାର୍କ ପାଇବା ହେଉଛି କେଇଜଣ ପ୍ରଫେସର ମାନଙ୍କ ଭିତରେ ପ୍ରତିଯୋଗିତା, ଛାତ୍ର ଛାତ୍ରୀ ମାନଙ୍କ ଭିତରେ ନୁହେଁ। ସେଥିରେ ମୋର କିଛି କରିପାରିବାର ଶକ୍ତି ନଥିଲା। ସେ ଯାହା ହେଉ ମୋର ସ୍ଥାନ ଯାଇ ରହିଲା ନଥ। ଅଧ୍ୟାପକ ହେବା ପାଇଁ ତୃତୀୟ ପ୍ରତିବନ୍ଧକଟି ପାରିହେବାର ଜାଣି ଦି ଗୁଣା ଖୁସି ହେଲି।

ଠିକ୍ ସେଟିକିବେଳେ ଅସ୍ଥାୟୀ ଅଧ୍ୟାପକ ନିଯୁକ୍ତି ପାଇଁ ବିଜ୍ଞାପନଟିଏ ବାହାରିଗଲା। ମାର୍କ ଓ ସାର୍ଟିଫିକେଟ ଜାଞ୍ଚ କରେଇବାକୁ ସହପାଠୀ ମାନଙ୍କ ସହିତ ଭୁବନେଶ୍ୱରର ବିଜେବି କଲେଜକୁ ଗଲି। କିଛି ମାସ ପରେ ଅଧ୍ୟାପକ ନିଯୁକ୍ତିର ଫଳ ପ୍ରକାଶ ପାଇଲା। ସାଙ୍ଗ ମାନଙ୍କ ଭିତରୁ ଅନେକେ ଅସ୍ଥାୟୀ ଅଧ୍ୟାପକ ହିସାବରେ ବିଭିନ୍ନ ସରକାରୀ ଓ ବେସରକାରୀ ମହାବିଦ୍ୟାଳୟ ମାନଙ୍କରେ ନିଯୁକ୍ତି ପତ୍ର ପାଇଲେ, ମୁଁ ପାଇଲିନି। ମୋର ନପାଇବା ଜଣାଥିଲେ ବି ଭୀଷଣ ମନ ଦୁଃଖ ହେଲା କାରଣ ମୋ ଠାରୁ ବିଏସ୍ସି ଓ ଏମ୍.ଏସ୍ସିରେ କମ୍ ନମ୍ବର ରଖ ଅନେକ ଚାକିରି ପାଇଗଲେ। ମନେ ପଡ଼ିଗଲା ବଡ଼ ନନାଙ୍କ କଥା "ସେ ଯେଉଁ ପାଠ ପଢ଼ୁଛି ସେଥିରେ ଚାକିରି ନାହିଁ, କେବଳ ସୀମିତ ଅଧ୍ୟାପକ ଚାକିରି ଯାହାକି ତାକୁ ମିଲିବାର ନାହିଁ।" ସେ କଥା ମନେ ପଡ଼ି ଭାରି ବାଧିଲା। ନିଜକୁ ଧିକ୍କାରିଲି। ଆଇଏସ୍ସିରେ ତୃତୀୟ ଶ୍ରେଣୀ

ଯୋଗୁଁ ମୋତେ ମିଳିଲାନି। ବାପାଙ୍କ ମୃତ୍ୟୁ ସମୟ ଓ ମୋର ଲଣ୍ଡିତ ମସ୍ତକରେ ପରୀକ୍ଷା ଦେବାର ଦୃଶ୍ୟ ମନ ଭିତରେ ଭାସିଗଲା। ସେପାଇଁ ବୋହେ କାନ୍ଦିଲି। ପରେ ମନକୁ ନିଜେ ନିଜେ ବୁଝେଇ ବସିଲି, ନିଜେ ତୁନି ହେଲି। ଜ୍ଞାନି ଗୁଣୀମାନେ କହିଚନ୍ତି, "ଗତସ୍ୟ ଶୋଚନା ନାସ୍ତି," ବର୍ତ୍ତମାନ କ'ଣ କରିବା ଉଚିତ, ସେଇୟା ଭାବିହେଲି। ସେତେବେଳେ ମୋ ପାଖରେ କେବଳ ତିନୋଟି ମାତ୍ର ଆୟୁଧ ଅଧ୍ୟାପକ ହେବା ପାଇଁ, ମାଟ୍ରିକ୍ୟୁଲେସନ, ବିଏସ୍‌ସି ଓ ଏମ୍‌ଏସ୍‌ସି। ଆଇଏସ୍‌ସିରେ ସୃଷ୍ଟି ହୋଇଥିବା ଗହ୍ୱରଟିକୁ ସମ୍ପୂର୍ଣ୍ଣ ରୂପେ ପୂର୍ଣ୍ଣ କରିବାର ଯୋଜନା କରିବାକୁ ପଡ଼ିବ, ତେବେ ଯାଇ ଅଧ୍ୟାପକ ହେବାର ଆଶା ସଫଳ ହୋଇପାରିବ। ପଣ କଲି, ଅଧ୍ୟାପକ ଦିନେ ନା ଦିନେ ହେବି, ଛାଡ଼ିବିନି, କରିବି। ସେଥିପାଇଁ ମୁଁ ଏମ୍‌ଫିଲ୍ ବା ପିଏଚ୍‌ଡି ପରି କିଛି ଉଚ୍ଚତର ଡିଗ୍ରୀ ପ୍ରସିଦ୍ଧ ବିଶ୍ୱବିଦ୍ୟାଳୟ ବା ଗବେଷଣା ସଂସ୍ଥାନ ମାନଙ୍କରେ କରିବାକୁ ମନସ୍ଥ କଲି। ସେହି ଅନୁସାରେ ଆବେଦନ ପତ୍ର ଦାଖଲ କରିବାରେ ରହିଲି।

ବିରାଡ଼ି କପାଳକୁ ସିକା ଛିଡ଼ିଲା ଭଳି ଠିକ୍ ସେତିକି ବେଳେ ନୂଆଦିଲ୍ଲୀ ସ୍ଥିତ ବିଖ୍ୟାତ ନାମ କରା ଜବାହରଲାଲ୍ ନେହେରୁ ୟୁନିଭରସିଟି (ଜେଏନ୍‌ୟୁ)ରେ ଏମ୍‌ଫିଲ୍ ଓ ପିଏଚ୍‌ଡି କରିବାକୁ ଏକ ପୃଷ୍ଠା ବ୍ୟାପୀ ବିଶାଳକାୟ ବିଜ୍ଞାପନ ସମାଜ ଦୈନିକ ଖବର କାଗଜରେ ପ୍ରକାଶ ପାଇଲା। ଜେଏନ୍‌ୟୁ ବିଷୟରେ ମୁଁ ଆଗରୁ ଶୁଣିଥାଏ। ଫକୀର ମୋହନ ମହାବିଦ୍ୟାଳୟ ଉତ୍ତର ଛାତ୍ରାବାସରେ ବାସ କରୁଥିବାବେଳେ ଆମ ଉପର ବ୍ୟାଚରେ ପଢ଼ୁଥିବା ସୁଧାଂଶୁ ଲେଙ୍କା ଛାତ୍ରାବାସକୁ ଆସି ଜେଏନ୍‌ୟୁ ଓ ଦିଲ୍ଲୀ ବିଷୟରେ ଅନେକ ଗପନ୍ତି। ତାହା ଆମେ ତାଙ୍କ ଚଉପାଶରେ ବେଢ଼ିଯାଇ କାବା ହୋଇ ଅତି ଆଗ୍ରହ ସହକାରେ ଶୁଣୁଥିଲୁ। ସଙ୍ଗେ ସଙ୍ଗେ ସେଠାକାର ସ୍କୁଲ ଅଫ୍ ଲାଇଫ ସାଇନ୍ସରୁ ଆବେଦନ ପତ୍ର ଖଣ୍ଡିଏ ମଗେଇ ପକାଇବାର ବଦୋବସ୍ତ କଲି। ଆବେଦନ ପତ୍ରର କଲେବର ବିଶାଳକାୟ, ତାର ପୂରଣ ଅତ୍ୟନ୍ତ ଜଟିଳ ଓ ସମୟ ସାପେକ୍ଷ। ସଂକ୍ଷିପ୍ତ ବିବରଣୀଟିଏ ଲେଖିବାର ଥାଏ, କାହିଁକି ଏମ୍‌ଫିଲ୍ ପିଏଚ୍‌ଡି କରିବାକୁ ଇଚ୍ଛୁକ ଇତ୍ୟାଦି ଇତ୍ୟାଦିକୁ ନେଇ। ଏହାକୁ ଲେଖିବା ଥିଲା ମୋର ସୀମିତ ଜ୍ଞାନର ବାହାରେ। ତଥାପି ପ୍ରଥମେ ନିଜେ ଚେଷ୍ଟା କରି ପରେ ପରେ ଜନାର୍ଦ୍ଦନ ବାବୁଙ୍କର ସାହାଯ୍ୟ ଲୋଡ଼ିଲି। ଦୁଇଜଣ ମିଶି ଆଲୋଚନା କରି ବିବରଣୀଟି ଲେଖି ଆବେଦନ ପତ୍ର ଡାକ ମାଧ୍ୟମରେ ଦିଲ୍ଲୀ ପଠାଇ ଦେଲି। ମୁଁ ଜନାର୍ଦ୍ଦନ ବାବୁଙ୍କ ସହିତ ସେତେବେଳେ ଭୁବନେଶ୍ୱରରେ ବାସ କରୁଥାଏ।

ମୋର ସେତେବେଳର ଆର୍ଥିକ ପରିସ୍ଥିତିକୁ ଆୟତ୍ତରେ ରଖିବାକୁ ଯାଇ ଦିନକୁ ପାଞ୍ଚଟି ମୁଦ୍ରାରେ ମୁଁ ଚଳୁଥାଏ। ପ୍ରାତଃ ଭୋଜନ ଏକ, ମଧ୍ୟାହ୍ନ ଭୋଜନ ଦୁଇ

ଓ ରାତ୍ର ଭୋଜନ ଦୁଇ ଟଙ୍କା । ଏପରି ସ୍ୱଚ୍ଛ ଅର୍ଥ ବିନିମୟରେ ଭୋଜନ କେବଳ ବାଣୀବିହାର ପାଣି ଟାଙ୍କି ନିକଟସ୍ଥ ଭାଇନା ଝୁମ୍ପୁଡ଼ି ଭୋଜନାଳୟରେ ସମ୍ଭବପର ହୋଇପାରୁଥିଲା ଯାହାରକି ପରିଷ୍କାର ପରିଚ୍ଛନ୍ନତା ସନ୍ଦେହାମ୍ମକ ଥିଲା । ଜାମାପଚାର ଜରାଜୀର୍ଣ୍ଣ ଅବସ୍ଥା । ଜୋତା ତଳ ଘୋରି ହୋଇ ପାଦର କିଛି ଅଂଶ ମୃତ୍ତିକା ସ୍ପର୍ଶ କରୁଥାଏ । ଚପଲ ନଥିବାରୁ ଘରୁ ଆସିଥିବା କଠଉ ହେଲେ ପିନ୍ଧି ପ୍ରତିଦିନ ଖଟ୍ ଖଟ୍ ଶବ୍ଦ କରି ଭାଇନା ଭୋଜନାଳୟକୁ ଖାଇବାକୁ ଯାଉଥାଏ ।

କିଛି ଦିନ ପରେ ଜେଏନ୍ୟୁରୁ ପରୀକ୍ଷାର ସୂଚନା ପତ୍ର ଡାକ ମାଧ୍ୟମରେ ମୋର ହସ୍ତଗତ ହେଲା । ଲିଖିତ ଓ ମୌଖିକ ପରୀକ୍ଷା ଦିଲ୍ଲୀରେ । ପରୀକ୍ଷାରେ ପୁଣି ପଦାର୍ଥ ବିଜ୍ଞାନ, ରସାୟନ ବିଜ୍ଞାନ ଓ ଜୀବ ବିଜ୍ଞାନ ସବୁଥରୁ ପ୍ରଶ୍ନ ଆସିବ ବୋଲି ଅବଗତ ହେଲି । ସେ ପାଇଁ ଦିବା ରାତ୍ର ପ୍ରସ୍ତୁତି ଚାଲିଲା । ଯ଼ା ଭିତରେ ଜନାର୍ଦ୍ଦନ ବାବୁଙ୍କ ଉପଦେଶ ଅନୁଯାୟୀ ସଚିବାଳୟର ଘରୋଇ ବିଭାଗକୁ ଯାଇ ଦିଲ୍ଲୀର ଚାଣକ୍ୟପୁରୀରେ ଥିବା "ଓଡ଼ିଶା ଭବନ"ରେ ରହିବାର ସ୍ଥାନ ଟିଏ ସଂରକ୍ଷିତ କରିଦେଇ ଆସିଲି । ଓଡ଼ିଶାରୁ ଦିଲ୍ଲୀ ଯିବା ପାଇଁ ଉତ୍କଳ ଏକ୍ସପ୍ରେସ୍ ମାତ୍ର ଗୋଟିଏ ଗାଡ଼ି । ସେଥିରେ ଜାଗାଟିଏ ସଂରକ୍ଷିତ କରି ଟିକଟ କାଟି ଆଣି ରଖିଲି । ଦିଲ୍ଲୀ ଯିବାର ସମସ୍ତ ଯୋଜନା ସରିଲା ।

ଦିଲ୍ଲୀ ଯିବା ପାଇଁ ଆଉ ମାତ୍ର କେତେ ଦିନ ବାକିଥାଏ । ସେତେବେଳେ ଅଗଷ୍ଟ ମାସ । ବର୍ଷା ଋତୁ । ଅଚାନକେ ଓଡ଼ିଶାରେ କାହୁଁ ମାଡ଼ି ଆସିଲା ନାହିଁ ନଥିବା ଭୀଷଣ ବର୍ଷା ଓ ତା' ପରେ ପରେ ପ୍ରବଳ ବନ୍ୟା । ଫଳରେ ନଈ ବଢ଼ି ହୋଇ ଯାନବାହନର ଯାତାୟାତ ସମ୍ପୂର୍ଣ୍ଣ ସ୍ଥଗିତ । ସେତେବେଳେ ଉତ୍କଳ ଏକ୍ସପ୍ରେସ୍ ସପ୍ତାହରେ ମାତ୍ର ଦୁଇ ଦିନ ଚାଲୁଥାଏ, ତାହା ମଧ୍ୟ ଅନିର୍ଦ୍ଦିଷ୍ଟ କାଳ ପାଇଁ ବାତିଲ ହେବାର ଘୋଷଣା ବଡ଼ ବଡ଼ ଅକ୍ଷରରେ ଖବର କାଗଜରେ ବାହାରିଲା । ମୁଣ୍ଡରେ ବଜ୍ର ପଡ଼ିଲା, କ'ଣ କରିବି । ସମସ୍ତ ପରିଶ୍ରମ ଓ ଯୋଜନା ଭଣ୍ଡୁର ହେବାର ଆଶଙ୍କାରେ କୌଣସି ଉପାୟ ନଦେଖି ମନ ଅସ୍ଥିର ହେବାକୁ ଲାଗିଲା । ପଢ଼ାପଢ଼ିରେ ମନ ଲାଗିଲା ନାହିଁ । ବନ୍ୟା, ଲୋକମାନଙ୍କର ବାସ ଡୁବେଇ ଦେଲା, ଆଉ ମୋର ଭବିଷ୍ୟତର ବାସ ବସେଇବାର ଯୋଜନାକୁ ସୁଅରେ ଭସେଇ ନେଲା ବୋଲି ଭାବିଲି । କିଂକର୍ତ୍ତବ୍ୟବିମୂଢ଼ ହୋଇ ଭାରାକ୍ରାନ୍ତ ମନ ନେଇ ଦିନେ କୋଠରିରେ ବସିଥାଏ, ସନ୍ଧ୍ୟାରେ ଜନାର୍ଦ୍ଦନ ବାବୁ ଘରକୁ ଫେରିଲେ । ସମସ୍ତ ଘଟଣା ଆଲୋଚନା ହେଲା । ସବୁ ଶୁଣି ଊର୍ଦ୍ଧ୍ୱମୁଖ ହୋଇ ସେ କ୍ଷଣେ ନିରବ ହେଇଗଲେ । ପର ମୁହୂର୍ତ୍ତରେ ନିରବତା ଭାଙ୍ଗି କହି ଉଠିଲେ, "ତୁମେ ଫ୍ଲାଇଟରେ ଯାଉଛ ।" କ'ଣ, ମୁଁ ଫ୍ଲାଇଟରେ ଯାଉଛି ? ପ୍ରଥମେ ମୁଁ ଭାବିଲି

ସେ ମଜା କରୁଛନ୍ତି । ତାଙ୍କ କଥା ଶୁଣି ମୁଁ ସ୍ୱଚ୍ଛ ସ୍ମିତହାସ୍ୟ ଦେଇ କ୍ଷଣକ ପାଇଁ ମନ ଦୁଃଖରୁ ବିରାମ ପାଇଲି । ଜନାର୍ଦ୍ଦନ ବାବୁଙ୍କୁ ଅନେକ ସମୟରେ ମୁଁ ଖୁସି ହେବାର ଦେଖିଛି, ମାତ୍ର ଏମିତି ଗୁରୁତ୍ୱପୂର୍ଣ୍ଣ ବିଷୟରେ ସେ କେବେ ମଜା କରିବାଟା ବିଶ୍ୱାସ କରିପାରିଲିନି । ତେଣୁ କଥାଟାର ଗୁରୁତ୍ୱ ବୁଝି ପାରି ନିରବ ରହିଗଲି । କିଛିକ୍ଷଣ ପରେ ପଚାରିଲି, "ସାର୍ ! ଦିନକୁ ପାଞ୍ଚଟଙ୍କାରେ ଭାଇନା କ୍ୟାଣ୍ଟିନରେ ଖାଇ ଯିଏ ବଞ୍ଚିଛି, ଛିଣ୍ଡା ଜୋତା ଓ ଜାମା ପ୍ୟାଣ୍ଟ ପିନ୍ଧି ଯିଏ ଲଜ୍ଜା ନିବାରଣ କରୁଛି, ସେ ଉଡ଼ାଜାହାଜରେ ଦିଲ୍ଲୀ ଯିବ ଜେଏନ୍ୟୁରେ ପ୍ରବେଶିକା ପରୀକ୍ଷା ଦେବାପାଇଁ ? ଆପଣ ମଜା କରୁନାହାନ୍ତି ତ ? ଏତେ ଟଙ୍କା ଆସିବ କେଉଁଠୁ ? ତା' ଛଡ଼ା ଗାଡ଼ିରେ ଗଲେ ଜେଏନ୍ୟୁ ଦ୍ୱିତୀୟ ଶ୍ରେଣୀ ପଇସା ମଧ ଦେବ । ଉଡ଼ାଜାହାଜରେ ଗଲେ ନିଜ ହାତରୁ ସବୁ ଦବାକୁ ପଡ଼ିବ । ପୁଣି ସେଠାରେ ମୋତେ ସ୍ଥାନ ମିଲିବାର ଠିକଣା ବି ନାହିଁ ?" ଏହା କହି ଦେଇ ଚୁପ୍ ହେଇ ରହିଲି । ସେତେବେଲେ ଦିଲ୍ଲୀକୁ ଉଡ଼ାଜାହାଜର ଟିକଟ ଯେ ସତରେ କେତେ ଟଙ୍କା ପଡ଼େ ତାହା ମଧ ଜାଣି ନଥିଲି । ଆମେ ତ ଅଡ଼ା ବେପାରୀ, ଜାହାଜର ମୂଲ୍ କେତେ କାହିଁକି ଜାଣିବୁ ବା ମୂଲେଇବୁ । ଟିକେଟ୍ କେଉଁଠି ମିଲେ ବି ଜାଣି ନଥିଲି । କିଛି ସମୟ ନିରବତା ପରେ ସେ କହିଲେ, "ଏବେ ମଜା କରିବାର ବେଲ ନୁହଁ, ଜଣେ ଛାତ୍ର ଭବିଷ୍ୟତ ଜୀବନ ୟା ଉପରେ ନିର୍ଭର କରେ, ମୁଁ ଦେଉଛି ସେ ପଇସା, ତମେ ମୋତେ ପରେ ଫେରେଇ ଦେବ, ସ୍ଥାନଟିଏ ଯଦି ପାଇଲ ଫେରେଇବ, ନପାଇଲେ ଫେରେଇବ ନାହିଁ ।" ଏତକ କହି ନିର୍ବିକାର ଚିତ୍ତରେ ନିତ୍ୟକର୍ମ ସାରି ସେ ସାନ୍ଧ୍ୟ ପ୍ରାର୍ଥନାରେ ବସିଗଲେ । ମୋତେ ଫୁରସତ୍ ମିଲିଲାନି ତାଙ୍କ ସହିତ ଆଉ କଥା ପଦେ କହିବା ପାଇଁ । ମୁଁ ପୁଣି ଅଧ୍ୟୟନରେ ଲାଗିଗଲି, କାରଣ ଜନାର୍ଦ୍ଦନ ବାବୁ ଯାହା କହନ୍ତି ଥରେ କହନ୍ତି ।

ତହିଁ ପରଦିନ ସକାଲୁ ସକାଲୁ ଜନାର୍ଦ୍ଦନ ବାବୁ ଓ ମୁଁ ପ୍ରାତଃଭୋଜନ ସାରି ବାହାରିଲୁ ଇଣ୍ଡିଆନ୍ ଏଆର୍ ଲାଇନ୍ସ ଅଫିସକୁ ଭୁବନେଶ୍ୱରରୁ ଦିଲ୍ଲୀକୁ ଉଡ଼ାଜାହାଜ ଟିକଟ ବୁଝାବୁଝ୍ କରିବାକୁ । ବାଣୀବିହାରରୁ ଭୁବନେଶ୍ୱର ଉଡ଼ାଜାହାଜ ଟିକଟ ଅଫିସ ସାଇକେଲରେ ପହଞ୍ଚିବାକୁ ଉଠାଣିରେ ପ୍ୟାଡେଲ ମାରି ମାରି ଆମେ ଦୁଇ ଜଣ ପୂର୍ଣ୍ଣମାତ୍ରାରେ ଅଗଷ୍ଟ ମାସ ଉଆପରେ ହାଲିଆ । ତଥାପି ଟିକଟ କଟା ଘର ପାଖରେ ପହଞ୍ଚି ବସିଥିବା କର୍ମଚାରୀଙ୍କୁ ଆମେ କହିଲୁ ଆମର ଦିଲ୍ଲୀକୁ ଟିକଟ ଦରକାର । ଉପସ୍ଥିତ କର୍ମଚାରୀ ଜଣକ ଭଦ୍ର ସହକାରେ ପଚାରିଲେ, "କେବେ ଦରକାର ଓ କେତୋଟି ଟିକଟ ?" ଆମେ ତାରିଖ ଓ ଖଣ୍ଡିଏ ଟିକଟ ବୋଲି କହିଲୁ, ସେ ଟିକଟ ଅଛି କି ନାହିଁ ଯାଞ୍ଚ କରିବାକୁ ଲାଗିଲେ । କିଛି ସମୟ ପରେ କହିଲେ, "ଅଛି, କାହା ପାଇଁ, ନାଁ

କ'ଣ ?" ମୁଁ କହିଲି, "ମୋ ପାଇଁ, ମୋ ନାମ ଗଗନ ବିହାରୀ ପାଣିଗ୍ରାହୀ ।" ସେ ଆମର ଆବଭାବ ପୋଷାକ ପତ୍ର ଦେଖି ଭାବିଥିଲେ ଯେ ଆମେ ଅନ୍ୟ କେହି ବାବୁଙ୍କ ପାଇଁ ଟିକଟ କିଣିବାକୁ ଆସିଛୁ । ମୋ ନାଁ କହିବାରୁ ସେ ଟିକିଏ ସନ୍ଦେହରେ ପଡ଼ିଗଲେ । ତଥାପି ଶେଷରେ ପଚାରିଲେ "ଭେଜିଟାରିଆନ କି ନନ୍ଭେଜିଟେରିଆନ ।" ମୁଁ ଯଦିଓ ଆମିଷାହାରୀ ତାଙ୍କୁ କହିଦେଲି ଶାକାହାରୀ । ଟିକଟ କିଣିଲୁ । ସର୍ବମୋଟ ପାଞ୍ଚ ଶହ ପଚାଶ ଟଙ୍କା ପଡ଼ିଲା । ଏତେ ପଇସା ଶୁଣି ମୋର ତଣ୍ଟି ଶୁଖିଗଲା । କାନ ମୁଣ୍ଡ ଭାଁ ଭାଁ ହେଇଗଲା । ରେଲଗାଡ଼ିରେ ଯାଇଥିଲେ ମାତ୍ର ଷାଠିଏଟି ମୁଦ୍ରା ବିନିମୟରେ ସମସ୍ତ କାମ ଛିଣ୍ଡିଥାନ୍ତା । ପୁଣି ତାହା ଫେରସ୍ତ ମିଳିଥାନ୍ତା ଜେୟନ୍ୟୁରୁ । ମୁଁ ଏଇୟା ଭାବି ହେଉଛି, ସେଆଡ଼େ ଜନାର୍ଦ୍ଦନ ବାବୁ ନେଇଥିବା ପଇସା ତକ ତାଙ୍କ ପକେଟରୁ ବାହାର କରି କର୍ମଚାରୀ ଜଣଙ୍କ ହାତକୁ ବଢ଼େଇ ସାରିଲେଣି । ମୁଁ ଜାଣି ନ ଥିଲି ଜନାର୍ଦ୍ଦନ ବାବୁ ତାଙ୍କ ସାଙ୍ଗରେ ଏତେ ପଇସା ବି ଆଣିଥିଲେ ବୋଲି । ମୁଁ ଭାବିଥିଲି ଆମେ ପ୍ରଥମେ କେବଳ ବୁଝିବାକୁ ଆସିଥିଲୁ । ଟିକଟ କିଣି ସାରି ବାହାରକୁ ଆସିବା ପରେ ଜନାର୍ଦ୍ଦନ ବାବୁ ପଚାରିଲେ, "ତମେ ତ ଆମିଷାହାରୀ କିନ୍ତୁ ନିରାମିଷ କାହିଁକି କହିଦେଲ ?" ମୁଁ କହିଲି, "ସାର, କାଲେ ଆମିଷ ଅପେକ୍ଷା ନିରାମିଷ ଟିକଟ ଶସ୍ତା ହେଇଥିବ, ପୁଣି ଟିକଟର ଦାମ୍ କିଛି କମେଇ ଦବ, ସେଇ ଆଶାରେ କହିଦେଲି ।" ସେ ଆଉ କିଛି କହିଲେନି । ମୋତେ ଲାଗିଲା ସେ ବି ବୋଧହୁଏ ଠିକ୍ରେ ଜାଣି ନାହାନ୍ତି ତାର ଫରକ୍ କିଛି ଅଛି କି ନାହିଁ । ଉଡ଼ାଜାହାଜ ଟିକଟ କିଣି ଭୁବନେଶ୍ୱର ଷ୍ଟେସନରେ ଉତ୍କଳ ଏକ୍ସପ୍ରେସ ଟ୍ରେନ୍ ଟିକଟ ଫେରସ୍ତ ଦେଇ ବାଣୀବିହାରକୁ ବାହୁଡ଼ି ଆସିଲୁ । ଆମର ଯାତ୍ରା ସଫଳ ହେଲା ବୋଲି ଭାବିଲୁ ।

ମାତ୍ର ଦିନେ ପରେ ଦିଲ୍ଲୀ ଯିବାକୁ ହେବ, ପୁଣି ଉଡ଼ାଜାହାଜରେ । ଭାବିଲା ବେଳକୁ ଆନନ୍ଦ ପରିବର୍ତ୍ତେ ମନ ଭିତରେ ଛାନିଆଁ, ନିଆଁ କୁହୁଳିଲା ଭଲି ମନ କୁହୁଳି ଉଠୁଥାଏ । ଦିଲ୍ଲୀ କେମିତି ଯିବାକୁ ହେବ ସେ ପାଇଁ ଯୋଜନା ଚାଲିଲା । ପାଖରେ ସ୍ୱଳ୍ପ ପଇସା, ମାତ୍ର ଯୋଜନା ଚାଲିଲା କେମିତି ଅଣ୍ଟା ଭିତରେ ମୁଣିରେ ପଇସା ବାନ୍ଧି ଲୁଚେଇ ସୁରକ୍ଷିତ କରି ରଖିବାକୁ ହେବ । ଏ ସବୁ ଶିକ୍ଷା ଜନାର୍ଦ୍ଦନ ବାବୁ ତାଙ୍କର ସଦ୍ୟ ଲବ୍ଧ ସୀମିତ ଅଭିଜ୍ଞତାରୁ ମୋତେ ବତେଉ ଥାଆନ୍ତି ଓ ମୁଁ ଆଜ୍ଞାବହ ଛାତ୍ର ସଦୃଶ ଶୁଣି ଯାଉଥାଏ । ଦିଲ୍ଲୀ, ମହାନଗରୀ, ଭାରତର ରାଜଧାନୀ, କେତେ କେତେ ଇତିହାସ ସେଠାରେ ଲେଖା ନ ହେଇଛି, ରାଜା, ମହାରାଜା, ସମ୍ରାଟ, ସୁଲତାନ, ବାଦଶାହା, କେତେ କେତେ ତୁଙ୍ଗନେତା, ମହାମନିଷୀଙ୍କର ଚଳପ୍ରଚଳ ଭୂମି, ହେଲେ ସେଠାରେ

ଖଣ୍ଡମାନଙ୍କର ପ୍ରାଦୁର୍ଭାବ ବି କିଛି କମ୍ ନୁହେଁ। ପକେଟମାର୍ ହେବାର ସମ୍ଭାବନା, ସେଇଥି ପାଇଁ ଏପରି ଯୋଜନା।

ଦିଲ୍ଲୀ ଯିବା ସମୟ ପାଖେଇ ଆସିଲା। ଜନାର୍ଦନ ବାବୁ ତାଙ୍କ ଦୁଇଚକିଆ ସାଇକେଲ ଯାନଟିକୁ ବାହାର କରି ପୋଛା ପୋଛି କଲେ, ଚକରେ ଦୁଇଜଣଙ୍କୁ ବୋହି ନେଲା ଭଳି ପମ୍ପ ଅଛି କି ନାହିଁ ଆଗରୁ ତଦାରଖ କରିନେଲେ। ସବୁ ଯୋଗାଡ଼ ସରିଲା ଓ ଆମେ ବାହାରିଲୁ। ପଛ କ୍ୟାରିଅରରେ ପ୍ରଥମେ ମୁଁ ମୋର ବ୍ୟାଗ କାନ୍ଧରେ ଝୁଲେଇ ବସିଲି। ଭୁବନେଶ୍ୱର ରାସ୍ତାର ଉଠାଣି ଗଡ଼ାଣିରେ ପ୍ୟାଡେଲ ମାରି ମାରି ଅଗ୍ରସର ହେବାର ପ୍ରୟାସ ଜାରି ରଖିଲୁ। ଆଚାର୍ଯ୍ୟ ବିହାର ପାଖରେ ଆଉ ସମ୍ଭବ ନହେବାରୁ ଆମକୁ ଓହ୍ଲାଇବାକୁ ପଡ଼ିଲା। ସାଇକେଲ ଗଡ଼େଇ ଗଡ଼େଇ ହାତରେ ପେଲି ପେଲି କିଛି ରାସ୍ତା ଅତିକ୍ରମ କଲୁ। ମଝିରେ ମଝିରେ ଦୁଇ ଜଣଙ୍କ ଭିତରେ ଅଦଲ ବଦଲ ହେଇ ସାଇକେଲ ଚଲେଇ ବିମାନ ବନ୍ଦରରେ ଠିକ୍ ବେଳରେ ପହଞ୍ଚିଗଲୁ। ସେତେବେଳେକୁ ଆମେ ଦୁହେଁ ସମ୍ପୂର୍ଣ୍ଣ ଘର୍ମାକ୍ତ, ଜାମା ପଟା ଓଦା ସଟ ସଟ। ଯିଏ ଯାହାର ବ୍ୟକ୍ତିଗତ କାର, ସରକାରୀ କାର, ଭଡ଼ା କରା ଟ୍ୟାକ୍ସି , ମୋଟର ସାଇକେଲ ବା ସ୍କୁଟରରେ ଆସି ପହଞ୍ଚିଲେ। ବୋଧହୁଏ ଭୁବନେଶ୍ୱର ବିମାନ ବନ୍ଦର ତା' ଜୀବନକାଲ ମଧ୍ୟରେ ପ୍ରଥମ ଓ ଶେଷଥର ପାଇଁ ଦେଖିଥିବ, ଜଣେ ସାଇକେଲ ଆରୋହୀ ପେଡାଲ ମାରି ମାରି ଉଡ଼ାଜାହାଜ ଧରିବାକୁ ଆସିଲା। ଉଡ଼ାଜାହାଜରେ ଯାହା ଯେଉଁଠି ଯେମିତି ନିୟମିତ ଧରାବନ୍ଧା କାମ କରିବା କଥା, କଲୁ। ଜନାର୍ଦନ ବାବୁ ମୋ ପାଖେ ପାଖେ ଥାଆନ୍ତି। ସିଏ ବି ସେଇ ଦିନ ପ୍ରଥମ କରି ଭୁବନେଶ୍ୱର ଉଡ଼ାଜାହାଜ ବିମାନ ବନ୍ଦର ଦେଖିବାର ସୁଯୋଗ ପାଇଲେ। ସେତେବେଳେ ଭୁବନେଶ୍ୱରରୁ ଦିଲ୍ଲୀକୁ ସିଧା ସଲଖ ବିମାନ ନଥାଏ। ଭୁବନେଶ୍ୱରରୁ କଲିକତା, ସେଠାରେ ବିମାନ ବଦଲେଇ ପୁଣି କଲିକତାରୁ ଦିଲ୍ଲୀ। ମୋର ହାଲତ ଦେଖି ଜନାର୍ଦନ ବାବୁ ସେ ଟିକଟ ଝରକା ପାଖରେ ବସିଥିବା କର୍ମଚାରୀ ଜଣଙ୍କୁ ପଚାରିଲେ, ଯେମିତି ସାଧାରଣ ଭାବେ ଲୋକେ ରେଳଗାଡ଼ିରେ ଗଲା ବେଳେ ପଚାରନ୍ତି, "ଆଜ୍ଞା, ଆଉ କିଏ ଦିଲ୍ଲୀ ଯାଉଛନ୍ତି କି ?" ସେ କର୍ମଚାରୀ ଜଣକ ଭଦ୍ର ସହକାରେ କହିଲେ, "ନିରାପତ୍ତା ଦୃଷ୍ଟିରୁ ମୁଁ ଏ ପ୍ରଶ୍ନର ଉତ୍ତର ଦେଇପାରିବି ନାହିଁ।" କହି ତ ଦେଲେ, ହେଲେ ମୋର ହାଲତ ଦେଖି, ଦୟନୀୟ ବିକଲ ଅବସ୍ଥା ଦେଖି ଲାଗିଲା ମୋ ପ୍ରତି ବାବୁଙ୍କର ଦୟା ହେଲା। ପୁଣି ଥରେ ଆମ ଦୁଇ ଜଣଙ୍କୁ ପାଖକୁ ଡାକି କାନ ପାଖରେ ଫୁସ ଫୁସ କରି କହିଲେ, "ସେଇ ଭଦ୍ର ବ୍ୟକ୍ତି ଜଣକ ଦିଲ୍ଲୀ ଯାଉଛନ୍ତି, ତାଙ୍କର ନାମ ବାରିଷ୍ଟର ଗଙ୍ଗାଧର ରଥ।" ସମୟ ଆସିଲା ମୁଁ ଭିତରକୁ ଗଲି, ଜନାର୍ଦନ ବାବୁଙ୍କୁ

ନମସ୍କାର କରି ବିଦାୟ ଦେଲି। ସେଠାରୁ ଚାଲି ଚାଲି ଯାଇ କିଛି ଦୂରରେ ଛିଡ଼ା ହୋଇଥିବା ଉଡ଼ାଜାହାଜ ଭିତରକୁ ପଶିବାକୁ ହେବ। ସେଇ ଚାଲିବା ଭିତରେ ମୁଁ ବାରିଷ୍ଟର ଗଙ୍ଗାଧର ରଥଙ୍କ ପାଖକୁ ଯାଇ ସାହସ କରି କହିଲି, "ସାର, ମୁଁ ଦିଲ୍ଲୀ ପ୍ରଥମ ଥର ଓ ଉଡ଼ାଜାହାଜରେ ପ୍ରଥମ କରି ଯାଉଛି, ମୋତେ ଟିକିଏ ସାହାଯ୍ୟ କରିବେ, ଯଦି କିଛି ମୋର ଅସୁବିଧା ହୁଏ।" ଠିଆ ହେଇଯାଇ ମୋତେ ସେ ଟିକିଏ ଚାହିଁଲେ। ବାଣୀବିହାରରେ ପଢ଼ି ସେତେବେଲର ଫେସନକୁ ମୁଁ ଆଦରି ନେଇଥାଏ। ଲମ୍ବା ବାଲ, ଲମ୍ବ କଲି, ସେ ବେଲର ଫେସନ ମୁତାବକ ବେଲ୍ ବଟମ୍ ପ୍ୟାଣ୍ଟ, ଛିଟ କନାରେ ଜାମା ଓ ପାଦରେ ହଲେ ଚଟି (କଣା ଜୋତା ବଦଲରେ ଦଇନ ନନାଙ୍କ ପ୍ରଦତ୍ତ ତାଙ୍କ ବାହାଘର ବେଲର ଚଟି ହଲକ)। କାନ୍ଧରେ ହତା ଛିଡ଼ି ମରାମତି ହେଇଥିବା କଲା ରଙ୍ଗର ଏୟାର ବ୍ୟାଗ୍ ଯାହାକି ଭୁବନେଶ୍ୱରର ଫୁଟପାଥରୁ କିଣା ହେଇଥିଲା। ମୋର ଏ ଅବସ୍ଥା ଓ ରୂପ ଦେଖି ସେ ବୋଧହୁଏ ଭାବିଲେ, ଏ ପିଲାଟି ଭୁଲରେ ଏଠାକୁ କେମିତି ପଲାଇ ଆସିଛି। ତାଙ୍କର ପ୍ରଥମ ପ୍ରଶ୍ନ ହେଲା, "ତମେ ରେଲଗାଡ଼ିରେ ନଯାଇ ଉଡ଼ାଜାହାଜରେ କାହିଁକି ଯାଉଛ?" ମୁଁ ଧୀର ଓ ନମ୍ର ସହକାରେ ଉତ୍ତର ଦେବାକୁ ଯାଇ କହିଲି "ସାର, ମୋର ଉତ୍କଲ ଏକ୍ସପ୍ରେସ୍‌ରେ ଯିବାର ଥିଲା, ଟିକଟ କାଟିଥିଲି, ହେଲେ ବନ୍ୟା ହେତୁ ଗାଡ଼ି ବାତିଲ ହେଇଯାଇଛି, କେବେ ଚାଲିବ ତାର ଠିକଣା ନାହିଁ, ତେଣୁ ନିରୁପାୟ ହୋଇ ଉଡ଼ାଜାହାଜରେ ପଇସା ଧାର କରି ଟିକଟ କାଟି ଆସିଛି।" ଦ୍ୱିତୀୟ ପ୍ରଶ୍ନ, "କାହିଁକି ତମେ ଦିଲ୍ଲୀ ଯାଉଛ?" ମୁଁ କହିଲି "ସାର, ଜେଏନ୍ୟୁରେ ଏମ୍‌ଫିଲ୍ ପିଏଚ୍‌ଡି ପ୍ରୋଗ୍ରାମରେ ଏଣ୍ଟ୍ରାନ୍ସ ଦେବାକୁ ଯାଉଛି ସାର।" ଏହା ଶୁଣିବା ମାତ୍ର ବିନା ଦ୍ୱିଧାରେ ସେ କହିଲେ, "ଠିକ୍ ଅଛି, କିଛି ଚିନ୍ତା କରିବା ଦରକାର ନାହିଁ, ତୁମର କିଛି ଅସୁବିଧା ହେବ ନାହିଁ। ମୁଁ ତୁମକୁ ସବୁ ବତେଇ ଦେବି ଯାହା ଯାହା ତୁମର ଦରକାର, ଏଥିପାଇଁ ନିଶ୍ଚିତ ରୁହ।" ଏହା କହି ସେ ଉଡ଼ାଜାହାଜ ଭିତରକୁ ପଶିଲେ ଓ ମୁଁ ତାଙ୍କୁ ଅନୁସରଣ କଲି।

କେବଲ ଚାଲିଶ ଯାତ୍ରୀଙ୍କ ବସିବା ନିମନ୍ତେ ଆଭ୍ରୋ ବିମାନଟି, ଭୁବନେଶ୍ୱରରୁ କଲିକତା ଛାଡ଼ିଲା। ଆମେ ଦୁଇଜଣ ପାଖରେ ବସିଲୁ। କେମିତି ବସି ପେଟି ଲଗେଇବା କଥା ଓ ଅନ୍ୟାନ୍ୟ ଯାହା ଯାହା କରିବା କଥା ଗଙ୍ଗାଧର ରଥ ମହୋଦୟ ମୋତେ ବତେଇଦେଲେ। ମାତ୍ର ଘଣ୍ଟାକର ଉଡ଼ାନ୍ ଭୁବନେଶ୍ୱରରୁ କଲିକତାକୁ। ତାହାରି ଭିତରେ ବିଭିନ୍ନ ପ୍ରକାରର ଚିନ୍ତା ଓ ଦୁଶ୍ଚିନ୍ତା ସାଗରର ଢେଉ ଭଲିଆ ମନରେ ଆସି ବାଡ଼େଇ ହୋଇ ପୁଣି ଦୂରେଇ ଯାଉଥାନ୍ତି। ଏତେ ଟଙ୍କା ଧାର କରି ଆସିଛି, ପାଞ୍ଚ ଶହ ପଚାଶ ଟଙ୍କା, କିଛି କମ୍ ନୁହଁ, ତିନି ମାସ ଖାଇ ପିଇ ଚଲିହେଇଥାନ୍ତା। ଭାବିଲା ବେଲକୁ

ମୁଣ୍ଡ ମୋର ଚକ୍କର ଖାଇଗଲା। ମନକୁ ଆସିଲା ମୋତେ ପଢ଼ିବାର ଜାଗାଟିଏ ଯେମିତି ହେଲେ ପାଇବାକୁ ପଡ଼ିବ। ଦ୍ୱିତୀୟ ଚିନ୍ତା, ଦିଲ୍ଲୀ ବିମାନ ବନ୍ଦରରୁ ଓଡ଼ିଶା ଭବନକୁ ବେଶୀ ରାତି ହେଇଗଲେ କିପରି ଯିବି? ପୁଣି ସେଠାରୁ ଜେଏନ୍ୟୁକୁ କେତେ ରାସ୍ତା ଓ ଯିବି କିପରି? ମୋତେ ତ ହିନ୍ଦୀ ଜଣା ନାହିଁ, କିପରି କଥାବାର୍ତ୍ତା କରିବି? ଏହି ସବୁ ଦୁନିଆ ଚିନ୍ତା ମୁଣ୍ଡ ଭିତରକୁ ପଶି ଆସୁଥାଏ। ପୁଣି ଦେଖୁଥାଏ କାଚ ଝରକା ଦେଇ ଆକାଶ ମାର୍ଗରୁ ଦିଗନ୍ତ ବିସ୍ତାରୀ ବେଳାଭୂମି ଓ ବଙ୍ଗୋପସାଗରର ନୀଳ ଜଳରାଶିକୁ। କିଛି ସମୟ ପରେ ଗହଳ ସବୁଜ ତାଳ ଓ ନାରିକେଳ ବୃକ୍ଷ ଦୃଶ୍ୟମାନ ହେବାରୁ ଅନୁମାନ କଲି କଲିକତା ନିକଟତର ହେଇ ଆସିଲା। ଦମ୍‍ଦମ୍‍ ବିମାନ ବନ୍ଦରରେ ବିମାନ ଅବତରଣ କଲାରୁ ଆମେ ଉଡ଼ାଜାହାଜରୁ ବାହାରିଲୁ। କିଛି ସମୟ ଅପେକ୍ଷା ପରେ ପୁଣି କଲିକତାରୁ ଦିଲ୍ଲୀ ଯାତ୍ରା। ରାତି ଦଶରେ ଆମ ବିମାନ ଯାଇ ପାଲାମ ବିମାନ ବନ୍ଦର ଛୁଇଁଲା। ଅପେକ୍ଷା କଲୁ ବାରିଷ୍ଟର ରଥଙ୍କର ବ୍ୟାଗ୍‍ ଆସିବାକୁ। ବ୍ୟାଗ୍‍ ନେଇ ଟ୍ୟାକ୍‍ସି କରି ସିଧା ଗଲୁ ମୋର ଗନ୍ତବ୍ୟ ସ୍ଥଳ ଓଡ଼ିଶା ଭବନକୁ। ସେଠାରେ ସେ ମୋତେ ଛାଡ଼ି ଦେଇ, "ବେଷ୍ଟ ଅଫ୍‍ ଲକ ଫର ୟୁଅର ଜେଏନ୍ୟୁ ଏଣ୍ଟ୍ରାନ୍ସ ଟେଷ୍ଟ" କହି ହୋଟେଲ ଜନପଥକୁ ରହିବା ପାଇଁ ଚାଲିଗଲେ। ମହାନ୍‍ ବ୍ୟକ୍ତିତ୍ୱ ବାରିଷ୍ଟର ଗଙ୍ଗାଧର ରଥଙ୍କର, ଭାଷାରେ ବର୍ଣ୍ଣ ହେବନାହିଁ। ଯାହା ପରେ ଜାଣିଲି ଏତେ ବଡ଼ ଲୋକ ସିଏ, ଆଡଭୋକେଟ୍‍ ଜେନେରାଲ୍‍ ଓଡ଼ିଶାର, ଏ ମଫସ୍‍ଲି, ଅକିଞ୍ଚନକୁ ସାହାଯ୍ୟ କରିଦେଇଗଲେ ଯାହାକୁ କି ସାରା ଜୀବନ ତାଙ୍କର ହାତ ବଢ଼େଇବା ପଣକୁ ଭୁଲି ହେବନାହିଁ। ଟ୍ୟାକ୍ସିର ପଛପଟ ଲାଲ ଆଲୁଅ ଦିଲ୍ଲୀର ନିଅନ୍‍ ଆଲୁଅରେ ମିଳେଇ ଯାଇ ଅଦୃଶ୍ୟ ହେବା ପର୍ଯ୍ୟନ୍ତ ଅନେଇ ରହିଲି ଫାଟକ ସାମନାରେ ଦଣ୍ଡେ ଛିଡ଼ା ହୋଇ। କିଛି ସମୟ ପରେ ସନ୍ତର୍ପଣରେ ଅନ୍ଧାର ଆଲୁଅ ମିଶ୍ରିତ ରାସ୍ତାରେ ମଧ୍ୟ ରାତ୍ରିରେ ମୋର ଆଶ୍ରୟସ୍ଥଳୀ ଚାଣକ୍ୟପୁରୀର ଓଡ଼ିଶା ଭବନକୁ ପଶିଲି ରାତ୍ରି ଯାପନ ପାଇଁ। ସେତେବେଳକୁ ଏତେ ରାତ୍ର ହୋଇଯାଇଥିବାରୁ କର୍ମଚାରୀଗଣ ନିଦ୍ରାଯାଇ ସାରିଥିଲେ। ମୁଁ ଯାଇ ଉଠାଇବାରୁ ମୋର ଶୋଇବାଟି ଦେଖାଇ ଦେଇ ପୁଣି ସେମାନେ ଅତି ଶୀଘ୍ର ନିଦ୍ରାଗଲେ।

ତହିଁ ପରଦିନ ସକାଳେ ବସ୍‍ ଯୋଗେ ପହଞ୍ଚିଲି ଜେଏନ୍ୟୁର ଡାଉନ୍‍ କ୍ୟାମ୍ପସରେ। ନିର୍ଦ୍ଧାରିତ ସମୟରେ ଲିଖିତ ପରୀକ୍ଷା ଆରମ୍ଭ ହେଲା, ସବୁ ବିଷୟରୁ ପ୍ରଶ୍ନ। ଆପାତତଃ ମୋ ଜାଣିବାରେ ପରୀକ୍ଷା ଭଲ ହେଲା। ଯା ପରେ ଦୀର୍ଘ ପାଞ୍ଚଦିନ ଧରି ମୌଖିକ ପରୀକ୍ଷା। ଦିନେ ଅପରାହ୍ନରେ ମୋର ମୌଖିକ ପରୀକ୍ଷା ହେବାର ଥାଏ। ଲିଖିତ ପରୀକ୍ଷା ଅପେକ୍ଷା ମୌଖିକ ପରୀକ୍ଷା ପାଇଁ ମୋର ମନର ଉଦ୍‍ବେଗ

ଅନେକ ମାତ୍ରାରେ ବୃଦ୍ଧି ପାଇଯାଇଥାଏ । ପାଠ୍ୟ ବିଷୟ ପାଇଁ ଯେତେକ ନୁହଁ, ଏତେ ବଡ଼ ବଡ଼ ପ୍ରଫେସରଙ୍କୁ ସାମନା କରି ଇଂରାଜୀ ଭାଷାରେ ଉତ୍ତର କେମିତି ଦେବି, ସେଇଯାକୁ ଭାବି ଭାବି । ସାରା ଭାରତରୁ କେତେ କେତେ ପ୍ରାର୍ଥୀ ଆସିଥାନ୍ତି । ଶୁଣୁଥାଏ, ଅନର୍ଗଳ ହିନ୍ଦୀ କହୁଥାନ୍ତି, ଇଂରାଜୀ କହୁଥାନ୍ତି । ଜାମା ପଟା, ଆବଭାବ, ବେଶଭୂଷାର ଠାଣି ମୋ ଠାରୁ ଭିନ୍ନ । ତାଙ୍କ ସାମନାରେ ମୁଁ ଅଧମ ନା ହିନ୍ଦୀ ନା ଇଂରାଜୀ କେଉଁଥିରେ ବି ପାରଙ୍ଗମ ନୁହଁ । କ'ଣ କରିବି, ସେପାଇଁ ମନ ମଧ୍ୟରେ ଉଦ୍‌ବେଗ ଓ ହୀନମାନ୍ୟତା । ସେମାନଙ୍କ ସାମନାରେ ପାଠ ଥିଲା ମୋର ଏକ ମାତ୍ର ଆୟୁଧ ।

ଦୀର୍ଘ ସମୟର ଅପେକ୍ଷା ପରେ ମୋ ପାଲି ଆସିଲା ଓ ମୁଁ ଭିତରକୁ ପ୍ରବେଶ କଲି । ଆବେଗରେ ହୃତ୍‌ପିଣ୍ଡର ଗତି ପ୍ରଖର । ପ୍ରବେଶ ମାତ୍ରେ ଦେଖିଲି ବିରାଟ କୋଠରି ଭିତରେ ବାର କି ପନ୍ଦର ଜଣ ପ୍ରଫେସରଙ୍କ ସମାବେଶ । ପ୍ରଥମ ପ୍ରଶ୍ନଥିଲା ପ୍ରଫେସର ଶିବତୋଷ ମୁଖାର୍ଜୀଙ୍କର । ସେ ସାର ଆଶୁତୋଷ ମୁଖାର୍ଜୀଙ୍କ ନାତି ଓ ଶ୍ୟାମା ପ୍ରସାଦ ମୁଖାର୍ଜୀଙ୍କ ପୁତ୍ର । ସେ ପଚାରିଲେ, କେତେ ପ୍ରକାରର ଟିସୁ ଓ କନେକଟିଭ ଟିସୁର ଉଦାହରଣ । ଜାଣି ଜାଣି ସିଧା ସଳଖ ଉତ୍ତର ନଦେଇ ବୁଲେଇ ଉତ୍ତର ଦେଇଥିଲି ଯେଉଁଥିରେ କି ପ୍ରଫେସର ମୁଖାର୍ଜୀ ଖୁସି ହୋଇଯାଇଥିଲେ । ତାପରେ ପ୍ରଫେସର ରାମେଶ୍ୱର ସିଂ ପ୍ରଶ୍ନ ପଚାରିଥିଲେ, ଡାୟାଲିସିସ୍ ବିଷୟରେ । ୧୯୭୯ ମସିହା ଅଗଷ୍ଟ ମାସ । ସେତେବେଳେ ଜୟପ୍ରକାଶ ନାରାୟଣ ଡାୟାଲିସିସରେ ଥାଆନ୍ତି, ମୁଁ ତାହା ଉଲ୍ଲେଖ କରି ତାର ଉଦାହରଣ ଦେଇ ଡାୟାଲିସିସ କ'ଣ ଓ କିପରି କାମ କରେ କହିଥିଲି । ଜୟପ୍ରକାଶ ନାରାୟଣଙ୍କ ଉଦାହରଣ ଦେଇଥିବାରୁ ସେ ମଧ୍ୟ ବହୁତ ଖୁସି ହୋଇଥିଲେ । ଆଉ କେଉଁ ପ୍ରଶ୍ନ ଏବେ ମୋର ସ୍ମରଣ ଆସୁନି ହେଲେ ଏତିକି ମନେ ପଡୁଛି ମୁଁ ସମସ୍ତ ପ୍ରଶ୍ନର ଉତ୍ତର ଜାଣିଥିଲି ଓ ମୋ ପାରୁ ପର୍ଯ୍ୟନ୍ତ ଇଂରାଜୀରେ ଦେଇଥିଲି । ମୋର ଉଦ୍ଦେଶ୍ୟ ଥିଲା ଇଂରାଜୀ ଠିକ୍ ହେଉ ଅବା ଭୁଲ, ମୁଁ ସମସ୍ତ ଟେକ୍‌ନିକାଲ ଟର୍ମ ଗୁଡ଼ିକ ନିଶ୍ଚିତ ରୂପେ ଠିକ୍ କରି ଶୁଣାଇବି । ମୋର ମୌଖିକ ପରୀକ୍ଷା ସରିଲା ଓ ମୁଁ ବାହାରକୁ ଆସିଲି । ଅସୀତ ବାବୁ (ମୋର ପରିଚିତ ବାଣୀବିହାରର ଅଧ୍ୟାପକ ଗୁରୁ ପଟ୍ଟନାୟକଙ୍କ ସାନଭାଇ) ଓ ଆଉ ଜଣେ ସେଠାରେ ଗବେଷଣା କରୁଥିବା ଓଡ଼ିଆ ଛାତ୍ର ଆଶୁତୋଷ ତ୍ରିପାଠୀ ବାହାରେ ଥିଲେ । ମୁଁ ସେମାନଙ୍କୁ ମୋର ପ୍ରଶ୍ନୋତ୍ତରର ଅଭିଜ୍ଞତା ବିଷୟରେ ଅବଗତ କରାଉଥିବା ବେଳେ ମାଡାମ୍ ପ୍ରଫେସର ସିପ୍ରା ଗୁହା ମୁଖାର୍ଜୀ ଆସି ଦୁଇଜଣଙ୍କ ପରେ ପୁଣି ଥରେ ମୋତେ ଭିତରକୁ ଯିବାକୁ କହିଲେ । ମୁଁ ଆଶ୍ଚର୍ଯ୍ୟ ହେଲି । ଆଶୁତୋଷ ବାବୁ ଓ ଅସୀତ୍ ବାବୁ ବି ଆଶ୍ଚର୍ଯ୍ୟ ହେଲେ । ପର ମୁହୂର୍ତରେ ଆଶୁତୋଷ ବାବୁ କହିଲେ, "ତୁମର ପ୍ରଥମ ଈଶ୍ୱରଭିୟୁ ନିଶ୍ଚିତ ଭଲ

ହୋଇଛି ନୋହିଲେ ମାଡାମ ଦ୍ୱିତୀୟ ଥର ଡକେଇ ନଥାନ୍ତେ । ତୁମର ପାଇବାର ଅନେକ ଚାନ୍ସ ଅଛି ।” ସେ ପଚାରିଲେ, “ତୁମର ରିଟନ୍ ଟେଷ୍ଟ କିପରି ହୋଇଛି ?” ମୁଁ ଭଲ ହୋଇଛି କହିଲି । ପୁଣି ପଚାରିଲେ “କେଉଁ ସବଜେକ୍ଟ ରେ ଆପ୍ଲାଇ କରିଛ ?” ମୁଁ “କ୍ୟାନସର ଓ ରେଡିଏସନ୍ ବାୟୋଲଜି” କହିଲି । ଏହା ଶୁଣିବା ପରେ ସେ ମୋତେ ରେଡିଏସନ୍ ବାୟୋଲଜି ଉପରେ ଗୁଡ଼ାଏ ୟାଡ଼ୁ ସ୍ୟାଡ଼ୁ କହିଗଲେ । ଛାନିଆଁରେ ତାହା ମୋର ଏ କାନରେ ପ୍ରବେଶ କରି ସେ କାନରେ ନିଷ୍କାସିତ ହେଇଗଲା । ସମୟ ସରି ଆସିଲା । ମାଡାମ୍ ପୁଣି ଥରେ ଆସି ମୋତେ ଡାକିଲେ ଭିତରକୁ ଯିବାକୁ । ମୁଁ ଗଲି । ଏଥର ଡକ୍ଟର ରମେଶ ରାଓ ପ୍ରଶ୍ନ ପଚାରିବା ଆରମ୍ଭ କଲେ, କାରଣ ସେ ପ୍ରଥମ ଇଣ୍ଟରଭ୍ୟୁ ବେଳେ ଉପସ୍ଥିତ ନଥିଲେ । ଡକ୍ଟର ରାଓ ଉଚ୍ଚତାରେ କମ୍, ଗୌରବର୍ଣ୍ଣ, ଚଦା କିନ୍ତୁ ଦେଖ୍ବାକୁ ବେଶ୍ ସୁନ୍ଦର । ସେ କ୍ୟାନସର ବାୟୋଲଜିରେ ଗବେଷଣା କରନ୍ତି । ତେଣୁ ଅନେକ ପ୍ରଶ୍ନ ସେ ମୋତେ କ୍ୟାନସର ବାୟୋଲଜି ଉପରେ ପଚାରିଗଲେ । ମୁଁ ମଧ କ୍ୟାନସରରେ ଗବେଷଣା କରିବା ପାଇଁ ଆବେଦନ ପତ୍ର ଦାଖଲ କରିଥିଲି । ମୋର ଏମ୍ଏସ୍ସି ପ୍ରୋଜେକ୍ଟ ଘଘରେ ଘଟାଇଲେ, ମୁଁ କହିଲି । ମୌଖିକ ପରୀକ୍ଷା ସହିତ ଏକ ଆଲୋଚନାର ପରିବେଶଟିଏ ସୃଷ୍ଟି ହେଲା ସେଠାରେ । ଭୁଲ ଭାଲ ଇଂରାଜୀରେ ବିଜ୍ଞାନ ସମ୍ଲିତ ତଥ୍ୟ ଉପରେ ଯାହା କହିବା କଥା ମୁଁ କହିଗଲି । ଶେଷକୁ ଏପରି କହିଲି, “ଯଦି ମୁଁ ଏଠାରେ ଆଡ୍ମିସନ୍ ପାଏ ମୁଁ ମୋର ପ୍ରୋଜେକ୍ଟ ଧରି ଆସିବି ଓ ଆପଣଙ୍କୁ ଦେଖାଇବି ।” ଏହା ଶୁଣି ସେ ଅତ୍ୟନ୍ତ ପ୍ରୀତ ହେଲେ ଓ ସେଇଠି ମୋର ଦ୍ୱିତୀୟ ପର୍ଯ୍ୟାୟ ମୌଖିକ ପରୀକ୍ଷାର ବିରତି ଘଟିଲା । ସମସ୍ତେ ଭାବିଲେ ମୋର ନିଶ୍ଚିତ ରୂପେ ସ୍ଥାନଟି ଥୁଆ । ଏହା ଶୁଣି ମନେ ମନେ ମୁଁ ଶୂନ୍ୟରେ ସୌଧ ତୋଳିବାରେ ଲାଗିଲି ।

ମୌଖିକ ପରୀକ୍ଷା ପରେ ପରୀକ୍ଷାର୍ଥୀମାନେ ସମସ୍ତେ ନିଜ ନିଜର ଟ୍ରେନ୍ ଟିକଟ ଦେଖାଇ ଦାୟିତ୍ୱରେ ଥିବା କର୍ମଚାରୀଙ୍କ ଠାରୁ ପଇସା ଫେରି ପାଉଥାନ୍ତି । ମୁଁ ମୋ ଉଡ଼ାଜାହାଜ ଟିକଟ ଦେଖାଇଲେ କିଏ ମୋତେ ପଇସା ଦେବ ? କିଏ କହିଲା, “ଇଏତ ଧନୀ ପିଲା, ପଇସା କାହିଁକି ମାଗୁଛି ?” ସେମାନେ କ’ଣ ଜାଣୁଛନ୍ତି ଏ ଅଧମ କାହିଁକି ଆସିଛି ଉଡ଼ାଜାହାଜରେ । ବହୁ କଟକଣା ଓ କଷ୍ଟ ଭିତର ଦେଇ ଯାଇ ରେଲଗାଡ଼ି ଟିକଟ ବାବଦରେ ଯେତେ ପଇସା ମିଳିବା କଥା ପାଇଲି । ସେତକ ପଇସା ଯେ ମୋ ପାଇଁ କେତେ ମୂଲ୍ୟବାନ ତାହା କେବଳ ମୁଁ ହିଁ ଜାଣିଥିଲି । ଶେଷରେ ଖୁସି ହୋଇ ସମସ୍ତଙ୍କୁ ଧନ୍ୟବାଦ ଦେଇ ଓଡ଼ିଶା ଭବନ ଫେରି ଆସିଲି ।

ମାତ୍ର ଗୋଟିଏ ଦିନ ଦିଲ୍ଲୀରେ ପର୍ଯ୍ୟଟକ ହିସାବରେ ବୁଲା ବୁଲି କରି ଉତ୍କଳ

ଏକ୍ସପ୍ରେସରେ ଦିଲ୍ଲୀ ନିଜାମୁଦ୍ଦିନ ଷ୍ଟେସନରୁ ଭୁବନେଶ୍ୱର ଅଭିମୁଖେ ଯାତ୍ରା ଆରମ୍ଭ କଲି । ସେତେବେଳେ ମନ କହୁଥିଲା ଓ ମୋତେ ଲାଗୁଥିଲା ମୁଁ ପୁଣି ନିକଟ ଭବିଷ୍ୟତରେ ଦିଲ୍ଲୀ ଫେରିବି । ରାଉରକେଲାରେ କିଛି ଦିନ ଦୈନ ନନା ଓ ଭାଉଜଙ୍କ ପାଖରେ ବିତାଇ ଲେଉଟି ଗଲି ବାଣୀବିହାରକୁ । ମଇରେ ମଇରେ, ଜେଏନ୍ୟୁରେ ଏଡ୍‌ମିଶନର ସୁଯୋଗ ମିଳିବ କି ନମିଳିବ, ଏହି ଚିନ୍ତା ମନକୁ ଅସ୍ଥିର କରିପକାଉ ଥାଏ । ସାତ ଆଠ ଶହ ହଜାରେ ପାଖ ପାଖ ପ୍ରତିଦ୍ୱନ୍ଦ୍ୱୀ, ଷୋହଳଟି ମାତ୍ର ସ୍ଥାନ, ପାଇବା କିଛି ସହଜ ନୁହଁ । ତଥାପି ପ୍ରାୟ ପ୍ରତିଦିନ ବାଣୀବିହାର ପୋଷ୍ଟ ଅଫିସ ଆଡ଼େ ଚକ୍କର ମାରି ଦେଇ ଆସୁଥାଏ ।

ଅଗଷ୍ଟ ମାସ ପଚିଶ ତାରିଖ । ଖବର ପାଇଲି ମୋ ପାଖକୁ ପତ୍ର ଖଣ୍ଡିଏ ଦିଲ୍ଲୀରୁ ଆସିଛି, ଅସୀତ ବାବୁ ଲେଖିଛନ୍ତି ଗୁରୁ (ପଟ୍ଟନାୟକ)ବାବୁଙ୍କ ଠିକଣାରେ । ଗୋଟିଏ ମୁହୂର୍ତ୍ତ ବିଳମ୍ବ ନକରି ଉଭିଦ ବିଜ୍ଞାନ ବିଭାଗକୁ ଦୌଡ଼ିଲି ଗୁରୁବାବୁଙ୍କୁ ଦେଖା କରିବାକୁ । ସେତେବେଳେ ସେ ଅଣୁବୀକ୍ଷଣ ଯନ୍ତ୍ରରେ କ'ଣ କିଛି ନିରୀକ୍ଷଣ କରୁଥାନ୍ତି । ମୋତେ ଦେଖି ନିଜ ପ୍ରକୋଷ୍ଠକୁ ଆସି ତାଙ୍କ ମାର୍ଫତରେ ଆସିଥିବା ଅସୀତ ବାବୁଙ୍କ ପତ୍ର ଖଣ୍ଡିକ ମୋ ହାତକୁ ବଢ଼େଇଦେଲେ । ମୁଁ ଉଦ୍‌ବେଗର ସହିତ ଚିଠିଟିକୁ ପଢ଼ିବାକୁ ଲାଗିଲି ।

ଚିଠିଟି ଲେଖା ଯାଇଥିଲା ଅଗଷ୍ଟ ତେଇଶ ତାରିଖରେ । ସେଥିରେ ଯାହା ଲେଖାଥିଲା ତାର ସାରମର୍ମ ହେଲା, "ସ୍ନେହର ଗଗନ, ମୁଁ ତୁମକୁ ଦୁଃଖର ସହିତ ଜଣାଉଛି ଯେ ତମେ ଏମଫିଲ ପିଏଚଡି ପରୀକ୍ଷାରେ କୃତକାର୍ଯ୍ୟ ହୋଇ ପାରିଲ ନାହିଁ । ଯଦିଓ ନୋଟିସ ବାହାରି ନାହିଁ ତ୍ରିପାଠୀବାବୁ ଏ କଥା ମୋତେ କହିଲେ । ସରକାରୀ ନୋଟିସ ବାହାରିବାକୁ ଆହୁରି କେତେ ଦିନ ଲାଗିବ । ତମେ ମାତ୍ର ଦୁଇ ତିନି ମାର୍କ ପାଇଁ ପାଇ ପାରିଲ ନାହିଁ । ଭବିଷ୍ୟତ ଜୀବନରେ ଉନ୍ନତି କରିବା ପାଇଁ ଅନେକ ଅନେକ ଶୁଭେଚ୍ଛା । ସମୟ ପାଇଲେ ଚିଠି ଦେବ । ବିଶ୍ୱସ୍ତ, ଅସୀତ ପଟ୍ଟନାୟକ ।"

ଚିଠି ପଢ଼ି ହତୋସାହ ହେଇଗଲି । ହାତରୁ ପତ୍ର ଖଣ୍ଡିକ ତଳେ ପଡ଼ିଗଲା ପରି ଅନୁଭବ ହେଲା । ସମସ୍ତ ଆଶା, ସ୍ୱପ୍ନ ଓ ପରିଶ୍ରମ ମାଟି ପାତ୍ର ପକ୍କା ଚଟାଣରେ ପଡ଼ି ଚୁରମାର ହେଲା ଭଳି, ଚୁରମାର୍ ହୋଇଗଲା କ୍ଷଣିକ ଭିତରେ । ଏତେ ପଇସା ଖର୍ଚ କଲି, ସବୁ ବୃଥା ଗଲା । କ'ଣ କରିବି, କାହାକୁ କହିବି ? ହତ୍‌ସ୍ତେଲ ଆସି ସାଙ୍ଗ ସାଥୀ କାହାକୁ ନପାଇ ମନ ମାରି ରହିଲି, ମନ କେବଳ କହୁଥିଲା ବୋହେ କାନ୍ଦିବାକୁ ।

ଇତି ମଧ୍ୟରେ କେତୋଟି ଦିବସ ବିତି ଯାଇଥାଏ । ଜେଏନ୍ୟୁ ପ୍ରବେଶିକା ପରୀକ୍ଷାରେ ଅସଫଳତା ପରେ ପରେ ଅସ୍ଥିରତା ଓ ଅନିଶ୍ଚିତତା ମନକୁ ଗ୍ରାସ କରିଥିବାରୁ

ମୁଁ ନିରାଶା ବାଲିରେ ପଦଚାରଣ କରୁଥାଏ। ସେତେବେଳେ ବାଣୀବିହାର ପୋଷ୍ଟ ଅଫିସକୁ ଯିବା ମୋର ଏକ ଅଭ୍ୟାସରେ ପଡ଼ିଯାଇଥାଏ। ନିଜର କୌଣସି ସ୍ଥାୟୀ ବାସ ନ ଥିବାରୁ ମୋର ଚିଠି ପତ୍ର ଆସିବା ଯିବାରେ ମୁଁ ଜନାର୍ଦ୍ଦନ ବାବୁଙ୍କ ଠିକଣା ଦେଇଥାଏ। ତଥାପି ମୋର ପୋଷ୍ଟ ଅଫିସ୍ ଯିବା ବନ୍ଦ ହେଉ ନଥାଏ। ମୁଁ ଯେତେବେଳେ ପ୍ରତିଦିନ ନିୟମିତ ପୋଷ୍ଟ ଅଫିସକୁ ଚିଠି ଦେଖିବା ପାଇଁ ଯାଉଥାଏ ସେତେବେଳେ ମୋର ସୁପ୍ରଭା ରାୟଙ୍କର "ଚିଠି" ଗଳ୍ପଟି ବେଶ୍ ମନେ ପଡୁଥାଏ। କାଲେ ଚିଠି ଆସିବ, ସେଇ ଆଶାକୁ ମନରେ ସାଇତି। ତାହାରି ଭିତରେ ଅନ୍ୟାନ୍ୟ ଚାକିରି ଏବଂ ଶିକ୍ଷାନୁଷ୍ଠାନ ମାନଙ୍କୁ ଆବେଦନ ପତ୍ର ପକା ଚାଲିଥାଏ।

ଅକ୍ଟୋବର ଆଠ ତାରିଖ। ହଠାତ୍ ଗୋଲକ (ପରିଡ଼ା) ବାବୁ, ଯିଏ କି ଜଣେ ପ୍ରାଣୀବିଜ୍ଞାନ ବିଭାଗର ଗବେଷଣା ଛାତ୍ର, ତୃତୀୟ ଛାତ୍ରାବାସ ଆସି ମୋତେ ଜନାର୍ଦ୍ଦନ ବାବୁ ଖୋଜୁଥିବାର ଖବର ଦେଲେ। ତାଙ୍କ କହିବା ଅନୁସାରେ ମୋ ନାମରେ ଟେଲିଗ୍ରାମଟିଏ ଆସିଛି। କେଉଁଠୁ ଓ କ'ଣ ତାହା ତାଙ୍କୁ ସଠିକ୍ ଜଣା ନାହିଁ। ଏହା ଶୁଣି ସହସା ମୁଁ ଜନାର୍ଦ୍ଦନ ବାବୁଙ୍କୁ ସାକ୍ଷାତ କରିବାକୁ ଦୌଡ଼ିଲି ପ୍ରାଣୀ ବିଜ୍ଞାନ ବିଭାଗକୁ। ମନେ ମନେ ଭାବୁଥାଏ ଜେଏନ୍ୟୁରୁ କିଛି ଆସିଲା କି ? ମନ ତ ଆଶା ବୈତରଣୀ। ମୋତେ ଦେଖିବା ମାତ୍ରେ ସତକୁ ସତ ଜନାର୍ଦ୍ଦନ ବାବୁ କହିଲେ "ଦିଲ୍ଲୀ ଯିବାକୁ ପ୍ରସ୍ତୁତ ହୋଇଯାଅ, ଅତି ଶୀଘ୍ର", ଏହା କହି ଆସିଥିବା ଟେଲିଗ୍ରାମଟି ମୋ ହାତରେ ଧରାଇଦେଲେ। ମୁଁ ପଢ଼ିଲି, ସେଥିରେ ଲେଖାଥାଏ "ଏକ୍ସେପଟେଡ଼ ଫର ଏମ୍ଫିଲ ପିଏଚଡ଼ି ପ୍ରୋଗ୍ରାମ, ଜଏନ୍ ବାୟ ଟୁଏଲଭ ଅକ୍ଟୋବର" ଏହା ପଢ଼ିଲା ପରେ ବି ମୋର ବିଶ୍ୱାସ ହେଉନଥାଏ। ପୁଣି କେମିତି ସମ୍ଭବ ହେଲା ? ଏହା ଥିଲା ମୋ ମନରେ ପ୍ରଶ୍ନ। ଜନାର୍ଦ୍ଦନ ବାବୁ ମୁହଁରେ ବେଶୀ କିଛି ପ୍ରକାଶ କରନ୍ତିନି, ତଥାପି ଅତ୍ୟନ୍ତ ଖୁସି ହେବାର ମୋତେ ଲାଗିଲା। ଉପଦେଶ ଦେଲେ ତୁରନ୍ତ ହାଓଡ଼ା ବାଟ ଦେଇ ଦିଲ୍ଲୀ ଯିବାକୁ, ନଚେତ ଉକ୍ଲରେ ରାଉରକେଲା, ମଧ୍ୟପ୍ରଦେଶ ଦେଇ ବୁଲି ବୁଲି ଗଲେ ବାର ତାରିଖ ସୁଦ୍ଧା ଦିଲ୍ଲୀରେ ପହଞ୍ଚିବା ସମ୍ଭବ ହେଇ ନପାରେ।

ବିଲମ୍ବ ନକରି ସେହି ଦିନ ସନ୍ଧ୍ୟାରେ ଭୁବନେଶ୍ୱର ବସ୍ ସ୍ଟାଣ୍ଡରୁ ବସ୍ ଧରି ଗାଁ ଅଭିମୁଖେ ଯାତ୍ରା କଲି। ଜନାର୍ଦ୍ଦନ ବାବୁ ମୋତେ ବସ୍ରେ ଚଢ଼େଇ ଦେବାକୁ ଆସିଲେ। ଗ୍ରାମ ନିକଟବର୍ତ୍ତୀ ସେରଗଡ଼ ବସ୍ ଷ୍ଟପରେ ରାତି ବାରଟାରେ ଘନ ଅନ୍ଧକାର ମଧ୍ୟରେ ବସ୍ ରହିଲା। ଓହ୍ଲେଇବା ଯାତ୍ରୀଙ୍କ ଭିତରେ ମୁଁ ଥିଲି ମାତ୍ର ଜଣେ। ଗାଁ ଘର ପ୍ରାୟ ସେଠାରୁ ଦୁଇ କିଲୋ ମିଟର। ଜନ ମାନବଶୂନ୍ୟ ରାସ୍ତା। ଚାରିଆଡ଼ି ଶୂନସାନ୍। ସମସ୍ତ ଅଦୃଶ୍ୟ, ଭୟଙ୍କର କିଟିମିଟିଆ ଘନ ଅନ୍ଧକାରର ଆସ୍ତରଣ ତଲେ। କ୍ଷିପ୍ର ପାଦ

ପକାଇ ଏକୁଟିଆ ଗ୍ରାମ ଆଡ଼କୁ ଅଗ୍ରସର ହେଲି। ମନରେ ଫେଣ୍ଟି ହେଉଥିବା ବିପୁଳ ଉତ୍ସାହ ଓ ଉଦ୍ଧୀପନା, ଭୟ ପାଇବାର ସମ୍ଭାବନାକୁ ଦୂରେଇ ଦେଉଥାଏ। ତିମିରାଚ୍ଛନ୍ନ ଆକାଶରେ ହୀରକ ପ୍ରାୟ ତାରା ମାନଙ୍କର ପଟୁଆର। ଭବିଷ୍ୟତର ସୁନେଲି ସ୍ୱପ୍ନ ଦେଖି ଦେଖି ଘର ଦାଣ୍ଡ ଆଗ ବଟବୃକ୍ଷ ପହଞ୍ଚିଲା ବେଳକୁ ରାତି ଗୋଟାଏ। ଘର ଅନ୍ଧକାରମୟ। ସମସ୍ତେ ନିଦ୍ରାଗତ। ଧୀର କଣ୍ଠରେ ଡାକିଲାରୁ ବଡ଼ ଭାଉଜ ଶୁଣିପାରି ଭୟଭୀତା ହୋଇ ସନ୍ଦିହାନ ମନରେ କବାଟ ଦର ଖୋଲା କରି ମୋତେ ଦେଖି ଆଶ୍ଚର୍ଯ୍ୟ ହେଲେ। ଏତେ ରାତ୍ରେ କାହିଁକି ଆସିଲି ବୋଲି ତାଗିଦା କରି ବସିଲେ। ତାଙ୍କୁ ଶୀଘ୍ର କୈଫିୟତ ଦେଇ, ଅଳ୍ପ କିଛି ଖାଇ ଅତି ଶୀଘ୍ର ନିଦ୍ରାଗଲି।

ତହିଁ ପରଦିନ ସକାଳେ ଉଠି ଦିଲ୍ଲୀ ଯିବାର ପ୍ରସ୍ତୁତି ଚାଲିଲା। ସେତେବେଲେ ମୋର ନିଜର କୌଣସି ଭ୍ରମଣ ମୁତାବକ ସୁଟ୍‌କେସ୍ ଖଣ୍ଡିଏ ନଥାଏ। ତେଣୁ ମୋର ଆବଶ୍ୟକ ଜାଣି ବଡ଼ ଭାଉଜ ତାଙ୍କ ସୁଟ୍‌କେଶ ଖଣ୍ଡିକ ସ୍ୱତଃପ୍ରବୃତ୍ତ ହୋଇ ମୋତେ ଆଣି ଦେଲେ। ମୁଁ ଅତ୍ୟନ୍ତ ପ୍ରୀତ ହୋଇ କହିଲି, "ତୁମର ସୁଟ୍‌କେଶ ଦେଇଥିବା ରଣ ମୋ ଉପରେ ରହିଲା, ଜୀବନରେ ଯେବେ ପାଠ ପଢ଼ା ସରିବ, ମଣିଷ ହେବି ଓ ଚାକିରି କରି ପଇସା ରୋଜଗାର କରିବି, ସେତେବେଲେ ତୁମ ପାଇଁ ଗୋଟିଏ ସବୁଠୁଁ ବଡ଼ ଭି ଆଇ ପି ସୁଟ୍‌କେସ୍ ଆଣିଦେବି।" ଏତକ କହୁ କହୁ କଣ୍ଠ ମୋର ବାଷ୍ପାକୁଳ ହେଇ ଉଠିଥିଲା। ଭାଉଜ ମୋ କଥା ପଦକ ଶୁଣି ହସି ଦେଇ "ହଉ ହେଲା" କହି ଚାଲିଗଲେ।

ମୋର ସୀମିତ ପୋଷାକ ପତ୍ର ଭାଉଜଙ୍କ ପ୍ରଦତ୍ତ ସୁଟ୍‌କେସରେ ଭରିଲି। ବଡ଼ ନନା ଧାର କରି ଆଣି ପାଞ୍ଚ ଶହ ଟଙ୍କା। ହାତରେ ଦେଲେ। ଦିଲ୍ଲୀ ଯିବାର ସମସ୍ତ ଯୋଗାଡ଼ ସରିଲା। ସମସ୍ତଙ୍କ ପଦଧୂଲି ଓ କୁଳ ଦେବତା ଗୋପାଳଜୀଉଙ୍କ ଆଶୀର୍ବାଦ ନେଇ ଅପରାହ୍ନରେ ଦିଲ୍ଲୀ ଯିବାପାଇଁ ଏକ୍‌ସପ୍ରେସ ଟ୍ରେନ୍ ଧରିବାକୁ ବାଲେଶ୍ୱର ବାହାରିଲି। ବାଲେଶ୍ୱର ସହରରେ କିଛି ଘଣ୍ଟା ସମୟ ମିଲିବାରୁ ପୁରାତନ ଜୀର୍ଣ୍ଣଶୀର୍ଣ୍ଣ ମରାମତି କରା ଜୋତା ହଲକୁ ରାସ୍ତା କଡ଼ ଅଲିଆ ଗଦାରେ ବିସର୍ଜନ ଦେଇ ବାଲେଶ୍ୱର ବଡ଼ ଡାକ୍ତରଖାନା ସାମନା "କୋରୋନା" ଜୋତା ଦୋକାନରୁ ମିଲିଟାରୀ ରଙ୍ଗର ହଲେ "ହଣ୍ଟର ସୁ" କିଣିଲି। ଜାମାପଟା ତିଆରି ସମ୍ଭବ ହେଲା ନାହିଁ। ଏତେ ସପନକୁ ଆଉ ରାତି କାହିଁ?

ରାତ୍ରି ଦଶଟାରେ ମାଦ୍ରାସ ହାଓଡ଼ା ମେଲ ବାଲେଶ୍ୱର ଷ୍ଟେସନରେ ପହଞ୍ଚିଲା। ବିନା ରିଜରଭେସନବାଲା ସର୍ବସାଧାରଣ ବଗିକୁ ଉଠିଲି। ଏଥର କିନ୍ତୁ ଟିକଟ ଖଣ୍ଡିଏ କାଟିଥାଏ। ଆଉ ପୂର୍ବପରି ବେଟିକିଟିଆ ଯାତ୍ରା ନୁହଁ ଯାହାକି ମୁଁ ମାଟ୍ରିକୁଲେସନ

ପରୀକ୍ଷା ଫଳ ଜାଣିବା ପାଇଁ କଟକ ଯିବାବେଳେ କରି ପକେଇଥିଲି। କିଶୋର ବୟସର ଚପଳତା ସେତେବେଳେ ଆଉ ନଥାଏ। ତେଣୁ ପରଦିନ କଲିକତାରୁ ଦିଲ୍ଲୀକୁ ଡିଲକ୍ସ ଏକ୍ସପ୍ରେସରେ ଭିଡ଼ ଭିତରେ ଯେନତେନ ପ୍ରକାରେଣ ବସିଲି। ସକାଳ ଦଶଟାରେ ଡିଲକ୍ସ ଏକ୍ସପ୍ରେସ୍ ନୂଆଦିଲ୍ଲୀ ରେଳ ଷ୍ଟେସନ ଛୁଇଁଲା। ସେଠାରୁ ସିଧା ଜେଏନ୍ୟୁ କ୍ୟାମ୍ପସ।

ଅକ୍ଟୋବର ମାସ ବାର ତାରିଖ। ବନ୍ଧୁ ଜୀବିତେଶ ରଥଙ୍କ ସହାୟତାରେ ମୋର ପାଉଣା ଦାଖଲ କରି ବିଶ୍ୱବିଦ୍ୟାଳୟରେ ନାଁ ଲେଖେଇ ପ୍ରକୃତ ଛାତ୍ର ହେଲି। ଦୀର୍ଘ ପାଞ୍ଚମାସର ଭାବନା, ପରିକଳ୍ପନା, ପରିଶ୍ରମ, ମନସ୍ତାପ, ଅନିଶ୍ଚିତତା, ଉତ୍ସୁକତା, ଉଦ୍‌ବେଗ ଓ ଅନିଦ୍ରାର ପୂର୍ଣ୍ଣଚ୍ଛେଦ ପଡ଼ିଲା। ଭାଗବତରେ ଥିବା ପଦଟି ମନେ ପଡ଼ିଲା, "ଏ ମନ ଭାବୁଥାଏ ଯାହା, କାଳେ ପ୍ରାପ୍ତ ହୁଏ ତାହା।" ସତରେ ସେଇଆ ହେଲା। ମଙ୍ଗଳାକାଙ୍କ୍ଷୀ ଜନାର୍ଦନ ବାବୁଙ୍କୁ ମନେ ପକେଇ ଗଭୀର ଅନ୍ତରରୁ ମନେ ମନେ କୃତଜ୍ଞତା ଓ ଶତ ନମସ୍କାର ଜଣେଇଲି।

କଥା ପ୍ରସଙ୍ଗରେ ସହପାଠୀମାନଙ୍କ ଠାରୁ ଜାଣିବାକୁ ପାଇଲି ଯେ ମୁଖ୍ୟ ତାଲିକାରେ ଥିବା ଛାତ୍ରଙ୍କ ନାଁ ଲେଖା ସରିବା ପରେ ଆଉ ମାତ୍ର ଦୁଇଜଣଙ୍କୁ ସୁଯୋଗ ମିଳିଲା। ସେମାନେ ହେଲେ ମିଥିଲା ବିଶ୍ୱବିଦ୍ୟାଳୟ, ଦରଭଙ୍ଗା, ବିହାରର ଭବନାଥ ଝା ଓ ଶେଷ ବ୍ୟକ୍ତି ହିସାବରେ ମୁଁ ଉତ୍କଳ ବିଶ୍ୱବିଦ୍ୟାଳୟ, ଭୁବନେଶ୍ୱରରୁ ଗଗନ ବିହାରୀ ପାଣିଗ୍ରାହୀ। ସେହି ଦିନ ଭବନାଥଙ୍କ ସହିତ ପରିଚିତ ହେଲା। ସେ ମଧ୍ୟ ମୋ ସହିତ ନାଁ ଲେଖେଇଲେ। ଷୋହଳ ଜଣଙ୍କ ମଧ୍ୟରେ ମୁଁ ପୁଣି ସେଇ ଶେଷ ବ୍ୟକ୍ତି। ବିଗତ ଦିନର ପ୍ରାଣୀବିଜ୍ଞାନ ଅନର୍ସରେ ଶେଷ ବ୍ୟକ୍ତି ଘଟଣାକୁ ସ୍ମରଣ କରି ମନେ ମନେ ହସିଲି। ଭାବିଲି, ଈଶ୍ୱରଙ୍କର ମୋ ପାଇଁ ଏ ପୁଣି କ'ଣ ଆଉ ଏକ ପରୀକ୍ଷା?

ନାଁ ଲେଖେଇବାର ଚାରି ଦିନ ପରେ ପୂର୍ବାଞ୍ଚଳରେ ଥିବା ବ୍ରହ୍ମପୁତ୍ର ଛାତ୍ରାବାସର ୨୨୨ ନମ୍ବର ପ୍ରକୋଷ୍ଠଟି ମୋତେ ମିଳିଲା। ନିଜସ୍ୱ କୋଠରି ମିଳିବା ଦିନ ଆସବାବ ପତ୍ର ଧରି ବନ୍ଧୁ ଜୀବିତେଶଙ୍କୁ ଧନ୍ୟବାଦ ଦେଇ ଅସ୍ଥାୟୀ ଭାବେ ରହୁଥିବା ତାଙ୍କ କୋଠରିରୁ ନିଜ କୋଠରିକୁ ସ୍ଥାନାନ୍ତରିତ ହୋଇଗଲି। ଆସବାବପତ୍ର କହିଲେ ଭାଉଜଙ୍କ ପ୍ରଦତ୍ତ ପୋଡ଼ା ମାଟି ରଙ୍ଗର ଛୋଟ ସୁଟକେସ୍ ଓ ଭୁବନେଶ୍ୱର ଫୁଟ୍‌ପାଥରୁ କିଣିଥିବା ଅନ୍ୟ ଏକ କଳା ଏୟାର ବ୍ୟାଗରେ ଆଉ ଯାହା କିଛି ଜିନିଷ। ବିଶ୍ୱବିଦ୍ୟାଳୟ ତରଫରୁ ମିଳିଥାଏ କାଠପଟା ବାଲା ଖଟଟିଏ। ତା' ଉପରେ ବିଛଣା ବୋଲି ଖଣ୍ଡିଏ ନୀଲ ଓ ଧଳା ରଙ୍ଗ ମିଶ୍ରିତ ସମ୍ବଲପୁରୀ ବିଛଣା ଚଦର। ନା ରେଜେଇ ନା ତକିଆ। ଏମିତିରେ କିଛି ମାସ ଅତିବାହିତ ହେଲା।

ଯେହେତୁ ମୁଁ ଯୋଗ ଦେବାରେ ବିଳମ୍ବ ଘଟିଲା ଏମ୍ଫିଲ୍ କ୍ଲାସରେ ପାଠ ପଢ଼ା ସେତେବେଳକୁ ଆରମ୍ଭ ହୋଇଯାଇଥାଏ । ମୁଁ ଅତି ଶୀଘ୍ର ନିଜକୁ ସଜାଡ଼ି ନେଇ ପାଠ ପଢ଼ାରେ ମନୋନିବେଶ କଲି । ଡିସେମ୍ବର ସୁଦ୍ଧା ଏମ୍ଫିଲର ପ୍ରଥମ ସେମିଷ୍ଟାର ସମାପନ ହେଲା । ପ୍ରଥମେ ପାଠ୍ୟକ୍ରମ ଜନିତ ଅସୁବିଧାରେ ସମ୍ମୁଖୀନ ହେଲେ ହେଁ ପରିଶ୍ରମ ଫଳରେ ଆଶା ମୁତାବକ ମାର୍କ ରହିଲା । ଜାନୁୟାରୀ ପାଖରୁ ଦ୍ୱିତୀୟ ସେମିଷ୍ଟାରର ଆରମ୍ଭ । ସେତେବେଳକୁ ମୁଁ ପଢ଼ାର ପ୍ରଣାଳୀ ଓ ବାଗ ବରାଦ ସହିତ ବେଶ୍ ପରିଚିତ ହେଇଯାଇଥିଲି । ତେଣୁ ଦ୍ୱିତୀୟ ସେମିଷ୍ଟର ଫଳ ଉତ୍ତମ ହେଲା । ଦିନ ପ୍ରତିଦିନ ଅଭ୍ୟାସ ଫଳରେ ହିନ୍ଦୀ ଓ ଇଂରାଜୀ କହିବାରେ ମଧ୍ୟ ଧୀରେ ଧୀରେ ଉନ୍ନତି ଘଟିଲା । ପ୍ରଥମେ ପ୍ରଥମେ ପଇସାର ଅଭାବ ଯୋଗୁଁ କଷ୍ଟରେ ଚଳିବାକୁ ପଡୁଥିଲା । ମାତ୍ର ଏହା କ୍ଷଣସ୍ଥାୟୀ ହେଲା । ଫେବ୍ରୁୟାରୀ ମାସ ୧୯୮୦ ମସିହାରୁ ମୋତେ ମାସିକ ଚାରି ଶତ ମୁଦ୍ରା ୟୁନିଭର୍ସିଟି ଗ୍ରାଣ୍ଟ କମିଶନ୍ ତରଫରୁ ବୃତ୍ତି ମିଳିବାର ବନ୍ଦୋବସ୍ତ ହେଇଗଲା । ତେଣୁ ଆର୍ଥିକ ସଙ୍କଟରୁ ମୋତେ କିଛିଟା ମୁକ୍ତି ମିଳିଲା ।

ଯଥା ସମୟରେ ମୋର ପୂର୍ବ ନିଦ୍ଧାରିତ ବିଷୟ ଉପରେ ଏମ୍ଫିଲ୍ କାର୍ଯ୍ୟ ଡକ୍ଟର ରମେଶ ରାଓ ଓ ଡକ୍ଟର ସମର ଚାଟାର୍ଜୀଙ୍କ ଅଧୀନରେ ଆରମ୍ଭ କଲି । ସନ୍ଦର୍ଭର ମୁଖ୍ୟ ବିଷୟବସ୍ତୁ ରହିଲା ପାନ ମଧ୍ୟରେ ସେବନ କରା ଯାଉଥିବା ଗୁଆର ରାସାୟନିକ ପଦାର୍ଥ ଉପରେ । ବିଶେଷ କରି ମୃଷିକର ଗୁଣସୂତ୍ର ଉପରେ ଏହାର କି ପ୍ରଭାବ । ଗୁଣ ସୂତ୍ର ଉପରେ କୁପ୍ରଭାବ ଥିଲେ କର୍କଟ ରୋଗ ହେବାର ସମ୍ଭାବନା । ଭାରତରେ ଅନେକଙ୍କର ପାନ ଚର୍ବଣର ବଦଭ୍ୟାସ ରହିଛି । ସେହି ଦୃଷ୍ଟିରୁ ଭାରତୀୟ ମାନଙ୍କ ସ୍ୱାସ୍ଥ୍ୟକୁ କେନ୍ଦ୍ରକରି ଦେଖ଼ିବାକୁ ଗଲେ ମୋର ଗବେଷଣା ଅନେକ ଗୁରୁତ୍ୱପୂର୍ଣ୍ଣ ।

କାମ ଯେବେଠୁ ଆରମ୍ଭ କରିଛି ସେବେଠୁଁ ମୁଁ ଆଉ ପଛକୁ ଫେରି ଚାହିଁନି । ଆହାର ନିଦ୍ରା ଭୁଲି, ପରିଶ୍ରମ କରି ଛଅ ମାସ ଭିତରେ ପରୀକ୍ଷାଗାରର ସମସ୍ତ କାର୍ଯ୍ୟ ସମାପନ କଲି । ଲେଖ଼ିବା ବେଳ ଆସିଲା । ଅନେକ ସମୟରେ ଡକ୍ଟର ରାଓଙ୍କର ମୁନିର୍କାସ୍ଥ ବାସ ଭବନକୁ ସନ୍ଦର୍ଭ ସଂଶୋଧନ ପାଇଁ ଯାଉଥିଲି । ସଂଶୋଧନ କରୁ କରୁ ଯଦି ବେଶୀ ରାତ୍ର ହୁଏ ତେବେ ଡକ୍ଟର ରାଓ ତାଙ୍କ ମୋଟର ସାଇକେଲରେ ବସାଇ ଅନେକ ବାର ମୋତେ ବ୍ରହ୍ମପୁତ୍ର ଛାତ୍ରାବାସରେ ପହଞ୍ଚାଇ ଦିଅନ୍ତି । ବେଶୀ ରାତିରେ ଆମେ ଡିଟିସି ବସ୍ ନେବା ସେ ପସନ୍ଦ କରନ୍ତି ନାହିଁ । ଡକ୍ଟର ରାଓଙ୍କ ସହିତ ଘନିଷ୍ଠତା ବଢ଼ିବାରୁ ସେ ବ୍ୟକ୍ତିଗତ ଓ ଘରୋଇ ସମସ୍ୟାରେ ମଧ୍ୟ ଅଂଶଗ୍ରହଣ କରି ସମାଧାନର ଉପଦେଶମାନ ଦିଅନ୍ତି । ଛାତ୍ରମାନଙ୍କର ପଢ଼ା ବିଷୟ ହେଉ ବା ବ୍ୟକ୍ତିଗତ ହେଉ କିଛି ହେଲେ ତାଙ୍କୁ ଅଛପା ନଥିଲା । ତାଙ୍କୁ ଆମର ଭୟ ନଥିଲା । ତା' ପରିବର୍ତେ

ଆମମାନଙ୍କର ତାଙ୍କ ପ୍ରତି ପ୍ରଗାଢ଼ ଭକ୍ତି ଓ ଗଭୀର ସମ୍ମାନ ଥିଲା। ଆମେମାନେ ଗୁରୁ ଶିଷ୍ୟ ସମ୍ପର୍କର ଶୀର୍ଷ ସ୍ଥାନରେ ଥିଲୁ।

ସମ୍ପୂର୍ଣ୍ଣ ୧୯୮୦ ମସିହା ମୋର ଏମ୍‌ଫିଲ୍‌ ଡ଼ିଗ୍ରୀ କାର୍ଯ୍ୟରେ ଅତିବାହିତ ହେଲା। ୧୯୮୧ ମସିହା ମାର୍ଚ ମାସରେ ମୁଁ ଏମ୍‌ଫିଲ୍‌ ଡ଼ିଗ୍ରୀ ହାସଲ କଲି। ଶେଷ ବ୍ୟକ୍ତି ହିସାବରେ ନାଁ ଲେଖେଇଥିଲେ ହେଁ ମୁଁ ଥିଲି ଦ୍ୱିତୀୟ ବ୍ୟକ୍ତି ଆମ ଶ୍ରେଣୀରୁ ଏମ୍‌ଫିଲ୍‌ ସନ୍ଦର୍ଭ ଦାଖଲ କରିବାର। ସନ୍ଦର୍ଭ ଦାଖଲ ପରେ ମୋର ଗବେଷଣା କାର୍ଯ୍ୟଟିକୁ ନେଦେରଲ୍ୟାଣ୍ଡରୁ ପ୍ରକାଶିତ ହେଉଥିବା ଆନ୍ତର୍ଜାତିକ ବିଜ୍ଞାନ ପତ୍ରିକା "ମ୍ୟୁଟେସନ ରିସର୍ଚ" କୁ ପଠେଇ ଦେଲି। ତାହା ବି ଅତିଶୀଘ୍ର ବିନା ସଂଶୋଧନରେ ପ୍ରକାଶ ହେବା ପାଇଁ ଚୟନ ହେଇଗଲା। ମୋର ଆନନ୍ଦ ସେତେବେଳେ କହିଲେ ନସରେ।

ମୋର ଏମ୍‌ଫିଲ୍‌ ଡ଼ିଗ୍ରୀ ପ୍ରାପ୍ତି ଓ ଗବେଷଣା କାର୍ଯ୍ୟ ପ୍ରକାଶ ହେବା ପରେ ପରେ ପୁଣି ଓଡ଼ିଶାରେ କଲେଜ ମାନଙ୍କରେ ଅସ୍ଥାୟୀ ଅଧ୍ୟାପକ ନିଯୁକ୍ତିର ବିଜ୍ଞାପନ ବାହାରିଲା। ମୋର ତ ଅଧ୍ୟାପକ ହେବାର ନିଶା ଲାଗିଥାଏ। ତେଣୁ ମୁଁ ଯଥା ଶୀଘ୍ର ଆବେଦନ ପତ୍ର ଦାଖଲ କରିଦେଲି। କେଇ ମାସ ପରେ ସତକୁ ସତ ନିଯୁକ୍ତି ପତ୍ର ଆସିଲା ଓ ଶେଷକୁ ମୁଁ ଅଧ୍ୟାପକ ପଦପାଇଁ ଯୋଗ୍ୟ ବିବେଚିତ ହେଲି। ଦୁଇବର୍ଷ ଆଗରୁ ଯେଉଁଟା ମୋତେ ମିଲି ନଥିଲା ତାହା ମିଲିବାରୁ ଭାରି ଖୁସି ହେଲି। ଏହା ଥିଲା ମୋର ବହୁ ଦିନର ଆଶା। ଓଡ଼ିଶାର ବଉଦ କନ୍ଧମାଲ ଜିଲ୍ଲାର ଫୁଲବାଣୀ କଲେଜରୁ ନିଯୁକ୍ତି ପତ୍ର ପାଇଲି। ଶୁଣିଲି କୁଆଡ଼େ ଅତ୍ୟନ୍ତ ମନୋରମ ପ୍ରାକୃତିକ ଦୃଶ୍ୟ ସେଠାରେ। ଏତେ ପରିଶ୍ରମ କରି ଏମ ଫିଲ୍‌ କଲି ଅଧ୍ୟାପକ ହେବା ପାଇଁ, କିନ୍ତୁ ଦିଲ୍ଲୀ ଆସି ଦୁନିଆଟା ପ୍ରକୃତରେ କ'ଣ ଯେତେବେଳେ ଜାଣିଲି ସେତେବେଳେ ଆଉ ଅସ୍ଥାୟୀ ଅଧ୍ୟାପକ ପଦରେ ଯୋଗ ଦେବାକୁ ମନ ବଳିଲା ନାହିଁ। ସୁଯୋଗଟିଏ ଯେତେବେଳେ ମିଳିଛି ତେବେ ପିଏଚ୍‌ଡି ବା କାହିଁକି ନକରିବି ? ତେଣୁ ଅସ୍ଥାୟୀ ହିସାବରେ ନଯାଇ ଏକା ଥରେ ପିଏସ୍‌ସି ପାଇ ସ୍ଥାୟୀ ଅଧ୍ୟାପକ ହେଇ ଯିବାକୁ ଚାହିଁଲି। ଇତି ମଧ୍ୟରେ ମୋର ଦୁଇଟି ତଳ ବ୍ୟାଚର କେହି ଜଣେ ଖବର ପାଇଲେ ମୁଁ ଓଡ଼ିଶା ଯାଉନାହିଁ ଅଧ୍ୟାପକ ପଦରେ ଯୋଗ ଦେବାପାଇଁ। ତାଙ୍କର ଅନୁରୋଧ କ୍ରମେ ଡ଼ି ପି ଆଇଙ୍କୁ ଚିଠି ଖଣ୍ଡିଏ ଲେଖିଦେବାରୁ ସେ ବ୍ୟକ୍ତି ଜଣକ ମୋ ସ୍ଥାନରେ ନିଯୁକ୍ତି ପାଇଲେ। ଏହା ଜାଣି ମୁଁ ବିପୁଳ ଆତ୍ମସନ୍ତୋଷ ଲାଭ କଲି।

ଇତିମଧ୍ୟରେ ପିଏଚ୍‌ଡି ଗବେଷଣା କେବଳ ଡକ୍ତର ରାଓଙ୍କ ଅଧୀନରେ କରିବା ପାଇଁ ଦରଖାସ୍ତଟିଏ କରିଦେଲି ଓ ଶିକ୍ଷକ ମଣ୍ଡଳୀ ଦ୍ୱାରା ତାହା ମଞ୍ଜୁର ବି ହୋଇଗଲା। ମୋତେ ମୋର ଏମ୍‌ଫିଲ୍‌ କାମରେ ପ୍ରକାଶ ପାଇଥିବା ପେପର ଉପରେ ଆଧାର କରି

ସମ୍ମାନଜନକ ସିଏସଆଇ ଆର୍ ଫେଲୋସିପ୍ ମାସକୁ ଆଠ ଶହ ଟଙ୍କା କରି ମିଳିଲା। ଜୋରସୋରରେ ମୁଁ ମୋର ପିଏଚ୍ଡି କାମରେ ଲାଗିଗଲି। ଚାହୁଁ ଚାହୁଁ କାମ ଆସି ଚତୁର୍ଥ ବର୍ଷରେ ପଦାର୍ପଣ କଲା। ଅନେକ ପରୀକ୍ଷାଗାର ସମ୍ପର୍କୀୟ କାର୍ଯ୍ୟ ଶେଷ ହୋଇ ଆସିଥାଏ। ସେତିକିବେଳେ ପୁଣି ଓଡ଼ିଶାରେ ବହୁ ପ୍ରତୀକ୍ଷିତ ସ୍ଥାୟୀ ଅଧାପକ ନିଯୁକ୍ତି ପାଇଁ ଓଡ଼ିଶା ପବ୍ଲିକ ସରଭିସ କମିଶନ ତରଫରୁ ବିଜ୍ଞାପନଟିଏ ବାହାରିଲା। ଜନାର୍ଦନ ବାବୁଙ୍କ ସାନ ଭାଇ ମଧୁସୂଦନ ବେହେରା ଏ ସମ୍ୱାଦଟି ଦେଇ ଚିଠି ଖଣ୍ଡିଏ ଲେଖିଲେ। ମୁଁ ଆବେଦନ ପତ୍ର ମଗେଇ ପୂରଣ କରି ପଠେଇ ଦେଲି। ଅନେକ ମାସ ପରେ ଚିଠି ଖଣ୍ଡିଏ ଆସିଲା କଟକରେ ମୌଖିକ ପରୀକ୍ଷା ପାଇଁ। ପରୀକ୍ଷା ହେବ କଟକସ୍ଥିତ ପବ୍ଲିକ ସର୍ଭିସ କମିଶନ ଅଫିସରେ। ଦିଲ୍ଲୀରୁ କଟକ ଯାଇ ପରୀକ୍ଷା ଦେଲି। ପରୀକ୍ଷକ ଥିଲେ ଆମର ପ୍ରାଣୀ ବିଜ୍ଞାନର ପ୍ରଫେସର ପ୍ରିୟମ୍ଵଦା ମହାନ୍ତି–ହେଜମାଡ଼ି ଓ ରେଭେନ୍ସା କଲେଜର ରିଡର ନବ କୁମାର ଦାସ। ପରୀକ୍ଷା ବେଶ୍ ମନ ମୁତାବକ ଭଲ ହେଲା। ତଥାପି ମଝିରେ ମଝିରେ ଶୁଣିବାକୁ ମିଳୁଥାଏ ପି ଏସ୍ ସି ପାଇବା କଷ୍ଟ। ତେଣୁ ମନ ସର୍ବଦା ଆଶଙ୍କାରେ ରହିଥାଏ। ଆନନ୍ଦର ବିଷୟ କିଛି ମାସ ପରେ ଫଳ ବାହାରି ମୋର ନିଯୁକ୍ତି ପତ୍ର ଆସିଗଲା। ପତ୍ରଟିକୁ ହାତରେ ଧରି ନିଜ କୋଠରିକୁ ଯାଇ ପାଞ୍ଚ ଛ ଥର ଦେଖିଲି। ବିଶ୍ୱାସ ହେଉ ନଥାଏ ଏହା ସତ୍ୟ ଅବା ମିଥ୍ୟା। ଆଃ, କି ଆମୃତୃପ୍ତି। ଆଖିରୁ ଆନନ୍ଦାଶ୍ରୁ ଝରି ପଡ଼ିଲା।

ପିଏଚ୍ଡି କାମ ସେତେବେଳକୁ ଅଛ କିଛି ବାକି ଥାଏ। ନିଯୁକ୍ତି ଆସିଥାଏ ଧରଣୀଧର କଲେଜ, କେଉଁଝରରୁ। ପୁଣି ଏମ୍ଫିଲ ଡିଗ୍ରୀ ଥିବାରୁ ୟୁଜିସିର ଦରମା ହାର ମୁତାବକ ଦରମା। ତଥାପି ଶେଷ ମୁହୂର୍ତ୍ତରେ ପିଏଚ୍ଡି ଜନିତ କର୍ମ ବ୍ୟସ୍ତତା ଓ ସମୟ ଅଭାବରୁ ଓଡ଼ିଶା ଯିବା ସ୍ଥିର କରି ପାରୁ ନଥାଏ। ମନ ଦ୍ୱନ୍ଦରେ ସର୍ବଦା ଆଉଟୁ ପାଉଟୁ ହେଉଥାଏ, ଯିବି କି ନଯିବି, କିଛି ନିଷ୍ପତ୍ତି ନେଇ ପାରୁ ନଥାଏ। ଦିନେ ସନ୍ଧ୍ୟାରେ ଏକୁଟିଆ ବସି ଅତୀତକୁ ମନେ ପକଉଥିଲି, ଏ ପାଇଁ କେତେ ଆଲୋଚନା, ସମାଲୋଚନା, ଭାବନା, ଯୋଜନା ଓ ଯାତନା ନ ପାଇଟି। ମନ ତେଣୁ ଡାକିଲା, ବୋଇଲା, "ରେ ଗଗନ ବିହାରୀ, କ'ଣ ପାଇଁ ଅଟକୁଛୁ? ତୁ ବେଗେ ଓଡ଼ିଶା ଯା, ଯୋଗ ଦେ ଅଧାପକ ପଦରେ।" ସେ ଅନ୍ତରର ଡାକ ଶୁଣି ଆଉ କ୍ଷଣେ ଅପେକ୍ଷା କରି ପାରିଲିନି, ନିଯୁକ୍ତି ପତ୍ର ଧରି ଦିଲ୍ଲୀରୁ ବାହାରିଲି ଓଡ଼ିଶା।

ଗାଁରେ ପହଞ୍ଚି କେମିତି କେଉଁଝର ଯିବାକୁ ହୁଏ ବୁଝାବୁଝି କରି ବସ୍ ଧରି ପହଞ୍ଚିଲି କେଉଁଝରରେ। କଲେଜରେ ସେତେବେଳେ ପଦାର୍ଥ ବିଜ୍ଞାନୀ ଶ୍ରୀ ମାଧବ ସୁବୁଦ୍ଧି ଅଧ୍ୟକ୍ଷ ଥାଆନ୍ତି। ଦୁର୍ଗାପୂଜା ଛୁଟିର ଅବ୍ୟବହିତ ପୂର୍ବରୁ କଲେଜରେ ଯୋଗଦେଲି।

ଯୋଗଦେଲା ବେଳେ ଅଧ୍ୟକ୍ଷ ମହୋଦୟ କଥା ଛଳରେ କହିଲେ, "ଫକୀର ମୋହନ କଲେଜର ଛାତ୍ର, ଧରଣୀ ଧର କଲେଜରେ ଅଧ୍ୟାପକ ହିସାବରେ ଯୋଗ ଦେଉଛନ୍ତି ଏହା ଅତ୍ୟନ୍ତ କୌତୂହଳପୂର୍ଣ୍ଣ କଥା ।" ଓଡ଼ିଶାରେ ରାଜା ରାଜୁଡ଼ା ସମୟରେ ସମସ୍ତେ ଅବଗତ, ଫକୀର ମୋହନଙ୍କର ଦେଓ୍ୱାନୀ ଓ ଧରଣୀଧରଙ୍କ ଭୂୟାଁ ମେଲି ସମ୍ପର୍କରେ, ସେଥିପାଇଁ ସେ ଏ କଥା ସ୍ମରଣ କରି କହିଥିଲେ । ଅନେକ ପୁରାତନ ବନ୍ଧୁଙ୍କ ସହିତ ସାକ୍ଷାତ ହେଲା । ପୁଣି କିଛି ନୂତନ ବନ୍ଧୁ ମଧ୍ୟ ହେଲେ । ଜଗନ୍ନାଥ ଦାଶ ରସାୟନ ବିଜ୍ଞାନର ଅଧ୍ୟାପକ ଯିଏକି ଦୀର୍ଘ ଆଠ ବର୍ଷ ତଳେ ମୋତେ ଅନର୍ସ ସିଲେକ୍ସନ ହେରାଫେରିରୁ ବଞ୍ଚେଇ ଥିଲେ, ସେ ବି ସେଠାରେ ରସାୟନ ବିଭାଗର ରିଡର ଥିଲେ । ତାଙ୍କ ସହିତ ସାକ୍ଷାତ ହେଲା । ମୋତେ ଅଧ୍ୟାପକ ପଦରେ ଯୋଗ ଦେବାର ଦେଖି ଅତ୍ୟନ୍ତ ପ୍ରୀତ ହେଲେ । କେବଳ ମାତ୍ର ସପ୍ତାହେ ସେଠାରେ ରହିବା ପରେ ଦୁର୍ଗାପୂଜା ଅବକାଶରେ ମୋତେ ଗାଁକୁ ଫେରି ଆସିବାକୁ ପଡ଼ିଲା ।

ଫକୀର ମୋହନ ମହାବିଦ୍ୟାଳୟରେ ଅଧ୍ୟୟନ କରିବା ଦିନରୁ ଛାତ୍ରବତ୍ସଲ ପ୍ରତିଭାବାନ୍ ଯୁବକ ଅଧ୍ୟାପକ ବିଶେଷ କରି କେ ବିଜୟ କୁମାର (ଉଭିଦ ବିଜ୍ଞାନ), ସତ୍ୟରଞ୍ଜନ ମିଶ୍ର (ରସାୟନ ବିଜ୍ଞାନ) ଓ ଭାଇ ନଟବର ପାଣିଗ୍ରାହୀ (ଓଡ଼ିଆ), ଏ ମାନଙ୍କୁ ଦେଖି ମୁଁ ମନେ ମନେ ସ୍ୱପ୍ନ ଦେଖୁଥିଲି ଭବିଷ୍ୟତରେ ଦିନେ ନା ଦିନେ ଅଧ୍ୟାପକ ହେବି । କଲେଜରେ ଛାତ୍ର ଛାତ୍ରୀମାନଙ୍କୁ ଭଲ ଚିତ୍ ଅଙ୍କନ ପୂର୍ବକ ମନୋନିବେଶ କରି ପଢ଼େଇବି, ଷ୍ଟଡି ଟୁରରେ ଛାତ୍ର ଛାତ୍ରୀମାନଙ୍କୁ ବିଭିନ୍ନ ସ୍ଥାନ ବୁଲେଇ ନେବି ଓ ସେମାନଙ୍କ ସହିତ ବନ୍ଧୁ ତୁଲ୍ୟ ସମ୍ପର୍କ ରଖିବି, ଏହାଥିଲା ମୋର ସ୍ୱପ୍ନ । କିନ୍ତୁ ଆଇଏସ୍‌ସି ସମୟର ଡେଢ଼ଙ୍କୋ ପରେ ବିଏସ୍‌ସି ପଢ଼ୁଥିବା ବେଳେ ଅଧ୍ୟାପକ ଚାକିରି ଥିଲା ମୋ ପାଇଁ ଆକାଶ କୁସୁମ ଚିଲିକା ମାଛ । ପିଏଚ୍‌ଡି କାର୍ଯ୍ୟ ବ୍ୟସ୍ତତା ଭିତରେ ସମୟ ନଥିଲେ ବି ଦିଲ୍ଲୀରୁ ଆସି କେଉଁଝରରେ ପି ଏସ୍‌ସି ପାଇ ସ୍ଥାୟୀ ଅଧ୍ୟାପକ ହିସାବରେ ଯୋଗ ଦେବା ଦିନ ମୋତେ ମିଳିଥିଲା ବିପୁଳ ଆତ୍ମ ସନ୍ତୋଷ । ଆଉ ଏହା ଥିଲା ମୋ ଜୀବନ ଯାତ୍ରା ପଥର ଏକ ଗୁରୁତ୍ୱପୂର୍ଣ୍ଣ ଶକ୍ତ ମାଇଲ ଖୁଣ୍ଟ ।

ଇତି ମଧ୍ୟରେ ମୋର ଦିଲ୍ଲୀ ରହଣିରେ ଛଅ ବର୍ଷ ଅତିବାହିତ ହୋଇଯାଇଥାଏ । ଘରକୁ ଛୁଟିରେ ଆସିଥିଲାବେଳେ ମୁଁ ଦିଲ୍ଲୀର ସହପାଠୀ, ସହପାଠିନୀ, ଅନ୍ୟାନ୍ୟ ବନ୍ଧୁ ଓ ପ୍ରଫେସରମାନଙ୍କ ବିଷୟରେ ଗପେ, ସେମାନଙ୍କର ସଂଗ୍ରହ କରିଥିବା ରଙ୍ଗୀନ୍ ଫୋଟୋ ସବୁ ଦେଖାଏ । ସେମାନଙ୍କ ଭିତରୁ କିଏ କେତେବେଳେ ଆମେରିକା, କାନାଡ଼ା, ଜର୍ମାନୀ, ଫ୍ରାନ୍ସ, ଇଂଲଣ୍ଡ, ଜାପାନ, ଅଷ୍ଟ୍ରେଲିଆ ଆଦି ଦେଶମାନ ଉଚ୍ଚ ଶିକ୍ଷା ପାଇଁ ଗଲେ ସେ ବିଷୟରେ ମୁଁ ବିଶଦ୍ ବିବରଣୀ ଦିଏ । ଭାଇ, ଭାଉଜ ଓ ମାଆ

ଏ ସବୁ କୌତୂହଳ ପୂର୍ବକ ମୋ ଚାରି ପାଖରେ ବସି ଗପ ଭଳିଆ ଆଗ୍ରହରେ ଶୁଣନ୍ତି । ଏ କାହାଣୀ ସବୁ ଶୁଣି ଶୁଣି ଘରେ ସମସ୍ତେ ଏକ ରକମ ଆଶାୟୀ ହୋଇ ପଡ଼ିଥିଲେ ନିକଟ ଭବିଷ୍ୟତରେ ମୋର ବିଦେଶ ଗମନ ପକ୍କା ବୋଲି । କଥା ଛଳରେ ଭାଇମାନେ ବି ମଝିରେ ମଝିରେ ପଚାରି ଦିଅନ୍ତି, "ତୁ ଆମର କେବେ ଯିବୁ ?" ସେତେବେଳେ ବିଦେଶ ଯିବାଟା ତାଙ୍କ ପାଇଁ ବଡ଼ ଗର୍ବର କଥା ବୋଲି ସେମାନେ ଭାବୁଥିଲେ ।

ଦ୍ୱିତୀୟ ବଡ଼ ଭାଇ ପଦୁନନା, ଯିଏ କି ମୋ ଜୀବନର ମାର୍ଗଦର୍ଶକ ଥିଲେ , ମୋ ପଢ଼ିବା ସପକ୍ଷରେ ଅବିରତ ଯୁଦ୍ଧ ଚଳେଇଥିଲେ ମୁଁ ଦିଲ୍ଲୀରୁ ଆସିଥିବା ଖବର ପାଇ ମୋତେ ଦେଖା କରିବା ପାଇଁ ତାଙ୍କ ଚାକିରି ଜାଗାରୁ ଆସି ଗାଁରେ ପହଞ୍ଚିଲେ । ତହିଁ ଆଗଦିନ କେଉଁଝର ଧରଣୀଧର ମହାବିଦ୍ୟାଳୟରେ ଅଧ୍ୟାପକ ପଦରେ ସଦ୍ୟ ଯୋଗଦେଇ ମୁଁ ଫେରିଥାଏ । ମୁଁ ଭାବି ଥାଏ ସିଏ ଏ କଥା ଶୁଣି ଖୁସି ହେବେ । ମାତ୍ର ଫଳ ତା'ର ହେଲା ଠିକ୍ ଓଲଟା । ସିଏ ଯେତେବେଳେ ଏ କଥା ଜାଣିବାକୁ ପାଇଲେ ଓ ମୋ ସହିତ ତାଙ୍କର ସାକ୍ଷାତ ହେଲା, ତାଙ୍କର ମୋତେ ପ୍ରଥମ ପ୍ରଶ୍ନ ହେଲା, "କି–ବେ–, ଆମେ ଭାବିଥିଲୁ ତୁ ଫରେନ ଯିବୁ ବୋଲି, ତୁ କ'ଣ କେଉଁଝର କଲେଜରେ ଆସି ଲେକଚରରର୍ ପୋଷ୍ଟରେ ଜଏନ କଲୁଣି ।" ଏଇମିତି ଦି ତିନି ଥର ସେ କହିଗଲେ ।

ସେତେବେଳେ ମଧ୍ୟାହ୍ନଭୋଜନର ସମୟ, ଖାଇବା ପ୍ରସ୍ତୁତ ହେବାକୁ ଆଉ ଅଳ୍ପ ସମୟ ବାକି । ଆମେ ସମସ୍ତେ ଅପେକ୍ଷା କରିଥାଉ । ସେଇ ପରିସ୍ଥିତିରେ ଏକରେ ପଦୁନନାଙ୍କ ମନଟା ଖରାପ ହେଇଗଲାଣି ମୁଁ ଅଧ୍ୟାପକ ପଦରେ ଯୋଗ ଦେଇଥିବା ଜାଣି । ଦ୍ୱିତୀୟରେ ମୁଁ ତାଙ୍କ ପ୍ରଶ୍ନର ଉତ୍ତର ଏତେ ଥର ପଚାରିଲା ପରେବି ଦେଉନି । ମୁଁ ମୋ ତରଫରୁ ନିରବ । କିଛି ସମୟ ଯିବା ଉତ୍ତାରୁ ସେ ପୁଣି ପଚାରିଲେ, "ତୁ କାହିଁକି ମୋ ପ୍ରଶ୍ନର କିଛି ଜବାବ ଦେଉନୁ କହିଲୁ, ମୁଁ ତତେ ପଚାରୁଚି ପରା ।"

ସେଉଠୁ ମୁଁ ବାଧ୍ୟ ହେଇ କହିବା ଆରମ୍ଭ କଲି, "ନନା, ତମର ମନେ ଅଛି ନା ? ମୁଁ ଯେତେବେଳେ ବାଣୀବିହାର ଏମ୍.ଏସ୍ସି ପଢ଼ିବାକୁ ଯାଉଥିଲି କେତେ ଲୋକଙ୍କ ମନରେ ସନ୍ଦେହ ଥିଲା ଓ ସେମାନେ କହୁଥିଲେ ପ୍ରାଣୀ ବିଜ୍ଞାନ ପାଠ ପଢ଼ିଲେ କିଛି ଚାକିରି ନାହିଁ, ଆଉ ଯେଉଁ ଅଳ୍ପ ସଂଖ୍ୟକ ଅଧ୍ୟାପକ ଚାକିରି ଅଛି ତାହା ମୋତେ ମିଳିବନି ?" ଏହା ଶୁଣି ସେ କହିଲେ, "ହଁ, ମନେ କାହିଁକି ନାହିଁ, ସବୁ ମନେ ଅଛି ନା, କେତେ ଦୁଃଖ ଯାଇଚି, ସେ ଗୁଡ଼ା କି କେବେ ଜୀବନରେ ଭୁଲି ହୁଏ ?" ମୁଁ ପୁଣି କହିଲି, "କଲେଜରେ ପଢ଼ିବା ଦିନଠୁଁ ମୋର ଆନ୍ତରିକ ଇଚ୍ଛା ଥିଲା ଅଧ୍ୟାପକ ହବାର । ଦିନେ ଏମିତି ଅଧ୍ୟାପକ ଚାକିରି କଥା ପଡ଼ୁ ପଡ଼ୁ ମୋର ଅଧ୍ୟାପକ ହବାର ଇଚ୍ଛା ଶୁଣି କଟା ଘାଆରେ ଚୂନ ଦେଲା ଭଳିଆ କେହି ଜଣେ ମୋତେ ହସି

ତାଚ୍ଛଲ୍ୟ କରି କହିଥିଲେ "ଲେକଚରର୍ ନା ଲାବୋରେଟୋରୀ ଆସିଷ୍ଟାଣ୍ଟ।" ଏହାର କାରଣ ମୋର ଆଇଏସ୍‌ସିରେ ତୃତୀୟ ଶ୍ରେଣୀ ହେଇଯାଇଥାଏ। ମୁଁ ତମକୁ ଏ କଥା କେବେ ହେଲେ କହିନି। ଆଜି ଏଇ କଥା ପଡ଼ିଲାରୁ, ତମେ ମୋତେ ବାରମ୍ବାର ପ୍ରଶ୍ନ କଲାରୁ ମୁଁ ଏତେ ଦିନ ପରେ ତମ ଆଗରେ ଖୋଲି କହୁଚି, ଦିଲ୍ଲୀରେ ପଢ଼ିବା ପରେ ମୁଁ କେଉଁଝରକୁ ସବୁଦିନ ପାଇଁ ଅଧାପକ ହେବାକୁ ଆସି ନଥିଲି, ଆସିଥିଲି କେବଳ ଏତେ ବର୍ଷ ଧରି ମୋ ମୁଣ୍ଡ ଉପରେ ମୁଣ୍ଡେଇ ଥିବା ସେଇ "ଲାବୋରେଟୋରୀ ଆସିଷ୍ଟାଣ୍ଟ"ର ଓଜନିଆ ବୋଝଟିକୁ ଓହ୍ଲେଇ ଦବାକୁ।" ଏତକ କହି ଦୀର୍ଘ ସାତ ବର୍ଷ ଧରି ବରଫ ଭଳିଆ ଜମାଟ ବାନ୍ଧି ରହିଥିବା କୋହକୁ ସମ୍ଭାଳି ନପାରି ଭୋ ଭୋ ହେଇ ତାଙ୍କ ଆଗରେ କାନ୍ଦି ପକେଇଲି। ବସିଥିବା ଜାଗାରୁ ଉଠି ଦୌଡ଼ି ଆସି ମୋତେ ସେ କୁଣ୍ଢେଇ ପକେଇଲେ। କିଛି ସମୟ ପରେ ପ୍ରକୃତିସ୍ଥ ହେବାରୁ, ଚଷମା ଖୋଲି ଆଖି ପୋଛୁ ପୋଛୁ ମୁଁ କହିଥିଲି, "ତମେ ବ୍ୟସ୍ତ ହୁଅନି, ମୁଁ ତୁମକୁ କେବେ ନିରାଶ କରିବିନି, ମୋର ସମୟ ଆସିଲେ ମୁଁ ଦିନେ ନା ଦିନେ ବିଜ୍ଞାନରେ ଆହୁରି ଗୁରୁତ୍ୱ ପୂର୍ଣ୍ଣ ଗବେଷଣା କରିବାକୁ ବିଦେଶ ଯିବି।"

ଯଦିଓ ମୁଁ ସଦା ସର୍ବଦା ଅଧାପକମାନଙ୍କୁ ସମ୍ମାନ ଦେଇ ଆସୁଥିଲି ଏବଂ ଜୀବନରେ ଅଧାପକ ପଦକୁ ବୃତ୍ତି ହିସାବରେ ନେବା ମୋର ସ୍ୱପ୍ନ ଥିଲା ପୂଜା ଅବକାଶ ପରେ ଆଉ କେଉଁଝରକୁ ଫେରିଲିନି। କାନାଡ଼ା ପହଞ୍ଚି ୟୁନିଭରସିଟି ଅଫ୍ ୱେଷ୍ଟର୍ଣ ଓଣ୍ଟାରିଓରେ ଯୋଗଦାନ କଲାପରେ ଡାକ ମାଧ୍ୟମରେ କେଉଁଝରର ଧରଣୀଧର କଲେଜର ଅଧ୍ୟକ୍ଷ ମହୋଦୟଙ୍କୁ ପଠେଇ ଦେଇଥିଲି ଅଧାପକ ପଦରୁ ମୋର ଇସ୍ତଫା ପତ୍ର।

ଆରାବଲୀର ଧାରେ ଧାରେ

ନଭଶ୍ଚୁମ୍ବୀ କୁତୁବମୀନାର ଉହାଡ଼ରେ କନକ କିରଣ ବିଚ୍ଛୁରି ସେ ଦିନର ସୂର୍ଯ୍ୟ ଅସ୍ତାଚଳରେ ଅସ୍ତ ଯାଉଥିଲେ । ପଶ୍ଚିମାକାଶ ନାନା ରଙ୍ଗରେ ଉଦ୍‌ଭାସିତ । ବ୍ରହ୍ମପୁତ୍ର ଛାତ୍ରାବାସ ଭିତରକୁ ପଶୁ ପଶୁ ଛିଡ଼ା ହୋଇ ଦୂରରୁ ମୁଁ ସେହି ଚିତ୍ରପଟ ପ୍ରାୟ ଅଲୌକିକ ଶୋଭାକୁ କିଛି କ୍ଷଣ ଅନେଇ ରହିଲି । ସୂର୍ଯ୍ୟାସ୍ତ ସହିତ ଦୃଶ୍ୟମାନ ହେଉଥାଏ ଆଦିଗନ୍ତ ପ୍ରସ୍ତର ଭରା ପାର୍ବତ୍ୟ ଅଞ୍ଚଳର ହରିତ୍‌ ବର୍ଣ୍ଣ କଣ୍ଟକ ଗୁଲ୍ମରାଜି । ସେହି ପ୍ରାକୃତିକ ପରିବେଶ ମଧ୍ୟରେ ଲୁକ୍‌କାୟିତ ବ୍ରହ୍ମପୁତ୍ର ଛାତ୍ରାବାସ । ଜାଣିବାକୁ ପାଇଲି ଏହି ଅଞ୍ଚଳଟିକୁ ପୂର୍ବାଞ୍ଚଳ କୁହାଯାଏ । ପୂର୍ବାଞ୍ଚଳ ପରି ବିଶ୍ୱବିଦ୍ୟାଳୟର ଅନ୍ୟ ପରିସରମାନ ଉତ୍ତରାଖଣ୍ଡ, ଦକ୍ଷିଣପୁରମ୍‌ ଓ ପଶ୍ଚିମାବାଦ ନାମରେ ନାମିତ । ଆରଣ୍ୟକ ପ୍ରାକୃତିକ ପରିବେଶ ମୋର ପସନ୍ଦ ଯୋଗୁଁ ଏହି ଛାତ୍ରାବାସଟି ମୋତେ ବେଶ୍‌ ସୁହେଇଲା । ବ୍ରହ୍ମପୁତ୍ରର ଅନତିଦୂରରେ ଦେଖାଯାଉଥାଏ ସ୍କୁଲ ଅଫ୍‌ ଲାଇଫ ସାଇନ୍ସର ଓଲଟ ପିରାମିଡ଼ ଢଙ୍ଗରେ ନିର୍ମିତ ବାଦାମୀ ବର୍ଣ୍ଣ ସୁବୃହତ ଅଟ୍ଟାଳିକା ଯେଉଁଥିରେ କି ମୋର ଅଧ୍ୟୟନ ଓ ଗବେଷଣା । ବିଶ୍ୱବିଦ୍ୟାଳୟର ଛାତ୍ରାବାସଗୁଡ଼ିକ ଭାରତର ବିଭିନ୍ନ ନଦନଦୀଙ୍କ ନାମାନୁସାରେ ନାମକରଣ ହେବାର ଜାଣିଲି । ଯେପରି ମୋତେ ମିଳିଥିବା ଛାତ୍ରାବାସର ନାମ ବ୍ରହ୍ମପୁତ୍ର ସେଇପରି ଅନ୍ୟ ଛାତ୍ରାବାସ ଗୁଡ଼ିକ ହେଲେ ଗଙ୍ଗା, ଶତଲେଜ, ଝେଲମ୍‌, ନର୍ମଦା, କାବେରୀ ଗୋଦାବରୀ, ପେରିୟାର, ମହାନଦୀ ଇତ୍ୟାଦି ଇତ୍ୟାଦି । ଏପରି ନାମକରଣ ଜାଣି ମୋତେ ଭାରି ଖୁସି ଲାଗିଲା ।

ନାଁ ଲେଖେଇବାର ଚାରିଦିନ ଅନ୍ତେ ମୋତେ ବ୍ରହ୍ମପୁତ୍ର ଛାତ୍ରାବାସରେ ନିଜସ୍ୱ କୋଠରିଟି ମିଳିଥାଏ । ପ୍ରାୟ କହିବାକୁ ଗଲେ ବିଶ୍ୱବିଦ୍ୟାଳୟରେ ସମସ୍ତ ଛାତ୍ର ଛାତ୍ରୀମାନଙ୍କୁ ରହିବାର ସୁବିଧା ଯୋଗାଇ ଦିଆଯାଇଥାଏ । ଅସ୍ଥାୟୀ ଭାବରେ କେତେ

ଦିନ ବନ୍ଧୁ ଜୀବିତେଶ ରଥଙ୍କ ପାଖରେ ରହିବା ପରେ ମୋତେ ନିଜର କୋଠରି ମିଳିବାରୁ ତାଙ୍କୁ ଧନ୍ୟବାଦ ଦେଇ ମୋର ଆସବାବ ପତ୍ର ଧରି ମୁଁ ମୋ ନିଜ କୋଠରିକୁ ଚାଲି ଆସିଲି। ଆସବାବ ପତ୍ର ବୋଲି ସେମିତି କିଛି ମୋ ପାଖରେ ନଥାଏ। ବଡ଼ ଭାଉଜଙ୍କ ପ୍ରଦତ୍ତ ଛୋଟ ସୁଟକେସ୍ ଓ ଭୁବନେଶ୍ୱର ଫୁଟ୍ ପାଥରୁ କିଣା ହେଇଥିବା ଅନ୍ୟ ଏକ କଳା ରଙ୍ଗର ଏୟାର୍ ବ୍ୟାଗରେ ଯାହା କିଛି। ବିଶ୍ୱବିଦ୍ୟାଳୟ ତରଫରୁ ମିଳିଥାଏ କାଠ ପଟା ବାଲା ଖଟ ଖଣ୍ଡିଏ, ଗୋଟିଏ ଚୌକି ଓ ଛୋଟ ଟେବୁଲଟିଏ। ବିଛଣା ରୂପରେ କେବଳ ନୀଲ ରଙ୍ଗର ସମ୍ବଲପୁରୀ ବିଛଣା ଚଦରଟିଏ, ନା ଥାଏ ରେଜେଇ ନା ତକିଆ। ସେଇୟାକୁ ଆଧାର କରି ଜବାହରଲାଲ ନେହେରୁ ବିଶ୍ୱବିଦ୍ୟାଳୟ ଛାତ୍ର ଜୀବନର ଆରମ୍ଭ।

ଭୌଗୋଳିକ ସ୍ଥିତି ଅନୁସାରେ ଦକ୍ଷିଣ ଦିଲ୍ଲୀର ଏକ ହଜାର ଏକର ବ୍ୟାପି ପାର୍ବତ୍ୟ ଅଞ୍ଚଳର ଉପତ୍ୟକାଟି ଆରାବଲୀ ପର୍ବତ ମାଳାର ଅଂଶ ବିଶେଷ। ସେଇ ଆରାବଲୀର ଧାରେ ଧାରେ ଥିବା ଉପତ୍ୟକା ଭିତରେ ଜବାହରଲାଲ ନେହେରୁ ବିଶ୍ୱବିଦ୍ୟାଳୟର ସ୍ଥାପନା କରା ହେଇଛି। ଅଗଣିତ ବିଶାଳକାୟ ପ୍ରସ୍ତର ଖଣ୍ଡ, ଅଙ୍କାବଙ୍କା ସରଣୀ, ପୋଲ ଓ ଝିଲ୍ଲୀ ଝଙ୍କାରିତ ପ୍ରାକୃତିକ ଅରଣ୍ୟ ମଧ୍ୟରେ ଠାଏ ଠାଏ କୃତ୍ରିମ ଉଦ୍ୟାନ। ଜାତି ଜାତି ଅରଣ୍ୟ କୁସୁମ, ପଶୁ, ପକ୍ଷୀ ଓ ନାନା ରଙ୍ଗ ପ୍ରଜାପତିମାନଙ୍କର ବାସସ୍ଥଳୀ। କେକା କେକୀ ମାନଙ୍କର ଉତ୍ଫୁଲ୍ଲିତ ପୁଚ୍ଛ ଟେକା ନୃତ୍ୟ, ନିତିଦିନିଆ ମନୋହରକାରିଣୀ ଦୃଶ୍ୟ। ଗୁଣ୍ଡୁଚି ମୂଷା, ଶୃଗାଲ, ନୀଳଗାଈ, ସରୀସୃପ, ମେଷ ଓ ଛାଗଳ ମାନଙ୍କର ହତା ଭିତରେ ଗୁଳ୍ମଭରା ଜଙ୍ଗଲ ଚାରଣ ଭୂମି ଅଟେ। ବସନ୍ତ ଆଗମନରେ ନାଲି, ଧଳା ଓ ଗୋଲାପି ରଙ୍ଗର ବଉଗନଭିଲିଆରେ ଚଉଦିଗ ଭରିଯାଇ ବିଶ୍ୱବିଦ୍ୟାଳୟର ଶୋଭା ବର୍ଦ୍ଧନ ହୁଏ। ଗ୍ରୀଷ୍ମ ରତୁରେ ସରଣୀର ଧାରେ ଧାରେ ପେଣ୍ଟା ପେଣ୍ଟା ହଳଦୀ ଗୁରୁ ଗୁରୁ ଅମଲ୍ତା ଫୁଲର ସମ୍ଭାର ଆହୁରି ସୁନ୍ଦର ଦିଶେ। ପ୍ରଦୋଷିତ କଂକ୍ରିଟ ଭରା ମରୁଭୂମି ଦିଲ୍ଲୀର ଏହା ଏକ ମରୁଦ୍ୟାନ କହିଲେ ଅତ୍ୟୁକ୍ତି ହେବନାହିଁ। ବିଶ୍ୱବିଦ୍ୟାଳୟ ପରିଚାଳନା କର୍ତ୍ତୃପକ୍ଷ ଯଥା ସାଧ୍ୟ ଚେଷ୍ଟା କରିଥାନ୍ତି ଏପରି ପ୍ରାକୃତିକ ପରିବେଶକୁ ନଷ୍ଟ ନକରି ଏହାର ଅକ୍ଷୁର୍ଣ୍ଣତା ଯେତେ ଦୂର ସମ୍ଭବ ବଜାୟ ରଖିବା ପାଇଁ।

ଜବାହରଲାଲ ନେହେରୁ ବିଶ୍ୱବିଦ୍ୟାଳୟକୁ ଶ୍ରଦ୍ଧାରେ ଏବଂ ସଂକ୍ଷିପ୍ତରେ ଲୋକେ ଜେଏନ୍ୟୁ ବୋଲି କହିଥାନ୍ତି। ୧୯୬୫ ମସିହାରେ ରାଜ୍ୟସଭାରେ ଏ ସର୍ବୋଚ୍ଚ ଶିକ୍ଷାନୁଷ୍ଠାନର ସ୍ଥାପନା ନିମନ୍ତେ ସେତେବେଲର ଶିକ୍ଷାମନ୍ତ୍ରୀ ଏମ୍ସି ଚଗଲାଙ୍କ ଦ୍ୱାରା ବିଲ୍ ଆଗତ କରାଯାଇଥିଲା। ୧୯୬୬ ମସିହାରେ ବିଲ୍ ଲୋକସଭାରେ ପାସ

ହେବା ପରେ ୧୯୬୯ ମସିହାରୁ ଏହି ଶିକ୍ଷା ଅନୁଷ୍ଠାନ ଜନ୍ମ ନେଲା। ଅନ୍ତଃରାଷ୍ଟ୍ରୀୟ ପ୍ରତିଯୋଗିତା ପରେ ପୃଥ୍ବୀ ପ୍ରସିଦ୍ଧ ସ୍ଥପତି ସିପି କୁକ୍‌ରେଜାଙ୍କୁ ଦାୟିତ୍ୱ ଦିଆଗଲା ଜେଏନ୍‌ୟୁର ଗୃହ ନିର୍ମାଣ କାର୍ଯ୍ୟରେ। ନାମକରା ଶିକ୍ଷାବିତ୍‌, କୂଟନୀତିଜ୍ଞ ଓ ରାଷ୍ଟ୍ରଦୂତ ଜି ପାର୍ଥସାରଥୀ ବିଶ୍ୱବିଦ୍ୟାଳୟର ପ୍ରଥମ କୁଳପତି ହିସାବରେ ନିଯୁକ୍ତି ପାଇଲେ। ମୁଁ ଯୋଗଦେବା ସମୟରେ କୁଳପତି ପଦବୀରେ ଥାଆନ୍ତି କେଆର୍‌ ନାରାୟଣନ୍‌ ଯିଏ କି ପରେ ଭାରତର ରାଷ୍ଟ୍ରପତି ପଦ ମଣ୍ଡନ କଲେ।

ସ୍କୁଲ ଅଫ୍‌ ଲାଇଫ୍‌ ସାଇନ୍‌କୁ ଲାଗି ସ୍କୁଲ ଅଫ୍‌ ଏନ୍‌ଭିରନ୍‌ମେଣ୍ଟାଲ୍‌ ସାଇନ୍‌ ଓ ପୂର୍ବକୁ ସ୍କୁଲ ଅଫ୍‌ କମ୍ପୁଟର ଆଣ୍ଡ ସିଷ୍ଟମ୍‌ ସାଇନ୍‌। ଏହି ତିନୋଟି ସ୍କୁଲରେ ବିଜ୍ଞାନରେ ଗଭୀର ଗବେଷଣା ଓ ଅଧ୍ୟୟନ କରାହୁଏ। ମୁଁ ସ୍କୁଲ ଅଫ ଲାଇଫ୍‌ ସାଇନ୍‌ରେ ନାଁ ଲେଖେଇ ଥାଏ। ବିଜ୍ଞାନ ସ୍କୁଲ ମାନଙ୍କର ଅନତିଦୂରରେ ପଶ୍ଚିମକୁ ନବତଲ ବିଶିଷ୍ଟ କେନ୍ଦ୍ରୀୟ ପାଠାଗାରର ଅଟ୍ଟାଳିକା। ଯାହାକି ବିଭିନ୍ନ ଭାଷାଭାଷୀ ଲକ୍ଷ ଲକ୍ଷ ପୁସ୍ତକର ଭଣ୍ଡାର ଘର। ପୃଥ୍ବୀର କୋଣ ଅନୁକୋଣରୁ ବିଜ୍ଞାନ ପତ୍ର ପତ୍ରିକା ସେଠାକୁ ଆସେ। ତା' ଛଡ଼ା ଓଡ଼ିଆ "ସମାଜ" ସହ ଅନ୍ୟ ଆଞ୍ଚଲିକ ଭାଷାର ମୁଖ୍ୟ ଖବର କାଗଜ ମଧ ସେଠାକୁ ଆସେ। ସ୍କୁଲ ଅଫ୍‌ ସୋସିଆଲ୍‌ ସାଇନ୍‌, ସ୍କୁଲ ଅଫ୍‌ ଲାଙ୍ଗୁଏଜେସ୍‌ ଓ ସ୍କୁଲ ଅଫ୍‌ ଇଣ୍ଟରନ୍ୟାସ୍‌ନାଲ ଷ୍ଟଡିଜ୍‌ର ବିଲଡ଼ିଂ ଗୁଡ଼ିକ କିଛି ଦୂରରେ ଅନ୍ୟ ଏକ ଡାଉନ କ୍ୟାମ୍ପସ ନାମକ ହତାରେ ଅବସ୍ଥିତ।

ପୂର୍ବାଞ୍ଚଲ ଛାତ୍ରାବାସରେ ମୋର କିଛି ମାସ ରହଣି ପରେ ମୁଁ ଜାଣିବାକୁ ପାଇଲି ଭାରତର ଆକୁମାରୀ ହିମାଚଲ ଓ ବିଦେଶରୁ ଛାତ୍ରମାନେ ବାସ କରୁଥିବାର। ସେମାନଙ୍କର ଦେହର ବର୍ଣ୍ଣ, ଗଡ଼ଣ, ଚାଲି ଚଲନ, ଠାଣି, ବେଶଭୂଷା, କଥା ହେବାର ଭାଷା ଭିନ୍ନ ପ୍ରକାରର। ମୋ ପାଖ ପ୍ରକୋଷ୍ଠରେ ବାଂଲାଦେଶରୁ ସୈଦ୍‌ ରଫିକୁଲା ଆଲାମ ରୁମି ଓ ନେପାଲରୁ ବାବୁରାମ ଭଟାରିଆ ରହୁଥିବାର ଜାଣିଲି। ସେମାନଙ୍କ ସହିତ ଧୀରେ ଧୀରେ ବନ୍ଧୁତ୍ୱ ବଢ଼ିଲା। ତା' ଛଡ଼ା କାନାଡ଼ା, ଇରାନ୍‌, ଇରାକ୍‌, ଜର୍ମାନୀ, ଘାନା, ଚିନ୍‌, ଜାପାନ, ଆଫ୍‌ଗାନିସ୍ତାନ, ରୁଷିଆ ପ୍ରଭୃତି ଦେଶ ମାନଙ୍କରୁ ଛାତ୍ରଛାତ୍ରୀମାନେ ଆସି ବିଶ୍ୱବିଦ୍ୟାଳୟରେ ବାସ ଓ ଅଧ୍ୟୟନ କରିବାର ଖବର ମଧ ପାଇଲି। ଭବିଷ୍ୟତରେ ଅନ୍ୟ ଦେଶ, ପ୍ରଦେଶ ଓ ଭାଷାଭାଷୀ ଛାତ୍ରମାନଙ୍କ ସହିତ ସମ୍ପର୍କ କରିବାର ସୁଯୋଗ ଅଛି ଜାଣି ଆନନ୍ଦିତ ହେଲି।

ଅଳ୍ପ ଦିନରେ ବିଶ୍ୱବିଦ୍ୟାଳୟର ବିଭିନ୍ନ ସ୍ଥାନ ମାନଙ୍କ ସହିତ ମୁଁ ପରିଚିତ ହେଇଗଲି। କେନ୍ଦ୍ରୀୟ ପାଠାଗାରର ଭୋଜନାଲୟ ହେଉ, ନୀଲଗିରି ନାମକ ଢାବା ସାମନାରେ ଥିବା ପ୍ରସ୍ତର ଖଣ୍ଡ ଉପରେ ହେଉ, ଗୋଦାବରୀ ଛାତ୍ରୀ ନିବାସ ବା ଗଙ୍ଗା

ଛାତ୍ର ନିବାସ ସାମନା ସବୁଜ ଘାସ ପ୍ରାନ୍ତର ହେଉ, ଛାତ୍ରଛାତ୍ରୀଙ୍କ ମଧରେ ବିଭିନ୍ନ ବିଷୟରେ ଓ ବିଭିନ୍ନ ସ୍ତରର ଆଲୋଚନା ଦେଖିବାକୁ ମିଳିଲା। ବିଶ୍ୱବିଦ୍ୟାଳୟର ବାୟୁମଣ୍ଡଳ ବିଦ୍ୟା ଓ ଜ୍ଞାନ ଚର୍ଚ୍ଚାରେ ଭରପୂର। ଶ୍ରବଣେନ୍ଦ୍ରିୟ ଓ ଦର୍ଶନେନ୍ଦ୍ରିୟର ସଦୁପଯୋଗ କଲେ ପ୍ରତ୍ୟେକ ମୁହୂର୍ତ୍ତରେ ବୌଦ୍ଧିକ ଶକ୍ତି ବିକାଶର ସମ୍ଭାବନା ଓ ସୁଯୋଗ। ସର୍ବତ୍ର ଛାତ୍ର ଛାତ୍ରୀ ମାନଙ୍କର ଅବାଧ ମିଳାମିଶା, କଥାବାର୍ତ୍ତା, ପାଠ୍ୟ ସମ୍ପର୍କୀୟ ଆଲୋଚନା ଓ ସମାଲୋଚନା ଦେଖି ମୋତେ ଖୁବ୍ ଆଶ୍ଚର୍ଯ୍ୟ ଏବଂ ଖୁସି ଲାଗୁଥାଏ। କାରଣ ଓଡ଼ିଶାରେ ଏହା ଥିଲା ବିରଳ। ମୁଁ ଆଗରୁ ଏପରି ଶାନ୍ତ ବାତାବରଣରେ ମିଳାମିଶା କରି ପାଠ ଆଲୋଚନା କରିବା କେବେ ଦେଖିନଥାଏ। ପ୍ରାୟ ସମସ୍ତଙ୍କ ମୁଖରୁ ଅନର୍ଗଳ ଇଂରାଜୀ ବା ହିନ୍ଦୀ। ବିଭିନ୍ନ ଅଣ ହିନ୍ଦୀ ପ୍ରଦେଶରୁ ଆସିଥିବା ଛାତ୍ର ଛାତ୍ରୀଙ୍କ ମଧରେ ଆଞ୍ଚଳିକ ଭାଷା ମଧ ବେଶ୍ ଶୁଣିବାକୁ ମିଳୁଥାଏ। ଓଡ଼ିଆ ଛାତ୍ର ଛାତ୍ରୀମାନଙ୍କର ସଂଖ୍ୟା ବି କିଛି କମ୍ ନାହିଁ। ଚାହା ବା କଫି କପ୍ ମାଧମରେ ଛାତ୍ରାବାସ ସାମନା ଘାସ ପଡ଼ିଆରେ ଗାନ୍ଧି, ନେହେରୁ, ସୁଭାଷ, ମାର୍କ୍ସ, ଏଙ୍ଗେଲ, ଲେନିନ୍, ରୁଷୋ, ଭଲ୍ଟାୟାର, ରିଗାନ୍, କିସିଞ୍ଜର, ବ୍ରେଜନେଭ, ସ, ହେମିଙ୍ଗୱେ, ଇକ୍ବଲ୍, ଏମ୍ ଏଫ୍ ହୁସେନ, ବିସମିଲ୍ଲାଙ୍କ ବିଷୟରେ ଆଲୋଚନା। ବିଜ୍ଞାନ ଛାତ୍ର ହେଲେ ହେଁ ଏ ସବୁ ଶୁଣିବାକୁ ଓ ଆଲୋଚନାରେ ଭାଗ ନେବାକୁ ମୋତେ ଆନନ୍ଦ ମିଳୁଥାଏ। କଥାରେ କଥାରେ "ଏକ୍ସକ୍ୟୁଜ ମି" "ପାର୍ଡନ ମି" "ଥେଙ୍କ୍ୟୁ" ଇତ୍ୟାଦି ଇତ୍ୟାଦି। ମୋତେ ପ୍ରଥମେ ପ୍ରଥମେ ଓଡ଼ିଶାରୁ ଆସି ଏସବୁ ବଡ଼ ଅଟୁଆ ତଟୁଆ ଲାଗୁଥିଲା, ହେଲେ ପରେ ମୁଁ ମଧ ଧୀରେ ଧୀରେ ସେହିପରି ଆଦବ କାଏଦାରେ ନିଜକୁ ଅଭ୍ୟସ୍ତ କରେଇନେଲି। ଏ ପ୍ରକାରର ପରିବେଶ ମୋ ପାଇଁ ଥିଲା ଅଭିନବ ଏବଂ କୌତୂହଳମୟ। ସର୍ବୋପରି ବିଶ୍ୱବିଦ୍ୟାଳୟ ମଧରେ ଅନୁଭବ କଲି ସମସ୍ତଙ୍କର ଅନ୍ୟକୁ ଆଶା ବିହୀନ ସାହାଯ୍ୟ କରିବାର ଏକ ମନୋବୃତ୍ତି। ବ୍ରହ୍ମପୁତ୍ର ଛାତ୍ରାବାସ, ସ୍କୁଲ ଅଫ୍ ଲାଇଫ୍ ସାଇନ୍ସ ବିଲ୍ଡିଂ ସହିତ ମୋର ବିଶେଷ ସମ୍ପର୍କ ଥିଲେ ହେଁ ସାରା ବିଶ୍ୱବିଦ୍ୟାଳୟର ବାତାବରଣ ମୋ ଜୀବନର ଅଗଢ଼ା ମାଟି ପିଣ୍ଡୁଳାକୁ ଆକାର ଦେବାରେ ମୁଖ୍ୟ ଭୂମିକା ନେଲା।

ସ୍କୁଲ ଅଫ୍ ଲାଇଫ୍ ସାଇନ୍ସ

ସ୍କୁଲ ଅଫ୍ ଲାଇଫ୍ ସାଇନ୍ସ ୧୯୭୨ ମସିହାରେ ବିଶିଷ୍ଟ ବୈଜ୍ଞାନିକ ଏମ୍ଏସ ସ୍ୱାମୀନାଥନଙ୍କ ପୃଷ୍ଟପୋଷକତାରେ ପ୍ରଥମେ ଦିଲ୍ଲୀସ୍ଥିତ ବିଜ୍ଞାନ ଭବନରେ ଶୁଭାରମ୍ଭ ହେଇଥିଲା। ପରେ ଏହା ବିଶ୍ୱବିଦ୍ୟାଳୟ ହତାକୁ ସ୍ଥାନାନ୍ତରିତ ହେଇ ଆସିଲା। ଏହାର ଓଲଟ ପିରାମିଡ୍ ବିଲ୍ଡିଂ ସହିତ ମୋର ପ୍ରଥମ ପରିଚୟ। ଅଗଷ୍ଟ ମାସରେ ଏଠାରେ ମୁଁ

ମୌଖିକ ପ୍ରବେଶିକା ପରୀକ୍ଷା ଦେଇଥିଲି । ଅନେକ ବାର ଯିବା ଆସିବା ଫଳରେ ଏହା ସହିତ ମୋର ଏକ ରକମ ଆମ୍ଭୀୟତା ହେଇଯାଇଥାଏ । ଯେହେତୁ ମୋର ଏଡ଼ମିଶନ୍ ନେବାରେ ବିଳମ୍ବ ଘଟିଲା, ଏମ୍ଫିଲ୍ କ୍ଲାସରେ ପାଠ ପଢ଼ା ଆରମ୍ଭ ହେଇଯାଇଥାଏ । ମୁଁ ଅତି ଶୀଘ୍ର ନିଜକୁ ସଜାଡ଼ି ନେଇ ପାଠ ପଢ଼ାରେ ମନୋନିବେଶ କଲି । ଆବଶ୍ୟକ ଅନୁଯାୟୀ ମୁଁ ଡକ୍ଟର ରମେଶ ରାଓଙ୍କର କ୍ୟାନସର ବାୟୋଲଜି, ପ୍ରଫେସର ପି ସି କେଶବନ୍ ଓ ପ୍ରଫେସର ପି ଏନ୍ ଶ୍ରୀବାସ୍ତବଙ୍କର ରେଡିଏସନ ବାୟୋଲଜି, ପ୍ରଫେସର ଶିବତୋଷ ମୁଖାର୍ଜୀ ଓ ପ୍ରଫେସର ସିପ୍ରା ଗୁହା ମୁଖାର୍ଜୀଙ୍କର ମଲିକ୍ୟୁଲାର ବାୟୋଲଜି ଅଫ୍ ଡେଭଲପ୍‌ମେଣ୍ଟ କୋର୍ସ ରଖିଲି । ଏ ସବୁ ହେଲା ମୋର କ୍ରେଡିଟ୍ କୋର୍ସ । ତା' ଛଡ଼ା ପ୍ରଫେସର ଆଶିଷ ଦଉଙ୍କର ମଲିକ୍ୟୁଲାର ବାୟୋଲଜି ଓ ପ୍ରଫେସର ପ୍ରସନ୍ନ ମହାନ୍ତିଙ୍କର ମେମ୍‌ବ୍ରେନ୍ ବାୟୋଲଜି ଅଡିଟ୍ କୋର୍ସ ରଖିଲି । ଅନ୍ୟ କେତେ ପ୍ରଫେସର ମିଶି ପଢ଼ାଉଥିବା ମଡର୍ଷ ବାୟୋଲଜି ଟେକ୍‌ନିକ୍ ବାଧ୍ୟତାମୂଳକ କୋର୍ସ ମଧ୍ୟ ନେବାକୁ ପଡ଼ିଲା ।

ଲାଇଫ୍ ସାଇନ୍ସର ମୋର ପ୍ରଥମ ଜଣାଶୁଣା ପ୍ରଫେସର ମାନେ ହେଲେ ଏହିପରି । ଡକ୍ଟର ରମେଶ ରାଓ ଦେଖିବାକୁ ସୁନ୍ଦର, ଗୌରବର୍ଷ, ଉଚ୍ଚତା କମ୍ ଏବଂ ଚନ୍ଦା । ସେ ଅତ୍ୟନ୍ତ ମେଳାପୀ ଓ ଛାତ୍ରବତ୍ସଲ । ତାଙ୍କର ପାଠ ପଢ଼ାଇବା ଶୈଲୀ ଅତି ଉନ୍ନତ ଧରଣର । ତା' ଛଡ଼ା ସେ ବଡ଼ ମଜାଲିଆ ଲୋକ । ସବୁବେଳେ ହସ ହସ ମୁହଁ । ବେଶ୍ ଠଙ୍ଗା ମଜା କରନ୍ତି । ଛାତ୍ର ଶିକ୍ଷକ ବାଛ ବିଚାର ବା ଦୂରତା ରଖନ୍ତି ନାହିଁ । ଆମେରିକାର ବ୍ରୁକ୍ ହେଭେନ୍ ନ୍ୟାସନାଲ ଲାବୋରେଟୋରୀରୁ ଉଚ୍ଚ ଶିକ୍ଷା କରିଥାନ୍ତି । ମୁଁ ତାଙ୍କରି ଅଧୀନରେ ଗବେଷଣା କରିବା ପାଇଁ ମନସ୍ଥ କରିଥାଏ । ପ୍ରଫେସର କେଶବନ୍, (ପୂରାନାମ ପାର୍ଥସାରଥି ଚେନ୍ନା କେଶବନ) "ଫାଦର ଅଫ୍ ଗ୍ରୀନ ରିଭଲ୍ୟୁସନ" ପ୍ରଫେସର ସ୍ୱାମୀନାଥନଙ୍କର ଛାତ୍ର । ସେପାଇଁ ସେ ଅନେକ ଗର୍ବ କରନ୍ତି । ଲାଇଫ୍ ସାଇନ୍ସରେ ପ୍ରଫେସର ହିସାବରେ ନିଯୁକ୍ତି ପାଇବାରେ ସେ ହେଉଛନ୍ତି ପ୍ରଥମ । ଜାପାନରୁ ଉଚ୍ଚ ଶିକ୍ଷା । ଦେଖିବାକୁ କୃଷ୍ଣ ବର୍ଷ କିନ୍ତୁ ଗଢ଼ଣ ବେଶ୍ ସୁନ୍ଦର । ସେ କେବେ ସ୍ଥିର ହୋଇ ଛିଡ଼ା ହୋଇ ପାରନ୍ତିନି । ସର୍ବଦା ଅସ୍ତବ୍ୟସ୍ତ, ଛିଡ଼ା ହେଇଥିବା ବେଳେ ବି ନାଚିବା ଭଳିଆ ଡେଉଁଥାନ୍ତି । ପ୍ରଫେସର ପିଏନ୍ ଶ୍ରୀବାସ୍ତବ ସିନିଅର ପ୍ରଫେସର । ଭାରି ଷ୍ଟାଇଲ ବାଲା । ଦେଖିବାକୁ ସୁନ୍ଦର ଏବଂ ଡେଙ୍ଗା । ସବୁବେଳେ ହସ ହସ ମୁହଁ । ପୂରାନାମ ପ୍ରତାପ ନାରାୟଣ ଶ୍ରୀବାସ୍ତବ । ହେଲେ ସମସ୍ତେ ତାଙ୍କର ପୂରାନାମ ଜାଣି ନଥାନ୍ତି କାରଣ ସେ କେବଳ ପିଏନ୍ ସାହାବ ନାମରେ ପରିଚିତ । ପିଏନ୍ ସାହାବ ଓ ପ୍ରଫେସର କେଶବନଙ୍କର ଭିତରେ ନିବିଡ଼ ବନ୍ଧୁତ୍ୱ । ପିଏନ୍ ସାହାବଙ୍କୁ ମୁଁ

ବାଣୀବିହାରରେ ଦେଖିବାର ସୁଯୋଗ ପାଇଥିଲି। ସେତେବେଲେ ସେ ଜୁଲୋଜିକାଲ ସୋସାଇଟିର ପ୍ରେସିଡେଣ୍ଟ ହିସାବରେ ବାଣୀବିହାରରେ ହୋଇଥିବା ବିଜ୍ଞାନ ସମ୍ମିଲନୀକୁ ଆସିଥିଲେ। ସେ ଜଣେ ଅନ୍ତର୍ଜାତୀୟ ସ୍ତରର ନାମକରା ବୈଜ୍ଞାନିକ। ପରେ ସେ ଜେଏନ୍ୟୁର କୁଲପତି ହେଲେ। ଡକ୍ଟର ରମେଶ ରାଓ, ପ୍ରଫେସର ଶ୍ରୀବାସ୍ତବଙ୍କର ଛାତ୍ର। ପ୍ରଫେସର ଶିବତୋଷ ମୁଖାର୍ଜୀଙ୍କୁ ପ୍ରଫେସରଙ୍କ ମହଲରେ ଶିବୁଦା ବୋଲି ସମ୍ବୋଧନ କରିଥାନ୍ତି। ଡେଙ୍ଗା, ଚଉଡ଼ା ବକ୍ଷ, ଗୌରବର୍ଷ। ମୋର ସାକ୍ଷାତ ବେଲକୁ କିଞ୍ଚିତ କେଶ ଧୂସର ବର୍ଷ ହୋଇ ଆସିଥାଏ। ପ୍ରକୃତ ସ୍ୱର୍ଷ ଆବରଣ ଚକ୍ଷମା ତାଙ୍କର। ଏ କଥା ମଧ୍ୟ ଛାତ୍ରଙ୍କ ମହଲରେ କେମିତି କେବେ ଆଲୋଚନା ହୁଏ। ଶିକ୍ଷାବିତ୍ ବିଖ୍ୟାତ ସାର୍ ଆଶୁତୋଷ ମୁଖାର୍ଜୀଙ୍କର ନାତି, ୟୁନିଭରସିଟି ଅଫ୍ ଏଡିନ୍‌ବରାରୁ ଉଚ୍ଚଶିକ୍ଷା। ମୋତେ ବାଣୀବିହାରର ପ୍ରଫେସର ବସନ୍ତ ବେହୁରା ଓ ମାଡାମ ପ୍ରଫେସର ପ୍ରିୟମ୍ବଦା ମହାନ୍ତି ହେଜମାଡିଙ୍କ କଥା ସବୁବେଲେ ପଚାରନ୍ତି। ମୁଁ ଯୋଗଦେଇଥିବା ବେଲେ ସେ ସ୍କୁଲ ଅଫ୍ ଲାଇଫ୍ ସାଇନ୍ସର ଡିନ୍ ଥାଆନ୍ତି। ମାଡାମ ପ୍ରଫେସର ସିପ୍ରା ଗୁହା ମୁଖାର୍ଜୀ ଦିଲ୍ଲୀ ବିଶ୍ୱବିଦ୍ୟାଲୟର ପ୍ରସିଦ୍ଧ ପ୍ରଫେସର ମାହେଶ୍ୱରୀଙ୍କ ଛାତ୍ରୀ। ଶାଢ଼ି ପରିହିତା, ଗୌରବର୍ଷା, ତନ୍ବୀ ଓ ସୁଭାଷିନୀ। ପ୍ରଫେସର ଆଶିଷ ଦଡ଼ା ଆମେରିକାର ନୋବେଲ ବିଜେତା ସେଭେରୋ ଓଟୋଆଙ୍କ ଛାତ୍ର। ଅନ୍ୟାନ୍ୟ ପ୍ରଫେସର ମାନେ ହେଲେ, ଡକ୍ଟର ନାଜମା ଜାହିର ବାକର, ଡକ୍ଟର ରାମେଶ୍ୱର ସିଂ, ଡକ୍ଟର ସୁଧୀର ସୋପୋରୀ, ପ୍ରଫେସର ଜିଏସ୍ ସିଂଘଲ୍, ପ୍ରଫେସର ପ୍ରସନ୍ନ ମହାନ୍ତି, ଡକ୍ଟର ମହମ୍ମଦ ଅମୀନ, ଡକ୍ଟର ରାଜେନ୍ଦ୍ର ପ୍ରସାଦ, ଡକ୍ଟର ଅଜିତ୍ ବର୍ମା ଓ ଡକ୍ଟର ଶୋଭା ଗୋୟେଲ। ମୋଟ ଉପରେ କହିବାକୁ ଗଲେ ପ୍ରାୟ ଏ ସମସ୍ତେ ହେଲେ ଉଚ୍ଚକୋଟୀର ଅଧାପକ ଓ ଅଧାପିକା। ସେମାନଙ୍କର ଜ୍ଞାନ ସାଗର ପରି ଅସୀମ, ଶିକ୍ଷାଦାନ ଶୈଲୀ ଉତ୍ତମ ଓ ମନ ମୁଗ୍ଧକର। ଅନେକ ଶାନ୍ତି ସ୍ୱରୂପ ଭଟନଗର ଉପାଧ୍ୟଧାରୀ। ଏହି ପ୍ରଫେସରମାନେ ଚାକିରି କରିବାକୁ ଆବେଦନପତ୍ର ଦାଖଲ କରିନଥିଲେ। ଏମାନଙ୍କୁ ବିଶ୍ୱବିଦ୍ୟାଲୟ କର୍ତ୍ତୃପକ୍ଷ ସାରା ବିଶ୍ୱରୁ ଖୋଜି ଖୋଜି ବିଶ୍ୱବିଦ୍ୟାଲୟରେ ଯୋଗଦେବା ପାଇଁ ଅନୁରୋଧ କରି ଆଣିଥିଲେ।

ଏମ୍‌ଫିଲ୍ ଶ୍ରେଣୀରେ ଯୋଗଦେବା ପରେ ଧୀରେ ଧୀରେ ମୋର ସହପାଠୀମାନଙ୍କ ସହିତ ପରିଚିତ ହେଇ ବନ୍ଧୁତ୍ୱ ବଢ଼ିଲା। କହିବାକୁ ଗଲେ ସହପାଠୀମାନେ ସାରା ଭାରତରୁ। ଉତ୍ତର ପ୍ରଦେଶରୁ ଏସ୍‌ଏମ୍‌ଆଇ କାଜମୀ, ଚନ୍ଦ୍ର ଶେଖର ମାୟାନିଲ୍, ଲଲିତ ଶ୍ରୀବାସ୍ତବ, ଦିଲ୍ଲୀରୁ ପ୍ରତିମା ନାଙ୍ଗିଆ, କେରଲରୁ ଗୋକୁଲଦାସ, ବିହାରରୁ ଭବନାଥ ଝା, ଏଜାଜ ହୁସେନ୍, ବେଲରାମ ସିଂ, ପଞ୍ଜାବରୁ

ଗୁରୁସରନ୍ କାଉର, ପଶ୍ଚିମ ବଙ୍ଗରୁ ଅଞ୍ଜଲି ଲାଲ, ଆନ୍ଧ୍ର ପ୍ରଦେଶରୁ ସତ୍ୟ ନାରାୟଣ ରେଡ଼ି, ମହାରାଷ୍ଟ୍ରରୁ ଶ୍ୟାମ୍ କୁଆର, ନାଗାଲାଣ୍ଡରୁ ମାଗୋନୋ ଲିଗେସି, ଓଡ଼ିଶାରୁ ରବି ପୃଷ୍ଟି ଓ ମୁଁ। ଶର୍ମା ନାମକ ଛାତ୍ର ଜଣକ ପ୍ରଥମେ ଯୋଗଦାନ କରି ସେହି ବର୍ଷ ଆଇଏଏସ୍ ପାଇ ଛାଡ଼ି ଚାଲିଗଲେ।

ମାସେ ଖଣ୍ଡେ କ୍ଲାସ ହେଇଛି କି ନାହିଁ ହୃଦୟଙ୍ଗମ କଲି ଯେ ପାଠ୍ୟ ବିଷୟବସ୍ତୁ ଗୁଡ଼ିକ ଆଧୁନିକ ଧରଣର। ବାଣୀବିହାର ଭଳି ନୋଟ୍ ବନେଇ ମୁଖସ୍ଥ କରି ଘଣ୍ଟାକର ପ୍ରବନ୍ଧ ଲେଖିଦେଲେ ଚଲିବ ନାହିଁ। ଆୟତ୍ତ କରିବାକୁ ହେଲେ ମାନସିକ ପରିଶ୍ରମ, ବୁଝିବାର ଶକ୍ତି ଓ ଚେଷ୍ଟାର ଆବଶ୍ୟକ। ବାଣୀବିହାରରେ ଦୀର୍ଘ ପ୍ରବନ୍ଧ ଲେଖିବାକୁ ପ୍ରଶ୍ନ ପଚରା ଯାଉଥିଲା ଯାହାରକି ମୁଖ୍ୟ ଉଦ୍ଦେଶ୍ୟ ଥିଲା। କଲିବାକୁ, କେତେ କିଏ ଜାଣିଛି। ମାତ୍ର ଜେଏନ୍ୟୁର ବିଷୟମାନଙ୍କରେ ପ୍ରଶ୍ନ ପଚାରିବାର ମୁଖ୍ୟ ଉଦ୍ଦେଶ୍ୟ ଘଟଣାକୁ କେତେ କିଏ ହୃଦୟଙ୍ଗମ କରିଛି, ବୁଝିଛି। ତେଣୁ ସ୍ବଳ୍ପ ଦିନ ଅଧ୍ୟୟନ ପରେ ମୋ ଭିତରେ ଥିବା ଦୁର୍ବଲତା ଉପରକୁ ମୁଣ୍ଡ ଟେକିଲା ଯେଉଁଦିନ ମାଡାମ ପ୍ରଫେସର ସିପ୍ରା ଗୁହା ମୁଖାର୍ଜୀ ଅଚାନକ ସାପ୍ତାହିକ କୁଇଜ୍‌ଟିଏ କଲେ। ଏପରି ଅଚାନକ କୁଇଜ ସହିତ ମୁଁ ପରିଚିତ ନଥିଲି। ବାଣୀବିହାରରେ ବର୍ଷକୁ ମାତ୍ର ଥରେ ପରୀକ୍ଷା।

କୁଇଜ୍ ପରେ ଦିନେ ମାଡାମ୍ କେବଲ ମୋତେ ତାଙ୍କ କୋଠରିକୁ ଡକେଇଲେ। କାରଣ ନଜାଣିପାରି ସନ୍ଦିହାନ ମନରେ ଗଲି। ସେ ମୋତେ ମୋର କୁଇଜର ମାର୍କ ଦେଖାଇଲେ। ତାଙ୍କ କହିବା ଅନୁସାରେ ମୋର ମାର୍କ ସନ୍ତୋଷଜନକ ନୁହଁ। କିପରି ଅଧିକ ନମ୍ବର ରହିବ ସେଥିପାଇଁ ଉପଦେଶ ଦେଲେ। ମୁଁ ଦେଖିଲି ମୋର ନମ୍ବର ୧୦ରୁ ୬। ଆଶ୍ଚର୍ଯ୍ୟ ହୋଇ ମାଡାମଙ୍କୁ ପଚାରିଲି କାହିଁକି ଏହା ସନ୍ତୋଷଜନକ ନୁହଁ। ମନେ ମନେ ଭାବିଲି ବାଣୀବିହାରରେ ତ ଏହା ଫାଷ୍ଟ ଡିଭିଜନ୍। ସେଉଠୁ ସେ ମୋତେ ବୁଝେଇ ବସିଲେ। ସେ କହିଲେ, "ଯିଏ ଶହେରୁ ୯୫ ରଖିଛି ସେ ପାଇବ ଏ ପ୍ଲସ, ୯୦ ଏ, ୮୫ ଏ ମାଇନସ, ୮୦ ବି ପ୍ଲସ, ୭୫ ବି, ୭୦ ବି ମାଇନସ୍, ୬୫ ସି ପ୍ଲସ ଏବଂ ୬୦ ସି ଯେଉଁଟାକି ଫେଲ୍। ଏହାକୁ କହନ୍ତି ପ୍ରତିଯୋଗିତାମୂଲକ ମୂଲ୍ୟାୟନ ଯାହା ସ୍କୁଲ ଅଫ୍ ଲାଇଫ୍ ସାଇନ୍ସର ପ୍ରଫେସରମାନେ ଅନୁସରଣ କରନ୍ତି।" ପୁଣି କହିଲେ, "ତୁମେ ଯଦି ଏପରି ମାର୍କ ସବୁ ବିଷୟରେ ସବୁଥର ରଖ ତେବେ ତୁମକୁ ଏମ୍‌ଫିଲ୍ ପ୍ରୋଗ୍ରାମରୁ ବହିଷ୍କାର କରିଦିଆଯିବାର ସମ୍ଭାବନା ମଧ୍ୟ ରହିଛି। ତୁମର ଯଦି ବୁଝିବାରେ ଅସୁବିଧା ହେଉଛି ତେବେ ତୁମେ ମୋତେ ଆସି କ୍ଲାସ ପରେ ପଚାରି ପାର, ମାତ୍ର ତୁମକୁ ନିଶ୍ଚୟ ଅଧିକ ନମ୍ବର ସ୍କୋର କରିବାକୁ ପଡ଼ିବ।" ମୋତେ ମାଡାମ ତାଙ୍କ କୋଠରିକୁ ଏକୁଟିଆ ଡାକିବାର କାରଣ

ଜେଏନ୍ୟୁରେ କାହାରି ମାର୍କ ହାତରେ ପଡ଼ି ଦାଣ୍ଡରେ ଗଡ଼ାଗଡ଼ି ହୁଏନି କି କେହି ଡେଙ୍ଗୁରା ପିଟି ପ୍ରଚାର କରେ ନାହିଁ କାହାର କେତେ ମାର୍କ ରହିଲା। ମାଡ଼ାମ୍‌ଙ୍କ କଥା ଶୁଣି ମୋତେ ବଜ୍ରାଘାତ ହେଲା ପରି ଲାଗିଲା। ମାଡ଼ାମ୍‌ଙ୍କୁ ଧନ୍ୟବାଦ କହି ବାହାରକୁ ଆସିଲି। ଏହି ଘଟଣା ପରେ ମନ ମୋର ଅସ୍ଥିର ଓ ଚଞ୍ଚଳ ହେବାକୁ ଲାଗିଲା।

ଏମିତି ପାଠ୍ୟ ସମ୍ପର୍କୀୟ ଦୁରବସ୍ଥା ସାଙ୍ଗକୁ ଆହୁରି ଅନେକ କ୍ଷୁଦ୍ର ବୃହତ ଘଟଣା ଧୀରେ ଧୀରେ ମନରେ ଜମାଟ ବାନ୍ଧି ମନକୁ ଉଦାସ କରି ପକେଇଲା। ମୋର ଆର୍ଥିକ ପରିସ୍ଥିତି ବି ସେତେବେଳେ ବଡ଼ ଶୋଚନୀୟ। ମେସ୍ ବିଲ୍ ଦାଖଲ କରିବାକୁ ମୋ ପାଖରେ ପାହୁଲାଟିଏ ନାହିଁ। ଘରକୁ ଲେଖିବାକୁ ମନ ବଳୁ ନଥାଏ। କାରଣ ନାଁ ଲେଖା ବେଲେ ବଡ଼ ଭାଇ ୫୦୦ ଶହ ଟଙ୍କା ଧାର କରଜ କରି ଆଣି ମୋତେ ଦେଇଥିଲେ। ବିବେକକୁ ବାଧିଲା ତାଙ୍କୁ ପୁଣି ପଇସା କଥା ଲେଖିବାକୁ।

ସେତେବେଳେ ଦିଲ୍ଲୀରେ ଧୀରେ ଧୀରେ ଶୀତର ପ୍ରକୋପ ବୃଦ୍ଧି ପାଇବାରେ ଲାଗିଲା। ପାଖରେ କିଛି ହେଲେ ଶୀତ ବସ୍ତ୍ର ବି ନଥାଏ। ଯେଉଁ ସ୍ୱେଟର ଖଣ୍ଡିକ ସସ୍ନେହେ ସାନ ଭାଉଜ ବୁଣି ଦେଇଥିଲେ ଦିଲ୍ଲୀ ଶୀତ ରକ୍ଷା ପାଇଁ ସେଇଟି ଯଥେଷ୍ଟ ହେଉ ନଥାଏ। ସାଙ୍ଗ ପଚାରନ୍ତି, "ପାନିଗ୍ରାହୀ, ତୁମ୍‌କୋ କ୍ୟା ଠଣ୍ଡ ନେହି ଲଗ୍‌ତା ?" ମୁଁ କହିଦିଏ "ଚଲା ଲେତା ହୁଁ ୟାର।" ହେଲେ ଭିତର ସମସ୍ୟାଟା କ'ଣ କାହାରିକୁ କହିହୁଏ ? ମୁଁ ଯେ ସେତେବେଳେ କପର୍ଦକ ଶୂନ୍ୟ, ସେ କଥା କିଏ କ'ଣ ବୁଝିପାରିବ ? ସେମିତି ଅନ୍ତରଙ୍ଗତା କାହା ସହିତ ସେତେବେଲକୁ ହେଇ ନଥାଏ।

ପୁଣି ହିନ୍ଦୀ ଓ ଇଂରାଜୀ ଭାଷା ଦ୍ୱୟ ନିଜକୁ ଅନ୍ୟ ଆଗରେ ପରିପ୍ରକାଶ କରିବାରେ ଅନ୍ତରାୟ ସୃଷ୍ଟି କରୁଥାନ୍ତି। ଓଡ଼ିଶାରେ ଥିବାବେଳେ ମୋର ହିନ୍ଦୀ ସହିତ ସମ୍ପର୍କ ଆଦୌ ନଥାଏ କହିଲେ ଚଲେ। ହିନ୍ଦୀ ଚଳଚ୍ଚିତ୍ର ଦେଖିଥିଲେ କିଛିଟା ଶିକ୍ଷା ମିଲିଥାନ୍ତା। ଛାତ୍ର ଅବସ୍ଥାରେ ଆମ ଘରେ ହିନ୍ଦୀ ହେଉ ବା ଓଡ଼ିଆ, ଚଳଚ୍ଚିତ୍ର ଦେଖିବା ଏକ ଗର୍ହିତ କାର୍ଯ୍ୟ। ଏଇ ପରି ନାନା କାରଣରୁ ମନରେ ହତାଶା ଭାବ ଜାଗ୍ରତ ହେବାକୁ ଲାଗିଲା।

ଏସବୁ ଛାଡ଼ିଦେଲେ ଆଉ ଏକ ବିଷମ ସମସ୍ୟା ସମ୍ମୁଖରେ ଆସି ଛିଡ଼ା ହେଲା। ସେଇଟି ହେଲା ମୁଁ କାହା ଅଧୀନରେ ଏମ୍‌ଫିଲ୍ କରିବି ସେ ବିଷୟକୁ ନେଇ। ଆଡ଼ମିଶନ୍ ପରେ ଜାଣିଲି ଯେ ମୋତେ ଡକ୍ତର ରମେଶ ରାଓଙ୍କ ଅଧୀନରେ ଗବେଷଣା କରିବାର ସୁଯୋଗ ମିଲିବ ନାହିଁ। ୱେଟିଙ୍ଗ ଲିଷ୍ଟରେ ରହି ବିଲମ୍ବରେ ମୋତେ ଆଡ଼ମିଶନ ମିଲିଥିବାରୁ ମୋର ସହପାଠୀ କେରଳ ନିବାସୀ ଗୋକୁଲଦାସ ତାଙ୍କ ଅଧୀନରେ ଯୋଗ ଦେଇସାରିଥାନ୍ତି। ତେଣୁ ସେ ପରୀକ୍ଷାଗାରରେ ଆଉ ଅଧିକ ସ୍ଥାନ ନାହିଁ ବୋଲି ମୁଁ

ଅବଗତ ହେଲି। ଯେହେତୁ ମୁଁ ତାଙ୍କ ଅଧୀନରେ ଗବେଷଣା କରିବାକୁ ଆବେଦନ କରିଥିଲି ଓ ମୌଖିକ ପରୀକ୍ଷା ସମୟରେ ଡକ୍ଟର ରାଓ ହିଁ ମୋତେ ଅଧିକ ପ୍ରଶ୍ନ ପଚାରିଥିଲେ, ମୁଁ ମନେ ମନେ ଭାବିନେଇଥିଲି ଯେ ତାଙ୍କ ଅଧୀନରେ ମୋର ସନ୍ଦର୍ଭ ଲେଖିବି ବୋଲି। ସେତକ ନ ହେବାର ଜାଣି ମୁଁ ହତୋସାହ ହୋଇପଡ଼ିଲି। ପାଖରେ ପଇସା ନାହିଁ, ପାଠପଢ଼ାର ଏପରି ଦୁରବସ୍ଥା, ଭାଷା କହିବାରେ ଅସୁବିଧା ଏବଂ ଏ ସବୁ ସାଙ୍ଗକୁ ଦିଲ୍ଲୀର ପ୍ରବଳ ଶୀତ କଷ୍ଟ। ତେଣୁ ଆଡ଼ମିଶନ୍ ପାଇ ଯେତେ ଖୁସି ହେଇଥିଲି ସେ ସବୁର ସପ୍ତରଙ୍ଗ ଧୀରେ ଧୀରେ ଫିକା ଧୂସର ବର୍ଷ ପାଲଟିବାକୁ ଆରମ୍ଭ କଲା। ମନେ ମନେ ଭାବିଲି କାହିଁକି ମୁଁ ଦିଲ୍ଲୀକୁ ଆସିଲି, ଆମ ଭଳିଆ ଗ୍ରାମୀଣ ଗରିବଙ୍କ ପାଇଁ ଦିଲ୍ଲୀ ନଗରୀ ନୁହଁ।

ଦିନେ ଛାତ୍ରାବାସକୁ ଏକୁଟିଆ ଚାଲି ଚାଲି ଫେରୁ ଫେରୁ ନୂଆ କରି ହୋଇଥିବା ପିଚୁରାସ୍ତାର ଅନତିଦୂରରେ ଏକ ଉଚ୍ଚ ପ୍ରସ୍ତରଖଣ୍ଡ ଦୃଷ୍ଟିଗୋଚର ହେଲା। ମନ ହେଲା ତା' ଉପରେ ଦଣ୍ଡେ ଯାଇ ବସିବାକୁ, ଯାଇ ବସିଲି। ଚକ୍ଷୁ ସାମନାରେ ଦିଗନ୍ତ ବିସ୍ତାରି ଗୁଲ୍ମରାଜି। ନିରବ ବାତାବରଣ। କେବଳ କେବେ କେବେ ଦ୍ରୁତଗାମୀ ୬୧୫ ଦିଲ୍ଲୀ ପରିବହନ ନିଗମ ବସ୍ର ଭୟଙ୍କର ଗର୍ଜନ। ବସିବା ବେଳେ ମନ ମଧ୍ୟକୁ ଆସିଲା ନିକଟରେ ଘଟିଯାଇଥିବା ଘଟଣାମାନ। ଭାବୁଭାବୁ ଭାସିଗଲି ଦୂରକୁ, ଅନେକ ଦୂରକୁ, ଓଡ଼ିଶାରେ ଛାଡ଼ି ଆସିଥିବା ପରିବାରବର୍ଗଙ୍କ ପାଖକୁ। ଆଉ ବିଶେଷ କରି ମାଆଙ୍କ କଥା ମନେ ପଡ଼ିଲା। ମନ ମୋର ଅଥୟ ହୋଇ ଉଠିଲା। କେତେ ଉଚ ଆଶା ଆକାଙ୍କ୍ଷା ନେଇ, ଅକ୍ଲାନ୍ତ ପରିଶ୍ରମ କରି ପହଞ୍ଚିଥିଲି ଭାରତର ରାଜଧାନୀ ମହାନଗରୀ ଦିଲ୍ଲୀରେ। ସ୍ୱପ୍ନ କ'ଣ ସତରେ ସ୍ୱପ୍ନରେ ହିଁ ରହିଯିବ। ମୁଁ ଯଦି ପ୍ରକୃତରେ ଫେଲ୍ ହେଇଯାଏ ଆଉ ମୋତେ ଓଡ଼ିଶା ଫେରିଯିବାକୁ ପଡ଼େ ତେବେ ଲୋକେ ଭାବିବେ କ'ଣ ? ଏତେ ଗୁଡ଼ାଏ ଅର୍ଥ ବି ଶ୍ରାଦ୍ଧ ହେଲା, ଏହା ଭାବି ଚକ୍ଷୁରେ ଅଜାଣତେ ଲୋତକ ଜକେଇ ଆସିଲା।

ଠିକ୍ ସେତିକିବେଳେ ହଠାତ୍ କେହି ଜଣେ ଆସି ପଛରୁ ମୋ କାନ୍ଧ ଉପରେ ହାତ ପକେଇ ମୋତେ ଭୟଭୀତ କରିବା ପାଇଁ ଚେଷ୍ଟା କଲା। ବୁଲି ପଡ଼ି ଦେଖେ ତ ଆମ ଉପର ଶ୍ରେଣୀର ବନ୍ଧୁ ଦେବଦତ୍ତ ରାୟ। ତାଙ୍କ ସହିତ ନୂତନ କରି ବନ୍ଧୁତ୍ୱ ସ୍ଥାପନ ହୋଇଥାଏ। ସେ ବିହାର ରାଜ୍ୟର, ଅତ୍ୟନ୍ତ ମେଲାପୀ। ଦେଖିବାକୁ କୃଷ୍ଣବର୍ଷ। ଅତି ନିରାଡ଼ମ୍ବର ଚଳଣି ତାଙ୍କର। ଦେହରେ ଅତ୍ୟନ୍ତ ସାଦାସିଧା ପୋଷାକ ଓ ପାଦରେ ହଳେ ହାବାଇ ଚପଲ। ସେ ମଧ୍ୟ ବ୍ରହ୍ମପୁତ୍ର ଛାତ୍ରାବାସରେ ବାସ କରନ୍ତି। ମୋତେ "ପାନିଗିରି" ବୋଲି ସମ୍ବୋଧନ କରନ୍ତି, ଯେତେ ସଂଶୋଧନ କଲେ ବି "ପାଣିଗ୍ରାହୀ"

କହି ପାରନ୍ତିନି। ମୋତେ ଏକୁଟିଆ ବସିଥିବାର ଦେଖି ଚାଲି ଆସିଛନ୍ତି ମୋ ସହିତ ଆଲାପ କରିବା ପାଇଁ। ମୁଁ ତାଙ୍କୁ ଦେଖି ଅଳ୍ପ ହସି ନିରବ ରହିବାରୁ ସେ ମୋତେ ପଚାରି ବସିଲେ "କିଉଁ ଉଦାସ ଲଗ ରହେ ହୋ ପାନିଗିରି, କ୍ୟା ଉଡ଼ିଶାଅ ୟାଦ ଆ ରହା ହେ ?" ମନେ ମନେ ଭାବିଲି, ଇଏ କେମିତି ମୋ ମନ କଥା ଜାଣି ପକେଇଲେ ? ଜାଣିବାକୁ ଅତି ବାଧ କଲାରୁ ମନ ଖୋଲି ଗପି ଗଲି ଖଣ୍ଡିଆ ହିନ୍ଦୀ ଓ ଇଂରାଜୀରେ, ମନର ସମସ୍ତ କଥା ପ୍ରଥମ କରି ବନ୍ଧୁ ଦେବଦଉଙ୍କ ଆଗରେ। ହୃଦୟ ଚିହ୍ନିବା ମଣିଷଟିଏ ସେ। ଯେଉଁ ତିନୋଟି କଥା କହିଲି, ତନ୍ନ ତନ୍ନ କରି କ'ଣ କରିବାକୁ ହେବ ମୋତେ ସେ ବୁଝେଇ ବସିଲେ, ବାଟ କଢ଼େଇ ନେଲେ।

ପ୍ରଥମ କଥା ହେଲା ମେସ ବିଲ୍ ସମ୍ବନ୍ଧୀୟ। ସେ ଯାହା ହିନ୍ଦୀରେ କହିଲେ ତାର ମର୍ମ ଏଇୟା, "ତୁମକୁ ମେସ ବିଲ୍ ଏବେ ଦବା ଦରକାର ନାହିଁ, ଜେଏନ୍ୟୁରେ ମେସ ବିଲ୍ ନଦେଲେ କେହି ମିଲ୍ ବନ୍ଦ କରନ୍ତି ନାହିଁ। ଜଣେ ବିଲ୍ ଦେଇ ପାରୁନାହିଁ, ତା'ର ନିଶ୍ଚିତ କାରଣଟିଏ ଅଛି ନା ସେ ଖୁସିରେ ପଇସା ଥାଇ ଦେଉନାହିଁ। ଏ ପାଇଁ ନିଶ୍ଚିତ ରୁହ। ଯେବେ ଫେଲୋସିପ ମିଲିବ, କହିବା ଆବଶ୍ୟକ ନାହିଁ ଆପେ ଆପେ ଫେଲୋସିପରୁ କଟିଯିବ।"

"ଦ୍ୱିତୀୟ କଥା, ମାର୍କ। ସେଇଟାତ ତମକୁ ରଖିବାକୁ ପଡ଼ିବ ହିଁ ପଡ଼ିବ। ନିଜକୁ ପାଠ ବୁଝିବାକୁ ପଡ଼ିବ। ତୁମେତ ଆଉ ବୁଡ଼ବକ୍ ନୁହଁ, ବୁଡ଼ବକ୍ ହେଇଥିଲେ ଜେଏନ୍ୟୁରେ ସିଟ ମିଲିନଥାନ୍ତା। ଯଦି ବୁଝିବାକୁ କିଛି ଅସୁବିଧା ହେଉଥାଏ ମୋତେ ବି ପଚାରି ପାରିବ। ଏଇଥି ପାଇଁ ଏତେ ଭାବନା ?" ମୋର ହିନ୍ଦୀ ଭାଷାର ଶଦ ଭଣ୍ଡାର ଜମାରୁ ଗଭୀର ବି ନଥିଲା। ବୁଡ଼ବକ୍ ଶଦଟି ମଧ ଅନ୍ଦାଜ କରି ବୁଝିବା କଥା।

ତୃତୀୟ କଥା, ଗାଇଡ୍ ସମସ୍ୟା ଉପରେ ତାଙ୍କର ପରାମର୍ଶ ରହିଲା "ଷ୍ଟୁଡେଣ୍ଟ ଫେକଲ୍ଟି କମିଟି"ର ସଭ୍ୟଙ୍କୁ ଯାଇ ଦେଖା କରିବା ପାଇଁ। ସେତେବେଳେ ଓଡ଼ିଆ ଛାତ୍ର ଆଶୁତୋଷ ତ୍ରିପାଠୀ ଯିଏକି ମୋତେ ମୌଖିକ ପରୀକ୍ଷା ବେଳେ ସାହାଯ୍ୟ କରିଥିଲେ, ଷ୍ଟୁଡେଣ୍ଟ ଫେକଲ୍ଟି କମିଟିର ସଭ୍ୟ ଥିଲେ। ତାଙ୍କୁ ଦେଖା କରିବାକୁ ସେ ଉପଦେଶ ଦେଲେ।

କଥୋପକଥନ ସରିଲା। ଆମେ ଦୁଇଜଣ ବ୍ରହ୍ମପୁତ୍ର ଛାତ୍ରାବାସ ଅଭିମୁଖେ ପାଦ ପକେଇଲୁ। ସେତେବେଳକୁ ସନ୍ଧ୍ୟା ହୋଇଆସୁଥାଏ। ଛାତ୍ରାବାସ ସାମନାରେ ୬୧୫ ବସ୍ଟିଏ ଆସି ରହିଲା। ବସରୁ ଛାତ୍ରମାନେ ଓହ୍ଲାଇ ଛାତ୍ରାବାସକୁ ପଶୁଥାନ୍ତି। ସେମାନଙ୍କ ସହିତ ଆମେ ବି ପଶିଲୁ। କୋଠରିକୁ ପଶିଲା ପରେ ବନ୍ଧୁ ଦେବଦଉ ରାୟଙ୍କ କଥା "ତୁମେ ତ ଆଉ ବୁଡ଼ବକ୍ ନୁହଁ" ମନ ମଧରେ ଗୁଞ୍ଜରି ଉଠ୍ଥାଏ।

ତାଙ୍କ ସହିତ କଥୋପକଥନ ହେବା ପରେ ମନରେ ଟିକିଏ ଶାନ୍ତି ଆସିଲା, ହାଲୁକା ଲାଗିଲା ।

ସେଇ ମୁହୂର୍ତ୍ତ ପାଖରୁ ପୁଣି ଥରେ ଆରମ୍ଭ ହେଲା ଅହୋରାତ୍ର ଅଧ୍ୟୟନ । ଜବକାଚରେ ସୂର୍ଯ୍ୟ କିରଣକୁ କେନ୍ଦ୍ରୀଭୂତ କରି ଅଗ୍ନି ଉତ୍ପନ୍ନ କଲା ଭଳି କ୍ରେଡିଟ କୋର୍ସରେ ମୋର ସମସ୍ତ ଶକ୍ତି ପ୍ରୟୋଗ କଲି । ସହପାଠୀ ଭବନାଥ ଝାଙ୍କ ସହିତ ବନ୍ଧୁତ୍ୱ ସ୍ଥାପନ କରି ପାଠ୍ୟ ସମ୍ପର୍କୀୟ ଆଲୋଚନାରେ ଭାଗ ନେଲି । ବାଣୀବିହାର ବେଲୁ ମୋର ଗୋଟିଏ ଫିଲିପସ୍ ଭାଇକିଂ ମଡେଲ ପକେଟ ରେଡିଓ ପ୍ରିୟ ସାଥୀ ଥାଏ । ପ୍ରଥମ ଜାତୀୟ ବୃଭି ପାଇ ଭୁବନେଶ୍ୱରର ବାଣିଜ୍ୟ ବିକାଶରୁ ମୁଁ ତାହା କିଣିଥିଲି । ଅନେକ କଥା ସେଥିରୁ ଶୁଣିଛି ଓ ଶିଖିଛି । ବହୁତ କ୍ରିକେଟ କମେଣ୍ଟ୍ରି ଶୁଣିଚି ଓ ଶୁଣେଇଚି । ସେଇଟିକୁ ନେଇ ମୁଁ ପାଖରେ ରଖିଥାଏ । ହିନ୍ଦୀ ଓ ଇଂରାଜୀ ପାଇଁ ନିଜ ପ୍ରକୋଷ୍ଠରେ ନିୟମିତ ପୁଣି ସେଇ ରେଡିଓ ଶୁଣି ନିଜେ ନିଜେ ବୁଝିବା ଓ କହିବା ଅଭ୍ୟାସ କଲି । ସବୁଦିନେ ଭଏସ ଅଫ୍ ଆମେରିକା ଓ ବିବିସି ନ୍ୟୁଜ ଶୁଣିଲି । କହିବାକୁ ଗଲେ ଭବନାଥଙ୍କୁ ମୁଁ ମୋର ହିନ୍ଦୀ ଅଭିଧାନ ହିସାବରେ ସର୍ବଦା ବ୍ୟବହାର କରୁଥାଏ । ସେ ମଧ୍ୟ ମୋତେ କେବେହେଲେ ହିନ୍ଦୀ ଶବ୍ଦର ଅର୍ଥ କହିବାକୁ ବା ବୁଝେଇବାକୁ ନିରାଶ କରିନାହାନ୍ତି । ପାଠପଢ଼ାରେ କଠିନ ପରିଶ୍ରମ ଫଳରେ ମୋର କ୍ଲାଶଜମାନଙ୍କର ମାର୍କ ଉତ୍ତମ ହେବାକୁ ଲାଗିଲେ ।

ଗାଇଡ୍ ସମ୍ପର୍କୀୟ କଥାରେ ଦେବଦଭ ରାୟଙ୍କ ଉପଦେଶ ଅନୁଯାୟୀ ମୁଁ ଆଶୁତୋଷ ବାବୁଙ୍କୁ ଦେଖା କରି ମୋର ପରିସ୍ଥିତି ଅବଗତ କରାଇଲି । ତାଙ୍କ ଉପଦେଶ ଅନୁସାରେ କାମ କରିବା ପରେ ଶେଷକୁ ଡକ୍ତର ରାଓ ଓ ଡକ୍ତର ସମର ଚାଟାର୍ଜୀଙ୍କ ଅଧୀନରେ କାମ କରିବାର ସୁଯୋଗ ମିଲିଲା । ମୋତେ ଏତେ ବଡ଼ ସମସ୍ୟାରୁ ନିସ୍ତାର ମିଲିବାରୁ ମାନସିକ ସ୍ଥିରତା ମଧ୍ୟ କିଛିଟା ଆସିଲା । କାଗଜପତ୍ରରେ ଦୁଇ ପ୍ରଫେସରଙ୍କର ନାମ ରହିଲା ମାତ୍ର ମୁଁ ଗବେଷଣା ଆରମ୍ଭ କଲି କେବଳ ଡକ୍ତର ରାଓଙ୍କ ଗବେଷଣାଗାରରେ ।

ଡିସେମ୍ବର ସୁଦ୍ଧା ଏମଫିଲ୍‌ର ପ୍ରଥମ ସେମିଷ୍ଟାର ସମାପନ ହେଲା । ପରିଶ୍ରମ ଫଳରେ ଚଳନ ମୁତାବକ ମାର୍କ ରହିଲା । ଜାନୁୟାରୀ ମାସ ପାଖରୁ ଦ୍ୱିତୀୟ ସେମିଷ୍ଟରର ଆରମ୍ଭ । ସେତେବେଳକୁ ମୁଁ ପଢ଼ାର ପ୍ରଣାଳୀ ଓ ବାତାବରାଦ ସହିତ ବେଶ୍ ପରିଚିତ ହେଇଯାଇଥିଲି । ତେଣୁ ଦ୍ୱିତୀୟ ସେମିଷ୍ଟାର ଫଳ ବେଶ୍ ଉତ୍ତମ ହେଲା । ମୋତେ ଆଉ ଦିଲ୍ଲୀ ଛାଡ଼ି ଓଡ଼ିଶାକୁ ପ୍ରତ୍ୟାବର୍ତ୍ତନ କରିବାକୁ ପଡ଼ିବନି ଭାବି ଆଶ୍ୱସ୍ତ ହେଲି । ଦିନ ପ୍ରତିଦିନ ଅଭ୍ୟାସ ଫଳରେ ହିନ୍ଦୀ ଓ ଇଂରାଜୀ କହିବାରେ ମଧ୍ୟ ଧୀରେ ଧୀରେ ପରିବର୍ତ୍ତନ ଘଟିଲା । ଫେବ୍ରୁଆରୀ ମାସ ୧୯୮୦ ମସିହାରୁ ମୋତେ ମାସିକ ଚାରି

ଶହ ମୁଦ୍ରା ୟୁନିଭର୍ସିଟି ଗ୍ରାଣ୍ଟ କମିଶନ୍ ତରଫରୁ ବୃତ୍ତି ମିଳିବାର ବନ୍ଦୋବସ୍ତ ହେଇଗଲା । ତେଣୁ ଆର୍ଥିକ ସଙ୍କଟରୁ ମଧ ମୁକ୍ତି ମିଳିଗଲା ।

କୋର୍ସ ସରିବା ପରେ ଗବେଷଣା ଆରମ୍ଭ କରିବାର କଥା । ଦିନେ ସକାଳେ ପ୍ରଥମ ମହଲାରେ ଥିବା କ୍ୟାନ୍ସର ଓ ରେଡ଼ିଏସନ୍ ବାୟୋଲଜି ଲାବୋରେଟୋରୀକୁ ସନ୍ତର୍ପଣରେ ପ୍ରବେଶ କଲି । ଡକ୍ଟର ରାଓ ତାଙ୍କ ଚେମ୍ବରରେ ଥିଲେ । ମୁଁ "ହ୍ୟାଲୋ ସାର, ଗୁଡ଼ ମର୍ଣିଂ" କହିବାରୁ ମୋତେ ଦେଖି "ପାନିଗ୍ରାହୀ, ୱେଲକମ୍ ଟୁ ଦି ଲାବୋରେଟୋରୀ" କହି ସେ ଉଠି ଆସିଲେ । ମୁଁ "ଥେଙ୍କ ୟୁ" କହିଲି । ସେ ମୋତେ ତାଙ୍କ ଗବେଷଣାଗାର ବୁଲାଇ ଦେଖେଇବା ଆରମ୍ଭ କଲେ ଓ ଅନ୍ୟମାନଙ୍କ ସହିତ ପରିଚୟ କରାଇ ଦେଲେ ।

ଡକ୍ଟର ରାଓ ପ୍ରଫେସର ପିଏନ୍ ଶ୍ରୀବାସ୍ତବଙ୍କ ଛାତ୍ର । ତାଙ୍କ ଅଧୀନରେ ସେ ରାଜସ୍ଥାନ ବିଶ୍ୱବିଦ୍ୟାଳୟ ଜୟପୁରରେ ପିଏଚ୍‌ଡ଼ି କରିଥିଲେ । ତେଣୁ ସେ ଦୁଇଜଣ ସେ ସମୟରେ ଗୋଟିଏ ଗବେଷଣାଗାରରେ କାମ କରୁଥାନ୍ତି । ଛାତ୍ର ହିସାବରେ ସେତେବେଳେ ଡକ୍ଟର ରାଓଙ୍କ ଅଧୀନରେ ଥାଆନ୍ତି ପ୍ରମୋଦ ସୁତ୍ରାଭେ, ଆରକେ କାଲେ, କେ ମନୋହରନ୍ ଓ ଅପର୍ଣା ଦୀକ୍ଷିତ । ସେମାନେ ଆମର ଉପର ଶ୍ରେଣୀର ଛାତ୍ର/ଛାତ୍ରୀ । ମୁଁ ଓ ମୋର ସହପାଠୀ ଗୋକୁଲଦାସ ଆମେ ଦୁଇଜଣ ସେ ବର୍ଷ ଯୋଗ ଦେଲୁ ସେମାନଙ୍କ ସହିତ । ଆମ ପରେ ଯୋଗ ଦେଲେ ପଦ୍ମା ଦାସ, ନାରାୟଣ ମୂର୍ତ୍ତି, ସେନ୍ତାମିଲ୍ ସେଲଭେନ୍ ଓ ରମଣା କୁମାରୀ । ପିଏନ୍ ଶ୍ରୀବାସ୍ତବଙ୍କ ଅଧୀନରେ ଥିଲେ ଲଲିତ ଗାର୍ଗ, ରାଜେଶ ସରଣ ଓ ବିଷ୍ଣୁ ଶଙ୍କର ମିଶ୍ର । ଲଲିତ ଓ ପ୍ରମୋଦଙ୍କର ପିଏଚ୍‌ଡ଼ି ସରି ସରି ଆସୁଥାଏ । ଅଳ୍ପ କିଛି ଦିନ ପରେ ସେମାନେ ଆମେରିକା ଯାତ୍ରା କଲେ ଉଚ୍ଚଶିକ୍ଷା କରିବା ପାଇଁ । ରାଜେଶ ଓ ବିଷ୍ଣୁ ଦୁଇଜଣଯାକ ଅତ୍ୟନ୍ତ ମେଳାପୀ, ମଜାଦାର ଓ ପରୋପକାରୀ । ଉପର ଶ୍ରେଣୀ ଛାତ୍ରମାନଙ୍କ ଠାରୁ ମୁଁ ଅନେକ କଥା ଶିକ୍ଷା କରିବାକୁ ପାଇଲି ।

ଯଥା ସମୟରେ ମୋର ପୂର୍ବ ନିର୍ଦ୍ଧାରିତ ବିଷୟ ଉପରେ ଏମ୍‌ଫିଲ୍ ସନ୍ଦର୍ଭ କାର୍ଯ୍ୟ ଆରମ୍ଭ ହେଇଗଲା । ସନ୍ଦର୍ଭର ମୁଖ୍ୟ ବିଷୟବସ୍ତୁ ରହିଲା ପାନ ସାଙ୍ଗରେ ସେବନ କରାହେଉଥିବା ଗୁଆର ରାସାୟନିକ ପଦାର୍ଥ ଉପରେ । ବିଶେଷ କରି ମୃଷିକର ଗୁଣ ସୂତ୍ର ଉପରେ ଏହାର କି ପ୍ରଭାବ । ଗୁଣ ସୂତ୍ର ଉପରେ କୁପ୍ରଭାବ ପଡ଼ିଲେ କର୍କଟ ରୋଗ ହେବାର ସମ୍ଭାବନା । ଭାରତରେ ଅନେକଙ୍କର ପାନ ସେବନ କରିବାର ବଦଭ୍ୟାସ ରହିଛି । ମୋର ଗବେଷଣା ଦେଖିବାକୁ ଗଲେ ଭାରତୀୟମାନଙ୍କ ସ୍ୱାସ୍ଥ୍ୟ ଦୃଷ୍ଟିରୁ ଅନେକ ଗୁରୁତ୍ୱପୂର୍ଣ୍ଣ ।

ସନ୍ଦର୍ଭ କାମ ଯେବେଠୁଁ ଆରମ୍ଭ କରିଛି ସେବେଠୁଁ ମୁଁ ଆଉ ପଛକୁ ଫେରି ଚାହିଁନି। ଗବେଷଣାଗାରମାନ ସାରାରାତ୍ରି ଖୋଲା ରହେ। ଏପରିକି ଅନେକ ଛାତ୍ର ଛାତ୍ରୀ ସାରାରାତ କାମ କରି ସକାଳେ ଛାତ୍ରବାସ ଫେରିଥାନ୍ତି। ମୁଁ ବି ଅନେକ ସମୟ ବିନିଦ୍ର ରଜନୀରେ ଗବେଷଣା କରି ଆହାର ନିଦ୍ରାର ଠିକଣା ନରଖି ମୋର ଏମ୍ଫିଲ୍‌ର ପରୀକ୍ଷା କାମ୍ୟାକ ଶେଷ କଲି।

ସନ୍ଦର୍ଭ ଲେଖିବା ବେଳ ଆସିଲା। ଅନେକ ସମୟରେ ଡକ୍ଟର ରାଓଙ୍କର ମୁନିର୍କାସ୍ଥ ବାସଭବନକୁ ସନ୍ଦର୍ଭ ସଂଶୋଧନ ପାଇଁ ଯିବାକୁ ପଡୁଥାଏ। ସେଠାକୁ ଯିବାରେ ଡକ୍ଟର ରାଓ ପରିବାରବର୍ଗଙ୍କ ସହିତ ସମ୍ପର୍କ ବି ବଢ଼ିଲା। ସେ ଛାତ୍ରମାନଙ୍କୁ ନିଜ ପରିବାର ମଧ୍ୟରୁ ଜଣେ ବୋଲି ସଦାସର୍ବଦା ଗଣ୍ୟ କରୁଥିଲେ। ତାଙ୍କର ପନ୍ତୀଙ୍କର ନାମ ସୁଧା ରାଓ। ଗୌରବର୍ଣ୍ଣା, ତନ୍ଦ୍ରୀ, ସ୍ନେହୀ, ମିଷ୍ଟଭାଷୀ ଓ ମେଳାପୀ ମିଜାଜର ଭଦ୍ରମହିଳା। ଦେଖିବାକୁ ଯେମିତି ବ୍ୟବହାର ମଧ୍ୟ ସେମିତି। ଡକ୍ଟର ରାଓଙ୍କ ଠାରୁ ଉଚଟାରେ ଇଞ୍ଚେ ଅଧିକ। ଅନେକ ଆଦର କରନ୍ତି ଆମ୍ଭମାନଙ୍କୁ। ସେତେବେଳେ ସେ ଏନ୍‌ଆଇଇପିଏ (ନ୍ୟାସନାଲ ଇନଷ୍ଟିଚ୍ୟୁଟ ଅଫ ଏଜୁକେସନାଲ୍ ପ୍ଲାନିଙ୍ଗ ଆଣ୍ଡ ଏଡ଼ମିନିଷ୍ଟ୍ରେସନ)ରେ ଡକ୍ଟର ମୁନିସ ରାଜାଙ୍କ ଅଧୀନରେ ପିଏଚ୍‌ଡି କରୁଥାନ୍ତି। ଦୁଇଟି ପୁତ୍ର ସନ୍ତାନ, ନିତିନ୍ ଓ ନିଶୀଥ୍। ଡକ୍ଟର ରାଓ କର୍ଣ୍ଣାଟକ ରାଜ୍ୟର କୋଙ୍କନୀ ସମ୍ପ୍ରଦାୟ ବ୍ରାହ୍ମଣ ପରିବାରର ଲୋକ। ବ୍ରାହ୍ମଣ ହେଲେ ବି ମାଛ, ମାଂସ ଓ ଶୁଖୁଆ କେଉଁଟିକୁ ଭୋଜନ କରିବାରେ ବାରଣ ନଥାଏ। ସମୟ ଥିଲେ ସୁଧା ମାଡାମ୍ ମଝିରେ ମଝିରେ କୋଙ୍କନୀ ପ୍ରଣାଳୀରେ ନାରିକେଳ ମିଶ୍ରିତ ମାଛ ଶୁଖୁଆ ରାନ୍ଧି ଆପ୍ୟାୟିତ କରନ୍ତି। ଥେସିସ ସଂଶୋଧନ କରୁ କରୁ ଯଦି ବେଶୀ ରାତ୍ର ହୁଏ ତେବେ ଡକ୍ଟର ରାଓ ତାଙ୍କ ମୋଟର ସାଇକେଲରେ ବସାଇ ମୋତେ ବ୍ରହ୍ମପୁତ୍ର ଛାତ୍ରାବାସରେ ପହଞ୍ଚାଇ ଦିଅନ୍ତି।

ସାରା ୧୯୮୦ ମସିହା ଯାକ ମୋର ଏମ୍ଫିଲ୍ ଡିଗ୍ରୀ କାର୍ଯ୍ୟରେ ଅତିବାହିତ ହେଲା। ୧୯୮୧ ମସିହା ମାର୍ଚ ମାସକୁ ଯାଇ ମୁଁ ମୋର ଏମ୍ଫିଲ ଡିଗ୍ରୀ ପ୍ରାପ୍ତ କଲି। ଖାଲି ସନ୍ଦର୍ଭ ଜମା ନୁହଁ, ଗବେଷଣା ଉପରେ ଲେଖାଟିଏ ଲେଖି ନେଦେରଲ୍ୟାଣ୍ଡରୁ ପ୍ରକାଶିତ ହେଉଥିବା ଆନ୍ତର୍ଜାତିକ ବିଜ୍ଞାନ ପତ୍ରିକା "ମ୍ୟୁଟେସନ ରିସର୍ଚ"କୁ ପଠେଇ ଦେଲି। ଅତିଶୀଘ୍ର ବିନା ସଂଶୋଧନରେ ଲେଖାଟି ପ୍ରକାଶ ହେବାକୁ ମନୋନୀତ ହୋଇଗଲା। ଏହା ମୋ ଜୀବନର ପ୍ରଥମ ବିଜ୍ଞାନ ସମ୍ବଳିତ ଆନ୍ତର୍ଜାତିକ ପ୍ରକାଶ। ମୋର ଲେଖା ପ୍ରକାଶ ହେବାର ଜାଣି କେତେ ଜଣଙ୍କର ମୋ ପ୍ରତି ଅସୂୟା ଭାବ

ଅନୁଭବ କଲି । ସେମାନେ ଭାବିଲେ ମୁଁ ସବା ପଛରେ ନାଁ ଲେଖାଇ କେମିତି ଏତେ ଶୀଘ୍ର ସନ୍ଦର୍ଭ ଦାଖଲ କରି ଗବେଷଣା ଉପରେ ଲେଖା ମଧ ପ୍ରକାଶ କରି ପକେଇଲି । ଯିଏ ଯାହା ଭାବିଲା ଭାବୁ ସେଥ୍କୁ କିନ୍ତୁ ମୋର ନଜର ନଥାଏ, ଖାଲି ଶୁଣିଯାଇ ଚୁପ ରହିବା କଥା ।

ମୁଁ ଯେବେ ଦିଲ୍ଲୀ ଆସିଥିଲି ସେତେବେଳେ ମୋର ଲକ୍ଷ୍ୟ ଥିଲା ଏମ୍ଫିଲ ଡିଗ୍ରୀଟି ଶେଷ କରି ଓଡ଼ିଶା ଫେରିଯିବି । ଅଧ୍ୟାପକ ଚାକିରି ଓଡ଼ିଶା ସରକାରଙ୍କର ଅଧୀନରେ କରି ସୁସ୍ଥରେ କର୍ମମୟ ଜୀବନ ଅତିବାହିତ କରିବି । ଏମ୍ଫିଲ ପରେ ମୋତେ ଓଡ଼ିଶାରେ ଫୁଲବାଣୀ କଲେଜରେ ଏଡ଼ହକ୍‌ରେ ଅଧ୍ୟାପକ ଚାକିରି ମିଲିଲା । କିନ୍ତୁ ଦିଲ୍ଲୀ ଆସି ଦୁନିଆଟା ଦେଖିବା ପରେ, ଜାଣିବା ପରେ ଆଉ ଓଡ଼ିଶା ପ୍ରତ୍ୟାବର୍ତ୍ତନ କରିବାକୁ ମନ ବଲିଲା ନାହିଁ । ତେଣୁ ପିଏଚ୍‌ଡି କରିବାକୁ ମନସ୍ଥ କଲି । ଏଥର କେବଳ ଡକ୍ଟର ରାଓଙ୍କ ଅଧୀନରେ ଗବେଷଣା କରିବାକୁ ଦରଖାସ୍ତଟିଏ କରିଦେଲି ଓ ଏହା ଶିକ୍ଷକମଣ୍ଡଳୀଙ୍କ ଦ୍ୱାରା ମଞ୍ଜୁର ହୋଇଗଲା ।

ସେତେବେଳ ଯାଏଁ ମୁଁ ଜୁନିଅର ରିସର୍ଚ ଫେଲୋ ହିସାବରେ ୟୁଜିସି ତରଫରୁ ମାସିକ ଚାରିଶତ ମୁଦ୍ରା ବୃତ୍ତି ହିସାବରେ ପାଉଥାଏ । ଯେତେବେଳେ ପିଏଚ୍‌ଡିରେ ଯୋଗ ଦେଲି ମୁଁ ସିନିଅର ରିସର୍ଚ ଫେଲୋ ପାହ୍ୟାକୁ ଉନ୍ନୀର୍ତ ହେଲି । ତେଣୁ ମୋତେ ସିନିଅର ଫେଲୋ ହିସାବରେ ମାସକୁ ଛଅଶତ ମୁଦ୍ରା ମିଲିଲା । ଠିକ୍ ସେଟିକି ବେଳେ ସିଏସଆଇଆର (କାଉନସିଲ ଅଫ୍ ସାଇଣ୍ଟିଫିକ୍ ଆଣ୍ଡ ଇଣ୍ଡଷ୍ଟ୍ରିଆଲ ରିସର୍ଚ) ତରଫରୁ ସିନିଅର ଫେଲୋସିପ ପାଇଁ ବିଜ୍ଞାପନଟିଏ ବାହାରିଲା । ସାରା ଭାରତରୁ ଛାତ୍ରମାନେ ଆବେଦନପତ୍ର ଦାଖଲ କଲେ । ଏହାକୁ ସେତେବେଳେ ଅତ୍ୟନ୍ତ ସମ୍ମାନଜନକ ଫେଲୋସିପ୍ ହିସାବରେ ମାନ୍ୟ କରାଯାଉଥାଏ । ତେଣୁ ଲାଇଫ ସାଇନ୍ସ ଓ ଏନ୍‌ଭିରନମେଣ୍ଟାଲ ସାଇନ୍ସ ସ୍କୁଲରୁ ଅନେକ ଛାତ୍ରଛାତ୍ରୀ ତା' ପାଇଁ ଆବେଦନପତ୍ର ଦାଖଲ କଲେ । ମୁଁ ବି ଦରଖାସ୍ତ ସହ ମୋର ନୂତନ କରି ପ୍ରକାଶ ପାଇଥିବା ଲେଖାର କପିଟି ଗୁଡ଼ି ଦାଖଲ କରିଦେଲି । କିଛି ମାସ ପରେ ଫଲ ଘୋଷଣା ହେଲା । ଜଣା ପଡ଼ିଲା ଲାଇଫ ସାଇନ୍ସ ଓ ଏନ୍‌ଭିରନମେଣ୍ଟାଲ ସାଇନ୍ସ ସ୍କୁଲରୁ ଜଣେ ଜଣେ କରି ମାତ୍ର ଦୁଇଜଣ ଏହି ଫେଲୋସିପଟି ପାଇବାକୁ ଯୋଗ୍ୟ ବିବେଚିତ ହୋଇ ପାରିଛନ୍ତି । ଆଉ ସେହି ସ୍କୁଲ ଅଫ୍ ଲାଇଫ୍ ସାଇନ୍ସ ବ୍ୟକ୍ତି ଜଣକ ମୁଁ । ଏ ଖବର ସାରା ସ୍କୁଲରେ ଅତି ଶୀଘ୍ର ପ୍ରଚଟ ହୋଇଗଲା । ସେଥ୍ପାଇଁ ଅନେକେ ମୋତେ ଅଭିନନ୍ଦନ ଜଣେଇଲେ ଓ ମୁଁ ସଙ୍ଗେ ସଙ୍ଗେ ଦୁଇଟି ଯାକ ସ୍କୁଲରେ ପରିଚିତ ହୋଇଗଲି । ପୁଣି ସିଏସଆଇଆରୁ ଚିଠି ଖଣ୍ଡିଏ ଆସିଲା । ସେଥ୍ରୁ ଜାଣିଲି ସିଏସଆଇଆର ସିନିଅର ଫେଲୋସିପ ଛଅଶତ

ମୁଦ୍ରାରୁ ବଢ଼ି ନଅଶତ ମୁଦ୍ରା ହେଇଯାଇଛି। ଚିଠିଟିକୁ ମୁଣ୍ଡରେ ଛୁଏଁଇ ରଖିଲି। ଅରକ୍ଷିତକୁ ଦଇବ ସାହା। ତାପରେ ମୋତେ ନଅଶତ ମୁଦ୍ରା ମାସିକ ଫେଲୋସିପ୍ ମିଳିଲା।

ମୋର ଆର୍ଥିକ ପରିସ୍ଥିତି ସମ୍ପୂର୍ଣ୍ଣ ରୂପେ ସ୍ୱଚ୍ଛଳ ଅବସ୍ଥାକୁ ଆସିବାରୁ ଜନାର୍ଦ୍ଦନ ବାବୁଙ୍କୁ ପତ୍ର ଲେଖିଲି କେଉଁ ଉପାୟରେ ତାଙ୍କଠାରୁ ଉଡ଼ାଜାହାଜରେ ଦିଲ୍ଲୀ ଆସିବା ବେଳେ ଧାର କରିଥିବା ପଇସା ଫେରସ୍ତ ଦେବି। କିଛି ସପ୍ତାହ ପରେ ଚିଠିର ଉତ୍ତର ଆସିଲା, ସେଥିରେ ଲେଖାଥିଲା ? "ତୁମ ଜାଣିବାରେ ତୁମ ଭଳି ଆଉ ଯଦି କେହି ମେଧାବୀ ଛାତ୍ର ଆର୍ଥିକ ସଙ୍କଟରେ ପଡ଼ି ପଢ଼ିବାରେ ଅସୁବିଧାର ସମ୍ମୁଖୀନ ହେଉଥାଏ, ତେବେ ସେ ପଇସାଟା ତାକୁ ଦାନ କରିଦେବ ମୋ ତରଫରୁ।" ଚିଠିଟି ପଢ଼ି ଲେଖା ହେଇଥିବା ଶବ୍ଦଗୁଡ଼ିକ ମୋ ଆଖିରେ ପାଣି ଭରିଦେଲା, ଫଳରେ କିଛି କ୍ଷଣ ପାଇଁ ଅକ୍ଷରଗୁଡ଼ିକ ମୋ ଆଖିକୁ ଅସ୍ପଷ୍ଟ ଦେଖାଗଲେ।

ନିଜର ଆସବାବପତ୍ର କିଛି କିଣିଲି। ଶୀତ ବସ୍ତ୍ର ନଥିଲା। ରେମଣ୍ଡ କମ୍ପାନୀର ନୀଳ ରଙ୍ଗର ଉଲେନ୍ ବ୍ଲେଜର ଖଣ୍ଡିଏ ଓ ସ୍ନୋ ହ୍ୱାଇଟର ଉଲେନ୍ ସ୍ୱେଟରଟିଏ କିଣିଲି। ବାଟାର ନର୍ଥ ଷ୍ଟାର ଜୋତା ହଳେ କିଣିଲି। ଦିଲ୍ଲୀର ପ୍ରବଳ ହାଡ଼ ଥରା ଶୀତରୁ ମୁକ୍ତି ପାଇବା ପାଇଁ ରେଜେଇ ଖଣ୍ଡେ କଲି। ମୋର ତ ଚାହା, ପାନ, ବିଡ଼ି, ମଦ ଓ ସିଗାରେଟର ଅଭ୍ୟାସ ନଥାଏ, ତେଣୁ ମେସ ବିଲ୍, ଦରମା ଓ ଆଉ କିଛି ନିଜସ୍ୱ ଖର୍ଚ୍ଚ ଗଲା ପରେ ବାକି ତକ ପଇସା ମାସକୁ ମାସ ମୋର ବଳକା ରହୁଥିଲା। ସେଇ ପଇସାରେ ଓଡ଼ିଶା ଗଲେ ପରିବାରବର୍ଗଙ୍କ ପାଇଁ କିଛିନା କିଛି କିଣି ସାଙ୍ଗରେ ନେଇଯାଏ। ଭାଇ, ପୁତୁରା, ଝିଅରୀ ବା ଭଣଜାଙ୍କର ପଢ଼ାପଢ଼ିରେ ପଇସା ଦରକାର ହେଲେ ମଝିରେ ମଝିରେ ମନି ଅର୍ଡ଼ର ଦ୍ୱାରା ପଠେଇ ଦିଏ।

ବହି କିଣିବା, ମ୍ୟାଗାଜିନ କିଣିବା, ଖବରକାଗଜ କିଣିବା, ଏମିତିରେ ପଇସା ସବୁ ମୋର ଖର୍ଚ୍ଚ ହେଇଯାଏ। ଟାଇମସ୍ ଅଫ ଇଣ୍ଡିଆ ଖବରକାଗଜ, ପ୍ରତି ମାସରେ ସାଇନ୍ସ ରିପୋର୍ଟର, ସାଇନ୍ସ ଟୁଡେ ଓ କମ୍ପିଟିସନ୍ ମାଷ୍ଟର କିଣି ପଢ଼ୁଥାଏ। ସାଇନ୍ସ ରିପୋର୍ଟର ସିଏସଆଇଆର ତରଫରୁ ପ୍ରକାଶିତ ହୁଏ, ଯେଉଁ ସିଏସଆଇଆର ସଂସ୍ଥାରୁ ମୁଁ ଫେଲୋସିପ ପାଉଥିଲି। ସେଥିରେ ମଧ କର୍କଟ ରୋଗ ଉପରେ ଏକ ବିଜ୍ଞାନ ସମ୍ୱଳିତ ଲେଖାଟିଏ ଲେଖି ପ୍ରକାଶ କଲି।

ବ୍ରହ୍ମପୁତ୍ର ଛାତ୍ରାବାସ

ଜେଏନୟୁରେ ଅଧ୍ୟନ ବେଳେ ବ୍ରହ୍ମପୁତ୍ର ଛାତ୍ରାବାସ ସର୍ବଦା ମୋର ବାସସ୍ଥଳୀ ଥିଲା। ମୋର ଦୁଇଟି ଯାକ କୋଠରି ଥିଲା ଦ୍ୱିତୀୟ ମହଲାରେ। ପ୍ରଥମେ ମୁଁ ୨୨୨ ପ୍ରକୋଷ୍ଠରେ ରହୁଥିଲି, ପରେ ୨୪୧ କୁ ବଦଲେଇ ଦେଲି। ୨୪୧ ପ୍ରକୋଷ୍ଠର

ଝରକାରୁ ଅନେକ ଦୂର ଯାଏ ଆରଣ୍ୟକ ପ୍ରାକୃତିକ ଶୋଭା ଦେଖାଯାଏ। ସକାଳ ସୂର୍ଯ୍ୟକିରଣ ପ୍ରଥମେ ଝରକା ଦେଇ ପଡ଼େ।

ଛାତ୍ରାବାସର ମୁଖ୍ୟ ପ୍ରବେଶ ଦ୍ୱାର ଦେଇ ଭିତରକୁ ପ୍ରବେଶ କଲେ ପ୍ରତ୍ୟେକ ପ୍ରକୋଷ୍ଠ ପାଇଁ ସାମନାରେ ପାରା ଭାଡ଼ି ସଦୃଶ ଚିଠି ବାକ୍ସର ଖୋପ। ଡାହାଣକୁ ନିରାପତ୍ତା କର୍ମଚାରୀଙ୍କ କୋଠରି। ତା' ପାଖରେ ସ୍ତମ୍ଭ ଉପରେ ଲଗା ହୋଇଥାଏ ଏକ ପଟରେ "ସ୍ଵେଟସମ୍ୟାନ" ଓ ଅନ୍ୟ ପଟରେ ହିନ୍ଦୀ ସମ୍ବାଦ ପତ୍ର "ନବ ଭାରତ ଟାଇମସ।" କେତେ ପାହାଚ ତଳକୁ ଗଲେ ଟେଲିଭିଜନ ଓ ବସିବା ପାଇଁ ଏକ ପ୍ରଶସ୍ତ କୋଠରି। ଦିଲ୍ଲୀରେ ଯାଇ ମୁଁ ପ୍ରଥମେ ଟେଲିଭିଜନ ଦେଖିଲି। ଓଡ଼ିଶାରେ ସେତେବେଳେ ଟେଲିଭିଜନ ନଥିଲା। ରଙ୍ଗୀନ ଟେଲିଭିଜନ ଏସିଆଡ଼ ଗେମ୍ ସମୟରେ ଆମ ବ୍ରହ୍ମପୁତ୍ର ଛାତ୍ରାବାସକୁ ଆସିଲା।

କରିଡରର ଡାହାଣ ପଟକୁ ଟେବୁଲ ଟେନିସ୍। ଟେବୁଲ ଟେନିସ ପାଖକୁ ଲାଗି ମିଡିଆ ରୁମ। ସେଠାରେ ଥାଏ ଷ୍ଟିରିଓ ସିଷ୍ଟମ, କ୍ୟାରମ, ଚେସ୍, ନାନା ପ୍ରକାରର ହିନ୍ଦୀ ଓ ଇଂରାଜୀ ପତ୍ରପତ୍ରିକା। ସେତେବେଳେ ଷ୍ଟିରିଓରେ ଲଙ୍ଗ ପ୍ଲେଇଙ୍ଗ ଡିସ୍କର ଯୁଗ। ବ୍ରଦରହୁଡ଼ ଅଫ୍ ମ୍ୟାନ (ସେଭ ୟୁଥର କିସେସ ଫର ମି, ଏଞ୍ଜେଲୋ), ୟୁରେଖ୍ୟା ହିପ(ପ୍ଲି ମି), ଟିନା ଟରନର (ରୋଲିଂ ଅନ ଦି ରିଭର, ହ୍ୱାଟ ଲଭ ଗଟ୍ ଟୁ ଡୁ), ଜନ୍ ଲେନନ୍ (ଇମାଜିନ୍), ଆବ୍ବା (ଡାନ୍ସିଂ କୁଇନ), ଜଗଜିତ ଓ ଚିତ୍ରା ସିଂ (ଦିଲ୍ ଚିଜ କ୍ୟା ହେ), ନାଜିଆ ହାସାନ (ଡିସ୍କୋ ଦିବାନି), ରବି ଶଙ୍କର, ହରି ପ୍ରସାଦ ଚୌରସିଆ, ଲାଲଗୁଡ଼ି ଜୟରମନ ଆଦି କଳାକାର ମାନଙ୍କର ଲଙ୍ଗ ପ୍ଲେଇଙ୍ଗ ଡିସ୍କ ସେଠାରେ ମହଜୁଦ ଥାଏ। ରାତ୍ରି ଏଗାରଟାରେ ଗବେଷଣାଗାରରୁ ଫେରିଲେ କିଛି ସମୟ ପାଇଁ ଟେଲିଭିଜନରୁ ମୁଁ ସମ୍ବାଦ ଶୁଣେ ଅଥବା କେବେ କେବେ ମିଡିଆ ରୁମରେ ଷ୍ଟିରିଓ ଶୁଣେ। ଟେଲି ଭିଜନ ପାଖରେ ବନ୍ଧୁ ପ୍ରଦୀପ ମିଶ୍ରଙ୍କ ଦେଖା ସବୁବେଳେ ମିଳେ। ବନ୍ଧୁ ଅମର ପଟନାୟକ, ବିଶ୍ୱଜିତ୍ ଦାସ, କିଶୋର ଦାଶ, ଶ୍ରୀକାନ୍ତ ମହାପାତ୍ର ଓ ନନ୍ଦ କିଶୋର ଝା। ସବୁବେଳେ ଟେବୁଲ ଟେନିସ ପାଖରେ ଥିବାର ଦେଖାଯାଆନ୍ତି। ମନ ହେଲେ ଦଣ୍ଡେ ଛିଡ଼ା ହୋଇ ସେମାନଙ୍କର ଖେଳ କଉଶଳ ଦେଖି ଆନନ୍ଦ ନିଏ।

ଡିଟିସିର ଦୁଇଟି ବସ୍, ୬୬୬ ଓ ୬୧୫, ବ୍ରହ୍ମପୁତ୍ର ଛାତ୍ରାବାସକୁ ଦିଲ୍ଲୀ ମହାନଗରୀ ସହିତ ସଂଯୋଗ କରନ୍ତି। ୬୬୬ + ରିଙ୍ଗ ରୋଡ଼ ଉପର ଦେଇ ଅଲ ଇଣ୍ଡିଆ ଇନ୍ସ୍ଟିଚ୍ୟୁଟ ଅଫ୍ ମେଡିକାଲ ସାଇନ୍ସ ଓ ଦିଲ୍ଲୀ ଆଇ ଆଇ ଟି ହୋଇ ଜେଏନ୍ୟୁ କ୍ୟାମ୍ପସକୁ ଫେରିଆସେ। ୬୬୬- ଏହାର ଠିକ୍ ବିପରୀତ ଦିଗରେ ଗତି କରେ। ୬୧୫ ବ୍ରହ୍ମପୁତ୍ରରୁ ବାହାରି କନଟ୍ ପ୍ଲେସ ପର୍ଯ୍ୟନ୍ତ ଯାଏ।

ଛାତ୍ରାବାସ ସାମନାରେ ଭାବାଟିଏ। ଖରା ନାହିଁ, ବର୍ଷା ନାହିଁ, ଶୀତ ନାହିଁ, ବର୍ଷକ ବାରମାସ ଭାବାଟି ଚାହା ଓ କଫି ଯୋଗାଇଥାଏ। ଏପରିକି ଅସମୟରେ ଖାଇବା ଜରୁରୀ ପଡ଼ିଲେ ସାଣ୍ଡ ଉଚିତ ମିଳିଯାଏ। ଡାହାଣ ପାଖକୁ ଛାଉଣି ଥାଇ ସ୍କୁଟର ଓ ମଟର ସାଇକେଲ ଷ୍ଟାଣ୍ଡ। ତାକୁ ଲାଗି ସର୍ଦ୍ଦାରଜୀର ଷ୍ଟୋର। ହଷ୍ଟେଲର ଖାଇବା କେବେ ଯଦି ଅରୋଚକ ହୁଏ ଆଚାର ମିଳିଯାଏ ସର୍ଦ୍ଦାରଜୀ ଷ୍ଟୋରରୁ। ତା' ସହିତ ଅନ୍ୟାନ୍ୟ ନିତ୍ୟ ବ୍ୟବହାର୍ଯ୍ୟ ଜିନିଷ (ସର୍ଦ୍ଦାରଜୀ ଷ୍ଟୋର ବିଷୟରେ ପରେ ପୁଣି କହିବି)। ପାଖରେ ସବୁଜ ଘାସର ପଡ଼ିଆ। ତା' ଭିତରେ ଲୌହ ଛଡ଼ ଥାଇ କେତେକ ବ୍ୟାୟାମ କରିବାର ଉପକରଣ।

ସକାଳ ସାଢ଼େ ସାତରୁ ନଅ ଭିତରେ ଛାତ୍ରାବାସ ଭୋଜନାଳୟରେ ପ୍ରାତଃଭୋଜନର ବ୍ୟବସ୍ଥା। ପାଉଁରୁଟି, ଅଣ୍ଡା, କ୍ଷୀର ସହିତ ଚାହା କିମ୍ବ କଫି। ତା' ଛଡ଼ା କିଏ ଯଦି ଅଧିକ କିଛି ଚାହିଁଲା ତେବେ ଅଧିକ ପଇସା ଦେଇ ଆଣି ପାରିଲା। ଚାହା କଫିରେ ମୋର ଅଭ୍ୟାସ ନଥାଏ। କିନ୍ତୁ ପ୍ରାତଃଭୋଜନର ବ୍ୟବସ୍ଥା ଦେଖି ମୁଁ ଖୁସି ହେଲି, କାରଣ ବାଣୀବିହାରରେ ଏହାର ବ୍ୟବସ୍ଥା ନଥିଲା। ମଧ୍ୟାହ୍ନ ଭୋଜନର ସମୟ ଦିନ ସାଢ଼େ ବାରଟାରୁ ଅପରାହ୍ନ ଦୁଇଟା। ରାତ୍ରୀ ଭୋଜନ ସଂଧ୍ୟା ସାଢ଼େ ସାତଟାରୁ ରାତ୍ରି ନଅଟା ପର୍ଯ୍ୟନ୍ତ। ପ୍ରଥମେ ମୁଁ ଯେତେବେଳେ ଦିଲ୍ଲୀରେ ପହଞ୍ଚିଲି ସେତେବେଳେ ଶୁଣିବାକୁ ପାଇଲି ଲୋକେ ଭାତକୁ ହିନ୍ଦୀରେ "ଚାଉଲ୍" କହୁଛନ୍ତି, ଓଡ଼ିଆରେ ଆକ୍ଷରିକ ଅନୁବାଦ କଲେ "ଚାଉଳ।" ଏହା ଶୁଣି ମୋତେ ଭାରି କୌତୁକ ଲାଗିଲା। ଭାତ କହନ୍ତୁ କି ଚାଉଳ କହନ୍ତୁ, ଛାତ୍ରାବାସ ଭୋଜନାଳୟରେ ତାହା ଦେଖିବାକୁ ମଲ୍ଲୀ ଫୁଲ ପରି ତୋଫା ଓ ଗନ୍ଧ ବିହୀନ। ଦିଲ୍ଲୀରେ ଛୋଲେ ଓ ରାଜମାର ବହୁଳ ଭାବରେ ପ୍ରଚଳନ। ଓଡ଼ିଶାରେ ଛୋଲେକୁ କାବୁଲି ବୁଟ କହନ୍ତି ଓ ରାଜମା ଦେଖିବାକୁ ମିଳେ ନାହିଁ। ଛୋଲେ ରାଜମା ଛଡ଼ା ଆହୁରି ଅନେକ ପ୍ରକାରର ଡାଲି। ମଲ୍ଲୀଫୁଲିଆ ସଫା ଭାତ ସାଙ୍ଗକୁ ବହଳିଆ ଡାଲି ମୋ ପାଇଁ ଅତ୍ୟନ୍ତ ରୁଚି ପୂର୍ଣ୍ଣ ହେଉଥାଏ। ଆହୁରି ଏକ ବିଶେଷତ୍ୱ ଥିଲା ରୋଟି ପରଷିବାଟା। ଖାଇ ବସିଥିବା ବେଳେ ରୋଷେଇଘର ଭିତରୁ କେହି ଜଣେ କର୍ମଚାରୀ ଗରମା ଗରମ ରୋଟି ଆଣି ପରଷି ଦିଅନ୍ତି।

କର୍ମଚାରୀ ଓ ଛାତ୍ରମାନଙ୍କ ମଧ୍ୟରେ ସଦା ସର୍ବଦା ସୌହାର୍ଦ୍ୟ ପୂର୍ଣ୍ଣ ସମ୍ପର୍କ। ମୁଁ କେବେହେଲେ କାହାରିକୁ ଦେଖିନାହିଁ କେହି ଛାତ୍ର କର୍ମଚାରୀଙ୍କ ଉପରେ ଦୁର୍ବ୍ୟବହାର କରିବାର। ଆମର ମେସ ଅଫିସରଙ୍କ ନାଁ ଚୁନିଲାଲ୍। ଅତ୍ୟନ୍ତ ଭଦ୍ର, ଦକ୍ଷ, ସରଳ ଏବଂ ସବୁବେଳେ ହସ ହସ ମୁହଁ। ତାଙ୍କୁ ସାହାଯ୍ୟ କରିବା ପାଇଁ ଅନେକ କର୍ମଚାରୀ ଓ ରୋଷେଇଆ।

ଭୋଜନ ସମୟ ଆସିଲେ ଛାତ୍ରମାନେ ଧାଡ଼ି ବାନ୍ଧନ୍ତି ନିଜ ନିଜର ଖାଇବା ଥାଲି ନେବାପାଇଁ। ପ୍ରଥମେ ଛାତ୍ରମାନେ ଖାତାରେ ଦସ୍ତଖତ ମାରନ୍ତି ଓ ତାହାରି ପାଖରେ ଅନେକ ପ୍ରକାରର ସାଇକ୍ଲୋଷ୍ଟାଇଲଡ଼ ଲିଫ୍‌ଲେଟ୍ ପ୍ରାୟ ପ୍ରତିଦିନ ଥାଏ। ଖାଇବା ଥାଳୀ ସଙ୍ଗେ ସଙ୍ଗେ ସେ ସବୁରୁ ଖଣ୍ଡେ ନିଆଯାଏ ଓ ଗରମା ଗରମା ରୋଟି ଖାଉ ଖାଉ ପଢ଼ାଯାଇଥାଏ। ଲିଫ୍‌ଲେଟର ବିଷୟବସ୍ତୁ ସାମାଜିକ, ଅର୍ଥନୈତିକ, ରାଜନୈତିକ, ଆନ୍ତର୍ଜାତିକ ବା ବିଶ୍ୱବିଦ୍ୟାଳୟର ଘଟଣାବଳି ଉପରେ ଆଧାରିତ। ତାହା ଅନେକ ଜ୍ଞାନ ଆହରଣ କରିବାର ସୁଯୋଗ ଯୋଗାଇଥାଏ। ମାସକୁ ଥରେ ସ୍ୱତନ୍ତ୍ର ନୈଶ୍ୟ ଭୋଜନର ଆୟୋଜନ କରାହୁଏ। ଛାତ୍ରମାନେ ନିଜ ନିଜର ବନ୍ଧୁ ଓ ବାନ୍ଧବୀ ମାନଙ୍କୁ ବାହାରୁ ଆମନ୍ତ୍ରଣ କରି ଆଣନ୍ତି। ସେଥିପାଇଁ ଭୋଜନାଳୟରେ ଲୋକ ସଂଖ୍ୟା ଦ୍ୱିଗୁଣିତ ହୁଏ। ଅଧଘଣ୍ଟା ପୂର୍ବରୁ ଲମ୍ବା ଧାଡ଼ି ଲାଗିଯାଏ ହେଲେ କୌଣସି ପ୍ରକାରର ଅପ୍ରୀତିକର ପରିସ୍ଥିତି ସୃଷ୍ଟି ହେବାର ଦେଖାଯାଏ ନାହିଁ।

ରାତ୍ରି ଭୋଜନ ପରେ ଅନେକ ସମୟରେ ଭୋଜନାଳୟରେ ବିଭିନ୍ନ ବିଷୟ ଉପରେ ସଭା ସମିତିର ଆୟୋଜନ କରାଯାଏ। ଏପରି ସଭା ଜେଏନ୍‌ୟୁର ଏକ ବିଶେଷତ୍ୱ। ଛାତ୍ର ଛାତ୍ରୀମାନଙ୍କର ବେଶ୍ ଭିଡ଼ ଜମେ। ଚୌକି ନିଅଣ୍ଟ ପଡ଼ିଲେ ତଳେ ବସିବାକୁ ମଧ୍ୟ କେହି କୁଣ୍ଠାବୋଧ କରନ୍ତିନି। ବାହାରୁ ଅନେକ ନାମକରା ବକ୍ତାମାନେ ଭାଷଣ ଦେବାକୁ ଆସନ୍ତି। ଭାଷଣ, ତର୍କ, ବିତର୍କ, ଆଲୋଚନା ଓ ଶେଷରେ ପ୍ରଶ୍ନୋତ୍ତର ସହିତ ସଭା ସାଙ୍ଗ ହୁଏ। ଏହା ଛଡ଼ା ସୁନାମଧନ୍ୟ ଗାୟକ ଗାୟିକା ମାନଙ୍କର କାର୍ଯ୍ୟକ୍ରମ ମଧ୍ୟ ଏଠାରେ ଆୟୋଜନ କରାଯାଏ। ଭୀମସେନ ଯୋଶୀ, ଜାକିର ହୋସେନ୍, ବିରଜୁ ମହାରାଜ, ହରିପ୍ରସାଦ ଚୌରସିଆ, କୁମାର ଗନ୍ଧର୍ବ ପ୍ରଭୃତି କଳାକାର ମାନଙ୍କର କାର୍ଯ୍ୟକ୍ରମ ଏଠାରେ ଦେଖିବାର ସୁଯୋଗ ମିଳିଥାଏ।

ଛାତ୍ରାବାସ ସାମନା ଘାସ ପଡ଼ିଆରେ ବସି ଦିନ ପ୍ରତିଦିନ, ସଞ୍ଜରୁ ଅନେକ ରାତି ଯାଏ ଘଣ୍ଟା ଘଣ୍ଟା ଧରି ଓଡ଼ିଆ ବନ୍ଧୁ ପ୍ରଶାନ୍ତ ମହାନ୍ତି (ଟୁଲୁ ଭାଇ), ଜୀବିତେଶ ରଥ, ରାମକୃଷ୍ଣ ଦାଶ, ମନୋରଞ୍ଜନ କର, ସୁଧାଂଶୁ ପଟନାୟକ (ସାର୍), ସୁଦର୍ଶନ ପାଣିଗ୍ରାହୀ, ହରେକୃଷ୍ଣ ଦାଶ, ଅଶୋକ ପଟନାୟକ, ବିନୟ ଆଚାର୍ଯ୍ୟ, ପୂର୍ଣ୍ଣ ପ୍ରଧାନ ଓ ଅଜୟ ପଟନାୟକଙ୍କ ଆଲୋଚନା ବସେ, ଗପ ଜମେ। ସମୟ ଥିଲେ ବା ରାତିରେ ଗବେଷଣାଗାରରୁ କାମ ସାରି ଫେରିବା ବାଟରେ ମୁଁ ମଧ୍ୟ ସେଠରେ କେବେ କେବେ ଅଂଶ ଗ୍ରହଣ କରେ। ଆଲୋଚନା ସୁଦୂର ପ୍ରସାରୀ। ସୋଭିଏତ କାହିଁକି ଆଫଗାନିସ୍ତାନକୁ ମାଡ଼ି ବସିଛି ? ବାମପନ୍ଥୀ ଚିନ୍ତାଧାରାକୁ ସୁହେଇଲା ଭଳି କିଏ ଜଣେ ତା' ସପକ୍ଷରେ ଯୁକ୍ତି ବାଢ଼ିଲା ବେଳକୁ ଆଉ ଜଣେ ତାର ବିପକ୍ଷରେ ଯୁକ୍ତି ବାଢ଼ି ଖଣ୍ଡନ କରେ।

ଡିଏଗୋ ଗାର୍ସିଆରେ ଆମେରିକାର ଉପସ୍ଥିତି କ'ଣ ପାଇଁ? ଗାନ୍ଧିଜୀ ନେତାଜୀ ସୁଭାଷ ବୋଷଙ୍କ ବିରୁଦ୍ଧରେ ସିତାରାମାୟାକୁ ଛିଡ଼ା କରେଇବାର ଉଦ୍ଦେଶ୍ୟ କ'ଣ ଥିଲା? ଭିନ୍ଦ୍ରନ୍ ୱାଲା ଓ ଅମ୍ରିତସର ସ୍ୱର୍ଣ୍ଣ ମନ୍ଦିରରେ ସନ୍ତ୍ରାସବାଦୀଙ୍କର ଅସ୍ତ୍ରଶସ୍ତ୍ର ଠୁଲ। କିଏ କହେ ଏହା ପାଇଁ ମିସେସ ଗାନ୍ଧୀ ଦାୟୀ। ତାଙ୍କର ପୃଷ୍ଠପୋଷକତା ଯୋଗୁଁ ଭିନ୍ଦ୍ରନ୍ୱାଲା ଏତେ ଉପରକୁ ଆସିପାରିଲା। ଡାୟାଲେକ୍ଟିକାଲ ମେଟେରିଆଲିଜିମ୍ ଠାରୁ ଆରମ୍ଭ କରି କ୍ୟାପିଟାଲିଜମର ସାର ଗର୍ଭକ ଆଲୋଚନା। ବ୍ୟକ୍ତିତ୍ୱଙ୍କ ଭିତରେ ଲେନିନ୍, କିସିଞ୍ଜର, ରେଗାନ, ବ୍ରେଜନେଭ, ୟାସେର ଆରାଫତ, ଫିଡେଲ୍ କାଷ୍ଟ୍ରୋ, ନେଲସନ୍ ମାଣ୍ଡେଲା ଇତ୍ୟାଦି ନେତୃ ବର୍ଗୀୟ ଲୋକଙ୍କ ଉପରେ ଆଲୋଚନା। ଏମିତି ଭାରତ ବର୍ଷରୁ ଆରମ୍ଭ କରି ଆନ୍ତର୍ଜାତିକ ରାଜନୈତିକ ପରିସ୍ଥିତି, ସାମାଜିକ ଶୋଷଣ ଓ ଅର୍ଥନୀତି ଉପରେ ଅନେକ ସାର ଗର୍ଭକ ଆଲୋଚନା ହୁଏ।

ନିଜ ନିଜର ଭବିଷ୍ୟତକୁ କେନ୍ଦ୍ରକରି ଅନେକ ସମୟ ଆଲୋଚନାର ବିଷୟ ବସ୍ତୁ ରହେ। ସଙ୍କେତରେ ଜେଏନ୍ୟୁଆଇଟ୍ କ୍ୟାରିଅର୍କୁ ତିନୋଟି ହାଉସ ଯଥା ଢୋଲପୁର ହାଉସ, ସାପ୍ତ ହାଉସ ଓ ହ୍ୱାଇଟ୍ ହାଉସ ରୂପରେ ବ୍ୟକ୍ତ କରିଥାନ୍ତି। କେହି ଜଣେ ସାଙ୍ଗ ପଚାରିଲେ "ଆରେ ଭାଇ, ଆଉ ଏବେ କ'ଣ ଚାଲିଛି, ଢୋଲପୁର ହାଉସ ନା ସାପ୍ତ ହାଉସ?" ଯଦି ଉତ୍ତର ଆସିଲା ଢୋଲପୁର ହାଉସ୍, ତେବେ ସେ ସିଭିଲ୍ ସର୍ଭିସ ପରୀକ୍ଷା ପାଇଁ ଜୋରସୋରରେ ଲାଗିଛି। ଯଦି ସାପ୍ତ ହାଉସ ତେବେ କେମିତି ପିଏଚ୍ଡି ଥେସିସ ଦାଖଲ ହେବ ସେ ପାଇଁ ଲାଗି ପଡ଼ିଛି। ଯଦି କେବେ କେବେ କେହି ବିଜ୍ଞାନର ଛାତ୍ର ବା କୃତିତ ଆର୍ସ ଛାତ୍ର ଉତ୍ତର ଦିଏ ହ୍ୱାଇଟ୍ ହାଉସ ତାହାର ଅର୍ଥ ହେଲା ପିଏଚ୍ଡି ପାଇଁ ବା ପୋଷ୍ଟ ଡକ୍ ପାଇଁ ଶୀଘ୍ର ଆମେରିକା ଗସ୍ତର ପ୍ରସ୍ତୁତି। ଟୁଲୁଭାଇ ଦିଲ୍ଲୀ ବିଶ୍ୱବିଦ୍ୟାଳୟ ରାମଜଶ କଲେଜରୁ ଏମ୍ଏ କରିଥାନ୍ତି। ଅନେକ ବନ୍ଧୁ ତାଙ୍କର ଆଇଏଏସ୍ ବା ଆଲାଏଡ୍ ଅଫିସର। ତେଣୁ ସେ ଆମକୁ ସେମାନଙ୍କ ବିଷୟରେ ସବିଶେଷ ବିବରଣୀ ଦେଇ ଗପନ୍ତି। ସେ ସିଭିଲ ସର୍ଭିସ ପରୀକ୍ଷାରେ ଜୟ ଯୁକ୍ତ ହେଲା ପରେ ମସୋରୀରେ ଟ୍ରେନିଂ ନେବା ସ୍ୱପ୍ନ ସର୍ବଦା ଦେଖନ୍ତି। ଆଣ୍ଟି ଏଷ୍ଟାବ୍ଲିସମେଣ୍ଟ ବାଲା ଜଣେ ପୁଣି ତାଙ୍କୁ ଖଣ୍ଡନ କରି ବସେ। କହେ "ଆଇଏଏସ୍ ଅଫିସର ହେଇ ମନ୍ତ୍ରୀମାନଙ୍କର ଚାମଚାଗିରି କରିବା ମୋ ପକ୍ଷରେ ସମ୍ଭବ ହେବନାହିଁ। ସେଥିରେ ଜମା ବ୍ୟକ୍ତିଗତ ସ୍ୱାଧୀନତା ରହିବ ନାହିଁ। ତେଣୁ ମୋର ପ୍ରଫେସର ହେବାକୁ ଇଚ୍ଛା।" ଆଉ ଜଣେ କହେ "ଭାଇ, ମୋତେ ଯାହା ମିଳିଲେ ମୁଁ ଚାଲିଲି। ବାପାଙ୍କ ଅବସର ଆଉ ଦୁଇ ବର୍ଷ। ତା' ଆଗରୁ ମୋର ଚାକିରି କରି ପଇସା ରୋଜଗାର କରିବାର ଅଛି, ଦୁଇ ଦୁଇଟା ଭଉଣୀ ବାହାଘର ମୋ ମୁଣ୍ଡ

ଉପରେ ।" କିଏ କହେ ତାର ଇଚ୍ଛା ବାହାରକୁ ଯାଇ ବିଜ୍ଞାନରେ ଗବେଷଣା କରିବାକୁ, ହର ଗୋବିନ୍ଦ ଖୋରାନା ହେବାକୁ । ମୁଁ ସବୁବେଳେ ବିଦେଶ ଭ୍ରମଣ ଓ ବିଦେଶରେ ଉଚ୍ଚକୋଟୀର ବିଶ୍ୱବିଦ୍ୟାଳୟ ମାନଙ୍କରେ ଗବେଷଣାର ସ୍ୱପ୍ନ ଦେଖେ । ପ୍ରଥମେ ପ୍ରଥମେ ବନ୍ଧୁ ଜୀବିତେଶ ଓ ଟୁଲୁଭାଇଙ୍କ ପ୍ରରୋଚନାର ଆଇଏଏସ୍‌ର ପ୍ରିଲିମିନାରୀ ଦେଲି, ପାସ୍‌ କଲି କିନ୍ତୁ ଆଉ ମୁଖ୍ୟ ପରୀକ୍ଷାଟି ବହୁତ ଭାବିଚିନ୍ତି ଦେଲିନି । କାରଣ ଭବିଷ୍ୟତର ଶାସନ କଳରେ ଯୋଗଦେବା ବୃତ୍ତିକୁ ମୋର ବିବେକ ମୋତେ ବାଧାଦେଲା ।

ଓଡ଼ିଆ ବନ୍ଧୁଙ୍କ ସମାବେଶରେ ଏହିପରି ଆଲୋଚନା ଚାଲେ । ତା' ବ୍ୟତୀତ ଆମେ ବିଜ୍ଞାନ ଛାତ୍ର ମଧ୍ୟ ଅନେକ ସମୟରେ ଅନେକ ପ୍ରକାରର ଆଲୋଚନା କରୁ । ଆଲୋଚନାକାରୀମାନେ ହେଲେ ଭବନାଥ ଝା, ଏଜାଜ ହୁସେନ, ସାନ୍‌ମୁଖାପ୍ପା, ଅମରେନ୍ଦ୍ର ରେଡ଼ି, ଇନ୍ଦ୍ର ମୋହନ ସାକ୍‌ସେନା, ସିଦ୍ଦେୟା, ଅବଦୁସ ସଭ୍ଭାର, ନବ କିଶୋର ଦାସ, ନିରଞ୍ଜନ ପାଢ଼ୀ ଓ ଦେବଦତ୍ତ ରାୟ । ଏମିତି ଆଲୋଚନା ଓ ଭବିଷ୍ୟତର ସ୍ୱପ୍ନ ଦେଖିବାର ଅନ୍ତ ନଥାଏ ।

ଗ୍ରୀଷ୍ମ ଦିନେ ଦିଲ୍ଲୀର ତାପମାତ୍ରା ଅସହଣୀୟ ଭୟଙ୍କର ଅବସ୍ଥାକୁ ଆସିଯାଏ । ଫଳରେ ନିଜ କୋଠରିରେ ଅନୁଭବ ହୁଏ ଯେପରି ଅଗ୍ନି ବର୍ଷା ହେଉଛି । ସେପାଇଁ ସେଠାରେ ଶୋଇବା ଆଦୌ ସମ୍ଭବ ହୋଇପାରେ ନାହିଁ । ଉତ୍ତାପ ପ୍ରଭାବରେ ଛାତ ପଙ୍ଖାରୁ ଗରମ ପବନ ହିଁ ଆସୁଥାଏ । ରାତି ଏଗାରଟା ପରେ ଛାତ ଉପରେ ବେଶ୍‌ ଶୀତଳ ଅନୁଭବ ହୁଏ । ସେ ପାଇଁ ଛାତରେ ଶୋଇବା ଅତ୍ୟନ୍ତ ସୁଖକର ହୋଇଥାଏ । ତେଣୁ ଅନେକେ ଛାତ୍ର ଛାତ ଉପରେ ଶୟନର ବ୍ୟବସ୍ଥା କରିଥାନ୍ତି । ଆମେ କେତେକ ଓଡ଼ିଆ ଛାତ୍ର ଗୋଟିଏ ଜାଗାରେ ଆମର ବିଛଣା ପକାଉ । ଟୁଲୁଭାଇ, ଜୀବିତେଶ, ରାମକୃଷ୍ଣ, ବିନୟ, ସାନ ଭାଇ ରତ୍ନାକର ଏମିତି ଅନେକ ଉପରକୁ ଶୋଇବା ପାଇଁ ଯାଆନ୍ତି । ସବା ଶେଷରେ ହାତରେ କେବଳ ମଶିଣା ଖଣ୍ଡିଏ ଧରି ଅଜୟ ପଟ୍ଟନାୟକ ପହଞ୍ଚେ । କାଁ ଭାଁ କେମିତି କେତେବେଳେ ଅଳ୍ପ ଗପ ହେଇଥାଏ । ନଚେତ ସମସ୍ତେ ଶୀଘ୍ର ଚେଷ୍ଟା କରିଥାନ୍ତି ନିଦ୍ରା ଯିବାପାଇଁ । ଓଡ଼ିଆ ବ୍ୟତୀତ ଅନେକ ଅନ୍ୟାନ୍ୟ ଭାଷାଭାଷୀ ଯଥା, ବିହାରୀ, ତେଲୁଗୁ, ତାମିଲ ପ୍ରଭୃତି ଛାତ୍ରମାନେ ମଧ୍ୟ ଉପରକୁ ଶୋଇବାକୁ ଆସିଥାନ୍ତି । ସମସ୍ତଙ୍କର ନିଜର ନିଜର ନିର୍ଦ୍ଦିଷ୍ଟ ସ୍ଥାନ ଥାଏ । କେହି କେବେ ଅନ୍ୟର ଜାଗା ଦଖଲ କରିବାର ଦେଖା ଯାଏ ନାହିଁ ।

ବେଳେ ବେଳେ ନିକଟସ୍ଥ ପାଲାମ ବିମାନ ବନ୍ଦରକୁ ଆକାଶ ମାର୍ଗରେ ଉଡ଼ିଯାଉଥିବା ଗର୍ଜନଶୀଳ ବିମାନମାନ ଆମର ନିଦ୍ରା ଭଙ୍ଗ କରିଥାନ୍ତି । ଟୁଲୁଭାଇ କହିବା ଅନୁସାରେ "ସେ ପାନ୍‌ ଆମ୍‌ ବିମାନଟା ବଡ଼ି ଭୋର ନିଦ ଭାଙ୍ଗି ଦେଉଚି

ହୋ।" ଆଲିଟାଲିଆ, ଏୟାର ଫ୍ରାନ୍ସ, ଥାଇ, ଏରୋ ଫ୍ଲଟ୍, ଏୟାର ଇଣ୍ଡିଆ, ଲୁଫଥାନ୍ସା, ବ୍ରିଟିଶ୍ ଏୟାର ୱେଜ୍ ପ୍ରଭୃତି ଅନେକ ବିମାନ ମୁଣ୍ଡ ଉପର ଅନତିଉଚ୍ଚେ ଯିବାର ଦେଖୁ ଦେଖୁ ମନ ମଧ୍ୟରେ ଭାବନା ଆସେ କେବେ ସେ ଦିନ ଆସିବ ଯେଉଁ ଦିନ ମୁଁ ମଧ୍ୟ ୟୁରୋପ ବା ଆମେରିକା ଉଚ୍ଚଶିକ୍ଷା ପାଇଁ ଏଇ ବିମାନ ମାନଙ୍କରେ ବସି ଉଡ଼ିଯିବି। ଏହି ଭାବନାରେ ବୁଡ଼ି ରହି କେତେ ବେଳେ ଆଖିକୁ ନିଦ ଲାଗିଯାଏ ଜଣା ପଡ଼େନି। ରାତି ପାହି ଫର୍ଙ୍ଗ ଦିଶେ, ସକାଳ ହୁଏ, ସୂର୍ଯ୍ୟ ଉଦୟ ପୂର୍ବରୁ ପୁଣି ନିଜର ବେଡ଼ିଂ ବିସ୍ତାରା ଧରି ନିଜ ନିଜ ରୁମ୍ ଭିତରକୁ ଆମେ ଫେରିଆସୁ। ଗ୍ରୀଷ୍ମକାଳେ ବର୍ଷାରୁତୁ ନଆସିବା ଯାଏଁ ପ୍ରାୟ ସବୁଦିନ ଏମିତି ଛାତ ଉପରେ ଶୋଇବା ଚାଲିଥାଏ।

ସାନ ଭାଇ ରତ୍ନାକର ଓ ମୁଁ ଦୁହେଁ ଏକ ସମୟରେ ଭୁବନେଶ୍ୱର ଛାଡ଼ିଥିଲୁ। ସେ ଗଲା ଜୟପୁର, ରାଜସ୍ଥାନ ମାଲବିୟ ରିଜିଓନାଲ ଇଞ୍ଜିନିୟରିଂ କଲେଜରେ ମେକାନିକାଲ୍ ଇଞ୍ଜିନିୟରିଂ ପଢ଼ି, ଆଉ ମୁଁ ଆସିଲି ଦିଲ୍ଲୀ। ଗ୍ରୀଷ୍ମ ଅବକାଶରେ ତା' ଛାତ୍ରାବାସ ବନ୍ଦ ହୋଇଯାଏ। ସେପାଇଁ ସେ ଓଡ଼ିଶା ନଯାଇ ପଢ଼ାପଢ଼ି କରିବା ପାଇଁ ମୋ ପାଖକୁ ଦିଲ୍ଲୀ ପଳାଇ ଆସେ। ମୋ କୋଠରିରେ ମୁଁ ଖଟ ଉପରେ ଶୁଏ, ଆଉ ସେ ଚଟାଣରେ ବିଛଣା ପାତି ଅକ୍ଲେଶ ଚିଉରେ ବିନା ଦ୍ୱିଧାରେ ଶୋଇପଡ଼େ। ଖରାଦିନେ ହେଲେ ସେ ବି ଆମ ସହିତ ଛାତ ଉପରେ ଶୁଏ। ଇଞ୍ଜିନିୟରିଂ ପରେ ସେ ମାଡ୍ରାସରେ ସେଣ୍ଟ୍ରାଲ ଇନ୍ଷ୍ଟିଚ୍ୟୁଟ୍ ଅଫ୍ ପ୍ଲାଟିକ୍ ଇଞ୍ଜିନିୟରିଂ ଏଣ୍ଡ ଟେକ୍ନୋଲଜିରେ ଏମ୍ ଟେକ୍ କରିବା ପାଇଁ ସୁଯୋଗ ପାଇ ମୋତେ ଦିନେ ଏକୁଟିଆ କରି ଦିଲ୍ଲୀ ଛାଡ଼ି ମାଡ୍ରାସ ଚାଲିଗଲା। ଅନେକ ବାଟ ଦୁଇ ଭାଇ ଜୀବନର ଚଲା ପଥରେ ସାଥୀ ହିସାବରେ ଚାଲି ଆସିଥିଲୁ। ଯେବେ ଠୁଁ ସେ ମାଡ୍ରାସ ଗଲା ସେଇଠୁ ପାଖରୁ ଆମ ଦୁଇଭାଇଙ୍କର ଜୀବନର ଚଲାପଥ ଭିନ୍ନ ମୋଡ଼ ନେଇ ସମ୍ପୂର୍ଣ୍ଣ ଅଲଗା ହେଇଗଲା।

ଛାତ୍ରାବାସର ଆଉ ଜଣେ ଉଲ୍ଲେଖନୀୟ ବନ୍ଧୁ ଥିଲେ ଯାହାଙ୍କ ନାମ ବଲଦେବ। ଦିଲ୍ଲୀ ବିଶ୍ୱବିଦ୍ୟାଳୟରୁ ପାସ କରି ଜେଏନ୍‌ୟୁରେ ସ୍କୁଲ ଅଫ୍ ଇଣ୍ଟରନ୍ୟାସନାଲ୍ ଷ୍ଟଡିଜ୍‌ରେ ପିଏଚ୍‌ଡି କରୁଥାନ୍ତି। ସେ ଦୃଷ୍ଟି ଶକ୍ତି ବିହୀନ, ଅନେକ ସମୟରେ ଚକ୍ଷୁରେ କଳା ଚଷମା। ଅତ୍ୟନ୍ତ ମେଳାପୀ। ତେଣୁ ଅନେକ ଛାତ୍ରଙ୍କ ସହିତ ତାଙ୍କର ବନ୍ଧୁତ୍ୱ। ତଳ ମହଲାରେ ରହନ୍ତି। ବେଶ୍ ବାରି କରି ସେ ପାହାଚ ଓହ୍ଲାଇ ପ୍ରବେଶ ଦ୍ୱାର ଦେଇ ଭୋଜନାଳୟରେ ପଶନ୍ତି। ତାଙ୍କୁ ଧାଡ଼ିରେ ଛିଡ଼ା ହେବାକୁ ପଡ଼େ ନାହିଁ। ସୌହାର୍ଦ୍ଦ୍ୟତା ଦୃଷ୍ଟିରୁ କେହି ନା କେହି ଜଣେ କର୍ମଚାରୀ ତାଙ୍କ ବସିବା ପାଖରେ ପ୍ରଥମ ଥାଲି ଦେଇ ଦିଅନ୍ତି। ପରେ ଅଧିକ ଖାଦ୍ୟ ଦରକାର ହେଲେ ପାଖରେ ପଶିଥିବା ବ୍ୟକ୍ତି ଜଣକ ପରସି ଦିଅନ୍ତି। ହାତ ମାରି ସେ ପରିମାଣ କଲି ଆଉ ଅଧିକ ମାଗନ୍ତି ବା ନାହିଁ କରନ୍ତି।

ଛାତ୍ରାବାସ ସାମନାରେ ସେ କ୍ରିକେଟ ବି ଖେଳନ୍ତି। ଆମେ ବଲ ଭୂଇଁରେ ଗଡ଼େଇ ଦେଲେ ଶଢ ଶୁଣି ସେ ବ୍ୟାଟରେ ମାରି ପାରନ୍ତି, ଆମେ ତାଲି ମାରୁ। ଏକ ବର୍ଷ ଧରି ମୁଁ ତାଙ୍କୁ ନିରୀକ୍ଷଣ କରୁଥାଏ। ପ୍ରାୟ ବର୍ଷେ ଯିବା ପରେ ଅନ୍ୟ ବନ୍ଧୁଙ୍କ ଜରିଆରେ ତାଙ୍କ ସହିତ ମୋର ବି ପରିଚୟ ହେଇ ଆନ୍ତରିକତା ବଢ଼ିଲା। ଯଦି ପାଞ୍ଚ ଜଣ ଛିଡ଼ା ହୋଇ କିଛି ଆଲୋଚନା କରୁଥାନ୍ତି ସ୍ୱରରୁ ସେ ସମସ୍ତଙ୍କୁ ଚିହ୍ନି ପାରନ୍ତି। "ବଲଦେବଜୀ" କହିବା ମାତ୍ରେ କହନ୍ତି "କ୍ୟା ପାନିଗ୍ରାହୀଜୀ, କୈସେ ହୋ ?" ଭୋଜନାଳୟ ଭିତରେ ଭୋଜନ ସରିଯିବା ପରେ ପାତ୍ରରେ ପାଣି ରଖି ଜଲ ତରଙ୍ଗ ବଜେଇ ଛାତ୍ରମାନଙ୍କର ମନୋରଞ୍ଜନ କରନ୍ତି। ଜନପ୍ରିୟତା ଯୋଗୁଁ ସେ ଆମ ବ୍ରହ୍ମପୁତ୍ର ଛାତ୍ରାବାସରେ ଏକ ବର୍ଷ ସଭାପତି ହେଲେ। ବର୍ଷ ଶେଷରେ ଛାତ୍ରାବାସର ଗ୍ରୁପ ଫଟୋ ତୋଲା ହେବାର ହେଲା। ବଲଦେବ ଆଖିରେ କଳା ଚଷମା ଲଗେଇ, ଟାଇ କୋର୍ଟ ପିନ୍ଧି, ମଞ୍ଚିରେ ଗୋଡ଼ ଉପରେ ଗୋଡ଼ ଥୋଇ ବସିଗଲେ। ଫୋଟୋ ଉଠା ସରିଲା। କୌଣସି କାମ ବଶତଃ ମୁଁ ସେଦିନ ଛାତ୍ରାବାସରେ ନଥିବାରୁ ସେ ଫଟୋରେ ରହି ପାରିଲି ନାହିଁ। ଏ ଖବର ବଲଦେବ କେମିତି ଜାଣିଗଲେ। ଦିନେ ମୋ ସହିତ ଦେଖାହେବାରୁ କହିଲେ, "ପାନିଗ୍ରାହୀଜୀ, ମୋଁ ବଡ଼ା ଦୁଃଖୀ ହୁଁ, ଆପ୍ ଫଟୋଗ୍ରାଫମେ ନେହିଁ ରହ ପାୟେ। ମୋଁ କୋସିସ୍ କରୁଗାଁ, ଫଟୋଗ୍ରାଫର କୋ ବୋଲୁଙ୍ଗା ଓ ଆପ୍‌କା ଏକ୍ ସିଙ୍ଗଲ ଛୋଟାସା ଫୋଟୋ ଲେକର ସାଇଡ ମେ ଚିପକା ଦେଗା।" ତାଙ୍କ କହିବା ଠାରୁ ବେଶ ଜଣା ପଡୁଥିଲା ସେ ମଜା କରୁନଥିଲେ, କଥାରେ ବେଶ୍ ଗୁରୁତ୍ୱ ଦେଇ କହୁଥିଲେ। ଏହାଶୁଣି ମୁଁ ଅତ୍ୟନ୍ତ ଭାବପ୍ରବଣ ହୋଇ ଉଠିଲି। ମନେ ମନେ ଭଗବାନଙ୍କୁ ଡାକି କହିଥିଲି, "ହେ ଭଗବାନ ଏ ବ୍ୟକ୍ତିର ଫୋଟୋ ପ୍ରତି ଏତେ ଆଗ୍ରହ ହେଲେ ତା' ଠାରୁ ତାର ଦୃଷ୍ଟି ଶକ୍ତି ଛଡ଼େଇ ନେଲ କାହିଁକି ?" କାନ୍ଧ ଉପରେ ହାତ ରଖି କହିଥିଲି, "ବଲଦେବଜୀ, ଆପ୍ ଫିକର ମତ କିଜିୟେ, ମେ ଫୋଟୋ ମେ ନେହିଁ ହୁଁ, ଲେକିନ୍ ମୋଁ ଆପକେ ଦିଲ୍‌ମେ ହୁଁ ନା।" ଏହା ଶୁଣିବା ମାତ୍ରେ ସେ ମୋତେ କୁଣ୍ଢେଇ ପକେଇଥିଲେ। ପରେ ଦେଖିଲି କଳା ଚଷମା ଖୋଲି ସେ ଆଖି ପୋଛିଲେ।

ଛାତ୍ର ସଂସଦ ନିର୍ବାଚନ ଓ ଛାତ୍ର ରାଜନୀତିର ପ୍ରଥମ ଅନୁଭୂତି

ଜେଏନୟୁରେ ନାମ ଲେଖେଇବାର ପ୍ରଥମ ସପ୍ତାହରେ ଦିନେ ରାତ୍ରି ଭୋଜନ ପରେ ପରେ ଦେଖିଲି ବ୍ରହ୍ମପୁତ୍ର ଭୋଜନାଳୟରେ ଛାତ୍ରଛାତ୍ରୀ ମାନଙ୍କର ଗହଲି। ନୂଆ ନୂଆ କୌତୂହଲ ମନ ମୋର ଜାଣିବାକୁ ଚାହିଁଲା କ'ଣ ସେଠାରେ ହେବାକୁ ଯାଉଛି। ବନ୍ଧୁ ଜୀବିତେଶଙ୍କୁ ପଚାରିଲି, "ଭାଇ, ଏଠାରେ କ'ଣ ହେବ, ଏତେ ରାତିରେ ଛାତ୍ର ଛାତ୍ରୀମାନଙ୍କର ଏମିତି ଭିଡ଼ କାହିଁକି ?" ବନ୍ଧୁ ଜଣକ କହିଲେ,

"ତମେ ଜାଣିନା ? ଏଠାରେ ପରା ବର୍ତ୍ତମାନ ନିର୍ବାଚନ ସଭା ବସିବ। ଅକ୍ଟୋବର ମାସ ବିଶ୍ୱବିଦ୍ୟାଳୟରେ ଷ୍ଟୁଡେଣ୍ଟ ଇଉନିଅନର ନିର୍ବାଚନ ସମୟ। ଆସ ଦେଖିବା କେତେ ସୁନ୍ଦର ବକ୍ତୃତା ଏବଂ କି ସୁନ୍ଦର ସଭାର ପରିଚାଳନା, ଜାଣିବାର କଥା, ଶୁଣିବାର କଥା।"

ଆମେ ଦୁହେଁ ଭୋଜନାଳୟ ଭିତରେ ପ୍ରବେଶ କଲୁ। ବିଶ୍ୱବିଦ୍ୟାଳୟର ନିର୍ବାଚନ ଆମ ପାଇଁ ଏକ ନୂତନ ଅଭିଜ୍ଞତା। ଶୁଣିଲି କୁଆଡ଼େ ଜେଏନ୍ୟୁର ଛାତ୍ର ନିର୍ବାଚନ ସାରା ଭାରତରେ ଏକ ନମୁନା। ଛାତ୍ର ଛାତ୍ରୀମାନଙ୍କ ମଧରୁ ନିର୍ବାଚନ କମିଶନର ମନୋନୀତ ହୁଅନ୍ତି। ସେଇମାନେ ମୂଳର ବୃଲ ନିର୍ବାଚନ କାର୍ଯ୍ୟ ସୁଚାରୁ ରୂପେ ଚୁଲାଇଥାନ୍ତି। କୌଣସି ପ୍ରକାରର ବିଶୃଙ୍ଖଳା ଦେଖା ଯାଏ ନାହିଁ। ଶିକ୍ଷକ ବା ପ୍ରଶାସକ ଏଥିରେ କୌଣସି ରକମର ହସ୍ତକ୍ଷେପ କରନ୍ତି ନାହିଁ। ଏ ସବୁ ଖବର ବନ୍ଧୁ ଜୀବିତେଶ ମୋତେ ଦେଲେ। ସେ ସ୍କୁଲ ଅଫ୍ ଇଣ୍ଟରନ୍ୟାସନାଲ ଷ୍ଟଡିଜ୍ର ଛାତ୍ର। ମୋ ଆଗରୁ ଆସି ନାଁ ଲେଖେଇଥାନ୍ତି। ବାଣୀବିହାର ବେଳରୁ ତାଙ୍କ ସହିତ ମୋର ପରିଚୟ। ନିର୍ବାଚନର କେତେ ସପ୍ତାହ ପୂର୍ବରୁ ଛାତ୍ରାବାସ ଭୋଜନାଳୟମାନଙ୍କରେ ରାତ୍ରି ଭୋଜନ ପରେ ଏହିପରି ସଭାର ଆୟୋଜନ କରାହୁଏ। ନିର୍ବାଚନରେ ଅଂଶ ଗ୍ରହଣ କରୁଥିବା ପ୍ରାର୍ଥୀମାନେ ସଭାରେ ତାଙ୍କର ମତ ବ୍ୟକ୍ତ କରନ୍ତି, କ'ଣ ପାଇଁ ସେମାନେ ନିର୍ବାଚନରେ ଲଢୁଛନ୍ତି। ସଭାପରେ ଛାତ୍ର ନେତାମାନେ ସବୁ ନୂତନ ଛାତ୍ରମାନଙ୍କୁ ଜାଣିବାକୁ ଚେଷ୍ଟା କରନ୍ତି।

ସଭା କାର୍ଯ୍ୟ ଆରମ୍ଭ ହେଲା। ପୁରାତନ ଓ ନୂତନ ଛାତ୍ରନେତା ମାନେ କିଏ ଇଂରାଜୀ କିଏ ହିନ୍ଦୀରେ ବକ୍ତୃତା ଦେଲେ। ଆମେ କୌତୂହଲତାର ସହିତ ଶୁଣିଲୁ। ସଭା ସରୁ ସରୁ ରାତି ବାର। ସଭା ପରେ ମୋତେ ନୂଆ ଦେଖି ପ୍ରାର୍ଥୀମାନେ ହାତ ମିଳାଇ ନିଜର ପରିଚୟ ଦେଉଥାନ୍ତି। ନମିତା ସିନ୍ହା ନାମ୍ନୀ ମହିଳା ଜଣେ ସହ-ସମ୍ପାଦକ ପଦ ପାଇଁ ଲଢୁଥାନ୍ତି। ଇଂରାଜୀ ଭାଷଣରେ ପ୍ରବୀଣା। ଅନର୍ଗଳ ବକ୍ତୃତା ପାଟିରୁ ତାଙ୍କର ଶୁଣିଲି। ମୋତେ ସେ ଆସି ନିଜର ପରିଚୟ ଦେଇ ହାତ ମେଳାଇବାକୁ ହାତ ବଢ଼ାନ୍ତେ ମୁଁ ଘାବୁରେଇ ଗଲି, ଥତମତ ହୋଇ ଛାନିଆଁରେ ହାତ ବଢ଼ାଇ ଦେଲି। ଜଣେ ଝିଅ ଯେ ଆସି ପୁଅ ସହିତ ହାତ ମେଳାଇବ ସେଇଟି ମୁଁ ପ୍ରଥମେ ସେଠାରେ ଜାଣିଲି। ସେ ସମୟରେ ଓଡ଼ିଶାରେ ଝିଅ ସହିତ ପୁଅ ହାତ ମିଳାଇବାର ପ୍ରଶ୍ନ ହିଁ ଉଠୁନଥିଲା। ତେଣୁ ଜଣେ ଝିଅ ସହିତ ହାତ ମିଳାଇବା ମୋର ପ୍ରଥମ ଆରମ୍ଭ ହେଲା ନମିତା ସିନ୍ହାଙ୍କ ପାଖରୁ।

ଏହି ପରି କିଛି ଦିନ ସଭା ଚାଲିଲା। ବିଭିନ୍ନ ଛାତ୍ର ସଙ୍ଗଠନ ତରଫରୁ

ଛାତ୍ରମାନେ ନିର୍ବାଚନ ଲଢ଼ୁଥିଲେ, ସଙ୍ଗଠନ ଗୁଡ଼ିକ ହେଲା ଷ୍ଟୁଡେଣ୍ଟ ଫେଡେରେସନ ଅଫ ଇଣ୍ଡିଆ, ଅଲ ଇଣ୍ଡିଆ ଷ୍ଟୁଡେଣ୍ଟସ ଫେଡେରେସନ, ଫ୍ରି ଥିଙ୍କରସ୍ ଓ ଷ୍ଟୁଡେଣ୍ଟସ ଫର ଡିମୋକ୍ରେଟିକ ସୋସିଆଲିଜିମ୍। ଛାତ୍ରମାନେ ବିଭିନ୍ନ ସଙ୍ଗଠନ ତରଫରୁ ନିର୍ବାଚନ ଲଢ଼ିଲେ ମଧ୍ୟ ସେମାନଙ୍କ ଭିତରେ ସୌହାର୍ଦ୍ୟତା ଥାଏ। ସଭାମାନଙ୍କରେ ଭୂତପୂର୍ବ ସଭାପତି ଓ ଛାତ୍ରନେତା ମାନେ ଆସି ବର୍ତ୍ତମାନର ପ୍ରାର୍ଥୀ ମାନଙ୍କ ସପକ୍ଷରେ ଭାଷଣ ଦିଅନ୍ତି। ବିଭିନ୍ନ ସଭାରେ ଡି ପି ତ୍ରିପାଠୀ, ସିତାରାମ ୟେଚୁରୀ, ପ୍ରକାଶ କରତ, ଆନନ୍ଦ କୁମାର ଓ ଡେଭିଡ୍ ଥୋମାସ୍ ପ୍ରମୁଖ ପୂର୍ବତନ ରଥୀ ଓ ମହାରଥୀମାନଙ୍କର ଭାଷଣ ଶୁଣିବାକୁ ମିଳିଲା। ସେଥିରେ ସାରା ପୃଥିବୀର ରାଜନୈତିକ ପରିସ୍ଥିତି ଉପରେ ଆଲୋଚନା ହେଇ ଅତି ସୁନ୍ଦର ବକ୍ତୃତାମାନ ଶୁଣିବାକୁ ମିଳୁଥାଏ। କେତେ କେତେ ପ୍ରକାରର ପ୍ରଶ୍ନ ଓ ତା' ସାଙ୍ଗକୁ ତଦ୍ରୂପ ଉତ୍ତର। ନୂଆ ନୂଆ ମୁଁ ନିଜ ଛାତ୍ରାବାସ ଛଡ଼ା ଅନ୍ୟାନ୍ୟ ଛାତ୍ରାବାସମାନ ବୁଲି ବୁଲି ନିର୍ବାଚନ ସଭାରେ ବକ୍ତୃତା ସବୁ ଶୁଣୁଥାଏ। ହିନ୍ଦୀ ଓ ଇଂରାଜୀରେ ଅନର୍ଗଳ ବକ୍ତୃତା ଓ ତର୍କ ବିତର୍କ ବେଶ୍ ରୁଚିକର ହେଉଥାଏ। କେବଳ ଭାଷା ନୁହଁ ସାରା ପୃଥିବୀର ରାଜନୈତିକ ପରିସ୍ଥିତି ଉପରେ ଖବର ସେଥିରୁ ଜାଣିବାକୁ ମିଳୁଥାଏ। ମୁଁ ମଝିରେ ମଝିରେ ସେଠାରେ ରଖାଯାଇଥିବା ବୁଲେଟିନ ପଢ଼ି ସେଥିରେ ନୋଟ ନେଇ ଆସୁଥାଏ। ପରେ ସେ ସବୁ ବନ୍ଧୁ ଜୀବିତେଶଙ୍କ ସହିତ ଆଲୋଚନା କରି ଅଧିକ ଜାଣିବାକୁ ଚେଷ୍ଟା କରୁଥାଏ। ସେତେବେଳେ ସାରା କ୍ୟାମ୍ପସ କାନ୍ଥ ବାଡ଼ ବିଭିନ୍ନ ପୋଷ୍ଟରମାନଙ୍କରେ ଫୁଲ ଫୁଟିଲା ପରି ଛାଇ ହେଇ ଯାଇଥାଏ। କେବଳ ଜଣେ ଯଦି ବୁଲି ବୁଲି ଖାଲି ପୋଷ୍ଟର ପଢ଼ିବ ସେଇଥିରୁ ଅନେକ କଥା ଶିକ୍ଷା କରିହେବ।

ଭୋଟ ଦିନ ଆସିଲା, ଆମେ ଭୋଟ ଦେବାକୁ ଗଲୁ ଓ ଭୋଟ ସରିଲା।

ଶେଷରେ ଭୋଟ ଗଣତି, କହିବାକୁ ଗଲେ ଏହା ଏକ ଉତ୍ସବ। ରାତ୍ରି ଭୋଜନ ପରେ ନିର୍ବାଚନ କମିଶନର କର୍ମକର୍ତ୍ତାମାନ୍ ସ୍କୁଲ ଅଫ୍ ଇଣ୍ଟରନ୍ୟାସନାଲ୍ ଷ୍ଟଡିଜ ବିଲଡ଼ିଂରେ ଭୋଟ ଗଣତି ଆରମ୍ଭ କଲେ। ଆଗରୁ ଛାତ୍ର ଛାତ୍ରୀମାନେ ସାନ୍ଧ୍ୟ ଭୋଜନ ପରେ ନିଜର ବେଡ଼ିଂ ବିସ୍ତରା ନେଇ, ଡଫଲି, ଢୋଲ, ତୂରି, ଭେରି ଧରି ବିଲଡ଼ିଂ ସାମନା ଘାସ ପଡ଼ିଆରେ ଡେରା ପକେଇଲେ। ଆମେ ମଧ୍ୟ କେତେକ ନୂତନ କୌତୂହଳୀ କିଛି ଆମ ସାଙ୍ଗ ସାଥୀକୁ ଧରି ସେଠାରେ ପହଞ୍ଚିଗଲୁ। ସାରା ରାତ୍ରି ଭୋଟ ଗଣତି ଚାଲିଲା। ମଝିରେ ମଝିରେ ମାଇକ୍ ଦ୍ୱାରା ଫଳ ଘୋଷଣା ହେଲେ ତୂରି ଭେରି ଡଫଲି ବାଜେଇ, କରତାଳି ହୁଇସିଲ ଦେଇ ଛାତ୍ର ଛାତ୍ରୀମାନେ ବିଜୟ ଲାଭ କରିଥିବା ପ୍ରାର୍ଥୀଙ୍କୁ ଅଭିନନ୍ଦନ ଜଣାଉଥାନ୍ତି। ଏମିତି ମଝିରେ ଥରେ ଢୋଲ ବାଜିବାର ଶବ୍ଦ

ଶୁଭିଲା । ଚାହିଁଲା ବେଳକୁ ଛାତ୍ରମାନଙ୍କ ଢୋଲ ସହିତ ତାଳ ଦେଇ କେତେକ ଛାତ୍ରୀ "ଲଠେଦି ଚାଦର ଉଓଉସାଲେଟି ରଙ୍ଗ ମାହିୟା ଆଓ ସାମନେ ଆଓ ସାମନେ" ଲୋକଗୀତି ଗାଇ ଗାଇ ନାଚିବାକୁ ଆରମ୍ଭ କଲେ । ପଚାରି ବୁଝିଲା ବେଳକୁ ଜଣା ପଡ଼ିଲା ଏହା ଏକ ପଞ୍ଜାବୀ ଲୋକ ଗୀତି । ଆଉ କିଛି ସମୟ ପରେ ଶୁଭିଲା "ସୁରାଙ୍ଗିଣି ସୁରାଙ୍ଗିଣି ସୁରାଙ୍ଗିଣୀ କା ମାଲ" ତାମିଲ ଭାଷାରେ ଲୋକ ଗୀତ । ଏ ସବୁ ଶୁଣି ମୁଁ କାବା ହେଲି । ଏଇମିତି ମଝିରେ ମଝିରେ ବିଭିନ୍ନ ଭାଷାଭାଷି ଯଥା ଭୋଜପୁରୀ, ମୈଥିଲି, ଗଡ଼ୱାଲି, ପଞ୍ଜାବୀ, ଓଡ଼ିଆ, କୋଙ୍କଣି ଓ ଆସାମୀ ପ୍ରଭୃତି ଲୋକଗୀତି ଗାଇ, ଡଫଲି ବଜେଇ ନାଚି ନାଚି ଛାତ୍ର ଛାତ୍ରୀମାନେ ମଜା ନେଉଥାନ୍ତି ଓ ନିର୍ବାଚନର ଫଳ ବାହାରି ଚାଲିଥାଏ । ଯେତେକ ଛାତ୍ର ସେତକ ଛାତ୍ରୀଙ୍କ ସଂଖ୍ୟା ଥିଲେ ବି କୌଣସି ପ୍ରକାର ଅପ୍ରୀତିକର ପରିସ୍ଥିତି ହେବାର ମୁଁ ଦେଖିଲି ନାହିଁ । ଏଇମିତି, ସବୁ ଭୋଟ ଗଣତି ସରିବା ବେଳକୁ ରାତ୍ରି ପାହି ଯାଇଥିଲା ଓ ଆମେ ଛାତ୍ରାବାସକୁ ଲେଉଟି ଆସିଲୁ । ନିର୍ବାଚନ ସରିଲା । ସେ ବର୍ଷ ଡି ରଘୁନନ୍ଦନ୍ ନାମକ ଜଣେ ଛାତ୍ର ଛାତ୍ର ସଂସଦର ସଭାପତି ରୂପରେ ନିର୍ବାଚିତ ହେଲେ । ଏହା ରହିଲା ମୋର ୧୯୭୯ ମସିହା ଛାତ୍ର ନିର୍ବାଚନର ପ୍ରଥମ ଅନୁଭୂତି । ଡି ରଘୁନନ୍ଦନ ଇଞ୍ଜିନିୟର ହେଲେ ହେଁ ସ୍କୁଲ ଅଫ୍ ସୋସିଆଲ ସାଇନ୍ସରେ ସୋସିଓଲଜିରେ ପିଏଚ୍ଡି ଛାତ୍ର ଥିଲେ ।

ମୋର ଜେଏନ୍ୟୁ ରହଣି କାଳରେ ଡି ରଘୁନନ୍ଦନ, ନଳିନୀ ରଞ୍ଜନ ମହାନ୍ତି, ଭି ଭାସ୍କର, ଅମରଜିତ୍ ସିଂ ସିରୋହି, ରଶ୍ମି ଦୋରୋଆ ସ୍ୱାମୀ ଛାତ୍ର ସଂସଦର ସଭାପତି ପଦରେ ନିର୍ବାଚିତ ହୋଇଥିଲେ । ଛାତ୍ରମାନଙ୍କର ନ୍ୟାୟ୍ୟ ଦାବିକୁ ନେଇ ଛାତ୍ରନେତା ମାନେ ବିଶ୍ୱବିଦ୍ୟାଳୟ କର୍ତ୍ତୃପକ୍ଷଙ୍କ ପାଖରେ ପହଞ୍ଚାଇବାର ଚେଷ୍ଟା କରନ୍ତି । ମଝିରେ ମଝିରେ କର୍ତ୍ତୃପକ୍ଷ ଛାତ୍ରମାନଙ୍କ ଦାବିରେ ଅମଙ୍ଗ ହେଲେ ଛାତ୍ର ଧର୍ମଘଟ କେତେ ଦିନ ଧରି ଚାଲେ । ଛାତ୍ରମାନେ କୁଳପତିଙ୍କ ଅଫିସ ଆଗରେ ସ୍ଲୋଗାନ ଦେଇ ବିକ୍ଷୋଭ କରନ୍ତି । କିନ୍ତୁ କେବେ ହିଂସାକାଣ୍ଡ ଦେଖିବାକୁ ମିଲେନାହିଁ । କେବଳ ବିଶ୍ୱବିଦ୍ୟାଳୟ ଭିତରେ ସୀମିତ ନରହି ଜେଏନ୍ୟୁର ଛାତ୍ରମାନେ ଦେଶର ସାମାଜିକ, ରାଜନୈତିକ ସମସ୍ୟା ଉପରେ ମଧ୍ୟ ସ୍ୱର ଉଠୋଳନ କରନ୍ତି । ଜରୁରୀ ପରିସ୍ଥିତି ବେଳେ ଜେଏନ୍ୟୁର ଛାତ୍ରମାନେ ସର୍ବଦା ସରକାରଙ୍କ ଏକଚ୍ଛତ୍ରବାଦ ଶାସନ ବିରୁଦ୍ଧରେ ଲଢ଼ି ଆସିଥିଲେ । ଏ ସବୁ କରିବାର ମୂଳ ଉଦ୍ଦେଶ୍ୟ ଛାତ୍ରମାନଙ୍କୁ ସମାଜରେ ଦାୟିତ୍ୱବାନ ନାଗରିକ କରି ଗଢ଼ି ତୋଳିବା ।

ପିଏଚ୍ଡି ଡିଗ୍ରୀ ପ୍ରାପ୍ତି, କର୍ମ ସଂସ୍ଥାନ ଓ ବିଦେଶ ଯାତ୍ରା

ଦିଲ୍ଲୀ ରହଣି ବେଳେ ଅନେକ ଉଲ୍ଲେଖନୀୟ ଘଟଣା ଘଟିଲା । ୧୯୮୦

ମସିହା ଜୁନ ମାସ ତେଇଶ ତାରିଖରେ ସଞ୍ଜୟ ଗାନ୍ଧୀଙ୍କ ବିମାନ ଦୁର୍ଘଟଣାରେ ଅକାଳ ମୃତ୍ୟୁ ହେଲା । ୧ ୯ ୮ ୨ ନଭେମ୍ବର ମାସରେ ଏସିଆନ ଗେମ୍ସ ଦିଲ୍ଲୀରେ ଅନୁଷ୍ଠିତ ହେବାରୁ ଆମକୁ ବହୁତ ଓ ବିଭିନ୍ନ ପ୍ରକାରର ଖେଳ ଦେଖିବାକୁ ସୁଯୋଗ ମିଳିଲା । ନୂଆକରି ଶାସନକୁ ଆସିଥିବା ଜନତା ଦଳର ପତନ ହେଇ ପୁଣି ଶ୍ରୀମତୀ ଇନ୍ଦିରା ଗାନ୍ଧୀ ମନ୍ତ୍ରୀମଣ୍ଡଳ ଗଠନ କଲେ । ମୁଁ ଦିଲ୍ଲୀରେ ଥିବାବେଲେ ୧ ୯ ୮ ୩ ଜୁନ ମାସ ପଚିଶ ତାରିଖରେ ଭାରତ ଶକ୍ତିଶାଳୀ ୱେଷ୍ଟଇଣ୍ଡିଜ କ୍ରିକେଟ ଦଳକୁ ହରେଇ ବିଶ୍ୱକପ୍ କପ୍ ହାସଲ କଲା । ସାନଭାଇ ରନ୍ନାକର ସହିତ ଫାଇନାଲ ମ୍ୟାଚ ମୁଁ ଆଇଆଇଟି ଛାତ୍ରାବାସରେ ରହି ଏହା ଦେଖିଲି । ସବୁଠୁଁ ଗୁରୁତ୍ୱପୂର୍ଣ୍ଣ ଘଟଣା ୧ ୯ ୮ ୪ ମସିହା ଅକ୍ଟୋବର ଏକ ତିରିଶ ତାରିଖରେ ଇନ୍ଦିରା ଗାନ୍ଧୀଙ୍କ ନିଧନ । ରାଜୀବ ଗାନ୍ଧୀ ପ୍ରଧାନମନ୍ତ୍ରୀ ହିସାବରେ ଦାୟିତ୍ୱ ଗ୍ରହଣ କଲେ । ସେତେବେଲେ ଦଙ୍ଗା ଓ ସାମ୍ପ୍ରଦାୟିକ ବିଦ୍ବେଷର ଅଗ୍ନି ସାରା ଦିଲ୍ଲୀରେ ହୁତୁ ହୁତୁ ହୋଇ ଜଳୁଥାଏ । ଶିଖ ସମ୍ପ୍ରଦାୟ ଜନଜୀବନ ଓ ଜୀବିକା ବିପନ୍ନ । ଆମେ ବ୍ରହ୍ମପୁତ୍ର ଛାତ୍ରାବାସ ଛାତ ଉପରକୁ ଯାଇ ଦେଖୁଥାଉ ଦିଗନ୍ତରେ ଅଗ୍ନିର ଲେଲିହାନ ଶିଖା ଓ ମଝିରେ ମଝିରେ ଧୂମ୍ର କୁଣ୍ଡଳୀ । ସମଗ୍ର ଦିଲ୍ଲୀ ନଗରୀରେ କର୍ଫ୍ୟୁ ଜାରି । ଦଙ୍ଗା ବନ୍ଦ କରିବାକୁ ଯାଇ ଯାନବାହାନ ସମ୍ପୂର୍ଣ୍ଣ ରୂପେ ସ୍ତଗିତ । ଦିଲ୍ଲୀ ନଗରୀର ରାସ୍ତା ଘାଟରେ ଅଗଣିତ ପୁଲିସ ଓ ଆର୍ମି ମୁତୟନ । ଦର୍ଶନ ମାତ୍ରେ ଗୁଲି କରିବାର ଆଦେଶ । ନଭେମ୍ବର ଚାରି ତାରିଖ କର୍ଫ୍ୟୁ ଉଠାଇ ନିଆଯାଇଥିଲେ ହେଁ ଛକ ଜାଗାମାନଙ୍କରେ ଭାରତୀୟ ସେନାବାହିନୀ ମୁତୟନ । ସେଦିନ ଜେଏନ୍ୟୁ ଛାତ୍ର ସଂସଦ ତରଫରୁ "ଶାନ୍ତି ପଦଯାତ୍ରା"ର ଡାକରା ଦିଆଯାଇଥାଏ । ଶହ ଶହ ଛାତ୍ର ଛାତ୍ରୀ, କର୍ମଚାରୀ ଓ ପ୍ରଫେସର ନିରବରେ ଧାଡ଼ି ବାନ୍ଧି ପଦଯାତ୍ରାରେ ଯୋଗଦାନ କଲେ । ମୁଁ ମଧ ଯୋଗ ଦେଲି । ସମସ୍ତଙ୍କ ମନରେ ବିଷାଦର ଛାୟା । ପଦଯାତ୍ରା କ୍ୟାମ୍ପସରୁ ବାହାରି ଉଡ଼ିଆ ଫ୍ଲାଟ, ନିଉ ମେହେରାଉଲି ରୋଡ଼, ଆରକେ ପୁରମ୍, ମୁନିର୍କା, ବସନ୍ତ ବିହାର ଦେଇ ଦୀର୍ଘ ତିନି ଘଣ୍ଟା ପରେ ପୁଣି କ୍ୟାମ୍ପସକୁ ଫେରି ଆସିଲା । ପାଞ୍ଚ ତାରିଖ ବେଲକୁ ଧୀରେ ଧୀରେ ପୂର୍ବ ବାତାବରଣ ଫେରି ଆସିବାକୁ ଲାଗିଲା ।

ଦଶ କି ପନ୍ଦର ଦିନ ପରେ ପରିସ୍ଥିତି ବଦଲି ଶୀତଲ ବାତାବରଣ ସୃଷ୍ଟି ହେବାପରେ, ପୂର୍ବାଞ୍ଚଲ ଛାତ୍ରାବାସ ସାମନାର ଛୋଟ ଦୋକାନଟିର ସର୍ଦ୍ଦାର ମାଲିକ ସହିଦାନ ମନରେ ପୂର୍ବାଞ୍ଚଲକୁ ଫେରିଲେ । ସ୍କୁଟରଟି ଦୋକାନ ଆଗରେ ଛିଡ଼ା କରିଦେଇ ଦଣ୍ଡେ ଛିଡ଼ା ହେଲେ । ନିଜର ଦୋକାନଟିରେ ଯେମିତି ତାଲା ପଡ଼ିବା କଥା ସେମିତି ତାଲା ପଡ଼ିଥିବାର ଦେଖି ଅଭିଭୂତ ହେଲେ । ତାଲା ଭଙ୍ଗା ହୋଇନି,

ଲୁଟ୍ ତ ଦୂରର କଥା । ସାରା ଦିଲ୍ଲୀରେ ଏମିତି ଦଙ୍ଗା ପରିସ୍ଥିତିରେ ସେ କେବେ ବି କଳ୍ପନା କରି ନଥିଲେ ତାଙ୍କର ଷ୍ଟୋରଟି ଏପରି ଅକ୍ଷୁଣ୍ଣ ଅବସ୍ଥାରେ ଥିବ । ସେ ଆସିବାର ଦେଖି ଅନେକ ଛାତ୍ର ବାହାରକୁ ଆସି ତାଙ୍କୁ ବେଢ଼ିଗଲେ । ସମସ୍ତଙ୍କୁ ସାମନାରେ ଦେଖି ଉଚ୍ଚ ସ୍ୱରରେ ଚିତ୍କାର କରି ସେ କହିଲେ "ସାରେ ଦିଲ୍ଲୀମେ ଇତନା ଦଙ୍ଗା ହୁଆ, ଇତନି ଲୁଟ୍ ହୁଇ, ଇତନେ ଲୋର୍ ମାରେ ଗୟେ ଲେକିନ୍ ମେରା ଷ୍ଟୋର ଜୈସା ଥା ଐସେ ହି ରହା । ୟେ ଜେଏନ୍ୟୁ ଲଡ଼କେ ଦୁନିଆମେ ସବସେ ସରିଫ । ଭଗବାନ ୟେ ଲଡ଼କୋ କାଁ ହମେସା ଭଲା କରେ।" ଏହା କହୁ କହୁ ତାଙ୍କର ଆଖିରୁ ଲୁହ ଝରି ଆସିବାର ଦେଖାଗଲା ।

କିଛି ବର୍ଷ ଦିଲ୍ଲୀରେ ରହିବା ଭିତରେ ବିଭିନ୍ନ ପ୍ରକାରର ବ୍ୟକ୍ତିଗତ କାମ ଓଡ଼ିଶାରୁ ସାଙ୍ଗମାନେ ଚିଠି ମାଧ୍ୟମରେ ମୋତେ ଲେଖନ୍ତି । ସମୟ ବାହାର କରି ସେଗୁଡ଼ିକ ମୋତେ କରିବାକୁ ପଡ଼େ । ସ୍ୱାସ୍ଥ୍ୟ ଜନିତ ସମସ୍ୟା ନେଇ ଅନେକ ଦିଲ୍ଲୀ ଚିକିତ୍ସା ପାଇଁ ଆସନ୍ତି । ସେମାନଙ୍କୁ ନେଇ ଡାକ୍ତରଖାନା ଯାଏ ବା ଯିବା ପାଇଁ ରାସ୍ତା ଓ ବସ୍ ନମ୍ବର ବାହାର କରି ବତେଇ ଦିଏ । ଅନେକ ସମୟରେ ମୋର ବାଣୀବିହାରର ଶିକ୍ଷକମାନେ ସରକାରୀ କାମରେ ବା ନିଜ ବ୍ୟକ୍ତିଗତ କାମରେ ଆସିଲେ ମୋ ପାଖକୁ ଆସନ୍ତି । ମୁଁ ସେମାନଙ୍କର ଯତ୍ନ ନିଏ, ବାହାରକୁ ଗଲେ ସାଙ୍ଗରେ ଯାଏ ବା ସମୟ ନଥିଲେ କେମିତି ଯିବାକୁ ହେବ ବାଟ ବତେଇ ଦିଏ । ମୋ ସାଙ୍ଗ ବା ଭାଇମାନଙ୍କର କେହି ସାଙ୍ଗ ଓଡ଼ିଶାରୁ ଆସିଲେ ମୋ ପାଖରେ ରହନ୍ତି । କାହାରିକୁ ରହିବା ବା ଆର୍ଥିକ ସାହାଯ୍ୟ କରିବାରେ ମୁଁ କେବେ ହେଲେ କୁଣ୍ଠାବୋଧ କରେନି । ଯଥାସାଧ୍ୟ ମୋ ପାରିଲା ପଣରେ ସାହାଯ୍ୟ କରି ବସେ । କିନ୍ତୁ ମୋ କାମରେ କେବେ ହେଲେ ଅବହେଲା କରେନି ।

ଧୀରେ ଧୀରେ ୧୯୮୪ ମସିହା ଆଡ଼କୁ ମୋର ପିଏଚଡି କାମ ଆସି ଚତୁର୍ଥ ବର୍ଷରେ ପଦାର୍ପଣ କଲା । ଅନେକ ଗବେଷଣାଗାର ସମ୍ପର୍କୀୟ କାମ ଶେଷ ହୋଇଆସିଥାଏ । ଆହୁରି ଦୁଇଟି ଗବେଷଣା ସମ୍ବନ୍ଧୀୟ ଲେଖା ଆନ୍ତର୍ଜାତିକ ବିଜ୍ଞାନ ପତ୍ରିକାରେ ପ୍ରକାଶ ହୋଇସାରିଥାଏ । ସେତେବେଳେକୁ ମୋର ଅନେକ ବନ୍ଧୁ କର୍ମ ସଂସ୍ଥାନରେ କିଏ କୁଆଡ଼େ କୁଆଡ଼େ ଦେଶ ବିଦେଶରେ ବିଭିନ୍ନ ସହରମାନଙ୍କୁ ଚାଲିଯାଇଥାନ୍ତି । ମୁଁ ବି ଦିନେ ଅଧ୍ୟାପକ ପାଇଁ କଟକ ଯାଇ ଓଡ଼ିଶା ପବ୍ଲିକ ସର୍ଭିସ କମିଶନ ପରୀକ୍ଷା ଦେଲି । ସେଥିରେ ସଫଳକାମୀ ହେବାରୁ ମୋତେ ମଧ୍ୟ କେଉଁଝର ଧରଣୀଧର ମହା ବିଦ୍ୟାଳୟରେ ସ୍ଥାୟୀ ଅଧ୍ୟାପକ ହିସାବରେ ନିଯୁକ୍ତି ମିଳିଲା । ଏମ୍‌ଫିଲ କରିଥିବା ଯୋଗୁଁ ୟୁଜିସିର ଦରମା ହାର ମୁତାବକ ଦରମା ପ୍ରାପ୍ତହେବ ବୋଲି ଖବର

ମିଳିଲା। ନିଯୁକ୍ତି ପତ୍ର ପାଇ କେଉଁଠେ ଗଲି। ଦୁର୍ଗାପୂଜା ଛୁଟିର ଅବ୍ୟବହିତ ପୂର୍ବରୁ ସପ୍ତାହେ କଲେଜରେ ଯୋଗଦେଲି। ଅନେକ ପୁରାତନ ବନ୍ଧୁଙ୍କ ସହିତ ଦେଖା ସାକ୍ଷାତ ହେଲା। ପୁଣି କିଛି ନୂତନ ବନ୍ଧୁ ମଧ ହେଲେ। କିନ୍ତୁ ସେଠାକାର ପାରିପାର୍ଶ୍ୱିକ ପରିସ୍ଥିତି, ଅଧ୍ୟୟନ ଓ ଅଧ୍ୟାପନାର ପରିବେଶ ମୋ ମନକୁ ନ ପାଇବାରୁ ପୂଜାଛୁଟି ପରେ ଆଉ କଲେଜ ଫେରିଲି ନାହିଁ। ମୁଁ ଯେ ଓଡ଼ିଶା ଯାଇଥିଲି ଅଧ୍ୟାପକ ପଦରେ ସମ୍ପୂର୍ଣ୍ଣ ଚାକିରି କାଳ ରହିବା ପାଇଁ, ତା' ବି ନୁହଁ। ସେତେବେଳେ ମୋର ଶୁଭାକାଂକ୍ଷୀମାନେ ମଧ ସେ କଥା ଚାହୁଁ ନଥିଲେ। ଯଦିଓ ମୁଁ ସଦାସର୍ବଦା ଅଧ୍ୟାପକ ପଦକୁ ସମ୍ମାନ ଦେଇଆସୁଥିଲି, ସେତେବେଳେକୁ କିନ୍ତୁ ଓଡ଼ିଶା ଫେରି ଅଧ୍ୟାପକ ହେବାର ବାସନା ମୋର ଆଉ ନଥିଲା।

ଟୁଲୁ ଭାଇ ଆଲାଏଡ ସର୍ଭିସ ପାଇ ମସୋରିରେ ଟ୍ରେନିଂ ପାଇଁ ଚାଲିଗଲେ। ବନ୍ଧୁ ଜୀବିତେଶ ରଥ ଷ୍ଟିଲ ଅଥରିଟି ଅଫ୍ ଇଣ୍ଡିଆରେ ଚାକିରି ପାଇ କଲିକତା ଚାଲିଗଲେ। ରାମକୃଷ୍ଣ ଦାଶ ଏସବିଆଇରେ ଅଫିସର ହେଲେ। ହରେକୃଷ୍ଣ ଦାଶ ଆଇଏଏସ୍ ପାଇ ମସୋରି ଗଲେ। ଭବନାଥ ଝା ମିଥିଲା ବିଶ୍ୱବିଦ୍ୟାଳୟ, ଦ଼ାଭଙ୍ଗା'ରେ ଯୋଗଦେଲେ। ରାଜେଶ ସରନ ନର୍ଥ ଇଷ୍ଟର୍ଣ୍ଣ ହିଲ୍ ୟୁନିଭରସିଟିକୁ ଚାଲିଗଲେ। ବନ୍ଧୁ ଦେବଦତ ରାୟ, ବଲରାମ ସିଂ, ରବି ପୃଷ୍ଟି ଓ ଗୋକୁଲ ଦାସ ଆମେରିକା ଚାଲିଗଲେ ପିଏଚ୍‌ଡି ବା ପୋଷ୍ଟ ଡକ୍ କରିବା ପାଇଁ। ଏମିତି ଅନେକ ବନ୍ଧୁ କିଏ କୁଆଡ଼େ କର୍ମ ସଂସ୍ଥାନରେ ଚାଲିଗଲେ। ସାନ ଭାଇ ବାବୁଲି ଯିଏକି କିଛି ସମୟ ମଝିରେ ମଝିରେ ମୋ ପାଖରେ ଆସି ରହୁଥିଲା, ଦୁଃଖରେ ସୁଖରେ ସାଥୀ ହେଉଥିଲା, ସେ ବି ମୋତେ ଛାଡ଼ି ମାଦ୍ରାସ ଏମ୍‌ଟେକ୍ କରିବା ପାଇଁ ଚାଲିଗଲା।

ପୁରୁଣା ବନ୍ଧୁମାନେ ଚାଲିଯିବା ପରେ ପୁଣି ଅନେକ ନୂତନ ଛାତ୍ର ହଷ୍ଟେଲକୁ ଆସିଲେ। ସେମାନଙ୍କ ସହିତ ଚିହ୍ନା ପରିଚୟ ହେଲା, ବନ୍ଧୁତ୍ୱ ଓ ଘନିଷ୍ଟତା ବଢ଼ିଲା। କିନ୍ତୁ ପୁରୁଣା ବନ୍ଧୁମାନଙ୍କର ବିଦାୟ ପରେ ମୋର ଆଉ ଛାତ୍ରାବାସରେ ମନ ଲାଗିଲା ନାହିଁ। ସେପାଇଁ ପିଏଚ୍‌ଡି ଥେସିସ୍ ଲେଖା ଚାଲିଥିବା ଭିତରେ ଯେତେ ଶୀଘ୍ର ବିଦେଶ ଯାଇ ଗବେଷଣା କରିବାର ଯୋଜନା ଆରମ୍ଭ କରିଦେଲି। ସେତେବେଳେ ଆମେରିକା ଯିବାପାଇଁ ଭାରତୀୟ ଛାତ୍ରମାନଙ୍କୁ ଭିସା ମିଳିବାର କଟକଣା ଦେଖା ଦେଇଥାଏ। ସେ ପାଇଁ କାନାଡ଼ାରେ ଉଚ୍ଚଶିକ୍ଷା କରିବା ପାଇଁ ମନସ୍ଥ କରି ଆବେଦନ ପତ୍ରମାନ ବିଭିନ୍ନ ବିଶ୍ୱବିଦ୍ୟାଳୟରେ ଥିବା ପ୍ରଫେସରମାନଙ୍କୁ ପଠାଇଲି। କେତେକ ପତ୍ରର ଆଦାନ ପ୍ରଦାନ ପରେ ୟୁନିଭରସିଟି ଅଫ୍ ୱେଷ୍ଟର୍ଣ୍ଣ ଓଣ୍ଟାରିଓରେ ପ୍ରଫେସର ଇଆନ ଠାକରଙ୍କ ଅଧୀନରେ ଗବେଷଣା କରିବା ପାଇଁ ସୁଯୋଗ ମିଳିଲା। ଅତି ଶୀଘ୍ର ପାସପୋର୍ଟ ଓ

ଭିସାର ସରଞ୍ଜାମ କରି ପିଏଚ୍‌ଡି ଥେସିସ ଦାଖଲରେ ଦିବା ନିଶି ସମୟ ବିତେଇଲି। ସେତେବେଳକୁ ମୋର ଫେଲୋସିପ୍‌ ବି ସରି ସରି ଆସୁଥାଏ। ସେତେବେଳେ ଥେସିସ ସଂଶୋଧନ ପାଇଁ ବିପାଶା ଗୁପ୍ତରାୟଙ୍କର ଅବଦାନ ଜୀବନରେ ଭୁଲିବାର ନୁହେଁ। ବିପାଶା, କଲିକତା ବିଶ୍ୱବିଦ୍ୟାଳୟର ପ୍ରେସିଡେନ୍ସି କଲେଜରୁ ଆସିଥାନ୍ତି। ଇଂରାଜୀ ଭାଷାରେ ତାଙ୍କର ଦକ୍ଷତା ଅନେକ। ତେଣୁ ତାଙ୍କର ସାହାଯ୍ୟ ଲୋଡ଼ିବାରୁ ସେ ଅଚିରେ ରାଜି ହେଇଗଲେ।

ଦିନ ରାତି ପରିଶ୍ରମ ପରେ ପିଏଚ୍‌ଡି ଥେସିସ ଟାଇପ ହେଇ ଜୁଲାଇ ଚବିଶ ତାରିଖରେ ଦାଖଲ ହେଲା। ବାହ୍ୟ ପରୀକ୍ଷକ ହିସାବରେ ଇଣ୍ଡିଆନ ଏଗ୍ରିକଲ୍‌ଚର ରିସର୍ଚ ଇନ୍‌ଷ୍ଟିଚ୍ୟୁଟ୍‌ର ବୈଜ୍ଞାନିକ ପ୍ରଫେସର ଭିଏଲ୍‌ ଚୋପ୍ରା ଓ ଟାଟା ମେମୋରିଆଲ୍‌ କ୍ୟାନ୍‌ସର ଇନ୍‌ଷ୍ଟିଚ୍ୟୁଟର ବୈଜ୍ଞାନିକ ପ୍ରଫେସର ଏସ୍‌ଏମ୍‌ ସିରସତ୍‌ ରହିଲେ। ଠିକ୍‌ ସେତିକି ବେଳେ ଡକ୍ଟର ରାଉଙ୍କୁ ଆମେରିକା ଗସ୍ତରେ ଏକ ବର୍ଷ ପାଇଁ ଯିବାକୁ ପଡ଼ିଲା। ଯିବା ପୂର୍ବରୁ ସେ ଅବଶ୍ୟ ମୋ ପାଇଁ ସମସ୍ତ ବ୍ୟବସ୍ଥା କରିଦେଇ ଯାଇଥିଲେ। ପିଏଚ୍‌ଡି ଥେସିସ୍‌ ଦାଖଲ ପରେ ସର୍ବ ସାଧାରଣଙ୍କ ଆଗରେ ଡିଫେନ୍‌ସ ଲେକଚର୍‌ ପାଇଁ ମୋତେ ଦୁଇମାସ ଖଣ୍ଡେ ଅପେକ୍ଷା କରିବାକୁ ପଡ଼ିଲା। ତେଣୁ ମୋର ସେତେବେଳେ ପ୍ରାୟ କିଛି କାମ କରିବାକୁ ନଥାଏ। ଏତେ ବ୍ୟସ୍ତତା ଓ ବହୁଳ କାମ ପରେ କିଛି ନକରିବାଟା ଶୂନ୍ୟ ଶୂନ୍ୟ ଅନୁଭବ ହେଉଥିଲା। ନିୟମାବଳୀର ପରିବର୍ତ୍ତନ ଯୋଗୁଁ ଛାତ୍ରାବାସରେ ରହିବାକୁ ମଧ୍ୟ ନିଜର କୋଠରିଟିଏ ନଥାଏ। ଅତିଥି ହିସାବରେ କୋଠରିଟିଏ ନେଇ ରହୁଥାଏ। କେବଳ କେନ୍ଦ୍ରୀୟ ପାଠାଗାର ଯାଇ ମଝିରେ ମଝିରେ କିଛି ବିଜ୍ଞାନ ପତ୍ରପତ୍ରିକା ପଢ଼ାପଢ଼ିରେ ସମୟ ବିତଉଥାଏ।

୧୯୮୫ ମସିହା ଅକ୍ଟୋବର ମାସ ସତର ତାରିଖରେ ମୋର ପିଏଚ୍‌ଡି ଡିଫେନ୍‌ସ ସ୍କୁଲର ସମଗ୍ର ଛାତ୍ରଛାତ୍ରୀ ଓ ପ୍ରଫେସରମାନଙ୍କ ସମ୍ମୁଖରେ ମୋ ଗବେଷଣା ଉପରେ ବକ୍ତବ୍ୟ ଦେବାର ସ୍ଥିର ହେଲା। କିଏ କେତେବେଳେ କେଉଁ ପ୍ରଶ୍ନ ପଚାରିବ ତାହା ଆଗରୁ କଳିବା ଅସମ୍ଭବ। ଡକ୍ଟର ରାଉଙ୍କର ଉପସ୍ଥିତି ନିଶ୍ଚିତ ଭାବରେ ସାହାଯ୍ୟ କରିଥାନ୍ତା, ସାହାରା ଦେଇଥାନ୍ତା, ତେଣୁ ତାଙ୍କ ଅନୁପସ୍ଥିତିରେ ମୋର ଭୟଭୀତ ହେବାଟା ସ୍ୱାଭାବିକ। କିନ୍ତୁ ମୋର ଗବେଷଣାଗୁଡ଼ିକ ସେତେବେଲକୁ ଆନ୍ତର୍ଜାତିକ ପତ୍ରପତ୍ରିକାରେ ପ୍ରକାଶିତ ହୋଇଯାଇଥିବାରୁ ମୋର ସେପାଇଁ ସେତେଟା ଚିନ୍ତା ନଥାଏ। ଡିଫେନ୍‌ସ ସୁରୁଖୁରୁରେ ସରିଲା। ପିଏଚ୍‌ଡି ସମ୍ବନ୍ଧୀୟ ସମସ୍ତ କାର୍ଯ୍ୟ ତୁଲେଇ ବିଦେଶ ଯାତ୍ରାର ଆୟୋଜନ ଆରମ୍ଭ କଲି। ପିଏଚ୍‌ଡି ସାରିବାର ଖବର ପାଇ ଶୁଭାକାଂକ୍ଷୀ ଜନାର୍ଦ୍ଦନ ବାବୁ ଟେଲିଗ୍ରାମଟିଏ କରି ଅଭିନନ୍ଦନ ବାର୍ତ୍ତା ପଠେଇଲେ।

ବିଦେଶ ଯିବା ଆଗରୁ ଶେଷ ଥର ପାଇଁ ଓଡ଼ିଶା ଗସ୍ତରେ ବାହାରିଲି। ଅକ୍ଟୋବର ମାସ ଦୁର୍ଗାପୂଜାର ସମୟ। ବାୟୁମଣ୍ଡଳରେ ଶାରଦୀୟ ମହକ। ମାଆ ଦୁର୍ଗାଙ୍କର ଆଗମନ ଓ ତାଙ୍କର ଅଭ୍ୟର୍ଥନା ପାଇଁ ସମସ୍ତଙ୍କ ମନରେ ଉଦ୍ଦୀପନା। ଦୁର୍ଗା ସ୍ତୁତିରେ ଚଉଦିଗ ମୁଖରିତ। ବହୁ ବର୍ଷ ପରେ ଗାଁରେ ମୋତେ ଦୁର୍ଗାପୂଜା ସମୟରେ ରହିବାକୁ ସୁଯୋଗ ମିଳିଥାଏ। ଘରୁ ସମସ୍ତେ ସହର ବାହାରିଲେ ଦୁର୍ଗା ମେଢ଼ ଦେଖିବା ପାଇଁ। ମୋତେ ଡାକିଲେ ତାଙ୍କ ସହିତ ଯୋଗ ଦେବାକୁ। ମାତ୍ର ମୁଁ ସେତେବେଳକୁ ଏତେ କ୍ଲାନ୍ତ ହୋଇପଡ଼ିଥାଏ ଯେ ମୋର କୁଆଡ଼େ ଯିବାକୁ ଆଉ ଶକ୍ତି ନଥିଲା। ସ୍ୱେଚ୍ଛା ପୂର୍ବକ ମୁଁ ଘର ଜଗିଲି ଓ ସମସ୍ତ ପରିବାରବର୍ଗ ପୂଜା ଦେଖିବାକୁ ସହର ଗଲେ। କିଛି ଦିନ ଗାଁରେ କଟାଇ ମାଆ, ଭାଇ, ଭାଉଜ, ବନ୍ଧୁ, କୁଟୁମ୍ବ, ବାଲ୍ୟକାଳର ପ୍ରିୟ ପୂଜ୍ୟ ଶିକ୍ଷକ ଗୌରୀକାନ୍ତ ସାର, ଦିଗ୍‌ଦର୍ଶକ ଜନାର୍ଦ୍ଦନ ବାବୁଙ୍କର ଆଶୀର୍ବାଦ ନେଇ ଦିଲ୍ଲୀ ପ୍ରତ୍ୟାବର୍ତ୍ତନ କରିବାର ସ୍ଥିର ହେଲା।

ସେଦିନ ଥାଏ ଅକ୍ଟୋବର ମାସ ଛବିଶ ତାରିଖ। ଗାଁ ଷ୍ଟେସନରେ ଘର ଲୋକେ ବିଦାୟ ଦେବାକୁ ରୁଣ୍ଡ ହେଲେ। ସମୟ ଶେଷ ଓ ଗାଡ଼ି ଆସିବାର ବେଳ ଜାଣି ମାଆ ଆଖିରୁ ଲୁହ ଝରେଇଲା। ନାକ ସଡ଼ ସଡ଼ କରି କହିଲା, "ମ ଛୁଆଟା ଏକା ବେଳେକେ କୁଆଡ଼େ ମାନେ କୁଆଡ଼େ ଉଡ଼ିକି ଉଡ଼ାଜାହାଜରେ ପଳେଇ ଯିବନା। ତା' ବାପ ଥନେ କେତେ ଖୁସି ହେଇଥାନ୍ତେ। ସବୁବେଳେ ମ ଛୁଆକୁ ଗାଲି ଦଉଥିଲେ, ପାଠ ପଢୁନି, ପାଠ ପଢୁନି, ନ ପଢ଼ିନେ ହାଡ଼ିଆ ଭଲିଆ ଠାକୁର ବନେଇକି ପେଟ ପୁଷିବୁ, ଛେଲି ଘୁଷୁରୀ ମୁଣିବୁ। ଉଚ୍ଛୁଣୀ କେତେ ପାଠ ପଢ଼ି ଦିଲ୍ଲୀରୁ କୁଆଡ଼େ କୁଆଡ଼େ ସାତ ଦରିଆ ତେର ନଇ ପାରିହେଇ ଉଡ଼ିକି ମ ଛୁଆ ପଳେଇ ଗଲା।" ପୁଣି କିଛି ସମୟ ନିରବି ଯାଇ କହିଲା, "ଯାଇକି ପହଞ୍ଚି ସାଙ୍ଗେ ସାଙ୍ଗେ ଚିଠି ଦବୁ।" ନିଜକୁ ନିଜେ କହିହେଲା, "କିଏ ମର ଜାଣେ, କେତେ ଦିନ ନାଗିବ, ସେ ଦେଶରୁ ଏଠିକି ଚିଠି ଉଡ଼ାଜାହାଜରେ ଆସିତେ।" ଏତକ କହି ଆଖି ନାକରୁ ପଣତରେ ପାଣି ପୋଛିଲା। ନିଜର ଭାବାବେଗକୁ ଆୟତରେ ରଖି ମୁଁ ତାକୁ କୁଣ୍ଢେଇ ପକେଇ କହିଲି, "ହଁ, ଆଗେ ପହଞ୍ଚି ଚିଠି ଦେବି, ତୁ ଜମା ବ୍ୟସ୍ତ ହବୁନି।" ଲୁହ ନ ଗଡ଼େଇବାକୁ ଭାବିଥିଲେ ବି ଦୁଇବୁନ୍ଦା ଲୁହ ମୋର ଅଜାଣତରେ ଝରି ପଡ଼ିଲା। ଚାହିଁଲା ବେଳକୁ ନାନୀ ଓ ଭାଉଜମାନଙ୍କ ଆଖି ଲୁହରେ ଛଳଛଳ। ପିଲାମାନେ ଜଳ ଜଳ କରି ଆମକୁ ଚାହିଁଥାନ୍ତି। ମୁଁ ଗାଡ଼ିକୁ ଉଠିଗଲି ପ୍ରିୟ ଗାଁ ଉପରେ ଆଉ ଥରେ ଆଖି ବୁଲେଇ ଆଣି। ଏଇ ଷ୍ଟେସନ ମୋତେ ଦେଖିଛି ବାଲେଶ୍ୱର, ଭୁବନେଶ୍ୱର ଓ ଦିଲ୍ଲୀ ଯିବାର, ଆଉ ଆଜି ବିଦେଶ। ନୀଳଗିରି ରେଲଷ୍ଟେସନରୁ ଗାଡ଼ି ବାଲେଶ୍ୱର ଅଭିମୁଖେ ଛାଡ଼ିଲା। ବାଲେଶ୍ୱରରେ

କେତେ ଘଣ୍ଟାର ରହଣି ପରେ କଳିଙ୍ଗ ଏକ୍ସପ୍ରେସ ଯୋଗେ ଦିଲ୍ଲୀ ବାହାରିଲି। ରାଉରକେଲାରୁ ମୋ ସହିତ ବଡ଼ ଭାଇ ଦୀନ ନନା ଯିଏକି ମୋର ବାଲ୍ୟକାଲରୁ ସୁଖ ଦୁଃଖର ସାଥୀ ଓ ତାଙ୍କର ଶାଳକ, ତୋଫାନ ନନା(କ୍ଷୀରୋଦ ଦାଶ), ମୋତେ ବିଦାୟ ଦେବାକୁ ଦିଲ୍ଲୀ ଆସିଲେ।

ପାନ୍ନା ଟୁରସ୍ ଆଣ୍ଡ ଟ୍ରାଭେଲ୍ସରୁ ଏୟାର ଫ୍ରାନ୍ସର ଟିକଟ ମୁଁ ଯଥା ସମୟରେ ଯୋଗାଡ଼ କରି ରଖିଥାଏ। ଅକ୍ଟୋବର ୩୧ ତାରିଖ, ୧୯୮୫ ମସିହା। ଇନ୍ଦିରା ଗାନ୍ଧୀଙ୍କ ମୃତ୍ୟୁର ଠିକ୍ ଏକ ବର୍ଷ ପରେ, ମୋର ସେହି ଦିନ କାନାଡ଼ା ଆସିବା ସ୍ଥିର ହେଇଥାଏ। ଲାବୋରେଟୋରୀର ସମସ୍ତ ସହକର୍ମୀ ଯଥା ପଦ୍ମା ଦାସ, ଅନୁରାଧା ସିହ୍ନା, ରମନ୍ନା କୁମାରୀ, ନାରାୟଣ ମୂର୍ତ୍ତି, ସେଲଭେନ୍, ଆରାଧନା, ପରବିଜ, ଡକ୍ଟର ଆର କେ କାଲେ ଓ ସ୍କୁଲର ଅନ୍ୟାନ୍ୟ ସାଙ୍ଗ ସାଥୀ ମାନଙ୍କୁ ବିଦାୟ କହିଲି। ସେମାନେ ମୋ ପାଇଁ ଏକ ବିଦାୟକାଳୀନ ଉସ୍ସବର ଆୟୋଜନ କରିଥିଲେ। କେତେକ ପ୍ରିୟ ପ୍ରଫେସର ମାନଙ୍କୁ ସାକ୍ଷାତ କରି ବିଦାୟ ଜଣାଇଲି। ଶେଷରେ ସମ୍ମାନୀୟା ସୁଧା ମାଡାମ୍ଙ୍କୁ ବିଦାୟ କହିବାକୁ ତାଙ୍କ ବାସ ଭବନରେ ପହଞ୍ଚିଲି। ଡକ୍ଟର ରାଓ ସେତେବେଳେ ଆମେରିକାରେ। ମାଡାମ୍ ଓ ମୁଁ ପୁରୁଣା କଥା ମନେ ପକେଇ କିଛି କ୍ଷଣ ଗପିଲୁ। ସେ ମୋର ତାଙ୍କ ସହିତ ପ୍ରଥମ ସାକ୍ଷାତକାର ଘଟଣା ମନେ ପକେଇ ବହେ ହସିଲେ। କାରଣ ପ୍ରଥମେ ପ୍ରଥମେ ମୋ କଥା କହିବା ଶୈଳୀ ତାଙ୍କୁ ବଡ଼ କୌତୁକ ଲାଗୁଥିଲା।

କଥାବାର୍ତ୍ତା ପରେ ଶେଷକୁ ସେ ଗୋଟିଏ ବାକ୍ୟ କହିଲେ ଯେଉଁଟା କି ମୋ ହୃଦୟରେ ଖୋଦେଇ ହୋଇ ରହିଗଲା। "ପାନିଗ୍ରାହୀ, କିପ୍ ଦା ଜେଏନ୍ୟୁ ଫ୍ଲାଗ ଫ୍ଲାଇଙ୍ଗ ଅଲ୍ ଓଭର ୱାରଲଡ।" ସେ ସମୟରେ ମନରେ ମୋର ମିଶ୍ର ପ୍ରତିକ୍ରିୟା। ଦୀର୍ଘ ଛ' ବର୍ଷର ରହଣି ପରେ ଜେଏନ୍ୟୁର ଅଟ୍ଟାଳିକା, ବୃକ୍ଷ ଲତା, ପ୍ରସ୍ତର, ବାଲି, ମାଟି, ଧୂଳି, ପାଣି, ପବନ, ମହକ, ପରିବେଶ ଓ ଘଟଣାର ସ୍ମୃତି ସବୁକୁ ଚିରଦିନ ପାଇଁ ବିଦାୟ କହି ପାଲାମ ବିମାନ ବନ୍ଦର ଅଭିମୁଖେ ଅଗ୍ରସର ହେଲି। ସାଙ୍ଗରେ ଥାନ୍ତି ପରିବାରମାନଙ୍କ ଭିତରୁ ଦୀନ ନନା ଓ ତୋଫାନ ନନା। ଜେଏନ୍ୟୁ ସାଙ୍ଗ ସାଥୀଙ୍କ ମଧରୁ କେବଳ ପଦ୍ମା ଦାସ, ଇନମ୍ ଦୁରେଜା, ପୂର୍ଣ୍ଣ ପ୍ରଧାନ, ଭବନାଥ ଝା, ଜୟରାମ ପଟନାୟକ ଓ ମୁକ୍ତିକାନ୍ତ। ଏୟାରପୋର୍ଟରେ ନିୟମିତ ଧରାବନ୍ଧା କାର୍ଯ୍ୟକ୍ରମ ସରିଲା ପରେ ମୁଁ ସମସ୍ତଙ୍କୁ ହାତ ହଲାଇ ଜୀବନରେ ଦେଖୁଥିବା ସ୍ୱପ୍ନକୁ ସାକାର କରିବା ଆଶାରେ ଅଜଣା ଭବିଷ୍ୟତର କୁହୁଡ଼ି ଭିତରକୁ ପାଦ ପକେଇଲି।

ମୋର ପ୍ରଥମ ଏୟାର ଫ୍ରାନ୍ସ ବିମାନ ଦିଲ୍ଲୀର ଇନ୍ଦିରା ଗାନ୍ଧୀ ବିମାନ ବନ୍ଦରରୁ

ପ୍ୟାରିସ୍‌ର ଚାର୍ଲସ ଡି ଗଲ୍ ବିମାନ ବନ୍ଦର ପର୍ଯ୍ୟନ୍ତ। ଛଅ ଘଣ୍ଟାର ରହଣୀ ପରେ ପୁଣି ସେଠାରୁ ଟରଣ୍ଟୋ ପିଅରସନ ଆନ୍ତର୍ଜାତିକ ବିମାନ ବନ୍ଦର। ମୋର ଶେଷ ଗନ୍ତବ୍ୟ ସ୍ଥଳ ଟରଣ୍ଟୋରୁ କ୍ଷୁଦ୍ର ବିମାନରେ ଲଣ୍ଡନ ଓଣ୍ଟାରିଓ। ମନ ମଧ୍ୟରେ ଭୟ ମିଶ୍ରିତ ଉତ୍ସୁକତା। ପାଲାମ ବିମାନ ବନ୍ଦରରୁ ଯଥା ସମୟରେ ଆମର ବିମାନ ଆକାଶ ମାର୍ଗକୁ ଉଠିଲା। କୌତୂହଳତା ସମ୍ଭାଳି ନପାରି ଝରକା ବାହାରକୁ ଅନେଇଲି। କାହିଁ କେତେ ଶତ ଶତ ଫୁଟ ତଳେ ଶୟନରତ ଦିଲ୍ଲୀ ନଗରୀ। କଜ୍ଜଳ କଳା ବହଳ ଅନ୍ଧକାରର ବୁକୁ ଚିରି ଦିଲ୍ଲୀ ନଗରୀର ବିଜୁଳି ଆଲୋକ ମାଳା ହୀରା ଭଳି ଦିକ୍‌ ଦିକ୍‌ ଜଳୁଥାନ୍ତି। ପାଲାମ ବିମାନ ବନ୍ଦରର ଅନତିଦୂରରେ ଆରାବଳୀର ଧାରେ ଧାରେ ଜେଏନ୍‌ୟୁ କ୍ୟାମ୍ପସ। ଠିକ୍‌ ତାହାରି ଉପରେ ଉଡ଼ିଗଲା ବେଳେ ମୋର ମନେ ପଡ଼ିଗଲା ଗ୍ରୀଷ୍ମକାଳରେ ବ୍ରହ୍ମପୁତ୍ର ଛାତ୍ରାବାସର ଛାତ ଉପରେ ଶୟନ ବେଳର କଥା। ଊର୍ଦ୍ଧ୍ୱମୁଖୀ ହୋଇ ଶୋଇଥିବା ବେଳେ ଉଡ଼ିଯାଉଥିବା ବିମାନ ସବୁକୁ ଦେଖି ଭାବୁଥିଲି ସେଇ ଉଡ଼ା ଜାହାଜରେ ଦୂରଦୂରାନ୍ତର ଦେଶମାନଙ୍କୁ ମୁଁ ଉଡ଼ି ଯାଆନ୍ତି କି। ସତରେ କେତେ ଦିନ ପରେ ସେହି ସ୍ୱପ୍ନ ଆଜି ସତ୍ୟ ହେଇଛି, ସେହି ବ୍ରହ୍ମପୁତ୍ର ଛାତ୍ରାବାସ ଉପରେ ଉଡ୍ଡୟମାନ "ଏୟାର ଫ୍ରାନ୍‌"ର ବିମାନ, ଆଉ ତା' ଭିତରେ ମୁଁ।

ଫ୍ଲାଇଟର ଘୋଷଣାମାନ ଫରାସୀ ଓ ଇଂରାଜୀ ଉଭୟ ଭାଷାରେ। କାଁ ଭାଁ କେତେ ଜଣ ଭାରତୀୟଙ୍କୁ ଛାଡ଼ିଦେଲେ ଅନ୍ୟ ଯାତ୍ରୀମାନେ ପ୍ରାୟ ଶ୍ୱେତାଙ୍ଗ। ବିମାନ ପରିଚାରିକା ମାନଙ୍କ ଦ୍ୱାରା ଯଥା ରୀତି ନୈଶ ଭୋଜନ ପରଷିବାର ଆୟୋଜନ କରାହେଲା। ଭୋଜନ ପରେ ପରେ ବିମାନ ଭିତର ଆଲୁଅର ତେଜ ଧୀରେ ଧୀରେ କ୍ଷୀଣ ହେଇ ଆସିଲା ଓ ସମସ୍ତେ ନିଦ୍ରା ଯିବାର ଉପକ୍ରମ କଲେ। ସେତେବେଳେ ମୋ ଆଖିରେ ପଲକ ପଡୁ ନଥାଏ। ମନରେ ଅଡୁଆ ତଡୁଆ କାହିଁ କେତେ ଭାବନାର ଖିଅ ବୁଢ଼ିଆଣି ଜାଲ ସଦୃଶ ଛନ୍ଦି ହୋଇଯାଉଥାନ୍ତି।

ସୁଧା ମାଡାମ ଜେଏନ୍‌ୟୁର ପ୍ରଫେସର ନ ହେଲେବି ତାଙ୍କର ଶେଷ ବାକ୍ୟଟି "କିପ୍ ଦା ଜେଏନ୍‌ୟୁ ଫ୍ଲାଗ ଫ୍ଲାଇଙ୍‌" ବାରମ୍ବାର ମେଘ ଭଳି ମନ ଭିତରକୁ ଭାସି ଆସୁଥାଏ। କାହିଁକି ସେ ଏ କଥା କହିଲେ? କ'ଣ ମୁଁ ଜେଏନ୍‌ୟୁରୁ ପାଇଛି? ଉତ୍ତର ସ୍ୱରୂପ ଜେଏନ୍‌ୟୁ ଓ ଦିଲ୍ଲୀରେ ଦୀର୍ଘ ଛଅ ବର୍ଷ ରହଣିକାଳ ଘଟଣାବଳିର ଦୃଶ୍ୟ ଏକ ପରେ ଏକ ମନ ମଧ୍ୟକୁ ଆସିବାକୁ ଲାଗିଲା। ଏଇ କାଲି ପରି ନିପଟ ମଫସଲରୁ ଜୀର୍ଣ୍ଣଶୀର୍ଣ୍ଣ ପୋଷାକ ଓ ପାଦରେ ଚଟି ଖଣ୍ଡେ ପିନ୍ଧି ଆସି ଜେଏନ୍‌ୟୁରେ ଅବତୀର୍ଣ୍ଣ ହୋଇଥିଲି। ନା ପାଟିରୁ ବାହାରୁ ଥିଲା ଇଂରାଜୀ ନା ହିନ୍ଦୀ। ନା ଥିଲା ମୋ ପିତାମାତାଙ୍କ ପାଖରେ ଅର୍ଥ, ଶିକ୍ଷା ନା ଜଣାଥିଲା ଉଚ୍ଚ ଶିକ୍ଷିତ ସମାଜର ଆଦବ କାଏଦା। କେବଳ

ମୋ ମନ ଭିତରେ ଥିଲା ଶିକ୍ଷା ଆହରଣ କରିବାର ପ୍ରବଳ ଅଭିପ୍ସା। ମୁଁ ଯେଉଁ ପ୍ରକାରେ ଜେଏନ୍ୟୁରେ ପହଞ୍ଚିଥିଲି ଠିକ୍ ସେହି ପ୍ରକାରେ ଜେଏନ୍ୟୁର ଛାତ୍ର ସମାଜ ମୋତେ ଗ୍ରହଣ କରି ନେଇଥିଲା, ଖୋଲା ହୃଦୟରେ, ବିନା ମୂଲ୍ୟ ନିରୂପଣରେ। ଧନୀ, ମଧ୍ୟବିତ୍ତ, ନିମ୍ନ ମଧ୍ୟବିତ୍ତ, ଗରିବ, ସମାଜର ସବୁ ସ୍ତରର ଭାରତର କୋଣ-ଅନୁକୋଣରୁ ଛାତ୍ରମାନେ ସେଠାରେ ସାମିଲ ହୋଇଯାନ୍ତି ଏକ ପ୍ରକାରେ। ତେଣୁ ପହଞ୍ଚୁ ପହଞ୍ଚୁ ମୋତେ ବିଭିନ୍ନ ଭାଷାଭାଷୀ, ଧର୍ମ ଓ ସାମାଜିକ ସ୍ତରର ଲୋକମାନଙ୍କ ସହିତ ମିଶିବା ପାଇଁ ସୁଯୋଗ ମିଳିଲା। ଯାହା ଫଳରେ ସମସ୍ତଙ୍କର ଚିନ୍ତାଧାରା, ଆବଭାବ, ଚାଲିଚଲନ ଓ ମତ ଠିକ୍ ଭାବରେ କଲିହେଲା। ବିଭିନ୍ନ ଆଦର୍ଶ ବାଦ ଓ ମତବାଦରେ ବିଶ୍ୱାସ କରୁଥିବା ଛାତ୍ରଛାତ୍ରୀମାନେ ନିର୍ଦ୍ଧ୍ୱରେ ନିଜକୁ ଏଠାରେ ପରିପ୍ରକାଶ କରି ପାରୁଥିଲେ। ଯୁକ୍ତି ବଦଳରେ ତର୍କବିତର୍କ ଓ ଆଲୋଚନାରେ ଭାଗ ନେଇପାରୁଥିଲେ। ଜଣେ ଅନ୍ୟଜଣକୁ ବୁଝିବାର ପ୍ରୟାସ କରୁଥିଲା। ଜଣକ ପ୍ରତି ଅନ୍ୟ ଜଣକର ସହାନୁଭୂତି ଥିଲା। ସାହାଯ୍ୟ କରିବାର ମନବୃତ୍ତି ଥିଲା, କେହି କାହାରିକୁ ବାଧବାଧକତା କରନ୍ତି ନାହିଁ କି ନିଜର ମତକୁ ଅନ୍ୟ ଉପରେ ଲଦି ଦେବାକୁ ଚେଷ୍ଟା କରନ୍ତି ନାହିଁ। ବାମପନ୍ଥୀ, ଦକ୍ଷିଣ ପନ୍ଥୀ, ଚରମ ପନ୍ଥୀ ଓ ନରମ ପନ୍ଥୀ ସବୁ ପ୍ରକାରର ଛାତ୍ର ମୋର ସାଙ୍ଗ ଥିଲେ। ଜ୍ଞାନ ଆହରଣ କରିବା ପାଇଁ, ସମସ୍ତଙ୍କର ମତକୁ ଠିକ୍‌ରେ ଜାଣିବା ପାଇଁ ମୁଁ ପ୍ରାୟ ସବୁ ପନ୍ଥୀଙ୍କର ଅନେକ ସଭା ସମିତିରେ ଯୋଗ ଦେଇଛି କିନ୍ତୁ କାହାରି ସଙ୍ଗଠନରେ ସଭ୍ୟ ହୋଇନାହିଁ। ଏପରିକି ଅନେକ ଶୋଭାଯାତ୍ରାରେ ଛାତ୍ର ସମାଜର ଦାବିକୁ ଶାସନ କଳ ଆଗରେ ଉପସ୍ଥାପନା କରିବା ପାଇଁ ଅଂଶ ଗ୍ରହଣ କରିଛି।

ଛାତ୍ରଛାତ୍ରୀମାନଙ୍କ ମଧ୍ୟରେ ଅବାଧ ମିଲାମିଶା। ପୋଷାକ ପରିଚ୍ଛଦରେ କେହି କାହାରିକୁ ବାଛିବାର ନାହିଁ। କିଏ ଦାମୀ ବ୍ରାଣ୍ଡ ନେମ୍ ପୋଷାକ ପିନ୍ଧିଲାଣି ତ କିଏ ହାତ୍ତାଇ ଚପଲକୁ ଛୁଞ୍ଚି ସୂତାରେ ମରାମତି କରି ବିନା ଦ୍ୱିଧାରେ ପିନ୍ଧିଲାଣି। ଜେଏନ୍ୟୁରେ ପୋଷାକ ପରିଚ୍ଛଦ, ମେଧା ବା ବିଚାର ଶକ୍ତି ଆକଳନ କରିବାର ମାପକାଠି ରୂପରେ ବ୍ୟବହୃତ ହୁଏନାହିଁ।

ରହଣି କାଳ ଭିତରେ ସହକର୍ମୀ ଓ ସହପାଠୀ ମାନଙ୍କ ସହିତ ଭାରତର ଅନେକ ସ୍ଥାନ ଭ୍ରମଣ କରିବାର ସୁଯୋଗ ପାଇଛି। ନୈନୀତାଲ, ରାନୀକ୍ଷେତ, ନେପାଲ, ଜିମ କରବେଟ ନ୍ୟାସନାଲ ପାର୍କ, ସିକିମ୍, ଗାଙ୍ଗଟକ, ଦାର୍ଜିଲିଂ, କାଲିଂପଙ୍ଗ, ଅହମ୍ମଦାବାଦ, ଗୋଆ, ବମ୍ବେ, ମାଡ୍ରାସ, ମହାବଲିପୁରମ୍, ବରୋଦା, ଗଙ୍ଗୋତ୍ରି, ଯମୋନୋତ୍ରି, ହରିଦ୍ୱାର, ରୁଷିକେଷ, କେଦାରନାଥ, ବଦରୀନାଥ, ଭେଲି ଅଫ୍ ଫ୍ଲାଓ୍ୱାର, ଭରତପୁର ବାର୍ଡ

ସେଙ୍କ୍‌ଚୁଆରୀ ଆଦି ବୁଲି ଦେଖିବାର ସୁଯୋଗ ମିଳିଛି। ବିଜ୍ଞାନ କ୍ଷେତ୍ରରେ ନୋବେଲ ପୁରସ୍କାର ବିଜେତା, ହରଗୋବିନ୍ଦ ଖୋରାନା, ଜର୍ଜ ୱାଲ୍ଡ, ହାମିଲ୍‌ଟନ ସ୍ମିଥ, ଆର୍ ଆର୍ ପୋର୍ଟର, ଡେଭିଡ ବାଲଟିମୋରଙ୍କ ସମେତ ବହୁ ପ୍ରସିଦ୍ଧ ବୈଜ୍ଞାନିକ ମାନଙ୍କୁ ଶୁଣିବାର ଓ ସାକ୍ଷାତ କରିବାର ସୁଯୋଗ ପାଇଛି। ହଙ୍ଗେରିଆନ ନୋବେଲ ବିଜେତା ବୈଜ୍ଞାନିକ ଇଲ୍ୟା ପ୍ରିଗୋଜିନଙ୍କର "ଲ ଅଫ ଥରମୋଡାଇନାମିକ୍ସ"ର ଭାଷଣ ଶୁଣିଛି।

କେବଳ ବିଜ୍ଞାନ ନୁହେଁ, କାମାନୀ ଅଡିଟୋରିଓମ୍, ଫିକି ଅଡିଟୋରିଓମ୍, ସିରି ଫୋର୍ଟ ଅଡିଟୋରିଅମ, ରାମଲୀଲା ମଇଦାନ ଓ ପ୍ରଗତି ମଇଦାନରେ ଅନେକ ଉଚ୍ଚକୋଟୀର ସାଂସ୍କୃତିକ କାର୍ଯ୍ୟକ୍ରମମାନ ଦେଖିବାକୁ ପାଇଛି। ଶାସ୍ତ୍ରୀୟ ସଙ୍ଗୀତ ଶୁଣିବାରେ ଆଗ୍ରହ ଓ ଜ୍ଞାନ ବଢ଼ିଛି। "ସ୍ପିକ ମାକେ" ଅନୁଷ୍ଠାନ ଦ୍ୱାରା ଆୟୋଜିତ ଅନେକ କଳାକାରଙ୍କୁ ଶୁଣିବାର ସୁଯୋଗ ପାଇଛି। ବିସମିଲ୍ଲା ଖାନ, କୁମାର ଗନ୍ଧର୍ବ, ହରିପ୍ରସାଦ ଚୌରସିଆ, ଆମଜାଦ ଅଲ୍ଲୀ ଖାନ୍, ବିରଜୁ ମହାରାଜ, ରବି ଶଙ୍କର, ଜାକିର ହୋସେନ୍, ସଂଯୁକ୍ତା ପାଣିଗ୍ରାହୀ, ରଘୁନାଥ ପାଣିଗ୍ରାହୀ, ସ୍ୱପ୍ନା ସୁନ୍ଦରୀ, ମଲ୍ଲିକା ସରାଭାଇ ଓ ବିଭିନ୍ନ ଭାଷାଭାଷୀ ନାଟକ ଆଦି ଦେଖିବାର ବା ଶୁଣିବାର ସୁଯୋଗ ପାଇଛି। ଶାସ୍ତ୍ରୀୟ ସଙ୍ଗୀତ ମାନଙ୍କରେ ବିଭିନ୍ନ ଅଞ୍ଚଳରେ ବ୍ୟବହୃତ ହେଉଥିବା ବାଦ୍ୟଯନ୍ତ୍ର ଯଥା ସାରଙ୍ଗୀ, ସରୋଦ, ସିତାର୍, ସନ୍ତୋର, ସୁରବାହାର, ସେହେନାଇ, ବିଭିନ୍ନ ପ୍ରକାରର ଭାଇଉଲିନ୍ ଇତ୍ୟାଦିକୁ ଜେଏନ୍‌ୟୁରେ ଦେଖିଛି ବା କେବଳ ଦେଖିବା ପାଇଁ ଓ ଚିହ୍ନିବା ପାଇଁ ଅନେକ ବାର ଜାତୀୟ ସଂଗ୍ରହାଳୟ ପରିଦର୍ଶନ କରିଛି।

ସାଙ୍ଗସାଥୀ ମାନଙ୍କ ସହିତ ପାର୍ଥସାରଥି ରକରେ ଅନେକ ଅପରାହ୍ନ ଓ ସନ୍ଧ୍ୟା ବିଭିନ୍ନ ଆଲୋଚନାରେ ବିତିଛି। ଦିଲ୍ଲୀର ଝୁମ୍ପୁଡ଼ି ବାସିନ୍ଦା ମାନଙ୍କଠାରୁ ଆରମ୍ଭ କରି ଉଚ୍ଚ ସମାଜର ଅନେକ ଲୋକଙ୍କ ସହିତ ସମୟ କଟେଇଛି। ବିଶ୍ୱବିଦ୍ୟାଳୟରେ ମୋ ଜାଣିବାରେ କେତେକ ଉଚ୍ଚ ସମାଜରେ ପ୍ରତିଷ୍ଠିତ ପିତାମାତାଙ୍କର ପିଲାମାନେ ମଦ୍ୟପାନ କରନ୍ତି। ଅନେକ ସମୟରେ ମୋତେ ଡାକିଛନ୍ତି ଯୋଗ ଦେବାକୁ, ହେଲେ ମୁଁ ଅମଙ୍ଗ ହେଇଛି। ସେମାନଙ୍କର ଚିନ୍ତାଧାରା ଓ ଜୀବନର ମୂଲ୍ୟବୋଧ ଆମ ମାନଙ୍କଠାରୁ ଭିନ୍ନ। ସେମାନଙ୍କର ଜୀବନଯାପନ ପ୍ରଣାଳୀ ଆମ ଠାରୁ ବହୁ ଦୂରରେ। ଅନେକ ଛାତ୍ରମାନଙ୍କର ସକାଳ ଆରମ୍ଭ ହୁଏ ଚାହା କପେରେ। ସନ୍ଧ୍ୟା ଆରମ୍ଭ ହୁଏ ଚାହା କପେରେ। ମଦ୍ୟପାନ, ଗଞ୍ଜା, ଭାଙ୍ଗ, ବିଡ଼ି, ସିଗାରେଟ୍, ପାନ ତ ଦୂରର କଥା ଏପରିକି ଚାହା କଫି ମଧ ମୋ ପାଖ ପଶି ପାରିନାହିଁ। ମୋର ମଫସଲି, ମୂର୍ଖ, ଦରିଦ୍ର, ସରଳ, ନିରୀହ, ନିଷ୍ପତ ପିତାମାତା, ନିଶା ଦ୍ରବ୍ୟ ନିଷେଧ କହି ଜୀବନର ମୂଲ୍ୟ ହିସାବରେ ମୋତେ ଶିକ୍ଷା ଦେଇ ଦିଲ୍ଲୀ ପଠେଇ ଥିଲେ। ମୋର ମୂଲ୍ୟବୋଧକୁ ନଷ୍ଟ କରିବାରେ ଜେଏନ୍‌ୟୁରେ କେହି

ଜଣେ ହେଲେ ବି ସାଙ୍ଗ ମୋତେ ପ୍ରବର୍ତ୍ତେଇ ନାହାନ୍ତି, ବରଂ ଅନେକ ପ୍ରଶଂସା କରିଛନ୍ତି, ପ୍ରେରଣା ଦେଇଛନ୍ତି ଏହାକୁ ବଞ୍ଚେଇ ରଖିବାରେ। ଜେଏନ୍‌ୟୁ ଉଚ୍ଚଶିକ୍ଷାର ତୀର୍ଥସ୍ଥାନ ହିସାବରେ ସବୁକିଛି ଦେଖିବାର, କରିବାର ଓ ଶିଖିବାର ସୁଯୋଗ ମୋତେ ଦେଇଛି। ଅନେକ କ୍ଷେତ୍ରରେ ମୁଁ ଏ ସୁଯୋଗ ଉପଲବ୍ଧ କରି ଜ୍ଞାନ ଆହରଣ କରିବାର ପିପାସା ମେଣ୍ଟେଇଛି। ମୋ ଅଗଢ଼ା ଜୀବନର ମାଟି ପିଣ୍ଡୁଳାକୁ ଆକାର ଦେବାରେ ଜେଏନ୍‌ୟୁ ଓ ଦିଲ୍ଲୀର ଅବଦାନ ଅକଳନୀୟ, ଅବର୍ଣ୍ଣନୀୟ, ଅମାପ ଓ ଅସୀମ।

ଜେଏନ୍‌ୟୁ ଏକ ଜାତୀୟ ବିଶ୍ୱବିଦ୍ୟାଳୟ। ସେଠାରେ ମୁଁ ଯେତେବେଳେ ଯୋଗ ଦେଇଥିଲି ସେତେବେଳେ ମୋର କେହି ହେଲେ ଜଣାଶୁଣା ନଥିଲେ। ଜଣେ ବି ସାଙ୍ଗ ନଥିଲେ। ଆଉ ଯେତେବେଳେ ବିଦାୟ ନେଲି ସେତେବେଳେ କାଶ୍ମୀର ଠାରୁ କେରଳ, କଚ୍ଚ ଠାରୁ କଲିକତା, ସବୁ ପ୍ରଦେଶରୁ ମୋର ଅନେକ ଅନ୍ତରଙ୍ଗ ବନ୍ଧୁ। ଏହା ହେଉଛି ଜେଏନ୍‌ୟୁର ବିଶେଷତ୍ୱ। ସେ ପାଇଁ ମୁଁ ସଦର୍ପେ କହି ପାରେ, ମୋତେ କେହି ଜଣେ ଜେଏନ୍‌ୟୁ ଠାରୁ ବିଚ୍ଛିନ୍ନ କରିପାରେ, ହେଲେ ଜେଏନ୍‌ୟୁ ମୋ ଠାରୁ ଦୂରେଇ ଯିବାଟା ଅସମ୍ଭବ। ତେଣୁ ସୁଧା ମାଡାମଙ୍କ କହିବା ବାକ୍ୟଟି "କିପ୍‌ ଦା ଜେଏନ୍‌ୟୁ ଫ୍ଲାଗ ଫ୍ଲାଇଙ୍‌" କିଛି ଅସଙ୍ଗତ ନୁହଁ, ବରଂ ଏହା ମୋର କର୍ତ୍ତବ୍ୟ। ଜେଏନ୍‌ୟୁ ପାଇଁ ଚିରଦିନ ଗର୍ବ କରିବି, ଜେଏନ୍‌ୟୁ ଭଳି ଅନେକ ଶିକ୍ଷାନୁଷ୍ଠାନ ଭାରତରେ ଗଢ଼ି ଉଠୁ ସେଥିପାଇଁ ମଙ୍ଗଳ କାମନା କରିବି। ଏଗୁଡ଼ିକ ଜାତୀୟ ସଂହତି ବୃଦ୍ଧି କରିବାର ଅମୋଘ ଅସ୍ତ୍ର। ଏହା ଭାବି ଭାବି ଭାବ ପ୍ରବଣ ହୋଇ ମନ ମଧ୍ୟରେ ଜେଏନ୍‌ୟୁ ଉପରେ କବିତା ପଦଟିଏ ଗୁଞ୍ଜରି ଉଠିଥିଲା ଯାହାକୁ କି ମୁଁ କାଗଜ ଖଣ୍ଡେରେ ଟିପି ପକେଇଥିଲି। ସେଇଟି ହେଲା,

<pre>
 "ଧନ୍ୟରେ ଜେଏନ୍‌ୟୁ ତୁହି   ସର୍ବୋତ୍କୃଷ୍ଟ ଶିକ୍ଷା ପାଇଁ
  ସର୍ବାଗ୍ରେ ରହୁ ସର୍ବଦା ନାମ ତୋହର,
 ପାଇ ତୋର ସୁକଲ୍ୟାଣ   ଜ୍ଞାନୀଗୁଣୀ ହୋଇ ଜନ
  ଗାଆନ୍ତୁ କାଳ କାଳକୁ ଗାଥା ତୋହର,
   ପ୍ରାପ୍ତ କରି ତୋ' ଆଶୀର୍ବାଦ,
  ଅରଜନ୍ତୁ ଜନେ ଶିକ୍ଷା ସୁଖ ସମ୍ପଦ।"
</pre>

ପରେ ପରେ କେତେ ବେଳେ ଆଖି ଲାଗି ଯାଇଛି ଜାଣିନି। ବିମାନ ପରିଚାରିକାଙ୍କର ସୁମଧୁର କଳରବ ଓ ଆଲୋକ ରଶ୍ମିର ପ୍ରବଳତାରେ ନିଦ୍ରା ଭଙ୍ଗ ହେବାରୁ ଜାଣିଲି ଆଉ ମାତ୍ର ଅଳ୍ପ ସମୟ ମଧ୍ୟରେ ଆମେ ପ୍ୟାରିସର ଚାର୍ଲସ ଡି ଗଲ୍‌ ବିମାନ ବନ୍ଦରରେ ଅବତରଣ କରିବୁ।

ବାଲକ ଓ ବରକୋଲି

ଜବାହରଲାଲ ନେହେରୁ ବିଶ୍ୱବିଦ୍ୟାଳୟର ପରିସର ଉଚ ନୀଚ ପ୍ରସ୍ତରମୟ ଜଙ୍ଗଲରେ ଭରା। ଏହାର ଶାନ୍ତ ବାତାବାରଣ ଓ ପ୍ରାକୃତିକ ଶୋଭା ମନ ମୁଗ୍ଧକର। କେଉଁଠି ପ୍ରସ୍ତରମାନ ପାହାଡ଼ ଭଲି ଉପରକୁ ମୁଣ୍ଡ ଟେକିଛନ୍ତି ତ କେଉଁଠି ଗହ୍ଵର, କାହିଁ କେତେ ତଳକୁ। କେଉଁଠି ନିର୍ମଳ ଝରଣାଟିଏ ଝିଲି ମିଲି ହୋଇ ବହିଯାଉଛି ତ କେଉଁଠି ତା' ଉପରେ ପୋଲଟିଏ। ବର୍ଷା ଋତୁରେ ମେଘ ବର୍ଷିଲେ କଳ କଳ ନାଦ ଶୁଣାଯାଏ। ହରିତ୍ ବର୍ଷା ଜାତି ଜାତି କଣ୍ଟକ ଗୁଲ୍ମରେ ହତା ଭିତର ଭରି ହୋଇଯାଏ। ଘନ ମେଘ ଦେଖି ପ୍ରସ୍ତର ଉପରେ ମୟୂରମାନଙ୍କର ନୃତ୍ୟ କରିବାର ଦୃଶ୍ୟ ଦେଖିବାକୁ ମିଳେ। ରାସ୍ତାରେ ଯାଉ ଯାଉ ଏ ସୁଯୋଗ ପାଇଲେ ମୁଁ ସେ ମନଲୋଭା ଦୃଶ୍ୟ ଦଣ୍ଡେ ଛିଡ଼ା ହୋଇ ଦେଖେ।

ପୂର୍ବ ପଟର ତଳ ଅଞ୍ଚଳରେ ଅନେକ ଅସ୍ଥାୟୀ ଝୁମ୍ପୁଡ଼ି। ସେଥିରେ ବାସ କରୁଥିବା ବାସିନ୍ଦାମାନେ ଗରିବ। ହତା ଭିତର ଜଙ୍ଗଲକୁ ବର୍ଷସାରା ସେମାନେ ତାଙ୍କର ଗୃହପାଲିତ ପଶୁମାନଙ୍କ ଚାରଣ ଭୂଇଁ ହିସାବରେ ବ୍ୟବହାର କରିଥାନ୍ତି। କଳା, ଧଳା, ଛାପ ଛାପକା, ଧୂସର ବା ବାଦାମୀ ରଙ୍ଗର ମେଷ ଓ ଛାଗଳ ପଲ ଆଣି ଜଙ୍ଗଲରେ ଦିନ ତମାମ ଚରାନ୍ତି। ରାସ୍ତାରେ ଯାଉଥିବା ବେଳେ ପତ୍ର ଗହଳରୁ ମଝିରେ ମଝିରେ ସେମାନଙ୍କର ମେଁ ମେଁ ଭେଁ ଭେଁ ଶବ୍ଦ ଶୁଭେ। ମେଷ ଚରାଳିମାନେ ମୁଖ୍ୟତଃ ମହିଲା ଓ ତରୁଣୀ। ସେମାନଙ୍କ ପରିହିତ ଘାଗରା ଜୀର୍ଣ୍ଣଶୀର୍ଣ୍ଣ ହେଲେବି ଦେଖିବାକୁ ବେଶ୍ ରଙ୍ଗ ରଙ୍ଗିଆ। ଦେହରେ ମୋଟା ମୋଟା ଗହଣା। ହାତରେ ଖଡ଼ୁ। ନାକରେ ଶୋଭାପାଉଥାଏ ନୂଥ। ବାଡ଼ିଟିଏ ଧରି ସାରା ଦିନ ପଶୁମାନଙ୍କୁ ଅଡ଼ଉଥାନ୍ତି। ଦିନ ଶେଷରେ ସୂର୍ଯ୍ୟ ନଇଁବା ଆଗରୁ ନିଜ ନିଜର ଝୁମ୍ପୁଡ଼ିକୁ ଲେଉଟି ଯାଆନ୍ତି।

ସେଇ ପ୍ରସ୍ତର କନ୍ଦରେ କନ୍ଦରେ ପ୍ରବଳ ବରକୋଲି ଗଛ, ଯାହାର ପତ୍ର ମେଷ

ଓ ଛାଗଳ ଚୋବାଇ ଖାଆନ୍ତି। ଗଛ ଗୁଡ଼ିକର ଉଚ୍ଚତା କମ, ଗୁଳ୍ମ ସଦୃଶ, ଓଡ଼ିଶାରେ ଦେଖାଯାଉଥିବା ବଡ଼ ବରକୋଲି ଗଛ ପରି ନୁହଁ। ଶୀତ ଦିନ ହେଲେ ସେଥିରେ ପେଣ୍ଟା ପେଣ୍ଟା ବରକୋଲି ଭରିଯାଏ। ନାନା ଜାତି ପକ୍ଷୀ ଓ ଗୁଣ୍ଡୁଚିମୂଷାମାନଙ୍କ ଠାରୁ ଆରମ୍ଭ କରି ମଣିଷ ପର୍ଯ୍ୟନ୍ତ ସ୍ୱାଦିଷ୍ଟ ପକ୍ୱ ବରକୋଲି ଉପଭୋଗ କରନ୍ତି। ମିଠା ବରକୋଲିର ସ୍ୱାଦୁ, ନିକଟସ୍ଥ ବେର ସରାଇ ଓ ମୁନିର୍କା ଗାଁର ବାଳକ ବାଳିକା ମାନଙ୍କୁ ପିଣ୍ଡୁଡ଼ି ଭଳିଆ ବିଶ୍ୱବିଦ୍ୟାଳୟ ହତା ଭିତରକୁ ଟାଣି ଆଣେ।

ଗବେଷଣାଗାରରୁ ବ୍ରହ୍ମପୁତ୍ର ଛାତ୍ରାବାସ ଯିବା ରାସ୍ତାରେ ଲୋଭ ସମ୍ଭାଳି ନପାରି ମୁଁ କେବେ କେବେ ପାଚିଲା ବରକୋଲି ତୋଳି ପାଟିରେ ପକାଇବାକୁ ଅଟକି ଯାଏ। ମଜା ପାଇଥିବା ସାଙ୍ଗମାନେ ମଧ ମୋ ସହିତ ଯୋଗ ଦିଅନ୍ତି। ଯେଉଁ ସାଙ୍ଗମାନେ ଜାଣି ନଥାନ୍ତି ସେମାନଙ୍କୁ ମୁଁ ପ୍ରଥମେ ପ୍ରଥମେ କିଛି ଦେଇ ସ୍ୱାଦୁ ଚଖେଇଦିଏ।

କୋଲି ତୋଲୁ ତୋଲୁ ପିଲା ବେଲର କଥା ମନେ ପକାଏ। ପିଲାଦିନେ ଆମେ ଆମ ବାରି ବରକୋଲି ବହୁତ ଖାଉଥିଲୁ। ବାପା ସବୁବେଲେ ତାଗିଦା କରନ୍ତି, ନାଲି ଆଖ୍ୟ ଦେଖାନ୍ତି, ନ ଖାଇବାକୁ। ତଥାପି ଲୁଚି ଲୁଚି ଖାଉ। ତାଙ୍କର ଧାରଣା ବରକୋଲି ଖାଇଲେ ରାତିରେ କାଶ ହେବ। ସତରେ କେବେ ଯଦି କାଶ ହୁଏ ସମବେଦନା ଜଣାଇବା ପରିବର୍ତ୍ତେ କହନ୍ତି, "ଯା, ଆଉ ମୁଠେ ବରକୋଲି ଖା।" ଆମକୁ ବରକୋଲି ଠାରୁ ଦୂରରେ ରଖିବା ପାଇଁ କାଶ ସହିତ ବରକୋଲିର ଦୃଢ଼ ସମ୍ପର୍କ ସେ ଆମ ସାମନାରେ ମଝିରେ ମଝିରେ ସ୍ଥାପନା କରନ୍ତି। ବଡ଼ ହେବାପରେ ବିଜ୍ଞାନ ଦୃଷ୍ଟିରୁ ମୁଁ ଜାଣିବାକୁ ପାଇଲି, କାଶର କାରଣ ଗଲାରେ ଭାଇରସ ବା ବ୍ୟାକ୍ଟେରିଆର ପ୍ରାଦୁର୍ଭାବ। ବରକୋଲି ଦେହ ପକ୍ଷରେ ହିତକାରୀ ଓ ଭିଟାମିନ ସି ରେ ଭରପୂର। କିନ୍ତୁ ପିଲାଦିନେ ବାପାଙ୍କ କଥାକୁ ଅମାନ୍ୟ କରିବା ବା ତାଙ୍କ ଆଗରେ ଉତ୍ତର ଦେବାକୁ ଆମର ସାହସ ନଥିଲା।

ମୁଁ ଦିଲ୍ଲୀରୁ ଛୁଟିରେ ଗାଆଁ ଯାଇଥିବା ବେଲେ ମାଆ ଆଗରେ ଦିଲ୍ଲୀର ଘଟଣାବଲି ବସି ଗପେ। ସେ ବିଭୋର ହେଇ କାନ ଡେରି ଶୁଣେ, ପାଣି ପିଇଲା ଭଲି ପିଇଯାଏ। ମନରେ ଗର୍ବ ଆଣେ ପୁଅ ତାର ଦିଲ୍ଲୀରେ ପଢୁଚି। ପ୍ରଥମ ଥର ଯାଇ ଯେତେବେଲେ ଦିଲ୍ଲୀର ବରକୋଲି କଥା ମାଆକୁ କହିଲି ସେ ଜମା ମୋ କହିବାକୁ ପରତେ ଗଲାନି, ମୋ ଆଗରେ ଠୋ ଠୋ ହସି ଉଡ଼େଇ ଦେଲା। କହିଲା, "ଦୁଃ, ତୁ ମ ସାଙ୍ଗରେ ମଜା କରୁଚୁ, ଉରାଲିଆ ହଉଚୁ, ଦିଲ୍ଲୀରେ ବରକୋଲି ଥିବ ନା, ଆମ ଗାଁ ଗହଲି ମଫସଲରେ ସିନା ବରକୋଲି।" ମାଆର ଧାରଣା ଓ କଳ୍ପନାରେ ଦିଲ୍ଲୀ ବହୁତ ବଡ଼ ସହର। ସେଠାରେ କେବଲ ବଡ଼ ବଡ଼ କୋଠାବାଡ଼ି, ବାଗାନ, ସଫାସୁତରା ରାସ୍ତାଘାଟ, ଯାନ

ବାହନ, ଗାଡ଼ି ମଟର, ଦୋକାନ ବଜାର, ଧନୀ ଲୋକ ଓ ଇନ୍ଦିରା ଗାନ୍ଧୀ। ତେଣୁ ସେ ମୋ କଥାକୁ ଜମା ବିଶ୍ୱାସ କଲାନି। ମୁଁ ଗାଆଁରୁ ଦିଲ୍ଲୀ ଫେରି ପୁଣି ବରକୋଲି ତୋଳିଲା ବେଳେ ମାଆ କଥା ମନେ ପକେଇ ହସେ ଓ ବରକୋଲି ତୋଳି ଖାଏ। ଗଲା ବେଳେ ଆଉ କିଛି ବରକୋଲି ଛାତ୍ରାବାସ ବା ଗବେଷଣାଗାରର ସାଙ୍ଗ ସାଥୀ ମାନଙ୍କ ପାଇଁ ପିଲାଦିନ ଭଳି ପକେଟରେ ଭରି ନେଇଯାଏ।

ଡିସେମ୍ବର ମାସ ଶୀତ ଦିନର ଏକ ଘଟଣା। ମଧ୍ୟାହ୍ନଭୋଜନ ପରେ ମୁଁ ଅଳ୍ପ ସମୟ ମୋ କୋଠରିରେ ବିଶ୍ରାମ ନେଇ ଅପରାହ୍ନରେ ଲାଇଫ୍ ସାଇନ୍ ବିଲ୍ଡିଂକୁ ଯିବାକୁ ଛାତ୍ରାବାସ ସାମନାରେ ଛିଡ଼ା ହୋଇଥିବା ବସ୍ ଭିତରକୁ ପଶିଗଲି। ପୂର୍ବାଞ୍ଚଳରୁ ଲାଇଫ୍ ସାଇନ୍ ବିଲଡିଂକୁ ଦିଲ୍ଲୀ ପରିବହନ ନିଗମ ବସରେ ଯିବାକୁ ହେଲେ ଜମାରୁ ଗୋଟିଏ ସ୍ୱୟ। ମୋ ପାଖରେ ବସ୍ ପାସ୍ ଥିଲେ ବି ପ୍ରାୟ ମୁଁ ପ୍ରତିଦିନ ପ୍ରାକୃତିକ ଦୃଶ୍ୟ ଉପଭୋଗ କରି ଚାଲି ଚାଲି ଯାଏ। ଯଦି ବସ୍‌ଟିଏ ଛାତ୍ରାବାସ ସାମନାରେ ଛିଡ଼ା ହୋଇଛି ବା ମୋର ସ୍କୁଲରେ କୌଣସି ନିର୍ଦ୍ଧିଷ୍ଟ ସମୟରେ ପହଞ୍ଚିବାର ଅଛି ଆଉ ମୋର ବିଳମ୍ବ ହେଲାଣି, ତେବେ ମୁଁ ବସ୍ ନେଇ ଯାଏ। ସେଦିନ ବସ୍‌ଟିଏ ସାମନାରେ ଛିଡ଼ା ହୋଇଥିବାରୁ ସେଥିରେ ଚଢ଼ିଗଲି।

ଯେତେବେଳେ ମୋ ସ୍ୱପଟି ଆସିଲା, ମୁଁ ମୋର ବେକ୍‌ପ୍ୟାକ୍ ଧରି ତର ତର ହୋଇ ଓହ୍ଲାଉ ଓହ୍ଲାଉ ଦେଖେତ ସେଠାରେ ଜନ ଗହଲି, ହୋହଲ୍ଲା। ଅନତିଦୂରରେ ଫାଙ୍କା ଚାଲକ ବିହୀନ ବସ୍‌ଟିଏ ଛିଡ଼ା ହୋଇଥିବାର ଦେଖିଲି। ରାସ୍ତା ଦୁଇ ଧାରରେ ଜନ ସମାବେଶ। ସନ୍ଦିହାନ ମନରେ ଘଟଣା କ'ଣ ଜାଣିବାକୁ ଦୌଡ଼ିଗଲି ଭିଡ଼ ଭିତରକୁ। ଦେଖିଲି ମଝି ପିରୁ ରାସ୍ତା ଉପରେ ସାତ କି ଆଠ ବର୍ଷର ବାଲକଟିଏ ମୁହଁ ମାଡ଼ି ପଡ଼ିଛି। ଦେହରେ ମଇଲା ଖଣ୍ଡିଏ ହାଫ ପ୍ୟାଣ୍ଟ ଓ ରକ୍ତ ଜୁଡୁବୁଡୁ ଜାମା। ପାଦରେ ବିନା ମୋଜାରେ ଅଳିଆ ଅସନା ସୂତା ବନ୍ଧା ଜୋତା ହଲେ। ପ୍ରଥମେ ଘଟଣା କ'ଣ ଜାଣି ପାରିଲିନି। ପଚାରୁ ପଚାରୁ ଜାଣିବାକୁ ପାଇଲି ଯେ ଛିଡ଼ା ହୋଇଥିବା ବସ୍‌ଟିର ଚାଲକ ପିଲାଟିକୁ ଧକ୍କା ଦେଇ ବସ୍ ଛାଡ଼ି ଦେଇ ପୂର୍ବପଟ ଜଙ୍ଗଲ ଆଡ଼କୁ ଦୌଡ଼ି ପଲାଇଛି। ସେତେବେଳ ଠୁଁ ପିଲାଟି ରାସ୍ତା ମଝିରେ ଆହତ ଅବସ୍ତାରେ ପଡ଼ି ରହିଛି। ସମସ୍ତେ ଅସ୍ତବ୍ୟସ୍ତ, ଓହୋ ଆହା ଚୁ ଚା କରିବାରେ ଲାଗିଛନ୍ତି, ହେଲେ ପିଲାଟିକୁ ଡାକ୍ତରଖାନାକୁ ନେବାର ପ୍ରଚେଷ୍ଟା କାହାରି ନାହିଁ, କେହି କିଛି କଲା ଭଳି ବି ଦେଖା ଯାଉନଥାଏ।

ପ୍ରଥମେ ମୁଁ କ'ଣ କରିବି ଭାବି ପାରିଲିନି। ନିରବରେ ବି ଛିଡ଼ା ହୋଇ ରହି ପାରିଲିନି। କ୍ଷଣିକ ପାଇଁ କିଂକର୍ତ୍ତବ୍ୟବିମୂଢ଼ ହୋଇ ରହିଗଲି। ପର ମୁହୂର୍ତ୍ତରେ କ'ଣ

ଭାବି ମନକୁ ଦୃଢ଼କରି ପିଲାଟି ପାଖକୁ ଦୌଡ଼ିଗଲି। ପରଖି ନେଲି ନାକ ପାଖରେ, ନିଃଶ୍ୱାସ ଚାଲିଛି କି ନାହିଁ, ପିଲାଟି ବଞ୍ଚିଛି କି ନାହିଁ। ଜାଣିଲି ବଞ୍ଚିଛି, ମାତ୍ର ସଂଜ୍ଞାହୀନ। ସଂଗେ ସଂଗେ ନିଜେ ଚେଷ୍ଟାକଲି ପିଲାଟିକୁ ରାସ୍ତା ମଝିରୁ ଉଠାଇ ଆଣି ରାସ୍ତା ଧାରକୁ ଆଣିବାକୁ। ପିଲାଟିର ଅବସ୍ଥା ଏପରି ହୋଇଥାଏ ଯେ ଏକୁଟିଆ ତାହା ମୋ ଦ୍ୱାରା ସମ୍ଭବ ହେଲାନି। ମୋର ଅପାରଗତା ଦୟନୀୟ ଅବସ୍ଥା ଦେଖି ଲୋକ ଗହଳି ଭିତରୁ ଆଉ ଜଣେ ସମ୍ବେଦନଶୀଳ ବ୍ୟକ୍ତି ମୋତେ ସାହାଯ୍ୟ କରିବାକୁ ଧାଁ ଆସିଲେ। ପିଲାଟିର ବାମ ହାତ ଖଣ୍ଡ ବିଖଣ୍ଡ ଲହୁ ଲୁହାଣ। କେତେ ଅଂଶ ଚର୍ମ ବିଗଳିତ, ଫୁଙ୍କୁଲା ଅସ୍ଥି ଓ ମାଂସପେଶୀ ଦୃଶ୍ୟମାନ, ରାସ୍ତା କଡ଼ କଟା ଛାଗଲର ରକ୍ତାକ୍ତ ଅସ୍ଥି ଓ ମାଂସ ପେଶୀ ସଦୃଶ। ଦୃଢ଼ ହୋଇ ନିଜର ଭାବପ୍ରବଣତାକୁ ଆୟତ୍ତରେ ରଖି ଯନ୍ତ ସହକାରେ ଚର୍ମକୁ ଆଣି ଅସ୍ଥି ଓ ମାଂସ ଉପରେ ଢାଙ୍କି ଦେଲି। ଦୁଇଜଣ ଧରି ଆସ୍ତେ ଆସ୍ତେ ପିଲାଟିକୁ ରାସ୍ତା ଧାରକୁ ଆଣିଲୁ। ତା' ପର ଉଦ୍ଦେଶ୍ୟ ରହିଲା ଯେତେ ଶୀଘ୍ର ତାକୁ ନେଇ କିପରି ଡାକ୍ତରଖାନାରେ ପହଞ୍ଚେଇବୁ।

ପ୍ରତି ମୁହୂର୍ତ୍ତରେ ମୁଁ କାନ ପାରି ତଦାରଖ କରୁଥାଏ ପିଲାଟିର ନିଃଶ୍ୱାସ ଚାଲୁଛି କି ନାହିଁ। ଆଉ ଆର ବ୍ୟକ୍ତି ଜଣକ ସେଇ ବାଟରେ ଯେତେ କାର୍ ଯାଉଥାନ୍ତି ହାତ ଟେକି ଅଟକେଇବାକୁ ଚେଷ୍ଟା କରୁଥାନ୍ତି। କେତୋଟି କାର୍ ଗଲେ, ହେଲେ କେହି କାର୍ ରଖୁନଥାନ୍ତି। ସମସ୍ତେ ଭାବୁଥିବେ, କିଏ ଝମେଲାର ବୋଝଟାକୁ ଜାଣି ଜାଣି ମୁଣ୍ଡରେ ମୁଣ୍ଡେଇବ, କିଏ କାର୍ ସିଟକୁ ଲହୁ ଲୁହାଣ କରିବ। ତା' ଛଡ଼ା ଇଏ ପୁଣି ଦୁର୍ଘଟଣା ମାମଲା। କିଏ ପୁଲିସ ଦ୍ୱାରା ଘୋଷରା ଟଣା ହେବ। ଏଇୟା ସବୁ ଭାବି ବୋଧହୁଏ କେହି ରଖୁନଥାନ୍ତି। ଶେଷକୁ ଚକୋଲେଟ ରଙ୍ଗର କାର୍ଟିଏ ହାତ ଦେଖାଇବାରୁ ଆମ ପାଖରେ ଆସି ରହିଲା। ଜଣେ ମହିଳା ପ୍ରଫେସର କାର୍ର ଚାଲକ। ମାଡାମ୍ କାର୍ର ବାହାରକୁ ବାହାରି ପଡ଼ି ସଂଗେ ସଂଗେ ପଛ ପଟ କବାଟ ଖୋଲି ଦେଲେ। ମୁଁ ମୋ ବ୍ୟାକପ୍ୟାକରୁ ଛୋଟ ନାଲି ତଉଲିଆଟି ବାହାର କରି କାର୍ ସିଟ ଉପରେ ପକାଇ ଦେଲି। ମୋ ବ୍ୟାକପ୍ୟାକ୍‌ରେ ସଦାବେଳେ ଛୋଟ ତଉଲିଆ ଖଣ୍ଡକ ଥାଏ। ମାଡାମ ମଧ ତାଙ୍କ ଟ୍ରଙ୍କରୁ ଆଉ ଖଣ୍ଡିଏ ବଡ଼ କପଡ଼ା ବାହାର କରି ମୋ ହାତକୁ ବଢ଼େଇ ଦେଲେ। ତାହା ବି ମୁଁ ପଛ ପଟ ସିଟରେ ପାରିଦେଲି।

ଆମକୁ ଦେଖି ସେଠାରେ ଉପସ୍ଥିତ ଥିବା ମୋର ଆଉ କେତେକ ସାଙ୍ଗ ଆମକୁ ସାହାଯ୍ୟ କରିବାକୁ ଦୌଡ଼ି ଆସିଲେ। ମୋ ବ୍ୟାକପ୍ୟାକରେ କେତେ ଖଣ୍ଡି ବହି ଥାଇ ଓଜନିଆ ହେଇଥାଏ। ଆମ ସ୍କୁଲର ମୋ ତଳ ଶ୍ରେଣୀରେ ପଢୁଥିବା ଛାତ୍ରୀ ଇନମ ଦୁରେଜା ମୋ ପାଖରୁ ବ୍ୟାକପ୍ୟାକଟି ଆସି ନେଇଗଲେ। ପିଲାଟିର ଅବସ୍ଥା ଦେଖି

ଇନମ୍‌ ପୂରା କାନ୍ଦୁଶୁ ମାଡ଼ୁଣୁ। ବନ୍ଧୁ ଅରୁଣ କୁମାର ମଧ୍ୟ ଦୌଡ଼ି ଆସିଲେ। ମୁଁ ତାଙ୍କୁ କହିଲି, "ଦେଖ ଅରୁଣ, ତମେ ଏଠି ଛିଡ଼ା ହୋଇ ରୁହ। ଯଦି ପିଲାଟିର ଜ୍ଞାତି କୁଟୁମ୍ବ କେହି ଏଠାକୁ ଆସନ୍ତି, ତେବେ ତାଙ୍କୁ ଖବର ଦେଇଦେବ ଆମେ ପିଲାଟିକୁ ହସପିଟାଲ ନେଇ ଯାଇଛୁ।" ମୋ କହିବା ଅନୁସାରେ ସେ ସେଠାରେ ଛିଡ଼ା ହୋଇ ରହିଲେ। ପିଲାଟିକୁ ଗାଡ଼ି ଭିତରେ ପଶାଇବାକୁ ଆହୁରି କେତେ ଜଣ ମଧ୍ୟ ଦୌଡ଼ି ଆସି ଆମକୁ ସାହାଯ୍ୟ କଲେ। ତାର ଖଣ୍ଡ ବିଖଣ୍ଡିତ ରକ୍ତାକ୍ତ ବାମ ହାତକୁ ମୁଁ ଅତି ଯନ୍ତର ସହିତ ଧରିଥାଏ। କଷ୍ଟେମଷ୍ଟେ ଆମେ ତାକୁ କାରର ପଛପଟ ସିଟ ଉପରେ ଶୁଆଇ ଦେଲୁ। ଶୁଆଇଲା ବେଳେ ଦେଖିଲି କେତୋଟି ପାଚିଲା ବରକୋଲି ଗଡ଼ି ଯାଇ କାର ସିଟ ତଳେ ପଶିଗଲା। ହାତ ମାରି ଜାଣିଲି ପିଲାଟିର ପକେଟ ବରକୋଲିରେ ଭରା। ମନେ ପଡ଼ିଗଲା ମୋର ବରକୋଲି ତୋଳିବା କଥା। ଭାବିଲି, ଆହା, ବିଚରା ନିଶ୍ଚେ ବରକୋଲି ତୋଳିବାକୁ ଆସିଥିଲା। ଭାବନାରେ ଭାସିଯାଇ ଆଖିରେ ପାଣି ଜକେଇ ଆସିବା ଆଗରୁ ଦାନ୍ତ କାମୁଡ଼ି ନିଜକୁ ସମ୍ଭାଳି ନେଲି, ଲୁହ ଝରେଇବାର ବେଳ ସେଇଟା ନଥିଲା।

ମୁଁ ଓ ପ୍ରଥମରୁ ଦୌଡ଼ି ଆସିଥିବା ବ୍ୟକ୍ତି ଜଣକ ପିଲାଟିକୁ ଧରି ପଛ ସିଟରେ ବସିଥାଉ। ଡାକ୍ତରଖାନା ଅଭିମୁଖେ ମାଡାମ୍‌ ଦ୍ରୁତ ଗତିରେ କାର ଛୁଟେଇଲେ। ଗଢ଼ଣ, ବେଶଭୂଷା ଓ କଥାଭାଷାରୁ ଜାଣିଲୁ ମାଡାମ୍‌ ଦକ୍ଷିଣ ଭାରତୀୟ। ଅଲ୍‌ ଇଣ୍ଡିଆ ଇନଷ୍ଟିଚ୍ୟୁଟ ଅଫ୍‌ ମେଡିକାଲ ସାଇନ୍‌ ସାମନାରେ ଯାଇ ମାଡାମଙ୍କ କାର ରହିଲା। ଅବିଳମ୍ୱେ ସାଥୀ ଜଣକ ଭିତରକୁ ଦୌଡ଼ିଗଲେ। ପଚାରି ବୁଝି ଆସିଲେ ଆମକୁ ସଫଦରଜଙ୍ଗ ହସପିଟାଲ ଯିବାକୁ ପଡ଼ିବ, ତାହାର କାରଣ ପିଲାଟି ଦୁର୍ଘଟଣାଗ୍ରସ୍ତ। ପୁଲିସ କେସ୍‌ ମାମଲା। ସେତେବେଳେ ସମୟ ଅତ୍ୟନ୍ତ ଗୁରୁତ୍ୱପୂର୍ଣ୍ଣ। ତଥାପି ଆମର ଏ ବିଷୟରେ ଅଭିଜ୍ଞତା ନଥିବାରୁ ଏମିତି ଦୌଡ଼ାଦୌଡ଼ି ବୁଝାବୁଝିରେ କିଛି ସମୟ ନଷ୍ଟ ହେଲା। ଅଲ୍‌ ଇଣ୍ଡିଆ ଇନଷ୍ଟିଚ୍ୟୁଟ ଅଫ୍‌ ମେଡିକାଲ ସାଇନ୍‌ର ରାସ୍ତା ଆରପଟ ଠିକ୍‌ ସାମନାରେ ସଫଦରଜଙ୍ଗ ହସପିଟାଲ। ସେଠାରୁ ଯାଇ ପୁଣି ସଫଦରଜଙ୍ଗ ହସପିଟାଲ ଆପାତକାଳୀନ ବିଭାଗ ସାମନାରେ ପହଞ୍ଚିଲୁ। ଷ୍ଟେଚରଟିଏ ଆଣି ପିଲାଟିକୁ ଭିତରକୁ ନେଇଗଲୁ। ସେତେବେଳେ ବି କେତୋଟି ବରକୋଲି ପିଲାଟିର ପକେଟରୁ ଗଲି ପଡ଼ି ତଳେ ଗଡ଼ିଗଲା। ଦେଖିଲି କେତୋଟି ପାଚିଲା ଓ ଆଉ କେତୋଟି ଦର ପାଚିଲା।

ମାଡାମ ପ୍ରଫେସର ଆମକୁ ସେଠାରେ ଛାଡ଼ି ଦେଇ ବିଦାୟ ନେଲେ। ମୁଁ ଯେତେବେଳେ ତାଙ୍କୁ କୃତଜ୍ଞତା ସହ ଧନ୍ୟବାଦ ଜଣେଇଲି, ସେ କହିଲେ, "ଧନ୍ୟବାଦ କହିବାର ଆବଶ୍ୟକତା ନାହିଁ। ଗୋଟିଏ ମାଆର କର୍ତ୍ତବ୍ୟ ପିଲାଟିର

ଜୀବନ ରକ୍ଷା କରିବା । ମାଆ ହିସାବରେ ମୁଁ ଯାହା କରିବା କଥା କରିଛି, ମୋର ଆଉ ଏକ ଜରୁରୀ କାମ ନଥିଲେ ମୁଁ ତୁମମାନଙ୍କ ସହିତ ରହିଥାନ୍ତି । ଆଶାକରେ ସବୁ ଭଲରେ ଭଲରେ ଯିବ ।" ମୁଁ ନମସ୍କାର ଜଣେଇଲି, ତାଙ୍କ କଥା ଶୁଣି ମୋ ଆଖି ଛଲ ଛଲ ହେଇ ଆସିଲା । ମାଡାମ କାର୍ ଚଳେଇ ଦିଲ୍ଲୀର ଜନ ଗହଲି ଓ ଯାନବାହନ ସହିତ ମିଶି ଆଖି ଆଗରୁ ଅଦୃଶ୍ୟ ହୋଇଗଲେ ।

ଫିନାଇଲ ଓ ଡେଟଲର ତୀବ୍ର ଗନ୍ଧ ଆମକୁ ସ୍ୱାଗତ ଜଣେଇ ଏହା ହସ୍ପିଟାଲ ବୋଲି ସୂଚେଇଦେଲା । ଆମକୁ ପଶିବାର ଦେଖି ବ୍ୟସ୍ତତା ବିହୀନ ମନ୍ଥର ଗତି ସମ୍ପନ୍ନ କେତେ ଜଣ ନର୍ସ ଆମ ଆଡ଼କୁ ଅଗ୍ରସର ହେବାର ଦେଖିଲୁ । ପିଲାଟିର ଦୟନୀୟ ଅବସ୍ଥା ଦେଖି କିଛି ସମୟ ସେମାନେ ମଧ୍ୟ "ଓହୋ, ଆହା, ଚୁଚୁ ଚାଆ" କଲେ । ଖାତାଟିଏ ଧରି ତାଙ୍କ ଭିତରୁ ଜଣେ ଆମକୁ ପ୍ରଶ୍ନ ପଚାରି ବସିଲେ "ପିଲାଟିର ନାମ କ'ଣ ?" ଆମେ କହିଲୁ "ଆମେ ଜାଣିନୁ ।" ପୁଣି ପଚାରିଲେ "ଆପଣଙ୍କ ନାଁ କ'ଣ ?" ମୁଁ ମୋ ନାଁ କହିଲି ଓ ମୋ ସାଥୀ ଜଣକ ତାଙ୍କ ନାଁ କହିଲେ । ସାକ୍ଷୀ "ମହାକୁଡ଼"ରୁ ଜାଣିଲି ସେ ମଧ୍ୟ ଓଡ଼ିଆ । ଆମେ ଦୁଇଜଣ ସେତେବେଳେ ଯାଏଁ ନିଜ ନିଜ ଭିତରେ ଚିହ୍ନା ପରିଚୟ ମଧ୍ୟ ହୋଇ ନଥାଉ । ଇଂରାଜୀରେ କଥା ଭାଷା ହେଉଥାଉ । ଜାଣିବା ପରେ ଯାଇ ଓଡ଼ିଆରେ କଥାବାର୍ତ୍ତା ଆରମ୍ଭ କଲୁ । ସେତେବେଳେ ନର୍ସ ମାନଙ୍କର ମନ୍ଥର ଗତି ଓ ବେପରୁଆ ଆବଭାବ ଦେଖି ମୋର ଧୈର୍ଯ୍ୟଚ୍ୟୁତି ଘଟୁଥାଏ । ଆଉ କିଛି ପଚାରିବା ଆଗରୁ ମୁଁ ଏକ ନିଃଶ୍ୱାସରେ କହିଗଲି "ଆମେ ଦୁଇ ଜଣ ଜେଏନ୍ୟୁର ଛାତ୍ର । ଇଏ ପିଲା ଆମ କ୍ୟାମ୍ପସରେ ଡିଟିସ ବସ୍ ଧକ୍କା ଖାଇ ଅଚେତ ଅବସ୍ଥାରେ ପଡ଼ିଥିଲା । ଆମେ ଆମ ମାଡାମଙ୍କ କାରରେ ଏଠାକୁ ନେଇ ଆସିଛୁ । ଆପଣ ପିଲାଟିର ଚିକିସା ଯେତେ ଶୀଘ୍ର କରି ତା' ଜୀବନ ବଞ୍ଚାନ୍ତୁ ।" ତଥାପି ନର୍ସମାନଙ୍କର ଶିଥିଳତା ଦେଖି ମୁଁ ଧୈର୍ଯ୍ୟହରା ହେବାକୁ ଲାଗିଲି । ମୋର ଅସ୍ଥିରତା ଦେଖି ନର୍ସ ଜଣେ ମୋତେ କହିଲେ, "ଏମିତି ହେଲେ କିଛି କାମ ହେଇ ପାରିବନି, ଇଏତ ଦୁର୍ଘଟଣା ବ୍ୟାପାର, ପୁଲିସ ଆସି ରିପୋର୍ଟ ନେବା ପରେ ଯାଇ ଯାହା କିଛି କରିହବ ।" ତୁରନ୍ତ ଆମେ ଦୁଇଜଣ ଏକା ସାଙ୍ଗରେ କହି ଉଠିଲୁ, "ପୁଲିସ କେଉଁଠି ଅଛନ୍ତି କେତେବେଳେ ଆସିବେ ?" ନର୍ସ ଜଣକ କହିଲେ, "ଆମେ ଖବର ପଠେଇ ସାରିଲୁଣି, ଏଇ ଆସୁଥିବେ ।"

ସତକୁ ସତ ଖାକି ପୋଷାକ ପରିହିତ ପ୍ରଥୁଳକାୟ ପୁଲିସ ଜଣକ ଆମ ଆଗରେ ଆସି ଉଭା ହେଲେ । ଉଦରଟି ବେଶ୍ ଭଲ ଆକାରର, ଚନ୍ଦା ମୁଣ୍ଡ, ନିଶ ହଲକ ପ୍ରଥୁଳକାୟ ବପୁକୁ ବେଶ୍ ମାନୁଥାଏ । ଖାତାଟିଏ ହାତରେ ଧରି, ଯେଉଁ କଥାକୁ ପୁଣି

ସେଇ କଥା, ଅଜା ଅଇଲେ ମୂଲରୁ ଗାଆ। ପୁଲିସ ଜଣକ ପଚାରିଲେ, "ପିଲାର ନାମ କ'ଣ?" ଆମେ କହିଲୁ "ଆମେ ଜାଣିନୁ।" ପୁଣି ପ୍ରଶ୍ନ "ତମ ନାଁ କ'ଣ?" ଆମେ ଆମର ନାଁ କହିଲୁ। ଏମିତି ପଚରା ଉତରା ସରିବା ପରେ କେତୋଟି ନର୍ସ ଷ୍ଟିଲ୍ ପାତ୍ର ଓ ସେଥିରେ କିଛି ହଳଦିଆ ରଙ୍ଗର ପାଣି ଧରି ଆସି ପିଲାଟିର ହାତକୁ ସଜାଡ଼ିବାରେ ଲାଗିଲେ। ସେତିକି ବେଳେ ସେମାନଙ୍କର ମୁଖମଣ୍ଡଳରୁ ଦରଦୀ ପୂର୍ଣ୍ଣ ହୃଦୟର ଭାବ ସ୍ପଷ୍ଟ ବାରି ହେଉଥିଲା।

ତା' ପରେ ପରେ ସେମାନେ ପିଲାଟିକୁ ଆଉ ଗୋଟିଏ ରୁମ୍‍କୁ ନେଇଗଲେ। ଆମେ ମଧ ତାଙ୍କ ସହିତ ଗଲୁ। ସେତେବେଳେ ଯାଇ କେତେଜଣ ଡାକ୍ତରଙ୍କର ଦର୍ଶନ ମିଳିଲା। ସେମାନେ ଆସି ନିଜ ନିଜ ଭିତରେ ଫୁସୁରୁ ଫାସର ହୋଇ କ'ଣ ସବୁ ଆଲୋଚନା କଲେ। ଏପରି ନିଷ୍କ୍ରିୟ ପରିସ୍ଥିତି ମୋତେ ଧୈର୍ଯ୍ୟହରା କରି ପକାଉଥାଏ। ଠିକ୍ ସେତିକି ବେଳେ ଆଉ ଦୁଇଜଣ ବ୍ୟକ୍ତି ସେ ରୁମ୍‍କୁ ତରତର ହୋଇ ପଶି ଆସିବାର ଆମେ ଦେଖିଲୁ। ଜଣେ ବୟସ୍କ। ଆଉ ଜଣେ ସତର କି ଅଠର ବର୍ଷର। ବୟସ୍କ ବ୍ୟକ୍ତିଙ୍କ ଦେହରେ ଚିରା ଜାମା, ଫଟା ପ୍ୟାଣ୍ଟ ଓ ପାଦରେ ହଳେ ଚପଲ। ମୁଖ ଶ୍ମଶ୍ରୁ ଭରା। ଯାହା ଜଣା ପଡ଼ୁଥାଏ ନିର୍ଣ୍ଣିତ ରୂପେ ଧଇଁସଇଁ ହୋଇ ଧାଇଁ ଆସିଛନ୍ତି। ପିଲାଟିର ଏପରି ଦୟନୀୟ କ୍ଷତ ବିକ୍ଷତ ଶରୀରକୁ ଦେଖି ସେ କାନ୍ଦିବାକୁ ଲାଗିଲେ। ମୁଁ ତାଙ୍କୁ ସେଠାରୁ ଦୂରକୁ ନେଇ ବୁଝାବୁଝି କରେଇ ପଚାରି ଜାଣିଲି ଯେ ସେ ହେଉଛନ୍ତି ପିଲାଟିର ପିତା। କଥା ଭାଷାରୁ ଜାଣିଲୁ ପିଲାଟି ବେରୁସରାଇର ବାସିନ୍ଦା। ସାଙ୍ଗ ମାନଙ୍କ ସହିତ ସ୍କୁଲ ଛୁଟି ପରେ ଜେଏନ୍‍ୟୁ କ୍ୟାମ୍ପସକୁ ବରକୋଲି ତୋଳି ଯାଇଥିଲା। ଆମେ ତାଙ୍କୁ ଘଟିଥିବା ସମସ୍ତ ଘଟଣା ଜଣେଇଲୁ, କେଉଁଠି କ'ଣ ହେଲା, କେମିତି ଆସିଲୁ ଇତ୍ୟାଦି ଇତ୍ୟାଦି। ସେ ଆମ କଥା ଶୁଣି ଆମ ଦୁଇଜଣଙ୍କ ଆଗରେ କର ଯୋଡ଼ି ତାଙ୍କର କୃତଜ୍ଞତା ପ୍ରକାଶ କଲେ। କଥା ବାର୍ତ୍ତାରୁ ଯାହା ଅନୁମାନ କଲୁ ପିଲାଟିର ପିତା ଅତ୍ୟନ୍ତ ଗରିବ, ଦିନ ମଜୁରିଆ ଶ୍ରେଣୀର।

ଇତି ମଧରେ ଏକ ଘଣ୍ଟା ବିତିଯାଇଥାଏ। ତଥାପି ସେତେବେଳେ ଯାଏଁ କୌଣସି ପ୍ରକାରର ଅପରେସନ୍ ବା ଚିକିତ୍ସାର ବ୍ୟବସ୍ଥା ନାହିଁ, ତାର ନାମ ଗନ୍ଧ ବି ନାହିଁ। ଆମେ ଥରେ ପଚାରୁଥାଉଁ ନର୍ସ ମାନଙ୍କୁ ତ ଆଉ ଥରେ ଡାକ୍ତର ମାନଙ୍କୁ। ଡାକ୍ତର ମାନଙ୍କ କହିବା ଅନୁସାରେ ଆଉ କିଛି ସମୟ ଲାଗିବ। କାରଣ ପଚାରିଲେ କେହି କହିବାକୁ ନାରାଜ। ମୋର ଧୈର୍ଯ୍ୟ ରହୁ ନଥାଏ। ମନେ ମନେ ଭାବୁଥାଏ ଆମେ ଡାକ୍ତର ନୁହଁ ହେଲେ କିଛି ତ ମୁଣ୍ଡରେ ବୁଦ୍ଧି ଅଛି, କିଛି ତ ସାଧାରଣଜ୍ଞାନ ଆମ ମାନଙ୍କର ଅଛି। ପିଲାଟି ଅଚେତ ଅବସ୍ଥାରେ, ଆସିବା ମାତ୍ରେ କ'ଣ ପିଲାଟିକୁ

ଅପରେସନ୍ ଥ୍ୟେଟରକୁ ନେଇ ଅପରେସନ୍ କରାଯାଇ ପାରି ନଥାନ୍ତା। ସମ୍ପୂର୍ଣ୍ଣ ଶିଥିଳ ବାତାବରଣ। କାହାରି କିଛି ଚିନ୍ତା ବା ଦାୟିତ୍ୱ ଜ୍ଞାନ ଥିଲା ପରି ଜଣା ପଡୁ ନଥାଏ। ବଡ଼ ବଡ଼ ଅକ୍ଷରରେ ବାହାରେ କିନ୍ତୁ ଲେଖାଯାଇଛି "ଏମର୍‌ଜେନ୍‌ସି।" ମନକୁ ଆସୁଥାଏ, ଯାକୁ ହିଁ କହନ୍ତି ଏମର୍‌ଜେନ୍‌ସି, ଇଏ କେଉଁ ପ୍ରକାରର ଏମର୍‌ଜେନ୍‌ସି ? ସଫଦରଜଙ୍ଗ୍ ହସ୍ପିଟାଲ ଦିଲ୍ଲୀର ଏକ ମୁଖ୍ୟ ହସ୍ପିଟାଲ, ଏଠାରେ ଯଦି ଏପରି ଅବ୍ୟବସ୍ଥା ତେବେ ଛୋଟ ସହରରେ କ'ଣ ଆଶା କରାଯାଇ ପାରିବ। ଏଇ ପରି ଭାବନା ତକ ସେତେବେଲେ ଖାଲି ମୁଣ୍ଡକୁ ଆସୁଥାଏ। ଆମେ କିନ୍ତୁ ଆଉ ଅଧିକ ଉତ୍ତେଜିତ ହୋଇ ଉଚ୍ଚ ବାଚ କରିବାକୁ ପସନ୍ଦ କଲୁନି, ହେଲେ ଚୁପ୍ ହୋଇ ମଧ୍ୟ ବସି ପାରିଲୁନି। ଉପାୟ ନପାଇ ଡାକ୍ତରଙ୍କୁ ଯାଇ ଶେଷରେ ଆମେ ଦୁଇ ଜଣ କାକୁତି ମିନତି ହେଲୁ। ଦୀର୍ଘ ଦେଢ଼ଘଣ୍ଟା ଅମୂଲ୍ୟ ସମୟ ନଷ୍ଟ ହେବା ପରେ ପିଲାଟିକୁ ଭିତରକୁ ନିଆଗଲା। ଫେରିବା ଆଗରୁ ପିଲାର ପିତାଙ୍କଠାରୁ ବିଦାୟ ନେଇ ଆମେ ଦୁହେଁ ଡିଟିସି ବସରେ କ୍ୟାମ୍ପସ ଫେରିଆସିଲୁ। ଆସିବା ବେଲେ ଦୁଇଜଣ ଗପି ଗପି ଆସୁଥାଉ, କିପରି ଆମ ଭାରତରେ ସାଧାରଣ ଲୋକଙ୍କ ପାଇଁ ଚିକିତ୍ସାର ଅବ୍ୟବସ୍ଥା, ଡାକ୍ତର ଓ ନର୍ସ ମାନଙ୍କର ଆପାତକାଲରେ ଉଦାସୀନତା। ମଣିଷ ଜୀବନର କ'ଣ ମୂଲ୍ୟ ବୋଲି କିଛି ନାହିଁ ? କ'ଣ କୀଟ ପତଙ୍ଗ ସଦୃଶ ? ଏହିପରି କଥୋପକଥନରେ କ୍ରୋଧ ମିଶ୍ରିତ ଦୁଃଖ ଆମ ଦୁଇଜଣଙ୍କ ଯୁବକ ହୃଦୟକୁ ଆଦୋଲିତ କରି ପକଉଥିଲା।

ଡିଟିସି ବସ୍ ସ୍କୁଲ ଅଫ୍ ଲାଇଫ୍ ସାଇନ୍ସ ବିଲଡିଂ ପାଖ ଷ୍ଟପରେ ଆସି ରହିଲା। ମୁଁ ଓହ୍ଲାଇଲି। ଦୁର୍ଘଟଣା ସ୍ଥଲଟି ସେତେବେଲେକୁ ନିରବି ଯାଇଥାଏ। ଭଲ କରି ନିରିଖେଇ ଚାହିଁଲେ ଶୁଷ୍କ ରକ୍ତର ନିଶାଣ ତଥାପି ବି ଦୃଶ୍ୟମାନ। ତାହା ଦେଖି ଉଦାସ ମନ ମୋର ଉଦ୍‌ବେଲିତ ହୋଇଉଠିଲା, ବିଷାଦର କୁହୁଡ଼ି ମନକୁ ଢାଙ୍କି ପକେଇଲା। ସ୍କୁଲରେ ପହଞ୍ଚିଲି। ସେତେବେଳକୁ ସାରା ସ୍କୁଲରେ ଘଟିଥିବା ଦୁର୍ଘଟଣା ବିଷୟଟି ପ୍ରଗଟ ହୋଇସାରିଥାଏ।

ଯେଉଁମାନେ ଦୁର୍ଘଟଣା ସ୍ଥଲରେ ଥିଲେ, ପିଲାଟିର ଅବସ୍ଥା ଜାଣିବା ପାଇଁ ସମସ୍ତେ ମୋ ଚାରିପାଖରେ ମହୁମାଛି ପରି ବେଢ଼ିଗଲେ। ମୁଁ କହିଲି ଯେ ଆମେ ସେଠାରେ ଖାଲି ପିଲାଟିକୁ ଛାଡ଼ି ଦେଇ ଆସିବାକୁ ଚାହୁଁ ନଥିଲୁ। ଅପରେସନ୍ ଥ୍ୟେଟରକୁ ନିଆଯିବା ପର୍ଯ୍ୟନ୍ତ ଆମେ ସେଠାରେ ରହିଲୁ। ପିଲାଟିର ପିତା ସେଠାରେ ପହଞ୍ଚି ଯାଇଥିଲେ ଓ ତାଙ୍କ ସହିତ ଆମର ସାକ୍ଷାତ ହେଲା। ମୋ କହିବା ପରେ ସମସ୍ତେ ଜାଣିଲେ ପିଲାଟିର ପରିବାରର ଆର୍ଥିକ ପରିସ୍ଥିତି ସେପରି କିଛି ସ୍ୱଚ୍ଛଲ ନୁହଁ। ବେର

ସରାଇ ନିବାସୀ, ଗରିବ ଶ୍ରେଣୀର ଲୋକ । ବେର ସରାଇ ଗାଁଟି ଜେଏନ୍‌ୟୁ ଠାରୁ ଅଳ୍ପ ଦୂରରେ, କୁତୁବ ପଞ୍ଚ ତାରକା ବିଶିଷ୍ଟ ହୋଟେଲ ଆଡ଼କୁ ।

ପିଲାଟିର ଆର୍ଥିକ ପରିସ୍ଥିତିର ଦୁରବସ୍ଥା ଜାଣି ତୁରନ୍ତ ଆମର ଜଣେ ପ୍ରଫେସର ଡକ୍ଟର ରାଜେନ୍ଦ୍ର ପ୍ରସାଦ ଉପଦେଶ ଦେଲେ ପିଲାଟି ପାଇଁ ଚାନ୍ଦା ସଂଗ୍ରହ କରିବା ପାଇଁ । ସେଥିରେ ବିନାଦ୍ଵିଧାରେ ସମସ୍ତେ ଏକମତ ହେଇଗଲେ । ବିଳମ୍ବ ନକରି ମୁଁ ଓ ମୋର ବନ୍ଧୁ ରାଜେଶ ସରନ୍‌ ନୋଟିସଟିଏ ଲେଖିଲୁ । ସ୍କୁଲ ଅଫିସର କର୍ମଚାରୀ ଯାଦବ ସ୍ଵଇଚ୍ଛାରେ ସ୍ଵତଃସ୍ଫୁର୍ତ୍ତ ହୋଇ ସ୍କୁଲ ଅଫିସରୁ ଜେରକ୍ସ କରି ଆଣିଲା ଅନେକ କପି । ଆମେ କେତେଜଣ ମିଲି ଲାଇଫ୍‌ ସାଇନ୍ସ ନୋଟିସ ବୋର୍ଡ, ଡିଟିସି ଷ୍ଟପ୍‌, ଅନ୍ୟାନ୍ୟ ସ୍କୁଲ ଓ ଛାତ୍ରାବାସ ମାନଙ୍କରେ ନୋଟିସ ଲଗେଇଦେଲୁ । ନୋଟିସର ପ୍ରଥମ ବାକ୍ୟ ଥିଲା, "ଏମିତି ଦିଲ୍ଲୀର ଅନେକ ସ୍ଥାନରେ ଘଟୁଛି, ଆଉ ଆଜି ଆମର ନିଜ କ୍ୟାମ୍ପସ ହତା ଭିତରେ ଘଟିଗଲା । ବାଳକଟିଏ ଲାଇଫ୍‌ ସାଇନ୍‌ ସ୍କୁଲ ପାଖରେ ଡିଟିସି ବସ୍‌ ଧକ୍କା ଖାଇ ଆହତ…" ଅଳ୍ପକ୍ଷଣରେ ଦୁଇ ହଜାର ପାଖା ପାଖି ଚାନ୍ଦା ଉଠିଗଲା । ପ୍ରଫେସରମାନଙ୍କ ଠାରୁ ଆରମ୍ଭ କରି ଛାତ୍ର ଛାତ୍ରୀ ଓ କର୍ମଚାରୀ ସମସ୍ତେ ଏଥିରେ ସହଯୋଗ କଲେ ।

ହଷ୍ଟେଲରେ ପହଞ୍ଚିବା ପରେ ସେଠାରେ ମଧ୍ୟ ସେଇ ଆଲୋଚନା । ଅନେକ ପୂର୍ବାଞ୍ଚଳ ବାସୀ ସେ ବସରେ ଥିବାରୁ ଦୁର୍ଘଟଣା ବିଷୟରେ ଅବଗତ ଥିଲେ । ଚାନ୍ଦା ଉଠେଇବାରେ ସେମାନଙ୍କ ଭିତରୁ କେତେ ଜଣ ସହାୟତା କଲେ । କିପରି ସକାଳ ହେବ ଓ ମୁଁ ହସପିଟାଲ ଯିବି ସେଇୟା ଭାବି ରାତିରେ ଅନେକ ସମୟ ଯାକେ ନିଦ ଆସିଲା ନାହିଁ । ଶୋଇବାରେ ବ୍ୟାଘାତ ଘଟିଲା, ସବୁବେଳେ ଚିନ୍ତା ରହିଲା ପିଲାଟି ବଞ୍ଚିବ କି ମରିବ, ବଞ୍ଚିଲେ ହାତଟି ରହିବ କି କାଟିବାକୁ ପଡ଼ିବ । ଏଇ ଚିନ୍ତା ମୋର ମାନସିକ ଉତ୍କଣ୍ଠାକୁ ବହୁ ପରିମାଣରେ ବଢ଼େଇ ଦେଲା । ଯେତେ ଘଣ୍ଟା ବା ଶୋଇଲି ସ୍ଵପ୍ନରେ ସେଇ ଦୁର୍ଘଟଣାର ବିଷୟ ବସ୍ତୁ । ଡେରିରେ ଶୋଇ ତହିଁ ପରଦିନ ସକାଳେ ନିଦ ଭାଙ୍ଗିଲା ।

ଧୂସରିଆ ଦିଲ୍ଲୀର ଆକାଶ । କୁହୁଡ଼ି ଭିତରେ ସୂର୍ଯ୍ୟ ଲୁଚି ରହିଥାନ୍ତି । ସକାଳ ହେବା ମାତ୍ରେ ପ୍ରାତଃଭୋଜନ ସାରି ଡିଟିସି ବସ୍‌ ନେଇ ସଫଦରଜଙ୍ଗ ହସପିଟାଲ ବାହାରିଲି । ବସ୍‌ ଲାଇଫ୍‌ ସାଇନ୍‌ ଷ୍ଟପରେ ପହଞ୍ଚିଲା । ଦେଖିଲି କେହି ଜଣେ ଅନ୍ୟମାନଙ୍କୁ ହାତ ଦେଖେଇ କିଛି କହି ହେଉଥାଏ । ସେଥିରୁ ଜଣା ପଡ଼ୁଥାଏ ତାହା ନିଶ୍ଚିତ ଭାବରେ ଗତକାଲିର ଦୁର୍ଘଟଣା ବିଷୟକୁ ନେଇ । ସନ୍ଦିହାନ ମନରେ, ଭଲ କି ମନ୍ଦ, ଏଇୟା ଭାବି ଭାବି ମୁଁ ବସ୍‌ ଭିତରେ ବସିଥାଏ । ହସପିଟାଲ ଷ୍ଟପରେ ବସ୍‌

ରହିଲା, ମୁଁ ଓହ୍ଲେଇ ଭିତରକୁ ପଶିଲି। ମନ ମୋର ଅସ୍ଥିର, ପିଲାଟିର ଅବସ୍ଥା କ'ଣ ଥିବ, ସବୁ ମଙ୍ଗଳତ ? ସେଇ ଚିନ୍ତାରେ।

ରିସେପସନିଷ୍ଟ ପାଖରେ ପହଞ୍ଚି ଖବର ଆଣିଲି ପିଲାଟି କେଉଁଠି ଅଛି। ଯେହେତୁ ପିଲାଟିର ନାଁ ତଥାପି ମୋତେ ଜଣା ନଥିଲା, ଖୋଜି ବାହାର କରିବାକୁ କିଛି ସମୟ ଲାଗିଲା। ଖବର ନେଇ ପିଲାର ୱାଡ୍‌ରେ ଯାଇ ପହଞ୍ଚିଲା ବେଳକୁ ଦେଖିଲି ପାଖରେ ତାର ବାପା ଓ ମା। ମାଆଙ୍କ ସହିତ ମୋତେ ପିଲାଟିର ବାପା ପରିଚୟ କରାଇଦେଲେ। କହିଲେ "ୟାଙ୍କ ପାଇଁ ଆମ ପିଲାଟି ବଞ୍ଚିଲା, ଇଏ ଓ ତାଙ୍କର ଆଉ ଜଣେ ସାଙ୍ଗ ଶୀଘ୍ର ଆମ ପିଲାଟିକୁ ହସ୍ପିଟାଲ ଆଣି ପହଞ୍ଚେଇଲେ।" ମାଆ ଜଣକ ଦେଖିବାକୁ ଗାଉଁଲିଆ। କୃତଜ୍ଞ କୃତଜ୍ଞ ହୋଇ ମୋତେ ନମସ୍କାରଟିଏ କଲେ ଓ ମୁଁ ପ୍ରତି ନମସ୍କାର ଜଣେଇଲି। ତଥାପି ପିଲାଟିର ଚେତା ଆସିନଥାଏ। ଜାଣି ହତୋତ୍ସାହ ହେଇ ପଡ଼ିଲି। ମନ ଭଲ ଲାଗିଲା ନାହିଁ। ପିଲାଟିକୁ ଦେଖି ମନରେ କୋହ ଉଠିଲା। ତଥାପି ନିଜକୁ ଆୟତ୍ତରେ ରଖି ପିତାମାତାଙ୍କୁ ଆଶ୍ୱାସନା ଦେଲି। ସମସ୍ତ ଠିକ୍ ହୋଇଯିବ ବୋଲି ଭଗବାନଙ୍କ ଉପରେ ଭରସା କରି ଛାଡ଼ିଦେବା ପାଇଁ କହିଲି। ଆଉ ସେଠାରେ ନିଜକୁ ସମ୍ଭାଳି ନପାରି କିଛି ସମୟ ପରେ ଛାତ୍ରାବାସକୁ ଲେଉଟି ଆସିଲି। ମନ ମୋର ଉଦାସରେ ଭରି ଯାଇଥାଏ। ଛାତ୍ରାବାସରେ କାହାରିକୁ କିଛି ନ କହି ନିଜ କୋଠରିରେ ଏକୁଟିଆ ବିଛଣାରେ ପଡ଼ି ନିରବରେ ଲୁହ ଝରେଇଲି। କେତେବେଳେ ଶୋଇ ପଡ଼ିଛି ଜାଣେନି।

ଧଡ଼ ପଡ଼ ହେଇ ଉଠି ପଡ଼ିଲା ବେଳକୁ ଅପରାହ୍ନ। ମଧ୍ୟାହ୍ନ ଭୋଜନ କରି ପୁଣି ଯାଇ ପିଲାଟି ପାଖରେ ସଫଦରଜଙ୍ଗ ହସପିଟାଲରେ ପହଞ୍ଚିଲି। ସନ୍ଦିହାନ ମନ, ପିଲାଟିର ଚେତା ଆସିଥିବ କି ନାହିଁ। ଯାଇ ୱାର୍ଡରେ ପହଞ୍ଚିଲି। ଜାଣିବାକୁ ପାଇଲି ପିଲାଟିର ଚେତା ଆସିଯାଇଛି। ଦେଖି ଆନନ୍ଦରେ ବିହ୍ୱଳ ହେଇ ପଡ଼ିଲି। ଭଗବାନଙ୍କୁ ମନେ ମନେ ଧନ୍ୟବାଦ ଜଣେଇଲି। ବାଁ ହାତ ସମ୍ପୂର୍ଣ୍ଣ ବ୍ୟାଣ୍ଡେଜରେ ଆବୃତ। ପିତାଙ୍କୁ ମୁଁ ପଚାରିଲି "ହାତ କେମିତି ଅଛି"। "ବାବୁ ଜୀ, ବର୍ତ୍ତମାନ ସୁଧା ତ ଠିକ୍ ଅଛି, ଡାକ୍ତରମାନେ ଚେଷ୍ଟା ଚଲେଇଛନ୍ତି।" ବ୍ୟକ୍ତି ଜଣକ ଏତକ କହି ପିଲାଟିକୁ କହିଲେ "ବାବୁରେ ତୁ ଟିକିଏ ଆଙ୍ଗୁଳି ହଲେଇ ଦେଖୋଇ ଦେଲୁ।" ପିଲାଟି ନିରବରେ ଆଙ୍ଗୁଳି ହଲେଇଲା। ତାହା ଦେଖି ମୁଁ ବିସ୍ମିତ ହେବା ସଙ୍ଗେ ସଙ୍ଗେ ଅତ୍ୟନ୍ତ ଆନନ୍ଦିତ ହେଲି କାରଣ ମୁଁ ଏହା କେବେ ଆଶା କରି ନଥିଲି। ମୁଁ ଯେଉଁ ଅବସ୍ଥାରେ ଦେଖିଥିଲି ମୋର ବିଶ୍ୱାସ ନଥିଲା ଯେ ସ୍ନାୟୁ ଗୁଡ଼ିକ ଅବିଚ୍ଛିନ୍ନ ଅବସ୍ଥାରେ ଅଛନ୍ତି। ଏହା ଦେଖି ଖୁସିର ଲହଡ଼ି ମୋର ଆକାଶ ଛୁଇଁଲା।

ମୁଁ ପକେଟରୁ ମାଟିଆ ରଙ୍ଗ ଏନଭେଲପ୍‌ଟିଏ ବାହାର କରି ପିତାଙ୍କ ହାତକୁ

ବଢ଼ାଇ ଦେଇ କହିଲି, "ୟା ଭିତରେ ଜେଏନ୍‌ୟୁ ପ୍ରଫେସର, ଛାତ୍ର, ଛାତ୍ରୀ ଓ କର୍ମଚାରୀମାନେ ଆପଣଙ୍କ ପିଲା ପାଇଁ ପଇସା ଉଠେଇ ଦେଇଛନ୍ତି। ଆଉ ପିଲାଟି କିପରି ଶୀଘ୍ର ଆରୋଗ୍ୟ ଲାଭ କରିବ ତା' ପାଇଁ ଶୁଭକାମନା ମଧ୍ୟ ପଠେଇଛନ୍ତି।" ଏହା ଶୁଣି ବ୍ୟକ୍ତି ଜଣକ ଅତ୍ୟନ୍ତ ଭାବବିହ୍ୱଳ ହୋଇ ନଇଁ ପଡ଼ି ମୋ ପାଦ ଛୁଇଁବାର ଉପକ୍ରମ କରୁ କରୁ ମୁଁ ତାଙ୍କୁ କୁଣ୍ଢେଇ ପକେଇଲି। ସମ୍ଭାଲି ନପାରି ତାରି ଭିତରେ ମୋ ଆଖିରୁ ଦୁଇ ବୁନ୍ଦା ଲୁହ ଗଡ଼ି ଯାଇଥିଲା। ବ୍ୟକ୍ତି ଜଣକ ଲଫାପାକୁ ମୁଣ୍ଡରେ ମାରି ପକେଟରେ ରଖିଲେ। ବିଦାୟ ନେବା ଆଗରୁ ପିଲାଟିର ଗାଲରେ ଛୋଟ ଚାପୁଡ଼ାଟିଏ ଦେଇ କହିଲି "ବାପାରେ, ମୋତେ ବି ବରକୋଲି ବହୁତ ଭଲ ଲାଗେ, ମୁଁ ବି ସବୁବେଲେ ଖାଏ। ତୁ ଆଉ କେବେ ଆସିଲେ ମୋତେ ବି ଡାକି ନେବୁ" ପିଲାଟି କିଛି ଶବ୍ଦ ଉଚ୍ଚାରଣ ନକରି ତାର ନିରୀହ ମୁହଁରେ ଆଖିର ଇସାରାରେ ମୁଣ୍ଡ ଟୁଙ୍ଗାରି ସମ୍ମତି ଜଣେଇଲା। ତା' ଦୁଇ ଗାଲରେ ହସର ଲହରଟିଏ ଲହରେଇ ଗଲା। ପିଲାଟିର ମୁହଁକୁ ଚାହିଁ ତା' ବାପା ମାଆ କାନ୍ଦ କାନ୍ଦ ହେଇଗଲେ। ସେଠାରେ ଆଉ ବେଶୀ ସମୟ ନରହି ତାଙ୍କ ଠାରୁ ବିଦାୟ ନେଇ ଫେରି ଆସିଲି।

ତା' ପରେ ପରେ ଯେତେ ଥର ବରକୋଲି ତୋଲିବାକୁ ମୁଁ ଯାଇଛି ସବୁବେଲେ ମୋର ସେ ପିଲା ଓ ଦୁର୍ଘଟଣା କଥା ମନେ ପଡ଼େ। ମନ ଉଦାସରେ ଭରି ଯାଏ। ପୁଣି ଅନ୍ୟ ବାଲକ ବାଲିକା ମାନଙ୍କୁ କୋଲି ତୋଲିବାର ଦେଖିଲେ ମନ ଭିତରେ ଆହୁରି ଭୟ ଆସିଯାଏ। ମନେ ମନେ ଭାବେ ଯେମିତି ସେପରି ପରିସ୍ଥିତି ଆଉ କେବେ ଏ ନିରୀହ ପିଲା ମାନଙ୍କ ସହିତ ନ ଘଟୁ। ଜେଏନ୍‌ୟୁ ଛାଡ଼ିବା ଯାଏଁ ଏ ଭାବନା ମୋ ମନ ଭିତରେ ସବୁବେଲେ ଥାଏ।

ଯେତେବେଲେ ଛୁଟିରେ ଯାଇ ଏ କଥା ମାଆକୁ କହିଲି, "ମାଆ ସଙ୍ଗେ ସଙ୍ଗେ କହିଲା, ତୁ ଜମା ଆଉ ସେ କୋଲି ତୋଲିବା ଆଡ଼କୁ ଯିବୁନି, ବସ ଗୁଡ଼ାଙ୍କୁ ନିଘା ରଖିବୁ।"

ସିଏ କ'ଣ ଜାଣୁଛି କେଉଁଠି ବରକୋଲି, କେଉଁଠି ଡିଟିସି ବସ୍।

ଦ୍ୱିତୀୟ ଭାଗ

ପ୍ରିୟାର ଅନ୍ବେଷଣେ

ହାଡ଼ଥରା କାନାଡ଼ା ଶୀତର ପ୍ରକୋପ କେତେ ସପ୍ତାହ ହେଲା ଆଉ ନଥାଏ। କ୍ଷୁଦ୍ର ପାହାଡ଼ ଭଳି ଜମା ହେଇଥିବା ତୁଷାରମାନ ତରଳି ଯାଇ ଜଳ ହେଇ ନଦୀ ଓ ଝର ମାନଙ୍କରେ ମିଶି ଯାଉଥାନ୍ତି। କାନନ, ଉଦ୍ୟାନ ଓ ପ୍ରାନ୍ତର, ଚଉଦିଗ ସବୁଜିମାରେ ଭରପୂର। ଠାଏ ଠାଏ ମନ ଲୋଭା ଗୋଲାପି ମାଗନୋଲିଆ ଓ ଧୋବ ଫରଫର ଚେରି ଫୁଲର ସମ୍ଭାର। ଘର ଆଗ ଉଦ୍ୟାନ ମାନଙ୍କରେ ନାଲି, ଧଳା, ହଳଦୀ ରଙ୍ଗର ଡାଫୋଡିଲ ଓ ଟ୍ୟୁଲିପ ପବନରେ ଦୋହେଲି ଦୋଲି ଖେଳୁଥାନ୍ତି। ଗଛ ଡାଲ ଫାଙ୍କରେ ରବିନ୍‌ର ଲୁଚକାଲି ଖେଳ, ତା’ ସାଙ୍ଗକୁ କିଚିରି ମିଚିରି ସ୍ବନ। କାନାଡ଼ାର ଲଣ୍ଡନ ସହରରେ ରିତୁ ବସନ୍ତର ଆଗମନ। ନୂତନ ଆଶା, ନୂତନ ଉଦ୍‌ଦୀପନାର ମହକ, ସବୁରି ମନରେ ଓ ସବୁରି ପ୍ରାଣରେ।

ଏମିତି ବେଳରେ ମୁଁ ଓ ପତ୍ନୀ ସବିତା ଆମ ଆପାର୍ଟମେଣ୍ଟ ନିକଟବର୍ତ୍ତୀ ଥେମ୍ସ ନଦୀ କୂଲେ କୂଲେ ଜନ ମାନବ ଶୂନ୍ୟ ଗହଳ ଜଙ୍ଗଲିଆ ଅଣଓସାରିଆ ପାଦଚଲା ରାସ୍ତାରେ ଚାଲିଥାଉ। କେତେବେଳେ ଗୋଡ଼ରେ ନାନା ରଙ୍ଗର ଅଚିହ୍ନା ଅଜଣା ବନ୍ୟ ପୁଷ୍ପମାନ ଆସି ବାଜି ଯାଉଥାନ୍ତି ତ କେତେବେଳେ ନଇଁ ଆସିଥିବା ଝୁଙ୍କୋଲିଆ ବୃକ୍ଷର ଡାଲମାନ ଆମମାନଙ୍କ ମଥା ସ୍ପର୍ଶ କରି ଦୂରେଇ ଯାଉଥାନ୍ତି। ଡାଲ ଗୁଡ଼ିକୁ ହାତରେ ଆଡ଼େଇ ଆଡ଼େଇ ଆମେ ଦୁହେଁ ତା’ ଭିତରେ ଚାଲିଥାଉ। ମଝିରେ ମଝିରେ ପକ୍ଷୀକୁଲର କାକଲୀ, ନିରବତାର ଆସ୍ତରଣକୁ ଉଠେଇ ଦେଉଥାଏ। ଗଛ ଡାଲ ଫାଙ୍କରୁ ସୂର୍ଯ୍ୟ କିରଣ ପଡ଼ି ଛାଇ ଆଲୁଅରେ ଜଙ୍ଗଲ ଚିତ୍ର ବିଚିତ୍ର ଦେଖା ଯାଉଥାଏ।

ସେମିତି କିଛି ଲକ୍ଷ୍ୟ ସ୍ଥଲ ବୋଲି ଆମର କିଛି ନଥାଏ। ଛୁଟି ଦିନରେ ଉଭମ ତାପମାତ୍ରା ଓ ନିର୍ମଲ ଆକାଶ ଖରା ପାଗ ହେତୁ ଆମେ ଦୁହେଁ ଏମିତି ବୁଲି ବାହାରି ଥାଉ। ମୋ ହାତରେ ନୂଆ କରି କିଣାଯାଇଥିବା ମିନଲ୍ଟା କ୍ୟାମେରା, କ୍ୟାମେରା

ସ୍ୱାନ୍ତ ଓ ଉତ୍ତର ଆମେରିକାର ବୃକ୍ଷମାନଙ୍କର ସୁନ୍ଦର ସୁନ୍ଦର ଚିତ୍ର ଥାଇ ଅଡୋବନ ସୋସାଇଟି ଦ୍ୱାରା ପ୍ରକାଶିତ ପୁସ୍ତକ ଖଣ୍ଡିଏ। ସବିତାଙ୍କ ହାତରେ ଥାଏ ମାୟାଧର ମାନସିଂହଙ୍କର ଗ୍ରନ୍ଥାବଳିରୁ ପଞ୍ଚମଭାଗ କାବ୍ୟଖଣ୍ଡଟି। ଏହା ସେ ମାନସିଂହଙ୍କ ସୁପୁତ୍ର ପ୍ରଫେସର ଲଲାଟେନ୍ଦୁ ମାନସିଂହଙ୍କ ପାଖରୁ ପଢ଼ିବା ପାଇଁ ଧାର ସୂତ୍ରରେ ଆଣିଥାନ୍ତି।

କିଛି ପଥ ଅତିକ୍ରମ କରିବା ପରେ ନଦୀକୁ ଲାଗି ଏକ ରମ୍ୟ ମନୋରମ ପ୍ରାନ୍ତରରେ ପୁଷ୍ପଭରା କ୍ରାବ୍ ଆପଲ ବୃକ୍ଷଟିଏ ଦୃଷ୍ଟିଗୋଚର ହେଲା। ସଦ୍ୟ ବସନ୍ତର ଆଗମନରେ ବୃକ୍ଷ ଦେହରେ ଗୋଲାପି ରଙ୍ଗର ଫୁଲ ଲଦି ହୋଇ ତଳକୁ ନଇଁ ଆସିଥାନ୍ତି। ପତ୍ର କମ୍, କହିବାକୁ ଗଲେ ନଥାଏ, ଫୁଲ ବେଶୀ। ବାସ ହୀନ, ମାତ୍ର ରୂପରଙ୍ଗରେ ବେଶ୍ ମନ ଲୋଭା। କୃତ୍ରିମ କି ପ୍ରାକୃତିକ ସ୍ୱର୍ଶ ବିନା ଜାଣିବା ଦୁଷ୍କର।

ସେଇ ପୁଷ୍ପଭରା ବୃକ୍ଷ ମୂଳରେ ବସି ବସନ୍ତ ରୁତୁର ଅନୁପମ ଦୃଶ୍ୟକୁ ପ୍ରଚ୍ଛଦ ପଟରେ ରଖି ନିଜର ନିଜର କେତୋଟି ଫୋଟୋ ଆମେ ତୋଳିଲୁ। ମଝିରେ ମଝିରେ ବେଶ୍ ସୁଶୀତଳ ପବନ ବହି ଯାଇ ଫୁଲ ଡାଳକୁ ଦୋହଲେଇ ଦେଉଥାଏ। ଫୋଟୋ ତୋଳିବା ପରେ ପରେ ଦୁଇ ଜଣ ସେଇ ଗଛ ତଳେ ନୂତନ କରି ଗଜରୁଥିବା କଅଁଳ ସବୁଜ ଘାସ ଉପରେ ବସିଲୁ। ମୁଁ ଅଡୋବନ୍ ସୋସାଇଟିର ବହିଟିକୁ ଦେଖି ନିକଟସ୍ଥ ଜଙ୍ଗଲମାନଙ୍କରେ ଥିବା ବୃକ୍ଷମାନଙ୍କୁ ଅନେଇ ବହି ଛବି ସହିତ ମେଳେଇ ଚିହ୍ନିବାର ପ୍ରୟାସ କରୁଥାଏ। ଆଉ ସବିତା ମାନସିଂହ ଗ୍ରନ୍ଥାବଳୀରୁ "କମଳାୟନ" କାବ୍ୟଟି ପଢ଼ିବା ଆରମ୍ଭ କରିଥାନ୍ତି।

ଏତିକି ବେଳେ ସବିତାଙ୍କ ଅଜାଣତରେ ତାଙ୍କ ମୁଣ୍ଡ ଉପରେ ଫୁଲଟିଏ ଖସି ପଡ଼ିବାରୁ ତାହା ମୋର ଦୃଷ୍ଟିପଥ ଆକର୍ଷଣ କଲା, ମୁଁ ତାଙ୍କ ଆଡ଼କୁ ଚାହିଁ ଦେଲି। ଦେଖିଲି ଫୁଲଟିକୁ ସେ ଆଡ଼େଇ ଦେଇ ନିର୍ବିକାର ଚିତ୍ତରେ ପୁଣି ପଢ଼ିବାରେ ଲାଗିଗଲେ। ତାଙ୍କ ତଳକୁ ଚାହିଁ ପଢ଼ିବାର ସୁଯୋଗ ନେଇ ମୁଁ ତାଙ୍କୁ ଅନେଇ ରହିଲି।

ସେ ଦିନଟି ଥାଏ ୧୯୮୮ ମସିହା ମେ ମାସର ଶେଷ ଆଡ଼କୁ କେଉଁ ଏକ ଦିନ। ସବିତା କାନାଡ଼ା ଆସିବା ପରେ ଏହା ତାଙ୍କର ଦ୍ୱିତୀୟ ବସନ୍ତର ଅନୁଭୂତି। ମୁଁ ବସି ଲକ୍ଷ୍ୟ କରୁଥାଏଁ ତାଙ୍କର ସେହି ମୃଣ୍ମୟୀ ମୁଖ ମଣ୍ଡଳ କିପରି ବହିର ପୃଷ୍ଠା ଉପରେ ଲାଖି ଯାଇଛି। ତାଙ୍କ ମୁଖ ମଣ୍ଡଳକୁ ମୁଁ ମୃଣ୍ମୟୀ କହେ, କାରଣ ତାଙ୍କୁ ଦେଖିଲେ ମୋର ମନେହୁଏ ସତେ ଯେପରି କେହି ଜଣେ କୁଶଳୀ ଶିଳ୍ପୀ ମୃତ୍ତିକାରେ ଦେବୀଙ୍କ ମୁଖ ମଣ୍ଡଳ ସଦୃଶ ଯତ୍ନ ସହକାରେ ଗଢ଼ି ଦେଇଛି, ସତରେ କଳାର ନିଖୁଣ ମୂର୍ତ୍ତିଟି ଭଳି। ତା' ଉପରେ ଆଙ୍କିଲା ଆଙ୍କିଲା ଲୋଭନୀୟ ଆଖି ଦେଉଟି। ସାନ ଭାଉଜ ବିବାହ ପ୍ରସ୍ତାବ ଆଣିବା ବେଳରୁ ହିଁ ଯଥାର୍ଥରେ ଫୋଟୋ ପଠେଇ

ଚିଠିରେ ମୋତେ ଲେଖିଥିଲେ, "ଝିଅଟାର ଆଖି ଦୁଇଟା ଭୀଷଣ ଭାବେ ଆଟ୍ରାକ୍ଟିଭ, ତାର ଆଖରେ ସିଏ ଆଖିଏ କଥା କହୁଛି ।" ଦେଖିଥାଏ, ସୀମନ୍ତରେ କ୍ଷୁଦ୍ର ସିନ୍ଦୂର ବିନ୍ଦୁଟି ଅଛ ଲେସି ଯାଇଥାଏ । ବେଣୀ ସଜଡ଼ା ହୋଇ ପଛ ଆଡ଼କୁ ପଡ଼ିଥାଏ । ମଝିରେ କିନ୍ତୁ ସେଥରୁ କେରାଏ ବାହାରି ଆସି ପବନରେ ଆଲୁଲାୟିତ ହୋଇ ତାଙ୍କର ଗୌରବର୍ଣ୍ଣ ଚିକ୍କଣ ଚିବୁକକୁ ଚୁମି ଯାଉଥାଏ । ଅଙ୍ଗୁଳି ସଞ୍ଚାଳନ ପୂର୍ବକ ସେ ଗୁଡ଼ିକ ପୁଣି ମଝିରେ ମଝିରେ ସଜଡ଼ା ଚାଲିଥାଏ । ଦେଖିବାକୁ ସେ ବେଶ୍ ସାଧାସିଧା ଲାଗୁଥାନ୍ତି, କିନ୍ତୁ ଆକର୍ଷଣୀୟା । ପୋଷାକ ବୋଇଲେ, ଉପରେ ସୁନ୍ଦର ଫିନ୍ ଫିନ୍ ଏମ୍ବ୍ରଓଡୋରି କରା ଧଳା ଟପସ୍, ତା' ଉପରେ ପତଳା ଆକାଶୀ ରଙ୍ଗର ଜାକେଟ ଓ ତଳେ ଗାଢ଼ ନୀଳ ରଙ୍ଗର ଜିନ୍ ।

ରୂପଚାପ ସବିତାଙ୍କ ଅଜାଣତରେ ତାଙ୍କ ମୁହଁକୁ ଚାହିଁ ମନେ ମନେ ମୁଁ ଭାବୁଥାଏ ଏଇ ମାତ୍ର ବର୍ଷକ ତଳେ ଏ ତରୁଣୀ ଜଣକ ଥିଲେ ସବିତା ମିଶ୍ର । ୧୯୮୭ ମସିହା ଫେବୃୟାରୀ ମାସ ଅଠର ତାରିଖ ଶୁଭ ପରିଣୟ ପର ଠାରୁ ସାରା ଦୁନିଆ ଆଗରେ ସେ ବର୍ତ୍ତମାନ ସବିତା ପାଣିଗ୍ରାହୀ ନାମରେ ପରିଚିତା, ମୋର ଧର୍ମପତ୍ନୀ, ଅର୍ଦ୍ଧାଙ୍ଗିନୀ । ସାରା ଜୀବନ ଏକାଠି ବିତେଇ ଦବାକୁ ଦୁହେଁ ସଂକଳ୍ପ ବଦ୍ଧ । ପିତା ଶ୍ରୀ ଶରତ ଚନ୍ଦ୍ର ମିଶ୍ର ଓ ମାତା ଶ୍ରୀମତୀ ଚାରୁଲତା ମିଶ୍ରଙ୍କର ତିନି କନ୍ୟାରତ୍ନଙ୍କ ମଧ୍ୟରେ ପ୍ରଥମା । ଭବିଷ୍ୟତର କେତେ ଉଚ୍ଚ ଆଶା, କେତେ ସୁନେଲି ସ୍ୱପ୍ନ ନେଇ ନିଜ ହାତରେ କେଡ଼େ ଯତ୍ନରେ ଗଢ଼ା ଏଇ ପିତୁଳା ସମ ତାଙ୍କର ଅଳିଅଳି ଜ୍ୟେଷ୍ଠା କନ୍ୟାକୁ ହଜାର ହଜାର ମାଇଲ ଦୂର ଜଣେ ଅଜଣା ଅଶୁଣା ମଣିଷକୁ ଭରସି ତା' ସହିତ ବିବାହ ବନ୍ଧନରେ ଛନ୍ଦି ପଠେଇ ଦେଇ ପାରିଛନ୍ତି । ତାଙ୍କର ସେଇ ସରଳ ବିଶ୍ୱାସ ସମୁଦ୍ର ଗଭୀରତାକୁ କଳନା କରି ମୁଁ ତାରିଫ୍ କରିବାରେ ଲାଗିଥାଏ ଓ ମନେ ମନେ ସୁଦୂର କାନାଡ଼ାରୁ ତାଙ୍କ ପ୍ରତି ମୋର ଭକ୍ତିରେ ପ୍ରଣିପାତ ବାଢ଼ୁଥାଏ ।

ଅଧ୍ୟୟନ କରୁଥିବା ବେଳେ ମୁଁ ବିବାହକୁ ଜମାରୁ ଗୁରୁତ୍ୱ ଦେଇ ନଥିଲି । ତାହା ବି ଉଚିତ କଥା । ପାଠ ପଢ଼ା ସରିବ, ଚାକିରି ହବ, ନିଜର ଓ ପରିବାରର ଆର୍ଥିକ ପରିସ୍ଥିତିକୁ କିଞ୍ଚିତା ଆୟତ୍ତକୁ ଅଣାହେବ, ତା' ପରେ ଯାଇ ବିବାହ କଥା ଚିନ୍ତା କରାହେବ । ଏଇୟା ହିଁ ମୋ ମନରେ ସର୍ବଦା ଥାଏ । ବାଲେଶ୍ୱରରେ ବିଏସ୍‌ସି ଓ ଭୁବନେଶ୍ୱରରେ ଏମ୍‌ଏସ୍‌ସି ପଢ଼ୁଥିବା ବେଳେ ଏ ବିଷୟରେ ଆଲୋଚନା କରିବାଟା ହିଁ ଥିଲା ମୋ ପକ୍ଷରେ ଅପ୍ରାସଙ୍ଗିକ, ଅସଙ୍ଗତ । ତଥାପି ସେ ବେଳରେ ଭବିଷ୍ୟତର ସାଥୀଟିଏ କେମିତି ହବା ଚାଇ ସେନେଇ ସ୍ୱପ୍ନ ଦେଖିବା କିଛି କମ୍ ନଥିଲା । ଝିଅଟି ଏମିତି ଦେଖିବାକୁ ହେଇଥିବ, ଏମିତି ହସୁଥିବ, ଏମିତି ଚାଲୁଥିବ, ଏଇମିତି

ପାଠ ପଢ଼ିଥିବ, ଏମିତି ପରିବାରରୁ ହେଇଥିବ, ଏମିତି କେତେ କ'ଣ। ସେ ସବୁ ସ୍ୱପ୍ନ ଦେଖିବାର କିଛି ନିର୍ଦ୍ଦିଷ୍ଟ ସ୍ଥାନ ବା କାଳର ନିର୍ଦ୍ଧାର୍ଯ୍ୟ ସୀମା ନଥିଲା।

ବାଣୀବିହାରରେ ପଢ଼ୁଥିବା ବେଳେ ହତା ଭିତରେ ଦେଖିବାକୁ ମିଳୁଥିଲା କେତେ ଛାତ୍ର ଛାତ୍ରୀଙ୍କୁ 'ଲେଇଲା' ଓ 'ମଜନୁ' ଭୂମିକାରେ। କେତେବେଳେ ପାଣି ଟାଙ୍କି ପାଖରେ ତ କେତେବେଳେ ଲେଡିଜ ହଷ୍ଟେଲ୍ ସାମନା ଟଗର ଫୁଲ ଗଛ ତଳ ଛାଇରେ, କେତେବେଳେ ପରିଜା ଲାଇବ୍ରେରୀ ବହି ଥାକ ଆଗରେ ତ କେତେବେଳେ ପୁଣି ନୂଆ ନୂଆ ତିଆରି ହୋଇଥିବା ଗ୍ଲାସ୍ କ୍ୟାଷ୍ଟିନ୍ ଭିତରେ। ସେତେବେଳେ କଣେଇ କଣେଇ ସେମାନଙ୍କୁ ଦେଖିବାକୁ ବେଶ୍ ଭଲ ଲାଗୁଥିଲା, ସାଙ୍ଗ ମାନଙ୍କ ସହିତ ତାଙ୍କ ବିଷୟରେ ଆଢ଼ୁଆଳରେ ଗପିବାକୁ ମଜା ଲାଗୁଥିଲା, ହେଲେ ନିଜେ ସେ ଭୂମିକା ନିଭେଇବାକୁ ସାହାସ ନଥିଲା ବରଂ ମନ ଭିତରେ ଥିଲା ଭୀଷଣ ଭୟ। କାଲେ ସେ ସବୁରେ ମାତି ଅଧ୍ୟୟନରେ ବାଧା ଆସିବ, କ୍ୟାରିୟର ମର୍ଡର ହେଇଯିବ। ଘର ଲୋକେ କ'ଣ ଭାବିବେ, ଏଇଥିପାଇଁ କ'ଣ ସେମାନେ ପଇସା ଖର୍ଚ କରି ମୋତେ ଭୁବନେଶ୍ୱର ପଠେଇଛନ୍ତି ? ତେଣୁ ଏ ସବୁ ଝମେଲାରେ ମୂଳରୁ ନପଶିଲେ ଗଲା। ଯଦିବା କେତେବେଳେ କେମିତି ସେମିତିକା ପରିସ୍ଥିତିର କିଞ୍ଚିତ ଆଭାସ ମିଳିଛି, ଜାଣି ଶୁଣି ତା' ଠାରୁ ବରଂ ଯେତେ ଶୀଘ୍ର ଦୂରେଇ ଯିବାକୁ ପଡ଼ିଛି। ତେଣୁ ସେପରି କିଛି ପ୍ରୀତିକର ବା ଅପ୍ରୀତିକର ମୁହୂର୍ତ ସେତେବେଳେ ଜୀବନରେ ଆସି ନାହିଁ। ତା' ଛଡ଼ା ଉପର ଭାଇଙ୍କର ବାହାଘର ହୋଇ ନଥିବାରୁ ମୋ ଉପରେ ଘର ତରଫରୁ ଚାପ ପଡ଼ିବାର ପ୍ରଶ୍ନ ଉଠୁ ନଥିଲା।

ମୋର ଏମ୍.ଏସ୍.ସି ପାଠ ଶେଷ ହେବାର ଠିକ୍ ପରେ ପରେ ଉପର ଭାଇଙ୍କର ବିବାହ କାର୍ଯ୍ୟ ସମ୍ପନ୍ନ ହେଇଗଲା। ତେଣୁ ମୋ ବିବାହ ଉଦ୍ୟାନର ଫାଟକ ଉନ୍ମୁକ୍ତ ହୋଇ ଯାଇଥିଲେ ହେଁ ସେଟିକି ବେଳେ ମୁଁ ଉଚ୍ଚ ଶିକ୍ଷା ପାଇଁ ଜବାହରଲାଲ ନେହେରୁ ବିଶ୍ୱବିଦ୍ୟାଳୟ, ନୂଆ ଦିଲ୍ଲୀକୁ ପଲେଇ ଆସିଲି। ରାଜଧାନୀ ଦିଲ୍ଲୀର ଭିନ୍ନ ବାତାବରଣ, ଭିନ୍ନ ହାଓ୍ୱା ଓ ପାଣିପାଗ। ତରୁଣ ତରୁଣୀଙ୍କର ବେଶପୋଷାକ ଓ ଚାଲି ଚଳଣର ଦୃଶ୍ୟ ଓଡ଼ିଶାର ରକ୍ଷଣଶୀଳ ସମାଜ ଠାରୁ ବେଶ୍ ଅଲଗା। ଭାଷା ଅଲଗା, କଥାବାର୍ତ୍ତାର ଠାଣି ବି ଅଲଗା। ତରୁଣ ତରୁଣୀଙ୍କର ଖୋଲା ଖୋଲାରେ ଭାବ ବିନିମୟ। ଛାତ୍ରଙ୍କ ଛାତ୍ରାବାସ ଭିତରେ ଛାତ୍ରୀମାନଙ୍କର ଅବାଧ ପ୍ରବେଶ, ଅବିକଳ ପାଶ୍ଚାତ୍ୟ ସଭ୍ୟତାର ଢାଞ୍ଚାରେ। ବାଣୀବିହାର ଅପେକ୍ଷା ଏଠାରେ ଆହୁରି ଅଧିକ ସଂଖ୍ୟକ 'ଲେଇଲା ମଜନୁ' ବା 'ରୋମିଓ ଜୁଲିଏଟ' ଦେଖିବାକୁ ମିଳିଲେ। ଡାବି ସାମନା, ପାଠାଗାର, ସିଟି ବସ୍ ଭିତରେ, ବସ୍ ଷ୍ଟପ ସାମନାରେ, ବିଶାଳକାୟ ପ୍ରସ୍ତର ଖଣ୍ଡ ଉପରେ, ଯେଉଁ ଆଡ଼େ

ଚାହିଁଲେ ସେଆଡ଼େ । ବିଶ୍ୱବିଦ୍ୟାଳୟର ପଥୁରିଆ ଜଙ୍ଗଲିଆ ଜାଗା ବି ଏ ସବୁ ପାଇଁ ଆହୁରି ଅନୁକୂଳ । ମଟର ସାଇକେଲରେ ଚଳଚ୍ଚିତ୍ର ନାୟକ ନାୟିକାଙ୍କ ଭଳି ତରୁଣ ତରୁଣୀ ଦେହକୁ ଦେହ ଲଗେଇ ବସି ଯାଉଥିବାର ଦୃଶ୍ୟ ଅତି ସାଧାରଣ କଥା ଯେଉଁଟାକି ଓଡ଼ିଶାରେ ସେତେବେଳେ ଦେଖିବା ବିରଳ । ହେଲେ ମୋ ଉପରେ ଏସବୁର କିଛି ପ୍ରଭାବ ପଡ଼ି ପାରିଲା ନାହିଁ । କାରଣ ମୋତେ ପ୍ରଥମେ ପ୍ରଥମେ ଅଧ୍ୟୟନରେ ବ୍ୟସ୍ତ ରହି ନାକ ପୋଛିବାକୁ ତର ନଥିଲା । ଅଧ୍ୟୟନର ନଉକା ବି ସେତେବେଳେ ମଝି ନଈ ଝଡ଼ରେ ଭୀଷଣ ଭାବେ ଦୋଲାୟମାନ ଅବସ୍ଥାରେ । ତେଣୁ ତାକୁ ଆୟତରେ ରଖିବାକୁ ଯାଇ ମୋତେ ଅନେକ ପରିଶ୍ରମ ପଡ଼ୁଥିଲା । ଏ ସବୁକୁ ବେଲ କାହିଁ ?

ବର୍ଷେ ଦି' ବର୍ଷ ଯିବା ଅନ୍ତେ ମୋ ପାଦ ଭୂଇଁ ପରେ ଲାଗିଲା, ମୁଁ ଟିକିଏ ଥୟ ଧରିଲି । ପୁଅ ଝିଅଙ୍କ ସହିତ ବନ୍ଧୁତା ଧୀରେ ଧୀରେ ବୃଦ୍ଧି ପାଇବାକୁ ଲାଗିଲା । ଦଳ ଦଳ ହେଇ କେବେ କେମିତି ବସନ୍ତ ବିହାରରେ ସିନେମା ଦେଖି ଯିବାକୁ ସୁଯୋଗ ମିଳିଲା । ପ୍ରଗତି ମଇଦାନରେ ବାଣିଜ୍ୟ ମେଳା ମାନଙ୍କରେ ବିଭିନ୍ନ ରାଜ୍ୟର ମଞ୍ଚ ମାନଙ୍କରେ ସାଂସ୍କୃତିକ କାର୍ଯ୍ୟକ୍ରମ ଏକାଠି ଦେଖି ଢେର ରାତିରେ ଫେରିବା ହେଲା । ସହପାଠୀ ଓ ସହପାଠିନୀଙ୍କ ସହିତ ବିଶ୍ୱବିଦ୍ୟାଳୟ ବସ୍‌ରେ ବସି ଦିଲ୍ଲୀ ବାହାରକୁ ପରିଭ୍ରମଣରେ ଯିବାର ହେଲା । ହେଲେ ଏ ସବୁ କେବଳ ସେତିକିରେ ସୀମିତ ହେଇ ରହିଗଲା । ଶେଷ ପର୍ଯ୍ୟନ୍ତ କାହା ସହିତ ଏମିତି କିଛି ମନ ମେଲି ନଥିଲା ବା ଘନିଷ୍ଟତା ନିବିଡ଼ ହେଇ ନଥିଲା, ତେଣୁ ବାହାଘର ପର୍ଯ୍ୟନ୍ତ ପ୍ରସଙ୍ଗ ଉଠିବା ଅସ୍ୱାଭାବିକ ।

ମୁଁ ଦୀର୍ଘ ସମୟ ନିରବି ଯିବାର ଦେଖି ହଠାତ୍ ସବିତା ମୋତେ ଚାହିଁ ହସିଦେଲେ, ପଚାରିଲେ, "କ'ଣ ଭାବି ଯାଉଛ ?" ମୁଁ କହିଲି, "ନାହିଁ କିଛି ନାହିଁ, ଏମିତି ।" ଏତକ ଶୁଣି ସେ ଆଖି ବୁଲେଇ ନେଇ ବେଣୀକୁ ପଛକୁ ଛାଟିଦେଇ ପୁଣି ପଢ଼ିବାରେ ମଜିଗଲେ ।

ଛୁଟିରେ ଦିଲ୍ଲୀରୁ ଘରକୁ ଯାଇଥିବା ବେଳେ ବଡ଼ ଭିଣୋଇ ବିବାହ ସମ୍ପର୍କରେ ମୋ ସହିତ କଥା ହୁଅନ୍ତି । ମୋ ଠାରୁ କେତେ ସହପାଠିନୀଙ୍କ ନାଁ ଶୁଣି, କେତେ ଜଣଙ୍କର ନୂଆ ନୂଆ ଉଠା ହେଇଥିବା ରଙ୍ଗୀନ ଫୋଟୋ ସବୁ ମୋ ଆଲବମ୍‌ରେ ଦେଖି, ସେଥିରୁ ଠଉରେଇ, ଅନ୍ଦାଜ କରି ଠଙ୍ଗା ମଜା କରନ୍ତି । ପଚାରନ୍ତି, "ଗଗନ ଏଇକି ? ଗଗନ ସେଇକି ?" ନ ପାରିଲେ କହନ୍ତି, "ଗଗନ, ତମେ ସେଇ ତମ ଦିଲ୍ଲୀ ଆଡ଼ୁ ଜଣକୁ ଯୋଗାଡ଼ ଯନ୍ତ କର ଯିଏକି ତମ ସହିତ କାନ୍ଧ ମିଲେଇ ଚାଲି ପାରିବ, ତମ ପାଇଁ ଏ ମଫସଲ ପାଣି କାଦୁଅରୁ କେଉଁ ଝିଅ ଆମେ ଠିକ କରି ପାରିବା କହିଲ ? ଆଉ ଆମକୁ ଭୋଜି ଥରେ ଖାଇବାକୁ ଦେଇ ଦେଲେ କଥା ସରିଲା,

ଆମେ ସେଇ ଅଙ୍କ କରେ ଖୁସ୍।" ମାଆ ଓ ଭାଉଜଙ୍କ ସହିତ ଠଟ୍ଟା ମଜାରେ ମଧ୍ୟ ବିବାହ ପ୍ରସଙ୍ଗ ଉଠେ। ସେତେବେଲୁ ବି କିଛି କିଛି ପ୍ରସ୍ତାବ ଘରକୁ ଆସିବା ଆରମ୍ଭ ହୋଇ ଯାଇଥାଏ।

ମୋର ଜଣେ ମଙ୍ଗଲାକାଙ୍କ୍ଷୀ ମଝିରେ ମଝିରେ ଏ ବିଷୟରେ ତାଙ୍କର ଦାର୍ଶନିକ ତତ୍ତ୍ୱ ସମ୍ବଲିତ ପତ୍ର ମାଧ୍ୟମରେ ଧାଡ଼ିଏ ଦି' ଧାଡ଼ି ଉଲ୍ଲେଖ କରିବାକୁ କେବେ ଭୁଲନ୍ତି ନାହିଁ। ଥରେ ସତକୁ ସତ ପ୍ରସ୍ତାବଟିଏ ଆଣିଲେ। ଯେହେତୁ ମୁଁ କନ୍ୟାକୁ ଆଗରୁ ଜାଣିଥିଲି, ଚିଠି ମାଧ୍ୟମରେ ସେ ମୋର ମତାମତ କ'ଣ ଲୋଡ଼ିଲେ। ଯଦିଓ ସେ ପ୍ରସ୍ତାବରେ ଅମତ ନଥିଲା ତଥାପି ଅଧ୍ୟୟନ ଭିତରେ ଏହା ଉଚିତ ନୁହଁ ବୋଲି ମନେ କରି ମୁଁ କିଛି ସମୟ ସ୍ଥଗିତ ରଖିବାକୁ ମତ ବ୍ୟକ୍ତ କରିଥିଲି। କନ୍ୟାର ବି ପୋଷ୍ଟ ଗ୍ରାଜୁଏସନ୍ ସରି ନଥାଏ, ଏକଥା ମହାଶୟ ମଧ୍ୟ ଲେଖିଥିଲେ। କିନ୍ତୁ ଆମ ସମାଜରେ ପିତାଙ୍କୁ ନିଜର କନ୍ୟା, ପିଠିରେ ଏକ ମହଣିକିଆ ଆଲୁ ବସ୍ତା ଭଲି ଲାଗନ୍ତି, କେତେ ଦିନ ଏ ବସ୍ତାକୁ ପିଠିରେ ପକେଇ ଚାଲି ପାରିଥାନ୍ତେ? ତେଣୁ ପିତା ଅନ୍ୟ ଆଡ଼େ ମୁହେଁଇଲେ ଓ ସେ ପ୍ରସ୍ତାବରେ ସେଇଠି ଭଙ୍ଗା ପଡ଼ିଗଲା। ସେ ଘଟଣା ପର ଠାରୁ ସମସ୍ତଙ୍କୁ ମୁଁ କହି ରଖିଥାଏ ମୋର ପିଏଚ୍‌ଡି ନ ସରିବା ଯାଏଁ, ମୋ ଅନୁମତି ନପାଇଲା ଯାଏଁ କୌଣସି ପ୍ରକାରେ କିଛି ପ୍ରସ୍ତାବରେ ଆଗେଇବାର ନାହିଁ, କାହାକୁ କିଛି କଥା ଦେବାର ନାହିଁ। ଆମ ଘର ଆଗରେ ଏକ ବରଗଛ। ମୋ ପରିବାରବର୍ଗଙ୍କୁ ମୁଁ କହି ରଖିଥାଏ ବରଗଛରେ ଏକ ନୋଟିସ୍ ଲଗେଇ ଦେବାକୁ, "ବର୍ତ୍ତମାନ ପାଇଁ କନ୍ୟା ପିତା ପ୍ରସ୍ତାବ ନେଇ ବରଗଛ ମୂଲ ପାରିହେବା ନିଷେଧ।" ମାଆ ବେଳେ ବେଳେ ଏହା ଶୁଣି ହସେ, ଆଶା ଛାଡ଼ିଦେଇ କହେ, "ହେଇଲ ମାଆ, ଇଏ ଏଇୟା କହିଲାଣି, ତା' ପାଠ ପଢ଼ା ସରିବ ନା ସେ ଆଉ ବାହା ହବ? ହେ, ଏଗୁଡ଼ା ଏଭେଡ଼ା ରହିବେ, ୟାଙ୍କ ସାଙ୍ଗରେ କିଏ ମୋର ପାରିବ ଲୋ ମା? ମୁଁ ପାରିବିନି।" ଏହା କହି ସେ ଚୁପ ହୋଇ ରହେ।

ସେଟିକି ବେଳେ ଅଟକି ଯାଇ ବହି ପୃଷ୍ଠାରୁ ମୁହଁ ଉଠେଇ ନେଇ ମୋତେ ଚାହିଁ ସବିତା ପଚାରିଲେ "କ'ଣ ସବୁ ଏତେ ମୋତେ ଅନେଇ ଭାବି ଯାଉଛ କହିଲ?" ମୁଁ କହିଲି, "ତମେ କ'ଣ ଏତେ ପଢ଼ି ପକାଉଚ, ସେଇୟା ହିଁ ତମକୁ ଅନେଇ ଭାବୁଛି।" ସବିତା ବହିକୁ ଚାହିଁ ପୃଷ୍ଠା ଓଲଟଉ ଓଲଟଉ କହିଲେ "କ'ଣ ମାନସିଂହ ନଲେଖିଛନ୍ତି ଏ କାବ୍ୟରେ, ଭାରତର ସାମାଜିକ, ରାଜନୈତିକ ଅବସ୍ଥା ଓ ସଂସ୍କୃତି ଠାରୁ ଆରମ୍ଭ କରି ସାରା ବିଶ୍ୱ ସେ ଏଥିରେ ବୁଲେଇ ଆଣିଛନ୍ତି। ମଝିରେ ମଝିରେ ପ୍ରେମ ବି ସେଥିରୁ ବାଦ୍ ଯାଇନି। ପଢ଼ିବି, ଟିକିଏ ଶୁଣିବ?" ମୁଁ କହିଲି,

"ହଉ ପଢ଼, ଶୁଣିବା।" ସେ ପ୍ରଥମେ ଟିକିଏ ଉପକ୍ରମ ଦେଇ କହିଲେ, "ଏଥିରେ କମଳ ନାୟକ ଓ କରୁଣା ନାୟିକା। ଏବେ ସେ ଦୁଇଜଣ ଦୁହେଁ ଦୁହିଁଙ୍କ ପାଖରୁ ବିଦାୟ ନେବେ, ସେତେବେଳେର ଘଟଣା ପଡୁଛି, ହେଲା? ଏବେ ଶୁଣ।" ସେ ପଢ଼ିବା ଆରମ୍ଭ କଲେ,

"ଯିବାର ଅଳ୍ପ ପୂର୍ବ, ପାଇ ଅବକାଶ

କରୁଣା ଓଟାରିନେଲା କମଳକୁ ପାଶ,

ଛାତ ପରେ। ଅନ୍ଧକାର ଥିଲା ସେ ରଜନୀ

ଆକାଶ-ଖ଼ାଲାଶେ ଦୀପ୍ତ ଥିଲେ କୋଟି ମଣି।

କୋଟି ସେ ନକ୍ଷତ୍ର ତଳେ ଦୁଇଟି ହୃଦୟ

ସରସ, ଅପରି ପକ୍ୱ, ସଶଙ୍କ ସଭୟ

ଚାହୁଁଥିଲେ ପରସ୍ପରେ ହୋଇବେ ବିଲୀନ

ଭ୍ରମିବେ ସଂସାରକ୍ଷେତ୍ରେ ଅର୍ଗଳ-ବିହୀନ।"

ଏତକ ଶୁଣିବା ପରେ ମୁଁ କହିଲି "ଇଏ ସାରା ବିଶ୍ୱ କ'ଣ ବୁଲେଇଚନ୍ତି? ଇଏତ ସେଇ ରସମୟ ରଚନା। ମାନସିଂହଙ୍କର ଯେମିତି ହବା କଥା, ଅବିକଳ ସେମିତି।" ସବିତା କହିଲେ, "ମୁଁ ଏଇଠାରୁ ଅଦ୍ଧ ପଢ଼ିଲି ବୋଲି ନା, କେବଳ ତମ ପାଇଁ।" ଏତକ କହି ସେ ହସିଦେଲେ। ମୁଁ କହିଲି, "ତେବେ ଉତ୍ତମ, ଚାଲ, ଘରେ ଗଲେ ଆହୁରି ଶୁଣେଇବ, ଆଉ ମୁଁ ଶୁଣିବି।" ସେ କହିଲେ "ହଉ, ଠିକ୍ ଅଛି ଚାଲ ଯିବା ତା' ହେଲେ।"

ଝଙ୍କାଳିଆ ଉଇଠିଂ ଉଇଲୋ ବୃକ୍ଷର ଆଢୁଆଲରେ ଅପରାହ୍ନର ସୂର୍ଯ୍ୟ ତଳକୁ ନଇଁ ଆସୁଥାନ୍ତି। ଥେମ୍ସ ନଦୀ କୂଲେ କୂଲେ ଆମେ ଦୁହେଁ ପୋଲ ପାରି ହୋଇ ଫେରୁଥାଉ ୧୨୬୫ ରିଚମଣ୍ଡ ଷ୍ଟିଟ୍‌ର ୮୦୪ ନମ୍ବର ଆପାର୍ଟମେଣ୍ଟକୁ। ଆମର ଆପାର୍ଟମେଣ୍ଟଟି ଆଠ ମହଲାରେ, ପୂର୍ବମୁଖୀ। ପ୍ରଭାତର ସୂର୍ଯ୍ୟ ଉଇଁ ଉପରକୁ ଉଠିବା ମାତ୍ରକେ ସୁନେଲି କିରଣ ବିରାଟ ବିରାଟ କାଚ ଝରକା ଦେଇ ଭିତରେ ଢାଲି ହେଇଯାଏ। ବାଲକୋନୀରୁ ଚାହିଁଲେ ଦିଗନ୍ତ ବିସ୍ତାରି ସବୁଜମୟ ଲଣ୍ଠନ ସହର। ଅନତିଦୂରରେ ବହି ଯାଉଥିବା ଥେମ୍ସ ନଦୀ। ବଡ଼ ବିଚିତ୍ର, କୌତୂହଲମୟ ଏ କାନାଡ଼ା ଦେଶ। ସହର ବି ଲଣ୍ଠନ, ନଦୀର ନାମ ବି ଥେମ୍ସ। ସ୍ତର ସ୍ତର ହୋଇ ସବୁଜ, ନୀଳ ଓ ଧୂସର ରଙ୍ଗରେ ବାଲକୋନୀରୁ ଦେଖାଯାଉଥାଏ ଅନେକ ପାଇନ୍, ସ୍ପ୍ରୁସ ଓ ମେପଲ୍ ଆଦି ବୃକ୍ଷମାନଙ୍କର ଜଙ୍ଗଲ। ଏ ସହରରେ ଏତେ ବୃକ୍ଷ ଯେ ଯଥାର୍ଥରେ ଲଣ୍ଠନକୁ କୁହାଯାଏ "ଫରେଷ୍ଟ ସିଟି।"

ଆପାର୍ଟମେଣ୍ଟକୁ ଫେରିଆସି ବାଲକୋନୀରେ ଠିଆ ହୋଇ ଦୂରରେ ଦେଖାଯାଉଥିବା ୟୁନିଭରସିଟି ହସପିଟାଲର ଦୃଶ୍ୟକୁ କିଛି ସମୟ ଧରି ମୁଁ ମୋର ଦୃଷ୍ଟି ବିଛାଡ଼ି ଦେଇଥାଏ। ସବିତା ଭିତରେ ବ୍ୟସ୍ତ ରହିଥାନ୍ତି ରୋଷେଇ କାମରେ।

ଏଇ ଆପର୍ଟମେଣ୍ଟକୁ ଆସିବା ମାତ୍ର କେଇ ମାସ ହେଲା। ଦୂରକୁ ଚାହିଁ ଭାବୁଥାଏ ଯ଼ା ପୂର୍ବରୁ ୟୁନିଭରସିଟି ଠାରୁ ଦୂର ହିଉରନ୍ ହାଇଟ ଆପାର୍ଟମେଣ୍ଟରେ ବାସ କରିବା କଥା। ସେଇଟି ଥିଲା ମୋର ପ୍ରଥମ ବାସସ୍ଥାନ। ସେଠାରୁ ସିଟି ବସ ନେଇ ସବୁଦିନ ଇଉନିଭରସିଟି ଯା' ଆସ। ଯଦିଓ ସେ ଆପାର୍ଟମେଣ୍ଟରେ ମାତ୍ର ବର୍ଷେ ପାଞ୍ଚ ମାସର ରହଣି ସେଠିରେ କିନ୍ତୁ ଗୁନ୍ଥି ହୋଇ ରହିଥିଲା ନୂଆ ନୂଆ କାନାଡ଼ାରେ ପାଦ ଦେଇଥିବା ସମୟର ଅନେକ ଅଭୁଲା ସ୍ମୃତି ଓ ଅଭିଜ୍ଞତା। କାନାଡ଼ାର ନୂତନ ପରିବେଶ ସହିତ ଖାପ୍ ଖୁଆଇ ଚଲିବାକୁ ମୋତେ କିଛିଟା ସମୟ ଲାଗୁଥିଲା। ବେଳେ ବେଳେ ଏକାକୀ ରହିବା ଅସହ୍ୟ ହେଇ ପଡ଼ୁଥିଲା। ସେଇ ଏକୁଟିଆ ପଣକୁ ଦୂରେଇବା ପାଇଁ ସେତେବେଳେ ମୋର ସାଥୀ ଥିଲେ କେତୋଟି ଶାସ୍ତ୍ରୀୟ ଓ ଆଉ କେତୋଟି ରବୀନ୍ଦ୍ର ସଙ୍ଗୀତର କ୍ୟାସେଟ୍। ତା' ସହିତ ନୂତନ କରି କିଣିଥିବା ଏନ୍‌ସାଇକ୍ଲୋପିଡ଼ିଆ ବ୍ରିଟାନିକା। ଯେତେବେଳେ ଭାରତରେ ପରିବାର ଲୋକମାନେ ମନେ ପଡ଼ନ୍ତି, ମନକୁ ଭୁଲେଇବା ପାଇଁ ସେମାନଙ୍କୁ ଦୀର୍ଘ ପତ୍ର ଲେଖ୍ ବସେ। ଆମେରିକାରେ ଥିବା ବନ୍ଧୁମାନଙ୍କ ସହିତ ଟେଲିଫୋନ୍ ମାଧ୍ୟମରେ ବାର୍ତ୍ତାଳାପ କରେ। ଫୋନ୍ କରିବା ବି ସେ କାଳରେ ବ୍ୟୟ ସାପେକ୍ଷ। ତେଣୁ ଜଟି ରଖ୍ ଫୋନ୍ କରିବାକୁ ପଡ଼ୁଥିଲା ଖର୍ଚ୍ଚକୁ ଆୟତ୍ତରେ ରଖିବା ପାଇଁ। ମାଆର ମୋ ଆସିବା ବେଳର ଅସହାୟତା ମନେ ପଡ଼େ। ମାଆ ଚାହୁଁଥିଲା ମୁଁ ବିବାହ କରି ଆସେ। ମୁଁ ତାକୁ ସେତେବେଳେ ପରିହାସ କରୁଥିଲି, ତା' କଥାକୁ ହସରେ ଉଡ଼େଇ ଦେଉଥିଲି। କିନ୍ତୁ କାନାଡ଼ା ଆସିବା ପରେ ଅଙ୍ଗେ ନିଭେଇଲି ସେଇ ନିଃସଙ୍ଗତାର ତୀକ୍ଷ୍ଣ ଛୁରିକା ଘାତକୁ।

ମୋର ପିଏଚ୍‌ଡି ସରିବା ମାତ୍ରେ କାନାଡ଼ା ଆସିବା ସ୍ଥିର ହେଇଗଲା। ଏହା ଜାଣି ମାଆର ଚିନ୍ତା ଅନେକ ମାତ୍ରାରେ ବଢ଼ିଗଲା। ଯାହାକୁ ଦେଖିଲା ଖାଲି ଗାଇ ହେଲା, "ଛୁଆଟା ମର ଏତେ ବାଟକୁ ଉଡ଼ାଜାହାଜରେ ଉଡ଼ିକି ବିଦେଶ ପଲେଇ ଯିବନା ? ଏଠି ତ କେଉଁଠିରେ ନେକଟର୍ ଚାକିରି ମିଳିଥିଲା, ତାକୁ ଛାଡ଼ି ଦେଇ ଏତେ ବାଟ ଯିବା କିସ ଦରକାର ? ଗାଲା ଗାଲା ହେଲେ ହାତକୁ ଦି ହାତ ହେଇକି ଯାଇଥାଆନ୍ତା ଭଲା। ଭଲରେ ମନ୍ଦରେ କେହି ହେଲେ ଟିକିଏ ସାହା ହବାକୁ ଥାଆନ୍ତା ପାଖରେ, ଗୋରା ସାହେବଙ୍କ ଦେଶ, ଆମ ଭାରତ ଦେଶ ହେଇଛି ଗୁଟେ ଅଲଗା କଥା, ଜର ହେନେ ଗିଲାସେ ପାଣି ଆଣିକି କିଏ ଦବ ?" ଏମିତି କହି ସବୁବେଳେ

ଲୁହ ଗଡ଼େଇଲା । ମୁଁ ତା' ମନ କଥା ବୁଝିଲେବି ମଜା କରି ତା' କଥାକୁ ହସରେ ଉଡ଼େଇଲି । ମୁଁ କହିଲି, "ତୁ ବ୍ୟସ୍ତ ହଅନା, ମୁଁ ଆସିଲେ ପୁଣି ବାହା ହେବିନ ?" ମୋ ଧାରଣାରେ ତାର ମୂଳ ଚିନ୍ତା ଥିଲା ମୁଁ କାଲେ ବିଦେଶରେ ଗୋରୀ ଖାରସ୍ତାନୀ ଝିଅଟିଏ ବାହା ହେଇ ଧର୍ମ ଭ୍ରଷ୍ଟ କରି ପକେଇବି, ଆଉ ଭାରତକୁ ଫେରିବିନି । ଏ କଥା ମୁଁ ଅନ୍ୟ ମାନଙ୍କ ସହ କଥାବାର୍ତ୍ତାରୁ ଟିକିଏ ସୁରାକ ପାଇଥାଏ । ଯେହେତୁ ଲଗ୍ନ ବିହୀନ ଅବେଳରେ ମୋର କାନାଡ଼ା ଆସିବା ସ୍ଥିର ହେଲା ସେତେବେଳେ କାହାରି ବାହାଘର ସମ୍ବନ୍ଧୀୟ କିଛି ଯୋଜନା କରିପାରିବାର ଉପାୟ ନଥିଲା ।

କାନାଡ଼ା ଆସି ଏକୁଟିଆ ଥିବା ବେଳେ ମନ ଚାହୁଁଥିଲା ପାଖରେ କେହି ଜଣେ ଥାଆନ୍ତାକି, ମନ କଥା ବୁଝିବାକୁ, ଶୁଣିବାକୁ, ଆଲୋଚନାରେ ଭାଗ ନେବାକୁ ବା କେବଳ ଓଡ଼ିଆରେ ଦି' ପଦ ମଧୁର ମନ ଛୁଆଁ କଥା କହିବାକୁ ।

ମଧୁସୂଦନ ରାଉଙ୍କର ନିର୍ବାସିତର ବିଳାପ କବିତା ମନେ ପଡ଼ି ସେ ପଦ ଗୁଡ଼ିକ ଆହୁରି ଦହି ଦେଉଥିଲା ମୋ ହୃଦୟକୁ ।

"ଥାଆନ୍ତା ଯେବେ ମୋର ବିହଙ୍ଗ ପକ୍ଷ,
ଲଙ୍ଘି ଭୀଷଣ ଗିରି ସମୁଦ୍ର ବକ୍ଷ ।
ଦେଖନ୍ତି ପ୍ରିୟଜନ ମୁଖ କମଳ,
ହୁଅନ୍ତା ସନ୍ତାପିତ ପ୍ରାଣ ଶୀତଳ ।
xxxx
ଯେତେବେଳେ ସ୍ୱଦେଶ ପଡ଼ଇ ମନେ,
ବିଚାରଇ ମୁଁ ଅଛି ନିଜ ସଦନେ ।
କିନ୍ତୁ ପୂର୍ବ କଥା କଲେ ସ୍ମରଣ,
ନୈରାଶ୍ୟ ସାଗରରେ ବୁଡ଼ଇ ମନ ।"

ସେହି ତୀବ୍ର ଏକଲା ପଣର ଶରାଘାତରେ ସମ୍ମୁଖୀନ ହୋଇ ଦିଲ୍ଲୀରେ ମୁଁ କିଛିଟା ନିକଟ ଭାବୁଥିବା ଜଣେ ସହକର୍ମିଣୀଙ୍କୁ ପ୍ରଥମ କରି ବିବାହ ପ୍ରସ୍ତାବ ଆଗତ ପୂର୍ବକ ମୋ ଆଡ଼ୁ ପତ୍ର ଖଣ୍ଡିଏ ଲେଖି ଦେଇଥିଲି । କିଛି ସପ୍ତାହ ଅତିବାହିତ ହେଲା । ମୁଁ ଉତ୍ତରକୁ ଅପେକ୍ଷା କରି ରହିଥାଏ । ଚିଠି ବାକ୍ସରେ ଚିଠି ଦିନକୁ ପାଞ୍ଚ ଥର ଦେଖୁଥାଏ, କାଲେ ଖବର କିଛି ଆସିବ । ଶେଷକୁ ସତରେ ଅପେକ୍ଷିତ ପ୍ରତ୍ୟୁତ୍ତର ଆସିଲା, ତାହା ଥିଲା ଏହିପରି, "ତୁମର ସେ ପ୍ରସ୍ତାବ ଗ୍ରହଣ କରିବାକୁ କ୍ଷମ ନୁହେଁ, ସେ ପାଇଁ ମୁଁ ଦୁଃଖିତ ।" ଚିଠି ପଢ଼ି ଭାବିଲି, ଜାତି ଗଲା । ହେଲେ ପେଟ ଭରିଲାନି । ଏ ପରି ଉତ୍ତର ପାଇ ମୁଁ ସେତେ ମର୍ମାହତ ହେଇ ନଥିଲି, ବରଂ ତାହା ମୋତେ ଅନେକ ଶକ୍ତିଶାଳୀ

କରିଦେଇଥିଲା ମୋର ସେତେବେଳର ବିଚଳିତ ମାନସିକ ଅବସ୍ଥାକୁ, ମୋର ଏକୁଟିଆ ପଣକୁ ଦୃଢ଼ତାର ସହିତ ମୁକାବିଲା କରି ଆୟତ୍ତରେ ରଖିବାକୁ। କେଇଟି ଦିନରେ ମନକୁ ମନେଇ ନେଇ ସେ ଘଟଣାକୁ ଭୁଲି ଗଲି, ଯେପରି କିଛି ହେଲେ ସତରେ ଘଟିନି। କଥାରେ କହନ୍ତି, ବିବାହ ପରା ସ୍ୱର୍ଗରେ ସ୍ଥିର ହେଇଥାଏ, ନ ହେଲା ନାହିଁ, ଏତେ ଭାବନା କିଆଁ? କିଛି ଦିନ ବିତିବା ପରେ ସେ କଥା ଅତୀତ ପୃଷ୍ଠାରେ ଇତିହାସ ପାଲଟି ହେଇ ରହିଗଲା ବୋଲି ଭାବିଲି।

କିନ୍ତୁ ଭାରତକୁ ଲେଖିଥିବା ଚିଠିର ଭାବରୁ ପରିବାର ଲୋକେ ଅବଲୀଳା କ୍ରମେ ମୋର ସେତେବେଳର ମାନସିକ ଅବସ୍ଥାକୁ ବେଶ୍ ଠଉରେଇ ପାରିଥିଲେ। ତେଣୁ ସକଳେ ସଦଳ ବଳେ ପୂର୍ଣ୍ଣମାତ୍ରାରେ ଧାଇଁ ଆସିଲେ ମୋ ପାଇଁ କନ୍ୟା ଅନ୍ଵେଷଣରେ। ସେମାନଙ୍କ ଭିତରେ ଅନ୍ୟତମ ଥିଲେ ଦୁଇ ବଡ଼ ଭାଇ, ପ୍ରଭାକର ଓ ଦିବାକର; ସାନ ଭାଉଜ, ନଳିନୀ ପ୍ରଭା; ଭିଣୋଇ, ରତ୍ନାକର ପତି; ପୂଜ୍ୟ ଶିକ୍ଷକ ଗୌରୀକାନ୍ତ କର, ଡକ୍ଟର ଜନାର୍ଦ୍ଦନ ବେହେରା ଓ ଡକ୍ଟର ଭୂୟାଁ ପ୍ରମୁଖ। ଏଥିରେ ଅଗ୍ରଗଣ୍ୟା ଥିଲେ କିନ୍ତୁ ରାଉରକେଲାରେ ବାସ କରୁଥିବା ମୋର ସାନ ଭାଉଜ, ନଳିନୀ ପ୍ରଭା, ଯିଏକି ଶାଢ଼ୀ ପଣତକୁ ଅଣ୍ଟାରେ ଭିଡ଼ି ବିରାଙ୍ଗନା ପରି ମାଡ଼ି ଆସିଥିଲେ। ଯୋଗ ସୂତ୍ର କରିବାରେ ସେତେବେଳେ ଅଲଙ୍ଘନୀୟ ପ୍ରାଚୀର ଥିଲା ସମ୍ବାଦ ସରବରାହର ଦୁରବସ୍ଥା। ଚିଠି ଯିବାକୁ ଓ ଉତ୍ତର ଆସିବାକୁ ଲାଗିଯାଉ ଥାଏ କହିବାକୁ ଗଲେ ପ୍ରାୟ ଏକ ମାସ। ଫୋନ କରିବାର ସୁଯୋଗ ନଥିଲା। ଯଦିବା କଲେକ୍ଟ କଲ୍ କଦବା କେବେ ସମ୍ଭବ ହେଉଥିଲା ତାହା ଥିଲା ମହଙ୍ଗା, ପ୍ରତି ମିନିଟ୍‌କୁ ଚାରି ଡଲାର।

ମୋ ସହିତ କଥା ମାଧ୍ୟମରେ ସମସ୍ତେ ଆଗରୁ ଜାଣି ଯାଇଥିଲେ ମୁଁ ଚାହୁଁଥିବା କନ୍ୟାର ଯୋଗ୍ୟତା କ'ଣ ହୋଇଥିବା ଆବଶ୍ୟକ। ମୋଟ ଉପରେ କନ୍ୟାଟି ଉଚ୍ଚ ଶିକ୍ଷିତା ମେଧାବୀ ବିଜ୍ଞାନ ଛାତ୍ରୀ ହୋଇଥିବା ଦରକାର, ଗାଁଉଲି ଓ ସହରୀ ଉଭୟ ଲୋକଙ୍କ ସହିତ ମିଳିମିଶି ଚଳିଲା ଭଳିଆ ମନୋବୃତ୍ତି ଥିବା ଦରକାର, ଦେଖିବାକୁ କିନ୍ଧିଦ୍ୟା ସୁନ୍ଦରୀ ନହେଲେ ବି ସମସ୍ତଙ୍କ ମନ ମାନିଲା ପରି ହେବା ଚାଇ। ଧନୀ ବ୍ୟବସାୟୀ, ରାଜନୀତିବାଲା ଓ ବସ୍ତୁବାଦୀ ବଡ଼ ଅଫିସର ପରିବାର ମାନଙ୍କ ଠାରୁ ଦୂରେଇ ରହିଲେ ଭଲ। ପରିଶେଷରେ ନିରାଡ଼ମ୍ବର ମିତ ବ୍ୟୟ ବିବାହ କର୍ମକୁ ଯିଏ ପସନ୍ଦ କରୁଥିବ। ମୋର ଏପରି ଏଡ଼େ ବଡ଼ କନ୍ୟା ସମ୍ବନ୍ଧୀୟ ତାଲିକା ଶୁଣି ମଝିଁଆ ମନୋରମା ଭାଉଜ କହୁଥିଲେ, "ଆମର ଗଗନ ବାବୁକୁ ଯିଏ ଝିଅ ବାହାହେବ ସିଏ କାଶୀରେ ମୁଣ୍ଡ ମାରିଥିବା ଦରକାର।" ଏକଥା କାହିଁକି କହନ୍ତି ଜାଣେନି, ମାତ୍ର ସେ କହନ୍ତି, କେତେ ବାର ମୁଁ ଶୁଣିଛି।

ହିଉରନ ହାଇଟ ଆପାର୍ଟମେଣ୍ଟରେ ଥିଲାବେଳେ ୧୯୮୬ ମସିହା ସାରା ସମସ୍ତଙ୍କ ଠାରୁ ପ୍ରତି ଚିଠିରେ ପ୍ରସ୍ତାବ ପରେ ପ୍ରସ୍ତାବ, ଅନେକ ପ୍ରସ୍ତାବର ସୁଅ ଛୁଟିଲା। କିଏ ମନସ୍ତତ୍ତ୍ୱ ବିଜ୍ଞାନରେ ଏମ୍.ଏ କରୁଛି, ଦେଖିବାକୁ ସୁନ୍ଦରୀ, ବାପା ଇଞ୍ଜିନିୟର, ଭୁବନେଶ୍ୱରରେ ତାଙ୍କର ବାସ ଓ ଚାକିରି। କିଏ ଏମ୍.ଏସସି ପଦାର୍ଥ ବିଜ୍ଞାନରେ, ଘର ସୁନ୍ଦରଗଡ଼, ବାପା ଅବସରପ୍ରାପ୍ତ ଆଇଏଏସ୍ ଅଫିସର, ଝିଅଟି ସର୍ବଗୁଣ ସମ୍ପନ୍ନା, ଇଂରାଜୀ ମାଧ୍ୟମରେ ପଢ଼ା। କିଏ ରସାୟନ ବିଜ୍ଞାନରେ ସ୍ନାତକୋତ୍ତର ସାରି ଏମଫିଲ କରୁଛି, ଦେଖିବାକୁ ଚଳନୀୟ, ଘର ଲୋକ କିନ୍ତୁ "ସୋସିଏବଲ" ନୁହନ୍ତି। କିଏ ଗଣିତରେ ତ କିଏ ପଦାର୍ଥ ବିଜ୍ଞାନରେ କିଏ ପୁଣି ରସାୟନ ବିଜ୍ଞାନରେ, କିଏ ପୁଣି ପ୍ରାଣୀ ବିଜ୍ଞାନରେ, ପ୍ରାୟ କହିବାକୁ ଗଲେ ସମସ୍ତେ ବିଜ୍ଞାନ ଛାତ୍ରୀ। ମଝିରେ ମଝିରେ ତଥାପି ବି ଇଂରାଜୀ ସାହିତ୍ୟ ପଢ଼ିଥିବା କନ୍ୟା ପଶି ଆସୁଥାନ୍ତି। ଆଉ କେତେବେଳେ ଜାତକ ମେଳା ବି ଚାଲିଥାଏ। ମୁଁ ତାହା ଜାଣି ମନେ ମନେ ଭାବୁଥାଏ, ମୋ ଜାତକ ପୁଣି କିଏ କେତେବେଳେ କେଉଁଠୁ ପାଇଲା, କିଏ ଦେଲା, ଏଥିରେ ତ ମୋର ବିଶ୍ୱାସ ନାହିଁ। କିଏ ବାଣୀବିହାରରେ ସ୍ନାତକୋତ୍ତର ଶ୍ରେଣୀରେ ଅଧ୍ୟନ କରୁଛି ତ କିଏ ଜ୍ୟୋତିବିହାରରେ। କେତେବେଳେ ଭାଉଜ ଲେଖି,ଲେଖି ଝିଅଟି ଦେଖିବାକୁ ଅତି ସୁନ୍ଦର କିନ୍ତୁ କ୍ୟାରିୟର "ପଚା।" କେଉଁ ଝିଅର ବାପା ଖୁସି ହେଲେ ବିଦେଶରୁ ପ୍ରସ୍ତାବ ଆସିଛି ଜାଣି, ଫୋଟୋ ବି ପଠେଇଲେ, ହେଲେ ତା' ମାଆ କହିଲା, "ମୋ ଝିଅକୁ ଏତେ ଦୂରକୁ ପଠେଇ ମୁଁ ବଞ୍ଚି ପାରିବି ନାହିଁ।" ଶେଷକୁ ଫୋଟୋ ଫେରାଇ ଦିଆଗଲା। ଆଉ କିଏ ପୁଣି କହିଲାଣି "ତାଙ୍କର ଏତେ ଭାଇ, ଏତେ ଭଉଣୀ, ଏତେ ବଡ଼ ପରିବାର, ମୋ ଝିଅ ପ‍ଲେ ଲୋକଙ୍କୁ ରୋଷେଇ କରି ରାନ୍ଧି ବାଢ଼ି ଦଉ ଦଉ ଦରମରା ହେଇଯିବ, ମୁଁ ସେଠି ଜମାରୁ ମୋ ଝିଅକୁ ଦେବିନି।" ରାଉରକେଲା, ସମ୍ବଲପୁର, ସୁନ୍ଦରଗଡ଼, ବାଲେଶ୍ୱର, ବ୍ରହ୍ମପୁର, କଟକ, ଏମିତି ଅନେକ ସହର ମାନଙ୍କରୁ ଝିଅ ମାନଙ୍କର ପ୍ରସ୍ତାବ ଆସିବାରେ ଲାଗିଲା। ଏତେ ପ୍ରସ୍ତାବ ବିଷୟରେ ପଢ଼ି ପଢ଼ି ମୋତେ ଲାଗୁଥିଲା ଏ ବିବାହ ବିପଣୀରୁ ଉତ୍ତମ କନ୍ୟା ପ୍ରାପ୍ତି ହେବାଟା ନିଜର ସୌଭାଗ୍ୟ ଉପରେ ନିର୍ଭର କରେ, ତେଣୁ ଭାଗ୍ୟ ଉପରେ ଛାଡ଼ି ଦେବାଟା ହିଁ ଉତ୍ତମ ଓ ବୁଦ୍ଧିମାନର କାର୍ଯ୍ୟ ହେବ।

ଯା' ଭିତରେ ମୋର କାନାଡ଼ୀୟ ବିଦେଶୀ ଜୀବନର ଏକ ବର୍ଷ ବିତି ଯାଇଥାଏ। ଡିସେମ୍ବର ମାସ। ଚତୁର୍ଦିଗ ବରଫାଚ୍ଛନ୍ନ, ତୋଫା ଚାଦର ବିଛେଇଲା ଭଳିଆ ବିଛେଇ ହେଇଥାଏ। ଦିନ କ୍ଷୁଦ୍ର ଓ ରାତ୍ରି ଦୀର୍ଘ। ମୋ ପାଇଁ ଦ୍ୱିତୀୟ ଖ୍ରୀଷ୍ଟମାସ। ବର୍ଷକର ପରିଶ୍ରମ ପରେ ସମସ୍ତେ ବଡ଼ଦିନ ଅବକାଶ ସମୟର ପ୍ରତୀକ୍ଷାରେ। ଆମ ପୂର୍ବ ଯୋଜନା

ଅନୁଯାୟୀ ଆମେ ପ୍ରଫେସର ଲଲାଟେନ୍ଦୁ ମାନସିଂହଙ୍କ ସହିତ ନ୍ୟୁୟର୍କ ସହର ଭ୍ରମଣରେ ବାହାରି ଗଲୁ। ଶାନ୍ତି (ମିଶ୍ର) ନାନୀ ଓ ଉମା (ବଲ୍ଲଭ ମିଶ୍ର) ଭାଇନାଙ୍କ ଘରେ ବଡ଼ଦିନ ଛୁଟି ବିତେଇ ମୁଁ ପୁଣି ଲଣ୍ଡନ ଫେରି ଆସିଥାଏ।

ଜାନୁଆରୀ ମାସ ଛଅ ତାରିଖ। ନୂଆ ବର୍ଷର ନିଶା ତଥାପି କେତେ ଲୋକଙ୍କ ଦେହରୁ ଓହ୍ଲେଇ ନଥାଏ। କାମ ସାରି ଚିଠି ଦେଖୁ ଦେଖୁ ମୋର ସେଦିନ ବିଳମ୍ବ ହୋଇ ଯାଇଥାଏ। ହଠାତ୍ ଦେଖିଲି ଡିପାର୍ଟମେଣ୍ଟରେ ମୋ ପାଇଁ ଉଦ୍ଦିଷ୍ଟ ଚିଠି ଖୋପରେ ଚିଠିଟିଏ ଥୁଆ ହେଇଚି। ତୁରନ୍ତ ଆଣି ଦେଖିଲି ସାନ ଭାଉଜ ଓ ଦୀନ ନନାଙ୍କର ପତ୍ର, ରାଉରକେଲାରୁ ଆସିଛି। ସବୁଦିନ ପରି ଲଫାଫାଟି ଚିରି ବଡ଼ ଉକଣ୍ଠାର ସହିତ ଚିଠିଟି ଖୋଲିଲି। ଛୋଟ ଦୁଇ ଝିଆରୀଙ୍କର ନୂତନ ବର୍ଷର ଅଭିନନ୍ଦନ ପତ୍ର ତା' ଭିତରେ। ଆଉ ତା' ସହିତ ଦେଖିଲି ଦୁଇ ତରୁଣୀଙ୍କର ଷ୍ଟୁଡିଓରେ ତୋଲାଯାଇଥିବା କଳା ଧଳାର ଫୋଟୋଟିଏ। ପ୍ରସ୍ତାବ ହେଇଥିଲେ ତ ଜଣକର ଫୋଟୋ ହେଇଥାନ୍ତା, ଦୁଇ ତରୁଣୀ ଥାଇ ଏ ଫୋଟୋଟି ପୁଣି କାହାର? ଏମାନେ କିଏ ଓ କାହିଁକି ପଠା ହେଇଛି ମୋ ପାଖକୁ? ଜାଣିବାକୁ ମନ ଚାହିଁଲା, ଉତ୍ସୁକତା ସମ୍ଭାଳି ନପାରି ଅଫିସ ସାମନାରେ ଠିଆ ଠିଆ ଭାଉଜଙ୍କ ଚିଠି ପଢ଼ିବାରେ ଲାଗିଗଲି।

ଭାଉଜ ଲେଖିଥିଲେ,

"ଇଏ ଯାଇଥିଲେ ଝିଅଟା ଦେଖ, ସମସ୍ତେ ଓକେ କରିଛନ୍ତି ଏବଂ ପ୍ରାୟ ସ୍ଥିର କରିଛନ୍ତି ସେଇଟି କରିବାକୁ। ଝିଅର ଡିଟେଲ୍ ତଳେ ଲେଖୁଛି। ନାମ- ସବିତା ମିଶ୍ର, ପୋଷ୍ଟ ଗ୍ରାଜୁଏଟ୍ ଇନ୍ କମ୍ପ୍ୟୁଟର ଏପ୍ଲିକେସନ୍, ପରୀକ୍ଷା ଦେଇଛି ଆର ଇ ସି ରାଉରକେଲାରୁ, ରେଜଲ୍ଟ ବାହାରି ନାହିଁ। ଘର ଢେଙ୍କାନାଳରେ। ବାଲେଶ୍ୱରରେ ସେଟଲ୍ ଅପ୍, ବାପା ସାଇଣ୍ଟିଫିକ୍ ଅଫିସର ଇନ୍ ପ୍ରୁଫ ଏଣ୍ଡ ଏକ୍ସପେରିମେଣ୍ଟାଲ ରିସର୍ଚ ଯେଉଁଠାରେ ରଘୁଆ ନନା ଚାକିରି କରନ୍ତି। ଝିଅଟାର ଥ୍ରୁ ଆଉଟ କେରିଅର ଫାର୍ଷ୍ଟ କ୍ଲାସ, ଅନର୍ସ ଫିଜିକ୍ସରେ ବିଏସସି ଉଇଥ ଡିଷ୍ଟିଙ୍କସନ, ଭଲ ଗୀତ ଜାଣେ। ତା' ମା ଜଣେ ଗାୟିକା ଏବଂ ମ୍ୟୁଜିକ୍ ଟିଚର ମଧ୍ୟ। ବସା ମାନା (ମୋ କକା ପୁଅ ଭାଇ ପ୍ରବୋଧ, ଡାକ ନାଁ ମାନା) ତାଙ୍କଠାରୁ ଗୀତ ଶିଖେ। ଇତ୍ୟାଦି ଇତ୍ୟାଦି। ଇଏ ବଡ଼ ଝିଅ।

ଦେଖିବା ପାଇଁ ଫୋଟୋ ପଠାଇଲି, ଦୁଇ ଭଉଣୀରୁ ଯିଏ ଚୁନି ପକାଇଛେ ସିଏ ତମ ପାଇଁ କ୍ୟାଣ୍ଡିଡେଟ୍, ଆର ଜଣକ ତା' ସାନ ଭଉଣୀ। ଅନ୍ୟ ଫୋଟୋ ନଥିଲା, କହୁଥିଲେ ପରେ ନେବାକୁ, କିନ୍ତୁ ଡେରି ହେବ ବୋଲି ନନା ଏଇଟା ନେଇ

ଆସିଲେ। ଦେଖିବ ଫୋଟୋ କ୍ୟାରିଅର ତ କହିଲି, ତାପରେ ମୋତେ ଲେଖିବ ଯଉଦିନ ପାଇବ ଚିଠି ମୋର। xxx

ମୋ କଥା ଲେଖିବି। ଝିଅଟାର ଫୋଟୋ ଦେଖିଲି, ଦୁଇ ଭଉଣୀ ଯାକ ସୁନ୍ଦର। ଭଲ କରି ଦେଖିବ। ଚୁନି ପକା ଫୋଟୋ। ଫୋଟୋ କୁ ବାଁ ହାତରେ ଧରିଲେ ବାଁ ପଟରେ ରହିବ ସବିତା। ଝିଅଟାର ଆଖି ଦୁଇଟା ଭୀଷଣ ଭାବେ ଆଟ୍ରାକ୍ଟିଭ। xxx ୟାର ଫୋଟୋରେ ଯଥେଷ୍ଟ ଶ୍ରୀ ଅଛି। ଦେଖିବାକୁ ଭଲ କରି ଗୋରା ବୋଲି ନନା କହୁଛନ୍ତି। ଏତେ ସବୁ କଥା ଲେଖିଲି ଗଗନ। ଖୁଣ୍ଟି ନାଣ୍ଟି ଦେଖି ବିଚାର କରିବ। ପୁଣି ଥରେ କହୁଛି ତାର ଆଖିରେ ସିଏ ଆଖିଏ କଥା କହୁଛି। ଗୀତ ବି ଜାଣେ। ମନ ଖରାପ ହେଲେ ଗୀତଟିଏ ଶୁଣେଇବ ତମକୁ। ଆଶା ତମେ ରାଜି ହେବ।

ହଁ ଗଗନ, ଶୀଘ୍ର ତମ ମତାମତ ଜଣେଇବ।" ଭାଉଜଙ୍କର ଝିଅଟିର ନିଖୁଣ ବର୍ଣ୍ଣନା ପଢ଼ି ବହେ ହସିଲି।

ଅନ୍ୟ କାଗଜ ଖଣ୍ଡିକରେ ନନା, ଲେଖିଥିଲେ, "ଆମେ ସେ ଲୋକକୁ କିଛି କଥା ଦେଇନେ। ତୁ ଆସିଲେ ଫରମାଲ୍ କ୍ଲିଏରେନ୍ଦ ପରେ ଯାହା କଥା ଦେବା।"

ମୁଁ ଏ ପ୍ରସ୍ତାବରେ ରାଜି ହେଲେବି ଏତେ ଅଳ୍ପ ସମୟ ଭିତରେ କିପରି ଭାରତ ଯାଇ ପାରିବି ତାଙ୍କ ଲେଖାରୁ ସେ ଅତ୍ୟନ୍ତ ଚିନ୍ତିତ ଥିବାର ଜଣା ପଡ଼ୁଥିଲେ। ତା' ଛଡ଼ା ସେ ମୋର ଆର୍ଥିକ ପରିସ୍ଥିତି ଉପରେ ସନ୍ଦିହାନ ଥିବାର ଜାଣିଲି। କ'ଣ କ'ଣ ସମ୍ଭାବ୍ୟ ଖର୍ଚ୍ଚର ଏକ ତାଲିକାଟିଏ ପ୍ରସ୍ତୁତ କରି ଦେଇଥିଲେ। ହେଲେ ମୋଟ ଉପରେ ଚିଠିର ସାରମର୍ମ ଥିଲା ସେଇ ପ୍ରସ୍ତାବଟିକୁ କେନ୍ଦ୍ର କରି।

ସେ ଦିନ ପରୀକ୍ଷାଗାରରେ ଗବେଷଣା କାମ ମୋର ଶେଷ ହୋଇ ଯାଇଥାଏ। ସଂଧ୍ୟାର ଆଗମନ। ବାହାରେ ବହଳ ଅନ୍ଧକାରର କଳା ପରଦା ଢାଙ୍କିହେଇ ପଡ଼ିଲାଣି। ସେତେବେଳେ କାମ ଜାଗାରେ ଆଉ କେହି ନଥିଲେ, ତେଣୁ କାହାରିକୁ ପାଇ କହିବାର କିଛି ସୁଯୋଗ ନଥିଲା। ଚିଠିଟି ପୁଣି ଲଫାଫା ଭିତରେ ଭରିଦେଲି ଓ ବ୍ୟାକପ୍ୟାକ ପକେଟରେ ଯନ୍ତର ସହିତ ରଖି ଆପାର୍ଟମେଣ୍ଟକୁ ଫେରିବାକୁ ବସ୍ ଧରିଲି। ବସରେ ବସିଥିବା ବେଳେ ମନ ମୋର ଛକପକ ହେଉଥାଏ, କେମିତି ପୁଣି ଥରେ ଚିଠିଟି କେତେବେଳେ ପଢ଼ିବି ଓ ଫୋଟୋଟିକୁ ଦେଖିବି।

ଆପାର୍ଟମେଣ୍ଟରେ ଯେମିତି ପହଞ୍ଚିଲି ପୃଥୁଳକାୟ ତୁଷାର ଜୋତା ଓ ଓଜନିଆ ଶୀତ ପୋଷାକ ବାହାର ନକରି ବ୍ୟାକପ୍ୟାକରୁ ଲଫାପାତି କାଢ଼ିଲି। ତହିଁରୁ ଫୋଟୋଟି ବାହାର କରି ଆଜ୍ଞାବହ ବାଳକ ସଦୃଶ ଭାଉଜଙ୍କ ନିର୍ଦ୍ଦେଶାନୁସାରେ ବାଁ ହାତରେ

ଫୋଟୋଟିକୁ ଧରି ବାଁ ପଟର ଚୁନି ପକେଇଥିବା ଝିଅ ଫୋଟୋକୁ ଦୁଇ ତିନି ଥର ଅନେଇଲି । ଭାଉଜଙ୍କ ଚିଠି ଖୋଲି ଆଉ ଦୁଇ ତିନି ଥର ପଢ଼ିଲି । ପୁଣି ଫୋଟୋଟିକୁ ଅନେଇଲି । ମନରେ ଭାବିଲି, ଭାଉଜ ଠିକ୍ କଥା ଲେଖ୍‍ଛନ୍ତି, ସତରେ "ଝିଅଟି ଆଖିରେ ଆଖିଏ କଥା" କହୁଛି । ଏମିତି ଦେଖା ପଢ଼ା ଦେଖା ପଢ଼ା କେତେ ଥର କରି ଫୋଟୋ ଓ ଚିଠିଟିକୁ ଯତ୍ନ ସହକାରେ ଲଫାଫା ଭିତରେ ଭରିଦେଲି ।

ତହିଁ ପରଦିନ ଅତି ଅନ୍ତରଙ୍ଗ ଗୁଜୁରାତି ଦମ୍ପତି ବନ୍ଧୁ ଶୀଲ୍ପା ଓ ତାଙ୍କ ସ୍ୱାମୀ ଜଗଦୀପଙ୍କୁ ଦେଖେଇବା ପାଇଁ ଡିପାର୍ଟମେଣ୍ଟ ଧରି ଗଲି । ସେ ଦମ୍ପତିଙ୍କ ସହିତ ମୁଁ ପ୍ରସ୍ତାବ ବିଷୟରେ ବେଳକୁ ବେଳ ଆଲୋଚନା କରେ । ଦୁଃଖ ସୁଖ ହୁଏ । ସେ ଦୁହେଁ ମୋତେ ସବୁଥରେ ସର୍ବଦା ଉଚିତ ଉପଦେଶମାନ ଦେଇ ଆସିଥାନ୍ତି । ନୂଆ ନୂଆ କାନାଡାରେ ପହଞ୍ଚିବା ବେଳେ ଅନେକ ସାହାଯ୍ୟ କରିଥାନ୍ତି ଓ ଦରକାର ପଡ଼ିଲେ ସବୁ କାମରେ ଆଗଭର ହୋଇ ସାହାଯ୍ୟ କରିବା ପାଇଁ ବାହାରି ପଡ଼ନ୍ତି । ସେପରି ପରୋପକାରୀ ମଣିଷ ବିରଳ, ସବୁବେଳେ ସବୁଆଡ଼େ ମିଳନ୍ତିନି ।

ବାରଣ୍ଡାରେ ଦୂରରୁ ମୋର ହସ ହସ ମୁହଁ ଦେଖ୍ ଶୀଲ୍ପା ପଚାରିଲେ, "କ'ଣ ଗଗନ, ବଡ଼ ଖୁସି ଜଣା ପଡ଼ୁଚ, କ'ଣ ଘରୁ କିଛି ଖୁସିର ଖବର ଆସିଛିକି ?" ମୁଁ ଲଫାଫାରୁ ଯତ୍ନ ସହକାରେ ଫୋଟୋଟି ବାହାର କରି ଶୀଲ୍ପାଙ୍କୁ ଚିହ୍ନେଇ ଦେଲି । ସେ ଦେଖ୍‍ଲେ, କହିଲେ, "ଆରେ ବାଃ ଗଗନ, ଇଏ ଝିଅ ତ ଭାରି ସୁନ୍ଦରୀ ଦେଖ୍‍ବାକୁ । ଜଲଦି ସାଦି କରିବା ପାଇଁ ବାହାରି ପଡ଼ । ଆଉ ଆମେ ଯଦି କିଛି ସାହାଯ୍ୟ କରି ପାରିବୁ ଆମକୁ କହିବାକୁ ଜମାରୁ ଭୁଲିବନି ।" ମୁଁ କହିଲି, "ନିଶ୍ଚୟ କହିବି, ତମ ମାନଙ୍କ ବିନା କିଏ ମୋର ଆଉ ଏଠି ଅଛି କହିଲ ? ବହୁତ ବହୁତ ଧନ୍ୟବାଦ ସେଥିପାଇଁ, ଶୀଲ୍ପା ।" ଏତକ କହି ଅନ୍ୟାନ୍ୟ ଗପସପ ହୋଇ ଖୁସି ମନରେ ମୁଁ ତାଙ୍କ ଠାରୁ ବିଦାୟ ନେଲି ।

ସେଠିକି ବେଳରୁ ଚାଲିଲା ପ୍ରସ୍ତୁତି । ପ୍ରଥମେ ମୋର ସୁପରଭାଇଜର ଡକ୍ତର ଠାକରଙ୍କୁ କହିବା ଦରକାର । କିପରି କହିବି ? ମନରେ ଶଙ୍କା ମିଶ୍ରିତ ଭୟ, ତାର କାରଣ ଏତେ ଦିନ ଛୁଟି ପାଇଁ ସେ ଅମଙ୍ଗ ହେବେ କି ହେବେନି ଏ ନେଇ । କହିବାକୁ ତ ଯେମିତି ହେଲେ ପଡ଼ିବ । ଥରେ ନିରୋଳାରେ ଦେଖ୍ ଡକ୍ତର ଠାକର ମହାଶୟଙ୍କୁ ବିବାହ ସମ୍ପର୍କୀୟ ଖବରଟି ଜଣେଇଲି । ସେ କହିଲେ, "ଇଏତ ଅତି ଭଲ ଖବର ଗଗନ, ଏଥିପାଇଁ ତମକୁ ଶୁଭେଚ୍ଛା ।" ମୁଁ କହିଲି, "ତଥାପି ପୂରା ଠିକ୍ ହେଇନି ମୁଁ ଗଲେ କନ୍ୟା ସହିତ ସାକ୍ଷାତ କରି ଶେଷ ନିଷ୍ପତ୍ତି ନିଆଯିବ ।" ସେ କହିଲେ, "ଆଚ୍ଛା ଏମିତିକି, ମୁଁ ଆଶା କରୁଛି ସବୁ ଠିକ୍ ଠିକ୍ ହେଇଯାଉ, କିଛି

ଅସୁବିଧା ନହେଉ।" ତାପରେ ମୁଁ କହିଲି, "ମୁଁ କିଛି ଦିନ ଛୁଟି ନେବାକୁ ଚାହୁଁଛି।" ସେ କହିଲେ, "କିଛି ଅସୁବିଧା ନାହିଁ, ଯେତେଦିନ ତମର ଦରକାର ନିଅ।" ସେତେକ ଶୁଣିବା ପରେ ମୁଁ କହିଲି, "ବହୁତ ବହୁତ ଧନ୍ୟବାଦ ଡକ୍ଟର ଠାକର।" ଏପରି ସୌହାର୍ଦ୍ଦ୍ୟପୂର୍ଣ୍ଣ କଥୋପକଥନ ପରେ ମୋତେ ଟିକିଏ ଉଚ୍ଛ୍ୱାସ ଲାଗିଲା। ବଡ଼ ଅମାୟିକ ଲୋକ ଡକ୍ଟର ଠାକର, ଅତ୍ୟନ୍ତ ସ୍ନେହୀ, ଶ୍ରଦ୍ଧାଳୁ ଓ ପରୋପକାରୀ। ମୋତେ ଅନେକ ଆଦର କରନ୍ତି।

ଭାରତ ଯିବା ପାଇଁ ଜାନୁୟାରୀ ତିରିଶ ତାରିଖରେ ଏୟାର ଇଣ୍ଡିଆର ଟିକେଟ ଟରୋଣ୍ଟୋରୁ ନ୍ୟୁୟର୍କ ଜେ ଏଫ୍ କେନେଡ଼ି ବିମାନ ବନ୍ଦର ଦେଇ ଦିଲ୍ଲୀକୁ କଟେଇଲି। ଦିଲ୍ଲୀରେ କେତେ ଦିନର ରହଣି ପରେ କଲିକତା। କଲିକତାରୁ ସିଧା ଟ୍ରେନ ଧରି ବାଲେଶ୍ୱର, ଏମିତି ଯୋଜନାଟିଏ କରିଦେଲି।

ବିଲମ୍ବ ନକରି ସାନ ଭାଉଜ ଓ ଦିଲନ ନନାଙ୍କୁ ମୋର ଭାରତ ଗସ୍ତର ସମସ୍ତ ବିବରଣୀ ସହ ଚିଠି ଖଣ୍ଡିଏ ରାଉରକେଲାକୁ ଲେଖିଦେଲି। ସେଥିରେ ମୋର ଆର୍ଥିକ ପରିସ୍ଥିତିର ଟିସ୍ଣୀଟିଏ ମଧ ଦେଇଦେଲି। ମୋଟ ଉପରେ ଖର୍ଚ୍ଚ କହିବାକୁ ଗଲେ ନିରାଡ଼ମ୍ବର ଭୋଜି ଭାତ ସହ ବାହାଘର ଖର୍ଚ୍ଚ, ମୋର ବ୍ୟକ୍ତିଗତ ଖର୍ଚ୍ଚ, ଘର ପାଇଁ ନଳ କୂପ, ପାଇଖାନା ଓ ଗାଧୁଆ ଘର ତିଆରି କରିବାର ଖର୍ଚ୍ଚ ଓ ଦୁଇଜଣଙ୍କର ଫେରିବା ଟିକଟ। ମୋର ଅଟକଳ ଅନୁସାରେ ଭାରତରେ ଖର୍ଚ୍ଚ ପାଇଁ ସର୍ବମୋଟ ସତୁରୀ ବା ଖୁବ୍ ବେଶୀରେ ଅଶୀ ହଜାର ଟଙ୍କାର ଆବଶ୍ୟକତା। କାନାଡ଼ାକୁ ଆସିବାର ଛଅ ମାସ ଭିତରେ ନିଜର ଓ ବଡ଼ ଭାଇମାନଙ୍କର ଯେତେ ଯାହା ରଣଥିଲା ମୁଁ ସେତେବେଳକୁ ସମସ୍ତ ପରିଶୋଧ କରି ସାରିଥାଏ। ଏବେକାର ସଞ୍ଚିତ ଅର୍ଥରେ ନିରାଡ଼ମ୍ବର ବିବାହ କାର୍ଯ୍ୟର ସମ୍ପୂର୍ଣ୍ଣ ଖର୍ଚ୍ଚ ନିଜ ଆୟଉରେ ରହି ପାରିବା ଉଚିତ। ଏପାଇଁ ଅନ୍ୟ କାହାର କିଛି ଚିନ୍ତା କରିବା ବା ଖର୍ଚ୍ଚ ବହନ କରିବାର ଆବଶ୍ୟକତା ନାହିଁ ବୋଲି ମୁଁ ଚିଠିରେ ସାଫ ସାଫ ଲେଖିଦେଲି। ଅନେକ ଦିନରୁ ମୁଁ ଚାହୁଁ ଥିଲି ଯେ ମୋ ବିବାହ ପାଇଁ କେହି ଯେମିତି ଅର୍ଥ ବ୍ୟୟ କରି ରଣଗ୍ରସ୍ତ ନହୁଅନ୍ତୁ। ବାଣ, ରୋଷଣୀ, ଢୋଲ, ମହୁରୀ, ତୁରି ଭେରି ଏ ସବୁ ଘଟା ଟୋପ ମୋ ଜୀବନ ମୂଲ୍ୟବୋଧର ବାହାରେ। ତେଣୁ ସେ ପାଇଁ ଅଯଥା ଅର୍ଥ ବ୍ୟୟ କରି ରଣଗ୍ରସ୍ତ ହେବାର ପ୍ରଶ୍ନ ଉଠୁ ନଥିଲା। ଜେଏନ୍ୟୁ ସାଙ୍ଗ ପୂର୍ଣ୍ଣ ପ୍ରଧାନକୁ ମଧ ଚିଠିଟିଏ ଲେଖିଦେଲି।

ମୋ ଅନୁରୋଧ କ୍ରମେ ଓ ଫର୍ମାଇସ ଅନୁସାରେ ମାଆ, ଭଉଣୀ ଓ ଭାଉଜ ମାନଙ୍କ ପାଇଁ ଶାଢ଼ୀ, ଶିକ୍ଷା ଓ ଜଗଦୀପ ଦମ୍ପତି ଟରୋଣ୍ଟୋ ଜେରାଡ଼ ଷ୍ଟିରୁ ଆଣି ମୋ ପାଖରେ ପହଞ୍ଚେଇଲେ। ସମସ୍ତ ଭାଇ ଓ ପିଲାମାନଙ୍କ ପାଇଁ ଯାହା ଯେମନ୍ତେ

କିଛିନା କିଛି ପୋଷାକ କିଣା ହେଇ ରଖାଗଲା। ନିଜ ପାଇଁ ଜାମା, ପ୍ୟାଣ୍ଟ, ସୁଟ୍, ବୁଟ୍, ଇତ୍ୟାଦି କିଣା ହେଲା। ହୀରା ଖଚିତ ସ୍ୱର୍ଣ୍ଣ ମୁଦିଟିଏ ଜଗଦୀପ ଶିକ୍ଷାଙ୍କ ତତ୍ତ୍ୱାବଧାନରେ କିଣା ହୋଇ ରହିଲା, ସେମିତି ଦାମୀ ନୁହଁ, ମୋ ପାରିଲା। ପଣକୁ ଦେଖ। ଯଦି ପ୍ରକୃତରେ ବାହାଘରଟି ସ୍ଥିର ହେଲା ଓ ସବୁ ଠିକ୍ ଠିକ୍‌ରେ ଯୋଜନା ମୁତାବକ ଗଲା ତେବେ ମୁଦିଟି ନବବିବାହିତା ପତ୍ନୀଙ୍କ ପାଇଁ। ସମସ୍ତ ଜିନିଷ କିଣା କିଣିରେ ଶିକ୍ଷା ଓ ଜଗଦୀପଙ୍କର ପ୍ରଚୁର ପରିମାଣରେ ସାହାଯ୍ୟ ରହିଲା।

ନିର୍ଦ୍ଧାରିତ ଦିନ ଓ ସମୟ ଅନୁସାରେ ମୁଁ ଟରୋଣ୍ଟୋର ପିଅରସନ ଆନ୍ତର୍ଜାତିକ ବିମାନ ବନ୍ଦରରେ ପହଞ୍ଚିଲି। ସେଠାରୁ ବିମାନ ଯୋଗେ ନ୍ୟୁୟର୍କ ଜେ.ଏଫ୍ କେନେଡ଼ି ବିମାନ ବନ୍ଦର। ମନ ମଧ୍ୟରେ ଉତ୍କଣ୍ଠତା। ମନୋଯାନ ଓ ବ୍ୟୋମଯାନ ମଧ୍ୟରେ ପ୍ରତିଯୋଗିତା, କିଏ ଯାଇ ଆଗ ଭାରତ ବର୍ଷରେ ପହଞ୍ଚିବ। ଯଥା ସମୟରେ ଏୟାର ଇଣ୍ଡିଆର ବ୍ୟୋମଯାନ ଯାଇ ଦିଲ୍ଲୀ ବିମାନ ବନ୍ଦରରେ ଅବତରଣ କଲା ଓ ମୁଁ ବାହାରକୁ ଆସିଲି।

ଜାନୁୟାରୀ ମାସର ଶେଷ ସପ୍ତାହ। ଦିଲ୍ଲୀର ପରିଚିତ କୁହୁଡ଼ି ଘେରା ଓ ଧୂଆଁଳିଆ ଆକାଶ ଏହା ସୂଚେଇ ଦେଉଥାଏ। ଅନେକ ଦିନ ପରେ ପୁଣି ଏତେ ଜନ ସମାଗମ, କାନାଡ଼ାରେ ଏକ ବର୍ଷ ରହିଲା ପରେ ଦେଖ୍‌ବାର ଅଭ୍ୟାସ ଚାଲି ଯାଇଥାଏ। ବାହାରକୁ ବାହାରିବା ମାତ୍ରେ ଜନ ଗହଳି ଭିତରେ ଆଖ୍ ପଡ଼ିଲା ବନ୍ଧୁ ପୂର୍ଣ୍ଣ ପ୍ରଧାନଙ୍କ ଉପରେ। ବିମାନ ବନ୍ଦରରୁ ସେ ମୋତେ ଆସିଥାନ୍ତି ପାଛୋଟି ନେବା ପାଇଁ। ଆନନ୍ଦର ସୀମା ରହିଲା ନାହିଁ ପୂର୍ଣ୍ଣକୁ ଏତେ ଦିନ ପରେ ଦେଖ। ଏଇ ବିମାନ ବନ୍ଦରକୁ ପୂର୍ଣ୍ଣ ଆସିଥିଲା ମୋତେ ବିଦାୟ ଦେବାପାଇଁ। ଗପରେ ମଜି ଟ୍ୟାକ୍ସି କେତେବେଳେ ନେଇ ଜେ.ଏନ୍‌.ୟୁ ହଟା ପହଞ୍ଚେଇଲା ଜଣା ପଡ଼ିଲା ନାହିଁ। ବହୁ ଘଣ୍ଟାର ଯାତ୍ରା ଏବଂ ଅନିଦ୍ରା ଫଳରେ କ୍ଲାନ୍ତ ଶ୍ରାନ୍ତ ଶରୀରରେ ଆଉ ଶକ୍ତି ନଥାଏ। ତଥାପି ପୂର୍ଣ୍ଣ ସହିତ ଦୀର୍ଘ ବାର୍ତ୍ତାଳାପ ଫଳରେ ଅନିଦ୍ରାରେ ରାତ୍ରି ଯାପନ ହେଲା। ପାହାନ୍ତା ପାହାନ୍ତାରେ କ୍ଲାନ୍ତ ହୋଇ କେତେ ବେଳେ ଶୋଇ ପଡ଼ିଛୁ ଜଣାନାହିଁ।

ତହିଁ ପରଦିନ ପ୍ରଥମେ ସ୍କୁଲ୍ ଅଫ୍ ଲାଇଫ୍ ସାଇନ୍‌କୁ ମୋର ପୁରାତନ ଗବେଷଣାଗାରର ବନ୍ଧୁ ଓ ପ୍ରଫେସର ମାନଙ୍କ ସହିତ ସାକ୍ଷାତ କରିବାକୁ ଗଲି। ଅନେକଙ୍କ ସହିତ ଭେଟ ଏବଂ ଆଲାପ ହେଲା। ସେମାନଙ୍କ ମଧ୍ୟରୁ କେତେଜଣ ପୂର୍ଣ୍ଣ ପ୍ରଧାନ ପାଖରୁ ମୋର ବିବାହ ପାଇଁ ଭାରତ ଆସିବା ସମାଚାର ପାଇ ଯାଇଥିଲେ, ସେଥିପାଇଁ ଅନେକେ ମୋତେ ଅଭିନନ୍ଦନ ଜଣଉଥିଲେ ଓ ମୁଁ ଖୁସି ହେଉଥିଲି।

ଯେତେବେଳେ ସବୁ କିଛି ଠିକ ଠାକ୍ ଚାଲିଥିଲା ଠିକ୍ ସେତିକି ବେଳେ

ହଠାତ୍ ମୋ ମୁଣ୍ଡ ଉପରେ ବଜ୍ରପାତ ହେଲା। ଅବସ୍ଥା ଅସମ୍ଭାଳ ହେଇ ପଡ଼ିଲା କ୍ଷଣିକ ଭିତରେ। ଯେଉଁ ତରୁଣୀ ଜଣକ କେତେ ମାସ ଆଗରୁ ମୋ ପ୍ରସ୍ତାବକୁ ଅଗ୍ରାହ୍ୟ କରି ପତ୍ର ଲେଖିଦେଇଥିଲେ ନିରୋଳାରେ ସେ ମୋ ସହିତ କଥା ହେବାକୁ ଚାହିଁଲେ। ମୁଁ ସୌଜନ୍ୟତା ଦୃଷ୍ଟିରୁ ସେତକ ଏଡ଼େଇ ପାରିଲି ନାହିଁ। ସେ ବି ମୋର ବିବାହ ପାଇଁ ଭାରତ ଆଗମନର ଖବର ପାଇ ସାରିଥାନ୍ତି। ଗଲି, ନିରୋଳାରେ କଥା ହେବାକୁ। ତାଙ୍କ ସହିତ ଯାଉ ଯାଉ ମନରେ ଭାବିଲି, ଇଏ ପୁଣି କି ଅବାଞ୍ଛିତ ପରୀକ୍ଷା ମୋ ସମ୍ମୁଖରେ ଉପଗତ ? ଦେଖା ଯାଉ କେଉଁ ପାଣି କୁଆଡ଼େ ଯାଉଛି, କ’ଣ ହେଉଛି, ଏଇୟା ଭାବି ଭାବି ମୁଁ ତାଙ୍କ ସହିତ ଚାଲିଥାଏ।

ସେଟିକି ବେଳେ ମୋତେ ଲାଗିଲା ତରୁଣୀ ଜଣକ ବିଚଳିତା, ବିବ୍ରତା, ଅସ୍ଥିରମନା ଯାହାକି ମୁଁ ଆଶା କରି ନଥିଲି, ଜାଣି ପାରୁନଥିଲି କ’ଣ ପାଇଁ। ଜନ ମାନବ ଶୂନ୍ୟ ଏକ ନିରୋଳା ଜାଗାରେ ଠିଆ ହେବା ପରେ ସେ କହିଲେ, “ମୁଁ ତୁମକୁ କିଛି କହିବାକୁ ଚାହୁଛି।” ମୁଁ କହିଲି, “ନିଶ୍ଚୟ କ’ଣ କହିବ କୁହ, କ’ଣ କିଛି ସିରିଅସ୍ କଥା ?” ମୁଁ ସେତେବେଳେକୁ ତଥାପି କିଛି ଜାଣି ପାରୁ ନଥାଏ, ଭାବି ପାରୁ ନଥାଏ। ସଙ୍ଗେ ସଙ୍ଗେ ସେ କହି ଉଠିଲେ, “ମୁଁ ତମର ପ୍ରସ୍ତାବରେ ରାଜି, ଏବେ ତମେ କୌଣସି ପ୍ରକାରର ଆଲଟିଏ ବାହାର କରି ସେ ଝିଅକୁ ମନାକରି ଶୀଘ୍ର ଚିଠି ଖଣ୍ଡିଏ ଲେଖିଦିଅ।” ତାହା ଶୁଣି ମୁଁ ଅବାକ୍, ମୋ ପାଦ ତଳୁ ବସୁଧା ଖସି ଖସି ଗଲା ପରି ବୋଧହେଲା। କ’ଣ କରିବି ? ମୋତେ ଲାଗିଲା ଯେପରି ହିନ୍ଦୀ ସିନେମାର ପ୍ଲଟ ଟିଏ ଏଇନା ଲେଖା ଆରମ୍ଭ ହେଲା। ପ୍ଲଟଟି ଏହି ପରି, କଥା ଦେଇ ହିରୋ ଆସିଲା ବିଦେଶରୁ, ହିରୋଇନି ଓଡ଼ିଶାରେ ଅପେକ୍ଷା କରିଛି। ତା’ ମଝିରେ ଦିଲ୍ଲୀରେ ଆଉ ଜଣକୁ ବାହା ହେଇ ଓଡ଼ିଶା ନଯାଇ ସେଉଠୁ ସେଉଠୁ ବିଦେଶକୁ ଚମ୍ପଟ। ଓଡ଼ିଶାରେ ହିରୋଇନ ଅପେକ୍ଷା କରି ରହିଛି ତ ରହିଛି। ଇଏ ନୁହଁ ତ ଆଉ କ’ଣ ? ସେ ପାଇଁ ଏଥରୁ କିପରି ଖସିବି ଚିନ୍ତା କଲି। ଶୁଣିଥିଲି ସଙ୍କଟ ବେଳେ ଏକାଗ୍ରତାର ବିପନ୍ନ ଘଟେ। ଏହାକୁ ମନେ ପକେଇ ସ୍ଥିତପ୍ରଜ୍ଞ ହୋଇ ନିଜକୁ ଆୟତ୍ତକୁ ଆଣିଲି। ମନକୁ ଦୃଢ଼ କଲି। ମୋର ଜମାରୁ ଉଦ୍ଦେଶ୍ୟ ନଥିଲା ତରୁଣୀଙ୍କ ମନରେ କୌଣସି ପ୍ରକାରେ କିଞ୍ଚିତ ମାତ୍ର ଆଘାତ ଦେବାକୁ। ପ୍ରତିଶୋଧ ପରାୟଣ ମନୋବୃତ୍ତି ତ ମୋର ଜମାରୁ ନୁହଁ। ତେଣୁ ଅତ୍ୟନ୍ତ ଧୀର, ନମ୍ର ଓ କୋମଳ ସ୍ୱରରେ କହିଲି, “ଏଇଟା କେମିତି ହବ ? ତମ ଚିଠି ପାଇ ତମ କଥା ମୁଁ ମାନି ନେଇଛି, ଯଥା ଯୋଗ୍ୟ ତାହାକୁ ସମ୍ମାନ ଦେଇଛି। ଯା ଭିତରେ ଅନେକ ଦିନ ବିତି ଗଲାଣି ଓ ମୋ ଘର ଲୋକ ମାନେ ସେ ଝିଅର ପିତାମାତାଙ୍କୁ କଥା ଦେଇ ସାରିଲେଣି। ମୁଁ ବି ମୋ ଭାଉଜଙ୍କୁ କହି

ସାରିଛି। ମୋ ଆସିବାକୁ ସେମାନେ ଅପେକ୍ଷା କରି ବସିଥିବେ। ସେମାନେ ନିଶ୍ଚୟ ମନେ ମନେ ସମସ୍ତ ଯୋଜନା କରୁଥିବେ। ଦିଲ୍ଲୀରେ ପହଞ୍ଚି କେମିତି ମୁଁ ବଦଳିଯିବି? କେମିତି? ଏତ ନିହାତି ଅସମ୍ଭବ କଥା। ମୁଁ ଯଦି ଏଇୟା କରେ ତେବେ ଏହା ମୋର ଗୁରୁଜନ ମାନଙ୍କ ପ୍ରତି ବଡ଼ ଅସମ୍ମାନ ହବ। ମୁଁ ମୋ କଥା ରଖ୍ବିନି? ମୁଁ ଯଦି ନରଖେ ଇଏ ମୋ ପାଇଁ ବଡ଼ ପାପ ହେବ। ଏବେ ତ ଅତି ଡେରି ହେଇ ଗଲାଣି। ଏ ସବୁ ଜିନିଷ ଥରେ ଜୀବନରେ ଆସେ। ମୁଁ ଅତ୍ୟନ୍ତ ଦୁଃଖିତ ତମ କଥା ମୁଁ ରଖ୍ ପାରୁନି ଏବେ। ମୋତେ କ୍ଷମା କର ଏବଂ ଏ ସବୁକୁ ଭୁଲିଯାଇ ଆଗେଇ ଚାଲ, ତମ ଭବିଷ୍ୟତର ଚଲା ପଥରେ ମୋର ଶୁଭେଚ୍ଛା।"

ଏତକ ଶୁଣିବା ପରେ ତରୁଣୀ ଜଣକ ଚୁପ୍, ମୁହଁରୁ ଆଉ କିଛି ବାକ୍ୟ ସ୍ଫୁରିଲା ନାହିଁ, ଦେଖ୍ଲି କ୍ରମେ ତାଙ୍କର ଚକ୍ଷୁ ଲୋତକାପ୍ଲୁତ ହେଇଆସିଲା, ମନ ମଧରେ ଆବେଗ ଓ ବ୍ୟାକୁଲତା ଭରିଗଲା। ସେତିକି ବେଳେ ତାଙ୍କ ଆଡ଼କୁ ଚାହିଁ ପଛେଇ ପଛେଇ ମୁଁ ଲୋକାରଣ୍ୟକୁ ପଳେଇ ଆସିବାକୁ ଉଦ୍ୟତ ହେଲି। ମୋତେ ଚାହିଁ ସେ ମଧ ଦୂରେଇ ଗଲେ। ଜାଣୁଥିଲି ମନ ତାଙ୍କର ହତାଶା ଆଉ କୋହରେ ଭରିଯାଇଥିଲା, ମାତ୍ର ମୁଁ ଥିଲି ମୋ ବାକ୍ୟରେ ଅଚଲ, ଅଟଳ। ଫେରିଯାଇ ପୁଣି କିଛି ତାଙ୍କୁ କହିବାକୁ ମନ ମୋର ଚାହୁଁ ନଥିଲା।

କିଛି ସମୟ ଯାଇଛି କି ନାହିଁ ହଠାତ୍ ମୋ ନିର୍ମଲ ମନ ଆକାଶକୁ ଭୟ ଓ ଆଶଙ୍କାର କଳା ହାଣ୍ଡିଆ ବାଦଲ ଝଡ଼ ପବନ ସହ ଘନେଇ ଆସି ଢାଙ୍କି ପକେଇଲା। ମୁଁ ଘାବୁରେଇ ଗଲି। ଦିଲ୍ଲୀରେ ପହଞ୍ଚିଲା ପରେ ଉଲ୍ଲାସ ଭରା ଅମାନିଆ ସ୍ୱାଧୀନ ମନ ପକ୍ଷୀ ମୋର କାହିଁ କେତେ ଊର୍ଦ୍ଧ୍ୱ ନୀଲ ନିର୍ମଲ ଆକାଶରେ ଚକ୍କର କାଟି ଉଡ଼ି ବୁଲୁଥିଲା। ହଠାତ୍ ମନେ ହେଲା ସତେ ଯେପରି ପକ୍ଷୀଟି ସେଇ ଭୟଙ୍କର ଝଡ଼ ଭିତରେ ଅଚାନକେ ଦିଗ ହରା ହେଇଗଲା। ମନକୁ ପାପ ଛୁଇଁଲା, କାଲେ ତରୁଣାଟି ଆତ୍ମହତ୍ୟା ଭଲି ଅପକର୍ମ କରି ପକେଇବ କି? ମୁଁ ମୋ ପାଇଁ ଯେତିକି ଚିନ୍ତିତ ହେଲି, ତା' ଠାରୁ ଅଧିକ ଚିନ୍ତିତ ହେଲି ତରୁଣୀଟି ପାଇଁ। ମନେ ମନେ ଭାବିଲି, ଏତ ବଡ଼ ଆଶ୍ଚର୍ୟ କଥା, ମୋ ପ୍ରସ୍ତାବକୁ ଅଗ୍ରାହ୍ୟ କରିବା ପରେ ବି ସେ ମୋତେ ଦୁଇ ଖଣ୍ଡି ଚିଠି ଲେଖ୍ଥିଲେ। ତେଣୁ ମୁଁ ଭାବିଥିଲି ମୋ ପ୍ରସ୍ତାବ ଉପରେ ପରସ୍ତ ପରସ୍ତ ହୋଇ ଆବରଣ ଢାଙ୍କି ହୋଇ ଅତୀତ ପୃଷାରେ ସବୁ କିଛି ଅତୀତ ହୋଇ ରହିଗଲା। ପୁଣି ଏବେ, ଏପରି ଅତର୍କିତ ଭାବେ ଉପରକୁ ବାହାରି ଆସିବ, ଏ କଥା କିଏ ଜାଣିଥିଲା?

ଅସ୍ଥିର ହେଇ ଚିନ୍ତା କଲି କ'ଣ କରିବି? ସଙ୍ଗେ ସଙ୍ଗେ ଉପାୟ ଖୋଜି ବସିଲି। ସୁଯୋଗକୁ ଉପାୟଟିଏ ବି ମନକୁ ଆସିଗଲା। ବିଳମ୍ବ ନକରି ସହସା ଧାଇଁଲି

ମଙ୍ଗଳାକାଙ୍କ୍ଷୀ ସୁଧା ମାଡ଼ାମଙ୍କ କ୍ୱାର୍ଟର୍ସକୁ । ମାଡ଼ାମ, ମୋ ପିଏଚଡି ସୁପରଭାଇଜର ଡକ୍ତର ରାଓଙ୍କର ଧର୍ମପତ୍ନୀ । ମନସ୍ତତ୍ତ୍ୱ ବିଜ୍ଞାନରେ ପିଏଚଡି । ଅତୀତରେ ଅନେକ ଜଟିଳ ପରିସ୍ଥିତିରେ ସମାଧାନର ପନ୍ଥା ବାହାର କରି ନିଷ୍ପତ୍ତି ନେବାରେ ସହାୟ ହୋଇଛନ୍ତି । କବାଟରେ ଯାଇ ଠକ୍ ଠକ୍ କଲି । ସୌଭାଗ୍ୟକୁ ମାଡ଼ାମ ଘରେ ଥିଲେ, ସାର ନଥିଲେ । ଦୁଆର ଖୋଲିବାରୁ ମୁଁ ନମସ୍କାର କଲି । ମୋତେ ଦେଖି ସେ କହି ଉଠିଲେ, "ଆରେ ପାନିଗ୍ରାହୀ, କେବେ ଆସିଲ ? କ'ଣ କିଛି ଚିଠି ପତ୍ର ନାହିଁ, ଆସ ଆସ ଭିତରକୁ ଆସ ?" ଭିତରକୁ ଯାଇ ସୋଫାରେ ବସିଲି । ଅଳ୍ପ କିଛି ସମୟ ଧରି କାନାଡ଼ାରେ ନୂତନ ଜୀବନ, ଭଲ ମନ୍ଦ ଉପରେ କଥା ବାର୍ତ୍ତା ହେବାରୁ ମୋତେ ଆଶ୍ୱସ୍ତି ବୋଧହେଲା, ମୁଁ ପ୍ରକୃତିସ୍ଥ ହେଲି । ଭାରତ ଆସିବାର ମୁଖ୍ୟ କାରଣଟି ଜଣେଇଲି । ମାଡ଼ାମ ଶୁଣି ଅତ୍ୟନ୍ତ ପ୍ରୀତ ହେଲେ, ମୋତେ ଅଭିନନ୍ଦନ ଜଣେଇଲେ । ଏ ସବୁ ଭିତରେ ମୋର ମନ କିନ୍ତୁ ଥାଏ ସେଇ ଘଟଣା ପାଖରେ, କେତେବେଲେ ସୁଯୋଗ ଆସିବ, ତାଙ୍କୁ କହିବି । ଏମିତି କିଛି ସମୟ ଗଲା । ଆଉ ଅଧିକ ଅପେକ୍ଷା ନକରି ପାରି କହିଲି, "ମାଡ଼ାମ, କିଛି ସାହାଯ୍ୟ ଦରକାର ଥିଲା ବ୍ୟକ୍ତିଗତ କଥା ଉପରେ, କିଛି ଆପଣଙ୍କର ଉପଦେଶ ଓ ମତାମତ ଦରକାର ।" ହଠାତ୍ ମାଡ଼ାମ କହି ଉଠିଲେ, "ହଁ, ହଁ, କ'ଣ କଥା, କୁହ କୁହ, ନିଶ୍ଚୟ, କ'ଣ ଦରକାର କୁହ ।" ମୁଁ ସମସ୍ତ ଘଟଣା ଯାହା ଯାହା ଘଟିଥିଲା ଏକ ନିଃଶ୍ୱାସରେ କହିଗଲି ।

ମାଡ଼ାମ କିଛି ସମୟ ଚିନ୍ତାମଗ୍ନ ହେଇ ନିରବ ହେଇଗଲେ । ତାଙ୍କ ଗୌର ବର୍ଣ୍ଣ ମୁଖମଣ୍ଡଲର କପାଳ କୁଞ୍ଚିତ ହୋଇ ଉଠିଲା । ତାପରେ ମୋ ମୁହଁକୁ ସିଧା ଚାହିଁ ପଚାରିଲେ, "ତୁମେ ପ୍ରସ୍ତାବ ଦେଇଥିଲ, ଠିକ୍ ?" ମୁଁ କହିଲି, "ଠିକ୍ ।" ପୁଣି ପଚାରିଲେ, "ଝିଅଟି ମନା କରିଦେଲା, ଲେଖିକରି ?" ମୁଁ କହିଲି, "ଆଜ୍ଞା, ହଁ ।" ପୁଣି ପ୍ରଶ୍ନ, "ତୁମ ପାଖରେ ଚିଠି ଅଛି ?" ମୁଁ କହିଲି, "ହଁ, ମାଡ଼ାମ ଅଛି ।" ମାଡ଼ାମ: "ତାହାଲେ ପୁଣି କ'ଣ ?" ମୁଁ କହିଲି, "ମାମ, ମୁଁ ଡରୁଛି, କାଲେ ଝିଅଟି ଆତ୍ମହତ୍ୟା ଭଲି ଅପକର୍ମ କରି ପକେଇବ ।" ମାଡ଼ାମ ମୋ କଥା ମଝିରେ ଜୋରରେ ହସି ଉଠିଲେ, କହିଲେ, "ଆରେ, ପାନିଗ୍ରାହୀ, କିଛି ହବନି, ଡରିବାର କିଛି ନାହିଁ, ମୁଁ କହୁଛିନା । ତମେ ଏବେ ବି ସେଇ ସାଦାସିଧା ଲୋକ ସେଇଥି ପାଇଁ ଡରୁଛ, ଡରୁଆ ହେଲେ ହବ, କିଛି ଡରିବାର ନାହିଁ, ଆରାମରେ ଘର ଯାଅ, ବାହା ସାହା ହୁଅ, ସ୍ତ୍ରୀକୁ କାନାଡ଼ା ନେଇ ଯାଅ, ମଜା କର, ପ୍ରସ୍ତାବିତ ଝିଅର ନାଁ କ'ଣ ?" ମୁଁ କହିଲି, "ସବିତା ।" ସେ କହିଲେ, "ଆରେ ବାଃ ସବିତା ? ଈଏତ ଭାରି ବଢ଼ିଆ ନାଁ ଟେ, ସବିତାକୁ ମୋ ତରଫରୁ ଅଭିନନ୍ଦନ କହିଦବ, ଶୁଭେଚ୍ଛା ଜଣେଇଦେବ । ଯଦି ସମୟ

ହୁଏ ଦିଲ୍ଲୀ ଆଡ଼େ ଆସିଲେ ସବିତାକୁ ନେଇ ଆମ ଘରକୁ ଆସିବ ।” ଏତକ କହି ମୋ ପିଠିରେ ସେ ହାତ ଥାପୁଡ଼େଇ ଦେଲେ । ମୋ ଛାତିରେ ଜୀବନ ପଶିଲା । ଧମନୀରେ ଉଷ୍ଣ ରକ୍ତ ପ୍ରବାହିତ ହେବା ଧୀରେ ଧୀରେ ଧିମେଇ ଆସିଲା । କିଛି ସମୟ ବସି କଥାବାର୍ତ୍ତା ହେଇ ମୁଁ ଫେରିବାକୁ ଉଦ୍ୟତ ହେଉଥାଏ, ମାଡାମ୍ କହିଲେ, “ଯଦି ପୁଣି ତା’ ସହିତ କେବେ ଭେଟ କର ତେବେ ଅନ୍ୟମାନେ ଥିବା ବେଳେ ଭେଟିବ, ଏକୁଟିଆ ନୁହଁ, ହେଲା ।” ମୁଣ୍ଡ ହଲେଇ ମୁଁ ସମ୍ମତି ଜଣେଇଲି ଓ ନମସ୍କାର କହି ତାଙ୍କ ଠାରୁ ବିଦାୟ ନେଲି । ବାଟରେ ଆସିଲା ବେଳେ ମନେ ମନେ ଭାବୁଥାଏ, କି ଦୁର୍ଯୋଗ, ନିଜେ ଭିଏଇଚି, ତା’ ଫଳ ନିଜେ ଭୋଗିବିନି ତ କିଏ ଭୋଗିବ ? ରାସ୍ତା ସାରା ନିଜ ବାତୁଳତାକୁ ନିନ୍ଦୁଥିଲି ।

ମୋର ସେତେବେଳକୁ ବିଳମ୍ବ ହେଇ ଆସୁଥାଏ । ଦିଲ୍ଲୀରୁ ବିବାହ ଜନିତ ଜିନିଷ କିଣା ଓ ଅନ୍ୟାନ୍ୟ କାମ ମୋ ମଥା ଉପରେ ଥାଏ । ପ୍ରଥମେ ଗଲି ସରୋଜିନୀ ନଗର ମାର୍କେଟ । ସେଠାରୁ କିଣାହେଲା କଲର ମ୍ୟାଚିଂ କରି କାନାଡ଼ାରୁ ନେଇଥିବା ଶାଢ଼ୀ ମାନଙ୍କର ଫଲ୍ସ ଓ ବ୍ଲାଉଜ ପିସ୍ । ତାପରେ ଗଲି ସିଧା ଜନପଥ । ସମ୍ଭାବ୍ୟ ପତ୍ନୀଙ୍କ କାନାଡ଼ା ଫେରନ୍ତି ଯାତ୍ରା ପାଇଁ ଆଗରୁ ଏୟାର ଇଣ୍ଡିଆରେ ଟିକଟ ପାଇଁ କଥାବାର୍ତ୍ତା କରି ରଖିବା ଉଚିତ ମନେ କରି ଗଲି ପାନ୍ନା ଟୁରସ ଏଣ୍ଡ ଟ୍ରାଭେଲ୍ସରେ ମିଷ୍ଟର ଜୈନଙ୍କୁ ଦେଖା କରିବାକୁ । ସେ କାମ ବି ସରିଲା । ନିକଟରେ ବାରାଖମ୍ବା ରୋଡ଼ । ସବୁ ରାଜ୍ୟର ସୁନ୍ଦର ସୁନ୍ଦର ଏମ୍ପୋରିଅମ ଏଇ ସରଣୀରେ ଯେଉଁଥିରେ କି ରାଜ୍ୟମାନଙ୍କରୁ ଅନେକ ମନଲୋଭା ଜିନିଷ ପ୍ରଦର୍ଶିତ ହୋଇଥାଏ । ଦିଲ୍ଲୀରେ ଥିଲାବେଳେ ଏଇ ଏମ୍ପୋରିଅମ୍ରୁ ଭଉଣୀ ମାନଙ୍କ ପାଇଁ ଶାଢ଼ୀ କିଣିଛି । କାନାଡ଼ା ଗଲାବେଳେ ଡକ୍ଟର ଠାକରଙ୍କ ପାଇଁ ହାତୀ ଦାନ୍ତରେ କୁଟିକମ ଥାଇ କୃଷ୍ଣଙ୍କର ମୂର୍ତ୍ତିଟିଏ କିଣିଛି । ଅନ୍ୟାନ୍ୟ ସମୟରେ ସାଙ୍ଗମାନଙ୍କ ପାଇଁ ଜିନିଷ କିଣା ହେଇଛି, ମନ କହିଲା ଜାମ୍ମୁ କାଶ୍ମୀର ଏମ୍ପୋରିଅମରୁ କାଶ୍ମୀର ଶିଲକ ଶାଢ଼ୀ ଖଣ୍ଡିଏ କିଣି ନେଇ ପାଖରେ ରଖିବି । ବାହାଘର ଯଦି ହେଲା ତେବେ ନବ ବିବାହିତା ପତ୍ନୀଙ୍କ ପାଇଁ । ନିଜ ପାଇଁ ପତଲା ରେଶମି କୁର୍ତ୍ତ ଓ ଜରି ଲଗା କୋହ୍ଲାପୁରୀ ଚପଲ ପାଲିକା ବଜାର ଭିତରୁ କିଣାହେଲା । ଶାସ୍ତ୍ରୀୟ ସଙ୍ଗୀତ ଉପରେ ଆଧାରିତ କେତୋଟି ବାଦ୍ୟଯନ୍ତ୍ର କ୍ୟାସେଟ ବାହାଘର ବେଳେ ମନୋରଞ୍ଜନ ସକାଶେ କିଣା ହେଲା ଜନପଥ ମାର୍କେଟରୁ । ଏଇମିତି ସମସ୍ତ କାର୍ଯ୍ୟ ସମାପ୍ତ ହେଲା ।

ଫେବ୍ରୁଆରୀ ପାଞ୍ଚ ତାରିଖରେ ଦିଲ୍ଲୀରୁ ଏୟାର ଇଣ୍ଡିଆ ବିମାନ ଯୋଗେ କଲିକତା ଯାତ୍ରା କଲି । ସେଠାରୁ ଟ୍ରେନ୍ ଧରି ବାଲେଶ୍ୱର ପହଞ୍ଚୁ ପହଞ୍ଚୁ ରାତି ଅନେକ ।

ତହିଁ ପର ଦିନ ସକାଳେ ଟ୍ୟାକ୍ସି ନେଇ ଗାଁ ପହଞ୍ଚିଲା ବେଳକୁ ଲାଗୁଥାଏ ଯେପରି ଗୋଟାଏ ଯୁଗ ଯ୍ୟା ଭିତରେ ବିତି ଯାଇଛି ।

ମୁଁ ଆସିବା ଖବର ଶୁଣି ମାଆ, ଭାଉଜ, ସାନ ଭାଇ, ପୁତୁରା, ଝିଆରୀ ଓ ଉଆସରୁ ଯିଏ ଯ୍ୟାଆଡ଼େ ଆଖପାଖରେ ଥିଲେ ସମସ୍ତେ ଦୌଡ଼ି ଆସିଲେ । ଚାରି ଦିଗରୁ ମୋତେ ବେଢ଼ି ଗଲେ । ମାଆର ପାଦ ତଳେ ପଡୁ ନଥାଏ । ପୁଅ ତାର ଖାରସ୍ତାନୀ ବାହା ନହେଇ ପୁଣି ଫେରି ଆସିଛି ଗାଁକୁ, ଏଇଟା ତା' ପାଇଁ ବଡ଼ ଆନନ୍ଦର କଥା । କୁଣ୍ଢେଇ ପକେଇ ତା' ଗାଲକୁ ଦୁଇ ହାତରେ ଚାପି ଧରି ଆଖ୍ୟକୁ ଆଖ୍ୟ ମିଲେଇ କହିଲି "ତୁ ମନସ୍ତାପରେ ଥିଲୁ ନା ? ଦେଖ, ମୁଁ ଫେରି ଆସିଲି ନା ନାହିଁ ?" କିଛି ନକହି ସେ ଖାଲି "ହଁ" ଟିଏ ମାରି ମୋ ହାତ ତା' ମୁହଁରୁ କାଢ଼ି ଦେଇ ଆଖ୍ୟରୁ ଲୁହ ପୋଛି ପକେଇଲା । ପୁଣି ଅଳ୍ପ ସମୟ କୁଆଡ଼େ ଉଭେଇ ଗଲା । କିଛି ସମୟ ଯିବା ପରେ ତାର ଚିରା ଚରିତ ହସ ହସି ହସି ଆସିଲା, କହିଲା, "କି ବେ, ଲୋକେ କହୁଥିଲେ ଶୀତ ଦେଶରେ କୁଆଡ଼େ ତୁ ଗୋରା ସାଇବଙ୍କ ପରି ଗୋରା ହେଇଯାଇଥିବୁ, ତୁ ତ ଯିଏ କୁ ସିଏ, ଗୋରା ନା ଫୋରା ।" ମୁଁ ତା' କଥା ଶୁଣି ହସି ଉଠିଲି, "କହିଲି, "ଭଲା କଥା, ଯେଉଁ ଗଛକୁ ସେଇ ଫଳ ନା ? ତୁ ଗଛ ଲଗେଇବୁ ଜାମ, ଫଳିବ ଜାମକୋଲି, ଆଉ ଆଶା କରିବୁ କାହିଁକି ଜାମରୋଲ ?" ଏ କଥାଟି ତା' ମନକୁ ବେଶ୍ ପାଇଗଲା, ସିଏ ବି ଠୋ ଠୋ ହସି ଉଠିଲା, କହିଲା, "ହଉ, ହେଇ ଥାଉ ମୋର ସେଇ ଜାମ କୋଲି, ସେଇ ମୋର ଢେର୍ ।" ତାର ସେଇ ହସରୁ ମିଳୁଥିଲା ନିରୀହ ସରଳ ପଣର ଅନେକ ଆଭାସ ।

ବଡ଼ ଭାଉଜ କହିଲେ "ବୁଝିଲ ନା, ଏଇ କେତେ ମାସ ହେଲା ଆମ ଘରେ ଆଉ କିଛି କଥା ନାହିଁ, ସବୁ ବେଳେ ଖାଲି ସେଇ ବାହାଘର, ବାହାଘର, ବାହାଘର, କନିଆ, ଆଉ କନିଆ । ମୂଳରୁ ବର ବାବୁଙ୍କର ଦେଖା ଦର୍ଶନ ନାହିଁ, ବର ଯାଇ ରହିଲାଣି ବିଦେଶରେ, ଆସିବ କି ନାହିଁ, କେତେବେଳେ ଆସିବ, କିଛି ଠିକ୍ ଠିକଣା ନାହିଁ, ହେଲେ ଯ୍ୟାଙ୍କର କନିଆ ଖୋଜାର କମ୍ ନାହିଁ ।" କ୍ଷଣେ ଅଟକି ଯାଇ କହିଲେ, "ଯାହା ହଉ ଛୁଆ ତମେ ଆଜି ଆସିଗଲ, ଏଥର ବାହାଘର କଥା ହେନେ ମାନିବ, ଶୀଘ୍ର ଶୀଘ୍ର କାମ ସବୁ କରି ପକାଅ, କେତେ ଦିନ ଛୁଟି ଆଣିଚ ? କେତେ ଦିନ ରହିବ ? ଯାହା ହଉ ମାଆଙ୍କର ବଡ଼ ଚିନ୍ତା ଗଲା ।"

ସମସ୍ତେ ଅନେଇ ବସିଥିଲେ, ଚାତକ ପାଣିକୁ ଅନେଇଲା ପରି, ମୋର ବିଦେଶରୁ ଫେରିବାକୁ । ତହିଁ ପରଦିନ ଆସି ପହଞ୍ଚିଲେ ଦଇନନ୍ଦନା ରାଉରକେଲାରୁ, ସେ ପାଖରେ ଥିଲେ ମୋର ଆଉ କିଛି ଚିନ୍ତା ରହେନି, ଆଉ କାହାରିକୁ ଆବଶ୍ୟକ

ପଡ଼େନି । ବାଲ୍ୟକାଳରୁ ପଢ଼ାପଢ଼ିରେ, ଦୁଷ୍ଟାମିରେ, ସୁଖରେ ଦୁଃଖରେ, ହସରେ କାନ୍ଦରେ, ଭଲରେ ମନ୍ଦରେ ସାଥୀ ଆମେ ଦୁହେଁ । ତାଙ୍କ ସହିତ ଦିନ ନାହିଁ, ରାତି ନାହିଁ, କଥାର ଅନ୍ତ ନାହିଁ । ସେ ଆସିବା ପରଠାରୁ ଏକ ପରେ ଏକ ବାହାଘରର ଯୋଜନା ଚାଲିଲା, କାମ ସବୁକୁ ଠିକ୍ ଠିକ୍‌ରେ କରି କିପରି ତୁଲେଇବାକୁ ପଡ଼ିବ ସୀମିତ ସମୟକୁ ଚକ୍ଷୁ ସାମନାରେ ରଖ୍ଯ । ସେତେବେଳ ଯାଏଁ ଅସଲ କାମ କନ୍ୟା ଦେଖା ହେଇ ନଥାଏ ।

ତେଣୁ ପ୍ରଥମ ଏବଂ ମୁଖ୍ୟ କାମ ହେଲା ବର କନ୍ୟାଙ୍କ ସାକ୍ଷାତ । ସାତ ତାରିଖ ଶନିବାର ଦିନ ମୁଁ ଓ ଦଇନନ୍‌ନା ବାହାରିଲୁ ପ୍ରଥମ କରି କନ୍ୟା ଦର୍ଶନ ପାଇଁ । ଫେବୃୟାରୀ ମାସ ପ୍ରଥମ ସପ୍ତାହର ହାଲ୍‌କା ଶୀତ । ଦୁହେଁ ସାଧାରଣ ପୋଷାକ ପିନ୍ଧିଥାଉ, କିଛି ଜାକ ଯମକ ଆଡ଼ମ୍ବର ନଥାଏ । ମୋର ଗାଢ଼ ଧୂସର ରଂଗର ପ୍ୟାଣ୍ଟ ସାଙ୍କୁ ଫିନ ଫିନ୍ ପତଲା ଧଳା ପୂରା ହାତବାଲା ସାର୍ଟ । କେବଳ ମୁଁ ଟାଇଟିଏ ଲଗେଇ ଥାଏ । ସେଇଟା ଦଇନ ନନାଙ୍କର ଫର୍‌ମାଇସ୍‌ରେ । ତାଙ୍କର କହିବା ଅନୁସାରେ, "ଆରେ, ବର ଯିଏ ସିଏ ଟିକିଏ ଅନ୍ୟ ମାନଙ୍କଠାରୁ ଅଲଗା ନହେଲେ କେମିତି ହେବ ?" ତେଣୁ ତାଙ୍କ କଥା ରଖ୍ଯ ଟାଇ ଖଣ୍ଡିଏ ପିନ୍ଧିଲି । ଯଥା ସମୟରେ ବାଲେଶ୍ବର ପହଞ୍ଚିଲୁ । ମୋତିଗଞ୍ଜ ବଜାରର ହନୁମାନ ମନ୍ଦିରକୁ ଲାଗି ଗଲିରେ ଗଲେ ଗୋପୀନାଥ ସାର‌ଙ୍କ ଘର । ପିଲାବେଳେ ଏବଂ କଲେଜରେ ପଢ଼ିବା ବେଲେ ଆମେ ଅନେକ ଥର ସାର‌ଙ୍କ ଘରକୁ ଯାଇଛୁ । ତାଙ୍କ ଘର ସାମନା ପୋଖରୀର ଅପର ପଟରେ ପ୍ରିୟ ସାହୁ ଘରେ କନ୍ୟା ପିତା ମିଶ୍ର ମହାଶୟେ ଭଡ଼ା ନେଇ ରହୁଥାନ୍ତି । ସେ ସାହିକୁ ସୁଏଲ୍‌ପୁର କହନ୍ତି ବୋଲି ମୁଁ ଜାଣି ନଥିଲି । ଯେହେତୁ ଦଇନ ନନା ଆଗରୁ ସେଠକୁ ଯାଇଥିଲେ, ଆମକୁ କିଛି ଅସୁବିଧା ହେଲା ନାହିଁ ଘର ଖୋଜି ପାଇବାରେ । ତା' ଛଡ଼ା ଗୋପୀନାଥ ସାର ମଧ ସେଦିନ ସେଠାରେ ଥାଆନ୍ତି ଆମର ସୁବିଧା ଅସୁବିଧା ବୁଝାବୁଝି କରିବା ପାଇଁ ।

ନୂଆ କରି କୌଣସି ସଜ୍ଜନଙ୍କୁ ଭେଟି କଥା ଭାଷା ହେବା ମାମଲାରେ ମୁଁ ସଦା ଧୁରନ୍ଧର । ସେପାଇଁ ମନେ ମନେ ଭାବୁଥାଏ କନ୍ୟା ଓ ତାଙ୍କର ପରିବାରବର୍ଗଙ୍କୁ ସାକ୍ଷାତ କରିବା କଥା ତ, କିଛି ଅସୁବିଧା ନାହିଁ, ସେମାନଙ୍କୁ ଦର୍ଶନ କରି ଗପ ସପ ହେଇ ଫେରି ଆସିବା କଡ଼ୁ ବଡ଼ କଥା ଯେ ? ତେଣୁ ମୋତେ ସେମିତି କିଛି ଅଡ଼ୁଆ ବା ଭୟ ଲାଗୁ ନଥାଏ ।

ଆମେ ଦୁଇ ଭାଇ ଘର ସାମନାରେ ପହଞ୍ଚି ଲାଗିଥିବା ଜାଲି ବାଲା ଲୁହା ଦରଜାରେ ଖଟ୍ ଖଟ୍ କଲୁ । ଅବିଲମ୍ବେ ମିଶ୍ର ମହାଶୟେ ତର ତର ହୋଇ ଆସି ଗେଟ

ଖୋଲି ଆମକୁ ଭିତରକୁ ପାଛୋଟି ନେଲେ। ଭିତରେ ପଡ଼ିଥିବା ଛୋଟ ସୋଫାଟିରେ ଆମେ ଦୁହେଁ ବସିଲୁ। କୋଠରିଟି ଆକାରରେ ଛୋଟ। ପ୍ରଥମେ ମୁଁ ଚାରି ଆଢ଼େ ଆଖି ପହଁରେଇ ଆଣିଲି। ସାଜ ସଜ୍ଜା ସାଧାରଣ, ବେଶ୍‌ ପରିଷ୍କାର ଓ ପରିଚ୍ଛନ୍ନ। ଅନେକ କଥା ପଡ଼ିଲା, ଦଇନ ନନା ରାଉରକେଲା ରିଜିଓନାଲ୍‌ ଇଞ୍ଜିନିୟରିଂ କଲେଜ ବିଷୟରେ ମିଶ୍ର ମହାଶୟଙ୍କ ସହିତ ଗପି ବସିଲେ କାରଣ ସେ ଇଞ୍ଜିନିୟରିଂ କଲେଜର ପୁରାତନ ଛାତ୍ର। ମିଶ୍ର ମହାଶୟଙ୍କର ଝିଅଟି ସେଉଠୁ ସଦ୍ୟ ଫାଇନାଲ ପରୀକ୍ଷା ଦେଇ ଫେରିଥାଏ।

କିଛି ସମୟ ପରେ ଚାହା ପାଇଁ ଅନୁରୋଧ ଆସିଲା। ମୁଁ ନମ୍ରତାର ସହିତ କ୍ଷମା ପ୍ରାର୍ଥନା ପୂର୍ବକ ନାହିଁ କଲି। ମୋ କଥା ଶୁଣି ମିଶ୍ର ମହାଶୟେ ହସିଲେ। ସେ ହସିବାର ଦେଖି ମୁଁ ତାଙ୍କୁ ଆଶ୍ଚର୍ଯ୍ୟ ହେଇ ଅନେଇବାରୁ ସେ ପୁଣି ମୃଦୁ ହସଟିଏ ହସି ଅତ୍ୟନ୍ତ ପ୍ରୀତ ହୋଇ କହିଲେ, "ଆମ ଝିଅ ବି ଚାହା ପିଏ ନାହିଁ।" ଏହା ଶୁଣି ସମସ୍ତେ ଏକ ସମୟରେ ହୋ ହୋ ହୋଇ ହସି ଉଠିଲେ। ପ୍ରଥମ କରି ମନ ମେଳିଲା ସେଇଠି।

ଦଇନ ନନା ତା' ଉପରେ ଆଉ ଅଧିକ ଦି' ପଦ ଯୋଡ଼ିଦେଇ କହିଲେ, "ଆମର ଏ ଗଗନ, ଚାହା, ପାନ, ବିଡ଼ି, ସିଗାରେଟ, ଯେ କୌଣସି ନିଶା ଦ୍ରବ୍ୟ ହେଉ ଏ ସବୁଥିରେ ଘୋର ବିରୋଧୀ। ଆମ ସମସ୍ତଙ୍କ ପଛରେ ପଡ଼ିଯାଏ କେମିତି ଆମକୁ ଛଡ଼େଇବ ଏ ପାନ ଚାହାରୁ।" ଦଇନ ନନା ଚାହା ପିଇଲେ। ମିଶ୍ର ମହାଶୟ ଆସୁଥାନ୍ତି କିଛି ସମୟ ଗପି ପୁଣି ଭିତରକୁ ପଶି ଯାଉଥାନ୍ତି, ପୁଣି ଆସୁଥାନ୍ତି। ଏଇମିତି ବେଶ୍‌ କିଛି ସମୟ ଭିତର ବାହାର ଯିବା ଆସିବା ଚାଲିଲା। ଯେତେବେଳେ ପୁଣି ଥରେ ଭିତରକୁ ଗଲେ ମୁଁ ଦଇନ ନନାଙ୍କୁ ଚୁପ୍ ଚୁପ୍ କାନ ପାଖରେ କହିଲି, "ବୁଢ଼ା ତା' ଝିଅକୁ ଟିକିଏ ଶୀଘ୍ର ଦେଖଉ, ଆମର ଆହୁରି ଢେର କାମ କରିବାକୁ ଅଛି ଯେ।" ଦଇନନନା ମୁରୁକି ହସା ପୂର୍ବକ ମୋତେ ଆସ୍ତେ ଚିମୁଟି ଦେଇ ଧୀର ସ୍ୱରରେ କହିଲେ, "ରହ, ତୁ ଛାନିଆଁ କାହିଁକି ହଉଛୁ, ଏଇଟା ଅସଲ ଓ ପ୍ରଥମ କାମ, ଏଇଥ ପାଇଁ ତ ଆମେ ଆସିଚେ।" ମୁଁ ତାଙ୍କୁ ଚାହିଁ ହସିଲି। ଠିକ୍‌ ସେଇ ସମୟରେ ମିଶ୍ର ମହାଶୟ ପୁଣି ପଶି ଆସିବାରୁ ମୁଁ ଚୁପ୍ ଚାପ୍ ହେଇ ଭଦ୍ର ଲୋକ ଭଳିଆ ନିରବରେ ବସିଗଲି। ପୁଣି ମହାଶୟ ଗପିବାକୁ ଲାଗିଲେ।

ସେତିକିବେଳେ ବେଣୀ ବନ୍ଧା ଝିଅଟିଏ ଲାଜେଇ ଲାଜେଇ ଆମକୁ ପ୍ଲେଟରେ କିଛି ବିସ୍କୁଟ ଦେବାକୁ ପଶି ଆସିଲା। ତାକୁ ଦେଖି ଦେଇ ମୁଁ ଟିକିଏ ହଡ଼ ବଢ଼େଇ ଗଲି। ହଠାତ୍‌ ମୋର ଆଗରୁ ଦେଖିଥିବା ଫୋଟୋଟି ମାନସ ପଟରେ ଭାସିଗଲା। ଏ ଝିଅ ସାଙ୍ଗରେ ମେଳେଇଲା ବେଳକୁ ଜମାରୁ ମେଳ ଖାଉଲାନି। ନାଃ, ଇଏ ନିଶ୍ଚିତ

ସେ ଫୋଟୋରେ ଦେଖୁଥିବା ଝିଅ ନୁହେଁ, ତା' ସାନ ଭଉଣୀ ବି ନୁହେଁ। ଇଏ ପୁଣି କିଏ ? ସେତିକି ବେଳେ ପୁଣି ମିଶ୍ର ମହାଶୟ ଭିତରକୁ ଯିବାରୁ ଦଇନନନାଙ୍କୁ ଫୁସ ଫୁସ ହେଇ ପଚାରିଲି, "ଇଏ କ'ଣ ତାଙ୍କ ଝିଅ ?" ସାଙ୍ଗୋ ସାଙ୍ଗୋ ଚୁପ ଚୁପ କାହାରିକୁ ନ ଶୁଭିଲା ଭଳି ସେ କହିଲେ, "ରହ, ଇଏ କାହିଁକି ତାଙ୍କ ଝିଅ ହବ, ଆଉ କିଏ ହେଇଥିବ, ମୁଁ ପରା ଝିଅକୁ ଦେଖିଛି, ତୁ ଧୀର ସ୍ଥିର ହେଇ ଟିକିଏ ବସିଲୁ।" ସେତକ ତାଙ୍କ ପାଖରୁ ଶୁଣିଲାରୁ ମୁଁ ଟିକିଏ ଆଶ୍ୱସ୍ତ ହେଲି।

ପୁଣି ମିଶ୍ର ବାବୁ ଆସି ଗପିବାରେ ଲାଗିଲେ, "ଆମର ତିନି ଝିଅ ଏମିତି, ଆମ ଝିଅ ସେମିତି, ଆମ ଝିଅ ଏମିତି ପଢ଼ନ୍ତି, ମୁଁ ଝିଅ ମାନଙ୍କୁ ଏମିତି ବଢ଼େଇଛି, ସେମିତି ବଢ଼େଇଛି, ଏଇୟା ଶିଖେଇଛି, ସେଇୟା ଶିଖେଇଛି। ସବୁ ପରିସ୍ଥିତିକୁ ମୁକାବିଲା କରିବାକୁ ଶିଖେଇଛି, ସବୁ ଜାଗାରେ କେମିତି ଚଳିବାକୁ ହେବ ଶିଖେଇଛି" ଇତ୍ୟାଦି ଇତ୍ୟାଦି। ଦଇନନନା ମନ ଦେଇ ଶୁଣୁଥାନ୍ତି, ମୋର ଏ କାନରେ ପଶି ସେ କାନରେ ବାହାରି ଯାଉଥାଏ। ସେତିକି ବେଳେ ଆଉ ଗୋଟିଏ ଝିଅ ସ୍କୁଲ ଇଉନିଫର୍ମ ଫ୍ରକ ପିନ୍ଧି ବାହାରୁ ଆସିଲା, ଆମକୁ ନମସ୍କାର କଲା। ସବା ସାନ ଝିଅ ବୋଲି ଆମେ ଅନ୍ଦାଜ ଲଗେଇଲୁ। ସମସ୍ତେ ଯାଉଛନ୍ତି ଆସୁଛନ୍ତି, ହେଲେ ଆମର ଯାହା ଉପରେ ଲକ୍ଷ୍ୟ ସେ ଆସିବାର ନାହିଁ।

ଠିକ୍ ଏଇ କଥା ଭାବୁ ଭାବୁ ତରୁଣୀ ଜଣେ ଆକାଶୀ ଫିକା ନୀଳ ରଙ୍ଗର ବ୍ରାସୋ ଶାଢ଼ୀ ଖଣ୍ଡିକ ମ୍ୟାଚିଂ ରଙ୍ଗର ବ୍ଲାଉଜ ସହ ପିନ୍ଧି ସଜବାଜ ହେଇ ଆମ ଆଗରେ ଉଭା ହେଲା, ନମ୍ର ସହକାରେ କର ଯୋଡ଼ି ଆମ ଦୁଇଜଣଙ୍କୁ ନମସ୍କାର କଲା। ଆମେ ଦୁଇଭାଇ ଏକ ସଙ୍ଗରେ ପ୍ରତି ନମସ୍କାର ଜଣେଇଲୁ। ଦଇନ ନନା ତ ଆଗରୁ ଭେଟିଥାନ୍ତି, ତେଣୁ ପାଖରେ ପଡ଼ିଥିବା ଚଉକିରେ ତାକୁ ବସିବାକୁ କହିଲେ। ଅଜାଣତରେ ଝିଅର ଆଖି ମୋ ଆଖି ସହିତ ମେଲି ଯିବାରୁ ମୋ ମନରେ ଆଉ କିଛି ସନ୍ଦେହ ରହିଲାନି, ଏଇ ହେଉଚନ୍ତି ନିଶ୍ଚିତ ଭାବରେ ସବିତା ମିଶ୍ର, ଯାହାର କି ଫୋଟୋ ସାନ ଭାଉଜ ବଡ଼ କଷ୍ଟରେ ସାତ ସମୁଦ୍ର ପାରି କରି ମୋ ପାଖକୁ କାନାଡ଼ା ପର୍ଯ୍ୟନ୍ତ ପଠେଇ ଥିଲେ। ଇଏ ରହିଲା ଆମର ପ୍ରଥମ ସାକ୍ଷାତ।

ଝିଅ ଜଣକ ବେଶ୍ ସାଦାସିଧା। ମୁହଁରେ, ଆଖିରେ ବା ଓଠରେ ଭେସଡ଼ା ଦିଶିବା ଭଳି କିଛି ହେଲେ କୃତ୍ରିମ ଲେପନ ନାହିଁ। ଶାଢ଼ୀ ପିନ୍ଧିବାର ଢଙ୍ଗ ଭଦ୍ର ଏବଂ ବେଶ୍ ମାର୍ଜିତ। ବେଣୀ ପଛକୁ ପଡ଼ିଥାଏ। ମୋଟ ଉପରେ ଉତ୍ତମ ପାଠ ପଢୁଆ ଝିଅ ଯେମିତି ହେବା କଥା ଠିକ୍ ସେଇମିତି। ଦଇନନନା ତାଙ୍କ ଇଞ୍ଜିନିୟରିଂ କଲେଜ ବିଷୟରେ ଗପିବା ଆରମ୍ଭ କରିଦେଲେ। ଯେହେତୁ ଝିଅଟି ତାଙ୍କରି ଇଞ୍ଜିନିୟରିଂ

କଲେଜରେ କମ୍ପ୍ୟୁଟର ସାଇନ୍ସରେ ସଦ୍ୟ ମାଷ୍ଟର ଡିଗ୍ରୀ କରୁଥିଲା, ସେ ଦୁହିଁଙ୍କର ଅନେକ ଚିହ୍ନା ଜଣା ପ୍ରଫେସର ଥିଲେ। ତେଣୁ ଦୁଇଜଣଙ୍କର ଗପ ବେଶ୍ ଜମିଲା। ତାଙ୍କ କଥାବାର୍ତ୍ତାର ସୁଯୋଗ ନେଇ ମୁଁ ସେ ଝିଅଟିକୁ ତା' ଅଜାଣତରେ ଅନେଇ ଥାଏ। ଭାଉଜଙ୍କ କହିବା ଅନୁସାରେ ସତରେ ଆଖି ଦିଓଟି ଆକର୍ଷଣୀୟା, ଭାଉଜଙ୍କ ଭାଷାରେ "ଆଖିରେ ଆଖିଏ କଥା କହୁଛି।" ଦ୍ୱିତୀୟ ଥର ମନ ମାନିଲା ସେଇଠି।

କଥା ବନ୍ଦ କରି ଦଇନ ନନା ମୋତେ କହିଲେ, "ତୋର ଯଦି କିଛି କହିବାକୁ ଅଛି ଏବେ କହନୁ, ପଚାରିବାକୁ ଅଛି ଯଦି ପଚାରନୁ।" ସେଇ ସୁଯୋଗ ନେଇ ମୁଁ ପଚାରିଲି, "ବୈଶାଳୀ ହିନ୍ଦୀ ମୁଭିଟି ଦେଖିଛ କି ?" କିଛି ସମୟ ରହି ଯାଇ ଟିକିଏ ଭାବି ସିଏ ଉତ୍ତର ଦେଲେ, "ନାଇଁ, ନା, ମୁଁ ଦେଖିନି।" ମୁଁ କହିଲି, "ଠିକ୍ ଅଛି ସେମିତି କିଛି ନାହିଁ, ମୁଁ ଭାବିଲି କାଲେ ଦେଖିଥିବ। ସେ ମୁଭିର ବିଷୟ ବସ୍ତୁ ହେଉଛି ଝିଅଟିଏ କିପରି ବିଦେଶରେ ରହୁଥିବା ଅଜଣା ଅଶୁଣା ଯୁବକକୁ ବିବାହ କରି ଘୋର ଅସୁବିଧାରେ ସମ୍ମୁଖୀନ ହେଇଛି। ସେଇ ମୁଭିଟି ମୋ ଉପରେ ଭୀଷଣ ଭାବେ ପ୍ରଭାବ ପକେଇ ଥିବାରୁ ମୁଁ ପଚାରିଦେଲି କାଲେ ସେ ମୁଭିଟି ଦେଖିଥିବ।" ଏହା କେବଳ ସେ ଶୁଣି ଯାଇଥିଲେ, ଯା ଉପରେ ଆଉ କିଛି ମନ୍ତବ୍ୟ ପ୍ରକାଶ କରି ନଥିଲେ।

ମୋତେ ଯାହା ଜଣା ପଡ଼ିଲା ଝିଅଟିର ଭୟ ନାହିଁ। ଦଇନନନାଙ୍କ ସହିତ କଲେଜ ସମୟରେ ସୁନ୍ଦର କଥୋପକଥନରୁ ଏହା ସ୍ପଷ୍ଟ ବାରି ହେଇ ପଡୁଥାଏ। ଝିଅଟି ପୁଣି ତା' ଆଡୁ ପଚାରି ବସିଲା, "ମୁଁ ଏବେ କମ୍ପ୍ୟୁଟର ସାଇନ୍ସରେ ମାଷ୍ଟର ଡିଗ୍ରୀ ସାରିଲି, ସେଠାରେ ଆଉ କିଛି ଯା ପରେ ଉପରକୁ ପଢ଼ା ପଢ଼ିର ସୁଯୋଗ ଅଛି କି ?" ଏହା ଶୁଣିବା ମାତ୍ରେ ମୁଁ କହିଲି, "ନିଶ୍ଚୟ ଅଛି, ନାହିଁ କାହିଁକି ?" ମନେ ମନେ ଭାବିଲି ଏ ଝିଅଟିର ଆହୁରି ଉପରକୁ ଉପରକୁ ପଢ଼ିବାର ଇଚ୍ଛା। ଯେଉଁଟାକି ଅଭିନନ୍ଦନୀୟ, ମୁଁ ତ ସେଇୟା ହିଁ ଚାହୁଁଥିଲି। ତୃତୀୟ ଥର ମନ ମାନିଲା ସେଇଠି।

ସେତେବେଳକୁ ମଧ୍ୟାହ୍ନଭୋଜନର ସମୟ ହେଇ ଆସୁଥାଏ। ତେଣୁ କନ୍ୟା ଘର ଆଉ ବିଳମ୍ୱ ନକରି ଆମକୁ ଅନୁରୋଧ ପୂର୍ବକ ମଧ୍ୟାହ୍ନ ଭୋଜନରେ ଆପ୍ୟାୟିତ କଲେ। ଅନେକ ସୁସ୍ୱାଦୁ ବ୍ୟଞ୍ଜନ ସହିତ ମାଛ ଝୋଳଟି ଥିଲା ସ୍ମରଣୀୟ। ଭୋଜନ ପରେ ମିଶ୍ର ମହାଶୟ ଓ ମହାଶୟାଙ୍କୁ ଧନ୍ୟବାଦ ଦେଇ ନମସ୍କାର କରି ଆମେ ଦୁଇ ଭାଇ ବିଦାୟ ନେଲୁ। ବିବାହ ପର୍ବର ପ୍ରଥମ ପର୍ଯ୍ୟାୟର ପରିସମାପ୍ତି ସେଇଠି ଘଟିଲା।

କିଛି ରାସ୍ତା ଚାଲି ଚାଲି ଅତିକ୍ରମ କରିଛୁ କି ନାହିଁ, ଦଇନ ନନା ପଚାରିଲେ, "କ'ଣ ଭାବୁଛୁ, କ'ଣ ତୋର ମତାମତ ?" ମୁଁ କହିଲି, "ଆଉ ଟିକେ ଆଗକୁ ଚାଲ, କହୁଛି।" ଏମିତି କହି କିଛି କ୍ଷଣ ପାଇଁ ତାଙ୍କ ମନ ଭିତରେ କୁହେଲିକାର

ପରଦାଟିଏ ଟାଣି ଦେଲି। ତିନି ତିନି ଥର ମନ ଯେଉଁଠି ମାନିଲାଣି ମନା କେମିତି କରିବି ଯେ। ତଥାପି ମନରେ ଶଙ୍କା, ଭୟ। ଜୀବନରେ ଥରେ ମାତ୍ର ଏ ନିଷ୍ପତ୍ତି ନିଆହୁଏ। ମୁଁ ଠିକ୍ କରୁଛି ତ? ମନ ମଧରେ ତଥାପି ସେଇ ପ୍ରଶ୍ନ, କିଏ ଜଣେ ଯେପରି ମୋତେ କହିଦେଲା, ହଁ, ଏଠି ହିଁ ସବୁ ଠିକ୍, ଆଗେଇ ଯା। ଦଇନନନାଙ୍କୁ କହିଲି, "ହଁ, ମୋ ତରଫରୁ ସବୁ ଠିକ୍, ପରେ ଯାହା ହେବ ହେବ, ଇଏ ଭାଗ୍ୟ ଉପରେ କଥା, ଭୂମି କନ୍ୟା, ଗୋରୁ ଭାଗ୍ୟ ପରାପର, ଭବିଷ୍ୟତକୁ ଦେଖିବା।"

ଗାପି ଗାପି ଦୁଇଭାଇ ଘରେ ପହଞ୍ଚିଲୁ, ମାଆ ଆମ ଫେରିବା ବାଟକୁ ଅନେଇ ବସିଥାଏ। ଆମକୁ ଦେଖ୍ ଦେଇ ପଚାରିଲା, "କିସ ଦେଖିଲ ବେ? ସବୁ ଭଲ୍ ନା? ଝିଅ ପସନ୍ଦ ହେଲା ନା?"

ମୁଁ ହସି ଦେଇ କହିଲି, "ହଁ, ହେଲା, ତୁ କିସ --।"

"ହଁ, ସେ ମିଶ୍ରବାବୁଟା ଭାରି ଭଲ ନୁକ" ମୋ କଥା ନସରୁଣୁ ମାଆ କଥା ଛଡ଼େଇ ନେଇ କହିଲା।

"ଏଇଟିକି, ଆମ ଘରକୁ ଆଇଥିଲା ଯେ। ମୁଁ ତାକୁ କହିନି, ବାପ, ଆମର ତ ଖାଣ୍ଡିଆ ମାଟି ଚାଳ ଘର, ମୁଁ ତ ବୁଢ଼ୀ ମଣିଷ, କିସ ଦେଖିବ ମୋତେ? ମ ଛୁଆଙ୍କୁ ଦେଖିବ ଯାହା। କିସ ପାଠ ପଢ଼ିଚନ୍ତି, ବାପ, ମୁଁ ମୁରୁଖ ମଣିଷ ଜାଣେନି, କିଛି କହି ପାରିବିନି, ତାଙ୍କୁ ଦେଖିକି, ତାଙ୍କ ପାଠକୁ ଦେଖିକି ଯଦି ତମର ମନ ମାନିବ, ତାହାନେ ଝିଅ ଦବ।"

ଟିକିଏ ରହିଯାଇ ପୁଣି କହିଲା, "ଯାହା ହଉ ତୋର ଝିଅ ମନ ମାନିଲା, ସେଇଟା ବଡ଼ କଥା, ମନ ଯେଉଁଠି ମାନିଲାଣି ଏଥର ଆଉ କିସ କଥା? ମିଆଁ ବିବି ରାଜି ତ କିୟା କରେଗା କାଜୀ" ଏତକ କହି ଜୋରରେ ହସି ଉଠିଲା। ପୁଣି କହିଲା, "ଏଣିକି ତମର ଯାହା ଯାହା କରିବା କଥା କରି ପକାଅ, ଆଉ ଡେରି କରନି, ତୋ ହାତରେ ତ ସମୟ କମ୍?" ଏତକ କହି ଦେଇ ପୁଣି ତାର ଚିରାଚରିତ ହସ ହସି ଘର ଓଲେଇବାରେ ଲାଗିଗଲା। କନ୍ୟା ଅନ୍ୱେଷଣର ପୂର୍ଣ୍ଣଚ୍ଛେଦ ସେଇଠି ପଡ଼ିଲା।

ସବିତା ଆସି ମୋ ପାଖରେ ବାଲକୋନିରେ ଠିଆ ହେଲେ। ବାଡ଼ାକୁ ଭାରାଦେଇ ଦୂରକୁ ମୋ ସହିତ ଅନେଇଲେ। ସମୟ ଥିଲେ ଆମେ ଦୁଇଜଣ ଏଇମିତି ଠିଆ ହୋଇ ଦୂରକୁ ଅନେକ ସମୟ ଧରି ଅନେଇ ରହୁ, ଦୂରର ଜିନିଷ ଦେଖ୍ ପଚରା ପଚରି ହେଉ, ଜଣେ ପଚାରେ ଆଉ ଜଣେ କହେ, ଏମିତି ଯାଉ ସ୍ୟାଉ ଗପ୍ପ, କଥାର ଅନ୍ତ ନଥାଏ। ଗତ ତୁଷାର ପାତ ବେଳେ ତୁଷାର ପଡ଼ୁଛି କି ବନ୍ଦ ହେଲାଣି ଦୂରର

ଆଲୁଅକୁ ଦେଖି କଳନା କରୁଥିଲୁ। ଆଉ ଏବେ ଏଇ ଗ୍ରୀଷ୍ମ ରତୁରେ ଗଛ ପତ୍ର ମାନଙ୍କର ଶୋଭା ଉପଭୋଗ କରୁଛୁ।

ସବିତା କହିଲେ, "ଏଠାରେ ଏକୁଟିଆ ଠିଆ ହୋଇ ପୁଣି କ'ଣ ତମେ ଭାବୁଥିଲ? ସମୟ ହେଲାଣି ଖାଇବା ଚାଲ?" ଦୁହେଁ ଭିତରକୁ ଗଲୁ। ରାତ୍ରି ଭୋଜନ ଶେଷ ହେଲା। କିଛି ସମୟ ପରେ ଦୁଇ ଜଣ ଆସି ସୋଫାରେ ବସିଲୁ। ଆପାର୍ଟମେଣ୍ଟ ବିଜୁଲି ଆଲୁଅର ରଶ୍ମି ବିଛାଡ଼ି ହୋଇ ଆମ ଉପରେ ପଡ଼ିଥାଏ। ସବିତା ଛାଡ଼ିଥିବା ମାନସିଂହଙ୍କ କମଲାୟନ କାବ୍ୟରୁ ପୁଣି ପଂକ୍ତି ଗୁଡ଼ିକ ପଢ଼ି ମୋତେ ଶୁଣେଇବାରେ ଲାଗିଲେ।

"ତୁମେ ଦୁହେଁ ରହ ଏଥି। ମୁଁ ଯିବି ପଲ୍ଲୀରେ,
ସେଇ ଶେଷ କର୍ମସ୍ଥାନେ। ମୋ ଜନ୍ମ ମାଟିରେ
ବୁଣିବି ମୋ ବିଶ୍ୱ-ପ୍ରଦକ୍ଷିଣ-ଅଭିଜ୍ଞତା
ସହରେ ରହିଲେ ହେବ ଅକୃତଜ୍ଞ କଥା"

ଶୁଣିବା ବେଳେ ଅନ୍ୟ ମନସ୍କ ହୋଇଯାଇ ମଝିରେ ମଝିରେ ମନେ ଧକ୍‌ଉଥାଏ କେଇ ମାସ ତଳେ ଚାଲିଥିବା ପ୍ରିୟା ଅନ୍ୱେଷଣ କଥା। ସବିତାଙ୍କର କାବ୍ୟ ପଢ଼ା ସରିଲା ବେଳକୁ ରାତି ଢେର। ରିଚମଣ୍ଡ ସ୍ଟ୍ରିଟରେ କାର୍ ମାନଙ୍କର ଯାତାୟାତ କମି ଆସୁଥାଏ। ବାହାର ନିରବ ହୋଇ ଯାଇ ଥିବାରୁ ଖୋଲା ଝରକା ଦେଇ ସେତେବେଳେ କେବଳ ଭାସି ଆସୁଥିଲା ନିକଟବର୍ତ୍ତୀ ଥେମ୍‌ସ୍ ନଦୀର କୁଲୁ କୁଲୁ ସ୍ୱନ।

ମଧୁଲଗ୍ନର ମୁହୂର୍ତ

ନବ ବିବାହିତା ପତ୍ନୀ ସବିତାଙ୍କ ସହ ତର ତର ହୋଇ ମୁଁ ଉିଲମ୍ବ ବସ୍ ଭିତରକୁ ପଶିଗଲି। ଆମ ଆଗରୁ ଅନେକ ଯାତ୍ରୀ ଆସି ଯାଇଥାନ୍ତି। ଆଗରୁ ଖବର ଦିଆହେଇ ଦୁଇଟି ଜାଗା ଆମ ପାଇଁ ସଂରକ୍ଷିତ କରାହେଇଥାଏ। ଜିନିଷ ପତ୍ର ଯଥା ସ୍ଥାନରେ ଥୋଇ ସେଇ ଜାଗାରେ ବସି ଆମେ ଦୁହେଁ ନିଜ ନିଜକୁ ସଜାଡ଼ି ନେଲୁ। ଠିକ୍ ସେତିକି ବେଳେ ବସ୍ ଛାଡ଼ିବାର ଉପକ୍ରମ କଲା। ଘଣ୍ଟା କଣ୍ଟା ଦେଖି ବଡ଼ି ଭୋର ସକାଳ ଠିକ୍ ପାଞ୍ଚଟାରେ ବାଲେଶ୍ୱର ବସ୍ ଷ୍ଟାଣ୍ଡରୁ ବସ୍ ଛାଡ଼ିଲା। ତଥାପି ଆହୁରି କେତୋଟି ଜାଗା ଖାଲି ପଡ଼ିଥାଏ। ମଝିରେ ମାତ୍ର ତିନି କି ଚାରୋଟି ଷ୍ଟପେଜ୍ ଥାଇ ଏଇଟି ପ୍ରଥମ ବସ୍, ବାଲେଶ୍ୱର ସହରରୁ ରାଜଧାନୀ ଭୁବନେଶ୍ୱରକୁ।

ପୂର୍ବ ଦିଗନ୍ତରେ ସୂର୍ଯ୍ୟୋଦୟର କିଞ୍ଚିତ ମାତ୍ର ଆଭାସ। ନିର୍ମେଘ ଆକାଶରେ ପାଟଳ ବର୍ଣ୍ଣର ବର୍ଣ୍ଣାଢ୍ୟ ଛଟା। ତଥାପି ସମ୍ପୂର୍ଣ୍ଣ ଅନ୍ଧକାର ଦୂରେଇ ନଥାଏ। ବସ୍ ଦ୍ରୁତ ଗତିରେ ଜାତୀୟ ରାଜପଥରେ ଭୁବନେଶ୍ୱର ଅଭିମୁଖେ ଆଗେଇଲା। ଚାହୁଁ ଚାହୁଁ ଆମ ଗାଁ ନିକଟବର୍ତ୍ତୀ ସେରଗଡ଼ ଛକ ପାରି ହେଲା। ଠିକ୍ ସେତିକି ବେଳେ ମୁଁ ସବିତାଙ୍କୁ ହାତ ଦେଖାଇ କହିଲି, "ଏଇ ଦେଖ ଦେଖ, ସେଇ ଯେଉଁ ନାଲି ଗୋଡ଼ି ରାସ୍ତାଟି ଲମ୍ବି ଯାଇଛି, ସେଇଟା ଆମ ଗାଁକୁ ଯାଇଛି। ବାହାଘର ପରେ ଆମେ ଏଇ ରାସ୍ତା ଦେଇ ସେ ସନ୍ଧ୍ୟାରେ କାରରେ ଗାଁକୁ ଫେରିଥିଲୁ। ଆଉ ସେଇ ଯେଉଁ ଗାଁ ଦୂରରେ ତାଳ, ନଡ଼ିଆ, ବାଉଁଶ ବଣ ଭିତରେ ଧୂଆଁଲିଆ ଧୂସରିଆ ହେଇ ଦେଖା ଯାଉଛି, ସେଇଟା ଆମ ଗାଁ।" ସବିତା ଅତି ଆଗ୍ରହର ସହିତ ଦେଖି ଖୁସିରେ "ଆଚ୍ଛା, ଦେଖିଲି, ଦେଖିଲି" କହି ସମ୍ମତି ଜଣେଇଲେ। ତାଙ୍କ ପାଇଁ ସବୁ କିଛି ଏବେ ଅଭିନବ ଏବଂ କୌତୂହଳମୟ। ଗ୍ରାମ୍ୟ ଜୀବନ, ଗ୍ରାମ୍ୟ ପରିବେଶ, ନୂତନ ଘର, ନୂତନ ପରିବାର ଓ ପରିବାରର ସଦସ୍ୟମାନେ ବି।

କିଛି କ୍ଷଣ ଅନ୍ତେ ନିର୍ମଳ ଆକାଶରେ ସିନ୍ଦୁରା ଫାଟି ସୂର୍ଯ୍ୟ ଉଇଁ ଆସିଲେ। ସକାଳର ପହିଲି ସୁନେଲି କିରଣ କାଚ ଝରକା ଦେଇ ବସ୍ ଭିତରେ ଅଜାଡ଼ି ହେଇ ପଡ଼ିଲା, ସବିତାଙ୍କ ମୁଖ ମଣ୍ଡଳ ଉପରେ ବି। ନୂତନ କରି ପିନ୍ଧୁଥିବା ସୀମନ୍ତରେ ସିନ୍ଦୁର ବିନ୍ଦୁଟି ସୂର୍ଯ୍ୟ କିରଣରେ ପଳାସ ଫୁଲ ଠାରୁ ବି ଅଧିକ ନାଲି ହେଇ ଚହଟି ଉଠିଲା। ଦେହରେ ତାଙ୍କର ପରିଧାନ ହାଲ୍କା ଧଳା ରଙ୍ଗର ତନ୍ତ ବୁଣା ଶାଢ଼ୀ ଖଣ୍ଡିଏ। ତହିଁ ଉପରେ ନାଲି ରଙ୍ଗର ବିଭିନ୍ନ ମୋଟେଇରେ ପଡ଼ିଥିବା ଗାର। ଗାର ଭିତରେ ଅନେକ ଛୋଟ ଛୋଟ ଫୁଲ। ଶାଢ଼ୀଟି ବେଶ୍ ମାନୁଥାଏ ତାଙ୍କୁ। ଶାଢ଼ୀର ନାଲି ଗାର ଓ ଫୁଲ ସାଙ୍ଗକୁ ମେଳ ଖାଉଥାଏ ଦେହରେ ପିନ୍ଧିଥିବା ନାଲି ରଙ୍ଗର ବ୍ଲାଉଜ। ପାଖରେ ବସି ଥିବାରୁ ନୂଆ ଶାଢ଼ୀର ବାସ୍ନା ମୋ ନାକରେ ଆସି ବାଜି ଯାଉଥାଏ। ହାତରେ ପିନ୍ଧିଥିବା ଶଙ୍ଖା ଓ ସୁନା ଚୁଡ଼ି ସହିତ କେଇ ପଟ ନୂଆ କାଚ ଚୁଡ଼ି ମଝିରେ ମଝିରେ ଝଣ ଝଣେଇ ଉଠୁଥାନ୍ତି।

ଏତିକି ବେଳେ ସବିତା ମୋ ଆଡ଼େ ଅଜାଣତରେ ଚାହିଁ ଦେବାରୁ ମୋ ଆଖି ସହିତ ତାଙ୍କ ଆଖି ମେଳିଗଲା। ସେ ଅଳ୍ପ ହସି ମୁହଁ ବୁଲେଇ ନେଇ କାଚ ଝରକାରୁ ବାହାରକୁ ଚାହିଁଲେ। ମୁଁ ବି ହସି ଦେଇ ତାଙ୍କ ସହିତ ବାହାରକୁ ଚାହିଁଲି। ଏମିତି କିଛି ସମୟ ଚାହିଁ ରହି ଦୁହେଁ ଦେଖୁଥାଉ ଜାତୀୟ ରାଜପଥର ଦୁଇ ପାର୍ଶ୍ୱରେ ଏକ ପରେ ଏକ ଭାସି ଯାଉଥିବା ଦ୍ରୁମ ଓ ମହାଦ୍ରୁମ ମାନଙ୍କୁ, ବୃକ୍ଷ ଆଉଥିଆଲରେ ଛାଇ ଆଲୁଅର ଲୁଚକାଳି ଖେଳକୁ ଓ ଦୂର ଦିଗନ୍ତରେ ଦଳ ଦଳ ହୋଇ ଉଡ଼ିଯାଉଥିବା ପକ୍ଷୀ ମାନଙ୍କୁ। ଫେବୃଆରୀ ମାସର ଶେଷ। ଶୀତ କହିବାକୁ ଗଲେ ପ୍ରାୟ ନଥାଏ। ଅଳ୍ପ ଖୋଲା ଝରକା ଦେଇ ଖୁଲ୍ ଖୁଲ୍ ଶୀତଳ ପବନ ଆସି ସବିତାଙ୍କର ସାମ୍ପୁ କରା କଳା ଘୁମର କେଶ ଉଡ଼େଇ ନେଉଥାଏ। ତାହାକୁ ସେ ଆଙ୍ଗୁଳି ସଞ୍ଚାଳନ ପୂର୍ବକ ମଝିରେ ମଝିରେ ସଜାଡ଼ି ଦେଉଥାନ୍ତି। କେବେ କେବେ ତାଙ୍କ ଅଲକ୍ଷ୍ୟରେ ଆଲୁଲାୟିତ କେଶରୁ କିଛି ଉଡ଼ି ଆସି ମୋ ମୁହଁରେ ବାଜି ଯାଉଥାଏ।

ଆମ ବିବାହର ମାତ୍ର ଦଶ ଦିନ ହେଇଥାଏ। ପ୍ରଥମ କରି ଦୁଇ ଜଣ ଭ୍ରମଣରେ ବାହାରି ଥାଉ। ଗନ୍ତବ୍ୟ ସ୍ଥଳ କୋଣାର୍କ। ଭୁବନେଶ୍ୱର ଓ ପୁରୀ ଦେଇ। ଯୋଜନା ଥାଏ ପୁରୀ ସମୁଦ୍ର କୂଳରେ କେଉଁ ଏକ ହୋଟେଲରେ ରହିବୁ ଏବଂ ସେଠୁ ଯିବୁ କୋଣାର୍କ। ଏଇ ବୁଲିବାର ସୁଯୋଗ ନେଇ ମନ ଭରି ଦୁହେଁ ଗପିବାର ଇଚ୍ଛା, ପରସ୍ପରକୁ ଜାଣିବାର ଇଚ୍ଛା।

ବାହାରକୁ ଚାହିଁଥିବା ବେଳେ ନିରବତା ଭାଙ୍ଗି ସବିତା ପଚାରିଲେ, "କ'ଣ ଭାବୁଛ ?" ଦୃଷ୍ଟି ଫେରେଇ ଆଣି ତାଙ୍କୁ ଚାହିଁ ମୁଁ କହିଲି, "ଏଇ କଥା ସବୁ ଭାବୁଛି,

ନିକଟ ଅତୀତରେ ଛାୟାଁ ଛାୟାଁ ଏତେ ଗୁଡ଼ିଏ ଘଟଣା ଅସମ୍ଭବ ବେଗରେ ଗୋଟେ ପରେ ଗୋଟେ କିପରି ଘଟିଗଲା, ଭାବିଲେ ଭାରି ଆଶ୍ଚର୍ଯ୍ୟ ଲାଗୁଛି ।” ପୁଣି ସବିତା ମୋତେ ଚାହିଁ ପଚାରିଲେ, “କେଉଁ କଥା କହିଲ, କେଉଁ ଘଟଣା ?” ମୁଁ କହିଲି “ଏଇ ସବୁ, ଫେବୃଆରୀ ମାସ ଛଅ ତାରିଖ ସକାଳେ ସକାଳେ ମୁଁ ଦିଲ୍ଲୀରୁ କଲିକତା ହେଇ ଆସି ଗାଁରେ ପହଞ୍ଚିଲି । ଦଇନ ନନା ସାତ ତାରିଖ ଶନିବାର ଦିନ ସକାଳେ ରାଉରକେଲାରୁ ଆସି ପହଞ୍ଚିଲେ । ପହଞ୍ଚିବା ମାତ୍ରେ ଆଉ ବିଲମ୍ବ ନକରି ଆମେ ଦୁଇ ଭାଇ ବାହାରି ପଡ଼ିଲୁ ତୁମ ଘରକୁ, ତୁମକୁ ଦେଖିବାକୁ ।” ଏତକ କହି ମୁଁ ଅଳ୍ପ ହସି ପୁଣି କହିବା ଆରମ୍ଭ କଲି, “ଆଉ ସେଇଦିନ ସନ୍ଧ୍ୟାରେ ମାଆ, ନନା ଓ ଭାଉଜମାନେ ବସି ନିଷ୍ପତ୍ତି ନେଲେ ତହିଁ ପରଦିନ ଲଗ୍ନ ସ୍ଥିର କରିବାକୁ । ତୁମ ଘରକୁ ଖବର ପଠାଇ ଦିଆଗଲା । ଆମ ଘର ମୁରବି ଲୋକେ ତମ ଘରକୁ ଯାଇ ବିବାହର ଲଗ୍ନ ସ୍ଥିର କଲେ ଅଠର ତାରିଖ । ଆଉ ସେଇ ଦିନ ବାହାଘର ବି ହେଇଗଲା, ସବୁ କିଛି ଶୀଘ୍ର ଶୀଘ୍ର, ନୁହଁ ?”

“ହଁ, ସତରେ । ଏତେ ଶୀଘ୍ର ଶୀଘ୍ର ଏ ସବୁ ହେଇଯିବ ମୁଁ ଜମାରୁ ଭାବି ନଥିଲି, ଏବେ ଭାବିଲା ବେଳକୁ ମୋତେ ବି ବଡ଼ ଆଶ୍ଚର୍ଯ୍ୟ ଲାଗୁଛି ।” କିଛି ସମୟ ରହିଯାଇ ସବିତା ପୁଣି ପଚାରିଲେ, “ଆଛା, କହିଲ, ଲଗ୍ନ ସ୍ଥିର ଦିନ ତମ ଘରୁ କିଏ କିଏ ସବୁ ଯାଇଥିଲେ ? ସେଦିନ ତ ମୁଁ କାହାରିକୁ ଠିକ୍‍ରେ ଜାଣି ପାରିଲିନି, ମୋର କେବଳ ଦଇନ ନନାଙ୍କୁ ମନେ ପଡୁଛି, କାରଣ ସିଏ ପ୍ରଥମ ଥର ଯାଇଥିଲେ, ଆଉ ତୁମ ସହିତ ବି ମୋତେ ଦେଖିବାକୁ ଯାଇଥିଲେ, ସେଡିକା ବେଳେ ମୁଁ ତାଙ୍କ ସାଙ୍ଗରେ ବହୁତ କଥା ହେଇଥିଲି ।” ମୁଁ କହିଲି “ହଁ, କକା, ବଡ଼ ନନା, ପଦୁ ନନା, ଦଇନ ନନା, ନଟ ନନା ଓ ବଡ଼ ଭିଣୋଇ ପୂର୍ଣ୍ଣନନା ଏମାନେ ସବୁ ଆମ ତରଫରୁ ଯାଇଥିଲେ ।” ସବିତା କହିଲେ, “ବାରିକ୍‍ (ଗୋପୀନାଥ) ସାର ଆମ ଘରେ ଥିଲେ, ସିଏ ତ ତମ ଘର ସମସ୍ତଙ୍କୁ ଆଗରୁ ଜାଣିଚନ୍ତି, ସେ ତମ ଘର ଲୋକଙ୍କ କଥା ସେଦିନ ବୁଝୁଥିଲେ, ସେମାନଙ୍କ ସହିତ କଥା ହେଉଥିଲେ । ମୋ ପିଉସୀ ରେଖା ନାନୀ ଥିଲେ । ଜଣେ ବ୍ରାହ୍ମଣ ଆସି କ’ଣ କ’ଣ ସବୁ ପୂଜା ପୂଜି କଲେ, ସବୁ ଭଲରେ ଭଲରେ ହେଇଗଲା । ସବୁ ସରିଲା ପରେ ଶେଷରେ ମୁଁ ଯେତେବେଳେ ଯାଇ ଗୁରୁଜନମାନଙ୍କୁ ମୁଣ୍ଡିଆ ମାରିଲି, କାହିଁକି କେଜାଣି, ନନା ବୋଉ, ସାନ ଦୁଇ ଭଉଣୀଙ୍କ କଥା ଭାରି ମନେ ପଡ଼ିଗଲା ମୋର, ମନ ଭିତରେ କୋହକୁ ସମ୍ଭାଳି ନପାରି କାନ୍ଦି ପକେଇଲି ସମସ୍ତଙ୍କ ଆଗରେ, ମୋ ସାଙ୍ଗେ ବୋଉ ବି କାନ୍ଦିଲା । ଏତିକି ମନେ ଅଛି ସମସ୍ତେ

ସମବେଦନାର ସହିତ ବହୁତ ସାନ୍ତ୍ୱନା ଦେଇଥିଲେ ମୋତେ, ବୁଝେଇଥିଲେ, ବିଶେଷ କରି ପୂର୍ଣ୍ଣ ନାନା ।" ଏହା କହି ସବିତାଙ୍କ ଆଖି ଛଳ ଛଳ ହୋଇ ଉଠିଲା ।

ପୁଣି କିଛି ସମୟ ଅଟକି ଯାଇ କହିଲେ, "ଭାବିଲ, ସାନ ଭଉଣୀ ଟିକି (ସଙ୍ଗୀତା), ରାଉରକେଲାରୁ ପରୀକ୍ଷା ମଝିରେ ରାତି ଅନିଦ୍ରା ହୋଇ ବାହାଘରକୁ ଆସିଲା, ପୁଣି ସେଇ ରାତା ରାତି ତାକୁ ଫେରିଯିବାକୁ ପଡ଼ିଲା, କାହିଁକି ନା ପୁଣି ତାର ତା' ପରଦିନ ପରୀକ୍ଷା । ଆହା ବିଚାରୀ, ଭାବିଲା ବେଳକୁ ମୋତେ ଭାରି ଦୁଃଖ ଲାଗୁଛି । ଆମେ ତିନି ଭଉଣୀ ଭାରି ସାଙ୍ଗ, ଯାହା କରୁ ସାଙ୍ଗରେ କରୁ, ସାଙ୍ଗରେ ଗପୁ । ସେଇଥି ପାଇଁ ତା' ଅନୁପସ୍ଥିତିରେ ଯେ ମୋର ବାହାଘର ହେବ ଏହା ଥିଲା ମୋ କଳ୍ପନାର ବାହାରେ । ଆଉ ସିଏ ଯେ ଏମିତି ଅବସ୍ଥାରେ ଆସିବ ମୁଁ ଭାବି ନଥିଲି, ମାତ୍ର ଏତିକି ଖୁସି ଯେ ଶେଷକୁ ଯାହାହେଉ ସେ କିଛି ସମୟ ପାଇଁ ତ ଆସି ପାରିଲା ।" ଏ ସବୁ ଶୁଣିଲା ପରେ ସମବେଦନା ବ୍ୟତୀତ ପ୍ରତି ବଦଳରେ ମୋ ପାଖରେ ଆଉ କିଛି ନଥିଲା ସବିତାଙ୍କ ଆଖିତଳା ଭରି ଦେବାକୁ ।

ପୁଣି ସବିତା କହିବାକୁ ଆରମ୍ଭ କଲେ, "ଏତେ ଶୀଘ୍ର ସବୁ କିଛି ହୋଇଗଲା ଯେ ଆମକୁ ଏପରିକି ମନକୁ ପାଇଲା ଭଳି ଶାଢ଼ୀ ଖଣ୍ଡିଏ କିଣିବା ପାଇଁ ସମୟ ମିଳିଲାନି । ମୁଁ ଓ ପିଉସୀ ରେଖା ନାନୀ, ବାଲେଶ୍ୱର ମୋତିଗଞ୍ଜ ବଜାରକୁ ଶାଢ଼ୀ କିଣି ଯାଇଥାଉ । ମନ ଲାଖି ଶାଢ଼ୀ ମିଳୁ ନଥାଏ । ରେଖା ନାନୀ ଦୋକାନୀକୁ କହୁଥାନ୍ତି, ଆହୁରି ବାହାଘରିଆ ଶାଢ଼ୀ ଦେଖାଅନ । ଏମିତି କ'ଣ ଦେଖାଉଛ ? ଦୋକାନୀ କହୁଥାଏ, ମାଡାମ୍‌ ଆଉ ଦଶଟା ଦିନ ଅପେକ୍ଷା କରି ଯାଆନ୍ତୁ ନା, କଲିକତାରୁ ନୂଆ ମାଲ୍‌ ଆସିଯିବ । ରେଖା ନାନୀ କହିଲେ, ହଁ, ଆମର ଅଠର ତାରିଖ ବାହାଘର, ଦଶ ଦିନ ପରେ ଆସିଲେ କ'ଣ ହେବ ? ତେଣୁ ଯାହା ଥିଲା ସେଇଥିରୁ ବାଛି ବାଛି ଆଣିଲୁ ।"

ମୁଁ ନିରବରେ ସବୁ ଶୁଣି ଯାଉଥାଏ । ଅଳ୍ପ ସମୟ ମୋ ହାତରେ ଥିବାରୁ ମୁଁ ଥିଲି ନିରୁପାୟ । ଏକ ମାସ ଛୁଟି । ତାହାରି ଭିତରେ ଯେତେ ଶୀଘ୍ର ବାହାଘର କାମ ସରିଲେ ମୁଁ କାନାଡ଼ା ଫେରି ଯିବି । ସେଇଥି ପାଇଁ ସବୁ କିଛି ଶୀଘ୍ର ଶୀଘ୍ର ।

କଥୋପକଥନକୁ ଟିକିଏ ହାଲୁକା କରିବାକୁ ଯାଇ ମୁଁ କହିଲି, "ହଁ, ଗୋଟିଏ ଦୃଷ୍ଟିରୁ ଭଲ ହୋଇଛି, ନୋହିଲେ ଯେତେ ବେଶୀ ସମୟ ମିଳିଥାନ୍ତା, ସେତେ ବେଶୀ ଖର୍ଚ୍ଚ ବଢ଼ିଥାନ୍ତା ।"

ଏହା ଶୁଣି ସବିତା କହିଲେ, "ହଁ, ତାହା ନିର୍ଣ୍ଣିତ ଭାବରେ ସତ, ପ୍ରକୃତରେ ଆମେ କେହି ବାହାଘର ପାଇଁ ଜମାରୁ ପ୍ରସ୍ତୁତ ନଥିଲୁ, ନାନା ବି ପ୍ରସ୍ତୁତ ନଥିଲେ । ନାନାଙ୍କୁ କିଏ ଜଣେ ପ୍ରସ୍ତାବ ଦେଲେ ଯେ ବରୁଣସିଂର ଗୋବିନ୍ଦ ପାଣିଗ୍ରାହୀଙ୍କ ପୁଅ

ଗଗନ ପାଣିଗ୍ରାହୀ କାନାଡ଼ାରେ ରିସର୍ଚ୍ଚ କରୁଛି । ବାଣୀବିହାରୁ ଏମ୍ଏସ୍ସି କରି ଜେଏନ୍ୟୁରୁ ପିଏଚ୍ଡି କରିଛି । ତାଙ୍କର ଏମ୍ଏସ୍ସି ପଢ଼ିଥିବା ଓ ଭଲ ଷ୍ଟୁଡେଣ୍ଟ ହେଇଥିବା ଝିଅ ଖୋଜୁଛନ୍ତି । ଆମ ଘର ପାଖେ ଥିବା ବାରିକ ସାର୍ କାହା ମାଧ୍ୟମରେ ନନାଙ୍କ ପାଖକୁ ଖବର ପଠେଇଥିଲେ । ନନାଙ୍କର ସେତେବେଳେ ହାଇଦ୍ରାବାଦ ଯିବାର ଥିଲା । ତେଣୁ ନନା କିଛି ସେ ବିଷୟରେ ବୁଝାବୁଝି କରିବାକୁ ସମୟ ପାଇ ନଥିଲେ । ବାଲେଶ୍ୱର ଷ୍ଟେସନରେ ହାଇଦ୍ରାବାଦ ଯିବା ସମୟରେ ଅଳ୍ପ ସମୟ ପାଇଁ ରଘୁ ପିଉସା, ରେଖା ନାନୀଙ୍କ ସ୍ୱାମୀଙ୍କ ସହ ନନାଙ୍କର ଦେଖା ହେଲା । ତାଙ୍କ ଠାରୁ ତମେ, ପ୍ରବୋଧର ବଡ଼ ବାପା ପୁଅ ଭାଇ ବୋଲି ନନା ଜାଣିଲେ । ପ୍ରବୋଧ ସାଙ୍ଗରେ ତ ଆମର ଆଗରୁ ପରିଚୟ, ବୋଉ ପାଖରୁ ସିଏ ଗୀତ ଶିଖୁଥିଲା । ୟା ଭିତରେ ରେଖା ନାନୀ ଖବର ପାଇ ଆମ ଘରକୁ ଆସିଲେ । ବୋଉକୁ କହିଲେ ଯେ ଭାଉଜ, ସେଇଟି କୁନି(ସବିତା)ର ବାହାଘର କର, ଭଲ ପିଲା ଗଗନ, ମୁଁ ତାକୁ ଆଗରୁ ଜାଣିଛି, ବହୁତ ଭଲ ହବ । ସବୁ ତ ଯାହା ହେଉ ଠିକ୍ ଠିକ୍ ହେଲା, କିନ୍ତୁ ଯଦି ଯୌତୁକ କଥା ଉଠିଥାନ୍ତା ମୁଁ ଜମାରୁ ରାଜି ହେଇ ନଥାନ୍ତି । ତଥାପି ତମେ ଜାଣିଛ ନା ନାହିଁ ?"

ମୁଁ ଆଗ୍ରହର ସହିତ ପଚାରିଲି, "କ'ଣ ?"

ସବିତା କହିଲେ, "କିଏ ଜଣେ ତାହାରି ଭିତରେ ଆମକୁ ଆସି କହିଲା ତାଙ୍କର କୁଆଡ଼େ ସବୁ ବୋହୂମାନେ କେତେ କେତେ ଯୌତୁକ ଆଣିଛନ୍ତି । ଯୌତୁକ ମାଗୁ ନଥିଲେ ବି ନିର୍ଦ୍ଦିଷ୍ଟ ପାଇବାକୁ ଆଶା କରୁଥିବେ । ତେଣୁ ଯେମିତି ହେଲେ ଆମକୁ ଦେବାକୁ ପଡ଼ିବ । ଏକଥା ମୋ କାନରେ ଯେମିତି ପଡ଼ିଚି ମୁଁ କହିଲି ସେମିତି ଯଦି ସେମାନଙ୍କର ଇଚ୍ଛା, ମୁଁ ସେଠି ଜମାରୁ ବାହା ହେବିନି । ବୋଉ ମୋ କଥା ଶୁଣି କହିଲା, ରହ ଆମେ କଥା ହବୁ, ସେ ବିଷୟରେ ତୁ କାହିଁକି ମୁଣ୍ଡ ପୁରଉଚୁ ? ଘଟଣାଟା ଯେତେବେଳେ ଭିନ୍ନ ଆଡ଼କୁ ଗତି କଲା ଏହାର ସତ୍ୟା ସତ୍ୟ ନିରୂପଣ ପାଇଁ ନନା ବାରିକ୍ ସାରଙ୍କୁ ସିଧା ପଚାରିଲେ । ସେ ଆମକୁ ଆଶ୍ୱାସନା ଦେଇ କହିଲେ, ତାଙ୍କ ଘର ଲୋକ କ'ଣ ଚାହୁଁଛନ୍ତି ମୁଁ ଜାଣେନି କିନ୍ତୁ ଗଗନ୍ ଏ ସବୁର ବିରୁଦ୍ଧରେ । ପୁଣି ଏକଦମ୍ କମ୍ ଖର୍ଚ୍ଚରେ କେମିତି ବାହାଘର ହେବ ତାର ଇଚ୍ଛା । ଏହା ଶୁଣିବା ପରେ ଆମେ ଯାଇ ନିର୍ଦ୍ଦିଷ୍ଟ ହେଲୁ ।"

ମୁଁ ମନେ ମନେ ଖୁସିହେଲି, ଭାବିଲି ଯାହାହେଉ ମୋ ଶିକ୍ଷକଙ୍କର ମୋ ଉପରେ ଏତକ ଭରସା ତ ଅଛି । ମୁଁ କହିଲି, "ଗୋପୀନାଥ ସାର୍ ମୋ ବାଲ୍ୟ କାଲର ଶିକ୍ଷକ । ଆମ ସବୁ ଭାଇଙ୍କୁ ସେ ପଢ଼େଇଚନ୍ତି, ଆମମାନଙ୍କୁ ବହୁତ ଭଲ ଭାବେ ଜାଣନ୍ତି ଓ ଆଦର କରନ୍ତି ।"

ଏତକ କହିବା ପରେ ସବିତା ପଚାରିଲେ, "ମୁଁ ଯାହା ଶୁଣିଲି, ସତରେ ତମ ଘରେ ବୋହୂମାନେ କିଛିନା କିଛି ଯୌତୁକ ଆଗରୁ ଆଣିଛନ୍ତି, ହେଲେ ତମେ କେମିତି ଯୌତୁକ କଥା ଉଠେଇଲନି ?"

ମୁଁ ଟିକିଏ ରହି ଯାଇ ବାହାରକୁ ଚାହିଁ ଦୀର୍ଘ ନିଃଶ୍ୱାସଟିଏ ନେଇ କହିଲି, "ସିଏ ଗୋଟିଏ କାହାଣୀ। ସାତ ଭାଇଙ୍କ ଭିତରେ ଆମର ଦୁଇଟି ଭଉଣୀ, ତମେ ତ ତାଙ୍କୁ ଦେଖିଲ। ଆମର ନିମ୍ନ ମଧବିତ୍ତ ପରିବାର। ବାପାଙ୍କର ସମ୍ବଲ ବୋଲି କିଛି ନ ଥାଏ। ବଡ଼ ଭାଇଙ୍କ ଦ୍ୱାରା ଯେନତେନ ପ୍ରକାରେଣ ସେମାନଙ୍କର ବିବାହ କାର୍ଯ୍ୟ ସମ୍ପନ୍ନ ହେଇଥିଲା। ସେତେବେଳେ ଆମେ ସବୁ ଟିକିରି ଟିକିରି ପିଲା। ବଡ଼ ଭାଇଙ୍କୁ ଛାଡ଼ିଦେଲେ ଆଉ ସବୁ ଭାଇ ସ୍କୁଲ କି କଲେଜରେ ପଢ଼ୁଥାଉଁ। ଦିଆ ନିଆ ଯାନି ଯୌତୁକ ଏସବୁ କ'ଣ ଜିନିଷ ଜାଣି ନଥିଲୁ। ମୋର ମନେ ଅଛି ମାଆ ଦିନେ କଣ୍ଢ କଣ୍ଢ ହେଇ କାନ୍ଦିଲା, ଆମେ କ'ଣ ହେଲା ବୋଲି ଦୌଡ଼ି ଯାଇ ଦେଖୁତ ମାଆ ଆଖିରୁ ଲୁହ ପୋଛୁଚି। ଆମକୁ କିଛି କହିଲାନି। ଆମ ଘରେ ମାଆ ଯେତେବେଳେ କାନ୍ଦେ ଆମେ ପିଲାମାନେ ତାକୁ ବେଢ଼ିଯାଇ ତା' ସାଙ୍ଗରେ କାନ୍ଦୁ। ସେଦିନ ସନ୍ଧ୍ୟାରେ ଆମେ କିଛି ନଖାଇ ସମସ୍ତେ କାନ୍ଦି କାନ୍ଦି ଶୋଇ ପଡ଼ିଲୁ। କିନ୍ତୁ କ'ଣ ପାଇଁ ମାଆ କାନ୍ଦୁଥିଲା ଆମେ ଆଉ ଜାଣି ପାରିଲୁନି, ବୁଝି ପାରିଲୁନି। ପରେ ବଡ଼ ହେବାରେ ମୁଁ ଜାଣିବାକୁ ପାଇଲି ତାହା ଏଇ ଦିଆ ନିଆକୁ ନେଇ। ସେ ଦିନର ଘଟଣା ମୁଁ ଜମାରୁ ଭୁଲି ପାରେନି, ମନେ ପଡ଼ିଗଲେ ତାହା ଏବେ ମୋତେ ଉଦାସ କରି ପକାଏ। ସେଉଠୁ ପାଖରୁ ମୁଁ ସବୁବେଳେ ଚାହୁଁଥିଲି ମୋ ମାଆ ମନରେ ଯିଏ ଦୁଃଖ ଦେଇଛି ସେ ଭଳିଆ ମଣିଷ ମୁଁ ଦୁନିଆରେ କେବେ ହେଲେ ହେବିନି। ମୋତେ ଯୌତୁକ ଯାଚିକି ଦେଇ ଥିଲେ ବି ମୁଁ ମନା କରିଦେଇଥାନ୍ତି। ଆଉ ବେଶୀ ବଳେଇ ଥିଲେ ସେଠି ବାହା ବି ହେଇ ନଥାନ୍ତି।"

ଟିକିଏ ନିଃଶ୍ୱାସ ନେଇ ପୁଣି ମୁଁ କହିବା ଆରମ୍ଭ କଲି, "ବିଏସସି, ଏମ୍ଏସସି ପଢ଼ିବା ବେଳେ ସାଙ୍ଗ ମାନଙ୍କ ପାଖରୁ ଯୌତୁକ ବିଷୟରେ ମୁଁ ବହୁତ ଶୁଣିଚି। ଅନେକ ସାଙ୍ଗ ମାନଙ୍କ ପାଖରୁ ମୁଁ ଶୁଣିଛି ଭଉଣୀ ବାହାଘର ବେଳେ ବଡ଼ ପୁଅ ହିସାବରେ ସେମାନଙ୍କର ମାନସିକ ଓ ଆର୍ଥିକ ଦୁର୍ଦ୍ଦଶା। ଦୟନୀୟ ଅବସ୍ଥା। ବିଶେଷ କରି ଜେଏନୟୁରେ ପଢ଼ିବା ବେଳେ ଆଲୋଚନା ମାଧ୍ୟମରେ ଯୌତୁକ ବିରୁଦ୍ଧରେ ଚିନ୍ତାଧାରା ମୋ ମନ ମଧ୍ୟରେ ଆହୁରି ଦୃଢ଼ୀଭୂତ ହୋଇଥିଲା। ସମାଜରେ ଏ ପ୍ରକାର ବ୍ୟାଧି କିପରି ଦୂର ହେବ ଏ ନେଇ ଅନେକ ଆଲୋଚନା ହେଉଥିଲା। ତେଣୁ ଯୌତୁକ ଯେ ମୋ ବିବାହ ଆଲୋଚନାରେ ଏକ ଅଂଶ ହେବ ଏହା କେବଳ

କଞ୍ଚନା ଏବଂ ଉଭଟ ଚିନ୍ତା କହିଲେ ଚଳେ। ଯୌତୁକ ବିରୁଦ୍ଧରେ ମୋର ଦୃଢ଼ ମତ ସମସ୍ତେ ଜାଣି ଥିବାରୁ ଘରର କୌଣସି ମୁରବି ପଣିଆ ଲୋକ ମୋ ସହିତ କଥାବାର୍ତ୍ତା ଛଳରେ ମଧ ଏପରି ପ୍ରସଙ୍ଗ ଉଠେଇବାକୁ ସାହସ କରନ୍ତିନି।"

ସବିତା ମୋତେ ବଲ ବଲ କରି ମୋ ମୁହଁକୁ ଚାହିଁଥାନ୍ତି। ମୁଁ କହି ଚାଲିଥାଏ, "ତମେ ଜାଣିଛ କି ନାହିଁ? କନ୍ୟା ପକ୍ଷ ବର ପକ୍ଷ ଘର ଲୋକଙ୍କୁ ବିବାହ ଉପଲକ୍ଷେ ଅଙ୍ଗ ବସ୍ତ୍ର ପ୍ରଦାନ କରିବାର କୁଆଡ଼େ ବିଧ ଅଛି। ଅଙ୍ଗ ବସ୍ତ୍ରର ତାଲିକାଟିଏ ପ୍ରସ୍ତୁତ କରା ହେଇଥାଏ ଆମ ଘର ପକ୍ଷରୁ। ସେଇଟା ତମ ଘରକୁ ଦେବାର କଥା, ସେଇ ଅନୁସାରେ କନ୍ୟା ପକ୍ଷ ଲୁଗା କିଣିବେ। ସେ ତାଲିକାଟି କିଏ ପ୍ରସ୍ତୁତ କରିଥିଲା ମୁଁ ଜାଣେନି, କେମିତି କେଜାଣି ମୋ ହାତରେ ସେଇଟି ପଡ଼ିଗଲା। ଅନେକଙ୍କର ନାଁ ସେଥିରେ ମୁଁ ଦେଖିଲି। ବହୁ କୁଟୁମ୍ବୀ ପରିବାର ଆମେ। ଆମର ଅନେକ ଭାଇ, ବୋହୂ, ଭଉଣୀ, ଭିଣୋଇ ଓ ପିଲାପିଲି। ମୁଁ ଭାବିଲି ଏମାନଙ୍କୁ ସମସ୍ତଙ୍କୁ ଯଦି ମନ ଲାଖ଼ି ବସ୍ତ୍ର ପ୍ରଦାନ କରାଯାଏ ତେବେ କନ୍ୟା ଘର ପାଇଁ ଏହା ଏକ ମୁଖ୍ୟ ବ୍ୟୟ ହିସାବରେ ଛିଡ଼ା ହେବ। ଆଉ ଇଏତ ଯୌତୁକ ସମାନ ହେଇଗଲା। ତା' ଛଡ଼ା ଏ ସବୁ କିଣିବା ମଧ ସମୟ ସାପେକ୍ଷ। ସମୟ କାହା ପାଖରେ ଅଛି? ସମସ୍ତ କାର୍ଯ୍ୟ ତ ସୀମିତ ସମୟ ମଧରେ ତୁଲେଇବାକୁ ପଡ଼ୁଛି। ସେଥିପାଇଁ ଯେଉଁ ନାଲି ସ୍ୟାହି କଲମରେ ସେ ତାଲିକା କରାହେଇଥିଲା ସେହି କଲମ ନେଇ ମୁଁ କେବଳ କୁଳ ଦେବତା ଗୋପାଲଜୀ, ମାଆ (ଶାଶୁ) ଓ କକା (ଶ୍ୱଶୁର)ଙ୍କ ନାମ ରଖ଼ି ବାକୀ ସମସ୍ତଙ୍କ ନାଁ ଉପରେ ଗାର ପକେଇଦେଲି। ଯିଏ ଯାହା କହିବ କହୁ, ଯିଏ ଯାହା ଭାବିବ ଭାବୁ। ଏହାକୁ ନେଇ ନେପଥ୍ୟେ କୋଲାହଲ ହେଲା, ହେଲେ ମୁଁ ଜମାରୁ ଶୁଣିବାକୁ ରାଜି ନଥିଲି।"

ଏ କଥା ସବିତା ଶୁଣି କହିଲେ, "ହଁ, ଏ କଥା ମୁଁ ନନାଙ୍କ ପାଖରୁ ଶୁଣିଥିଲି ଯେ ହେଲେ ଠିକ୍‌ରେ ଏତେଟା ବୁଝି ନଥିଲି, ଏବେ କଥାଟା ବୁଝିଲି। ତଥାପି ବି କିଏ ସେମାନେ ମୁଁ ଜାଣେନି, ଗାଁରେ ଥିଲା ବେଳେ ତାହାରି ଭିତରେ ମୁଁ ଶୁଣୁଥାଏ, ବୋହୂ କ'ଣ ଆଣିଛି? ତାଙ୍କରି ତାଙ୍କରି ଭିତରେ ପଚାରା ପଚରି ହଉଥାନ୍ତି। ସେ ସବୁକୁ ମୁଁ ଏ କାନରେ ପଶେଇ ସେ କାନରେ ବାହାର କରି ଦେଉଥାଏ। ନନା ମୋତେ ଗୋଟିଏ କହିଥିଲେ କଲେଜରେ ଯେମିତି ପିଲାମାନେ କମେଣ୍ଟ ମାରିଲେ ଖାଲି ଶୁଣିଯାଉଥୁଲୁ ସେଇମିତି ଶାଶୁ ଘରେ ବି ଶୁଣିଯିବା କଥା। କୋହାରିକୁ କିଛି କହିବା ଦରକାର ନାହିଁ।"

ମୁଁ କହିଲି, "ଭଲ କରିଛ, ସେ ସବୁ କଥାକୁ ଆଦୌ କାନ ଦେବା ଉଚିତ

ନୁହେଁ। ମାଆ ଆମର ପାଠ ପଢ଼ିନି କିନ୍ତୁ ତା'ର ଚିନ୍ତାଧାରା ଉନ୍ନତ, ହୃଦୟ ଚିହ୍ନେ। କେହି ପଚାରିଲେ, ବୋହୂ କ'ଣ ଆଣିଛି? ସେ କହେ, ବୋହୂ ଆଣିଲେ ଭରେନି କି ଝିଅ ନେଲେ ସରେନି, ମୁଁ ପର ଧନକୁ ଲୋଭ କାହିଁକି କରିବି? ମୁଁ ଝିଅ ଜନମ କରିନି କି? ପରକୁ କାହିଁକି ତଣ୍ଡେଇବି? ମଣିଷ ଭଲ ହେଲେ ହେଲା, ସେ ଯାନି ଯଉତକ କିସ ଆମକୁ ସରଗକୁ ନବ ନା?"

ଆମ ବସ୍ ଯାଇ ରହିଲା ଭଦ୍ରଖ ବସ୍ ଷ୍ଟପରେ। ସକାଳୁ ସକାଳୁ ଝରକାରୁ ଚାହୁଁ ଥାଉ ବାହାରେ ପ୍ରାତଃଭୋଜନ ବିକ୍ରି ହେବାର। ପୁରି, ସିଙ୍ଗଡ଼ା, ଆଲୁ ଚପ୍ ଓ ଚାହାର ଡାକ। ସେଥି ପ୍ରତି ଆମର ନଜର ନଥାଏ। ମୁଁ ଚାହା ପିଏନି କି ସବିତା ବି ପିଅନ୍ତି ନି। ଏକଥାଟି ମୁଁ ଜାଣିଥିଲି ଶ୍ୱଶୁରଙ୍କ ପାଖରୁ ସବିତାଙ୍କ ସହିତ ପ୍ରଥମ ଥର ଦେଖା ହେବା ଦିନ। ଏ ନେଇ ବଡ଼ ହସଟିଏ ବି ହୋଇଥିଲା। ତେଣୁ ଚାହା ପିଇବା ନିଶା ଆମ ଦୁଇଜଣଙ୍କର ନଥିବାରୁ ଚାହା ଡାକ ଆମକୁ ଶୁଭୁ ନଥିଲା। ରାସ୍ତା କଡ଼ରେ କେତେକ ପାସେଞ୍ଜରଙ୍କର ଭିଡ଼, ବସ୍ ଉପରକୁ ଉଠିବାକୁ। ବାକି ସିଟ ତକ ଅବିଳମ୍ବେ ସେଇଠି ପୁରଣ ହେଇଗଲା।

ବସ୍ ପୁନି ଚାଲିବା ପରେ ସବିତା କହିଲେ, "ତମେ ତ ଜାଣିଚ ବୋଉ ଆମର କରଣ ଘରର ଝିଅ। ନନା କହିଲେ, ଏ କଥା ବାହାଘର କରିବା ଆଗରୁ ବରଘରକୁ ଜଣେଇ ଦବା ଉଚିତ ହେବ, ନୋହିଲେ ପରେ ବରଘର ଲୋକମାନେ ଝିଅକୁ ନାନା ପ୍ରକାର କଥା କହି ପାରନ୍ତି। ଏ କଥା ଜଣେଇ ଦେବା ପରେ ତାଙ୍କର ବାହାଘର କଲେ କରିବେ ନ କଲେ ନାହିଁ।"

ଏହା ଶୁଣି ମୁଁ କହିଲି "ହଁ, ଜାଣିଚି, ଏକଥା ମୁଁ ପ୍ରଥମେ ବଡ଼ ଭାଉଜଙ୍କ ଠାରୁ ଶୁଣିଲି। ଲଗ୍ନ ସ୍ଥିର ସରିଛି କି ନାହିଁ, ଯେତେବେଳେ ପରିସ୍ଥିତି ଟିକିଏ ବାଟକୁ ଆସିଲା ସେତେବେଳେ ବଡ଼ ଭାଉଜ ମୋତେ କହିଲେ, ଆଉ ଗୋଟିଏ କଥା ଶୁଣିଲଣି କି ନାହିଁ। ମୁଁ ପଚାରିଲି, କ'ଣ? ସେ କହିଲେ, ଝିଅର ମାଆ କୁଆଡ଼େ କରଣ। ମିଶ୍ର ବାବୁ କିନ୍ତୁ ଅତି ଭଦ୍ର ଲୋକ, ଏ କଥାକୁ ଲୁଚେଇ ସେ ଜମାରୁ ଝିଅ ବାହା ଦବାକୁ ଚାହିଁଲେନି। ପରେ କିଏ କାଲେ ତାଙ୍କ ଝିଅକୁ ଖୁଣ୍ଟା ଦବ। କହିଲେ, ତାପରେ ତାଙ୍କର ବାହାଘର କଲେ କରିବେ, ନକଲେ ନାହିଁ। ତେଣୁ ସେ ସେଇଟା ଆମକୁ ଆଗରୁ ଜଣେଇ ଦେଲେ। ଏ କଥା ଶୁଣି କେତେ ଜଣ ମନ ଉଣା କଲେ, ଆଉ କେତେ ଜଣ କହିଲେ, ଆଜି କାଲି ଯୁଗରେ ବ୍ରାହ୍ମଣ କରଣ ବୋଲି ଗୋଟେ କି କଥା? କେହି ଜଣେ ମୁରବି ଅଣିଆ ଲୋକ କହିଲେ, ସେଠାରେ ପୂର୍ଣ୍ଣଚ୍ଛେଦ ପକେଇଦିଅ। ତମ ନନା ଶେଷକୁ ଯାଇ ପହଞ୍ଚିଲେ ଗୌରୀକାନ୍ତ କର ସାରଙ୍କ ପାଖରେ।

ସେ ସବୁ ଶୁଣି କହିଲେ, କରଣ ଝିଅ ବ୍ରାହ୍ମଣ ଘରେ ବିବାହ କଲେ ତ ବ୍ରାହ୍ମଣ ହେଇଗଲା, ତେବେ ସେଠି ଅସୁବିଧା ରହିଲା କଉଠି? ଏ କଥାଟା ନନାଙ୍କ ମନକୁ ପାଇଗଲା। ସେ ଘରେ ଆସି ଏ କଥା ଯେମିତି କହିଲେ ଆଉ ସେ ପ୍ରସଙ୍ଗ କେହି ଉଠେଇଲେ ନାହିଁ।"

ବାହାରକୁ ଦେଖୁ ଦେଖୁ କିଛି ସମୟ ପରେ ମୁଁ ସବିତାଙ୍କୁ ପଚାରିଲି, "ନନା ବୋଉ ତ ବାଲେଶ୍ୱରରେ ଜମାରୁ ଦୁଇଜଣ ଲୋକ, ଏତେ ଶୀଘ୍ର ଏତେ କାମ ହଠାତ୍ ଉପରେ ଉଠେଇଲେ କେମିତି?" ସବିତା କହିଲେ, "ସେଇ ତ କଥା। ବୋଉର ମ୍ୟୁଜିକ୍ ସ୍କୁଲ୍ ଲୋକ, ଆଉ ଯେତେ ସାଙ୍ଗ, ସବୁ ଆଗଭର ହେଇ ବାହାରି ପଡ଼ିଲେ। କିଏ କହିଲା ମୁଁ ଏଇଟା କରିଦେବି ମାଡ଼ାମ୍, କିଏ କହିଲା ମୁଁ ସେଇଟା କରିଦେବି ମାଡ଼ାମ୍। ବାହାଘର ଦିନ ଟାଉନ୍ ହଲରେ ଯାହାକୁ ଯାହାକୁ ଦେଖୁଥିଲା, ସବୁ ହେଉଛନ୍ତି ବୋଉର ଛାତ୍ରଛାତ୍ରୀ। ବୋଉକୁ ସମସ୍ତେ ସମ୍ମାନ କରନ୍ତି, ମାନନ୍ତି ଓ ଆଦର କରନ୍ତି। ସେମାନଙ୍କ ବିନା କିଛି ହେଇ ପାରି ନଥାନ୍ତା। ଆମେ ସେମାନଙ୍କ ଠାରେ ରଣୀ।"

ଆମ ସଂଲାପର ବିରତି ସେଇଠି, ବସ୍ ଆସି ପହଞ୍ଚିଲା ଭୁବନେଶ୍ୱର ବସ୍ ଷ୍ଟପ। ସକାଳ ପାଖରୁ ଏତେ ଘଣ୍ଟା ବସ୍‌ରେ ବସି ବସି ହାଲିଆ ଲାଗି ଆସୁଥାଏ। ବାହାରକୁ ବାହାରି ଟିକିଏ ଭିଡ଼ି ମୋଡ଼ି ହେଇ ପୁଣି ପୁରୀ ଯାଉଥିବା ବସ୍ ଖୋଜିବାରେ ଲାଗିଗଲୁ। ଅବିଳମ୍ବେ ବସ୍‌ଟିଏ ବି ମିଳିଗଲା। ତରବର ହୋଇ ଦୁହେଁ ବସ୍‌ରେ ଉଠିଲୁ। ପୁରୀ ମାତ୍ର ଦେଢ଼ ଘଣ୍ଟାର ବାଟ। ପ୍ରାକୃତିକ ଦୃଶ୍ୟ ଭରା ଭୁବନେଶ୍ୱରରୁ ପୁରୀ ରାସ୍ତା। ସାକ୍ଷୀଗୋପାଳ ଦେଇ ଯାଉ ଯାଉ ଆଖିରେ ପଡ଼ୁଥିଲା ତାଳ, ନାରିକେଳ, ଆମ୍ବ ଓ ଲଙ୍କା। ଆମ୍ବ ବୃକ୍ଷମାନଙ୍କର ଘଞ୍ଚ ଜଙ୍ଗଲ ସହିତ ଗାଁ ଗହଲିର ଦୃଶ୍ୟ। ସେଇ ଦୃଶ୍ୟ ଦେଖି ଦେଖି ଦିନ ବାରଟା ପୂର୍ବରୁ ପହଞ୍ଚିଲୁ ପୁରୀ ସହରରେ।

ପୁରୀ ସହର ଆମକୁ ଅଜଣା। ପ୍ରଥମ କାମ ହେଲା ଭଲ ହୋଟେଲଟିଏ ସନ୍ଧାନ କରି ସେଠାରେ ନିଜକୁ ଥଇଥାନ କରିବା। ଜଣେ ରିକ୍ସାବାଲା ପାଖକୁ ଯାଇ ମୁଁ ପଚାରିଲି, "ବାବୁରେ, ଆମକୁ ଗୋଟିଏ ଭଲ, ସୁନ୍ଦର, ସଫାସଫି ଓ ସମୁଦ୍ରକୂଳିଆ ହୋଟେଲକୁ ନେଇ ଯାଇ ପାରିବ? ଯେତେ ଭଲ ହୋଟେଲକୁ ନବ ସେତେ ବେଶୀ ପଇସା ତମକୁ ମିଳିବ।" ଏମିତି ଲୋଭନୀୟ ପ୍ରସ୍ତାବ ଶୁଣି ସେ ଖୁସିରେ ଆଗଭର ହେଇ ବାହାରି ପଡ଼ି କହିଲା "ହଁ ସାର, ଚକ୍ରତୀର୍ଥରେ ଏବେ ଗୋଟିଏ ନୂଆ ହୋଟେଲ ହେଇଚି, ଭଲ ହୋଟେଲ, ସେଇଠିକି ଆପଣଙ୍କୁ ନେଇଯିବି।" ମୁଁ କହିଲି, "ହଉ ନେଇ ଚାଲ।" ଜାକି ଜୁକି ହେଇ ଆମେ ଦୁହେଁ ବସିଲୁ ତା' ରିକ୍ସାରେ। ପୁରୀ ସହର ଆମ ପାଇଁ ନୂତନ। ଏପଟ ସେପଟ ଦେଖି ଦେଖି ଯାଉଥାଉ। କିଛି ସମୟ ପରେ

ଆମକୁ ନେଇ ରିକ୍ସାବାଲା ପହଞ୍ଚେଇଲା ଗୋଟିଏ ହୋଟେଲ ସାମନାରେ ଯାହାର କି ନାଁ "ବିଜୟ ଇଣ୍ଟରନ୍ୟାସନାଲ",ଚକ୍ରତୀର୍ଥ ରାସ୍ତାର ଶେଷ ଭାଗକୁ। ସତରେ ସମୁଦ୍ରକୂଳିଆ ହୋଟେଲ। ମୁଁ ପ୍ରଥମେ ଭିତରକୁ ଗଲି ତଦାରଖ କରିବାକୁ ମୋର ମନ ମାନୁଛି କି ନାହିଁ, ହୋଟେଲରେ ରହି ହେବକି ନାହିଁ। ଭିତରେ ଯାଇ ମୋତେ ଲାଗିଲା ହୋଟେଲଟି ସତରେ ନୂଆ। ସମୟକୁ ଦେଖ ଆଧୁନିକ ଧରଣର, ବେଶ୍ ପରିଷ୍କାର ପରିଚ୍ଛନ୍ନ। ରହି ପାରିଲା ଭଳିଆ, ପୁଣି ସମୁଦ୍ରକୁ ଲାଗି। ହୋଟେଲ ଲବିରୁ ଭିତର ଦେଇ ବେଳା ଭୂମିକୁ ଯିବାର ରାସ୍ତା। ସେଇଠି ରହିବାର ଠିକଣା କରି ଲେଉଟି ଆସିଲି। ରିକ୍ସାବାଲା ଲାଜେଇ ଲାଜେଇ ପଚାରିଲା, "ସାର, ମନ ମାନିଲା ତ ?" ମୁଁ "ହଁ" ଭରିବାରୁ ସେ ଖୁସିରେ ଗଦ ଗଦ ହେଇ ହାତ ଯୋଡ଼ିଲା। ତାର ପ୍ରାପ୍ୟ ଠାରୁ ଅଧିକ କିଛି ପଇସା ଦେଇ ତାକୁ ବିଦା କରି ଆମେ ଦୁହେଁ ହୋଟେଲ ଭିତରକୁ ପଶିଲୁ।

ଆମକୁ ମିଳିଥିବା କୋଠରିଟି ଦ୍ୱିତୀୟ ମହଲାରେ। ଚାବି ଖୋଲି ଦୁଇଜଣ ପଶିବା ମାତ୍ରେ ଖୁସି ହୋଇ ମୋ ପାଟିରୁ ବାହାରି ପଡ଼ିଲା, "ଆଃ, କି ସୁନ୍ଦର, କି ଅପୂର୍ବ ଦୃଶ୍ୟ।" କାଚ ଝରକା ଦେଇ ଦେଖା ଯାଉଥାଏ ପୁରୀ ସମୁଦ୍ରର ସୁବିସ୍ତୃତ ବେଳାଭୂମି ଓ ବଙ୍ଗୋପସାଗରର ନୀଳ ଜଳରାଶି। ନିର୍ମଲ ଆକାଶ। ସୂର୍ଯ୍ୟ କିରଣ ନୀଳ ଜଳରାଶି ପରେ ପଡ଼ି ହିରାଖଣ୍ଡ ପରି ଚକ୍ ଚକ୍ କରୁଥାଏ। ମଧ୍ୟାହ୍ନ ସୂର୍ଯ୍ୟଙ୍କର କିରଣ ବିଛୁରି ହେଇ ପଡ଼ିଥାଏ ଆମ କୋଠରି ଭିତରେ। ଆଉ ଦୂରରୁ ଶୁଭୁଥାଏ ସମୁଦ୍ର ଗର୍ଜନ। ଫେନିଲ ଊର୍ମିମାଳା ଅହରହ ମଥା ପିଟୁଥାନ୍ତି ସାଗର କୂଲରେ। ପ୍ରାୟ କହିବାକୁ ଗଲେ ସମୁଦ୍ର ବେଲା ଜନମାନବ ଶୂନ୍ୟ, କାଁ ଭାଁ କାହିଁ କେତେ ଜଣ ଅନେକ ଦୂରରେ ସନ୍ତରଣ କରିବାର ଦେଖା ଯାଉଥାନ୍ତି। ସୋଫାରେ ବସି ପଡ଼ି ଦୁଇଜଣ ବିମୁଗ୍ଧ ହୋଇ କିଛିକ୍ଷଣ ଅନେଇ ରହିଲୁ ସେଇ ଦିଗନ୍ତ ବିସ୍ତାରୀ ନୀଲ ଜଳ ରାଶିକୁ, କଳିବାକୁ ଚେଷ୍ଟା କରୁଥିଲୁ ଅନନ୍ତ ଅସୀମ ମହୋଦଧିର ଗଭୀରତାକୁ।

ଅପରାହ୍ନରେ କୋଣାର୍କ ବୁଲି ଯିବାର ଯୋଜନା। ହୋଟେଲରେ ମଧ୍ୟାହ୍ନ ଭୋଜନ ସାରି ବାହାରିଲୁ କୋଣାର୍କ ଭ୍ରମଣରେ। ପଚାରିବାରୁ ମାତ୍ର ପଞ୍ଚାଳିଶ ମିନିଟରୁ ଏକ ଘଣ୍ଟା ଭିତରେ ରାସ୍ତା ବୋଲି ଟ୍ୟାକ୍ସିର ଡ୍ରାଇଭର ଆମକୁ କହିଲା।

ସମୁଦ୍ର କୂଲିଆ ରାସ୍ତାରେ ମନ୍ଥର ଗତିରେ କାର୍ ଆମର ଚାଲିଥାଏ। ଆମେ ଦୁହେଁ ପଛ ସିଟରେ ବସି ପ୍ରକୃତିର ଶୋଭା ଉପଭୋଗ କରୁଥାଉ। ରାସ୍ତାର ଉଭୟ ପାର୍ଶ୍ୱରେ ଝାଉଁବନ ବିଥି। ଦକ୍ଷିଣ ପାର୍ଶ୍ୱର ଅନତିଦୂରରେ ବଙ୍ଗୋପସାଗରର ନୀଳ ଜଳରାଶି ଓ ବାମ ପାର୍ଶ୍ୱରେ ଠାଏ ଠାଏ ଘଞ୍ଚ କେତକୀ ବନ। ପୁଣି କେବେ କେବେ ଆମ୍ବଗଛର ବଉଳ ସହ ତାଳମାନ ନଈଁ ଆସିଥାନ୍ତି ରାସ୍ତା ଉପରକୁ।

ଏମିତି ପ୍ରାକୃତିକ ଶୋଭା ଦେଖୁ ଦେଖୁ ଅଳ୍ପ ସମୟ ଭିତରେ ପ୍ରତୀକ୍ଷିତ କୋଣାର୍କ ମନ୍ଦିର ସାମନାରେ ଦୃଶ୍ୟମାନ ହେଲା। କାରରୁ ଓହ୍ଲାଇ ଆମେ ଦୁହେଁ ଆଗେଇଲୁ ମନ୍ଦିର ବେଢ଼ା ଆଡ଼କୁ। ମୋ ହାତରେ କ୍ୟାମେରା ଓ ସବିତାଙ୍କ ହାତରେ ଟ୍ରାଇପଡ଼। ନିର୍ମେଘ ନିର୍ମଳ ନୀଳ ଆକାଶରେ ଅପରାହ୍ନର ସୂର୍ଯ୍ୟ ମନ୍ଦିର ପଛପଟରେ ଝୁଟକୁ ଥାନ୍ତି। ଚତୁର୍ଦ୍ଦିଗରେ ସଦ୍ୟ ବକୁଳିତ ଆମ୍ରକୁଞ୍ଜ। ସମୁଦ୍ର ତଟରୁ ବହି ଆସୁଥିବା ଧୀର ପବନରେ ମର୍ମରି ଉଠୁଥାଏ ଝାଉଁ ବନ। କିଛି କ୍ଷଣ ମନ୍ଦିରର ଅନତିଦୂରରେ ବୃକ୍ଷ ଛାୟା ତଳେ ଥିବା ସବୁଜ ଘାସ ଉପରେ ବସି ବିହ୍ବଳ ହେଇ ଅନେଇଲୁ ଉତ୍କଳୀୟ ଶିଳ୍ପୀର ଶିଳ୍ପ ପରାକାଷ୍ଠାକୁ, ଯାହାର ନିର୍ମାଣ କୌଶଳ, ସ୍ଥାପତ୍ୟ ଓ ଭାସ୍କର୍ଯ୍ୟ ସାରା ବିଶ୍ବରେ ଅଦ୍ବିତୀୟ, ଅତୁଳନୀୟ। ଯଦିଓ ମୁଁ ଆଗରୁ ଥରେ କୋଣାର୍କ ମନ୍ଦିର ଦେଖିବାର ସୁଯୋଗ ପାଇଥାଏ ନବବିବାହିତା ପତ୍ନୀଙ୍କ ସହ ଦେଖିବା ଏକ ସମ୍ପୂର୍ଣ୍ଣ ଭିନ୍ନ ଅଭିକ୍ଷତା ଏବଂ ନୂତନ ଅନୁଭୂତି।

କୋଣାର୍କର ମୁଖ୍ୟ ଦେଉଳ ହେଉଛି ସୂର୍ଯ୍ୟଦେବଙ୍କର ସପ୍ତ ଘୋଟକ ବାହିତ ରଥ। ରଥ ଦେହରେ ଦ୍ବାଦଶଟି ଚକ ଯାହାକୁ କି ସପ୍ତ ଅଶ୍ବ ଟାଣୁଛନ୍ତି। ମନ୍ଦିର ଦୁଇଟି ଭାଗରେ ବିଭକ୍ତ, ବଡ଼ ଦେଉଳ ଓ ମୁଖଶାଳା। ବର୍ତ୍ତମାନ କେବଳ ମୁଖଶାଳା ହିଁ ବିଦ୍ୟମାନ। ପୂର୍ବ ପଟକୁ ନାଟ ମନ୍ଦିର ଭଗ୍ନାବଶେଷ। ଏହା ଦେଖୁ ଦେଖୁ କ୍ୟାମେରାରେ ସମ୍ପୂର୍ଣ୍ଣ ମନ୍ଦିରର ଫୋଟୋଟିଏ ତୋଳିଲି। ତାପରେ ଦୁହେଁ ଗଲୁ ପାଖରୁ ପଥରରେ ଅଙ୍କା ହୋଇଥିବା ମନ ଲୋଭା କାରୁକାର୍ଯ୍ୟ ଦେଖି।

ଦେଖୁଥାଉ କିପରି କୋଣାର୍କ ଶିଳାଖଣ୍ଡରେ ପ୍ରତିଟି ରେଣୁ ଓଡ଼ିଆ ପୁଅର ନିହାଣ ମୁନରେ ଚିତ୍ରିତ। କେତେ କେତେ ମଙ୍ଗଳ ସୂଚକ ଚିତ୍ର; ପକ୍ଷୀ, ବୃକ୍ଷ, ସ୍ବସ୍ତିକ ଓ ପୂର୍ଣ୍ଣ କୁମ୍ଭ। ପ୍ରତି କୋଣେ କୋଣେ, ପ୍ରସ୍ତରେ ପ୍ରସ୍ତରେ। ଲତା ମଧ୍ୟରେ ହରିଣ, ଶଶକ, ହସ୍ତୀ, ଭେକ ଓ ଅନ୍ୟାନ୍ୟ ଅଗଣିତ ପଶୁ ପକ୍ଷୀ। ଆଉ ଦେଖୁଥିଲୁ କୋଣାର୍କ ମନ୍ଦିରର ବିଶେଷତ୍ବ ପାଷାଣ ନିର୍ମିତ ସୁର ସୁନ୍ଦରୀ ଓ ନଟ ନଟିଙ୍କର ଯୁଗଳ ମୂର୍ତ୍ତିକୁ ଓ କେତେବେଳେ କେତେବେଳେ ସେମାନଙ୍କର ରତି କ୍ରୀଡ଼ାକୁ। ଦେଖିଲା ପରେ କିଏ କହିବ ଏମାନେ ପାଷାଣରେ ଗଢ଼ା। ସେମାନଙ୍କର ତ୍ରିଭଙ୍ଗୀ, କୋମଳ ଦୋଳାୟିତ ଲାବଣ୍ୟମୟ ଦେହ, ଅର୍ଦ୍ଧନିମିଳିତ ନୟନ, ସତେ ଯେପରି ଜୀବନ୍ତ ଏବଂ ଆମ ଦୁହିଁଙ୍କୁ ଅଭିନନ୍ଦନ ଜଣେଇବାକୁ ଅପେକ୍ଷାରତ। ପୁଣି କାହା ହାତରେ ମାର୍ଦ୍ଦଳ, ମଞ୍ଜିରା ଅବା ମୁରଲୀ ତ କାହା ହାତରେ ଦର୍ପଣ, ଦୁହେଁ ଦେଖି ଚକିତ ହେଲୁ। ସବିତାଙ୍କର ଫୋଟୋଟିଏ ବିରାଟକାୟ ହସ୍ତୀ ସମ୍ମୁଖରେ ତୋଳିଲି। ସିଏ ଗାଢ଼ ନାଲି ଓ ବାଇଗଣି ରଙ୍ଗର ସମ୍ବଲପୁରୀ ଫୁଲପକା ପାଟ ପିନ୍ଧି ଖୁବ୍ ସୁନ୍ଦର ଓ ଆକର୍ଷଣୀୟା ଦେଖାଯାଉଥାନ୍ତି।

ତାପରେ ଗଲୁ ପାହାଚରେ ଉଠି ଉଠି ଉପର ମହଲାକୁ। ସେଠାରେ ମୁଗୁନି ପଥରରେ ନିର୍ମିତ ମୂର୍ତ୍ତି ଓ ତାର ଚତୁଃପାର୍ଶ୍ୱରେ ଖୋଦେଇ ହୋଇଥିବା ଚିତ୍ର ସଦୃଶ ସୁନ୍ଦର ବୃକ୍ଷଲତା ଓ ପଶୁପକ୍ଷୀ। ଏମିତି ବି ମୋର ଚିତ୍ର ଓ ଭାସ୍କର୍ଯ୍ୟରେ ଶରଧା। ସବିତାଙ୍କୁ କହିଲି "ଏଠି ଠିଆ ହୁଅ, ତୁମର ଫୋଟୋଟିଏ ତୋଲିବି।" ସିଏ ଆଜ୍ଞାବହ ପତ୍ନୀ ସଦୃଶା ମୋ କଥା ମାନି ସେଇଠି ଠିଆ ହେଇଗଲେ। ଫୋଟୋ ତୋଲୁ ତୋଲୁ ବିଲମ୍ବ ହେବାରୁ କହିଲେ, "ଏତେ ସମୟ କାହିଁକି ଲାଗୁଚି?" ମୁଁ କହିଲି, "ତମକୁ କ୍ୟାମେରା ଲେନ୍ସ ଭିତରେ ଦେଖିଲେ ତମେ ବି ସେଇ ସୁର ସୁନ୍ଦରୀଙ୍କ ଭଳି ମୋତେ ଦିଶୁଚ, ସେଇଥି ପାଇଁ ଟିକିଏ ଡେରି ହେଉଚି।" ସେ ଏହା ଶୁଣି ହସିଦେବାରୁ ମୁଁ ଠିକ୍ ସେତେକି ବେଳେ କ୍ୟାମେରାର ଫୋଟୋ ତୋଲିବା ବୋତାମଟି ଟିପିଦେଲି।

ଏମିତି ହସା ହସି ହେଇ ଦୁହେଁ ତଳକୁ ଓହ୍ଲାଇ ଆସିଲୁ। ତଳେ ବୁଲି ବୁଲି ବିରାଟ ରଥ ଚକ ମଧ୍ୟରେ ବିଭିନ୍ନ କାରୁକାର୍ଯ୍ୟ ଦେଖି ଅବାକ୍ ହେଲୁ ଓ ଫୋଟୋ ତୋଲିଲୁ। ସେତେବେଳେକୁ ସେ ଦିନର ସୂର୍ଯ୍ୟ ତଳକୁ ନଇଁ ଆସୁଥାନ୍ତି। କିରଣ ପଡ଼ି ଚନ୍ଦ୍ରଭାଗାର ଜଳରାଶି ଝଲସି ଉଠୁଥାଏ। ମଝିରେ ମଝିରେ ସମୁଦ୍ର ଢେଉ ଗୁରୁ ଗମ୍ଭୀର ଗର୍ଜନ କରୁଥାଏ। ଲେଉଟିବାର ସମୟ ଯେତେବେଳେ ହେଲା ଆମେ ଦୁହେଁ କାରରେ ପଶିଲୁ, ପଛ ସିଟରେ ବସିଥିବା ବେଳେ କେତେବେଳେ ଆଖି ଲାଗିଯାଇଛି ଜାଣେନି, ଉଠିଲା ବେଳକୁ ହୋଟେଲ ବିଜୟା ଇଣ୍ଟରନ୍ୟାସନାଲର ଫାଟକ ସାମନା। ଉଠି ପଡ଼ି ହଠାତ୍ ଜାଣି ପାରିଲିନି ମୁଁ ସ୍ୱପ୍ନ ଦେଖୁଥିଲି କି ସତରେ ଆମେ ଦୁହେଁ କୋଣାର୍କ ମନ୍ଦିର ବେଢ଼ାରେ ବୁଲୁଥିଲୁ।

ହୋଟେଲ ପରିସରକୁ ପ୍ରବେଶ କରୁ କରୁ ଦେଖାଯାଉଥାଏ ପୁରୀ ସମୁଦ୍ର କୂଳରେ ସୂର୍ଯ୍ୟ ଦିଗବଧୂ କୋଲରେ ଅସ୍ତ ଯିବାର ଅଲୌକିକ ଦୃଶ୍ୟ। ଚିତ୍ରକରର ଚିତ୍ରପଟ ପ୍ରାୟ ପଶ୍ଚିମ ଦିଗନ୍ତ ନାନା ରଙ୍ଗରେ ରଙ୍ଗମୟ। ଅନ୍ଧାର ଆସିବା ପୂର୍ବରୁ ହାତରେ ସ୍ଟାଣ୍ଡ ଓ କ୍ୟାମେରା ଧରି ବେଲାଭୂମିକୁ ଫୋଟୋ ତୋଲି ବାହାରିଲୁ। ସ୍ଟାଣ୍ଡ ଲଗେଇ ହାତ ଧରା ଧରି ହେଇ କେତୋଟି ଫୋଟୋ ତୋଲା ହେଲା। କେବଲ ସବିତାଙ୍କର ବେଲାଭୂମିରେ ବସିଥିବା ଫୋଟୋ କେତୋଟି ବି ତୋଲାହେଲା। ସେତିକି ବେଳେ ସାମୁଦ୍ରିକ ଅମାନିଆ ଶୀତଲ ପବନ ଆସି ତାଙ୍କ କେଶ ଗୁଚ୍ଛକୁ ଆଲୁଲାୟିତ କରି ପକଉ ଥାଏ। ଫୋଟୋ ତୋଲା ପର୍ବର ସମାପ୍ତି ପରେ ସବିତା ବାଲୁକା ବେଲାରୁ ଶାମୁକା ସାଉଣ୍ଟିବାରେ ଲାଗିଗଲେ। ସମୁଦ୍ର ପକ୍ଷୀ ମାନଙ୍କର କଳ କଳ ରବ ଶୁଭୁଥାଏ। କ୍ରମେ ସମୁଦ୍ର ଗର୍ଜନ ଭୀଷଣରୁ ଭୀଷଣତମ ହେବା ସଙ୍ଗେ ସଙ୍ଗେ ସାଗର ଉପରେ ଅନ୍ଧକାରର କଳା ପରଦା ଧୀରେ ଧୀରେ ନଇଁ ଆସିଲା। ଆମେ ଦୁହେଁ ହୋଟେଲ

ପରିସରକୁ ମୁହେଁଇଲୁ। ନୈଶ୍ୟ ଭୋଜନର ସମାପ୍ତି ପରେ ନିଜ କୋଠରି ଭିତରକୁ ପଶିଲୁ। କାଚ ଝରକା ପାଖରେ ବସି ମୁଁ ଅନ୍ଧକାର ସମୁଦ୍ରକୁ ଚାହିଁ ଭାବୁଥିଲି କୋଣାର୍କରେ ସେଇ କେତୋଟି ଅଭୁଲା ମୁହୂର୍ତ୍ତକୁ, କଥୋପକଥନ ମାଧ୍ୟମରେ ଦୁହେଁ ଦୁହିଁଙ୍କୁ ଜାଣିବା ଓ ଭଲ ପାଇବାର ପ୍ରୟାସକୁ।

ସେତେକି ବେଳେ ସବିତା ଗୁଣୁ ଗୁଣୁ ହୋଇ ନିଜେ ନିଜେ କ'ଣ ଗାଉଥିଲେ ଯାହାକି ମୋତେ ଅସ୍ପଷ୍ଟ ଶୁଭିଲା। ପଚାରିଲି, "କ'ଣ ଗାଉଛ ? ବଡ଼ ପାଟିରେ ଗାଉନ, ମୁଁ ବି ଶୁଣନ୍ତି।" ଏହା ଶୁଣି ସେ କିଛି ନକହି ଲାଜେଇ ଯାଇ ହସି ଦେଲେ। ମୁଁ କହିଲି, "ସାନ ଭାଉଜ ତମ ସହ ବିବାହ ପ୍ରସ୍ତାବ ପଢ଼ିଥିବା ବେଳେ ମୋତେ କାନାଡ଼ାକୁ ଲେଖିଥିଲେ, ଝିଅଟି ଭଲ ଗୀତ ଗାଇ ଜାଣେ, ମନ ଖରାପ ଥିଲେ ଗୀତ ଶୁଣେଇବ ତୁମକୁ।" ଏହା ଶୁଣି ସେ କହିଲେ, "ସତରେ, ନାନୀ ଏଇୟା ଲେଖିଥିଲେ ?" ଆହୁରି କହିବାରୁ ମୋର ଅନୁରୋଧ ରକ୍ଷା କରି ସେ ସୋଫାରେ ବସି ପ୍ରଥମେ ତାନ ଦେଇ ବୋଲିବା ଆରମ୍ଭ କଲେ,

"ତୁମକୁ ବସାଇ ମୋର ମନ ମନ୍ଦିରେ
ପୂଜିବି ମୁଁ ନିତି ନିତି ସପନ ନିଶି ଗନ୍ଧାରେ"

ଆହା କି ମଧୁର। ମୁଁ ଭାବବିହ୍ୱଳ ହୋଇ ବାହାରର ଘନ ଅନ୍ଧକାରର ବେଳାଭୂମିକୁ ଚାହିଁ ଶୁଣୁ ଥାଏ ସବିତାଙ୍କ ସୁଲଲିତ କଣ୍ଠରୁ ଭାସିଆସୁଥିବା ସେଇ ସୁର ଦିଆ ଗୀତଟିକୁ।

ଗୀତଟି ସମ୍ପୂର୍ଣ୍ଣ ହେବା ପରେ ସେ ପଚାରିଲେ, "କେମିତି ଲାଗିଲା ତୁମକୁ ?"

ଗୀତରେ ମଜ୍ଜି ଅନ୍ୟମନସ୍କ ହେଇଯାଇଥିବାରୁ ଉତ୍ତର ଦେବାରେ ମୋର ବିଳମ୍ବ ଘଟିଲା। କିଛି ସମୟ ପରେ କହିଲି, "ଅତି ସୁନ୍ଦର, ଅତି ସୁନ୍ଦର, ବେଶ୍ ଭଲ ଲାଗିଲା, କାହା ପାଖରୁ ଶିଖିଥିଲ ?" ଉତ୍ତରରେ ସେ କହିଲେ, "ଏ ଗୀତଟି ମୁଁ ବୋଉ ପାଖରୁ ଅନେକ ଦିନ ତଳେ ଶିଖିଥିଲି, ଏଇଟି ରାଗ କେଦାର ଉପରେ ଆଧାରିତ। ଯାହା ବି ଶାସ୍ତ୍ରୀୟ ସଙ୍ଗୀତ ମୁଁ ଶିଖିଛି ସବୁ ବୋଉ ପାଖରୁ।" ଶୋଇବା ପର୍ଯ୍ୟନ୍ତ ସେଇ ଗୀତର ସ୍ୱର ମୋ ମନ ଭିତରେ ଗୁଞ୍ଜରି ଉଠୁଥାଏ, ଆଉ ଶବ୍ଦ ଗୁଡ଼ିକ ବି, "ତୁମକୁ ବସାଇ ମୋର ମନ ମନ୍ଦିରେ।" କିଛିକ୍ଷଣ ପରେ "ମଧୁରେଣ ସମାପୟେତ" ଭଲି ସେଇ ମଧୁର ଗୀତ ସହିତ ଉଲ୍ଲେଖନୀୟ ଦିବସର ଅବସାନ ଘଟିଲା।

ତହିଁ ପରଦିନ ପ୍ରଭାତ। ରକ୍ତ ପେଣ୍ଡୁ ପରି ଲାଲ ରଙ୍ଗର ସୂର୍ଯ୍ୟ ପୂର୍ବ ଦିଗନ୍ତରେ ସମୁଦ୍ର ବୁକୁ ଚିରି ଉଦୟ ହୋଇ ଆସୁଥାନ୍ତି। ଜଳରାଶି ଉପରେ ନବାରୁଣ ଆଭା ଚିକ୍ ଚିକ୍ କରୁଥାଏ। ଝାପ୍ସା ଝାପ୍ସା ହେଇ ଦୂରରୁ ଦେଖା ଯାଉଥାଏ ଧୀବର ମାନଙ୍କର

ତରୀ । ସମୁଦ୍ରର ଅବିରତ ଘୋ ଘୋ ଗର୍ଜନ । ବାଲୁକା ତଟରେ କେଇଜଣଙ୍କର ମୃଦୁ ପଦ ଚାଳନା । ଦୂରରୁ କଳା କଳା ମୂର୍ତ୍ତି ଭଳି ସେମାନଙ୍କର ଆକାର କେବଳ ଦିଶୁଥାଏ । ନିକଟବର୍ତ୍ତୀ ବାଲୁକା ବେଳାରେ ସ୍ନାନ ଦୁଇଟିଙ୍କର ଦୌଡ଼ା ଦୌଡ଼ି ଖେଳ ।

ସବିତା ତଥାପି ନିଦ୍ରାଗତା । ଝରକା ପାଖରେ ବସି ତାଙ୍କୁ ଚାହିଁ ମୁଁ ଭାବୁଥାଏ ଦଶ ଦିନ ତଳେ ଘଟିଯାଇଥିବା ଜୀବନର ସେଇ ମହତ୍ତ୍ୱପୂର୍ଣ୍ଣ ଅବିସ୍ମରଣୀୟ ମଧୁଲଗ୍ନର ମୁହୂର୍ତ୍ତ, ଆମର ଶୁଭ ପରିଣୟ । ଛାୟାଁ ଛାୟାଁ ଘଟଣା ଗୁଡ଼ିକ ମନ ମଧ୍ୟରେ ଉଙ୍କିମାରି ଆସିଲା ।

ଶୁଭ ବେଳା ଦେଖି ଘର ଅଗଣାରେ ଭାଉଜ, ଖୁଡ଼ୀ ଓ ଜେଜେମାଙ୍କ ଗହଣରେ, ପୁରୋହିତଙ୍କ ଉପସ୍ଥିତିରେ ଗୁଆ ମଙ୍ଗଳା କାର୍ଯ୍ୟ ସମାପନ ହେଲା । ପରେ ପରେ ଆଖପାଖ ଗାଁ ଗହଳିରେ ରହୁଥିବା ବନ୍ଧୁମାନଙ୍କୁ ମଙ୍ଗଳା ଗୁଆ ପଠାଇ ନିମନ୍ତ୍ରଣ କରି ଦିଆଗଲା । ବାହାରେ ରହୁଥିବା ଭାଇ, ଭଉଣୀ, ବନ୍ଧୁବର୍ଗ ଓ ସାଙ୍ଗସାଥୀଙ୍କୁ ଚିଠି ମାଧ୍ୟମରେ ହେଉ ବା ଟେଲିଫୋନ ମାଧ୍ୟମରେ ହେଉ ବିବାହ ଉତ୍ସବରେ ଯୋଗ ଦେବା ପାଇଁ ନିମନ୍ତ୍ରଣ କରିଦିଆ ହେଲା ।

ଅଠର ତାରିଖ ବୁଧବାର ରାତି ନପାହୁଣୁ କାଉ ନରାବୁଣୁ ଉଆସ ଓ ଘର ସ୍ତ୍ରୀଲୋକଙ୍କର ହୁଳହୁଳିରେ ବାଡ଼ି ପୁଷ୍କରିଣୀ କୂଳ ମୁଖରିତ ହୋଇ ଉଠିଲା । ସଭିଏଁ କଳସରେ ପାଣି ଭରି ଆଣିଲେ । ଦିନ ଦଶଟା ବେଳକୁ ଘରେ ଅତିଥି, ସାଇ ପଡ଼ିଶା, ଭାଇ, ଭିଣୋଇ, ଭଉଣୀ, ବନ୍ଧୁ, କୁଟୁମ୍ବ ଓ ସାଙ୍ଗସାଥୀ ମାନଙ୍କର ଗହଳି ଜମିଲା । ସଭିଙ୍କ ମନରେ ଉତ୍ସାହ ଓ ଉଦ୍ଦୀପନା । କନ୍ୟା ପକ୍ଷରୁ ବରଧରା ହିସାବରେ କନ୍ୟାର କକେଇ ମହାଶୟ ବର ନିମନ୍ତ୍ରଣ କରିବାକୁ ଆମ ଘରେ ଆସି ପହଞ୍ଚିଲେ । ବଡ଼ଭାଉଜଙ୍କ କୋଳରେ ବସି ବ୍ରହ୍ମବୁକୁଲା ବନ୍ଧା କାର୍ଯ୍ୟ ସମାପନ ହେଲା । ଭାଉଜଙ୍କ ହୁଳହୁଳି ଓ ନାନୀମାନଙ୍କର ଶଙ୍ଖ ଧ୍ୱନିରେ ବରଯାତ୍ରୀ ମାନଙ୍କୁ ଧରି ବସ୍ ଓ କାରରେ ଆମେ ବିବାହ ମଣ୍ଡପ ଅଭିମୁଖେ ମଙ୍ଗଳ ଯାତ୍ରାର ଶୁଭାରମ୍ଭ କଲୁ ।

ବାଲେଶ୍ୱର ସହରରେ ଥିବା ଟାଉନ ହଲ ଶୁଭ ବିବାହର ମଣ୍ଡପ ହିସାବରେ କନ୍ୟା ଘର ତରଫରୁ ଆୟୋଜନ କରାଯାଇଥାଏ । ନିର୍ଦ୍ଧାରିତ ସମୟ ଅନୁସାରେ ବର ଓ ବରଯାତ୍ରୀ ସେଠାରେ ଉପସ୍ଥିତ ହେଲେ । ଟାଉନ ହଲ ସାମନାରେ ନିରାଡ଼ମ୍ବର ସାଜସଜ୍ଜା । ମୃଦୁ ସେହେନାଇର ସ୍ୱର ଲହରେଇ ଲହରେଇ ଭାସି ଆସୁଥାଏ । ବସନ୍ତ ରତୁରେ ଆଖ ପାଖ ଝଙ୍ଗାଳିଆ ଆମ୍ବ ବୃକ୍ଷ ହରିତ ପତ୍ରରେ ସୁଶୋଭିତ । ତା' ସାଥେ ସାଥେ ସଦ୍ୟ ବକୁଳିତ ବକୁଳ ଆହୁରି ପରିସରର ଶୋଭା ବର୍ଦ୍ଧନ କରୁଥାନ୍ତି । ବର ଓ ବରଯାତ୍ରୀ ପହଞ୍ଚିବା ମାତ୍ରେ ବ୍ରାହ୍ମଣଙ୍କର ଉଚ୍ଚ ସ୍ୱର ମନ୍ତ୍ରୋଠରେ ବର ବରଣ କରାହେଲା ।

ରଜନୀ ଗନ୍ଧା ଫୁଲମାଲା ପ୍ରଦାନ ପୂର୍ବକ ବରଯାତ୍ରୀ ମାନେ ଅଭ୍ୟର୍ଥନା କରାହେଲେ। ଅଳ୍ପ ସମୟ ପରେ ବେଦୀରେ ବିବାହ କାର୍ଯ୍ୟ ମୁରବି ଲୋକ ଓ ବନ୍ଧୁଙ୍କ ସାମନାରେ ଆରମ୍ଭ ହେଲା। ଅନ୍ୟ ପଟେ ବରଯାତ୍ରୀମାନଙ୍କୁ ସୁସ୍ୱାଦୁ ମଧ୍ୟାହ୍ନ ଭୋଜନରେ ଆପ୍ୟାୟିତ କରାହେଉଥାଏ। ଅପରାହ୍ନର ଶେଷ ଭାଗରେ ବିବାହ କାର୍ଯ୍ୟ ଯଥା ରୀତି ନିରାଡ଼ମ୍ବର ପୂର୍ବକ ସୁରୁଖୁରୁରେ ସମାପନ ହୁଅନ୍ତେ ଆୟ୍ୟବଉଲର ପ୍ରଚ୍ଛଦ ପଟରେ ବର କନ୍ୟାଙ୍କ ଗହଣରେ ଉପସ୍ଥିତ ଜ୍ଞାତି କୁଟୁମ୍ବ, ବନ୍ଧୁ ବର୍ଗମାନଙ୍କର ଛବି ତୋଲା ହେଲା। ଏ ବିବାହର ଏକ ବିଶେଷତ୍ୱ ରହିଲା ବାପା ଓ କକାଙ୍କର ସମସ୍ତ ପୁତ୍ର, ଆମ ତ୍ରୟୋଦଶ ଭ୍ରାତାଙ୍କର ଉପସ୍ଥିତି। ଦୂର ଦୂରାନ୍ତରେ ରହି ଚାକିରି କରୁଥିବା ବା ଅଧ୍ୟୟନ କରୁଥିବା ସତ୍ତ୍ୱେ ଏତେ ଜଣ ଯେ ନିର୍ଦ୍ଦିଷ୍ଟ ବେଳରେ ଏତେ କମ୍ ସମୟ ଭିତରେ ଉପସ୍ଥିତ ହେଇ ପାରିଲେ ତାହା ଥିଲା ଅତ୍ୟନ୍ତ ସୌଭାଗ୍ୟର କଥା। କେମିତି କେତେବେଳେ କୃଚିତ୍ ଏପରି ମୁହୂର୍ତ୍ତ ଜୀବନରେ ଆସେ।

ବିବାହ କାର୍ଯ୍ୟ ସମାପନ ହେବା ପରେ ଯୋଗ ଦେଇଥିବା ବନ୍ଧୁବର୍ଗ ଓ ଜ୍ଞାତି କୁଟୁମ୍ବମାନେ ଧୀରେ ଧୀରେ ନିଜ ନିଜର ବାସ ଗୃହକୁ ବାହୁଡ଼ିବାରେ ଲାଗିଲେ। ସେହେନାଇର ସ୍ୱର ଅନେକ ଆଗରୁ ଥମି ଯାଇଥାଏ। ବିବାହ ମଣ୍ଡପରୁ ପରିବାର ଓ ଅଳ୍ପ ସଂଖ୍ୟକ ଅନ୍ତରଙ୍ଗ ବନ୍ଧୁଙ୍କ ସହିତ ବର କନ୍ୟା ଝିଅ ଘରକୁ ଲେଉଟିଲେ। ପିତା ମାତାଙ୍କ ସହିତ ଝିଅର ସେଇ ଅମୂଲ୍ୟ ମୁହୂର୍ତ୍ତ ଟିକକ ପରେ ବିବାହ ଦିବସର ଶେଷ ପର୍ବ, କନ୍ୟା ବିଦା। ପିଲାଟି ଦିନରୁ ମୁଁ ଏ ପର୍ବ ଅନେକ ଥର ଦେଖିଆସିଥାଏ। ସବୁବେଳେ ଝିଅ ହୃଦୟର କଥା ଭାବି ମନ ମୋର ବିଷାଦରେ ଭରି ଯାଏ। ବିବାହ ବରକନ୍ୟାଙ୍କ ଜୀବନର ଏକ ଗୁରୁତ୍ୱପୂର୍ଣ୍ଣ ଆନନ୍ଦ ମଙ୍ଗଳମୟ ମୁହୂର୍ତ୍ତ ହେଲେ ହେଁ ଝିଅ ଯେ ତା' ଘର, ପିତା, ମାତା, ଭାଇ ଓ ଭଉଣୀ ସମସ୍ତଙ୍କୁ ପର କରିଦେଇ ଅନ୍ୟ ଏକ ଅଜଣା ଘରକୁ ଚାଲିଯାଏ ଏ କଥା ଭାବିଲେ ହୃଦୟ ମୋର ବିକଳି ଉଠିଥାଏ। ପିତା ମାତାଙ୍କର ଅଳିଅଳି କନ୍ୟା ବିବାହ ପରେ ବୋହୂ ବେଶରେ ଶାଶୂ ଘରକୁ ଯିବା ଏକ ସାମାଜିକ ବିଧ୍ୟ। ଏ ବିଧ୍ୟକୁ ଲଙ୍ଘନ କରିବ ବା କିଏ? ମୋତେ ସେ ଦିନ ନିଜେ ସେଇ ଘଟଣାର ଭାଗୀଦାର ହେବାକୁ ପଡ଼ିଲା।

ତିନି କନ୍ୟାଙ୍କ ମଧ୍ୟରୁ ପ୍ରଥମାଙ୍କର ପାଲି ସେ ସଂଧ୍ୟାରେ। ବାପ ଘରେ ଖେଳ କୁଦ, ହସ କାନ୍ଦ, ରାଗ ରୁଷା ଅଟାନକେ ସରିଗଲା। ସମୟ ବି ମିଳିଲାନି ପନ୍ତୀ ସବିତାଙ୍କୁ ଏମ ସି ଏ ପରୀକ୍ଷା ପରେ ବସି କେତୋଟି ଦିନ ଖୁସି ମଜା କରିବାକୁ, ତାଙ୍କ ନନା ବୋଉଙ୍କ ସହିତ ଏକାଠି ସମୟ ବିତେଇବାକୁ, ହସ ଖୁସି ହବାକୁ। କିଏ ଭାବିଥିଲା ଏତେ ହଠାତ୍ ଆଖ୍ ପିଛୁଲାକେ ଏ ସବୁ ଘଟଣା ଘଟିଯିବ।

ସମୟ ଆସିଲା। ଠାକୁର ଓ ଗୁରୁଜନଙ୍କୁ ମୁଣ୍ଡିଆ ମାରି ଅଶ୍ରୁଳ ନୟନରେ ବୋଉ, ନନା, ଭଉଣୀ, ସାଙ୍ଗ, ସାଥୀ ଓ ବନ୍ଧୁବର୍ଗଙ୍କୁ ବିଦାୟ କହିବା ପରେ ଘର ସାମନାରେ ଠିଆ ହୋଇଥିବା କାର୍‍ ପଛ ସିଟ୍‍ରେ ଘର ଲୋକମାନେ ହାତ ଧରି ଆଣି ସବିତାଙ୍କୁ ବସାଇ ଦେଲେ। ଅନେକ ଭଦ୍ର ମହିଳା ଗାଡ଼ି ଦୁଇ କଡ଼େ ଗହଲି କରିଥାନ୍ତି। ସେମାନଙ୍କ ଭିତରୁ କେବଳ ଜଣେ ଗାଡ଼ିର କାଚ ଅଧା ତଳକୁ କରି କନ୍ୟାର ହାତକୁ ଜାବୁଡ଼ି ଧରିଥାନ୍ତି, ସେ ହେଉଛନ୍ତି ସବିତାଙ୍କ ବୋଉ, ମୋ ପୂଜନୀୟା ଶାଶୁ। ଝିଅ ପ୍ରତି ମାଆର ମମତା କି ସହଜେ ତୁଟେଇ ହୁଏ ? ଝିଅକୁ ପର କରି ଦେଇ ପର ଘରକୁ ପଠେଇ ଦେଇ ହୁଏ ? ବାଁ ହାତରେ ଲୁଗା ପଣତରେ ଲୁହ ପୋଛୁଥାନ୍ତି ତ ଡାହାଣ ହାତରେ ଝିଅର ହାତକୁ ଜାବୁଡ଼ି ଧରିଥାନ୍ତି। ଶାଶୁଙ୍କ ପାଖରେ ରହି ତାଙ୍କୁ ଆଶ୍ୱାସନା ଦେଉଥାନ୍ତି କନ୍ୟାର ଆଦରଣୀୟା ମାନନୀୟା ପିଉସୀ, ରେଖା ନାନୀ। ବାରମ୍ବାର କହି ହେଉଥାନ୍ତି, "ଭାଉଜ, ତମେ କୁନି ପାଈଁ ଜମା ବ୍ୟସ୍ତ ହୁଅନି, ମୁଁ ଗଗନଙ୍କୁ ବହୁତ ଭଲ କରି ଜାଣିଛି, କୁନିର କିଛି ଅସୁବିଧା ହବନି !" ହେଲେ ମାଆର ଅବୁଝା ମନ କ'ଣ ଏତେ ସହଜରେ ଯେତେ କହିଲେ ବି କେଉଁଠାରେ ବୁଝେ ? ସେତିକିବେଳେ ହଠାତ୍‍ ନିଷ୍ଠୁର ଯାନ ଘର୍ଘର ଶବ୍ଦ କରିବା ଆରମ୍ଭ କରିଦେଲା। ଗାଡ଼ିର ଚକ ଧୀରେ ଧୀରେ ଆଗକୁ ଆଗକୁ ଗଡ଼ିବା ଆରମ୍ଭ ହେଲା ଆଉ ତା' ସହିତ ମାଆ ଝିଅ ସାରା ଜୀବନ ପାଈଁ ଅଲଗା ହେଇଗଲେ। ଏ ଦୃଶ୍ୟ ଦେଖୁ ଦେଖୁ ଚକ୍ଷୁ ମୋର ଲୋତକାପ୍ଲୁତ ହୋଇ ଉଠିଥିଲା। ଅନ୍ଧାରରେ ଦୁଇ ଟୋପା ଲୁହ ସମସ୍ତଙ୍କ ଅଜାଣତରେ ଗଡ଼ିଯାଇଥିଲା। ମୁଁ ଶାଶୁଙ୍କ ମୁହଁକୁ ଅନେଇ ରହିଥାଏ। ଦେଖୁଥାଏ, ଧୀରେ ଧୀରେ ସମସ୍ତେ ପଛକୁ ପଛକୁ ରହିଗଲେ, ଅସ୍ପଷ୍ଟ ହୋଇଗଲେ। ମିଞ୍ଜି ମିଞ୍ଜି ବିଜୁଳି ଆଲୁଅରେ ତାଙ୍କ ମୁହଁ ବି ମୋ ଆଖି ଆଗରେ ଝାପ୍‍ସା ହେଇଗଲା। ଗାଡ଼ି ଆଗେଇ ଚାଲିଲା। ସ୍ୱଏଲପୁର ଗଳି ରାସ୍ତାର ମୋଡ଼ରେ ବୁଲିଯିବାରେ ସମସ୍ତେ କ୍ଷଣିକେ ଅଦୃଶ୍ୟ ହେଇଗଲେ।

କେତେବେଳେ ବାଲେଶ୍ୱର ସହର ପାରି ହୋଇ ଗାଡ଼ି ଜାତୀୟ ରାଜପଥରେ ପହଞ୍ଚିଲା ମୁଁ ଭାବନାରେ ବୁଡ଼ି ରହି ଜାଣି ପାରିଲିନି। ପୂର୍ଣ୍ଣନନା (କକାଙ୍କ ବଡ଼ ପୁଅ) ଆଗରେ ବସି ସବିତାଙ୍କୁ କଥା ଛଳରେ ଉପଦେଶ ଦେବାର ଶୁଭୁଥିଲା ଯାହାକି ଚିରଦିନ ତାହା ତାଙ୍କ ପାଈଁ ବୈବାହିକ ଜୀବନର ଚଲା ପଥରେ ପାଥେୟ ହେବ।

ଗାଡ଼ି ଆସି ଗାଁ ମୁଣ୍ଡ ହେଲା। ନା ଥିଲା ବାଣ ରୋଶଣୀ, ନା ବାଜା ମହୁରୀ, ନା ବ୍ୟାଣ୍ଡ ବାଜା, ନା ମାଇକରେ କାନ ଫଟ୍‍କା ସିନେମା ସଂଗୀତ। ଗାଡ଼ିର ହର୍ଷ ଶୁଣି "ବରକନ୍ୟା ଆସିଗଲେ, ବରକନ୍ୟା ଆସିଗଲେ" କହି ଘର ଲୋକେ ଦାଣ୍ଡ ଆଗ ବଟବୃକ୍ଷ ମୂଳକୁ ବରକନ୍ୟାଙ୍କୁ ପାଛୋଟି ନେବାକୁ ଧାଇଁ ଆସିଲେ। ଘର ଭିତରେ ଓ

ବାହାରେ ଲୋକମାନେ ହାଉଯାଉ, ସମସ୍ତେ ଆନନ୍ଦରେ ଅସ୍ତବ୍ୟସ୍ତ। ଯେଉଁମାନେ ବାହାଘରରେ ଯୋଗଦେବାକୁ ଯାଇ ନଥିଲେ ସେମାନଙ୍କର ନୂଆ ବୋହୂ ଦେଖିବାକୁ ଗହଲି। କିଏ ପାଟି କରୁଥାଏ, "ଆରେ ଏ, ସେ ଘର ଭିତରୁ ପେଟ୍ରୋମାକ୍ସ ଲାଇଟ୍‌ଟା ଦାଣ୍ଡକୁ ଆଣ।" କିଏ କହୁଥାଏ, "ଏ ପିଲାମାନେ ବରକନ୍ୟାଙ୍କୁ ଟିକିଏ ବାଟ ଛାଡ଼"। ଆଉ ପୁଣି ମୁରବି ପଣିଆ କେହି ଜଣେ ବଡ଼ ପାଟିରେ କହୁଥାନ୍ତି, "ନୂତନ ବସ୍ତ୍ର ମଥା ଉପରେ ସାମିଆନା ପରି ଧର, ନୂଆ ବୋହୂ ପ୍ରଥମ କରି ଗୃହ ପ୍ରବେଶ କରୁଛନ୍ତି।" ଆଖି ପିଛୁଲାକେ ସମସ୍ତ ପ୍ରକାର ସରଞ୍ଜାମ ହୋଇଗଲା। ବରକନ୍ୟା ଗୃହ ଭିତରକୁ ପ୍ରବେଶ କଲେ।

ଘର ପିଣ୍ଢାରେ ବସି ନୂଆ ବୋହୂଙ୍କର ମୁଖ ଦର୍ଶନ ଓ କଉଡ଼ି ଖେଳ ପର୍ବ ଆରମ୍ଭ ହେଲା। ବରକନ୍ୟାଙ୍କ ପଛ ପଟ କାନ୍ଥରେ ପିଠଉ ଅଲତାରେ କୁଟି କମ ଥାଇ ଚିତ୍ର ବିଚିତ୍ର ହେଇଥାଏ। ପାଲିଙ୍କି ଭିତରେ ବରକନ୍ୟା ଦୁଇଜଣ ବସିବାର ଛବି। ଉପରେ ଲେଖା ହେଇଥାଏ, "ଟିକିରା ଉପରେ କଣ୍ଢା ମାରିସ, ଗଗନ ଡାକୁଛନ୍ତି, ସବିତା, କାନାଡ଼ା ଯିବା ଆସ।" ଚିତ୍ର ଆଙ୍କି ଥିଲା ଆଦରଣୀୟା ସାନ ଭଉଣୀ ମଞ୍ଜୁ। ଝିଆରୀ, ନାନୀ ଓ ଭାଉଜମାନେ ଆମ ମାନଙ୍କୁ ବେଢ଼ି ରହିଥାନ୍ତି। ଉଆସରୁ ଜେଜେମା ମାନେ ଆସି ସେମାନଙ୍କ ସହିତ ଯୋଗଦେଲେ, ମୋ ସହିତ ଠଙ୍କା ଟାପରା କଲେ, କହିଲେ "ଦେଖିବା, ଆମ ଫରେନ୍ ବାବୁ କେମିତିକା କମ୍ପ୍ୟୁଟର ପାଠ ପଢୁଆ ବୋହୂଟେ ଆଣିଛନ୍ତି।" ଏ ସବୁ ଭିଡ଼ ଭାଡ଼ ଗହଲି ଚହଲି ଭିତରେ ମାଆର ପାଦ ତଳେ ପଡୁ ନଥାଏ। ଆନନ୍ଦରେ ବିଭୋରା ସେ। ମୁଣ୍ଡରୁ ତାର ବୋଝଟିଏ ଓହ୍ଲେଇ ଗଲା ପରି ଜଣା ପଡୁଥାଏ।

ଘୋ ଘା ସରି ଆସିଲା, ସେ ରାତିରେ ଯିଏ ଯେମନ୍ତେ ରାତ୍ରି ଭୋଜନ ପରେ ନିଜ ନିଜର ଜାଗା ଧରିଲେ। କୋଲାହଲ ଧୀରେ ଧୀରେ ଧମେଇ ଆସିଲା। ଦିନ ଯାକର ପରିଶ୍ରମ, ଦଉଡ଼ା ଦଉଡ଼ି ପରେ କ୍ଲାନ୍ତ ହୋଇ ମୁଁ ବିଛଣାରେ ପଡ଼ି ଭାବୁଥାଏ ନୂତନ ଦାୟିତ୍ବ ଓ ନୂତନ ଜୀବନ ଯାପନର ଧାରାକୁ। ସେତିକି ବେଳେ ସବିତାଙ୍କ କଥା ମନେ ପକେଇ ଭାବୁଥାଏ ତାଙ୍କ ପାଇଁ ସବୁ କିଛି ନୂତନ, ନୂତନ ପରିବାର, ନୂତନ ଘର, ନୂତନ ଦାୟିତ୍ବ ଓ ନୂତନ ସଂସାର। ଏଇୟା ଭାବୁ ଭାବୁ ଶେଷକୁ କେତେ ବେଳେ ଶୋଇ ପଡ଼ିଚି।

କାଉ, କୋଇଲି ଓ କୁକୁଡ଼ା ରବରେ ତହିଁ ପରଦିନ ରାତି ପାହିଲା। ସକାଳ ଆଲୁଅ କାନ୍ଥ ଓ ଛପର ଦେଇ ଭିତରକୁ ପଶି ଆସୁଥାଏ। ଆଗଦିନର ଥକା ଦେହରୁ ମେଣ୍ଟି ନଥାଏ। ତଥାପି ଅନ୍ୟ ମାନଙ୍କ ପାଟି ଶୁଣି ଆଖି ମିଲି ମିଲି ବାହାରକୁ ଆସିଥିଲି।

ସକାଳୁ ସକାଳୁ ପ୍ରଥମେ ସାନ ଭାଇ ଖବର ଦେଲା "ପାଇଖାନା ଅଧା ତିଆରି, ଗାଧୁଆ ଘର ଶୁଖ୍ ନାହିଁ, ତେଣୁ ବ୍ୟବହାର ଯୋଗ୍ୟ ନୁହେଁ, ଆଉ କିଛି ଦିନ ଲାଗିବ।" ତା' କହିବା ଅନୁସାରେ ମିସ୍ତ୍ରୀ ସେଦିନ କୁଆଡ଼େ ଦିନ ସାରା ଲାଗି ଲାଗି କାମ କରିଥିଲା, ତଥାପି କୌଣସି ପ୍ରକାରେ ସମ୍ଭବ ହୋଇ ପାରିଲା ନାହିଁ। ତେଣୁ ଆମର ପୂର୍ବ ଆୟୋଜିତ ସମସ୍ତ ଯୋଜନା ଫସର ଫାଟ୍। ମାଆ କାନରେ ପଡ଼ିଲାରୁ ସେ କହିଲା, "ବାହାଘର ବେଳେ ବାଇଗଣ ଲଗେଇଲେ ଏଇ ହିନସ୍ତା, ବେଲରେ ଧରିବ ନା, ଭୋଜିରେ ରାନ୍ଧିବ?" ମାଆ କଥାକୁ ମୁଁ କାନ ନଦେଇ ସାନ ଭାଇକୁ କହିଥିଲି, "ଯାହା ହେଲା ହେଲା, ଆମେ ଚେଷ୍ଟା ତ କଲୁ, ଆଉ ଯେତେ ପଇସା ତୋ ପାଖରେ ରହିଲା ସେଥିରେ ବାକି କାମ ଯେମିତି ପୁରା କର। ମୁଁ ତୋତେ ସେତକ ଦାୟିତ୍ୱ ଦେଇ ଗଲି।" ମୋ କଥା ଶୁଣି ସେ "ହଁ" ଭରି ତା' କାମରେ ଚାଲିଗଲା।

ସେତିକି ବେଳେ ଦେଖିଥିଲି ସାନ ଭଉଣୀ ମଞ୍ଜୁ ସହିତ ମୁଣ୍ଡରେ ଓଢ଼ଣା ଟାଣି ଥିରି ଥିରି ପାହୁଣ୍ଡ ପକେଇ ନୂଆବୋହୂ ହେଇ ସବିତା ବାଡ଼ି ଆଡ଼କୁ ଯିବାର। ଚାଲି ଯାଉଁ ଯାଉଁ ପଛରୁ ଖାଲି ମୋ ଆଖିରେ ପଡ଼ିଯାଇଥିଲା ତାଙ୍କର ସେଇ ଗୋରା ଗୋରା ଅଲତା ବୋଲା ଖାଲି ପାଦ ଯୋଡ଼ିକ। ମନେ ମନେ ଭାବୁଥିଲି "ଆହା, ବିଚାରୀ ମାଟି ଘରେ ଚାଲିବାର ଅଭ୍ୟାସ ଥିବ କି ନ ଥିବ କେଜାଣି, ତା' ଉପରେ ପୁଣି ନା ପାଇଖାନା ନା ଗାଧୁଆ ଘର।" ଏଇଆ ଭାବି ମୁଁ ଉଦାସ ମନରେ ଦୀର୍ଘ ଶ୍ୱାସ ନେଉଥାଏ, ଦଇନ ନନା ଆସି ପାଖରେ ବସିଲେ। ସିଏ ବି ସେଇ କଥାକୁ ଦୋହୋରେଇବାରେ ଲାଗିଲେ ଯେ ପାଇଖାନା ଠିକ୍ ଦରକାର ବେଳେ ସମ୍ପୂର୍ଣ୍ଣ ହେଇ ପାରିଲା ନାହିଁ। ମୁଁ ତାଙ୍କୁ ବୁଝେଉଥିଲି, "ଯାହା ହେଲା ହେଲା, ଅନୁଶୋଚନାର ଏଇଟା ବେଳ ନୁହେଁ।"

ଠିକ୍ ସେତିକି ବେଳେ ସାନ ଭଉଣୀ ମଞ୍ଜୁ ଆସି କହିଥିଲା, "ଆମ ନୂଆବୋହୂ ଯାଇକି ପୋଖରୀ ପାଣିରେ ଗାଧୋଇ ଆସିଲେଣି ଆଉ ଏଠି ଆମର ପୁରୁଣା ଭାଉଜମାନେ ବାଥ ରୁମ୍ ଖୋଜୁଚନ୍ତି।" ଏହା ଶୁଣି ମୁଁ ନଶୁଣିଲା ଭଲି ରହିଥିଲି। କ'ଣ କହିବି କି ନକହିବି ଭାବି ନପାରି କିଛି କହିନଥିଲି। ହେଲେ ମୋର ଭାବନା ଚାଲିଯାଇଥିଲା ସେଇ ଦିନକୁ ଯେଉଁ ଦିନ ଆମେ ପ୍ରଥମେ କନ୍ୟା ଦେଖିବାକୁ କନ୍ୟାଘର ସୁଏଲପୁରକୁ ଯାଇଥିଲୁ। ସେଦିନ ଶ୍ୱଶୁର କହୁଥିଲେ, "ମୋ ଝିଅ ମାନଙ୍କୁ ସବୁ ପରିସ୍ଥିତିର ମୁକାବିଲା କରିବା ପାଇଁ ଶିଖେଇଛି।" ସତରେ ସେ ଦିନ ତାର ଜ୍ୱଳନ୍ତ ଉଦାହରଣ ମୋ ସାମନାରେ ଥିଲା।

ବିବାହର ଚତୁର୍ଥ ଦିବସରେ ଚତୁର୍ଥୀ ପୂଜା ଓ ହୋମ। ତା' ସହିତ ବନ୍ଧୁ ଓ ଅତିଥି ମାନଙ୍କ ପାଇଁ ପ୍ରୀତି ଭୋଜନର ଆୟୋଜନ। ଆମ ଘରର ଚଳଣୀ ଅନୁସାରେ

ତହିଁ ପରଦିନ ପୁନର୍ବିବାହ। ଆମେ ସମସ୍ତେ ଚତୁର୍ଥୀ ଭୋଜି ପାଇଁ ଅତିଥି ନିମନ୍ତ୍ରଣ ଓ ଭୋଜି ଭାତର ଆୟୋଜନରେ ରହିଲୁ। ଭୋଜିରେ ନିମନ୍ତ୍ରିତ ହେବାର ସିଦ୍ଧାନ୍ତ ହେଲା ପାଣିଗ୍ରାହୀ ଉଆସର ଲୋକେ, ଆମର ବନ୍ଧୁ, ତିନୋଟି ଗାଁ ସ୍କୁଲର ଶିକ୍ଷକଗଣ, ସୀମିତ ସ୍କୁଲ ବେଳର ସାଙ୍ଗସାଥୀ, ସାହି ପଡ଼ିଶା ଲୋକ ଓ ଗାଁର ଆଉ କେତେ ଜଣ ମାନ୍ୟଗଣ୍ୟ ବ୍ୟକ୍ତି। ପାଖା ପାଖ୍ୟ ଦୁଇ ଶହ ଅତିଥିଙ୍କ ପାଇଁ ମଧ୍ୟାହ୍ନ ଭୋଜନର ଆୟୋଜନ କରା ହୋଇ ସୁରୁଖୁରୁରେ ସମାପନ ହେଲା। ସମସ୍ତେ ପ୍ରୀତିଭୋଜନ ପରେ ବିଦାୟ ନେଲେ।

ବିବାହ, ଚତୁର୍ଥୀ ହୋମ, ଭୋଜି ଓ ପୁନର୍ବିବାହ ସବୁ କିଛି ସୁରୁଖୁରୁରେ ସରିଲା। ନା କାହାରି ପାଖରୁ ହାତ ଉଧାର, ନା ବ୍ୟାଙ୍କରୁ ରଣ, ନା ଲୁଗା ଦୋକାନୀର ଧାର, ନା ସଉଦା ବାଲାର ଧାର, ନା ଶ୍ୱଶୁର ଘରୁ ଯୌତୁକ, ନା ବାପ ଅର୍ଜିତ ଧନ, ନା କାହାରି କଳାଧନ, ସବୁକିଛି ନିଜର କ୍ଷମତା ଅନୁଯାୟୀ ନିଜ ପକେଟ ଗଭୀରତାକୁ ଦେଖି କରାଯାଇଥିଲା।

ପରେ ପରେ ଶାଶୁ, ଶ୍ୱଶୁର ଓ ଶାଳୀମାନେ ଗ୍ରାମ ଭ୍ରମଣରେ ଆସିଲେ। ସବୁ ସରିବା ପରେ ଅଳ୍ପ ଦିନରେ ବାହାଘର ଝୋଟି କାନ୍ଥରେ ପାଣିଚିଆ ପଡ଼ି ଆସିଲା। ୟିଏ ଯେମନ୍ତେ ବନ୍ଧୁମାନେ ନିଜ ନିଜର ଘରକୁ ଲେଉଟିବାକୁ ଆରମ୍ଭ କଲେ। ଭାଇମାନେ ବିଶେଷ କରି ସାନ ଭାଇ ରଣାକର, ବମ୍ଭେ ଓ ଦଇନ ନନା, ସାନ ଭାଉଜଙ୍କ ସହ, ରାଉରକେଲା ଲେଉଟି ଗଲେ। ଅଶ୍ରୁଳ ନୟନରେ ସେମାନଙ୍କୁ ବିଦାୟ ଦେବାକୁ ପଡ଼ିଲା। ଗଗନ ଆସିବ ବିଦେଶରୁ, କନ୍ୟା ଦେଖା ହେବ, ବନ୍ଧୁ ବର୍ଗ ଏକଜୁଟ ହେବେ, ବାହାଘର ହେବ, ଏତେ ଦିନର ହୋ ହଲ୍ଲା, ଘୋ ଘା, ଆନନ୍ଦ, ଉଲ୍ଲାସ ଓ ଉଦ୍ଦୀପନା ଏଇ କେତୋଟି ଦିନରେ ଜମାଟ ବାନ୍ଧି ଛାଇଁ ମିଳେଇ ଗଲା। କିଛି ଦିନ ଗାଁରେ ଶାଶୁଘର ରହଣି ପରେ ମୋତେ ସାଥିରେ ନେଇ ସବିତା ବାପ ଘର ଲେଉଟିଲେ ଶୁଭ ପରିଣୟର ସଜ୍ଜକ ନେଇ, ସୀମାନ୍ତରେ ସିନ୍ଦୁର, ଦେହରେ ଗହଣା, ପାଦରେ ଅଳତା ଓ ହାତରେ ଶଙ୍ଖା ଚୁଡ଼ି।

ସକାଳ ସୂର୍ଯ୍ୟ କିରଣ ହୋଟେଲର କାଚ ଝରକା ଦେଇ ଆମ କୋଠରିରେ ବିଛେଇ ହେଇ ପଡ଼ିଲା। ସବିତାଙ୍କ ଉପରେ ପଡ଼ିବାରୁ ତାଙ୍କର ନିଦ୍ରା ଭଙ୍ଗ ହେଲା। ଆଖ୍ୟ ମଳି ମଳି ଉଠି ମୋତେ ଝରକା ପାଖରେ ବସିଥିବାର ଦେଖି ପଚାରିଲେ, "ତମେ କେତେବେଳୁ ଉଠିଲଣି? ମୋତେ ଡାକୁନ, ଏକୁଟିଆ ଏକୁଟିଆ କ'ଣ କରୁଚ?" ସେ ଶଯ୍ୟା ତ୍ୟାଗ କରି ସହସା ନିତ୍ୟକର୍ମ ସାରି ଆସି କହିଲେ, "ଚାଲ ଯିବା ସମୁଦ୍ର କୂଳକୁ ବୁଲି, ବାଲୁକା ବେଳାରେ ସକାଳୁ ସକାଳୁ ବୁଲିବାକୁ ଭଲ ଲାଗିବ।" ମୁଁ କହିଲି, "ନିଶ୍ଚୟ ନିଶ୍ଚୟ, ଚାଲଯିବା।" ଦୁହେଁ ବାହାରି ଗଲୁ

ବେଳାଭୂମିକୁ ହାତରେ କ୍ୟାମେରା ଧରି। ଦିଗନ୍ତ ବିସ୍ତାରୀ ବାଲୁକା ରାଶି, ଏ ପାଖରୁ ସେ ପାଖ, ଆଖି ପାଉ ନଥାଏ। ପ୍ରାୟ କହିବାକୁ ଗଲେ କେହି ନଥାନ୍ତି। ଅନେକ ଦୂରରେ କେତେଜଣ ଅସ୍ପଷ୍ଟ ହୋଇ ଦେଖା ଯାଉଥାନ୍ତି। ଶୁଭ୍ର ଫେନ ମିଶ୍ରିତ ଲବଣାକ୍ତ ଲହଡ଼ି ବେଳାଭୂମିର ପଦ ଧୌତ କରୁଥାଏ। ସବିତାଙ୍କର ଇଚ୍ଛା ହେଲା ପାଣିରେ ପାଦ ଭିଜେଇବାକୁ। ସେଥିପାଇଁ ପାଣିରେ ପାଣିରେ ଚାଲି ଚାଲି ଗଲୁ କିଛି ଦୂର। ସେତିକି ବେଳେ ସ୍ମୃତି ପାଇଁ କ୍ୟାମେରାରେ ଫୋଟୋଟିଏ ତୋଳିଲି। ବାଲୁକା ରାଶିରେ ଚାଲି ଚାଲି ଥକି ଯିବା ପରେ ଶୁଷ୍କ ବେଳାଭୂମିରେ ଭୀଷଣକାୟ ଢେଉ ଆଗରେ ବସି ନିର୍ଜନତାକୁ ସୁଦ୍ଧ ଦୁଇଜଣ ଖୁବ୍ ଉପଭୋଗ କରି କିଛି ସମୟ ପରେ ଫେରି ଆସିଲୁ।

ଇଚ୍ଛା ହେଉ ନଥିଲେ ବି, ବେଳାଭୂମିକୁ ବିଦାୟ ଦେବାକୁ ପଡ଼ିଲା। ହୋଟେଲରେ ପ୍ରାତଃଭୋଜନ ସାରି ଫେରିଲୁ ପୁରୀ ବସ୍ ଷ୍ଟାଣ୍ଡ, ପୁରୀରୁ ଭୁବନେଶ୍ୱର ରାଜଧାନୀକୁ ବସ୍ ଧରିବାକୁ। ବସଟିଏ ମିଳିଲା ପରେ ନିଜକୁ ସେଥିରେ ଥଇଥାନ କରିନେଲୁ।

ଏକ ଘଣ୍ଟାର ରାସ୍ତା। ବାହାରକୁ ଚାହିଁ ଭାବୁଥାଏ, ହାତରେ ତ ଆଉ ଅଳ୍ପ ସମୟ ରହିଲା, ସବିତାଙ୍କର କେତେବେଳେ ପାସପୋର୍ଟ ମିଳିବ। ଏମିତି ବି ଯୋଗ ଠିକ୍ ସେତେବେଳେ ସବିତା ପଚାରିଲେ, "ପାସପୋର୍ଟର ପରିସ୍ଥିତି କ'ଣ? କେଉଁଠି କେତେ ଦୂର ଏବେ?"

ମୁଁ ଆଶ୍ଚର୍ଯ୍ୟ ହେଲି, ପଚାରିଲି, "ତମେ କେମିତି ଜାଣିଲ ମୁଁ ପାସପୋର୍ଟ କଥା ଭାବୁଛି?" ସେ ହସି ଦେଇ କହିଲେ, "ହଁ, ମୋତେ କେମିତି କେମିତି ଲାଗିଲା, ଏଇମିତି ପଚାରି ଦେଲି।"

ମୁଁ କହିଲି, "ଆବେଦନ ପତ୍ର ତ ଦାଖଲ ହୋଇ ଯାଇଛି। ଘରେ ପହଞ୍ଚି ବୁଝିବା କ'ଣ ହେଇଚି, ଆଶା କରୁଛି ଶୀଘ୍ର ମିଳିଯାଇ ପାରେ, ଦେଖା ଯାଉ କେତେ ଦିନ ଲାଗୁଛି।"

ଖାଲି ବିବାହକୁ ଆଖି ଆଗରେ ରଖି ଯେ ମୁଁ କାମ କରୁଥିଲି ତା' ନୁହଁ, ସବିତା କିପରି ମୋ ସହିତ କାନାଡ଼ା ଫେରି ପାରିବେ ସେ ପାଇଁ ମଧ୍ୟ ସମାନ୍ତରାଲ ଭାବରେ ଚେଷ୍ଟା ଚଲେଇଥିଲି। ସାଙ୍ଗରେ ନ୍ୟାଇ ପାରିଲେ ବି ଅତି କମ୍‌ରେ କାମ ସବୁ ସାରି ଦେଇଗଲେ ପଛକୁ ଆଉ ଅଡୁଆ ନଥବ। ତେଣୁ ମୋର ପ୍ରଥମ କାମ ଥିଲା ତାଙ୍କର ପାସପୋର୍ଟ ବନେଇବା। ସୌଭାଗ୍ୟକୁ ମୁଁ ଦିଲ୍ଲୀରୁ ଫର୍ମ ଖଣ୍ଡିଏ ହାତରେ ଧରି ଆସିଥାଏ। ବିବାହ ପୂର୍ବରୁ ପୂରଣ ଆରମ୍ଭ କରୁ କରୁ ଭାବନା ଆସିଲା, ଫର୍ମର ନାଁ ଜାଗାରେ କ'ଣ ଲେଖାଯିବ "ସବିତା ମିଶ୍ର" ନା "ସବିତା ପାଣିଗ୍ରାହୀ"? ମିଶ୍ର

ଲେଖିଲେ ପୁଣି ଭବିଷ୍ୟତରେ ଝମେଲା। ପାଣିଗ୍ରାହୀ ଲେଖିଲେ ଉତ୍ତମ ଯେ ହେଲେ ବାହାଘର ନ ସରିଲେ କିପରି "ପାଣିଗ୍ରାହୀ" ଲେଖା ସମ୍ଭବ ହେବ ? ସେ ନେଇ ଚିନ୍ତା ପଡ଼ିଲା। ବାହାଘର ହେବାକୁ ଆହୁରି ଦଶଦିନ ବାକିଥାଏ। ଅପେକ୍ଷା କଲେ ବିଲମ୍ବ ହେଇପାରେ। ଯେହେତୁ ଲଗ୍ନ ସ୍ଥିର ସରି ଯାଇଥାଏ ମୁଣ୍ଡକୁ ବୁଦ୍ଧିଟିଏ ଆସିଲା ଗୋଟାଏ ଏଫିଡେଭିଟ କରି ନାଁ ବଦଲେଇ ଦେବାକୁ। ଶାଶୁ ସେଥିପାଇଁ ପ୍ରଥମେ ଅରାଜି ହେଲେ।

ସେତିକି ବେଳେ ସବିତାଙ୍କୁ ଚାହିଁ ପଚାରିଲି, "କହିଲ କହିଲ, ବୋଉ କ'ଣ କହିଲେ ବାହାଘର ଆଗରୁ ଏଫିଡେଭିଟ କରି ନାଁ ବଦଲେଇବା କଥା ଶୁଣି।"

ସବିତା ହସି ଦେଇ କହିଲେ, "ହଁ, ବୋଉ କହିଲା, ଏମିତି କେମିତି ହବ, ବାହାଘର ହେଇନି, କୋର୍ଟରେ କାହିଁକି ଆଗ ବାହାଘର ହବ, ଏଇଟା କ'ଣ ଶୋଭା ପାଇବ, ଲୋକେ ଶୁଣିଲେ କ'ଣ କହିବେ। ନନା କିନ୍ତୁ ରକ୍ଷଣ ଶୀଳତା ଓ ଧର୍ମାନ୍ଧତାର ଅନେକ ଦୂରରେ, ବଡ଼ ବାସ୍ତବବାଦୀ ମଣିଷ। ସେ କହିଲେ, ପିଲାମାନେ ଉଚ୍ଚ ଶିକ୍ଷିତ, ଏଇ ପରିସ୍ଥିତିରେ ତାଙ୍କର ଯେଉଁଟା ସୁବିଧା ହେବ, ତାଙ୍କୁ ଯେଉଁଟା ସୁହେଇବ, ସେମାନେ ଯେଉଁଟା ଉଚିତ ମନେ କରିବେ, ସେମାନେ କରିବେ।"

ବିବାହ ପୂର୍ବରୁ ସବିତାଙ୍କୁ ନେଇ ଶ୍ୱଶୁର କୋର୍ଟରେ ହାଜର ହେଲେ। ମୁଁ ବି ଯାଇ ପହଞ୍ଚିଲି। ମଜାର କଥା ମୋତେ ହଠାତ୍ ଦେଖି ସବିତା କ'ଣ କରିବେ ନକରିବେ ଭାବି ନପାରି ନମସ୍କାରଟିଏ ମାରିଦେଲେ। ସେଇଟା ମୋତେ ଭାରି କୌତୁକ ଲାଗିଲା ଓ ମୁଁ ମନେ ମନେ ହସିଥିଲି।

କଚେରିରେ ଶ୍ୱଶୁରଙ୍କର ବନ୍ଧୁ ଓକିଲ ରାଜକିଶୋର ମହାନ୍ତିଙ୍କ ସହାୟତାରେ ଏଫିଡେଭିଟଟିଏ ପାଞ୍ଚ ଟଙ୍କିଆ କୋର୍ଟ ଫି କାଗଜରେ ଲେଖାହେଲା। ସେଥିରେ ଆମେ ଦୁଇ ଜଣ ସ୍ୱାମୀ ଓ ସ୍ତ୍ରୀ ହିସାବରେ ଏଫିଡେଭିଟ ଉପରେ କୋର୍ଟ ଅଫ ଦି ଏକଜିକ୍ୟୁଟିଭ ମାଜିଷ୍ଟେଟ ଏଚ୍ କେ ବେହେରାଙ୍କ ସାମନାରେ ବାହାଘର ପୂର୍ବରୁ ଦସ୍ତଖତ କରିଦେଲୁ।

ଯେଉଁ ଦିନ ଏଫିଡେଭିଟ ସରିଚି ଆଉ କାଳ ବିଲମ୍ବ ନକରି ତହିଁ ପର ଦିନ ସକାଳେ ବିନା ଖବରରେ ମୁଁ ଯାଇ କନ୍ୟା ଘରେ ହାଜର, ପାସପୋର୍ଟ ଫର୍ମରେ ଦସ୍ତଖତ କରେଇବା ପାଇଁ। ମୋ ସହିତ ସଦ୍ୟ ବମ୍ବେ ଫେରନ୍ତା ସାନଭାଇ ବାବୁଲି। ଅପ୍ରତ୍ୟାଶିତ ଭାବେ ଆମେ ଦୁଇଜଣ ସବିତାଙ୍କ ଘରେ ପହଞ୍ଚି ଯିବାରୁ ସେମାନେ ହତ ବଡ଼େଇ ଗଲେ। ଦସ୍ତଖତ ନେଇ ଫେରିଲୁ। ପାସପୋର୍ଟ ଫର୍ମଟିକୁ ନେଇ ଦିନ

ନନା ଅବିଳମ୍ବେ ମୋ ତରଫରୁ ଭୁବନେଶ୍ୱର ପାସପୋର୍ଟ ଅଫିସକୁ ଯାଇ ଦାଖଲ କରିଦେଇ ଆସିଲେ। ଆମେ ସମସ୍ତେ ସବିତାଙ୍କର ପାସପୋର୍ଟ ଅପେକ୍ଷାରେ ରହିଲୁ।

ବସ୍ ଆସି ଭୁବନେଶ୍ୱର ପହଞ୍ଚିଲା। ହାତରେ ସମୟ ଅଛ। ତେଣୁ ଭୁବନେଶ୍ୱରରେ କେତେକ ପ୍ରିୟଜନଙ୍କ ମୁଖ ଦର୍ଶନ କରି ବାଲେଶ୍ୱର ଫେରି ଆସିବାକୁ ପଡ଼ିଲା।

ଫେରିବା ବାଟରେ ବସି ଭାବୁଥିଲି ସବିତାଙ୍କ ସହିତ ସ୍ୱପ୍ନ ଦେଖିବା ଭଳି ବିତେଇଥିବା ମୁହୂର୍ତ ଗୁଡ଼ିକ। ଲାଗୁ ନଥିଲା ଆମେ ଦୁଇ ସପ୍ତାହ ପୂର୍ବରୁ ପରସ୍ପରକୁ ଜାଣି ନଥିଲୁ, ଲାଗୁଥିଲା ସତେ ଯେପରି ଆମେ ଦୁହେଁ ଦୁହିଁଙ୍କୁ ଅନେକ ଦିନରୁ ଜାଣିଛୁ। ଏଇୟା ଭାବୁ ଭାବୁ ସବିତାଙ୍କୁ ଆଉଜି ପଡ଼ି କେତେବେଳେ ଶୋଇ ପଡ଼ିଛି ଜାଣିନି। ସବିତା ମୋତେ ହଲେଇ ଦେଇ କହିଲେ, "ଉଠ, ବାଲେଶ୍ୱର ଆସି ହେଲାଣି, ଓହ୍ଲେଇବା।"

ସବିତା ! କାନାଡ଼ା ଯିବା ଆସ

"ତୁ ଯେବେ କାନାଡ଼ା ଯିବୁ, ସବିତାକୁ ସାଙ୍ଗରେ ନେଇକି ଯିବୁ, ବୁଝିଲୁ।" କଥା ହଉ ହଉ ମାଆ ମୋତେ ଚରମ ପତ୍ର ଦେଲା ଭଳି ଏ କଥା କହିଲା। ମୁଁ ତା' କଥା ଶୁଣି କହିଲି, "ଏଇଟା କିସ ତ ଘର କଥା ? ଇଏ ହେଇନି ଆମ ଗାଆଁ ଷ୍ଟେସନରୁ ପାସେଞ୍ଜର ଗାଡ଼ିରେ ଟିକଟ କାଟି ବାଲେଶ୍ୱର ଗଲା ଭଳିଆ, ବିଦେଶ ଯିବାକୁ ହେଲେ ପାସପୋର୍ଟ ଦରକାର, ଭିସା ଦରକାର, ଉଡ଼ାଜାହାଜ ଟିକଟ ଦରକାର। ପାସପୋର୍ଟ ଭୁବନେଶ୍ୱରରୁ ମିଳେ, ତା' ପାଇଁ ସମୟ ଲାଗେ, ଭିସା ଦିଲ୍ଲୀରୁ ମିଳେ, ତା' ପାଇଁ ବି ସମୟ ଲାଗିବ। ଏ ସବୁ ମିଳିବା ପରେ କଳିକତାରୁ ଉଡ଼ାଜାହାଜ ଚଢ଼ି କାନାଡ଼ା ଯିବାକୁ ପଡ଼ିବ, ବୁଝିଲୁ ? ସବିତାକୁ ସାଙ୍ଗରେ ନେଇକି ଯିବୁ, ଖାଲି ତୁ କହିଦେଲେ ହବ ? ମୁଁ ତାଙ୍କ ପାଇଁ ସବୁ ଯୋଗାଡ଼ କରି ଦେଇଯିବି। ତା' ପରେ ଯେତେବେଲେ ତାଙ୍କୁ ସବୁ ଜିନିଷ ମିଳିଯିବ ସେ ନିଜେ ଯିବେ ନି ? ପାଠ ପଢ଼ୁଆ ଝିଅ ତୁ ବୋହୂ କରି ଆଣିଚୁ ପରା, ଏଥିରେ ତୋର ମୁଣ୍ଡ ଖେଳେଇବା ଦରକାର କିସ ?"

ମୋ କଥା ଶୁଣି ସେ ପୁଣି କହିଲା, "ଇଏ ଗୁଟେ କେ ଆଡ଼ିକା କଥା, ନୂଆ ବୋହୂଟା ମୋର, ବିଦେଶ ଜାଗା, ଉଡ଼ାଜାହାଜରେ ଏକା ଏତେ ବାଟ କିମିତି ଯିବ ? ଆଜି କାଲି ଯଉଁ ଚୁର ଖଣ୍ଡ, ତୁ ଖାଲି କହି ଦଉଚୁ। ସେ ପାସପୁଟ୍, ଭିସା ଫିସା କିସ ମୋର ଜାଣିନି, ଭିସା ବାଲା କିଏ ଜାଣିନି, ତୁ ତାଙ୍କୁ କହିବୁ ତାର ଟିକିଏ ଆଗୁଆ ତ ସାଙ୍ଗରେ ଯେମିତି ଯାଇହବ କରିଦେବେ, ନହନେ ମ ଛୁଆଟା ଏକା ଏକା ଏତେ ବାଟ ଯିବ କିମିତି ?"

ତାର ଏପରି ଅକାଟ୍ୟ ଯୁକ୍ତି ଶୁଣି ପରାଜୟ ମାନି ନେଇ ଶେଷକୁ ଏଟିକି ମୁଁ ମଜାରେ କହିଲି, "ହଁ, ହଁ କହିଦେବି, କହିବି, ମାଧବୀ ପାଣିଗ୍ରାହୀ ବୁଢ଼ୀ ବରୁଣସିଂରୁ

କହିଚି ତା' ନୂଆବୋହୂ ସବିତାର ଟିକିଏ ଜଲଦି ପାସପୋର୍ଟ କରିଦିଅ, ଭିସା ଦେଇଦିଅ, ସେ ଯେମିତି ତା' ପୁଅ ସାଙ୍ଗରେ କାନାଡ଼ା ଯାଇ ପାରିବ।"

ମାଆ ପାସପୋର୍ଟ କ'ଣ, ଭିସା କ'ଣ କାହିଁକି ବା ବୁଝନ୍ତା। ତା' ନୂଆବୋହୂଟି ଏକୁଟିଆ ଏତେ ବାଟ ଯିବ ସେଥି ପାଇଁ ତାର ଚିନ୍ତା ଓ ମନସ୍ତାପ। ମାଆ ସଙ୍ଗେ ଅନବରତ ମୋର ଏଇମିତି ଠଗ୍ଗା ମଜା ଲାଗି ରହିଥାଏ, ଆମେ ସବୁ ଭାଇ ମିଲି ତା' ସହିତ ଏମିତି ଲଗେଇ ଥାଉ, ହେଲେ ମନ ଭିତରେ ଥାଏ ଅମାପ ସ୍ନେହ ଓ ଭକ୍ତି, ଏ ନିରୀହ, ନିଷ୍କପଟ, ଖୋଲା ହୃଦୟ ବୁଢ଼ୀଟି ପାଇଁ। ଏଇ କେତେ ଦିନ ବାହାଘର ହେଇଛି କି ନାହିଁ, ସବିତା କୁଆଡ଼େ ତାର ଛୁଆ ହେଇଗଲେ, "ମ ଛୁଆଟା ଯିବ କିମିତି ଏକୁଟିଆ।" ସେ ପାଇଁ ତାର ଏତେ ଭାବନା। କେବଲ ମାଆ ଯେ ଏଥି ପାଇଁ ଚିନ୍ତିତା ତା' ନୁହଁ, ତା ସହିତ ନାନୀ, ଭାଉଜ ଓ ପରିବାରର ଅନ୍ୟ ଲୋକେ ମଧ।

ମାଆ ସହିତ ଯେତେ ଠଗ୍ଗା ମଜା କଲେବି ଏବେ ପ୍ରକୃତରେ ଆସିଲା କାନାଡ଼ା ପ୍ରତ୍ୟାବର୍ତନର ବେଲ, ସେପାଇଁ ଚିନ୍ତା। ମୁଁ ଭାବୁଥାଏ, ସବୁ ଠୁଁ ଉଉମ ହୁଅନ୍ତା ଯଦି ସବିତା ମୋ ସହିତ ଆସି ପାରନ୍ତେ, ମାତ୍ର ତାହା ତ ଏତେ କମ୍ ଦିନରେ ସମ୍ଭବ ନୁହଁ। ଏକ ପରେ ଏକ ଏମିତି ଅନେକ ପ୍ରତିବନ୍ଧକ ରହିଛି, ଜମାରୁ ପାସପୋର୍ଟ ବି ହେଇନି। ମୋ ମନରେ ଥାଏ ଅତି କମ୍‌ରେ ପାସପୋର୍ଟ କରି ଦିଲ୍ଲୀ ଯାଇ କାନାଡ଼ିଆନ ଭିସା ପାଇଁ ଆବେଦନ ପତ୍ର ଦାଖଲ କରି ଦେଇ କାନାଡ଼ା ଫେରି ଯିବି। ମେଡିକାଲ ଟେଷ୍ଟ ପରେ କାନାଡ଼ା ଭିସା ମିଲୁ ମିଲୁ ଅତି କମ୍‌ରେ ମାସେ ଦି ମାସ ଲାଗିଯାଏ। ମୁଁ ଥବା ଭିତରେ ଆବେଦନ ପତ୍ର ଦାଖଲ ହେଇ ଗଲେ ଆଉ ଶ୍ୱଶୁରଙ୍କୁ ପରେ ଏପଟ ସେପଟ ଦୌଡ଼ା ଦୌଡ଼ି କରି ହଇରାଣ ହରକତ ହେବାକୁ ପଡ଼ିବ ନାହିଁ। ଟିକଟ ପାଇଁ ମଧ ମୁଁ ଆଗରୁ ଦିଲ୍ଲୀର ପାନ୍ନା ଟୁରସ ଏଣ୍ଡ ଟ୍ରାଭେଲ୍ସର ମାଲିକକୁ କହି ଯୋଗାଡ଼ କରି ରଖ୍ଥାଏ। ତେଣୁ ପାସପୋର୍ଟ ଭିସା ମିଲିବା ମାତ୍ରେ, ଟିକଟ ଧରି ସିଧା କାନାଡ଼ା ଯିବା କଥା, ଏଇୟା ମୋ ମନରେ ଥାଏ।

ମାଆର ଚରମ ପତ୍ର ପାଇଲା ପରେ ମୁଁ ବାହାରି ପଡ଼ିଲି ସବିତାଙ୍କର ପାସପୋର୍ଟ ଓ ଭିସା ହାସଲ କରିବା ଅଭିଯାନରେ। ପାସପୋର୍ଟ ପାଇଁ ବାହାଘର ପୂର୍ବରୁ ଆବେଦନ ପତ୍ର ଭୁବନେଶ୍ୱର ପାସପୋର୍ଟ ଅଫିସରେ ଦାଖଲ ସରିଥାଏ। ତା' ପାଇଁ ପ୍ରଥମେ ପୁଲିସ ଭେରିଫିକେସନର ଆବଶ୍ୟକ ପଡ଼େ। ତାହା ବାଲେଶ୍ୱରରୁ ଯିବା ଦରକାର ଓ ଯାଉ ଯାଉ ଢେର ସମୟ ଲାଗିଯାଏ, ସେ ପୁଣି ପୁଲିସ ଅଫିସର କର୍ମଚାରୀଙ୍କ ମର୍ଜି ଉପରେ ନିର୍ଭର କରେ। ତେଣୁ ପ୍ରଥମ କାମ ହେଲା ପୁଲିସ ଭେରିଫିକେସନ୍‌ଟି କେତେ ସଅଲ ପାସପୋର୍ଟ ଅଫିସକୁ ଯାଇ ପାରିବ, ତା' ପାଇଁ ଚେଷ୍ଟା କରିବା। ଏଇମିତି

ଦିନେ କେତେବେଳେ ପୋଲିସ ଭେରିଫିକେସନ କଥା ପଡ଼ୁ ପଡ଼ୁ ଶାଶୁ କହିଲେ, "ସୁଶୀଲ ପ୍ରଧାନ ନାମରେ ମୋର ଜଣେ ପରିଚୟ ପୁଲିସ ସୁପରିନ୍‌ଟେଣ୍ଡେଣ୍ଡ ବାଲେଶ୍ୱରରେ ଅଛନ୍ତି, ତାଙ୍କୁ କହିଲେ କିଛି ହେଇ ପାରିବକି ? ସେ କୌଣସି ପ୍ରକାରର ସାହାଯ୍ୟ କରି ପାରିବେ କି ?" ତାଙ୍କ କଥା ଶୁଣି ମୁଁ କହିଲି, "ଠିକ୍ ଅଛି, ଚାଲନ୍ତୁ ତାଙ୍କୁ ଦେଖା କରି ପଚାରିବା, ଯଦି କରି ଦେଇ ପାରିଲେ ତେବେ ଅତି ଉତ୍ତମ କଥା, ପଚାରିବାରେ ଅସୁବିଧା କ'ଣ ?" ମୋ କଥା ଶୁଣି ଶାଶୁ ତାଙ୍କୁ ଫୋନ୍ ଲଗେଇ କଥା ହେଲେ । କଥା ହେବାବେଳେ ପ୍ରଧାନ ବାବୁ ଆମ ଦୁଇ ଜଣଙ୍କୁ ତାଙ୍କ ଘରକୁ ପ୍ରାତଃଭୋଜନ ପାଇଁ ନିମନ୍ତ୍ରଣ କରି ସାକ୍ଷାତ କରିବାକୁ କହିଲେ । ଦିନେ ସକାଳେ ଆମେ ଶାଶୁ ଓ ଜ୍ୱାଇଁ ଦୁହେଁ ଯାଇ ପୋଲିସ ସୁପରିନ୍‌ଟେଣ୍ଡେଣ୍ଡ ସୁଶୀଲ ପ୍ରଧାନଙ୍କୁ ତାଙ୍କ କ୍ୱାର୍ଟର୍ସରେ ସାକ୍ଷାତ କଲୁ । ଶାଶୁ ସମ୍ବଲପୁରିଆ କୁ ସେ ବି ସମ୍ବଲପୁରିଆ । ସମ୍ବଲପୁରିଆଙ୍କ ନିଜ ନିଜ ଭିତରେ ପ୍ରୀତି ଅତି ନିବିଡ଼, ତା' ଭିତରେ ପାଣି ଗଲେନି । ପ୍ରଥମ ସ୍ୱାଗତ ସମ୍ଭାଷଣ ପର୍ବ ସରିବା ପରେ ସମ୍ବଲପୁରୀ ଭାଷାରେ ସେମାନେ କିଛି ସମୟ ମୋ ସାମନାରେ ଗପିଗଲେ । ପ୍ରାତଃଭୋଜନ ସରିବା ପରେ ଶାଶୁ ଝିଅର ପାସପୋର୍ଟ ପାଇଁ ପୁଲିସ ଜାଞ୍ଚ କଥା ପ୍ରଧାନ ବାବୁଙ୍କୁ କହିଲେ । ମୁଁ ସେଇଠି ବସି ସବୁ ଶୁଣୁଥାଏ, କଥୋପକଥନରୁ ଖାଲି ଏତିକି ବୁଝିଲି ତାର ମର୍ମ ହେଲା ପ୍ରଧାନ ମହାଶୟ ଝିଅର ପୁଲିସ ଜାଞ୍ଚ କରି ଯେତେ ଶୀଘ୍ର ସମ୍ଭବ ଭୁବନେଶ୍ୱର ପାସପୋର୍ଟ ଅଫିସକୁ ପଠେଇଦେବେ । ତାଙ୍କର ଏପରି ପ୍ରତିଶ୍ରୁତି ଶୁଣି ଆମେ ଆନନ୍ଦିତ ହୋଇ ତାଙ୍କୁ ଧନ୍ୟବାଦ କହି ଫେରି ଆସିଲୁ ।

ମଝିରେ ମାତ୍ର ଦିନଟିଏ ଛାଡ଼ି ମୁଁ ବାହାରି ଗଲି ଭୁବନେଶ୍ୱର ପାସପୋର୍ଟ ଅଫିସକୁ, ପରିସ୍ଥିତି କ'ଣ, ପାସପୋର୍ଟ କଥା କେତେ ଦୂର ଗଲା ବୁଝ଼ାବୁଝ଼ି କରିବା ପାଇଁ । ଯିବା ବେଳେ ପତ୍ନୀ କହିଲେ, "ତୁମେ ତ ମୋ ପାସପୋର୍ଟ ଆଣିବାକୁ ଯାଉଛ, ତା' ପାଇଁ ମୋର ଦସ୍ତଖତ ଥାଇ ଅଥରାଇଜେସନ୍ ଦରକାର କି ?" ମୁଁ କହିଲି, "ନାହିଁ ଏବେ କିଛି ଦରକାର ନାହିଁ, ମୁଁ ଯାଏ ଦେଖେ ଆଗ କ'ଣ ଘଟଣାଟା, ତା' ପରେ ଦେଖିବା ।" ବସ୍ ଯୋଗେ ମୁଁ ଯାଇ ଭୁବନେଶ୍ୱର ପାସପୋର୍ଟ ଅଫିସରେ ପହଞ୍ଚିଲି । ଖବର ନେଲା ବେଳକୁ ଜଣା ପଡ଼ିଲା ସତକୁ ସତ ପୁଲିସ୍ ଭେରିଫିକେସନ ସେଠାରେ ପହଞ୍ଚିଯାଇଛି । ବିଶ୍ୱାସ ନ ହେଲେ ବି ଜାଣି ବହୁତ ଖୁସି ହେଲି । ମନେ ମନେ ଶ୍ରୀ ପ୍ରଧାନଙ୍କୁ ଅଶେଷ ଧନ୍ୟବାଦ ଜଣେଇଲି, ଆମ କଥା ରକ୍ଷା ସେ ଏତେ ବଡ଼ ସାହାଯ୍ୟଟି କଲେ, ନୋହିଲେ ଆହୁରି ଅଧିକ ଦିନ ଲାଗିଯାଇଥାନ୍ତା । ଭାବିଲି ପ୍ରଥମ ପ୍ରତିବନ୍ଧକଟି ଗଲା ।

ଏହା ଜାଣିବା ପରେ ମୁଁ ଯାଇ ପାସପୋର୍ଟ ଅଫିସରଙ୍କୁ ଦେଖାକରି ମୋର ଗୁହାରି ଜଣେଇଲି, "ଆଜ୍ଞା, ମୋର ଅଳ୍ପଦିନ ଛୁଟି, ଅଧିକ ରହି ହେବନାହିଁ, ସ୍ୱାଙ୍କ ପାସପୋର୍ଟଟି ଟିକିଏ ଶୀଘ୍ର କରିଦେଲେ ମୁଁ ଉପକୃତ ହୁଅନ୍ତି। ଆମେ ଏକା ସାଙ୍ଗରେ କାନାଡ଼ା ଯାଇ ପାରନ୍ତେ" ଇତ୍ୟାଦି ଇତ୍ୟାଦି। ତାଙ୍କୁ ତ ଏ କଥା କହିଲି, କିନ୍ତୁ ମାଆଙ୍କୁ ମନେ ପକେଇ ମନେ ମନେ କହିହେଲି "ମାଧବୀ ପାଣିଗ୍ରାହୀ ବୁଢ଼ୀ ବରୁଣସିଂରୁ କହିଚି ତା' ନୂଆବୋହୂ ସବିତାର ଟିକିଏ ଜଲଦି ପାସପୋର୍ଟ କରିଦିଅ।" ମୋର ଏ ପ୍ରକାର ଅନୁରୋଧ ଶୁଣି ସେ କ'ଣ ଭାବିଲେ କେଜାଣି ମୋତେ ବାହାରେ ଅପେକ୍ଷା କରିବାକୁ କହିଲେ। ସତକୁ ସତ କେଇ ଘଣ୍ଟା ଭିତରେ ପାସପୋର୍ଟ ତିଆରି। ଏତେ ଶୀଘ୍ର ହେଇଗଲା ଯେ ମୁଁ ଜମାରୁ ବିଶ୍ୱାସ କରିପାରିଲିନି ସତ କି ମିଛ। ଅଫିସର ଜନକ ପାସପୋର୍ଟ କରିଦେଲେ ସତ କିନ୍ତୁ ମୋ ହାତରେ ସେଦିନ ଆଉ ପାସପୋର୍ଟଟିକୁ ଦେବାକୁ କୌଣସି ପ୍ରକାରେ ମଙ୍ଗିଲେ ନାହିଁ କାରଣ ମୋ ପାଖରେ ସବିତାଙ୍କର କୌଣସି ପ୍ରକାର ଅଥରାଇଜେସନ୍ ନଥିଲା। ମୁଁ ଆଉ ତାଙ୍କୁ ବେଶୀ ଅନୁରୋଧ କଲି ନାହିଁ କାରଣ ଏତେ ଶୀଘ୍ର ସେ ପାସପୋର୍ଟ ବନେଇ ଦେଇଚନ୍ତି, ସେଇଟା ବହୁତ ବଡ଼ କଥା। ସେତିକି ବେଲେ ମନେ ପଡ଼ିଲା ବୁଦ୍ଧିମତୀ ପନ୍ୀଙ୍କ କଥା, ସେ କହିଥିଲେ "ମୋର ଦସ୍ତଖତ ଥାଇ ଅଥରାଇଜେସନ ଦରକାର କି ?" ମୁଁ ନିର୍ବୋଧ ତାଙ୍କୁ ନାହିଁ କରିଦେଇ ଆସିଲି। ଏବେ ଏଇ ଅସୁବିଧା। କ'ଣ କରିବି, ଗାଆଁରେ ତ ଟେଲିଫୋନ୍ ନାହିଁ, ଫୋନ୍ କରି ଦେଇଥିଲେ କେହି ଜଣେ ଦସ୍ତଖତ ଧରି ପଲେଇ ଆସି ପାରିଥାନ୍ତା, ସେତକ ନହେବାରୁ ଏତେ ହଠାତ୍ ବସ୍ କି ଟ୍ରେନ୍ କିଛି ନପାଇ ଶେଷକୁ ଜନକ ପାଖରେ କାକୁତି ମିନତି ହେଇ ବହୁ କଷ୍ଟରେ ତା' ଟ୍ରକ୍ ଡଲା ଉପରେ ବସି ମୋତେ ଘର ଲେଉଟିବାକୁ ପଡ଼ିଲା। ଆସିବାବେଲେ ବାଟ ସାରା ମୁଁ ମୋର ଅଦୂରଦର୍ଶୀତାକୁ ନିନ୍ଦିବା ସଙ୍ଗେ ସଙ୍ଗେ ସବିତାଙ୍କର ପ୍ରତ୍ୟୁତ୍ପନ୍ନମତିତାର ତାରିଫ୍ କରୁଥିଲି। ତହିଁ ପରଦିନ ପୁଣି ଭୁବନେଶ୍ୱର ଯାଇ ପାସପୋର୍ଟ ନେଇ ଫେରିଲି। ଏବେ ଖାଲି ରହିଲା ଭିସା ପାଇଁ ଚିନ୍ତା। କଷ୍ଟ ହେଉ ପଛକେ ଦ୍ୱିତୀୟ ପ୍ରତିବନ୍ଧକ ଦୂର ହେଲା।

ଘରେ ପହଞ୍ଚି ପାସପୋର୍ଟ ଆଗ ନେଇ ମାଆକୁ ଦେଖେଇ କହିଲି, "ହେଇ ଦେଖ, ତୋ ନୂଆବୋହୂର ପାସପୋର୍ଟ ମିଲିଗଲା।" ମୋ କଥା ଶୁଣି ସେ କହିଲା, "ତୁ ତ କହୁଥିଲୁ, ଡେରି ନାଗିବ, ମିଲିଗଲା କିମିତି ?" ମୁଁ କହିଲି, "ତୋ କଥା ତାଙ୍କୁ କହିଲି, ମୋ ମାଆ କହିଚି, ତା' ନୂଆବୋହୂର ଟିକିଏ ଜଲ୍ଦି କରିଦିଅ, ସେଇଥି ପାଇଁ ସେ କରିଦେଲେ।" ଏହା ଶୁଣି ସେ ହୋ ହୋ ହେଇ ହସିଲା,

କହିଲା, "ଦୁଃ, ତୁ ମ ସାଙ୍ଗରେ ଉରାଲିଆ ହଉଚୁ, ମୋତେ ଥଟ୍ଟା କରୁଚୁ।" ତା'
କଥା ଶୁଣି ଖୁସି ହେଇ ମୁଁ ତାକୁ କୁଣ୍ଢେଇ ପକେଇଲି। ତାପରେ ସେ ପଚାରିଲା,
"ଏବେ କିସ ତୁ ଦିଲ୍ଲୀ ଯିବୁ ନା?" ମୁଁ କହିଲି, "ହଁ, ସବିତାଙ୍କୁ ନେଇ ଭିସା ପାଇଁ
ଦିଲ୍ଲୀ ଯିବାକୁ ପଡ଼ିବ।" ମୋ କଥା ଶୁଣି ସେ କହିଲା, "ହଉ ଯାଥ, ଭଲରେ
ଭଲରେ କାମ ସାରିକି ଫେରିଆସ।"

ଆଶାତୀତ ଭାବେ ଅତି ଶୀଘ୍ର ପାସପୋର୍ଟ ମିଳିଯିବାରୁ ଆଉ ବିଲମ୍ବ ନକରି
ଆମେ ଦୁହେଁ କାନାଡ଼ିଆନ୍ ହାଇ କମିଶନ୍‌ରେ ଭିସା ଆବେଦନ ପତ୍ର ଦାଖଲ ନିମନ୍ତେ
ଦିଲ୍ଲୀ ଯାତ୍ରା ଆରମ୍ଭ କଲୁ।

ଦିଲ୍ଲୀ ଯିବାକୁ କଳିଙ୍ଗ ଏକ୍ସପ୍ରେସ, ପୁରୀରୁ ବାହାରେ। ମାର୍ଚ୍ଚ ମାସ ସାତ
ତାରିଖ ପାଇଁ ରିଜରଭେସନ୍ କରିଦେଲୁ। ଦୀର୍ଘ ତିରିଶ ଘଣ୍ଟାର ରେଲ ଯାତ୍ରା। ଦିଲ୍ଲୀରେ
ଅଧ୍ୟନ କରୁଥିବା ବେଲେ ଅନେକ ଥର ଅର୍ଦ୍ଧରାତ୍ରରେ ଏହି ଏକ୍ସପ୍ରେସ୍ ମାନଙ୍କରେ
ଏକୁଟିଆ ବସି ମୁଁ ଦିଲ୍ଲୀ ଯାଇଛି। ହେଲେ ନବବିବାହିତା ପନ୍ନୀଙ୍କ ସହ ଯିବା କଥା
ଅଲଗା, ଭିନ୍ନ ଅନୁଭୂତି। କୋଣାର୍କ ଯାତ୍ରା ପରେ ପରେ ଏହା ଦ୍ୱିତୀୟ ସୁଯୋଗ,
ସେପାଇଁ ମନ ମଧ୍ୟରେ ଉତ୍ସୁକତା।

ଦିଲ୍ଲୀ ଯାତ୍ରା ନିର୍ଦ୍ଦିଷ୍ଟ ସମୟରେ ଆରମ୍ଭ ହେଲା। ଶ୍ୱଶୁରଙ୍କ ଘରୁ ସମସ୍ତେ ରାତିରେ
ଆମକୁ ଛାଡ଼ିବାକୁ ଷ୍ଟେସନ ଆସିଲେ। ଗାଡ଼ି ଆସି ପ୍ଲାଟଫର୍ମ ଧରିଲା। ଆମେ ଆମର
ଜିନିଷ ପତ୍ର ଥୋଇ ଥଇଥାନ ହେଲୁ। ଯେମିତି ଗାଡ଼ି ଛାଡ଼ିବା ବେଳ ହେଇଛି ଶାଶୁଙ୍କ
ଆଖିରେ ଲୁହ। ସତରେ ଯେମିତି ତାଙ୍କ ଝିଅ ସେଇ ଦିନ ତାଙ୍କୁ ଛାଡ଼ି ଚାଲି ଯାଉଛି।
ମୁଁ ଦେଖି ଆଶ୍ୱାସନା ଦେବାକୁ ଚେଷ୍ଟା କରନ୍ତେ ଶ୍ୱଶୁର କହିଲେ, "ତମେ ମାନେ
ଚିନ୍ତା କରନି, ସେ ନିଜେ ପରେ ବୁଝିଯିବେ, ଗାଡ଼ି ଛାଡ଼ି ଦେବ, ଗାଡ଼ି ଭିତରକୁ
ଯାଅ।" ସେ ପାଇଁ ଆମକୁ ଭିତରକୁ ଯିବାକୁ ପଡ଼ିଲା, ହାତ ହଲେଇ ଦୁହେଁ ସମସ୍ତଙ୍କୁ
ବିଦାୟ ଦେଲୁ, ଗାଡ଼ି ଛାଡ଼ିଲା। କିଛି ସମୟ ବସିବା ପରେ ସବିତା କହିଲେ, "ମୋର
ମନେ ପଡ଼ି ଯାଉଛି ରାଉରକେଲା ଏମ୍‌ସିଏ ପଢ଼ି ଯିବା ବେଲର କଥା, ଏମିତି
ସାଙ୍ଗମାନେ ବସି ରାଉରକେଲା ଯାଉଥିଲୁ, ଏଇ ଗାଡ଼ିରେ।" ମୁଁ ବି ମୋ ପଢ଼ିବା
ସମୟର ଦିଲ୍ଲୀ ଯାତ୍ରା କଥା ଗପିଲି। ଏମିତି କିଛି ବିଗତ ସ୍ମୃତିକୁ ମନେ ପକେଇ ସେ
ରାତିରେ ନିଦ୍ରା ଗଲୁ।

ରାତ୍ରି ପାହି ସକାଲ ହେଲା, ଗାଡ଼ି ଯାଇ ଧରିଲା ରାଉରକେଲା। ରାଉରକେଲା
ଷ୍ଟେସନଟି ଆମ ଦୁଇଜଣଙ୍କର ଭାରି ନିଜର, ଏ ପଟେ ସବିତା ତାଙ୍କ ସାଙ୍ଗଙ୍କ ସହିତ
ଆସିଚନ୍ତି, ଆଉ ମୁଁ ଅନେକ ଥର ଦିଲ୍ଲୀରେ ପଢ଼ୁଥିବା ବେଲେ ବଡ଼ ଭାଇ ଓ ଭାଉଜଙ୍କ

ଘରକୁ ଯିବା ଆସିବା କରିଛି । ତେଣୁ ଦୁହେଁ ଝରକା ଦେଇ ବାହାରକୁ ଅନେଇ ଦେଖୁ ଥାଉ, ଦୂରରୁ ଦେଖାଯାଉଥାଏ ଇସ୍ପାତ କାରଖାନା ଦ୍ୱାରା ଧୂମାୟିତ ରାଉରକେଲା ସହର ଓ ରାକ୍ଷସ ସଦୃଶ ଭୀଷଣକାୟ ଇସ୍ପାତ କାରଖାନାର ଭୀମକାନ୍ତ ଦୃଶ୍ୟ । କେତେ ମିନିଟ ରହଣି ପରେ ଗାଡ଼ି ଧୀରେ ଧୀରେ ଗତିଶୀଳ ହେବାକୁ ଲାଗିଲା ଓ ଆମେ ଭିତରେ ଯାଇ ନିଜ ନିଜ ଜାଗାରେ ବସିଲୁ ।

ଦୀର୍ଘ ସମୟ ହାତରେ । ସମୟ ବିତେଇବାକୁ ଯାଇ ଆମେ ଦୁହେଁ ଗପି ବସିଲୁ । ସ୍ଥିର କଲୁ ପ୍ରଥମେ ଦୁହେଁ ଦୁହିଁଙ୍କର ଜୀବନର କାହାଣୀ ଅନ୍ୟ ଜଣକୁ କହିବୁ । ପ୍ରଥମେ ସବିତା ଶୈଶବରୁ ବିବାହ ପର୍ଯ୍ୟନ୍ତ ତାଙ୍କ ଜୀବନରେ ଘଟିଥିବା ଯେତେ ସମ୍ଭବ ଘଟଣାମାନ କାହାଣୀ ଆକାରରେ ମୋ ଆଗରେ ଗପି ବସିଲେ, ପୁନାରେ ଜନ୍ମ, ବାଲ୍ୟକାଳରେ ଚାରବାଟିଆରେ ରହଣି, ବଲାଙ୍ଗିର ମାମୁଁ ଘରେ ସମୟ ବିତେଇବା, ଢେଙ୍କାନାଳରେ ନନାଙ୍କ ଘର ପରିଭ୍ରମଣ, ବାଲେଶ୍ୱର ନୃତ୍ୟ ସଙ୍ଗୀତ କଳା ମନ୍ଦିରରେ ସଙ୍ଗୀତ ଶିକ୍ଷା, ବାଲେଶ୍ୱରର ବାରବାଟୀ ବାଳିକା ବିଦ୍ୟାଳୟ, ଫକୀର ମୋହନ କଲେଜ ଓ ଶେଷରେ ରାଉରକେଲା ଇଞ୍ଜିନିୟରିଂ କଲେଜରେ ଅଧ୍ୟୟନ କରିବାର ସମୟର ଅଭିଜ୍ଞତା ଇତ୍ୟାଦି ଇତ୍ୟାଦି । କେମିତି ସଙ୍ଗୀତ ସହିତ ସେମାନେ ପିଲାଟି ଦିନରୁ ଅଭ୍ୟସ୍ତ ତାହା ମଧ ଆଗ୍ରହର ସହିତ ସେ ଗପିଗଲେ । ମୁଁ ଉକ୍ସୁଖାର ସହିତ କାନ ଡେରି ସବୁ ଶୁଣୁଥାଏ ।

ତାପରେ ଆସିଲା ମୋ ପାଲି, ମୁଁ କହିବା ଆରମ୍ଭ କଲି । ପିଲାବେଲର ଚପଲତା କଥା ତ ନ କହିଲେ ଗଳ୍ପ ଅପୂର୍ଣ୍ଣାଙ୍ଗ ରହିବ, ସେଉଠୁ ଆରମ୍ଭ ହେଲା । ସେ ସବୁ ଗପ ଅନେକ ସମୟ ଧରି ଚାଲିଲା ଓ ବେଶ୍ ଜମିଲା, ତାପରେ ପ୍ରାଇମେରୀ ସ୍କୁଲରେ ପାଠ ପଢ଼ା, ହାଇସ୍କୁଲରେ ପାଠ ପଢ଼ା, ଗୌରୀକାନ୍ତ ସାରଙ୍କ ସହିତ ଆମର ସମ୍ପର୍କ, ଫକୀର ମୋହନ କଲେଜରେ ପଢ଼ା, ବାଣୀବିହାରରେ ଏମ୍ଏସ୍ସି, ଦିଲ୍ଲୀ ଯାତ୍ରା ଓ ସେଠାରେ ଜବାହରଲାଲ ନେହେରୁ ବିଶ୍ୱବିଦ୍ୟାଳୟରେ ଏମଫିଲ୍ ଓ ପିଏଚ୍ଡି, କାନାଡ଼ା ଯାତ୍ରା ଇତ୍ୟାଦି ଇତ୍ୟାଦି । କାନାଡ଼ାରେ ସେତେବେଲେ ମୋର ମାତ୍ର ଏକ ବର୍ଷର ଅଭିଜ୍ଞତା । ସେଠାକାର ସମାଜ ଓ ଲୋକମାନଙ୍କର ଚାଲି ଚଲଣ ବି ମୁଖ୍ୟ ଅଂଶ ରହିଲା । ସେଠାରେ କ'ଣ ଭାରତୀୟ ଖାଦ୍ୟ ଖାଇବାକୁ ମିଳେ ବା ମିଳେନି । ସେଇଟା ଜାଣିବାକୁ ସବିତାଙ୍କର ପ୍ରବଳ ଆଗ୍ରହ ଥିଲା । ଶେଷକୁ ଆସିଲା ବିବାହ, ବିବାହ ପାଇଁ ଆସୁଥିବା ବିଭିନ୍ନ ପ୍ରସ୍ତାବ ସମ୍ପର୍କରେ ମଧ କଥା ଚାଲିଲା । କୌତୂହଲର ବିଷୟ ମୁଁ ଯେତେ ଜଣକର ନାଁ କହିଲି ସେଥରୁ କେତେ ଜଣ ବାହାରିଲେ ସବିତାଙ୍କର ଚିହ୍ନା ଜଣା । ସେତିକି ବେଳେ କଥା ହେଉ ହେଉ ଯେଉଁ ତରୁଣୀଟି ମୋ ପ୍ରସ୍ତାବରେ ଅରାଜି ହେଇ ମୋତେ

ଚିଠି ଲେଖ୍ଲ ଦେଇଥିଲେ ତାହା ମଧ୍ୟ ମୁଁ ନିର୍ଦ୍ୱନ୍ଦ୍ୱରେ ଗପି ଦେଇଗଲି । ସବିତା ବସି ସବୁ ଶୁଣିଲେ ।

ଜୀବନ କାହାଣୀ ସରିଲା ବେଳକୁ ସଂଧ୍ୟା ନଇଁ ଆସୁଥାଏ । ଏକ ଷ୍ଟେସନରୁ ଅନ୍ୟ ଏକ ଷ୍ଟେସନ ଅନେକ ଦୂରରେ, ମଝିରେ ମଝିରେ ଅନ୍ଧକାର ଭିତରେ ଦୂରରୁ କେବଳ କାହିଁ କେବେ ଥରେ ଛୋଟ ବଡ଼ ସହର ମାନଙ୍କରୁ ମିଞ୍ଜି ମିଞ୍ଜି ହୋଇ ଜଳିବାର ଆଲୋକ ମାଲା ଦେଖା ଯାଉଥାନ୍ତି । ମୁଁ ସବିତାଙ୍କୁ କହିଲି, "ତମେ ତ ସୁନ୍ଦର ଗୀତ ଗାଅ, ଏତେ ଆଦ୍ରେ ଗାଇଛ, ପୁରସ୍କାର ବି ପାଇଛ, ସେଦିନ ପୁରୀ ସମୁଦ୍ର କୂଳ ହୋଟେଲରେ ରହିଥିବା ବେଳେ ଏତେ ସୁନ୍ଦର ଗୀତ ଟିଏ ବୋଲିଥିଲ, ତା' ସୁର ଏବେ ବି ମୋ ମନରେ ବାଜି ହେଉଛି, ଏବେ ଆଉ ଗୋଟିଏ ଗୀତ ଗାଅ ନା ।" ମୋ ଅନୁରୋଧ ରକ୍ଷାକରି ସେ ଗୁଣୁ ଗୁଣୁ ହେଇ ଗୀତଟିଏ ଗାଇବା ଆରମ୍ଭ କଲେ । ଗୀତଟି ଥିଲା ଏହି ପରି,

"ମେଘ ଆସେ ଶ୍ରାବଣର ଆକାଶରେ"

ଗୀତ ଶେଷ ହେବାରେ କମ୍ପାର୍ଟମେଣ୍ଟ ଭିତରେ ଜଳୁଥିବା ନିଷ୍ପ୍ରଭ ବତୀ ଆଲୁଅରେ ସବିତାଙ୍କ ଅସ୍ପଷ୍ଟ ମୁହଁକୁ ଚାହିଁ ମୁଁ କହିଲି, "ଆଃ କି ସୁନ୍ଦର ଗୀତ, ତୁମେ ବି ଅତି ସୁନ୍ଦର କରି ତାକୁ ଗାଇଲ, ବହୁତ ଭଲ ଲାଗିଲା ।" ସବିତା କହିଲେ, "ଏଇଟି ରାଗ ମେଘ ମଲ୍ହାର ଉପରେ ଆଧାରିତ, ବୋଉ ପାଖରୁ ଶିଖିଥିଲି, ତମକୁ ଆଗରୁ କହିଚି ଯେତେ ସବୁ ଗୀତ ମୁଁ ଶିଖିଛି ସବୁ ମୋର ବୋଉ ପାଖରୁ ଶିକ୍ଷା ।"

ସବିତାଙ୍କର ସମସ୍ତ ଗୀତ ଶାସ୍ତ୍ରୀୟ ସଙ୍ଗୀତ ରାଗ ଉପରେ ଆଧାରିତ । ରାଉରକେଲା ଇଞ୍ଜିନିୟରିଂ କଲେଜରେ ପଢ଼ୁଥିବା ବେଳେ ବିଭିନ୍ନ ପ୍ରତିଯୋଗିତାରେ ଅଂଶ ଗ୍ରହଣ କରି ଅନେକ ପୁରସ୍କାର ପାଇଥିବାର ଖବର ମୁଁ ପାଇ ସାରିଥାଏ । ତାଙ୍କ ପରିବାରର ସମସ୍ତେ ସଙ୍ଗୀତକୁ ଆଦର କରନ୍ତି, ଝିଅମାନେ ଭଲ ପାଠ ପଢ଼ା ସାଥେ ସାଥେ ବୋଉଙ୍କ ପାଖରୁ ସଙ୍ଗୀତ ଶିକ୍ଷା କରିଥାନ୍ତି । ବିବାହର କିଛି ଦିନ ପରେ ତାଙ୍କ ଘରେ ଶାସ୍ତ୍ରୀୟ ସଙ୍ଗୀତ ଓ ଭଜନ ଉପରେ ଚର୍ଚ୍ଚା ଚାଲିଥାଏ । ମୋ ପାଖରେ କାନାଡ଼ାରେ ଥିବା ଗୋଟିଏ କ୍ୟାସେଟରୁ ମୁଁ କିଛି ମୀରା ଭଜନ ଶୁଣିଥିଲି ଯାହାକି ମୋତେ ବହୁତ ଭଲ ଲାଗିଥିଲା । ସେତିକି ବେଳେ କାହାର ସେ ଗୀତ କହିବା ପାଇଁ ମୋର ଆଉ ଗାୟିକାଙ୍କର ନାମ କୌଣସି ପ୍ରକାରେ ମନେ ପଡ଼ିଲା ନାହିଁ । କିନ୍ତୁ ଏତକ କହିଲି, "ବଙ୍ଗଲୋରେ କିଏ ଜଣେ କହିଲା, ଅତି ସୁନ୍ଦର, ହୃଦୟ ଖୋଲା ଭାବପୂର୍ଣ୍ଣକ ମୀରା ଭଜନ ଗାଆନ୍ତି ?" ଏତକ ଶୁଣିବା ମାତ୍ରେ ସବିତାଙ୍କର ମଝିଆ ଭଉଣୀ ସଙ୍ଗୀତା କହିଲା, "ଭାଇନା ! ତମେ ଆଉ ଯୋଥିକା ରାୟଙ୍କ କଥା କହୁ ନାହିଁ ତ ?" ସଙ୍ଗେ

ସଙ୍ଗେ ମୁଁ ଅତି ଖୁସି ହୋଇ କହିଲି, "ହଁ, ହଁ, ଯୋଥିକା ରାୟ।" ସେଉଠୁ ପାଖରୁ ଜାଣିଲି ଏ ସମସ୍ତଙ୍କର ସଙ୍ଗୀତ କ୍ଷେତ୍ରରେ ଜ୍ଞାନ ଓ ଆମ ସମସ୍ତଙ୍କର ଗୋଟିଏ ପ୍ରକାରର ସ୍ୱାଦୁ। ତାହା ମୋତେ ବହୁତ ଭଲ ଲାଗିଥିଲା।

ରାତି ପାହି ସକାଳ ହେଲା। ଏଇମିତି କଥା ଓ ଗୀତରେ ଦୀର୍ଘ ତିରିଶ ଘଣ୍ଟାର ପଥ ତିରିଶ ମିନିଟ ଭଳି ବିତିଲା। ପଥ ସରିଲା ହେଲେ କଥା ଅସରନ୍ତି, ଆମକୁ ଅପରାହ୍ନରେ ଦିଲ୍ଲୀର ନିଜାମୁଦ୍ଦିନ ଷ୍ଟେସନରେ ଓହ୍ଲାଇବାକୁ ପଡ଼ିଲା।

ଦିଲ୍ଲୀ ନଗରୀ ମୋର ପୂର୍ବ ପରିଚିତ। ପହଞ୍ଚିବା ମାତ୍ରେ ନିଜାମୁଦିନ ନିକଟସ୍ଥ କପୁର ଗେଷ୍ଟ ହାଉସ ନାମକ ଏକ ଗେଷ୍ଟ ହାଉସରେ ରାତ୍ରି ଯାପନ କରିବାର ବ୍ୟବସ୍ଥା କଲୁ। ସୁନ୍ଦର ଗେଷ୍ଟ ହାଉସଟି। ଅଳ୍ପ ସମୟ ବିଶ୍ରାମ ପରେ ବାହାରି ପଡ଼ିଲୁ କନଟପ୍ଲେସ ଓ ପାଲିକା ବଜାରକୁ ଜିନିଷ କିଣା କିଣି କରିବା ପାଇଁ। ରାସ୍ତାରେ ଯାଉଥିବା ବେଳେ ସବିତାଙ୍କୁ ମୁଁ ଆମେ ଆସୁଥିବା ମୋର ପୂର୍ବ ପରିଚିତ ଜାଗା ସବୁ ଦେଖେଇ ଦେଉଥାଏ। କିଣା କିଣି ସାରି ସଂଧ୍ୟାରେ ଫେରି ଆସିଲୁ। ନିକଟସ୍ଥ ରେଷ୍ଟୁରାଣ୍ଟରେ ନୈଶ୍ୟ ଭୋଜନ ହେଲା, ମୁଗଲାଇ ଖାନା, ବେଶ୍ ସୁସ୍ୱାଦୁ ଓ ରୁଚିପୂର୍ଣ୍ଣ ରହିଲା।

ତହିଁ ପରଦିନ ବଡ଼ି ସକାଳେ ଆଗ ଭିସା ଆବେଦନ ପତ୍ର ପାଇଁ ଚାଣକ୍ୟପୁରୀରେ ଥିବା କାନାଡ଼ିଆନ୍ ହାଇ କମିସନ୍‌କୁ ବାହାରି ପଡ଼ିଲୁ। ସେଠାରେ ବହୁତ ଲମ୍ବା ଧାଡ଼ି ଲାଗେ ବୋଲି ମୋତେ ଆଗରୁ ଜଣାଥାଏ। କେତେ କେତେ ଆଡୁ ଲୋକେ ଆସନ୍ତି, ବିଶେଷ କରି ପଞ୍ଜାବରୁ ଅନେକ ଆବେଦନକାରୀ। ତେଣୁ ବହୁତ ଆଗରୁ ଆମେ ଯାଇ ସେଠାରେ ପହଞ୍ଚିଗଲୁ। ଆମର ପାଲି ଆସିଲା, ଆମେ ଯାଇ ଅଫିସରଙ୍କ ସହିତ ସାକ୍ଷାତ କଲୁ। କାଗଜ ପତ୍ର ଯାଞ୍ଚ କାମ ସରିବା ପରେ ଅଫିସରଙ୍କୁ ମୁଁ ଅନୁରୋଧ ପୂର୍ବକ କହିଲି, "ମୋତେ ଦୟାକରି ଟିକିଏ କହିବେକି କେତେ ଶୀଘ୍ର ଜଣେ ଭିସା ପାଇ ପାରିବ, ଆପଣ ତ ଦେଖୁଛନ୍ତି ମୋର ବେଶୀ ଦିନ ଛୁଟି ନାହିଁ, ମୋ ଧର୍ମପନ୍ତୀ ଚାହୁଁଚନ୍ତି ମୋ ସହିତ ଆସିବା ପାଇଁ, ସତରେ ଏହା ସମ୍ଭବ କି ଶୀଘ୍ର ଭିସା ପାଇବାକୁ? ଯଦି ମିଳିଯାନ୍ତା ସେ ମୋ ସହିତ ଆସି ପାରନ୍ତେ।" ଅଫିସର୍ ଜଣକ ମୋତେ ଚାହିଁଲେ, କିଛି ସମୟ ଭାବି କହିଲେ, "କିଛି ଦିନ ତ ଲାଗିଯିବ, ଆପଣଙ୍କ ସହିତ ଯିବାଟା ସମ୍ଭବ ହେଇ ନପାରେ।" କିଛି ସମୟ ରହିଯାଇ ପୁଣି କହିଲେ, "ଆଛା ଠିକ୍ ଅଛି, ତାଙ୍କର ଯଦି ମେଡିକାଲ୍ ଟେଷ୍ଟର ଫଳ ଶୀଘ୍ର ଆସିଯାଏ ତେବେ ଆମେ ଶୀଘ୍ର ଭିସା ଦେବାକୁ ଚେଷ୍ଟା କରିବୁ।" ଏହା ଶୁଣି ମୁଁ ତାଙ୍କୁ ଧନ୍ୟବାଦ ଜଣେଇଲି ଓ ଆମର ସାକ୍ଷାତକାର ସେଇଠି ସରିଲା, ଆମେ ବାହାରକୁ ଆସିଲୁ।

ହାତରେ ମେଡିକାଲ ସ୍କ୍ରିନିଂ ପାଇଁ ସମସ୍ତ କାଗଜ ପତ୍ର ଥାଏ। ତାକୁ ଧରି

ଧାରିଲୁ ଏକମୁହାଁ ହୋଇ ମେଡିକାଲ କରେଇବା ପାଇଁ ଏକ ପରେ ଏକ, ଦୁଇଟି ସ୍ଥାନକୁ। ଏ ସବୁ ସ୍ଥାନ ବି ମୋତେ ଆଗରୁ ଜଣା। ତେଣୁ ମେଡିକାଲ ସ୍କ୍ରିନିଂ କାମ ଶୀଘ୍ର ଶୀଘ୍ର ହେଇଗଲା। ସମସ୍ତଙ୍କୁ କିନ୍ତୁ ମୁଁ ଅନୁରୋଧ କରିବାକୁ ଭୁଲୁ ନଥାଏ ଟିକିଏ ଚେଷ୍ଟା କରି ଶୀଘ୍ର ଯେମିତି ହାଇକମିଶନ୍ ଅଫିସକୁ ଫଳାଫଳ ପଠେଇ ଦେବା ପାଇଁ। ଏହା ପରେ ଆମେ ମସୁଧା କଲୁ, ଭିସା ଆବେଦନ ପତ୍ର ତ ଦାଖଲ ହେଇଗଲା, ଏବେ ଦିଲ୍ଲୀରେ କିଛି ଦିନ କଟେଇ ଦିଲ୍ଲୀ ଆଗ୍ରା ଆଦି ବୁଲାବୁଲି କରି ଓଡ଼ିଶା ଫେରିବୁ।

ଭିସା କାମ ସରିବା ପରେ ଅପରାହ୍ନରେ ଆମେ ଆଲୋକ (ରାଘ) ଭାଇ ଓ ପ୍ରତିମା ଅପାଙ୍କୁ ସାକ୍ଷାତ କରିବାକୁ ବାହାରିଲୁ। ତାଙ୍କ ଘର ଦିଲ୍ଲୀ ଆଇଆଇଟି କ୍ୟାମ୍ପସରେ। ଆଲୋକ ଭାଇ ଆଇଆଇଟି ଦିଲ୍ଲୀରେ ବାଇୟୋ ମେଡିକାଲ ଇଞ୍ଜିନିୟରିଂ ବିଭାଗରେ ପ୍ରଫେସର ଓ ପ୍ରତିମା ଅପା ଜେଏନ୍‌ୟୁରେ ମୁଁ ପଢୁଥିବା ବେଳେ ପିଏଚ୍‌ଡି କରୁଥିଲେ। ପ୍ରତିମା ଅପାଙ୍କ ସହିତ ବାଣୀବିହାରରୁ ମୋର ପରିଚୟ ଓ ଘନିଷ୍ଠତା, ମୋର ଦୁଇଟି ଉପରେ ବ୍ୟାଚରେ ସେ ପଢୁଥିଲେ। ବହୁତ ଆଦର କରନ୍ତି ମୋତେ। ଆମେ ପହଞ୍ଚିଲାରୁ ହଠାତ୍ ଆମ ଦୁଇଜଣଙ୍କୁ ଦେଖି ସେମାନେ ଆଶ୍ଚର୍ଯ୍ୟ ହେଇଗଲେ। ବାହାଘର ପରେ ପ୍ରଥମ ଦେଖା, ମୋ ସହିତ ପୁଣି ନବବିବାହିତା ପତ୍ନୀ ସବିତା। ତାଙ୍କ ସହିତ ବେଶ୍ ଗପ ଜମିଲା, କାନାଡ଼ା ଓ ଆମ ବାହାଘର ବିଷୟରେ ବି, କାନାଡ଼ିଆନ ଭିସା କଥା ମଧ ସେଥିରୁ ବାଦ ଯାଆନ୍ତା କିପରି ? ଆମ କଥା ଶୁଣି ଆଲୋକ ଭାଇ ଉପଦେଶ ଦେଲେ ଡେରି ନକରି ଯେତେ ଶୀଘ୍ର ଯାଇ ପୁଣି ଭିସା ଅଫିସରେ ପହଞ୍ଚିଯିବାକୁ। ଯଦିଓ ମୁଁ ଏତେ ଶୀଘ୍ର ଯିବାକୁ ସେତେଟା ଇଚ୍ଛୁକ ନଥିଲି ତଥାପି ତାଙ୍କ ଉପଦେଶ ମାନି ଯିବାକୁ ସ୍ଥିର କରିଦେଲି।

ଦିଲ୍ଲୀ ରହଣି ଭିତରେ ସପତ୍ନୀକ କିଛି ବନ୍ଧୁମିଳନ ହେଲା। ମୋର ପିଏଚ୍‌ଡି ସୁପରଭାଇଜରଙ୍କୁ ଦେଖା କରିବାକୁ ଦିନେ ଜେଏନ୍‌ୟୁ କ୍ୟାମ୍ପସ ଗଲୁ। ମୋ ପିଏଚ୍‌ଡି ସୁପରଭାଇଜର ଡକ୍ଟର ରାଓଙ୍କ ପତ୍ନୀ ମାଡାମ୍ ସୁଧା ରାଓ ବହୁତ କରି ମୋତେ କହିଥିଲେ ବିବାହ ପରେ ଦେଖା କରିବା ପାଇଁ। ଆଉ ଦିନେ ସବିତାଙ୍କର ରାଉରକେଲା ଇଞ୍ଜିନିୟରିଂ କଲେଜରେ ପଢୁଥିବା ବେଳର କିଛି ବନ୍ଧୁ ଓ ବାନ୍ଧବୀ ମାନଙ୍କ ସହିତ ଦେଖା ସାକ୍ଷାତ ହେଇ ବସନ୍ତ ବିହାର ସ୍ଥିତ ନିରୁଲାରେ ରାତ୍ରି ଭୋଜନ ହେଲା।

ଟୁରିଷ୍ଟ ବସରେ ନୂତନ ଓ ପୁରାତନ ଦିଲ୍ଲୀର ଦର୍ଶନୀୟ ସ୍ଥାନ ମଧ ବୁଲା ହେଲା। ପାର୍ଲିଆମେଣ୍ଟ, ରାଷ୍ଟ୍ରପତି ଭବନ, ଇଣ୍ଡିଆ ଗେଟ, ଯମୁନା ନଦୀ କୂଳରେ ଗାନ୍ଧୀ ସ୍ମୃତି ଓ ଶେଷରେ ଲାଲକିଲ୍ଲା। ଜେଏନ୍‌ୟୁ କ୍ୟାମ୍ପସ ଓ ମୋର ପୁରାତନ ବାସସ୍ଥାନ ବ୍ରହ୍ମପୁତ୍ର ଛାତ୍ରାବାସ ବା ସେଥିରୁ ବାଦ ଯାଆନ୍ତା କିପରି, ତାହା ବି ବୁଲା ହେଲା।

"ଏଠି ଆମେ ଏଇୟା କରୁଥିଲୁ, ସେଠି ଆମେ ସେଇୟା କରୁଥିଲୁ" ଇତ୍ୟାଦି ଇତ୍ୟାଦି, ଏହିପରି ବିଷଦ୍ ବିବରଣୀ ସହ ସେଦିନର ଭ୍ରମଣ ସରିଲା। ଶେଷକୁ କେବଳ ବ୍ରହ୍ମପୁତ୍ର ଛାତ୍ରାବାସ ପାଖରୁ ଦେଖାଇ ଦେଲି ସବିତାଙ୍କୁ, "ଏଠୁ ଦେଖ ଦିଅ କୁତୁବ ମିନାର।" ଦୁଃଖର ବିଷୟ କୁତବମିନାର ପାଖକୁ ଯିବାକୁ ଆମ ହାତରେ ଆଉ ସମୟ ନଥିଲା।

ଆଲୋକ ଭାଇଙ୍କ ଉପଦେଶ ଅନୁଯାୟୀ ପୁଣି କାନାଡ଼ିଆନ୍ ହାଇକମିସନ୍‌ରେ ଭିସାର ଖବର ବୁଝିବା ପାଇଁ ଆମେ ହାଜର ହେଇଗଲୁ। ମନ ମଧ୍ୟରେ ଉସ୍ତୁକତା, ଭିସା ମିଳିବ କି ନ ମିଳିବ ସେ ନେଇ, ମିଳିଗଲେ ଅତି ଉତ୍ତମ ହୁଅନ୍ତା, ତାହା ହିଁ ଆମ ମନରେ ଥାଏ। ଟିକେଟ ନେଇ ଭିଜିଟର ଗ୍ୟାଲେରୀରେ ଆମେ ଡାକରାକୁ ଅପେକ୍ଷା କରି ବସିଲୁ। କିଛି ସମୟ ପରେ ଆମର ପାଲି ପଡ଼ିବାରୁ ଡାକରା ଆସିଲା। ଯାଇ ଦେଖେତ ପୁଣି ସେଇ ଅଫିସର ଜଣକ। ଆମକୁ ଦେଖି ସେ ପଚାରିଲେ, "କ'ଣ କରି ପାରିବି ଆପଣଙ୍କ ପାଇଁ?" ମୁଁ କହିଲି, "ମୋ ସ୍ତ୍ରୀ ଭିସା ପାଇଁ ଆବେଦନ ପତ୍ର ଦେଇଛନ୍ତି, ଆମେ ଆସିଛୁ ବୁଝିବା ପାଇଁ କେବେ ମିଳିବ, ଆପଣ କହିଥିଲେ ମେଡିକାଲ୍ ଟେଷ୍ଟ ଫଳ ଯେତେ ଶୀଘ୍ର ଆସିଯିବ ସେତେ ଶୀଘ୍ର ଭିସା ଦେଇଦେବେ, ସେଇଥି ପାଇଁ ଆସିଛୁ ବୁଝିବାକୁ ମେଡିକାଲ୍ ଟେଷ୍ଟର ଫଳ ଆସିଲାଣି କି ନାହିଁ।" ମୋ କଥା ଶୁଣି ସେ ଆଶ୍ଚର୍ଯ୍ୟ ହୋଇ କହିଲେ, "ହଁ, ମୁଁ କହିଥିଲି, ମାତ୍ର ଏତେ ଶୀଘ୍ର ତ ନୁହେଁ, ହଉ ଠିକ୍ ଅଛି ଆପଣ ବାହାରେ ଅପେକ୍ଷା କରନ୍ତୁ, ମୁଁ ଦେଖେ।" ଏହା କହି ସେ ଭିତରକୁ ପଶିଗଲେ ଓ ଆମେ ବାହାରକୁ ବାହାରି ଆସି ଲବିରେ ଅପେକ୍ଷା କଲୁ। କିଛି ସମୟ ପରେ ସବିତାଙ୍କର ନାମ ଡାକରା ହେଲା, ଆମେ ଯାଇ ପହଞ୍ଚିଲୁ ପରିସ୍ଥିତି କ'ଣ ଜାଣିବା ପାଇଁ। ମୁଁ ମନେ ମନେ ଭାବୁଥାଏ କ'ଣ କିଛି କହିବେ ବୋଧହୁଏ ସେଇ ମେଡିକାଲ ରିପୋର୍ଟ ବିଷୟରେ, ତାଙ୍କ ପାଖରେ ପହଞ୍ଚିଲା କି ନାହିଁ, କିଛି ଖବର ଦେବେ। ତା' ପରିବର୍ତ୍ତେ ସହସା କାଉଣ୍ଟରରେ ବସିଥିବା ଭଦ୍ର ମହିଳା ଜଣକ ମୋ ହାତକୁ ସବିତାଙ୍କର ପାସପୋର୍ଟଟି ବଢ଼େଇ ଦେଲେ, ତରତର ହୋଇ ପୃଷ୍ଠା ଲେଉଟେଇ ଦେଖେତ ତା' ଭିତରେ ଭିସାର ଷ୍ଟାମ୍ପ। ଆଖିକୁ ବିଶ୍ୱାସ କରି ପାରିଲିନି, ଭାବି ପାରିଲିନି ଏତେ ଶୀଘ୍ର ଭିସା ମିଳିଗଲା। ସବିତାଙ୍କର କାନାଡ଼ା ଯିବାର ତୃତୀୟ ପ୍ରତିବନ୍ଧକ ବି ଦୂର ହେଇଗଲା। ସେଉଠୁ ମନେ ମନେ ଆଲୋକ ଭାଇଙ୍କୁ ଶତ ଧନ୍ୟବାଦ ଜଣେଇଲି। ସେ ଏପରି ଉପଦେଶ ଦେଇ ନଥିଲେ ହୁଏତ ଆମେ ଏତେ ଶୀଘ୍ର ଭିସା ଅଫିସକୁ ପୁଣି ଆସି ନଥାନ୍ତେ। କି ଦୈବ ଯୋଗ। ଏତେ କମ୍ ଦିନ ଭିତରେ ମେଡିକାଲ ଟେକ୍ ଅପ ସହ କାନାଡ଼ିଆନ୍ ଭିସା ପ୍ରାପ୍ତ ହେବା ଥିଲା ଆମପାଇଁ

ଆଶ୍ଚର୍ଯ୍ୟଜନକ । ପ୍ରତ୍ୟେକ ଥର ଶଢରେ ପରିପ୍ରକାଶ ନ କଲେ ବି ଅଫିସରଙ୍କ ସାମନାରେ ମନେ ମନେ କହୁଥାଏ, "ବରୁଣସିଂରୁ ସେ ବୁଢ଼ୀ ମାଧବୀ ପାଣିଗ୍ରାହୀ କହିଛି ତା' ନୂଆ ବୋହୂର ଟିକିଏ ଜଲଦି କରି ଦବା ପାଇଁ ।" ପର୍ଯ୍ୟଟକ ହିସାବରେ ଭିସା ମିଲିଯାଏ ମାତ୍ର ମେଡିକାଲ ପରେ ବହୁ ଦିନ ରହଣିର ଭିସା ଏତେ ଶୀଘ୍ର କାହାରିକୁ ମିଲିବା ମୁଁ କେବେହେଲେ ଶୁଣି ନଥିଲି । ଏହା ଥିଲା ଆମ ପାଇଁ ପ୍ରକୃତରେ ବିସ୍ମୟ ହେବା କଥା ।

କାନାଡ଼ିଆନ୍ ଭିସା ପ୍ରାପ୍ତି ପରେ ଆମେ ଆଉ ଦିଲ୍ଲୀରେ ବୁଲିବୁ କ'ଣ, ସଙ୍ଗେ ସଙ୍ଗେ ଧାଇଁଲୁ ରେଲ ଷ୍ଟେସନ୍ ଟିକଟ କାଟିବାକୁ, ଚିନ୍ତା ରହିଲା କିପରି ଶୀଘ୍ର ଓଡ଼ିଶା ଫେରିଯିବୁ । ଏବେ କାନାଡ଼ା ଯିବା କଥା ଯେତେବେଲେ ଉଠିଲାଣି, ଅତି କମ୍‌ରେ ଆଉ କିଛି ଦିନ ନନା ବୋଉଙ୍କ ଗହଣରେ ସମୟ ତ କଟେଇ ପାରିବେ ସବିତା, କେବଲ ସେଇଥି ପାଇଁ । ରେଲ ଟିକଟ ବି ସୌଭାଗ୍ୟକୁ ମିଲିଗଲା । ପାନ୍ନା ଟୁରସ ଏଣ୍ଡ ଟ୍ରାଭେଲ୍ସର ଜନପଥ ଅଫିସରୁ ସବିତାଙ୍କର ଉଡ଼ାଜାହାଜ ଟିକେଟ ମାର୍ଚ୍ଚ ତେଇଶ ତାରିଖ ପାଇଁ ଧରି ଫେରିଲୁ ଆଲୋକ ଭାଇଙ୍କ ବାସ ଭବନକୁ । ତାଙ୍କ ଉପଦେଶ ଯୋଗୁଁ ଭିସା ମିଲିବାର ସଫଲତା କହି ଆଲୋକ ଭାଇଙ୍କୁ ଧନ୍ୟବାଦରେ ପୋତି ପକେଇଲୁ । ସେ ରାତି ତାଙ୍କ ପରିବାର ସହ ବିତେଇ ତହିଁ ପରଦିନ ନିଜାମୁଦ୍ଦିନ ଷ୍ଟେସନରୁ ଟ୍ରେନ ଧରି ରାଉରକେଲା ଦଇନ ନନା ଓ ସାନ ଭାଉଜଙ୍କ ପାଖରେ ପହଞ୍ଚିଲୁ । ସେଠାରୁ ପୁଣି ଆମେରିକାନ୍ ଟ୍ରାନଜିଟ୍ ଭିସା ପାଇଁ କଲିକତା ଯିବାକୁ ପଡ଼ିଲା, କାରଣ ଆମକୁ ନ୍ୟୁୟର୍କ ସହର ଦେଇ ଯିବାର ଥାଏ । କଲିକତାର ଆମେରିକାନ୍ ଏମ୍ବାସିରୁ ଟ୍ରାନ୍‌ଜିଟ୍ ଭିସା ଧରି ସମସ୍ତ କାମ ସାରି ଶେଷରେ ପହଞ୍ଚିଲୁ ବାଲେଶ୍ୱର ।

ଗାଁରେ ମାଆକୁ ଭିସା ମିଲିଯିବାର ଖୁସି ଖବର ଜଣେଇବାକୁ ଯାଇ କହିଲି, "ହେଇ ଦେଖ୍ ତୋ ନୂଆ ବୋହୂର ଭିସା ବି ମିଲିଗଲା, ତୁ ଚାହୁଁଥିଲୁ ନା, ସେ ମୋ ସହିତ କାନାଡ଼ା ଯାଉ ବୋଲି, ସବୁ କାମ ହେଇଗଲା, ଏବେ ସେ ମୋ ସାଙ୍ଗରେ ଯାଇ ପାରିବେ, ବୁଝିଲୁ, ତୋର ଆଉ କିଛି ଚିନ୍ତା କରିବା ଦରକାର ନାହିଁ ।" ମୋ କଥା ଶୁଣି ସେ କେବଲ "ହଉ" କହିଲା । ମୁଁ ତା' ମୁହଁକୁ ଚାହିଁଲା ବେଲକୁ ତା' ଦୁଇ ଆଖିରେ ଲୁହ । ବୁଝି ନପାରି ତା' ପାଖକୁ ଦୌଡ଼ିଯାଇ କହିଲି, "ତୁ ପରା କହୁଥିଲୁ ମୋ ସାଙ୍ଗରେ ସେ କାନାଡ଼ା ଯାଉ ବୋଲି, ଏବେ ପୁଣି କାନ୍ଦୁଛୁ କାହିଁକି ?" ଆଖିରୁ ଲୁହ ପୋଛୁ ପୋଛୁ ସେ କହିଲା, "ହଉରେ ବାପା, ନିଜର ପିଲାପିଲି ହେଲେ ବୁଝିବୁ, ଭଲରେ ଯା, ଠାକୁରେ ତମକୁ ଭଲରେ ରଖନ୍ତୁ, ମୁଁ ସବୁ ଦିନେ ତାଙ୍କୁ ଡାକୁଛି ।" ମୁହୂର୍ତକ ପାଇଁ ମୁଁ ଖୁସି ହେବି କି ଦୁଃଖ କରିବି ଜାଣି ପାରିଲିନି, ମନେ

ମନେ ଭାବିଲି ଏ ମାତୃ କୂଳର ଗଭୀରତା ଅମୃଧ୍ୟ ଠାରୁ ବି ଅଧିକ, ଏହାକୁ ମୋ ଭଳି ନିର୍ବୋଧ କ'ଣ କେବେ ହେଲେ କଳନା କରି ପାରିବ ? ପର ମୁହୂର୍ତ୍ତରେ ମାଆର ଲୁହ ଦେଖି ମୋ ଆଖିରେ ବି ଲୁହ ଜକେଇ ଆସିଲା।

ଗାଁ ସାଇ ପଡ଼ିଶା, ବନ୍ଧୁବର୍ଗ ସମସ୍ତେ ଜାଣିଗଲେ ଭିସା ମିଳି ଯିବାରୁ ସବିତାଙ୍କର ମୋ ସହିତ କାନାଡ଼ା ଗମନ ଖବର। ବଡ଼ ଭାଉଜ ଶୁଣି କହିଲେ, "ଆମେ ପରୀ ରାଇଜ କାହାଣୀ ଶୁଣୁଥିଲୁ, ରାଜକୁମାର ଆସି ରାଜକୁମାରୀକୁ ପକ୍ଷୀରାଜ ଘୋଡ଼ାରେ ବସେଇ ଉଡ଼ି ପଲେଇଲା, ସେଇମିତି ଆମ ବିହାରୀ ବାବୁ (ବଡ଼ ଭାଉଜ ମୋତେ ଖୁସିରେ ମୋ ନାଁ ଗଗନ ବିହାରୀ ଥିବାରୁ ବିହାରୀ ବାବୁ ଡାକନ୍ତି) ସବିତା ରାଣୀଙ୍କୁ ଉଡ଼ାଜାହାଜରେ ବସେଇ ଘୁରୁର କିନା କାନାଡ଼ା ଉଡ଼ିକି ପଲେଇଛ ଯିଇବେ। ଆଉ ଆମେ ଯେ ମଫସଲକୁ ସେଇ ମଫସଲରେ ପଡ଼ି ରହିଥିବୁ।" ସାନ ଭଉଣୀ ମଞ୍ଜୁ କହିଲା, "ଗଗନ ନନା ଆସିଲେ, ବାହାଘର ହେଲା, ନୂଆ ବୋହୂ ଆସିଲେ, ଏଥର ନନା ତାଙ୍କୁ ସାଙ୍ଗରେ ଧରିକି କାନାଡ଼ା ପଲେଇ ଯିବେ, ମୁଁ କିସ ଆଉ କାନ୍ଥରେ ମିଛରେ ଲେଖିଥିଲି ନା, ଟିକିରା ଉପରେ କଣ୍ଢା ମାରିସ, ଗଗନ ଡାକୁଛନ୍ତି "ସବିତା, କାନାଡ଼ା ଯିବା ଆସ", ସିଏ ତାଙ୍କର ଦି ଜଣ ପଲେଇ ଯିବେ, ଆମେ ଆଉ କିସ କରିବା ? ଭଲରେ ରୁହନ୍ତୁ, ସେଇଟା ବଡ଼ କଥା।"

ମାର୍ଚ୍ଚ ତେଇଶ ତାରିଖ କାନାଡ଼ା ଫେରିବାର ଦିନ ସ୍ଥିର ହେଇଥାଏ। ଇତି ମଧ୍ୟରେ ଡକ୍ତର ଠାକର ମୋର କାନାଡ଼ାର ସୁପରଭାଇଜରଙ୍କୁ ଆଉ କିଛି ଦିନର ଛୁଟି ମଞ୍ଜୁର ପାଇଁ ଟେଲିଗ୍ରାମଟିଏ ପଠାଇ ଦେଇଥାଏ।

ବିବାହ ପରେ ଭାରତରେ ଆଉ ଏକ ମାସ ରହଣି ପରେ ପୁଣି କାନାଡ଼ା ପ୍ରତ୍ୟାବର୍ତ୍ତନ, ସାଥିରେ ନବବିବାହିତା ପତ୍ନୀ ସବିତା। ସେ ଦିନ ଘରେ ବିଷାଦର ଛାୟା। ମାଆର ଆଖିରେ ଲୁହ, ଯେତେ ପୋଛିଲେ ବି ସରୁନି। କାରରେ ବାଲେଶ୍ୱରରୁ ସିଧା କଲିକତା ବିମାନ ବନ୍ଦରକୁ ଆମ ଯାତ୍ରାର ଯୋଜନା। ଆମକୁ ବିମାନ ବନ୍ଦର ପର୍ଯ୍ୟନ୍ତ ବିଦାୟ ଦେବାକୁ ଆସିବେ ବୋଲି ସ୍ଥିର ହେଲା, ଶାଶୁ, ଶ୍ୱଶୁର, ଶାଳୀ ଓ ମୋ ଦ୍ୱିତୀୟ ବଡ଼ ଭାଇ ପିଦୁନନା। ସମୟ ଆସିଲା, ସବୁଥର ପରି କୁଳ ଦେବତା ଗୋପାଳଜୀ, ଗ୍ରାମ ଦେବୀ ବାସୁଳୀ ଓ ଗୁରୁଜନ ମାନଙ୍କୁ ଦଣ୍ଡବତ ହେଇ ଆମେ ବାହାରିଲୁ। ସବୁଥର ଯିଏ ଯେତେବେଳେ ଘରୁ ବାହାରି ଯାଆନ୍ତି ଦାଣ୍ଡ ଆଗ ବରଗଛ ମୂଳରେ ସମସ୍ତେ ମୁଣ୍ଡିଆ ମାରି, ଭାବର ଆଦାନ ପ୍ରଦାନ କରି ବିଦାୟ ଦିଅନ୍ତି। ସେଦିନ କିନ୍ତୁ ଥିଲା ଏହାର ବ୍ୟତିକ୍ରମ। ବଡ଼ ଭାଇ ପିଦୁନନା ଗାଡ଼ିର ସାମନା ସିଟ୍‌ରେ ବସିଥାନ୍ତି, ପଛ ସିଟ୍‌ରେ ବସିଥାଉଁ ମୁଁ ଓ ସବିତା। ମା, ଭାଇ, ଭାଉଜ, ଭଉଣୀ,

ଝିଆରୀ, ପୁତୁରା, ପଶୁଆଇ, ଉଆସରୁ ଖୁଡ଼ୀ ଓ ଜେଜେମାମାନେ, ଆଉ ଗାଁ ସାଇ ପଡ଼ିଶାରୁ ଯେତେ ଚିହ୍ନା ଲୋକ, ସମସ୍ତେ କାର ଦୁଇ ପାଖ ଓ ପଛରେ ଧୀରେ ଧୀରେ ଚାଲିଥାନ୍ତି। ଲାଗୁଥାଏ ସତେ ଯେପରି ଏକ ଶୋଭାଯାତ୍ରା। କେହି ଘର ଫେରି ଯିବାକୁ ନାରାଜ। ମାଆ ଖାଲି ପାଦରେ ଗାଁ ଦାଣ୍ଡ ନାଲି ଗୋଡ଼ି ରାସ୍ତାରେ ଚାଲିଥାଏ। ଆଖିରେ ଲୁହକୁ ମଝିରେ ମଝିରେ ଲୁଗା କାନିରେ ଲୁହ ପୋଛି ପକଉ ଥାଏ। ଗାଡ଼ି ଆସି ଗାଁ ଶେଷ ମଥା ହେଲା, ତଥାପି କାଚ ତଳକୁ କରି ମୁଁ ମାଆ ହାତକୁ ଧରିଥାଏ। ଶେଷକୁ କାଚ ଭିତରେ ମୁହଁ ପଶେଇ ସବିତାକୁ ଚାହିଁ ମାଆ କହିଲା, "ତୋ ଦେହ ପା' ର ଯନ ନେଉଥିବୁ, ଗଗନର ଯନ ନେଉଥିବୁ, ତମେ ଦି ଜଣ ଖୁସିରେ ରହିନେ ମୁଁ ଖୁସି।" ଏତକ କହି କେଇଁ କେଇଁ ହେଇ କାଦି ପକେଇଲା। ମନେ ପଡ଼ିଗଲା କନ୍ୟା ବିଦା ବେଳେ ଶାଶୁ କିପରି ତାଙ୍କ ଝିଅ ସବିତାର ହାତକୁ ଶେଷ ପର୍ଯ୍ୟନ୍ତ ମୁଠେଇ ଧରିଥିଲେ। ଆଉ ଇଏ ବି ସେଇ ଜଣେ ମାଆ। ତା' ଆଲୁରୁ ବାଲୁରୁ ମୁହଁକୁ ଦେଖି କୋହ ସମ୍ଭାଲି ନପାରି ଝରି ଆସିଥିଲା ମୋ ଦୁଇ ଆଖିରୁ ଗଙ୍ଗା ଯମୁନାର ଧାରା। ଏତିକି ବେଳେ ତାଙ୍କ ରୁମାଲ ବାହାର କରି ମୋ ଆଖିରୁ ଲୁହ ପୋଛିଦେଇଥିଲେ ସମ୍ୱେଦନଶୀଲା ପତ୍ନୀ ସବିତା। ଇଚ୍ଛା ନଥିଲେ ବି ଗାଡ଼ିର କାଚ ବନ୍ଦ କରିବାକୁ ହେଲା ଓ ନିର୍ଦ୍ଦୟ ଗାଡ଼ି ଧୀରେ ଧୀରେ ଆଗେଇ ଚାଲିଲା। ଦିଶୁଥିବା ଯାଏଁ ମୁଁ ଓ ସବିତା ଦୁଇଜଣଯାକ ପଛକୁ ଚାହିଁ ହାତ ହଲଉଥାଉ। ଗାଡ଼ି ରାସ୍ତାରେ ବେଗରେ ଚାଲିବା ଆରମ୍ଭ କରନ୍ତେ ସମସ୍ତେ ନିମିଷକେ ଅଦୃଶ୍ୟ ହୋଇଗଲେ, ମାଆର ସେଇ ଆଲୁରୁ ବାଲୁରୁ ମୁହଁ ବି।

ଗାଁରୁ ବାଲେଶ୍ଵର ସହର ମାତ୍ର ପନ୍ଦର ମିନିଟର ରାସ୍ତା। କାର ପଛ ସିଟରେ ନିରବରେ ବସି ମୁଁ ଭାବୁଥାଏ ମାଆର ସେଇ ମୁହଁ ଓ ସବିତାଙ୍କର ମୋ ଆଖିରୁ ଲୁହ ପୋଛିଦେବା କଥା। ମନେ ପଡୁଥିଲା ମୋର ଯେତେବେଳେ ପ୍ରଥମେ କାନାଡ଼ା ଯିବାର ହେଲା ସେ ସମୟରେ ମାଆର କଥା। ସତରେ ସେ ଠିକ୍ କହୁଥିଲା, ଆଉ ମୁଁ ତୁଚ୍ଛାଟାରେ ତା' କଥାକୁ ହାଲୁକା ଓଜରଉଥିଲି। ସେ କହୁଥିଲା "ଭଲରେ ମନ୍ଦରେ କେହି ହେଲେ ଟିକିଏ ସାହା ହବାକୁ ଥାଆନ୍ତା ପାଖରେ।" ସତରେ ଆଜି ସେଇ ସାହାରା ଜଣକ ପାଖରେ ବସିଛନ୍ତି, ଯିଏକି ନୂଆ ସଂସାରର ଚଲାପଥରେ, ଖୁସି ହାସିରେ ଭାଗୀଦାର ହେବ, ମନରେ କୋହ ଉଠିଲେ ଲିଭେଇ ଦବ, ଆଖିରେ ଲୁହ ଦେଖିଲେ ସାନ୍ତ୍ବନା ଦେଇ ଲୁହ ପୋଛି ପକେଇବ।

କାର ଯୋଗେ ବାଲେଶ୍ଵର ଦେଇ କଲିକତା ବିମାନ ବନ୍ଦରରେ ଆମେ ଯଥା ସମୟରେ ପହଞ୍ଚିଗଲୁ, ଆମ ହାତରେ ବେଶୀ ସମୟ ନଥିଲା, ମନ ଖୋଲି କାହାରିକୁ

ବିଦାୟ ବି ଦେଇ ହେଲାନି । ତେଣୁ ଭାରାକ୍ରାନ୍ତ ମନ ନେଇ ସମସ୍ତଙ୍କୁ ଶୀଘ୍ର ଶୀଘ୍ର ବିଦାୟ କହି ବିମାନ ବନ୍ଦର ଭିତରକୁ ତର ତରରେ ପଶିଗଲୁ । କଲିକତାରୁ ଏୟାର ଇଣ୍ଡିଆ ବିମାନ ଯୋଗେ ବମ୍ବେ ଆସିଲୁ । ଏହା ସବିତାଙ୍କର ପ୍ରଥମ ଉଡ଼ାଜାହାଜରେ ବସିବାର ଅଭିଜ୍ଞତା । ସେ ରାତି ବମ୍ବେ ବିମାନ ବନ୍ଦରରେ ଆମକୁ ବିତେଇବାକୁ ପଡ଼ିଲା । ତହିଁ ପର ଦିନ ଏୟାର ଇଣ୍ଡିଆ ବିମାନ ନେଇ ବମ୍ବେରୁ ଦୁବାଇ ଆସିବାର କଥା । କିଛି ସମୟ ଆରବ ସାଗରରେ ଉଡ଼ାନ ପରେ ଦୁର୍ଯୋଗକୁ ଯାନ୍ତ୍ରିକ ତ୍ରୁଟି ଯୋଗୁଁ ଆମକୁ ପୁଣି ବମ୍ବେ ଫେରି ଯିବାକୁ ପଡ଼ିଲା । କିଛି ଘଣ୍ଟା ପରେ ଅନ୍ୟ ଏକ ବିମାନ ନେଇ ଦୁବାଇ ପହଞ୍ଚିଲୁ । ଦୁବାଇରୁ ନ୍ୟୁୟର୍କ ଆଟଲାଣ୍ଟିକ ମହାସାଗର ଉପର ଦେଇ ଦୀର୍ଘ ଉଡ଼ାନ୍ । ଯେତେବେଳେ ନ୍ୟୁୟର୍କରେ ପହଞ୍ଚିବାର କଥା ଆମେ ଆଉ ପହଞ୍ଚିପାରିଲୁ ନାହିଁ । ଫଳରେ ଆମେ କୌଣସି ପ୍ରକାରରେ ଏୟାର କାନାଡ଼ାର ସଂଯୋଗ କରୁଥିବା ଟରୋଣ୍ଟୋ ଫ୍ଲାଇଟ ଧରି ପାରିଲୁନି । ସେ ରାତି ଆମକୁ ନ୍ୟୁୟର୍କରେ ରହିବାକୁ ପଡ଼ିଲା । ତହିଁ ପରଦିନ ସକାଳେ ଏୟାର କାନାଡ଼ାର ଆଉ ଏକ ବିମାନ ଯୋଗେ ଆମେ ନ୍ୟୁୟର୍କରୁ ଟରଣ୍ଟୋ ଆସିଲୁ । ଟରୋଣ୍ଟୋରୁ ବାହାରି ଶେଷରେ ପହଞ୍ଚିଲୁ ମୋର ପୂର୍ବ ପରି ପରିଚିତ ଓଣ୍ଟାରିଓର ଲଣ୍ଡନ ସହରରେ । ଦୀର୍ଘ ଏକ ମାସ ସତର ଦିନ ଘୂର୍ଣ୍ଣ ବାତ୍ୟା ସମ ଭାରତ ଯାତ୍ରାର ଅବସାନ ଘଟିଲା । କାନାଡ଼ାରେ ରତୁ ବସନ୍ତ, ଟୁଲିପ, ଡାଫୋଡିଲ ଓ ମାଗନୋଲିଆ ଫୁଟେଇ ସବିତାଙ୍କର ଶୁଭ ଆଗମନକୁ ଅପେକ୍ଷା କରିଥିଲା ।

ବିବାହ ପରେ କାନାଡ଼ା ଆସି କିଛି ମାସ ବିତି ଯାଇଥାଏ । ଥରେ ରାତ୍ରି ଭୋଜନ ପରେ ଡ୍ରଇଂ ରୁମରେ ମୁଁ ଡେରି ଯାଏଁ ବସିଥାଏ । ସବିତା କହିଦେଇ ଗଲେ ଯେ ସେ ଶୋଇବାକୁ ଯାଉଚନ୍ତି । ଷ୍ଟିରିଓରୁ ଭାସି ଆସୁଥାଏ ସୁନନ୍ଦା ପଟନାୟକଙ୍କ ମୃଦୁ ମଧୁର କଣ୍ଠ ସ୍ୱରରୁ ରାଗ "ଧାନି" । ପାଖ ବହିଥାକର ସବାତଳ ଥାକରେ ଦେଖିଲି ପୁରୁଣା ଚିଠି ଗୁଡ଼ିକ । ଟାଣି ଆଣିବାରୁ ହାତରେ ପଡ଼ିଲା ସଙ୍ଗୀତାର ନୀଳ ରଙ୍ଗର ଏରୋଗ୍ରାମ ଖଣ୍ଡିଏ । ସଙ୍ଗୀତା, ସବିତାର ମଝିଆ ଭଉଣୀ, ଡାକ ନାଁ ଟିକି । ଚିଠିଟିର ତାରିଖ, ୨୩.୩.୮୭, ଯେଉଁ ଦିନ ଆମେ ଦୁଇ ଜଣ ଭାରତ ଛାଡ଼ିଥିଲୁ । ଇଏ କି ପ୍ରକାରର ଯୋଗ ? ମନ ହେଲା ଚିଠିଟି ଖୋଲି ପଢିବାକୁ । ସେଥିରେ ସେ ଲେଖିଥିଲା,

"ଗଗନ ଭାଇନା,

ମୋର ପ୍ରଣାମ ଗ୍ରହଣ କରିବ । ଆଜି ଭାରତ ଛାଡ଼ିବ । କେମିତି ପହଞ୍ଚିଲ ଲେଖିବ । ପୁଣି କେବେ ଦେଖାହେବ ? ଭାବିଲା ବେଳକୁ କେମିତି ଲାଗୁଛି । କିଛି ଦିନ ପୂର୍ବରୁ ଆମେ ଜାଣି ନଥିଲୁ ଡକ୍ତର ଗଗନ ବିହାରୀ ପାଣିଗ୍ରାହୀ କିଏ ବୋଲି । କିନ୍ତୁ ଏତିକି ଅଳ୍ପଦିନ ଭିତରେ ଆମ୍ରୀୟତା ଏତେ ବଢ଼ି ଯାଇଛି ଯେ ଲାଗୁଛି ତୁମେ

ଆମ ଘରେ ନୂଆ ନୁହେଁ, ବରଂ ବହୁତ ଦିନରୁ ଆମ ଘର ସହିତ ଓତପ୍ରୋତ ଭାବେ ଜଡ଼ିତ । ସତରେ କନଫ୍ୟୁଜନ୍ ହୁଏ ତୁମେ ଭାଇ ନା ଭିଣୋଇ ।"

ଆଉ ଥରେ ପଢ଼ିଲି, ସତରେ ଲେଖାଥିଲା, "ତୁମେ ଭାଇ ନା ଭିଣୋଇ ।"

ଚିଠିଟି ଥୋଇ ଦେଇ ସୋଫାରେ ମିନିଟିଏ ବସିଗଲି । ଭାବବିହ୍ଵଳ ହୋଇ ଚାହିଁଲା ବେଳକୁ ଆଉ ଖଣ୍ଡିଏ ଚିଠି ତା' ତଳେ । ଠିକଣା ଶ୍ୱଶୁରଙ୍କ ହାତ ଲେଖା । ଲଫାଫା ଖୋଲି ଚିଠିଟି ବାହାର କରୁ କରୁ ହାତରେ ପଡ଼ିଲା ଶାଶୁଙ୍କ ପ୍ରଥମ ଚିଠି, କାନାଡ଼ାକୁ । ସଙ୍ଗୀତାର ତିନି ଦିନ ବାଦେ ଏ ଚିଠିଟି ଲେଖା ।

ସେ ଲେଖିଥିଲେ ?,

"କଲ୍ୟାଣୀୟ ଗଗନ,

କୁନିକୁ ଦେଇଥିବା ଚିଠିରୁ ସବୁ ବିଷୟ ଜାଣିବ । ଏତେ ବ୍ୟସ୍ତତା ଭିତରେ ତୁମ ସାଙ୍ଗରେ ବସି ପଦେ କଥା ହେଇ ପାରିନାହିଁ । ସତ କହିବାକୁ ଗଲେ, ସବିତା ମୋର ବଡ଼ ଝିଅ, ଏଣୁ ଆମ ଅନ୍ତେ ତୁମ ଛଡ଼ା ଟିକି, ନୀତାର କେହି ନାହିଁ । ତୁମେ ତାଙ୍କୁ ସ୍ନେହ ଦେବ । ଏତିକି ତୁମ ପାଖରେ ମୋର ଅଳି ।"

ଚିଠିଟି ଆଉ ଅଧିକ ପଢ଼ି ପାରିଲିନି ।

ଏ ଚିଠି ଦୁଇଟି ପଢ଼ି ଭାବାବେଗରେ ଆଖି ମୋର ଛଳ ଛଳ ହେଇ ଆସିଲା । ବସିବା ଜାଗାରୁ ଉଠି ଆସି କାଚ ଝରକା ଦେଇ ଚାହିଁ ରହିଲି ଅନ୍ଧାର ମଧ୍ୟରେ ନିଦ୍ରାଗତ ଲଣ୍ଠନ ସହରକୁ, ଆଉ ରିଚମଣ୍ଡ ଷ୍ଟ୍ରିଟରେ ଏତେ ରାତିରେ କେବେ କେବେ ଯାଆ ଆସ କରୁଥିବା କାର୍‌ମାନଙ୍କ ସାମନା ଆଲୁଅକୁ । ସେମିତି ଚାହିଁ ରହି ଭାବୁଥିଲି, ସଙ୍ଗୀତା ଆଉ ବୋଉଙ୍କର ମୋ ଉପରେ ଅଳ୍ପ କେତେ ଦିନରେ ଗଢ଼ି ଉଠିଥିବା ବିଶ୍ୱାସ ଓ ଆପ୍ତୀୟତାକୁ ।

ଠିକ୍ ସେତିକି ବେଳେ ସବିତା ବାଥ୍‌ରୁମ ଯିବେ ବୋଲି ଉଠି ଆଖି ମଳି ମଳି ମୋତେ ଚାହିଁ ପଚାରିଲେ, "ଏତେ ରାତି ହେଲାଣି ତମେ ଏ ଯାଏଁ ଶୋଇନ ?"

ଚାରୁକଳା ଓ ମୁଁ

"ବହିଟି ଯଦି ଭଲ, ତମର ପସନ୍ଦ ହେଉଛି, ଆଉ ସେଇଟା ଯଦି ତମ ଚିତ୍ର ଆଙ୍କିବାରେ ସାହାଯ୍ୟ କରି ପାରିବ, ତେବେ କିଣନ୍।" ବଡ଼ ଉତ୍ସାହ ପୂର୍ବକ ପତ୍ନୀ ସବିତା ମୋତେ ପୁସ୍ତକ ଭଣ୍ଡାରର ବହି ଥାକ ଆଗରେ ଠିଆ ହୋଇ ବହି ଲେଉଟେଉ ଲେଉଟେଉ ଏ କଥା କହିଲେ। କହୁଁ କହୁଁ ତାଙ୍କ ଆଖିରୁ ସତରେ ଯେମିତି ପ୍ରେରଣାର ଉସ୍ର, ଝରା ବତୀରୁ ରୋଶଣି ଝରିଲା ପରି ଝରି ପଡ଼ୁଥିଲା।

ଏହା ହେଉଛି ୧୯୯୨ ମସିହାର କଥା, ଆମେ ଯେତେବେଲେ ନୂଆ କରି ଟରଣ୍ଟୋ ଆସିଥାଉ। ସର୍ବ ପ୍ରଥମେ ଆମେ ସହର ମଧ୍ୟବର୍ତ୍ତୀ ଗ୍ରେନ୍‌ଭିଲ୍ ସ୍ଥିତ "ଦି ଗ୍ୟାଲେରୀ" କଣ୍ଡୋମିନିଅମ୍‌ରେ ଭଡ଼ାନେଇ ରହୁଥିଲୁ। ଯଦିଓ ଓଟାଞ୍ଚା କାନାଡ଼ାର ରାଜଧାନୀ, ଟରଣ୍ଟୋ କାନାଡ଼ାର ସର୍ବ ବୃହତ ଗଗନଚୁମ୍ବୀ ପ୍ରାସାଦମୟୀ ନଗରୀ ଓ ପ୍ରଧାନ ବାଣିଜ୍ୟ ସ୍ଥଳୀ। ଏଠାରେ ପୃଥିବୀର ପ୍ରାୟ ସବୁ ଦେଶରୁ ବିଭିନ୍ନ ଧର୍ମାବଲମ୍ବୀ, ଭାଷାଭାଷୀ, ସଭ୍ୟତା ଓ ବର୍ଣ୍ଣର ଲୋକମାନେ ବସବାସ କରନ୍ତି।

ଆମ ବାସସ୍ଥାନରୁ ଦକ୍ଷିଣକୁ କେତୋଟି ସ୍ଥିତ ଟପିଲେ ବିଶାଳକାୟ ପୁସ୍ତକ ଭଣ୍ଡାରଟିଏ। ନାଁ ଟି ବି ତାର "ଓ୍ୱାରଲଡ ଲାରଜେଷ୍ଟ ବୁକ ଷ୍ଟୋର।" ପ୍ରାୟ ପ୍ରତି ଶନିବାର ବା ରବିବାର ଅପରାହ୍ନରେ ଆମେ ପୁଥ ସୋମନକୁ ଷ୍ଟ୍ରୋଲରରେ ଗଡ଼େଇ ଗଡ଼େଇ ସେଇ ପୁସ୍ତକ ଭଣ୍ଡାରକୁ ଯାଉ। ବିଭିନ୍ନ ପ୍ରକାରର ବହି, ଥାକ ମାନଙ୍କରୁ ଦେଖୁ। ମୁଁ ଚିତ୍ରକଳା, ଫଟୋ ତୋଲା, ଉଦ୍ୟାନ, ଭ୍ରମଣ, ଇତିହାସ ବା ଜୀବ ବିଜ୍ଞାନ ବିଭାଗକୁ ଯାଏ, ଆଉ ସବିତା ଯାଆନ୍ତି, ଗଳ୍ପ, ଉପନ୍ୟାସ, ଜୀବନୀ, ଇତିହାସ, କମ୍ପ୍ୟୁଟର ବା ପୁଥ ସୋମନ ପାଇଁ ଶିଶୁ ବିଭାଗକୁ ବହି ଦେଖୁ।

ସେଦିନ ସବିତା ମୋ ପାଖେ ଚିତ୍ରକଳା ବିଭାଗର ବହି ଦେଖୁ ଦେଖୁ ଏ କଥା କହିଲେ। ବହିଟି ଥିଲା ଜିନ୍ ଡବିଙ୍କର "ମେକିଂ କଲରର୍ ସିଙ୍ଗ, ପ୍ରାକ୍ଟିକାଲ ଲେସନ୍

"

ଇନ୍ କଲର୍ ଆଣ୍ଡ ଡିଜାଇନ୍।" ସବିତାଙ୍କର କହିବାର ଉଦ୍ଦେଶ୍ୟ ଥିଲା, ମୁଁ ଯଦି ସେ ବହିଟି କିଣେ ହୁଏତ ଉସ୍ଵାହିତ ହୋଇ ପୁଣି ଥରେ ଚିତ୍ର ଆଙ୍କିବା ଆରମ୍ଭ କରିବି।

ବହିଟି ଲୋଭନୀୟ। କିପରି ଜଳ ରଙ୍ଗ ଦ୍ଵାରା ଚିତ୍ରପଟ ଆଙ୍କା ଯାଇ ପାରିବ ତାହାର ପଦ୍ଧତି ଗୁଡ଼ିକ ପୁଙ୍ଖାନୁପୁଙ୍ଖ ଭାବରେ ବେଶ୍ ସୁଲଳିତ ଭାଷା ଓ ସୁନ୍ଦର ଶୈଳୀରେ ମନଲୋଭା ରଙ୍ଗୀନ ଚିତ୍ର ସହ ଉପସ୍ଥାପନା କରାଯାଇଥାଏ। ମୋ ମନକୁ ପାଉଥାଏ। ଆଉ ଆଗକୁ ଅଗ୍ରସର ହେବା ପୂର୍ବରୁ ପ୍ରଥମେ ବହିଟିର ପଛପଟ ଲେଉଟେଇ ଜାଣିବାକୁ ଚାହିଁଲି, କେତେ ପଇସା। ଦେଖିଲି ଷ୍ଟିକର୍ ମରାଯାଇଛି ଛତିଶ୍ ଡଲାର୍ ପଞ୍ଚାନବେ ସେଣ୍ଟ, ପୁଣି ତା' ଉପରେ ଟିକସ। ଏମିତି ହେଇ ବହିଟି ମୋଟ ଉପରେ ବୟାଲିଶ ଡଲାର ପାଖା ପାଖ ପଡ଼ିବ। ସେ ପର୍ଯ୍ୟନ୍ତ କାନାଡ଼ା ଆସି ମୁଁ ଏତେ ଡଲାର୍ ଦେଇ ସମ୍ପୂର୍ଣ୍ଣ ନୂଆ ବହି କେବେ କିଣି ନଥାଏ। ଅତି ବେଶୀରେ ପୁରାତନ ପୁସ୍ତକ ଭଣ୍ଡାରରୁ ପନ୍ଦର କି କୋଡ଼ିଏ ଡଲାର୍ ଭିତରେ ବହି କିଣିଥାଏ। ବହି କିଣି ଚିତ୍ର କରିବାର ଫୁଲଟା ଯେଉଁ ମନ ଭିତରେ ଧୀରେ ଧୀରେ ବିକଶି ଉଠୁଥିଲା ବହିର ଦାମ୍ ଦେଖି ଦେଇ ସେଇଟା ସେଉଠୁ ମଉଳିବା ଆରମ୍ଭ କଲା। କହିଲି, "ନା, ଏତେ ଦାମ୍ ଦେଇ ଏ ବହି କିଣିବିନି।"

ଆମର ବିବାହ ପ୍ରସ୍ତାବ ପଡ଼ିବା ଦିନ ଠୁଁ ଉଭୟଙ୍କ ପରିଚିତ କେତେକ ବନ୍ଧୁଙ୍କ ଠାରୁ ସବିତା କୁଆଡ଼େ ଶୁଣିଥିଲେ, ମୁଁ ଭଲ ଚିତ୍ର ଆଙ୍କି ପାରେ। ମୋତେ କିନ୍ତୁ ସେ ନିଜେ ଚିତ୍ର ଆଙ୍କିବାରେ ସେତେବେଳ ଯାଏଁ କେବେହେଲେ ଦେଖି ନଥାନ୍ତି। ଏଇମିତି କେମିତି କେତେବେଳେ ମନ ଖୁସି ଥିଲେ ପେନସିଲ୍ଟିଏ ଧରି କାଗଜ ଉପରେ ଗାରେଇବାରେ ଦେଖିଥାନ୍ତି। କେବଳ ତାଙ୍କ ଥେସିସ୍ ପାଇଁ ଓଡ଼ିଆ ଅକ୍ଷରର କାଲିଗ୍ରାଫି ଗୁଡ଼ିଏ କରିଥାଏ। ସେଇ ନିଶାରେ କାଲିଗ୍ରାଫି ପାଇଁ ଅନେକ ପ୍ରକାର ଓ ଆକାରର ନିବ୍ ସବୁ କିଣି ବ୍ଲାକ ଲେଟର୍, ରୋମାନ ଲେଟର୍ ଓ ଇଟାଲିକ୍ ଲେଟର୍ ଲେଖିବାର ପ୍ରଣାଳୀ କରାୟତ କରିଥିଲି। କିନ୍ତୁ ପ୍ରକୃତରେ ସେ ମୋତେ ରଙ୍ଗ ତୂଳୀ ଧରି ଚିତ୍ର ଆଙ୍କିବାର କେବେହେଲେ ଦେଖି ନଥିଲେ।

ବହିଟିର ଦାମ୍ ଦେଖି ମୁଁ କିଣିବାକୁ ଅରାଜି ହେବାରୁ ସେ ପୁଣି କହିଲେ, "ମୁଁ ଏ ବହିର ପଇସା ଦଉଛି, ତମେ କିଣ।" ତାଙ୍କ କଥା ରକ୍ଷାକରି ମୁଁ ଆଉ ଅମଙ୍ଗ ହେଲିନି। ବହିଟି ଦୋକାନରୁ କିଣା ହେଇ ଆସିଲା। ଆପାର୍ଟମେଣ୍ଟରେ ପହଞ୍ଚି ପ୍ରଥମେ ବହିଟି ଚେରରୁ ଚୂଳ ଯାଏଁ ପଢ଼ିଲି। ଯେହେତୁ ଏତେ ପଇସା ଦେଇ ବହିଟି କିଣା ଯାଇଛି, ତାର ସଦୁପଯୋଗ ତ କରିବାକୁ ପଡ଼ିବ। ପଢ଼ିଲେ ତ ଖାଲି ହେବନି, ପଢ଼ିବାଟା ପୋଥି ବାଇଗଣ ସହ ତୁଲ୍ୟ, ଚିତ୍ର କରିବାକୁ ହେବ, ଆଙ୍ଗୁଳି ଅସନ କରିବାକୁ ହେବ, ତାହା ନକଲେ କ'ଣ ଚିତ୍ର ଆଙ୍କା ହୁଏ?

ଚିତ୍ର କରିବାକୁ ହେଲେ ଆହୁରି ଆନୁଷଙ୍ଗିକ ସାମଗ୍ରୀର ଆବଶ୍ୟକତା ରହିଛି। ରଙ୍ଗ, ତୂଳୀ, ଇଜ୍‍ଲ୍, କାଗଜ ଇତ୍ୟାଦି ଇତ୍ୟାଦି। ମୋର ଶିଖ୍ ନାମରେ ଜଣେ ଅନ୍ତରଙ୍ଗ ବନ୍ଧୁ ଥାଆନ୍ତି। ତାଙ୍କ ସହାୟତାରେ ସେ ସବୁ ସରଞ୍ଜାମାଦିକ ଅବିଳମ୍ବେ କିଣା ହୋଇ ଆସିଲା। ଉଇନ୍‍ସର ନିଉଟନ୍, ବ୍ରିଟିଶ କମ୍ପାନୀର ରଙ୍ଗ ଓ ଆରଚେସ୍, ଫ୍ରାନ୍ସ କମ୍ପାନୀର ଚିତ୍ର କାଗଜ ଆସିଲା। ଏ ସବୁ ଦ୍ୱାରା ଚିତ୍ର ଅଙ୍କନ କରିବାର ଯୋଜନା କଣ୍ଟୋନିନିଅମ୍‍ର ଗୋଟିଏ କୋଠରିରେ ଆରମ୍ଭ ହେଲା। ଦୀର୍ଘ ଦିନର ବ୍ୟବଧାନ ପରେ ପୁଣି ଚିତ୍ର ଓ ରଙ୍ଗ ତୁଳିକା ସହିତ ଖେଳ ଆରମ୍ଭ ହେଲା। ଅବିଳମ୍ବେ ଅନୁଭବ କଲି ଅଭ୍ୟାସ ନ ଥିବାରୁ ଚିତ୍ର ଆଙ୍କିଲେ ମନକୁ ପାଉ ନାହିଁ। ହତାଶ ଲାଗିଲା। କଥାରେ ଅଛି, "ଇଫ୍ ୟୁ ଡୋଣ୍ଟ ଇଉଜ୍ ଇଟ୍, ୟୁ ଲୁଜ୍ ଇଟ୍।" ମୋର ଠିକ୍ ସେଇ ଅବସ୍ଥା। ପୁଅକୁ ସେତେବେଳେ ଦୁଇ ବର୍ଷ। ରଙ୍ଗକୁ ଦେଖି ସେ ବି ଆସି ମୋ ପାଖରେ ବସିଲା, ରଙ୍ଗକୁ ଚାହିଁଲା ଓ ସେ ବି ରଙ୍ଗ ସହିତ ଖେଳିଲା। ଏଇମିତି ବାପ ପୁଅଙ୍କର ରଙ୍ଗ ସହିତ ଖେଳ କିଛିଦିନ ଚାଲିଲା।

ଶୈଶବ କାଳରୁ ମୋର ଚିତ୍ର ଅଙ୍କାରେ ଅଭ୍ୟାସ। ପ୍ରକୃତି ପର୍ଯ୍ୟବେକ୍ଷଣ କରି, ତାହା ସହିତ ପରିବେଶକୁ ମିଶେଇ ଚିତ୍ରରେ ରୂପ ଦେବା ମୋ ଜୀବନର ରୀତି। ଘର ସାମନା ଗାଁ ଗୋହିରିର ଓଦା ବାଲୁକା ରାଶିକୁ ସମତୁଲ କରି ତହିଁରେ ବାଉଁଶ କାଠିରେ ଚିତ୍ର ଆଙ୍କିବା ମୋର ପ୍ରଥମ। ମାଟି ଘର ଚଟାଣ ଉପରେ, ହାତରେ ଚକ୍ ଖଡ଼ି, ଅଙ୍ଗାର ବା ଗେରୁ ଇତ୍ୟାଦି ପଡ଼ିଗଲେ, ଚିତ୍ର ଆଙ୍କିବା ଆରମ୍ଭ ହେଇଯାଏ। ମାଆ କହେ, "ମୁଁ ଲିପା ପୋଛା କରି ସଫା କରିଥିଲି, ତୁ ଗାରେଇକି ପୁଣି ଅସନା କରୁଛୁ।" ମୁଁ ତା' କଥାକୁ କାନ ଦିଏନି, ଆଙ୍କି ଯାଏ। କହିବାକୁ ଗଲେ ଚତୁର୍ଥ ଶ୍ରେଣୀ ବେଳକୁ ମୋ ହାତରେ ଭଲ ଚିତ୍ର ହେଇ ପାରୁଛି ବୋଲି ଲୋକମାନଙ୍କ ଦୃଷ୍ଟିରେ ପଡ଼ିଲା। ସାଙ୍ଗ ସାଥୀ ମାନେ ବାଃ ବାଃ କରିବାକୁ ଆରମ୍ଭ କଲେ। ମୋତେ ଶୁଣି ଖୁସି ଲାଗିଲା।

ସେତେବେଳେ ଆମ ସ୍କୁଲରେ ଛାତ୍ରସାଥି ପ୍ରେସରୁ ପ୍ରକାଶିତ ଲମ୍ବାଲିଆ ଚିତ୍ରାଙ୍କନ ବହି ପ୍ରଚଳିତ ହେଉଥାଏ। ଚତୁର୍ଥ ଶ୍ରେଣୀରୁ ଆରମ୍ଭ କରି ସପ୍ତମ ଶ୍ରେଣୀ ପର୍ଯ୍ୟନ୍ତ ପ୍ରତି ଶ୍ରେଣୀ ପାଇଁ ପୃଥକ ପୃଥକ ବହି। ବାମ ପାର୍ଶ୍ୱରେ ଚିତ୍ର ନମୁନା, ଆଉ ତାହାକୁ ଅନୁକରଣ କରି ଡାହାଣ ପାଖରେ ନିଜକୁ ଚିତ୍ର ଆଙ୍କିବାକୁ ପଡ଼େ। ଚତୁର୍ଥ ଶ୍ରେଣୀରେ ମୁଁ ସବୁ ଶ୍ରେଣୀର ବହି ଆଣି ଚିତ୍ର ଆଙ୍କି ସାରି ଦେଇଥାଏ। ଚିତ୍ରାଙ୍କନରେ ମୁଁ ଶ୍ରେଣୀରେ ସର୍ବୋଚ୍ଚ ନମ୍ବର ପ୍ରାୟ ପଚାଶରୁ ଷଢ଼ଚାଳିଶ କି ଅଠଚାଳିଶ ରଖୁଥାଏ। ସିଏ ଆଉ ଗୋଟେ କାରଣ ମୁଁ ମୋ ଶ୍ରେଣୀରେ ପ୍ରଥମ ହେବାର। ମୋ ତଳେ ଯିଏ ସେ ଉଚ୍ଚଂରେ

ତିରିଶ ରଖିଲା ବେଳକୁ ମୁଁ ଅଠଚାଳିଶ। ସେଇଠି ଅଠର ମାର୍କର ପାର୍ଥକ୍ୟ। ଭଲ ଚିତ୍ରଟିଏ ଆଙ୍କି ପାରିଲେ ମୋତେ ଗଢ଼ଟିଏ ଜିଣିଗଲା ଭଳି ଅନୁଭବ ହୁଏ। ଆନନ୍ଦରେ ବିଭୋର ହେଇଯାଏ। ଅନେକ ଥର ବସ୍ତାନିରୁ ବାହାର କରି ମୁଁ ମୋର ଚିତ୍ର ଦେଖେ ଓ ସାଙ୍ଗ ସାଥୀଙ୍କୁ ଦେଖାଏ। ତାହା ଦେଖି ସହପାଠୀମାନେ ଖୁସି ହେଲେ ମୁଁ ବି ଖୁସି ହୁଏ। ସାରା ସ୍କୁଲରେ ମୁଁ ସେତେବେଳେ ମୋର ସୁନ୍ଦର ଚିତ୍ର ପାଇଁ ପରିଚିତ ହୋଇ ଯାଇଥାଏ।

ବାଲ୍ୟ କାଳର ଅନ୍ତରଙ୍ଗ ବନ୍ଧୁ ଶ୍ୟାମ, ଶ୍ୟାମ ସୁନ୍ଦର ପାଣିଗ୍ରାହୀ। ଆମ ଘର ସାମନାରେ ତା’ ଘର। ଭାୟାରାଙ୍କ ଭିତରୁ ଜଣେ। ସମ୍ପର୍କରେ କକେଇ ପୁଅ ଭାଇ। ତା’ ଘରର ଚଳଣି ଆମ ଘର ଠାରୁ ସ୍ୱଚ୍ଛଳ। ତା’ ବାପା ଚାକିରି କରନ୍ତି। ପଇସା ମାସକୁ ମାସ ଘରକୁ ଆସେ ଯେଉଁଟାକି ମୋ ବାପାଙ୍କର ନଥିଲା। ଫସଲ ଜମି ବି ଢେର। ମୋ ଠାରୁ ସଫା ଜାମା ପଟା ପିନ୍ଧେ, ସଫାସୁତୁରା ରହେ। ଆମେ ଦୁହେଁ ଏକା ଶ୍ରେଣୀରେ ପ୍ରଥମରୁ ପଞ୍ଚମ ଶ୍ରେଣୀ ଯାକେ ପଢ଼ିଛୁ। ଶ୍ୟାମ ମୋତେ ଅନେକ ପ୍ରେରଣା ଯୋଗାଏ ଚିତ୍ର ଆଙ୍କିବାରେ। ଦୁଇ ଜଣ ମିଶି ଗାଁ ମନୋହରୀ ଦୋକାନକୁ ଯାଉ ବିଭିନ୍ନ ରଙ୍ଗର, ନୀଲ, ସବୁଜ, କମଲା, ଗୋଲାପି ଓ କଳା ସ୍ୟାହି କିଣିବାକୁ। ନୀଲ ରଙ୍ଗକୁ ଆମେ ଦୁଇଜଣ "କୃଷ୍ଣ ବା ଭଗବାନ" ରଙ୍ଗ ବୋଲି କହୁଥିଲୁ। ଶ୍ୟାମ ଆଙ୍କି ପାରେନି କିନ୍ତୁ ମୋ ଆଗରେ ବସି ଦେଖେ। ରଙ୍ଗ ଯୋଗେଇଦିଏ। ଭଲ କି ମନ୍ଦ ହେଲେ କହେ। ମୁଁ ତା’ କହିବା ମୁତାବକ ପୁଣି ଲିଭା ଲିଭି କରି ସଜାଡ଼ି ଦିଏ। ଷଷ୍ଠ ଶ୍ରେଣୀ ପାଖରୁ ସେ ଗାଁ ଛାଡ଼ି ପରିବାର ସହିତ ସହର ମୁଖୀ ହେବାରୁ ମୁଁ ଏକୁଟିଆ ହୋଇଗଲି। କୃଷ୍ଣ ସୁଦାମାଙ୍କର ଛାଡ଼ବାଡ଼ ହେଲା ପରି ମୋତେ ଲାଗିଲା। କେତେ ଦିନ ମନ ଦୁଃଖରେ ବସିଲି। ମଝିରେ ମଝିରେ ଗାଁକୁ ଆସିଲେ ସେ ମୋ ପାଇଁ କାଗଜ ଓ ରଙ୍ଗ ନେଇ ଆସେ। ଦିନ ରାତି ବସି ଭୋକ ଶୋଷ ଭୁଲି ଆମେ ଦୁଇ ଜଣ ନୂତନ ବର୍ଷର ଅଭିନନ୍ଦନ ପତ୍ର ବନଉ। ଏଇୟା ଆମର ହାଇସ୍କୁଲ ଶେଷ ପର୍ଯ୍ୟନ୍ତ ଚାଲିଥିଲା।

ସେ ଚାଲିଯିବା ପରେ ଷଷ୍ଠ ଶ୍ରେଣୀରେ ମୋ ସହିତ ପଢ଼ିବାକୁ ଆସିଲା ସାଧୁ ଚରଣ ନାୟକ। ପାଠ ପଢ଼ାରେ ଯେମିତି, ଚିତ୍ରାଙ୍କନରେ ସେମିତି। ଚମତ୍କାର ଗୋଲ ଗୋଲ ଅକ୍ଷର। ଭଲ ପଢୁଥିବାରୁ ତା’ ଭାଇ, ତା’ ପାଇଁ ଗୋଟିଏ "ଡର୍" ମାର୍କା ରଙ୍ଗ ଡବା ଆଣିଦେଇଥାନ୍ତି। ଚାରି କୋଣିଆ ଖୋପ ଭିତରେ ବାରଟି ରଙ୍ଗ। ସେଥିରୁ ସେ ଚିତ୍ର ଆଙ୍କି ରଙ୍ଗ ଦିଏ। ମୁଁ ସେମିତି ସେ ଯାଏଁ କିଛି ଦେଖି ନଥିଲି। ପୂର୍ବରୁ ଯେତେ ଯାହା ରଙ୍ଗ ବ୍ୟବହାର କରିଥିଲି ତାହା ସବୁ ଜଳ ମିଶ୍ରିତ ସ୍ୟାହି। ଏପରି ରଙ୍ଗ ବାକ୍ସ ଦେଖି ମୁଁ ହାଙ୍କିପାଙ୍କି ହେଲି। ମନରେ ଭାବିଲି ମୋର ଗୋଟିଏ ସେମିତିକା ରଙ୍ଗ

ଡବା ଥାଆନ୍ତାକି, ମୋ ପାଇଁ କେହି ସେମିତିକା ଡବାଟିଏ କିଣି ଦିଅନ୍ତା କି ? ସାଧୁ ଓ ମୁଁ, ଆମେ ଦୁଇଜଣ ପରୀକ୍ଷାରେ ଯେତେବେଳେ ଚିତ୍ର କରୁ ଆମର ଦୁଇ ଘଣ୍ଟା ନିର୍ଦ୍ଧାରିତ ସମୟ ନଥାଏ। ଶିକ୍ଷକ ଆମକୁ ଅନିର୍ଦ୍ଦିଷ୍ଟ ସମୟ ଦେଇ ଦିଅନ୍ତି, ଯିଏ ଯେତେ ଭଲ ଚିତ୍ର ଆଙ୍କି ପାରିଲା, ଯେତେ ସମୟ ନେଲା କିଛି ଯାଏ ଆସେ ନାହିଁ। କେତେକ ଛାତ୍ର ଖାତା ଦାଖଲ କରି ସାରି ଆମ ଚାରି କଡ଼ିଆ ବେଢ଼ି ଆମେ କିପରି ଚିତ୍ର ଆଙ୍କୁଛୁ ଦେଖନ୍ତି। ଶିକ୍ଷକ ମାନେ ମଧ ସେମାନଙ୍କ ସହିତ ଆସି ଯୋଗ ଦିଅନ୍ତି।

ମଦନ (ମଦନ ମୋହନ ସାହୁ) ସାର୍ ମୋର ଚିତ୍ର ଦେଖି ଅତ୍ୟନ୍ତ ଖୁସି ହୁଅନ୍ତି। ମୁଁ ତାଙ୍କର ଆଦରର ଛାତ୍ର, ଅନେକ ଶ୍ରଦ୍ଧା କରନ୍ତି। ସେ ସିଟି ଟ୍ରେନିଂରୁ ଫେରି ଥିବାରୁ ତାଙ୍କ ପାଖରେ ରଙ୍ଗ ଡବାଟିଏ ଥାଏ। ତାହା ୧୮ ରଙ୍ଗ ବିଶିଷ୍ଟ। ଶନିବାର ରବିବାର ହେଲେ ସେ ମୋତେ ଦିଅନ୍ତି, ସେଇଟି ନେଇ ମୁଁ ମୋ ଚିତ୍ର ମାନଙ୍କରେ ରଙ୍ଗ ଦିଏ, ପୁଣି ସୋମବାର ହେଲେ ଫେରସ୍ତ ଦେଇଦିଏ। କୌଣସି ପ୍ରକାରେ ପଇସା ଯୋଗାଡ଼ ଯନ୍ତ କରି ମୁଁ ସପ୍ତମ ଶ୍ରେଣୀ ବେଳକୁ ମୋର ନିଜର ଗୋଟିଏ ରଙ୍ଗ ବାକ୍ସ ଆମର ଡ୍ରଇଂ ଶିକ୍ଷକ ଗୋପୀନାଥ (ବାରିକ) ସାରଙ୍କ ହାତରେ ବାଲେଶ୍ୱରରୁ ମଗେଇଲି। ତା' ନାଁଟି ଥିଲା "ଯୋକୋହାମା।" ତାକୁ ପାଇ ମୁଁ ଏତେ ଖୁସି ହେଲି ଯେ ମୋତେ କେତେ ରାତି ନିଦ ହେଲାନି। ତାହାରି ପାଖରେ ମନ ସବୁବେଳେ ରହିଲା। କିନ୍ତୁ ବ୍ୟବହାର କରି ଦେଖିଲି ସାଧୁ ବା ମଦନ ସାରଙ୍କ ଭଳି ତାର ରଙ୍ଗର ଗୁଣ ସେମିତି ଚମକଦାର୍ ନୁହଁ। ତଥାପି ନାହିଁ ମାମୁଁ ଠାରୁ କଣା ମାମୁଁ ଭଲ। ସେଇଥିରେ ରଙ୍ଗ ଦେବା କାମ କିଛି ଦିନ ଚଲେଇଲି।

ମୁଁ ଯେ କେବଳ କାଗଜ ଓ ରଙ୍ଗରେ ଚିତ୍ର ଆଙ୍କୁ ଥିଲି ତା' ନୁହଁ, ଗାଁର ବିଭିନ୍ନ ପର୍ବପର୍ବାଣି ଥିଲା ମୋ ପାଇଁ ସର୍ଜନାମ୍କ କଳା ପରିପ୍ରକାଶିର ସୁଯୋଗ। କାର୍ତ୍ତିକ ମାସରେ ପଞ୍ଚୁକ ବେଳେ ତୁଳସୀ ଚଉରା ଉପରେ ଛବି କଳ୍ପନା କରି ବିଭିନ୍ନ ରଙ୍ଗର ମୁରୁଜ, ମାଆ ଓ ଭାଉଜଙ୍କ ସହିତ ପକାଏ। ସମସ୍ତ ରଙ୍ଗ ଆମେ ନିଜେ ଘରେ ତିଆରି କରିଥାଉ। ହଳଦୀ ଗୁଣ୍ଡରୁ ହଳଦିଆ, ଅଙ୍ଗାରରୁ କଳା, ଜୟନ୍ତୀ ଗଛର ପତ୍ର ଶୁଖେଇ ଗୁଣ୍ଡ କରି ହରିତ, ଶୁଖିଲା ଚୂନ ମୁଣ୍ଡାକୁ ଗୁଣ୍ଡ କରି ଧଳା, ଅବିରରୁ ନାଲି ଇତ୍ୟାଦି ଇତ୍ୟାଦି। କିଣା ରଙ୍ଗରେ ଆମ ଦୁହିଁଙ୍କର ପସନ୍ଦ ନଥିଲା। ସେ ଗୁଡ଼ିକ ଆମକୁ ମାଆ କହିଲା ଭଳିଆ "ଫସ୍କା" ଲାଗେ ଓ ଭଲ ଭାବରେ ହାତରୁ ପକେଇ ହୁଏନି। ବୋଇତ ବନ୍ଦାଣ ଦିନ ସୋଲ ଆଣି କାଟି "ସ୍କୁପ" (ବୋଇତ) ମାଆ ଓ ଭାଉଜଙ୍କ ପାଇଁ ତିଆରି କରିଦିଏ।

ମାର୍ଗଶିର ମାସ ଲକ୍ଷ୍ମୀଙ୍କ ଗୁରୁବାର ଓଷା ଆସିଲେ ମାଆ କହେ "ଗଗନ,

ଦାଣ୍ଡପାରି କାନ୍ଥରେ ମୋ ପାଇଁ ହାତୀଟେ ଆଙ୍କି ଦବୁତ, ତା' ପାଖରେ ଗୋଟିଏ କଦଳୀ ଗଛ, ଆଉ କଦଳୀ ଗଛ ମୂଳରେ କଳସଟିଏ ବସେଇ ଦବୁ।" ବାପା ଏହା ଶୁଣି ମାଥା ଉପରେ ବିରକ୍ତ ହୁଅନ୍ତି, କହନ୍ତି, "ତୁ ତାକୁ ପାଠ ପଢ଼ା ବେଳେ ଚିତ୍ର ଆଙ୍କିବାକୁ କହୁଛୁ, ମୂର୍ଖ କରିବୁ, ତୁ ତ ମୂର୍ଖ, ତାକୁ ବି କରିବୁ ମୂର୍ଖ।" ବାପାଙ୍କୁ ଲୁଚି ମୁଁ ମାଥା ପାଇଁ କାନ୍ଥରେ କଳସ, ହାତୀ ଓ କଦଳୀ ଗଛ, ଚକ୍ ଖଡ଼ିରେ ଆଙ୍କିଦିଏ, ପରେ ମାଥା ତା' ଉପରେ ପିଠଉ ମଡ଼ାଏ।

ଫଗୁଣ ମାସରେ ହୋଲିପର୍ବ ରାଧା କୃଷ୍ଣ ଠାକୁର ମିଳଣ ବେଳେ ବିଭିନ୍ନ ରଙ୍ଗର ଜରି କାଗଜରେ ଫୁଲ କାଟି ଗୃହ ଦେବତା ଆଷ୍ଟୁଆ ଗୋପାଲଜୀଙ୍କର ବିମାନ ସଜାଏ। ଗୋପାଲଜୀ ସେ ବିମାନରେ ବସି ଗାଁ ଗାଁ ବୁଲି ଅନ୍ୟ ବିଗ୍ରହଙ୍କ ସହିତ ଫଗୁ ଖେଳନ୍ତି। ଏପରିକି ଗାଁରେ କାହାର କାହାର ସଜାସଜି, ଚିତ୍ର ସମ୍ବନ୍ଧୀୟ କିଛି ବି ଦରକାର ହେଲେ ମୋତେ ଡାକରା ଆସେ, ମୁଁ ଯାଇ ଝାଲର ଓ ଫୁଲ କାଟି ସଜେଇ ଦିଏ।

ବୈଶାଖ ମାସରେ ଝିଅମାନେ କୋଇଲି ଓଷା କରନ୍ତି। ତେଣୁ ଭଉଣୀମାନଙ୍କ ପାଇଁ ମାଟିରେ ମେଢ଼ ତିଆରି କରି ସେଥିରେ କୋଇଲି ବନେଇ ରଙ୍ଗ ଦେଇଦିଏ। ବାପା ଜମାରୁ ମୋର ଏସବୁ ଚିତ୍ର ଓ ଅନ୍ୟାନ୍ୟ କଳା କୃତି ପସନ୍ଦ କରନ୍ତିନି। ତାଗିଦା କରି କହନ୍ତି, "ତୁ ଚିତ୍ର କରି ତୋ ପେଟ ପୋଷିବୁ? ହାଡ଼ିଆ ଭଳିଆ ଗାଁ ଛକରେ ଠାକୁର ତିଆରି କରି ତୋ କୁଟୁମ୍ବ ପାଳିବୁ? ସେ ଚିତ୍ର ଫିତ୍ର ଆଙ୍କିବା, ଠାକୁର ଫାକୁର ବନେଇବା ଛାଡ଼, ଯେଉଁଥିରେ ପେଟ ପୋଷି ହେବ ସେଇୟା କର, ପାଠ ପଢ଼ାରେ ମନ ଦେ।" ଏହା ଶୁଣି ଫୁଲା ମନଟା ମୋର ଓଦା ମାଟିରେ ପାଦ ପକେଇଲେ ଦବିଗଲା ଭଳି ଦବିଯାଏ।

କଥା କଥା କେ ହାଡ଼ିଆର ଉଦାହରଣ ଦିଅନ୍ତି। ହାଡ଼ିଆର ଘର ଆମ ଘର ଉଉର ପୂର୍ବ ପଟ କେତୋଟି ବାଉଁଶ ବୁଦା ପରେ। ଭଲ ନାଁ ହାଡ଼ିବନ୍ଧୁ ଦାସ। ଡାକ ନାଁ ଟିଆ, ବାପା କିନ୍ତୁ ତାକୁ ଡାକନ୍ତି ହାଡ଼ିଆ, ଜାତିରେ ବାଉରୀ। ବୟସରେ ବଡ଼ ହୋଇଥିବାରୁ ମୁଁ ତାକୁ "ଟିଆ ଭାଇ" ବୋଲି ସମ୍ବୋଧନ କରେ। ଭଲ ଚିତ୍ର ଆଙ୍କି ପାରେନି କିନ୍ତୁ ସୁନ୍ଦର ମୂର୍ତ୍ତି ଗଢ଼େ। ଗାଁ ବିଦ୍ୟାଳୟ ମାନଙ୍କରେ ପୂଜା ପାଇଁ ଗଣେଶ ଓ ସରସ୍ୱତୀ ମୂର୍ତ୍ତି ବନାଏ। କାହାର କାର୍ତ୍ତିକେଶ୍ୱର ପୂଜା ବା ଲକ୍ଷ୍ମୀ ପୂଜା ହେଲେ ମୂର୍ତ୍ତି ବନାଏ। ଗାଁରେ ଦୁର୍ଗା ମେଢ଼, କାଳି ମେଢ଼ ଭଳି ବଡ଼ ବଡ଼ ମେଢ଼ ତା' ହାତ ତିଆରି। ଠାକୁର ବନା ଚାଲିଥିବା ବେଳେ ମୁଁ ପାଠ ପଢ଼ା ଛାଡ଼ି ତା' ଘର ଆଖେ ମାଡ଼ିଯାଏ। ଟିଆ ଭାଇ କେମିତି ଠାକୁର ତିଆରି କରୁଛି ଦେଖେ। ତାକୁ ରଙ୍ଗ ଦେବାରେ ସାହାଯ୍ୟ କରେ। ସେଥିରେ ମୋତେ ବହୁତ ଆନନ୍ଦ ମିଳେ।

ବାପା ମୋତେ ପାଠ ପଢ଼ା ପାଖରେ ନଦେଖିଲେ ସିଧା ଯାଇ ଟିଆ ଭାଇ ଘର ଆଗରେ ହାଜର ହୁଅନ୍ତି। ତାଟି ପାଖରେ ଠିଆ ହେଇ ଡାକ ପକାନ୍ତି, "ହାଡ଼ିଆ, ଗଗନ ଆସିଥିଲା କି ?" ଟିଆ ଭାଇ ଶୁଣି ମୋତେ ଆଖ୍ ଠାର ମାରିଦିଏ ଓ ମୁଁ ଲୁଚିଯାଏ। ବଡ଼ ପାଟିରେ ବାପାଙ୍କୁ କହେ, "ନାହିଁ କକେଇ, ମୁଁ ତ ତାକୁ ଦେଖ୍‌ନି, ସେ ତ କାହିଁ ଏଠିକି ଆସିନି।" ବାପା କହନ୍ତି, "ଘରେ ତ ନାହିଁ, ଗଲା କୁଆଡ଼େ ?" ସେତକ କହି ଫେରି ଆସନ୍ତି। ବାପାଙ୍କୁ ସେ କକେଇ ଡାକେ। ବାପା ତା' ଘର ଭିତରକୁ ବାଉରୀ ବୋଲି ପଶନ୍ତିନି, ତାଙ୍କ ଲୁଗା ମାରା ହେଇଯିବ ସେଇ ଭୟରେ। ମୁଁ ସେଇ ସୁଯୋଗରେ ଅନ୍ୟ ପଟେ ଅବାଟରେ କଣ୍ଢା ବାଡ଼ ଡେଇଁ ଚମ୍ପଟ। ଘରେ ବାପା ପହଞ୍ଚିବା ଆଗରୁ ପହଞ୍ଚିଯାଏ। ତଥାପି ମୋର ଅନୁପସ୍ଥିତି ପାଇଁ ଗୋଟେ ଦୁଇଟା ଚଟକଣା ମୋ ଗାଲରେ ବା ବିଧା କେତୋଟି ପିଠିରେ ବସେ। ରଙ୍ଗ ଦବାରେ ଯଉଁ ମଜା ଏ ମାଡ଼ ତା' ଆଗରେ କିଛି ନୁହଁ ଭାବି ପୁଣି ଯାଏ। ମୂର୍ତ୍ତି ଗଢ଼ିବାକୁ, ତା' ଉପରେ ରଙ୍ଗ ଲଗେଇବାକୁ ମୁଁ ସ୍ୱର୍ଗ ସୁଖ ପାଏ। ଟିଆ ଭାଇ ପାଖରୁ ଶିଖ୍ ମୁଁ ଅନେକ ସଖୀ, ଶୁଆ, ଶାରୀ, ହରିଣ, ବତକ, ନାଗ ସାପ, କଲରା ପତରିଆ ବାଘ, ସିଂହ ମାଟି କଣ୍ଢେଇ ଗଢ଼ି ତହିଁରେ ରଙ୍ଗ ଦେଇ ବାପାଙ୍କ ଠାରୁ ଲୁଚେଇ ଘରେ ଗୋଟିଏ ବଡ଼ କାଗଜ ଡବାରେ ସାଇତି ରଖ୍‌ଥାଏ। ସାଙ୍ଗ ସାଥୀମାନଙ୍କୁ ଦେଖାଏ। ବାପା ନଥିଲା ବେଳେ ମାଆକୁ ଦେଖାଏ। ଟିଆ ଭାଇ ମୋର ଗୁରୁ, ମୁଁ ତା' ଶିଷ୍ୟ। କହିବାକୁ ଗଲେ ତା' ପାଖରୁ ମୁଁ ସମସ୍ତ ରଙ୍ଗ ମିଶେଇବା ଶିଖ୍‌ଛି। ଗାଁରେ ପଢୁଥିବା ବେଳେ ମାଇନର ସ୍କୁଲ ଗଲି, ହାଇ ସ୍କୁଲ ଗଲି, ଗାଁ ଛାଡ଼ି ସହରକୁ କଲେଜରେ ପଢ଼ିବାକୁ ଗଲି, ହେଲେ ଟିଆ ଭାଇ ସହିତ ମୋର ବନ୍ଧୁତ୍ୱ ଅଟୁଟ। ଗାଁକୁ ଫେରି ତା' ଦର୍ଶନ ନପାଇଲେ ମନ ମୋର ଖୁସି ହୁଏ ନାହିଁ।

କଲେଜରେ ପଢୁଥିଲା ବେଳେ ଥରେ ଦୁର୍ଗାପୂଜା ଛୁଟି ସମୟରେ ମୁଁ ଗାଁକୁ ଆସିଥାଏ। ଟିଆ ଭାଇ ଆର ସାହିରେ ଦୁର୍ଗା ମୂର୍ତ୍ତି ଗଢୁଛି ଜାଣି ତା' ଆଡ଼େ ମାଡ଼ି ଗଲି। ମଦୁଆକୁ ମଦଭାଟି ଦେଖ୍ ଯେମିତି ଲାଗେ ମୋତେ ଠିକ୍ ସେମିତି ଲାଗିଲା। ରଙ୍ଗ ଦେଖ୍, ତା' ବାସନା ଶୁଙ୍ଘି ଆଉ ସମ୍ଭାଳି ପାରିଲିନି, ରଙ୍ଗ ଦେବା ଆରମ୍ଭ କରିଦେଲି ତା' ସହିତ। ଏମିତି ରଙ୍ଗ ଦେଉ ଦେଉ ବହୁତ ବେଳଯାଏ ସେଠି ଅଟକି ଗଲି। ମାଆ ଦୁର୍ଗାଙ୍କ ଆଖ୍ ବନେଇବା କାମ ସରିଲେ ଜାଣିବ କାମ ସରିଲା। ସେଇଟା ସବୁଠୁଁ ବଡ଼ କାମ। କାରଣ ତାହାରି ଉପରେ ସମସ୍ତଙ୍କର ନିଘା। ଯ଼ା ଭିତରେ ମୁଁ ଅନେକ ବାଟ ଆଗେଇ ଯାଇଥାଏ। ମୋର ରଙ୍ଗ ଦବା ଶୈଳୀରେ ବି ଅଗ୍ରଗତି ହେଇଥାଏ, ତାହା ବି ଟିଆ ଭାଇ ଲକ୍ଷ୍ୟ କରିଥାଏ। କାମ ସରି ସରି ଆସୁଥିବା

ବେଲକୁ ଟିଆ ଭାଇ ମୋତେ ଡାକି କହିଲା, "ଗଗନ, ତତେ ଗୁଟେ ବଡ଼ କାମ ଦେମି, କରିବୁ?" ମୁଁ ଟିକିଏ ଘାବୁରେଇ ଗଲି, କହିଲି, "ଟିଆ ଭାଇ, କିସ କହ? ତତେ କେଏଟା ମନା କରିଚି? କରିବିନି କହିଚି? କିସ କହୁଚୁ କହୁନୁ?" ସେ କହିଲା, "ମୁଁ ଯାହା ଦେଖୁଚୁ ତୁ ଯ। ଭିତରେ ବହୁତ ଆଗେଇ ଗଲୁଣିରେ, ମା'ଆଙ୍କ ଆଖ୍ ଆଙ୍କିବୁ?" ଏତକ କହିବା ପରେ ଦେଖିଲି ତା' ଆଖ୍ ଦିଟା ଜଳ ଜଳ ହେଇ ମୋତେ ଉଜ୍ଜ୍ୱଲ ଦିଶିଲା। ମୁଁ କାବା ହେଇ ଗଲି, ଟିଆ ଭାଇ ପୁଣି ମୋତେ କହୁଚି ଆଖ୍ ଆଙ୍କିବାକୁ। ଟିକିଏ ରହିଯାଇ କହିଲି, "ତୋର ଯଦି ମୋ ଉପରେ ବିଶ୍ୱାସ ହଉଚି, ତୁ ଯଦି ମୋତେ ଭରସା କରି ପାରୁଚୁ, ଠିକ୍ ଅଛି, ତେବେ ମୁଁ ତୋହରି ଆଗରେ ଆଙ୍କିବି।" ମୁଁ ଟିଆ ଭାଇ ଆଗରେ ମାଆ ଦୁର୍ଗାଙ୍କର ଆଖ୍ ସେ ଦିନ ଆଙ୍କିଲି। ଏହାକୁ ଆମେ ଚିତ୍ରକାର ମାନେ କହୁ "ଚକ୍ଷୁଦାନ।" ସେ ଦିନ ମୁଁ ଭାରି ଖୁସି ହେଇଥିଲି।

ପ୍ରତି ସନ୍ଧ୍ୟାରେ ଗବେଷଣାଗାରରୁ ଫେରିଲେ ଶନିବାର ଓ ରବିବାର ଛୁଟି ଦିନ ମାନଙ୍କରେ ପୁଅ ସହିତ ମିଶି ଚିତ୍ର ଆଙ୍କେ, ଦୁଇଜଣ ରଙ୍ଗ ତୂଲୀରେ ଖେଲୁ। ପୁଅ ଶୋଇ ପଡ଼ିଲେ ନିଜେ ରଙ୍ଗରେ ବିଭିନ୍ନ ପ୍ରକାର ପରୀକ୍ଷା ନିରୀକ୍ଷା କରି ବସେ। ଜିନ୍ ଡ଼ବିର କିଣିଥିବା ବହିଟି ପଢ଼େ। ଅନେକ ଶିଖେ। ପରେ ପରେ ନିକୋଲାଡ଼ିସ୍ର 'ଦି ନାଚୁରାଲ ୱେ ଟୁ ଡ୍ର' ବହିଟି କିଣିଲି। ସେଥିରୁ ନିୟମ ମୁତାବକ ଅଭ୍ୟାସ କରେ। ଏମିତି ଚିତ୍ର କରୁ କରୁ କିଛି ଦିନ ପରେ ଚିତ୍ର କିଛିଟା ବାଟକୁ ଆସିଲା, ମନକୁ ପାଇଲା। କେତେଗୁଡ଼ିଏ ଚିତ୍ର ପଟ, ଟୁଲିପ୍ ଫୁଲ, କାନାଡ଼ାର ତୁଷାରପାତର ଦୃଶ୍ୟ ଇତ୍ୟାଦି ବନେଇ ବନ୍ଧେଇ କରି କାନ୍ଥରେ ଝୁଲେଇଲି। ସବିତା ଦେଖି ଖୁସିହେଲେ, ମୁଁ ବି ତାଙ୍କ ସହିତ ଖୁସି ହେଲି।

ଅନେକ ସମୟରେ ପିଲାବେଳର ଚିତ୍ର ବିଷୟରେ ସବିତାଙ୍କ ସହ ମୁଁ ଗପେ। ସେ ଥରେ ମୋତେ ପଚାରିଲେ "ତମର ଚିତ୍ର ଆଙ୍କିବା କାହିଁକି କେବେ ସ୍ଥଗିତ ହେଇଗଲା?" ମୁଁ କହିଲି, "ନବମ ଶ୍ରେଣୀରେ ମୁଁ ବହୁତ ସମୟ ଚିତ୍ର ଆଙ୍କିବାରେ ନଷ୍ଟ କରୁଥିଲି। ମନ ସବୁବେଲେ ଚିତ୍ର ପାଖରେ, ଫଳ ସ୍ୱରୂପ ପଢ଼ାରେ ବ୍ୟାଘାତ ଘଟୁଥିଲା। ଚିତ୍ରରେ ଆଗ୍ରହ ଦେଖି ନାଗମଣି (ସାମନ୍ତ) ସାର୍ ମୋତେ ଶାନ୍ତିନିକେତନର ଲଳିତ କଳା ବିଭାଗରୁ ପ୍ରକାଶ ପାଇଥିବା ପୁସ୍ତକ ଖଣ୍ଡେ ପ୍ରଦାନ କରିଥିଲେ। ସାର୍ ବିଶ୍ୱଭାରତୀରୁ ଏମ୍ ଏ ପାସ୍ କରିଥାନ୍ତି। ତାଙ୍କର ଚିନ୍ତାଧାରା ଅନ୍ୟମାନଙ୍କ ଠାରୁ ଭିନ୍ନ। ମଝିରେ ମଝିରେ ମୁଁ ସେ ବହିରୁ ଚିତ୍ର ଦେଖି ଆନନ୍ଦ ପାଏ। ଗାଁରେ ସେ ବର୍ଷ ଦୁଇଜଣ ଯୁବ କାରିଗର ବାହାରୁ ଦୁର୍ଗା ମୂର୍ତ୍ତି ଗଢ଼ିବାକୁ ଆସିଲେ। ସେମାନେ ଥିଲେ ଖଲ୍ଲିକୋଟ ଚାରୁକଳା ମହାବିଦ୍ୟାଳୟରେ ପଢ଼ୁଥିବା ଛାତ୍ର, ରମେଶ ପାଣିଗ୍ରାହୀ ଓ ଶ୍ୟାମ ବେହେରା।

ସେତେବେଳ ଯାଏଁ ମୁଁ ଖଲ୍ଲିକୋଟରେ ପଢୁଥିବା କାହାରିକୁ ଚିହ୍ନି ନଥିଲି। ସେମାନେ ନୀଳଗିରି ବାସିନ୍ଦା। ନୀଳଗିରି ହାଇସ୍କୁଲର ଚାରୁକଳା ଶିକ୍ଷକ ପ୍ରଫୁଲ୍ଲ ସାରଙ୍କ ଛାତ୍ର। ନିଜ ହାତ ଅଙ୍କା ଚିତ୍ର ନେଇ ତାଙ୍କୁ ଦେଖାଇଲି। ସେମାନେ ପସନ୍ଦ କରିବାରୁ ମୋର ସେମାନଙ୍କ ସହିତ ବନ୍ଧୁତା ଗଢ଼ି ଉଠିଲା। ଏପରିକି ସେତେବେଳେ ସେମାନଙ୍କ ସହିତ ଖଲ୍ଲିକୋଟକୁ ମୁଁ ପତ୍ରାଳାପ କରୁଥିଲି। ସେମାନଙ୍କ ମାଧ୍ୟମରେ ପ୍ରଫୁଲ୍ଲ ସାରଙ୍କ ସହିତ ସମ୍ପର୍କ ସ୍ଥାପନ ହେଲା। ନୀଳଗିରି ଗଲେ ପ୍ରଫୁଲ୍ଲ ସାରଙ୍କ ଘରଆଡ଼େ ବୁଲିଯାଇ ବିଭିନ୍ନ ପଥର ମୂର୍ତ୍ତି ଓ ତୈଳଚିତ୍ର ଦେଖ ଆସୁଥାଏ। ପ୍ରଫୁଲ୍ଲ ସାରଙ୍କ ହସ୍ତ ନିର୍ମିତ ଗାନ୍ଧୀ ପ୍ରତିମୂର୍ତ୍ତି ନୀଳଗିରି ହାଇସ୍କୁଲ ସାମ୍ନାରେ ପ୍ରତିଷ୍ଠା କରାଯାଇଥାଏ। ତାକୁ ଦେଖିବାକୁ ମୁଁ ଦୁଇ ତିନି ଥର ଯାଇଥିବି। ପ୍ରଫୁଲ୍ଲ ସାରଙ୍କ ସହିତ ଚିହ୍ନା ପରିଚୟ ହେବାରୁ ଏମ୍‌ଇ ସ୍କୁଲର ପ୍ରଧାନ ଶିକ୍ଷକ ଗୌରୀକାନ୍ତ କର ସାରଙ୍କୁ ନେଇ ତାଙ୍କ ସହିତ ଚିହ୍ନା କରେଇଲି। ଫଳରେ ସ୍କୁଲର ପ୍ରତିଷ୍ଠାତା ଦାଶରଥି ପାଣିଗ୍ରାହୀଙ୍କ ତୈଳଚିତ୍ର ସେ ପ୍ରଫୁଲ୍ଲ ସାରଙ୍କ ପାଖରୁ ଅଙ୍କେଇଲେ। ସେ ତୈଳଚିତ୍ରଟି ସ୍କୁଲ ଅଫିସରେ ଶୋଭା ପାଇଲା। ଆମର ଶ୍ରେଣୀ ଶିକ୍ଷକ ଗଦାଧର (ଆଚାର୍ଯ୍ୟ) ସାର୍ ମଧ୍ୟ ଜଣେ ଉତ୍ତମ ଚିତ୍ରକର। ସେ ମୋର ଦକ୍ଷତା ଜାଣି ପାରି ମୋତେ ସ୍କୁଲ ଛୁଟି ପରେ ଐତିହାସିକ ମ୍ୟାପ୍ ସବୁ ଅଙ୍କନ କରିବାକୁ ଦିଅନ୍ତି। ଶ୍ରେଣୀ ଗୃହ ମାନଙ୍କରେ ନୀତି ଶିକ୍ଷାମାନ ଗୋଲ ଗୋଲ ଅକ୍ଷରରେ ଲେଖିବାକୁ କହନ୍ତି। ମୁକ୍ତିକାନ୍ତ (ଦାସ) ସାରଙ୍କର ସାନ ଭାଇ ରତିକାନ୍ତ ଦାସ। ସେ ସୁନ୍ଦର ଚିତ୍ର କରୁଥିବାରୁ ତାଙ୍କ ସହିତ ମୋର ସୁସମ୍ପର୍କ ଥାଏ। ମୋଟ ଉପରେ ଯେତେ ଲୋକ ଚିତ୍ର ସହିତ ଜଡ଼ିତ ସମସ୍ତଙ୍କ ସାଥିରେ ମୁଁ ମୋର ବ୍ୟକ୍ତିଗତ ସମ୍ପର୍କର ଡୋରି ବାନ୍ଧି ଦେଇଥାଏ।

ସେଇ ସମୟରେ ମୁଁ ଖଲ୍ଲିକୋଟ ଚାରୁକଳା ମହାବିଦ୍ୟାଳୟରେ ପଢ଼ିବାର ସ୍ୱପ୍ନ ଦେଖିବାକୁ ଆରମ୍ଭ କଲି। ପାଠ ପଢ଼ାରେ ବିଶେଷ ମନ ଧ୍ୟାନ ନ ଦେବାରୁ ପରୀକ୍ଷାରେ ମାର୍କ ସବୁ ନିମ୍ନଗାମୀ ହେବାକୁ ଲାଗିଲେ। ଏହା ବାପା ଓ ବଡ଼ଭାଇଙ୍କ ଦୃଷ୍ଟିକୁ ଆସିଲା। ତେଣୁ ମୋ ଉପରେ ସମସ୍ତେ କ୍ଷୁବ୍ଧ ହେଲେ। ଘରେ ଅଶାନ୍ତି ଲାଗି ରହିଲା। ପଦୁନ୍ତା ଦିନେ ମୁଁ ଚିତ୍ର କରୁଥିବା ବେଳେ ମୋର ମୁଣ୍ଡ ବାଳକୁ ଝିଙ୍କି ଆଣି ବଡ଼ ବଡ଼ ନାଲି ଆଖି ଦେଖାଇ କହିଲେ, "ତୁ ଯଦି ପାଠ ନପଢ଼ି ଖାଲି ଚିତ୍ର କରିବୁ, ତେବେ ତୋର ରଙ୍ଗ ସବୁ ନେଇ ପୋଖରୀକୁ ଫୋପାଡ଼ି ଦେବି, ବୁଝିଲୁ ?" ଏହା ମୋ ମନରେ ଘୋର ଦୁଃଖ ପହଞ୍ଚେଇଲା। ମନେ ମନେ ଭାବିଲି, ନା, ଆଉ କେବେ ହେଲେ ଚିତ୍ର ବୋଲି ନାଁ ଧରିବିନି। ଏହା ଭାବି ଅଭିମାନ କରି ମୁଁ ମୋର ଯେତେ ରଙ୍ଗ ତୂଳୀ ଥିଲା ସବୁକୁ ନେଇ ଗାଁ ପୋଖରୀରେ ନିରାତ୍ମୟର ସହକାରେ ବିସର୍ଜନ

କରି ଦେଇ ଆସିଲି । ଏହା ଶୁଣି ମାଆ ମନ ଖରାପ କଲା । ସେ ଭାବି ନଥିଲା ମୁଁ ଏତେ ଶୀଘ୍ର ଏମିତି କରି ପକେଇବି । ସେ କିଛି କରିବା ବା କହିବା ଆଗରୁ ରଙ୍ଗ ତୂଳୀ ଯାକ ପାଣି ଭିତରକୁ ଯାଇ ସାରିଥିଲେ । ଫିଙ୍ଗିଦେଲି ସତ, ହେଲେ ମନଟା ସନ୍ତୁଳି ହେଲା, କେତେଦିନ କୁଆଡ଼େ ମନ ଲାଗିଲା ନାହିଁ । ରାତିରେ ଶୋଇବା ବେଳକୁ କଇଁ କଇଁ ହୋଇ ବୋହେ ନିରୋଳାରେ କାନ୍ଦିଲି । ଆର୍ଟ କଲେଜରେ ପଢ଼ିବା ସ୍ୱପ୍ନ ବି ରଙ୍ଗ ତୂଳୀ ସହିତ ପୋଖରୀ ପାଣିରେ ଡୁବି ମରିଲା । ଚିତ୍ର କରିବାଟା ମୋ ପାଇଁ ଥିଲା ନିତ୍ୟକର୍ମ କରିବା, ଖାଇବା ବା ଶୋଇବା ଭଳିଆ କଥା । ତଥାପି ନିଜକୁ ଆୟଉରେ ରଖି ମାଟ୍ରିକ୍ ପରୀକ୍ଷା ଶେଷ ଯାଏ ଆଉ ଚିତ୍ର ଆଙ୍କିନି କି ସେ ବିଷୟରେ ଭାବିନି ।"

ସବିତା କିଛିକ୍ଷଣ ନିରବି ଯାଇ ପୁଣି ପଚାରିଲେ "ବନ୍ଦ ତ କରିଦେଇଥିଲ, ପୁଣି କେବେ ଆରମ୍ଭ କରିବାକୁ ଭାବିନ ?" ମୁଁ କହିଲି, "ହଁ, କରିନି କିମିତି, କରିଛି ନା । ପରିସ୍ଥିତି ଅଲଗା ହେବାରୁ ପୁଣି ୧୯୭୩ ମସିହାରେ କିଛି ଦିନ ପାଇଁ ଚିତ୍ର ଆଙ୍କିଥିଲି । ସିଏ ଆଉ ଏକ ଆଇ ମା କାହାଣୀ । ଫକୀର ମୋହନ ମହାବିଦ୍ୟାଳୟରେ ବିଜ୍ଞାନ ଛାତ୍ର ଥିବା ବେଳେ ମୁଁ ରହୁଥିଲି କକାଙ୍କ ଘରେ । କକା ଅବସର ନେଇ ମଲ୍ଲିକାଶିପୁର ନିକଟସ୍ଥ ତୁଲଙ୍କ ସାହୀ ଗ୍ରାମରେ ନୂତନ ବାସ ଗୃହ ନିର୍ମାଣ କରି ସପରିବାର ରହୁଥାନ୍ତି । ସ୍କୁଲ ଡେପୁଟି ଇନ୍‌ସ୍ପେକ୍ଟର ପଦରୁ ଅବସର । ତାଙ୍କ ଆଜ୍ଞାରେ ପୃଥ୍ୱୀ ଚଲେ । ପରିବାର ବର୍ଗଙ୍କୁ ତାଙ୍କର କଡ଼ା ଶାସନ ମାନିବାକୁ ପଡ଼େ, ବିଶେଷ କରି ପାଠ ପଢ଼ୁଆ ପୁଅ ଓ ପୁତୁରା ମାନଙ୍କୁ । ଯଦିଓ ହାତ ଉଠାଇ କାହାରିକୁ କେବେ ପିଟିବାର ଦେଖାଯାଇ ନାହିଁ, ସମସ୍ତେ କିନ୍ତୁ ତାଙ୍କ ଆଗକୁ ଆସିବାକୁ ଭୟ କରନ୍ତି । ଗର୍ଭିଣୀ ଗାଈ ବାଟ ଛାଡ଼ି ଦେବା ବି କିଛି ବିଚିତ୍ର ନୁହଁ । ଏତିକି ବେଳେ ଉଠିବ, ଏତିକି ବେଳେ ଖାଇବ, ଏତିକି ବେଳେ ପଢ଼ିବ ଓ ଏତିକି ବେଳେ ଶୋଇବ ଇତ୍ୟାଦି ଇତ୍ୟାଦିର କଡ଼ା ନିୟମ । ପୁରା ରେଜିମେଣ୍ଟାଲ ଜୀବନ ଯାପନ ପ୍ରଣାଳୀ । ପାଠ ପଢ଼ି ଭଲ ନମ୍ବର ରଖିବା ହିଁ ଏକ ମାତ୍ର ଜୀବନର ଲକ୍ଷ ହେବା ଚାଇ । ସିନେମା ଦେଖା, ରେଡ଼ିଓ ଶୁଣିବା, ଗୀତ ଗାଇବା, ଚିତ୍ର ଆଙ୍କିବା, ନାଚିବା ବା ଏ ସବୁକୁ ଦେଖିବାକୁ ଯିବା ତାଙ୍କ ଦୃଷ୍ଟିରେ ଅତ୍ୟନ୍ତ ଗର୍ହିତ କାର୍ଯ୍ୟ । ଏସବୁ କରିବାକୁ କେହି ଯଦି ଅପଚେଷ୍ଟା କେବେ କରିଛି ତେବେ ପରିସ୍ଥିତି ଭୟାବହ ହେବାର ସମ୍ଭାବନା ଥାଏ । ସେଇ ପରିବେଶ ଭିତରେ ଆମେ ଦୁଇ ଜଣ । ପାଠ ପଢ଼ିବା ସଙ୍ଗେ ସଙ୍ଗେ ଜଣକର ନିଶା ଗୀତ ଗାଇବା ସେ ହେଉଛନ୍ତି, ନଟ ନନା, ତାଙ୍କର ତୃତୀୟ ପୁତ୍ର ନଟବର ପାଣିଗ୍ରାହୀ ଓ ଅନ୍ୟ ଜଣକ ମୁଁ ତାଙ୍କ ପୁତୁରା, ଯାହାର ନିଶା ଚିତ୍ର ଆଙ୍କିବା ।

ଅବସର ପରେ କକା ବସ୍ତା ବେସରକାରୀ ବାଳିକା ଉଚ୍ଚ ବିଦ୍ୟାଳୟରେ ସ୍ଥାନୀୟ ବାସିନ୍ଦାଙ୍କ ଅନୁରୋଧ ରକ୍ଷା କରି ପ୍ରଧାନ ଶିକ୍ଷକ ରୂପେ ଯୋଗ ଦେଇଥିଲେ। ସେଥିପାଇଁ ସେ ସାରା ସପ୍ତାହ ବାହାରେ ରହୁଥିଲେ। କେବଳ ଶନିବାର ଛୁଟିପରେ ଘରକୁ ଆସନ୍ତି, ରବିବାର ଘରେ ରହି ପୁଣି ଚାଲି ଯାଆନ୍ତି। ତା' ଛଡ଼ା ମଝିରେ ମଝିରେ ଅତର୍କିତ ଭାବେ ବିନା ଖବରରେ ମଧ୍ୟ ମଝି ସପ୍ତାହରେ ପହଞ୍ଚି ଯାଆନ୍ତି। କକାଙ୍କର ଅତ୍ୟନ୍ତ ବ୍ୟକ୍ତିଗତ ଏକ ଫିଲିପ୍ସ ରେଡ଼ିଓ, ଯାହାକି ଅନେକ ବର୍ଷ ତଳେ କିଣାଯାଇଥିଲା। ବଡ଼ଭାଇ ଅର୍ଥାତ ମୋ ବାପାଙ୍କୁ ଦେଖାଇବା ଉଦ୍ଦେଶ୍ୟରେ କକା ଥରେ ରେଡ଼ିଓଟିକୁ ଗାଁକୁ ସଯତ୍ନରେ ଧରି ଆସିଥିଲେ। ରେଡ଼ିଓଟି କକାଙ୍କ ଅନୁପସ୍ଥିତିରେ ରଙ୍ଗୀନ ଫୁଲ ଫୁଲିଆ କପଡ଼ାର ଆସ୍ତରଣ ତଳେ ସମସ୍ତ ସମୟ ଅତିବାହିତ କରେ। ନାଲି ଗାରଟି ସର୍ବଦା କଲିକତା ସେଣ୍ଡର ଉପରେ ଥାଏ। କକା ନଥିଲା ବେଲେ ନଟନନା ରେଡ଼ିଓଟିରୁ କଟକ ସେଣ୍ଡର ଲଗେଇ ଗୀତ ଶୁଣନ୍ତି। ଅକ୍ଷୟ ମହାନ୍ତି, ପ୍ରଫୁଲ୍ଲ କର, ଚିତ୍ତ ଜେନା, ପ୍ରଣବ ପଟ୍ଟନାୟକ, ଧନଞ୍ଜୟ ଶତପଥୀ ବା ସିକନ୍ଦର ଆଲାମ ଆଦି ଗାୟକ ମାନେ ଆଧୁନିକ ଓ ପଲ୍ଲୀସ୍ୱର ଗୀତ ଗାଇଲେ କାଗଜ କଲମରେ ଗୀତ ଗୁଡ଼ିକ ଟିପି ରଖନ୍ତି। କାମ ସଇଲେ ପୁଣି ନାଲି ଗାରଟିକୁ କଲିକତା ସେଣ୍ଡର ଉପରକୁ ନେଇ ଆସନ୍ତି। ଶୁଣିବା ବେଲେ ଯଦି କକା ହଠାତ୍ ଆମ ଅଜାଣତରେ ପହଞ୍ଚି ଯାଆନ୍ତି ତେବେ ସମସ୍ତେ ଧଡ୍ ପଡ୍ ହୋଇ ବାଘ ଆସିବାର ଶବ୍ଦ ଶୁଣି ମୃଗ ଲମ୍ଫ ଦେଇ ପଲାୟନ କଲା ଭଳିଆ ଯେ ଯାହାର ପଢ଼ା ସ୍ଥାନକୁ ପଲାଇ ଯାଇ ବହିକୁ ଅନେଇ ବସନ୍ତି। ଏମିତି ସମୟରେ ମୁଁ ପ୍ରଥମ ବର୍ଷ ବିଜ୍ଞାନ ଓ ନଟ ନନା ତୃତୀୟ ବର୍ଷ ଓଡ଼ିଆ ଅନର୍ସ ନେଇ ପଢ଼ୁଥାଉ।

ପ୍ରତିବର୍ଷ ନିକଟସ୍ଥ ସୁନହଟ ଗାଆଁରେ ବୋଇତ ବନ୍ଦାଣ ଉତ୍ସବ ବଡ଼ ଧୁମଧାମରେ ପାଲନ କରାଯାଉଥିଲା। ଓଡ଼ିଶାର ବିଭିନ୍ନ ଅଞ୍ଚଲରୁ ସୁନାମଧନ୍ୟ ବକ୍ତା ଓ ଗାୟକ ମାନେ ଆସୁଥିଲେ। ଭାଷଣ ପରେ ଅନେକ ରାତ୍ରିଯାଏ ସାଂସ୍କୃତିକ କାର୍ଯ୍ୟକ୍ରମ ଚାଲେ। କଲେଜ ପଢ଼ୁଆ ତରୁଣ ତରୁଣୀଙ୍କର ବେଶ୍ ଭିଡ଼ ଜମେ। ସେ ବର୍ଷ ଅକ୍ଷୟ ମହାନ୍ତି ଗୀତ ପରିବେଷଣ କରିବାକୁ ଆସିବାର ସ୍ଥିର ହୋଇଥାଏ। ଆମେ ଖୁଡ଼ୀଙ୍କ ଠାରୁ ଜାଣିବାକୁ ପାଇଲୁ ଯେ କକା ସେଦିନ ଘରେ ରହିବେ ନାହିଁ। ଏମିତି ସୁଯୋଗ ଖୁବ୍ କମ୍ ଆସେ, ତେଣୁ ଜମାରୁ ହାତ ଛଡ଼ା କରିବାର ନୁହଁ। ଆମେ ଦୁଇଜଣ ଯୋଜନା କରିଦେଲୁ, ଅକ୍ଷୟ ମହାନ୍ତିଙ୍କୁ ନିଶ୍ଚୟ ଶୁଣିବାକୁ ଯିବୁ। ଉତ୍ସାହ ପୂର୍ବକ ସନ୍ଧ୍ୟାକୁ ଅନେଇ ରହିଲୁ। ଠିକ୍ ସନ୍ଧ୍ୟା ହବାକୁ ଯାଉଛି, ଫାଟକ ଖୋଲିବାର କେଁ ଶବ୍ଦ ସହିତ କକାଙ୍କର ସାଇକେଲ ଗଡ଼େଇବାର ଟିକ୍ ଟିକ୍ ଶବ୍ଦ ଶୁଭିବା ଆରମ୍ଭ କଲା। ତାଙ୍କର ଅକସ୍ମାତେ

ଆବିର୍ଭାବ। ତାଙ୍କ ଆଗମନ ଆମର ସମସ୍ତ ଯୋଜନା ଫସର ଫାଟ୍ କରେଇ ଦେଲା। ମନ ମଧରେ ଉତ୍‌ଫୁଲ୍ଲିତ ଉତ୍ସାହ ଉଦ୍ଦୀପନା କ୍ଷଣିକେ ଫୁଙ୍କି। ବେଲୁନରେ କଣ୍ଟା ଲାଗିଲେ ସଙ୍କୁଚିତ ହେଲା ଭଳି ସଙ୍କୁଚିତ ହୋଇଗଲା। ସାଂସ୍କୃତିକ କାର୍ଯ୍ୟକ୍ରମର ସମୟ ହେଇ ଆସିଲା, ହେଲେ ଅନୁମତି ପାଇଁ କକାଙ୍କୁ ସାମନା ସାମନି ହେବାକୁ କାହାର ହେଲେ ସାହାସ କୁଲେଇଲାନି। ଆମେ ସମସ୍ତେ ମନ ମାରି ରହିଲୁ। ସମୟ ହେବା ଉଭାରୁ ସାଂସ୍କୃତିକ କାର୍ଯ୍ୟକ୍ରମ ଆରମ୍ଭ ହେଲା। ପବନରେ ଅସ୍ପଷ୍ଟ ହୋଇ କେବଳ ଭାସିଆସିଲା ମାଇକ୍‌ର ସ୍ୱର "ବେବି ଏକ ଗେହ୍ଲା ଝିଅ ନାଲ ଗୁଲୁଗୁଲ, ତୁ କି ବୁଲି ବାହାରିଲୁ ସହର" ଇତ୍ୟାଦି ଇତ୍ୟାଦି। ତାହା ଶୁଣି ନିଜ ନିଜ ଭିତରେ କେବଳ ଆଖି ଠରା ଠରି ହେବା ଛଡ଼ା ଆମର ଆଉ ଉପାୟ କିଛି ନଥିଲା।

ତହିଁ ପରଦିନ କଲେଜରେ ସାଙ୍ଗମାନଙ୍କ ମହଲରେ ସୁନହଟ କାର୍ଯ୍ୟକ୍ରମ ବିଶେଷ କରି ଅକ୍ଷୟ ମହାନ୍ତିଙ୍କ ନୂତନ ଆଧୁନିକ ସଙ୍ଗୀତ ମାନ ପୁଙ୍ଖାନୁପୁଙ୍ଖ ଭାବରେ ଚର୍ଚ୍ଚିତ ଚର୍ବଣ ହେଲେ। ସେହି ଆଲୋଚନାରୁ ଆମେ ଆଉ ଏକ ବିଶେଷ ଖବର ଜାଣିବାକୁ ପାଇଲୁ। ବୋଇତ ବନ୍ଦାଣ ଉତ୍ସବ ଉପଲକ୍ଷେ କବିତା, ପ୍ରବନ୍ଧ ଓ ଚିତ୍ରାଙ୍କନର ପ୍ରତିଯୋଗିତା ମଧ ଆୟୋଜନ କରା ହେଉଛି। ସାରା ବାଲେଶ୍ୱର ସହରରୁ କଲେଜ ପିଲାମାନେ ଅଂଶ ଗ୍ରହଣ କରୁଛନ୍ତି। ଏହା ଶୁଣି ଆମେ ଦୁଇଜଣ ଘରେ ଆସି ଏ ବିଷୟରେ ଆଲୋଚନା କଲୁ। ଯଦି ଆସନ୍ତା ବର୍ଷକୁ ଆମର ସାଂସ୍କୃତିକ କାର୍ଯ୍ୟକ୍ରମ ଦେଖାବାର ଇଚ୍ଛା ତେବେ ଆମକୁ ପ୍ରତିଯୋଗିତାରେ ଭାଗ ନେବାକୁ ପଡ଼ିବ। ନଟ ନନାଙ୍କର ଓଡ଼ିଆ ଭାଷା ଓ ସାହିତ୍ୟ ଉପରେ କାଫି ଦଖଲା। ତେଣୁ ସେ ପ୍ରବନ୍ଧ ଓ କବିତା ପ୍ରତିଯୋଗିତାରେ ଭାଗ ନେବେ ଓ ମୁଁ ଯେହେତୁ ଚିତ୍ର ଆଙ୍କେ, ମୁଁ ଚିତ୍ରାଙ୍କନ ପ୍ରତିଯୋଗିତାରେ ଭାଗ ନେବି। ଏହାକୁ ମନରେ ରଖି ଆସନ୍ତା ବର୍ଷକୁ ଅନେଇ ରହିଲୁ।

ତହିଁ ପର ବର୍ଷ ପୁଣି କାର୍ତ୍ତିକ ମାସ ସୁନହଟରେ ବୋଇତ ବନ୍ଦାଣ ଉତ୍ସବ ପାଳନ ସାଥେ ସାଥେ ପ୍ରତିଯୋଗିତାର ବିଜ୍ଞାପନ ବାହାରିଲା। ଆମେ ଆମର ନାମ ପ୍ରତିଯୋଗିତା ପାଇଁ ଦାଖଲ କରିଦେଲୁ। ନିର୍ଦ୍ଧାରିତ ଦିନ ଯଥା ସ୍ଥାନରେ ପହଞ୍ଚି ମୁଁ ଓ ନଟନନା ପ୍ରତିଯୋଗିତାରେ ଅଂଶ ଗ୍ରହଣ କଲୁ। ଉତ୍ସବର ଦିନ ନିକଟ ହୋଇ ଆସିବାରୁ ଖବର ପାଇଲୁ ଯେ ସେ ବର୍ଷ ସଙ୍ଗୀତ ପରିବେଷଣ କରିବା ପାଇଁ ପ୍ରଫୁଲ୍ଲ କର ଆସୁଛନ୍ତି। ଆମ ମନରେ ଆନନ୍ଦର ସୀମା ବର୍ଷାଦିନେ ନଦୀ କୂଳ ଲଂଘନ କଲା ଭଳି କୂଳ ଲଂଘନ କଲା। ଯେ କୌଣସି ଉପାୟରେ ଯିବାକୁ ହେବ, ସେଇ ମନବୃତ୍ତି ନେଇ ରହିଲୁ।

ଉତ୍ସବ ଦିନ ଆସିଲା। କକା ସେଦିନ ଘରେ ରହିଲେ। ସାହାସ ବାନ୍ଧି ତାଙ୍କ

ପାଖରେ ଗୁହାରି କରି ଅନୁମତି ନେବାକୁ ଆମେ ଦୁଇଜଣ ତିଆରି ହେଇ ରହିଲୁ। ସନ୍ଧ୍ୟା ହେଲା, ଆମେ ଚୋରଙ୍କ ଭଳି ତାଙ୍କ କୋଠରି ଦୁଆର ସାମନାରେ ଗୋଡ଼ ଭାଙ୍ଗି ବିକଳି ଭଳିଆ ଦୁହେଁ ଛିଡ଼ା ହେଲୁ। କିଛି ସମୟ ପରେ ନଟ ନନା ସାହସ ବାନ୍ଧି କହିଲେ, "ଆମେ ଦି ଜଣ ସୁନହଟ ବୋଇତ ବନ୍ଦାଣକୁ ଯିବାକୁ ଚାହୁଁଛୁ।" ଏତକ ଶୁଣିବା ମାତ୍ରେ କକା ଅକସ୍ମାତେ ତାଙ୍କର ଚିରା ଚରିତ ମୁରବି ପଣିଆ ଉଚ୍ଚ ଗଳାରେ କହିଲେ, "କ'ଣ ହେଲା, ପାଠ ଶାଠ ନାହିଁ, ଗୀତ ଶୁଣିବାକୁ ଯିବ ? ଯାହା ଜଣା ପଡୁଛି ତମେ ଗୁଡ଼ାକ ବେମୁରବା ହେଇଗଲଣି ? କିଛି କୁଆଡ଼େ ଯାଇ ପାରିବ ନାହିଁ, ଯାଅ, ବସି ପାଠ ପଢ଼।" ଏତକ ଶୁଣି ମଧ୍ୟ ନଟ ନନା ସେଇଠି ସେଇମିତି ଛିଡ଼ା ହୋଇ ରହିଲେ, ମୁଁ ତାଙ୍କ ସହିତ। ମୋର ଦେହ ହାତ ସେତେବେଳକୁ ଝଡ଼ ବେଳର ବରଡ଼ା ପତ୍ର ପରି। ଆମେ ଦୁଇଜଣଙ୍କୁ ପୁଣି ସେଠାରେ ଛିଡ଼ା ହେବାର ଦେଖି କକା କହିଲେ, "କହିଲି ପରା ଯାଅ, ପାଠଶାଠ ପଢ଼ା ପଢ଼ି ନାହିଁ, କହିଲେ କ'ଣ ନା ଗୀତ ଶୁଣିବାକୁ ଯିବେ, ଯାଅ ଏଠୁ।" ଏହା ଶୁଣି ନଟନନା ପୁଣି କହିଲେ, "ନାଇଁ ଆମେ ଗୀତ ଶୁଣିବାକୁ ଯିବୁନି, ଆମେ ଦୁଇ ଜଣ କବିତା, ପ୍ରବନ୍ଧ ଓ ଚିତ୍ରାଙ୍କନ ପ୍ରତିଯୋଗିତାରେ ଭାଗ ନେଇଛୁ, ବହୁତ ଆଶା ଅଛି ପୁରସ୍କାର ପାଇବାର। ଶିକ୍ଷାମନ୍ତ୍ରୀ ଶରତ କର ଆସୁଛନ୍ତି ମୁଖ୍ୟ ଅତିଥି ଓ ବକ୍ତା ହୋଇ। ଯଦି ଆମେ ପାଉ ତେବେ ସେ ଆମକୁ ସାର୍ଟିଫିକେଟ ସହ ପୁରସ୍କାର ବିତରଣ କରିବେ।" ଏତକ ଶୁଣିବା ମାତ୍ରକେ ଗରମ ଲୁହାରେ ପାଣି ପକେଇଲେ ଯେମିତି ଥଣ୍ଡା ହେଇଯାଏ କକା ସେଇଭଳି ଟିକିଏ ଥଣ୍ଡା ପଡ଼ିଗଲେ। କକାଙ୍କର କହିବାର ଚଟା ସ୍ୱର ଟିକିଏ ନରମି ଆସିଲା। କହିଲେ, "ଏଇଟା ଗୋଟିଏ ଫନ୍ଦି, ନା ସତରେ। ହଉ ଯାଅ, କିନ୍ତୁ ଯଦି ପ୍ରଥମ ପୁରସ୍କାର ନ ପାଅ ଘରକୁ ଆସିବନି।" ପ୍ରଥମ ବାକ୍ୟ, "ହଉ ଯାଅ" ଟି କେବଳ ଆମକୁ ଶୁଭିଲା। ଅନ୍ୟ ବାକ୍ୟଟି ନ ଶୁଣିଲା ଭଳି ସଙ୍ଗେ ସଙ୍ଗେ ଜାମା ପଟା ପିନ୍ଧି ସାଇକେଲ ଧରି ଛୁଟିଲୁ ସୁନହଟ ଅଭିମୁଖେ। ମୁଁ ସାଇକେଲର ରଡ଼ରେ ଆଗରେ ବସିଥାଏ। ନଟନନା ଚଲଉ ଥାନ୍ତି। ବାଟରେ ପଚାରିଲି, "ଶୁଣିଲ ତ ଇସ୍କୁଲ ବାପା କ'ଣ କହିଲେ ? (କକାଙ୍କୁ ଆମେ ପୁତୁରାମାନେ ସମସ୍ତେ "ଇସ୍କୁଲ ବାପା" ବୋଲି ସମ୍ବୋଧନ କରୁଥିଲୁ, କାରଣ ସେ ପିଲାଟି ଦିନରୁ ସ୍କୁଲରେ ଶିକ୍ଷକତା କରୁଥିଲେ) ଯଦି ପ୍ରାଇଜ ନମିଳେ ?" ନଟନନା ମୋ ପ୍ରଶ୍ନ ସରିଛି କି ନାହିଁ କହିଲେ, "ଆଗ ଗୀତ ଶୁଣାଯାଉ, ଦେଖିବା କ'ଣ ହଉଚି, ସେଇଟା ପରେ ଦେଖାଯିବ ନି।" ସେଇଥରୁ ମୋତେ ଲାଗିଲା ଯେ ସେ ଭାରି ଆଶାୟୀ ପୁରସ୍କାର ପାଇଁ। ମୁଁ ବି ତାଙ୍କ ସହିତ ଆଶାୟୀ ହେଇଗଲି।

ସୁନହଟ ବୋଇତ ବନ୍ଦାଣ ଉସ୍ବ ସ୍ଥଳରେ ଯଥା ସମୟରେ ପହଞ୍ଚିଲୁ। ସ୍ଥାନଟି

ଜନ ମୁଖରିତ। ନଟନନାଙ୍କର ଅନେକ ଛାତ୍ର ଛାତ୍ରୀ ବନ୍ଧୁ ବାନ୍ଧବୀଙ୍କ ସହିତ ଚିହ୍ନା ପରିଚୟ। ମୁଁ ବି ଓଥ ସହିତ ଭୁଆ ବିରାଡ଼ି ବାଲ ହେଲା ଭଳି ତାଙ୍କ ସହିତ ବାଲ। ମୋର ବି କିଛି ସାଙ୍ଗ ସହପାଠୀଙ୍କ ସହିତ ସାକ୍ଷାତ ହେଲା। ସେମାନଙ୍କୁ ଦେଖି ମୁଁ ମନେ ମନେ ଭାବୁଥାଏ ଏ ସବୁ ସାଙ୍ଗମାନେ କ'ଣ ଏମିତି ତାଙ୍କ ପିତା/ଅଭିଭାବକଙ୍କ ଅରଗଳି ଡେଇଁ ଆସିଛନ୍ତି ? ପଚାରିବାକୁ ଇଚ୍ଛା ହେଉଥିଲେ ବି ଚୁପ୍ ରହିଲି।

କାର୍ଯ୍ୟକ୍ରମ ଆରମ୍ଭ ହେଲା। ସଂସ୍ଥାର କର୍ମକର୍ତ୍ତାମାନେ ମଞ୍ଚାସୀନ ହେଲେ। ପ୍ରାରମ୍ଭରେ ସଭାପତି ମହୋଦୟ ସମସ୍ତଙ୍କୁ ସମ୍ବୋଧନ କରି ତାଙ୍କର କ୍ଷୁଦ୍ର ଉଦ୍‌ବୋଧନ ମୂଲକ ବକ୍ତବ୍ୟଟିଏ ରଖିଲେ। ମୁଖ୍ୟ ବକ୍ତାଙ୍କୁ ପରିଚୟ କରାଇ ଦେବାରୁ ଶିକ୍ଷା ମନ୍ତ୍ରୀ ଶ୍ରୀ ଶରତ କର ସଭା ମଣ୍ଡପ ମଣ୍ଡନ କଲେ। ଏତିକି ବେଲେ ପୁରସ୍କାର ବିତରଣ ପାଇଁ କୃତିତ୍ୱ ହାସଲ କରିଥିବା ଛାତ୍ର ଛାତ୍ରୀମାନଙ୍କର ନାମ ଡାକରା ହେଲା। ମୋର ସେତେବେଲକୁ ପିଲେହି ପାଣି। ମନେ ମନେ ଭାବୁଥାଏ କାହିଁକି ଏ ପ୍ରତିଯୋଗିତା ଭଳି ଧନ୍ଦାରେ ପଶିଲି, ଏ ସବୁ ମହା ଝମେଲା। ପୁରସ୍କାର ମିଲିଲା ନ ମିଲିଲା ଯାଏ ଆସେ ନାହିଁ, ସେ ପାଇଁ ଯେତେ ଚିନ୍ତା ନାହିଁ କକାଙ୍କର ବାକ୍ୟ "ନପାଇଲେ ଘରକୁ ଆସିବନି", ମୋତେ ଅଧିକ ପୀଡ଼ା ଦେଉଥାଏ।

ସମସ୍ତ ଜନତା ଉଦ୍‌ଗ୍ରୀବ, ପ୍ରତିଯୋଗିତାର ଫଲ ଜାଣିବା ପାଇଁ। ଅନେକ ଛାତ୍ର ପ୍ରତିଯୋଗିତାରେ ଭାଗ ନେଇଥାନ୍ତି। ଠିକ୍ ଏତିକି ବେଲେ ଘୋଷଣା କରାଗଲା, "ପ୍ରବନ୍ଧ ପ୍ରତିଯୋଗିତାରେ ପ୍ରଥମ ସ୍ଥାନ ଅଧିକାର କରିଛନ୍ତି, ଫକୀର ମୋହନ ମହାବିଦ୍ୟାଳୟର ଚତୁର୍ଥ ବର୍ଷ କଲା ଛାତ୍ର ନଟବର ପାଣିଗ୍ରାହୀ।" ଦେହ ମୋର ଶୀତେଇ ଉଠିଲା। କରତାଲି, ହୁଇସିଲରେ ଉସ୍ବ ସ୍ଥଲ ମୁଖରିତ ହୋଇ ଉଠିଲା। ନଟନନା ଗର୍ବର ସହିତ ସଭାମଞ୍ଚ ଆଡ଼କୁ ଗଲେ ପୁରସ୍କାର ଆଣିବା ପାଇଁ। ସଭା ମଣ୍ଡପରେ ପହଞ୍ଚି ନମସ୍କାର କରି ମୁଖ୍ୟ ଅତିଥି ଶ୍ରୀ ଶରତ କରଙ୍କ ହାତରୁ ପୁରସ୍କାର ଓ ସାର୍ଟିଫିକେଟ୍ ନେଇ ଠିକ୍ ଫେରୁଛନ୍ତି ସେଇ ସମୟରେ ପୁଣି ଶୁଭିଲା, "କବିତା ପ୍ରତିଯୋଗିତାରେ ପ୍ରଥମ ସ୍ଥାନ ଅଧିକାର କରିଛନ୍ତି, ଫକୀର ମୋହନ ମହାବିଦ୍ୟାଳୟର ଚତୁର୍ଥ ବର୍ଷ କଲା ଛାତ୍ର ନଟବର ପାଣିଗ୍ରାହୀ" ଏତିକି ବେଲେ ଦ୍ୱିଗୁଣା କରତାଲି ଶୁଭିଲା। ଓ ହୁଇସିଲରେ ନଟନନାଙ୍କ ସାଙ୍ଗଦଲ ସଭାସ୍ଥଲ କମ୍ପେଇ ପକେଇଲେ। ମୋର ସେତେବେଲକୁ ମୋ ମାଆଙ୍କ ଭାଷାରେ "ପେଟ ହାପୁଲୁ ହାପୁଲୁ", ପାଟି ଅଠା, ବାନ୍ତି ବାନ୍ତି ଲାଗିବା ଆରମ୍ଭ ହେଇଗଲାଣି, ଭାବୁଥାଏ ନଟନନା ପାରି ପାଇଗଲା, ମୋର କ'ଣ ହେବ। ଛାନିଆଁରେ ମୁଁ ଆଉ ନଟନନା ପୁରସ୍କାର ଆଣିବାତା ବି ଠିକରେ ଦେଖି ପାରିଲିନି। ସେଟିକି ବେଲେ ଡକରା ହେଲା, "ଚିତ୍ରାଙ୍କନ ପ୍ରତିଯୋଗିତାରେ

ପ୍ରଥମ ସ୍ଥାନ ଅଧିକାର କରିଛନ୍ତି, ଫକୀର ମୋହନ ମହାବିଦ୍ୟାଳୟର ଦ୍ୱିତୀୟ ବର୍ଷ ବିଜ୍ଞାନ ଛାତ୍ର ଗଗନ ବିହାରୀ ପାଣିଗ୍ରାହୀ ।” ଶୁଣିଲି, ହେଲେ ପ୍ରଥମେ ବିଶ୍ୱାସ କରି ପାରିଲିନି । ସାଙ୍ଗମାନେ ପଛଆଡୁ ଧକ୍କା ଦେଇ କହିଲେ, “ଆରେ ଗଗନ ଯା, ତୋ ନାଁ ପରା ଡକା ହେଲାଣି ।” ଦୌଡ଼ିଲି ମଞ୍ଚ ଆଡ଼କୁ । ପୁରସ୍କାର ଆଣିବା ବେଳେ ମୁଖ୍ୟ ଅତିଥି କହିଲେ, “କ’ଣ ସବୁ ପାଣିଗ୍ରାହୀ ମାନେ ପ୍ରଥମ ପୁରସ୍କାର ଗୁଡ଼ିକ ନେଇଗଲେ ?” ସଂସ୍ଥାର ସଭାପତି କହିଲେ, “ହଁ ଆଜ୍ଞା, ଗୋଟିଏ ଘରୁ, କକା ଦଦେଇ ପୁଅ ଭାଇ ଏମାନେ ।” ତାହା ଶୁଣି ଶ୍ରୀ କର କହିଲେ, “ଆଚ୍ଛା, ତେବେ ଗୋଟିଏ ପରିବାରରେ ସମସ୍ତ ପ୍ରତିଭା ସମ୍ପନ୍ନ ବ୍ୟକ୍ତିଙ୍କର ସମାବେଶ ।”

ପୁରସ୍କାର ନେଇ ଫେରିଲା ବେଳେ ସାଙ୍ଗମାନେ ଯିଏ ଦେଖା ହେଲେ, ମୋତେ ଅଭିନନ୍ଦନ ଜଣେଇଲେ । କେତେଜଣ କହିଲେ, “କ’ଣ ତମରି ଘରେ ଖାଲି ତିନୋଟି ଯାକ ପ୍ରଥମ ପୁରସ୍କାର । ଏହାକୁ ଶୁଣି ମୁଁ ଖାଲି ମୁରୁକୁହିଆ ହସଟିଏ ହସିଦେଉଥାଏ । ଆନନ୍ଦରେ ଏବଂ ଅବିଶ୍ୱାସରେ ପାଦ ତଳେ ପଡୁ ନଥାଏ । ଅନ୍ଧାର ଓ ଆଲୁଅର ମିଶ୍ରଣରେ ପଢ଼ିବାକୁ ଚେଷ୍ଟାକଲି ସାର୍ଟିଫିକେଟରେ କ’ଣ ଲେଖାଯାଇଛି । ବଡ଼ ବଡ଼ ଅକ୍ଷରରେ ଉପରେ ଅର୍ଦ୍ଧବୃତ୍ତାକାରରେ ଲେଖା ହୋଇଥାଏ “ବୋଇତ ବନ୍ଦାଣ ଉତ୍ସବ ସମିତି ।” ତା’ ତଳକୁ “ଚନ୍ଦନ ମହଲ, ସୁନହଟ, ବାଲେଶ୍ୱର,” ଅଳ୍ପ କ୍ଷୁଦ୍ର ଅକ୍ଷରରେ । ଆଉ ଟିକେ ଛୋଟ ଅକ୍ଷରରେ “ବୋଇତ ବନ୍ଦାଣ ଉତ୍ସବ ଉପଲକ୍ଷେ ଚିତ୍ରାଙ୍କନ ପ୍ରତିଯୋଗିତାରେ ଶ୍ରୀ ଗଗନ ବିହାରୀ ପାଣିଗ୍ରାହୀଙ୍କୁ ପ୍ରଥମ ସ୍ଥାନ ଅଧିକାର କରିଥିବାରୁ ଅଭିନନ୍ଦନ ଜଣାଉଛୁ ।” ତଳେ ମୁଖ୍ୟ ଅତିଥି ଶରତ କୁମାର କରଙ୍କ ସହିତ ସଂସ୍ଥାର ସଭାପତି ଓ ସମ୍ପାଦକଙ୍କ ସ୍ୱାକ୍ଷର । ସାର୍ଟିଫିକେଟକୁ ମୋଡ଼ି ନ ଯିବା ପାଇଁ ଯତ୍ନରେ ରଖିଲି ।

ପୁରସ୍କାର ବିତରଣ ଉତ୍ସବ ସରିଲା । ପରେ ପରେ ବକ୍ତୃତା ଶ୍ରୀ ଶରତ କର ଅତୀତରେ ଓଡ଼ିଆ ସାଧବ ପୁଅ ମାନଙ୍କର ବାଲି, ଜାଭା ଓ ସୁମାତ୍ରାକୁ ବୋଇତରେ ଗମନ ଓ ଓଡ଼ିଶାର ନୌବାଣିଜ୍ୟ ଉପରେ ଅତି ସୁନ୍ଦର ସାର ଗର୍ଭକ ଅନର୍ଗଳ ଭାଷଣଟିଏ ଦେଲେ । ମୋର ତାଙ୍କୁ ଶୁଣିବାଟା ସେଠାରେ ଥିଲା ପ୍ରଥମ । ତାଙ୍କର କହିବା ଶୈଲୀ ଚମତ୍କାର । “ଉତ୍ସବ” ନ କହି “ଉଚ୍ଛବ” “ବୋଇତ ବନ୍ଦାଣ ଉଚ୍ଛବ” ବୋଲି ଉଚ୍ଚାରଣ କରୁଥିଲେ । ଏହା ଅତ୍ୟନ୍ତ ଶ୍ରୁତି ମଧୁର ହେଉଥାଏ ।

ବକ୍ତୃତା ପରେ ପ୍ରଫୁଲ୍ଲ କରଙ୍କର ସଙ୍ଗୀତ ପରିବେଷଣ, ଯେଉଁଥି ପାଇଁ ଏତେ ଯୋଜନା, ଏତେ ଉତ୍କଣ୍ଠା ସହିତ ଆସିଥିଲୁ । କିନ୍ତୁ ପୁରସ୍କାର ପାଇବା ପରେ ଆଉ ସେତେବେଳେକୁ ସେଥିରେ ମନ ଲାଗୁ ନଥାଏ । ଇଚ୍ଛା କେମିତି ଘରେ ପହଞ୍ଚି ପୁରସ୍କାର

ଖବରଟିକୁ ଇସ୍କୁଲ ବାପାଙ୍କ କାନରେ ପକେଇବି। ପ୍ରଫୁଲ୍ଲ କରଙ୍କର କାର୍ଯ୍ୟକ୍ରମକୁ ଅନେକେ ଅନାଇ ରହିଥାନ୍ତି। "ଜୟ ଜୟ ଜୟ ଭାରତ ମାତା, ଏହି ଦେଶରେ ଜନମି ଆମେ ଆମେ ଜଗତ ଜିତାହା ବୋଲୋ ଜୟ ଜୟ ଜୟ ଭାରତ ମାତା" ଦେଶାମ୍ବୋଧକ ସଙ୍ଗୀତରୁ ତାଙ୍କର କାର୍ଯ୍ୟକ୍ରମ ଆରମ୍ଭ ହେଲା। ଏମିତି ଅନେକ ସଙ୍ଗୀତ ପରିବେଷଣ ପରେ ଆମେ ବିଦାୟ ନେଲୁ। ଘରେ ପହଞ୍ଚିଲା ବେଳକୁ ଇସ୍କୁଲ ବାପା ନିଦ୍ରାଗତ। ତହିଁ ପରଦିନ ସକାଳେ ସେ ଖବର ପାଇ କହିଲେ, "ଶୁଣିଲି ତମେମାନେ ସବୁ ପୁରସ୍କାର ପାଇଲ, ଠିକ୍ ଅଛି, ଭଲ କଥା କିନ୍ତୁ ପଢ଼ା ପଢ଼ିରେ ବି ଭଲ କରିବାକୁ ଚେଷ୍ଟା କର, ସେଥିରେ ଅବହେଲା କରିବାର ନାହିଁ।" ପରେ କିନ୍ତୁ ଘରକୁ କେହି ଅତିଥ ଆସିଲେ କକା। ଗର୍ବର ସହିତ ଆମ ଦୁଇଜଣଙ୍କର କୃତିତ୍ଵ ବଖାଣୁଥିବାର ଶୁଣାଗଲା।

ପ୍ରଥମ ପୁରସ୍କାର ପାଇବା ପରେ ମୋର ମନୋବଳ ବଢ଼ିଗଲା। ସେହି ବଳରେ କିଛି ଦିନ ଚିତ୍ର ଅଙ୍କା ହେଲା। କିନ୍ତୁ ତା' ପରେ ପଢ଼ାପଢ଼ିର ବ୍ୟସ୍ତ ରହି ଚିତ୍ର ଆଙ୍କିବା ଆଉ ସମ୍ଭବ ହେଇ ପାରିଲାନି। ଚିତ୍ରାଙ୍କନ ଗୁଡ଼ିକ କେବଳ ପାଠ୍ୟରେ ବ୍ୟବହୃତ ହେଉଥିବା ଜୀବ ଓ ଉଭିଦ ବିଜ୍ଞାନ ସମ୍ଲିତ ଚିତ୍ର ଉପରେ ସୀମିତ ରହିଲା। ପ୍ରାଣୀବିଜ୍ଞାନ ଅନର୍ସରେ ମ୍ୟୁଜିୟମ ସ୍ପେସିମେନର ଚିତ୍ର ଗୁଡ଼ିକ ବେଶ୍ ମନ ଦେଇ କରୁ ଥିବାରୁ ସେଥିରେ ବିଜ୍ଞାନ ଓ କଳାମ୍ଭକ ମୂଲ୍ୟର ମିଶ୍ରଣ ବାରି ହେଇ ପଡ଼ୁଥିଲା। ତାହାରି ଭିତରେ ମଝିରେ ମଝିରେ କାଁ ଭାଁ କେବେ କେତେବେଳେ ଗୋପବନ୍ଧୁ, ଗାନ୍ଧୀ ବା ଭିନସ୍ ଇତ୍ୟାଦି ପେନ୍ସିଲ୍ ଚିତ୍ର ଛାତ୍ରାବାସର କାନ୍ଥ ମାନଙ୍କରେ ଆଙ୍କିଥାଏ। ଭୁବନେଶ୍ୱରରେ ଏମ୍ ଏସସି ପଢୁଥିବା ବେଳେ ଓମାରଖଯ୍ୟାମଙ୍କର ସୁରା ଓ ସାକୀ କବିତା ଦ୍ଵାରା ଅନୁପ୍ରାଣିତ ହୋଇ ତା' ଉପରେ ଆଧାରିତ କେତେକ ଚିତ୍ର ଆଙ୍କି ରଙ୍ଗ ଦେଇଥିଲି।"

ଏ ସବୁ ପୁରୁଣା କଥା ଗପ ଭଳିଆ ସବିତା ବସି ଶୁଣନ୍ତି। ମୁଁ ଚିତ୍ର କରିବା ବେଳେ ପୁଥ ବି ପାଖରେ ପାଣି ଓ ରଙ୍ଗରେ ଖେଳେ। ସେ ଅନେକ ରଙ୍ଗର ନାଁ ସେତେବେଳେକୁ ଜାଣିଯାଇଥାଏ। କୋବାଲ୍ଟ ବ୍ଲୁ କୁ ସେ କହୁଥାଏ "କବାଟ୍ ବ୍ଲୁ।" ରଙ୍ଗରେ ବେଶୀ ପାଣି ମିଶି ଫିକା ଦେଖାହେଲେ କହେ, "ବାପା, ହଉନି? ହଉନି? ଆହୁରି ବୁଡ଼ା, ବୁଡ଼ା।" ରଙ୍ଗ ମିଶେଇ କାଗଜରେ ଘସେ। ଅଭ୍ୟାସ ସଙ୍ଗେ ସଙ୍ଗେ ମୋର ବି ଚିତ୍ର କରିବାର ଦକ୍ଷତା ବଢୁଥାଏ। ପବ୍ଲିକ ଲାଇବ୍ରେରୀମାନଙ୍କରୁ ଆହୁରି ଅଧିକ ଆର୍ଟ ବହି ସବୁ ଆଣି ପଢ଼ାପଢ଼ି କଲି। କଲର ହୁଇଲ୍, କୁଲ୍ କଲର, ୱାର୍ମ କଲର, ପର୍ସ୍ପେକ୍ଟିଭ ଆଦି ପଢ଼ାପଢ଼ି କରି ଜାଣିବାକୁ ପାଇଲି।

ତୈଲଚିତ୍ର, ଜଲଚିତ୍ର ସହିତ ଅନ୍ୟାନ୍ୟ ମିଡିଆ, ଯଥା, ଟେମ୍ପେରା, ଗୁଆସ,

ପେଷ୍ଟେଲ୍, ଏକ୍ରିଲିକ ଇତ୍ୟାଦି ଇତ୍ୟାଦି ଜାଣିଲି। ଏମିତି ବିଭିନ୍ନ ପଦ୍ଧତି ଓ ପ୍ରଣାଳୀ ସାଥିରେ ଚିତ୍ରକଳାର ଇତିହାସ ଓ ଚିତ୍ରକର ମାନଙ୍କର ଜୀବନୀ ସମ୍ପର୍କୀୟ ପୁସ୍ତକ ମଧ୍ୟ ପଢ଼ିଲି। ଅନେକ ପୃଥିବୀ ପ୍ରସିଦ୍ଧ ଜଳରଙ୍ଗ ଚିତ୍ରକର ଯଥା ଟର୍ନର, ମୋରେଁ, ହ୍ୟୁସ୍ଲର, ସାରଜେଣ୍ଟ ଓ ଓ୍ୱିନସ୍‌ଲୋ ହୋମରଙ୍କ ବିଷୟରେ ପଢ଼ି ଅନେକ ଚିତ୍ରକଳା ସମ୍ବନ୍ଧୀୟ ଜ୍ଞାନ ଅର୍ଜନ କଲି। ଯଦିଓ ସମୟ ଅଭାବରୁ ମୁଁ ଏ ପର୍ଯ୍ୟନ୍ତ ତୈଳଚିତ୍ର ଅଙ୍କନ କରିବାର ସୁଯୋଗ ପାଇନି, ପୃଥିବୀ ପ୍ରସିଦ୍ଧ ଚିତ୍ରକର ଯଥା ଡେଗାସ, ଭାଙ୍ଗୋ, ଗୁସ୍ତାଭ କ୍ଲିମ୍ଟ, ମୋନେ, ମାଟିସି, ରେମ୍ବ୍ରାଣ୍ଡ, ରାଫିଏଲ, ସେଜାନ, କାରାଭାଜିଓ, ରୁବେନ୍ ଓ ଟିସିଆନ୍ ପ୍ରଭୃତିଙ୍କର ମୂଳ ଚିତ୍ରପଟ ବୋଷ୍ଟନ, ନିଉୟର୍କ, ଲଣ୍ଡନ, ଟରଣ୍ଟୋ ଓ ନେପେଲ୍‌ସ୍ ସ୍ଥିତ ଆର୍ଟ ଗ୍ୟାଲେରୀ ମାନଙ୍କରେ ଦେଖ଼ି ବହୁତ ଆନନ୍ଦ ଅନୁଭବ କରିଛି। ଏ ସବୁ ଦେଖ଼ିଲେ ଆଗକୁ ଆଗକୁ ଚିତ୍ରପଟ ଆଙ୍କିବାର ଓ ଚିତ୍ରକଳା ବିଷୟରେ ଜାଣିବାର ଉତ୍ସାହ ବଢ଼ି ବଢ଼ି ଯାଏ।

ମୁଁ ପୃଥିବୀର କୌଣସି ବଡ଼ ସହରରକୁ ଗଲେ ପ୍ରଥମେ ଯୋଜନା କରେ ଆର୍ଟ ଗ୍ୟାଲେରୀ ପରିଦର୍ଶନ କରି ବଡ଼ ବଡ଼ ଚିତ୍ରକର ମାନଙ୍କ ହାତଅଙ୍କା ମୂଳ ଚିତ୍ରପଟ ଦେଖିବା ପାଇଁ। ଟରଣ୍ଟୋ ସହର ନିକଟବର୍ତ୍ତୀ କ୍ଲାଇନବର୍ଗ ସହରରେ ମେକମାଇକେଲ ଆର୍ଟ ଗ୍ୟାଲେରୀ। ତାହା କାନାଡ଼ା ପ୍ରସିଦ୍ଧ "ଗ୍ରୁପ ଅଫ ସେଭେନ"ଙ୍କର ଚିତ୍ରପଟ ମାନଙ୍କର ମୁଖ୍ୟ ସଂଗ୍ରହାଳୟ। କାନାଡ଼ାର ରତୁଚକ୍ର ସମ୍ବଳିତ ବିଭିନ୍ନ ପ୍ରାକୃତିକ ଦୃଶ୍ୟ ଅଙ୍କନ କରି ଏମାନେ ପୃଥିବୀ ବିଖ୍ୟାତ। ସେଠାକୁ ଯାଇ ସେମାନଙ୍କର ଚିତ୍ର ଗୁଡ଼ିକ ଦେଖିବାର ସୁଯୋଗ ପାଇଛି। ଏ ସବୁ ଚିତ୍ରପଟ ଦେଖିବା ବେଳେ ଚିତ୍ରପଟ ସହିତ ମୁଁ ସେଇ ସମୟକୁ ଫେରିଯାଇ ଭାବେ ସେତେବେଳେ ଫଟୋଗ୍ରାଫି ନଥାଇ କିପରି ମନରୁ ଚିତ୍ରକର ମାନେ ଏ ବିଶାଳକାୟ ଚିତ୍ରପଟ ମାନ ଅବିକଳ ସୃଷ୍ଟି କରି ପାରିଛନ୍ତି ? କେଉଁ ପଦାର୍ଥରେ ଏ ରଙ୍ଗ ତିଆରି କରିବାର ସୂତ୍ର ଯାହାକି ଶହ ଶହ ବର୍ଷ ଧରି ଏପରି ଜାଜ୍ଜ୍ୱଲ୍ୟମାନ ଅବସ୍ଥାରେ ରହିପାରୁଛି ? ଏତେ ବଡ଼ ଚିତ୍ରପଟ ଗଢ଼ିବାକୁ କିପରି ସମ୍ଭବ ହୁଏ ଓ କେତେ ସମୟ ଲାଗେ ? ଏ ସବୁ ଭାବି ଭାବି ସେମାନଙ୍କ ଆଗରେ ବିନମ୍ରେ ମଥା ମୋର ନଇଁ ଯାଏ।

ୟା ଭିତରେ ଅନେକ ବର୍ଷ ବିତିଗଲାଣି। ବାପା ବହୁ ଦିନରୁ ସ୍ୱର୍ଗରେ। ଭାଇମାନେ ସାତ ଦରିଆ ପାରି ହୋଇ ହଜାର ହଜାର ମାଇଲ ଦୂରରେ। ନିଜ ପିଲାମାନେ ଆଉ ପାଖରେ ବସି ମୋ ସହିତ ଚିତ୍ର କରୁନାହାନ୍ତି। ଏବେ ବଡ଼ ହୋଇ ଯିଏ ଯାହା ଧନ୍ଦାରେ ଦୂରକୁ ଚାଲିଗଲେଣି। ମୁଁ ବି ଯାହା ସ୍ୱଳ୍ପ ସମୟ ବାହାର କରି ଚିତ୍ର ଦୁନିଆର ଅମଡ଼ାକୁ ମାଡ଼ି ଏକୁଟିଆ ପଥିକ ହୋଇ କିଛି ଦୂର ଚାଲି ଆସିଲିଣି।

କେତେକ ବହି ଓ ମ୍ୟାଗାଜିନର ପ୍ରଚ୍ଛଦ ପଟ ଅଙ୍କନ କଲିଶି। ମୋର ଦ୍ୱିତୀୟ କବିତା ସଙ୍କଳନ 'ପ୍ରତିଚ୍ଛବି'ର ପ୍ରଚ୍ଛଦ ପଟ ଅଳଙ୍କରଣ ମୋହରି ତୂଲୀରୁ। ଏବେ ମୋର ଅନେକ ବଡ଼ ବଡ଼ ବନ୍ଧେଇ ବାଲା ଜଳଚିତ୍ରମାନ ଆମ ଟରେଣ୍ଟୋ ବାସଭବନର ଶୋଭା ବର୍ଦ୍ଧନ କରିବାରେ ସାହାଯ୍ୟ କରୁଛନ୍ତି। ଅତିଥ ଓ ବନ୍ଧୁବର୍ଗଙ୍କର ମନୋରଞ୍ଜନ ସକାଶେ ସହାୟ ହୋଇପାରୁଛନ୍ତି। କେଉଁ କାନ୍ଥରେ କେଉଁ ଚିତ୍ରପଟ ଲାଗିବ, ତାହାର ନିର୍ଣ୍ଣୟ କରିବା ପତ୍ନୀ ସବିତାଙ୍କର ରୁଚି ଅନୁସାରେ ନିର୍ଭର କରେ। ସେ ଚିତ୍ର ପଟ ଗୁଡ଼ିକୁ ଏ କାନ୍ଥରୁ ସେ କାନ୍ଥ ସେ କାନ୍ଥରୁ ଏ କାନ୍ଥ ଏମିତି କରନ୍ତି। ଚିତ୍ରକାରର ଘଣ୍ଟା ଘଣ୍ଟା ପରିଶ୍ରମର ମୂଲ୍ୟ କେହି କେବେ ଦେଇ ପାରିନି। କେବଳ ଦର୍ଶକ ମାନଙ୍କର ମନୋରଞ୍ଜନ ହେଲେ ସେମାନଙ୍କ ଠୁଁ ଦି ପଦ ପ୍ରଶଂସା ଶୁଣିଲେ ଚିତ୍ରକରର ଶ୍ରମ ସାର୍ଥକ ହୁଏ।

ଲଣ୍ଡନରେ ବାସ କରୁଥିବା ଚିତ୍ରକାର ପ୍ରଫୁଲ୍ଲ ମହାନ୍ତିଙ୍କ ସହିତ ମୋର ସାକ୍ଷାତ ୧୯୯୪ ମସିହାରେ। ଓଡ଼ିଶା ସୋସାଇଟି ଅଫ୍ ଆମେରିକାଜ୍‌ର ରଜତ ବାର୍ଷିକ ସମ୍ମିଳନୀ ନ୍ୟୁ ଜର୍ସିର ପୋମୋନା ସହରରେ ଅନୁଷ୍ଠିତ ହେଉଥାଏ। ସେଥିପାଇଁ ବିଶିଷ୍ଟ ଚିତ୍ରକାର ପ୍ରଫୁଲ୍ଲ ମହାନ୍ତି ନିମନ୍ତ୍ରିତ ହୋଇ ଆସିଥାନ୍ତି। ରଜତ ଜୟନ୍ତୀ ଉପଲକ୍ଷେ ସେ ବର୍ଷ ଆମେ ଫକୀର ମୋହନଙ୍କ ଛଅମାଣ ଆଠ ଗୁଣ୍ଠ ଉପନ୍ୟାସ ଉପରେ ଆଧାରିତ ନାଟକ ପରିବେଷଣ କରୁଥାଉ। ମଞ୍ଚର କେତୋଟି ଦୃଶ୍ୟ ସେ ଆମ ପାଇଁ ଅଙ୍କନ କରିଥିଲେ। ନାଟକ ପରେ ତାଙ୍କ ସହିତ ବାର୍ତ୍ତାଳାପ ହେବାର ସୁଯୋଗ ମିଳିଲା। ମୋର ଭଗିଆ ଭୂମିକାରେ ଅଭିନୟ ସେ ପସନ୍ଦ କରି ପ୍ରଶଂସା କରିବାରୁ ସେତେବେଳେ ମୁଁ କହିଥିଲି, "ନାହିଁ ଆଜ୍ଞା ମୋର ମୂଲ ହେଉଛି ଚିତ୍ର ଆଙ୍କିବା, ନାଟକରେ ଅଭିନୟ ତା' ପରେ।" ଏହା ଶୁଣି ସେ ପ୍ରୀତ ହୋଇଥିଲେ, ହେଲେ ମୋ ପାଖରେ ସେତେବେଳେ କୌଣସି ହାତଅଙ୍କା ଚିତ୍ର ନଥିଲା ତାଙ୍କୁ ଦେଖେଇବାକୁ। ପରେ ପ୍ରଫୁଲ୍ଲ ମହାନ୍ତିଙ୍କର ପ୍ରତିଭାରେ ଅନୁପ୍ରାଣିତ ହୋଇ ତାଙ୍କ ପୁସ୍ତକ ଗୁଡ଼ିକ କିଣି ପକେଇ ପଢ଼ିଥିଲି।

ନିକଟ ଅତୀତରେ କେତେ ବର୍ଷଧରି ଆମେରିକାର ବିଭିନ୍ନ ସହରମାନଙ୍କରେ ଓଡ଼ିଶା ସୋସାଇଟି ଅଫ୍ ଆମେରିକାଜ୍‌ର ବାର୍ଷିକ ସମ୍ମିଳନୀ ସମୟରେ ମୋତେ ଚିତ୍ର ପ୍ରଦର୍ଶନୀ କରିବାର ସୁଯୋଗ ମିଲି ଆସିଅଛି। ୨୦୧୪ ମସିହାରେ ଚିକାଗୋ ସହରରେ ଯେତେବେଳେ ସମ୍ମିଳନୀ ହେଲା ସେଠାରେ ସରିତା ମହାପାତ୍ରଙ୍କ ତତ୍ତ୍ୱାବଧାନତାରେ "ଆର୍ଟ କରିଡୋର" ଶୀର୍ଷକରେ ବିଭିନ୍ନ ଚିତ୍ରକାର ମାନଙ୍କର ଚିତ୍ରପଟ ପ୍ରଦର୍ଶିତ ହେଲା। ସେ ବର୍ଷ ସମ୍ମିଳନୀରେ ପୃଥିବୀ ପ୍ରସିଦ୍ଧ ସ୍ୱନାମଧନ୍ୟ ଓଡ଼ିଆ ଚିତ୍ରକାର ଓ ଲେଖକ

ଦୀନନାଥ ପାଠୀ ବକ୍ତା ହିସାବରେ ଆମନ୍ତ୍ରିତ ହୋଇଥିଲେ। ଚିତ୍ରକର ହିସାବରେ ସେ ମଧ୍ୟ ପ୍ରଦର୍ଶନୀରେ ଯୋଗଦେଲେ। ମୁଁ ମୋର ତିନୋଟି ଚିତ୍ରପଟ ସାମିଲ କରି ସେଥିରେ ଅଂଶ ଗ୍ରହଣ କଲି। ତାହା ଦେଖି ପାଠୀ ମହାଶୟ ମୋର ଅନେକ ପ୍ରଶଂସା କଲେ। ଫଳରେ ପ୍ରଦର୍ଶନୀ ପରେ ମୋର ତିନୋଟି ଯାକ ଚିତ୍ରପଟ ଆମେରିକାର ବିଭିନ୍ନ ସହରର ଚିତ୍ରପ୍ରେମୀମାନେ କିଣି ନେଇଥିଲେ।

ସେହି ପ୍ରଦର୍ଶନୀ ସମୟରେ ଦୀନନାଥ ପାଠୀଙ୍କ ସହିତ ମୋର ବନ୍ଧୁତ୍ୱ ହେଲା। ଦୀନନାଥ ପାଠୀ ହେଉଛନ୍ତି ଖଲ୍ଲିକୋଟ ଚାରୁ ଚିତ୍ରକଳା ମହାବିଦ୍ୟାଳୟର ପୁରାତନ ଛାତ୍ର। ଭୁବନେଶ୍ୱର ସ୍ଥିତ ବି କେ ଆର୍ଟ କଲେଜର ପ୍ରତିଷ୍ଠାତା ଅଧ୍ୟକ୍ଷ। କେନ୍ଦ୍ରୀୟ ଲଳିତା କଳା ଏକାଡେମୀର ସଚିବ। ତାଙ୍କ ସହିତ କଥାବାର୍ତ୍ତା ହେବାପରେ ମୋର ପିଲାଦିନର କଥା ସ୍ମରଣ ହେଲା। କଥା ପ୍ରସଙ୍ଗରେ ମୋର ବାଲ୍ୟକାଳର ଅଭିଜ୍ଞତା ତାଙ୍କ ସହିତ ଗପିବାର ସୁଯୋଗ ପାଇଲି। ଆମ୍ୟୋୟତା ଜମାଟ ବାନ୍ଧିବାରୁ ସେ ମୋତେ ତାଙ୍କର ବାରଣାସୀ ଷ୍ଟୁଡିଓକୁ ଯିବା ପାଇଁ ଆମନ୍ତ୍ରଣ କଲେ। ତାଙ୍କ ଲିଖିତ ଦୁଇଖଣ୍ଡ ପୁସ୍ତକ 'କଲେଜଟିଏ ଗଢ଼ିବାର ବେଳ' ଓ 'ରୂପ ରଙ୍ଗ ଅନଙ୍ଗ' ମଧ୍ୟ ମୋତେ ଉପହାର ହିସାବରେ ପ୍ରଦାନ କଲେ ଯାହାକି ସେ ଦୁଇଟି ମୋର ବର୍ତ୍ତମାନର ପାଠ୍ୟ ବସ୍ତୁ। 'କଲେଜଟିଏ ଗଢ଼ିବାର ବେଳ' ବହିଟି ଏକ ଚିତ୍ରକରର ଆତ୍ମକଥା। ପଢ଼ିଲାବେଳେ ମୋ ପିଲା ବେଳର କଥା ମନେ ପକାଏ, ଏକ ଚିତ୍ରକର ସମାଜରେ ଛିଡ଼ା ହେବାର ସଂଘର୍ଷ ସେଥିରୁ ଜଣା ପଡ଼େ। କେବଳ ସେ ଜଣେ ଚିତ୍ରକର ନଥିଲେ, ସେ ଜଣେ ଉତ୍ତମ କଥାକାର ମଧ୍ୟ ଥିଲେ। ଦୁଃଖର ବିଷୟ ମୋର ବାରଣାସୀ ଗମନ ସମ୍ଭବ ହେବା ପୂର୍ବରୁ ଦୀନନାଥ ପାଠୀ ଅକସ୍ମାତ୍ ଇହଲୀଳା ସମ୍ବରଣ କଲେ। ଓଡ଼ିଶା ଜଣେ ଉଚ୍ଚ କୋଟୀର ଚିତ୍ରକର ଏବଂ ଦକ୍ଷ ପ୍ରଶାସକଙ୍କୁ ଚିରଦିନ ପାଇଁ ହରେଇ ବସିଲା। ମୁଁ ଗର୍ବିତ, ତାଙ୍କ ସହିତ କେତୋଟି ଅମୂଲ୍ୟ ମୁହୂର୍ତ୍ତ ବିତେଇଥିବା ଯୋଗୁଁ।

ମୋ ମତରେ ବିଜ୍ଞାନ ଓ ଚିତ୍ରକଳା ଗୋଟିଏ ମୁଦ୍ରାର ଦୁଇଟି ପାର୍ଶ୍ୱ। ଏକ ଅନ୍ୟର ଅନୁପୂରକ। ଚିତ୍ର ଭଲ ହେଉଥିବା ଯୋଗୁଁ ଅନେକ କ୍ଷେତ୍ରରେ ଚିତ୍ର ମୋର ବୈଜ୍ଞାନିକ ଜୀବନରେ ସହାୟତା କରିଛି। ପରୀକ୍ଷା ଦେଉଥିବା ବେଳେ ବିଭିନ୍ନ ରଙ୍ଗରେ ଚିତ୍ର ଆଙ୍କିବାକୁ ମୋତେ ଖୁବ୍ କମ୍ ସମୟ ଲାଗେ। ତା' ଛଡ଼ା ପରୀକ୍ଷାଗାରରେ କାମ କରି ଉତ୍ତମ ଫଳ ପାଇଲେ ମୋତେ ଚିତ୍ରପଟଟିଏ ସାରିଲା ଭଳି ଅନୁଭବ ହୁଏ। ଅପର ପକ୍ଷରେ ବିଜ୍ଞାନରେ ଜ୍ଞାନ ଥିବାରୁ ରଙ୍ଗମାନଙ୍କର ଭୌତିକ ଓ ରାସାୟନିକ ଗୁଣ ଗୁଡ଼ିକ ବୁଝିବା ମୋ ପକ୍ଷରେ ସହଜ ହୋଇଥାଏ। ଏ ପର୍ଯ୍ୟନ୍ତ କେବଳ ରେଖାଚିତ୍ର ଓ ଜଳ ରଙ୍ଗର ଚିତ୍ରପଟ ହିଁ ମୁଁ ଆୟତ୍ତ କରିପାରିଛି। ତୈଳଚିତ୍ର, ଟେମ୍ପରା, ଗୁଆସ,

ଏକ୍ରିଲିକ ମିଡିଅମରେ ଚିତ୍ର ଆଙ୍କିବା ସମ୍ଭବପର ହୋଇ ପାରିନି ଯଦିଓ ଇଚ୍ଛା ଅଛି। ତା' ଛଡ଼ା ଭାସ୍କର୍ଯ୍ୟ ଏବଂ କାଲିଗ୍ରାଫୀରେ ମୋର ଅନେକ ଶ୍ରଦ୍ଧା। ଅବସର ପରେ ଚିତ୍ର ଆଙ୍କିବା ସହ ଏସବୁ କରିବାର ଯୋଜନା ଅଛି। ଚିତ୍ରକଳା ଜଗତ ତ ଅସୀମ, ସମୟ କିନ୍ତୁ ଅଳ୍ପ। ଜାଣେନା ଏ ଜୀବନ କାଲରେ କେତେଟା କ'ଣ ସମ୍ଭବ ହେବ, କେତେ ନହେବ। ଏହି ପରିପ୍ରେକ୍ଷୀରେ ରବର୍ଟ ଫ୍ରୋଷ୍ଟଙ୍କର 'Stopping by woods in a snowy night' କବିତାର ଅମୂଲ୍ୟ ପଂକ୍ତିଟି ମନେ ପଡ଼ିଯାଏ,

>The woods are lovely, dark and deep,
>
>But I have promises to keep,
>
>And miles to go before I sleep,
>
>And miles to go before I sleep.

ପଞ୍ଚୁଆଇ

ଶୁକ୍ଲ ପକ୍ଷ । ଦୂର ଦିଗନ୍ତରେ ତାଳବଣ ସୀମାରେଖା ଟପି ଜହ୍ନ ଉଇଁବାର ଉପକ୍ରମ କରୁଥାଏ । ସନ୍ଧ୍ୟାର କୋଲାହଲ ଲିଭି ଆସିଥାଏ । ଘର ଭିତର ପଟରୁ ସ୍ତ୍ରୀଲୋକ ଓ ପିଲାମାନଙ୍କର ଚବର ଚାବର ଅସ୍ପଷ୍ଟ ଶବ୍ଦ । ବାହାର ଚୁଲିରେ ରୁଟି ସେକା ଚାଲିଛି । ଯାହା ଜଣା ପଡୁଥାଏ, ରାତ୍ରି ଭୋଜନ ପାଇଁ ପ୍ରସ୍ତୁତି ସରିନି, ଆଉ କିଛି ସମୟ ଲାଗିବ । ତା' ପରେ ବୋଧହୁଏ ଡାକରା ଆସିବ, ଖାଇବାକୁ । ଏତିକି ବେଳେ ଦାଣ୍ଡ ପଟ ତାଟି ଫିଟେଇ ପଞ୍ଚୁଆଇ ଭିତରକୁ ପଶି ଆସିଲା । ହାତରେ ପାଞ୍ଚଣ, ଦେହରେ ଚାଦର, ପିନ୍ଧିଥାଏ ଆଣ୍ଠୁ ଉପରକୁ ଖଣ୍ଡିଏ ଲୁଗା । ଫୁଙ୍କୁଲା ପାଦ । ପଞ୍ଚୁଆଇର ପାଟି କିଛି ସମୟ ଆଗରୁ ଶୁଭିଲା ଭଲି ମୋତେ ଲାଗୁଥିଲା । ତା' ପାଟିରୁ ମୁଁ ଦୂରରୁ ଠିକ୍ ଜାଣି ପାରିଥିଲି ଯେ ସେ ଆସିଲା ବୋଲି । ମୁଁ ଘରକୁ ଆସିଥିଲେ ସେ ଯେମିତି ହେଲେ ମୋତେ ନିଶ୍ଚୟ ଦେଖା କରିବାକୁ ଦଉଡ଼ି ଆସେ । ମୋତେ ଏତେଦିନ ପରେ ଦେଖ ଯେମିତି ସବୁଦିନ ପରି ଖୁସି ହୁଏ ସେମିତି ଖୁସି ହେଲା । ପିଲା ଛୁଆ ମାନେ କେମିତି ଅଛନ୍ତି ପଚାରି ବସିଲା । ମୁଁ ବି ତାର ପିଲାପିଲି କୁଶଳରେ ଅଛନ୍ତି କି ନାହିଁ ପଚାରିଲି । ଗାଁ ଚିହ୍ନା ଲୋକଙ୍କର ହାଲଚାଲ, ଦେଶ ବିଦେଶ କଥା ଆମେ ବସି କିଛି ସମୟ ଗପିଲୁ । ମାଆ ତାକୁ ଦେଖ କହିଲା, "ପଞ୍ଚୁ, ଆଇଚୁନା ? କିସ ବେ ତୋର ଏତେ ଦିନକେ ମନେ ପଡ଼ିଲାନା ? କାଆଡ଼େ ଥିଲୁ ? ବାବୁ ଆଇଚନ୍ତି ବୋଲି ଆଇଲୁନା, ନହନେ ଏ ବୁଢ଼ୀ କଥା ମନେ ପଡ଼ୁନି ।" ପଞ୍ଚୁଆଇ ମାଆର ଏମିତି ଅକସ୍ମାତେ ଅଭିଯୋଗ ଶୁଣି ଟିକିଏ ଅପ୍ରସ୍ତୁତ ହେଇ କହିଲା, "କିସ କରିମି ଜେଠେଇ, ସବୁବେଳେ ତ ଏଇ କାମରେ ଇଆଡ଼େ ସିଆଡ଼େ ନଟର ପଟର ହେଇ ବେଳଗଲା, ଏଇ ହେଲାରେ ହେଲାରେ ଆସି ପାରିନି ଜେଠେଇ ।" ମାଆ ବନେଇ ଥିବା ମୋଟା ଚିତଉ ପିଠା ଖଣ୍ଡେ ଆଣି ତା' ହାତରେ ପକେଇଲା । ସେ ପିଠା ଖାଉ ଖାଉ ଆମେ ସୁଖ ଦୁଃଖ

ହେଲୁ, ଖୁସି ହାସି ହେଲୁ, କଥାର ଆଦାନ ପ୍ରଦାନ ସରିଲା। ଏମିତି କିଛି ସମୟ ବିତିବା ପରେ ତାର ଯିବାର ସମୟ ବି ହେଇ ଆସିଲା। କିନ୍ତୁ ତା' ଆବଭାବରୁ ମୋତେ ଲାଗିଲା ଯେ ତା' ପେଟରେ ଆଉ କିଛି କଥା ଘାଣ୍ଟି ଚକଟି ହେଉଚି। ସେ ଆଉ କିଛି କହିବ କହିବ ହେଉଛି ହେଲେ କହିପାରୁନି। ଏମିତି ବେଳେ ମୁଁ ତାକୁ ହଠାତ୍‌ ପଚାରି ଦେଲି, "ପଞ୍ଚୁଆଇ, ତୋର ଆଉ କିଛି କହିବାର ଅଛି କିରେ ମୋତେ ?" ସାଙ୍ଗୋ ସାଙ୍ଗୋ ପାଖକୁ ଭିଡ଼ି ଆସି କାନ ପାଖରେ ଫୁସ୍‌ଫୁସ୍‌ କରି କହିଲା, "ହଁ ଗଗନ୍‌ବୁ ସତରେ, ତମେ କିମିତି ଠିକ୍‌ ଠଉରେଇ ପାରିଲ କହିଲ ? ତମ କତିର ମୋର ଗୁଟେ ବଡ଼ କଥା ଥିଲା।" ପଞ୍ଚୁଆଇ ସବୁବେଳେ ମୁଁ ଘରକୁ ଆସିଲେ ଏମିତି କହେ। ମୁଁ କହିଲି, "କହନ୍ତୁ, କହ, କ'ଣ ତୋର କହିବାକୁ ଅଛି ?" ମୋତେ କହିଲା, "ଟିକିଏ ଏଆଆଡ଼େ ନିରୋଲାକୁ ଆସ।" ଏତକ କହି ମୋତେ ଦାଣ୍ଡ ବରଗଛ ସେପଟ ଅନ୍ଧାରକୁ ଡାକି ନେଇଗଲା। ମୁଁ ତା' ପଛେ ପଛେ ନିର୍ବୋଧ ସରଲ ବାଧ ଶିଶୁଟି ପରି ଅନୁଗମନ କଲି। ତଥାପି ଜହ୍ନ ଆଲୁଅ ସମ୍ପୂର୍ଣ୍ଣ ରୂପେ ପଡ଼ି ନଥାଏ। ମୁହଁକୁ ମୁହଁ ଠିକ୍‌ ଦିଶୁ ନଥାଏ। କହିଲା, "ଗଗନ୍‌ବୁ, ତମେ ମୋ ଆଗରେ ଅତି ଉଚ୍ଚ ଶିକ୍ଷିତ। ଢେର ପାଠ ପଢ଼ିଲଣି। ବାଲେଶରରେ ପଢ଼ିଲ, ଭୁବେନଶରରେ ପଢ଼ିଲ, ଦିଲ୍ଲୀରେ ପଢ଼ିଲ। ସବୁବେଳେ ତମ ବେଗ୍‌ ପତର ନେଇ ତମକୁ ଦିନ ହଉ ରାତି ହଉ ଗାଡ଼ିରେ, ବସରେ ଚଢ଼େଇ ଆସିଛି। କେତେ ଦେଶ ବିଦେଶ ବୁଲିଲଣି, କେତେ ଲୋକଙ୍କ ସାଥିର କଥାଭାଷା ହେଲଣି। ମୁଁ ତ ମୁର୍ଖ ନୁକଟିଏ। ଖାଲି ବୟସରେ ବଡ଼ ବୋଲି ସାହସ ବାନ୍ଧି ତମକୁ ଏ କଥା କହୁଚୁ, ତମ ଉପରେ ମୋର ଜୁର୍ ଅଛି ବୋଲି କହୁଚୁ। କିଛି ଖରାପ ଭାବିବନି ତ ? ଯଦି ନଭାବିବ ତାହେନେ କହିମି।" ମୁଁ କହିଲି, "ନାହିଁ ନାହିଁ କାହିଁକି ଖରାପ ଭାବିବି, ଯାହା ତୋର କହିବା କଥା କହନ୍ତୁ, କହ। ମୁଁ ଜମାରୁ ଖରାପ ଭାବିବିନି।" ମୋର ଆଶ୍ୱାସନା ତା' ଦେହରେ ସାହସ ସଞ୍ଚାରି ଦେବାରୁ ସେ କହିବା ଆରମ୍ଭ କଲା। କହିଲା, "ଏଇ ସବୁ ଦେଖିକି ତମକୁ କିମିତି ନାଗୁଚୁ ଗଗନ୍‌ବୁ ?" ମୁଁ ପଚାରିଲି, "କେଉଁ କଥା ?" ସେ ଘର ଆଡ଼କୁ ହାତ ବଢ଼େଇଲା। ଝାପ୍‌ସା ଜହ୍ନ ଆଲୁଅରେ ଜୀର୍ଣ୍ଣଶୀର୍ଣ୍ଣ ଭଗ୍ନଚାଲ ଓ ମଝିରେ ମଝିରେ ପଡ଼ି ରହିଥିବା ମାଟି କାନ୍ତ ଅସ୍ପଷ୍ଟ ହେଲେବି ମୁଁ ଭଲ କରି ଚାହିଁବାରୁ ମୋତେ ଦେଖାଗଲା। ପୁଣି କହିଲା, "ମୋ ଛାତି ଫାଟି ଯାଉଚୁ ଗଗନ୍‌ବୁ। ଏ ଘର ପାଇଁ ମୁଁ କିସ ନକରିଛି। ମୋର ଜୀବନ ଯାକ ଝାଳ ବୁହା ପରିଶ୍ରମ ଦେଇଚି, ଗଗନ୍‌ବୁ। ଏ ଘରେ ବତିଶ ବର୍ଷ, ଖଟିଚି, କାମ କରିଛି। ଏ ଘରର ନୁଣ ଖାଇଚି। ମୋ ପିଲାମାନଙ୍କ ମୁହଁରେ ଏ ଘର ଆଧାର ଦେଇଛି। ମୋର ସୟ ହଉନି ଗଗନ୍‌ବୁ। ତମେ ତ ଏଠି ରହନ, ଦେଖନ। ତମେ ତ ଫରେନରେ।

ମୋର ବେଳେବେଳେ ମନ ଗୁଡ଼େଇ ହେଲେ ମୁଁ ଆସେ। ଏଇ ବରଗଛ ମୂଳରେ ଧରକି ବସେ। ଏଇ ବାସୁଲି ପିଣ୍ଡା ପାଖରେ ବସେ। ଏଇ ଘରକୁ ଅନାଏ। ପଛ କଥା ଭାବେ। କେତେ ମୂଲିଆ ଏଠି କାମ କରୁ ନଥିଲେ। କେତେ ବଳଦ ଗାଈ ନଥିଲେ। କେତେ ବଡ଼ ଚାଲ। କେଡ଼େ ଉଁଚା ପିଣ୍ଡା। ଦଦେଇ ସବୁ ବେଳେ ସେଇ ଦାଣ୍ଡ ପିଣ୍ଡା ଉପରେ ବସୁଥିଲେ। ଝୁଟ କାଢ଼ୁଥିଲେ, ଚୁଣ କାଢ଼ୁଥିଲେ, ତେନ୍ତୁଳି ଛଡ଼ଉଥିଲେ। ଦଦେଇ ତ ଚାଲିଗଲେ। ଆଉ ଜେଠେଇ କିସ ଏଇୟ୍ଯା ଦେଖିବା ନାଗି ଅଛନ୍ତି ନା? କୁଆଡ଼େ ଗଲା ସେଦିନ। ନନା ତ ମାସରେ ଥରେ କେତେବେଳେ ଆସୁଛନ୍ତି କି ନାହିଁ, ଆଉ ଏ ସାନ ଦି'ଟା କିସ କରିବେ? ଆଖି ଆଗରେ କିସ ହେଇଗଲା ଗଗନ୍‌ବୁ? ୟାକୁ ଦେଖିକି ମନ ମୋର ଭାରି ଖରାପ ହେଇଯାଏ। ସହି ହୁଏନି, ତାପରେ ଆଉ ଭାବି ନ ପାରିକି ମୁଁ ଏଠୁ ଉଠି ପଲାଏ, ଗଗନ୍‌ବୁ। ତମେ ଆସିଚ ବୋଲି ମୁଁ ତଡ଼ିକି ଆଇନି, ତମକୁ ଏତିକି କହିମି ବୋଲି। ତମରି ଉପ୍‌ରେ ମୋର ଭରସା, ତମେଇ କିଛି କରି ପାରିବ, ବାଟକୁ ଆଣି ପାରିବ, ସେଇ ନାଗି ତମକୁ ଏତେ ଦିନକେ ମୋ ଭିତରେ ଥିବା ମନ କଥା ଖୁଲିକି କହିନି ଗଗନ୍‌ବୁ।" ଏତକ କହି କାଇଁ କାଇଁ ଘୋଇଇ କାଦି ପକେଇଲା।

ମୁଁ ସ୍ତବ୍ଧ। ଅନ୍ଧାରରେ ଆଖି ଲୁହ ନଦେଖି ପାରିଲେ ବି ତା' ବାଷ୍ପାକୁଳ କଣ୍ଠସ୍ୱର ମୁଁ ବେଶ୍ ଅନୁଭବ କରି ପାରୁଥିଲି। ହୃଦୟଙ୍ଗମ କରି ପାରୁଥିଲି। କ'ଣ କହିବାକୁ ଭାବୁଥିଲି, ହେଲେ ପାଟିକୁ ଭାଷା ଆସୁନଥିଲା। ଠିକ୍ ସେତିକି ବେଳେ ରାତ୍ରିଚର ପକ୍ଷୀଟିଏ ବରଗଛ ଗହଳ ଡାଲ ଭିତରୁ ଫଡ଼ ଫଡ଼ ଶବ୍ଦକରି ଉଡ଼ିଗଲା। ଘର ସେପଟୁ ଡାକରା ଆସିଲା "ଆସରେ ସମସ୍ତେ। ଖାଇବା ହେଇ ଗଲାଣି, ଖାଇବ ଆସ।" ମୁଁ ପଞ୍ଚୁଆଇକୁ କହିଲି, "ଆ, ପଞ୍ଚୁଆଇ, ଖାଇକରି ଯିବୁ।" ସେ ମନା କଲା, "କହିଲା, ନାହିଁ ଗଗନ୍‌ବୁ, ଘର କତର ଚାହିଁଥିବେ, କହିକି ଆସିନି, ମୁଁ ଗନେ ଭାତ ଖାଇବେ। ଆଉ କେତେବେଳେ ତମେ ଥିବା ଭିତରେ ଆସିବି ନି? ନିଶ୍ଚୟ ଆସିବି ନା, ହେଲେ ଏ ମୂର୍ଖ ନୁକ କଥା ଟିକିଏ ମନେ ପକେଇବ।" ଏତକ କହିଦେଇ ପଞ୍ଚୁଆଇ ତା' ପାଞ୍ଚଣ ଖଣ୍ଡିକ ହାତରେ ଧରି ଗାଁ ଗୋହିରିରେ ଖର ପାଦ ପକେଇ ଚାଲିଗଲା। ଫିକା ଜହ୍ନ ଆଲୁଅରେ କିଛି ବାଟ ଯାଏ ତା'ର ଖାଲି ଧଲା ଚଦର ଖଣ୍ଡିକ ଧାସ୍ତା ଧାସ୍ତା ହୋଇ ମୋତେ ଦିଶି ଯାଉଥିଲା। ଅନ୍ଧାରରେ ମିଲେଇ ଯିବା ଯାଏଁ ସେଇଠି ମୁଁ ନିରବରେ ଠିଆ ହୋଇ କେବଳ ତାକୁଇ ଚାହିଁ ରହିଥିଲି। କିଛି କ୍ଷଣ ପରେ ଭାରାକ୍ରାନ୍ତ ଉଦାସ ମନ ନେଇ ଘର ଆଡ଼କୁ ଫେରୁ ଫେରୁ ପୁଣି ଥରେ ସେଇ ଭଙ୍ଗା ଘର ଆଡ଼କୁ ଅନେଇଲି। ଜହ୍ନ ଛାଇ ଆଲୁଅରେ ସାନ ଭାଇ ରନାକର ଉଦ୍ୟୋଗରେ ହୋଇଥିବା

ତିନୋଟି କୋଠରି ବ୍ୟତୀତ ବାକିତକ ଖଣ୍ଡହର ପରି ଦେଖାଯାଉଥିଲା। ଲାଗିଲା ଯେମିତି ଘରଟି ମୋତେ ଚାହିଁଚି। କେତେ ଦିନରୁ ନଦୀ ପରି ବହିଯାଇଥିବା ତରଳ ସ୍ମୃତିଗୁଡ଼ିକ ଆପଣା ଛାଏଁ ମନ ଭିତରକୁ ଲେଉଟି ଆସି ମୋତେ ହନ୍ତାଲି ପକେଇଲା। ବାଲ୍ୟକାଳରୁ ୟ। ଭିତରେ ଅନେକ ବର୍ଷ ବିତି ଗଲାଣି। ଆଉ ଚାହିଁ ପାରିଲିନି। ଭିତରକୁ ଯାଇ ନିରବରେ ଖାଇ କାହାକୁ କିଛି ନକହି ଶୋଇବାକୁ ଗଲି। ଯିଏ ଯେମନ୍ତେ ଶୋଇବାକୁ ଗଲେ। ମୋତେ ଆଖିରେ ଟୋପାଏ ହେଲେ ନିଦ ନ ଥାଏ। ଲାଗିଲା ପଞ୍ଚୁଆଇ ମୋର ରାତିକ ଯାକ ନିଦ ଚୋରେଇ ନେଇ କୁଆଡ଼େ ଉଭାନ ହେଇଗଲା। ଏତିକି ବେଳେ ଜହ୍ନରାତିର ନିରବତାକୁ ଭାଙ୍ଗି ପେଚାଟିଏ ବରଡାଳରେ ବସି ମଞ୍ଚିରେ ମଞ୍ଚିରେ ହୁଟ୍ ହୁଟ୍ କରୁଥିଲା। କେତେବେଳେ ନିଦ ଲାଗି ଯାଇଛି ମୁଁ ଜାଣିନି। ତହିଁ ପରଦିନ ସକାଳେ କୁକୁଡ଼ାମାନଙ୍କର "କକ୍କକ କଅଅଅ କଅଅ" ସ୍ୱରରେ ନିଦ୍ରା ଭଙ୍ଗ ହେଲା।

ପଞ୍ଚୁଆଇ। ପୂରା ନାଁ ପଞ୍ଚାନନ ଯେନା। ବୟସରେ ମୋ ଠାରୁ ତିନି ଚାରି ବର୍ଷ ବଡ଼ ହେବ। ୧୯୬୩ ମସିହା। ମୋର ତୃତୀୟ ଶ୍ରେଣୀ। ସେଇ ବର୍ଷ ଆମ ଘରେ ଚାକିରିଆ ହିସାବରେ କାମ କରିବାକୁ ଆସିଲା ପଞ୍ଚୁଆଇ (ପଞ୍ଚୁଆ ଭାଇ)। ଯିଏ ଆମ ଘରକୁ କାମ କରିବାକୁ ଆସନ୍ତି ମାଆ ଆମର ପ୍ରଥମେ ସମ୍ପର୍କଟିଏ ଲଗେଇ ଦିଏ। ବୟସରେ ବଡ଼ ହେଇଥିଲେ ନାଁ ଧରି ଡାକିବା ମନା। ତେଣୁ ପଞ୍ଚାନନ ଯେନାକୁ ଆମେ ପିଲାମାନେ "ପଞ୍ଚୁଆ ଭାଇ" ବୋଲି ଡାକିଲୁ ଯାହାକି କାଳକ୍ରମେ ଅପଭ୍ରଂଶ ହେଇ "ପଞ୍ଚୁଆଇ" ରୂପନେଲା। ବାପାଙ୍କୁ ଦଦେଇ, ମାଆଙ୍କୁ ଜେଠେଇ ଓ ବଡ଼ଭାଇ ମାନଙ୍କୁ ନନା ବୋଲି ସେ ଡାକିଲା।

ପଞ୍ଚୁଆଇର ଘର ଗାଆଁର ଉପର ମୁଣ୍ଡରେ। ରେଲ ଲାଇନକୁ ଲାଗି ବାଉଁଶ ବଣ ଭିତର ଯେନା, ଦଲେଇ ଓ ମହୁରିଆ ସାହିରେ। ଜାତିରେ ପାଣ। ଅସବର୍ଣ୍ଣ। ସବର୍ଣ୍ଣଙ୍କୁ ଛୁଇଁଲେ ଲୁଗା ମାରା। ଲୁଗା ବଦଲେଇ ସ୍ନାନ କରିବାକୁ ପଡ଼େ। ବାହା ବ୍ରତରେ ଲୋକଙ୍କ ଘରେ ଢୋଲ ପିଟିବା ସେମାନଙ୍କର ବୃତ୍ତି। ଅନ୍ୟ ଦିନ ମାନଙ୍କରେ ଥିଲା ବାଲାଙ୍କ ଘରେ ମୂଲ ଲାଗନ୍ତି, ପେଟକୁ ଗଣ୍ଠିଏ ଦାନା ଓ ଦେହକୁ ଖଣ୍ଡିଏ କନା ଯୋଗେଇବା ପାଇଁ, ପିଲାମାନଙ୍କ ମୁହଁରେ ସବୁ ଦିନ ଆହାର ଗଣ୍ଠିଏ ଦେବାପାଇଁ।

ପଞ୍ଚୁଆଇ ଦେଖିବାକୁ କିଟି କିଟି ତେଲିଆ ଚିକଣିଆ କଳା। ସବୁବେଳେ ହସ ହସ ମୁହଁ। ଦାନ୍ତଗୁଡ଼ିକ ତା' କଳା ମୁହଁରେ ଚଇତ ମାସରେ ମଲ୍ଲିଫୁଲ ଫୁଟିଲା ପରି ଧଳା। ଆମ ଘରେ ଯେତେବେଳେ କାମ କରିବାକୁ ଆସିଲା ସେତେବେଳେ ତାର ପଦବି ଥିଲା, ବାରମାସିଆ। ତାର ଅର୍ଥ ସେ ଆମ ଘରେ ବର୍ଷକ ବାରମାସ ଖାଏ, ପିଏ, ରହେ, ଶୁଏ ଓ କାମ କରେ। କେବେ କେମିତି ଯାନି ଯାତ୍ରାରେ, ପୁନିଅ

ପରବରେ କୃଟିତ ନିଜ ଘରକୁ ଯାଏ। ଆମ ଘରେ ମୁଖ୍ୟତଃ ସେ ଗୋରୁ ଗାଈଙ୍କର ହେପାଜତ କରେ, ପାଣିକୁଣ୍ଠା ଦିଏ, ପିଲା ଛୁଆଙ୍କ କଥା କେବେ କେମିତି ବୁଝେ। ପନିପରିବା ବାଡ଼ି ଘରେ ଲଗାଇ ସେଥିରେ ପାଣି ଦିଏ। ସଞ୍ଜ ହେଲେ ଖାଇବା ଆଗରୁ ଦଉଡ଼ି ବଳେ, ସିକା ବନାଏ ବା ହେଁସ ବୁଣେ। ପାଉଣା ବାବଦ ବର୍ଷକୁ ଧାନ ଆଉ କିଛି ଟଙ୍କା ତା' ବଡ଼ ଭାଇ ଆସି ନେଇଯାଆନ୍ତି। ତା' ହାତକୁ କିଛି ଯାଏନି। ଆମ ଘରୁ ପୁରୁଣା ଲୁଗା ପଟା ମିଳିଲେ ପିନ୍ଧେ। ସେ ଯେ ଆମ ଘରେ ପ୍ରଥମେ ତା' ପରିବାରରୁ କାମ କଲା ତା' ନୁହେଁ, ତା' ଆଗରୁ ବଇନ ଦାଦି, ବିପିନ ଦାଦି ସେଇ ପରିବାରରୁ ତା' ଦାଦିମାନେ ଆସି ବାପାଙ୍କ ଅମଳରେ କାମ କରିଛନ୍ତି। ପଞ୍ଚୁଆଇର ବୟସ ଆମ ଠାରୁ, ବିଶେଷ କରି ମୋ ଠାରୁ ଓ ମୋର ଉପର ଭାଇ ଦଇନ ଠାରୁ ସେତେ ବେଶୀ ହୋଇ ନଥିବାରୁ ଆମେ ତା' ସହିତ ସାଙ୍ଗ ଭଳିଆ ମିଶିଯାଇଥିଲୁ। ଆମକୁ ସେ ଦଇନ, ଗଗନ ଡାକେ। ମାଆର ଅତ୍ୟନ୍ତ ପ୍ରିୟ। ମାଆ ତାକୁ ଏମିତି ଅତି ଆଦରରେ କହେ, "ପଞ୍ଚୁରେ, ଏଇଟା କରିଦେଲୁ ରେ, ବାପା।" କାମରେ କିଛି ଖରାପ କ୍ଷତି ହେଲେ ବଡ଼ ନନାଙ୍କ ପାଖରୁ ଗାଳି ଫଂଜିତ ନଖାଇବାକୁ ମାଆ ପଞ୍ଚୁଆଇକୁ ଘଣ୍ଟ ଘୋଡ଼ାଇ ରଖେ। ଖରାଦିନେ ଦ୍ୱିପହରେ ବାପାଙ୍କୁ ଲୁଚେଇ କୁଟା ପୁଞ୍ଜି ଉହାଡ଼ରେ ବସି ଆମେ ତାସ ଖେଳୁ। ପଞ୍ଚୁଆଇ ପାଖରେ ଥିଲା ଗୋଟିଏ ଛୋଟ ସାଇଜର ତାସ। ତାକୁଇ ଖେଳୁ। କେବଳ ମାଗଣ ଆମକୁ ଜଣା ଥାଏ। ଟୋଣ୍ଟି ନାଇନ ଶିଖ୍ ନଥିଲୁ। ମୁଁ ଯେତେବେଳେ ତୃତୀୟ ଶ୍ରେଣୀରେ ନିର୍ବାଚନ ପରୀକ୍ଷା ଦେଇ ବୃତ୍ତି ପରୀକ୍ଷା ଦେବାକୁ ମନୋନୀତ ହେଲି, ସେତେବେଳେ ଉପର ସାହି ହରିହର (ବେହେରା) ସାରଙ୍କ ଘରକୁ ସବୁଦିନ ସଞ୍ଜବେଳେ ପଢ଼ିବାକୁ ଯାଉଥିଲି। ପଞ୍ଚୁଆଇ ସେଇ ପାଖରେ ମାଗୁଣି ଭାଇ କମାର ଶାଳରେ ହଲ କରିବା ଫାଳ ପଜେଇ ମୋତେ ସାରଙ୍କ ଘରକୁ ଲଣ୍ଠନଟିଏ ଧରି ଯାଏ ଆଣିବାକୁ। ପ୍ରତି ରାତିରେ ଆମେ ଦୁଇଜଣ ଘରକୁ ଫେରୁ। ଫେରିଲା ବେଳେ ଯେତେ ପ୍ରକାରର ଭୂତ ଗପ। କେଉଁ ବରଗଛରେ ଭୂତ ଅଛି, କେଉଁ ଅଶ୍ୱତ୍ଥ ଗଛରେ କିଏ ବସିଛି, କେଉଁଠି ଠାକୁରାଣୀ କାହାକୁ ମାଡ଼ି ବସିଲେ, ଏଇ ସବୁ ଗପ ତା' ପାଖରୁ ଶୁଣେ। ସେଇ ଯାଆ ଆସରେ ମୋର ତା' ସହିତ ଘନିଷ୍ଠତା ବେଶ୍ ଘନୀଭୂତ ହେଇଯାଇଥିଲା। ତା' ଛଡ଼ା ଖରାଦିନେ ପୋଖରୀରୁ ମାଛ ଧରିବା, ଆମ୍ବ ଗଛରୁ ଆମ୍ବ ତୋଳିବା, ତାଳ ସଜ କାଟି ଖାଇବା, ବର୍ଷାଦିନେ ଜାମ କୋଲି ତୋଳି ଖାଇବା, ତାସ ଖେଳିବା, ରଜରେ ଦୋଳି ଲଗେଇବା, ବାଗୁଡ଼ି ବୋହୁଚୋରି ଖେଳିବା, ସବୁ ଆମର ଚାଲେ। କେବଳ ଡର ବାପାଙ୍କୁ। ତେଣୁ ଏ ସମସ୍ତ ହୁଏ ତାଙ୍କ

ଆଠୁଆଲରେ। ବର୍ଷା ଦିନେ ସ୍କୁଲ ଯାଇଥିବା ବେଳେ ଛୁଟି ବେଳକୁ ବର୍ଷା ହେଲେ ପଞ୍ଚୁଆଇ ଛତା ନେଇ ଆମକୁ ସ୍କୁଲରୁ ଆଣିବାକୁ ଯାଏ।

ପଞ୍ଚୁଆଇର ଆଉ ଗୋଟାଏ ଭଲ ଗୁଣ ଥିଲା। ସେ ସୁନ୍ଦର ଗୀତ ବୋଲିପାରେ। ଥରେ ଆମ ଗାଁରେ ରଜ ସଂକ୍ରାନ୍ତି ଉପଲକ୍ଷେ ଯାତ୍ରା ହେବାର ସ୍ଥିର ହେଲା। ବହିର ନାଁ 'ମାଣିକ ମାଲା'। କାଳ୍ପନିକ ବହି। ଲେଖା କାହାର ମନେ ନାହିଁ। ତଥାପି ଚରିତ୍ର କେତୋଟି ନାଁ ଏଇପରି, ରଙ୍ଗରାୟ, ଜଗରାୟ, ଦେବରାୟ, କିନ୍ନରୀ, ଏକମା ନାୟକ, ସନ୍ଧ୍ୟା ଇତ୍ୟାଦି ଇତ୍ୟାଦି। ବଡ଼ ନନା ସେଠରେ ଅଂଶ ଗ୍ରହଣ କରୁଥିବାରୁ ପଞ୍ଚୁଆଇକୁ ବି ଅଭିନୟ କରିବାରେ ସୁଯୋଗ ମିଳିଲା। ତାକୁ ମିଳିଥାଏ ରାଜକୁମାରୀ ସନ୍ଧ୍ୟା ଭୂମିକାଟି। ମନେ ମନେ ଭାବିଲି ପଞ୍ଚୁଆର ରଙ୍ଗକୁ ଦେଖି ଦେଇଛନ୍ତି ରାଜକୁମାରୀ। ଏହା ଶୁଣି ମୁଁ ହସି ହସି ଗଡ଼ିଲି। ମୋ ହସ ଦେଖି ପଞ୍ଚୁଆଇ ବଡ଼ ଲାଜେଇ ଗଲା। ଦ୍ୱିପହରେ ସେ ତାର ପାର୍ଟ ମୁଖସ୍ଥ କରେ। ମନେ ରହିଲା କି ନାହିଁ ମୁଁ ତା' କାଗଜ ଧରେ, ସେ ମୋ ଆଗରେ କହେ। ଏମିତି କରି କରି ସେ ସବୁଟିକ ମୁଖସ୍ଥ କଲା। ମଝିରେ ପୁଣି ଗୀତ ଟିଏ ଥାଏ। ତାକୁ ମୁଖସ୍ଥ କରି ସେ ଗାଏ।

ଗୀତରୁ ପଦଟିଏ ଏଇ ପରି।

"ହୋ. ହୋ ହୋ...ଉ ଉ ଉ ଉ ଉ....

କେଉଁ ରଜା ପୁଅ ସେ ବର ସାଜି ଆସିବ,

ମୋତେ ନେଇ ରାଜରାଣୀ କରିବ,

ସରଗ ଚାନ୍ଦ ପରି ତା' ରୂପ ଝିଲିମିଲି

କାନ୍ଦିଲା ଲୋକ ଦେଖି ହସିବ

ହୋ ଉଉଉଉଉ..

ମୋତେ ନେଇ ରାଜରାଣୀ କରିବ।"

ଗୀତଟି କିନ୍ତୁ ସେ ବେଶ୍ ଭଲ ବୋଲି ପାରେ। ଯେଉଁ ଦିନ ଗୁଆବାଡ଼ି ଡିହରେ ଯାତ୍ରା ହେଲା ଆମେ ଗଲୁ ଦେଖିବାକୁ। ଆଉ କିଛି ଦେଖୁ କି ନଦେଖୁ ଆମର ଉତ୍ସୁକତା ରହିଲା ପଞ୍ଚୁଆଇର ପାଲି କେବେ ଆସିବ, ତାକୁ ଦେଖିବା। ବେଳଆସିଲା, ସେ ଆସିବାରୁ ଆମେ ଦେଖି ଖୁସିହେଲୁ। ସଜବାଜ ହେଇ ପଞ୍ଚୁଆଇ ଆମର ମଦ ଦେଖାଯାଉ ନଥିଲା। ଗୀତ ବି ବେଶ୍ ଭଲ ବୋଲିଲା। ଏବେ କେବେ କେବେ ମନ ଖୁସିଥିଲେ ସେ ଗୀତଟି ମହୁମାଛି ଭଳି ମୁଁ ଗୁଣୁ ଗୁଣୁ କରି ଗାଏ। ପଞ୍ଚୁଆଇକୁ ମନେ ପକାଏ।

ଏମିତି ଦିନ ପରେ ଦିନ ବର୍ଷ ପରେ ବର୍ଷ ବିତିଲା। ଆମର ବୟସ ବି ବଢ଼ିଲା। ମୁଁ ମାଇନର ସ୍କୁଲରୁ ଯାଇ ଗାଁ ହାଇସ୍କୁଲରେ ପଢ଼ିଲି। ହାଇସ୍କୁଲ ଛାଡ଼ି

ବାଲେଶ୍ୱରର ଫକୀର ମୋହନ କଲେଜରେ। ୟା ଭିତରେ ପଞ୍ଚୁଆଇ ବଡ଼ ହେଇ ଯୁବକ। ମଝିରେ ମଝିରେ ଗାଁକୁ ଆସିଲେ ପଞ୍ଚୁଆଇ ସହିତ ପିଲା ବେଳ ସ୍ମତିର ପୃଷ୍ଠା ଲେଉଟାଉ। ପୁରୁଣା କଥା ଗପି ଖୁସି ହଉ। ତାର ବି ଆମ ଘରେ ବାରମାସିଆରୁ ମୂଲିଆକୁ ପଦୋନ୍ନତି ହେଇଯାଇଥାଏ। ମୂଲିଆ ହେବାପରେ ସେ ଆଉ ଆମ ଘରେ ରହିଲା ନାହିଁ। ସବୁଦିନ ତା' ଘରୁ ଆମ ଘରକୁ ଯିବା ଆସିବା କଲା। ଦାୟିତ୍ୱ ବି ବଢ଼ିଲା। ସନ୍ଧ୍ୟା ବେଳେ ବଡ଼ନନା ବାଲେଶ୍ୱରରୁ ଆସିଲେ ସେ ଲଣ୍ଠନ ନେଇ ଷ୍ଟେସନ ଯାଏ ଆସିବାକୁ। ତାଙ୍କୁ ସମସ୍ତ କାମର ହିସାବ ଦେଇ ଘରକୁ ଡେରିରେ ଫେରେ।

ଦିନେ ପଞ୍ଚୁଆଇ ବାହା ହେଇ ନୂଆ ବୋହୂଟିଏ ଘରକୁ ଆଣିଲା। ଆମେ ଶୁଣି ଖୁସି ହେଲୁ। ଚୁଆଁ ଚୁଇଁ ଦି ଜଣ ଯେନତେନ ନୂଆ ସଂସାର ବସେଇଲେ। ଯାହା ଆମ ଘରୁ ପାଏ ସୁଖ ହେଉ ଦୁଃଖ ହେଉ, ତେଲ ଲୁଣର ସଂସାର ସେଇଥରେ ସେ ଯେମିତି ହେଲେ ଚଲାଏ। ପଞ୍ଚୁଆଇର ନିଶାଦ୍ରବ୍ୟ ଯଥା ପାନ ବିଡ଼ି ସିଗେରେଟ ଚାହାର ଅଭ୍ୟାସ ଜମାରୁ ନଥିଲା। ଥରେ ସେ ଗପୁଥିଲା ତାର ଦୁଣ୍ଡା ଖାଇବା ଅଭିଜ୍ଞତା। କିପରି ମେଞ୍ଚେ ଖାଇ, ବାନ୍ତି କରି ଜମି ହିଡ଼ ମୁଣ୍ଡରେ ମଥାକୁ ଧରି ଶୋଇଥିଲା। ସେଇଦିନ ପାଖରୁ ସେ ଆଉ କେବେ ସେସବୁ ଜିନିଷ ପାଖ ପଶିନି। ସବୁବେଳେ ସେ ବାପାଙ୍କ ଉପଦେଶ ମାନେ। କହେ, "ଦଦେଇ ମୋତେ କହିଚନ୍ତି, ପଞ୍ଚୁରେ, ପାନ ବିଡ଼ି ନୁହଁ ଛୋଟିଆ ନିଶା, ଜଣା ପଡ଼େ ନାହିଁ ଟାଣେ ପଇସା, ସେ ପାଇଁ ସେ ସବୁ ଜିନିଷକୁ ମୋର ଦୂରୁ ଜୁହାର।"

ତା ଖୁସି ଖବର ଶୁଣିଲେ ମୁଁ ଖୁସି ହୁଏ। ଘରେ ସମସ୍ତେ ଖୁସି ହୁଅନ୍ତି। ପରେ ପରେ ଦେଖିବାକୁ ପାଇଲି ସେ ଆମ ଘରେ ଜଣେ ମୁରବି ଭଳିଆ ଅନ୍ୟ ମୂଲିଆଙ୍କୁ ନେଇ କାମ ଦାମ କରେଇବାର। ତା' ଆଗରେ ଲୋକମାନେ ଠକେଇ ପାରନ୍ତି ନାହିଁ। ଦରକାର ପଡ଼ିଲେ ସେ ଆଗରୁ ଆସେ ଓ ଅଧିକ ସମୟ ରହି କାମ ସାରି ଘରକୁ ଯାଏ। ଚୋରି ଚପାଟି କରିବାରେ ତାକୁ କେହି କେବେ ହେଲେ ଦେଖିନାହିଁ। ଏକବାରେ ବିଶ୍ୱସ୍ତ ମଣିଷଟିଏ। ତାକୁ ରାଗିବାରେ ମୁଁ କେବେ ଦେଖିନି, ସବୁ ବେଳେ ହସ ହସ ମୁହଁ। ସବୁ ଆଡ଼କୁ ତାର ନିଘା। ସେଥିପାଇଁ ବଡ଼ ନନା ଖୁସି ହୋଇ ତାକୁ ଅଧିକ ଧାନ ପାଉଣା ହିସାବରେ ଦିଅନ୍ତି। ଗାଁ ଲୋକେ ଦେଖ କହନ୍ତି, ସେ ଆମର ମୂଲିଆଙ୍କ ଉପରେ ମୂଲିଆ, ପାଟ ମୂଲିଆ। ଆମେ ଭାଇମାନେ ଯେତେବେଳେ ଗାଁକୁ ଆସୁ ତାକୁ ଆମର ଜାମା ଲୁଗା ପଟା ଯାହା ପାରୁ ଦେଉ। ଖୁସିରେ ସେ ନିଏ।

କେବଳ ଯେ ସେ ମୂଲିଆ ମାନଙ୍କୁ କାମ ପାଇଁ ତାଗିଦ କରେ ତା' ନୁହେଁ, ଆମକୁ ବି ତାଗିଦ କରେ, ଉପଦେଶ ମାଧ୍ୟମରେ ପାଠ ପଢ଼ିବାକୁ ପ୍ରେରଣା ଦିଏ।

ବାହାରକୁ ଯାଇ ଭଲ ପଢ଼ିବାକୁ ଉସ୍ସାହିତ କରେ। ମୁଁ ଭୁବନେଶ୍ୱରରେ ପଢ଼ିବା ବେଳେ ଆଉ ଏତେ ତାହା ସହିତ ଦେଖା ହୋଇ ପାରୁନଥାଏ। ଥରେ କେବେ ଘରକୁ ଆସି ଶୁଣିଲି ସେ ଆମକୁ "ବାବୁ" ଡାକୁଛି। ପିଲା ବେଳେ "ଗଗନ" ଡାକୁଥିଲା। ଏବେ "ଗଗନ ବାବୁ," ମୁଁ ତାକୁ ଦିନେ ପଚାରିଲି, "ପଞ୍ଚୁଆଇ, ତୁ ମୋତେ କାହିଁକି ବାବୁ ଡାକିଲୁଣି, କ'ଣ ଫୁଲ ପେଣ୍ଟ ପିନ୍ଧିଲେ ବୋଲି ନା ନିଶ ଲମ୍ଭ କଲି ବାଲ ରଖିଲେ ବୋଲି ? ଆଗରୁ ତ "ଗଗନ" ବୋଲି ଡାକୁଥିଲୁ।" ମୋ କଥା ଶୁଣି ତାର ସେଇ ହସ ହସ ମୁହଁରେ ଫେଁ କିନା ହସିଦେଲା, କହିଲା, "ନା ସେ କଥା ନୁହଁ, ଆଗରୁ ସିନା ଆମେ କୁଟା ପୁଞ୍ଜି କଡ଼ରେ ବସି ତାସ ଖେଳୁଥିଲେ, ବାଗୁଡ଼ି ଖେଳୁଥିଲେ। ଏବେ ବାବୁ ମାନେ ତମେ କେତେ କେତେ ପାଠ ପଢ଼ିଲଣି, ଦେଶ ବିଦେଶ ବୁଲିଲଣି, କେତେ ଭଦ୍ର ଲୋକଙ୍କ ସାଥିରେ ମିଶିଲଣି, କେତେ କଥା ଶିଖିଲଣି। ଆଉ ମୁଁ ଏମିତି ସେଇ ପିଲାଦିନିଆ "ଗଗନ" ବୋଲି ଡାକିଲେ ମାନିବନା, ମୋ ମନକୁ ପାଇବନି, ସେଇ ନାଗି ମୁଁ "ବାବୁ" ଡାକୁଚି। ସେ ନାଗି ନାଜ କାହିଁକି ମାଡ଼ିବ, ଏଇଟା ମୋର କେଡ଼େ ଗର୍ବ।" ଏହା ଶୁଣି ମୁଁ ବିରୋଧ କଲେ ବି ସେ ନ ଶୁଣି ବାବୁ ଡାକିବା ଜାରି ରଖିଲା। ଦିଲ୍ଲୀରେ ପଢ଼ିଲା ବେଳେ ତା' ପାଇଁ କନଟ ପ୍ଲେସ ଖଦି ଗ୍ରାମୋଦ୍ୟୋଗ ଭଣ୍ଡାରରୁ ନୂଆ ଜାମା କିଣି ଆଣେ। ସେ ଖୁସି ହୁଏ। ମୁଣ୍ଡରେ ମାରି ଘରକୁ ନେଇଯାଏ, ତା' ସ୍ତ୍ରୀକୁ ଦେଖାଏ। ଅନେକ ଦିନରୁ ସେ ଆମ ପରିବାରର ଜଣେ ବୋଲି ମୁଁ ସବୁବେଳେ ଭାବେ। ଘର କର୍ମ କାର୍ଯ୍ୟ ବାହା ବ୍ରତ ହେଲେ ତାକୁ ପରିବାରର ଜଣେ ବୋଲି ଗଣ୍ୟ କରା ହୁଏ। ତାକୁ କେହି ଆଉ କାମଦାମ ବରାଦ କରନ୍ତିନି। ସେ ନିଜେ ଯାହା ଉଚିତ ଭାବେ ତାହା ହିଁ କରେ ଓ ଅନ୍ୟ ମାନଙ୍କ ଦ୍ୱାରା କାମ କରେଇ ନିଏ।

ତା' ଭିତରେ ପଞ୍ଚୁଆଇ ବାପ ବି ହେଇଗଲା। ଦିନେ ସକାଳୁ ସକାଳୁ ଖରା ନଆସୁଣୁ ଦୌଡ଼ି ଆସି ମାଆକୁ କହିଲା, "ଜେଠେଇ, ଜେଠେଇ, କାଲି ସଞ୍ଜବେଳେ ମୋର ଝିଅଟେ ହେଇଚି।" ତା' ଶୁଣି ମାଆ ଖୁସି ହେଲା। ସେ ବି ବହୁତ ଖୁସି, ପାଦ ତାର ତଳେ ପଡ଼ୁ ନଥାଏ। କାରଣ ଅନେକ ଦିନ ପରେ କନ୍ୟା ରନ୍ଟିଏ ପ୍ରଥମ କରି ତାଙ୍କ ସାରା ପରିବାରକୁ ଆସିଲା। ଏଇମିତି ସମୟ କ୍ରମେ ପଞ୍ଚୁଆଇର ସଂସାର ଏକରୁ ଦୁଇ, ଦୁଇରୁ ତିନି, ତିନିରୁ ଚାରି ହେବାକୁ ଲାଗିଲେ। ତାର ଅଭାବ ବଢ଼ିଲା। ଏକୁଟିଆ ଥିଲା ବେଳେ ଆମ ଘରେ ଖାଉଥିଲା। ଏବେ ତା' କାନ୍ଧରେ ଆହୁରି ତିନୋଟି ପ୍ରାଣୀ। ଆହୁରି ତିନୋଟି ଥଣ୍ଡରେ ଆହାର ଦେବାକୁ ପଡ଼ିବ। ଅଭାବ ମେଣ୍ଟେଇବାକୁ ସେ ବାଉଁଶ ଓ ବେତରେ ପାଛିଆ ଟୋକେଇ ବୁଣିବା ଶିଖିଲା। ସଞ୍ଜବେଳେ ସେ ବସି

ପାଛିଆ ଟୋକେଇ ବୁଣେ। ତାକୁ ବିକ୍ରି କରି ସେଥ୍‌ରୁ ଯାହା କିଛି ଉପାର୍ଜନ ହୁଏ ସେଥ୍‌ରେ ସେ ଜୁଗୁରାଣ ମେଣ୍ଟାଏ।

ଦିନକର ଘଟଣା। ଏବେବି ଭାବିଲେ ହୃଦୟ ମୋର ବିଲପି ଉଠେ। ମନ ଦୁଃଖରେ ଭରିଯାଏ। ଦିନେ ପଞ୍ଚୁଆଇ କାନ୍ଦୁଣୁ ମାନ୍ଦୁଣୁ ହେଇ ଘରେ ପହଞ୍ଜିଲା। "ଜେଠେଇ, ମୋ ଝିଅ ଦେହରେ ନିଆଁ ଲାଗି ଜଳି ଗଲା ଜେଠେଇ। ମୁଁ କିସ କରିମି ଜେଠେଇ ମୁଁ କିସ କରିମି।" ମାଆ ବି ଶୁଣି ହାଉଳି ମାଉଳି ଖାଇଲା, କହିଲା, "ତୁ ଛୁଆଟାକୁ ମାରି ପକେଇଲୁ ନା ବେ, କିସ କରିମି? ଘରେ ଚହଳ ପଡ଼ିଗଲା। ଝିଅକୁ ଡାକ୍ତରଖାନା ନିଆଗଲା। ଇଞ୍ଜେକ୍‌ସନ୍‌ ଔଷଧ ପତ୍ର ଦିଆଗଲା। କେତେ ଦିନ ପରେ ଭଲ ହେଇଗଲା, ହେଲେ ତାର ହାତ ଓ ମୁହଁ ଯୋଡ଼ି ହୋଇଗଲା। ତାକୁ ଦେଖ୍ ମନ ମୋର ଭୀଷଣ କଷ୍ଟ ହେଲା। ଦିଲ୍ଲୀରେ ଥିବାବେଳେ ମୋର ଡାକ୍ତର ସାଙ୍ଗଙ୍କ ପରାମର୍ଶ ମୁଁ ଲୋଡ଼ିଥିଲି ଅପରେସନ ପାଇଁ, ମାତ୍ର ସେତେବେଳେ ନିଜ ରକ୍ଷଣ ଅସମ୍ଭାଲ ଥିବାରୁ କୌଣସି ପ୍ରକାରେ କିଛି ଯୋଗାଡ଼ ଯନ୍ତ ହୋଇ ପାରିଲା ନାହିଁ। ଏବେ ବି ମୋର ହୃଦୟ କାନ୍ଦେ ସେ କଥା ମନେ ପଡ଼ିଲେ।

ଇତି ମଧ୍ୟରେ ମୋର ଦିଲ୍ଲୀ ଛାଡ଼ି କାନାଡ଼ା ଆସିବା ହେଲା। ଗାଁ ସାରା କହି ବୁଲିଲା, "ଗଗନବୁ ଆମର ଫରେନ୍ ଚାଲିଯିବେ। ପୂରା ଉଡ଼ାଜାହାଜରେ ଉଡ଼ିକି।" ଗାଁ ରେଳଗାଡ଼ି ଷ୍ଟେସନକୁ ଅନ୍ୟ ମାନଙ୍କ ସହିତ ଛାଡ଼ିବାକୁ ଆସିଲା ମୋତେ। ମୁଁ ଘରକୁ ଚିଠି ଲେଖ୍‌ଲେ ବା ଫୋନ୍ କଲେ କେବେ ଭୁଲେ ନାହିଁ ତା' ଭଲ ମନ୍ଦ କଥା ପଚାରିବାକୁ। କାନାଡ଼ା ଆସିବା କେତେ ବର୍ଷ ପରେ ଥରେ ମୁଁ ଆମ ନୀଳଗିରି ରୋଡ଼ ରେଲ ଷ୍ଟେସନରେ ଅପେକ୍ଷା କରିଥାଏ ବାଲେଶ୍ବର ଯିବା ପାଇଁ। ହଠାତ୍ ଦୂରରୁ ଦେଖ୍‌ଲି କିଏ ଜଣେ ଧଇଁ ସଇଁ ହୋଇ ଦୌଡ଼ି ଦୌଡ଼ି ପ୍ଲାଟଫର୍ମ ଆଡ଼କୁ ଆସୁଛି। ନିକଟ ହେବାରୁ ଦେଖ୍ ଜାଣିଲି ପଞ୍ଚୁଆଇ। ତାକୁ ଏପରି ଅବସ୍ଥାରେ ଦେଖ୍ ଦେଇ ମୁଁ କ୍ଷଣିକ ପାଇଁ କିଞ୍ଚିତ୍ ବ୍ୟସ୍ତ ହେଇ ପଡ଼ିଲି। ସେ କାହିଁକି ଏମିତି ଆସିଲା? ହଠାତ୍ ମନକୁ ଆସିଲା, ସମସ୍ତ କୁଶଳ ତ? ଦେଖ୍‌ଦେଇ ପଚାରିଲି, "କିରେ ପଞ୍ଚୁଆଇ, ତୁ ଏମିତି, ଏ ଅବସ୍ଥାରେ କାହିଁକି ଏଠାରେ? ସବୁ ଭଲ ତ?" ସେତେବେଳକୁ ତା' ପାଟିରୁ କଥା ବାହାରୁ ନଥାଏ। ଝାଲରେ ଦେହ ସଟ୍ ସଟ୍। କପାଲରେ ଝାଲ ବିନ୍ଦୁ ବିଜୁଳି ଆଲୁଅରେ ଚକ୍ ଚକ୍ କରୁଥାଏ। ମିନିଟିଏ ପରେ ଟିକିଏ ପ୍ରକୃତିସ୍ଥ ହେବାରୁ କପାଲ ଓ ମୁହଁରୁ ଗାମୁଛାରେ ଝାଲ ପୋଛୁ ପୋଛୁ ବଡ଼ ନିଃଶ୍ବାସ ନେଇ କହିଲା, "ଗଗନବୁ, ମୁଁ ଘରକୁ ଯାଇଥିନି। ଜେଠେଇ କହିଲେ ତମେ ଷ୍ଟେସନକୁ ବାହାରି ଆସିଲଣି। କାଲେ ମୁଁ ଗାଡ଼ି ଫେଲ୍ ହେଇଯିବି ତମ ସାଙ୍ଗରେ ଆଉ ଦେଖା ହେଇପାରିବନି ସେଇ

ନାଗି ସେଇ ଘର ପାଖରୁ ମୁଁ ଏକ ମୁହାଁ ହୋଇ ତଡ଼ିଚି। କାଲେ ଦେଖା ପାଇବିନି, ଯାହା ହେଉ ଦେଖା ହେଇଗଲା। ଯିବା ଆଗରୁ, ଏଇଟା ବଡ଼କଥା। ମୋର କେଡ଼େ ଭାଗ୍ୟ। ସେଇ ମାଆ ବୁଢ଼ୀ ବାସ୍ତୁଳୀର କୃପା।" ମୁଁ କହିଲି, "ଆରେ ତୋ ସହିତ ତ ଦେଖା ହେଇଥିଲା ସେଦିନ। ତୁ ଘରକୁ ଆସିଥିଲୁ, ଖିଆ ପିଆ କରି ଯାଇଥିଲୁ। ଆଉ ପୁଣି କ'ଣ? ତୋର ଆସିବା କ'ଣ ଦରକାର ଥିଲା? ଏମିତି ଧାଁ ସାଁ ହୋଇ ନ ଆସିଥିଲେ ଚଲି ନଥାନ୍ତା?" "ନାହିଁ ଗଗନ୍‌ବୁ, ତମେ ତ ଜାଣିଚ, ତମେ ଯେ ଦିନ ଘରୁ ବାହାରିକି ଯାଅ ମୁଁ ନିଣ୍ଢେ ଦେଖା କରେ। ଏଥର କିମିତି ନ କରନ୍ତି ଯେ?" ପଞ୍ଚୁଆଇ ଏତିକି କହି, ତାର ବତିଶଟା ଯାକ ଦାନ୍ତ ମୋତେ ଦେଖେଇ ଦେଲା, ଗାଲ ଦୁଇଟି ତାର କୁଞ୍ଚା କୁଞ୍ଚା ହେଇଗଲା। ଗାଡ଼ି ଠିକ୍‌ ପ୍ଲାଟଫର୍ମକୁ ପଶିବା ଆଗରୁ ମୋ ହାତକୁ କନା ଥଲିଟିଏ ବଢ଼େଇ ଦେଇ କହିଲା, "ଗଗନ୍‌ବୁ, କିଛି ନୁହେଁ, ବାଡ଼ିରୁ ଚାରିଟା ପେଡ଼ା ଆଉ ଚାରିଟା କଣ୍ଢା ନେମୁ ଆଣିଚି। ଖାଲି ହାତରେ ଆସିବାକୁ ମନ କହିଲାନି। ଖାଇବ, ପିଲାମାନଙ୍କୁ, ବୋଉଙ୍କୁ ସମସ୍ତିଙ୍କି ଦବ। ମିଠା ନେମୁ।" ଏତିକି କହି ମୋ ହାତରୁ ମୋ ବ୍ୟାଗଟି ଧରି ପକେଇଲା। ମୁଁ ତରତରରେ ଗାଡ଼ିକୁ ଉଠିଗଲି। ସେ ମୋ ବ୍ୟାଗଟି ବଢ଼େଇଦେଲା ମୋ ହାତକୁ। ଟ୍ରେନ୍‌ ଉପରୁ ସମସ୍ତଙ୍କୁ ହାତ ହଲେଇ ବିଦାୟ କହି କମ୍ପାର୍ଟମେଣ୍ଟ ଭିତରକୁ ପଶିଗଲି। ଟ୍ରେନ ସିଟି ବଜେଇ କିଟିମିଟିଆ ଘନ ଅନ୍ଧାର ଭିତରେ ବାଲେଶ୍ୱର ଅଭିମୁଖେ ଗତିକଲା। ନୀଳଗିରି ଷ୍ଟେସନରୁ ବାଲେଶ୍ୱର ମାତ୍ର ପନ୍ଦର ମିନିଟର ରାସ୍ତା। ପଞ୍ଚୁଆଇ ଦେଇଥିବା ଥଲିରୁ ତାଜା ଫଳର ବାସ ବାସି ଯାଉଥାଏ। କମ୍ପାର୍ଟମେଣ୍ଟ ଭିତରେ ଜୁଲୁଜୁଲୁଆ ପୋକ ଭଲି ଜଲୁଥିବା ମିଞ୍ଜି ମିଞ୍ଜି ଆଲୁଅରେ କନା ଥଲିରୁ ହାତ ମାରି ବାହାର କରି ଦେଖିଲି ବାଡ଼ି ପିଜୁଳି ଓ କମଲା। ଏତକ ଦେବାକୁ ବିଚରା ପଞ୍ଚୁଆଇ ଏମିତି ଧାଁ ସାଁ ହେଇ ଧାଁ ଧାଁ ଆସିଥିଲା। ସତରେ ମୁଁ ଭୁବନେଶ୍ୱରରେ ପଢ଼ିବା ପାଖରୁ ଯେବେ ଗାଁ ଛାଡ଼େ ସେ ସବୁ ଥର ଯିବା ଆଗରୁ ମୋତେ ଏଇମିତି ଦେଖା କରେ।

ସେଦିନ ସଞ୍ଜରେ ଯେ ପଞ୍ଚୁଆଇ ଆସି ଏତେ ଥିଲି ଅର୍ଦଲି, ଅନୁରୋଧ, କାକୁତି ମିନତି, ଯାହା କୁହାଯାଇପାରେ, କଲା ତାର ସେ କରିବା ପଣରେ ମୁଁ ସହମତ ଥିଲି। ବାପା କକା ଦୁଇ ଭାଇ। ବାପା ଗାଁରେ ଓ କକା ସହରରେ। କକାଙ୍କର ପିଲାମାନେ ଉଚ୍ଚ ଶିକ୍ଷିତ ଓ ରୋଜଗାର କ୍ଷମ। ସେମାନଙ୍କ ପକ୍ଷରେ ଗାଁକୁ ଆସି ଜମି ବାଡ଼ିର ଦେଖଭାଲ ରକ୍ଷଣାବେକ୍ଷଣ କରିବାକୁ ସମୟ ନାହିଁ। ଫଳରେ କାଲକ୍ରମେ କକା ତାଙ୍କର ପ୍ରାପ୍ୟ ଘର ଡିହ, ଘର ଓ ଜମିଜମା ବିକ୍ରି କରିବାକୁ ସ୍ଥିର କଲେ। ମୁଁ ସେ ସବୁ କିଣି ପୈତୃକ ସମ୍ପତିକୁ ଅକ୍ଷୁଣ୍ଣ ରଖିଥିଲି। କାଲର କରାଲ ଚକ୍ରରେ ଅବହେଲା କ୍ରମେ

ହେଉ, ଆର୍ଥିକ ପରିସ୍ଥିତି ହେଉ, ଅୟନ୍ ହେଉ, ଶିଥିଳତା ହେଉ ବା ଭାଇ ଭାଇଙ୍କ ଭିତରେ ମନୋମାଳିନ୍ୟତା ଯୋଗୁଁ ହେଉ ତିନି ପୁରୁଷର ମାଟି ଘର ଧୀରେ ଧୀରେ ସମସ୍ତଙ୍କ ଜାଣତରେ ଭାଙ୍ଗି ମାଟିରେ ମିଶିଲା। ସେଇ ବର୍ଷ ମୁଁ ଓଡ଼ିଶାରେ ପହଞ୍ଚି ଗାଁ ଭ୍ରମଣରେ ବାହାରିଲି। ସମସ୍ତ ଦୃଶ୍ୟ ଦେଖିଲି। କାହାରିକୁ ମୋର ଆଉ କିଛି ପଚାରିବାକୁ ନଥିଲା। କାହାରିକୁ ଦୋଷୀ କରିବାର ନଥିଲା କି କାହା ସହିତ ମନୋମାଳିନ୍ୟ କରିବାର ସ୍ପୃହା ନଥିଲା। କେବଳ ଏତିକି ନିରୋଳାରେ ମାଆ ମୋତେ କହିଲା, "ବାପାରେ, ତିନି ପୁରୁଷର ଘର ଆଜି ଭୁଷୁଡ଼ି ଗଲା, କେହି ଦାୟିତ୍ୱ ନେଲେନି, ମୋ କଥା କିଏ ଶୁଣୁଚି। ଦୌତାରୀ ପାଶିଗ୍ରାହୀ କରିଯାଇଥିଲା, ତୋ ବାପ, ଜେଜେବାପା କିଛି କରି ନଥିଲେ। ବାବୁଲି ଇଏ ତିନିଟା କୋଠରି କରି ନଥିନେ ଆମେ ବର ଗଛ ତଳେ ରହିଥାନ୍ତୁ। ତମେ ମାନେ ଯଦି ଯୋଗ୍ୟ ପୁଣି ଘର କରିବ, ପିତୃ ପୁରୁଷ ସ୍ୱର୍ଗରେ ଦେଖିବେ, ଖୁସି ହେବେ। ମୁଁ ତ ଆଉ ନଥିବି ଏଠାରେ ଦେଖିବାକୁ।" ପଞ୍ଚୁଆଇ ବାହାର ଲୋକ, ଆଉ ମାଆ ଘର ଲୋକ, ହେଲେ ଦୁଇଜଣଙ୍କ ମନରେ ସେଇ ଗୋଟିଏ ଭାବନା, ସେଇ ଗୋଟିଏ ଚିନ୍ତା, ମୁହଁରେ ସେଇ ଗୋଟିଏ କଥା, ଯେଉଁଟାକି ସେ ଦୁଇଜଣ ଯାକ ଏକା ସମୟରେ ମୋ ଆଗରେ ପ୍ରକାଶ କରିଥିଲେ। ଭାରି ମନ ନେଇ ସମସ୍ତଙ୍କ ସହିତ କଥାବାର୍ତ୍ତା କରି ସେଥର ମୁଁ କାନାଡ଼ା ଫେରି ଆସିଥିଲି।

ପତ୍ର ମାଧ୍ୟମରେ ଭାଇ ମାନଙ୍କ ସହିତ ସଂଯୋଗ କରି, ଘରେ ପତ୍ନୀ ସବିତାଙ୍କ ସହିତ କଥାବାର୍ତ୍ତା ହେଇ ପୁଣି ଘର ତିଆରି କରିବାର ଯୋଜନା ହେଲା। ସବିତା ସବୁବେଳେ ଚାହୁଁଥିଲେ ଗାଁରେ ସ୍ଥାୟୀ ଘରଟିଏ କରିବା ପାଇଁ, ଆମେ ଯାଇଥିବାବେଳେ ବନ୍ଧୁବର୍ଗ ଆସିଲେ ଯେମିତି ହେଲେ ହସ ଖୁସିରେ ଆପାତତଃ କିଛି ସମୟ କଟେଇବା ପାଇଁ। ସେଇଆ କେବଳ ଥିଲା ତାଙ୍କର ଉଦ୍ଦେଶ୍ୟ। ଆଲୋଚନା ପରେ ଯେ ଯାହାର କ୍ଷମତା ଅନୁସାରେ ଘର ତିଆରି କରିବାରେ ସାହାଯ୍ୟ କରିବାକୁ ଭାଇମାନେ ଆଗଭର ହେଇ ବାହାରି ଆସିଲେ। ବର୍ଷକ ଭିତରେ ଘର ଛିଡ଼ା ହେଲା। ତହିଁ ପର ବର୍ଷ ସପରିବାର ଗାଁରେ ପହଞ୍ଚିଲୁ ଘର ପ୍ରତିଷ୍ଠା ପାଇଁ। ବନ୍ଧୁବର୍ଗ ପରିବାର ଆସି ଗାଁରେ ରୁଣ୍ଡ ହେଲେ। କକା ଓ ମାଆଙ୍କ ଗହଣରେ ସାରା ପରିବାର ବର୍ଗଙ୍କର ଫୋଟୋ ତୋଳା ହେଲା। ମାଆ ଶୁଭ ଦେଇ ମାର୍ବଲ ପଥରରେ ଘରର ନାମାନୁସାରେ ଫଳକ ଲଗେଇଲା "ମାଧବୀ ଗୋବିନ୍ଦ"। ମାଆଙ୍କ ନାଁ ମାଧବୀ ଓ ବାପାଙ୍କ ନାଁ ଗୋବିନ୍ଦ। ପଞ୍ଚୁଆଇ ସେଦିନ ଆସି ମାଆ ଲଗେଇଲା ବେଳେ ମୁଣ୍ଡରୁ ତା' ପାଗ ଖୋଲିଦେଇ ଘଡ଼ିଏ ପର୍ଟିକୋରେ ବସି ଦେଖିଲା। ମୋତେ କହିଲା, "ଗଗନ୍ବୁ, ମୁଁ ବିଶ୍ୱାସ କରି ନଥିନି ମୋ ଆଖି ମୋ ବଞ୍ଚିବା ଭିତରେ ୟାକୁ ଦେଖିବ। ବରଗଛ ତଳେ

ପକ୍କାଘର କି ସୁନ୍ଦର ମାନୁଛି, ଆଗରେ ବାସୁଳୀ ମନ୍ଦିର, ତମେ ମୋ କଥା ଶୁଣିଲ, ସେଇ ବାସୁଳୀଙ୍କର କୃପା, ମାଆ ବୁଢ଼ୀ ବାସୁଳୀ" ଏତକ କହି ବାସୁଳୀଙ୍କ ଆସ୍ଥାନ ଆଡ଼କୁ ମୁହଁ କରି ମୁଣ୍ଡିଆଟିଏ ମାରିଲା । ଏହାରି ଭିତରେ ବନ୍ଧୁବର୍ଗଙ୍କର ଯା ଆସ ଭିଡ଼ରେ କେତେ ବର୍ଷ କଟିଗଲା । ମାଆଙ୍କର ସ୍ୱାସ୍ଥ୍ୟ ଜରାଗ୍ରସ୍ତରେ ଦୁର୍ବଳରୁ ଦୁର୍ବଳତର ହେବାରୁ ମଝିରେ ମଝିରେ ପଞ୍ଚୁଆଇ ଆସି ଦେଖା କରିଯାଉଥାଏ ।

ଜାନୁୟାରୀ ମାସ ୨୦୧୮ ମସିହା ମକର ସଂକ୍ରାନ୍ତିରେ ମାଆଙ୍କର ଦେହାନ୍ତ ଘଟିଲା । ମୁଁ ଶୁଣିବାରେ କେହି ନଡାକିବା ଆଗରୁ ପଞ୍ଚୁଆଇ ସେତେବେଳେ ଆସି ଆମ ଦାଣ୍ଡ ଆଗରେ ହାଜର । ଶବ ଦାହ ପାଇଁ ସମସ୍ତେ ଶ୍ମଶାନ ପହଞ୍ଚିବା ଆଗରୁ ପଞ୍ଚୁଆଇ ଅନ୍ୟ ମାନଙ୍କୁ ନେଇ ବ୍ୟବହାର୍ଯ୍ୟ କାଠ ଆଦି ସରଞ୍ଜାମ ଧରି ଶ୍ମଶାନରେ ପହଞ୍ଚିଯାଇଥାଏ । ମୁଁ ଯେତେବେଳେ ପହଞ୍ଚିଲି, ମୋତେ ଦେଖି କାନ୍ଦ କାନ୍ଦ ହୋଇ କହିଲା, "ଗଗନ୍‌ବୁ, ଜେଠେଇ ଚାଲିଗଲେ ଗଗନ୍‌ବୁ ମ ଜେଠେଇ ଚାଲିଗଲେ । କେ କାଳର ମଣିଷ ସେ ଥିଲେ ତାଙ୍କ ପରି ନୁକ ଆଉ ମିଳିବେନା ଏ ଦୁନିଆରେ ଗଗନ୍‌ବୁ?" ମୁଁ ତାକୁ କହିଲି, "ସେ କ'ଣ ଆଉ ଅମର ଲଡୁ ଖାଇ ଚିରଦିନ ବଞ୍ଚିଥାନ୍ତା, ତାର ସମୟ ପୂରିଲା, ଗଲା, ବାପା ଆଗରୁ ଯାଇଥିଲେ, ଆମେ ସମସ୍ତେ ଦିନେ ଦିନେ ଯିବା, ଏ ମର ଦୁନିଆରେ କିଏ ରହିବ କହିଲୁ?" ମୋର ଏପରି ଦର୍ଶନ ତତ୍ତ୍ୱ ସମ୍ବଳିତ କଥା ଶୁଣି ସେ କହିଲା, "ହଁ, ସବୁ ମୁଁ ଜାଣୁଚୁ ହେଲେ ମୋ ମନ ବୁଝୁନି ଗଗନ୍‌ବୁ ।" ଏକଦଶାହରେ ସେ ନିମନ୍ତ୍ରିତ ହୋଇଥିଲା । ସେ ଦିନ ମୁଁ ବନ୍ଧୁବର୍ଗଙ୍କ ଚର୍ଚ୍ଚାରେ ବ୍ୟସ୍ତ ଥାଏ । ଦୂରରୁ ଦେଖିଲି ପଞ୍ଚୁଆଇ ଚୌକି ଉପରେ ନୂତନ କରି ବନ୍ଧେଇ ହୋଇ ପୁଷ୍ପମାଲ୍ୟ ଦିଆ ହୋଇଥିବା ମାଆଙ୍କ ଫଟୋ ଆଗରେ ଯୋଡ଼ ହସ୍ତ ହୋଇ ଭୂମିରେ ସାଷ୍ଟାଙ୍ଗ ମୁଣ୍ଡିଆ ମାରିବାର । ବାରି ହେଉଥାଏ ମୁଖ ମଣ୍ଡଳ ତାର ଆବେଗପୂର୍ଣ୍ଣ ଓ ଅନ୍ତର କୋହରେ ଭରପୂର । ପାଖକୁ ଯାଇ ଦେଖେତ ତା' ଆଖିରେ ଲୁହର ଧାର ।

୨୦୧୯ । ମାଆଙ୍କର ବର୍ଷକିଆ । ଗ୍ରାମରେ ଦେଶ ବିଦେଶରୁ ବନ୍ଧୁ ଓ ପରିବାର ବର୍ଗଙ୍କର ସମାବେଶ । ଜାନୁୟାରୀ ମାସ ଶେଷ । ଶୀତ କମି ଆସିଥାଏ । ଗଛପତ୍ରର ଚାନ୍ଦୁଆ ତଳେ ଘର ପଛପଟ ନଳକୂପରେ ସ୍ନାନ କରିବାର ସରଞ୍ଜାମ ମୁଁ କରୁଥାଏ । ଗାଁରେ ଥିଲେ ନଳକୂପରୁ ଉଷ୍ମ ଉଷ୍ମ ତାଜା ପାଣି ବାହାରକରି ଚୌକି ଉପରେ ବସି ଗାଧୋଇବାକୁ ମୋତେ ସୁଖ ଲାଗେ । ସେଦିନ ବି ଏହାର କିଛି ବ୍ୟତିକ୍ରମ ନଥିଲା । ଏଇ ସମୟରେ ଖୋଲା ପଟରୁ ପଞ୍ଚୁଆଇର ପାଟି ଶୁଭିଲା । କ୍ଷଣିକେ ପଞ୍ଚୁଆଇ ଆସି ହାଜର । ଦେହରେ ଭଲ ଲୁଗାପଟା । ବୟସରେ ଛାପ ପଡ଼ିଲେ ବି ମୁହଁ ତାର ସବୁଦିନ ପରି ହସ ହସ । କହିଲା, "ମୁଁ କାଲିରୁ ଖବର ପାଇନିଣି, ବାବୁମାନେ ଆସି

ପହଞ୍ଚିଗଲେଣି। କିମିତି ଆସିମି ଦେଖା କରିତେ ସକାଳପୁରୁ ଭାବି ଭାବି ଏଇ ଆସି ପହଞ୍ଚି ଗନି। ଆଉ ସବୁ ଭଲ ନା ? ଛୁଆ ମାନେ ଆସିଚନ୍ତିନା ? ବଉ ଆସିଚନ୍ତିନା ?" ଏକା ଥରକେ ପଞ୍ଚୁଆଇ ସବୁ ପଚାରିଗଲା। ସାନଭାଇ ବାବୁଲି ଦୌଡ଼ି ଆସିଲା, କହିଲା, "ଆରେ ପଞ୍ଚୁଆଇ, କ'ଣ ଖବର ? କେମିତି ଅଛୁ ?" ଏତକ ପଚାରି ଦେଇ ଉତ୍ତରକୁ ଅପେକ୍ଷା ନକରି ଦୌଡ଼ିଗଲା ଘର ଭିତରକୁ। ସାଙ୍ଗେ ସାଙ୍ଗେ ବେଶ୍ ଫୁଲଫୁଲିଆ ସୁନ୍ଦରିଆ ଅଷ୍ଟେଲିଆରୁ ଆଣିଥିବା ଟୋପିଟିଏ ତା' ମୁଣ୍ଡରେ ପିନ୍ଧେଇଦେଲା। ଏଇଠି କହି ରଖେ ବାବୁଲି ଯେତେବେଳେ ଓୟୁଏଟି ରେ ଏଗ୍ରିକଲଚର୍ ଇଞ୍ଜିନିୟରିଂ ପଢ଼ିବାକୁ ଯାଇଥିଲା ତାହା ପଞ୍ଚୁଆଇର ପସନ୍ଦକୁ ଆସି ନଥିଲା। ତା' ହିସାବରେ ଏଗ୍ରିକଲଚର୍ ଇଞ୍ଜିନିୟରିଂ ତା' ଭଳିଆ ଜମିର ଖରା ତରାରେ ପଡ଼ି କୃଷକଙ୍କ ଭଳି କାମ। ସେ କହିଥିଲା, "ବାବୁଲିବୁ, ଆମର କୁରୁଷିରେ ଚାଲିଗଲେ।" ପରେ ଯେତେବେଳେ ସେ ମେକାନିକାଲ୍ ଇଞ୍ଜିନିୟରିଂ ରାଜସ୍ଥାନ ଜୟପୁରରେ ପଢ଼ିଲା, କଥାଟା ତେବେ ଯାଇ ତା' ମନକୁ ବେଶ୍ ପାଇଥିଲା, ସେ ଖୁସି ହେଇଥିଲା।

ଗାଧୁଆ ବନ୍ଦକରି ମୁଁ ତା' ପିଲାଛୁଆଙ୍କ କଥା ପଚାରିଲି। ପଞ୍ଚୁଆଇ କହିଲା, "ଗଗନ୍‌ବୁ, ବଡ଼ ପୁଅ ବାଙ୍ଗାଲୋରରେ ଚାକିରି କରୁଛି, ସାନ ପୁଅ ଚାକିରି କରୁଛି, ମଝିଆ ଝିଅ କଳିଙ୍ଗ ହସ୍ପିଟାଲରେ ନର୍ସ ଅଛି। ମୋ ଛୁଆଙ୍କ ପ୍ରତି ବାବୁମାନଙ୍କର ଦୟା। ସେଇ ବାସୁଲୀଙ୍କର ଦୟା।" ଉପରକୁ ହାତ ଯୋଡ଼ି ନମସ୍କାର କଲା। ଏତକ ଶୁଣି ମୁଁ କହିଲି, "କହ ସେଇ ବୁଢ଼ୀ ବାସୁଲୀର ଦୟା, ସେ ବାବୁମାନଙ୍କର ଦୟା କଥା ଛାଡ଼।" ଏତକ ଶୁଣି ସେ ମୋ କଥା ଛଡ଼େଇ ନେଇ କହିଲା, "କାହିଁକି ? କାହିଁକି କହିମିନି। ବାବୁମାନେ କିସ ସାହାଯ୍ୟ କରି ନାହାନ୍ତି ନା ? ବଡ଼ ପୁଅ ପଢ଼ିଲା ବେଳୁକୁ ତମେ ସାହାଯ୍ୟ କରିନ ? ମୁଁ ଯେତେ ବେଳେ ପୁଅର ଦରମା ଦେଇ ପାରିଲିନି, ତମେ ଦରମା ଦେଇନ ? ସାନ ପୁଅ ପାଇଁ ବାବୁଲିବୁ ପଇସା ଦେଇନାହାନ୍ତି ? ଭଗବ୍‌ଙ୍କୁ ପଚାରୁନ, ଏଇ, ଏଇଠି ଠିଆ ହେଇଚନ୍ତି, ସିଏ ପରା ନିଜେ ସେ ସ୍କୁଲର ମାଷ୍ଟର। ଏକଥା ମୁଁ କହିମିନି କାହିଁକି ? ହକ୍ କଥାଟା କହିମିନି କାହିଁକି କହନ ?" ମୁଁ କହିଲି, "ହଉ ହଉ ହେଲା, ତୋର ଆଉ ଆମ ଆଗରେ ସେ କଥା ଗୁଡ଼ାକ ଗାଆଣ ବଜାଣ କରିବା ଦରକାର ନାହିଁ।" ମୁଁ ପଚାରିଲି, "କହ, ଛୁଆ ମାନେ କେମିତି ଅଛନ୍ତି ?"

"ଭଲ ଅଛନ୍ତି ଗଗନ୍‌ବୁ, ଭଲ ଅଛନ୍ତି। ବୁଝିଲନା ଗଗନ୍‌ବୁ, ଛୁଆମାନେ ମୋର ମୋତେ କହୁଚନ୍ତି, ବାପା ତମେ ଆଉ କାନ୍ଧରେ ଜିନିଷ ବୁହାବୁହି କରନି।" ମୁଁ ତାଙ୍କୁ କହିଚି, "ଛୁଆ, ମତେ ତମେ ଆଜି ମନା କରନି, ମୁଁ ବାବୁଙ୍କର କେତେ ବୁକୁଚା ବହିଚି, ସେଇ ନାଗି ଛୁଆମାନେ ମୋର ମଣିଷ ହେଇଚନ୍ତି, ଏଇମିତି ତମର ବି

ବେଗ୍ ବୁଗୁଚା ବହି, ପାଛିଆ ଟୋକେଇ ବୁଣି ଚାଲିଯିବି, ତମେ ମତେ ଆଉ ମନା କରନି।” ପୁଣି କିଛି ସମୟ ଅଟକି ଯାଇ କହିଲା, ବୁଝିଲନା ଗଗନ୍‌ବୁ, ମୁଁ ବାଙ୍ଗାଲୁର ଯାଇଥିନି। ସେଠୁ ଆସିଲା ବେଳକୁ ବଡ଼ ଛୁଆ ଟିକଟ କାଟି ଦେଲା, ଉଡ଼ାଜାହାଜରେ ଚାଲି ଆଇନି ଉଡ଼ିକି ଗଗନ୍‌ବୁ , ଭୁବେନଶର ପନ୍‌ତେ।” ଏତକ କହି ପଞ୍ଝୁଆଇ ଖୁସି ଓ ଆମ୍ ସନ୍ତୋଷରେ ବିହ୍ୱଳ ହୋଇ ଫାଟି ପଡ଼ିଲା ମୋ ଆଗରେ। ମୁଁ ଖାଲି ତାକୁ ଆଗ୍ରହର ସହିତ ଅନେଇଥାଏ। କୌତୂହଲରେ ପଚାରିଲି, “ଆଛା, କହିଲୁ କହିଲୁ, ତୁ କେମିତି ଆସିଲୁ? ତତେ ତ ହିନ୍ଦୀ କି ଇଂରାଜୀ କିଛି ଆସେନି, କେମିତି କ’ଣ କଲୁ?” ସେ କହିବା ଆରମ୍ଭ କଲା। “ଗଗନ୍‌ବୁ ମୁଁ ବେଶ୍ ଭଲ ନୁଗା ପଟା ପିନ୍ଧିଥିନି। ମୋ ପୁଅ ମତେ ଦେଇଥିଲା। ଭାଷା କହି ପାରିବିନି ସିନା, ଦେଖ୍‌ତ ପାରିବି, ମ ଆଗରେ ଜଣେ ଯାହା କଲା ମୁଁ ସେଇଯ୍ୟା କନି। ଏଇମିତି ଉଡ଼ି ଆଇନି ଗଗନ୍‌ବୁ।” ଏତକ କହି ହସି ହସି ହସରେ କୁରୁଲି ଉଠି ଦୁଇ ହାତରେ ଜୋରରେ ତାଲିଟିଏ ମାରିଦେଲା। ଏହା ଦେଖ୍ ତା’ ସହିତ ସମମାତ୍ରାରେ ମୁଁ ବି ଖୁସି ହୋଇ କହିଲି, “ଆ, ତୋତେ ଟିକିଏ ମୁଁ କୁଣ୍ଢେଇ ପକାଏ।” ଏତକ କହି ତାକୁ କୁଣ୍ଢେଇ ପକେଇବା ବେଳେ ସେ ଟିକିଏ ଇତସ୍ତତଃ ହେଇଯାଇ କହିଲା, “ତମେ ବ୍ରାହ୍ମଣ ଜାତି ଗଗନ୍‌ବୁ, ମୁଁ ..” ଏତକ କହି ସେ ରୂପ ହେଇଗଲା। ଦେଖ୍‌ଲି ତା’ ଆଖିରେ ଲୁହ ଜକେଇ ଆସିଲା, ମୋ ଆଗରେ ଗାମୁଛା ଅଣ୍ଟାରୁ ଫିଟେଇ ଆଖ୍ ପୋଛିଲା, ମୁଁ ବି କିଛିକ୍ଷଣ ତାକୁ ଦେଖ୍ ନିରବି ଗଲି। ମିନିଟିଏ ପରେ ସେ ପ୍ରକୃତିସ୍ଥ ହେବାରୁ କହିଲି, “କାଲି ମାଆଙ୍କ ବର୍ଷିକିଆ, ଆସିବୁ।” କହିଲା, “ମୋତେ କହିତେ ପଡ଼ିବନି ଗଗନ୍‌ବୁ, ନ ଡାକିନେ ବି ମୁଁ ଆସିମି, ଜେଠେଇଙ୍କ ବର୍ଷିକିଆ, ମୁଁ ଆସିମିନିନା।” ତହିଁ ପରଦିନ ଭୋଜିରେ ଖାଇବା ବେଳେ ପନ୍ତୀ ସବିତା ଓ ସାନ ଭାଇ ବାବୁଲିର ସ୍ତ୍ରୀ ସଙ୍ଗୀତାଙ୍କୁ ଖାଦ୍ୟ ପରଷିବାର ଦେଖ୍ ସେ ବହୁତ ଖୁସି ହେଇଥିଲା। ବୋହୂମାନଙ୍କୁ ସେ ଅନେକ ଖାତିର କରେ, ସମ୍ମାନ ଦେଖାଏ। ବେତରେ ଟୋକେଇ ବୁଣି ଆଣି ଦିଏ ସବିତା କାନାଡ଼ା ନେବାପାଇଁ। ତା’ ଆଖି ଆଗରେ ବୋହୂମାନେ ଏତେ ପାଠ ପଢ଼ିଥିଲେ ବି, ଚାକିରି କରିଥିଲେ ବି, ଦେଶ ବିଦେଶ ବୁଲିଲେ ବି ଗାଁକୁ ଆସିଲେ ଶାଢ଼ୀ ପିନ୍ଧି ଘରକାମରେ ସାହାଯ୍ୟ ସହଯୋଗ କରନ୍ତି, ଖୁସିହାସିରେ ସମୟ ବିତାନ୍ତି ଅନ୍ୟ ବୋହୂମାନଙ୍କ ସହିତ। ଏତକ ଦେଖ୍ ସେ ଖୁସି ହୁଏ। ଖାଇବା ବେଳେ ସବିତା ଓ ସଙ୍ଗୀତାଙ୍କୁ ପରଷିବା ଦେଖ୍ କହିଥିଲା “ଆଜି ବଉମାନଙ୍କର ପାଲି ପଡ଼ିଚି ଦବାନବାରେ।” ତା’ର ସେଇ କହିବା ଭିତରେ ବୟସର ଛାପ ପଡ଼ିଆସୁଥିବା ତା’ କଳା ହସ ହସ ମୁହଁରେ ଆମ୍‌ତୃପ୍ତିର ଚିହ୍ନ ବେଶ୍ ବାରି ହେଇ ପଡୁଥିଲା।

ବାପାଙ୍କ ତୈଳଚିତ୍ର

"ଆରେ ହେ, ବାପାଙ୍କ ତୈଳଚିତ୍ରଟି କୁଆଡ଼େ ଗଲା ମୁଁ ତ କାହିଁ ଆଜିକାଲି ଆଉ ସେ ତୈଳଚିତ୍ରଟିକୁ କେଉଁଠି ହେଲେ ଦେଖୁନି ।" ଗାଁରେ ଥିବାବେଳେ ହଠାତ୍ ମୋର ବାପାଙ୍କ ତୈଳଚିତ୍ର କଥା ମନେ ପଡ଼ିବାରୁ ମୁଁ ସାନ ଭାଇ ଓ ଭାଇ ବୋହୂମାନଙ୍କୁ ଘର ଭିତର ଅଗଣାରେ ବସିଥିବା ବେଳେ ପଚାରିଦେଲି । ପ୍ରଥମେ ମୁଁ କଥାରେ ଏତେଟା ଗୁରୁତ୍ୱ ଦେଇ ପଚାରି ନଥିଲି । ଭାବିଥିଲି ନିଶ୍ଚୟ କେଉଁଠି ନା କେଉଁଠି ଥିବ, କେହିନା କେହି କିଛି କହିବେ, ଉତ୍ତର ଦେବେ, ଜାଣି ଥିବେ କେଉଁଠି ତୈଳଚିତ୍ରଟି ରହିଛି । ମାତ୍ର କିଛିକ୍ଷଣ ଯିବାପରେ କାହାରି ପାଖରୁ କିଛି ଉତ୍ତର ନପାଇ ମୁଁ ପୁଣି ଜଣ ଜଣ କରି ଘରେ ସମସ୍ତଙ୍କୁ ପଚାରିବା ଆରମ୍ଭ କଲି, ତୈଳଚିତ୍ରଟି ଗଲା କୁଆଡ଼େ ? କିଏ କହିଲା, "ଘର ଭାଙ୍ଗିଗଲା ବେଳେ ଆମେ ଯାହା ପାରିଲୁ ଆଣିଲୁ, ଏମିତି ଅବସ୍ଥା ଏତେ ଶୀଘ୍ର ଘଟିଗଲା ଯେ ଘର କରଣା ଜିନିଷ କୁଆଡ଼େ କୁଆଡ଼େ ଛିନ୍ ଛତର ହୋଇଗଲା, ତାର ହିସାବ ରଖିବା ମୁସ୍କିଲ ହୋଇଗଲା ।" ଆଉ କିଏ ଜଣେ କହିଲା, "ହଁ, ମୁଁ ଦେଖିଥିଲି ବାପାଙ୍କ ଫୋଟୋଟି ମାଟି ଘରୁ ଆସିଛି, ହେଲେ ଏବେ କାହିଁକି ମନେ ପଡ଼ୁନି କେଉଁଠି ରହିଲା, ବହୁତ ଦିନ ହେଲାଣି ମୁଁ ବି ଆଉ ଦେଖିନି ।" କିଏ କେତେ ପ୍ରକାରର କଥା କହିବା ଆରମ୍ଭ କଲେ ହେଲେ କେହି ସଠିକ୍ ଭାବରେ କିଛି ଉତ୍ତର ଦେଇ ପାରିଲେ ନାହିଁ, ତୈଳଚିତ୍ରଟି ରହିଲା କେଉଁଠି ।

ଏମିତି ମୁଁ କେବେ ହେଲେ ଆଶା କରି ନଥିଲି, ସମସ୍ତଙ୍କର ଏପରି ଉତ୍ତର ଶୁଣି ମୁଁ ଆଶ୍ଚର୍ଯ୍ୟ ହେଲି । ତୈଳଚିତ୍ରଟି କୁଆଡ଼େ ରହିଲା, ସତରେ କ'ଣ ହଜିଗଲା ? କିଛି ଖବର ନିମିଳିବାରୁ ମନେ ମନେ ଭାଇମାନଙ୍କ ଉପରେ କ୍ଷୋଭ ପ୍ରକାଶ କଲି । ଶେଷକୁ ମୁଁ ନିଜେ ଖୋଜା ଖୋଜି ଆରମ୍ଭ କରିଦେଲି, ଏ କୋଠରି ସେ କୋଠରି, ଏ ବହି ଥାକ, ସେ ବହି ଥାକ, ଯା ଟ୍ରଙ୍କ ତା' ଟ୍ରଙ୍କ । ହେଲେ କୌଣସି ଥରେ କିଛି

ହେଲେ ଫଳ ମିଳିଲା ନାହିଁ। ଭାବିଲି ତୈଲଚିତ୍ରଟି ନିଶ୍ଚୟ କୁଆଡ଼େ ହଜିଗଲା, ଆମେ କୁଳାଙ୍ଗାର ପୁଅମାନେ ବାପର ଯେତକ ବି ସଞ୍ଚୟ ଥିଲା ସେତକ ସାଇତି ପାରିଲୁ ନାହିଁ, ନିଜକୁ ଧିକ୍କାରିଲି। କ'ଣ କରିବା ? ମନ ମାରି ରହିଲି ଓ ଗାଁରୁ ସେ ଥର ଫେରି ଆସିଲି।

ମଝିରେ ଏମିତି କିଛି ବର୍ଷ ବିତିଗଲା, ମୁଁ ଆଉ ଥରେ ପୁଣି ଗାଁକୁ ଯାଇଥାଏ, ଏକା ଏକା ସବୁ ଥର ପରି ସେ ଥର ବି ତୈଲଚିତ୍ରଟିକୁ ଖୋଜିବାରେ ଲାଗିଲି, ତଥାପି ମୋର ଚେଷ୍ଟା ବିଫଳ ହେଲା, ତୈଲଚିତ୍ରଟି ମିଳିଲା ନାହିଁ। ମନକୁ ଯେତେ ବୁଝେଇଲେ ବି ମନ କ'ଣ ସହଜେ ବୁଝୁଥାଏ ? ସେ ତୈଲଚିତ୍ର ସହିତ ଯେ ମୁଁ କେତେ ଜଡ଼ିତ, କେତେ କଷ୍ଟରେ କେମିତି ତିଆରି ହେଇଥିଲା, ସେ କଥା କ'ଣ କିଏ ବୁଝିବ ? କଥାରେ କହନ୍ତି, "କାହାକୁ କହିବା, କପାଳରେ ସିନା କର ମାରିବା।" ନିରୁପାୟ ହୋଇ ମୁଁ ଠିକ୍ ସେଇୟା କଲି।

ଇତିମଧ୍ୟରେ ମୋର ଫଟୋଗ୍ରାଫିରେ ପାରଦର୍ଶିତା ବୃଦ୍ଧି ପାଇଯାଇଥାଏ। କ୍ଲୋଜ ଅପ୍ ଲେନ୍ସରେ ପିମ୍ପୁଡ଼ି କ'ଣ ସୋରିଷ ମଧ୍ୟ ଉଠା ଯାଇ ପାରିବ। ତୈଲଚିତ୍ର ନ ମିଳିଲା ନାହିଁ, ମନକୁ ଆସିଲା ଯଦି ମୋର ନାଇକନ ଡିଜିଟାଲ କ୍ୟାମେରାର କ୍ଲୋଜ ଅପ୍ ଲେନ୍ସରେ ପୁଣି ଥରେ ମୂଳ ଫୋଟୋରୁ ଫଟୋ ଉଠାଯାଇ ପାରନ୍ତା ସେଥିରୁ ନୂତନ ତୈଲଚିତ୍ରଟିଏ ସହଜରେ ଅଙ୍କା ଯାଇ ପାରନ୍ତା, ଆଉ ଏହା ନିଶ୍ଚିତ ଭାବେ ଉନ୍ନତ ଧରଣର ବି ହୁଅନ୍ତା। ସେଇ ଆଶାରେ ମୁଁ ମୂଳ ଗ୍ରୁପ୍ ଫୋଟୋ ସନ୍ଧାନରେ ବାହାରି ପଡ଼ିଲି। ଯା' ଭିତରେ ବର୍ଷ ବର୍ଷ ଧରି ଅନେକ ବର୍ଷ ବିତିଯାଇଥାଏ। ଅତ୍ୟନ୍ତ ଦୁଃଖର ବିଷୟ ଅନେକ ଚେଷ୍ଟା ପରେ ବି କୌଣସି ପ୍ରକାରେ ମୂଳ ଫଟୋଗ୍ରାଫଟି ହାସଲ କରି ପାରିଲି ନାହିଁ। ଫଟୋଗ୍ରାଫଟି ଆଉ ଅଛି କି ନାହିଁ, ସଠିକ ଭାବରେ ତାହା ମଧ୍ୟ ଜଣା ପଡ଼ିଲା ନାହିଁ। ଉତ୍ତମ କ୍ୟାମେରା ଅଛି ଫଟୋ ଉଠେଇବାକୁ ହେଲେ ଅସଲ ଫୋଟୋ ମିଳୁନାହିଁ। କଥାରେ କହନ୍ତି, "କାନ ଥିଲେ ସୁନା ନାହିଁ, ସୁନା ଥିଲେ କାନ ନାହିଁ।" ଏବେ ଠିକ୍ ସେଇ ପରିସ୍ଥିତି। ତୈଲଚିତ୍ରଟି ତ ହଜିଲା, ତା' ସାଙ୍ଗକୁ ମୂଳ ଫୋଟୋଟି ବି ଆଉ ମିଳିଲାନି, ଏହା ଜାଣିବା ପରେ ମନ ମୋର ଭୀଷଣ ଦୁଃଖ ହେଲା।

ସେ ଥର ଭାରତ ଛାଡ଼ି ପୁଣି କାନାଡ଼ା ଫେରିବାକୁ ପଡ଼ିଲା। ମନଟା ମୋର ସବୁବେଳେ ଘାଣ୍ଟି ଚକଟି ହେଉଥାଏ, ତୈଲଚିତ୍ର କଥା ମନେ ପଡ଼ିଲେ, ଭାବୁଥାଏ ସତରେ କ'ଣ ତୈଲଚିତ୍ରଟି ଆଉ ମିଳିବନି ? ଦିଲ୍ଲୀରୁ ଟରୋଣ୍ଟୋ ଉଡ଼ାଜାହାଜରେ ଆଟଲାଣ୍ଟିକ ମହା ସାଗର ଉପରେ ଦୀର୍ଘ ଉଡ଼ାନ୍। ଉଡ଼ା ଜାହାଜରେ ନିରବରେ ବସିଥିବା

ବେଳେ ପୁଣି ସେଇ କଥା ମନକୁ ଆସିଲା। ଭାବୁ ଭାବୁ ମନଟା ମୋର କାହିଁ କେତେ ବର୍ଷ ତଳକୁ ଫେରିଗଲା, ବାପାଙ୍କର ଶେଷ ବେଳର ଫୋଟୋ ଖଣ୍ଡିଏ ତୋଳିବାକୁ ମୁଁ ବାଲେଶ୍ୱର ହସ୍ପିଟାଲରେ କିପରି ବିକଳ ହେଉଥିଲି, ସେଇ ସମୟକୁ।

୧୯୭୪ ମସିହା ମାର୍ଚ୍ଚ ମାସର କଥା। ରିକ୍ସାରୁ ଓହ୍ଲାଇ ମୁଖ୍ୟ ଫାଟକ ଦେଇ ମୁଁ, ବଡ଼ ଭାଉଜ ଓ ପୁତୁରା ଜିତୁ ବାଲେଶ୍ୱର ବଡ଼ ଡାକ୍ତରଖାନା ହତା ଭିତରକୁ ପଶିଲୁ। ଜିତୁର ହାତ ଧରି ମୁଁ ଚାଲିଥାଏ। ବଡ଼ ଭାଉଜଙ୍କ ମୁଖମଣ୍ଡଳ ମଳିନ, ଶୋକାତୁରା, ଚକ୍ଷୁ ଫୁଲା ଫୁଲା ଓ ଲୋତକାପ୍ଲୁତ। ଲାଗୁଥାଆନ୍ତି ସତେ ଯେପରି ଗତ ରାତିରେ ସମ୍ପୂର୍ଣ୍ଣ ଅନିଦ୍ରା। କିନ୍ତୁ ଚପଲମତି ଜିତୁ ବେଶ୍ ଫୁର୍ତ୍ତି ଦେଖା ଯାଉଥାଏ, ମୁହଁ ହସ ହସ, ମନ ଭାରି ଖୁସି। ତାର କାରଣ ତାକୁ ଗାଁରୁ ରେଳଗାଡ଼ି ଚଢ଼ି ବାଲେଶ୍ୱର ଆସିବାର ସୁଯୋଗ ମିଳିଛି। ପୁଣି ବାଲେଶ୍ୱର ଷ୍ଟେସନରୁ ଡାକ୍ତରଖାନା ପର୍ଯ୍ୟନ୍ତ ରିକ୍ସାରେ ବସି ଆସିବାଟା ତା' ପାଇଁ ଆହୁରି କୌତୂହଳମୟ ଓ ମଜାଦାୟକ।

ସେଦିନ ଥାଏ ସୋମବାର। ଗତ ଶନିବାର ସନ୍ଧ୍ୟାରୁ ବାପାଙ୍କୁ ଗାଁରୁ ଅଚେତ ଅବସ୍ଥାରେ ଆମ୍ବୁଲେନ୍ସରେ ଆଣି ବାଲେଶ୍ୱର ଡାକ୍ତରଖାନାରେ ଭର୍ତ୍ତି କରାଯାଇଥାଏ। ବାପା, ଡାକ୍ତରଖାନାର ବେଡ ନମ୍ବର ୬୬ ରେ ଚିକିତ୍ସା ହେଉଥାଆନ୍ତି। ଅନେକ ଜ୍ଞାତି କୁଟୁମ୍ବ ଦେଖା କରି ଫେରୁଥାନ୍ତି, ଅନେକେ ବି ଆସୁଥାନ୍ତି, ଏମିତି ଯିବା ଆସିବା, ଗାଁରୁ ଡାକ୍ତରଖାନା, ଡାକ୍ତରଖାନାରୁ ଗାଁ ଚାଲିଥାଏ।

ଜିତୁର ହାତ ଧରି, ରୋଗୀମାନଙ୍କ ଭିଡ଼କୁ ଆଡ଼େଇ, ମୁଁ ଓ ବଡ଼ ଭାଉଜ ଡାକ୍ତରଖାନା ବାରଣ୍ଡା ପାରି ହୋଇ ସନ୍ଦିହାନ ମନରେ ୬୬ ନମ୍ବର ବେଡ୍ ଆଡ଼କୁ ଅଗ୍ରସର ହେଲୁ। ଡେଟଲ ଓ ଫିନାଇଲର ତୀବ୍ର ଗନ୍ଧ ନାକରେ ବାଜି ନାକ ଫଟେଇ ପକଉଥାଏ। ତା' ସହିତ ଚପରାସି ମାନଙ୍କର ପାଣି ଢାଲି ନଡ଼ିଆ ଖଡ଼ିକା ପହଁରାରେ ଚଟାଣ ସଫା କରିବାର ଚରର ଚରର ଶବ୍ଦ। ଖଣ୍ଡେ ଦୂରରୁ ଦେଖିଲୁ ବଡ଼ ନନା ଓ ବଡ଼ ଭିଣୋଇ ରତ୍ନାକର(ପତି) ନନା ଛିଡ଼ା ହୋଇଥାନ୍ତି ୱାର୍ଡ ବାହାରେ। ପାଖକୁ ଆସି ଦେଖିଲୁ ଭିତରେ ମାଆ, ବସିଥାନ୍ତି ଠିକ୍ ବାପାଙ୍କ ମୁଣ୍ଡ ପାଖରେ। ବେଡ ଚଉଦିଗରେ ନିରବତାର ଛାଇ ଢାଙ୍କି ରହିଥାଏ, ସମସ୍ତ ସ୍ଥବିର, ନିଶ୍ଚଳ। ଛାତିର ଛାତିଏ କୋହ ଧରି ବଡ଼ ଭାଉଜ ଭିତରକୁ ପଶିଲେ ବାପାଙ୍କ ଦର୍ଶନ ପାଇଁ। ତାଙ୍କ ପାଦ ଛୁଇଁ ପ୍ରଣାମ କଲେ, ତା' ପରେ ମାଆଙ୍କୁ ଧରି କାନ୍ଦିବାକୁ ଲାଗିଲେ। ମୁଁ ଜିତୁକୁ ମୁଣ୍ଡିଆ ମରା କରେଇଲି। ଶନିବାର ପାଖରୁ ମୋ ଆଖିରେ ଅନେକ ବାର ଲୁହର ଲହଡ଼ି ଆସି ଭଟ୍ଟା ପଡ଼ି ଯାଇଥାଏ। ବାପା ଯେଉଁ ସଂଜ୍ଞାହୀନକୁ ସେହି ସଂଜ୍ଞାହୀନ। କିଛି ପରିବର୍ତ୍ତନ ଆସିନି। ନାସାଗ୍ର ଦେଇ ଶ୍ୱାସନଳୀ ଭିତରକୁ ରବର ପାଇପ୍। ସାଲାଇନ୍ ଓ ଗ୍ଲୁକୁଜର

ବୋତଲ ଓହୋଲି ଥାଏ । ଏ ସବୁ ଦେଖି ମୋର ଆଉ ସେଠାରେ ଠିଆ ହେବାକୁ ସାହସ ହେଲା ନାହିଁ । ବାହାରକୁ ବାହାରି ଯାଇ ବାରଣ୍ଡାରେ ବଡ଼ ନନାଙ୍କ ପାଖରେ ଆସି ନିରବରେ ଛିଡ଼ା ହେଲି ।

ଏତିକି ବେଳେ ବଡ଼ ନନା ମୋତେ କହିଲେ "ଗଗନ, ବାପାଙ୍କର ଗୋଟିଏ ବୋଲି ଫୋଟୋ ରଖିହେଲା ନାହିଁ ରେ, ମୁଁ ଭାବୁଛି ରଣଜିତ ଷ୍ଟୁଡିଓକୁ ଡାକି ଫୋଟୋଟିଏ ଉଠେଇ ଦେବି ।" ଏହା ଶୁଣିବା ମାତ୍ରେ କିଛି ମାସ ତଳେ ମୋ ମନରେ ଆସିଥିବା ଭାବନା ସହସା ଜାଗ୍ରତ ହେଇ ଉଠିଲା । ମୁଁ ଭାବୁଥିଲି, ବାପାଙ୍କୁ ତ ବୟସ ହେଲାଣି, କେତେ ବେଳେ କ'ଣ ହେଇଯିବ, ଏବେ ତ ପରୀକ୍ଷା ମୁଣ୍ଡ ଉପରେ, ମୋର ଆଇଏସ୍‌ସି ପରୀକ୍ଷା ସରିବା ମାତ୍ରେ ତାଙ୍କୁ ଗାଁରୁ ଆଣି ଥାନା ପାଖ ଜେମିନି ଷ୍ଟୁଡିଓରେ ଫୋଟୋ ଖଣ୍ଡିଏ ତୋଲେଇ ନେବି । ତେଣୁ ମନର କଥାକୁ କାହାରି ଆଗରେ ପ୍ରକାଶ ନକରି ମନର ଫରୁଆ ଭିତରେ ସାଇତି ରଖିଥାଏ । ନନାଙ୍କ କଥା ଶୁଣିବା ମାତ୍ରେ ମୋର ସେହି ଆଶାଟି ଫଳବତୀ ହେଲା ବୋଲି ମନରେ ଭାବିଲି । ଅପରାହ୍ନରେ ଫୋଟୋ ତୋଲା ପାଇଁ ରଣଜିତ ଷ୍ଟୁଡିଓ ଆସିବାର ସମୟ ସ୍ଥିର କରାହେଲା । କିନ୍ତୁ ଅପରାହ୍ନର ଅନେକ ସମୟ ଅତିବାହିତ ହେବାରୁ ନନାଙ୍କୁ ଯାଇ ପଚାରିଲି, "କାହିଁ, ସେ ଷ୍ଟୁଡିଓ ବାଲା ତ ଏତେ ବେଳ ଯାଏଁ ଆସିଲା ନାହିଁ ।" ନନା କହିଲେ "ମୁଁ ସ୍କୁଲ ବାପା(କକା)ଙ୍କ ସହିତ ଫୋଟୋ ତୋଲିବା ପ୍ରସଙ୍ଗ ଉଠେଇଲି, ହେଲେ ସେ ଏମିତି ଅବସ୍ଥାରେ ଫୋଟୋ ତୋଲିବାକୁ ବାରଣ କରୁଛନ୍ତି । କହୁଛନ୍ତି, ଏ ଅବସ୍ଥାର ଚିତ୍ର ସବୁବେଳେ ମନକୁ ଦୁଃଖ ପହଞ୍ଚେଇବ । ତେଣୁ ମୁଁ ଆଉ ଫୋଟୋ ତୋଲିବାକୁ ଇଚ୍ଛା ପ୍ରକାଶ କରୁନାହିଁ ।" ତାଙ୍କ କଥା ଶୁଣି ମୁଁ ନିରାଶ ହେଇଗଲି । ମୋର ଶକ୍ତି ମୁତାବକ ପୁଣି ଥରେ ତାଙ୍କ ସହିତ ଯୁକ୍ତି ବାଢ଼ି ବସିଲି । କହିଲି "ନାକରୁ ରବର ଟ୍ୟୁବ ବାହାର କରି ବସେଇଦେଇ ଫଟୋ ଖଣ୍ଡିଏ ତୋଲି ଦେଲେ ଅନ୍ତତଃ ପକ୍ଷେ କିଛି ହେଲେ ସନ୍ତକ ତ ଆମ ପାଖରେ ରହିବ, ଏହା ଯଦି କରା ନହୁଏ ବାପାଙ୍କର ମୁଖମଣ୍ଡଳ ଆମ ମନରୁ ଚିରଦିନ ପାଇଁ ଲିଭିଯିବ ।" ପୁଣି କହିଲି, "ଆମେ ତ ଖବର କାଗଜରେ କେତେ ବଡ଼ ବଡ଼ ଲୋକଙ୍କର ଶେଷ ସମୟର ଫୋଟୋ ଦେଖୁଛେ । ତାହା କ'ଣ ତାଙ୍କ ପରିବାର ବର୍ଗଙ୍କୁ ଦୁଃଖ ପହଞ୍ଚଉ ନଥିବ ? ଏହା ଦୁଃଖ ଲାଗିବ ବା ସୁଖ ଲାଗିବ ସେ କଥା ନୁହଁ, ମୁଁ ଚାହୁଁଛି ଯେମିତି ହେଲେ ଆମ ପାଖରେ ସନ୍ତକଟିଏ ରହୁ, ନାହିଁ ମାମୁଁଠାରୁ କଣା ମାମୁଁ କ'ଣ ଶ୍ରେୟଃ ନୁହଁ ?" ମୋ ଯୁକ୍ତି ନନାଙ୍କର ହୃଦୟଙ୍ଗମ ହେଲା ନାହିଁ । ସେ ଅମଙ୍ଗ ହେଲେ । ମୁଁ ଆଉ ସେପରି ଦୁର୍ଦ୍ଦିନରେ ଅଧିକ ତର୍କ ବିତର୍କ ନକରିବାକୁ ଉଚିତ ମନେ କରି ନିରବ ରହିଗଲି । ମଙ୍ଗଳବାର ଦିନ ରାଉରକେଲାରୁ

ଆସି ମୋର ଉପର ଭାଇ ଦଇନ ନନା ମଧ ନନାଙ୍କୁ ଅନୁରୋଧ କଲେ ଫୋଟୋଟିଏ ତୋଲିବା ପାଇଁ। ତଥାପି ନନା ମନାକଲେ, କହିଲେ, "ଆଜି ଆମର ଏଭଳି ସଙ୍କଟ କାଳେ ଆମକୁ କକାଙ୍କ କଥା ମାନିବାକୁ ପଡ଼ିବ, ସେ ଗୁରୁଜନ ଓ ବର୍ତ୍ତମାନ ଆମର ମୁରବି।" ଦଇନ ନନା ଚୁପ୍ ରହିଲେ। ମୁଁ ମନେ ମନେ ଠାକୁରଙ୍କୁ ଡାକିଲି, କାକୁତି ମିନତି ହେଲି, ଲୋକ ଆଢୁଆଳରେ ଲୁହ ଗଡ଼େଇଲି, କହିଲି "ହେ ଠାକୁରେ, ବାପାଙ୍କୁ ଭଲ କରିଦିଅ, ମୋତେ ତାଙ୍କ ଫୋଟୋ ତୋଲିବାର କେବଳ ଗୋଟିଏ ମାତ୍ର ସୁଯୋଗ ଦିଅ।" ହେଲେ ବିଧାତାଙ୍କ ବିଚାର ଅନ୍ୟ ପ୍ରକାର। "ଦଇବ ଦଉଡ଼ି ମଣିଷ ଗାଈ, ଯେଣିକି ଓଟାରେ ତେଣିକି ଯାଈ," ଆମେ ତ ମାନବ ଛାର। ବୁଧବାର ଅପରାହ୍ନରେ ମାଆ ଓ ଦଇନନନାଙ୍କ ଉପସ୍ଥିତିରେ ବାପାଙ୍କର ଦେହାନ୍ତ ଘଟିଲା, ବାଲେଶ୍ୱରରୁ ଶବ ଯାଇ ଗାଁ ଶ୍ମଶାନ ଖସା ବାଡ଼ିରେ ଦାହ କରାହେଲା, ଗାଁ ରେ ଅନ୍ତିମ କ୍ରିୟା କର୍ମ ସମାପନ ହେଲା। ଆଇଏସ୍ସି ପରୀକ୍ଷା ପୂର୍ବରୁ ବାପାଙ୍କ ଫୋଟୋ ତୋଲିବା ଅଭିସାର ପୁଷ୍ପ ଚିରଦିନ ପାଇଁ ମଉଳି ଝରି ପଡ଼ିଲା। ସେଇ ଦିନ ବାପାଙ୍କର ସ୍ମୃତି ଫୋଟୋରେ ନରହି କେବଳ ମାନସ ପଟରେ ଯାହା ଯେତିକ ଯେଉଁ ପ୍ରକାରେ ଆଙ୍କି ହୋଇ ରହିଗଲା।

ବାପା ଗାଁରେ ରହି ଚାଷବାସ ଦେଖୁ ଥିଲେ, ମଫସଲିଆ ଲୋକ, ନା ଥିଲା ତାଙ୍କର ଫୋଟୋର ଆବଶ୍ୟକତା ନା ଫୋଟୋ ତୋଲି ରଖିବାର ସଉକ। ଏ ସବୁ ଦିଗରେ ଅର୍ଥବ୍ୟୟ କରିବାରେ ସେ ପସନ୍ଦ କରୁ ନଥିଲେ ଓ ତାଙ୍କ ପାଖରେ ଅର୍ଥ ବି ନଥିଲା। ପରିବାରର ପରମ୍ପରା, ଇତିହାସ ଏ ସବୁରେ ତାଙ୍କର ବିଶ୍ୱାସ ନଥାଏ। ସେ କେବଳ ପିଲାମାନଙ୍କର ଶିକ୍ଷାକୁ ହିଁ ଗୁରୁତ୍ୱ ଓ ପ୍ରାଧାନ୍ୟ ଦେଉଥିଲେ। କାନ୍ଥରେ ଛବି ଲଗେଇବା, ଫୋଟୋଗ୍ରାଫ ଟାଙ୍ଗିବା, ଘର ସଜାସଜି କରି ରଖିବା, ଏ ସବୁରେ ତାଙ୍କର ଆଗ୍ରହ ନଥିଲା। ତାଙ୍କ ଭାଷାରେ ଏ ସବୁ ହେଲା "ଫାଇସା" କଥା। ପିଲା ମାନଙ୍କ ପାଇଁ ଅନ୍ନ ବସ୍ତ୍ର ଯୋଗେଇବାରେ ଓ ପାଠ ପଢ଼ିବା ପାଇଁ ବହି ପତ୍ର ଯୋଗାଡ଼ କରିବାରେ ତାଙ୍କର ସର୍ବଦା ଚିନ୍ତା ଲାଗି ରହିଥିଲା ଓ ସମୟ ବିତୁଥିଲା। ତେଣୁ ତାଙ୍କର ନିଜ ଫୋଟୋ ଖଣ୍ଡିଏ ଘରେ ନରହିବା ସ୍ୱାଭାବିକ।

ଅପରିପକ୍ ବୟସରେ ବାପାଙ୍କ ଦେହାନ୍ତ ମୋ ମନରେ ଘୋର ଆଘାତ ଆଣିଥିଲା। ମଝିରେ ମଝିରେ ତାଙ୍କ କଥା ମନେ ପଡ଼ି ମନଟା ମୋର ସନ୍ତୁଳି ହେଉଥାଏ। ଦେହାନ୍ତ ବେଳର ଘଟଣାମାନ ମନ ମଧ୍ୟରେ ଛାୟିହୋଇ ମନକୁ ଆହୁରି ଆନ୍ଦୋଳିତ କରି ପକଉଥାଏ। ତାଙ୍କର ସ୍ମୃତି ଖଣ୍ଡିକ ପାଇଁ ମଝିରେ ମଝିରେ ମନ ମୋର ବ୍ୟାକୁଳ ହୋଇ ଉଠି ଉଦାସରେ ଭରି ଦେଉଥାଏ।

ଆମର ଗାଁରେ ପାଣିଗ୍ରାହୀ ବଂଶ ବହୁ ପରିବାର ବିଶିଷ୍ଟ। ତନ୍ମଧ୍ୟରୁ ଦାଶରଥି ପାଣିଗ୍ରାହୀଙ୍କ ପରିବାର ବଡ଼ ଥିଲା ବାଲା। ପିଲା ଦିନୁ ମୁଁ ଦେଖି ଆସୁଥାଏ ତାଙ୍କ ଘର କାନ୍ଥରେ ବାହା ବ୍ରତ ବେଳର ଅନେକ ପୁରୁଣା ଗ୍ରୁପ ଫୋଟୋ ଲାଗିବାର। ସେ କାଳରେ ଦାଶରଥି ପାଣିଗ୍ରାହୀ ସେ ଖଣ୍ଡମଣ୍ଡଳରେ ବହୁ କଷ୍ଟରେ ପାଠ ପଢ଼ି କରି ବି ଏ ପାସ୍‌ କରିଥିଲେ। ବତି ଖୁଣ୍ଟ ତଳେ ବସି ପାଠ ପଢ଼ିଛନ୍ତି ବୋଲି ବାପା ଆମ ଆଗରେ ଆମକୁ ପ୍ରେରଣା ଦେବା ଉଦ୍ଦେଶ୍ୟରେ ଅନେକ ବାର ଗପନ୍ତି, ଆମେ ବସି ଶୁଣୁ। ଦଶ ପନ୍ଦର ଖଣ୍ଡ ମଉଜାରେ ତାଙ୍କ ନାଁ ବାଜୁଥିଲା। ଗ୍ରାମରେ "ଦାଶରଥି ମିଡ଼ଲ ଇଂଲିଶ ସ୍କୁଲ" ନାମରେ ସ୍କୁଲ ବସାଇଥିଲେ। ସପ୍ତମ ଶ୍ରେଣୀ ପର୍ଯ୍ୟନ୍ତ ମୁଁ ସେ ସ୍କୁଲରେ ପାଠ ପଢ଼ିଛି। ସେ କାଳରେ ଇଂରେଜ ସାହେବମାନେ ସ୍କୁଲ ପରିଦର୍ଶନରେ ଆସିଲେ ତାଙ୍କ ସହିତ ସେ ଇଂରାଜୀରେ କଥୋପକଥନ କରନ୍ତି ବୋଲି ବାପା ଯାହା ଆମକୁ କହନ୍ତି। ତାଙ୍କ ଲିଖିତ ଓ କଟକସ୍ଥ ଉତ୍କଳ ସାହିତ୍ୟ ପ୍ରେସ ଦ୍ୱାରା ପ୍ରକାଶିତ ନବ ବିଧାନ ଗଣିତ ସେ କାଳରେ ପ୍ରଚଳନ ହୋଇ ଜନପ୍ରିୟ ଥିଲା ବୋଲି ମୁଁ ବାପା ଓ ଅନେକ ବୟସ୍କ ଲୋକଙ୍କ ପାଖରୁ ନିଜେ ଶୁଣିଛି। ଅବସର ବେଳକୁ ସେ କଟକ ରାଧାନାଥ ଟ୍ରେନିଂ ସ୍କୁଲରେ ହେଡମାଷ୍ଟର ଥିଲେ। ତାଙ୍କ ଘରର ଠାଟ ଓ ଆଦବ କାୟଦା ଆମ ଘର ଠାରୁ ଭିନ୍ନ ଓ ଉଚ୍ଚ ସ୍ତରର। ଜମିଦାର ଠାଣିରେ କହିଲେ ଚଳେ। ପରିବାର କନ୍ଦଲ ନେଇ ମୋ ଜେଜେଙ୍କ ବାପା (ଦୈତାରୀ ପାଣିଗ୍ରାହୀ) ସେମାନଙ୍କ ଠାରୁ ପୃଥକ୍‌ ହୋଇ ଆସି ବରଗଛ ମୂଳରେ ନିଜ ବାସ ଘର ମାଟି କାନ୍ଥ ଓ ନଡ଼ା ଛପରରେ ତିଆରି କରି ବାସ କରୁଥିଲେ।

ମୋର ତ ବାପାଙ୍କ ଫୋଟୋ ନିଶା ଲାଗି ରହିଥାଏ। ଖବର ପାଇଲି ଦାଶରଥି ପାଣିଗ୍ରାହୀଙ୍କ ଘରେ ଅନେକ ଫୋଟୋ ଥିବାର। ତେଣୁ ଦିନେ ତାଙ୍କ ଘରକୁ ଯାଇ ସୌଭାଗ୍ୟକୁ ଦେଖିଲି ଗୋଟିଏ ଫୋଟୋରେ ବାପାଙ୍କର ଉପସ୍ଥିତି। ତାହା ଦାଶରଥି ପାଣିଗ୍ରାହୀଙ୍କର ଜ୍ୟେଷ୍ଠ ନାତି ରବିନ୍ଦ୍ର ପାଣିଗ୍ରାହୀଙ୍କର ଉପନୟନ ବେଳର। ସେଥିରେ ବାପା ମୋର ଦ୍ୱିତୀୟ ଭାଇ ଶିଶୁ ପ୍ରଭାକରଙ୍କୁ କାଖରେ ଧରି ଛିଡ଼ା ହୋଇଛନ୍ତି। ସେଥିରେ ମାଆଙ୍କର ଉପସ୍ଥିତି ମଧ୍ୟ ଦେଖିବାକୁ ପାଇଲି। ସେଠାରୁ ଶୁଣିବାକୁ ପାଇଲି ଦାଶରଥି ପାଣିଗ୍ରାହୀଙ୍କର ମଧ୍ୟମ ପୁତ୍ର ଶରତ ଚନ୍ଦ୍ର ପାଣିଗ୍ରାହୀଙ୍କର ଶୁଭ ପରିଣୟ ବେଳର ଫୋଟୋରେ ବି ବାପା ଅଛନ୍ତି। ସେଥିରେ କୁଆଡ଼େ ଗୋଟିଏ କଡ଼ରେ ଅନାବୃତ ବକ୍ଷରେ ବାପା ଦଣ୍ଡାୟମାନ। କେବଳ ତୋଫା ପଇତା ତାଙ୍କର ବକ୍ଷସ୍ଥଳ ମଣ୍ଡନ କରିଛି। ହେଲେ ଗାଁରେ ସେ ଫୋଟୋଟି ନାହିଁ। ଯଦି ଥାଏ ତେବେ ଶରତ ପାଣିଗ୍ରାହୀଙ୍କ ପାଖରେ ଥାଇପାରେ। ସେଇ ଫୋଟୋଟି କିପରି ମିଳିବ ସେଇ ଚିନ୍ତାରେ ମୁଁ ରହିଲି।

ଇତି ମଧ୍ୟରେ ଦୁଇ ବର୍ଷ ବିତିଗଲା। ମୁଁ ବିଏସସି ପାସ କରି ଏମ୍‌ଏସସି

ପଢ଼ିବା ପାଇଁ ବାଣୀବିହାର ଚାଲି ଆସିଲି। ବାପାଙ୍କର ସ୍ମୃତି ଫଳକ ନିଶା ମୋ ମନ ମଧ୍ୟରେ ତଥାପି ଅଟୁଟ ଥାଏ। ମୁଁ ଜାଣିଥାଏ ଶରତ ଚନ୍ଦ୍ର ପାଣିଗ୍ରାହୀ ଭୁବନେଶ୍ୱରର ଭି ଏସ୍ ଏସ୍ ନଗରରେ ପରିବାର ନେଇ ରହୁଥାନ୍ତି। ମୁଁ ମଧ୍ୟ ବାଣୀବିହାରରେ ସେତେବେଳର ଚତୁର୍ଥ ଛାତ୍ରାବାସରେ ବାସ କରୁଥାଏ ଯେଉଁଟାକି ଭିଏସ୍ଏସ୍ ନଗରର ସନ୍ନିକଟ। ଦିନେ ମନକୁ ଆସିଲା ଶରତ ଚନ୍ଦ୍ର ପାଣିଗ୍ରାହୀଙ୍କ ଘରକୁ ଯାଇ ତାଙ୍କୁ ଦେଖା କରିବା ପାଇଁ, କାଳେ ତାଙ୍କର ବିବାହ ବେଳର ଫୋଟୋ ତାଙ୍କ ପାଖରେ ଥିବ, ସେଇ ଆଶାରେ। ସମ୍ପର୍କରେ ଆମେ ତାଙ୍କୁ ଶରତ ଜଜେଜ ବୋଲି ସମ୍ବୋଧନ କରୁ। ପିଲାଦିନେ ଅନେକ କାହାଣୀ ପରୀ କାହାଣୀ ଭଳି ତାଙ୍କ ବିଷୟରେ ମାଆଙ୍କ ଠାରୁ ଶୁଣିଥାଉଁ। ସେ ଲକ୍ଷ୍ମୀ ବିଶ୍ୱବିଦ୍ୟାଳୟରୁ ଏମ୍ ଏ ପାସ କରି ଦିଲ୍ଲୀରେ ସ୍ଥିତ ଆଇ ଏସ୍ ଆଇ ଏସ୍ (ଇଣ୍ଡିଆନ ସ୍କୁଲ ଅଫ୍ ଇଣ୍ଟରନ୍ୟାସନାଲ୍ ଷ୍ଟଡିଜ୍) ରେ ଉଚ୍ଚ ଶିକ୍ଷା କରୁଥିଲେ। ପରେ ଆଇ ଏସ୍ ଆଇ ଏସ୍ ଜବାହରଲାଲ୍ ନେହେରୁ ବିଶ୍ୱବିଦ୍ୟାଳୟରେ ସାମିଲ ହୋଇ ସ୍କୁଲ ଅଫ୍ ଇଣ୍ଟରନ୍ୟାସନାଲ ଷ୍ଟଡିଜ୍ ନାମରେ ନାମିତ ହେଲା। ଶରତ ଜଜେଜ ଲକ୍ଷ୍ମୀ ବିଶ୍ୱବିଦ୍ୟାଳୟରେ ଛାତ୍ର ନେତା ଥିଲେ। ନିର୍ବାଚନ ଜିତି ସମ୍ପାଦକ ପଦ ମଣ୍ଡନ କରିଥିଲେ। ଲକ୍ଷ୍ମୀ ନିବାସୀ ଏକ ସଂଭ୍ରାନ୍ତ ବଙ୍ଗୀୟ ବେଙ୍ଗଲୀ ପରିବାରର ତନ୍ବୀ କନ୍ୟାଙ୍କୁ ସେ ବିବାହ କରିଥିଲେ ଯାହାକୁ କି ଆମେ ଲକ୍ଷ୍ମୀ ଜେଜେମା ବୋଲି ସମ୍ବୋଧନ କରୁ। ଅତ୍ୟନ୍ତ ସ୍ନେହୀ ମିଜାଜର ମହିଳା ସେ। ପିଲାବେଳେ ମଝିରେ ମଝିରେ ଶରତ ଜଜେଜଙ୍କ ପରିବାର ଗାଁକୁ ଆସିଲେ ଆମେ କାବା ହୋଇ କୌତୂହଳ ପୂର୍ବକ ସେମାନଙ୍କୁ ଦେଖିବାକୁ ତାଙ୍କ ପଛରେ ଧାଉଁଥିଲୁ। ଧୀରେ ଧୀରେ ଆମେ ଭାଇମାନେ ବଡ଼ ହେଲୁ। ପାଠ ପଢ଼ିଲୁ। ଭଲ ପଢ଼ୁଥିବାରୁ ଗାଁକୁ ଆସିଲେ ଶରତ ଜଜେଜ କେବଳ ଆମ ମାନଙ୍କ ସହିତ ବାର୍ତ୍ତାଳାପ କରିବାକୁ ପସନ୍ଦ କରୁଥିଲେ। ଆମକୁ ଅଧିକରୁ ଅଧିକ ଉଚ୍ଚ ଶିକ୍ଷା କରିବା ପାଇଁ ପ୍ରେରଣା ଦେଉଥିଲେ। ମଝିରେ ମଝିରେ ଆମ ଘରକୁ ମଧ୍ୟ ସେ ଆମକୁ ଏକୁଟିଆ ଖୋଜିବାକୁ ପଶେଇ ଆସୁଥିଲେ। ବିଏସ୍ସି ପରୀକ୍ଷାରେ ମୁଁ ୟୁନିଭରସିଟିରେ ପ୍ରଥମ ଦଶ ଜଣଙ୍କ ଭିତରେ ଥାଏ ବୋଲି ସେ ଖବର ରଖି ମୋତେ ସବୁବେଳେ ବିଦେଶରେ ଉଚ୍ଚ ଶିକ୍ଷା କରିବାକୁ ଉସ୍ସାହିତ କରୁଥିଲେ।

ଦିନେ ରବିବାର ଛୁଟି ଦିନ ଦେଖି ଅପରାହ୍ନରେ ବାଣୀବିହାରରୁ ଯାଇ ମୁଁ ତାଙ୍କ ବାସ ଭବନରେ ପହଞ୍ଚିଲି। ଜେଜେମା ଜଳପାନ ଦ୍ୱାରା ଆପ୍ୟାୟିତ କରିବା ପରେ ପରେ ମୁଁ ମୋର ଆସିବାର କାରଣ ଓ ମନବାଞ୍ଛା ତାଙ୍କ ଆଗରେ ପ୍ରକାଶ କଲି। ସୌଭାଗ୍ୟକୁ ତାଙ୍କ ପାଖରେ ବିନା ବନ୍ଧେଇ ବାଲା ସେଇ ଗ୍ରୁପ ଫୋଟୋର କପିଟିଏ

ଥିବାର ଜେଜେବାପା କହିଲେ। ଜେଜେମା କିଛି ସମୟ ପାଇଁ ଭିତରକୁ ଯାଇ ହାତରେ ଫୋଟୋଟି ଧରି ଆସିଲେ। ବିନା ଦ୍ୱିଧାରେ ସେ ମୋତେ ଫୋଟୋଟିକୁ ମୋ ହାତକୁ ବଢ଼ାଇ ଦେଇ ଶୀଘ୍ର କାମ ସାରି ଫେରସ୍ତ ଦେବାକୁ କହିଲେ। ମୁଁ କୃତ୍ୟ କୃତ୍ୟ ହୋଇ ଦୁଇ ତିନି ଖଣ୍ଡି ଖବର କାଗଜ ତା' ଉପରେ ଗୁଡ଼େଇ, ହାତରେ ଯତ୍ନ ସହକାରେ ଧରି ବାଣୀବିହାରକୁ ଫେରିଲି। ମୋର ଆନନ୍ଦର ସୀମା ରହିଲା ନାହିଁ। କେବଳ ଫୋଟୋଟି ପାଇଲି ବୋଲି ନୁହେଁ, ମୁଁ ଜେଜେମା ଓ ଜେଜେ ବାପାଙ୍କର ବିଶ୍ୱାସ ଭାଜନ ହୋଇ ପାରିଲି ସେଇଥିପାଇଁ। ମୋ ପାଇଁ ସେଇଟା ସେ ସମୟରେ ବହୁତ ବଡ଼ କଥା ଥିଲା। ଛାତ୍ରାବାସ କୋଠରିରେ ପହଞ୍ଚି କୌତୂହଳତା ସମ୍ଭାଳି ନପାରି ପୁଣି ଥରେ ଫୋଟୋଟି ବାହାର କରି ମନ ଦେଇ ଦେଖିଲି। ଫୋଟୋରେ ସମସ୍ତଙ୍କୁ ଚିହ୍ନିବାକୁ ଚେଷ୍ଟାକଲି। ମଝିରେ ବସି ଅତି ସୁନ୍ଦର ଦେଖାଯାଉଥାନ୍ତି ଶରତ ଜଜ ଓ ତାଙ୍କ ପାଖରେ ନବ ବିବାହିତା ତନ୍ବୀ ଜେଜେମା। ଅବିକଳ ପୋଷ୍ଟାଲ ଷ୍ଟାମ୍ପରେ କମଲା ନେହେରୁଙ୍କ ପରି। ଗୋଟିଏ ପାର୍ଶ୍ୱରେ ଛିଡ଼ା ହୋଇଥାନ୍ତି ବାପା। ଭାବପ୍ରବଣ ହୋଇ ବାପାଙ୍କୁ ମୁଷ୍ଟିଆଟିଏ ମାରି ଫୋଟୋଟିକୁ ଦୁଇ ଖଣ୍ଡ କାର୍ଡ ବୋର୍ଡ ମଝିରେ ରଖି ସୁଟକେସରେ ଥୋଇଲି। ମଝିରେ ମଝିରେ ମୋ କୋଠରିକୁ ଆସୁଥିବା ଅତି ଅନ୍ତରଙ୍ଗ ବନ୍ଧୁମାନଙ୍କୁ ମଧ୍ୟ ବାହାର କରି ଦେଖେଇଲି। ଫୋଟୋଟି ତ ନେଇ ଆସିଲି, ହେଲେ କେଉଁ ଉପାୟରେ ସେଥ଼ରୁ ବାପାଙ୍କର ଫୋଟୋ ବାହାରିବ ମୋତେ ସେତେ ପର୍ଯ୍ୟନ୍ତ ସମ୍ପୂର୍ଣ୍ଣ ଅଜଣା। ଫୋଟୋଟି ମୋ ବାକ୍ସରେ ରହି ରହି କିଛି ମାସ ବିତିଗଲା।

ମୁଁ ବାଣୀବିହାରରେ ପଢ଼ୁଥିବା ବେଳେ ପ୍ରାଣୀ ବିଜ୍ଞାନ ବିଭାଗରେ ରମେଶ ବଳିୟାରସିଂ ନାମରେ ଆମର ବିଭାଗୀୟ ଚିତ୍ରକର ଥାଆନ୍ତି। ମୋର ଚିତ୍ରରେ ଆଗ୍ରହ ଥିବାରୁ ତାଙ୍କ ସହିତ ଘନିଷ୍ଟ ସମ୍ପର୍କ ଥାଏ। ପ୍ରାଣୀ ବିଜ୍ଞାନ ସମ୍ପର୍କୀୟ ଚିତ୍ର ଛଡ଼ା ସେ ଅନ୍ୟାନ୍ୟ ଚିତ୍ର ମଧ୍ୟ ଆଙ୍କନ୍ତି। ମଝିରେ ମଝିରେ ମୁଁ ତାଙ୍କ ଷ୍ଟୁଡିଓକୁ ଯାଇ ନାନା ପ୍ରକାର ଚିତ୍ର ଶୈଳୀ ନିରୀକ୍ଷଣ କରି ଆନନ୍ଦ ପାଉଥାଏ। ତାଙ୍କ ହସ୍ତ ଅଙ୍କିତ ଚିତ୍ରମାନ କାନ୍ଥରେ ଦେଖି ଖୁସି ହେଉଥାଏ। ହଠାତ୍ ଦିନେ ଯାଇ ଦେଖିବାକୁ ପାଇଲି ଯେ ସେ ଆମ ପ୍ରଫେସର ବସନ୍ତ କୁମାର ବେହୁରାଙ୍କର ଏକ ତୈଳଚିତ୍ର ଅଙ୍କନ କରିବା କାର୍ଯ୍ୟ ହାତକୁ ନେଇ ଆଙ୍କିବା ଆରମ୍ଭ କରିଛନ୍ତି। ପ୍ରତିଦିନ କିଛି କିଛି ସେ ଚିତ୍ର ଉପରେ ରଙ୍ଗ ମାରନ୍ତି ଓ ଧୀରେ ଧୀରେ ପ୍ରଫେସରଙ୍କ ତୈଳଚିତ୍ରଟି ବେଶ୍ ସୁନ୍ଦର ରୂପ ନେଉଥାଏ। କିଛି ଦିନ ଯିବାପରେ ତୈଳଚିତ୍ରଟି ସମ୍ପୂର୍ଣ୍ଣ ହୋଇ ଆସିଲା ଓ ବେଶ୍ ଚମତ୍କାର ଦେଖାଗଲା। ସେତେବେଳେ ମୋ ମନକୁ ଆସିଲା ତାଙ୍କୁ ଯାଇ ବାପାଙ୍କର ତୈଳଚିତ୍ରଟିଏ ଆଙ୍କିବାର କଥା ପଚାରିବି କି ? କାଲେ ସେ ମୋତେ ଚିତ୍ରଟିଏ ବନେଇ

ଦେବାରେ ସାହାଯ୍ୟ କରିବେ। ଏମିତି କିଛି ଦିନ କଟିଲା, ମୋର କିନ୍ତୁ ସାହସ କୁଲେଇଲା ନାହିଁ ତାଙ୍କୁ ପଚାରିବାକୁ। ପ୍ରଫେସର ବେହୁରା ଆର୍ଟିଷ୍ଟକୁ ଅନେକ ପଇସା ନିଶ୍ଚୟ ଦେଇଥିବେ, ମୁଁ କ'ଣ ଛାତ୍ର ହୋଇ ଏତେ ପଇସା ଦେବାକୁ ସକ୍ଷମ ହେଇ ପାରିବି? ସିଏ କେଡ଼େ ବଡ଼ ପ୍ରଫେସର ଲୋକ, ଆଉ ମୁଁ କୋଉ ବକଟେ ଛାତ୍ର, କାହିଁ ଅଯୋଧା ରାଜନ ରାମଚନ୍ଦ୍ରଙ୍କୁ କାହିଁ ରାମା ଭଣ୍ଡାରୀ। ପାଖରେ ଅର୍ଥ ବୋଲି ମୂଲରୁ କିଛି ନଥାଏ। ସେହି କାରଣରୁ ସଙ୍କୋଚରେ ପଚାରି ପାରୁ ନଥାଏ। ଏମିତି ଆହୁରି କେତେ ମାସ ଗଡ଼ିଗଲା।

ତା' ଭିତରେ ମୋର ଜାତୀୟ ବୃଦ୍ଧି ଆସିଗଲା। ଯେମିତି ପଇସା ହାତ ମୁଠାକୁ ଆସିଛି ମୋର ଛାତି ଚଉଡ଼ା ହେଇ ସାହସ ବଢ଼ିଗଲା। ପର ମୁହୂର୍ତ୍ତରେ ପୁଣି ମନକୁ ଆସୁଥାଏ ବୃତ୍ତି ପଇସା ଏମିତି ଖର୍ଚ୍ଚ କଲେ ଭାଇମାନେ ବିରକ୍ତି ହୋଇ ପାରନ୍ତି, ମେସ୍ ବିଲ୍ ଦବାକୁ ଅସୁବିଧା ହେଇପାରେ ଇତ୍ୟାଦି ଇତ୍ୟାଦି। ଏମିତି ଦ୍ୱନ୍ଦ୍ୱରେ ଆଉ କିଛି ଦିନ ବି ବିତିଲା। ଶେଷକୁ ଆଉ ଅପେକ୍ଷା ନକରିପାରି, ଦିନେ ମନକୁ ଦୃଢ଼ କରି, କେତେ ନେବେ ଦେଖିବା, ଏତକ ମନରେ ପାଞ୍ଚି ଫୋଟୋଟି ନେଇ ଚିତ୍ରକର ବାବୁଙ୍କୁ ଦେଖେଇଲି। ଅତୀତରେ ଘଟିଯାଇଥିବା ଘଟଣାର ପୂର୍ବାଭାସ ଦେଇ ଅନୁନୟ ବିନୟ ହେଲି, ତାଙ୍କ ଆଗରେ। ମୋ କଥା ଶୁଣି ଓ ଫୋଟୋଟି ଦେଖି ସେ ରାଜି ହେଲେ ତୈଳଚିତ୍ରଟିଏ ଆଙ୍କିଦେବାକୁ। ଆଗରୁ କିନ୍ତୁ ମୁଁ ତାଙ୍କୁ ସାଫ୍ ସାଫ୍ କହିଦେଲି ଯେ ମୁଁ ସେତେ ବେଶୀ ପଇସା ଦେଇ ପାରିବି ନାହିଁ। ତାହା ଜାଣି ମଧ ସେ ଆଙ୍କି ଦେବାକୁ ସମ୍ମତି ଜଣେଇଲେ ଓ ଫୋଟୋଟିକୁ ତାଙ୍କ ପାଖରେ ରଖିଲେ। ମୁଁ ଭାରି ଖୁସି ହୋଇ ଫେରିଲି। କିଛି ବାଟ ଆସିଛି କି ନାହିଁ ମନକୁ କାହିଁକି ପାପ ଛୁଇଁଲା, ଭାବିଲି କାଲେ ଫୋଟୋଟି ଅନ୍ୟତ୍ରେ ହଜିଯିବ କି? ନଷ୍ଟ ହୋଇଯିବ କି? ଜେଜେବାପା ଓ ଜେଜେମା କେଡ଼େ ବଡ଼ ବିଶ୍ୱାସରେ ମୋତେ ଦେଇଛନ୍ତି। ଆଉ ଥରେ ତାଙ୍କ ରୁମକୁ ଯାଇ ଫୋଟୋଟିର ଗୁରୁତ୍ୱ ତାଙ୍କୁ ବୁଝେଇଲି ଓ ଅତି ଯତ୍ନରେ ରଖିବାକୁ ଅନୁରୋଧ କଲି। ମୋ କଥା ଶୁଣି ସେ ମୋତେ ଗଭୀର ଆଶ୍ୱାସନା ଦେଇ ନିଶ୍ଚିନ୍ତ ରହିବାକୁ କହିଲେ। ଆଶ୍ୱାସନା ପାଇ ତାଙ୍କ ପାଖରୁ ମୁଁ ଫେରି ଆସିଲି।

ସତରେ ଦିନେ ବାପାଙ୍କର ତୈଳଚିତ୍ର କାମ ଆରମ୍ଭ ହେଲା, ମୋ ଆଖି ଦେଖିଲା। ସେତେବେଲେ ମୋର ଆନନ୍ଦ କହିଲେ ନ ସରେ। ପ୍ରାୟ ପ୍ରତିଦିନ ମୁଁ ଷ୍ଟୁଡିଓକୁ ଯାଇ ଦେଖି ଆସୁଥାଏ ତୈଳଚିତ୍ରଟି କେତେ ଦୂର ଗଲା। ଅସଲି ଫୋଟୋ ସହିତ ମେଲେଇ ଆସୁଥାଏ। କାଲି ରେଖାଚିତ୍ର ଶେଷ ହେଲା, ଆଜି ପ୍ରଥମ ପ୍ରଲେପ, ପୁଣି ଆସନ୍ତା କାଲି ଆଖି ଓ କାନର ଝାପ୍ସା ଝାପ୍ସା ଆକାର ପ୍ରକାରର ଯୋଜନା।

ଏମିତି ଖଣ୍ଡ ଖଣ୍ଡ କରି କୋଣାର୍କ ମନ୍ଦିର ତୋଳେଇଲା ଭଳି ତୈଳଚିତ୍ରଟି ସ୍ତର ସ୍ତର ହେଇ ମନ୍ଥର ଗତିରେ ଆଗେଇ ଚାଲିଲା। କାମର ଶେଷ ଆଡ଼କୁ ଚିତ୍ରକର ମହାଶୟ ତୈଳଚିତ୍ରଟିକୁ ତାଙ୍କର ଆଠ ନମ୍ବର ୟୁନିଟ୍ ଡେଲ୍ଟା କଲୋନି ବାସଭବନକୁ ନେଇଗଲେ। ସେ ପାଇଁ ମୁଁ ଆଉ ସବୁଦିନ ଦେଖିବାକୁ ସୁଯୋଗ ପାଇଲି ନାହିଁ। କିନ୍ତୁ ଦିନେ ଛଡ଼ା ଦିନେ ପଚାରି ବୁଝୁଥାଏ ତାର କ୍ରମୋନ୍ନତି।

ଦିନେ ଚିତ୍ରକର ମହାଶୟ କହିଲେ ତୈଳଚିତ୍ରଟି ଆଉ କେତେ ଦିନ ଭିତରେ ସମ୍ପୂର୍ଣ୍ଣ ହୋଇଯିବ। ତାପରେ କେବଳ ଶୁଷ୍କ ହେବା ପାଇଁ ଯାହା ଯେତେ ସମୟ ଦରକାର। ଆଗକୁ ଶୀତ ଛୁଟି ଆସୁଥାଏ। ମୁଁ ଭାବିଲି ଏହା ଉତ୍ତମ ସମୟ ତୈଳଚିତ୍ରଟିକୁ ଗାଁକୁ ନେଇ ସମସ୍ତଙ୍କୁ ଦେଖେଇବାକୁ। ମନ ମଧ୍ୟରେ ଉସୁକତା ବଢ଼ିଲା। ତୈଳଚିତ୍ରଟି ଶୁଷ୍କ ହେବାପାଇଁ କିଛି ସପ୍ତାହ ବାଦ ଦେଇ ଦିନେ ରବିବାର ଦେଖି ଚିତ୍ରକରଙ୍କର ଆଠ ନମ୍ବର ବାସଭବନରେ ମୁଁ ହାଜର ହେଲି। କାମ ସମ୍ପୂର୍ଣ୍ଣ ହୋଇ ଯାଇଥାଏ। ଫୋଟୋ ସହିତ ମନ ମୁତାବକ ତୃଷା ମେଣ୍ଟିବା ଯାଏଁ ତୈଳଚିତ୍ରଟିକୁ ମେଲେଇ ବସିଲି। ଅବିକଳ ନକଲ। ଦେଖି ଆନନ୍ଦିତ ହେଲି। ପକେଟରେ ବୃତ୍ତି ପଇସା ବ୍ୟାଙ୍କରୁ କାଢ଼ି ରଖିଥିଲି। ଘରେ କାହାରିକୁ ନ ଜଣେଇ, ଚିତ୍ରକରଙ୍କର ପାରିଶ୍ରମିକ ବାବଦରେ ଟଙ୍କା ଗଣି ଦେଲି। କେତେ ଦେଲି ମନେ ନାହିଁ। ମାତ୍ର ସେ ପରିସ୍ଥିତିରେ ତାହା ମୋ ପାଇଁ ବେଶ୍ ଅଧିକ ପଇସା। ଚିତ୍ରକର ବାବୁ ମୋତେ ତାର ବନ୍ଧେଇ କିପରି ହେବ, କେଉଁ କାଠରେ ହେବ, କେଉଁ ରଙ୍ଗରେ ହେବ, କେତେ ଚଉଡ଼ାରେ ହେବ ଇତ୍ୟାଦି ଇତ୍ୟାଦି ବତେଇ ଦେଲେ। ମୁଁ ଆଗ୍ରହର ସହିତ ଶୁଣିଲି। ପ୍ରଥମେ ମାଟିଆ କାଗଜ ଓ ପରେ ଖବର କାଗଜ ପରସ୍ତ ପରେ ପରସ୍ତ ଅନେକ ପରସ୍ତ ଗୁଡ଼େଇ, ତା' ଉପରେ ସୁତୁଲି ଅତି ଯତ୍ନରେ ବାନ୍ଧି ଚିତ୍ରକର ବାବୁ ମୋ ହାତକୁ ଧରେଇ ଦେଲେ ତୈଳଚିତ୍ରଟି। ମୁଁ ମହା ଆନନ୍ଦରେ ଟାଉନ୍ ବସ୍ ଧରି ଆଠ ନମ୍ବର ଡେଲ୍ଟା କଲୋନିରୁ ବାଣୀବିହାର କ୍ୟାମ୍ପସରେ ଆସି ପହଞ୍ଚିଲି। ତହିଁ ପର ଦିନ ଶରତ ଜଜଙ୍କ ଘରକୁ ଯାଇ ତାଙ୍କର ଅମୂଲ୍ୟ ଶୁଭ ପରିଣୟ ବେଳର ଗ୍ରୁପ ଫୋଟୋଟିକୁ ଫେରସ୍ତ ଦେଇ ଆସିଲି। ସେ ଅତ୍ୟନ୍ତ ପ୍ରୀତ ହେଲେ। ଶୀତ ଛୁଟିରେ ଗାଁକୁ ଯିବାର ଅପେକ୍ଷାରେ ରହିଲି।

ଶୀତ ଛୁଟି ପଡ଼ିଲା। ଘରକୁ ଯିବାର ସମୟ। ପାସେଞ୍ଜର ଟ୍ରେନରେ ଟିକଟ କାଟି ସାରା ରାତି ବସି ଗାଁ ଷ୍ଟେସନରେ ସକାଳୁ ସକାଳୁ ଓହ୍ଲାଇଲି। ବାପାଙ୍କ ତୈଳଚିତ୍ରଟିକୁ ହାତରେ ଧରି ଘରେ ପହଞ୍ଚିଲି। ଗର୍ବର ସହିତ ଉପରୁ ମାଟିଆ କାଗଜ, ଖବର କାଗଜ ଆଦି ଚିରି ତୈଳଚିତ୍ରଟି ବାହାର କରି ବାପାଙ୍କ ସମୟର, ବାପା ଯେଉଁଥିରେ ବସୁଥିଲେ, କଳା ମଟ୍ ମଟ୍ କାଠ ଚୌକି ଉପରେ ଥୋଇଦେଲି। ତାହା

ଦେଖିବା ପାଇଁ ଭାଉଜ, ସାନ ଭାଇ, ପୁତୁରା, ଝିଆରୀ ମାନେ ତା' ଚାରି ପାଖରେ ମହୁମାଛି ଭଳିଆ ବେଢ଼ି ଗଲେ। କିଛି ସମୟ ଦେଖିଲେ ହେଲେ ସେଇଟି ବାପାଙ୍କର, ଜେଜେ ବାପାଙ୍କର ତୈଳଚିତ୍ର ବୋଲି କେହି ଚିହ୍ନି ପାରିଲେ ନାହିଁ। ସେମାନଙ୍କର ମନ୍ତବ୍ୟ ଶୁଣି ମୁଁ ହତାଶ ହେଇ କିଛି ନକହି ନିରବ ହେଇଗଲି। ଏତେ ଗୁଡ଼ାଏ ସମୟ, ଅର୍ଥ ଓ ପରିଶ୍ରମ ସମସ୍ତ ନଳା ମୁହଁରେ ଭାସି ଗଲା ବୋଲି ଭାବିଲି। ଆମେ ହତଭାଗା ଏକରେ ମୃତ୍ୟୁ ପୂର୍ବରୁ ବାପାଙ୍କର ଫୋଟୋ ଖଣ୍ଡିଏ ତୋଲି ପାରିଲୁନି, ଦୁଇରେ ଏମିତି ତୈଳଚିତ୍ରଟେ ବନେଇ ଆଣିଲି ଯେ କେହି ବାପା ବୋଲି ଚିହ୍ନି ପାରୁ ନାହାନ୍ତି। ମନଟା ମୋର ଉଦାସରେ ଭରିଗଲା।

ମାଆ ସେତେବେଳେ ଘର ପଛ ପଟ ବାଡ଼ି ବଗିଚାରେ ଥାଏ। ସକାଳେ ବଗିଚାରେ ବୁଲିବାଟା ତାର ସଉକ। ମୁଁ ଆସିବାର ଶୁଣି ଘର ଭିତରକୁ ଦୌଡ଼ି ଆସିଲା। ଦେଖିଲା ସମସ୍ତେ ଚୌକି ଚାରି ପାଖରେ ବେଢ଼ି ମୁଁ ଆଣିଥିବା ଛବିଟିକୁ ଦେଖିବାରେ ଲାଗିଛନ୍ତି। ନିରବରେ ମାଆ ମଧ୍ୟ କିଛି ସମୟ ନିରୀକ୍ଷଣ କଲା। ସମସ୍ତେ ତାର ମନ୍ତବ୍ୟକୁ ଅପେକ୍ଷା କରିଥାନ୍ତି, କ'ଣ ମାଆ କହିବ। ମୁଁ ମଧ୍ୟ ଅପେକ୍ଷା କରିଥାଏ। ଶେଷକୁ ମାଆ କହିଲା, "ଏଇଟା ତୋ ବାପର ଟୋକା ବେଳର ଅବିକଳ ଚେହେରା।" ଏତକ ଶୁଣିବା ମାତ୍ରେ ମୁଁ ମାଆକୁ କୁଣ୍ଢେଇ ପକେଇଲି। ମୋ ଆଖିରୁ ଓ ମାଆ ଆଖିରୁ ଲୁହ ବୋହିଗଲା। ବଡ଼ ଭାଉଜ ଆଖିରୁ ଲୁହ ପୋଛିଲେ। ଆମକୁ ଯେଉଁ ମାନେ ଚାହିଁ ରହିଥିଲେ ସେମାନେ ମଧ୍ୟ ଆମକୁ ଦେଖି କାନ୍ଦ କାନ୍ଦ ହୋଇଗଲେ।

କିଛି ସମୟ ଧରି ସମସ୍ତେ ନିରବ। ବାପାଙ୍କର ଅଚାନକ ମୃତ୍ୟୁ ତିନି ବର୍ଷ ହୋଇଥିଲେ ହେଁ ଲାଗୁଥିଲା ଯେପରି ସଦ୍ୟ, ଏଇ କାଲି ପରି। ଅନ୍ୟମାନଙ୍କ ଜାଣିବାରେ ବାପାଙ୍କ ଚେହେରା, ଆଖିରେ ଚଷମା, ମୁଣ୍ଡରେ ଅଳ୍ପ କଳା ମିଶ୍ରିତ ବେଶୀ ପରିମାଣରେ ଧଳା କେଶ, ହାତରେ ଚିକ୍କଣିଆ ପାକଲି ଅର୍ଦ୍ଧ ବଙ୍କୁଳି ବାଉଁଶ ବାଡ଼ି, ଦେହରେ ଗଞ୍ଜି, ତା' ଉପରେ କମଳା ରଙ୍ଗର ଖୋର୍ଦ୍ଧା ଗାମୁଛା ଓ ଆଣ୍ଠୁ ଲୁଟା ଧଳା ଧୋତି। କେବଳ ମାଆ ହିଁ ବାପାଙ୍କୁ ତାଙ୍କ ଟୋକା ବୟସରେ ଦେଖିବାର ସୁଯୋଗ ପାଇଥିଲା। ମାଆର ମନ୍ତବ୍ୟ ଶୁଣି ମୋ ଦେହରେ ଜୀବନ ପଶିଲା, ଉଦାସରେ ଜମାଟ ବାନ୍ଧିଥିବା ବରଫ ଖଣ୍ଡ ତରଳିବାରୁ ମନକୁ ଆଶ୍ୱାସନା ମିଳିଲା। ମନକୁ ମନ କହିହେଲି କେହି ନ ଚିହ୍ନନ୍ତୁ, ଯିଏ ଜନକ ଚିହ୍ନିବା ଲୋକ ସିଏତ ଚିହ୍ନିଲା। ତା' ପର ଠାରୁ ସେଇ ଗୋଟିଏ ମାତ୍ର ଚିତ୍ରପଟ ଆମ ମାନଙ୍କ ପାଇଁ ଯେତେ ଆବଶ୍ୟକ୍ତ ହେଲେ ବି ସାରା ଜୀବନ ପାଇଁ ବାପାଙ୍କ ତୈଳଚିତ୍ର କହିବା ପାଇଁ ସୁଯୋଗ ଦେଇ ଦେଲା।

ଅସ୍ଥାୟୀ ଭାବରେ ତୈଳଚିତ୍ରଟି ମେଝିଆଁ ନନାଙ୍କ କାଠ ଆଲମାରିରେ ରଖା

ଗଲା । ବନ୍ଧେଇ ସରିଲେ ଦାଣ୍ଡ ଘର ମାଟି କାନ୍ଥରେ ବଡ଼ ବଡ଼ ଲୁହା କଣ୍ଟା ପିଟି ଝୁଲାଯିବ ବୋଲି ମସୁଧା ହେଲା । ବନ୍ଧୁ ବର୍ଗ, ଭଉଣୀ ଭିଣୋଇ ମାନେ ଘରକୁ ଆସିଲେ ଆଲମାରିରୁ ବାହାର କରି ସେମାନଙ୍କ ଆଗରେ ପ୍ରଦର୍ଶନ କରାଗଲା । ତା' ଉପରେ ଯିଏ ଯେମନ୍ତ ନିଜ ନିଜର ବ୍ୟକ୍ତିଗତ ମନ୍ତବ୍ୟ ମଧ ରଖିଲେ । ପ୍ରତି ବର୍ଷ ବାପାଙ୍କ ଶ୍ରାଦ୍ଧ ସମୟରେ ପୂଜା ସାମନାରେ ଚୌକି ଉପରେ ଥୁଆ ହୋଇ ଚନ୍ଦନ, ସିନ୍ଦୂର, ଫୁଲମାଲ ଓ ଧୂପ ଦିଆଗଲା ।

ଏମିତି କେଇ ବର୍ଷ ବିତିଲା । ଆର୍ଥିକ ପରିସ୍ଥିତି, ସମୟର ଅଭାବ ଓ ହେଲା ସଂମିଶ୍ରଣରେ ତୈଲଚିତ୍ରଟିର ବନ୍ଧେଇ ସମ୍ଭବ ହୋଇ ପାରିଲାନି । ଫଳରେ କାନ୍ଥରେ ଟଙ୍ଗା ହେବା ପରିବର୍ତ୍ତେ ଆଲମାରି ଭିତରେ ରହିଲା । ଇତି ମଧ୍ୟରେ ମୁଁ ଦିଲ୍ଲୀରୁ ପିଏଚ୍ଡ଼ି ଶେଷ କରି ସାରି ଭାରତରୁ କାନାଡ଼ାକୁ ଉଚ୍ଚଶିକ୍ଷା କରିବା ପାଇଁ ଚାଲି ଆସିଲି । ମଝିଆଁ ନନା, ଯେଉଁ ଆଲମାରିରେ ତୈଲଚିତ୍ରଟି ରହୁଥିଲା, ସମୟ କ୍ରମେ ସେଇଟିକୁ ନିଜ କର୍ମସ୍ଥଳ ବାସ ଭବନକୁ ନେଇଗଲେ । ସେଥିରୁ ବାହାରିବା ପରେ ଅବହେଳିତ ଅବସ୍ଥାରେ ତୈଲଚିତ୍ରଟି ଆଜି ଏଠି କାଲି ସେଠି, ଏମିତି ସ୍ଥାନାନ୍ତରିତ ହେଉଥିଲା ବର୍ଷ ବର୍ଷ ଧରି । ଇତି ମଧ୍ୟରେ ଭାଇ ଭାଇ ମାନଙ୍କ ମଧ୍ୟରେ ମୃଦୁ ମନୋମାଲିନ୍ୟ ହେଲା । ତା' ଉପରେ ଅଭାବ, ଅବହେଳା ଏବଂ ଦାୟିତ୍ୱ ଶୂନ୍ୟତା ଦୃଷ୍ଟିରୁ ତିନି ପୁରୁଷର ମାଟି ଘର ସମୟର କରାଳ ଚକ୍ରରେ ମାଥାର ଚକ୍ଷୁ ସାମନାରେ ଭୂଇଁରେ ମିଶିଗଲା । ଏମିତି ପରିସ୍ଥିତିରେ ଘରର ଆସବାବ ପତ୍ର ଛିନ୍ନ ବିଚ୍ଛିନ୍ନ ହୋଇଗଲା । ଦୟନୀୟ ଅବସ୍ଥାରେ ଇତଃସ୍ତତଃ ପଡ଼ି ରହିଲା । ଖରା ବର୍ଷା ପାଣି କାକର ଖାଇଲା । ବନ୍ଧୁବର୍ଗ ଆସିବା ବନ୍ଦ ହୋଇଗଲା । ପରେ ଯେତେବେଲେ ସବୁ ଭାଇଙ୍କ ସାହାଯ୍ୟ ସହାୟତାରେ ବରଗଛ ମୂଲେ ମାଟି ଘର ବଦଲରେ ଅଗଣା ଥାଇ ପାଞ୍ଚ କୋଠରି ବିଶିଷ୍ଟ ପକ୍କା ଘର "ମାଧବୀ ଗୋବିନ୍ଦ" ଗଢ଼ି ଉଠିଲା ତେବେ ଘରର ଉପକରଣ, ଆସବାବ ପତ୍ର ଆପାତତଃ ଯାହା ଥିଲା ପକ୍କା ଘରେ ଥଇଥାନ କରାହେଲା ।

ହେଲେ ତୈଲଚିତ୍ରଟି କେଉଁଠି ରହିଲା, କୁଆଡ଼େ ଗଲା, କେହି କେମିତି ହେଲେ ଧ୍ୟାନ ଦେଲେନି ? ଏଇ କଥା ଖାଲି ଭାବି ଭାବି ମୁଁ ଟରୋଣ୍ଟୋରେ ପହଞ୍ଚିଲି । ତା' ପରେ ଯେତେ ଥର ମୁଁ ଗାଁକୁ ଯାଇଛି ସବୁଥର ମୋର ଖୋଜିବା ଜାରି ରହିଥାଏ ।

ଏମିତି ଅନେକ ବର୍ଷ ବିତିଲା । ୨୦୧୬ ମସିହାର କଥା । ଅନେକ ବର୍ଷ ଧରି ଆମେ ଗ୍ରୀଷ୍ମ କାଲେ ଓଡ଼ିଶା ଯାଇ ନଥାଉ । ଏତେ ଦିନ ଶୀତ ପ୍ରଧାନ ଦେଶରେ ରହିବା ପରେ ଗ୍ରୀଷ୍ମ ସମୟରେ ଭାରତ ଭ୍ରମଣ ଭୟ ଲାଗୁଥାଏ । ତଥାପି ୨୦୧୬ ମସିହା କୁଲାଇ ମାସରେ ଝିଅର ପରୀକ୍ଷା ପରେ ପରେ ଆମର ଓଡ଼ିଶା ଯିବାର ଯୋଜନା

ହେଲା, ଆମେ ଗଲୁ। ବର୍ଷା ଦିନ। ପାଣି ପାଇ ଗାଆଁରେ ବୃକ୍ଷଲତା ସବୁ ସବୁଜ ରଙ୍ଗରେ ଭରପୂର। ଦୃଶ୍ୟ ଅତ୍ୟନ୍ତ ମନୋହର। ଗ୍ରୀଷ୍ମ ଦିନିଆ ଫଳମାନଙ୍କ ମଧ୍ୟରେ ଅନେକ ପ୍ରକାରର ଆମ୍ବ ଓ ପଣସ ପ୍ରଚୁର। ଏମିତି ପରିବେଶରେ ଗାଁର ଜୀବନ ଅତ୍ୟନ୍ତ ଆନନ୍ଦ ଦାୟକ ଲାଗୁଥାଏ। ଆମେ ଦିନେ ବସି ଏହାକୁ ଉପଭୋଗ କରୁଥାଉ। ଭାଇ ବୋହୂ ନିହାରୀକା ଆସି ମୋତେ କହିଲେ, "ନନା, ମୁଁ ଭାବୁଚି ବାପାଙ୍କ ଫୋଟୋ ପାଇଛି।" ଏତକ କହି ସେ ଭିତରକୁ ଚାଲିଗଲେ ଆଣିବା ପାଇଁ। ମୁଁ ଆଶ୍ଚର୍ଯ୍ୟ ହେଇ କହିଲି, "କ'ଣ ହେଲା, ବାପାଙ୍କ ତୈଲଚିତ୍ର ମିଳିଗଲା?" ମୋର ବିଶ୍ୱାସ ହେଉ ନଥାଏ। କିଛି ସମୟ ପରେ ନିହାରୀକା ହାତରେ ତୈଲଚିତ୍ର ଧରି ଆସି ମୋତେ କହିଲେ, "ଏଇ ଦେଖନ୍ତୁ ତ ଏଇଟା ବାପାଙ୍କର ତୈଲଚିତ୍ର ନା ନାହିଁ, ମୁଁ ଏଇଟା ହେଇଥବ ବୋଲି ଭାବି ରଖିଚି। ବାପାଙ୍କୁ ମୁଁ ତ କେବେ ଦେଖବାର ସୁଯୋଗ ପାଇନାହିଁ, ଯାହା ମାଆଙ୍କ ମୁହଁରୁ ଶୁଣିଛି। ମାଆ କହନ୍ତି, ବାପା ଦେଖବାକୁ ଗୋରା, ଚଉଡ଼ା ଛାତି, ଛାତି ଉପରେ ସଫା ପଇତା ସବୁବେଳେ ଚକ୍ ଚକ୍। ମୁଁ ଦିନେ ଘର ସଫା କରୁ କରୁ ଏଇ ଫୋଟୋଟି ପାଇ ମାଆଙ୍କ କଥା ମନେ ପଡ଼ିଗଲା। ମାଆ ତ ଏବେ ଆଉ ଲୋକ ଚିହ୍ନି ପାରୁନାହାନ୍ତି। ମୁଁ ସଙ୍ଗେ ସଙ୍ଗେ ଏଇଟା ବାପାଙ୍କର ତୈଲଚିତ୍ର ଭାବି ଟେକି ପକେଇ ଝାଡ଼ିଝୁଡ଼ି ସଫାକରି ସାଇତି ରଖିଛି, ମୁଁ ବି ଭୁଲି ଯାଇଥିଲି, ଆପଣଙ୍କୁ ଦେଖ ମନେ ପଡ଼ିଗଲା।" ଏତକ କହି ସେ ମୋ ହାତକୁ ତୈଲଚିତ୍ରଟି ବଢ଼େଇ ଦେଲେ। ତୈଲଚିତ୍ରଟି ଦେଖ ଦେଇ ମୋ ଦେହରେ ଗୋଟିଏ ଇଲେକ୍ଟ୍ରିକ ସକ୍ ଲାଗିଲା ଭଳି ଅନୁଭବ ହେଲା। ମୁଁ ବିଶ୍ୱାସ କରି ପାରିଲିନି। ସେ ହେଲେ ମୋର ଭାଇବୋହୂ, ମୁଁ ହେଲି ଦେଢ଼ଶୁର, ନୋହିଲେ ମୁଁ ଏତେ ଖୁସି ହୋଇ ଯାଇଥିଲି ଯେ ଆନନ୍ଦରେ ଗଦ୍‌ଗଦ୍ ହୋଇ ତାଙ୍କୁ କୁଣ୍ଢାଇ ପକାଇଥାନ୍ତି। ସଙ୍ଗେ ସଙ୍ଗେ ପଚାରିଲି, "ଏଇଟା କେଉଁଠି ଥିଲା, ମୁଁ ବର୍ଷ ବର୍ଷ ଧରି ଏତେ ବର୍ଷ ଖୋଜି ଆସିଛି ହେଲେ ପାଇ ନାହିଁ, ତମେ କେଉଁଠୁ ପାଇଲ?" ସେ କହିଲେ, "ସେଇ ଘର ଚାଜା ଉପରେ ତଳକୁ ମୁହଁ ମାଡ଼ି ପଡ଼ିଥିଲା। ତା' ଉପରେ ବହଲେ ମୋଟର ଧୂଳି, ସାଙ୍ଗେ ସାଙ୍ଗେ ମୋର ମନକୁ ଆସିଲା ଏଇଟା ନିଶ୍ଚୟ ବାପାଙ୍କ ତୈଲଚିତ୍ର ହେଇଥବ, ଯାହାକୁ କି ଆପଣ ଏତେ ଦିନ ଧରି ଖୋଜି ଆସିଛନ୍ତି।"

ଦୁଇ ହାତରେ ଧରି ତୈଲଚିତ୍ରଟିକୁ କିଛି ସମୟ ନିରୀକ୍ଷଣ କଲି। ଦୀର୍ଘ ଚାଲିଶ ବର୍ଷ ତଳେ ଅଙ୍କା ଯାଇଥିଲା ଏହି ଚିତ୍ରପଟଟି। ବାଣୀବିହାର ପ୍ରାଣୀ ବିଜ୍ଞାନ ବିଭାଗ ଚିତ୍ରକର ରମେଶ ବଳିଆରସିଂଙ୍କର ଦସ୍ତଖତ ତଳେ ତାରିଖ ପଡ଼ିଛି, ଅକ୍ଟୋବର ୧୯୬୧। ଜୀର୍ଣ୍ଣଶୀର୍ଣ୍ଣ ଅବସ୍ଥା। କୀଟ ମାନଙ୍କର ପ୍ରାଦୁର୍ଭାବରେ ଇତସ୍ତତଃ କ୍ଷୁଦ୍ର କଣା।

ସିନ୍ଦୂର ଚନ୍ଦନ ଛିଟାରେ ବେରୂପ । ଇତି ମଧ୍ୟରେ କିଏ ପୁଣି ଏହାକୁ ଅପବନ୍ଧେଇ କରିବାର ପଦକ୍ଷେପ ନେଇଛି, ଫଳରେ ଅନେକ କଳଙ୍କି ଲଗା ଲୌହ କଣ୍ଟା ଦୃଶ୍ୟମାନ । ତୁରନ୍ତ ତୈଲଚିତ୍ରଟିକୁ ଗୋଟିଏ ଅପରାହ୍ନ ଲାଗି ଯନ୍ତ ସହକାରେ ସାବୁନ ପାଣି ଦେଇ ବ୍ରସରେ ସଫା କଲି । ସେତେବେଳକୁ କାନାଡ଼ା ଫେରିବା ପାଇଁ ମୋର ପ୍ୟାକିଂ ସରି ଯାଇଥାଏ । ତଥାପି ତୈଲଚିତ୍ର ପାଇଁ ମୋ ବଡ଼ ସୁଟକେସରେ ଜାଗା କରି, ବାଟରେ ନଭାଙ୍ଗିବା ପାଇଁ ଉଭମ ଭାବେ ଦୁଇ ପଟରେ କାଠ ପଟା ଦେଇ ପ୍ୟାକିଂ କରି କାନାଡ଼ା ନେଇ ଆସିଲି ।

କାନାଡ଼ାରେ ପହଞ୍ଚି ମୋର ପ୍ରଥମ କାମ ରହିଲା ତୈଲଚିତ୍ରଟିର ନବୀକରଣ । ଟରୋଣ୍ଟୋରେ 'କରି ଆର୍ଟ ଏଣ୍ଡ କ୍ରାଫ୍ଟ' ଷ୍ଟୋରୁ ସବୁଠୁଁ ଦାମୀ ବ୍ରିଟିଶ୍ କମ୍ପାନୀ "ଉନ୍ସର୍ ନିଉଟନ"ର ତୈଲ ରଙ୍ଗ କିଣି ଆଣି ଆବଶ୍ୟକ ଜାଗାରେ ଲଗେଇ ଦାଗ ମାନ ଦୂର କଲି, କ୍ଷତ ସ୍ଥାନ ମାନ ପୂରଣ କଲି । ତାପରେ ବନ୍ଧେଇ କରିବାର କଥା । ମନେ ପଡ଼ିଗଲା ଚିତ୍ରକର ରମେଶ ବଳିୟାରସିଂଙ୍କର ତୈଲଚିତ୍ରଟିକୁ ବନ୍ଧେଇ କରିବାର ଉପଦେଶ, କିପରି କାଠ, କାଠର ରଙ୍ଗ, କେତେ ଚଉଡ଼ାର ବନ୍ଧେଇ ଇତ୍ୟାଦି ଇତ୍ୟାଦି । ଠିକ୍ ସେହି ପ୍ରକାରେ ଦଶ ହଜାର ଭାରତୀୟ ମୁଦ୍ରା ବିନିମୟରେ ବନ୍ଧେଇ କରି ଆଣିଲି ।

ତୈଲଚିତ୍ରଟି ନିରବରେ ଅନେକ ବର୍ଷ ଧରି ଆମ ଘରର ଉତ୍ଥାନ ପତନ ଦେଖି ଆସିଛି । କିଏ ଜାଣେ କେତେ ବର୍ଷ ଧୂଲିରେ ଦୟନୀୟ ପରିତ୍ୟକ୍ତ ଅବସ୍ଥାରେ ପଡ଼ି ରହିଥିଲା । ଏବେ ଆମ ଟରୋଣ୍ଟୋ ଗୋଲ୍ଡିଂ ଏଭିନ୍ୟୁ ବାସ ଭବନର ଚମ୍ପାଫୁଲ ରଙ୍ଗ କାନ୍ଥରେ ଶୋଭା ପାଉଛି । ଯେଉଁମାନେ ଘରକୁ ଆସନ୍ତି ସେମାନେ ଦେଖି ପଚାରନ୍ତି 'ଏ ତୈଲଚିତ୍ରଟି କାହାର ।' ଏପରି ପ୍ରଶ୍ନ ଶୁଣିବା ମାତ୍ରକେ ମୁଁ ସଙ୍ଗେ ସଙ୍ଗେ ତୈଲଚିତ୍ର ଅତୀତରେ ଘଟିଯାଇଥିବା ଘଟଣାବଳୀ ଗଳ୍ପ ଆକାରରେ ବର୍ଣ୍ଣନା କରିବାକୁ ସୁଯୋଗ ପାଇଯାଏ ଓ ଗପି ବସେ ।

ଇତି ମଧ୍ୟରେ ତୈଲଚିତ୍ରଟିର ଫୋଟୋ ଉଠାଇ, ତାର କପି ଛପେଇ ବନ୍ଧୁବର୍ଗ ଭାଇ ଭଉଣୀ ମାନଙ୍କୁ ବାଣ୍ଟି ଦେଇଛି । ଜାଣେନି କେତେ ଦିନ ତୈଲଚିତ୍ରଟି ରହିବ ଓ ଭବିଷ୍ୟତରେ କେଉଁଠି ରହିବ, ତାହା କେବଳ ସମୟ ହିଁ କହିବ । ଆମେ ତ ଆଉ ବିଖ୍ୟାତ ଲୋକ ନୁହଁ ଯାହାଙ୍କର ତୈଲଚିତ୍ର ସଂଗ୍ରହାଳୟର ପ୍ରଦର୍ଶନ ଗୃହରେ ସ୍ଥାନ ପାଇବ, କାଳ କାଳ ଜନତାଙ୍କ ଆଗରେ ପ୍ରଦର୍ଶିତ ହେବ । ଆମ ଅନ୍ତେ ଆମ ଦାୟାଦଙ୍କ ଭିତରୁ କିଏ ଏହାର ମୂଲ୍ୟ ବୁଝି ଦାୟିତ୍ୱ ନେବ ? କ୍ଷଣ ଭଙ୍ଗୁର ଦୁନିଆରେ ସବୁ କିଛି ଅସ୍ଥାୟୀ । ଏ ସବୁ ଜାଣିବା ସତ୍ତ୍ୱେ ବି ବିପୁଲ ଆଶା ନେଇ ମୁଁ ସେ ତୈଲଚିତ୍ରଟି

କାନାଡ଼ା ନେଇ ଆସିଛି। ମଣିଷର ଆଶା ମହୋଦଧ୍ୱର ଗଭୀରତା ସହିତ ସମାନ। ସେଥ୍ରୁ ମୁଁ ବା ଆଉ ବାଦ ଯାଆନ୍ତି କିପରି? ମଝିରେ ମଝିରେ ଘରେ ଏକୁଟିଆ ଥ୍ଲେ ତେଇଲଚିତ୍ରଟିକୁ ଅନାଏ, ଅତୀତ ମନେ ପକାଏ, ମନେ ପକାଏ ସେହି ବାଲେଶ୍ୱର ଡାକ୍ତରଖାନାର ୱାର୍ଡ ନମ୍ୱର ୬୬ର କଥା, ଯେଉଁଠି କି ମୁଁ ବଡ଼ନନାଙ୍କ ଆଗରେ କାକୁତି ମିନତି ହେଉଥ୍ଲି ବାପାଙ୍କର ଫୋଟୋ ଖଣ୍ଡିଏ ତୋଲିବାକୁ।

ବାଲିବନ୍ତର ମଣିଷ

ଜାନୁୟାରୀ ମାସର ଶେଷ ସପ୍ତାହ। ଅଦିନିଆ ବର୍ଷା। ବେଶ୍‌ ଅସରାଏ ବର୍ଷ ଛାଡ଼ି ଯାଉଥାଏ। ମେଘ ଖଣ୍ଡମାନ ଆକାଶରୁ ଧୀରେ ଧୀରେ ଅପସରି ଯିବାରୁ ନିର୍ମଳ ଆକାଶରେ ସୂର୍ଯ୍ୟ ଝଟକୁଥାନ୍ତି। ଗଛର ପତ୍ରମାନଙ୍କରେ ଜମା ହୋଇଥିବା ଶୀତ ଦିନିଆ ଧୂଳି ସଦ୍ୟ ବର୍ଷାରେ ଧୋଇ ହୋଇ ଗାଢ଼ ସବୁଜ ରଙ୍ଗରେ ଶୋଭା ପାଉଥାନ୍ତି। ସୂର୍ଯ୍ୟ କିରଣ ପଡ଼ିଲାରୁ ଆହୁରି ଚିକ୍‌ ମିକ୍‌ କରୁଥାନ୍ତି। ଛାତ ଉପରୁ ନଳା ଦେଇ ପାଣି ତଥାପି ଥପ୍‌ ଥପ୍‌ ହେଇ ଝରି ପଡୁଥାଏ। ରାସ୍ତା କଡ଼ର ବାଉଁଶ କେତୋଟି ପବନରେ ରାସ୍ତା ଉପରକୁ ନଇଁ ଆସିଥାନ୍ତି। ବର୍ଷା ପାଣିରେ ଭେଦି ହୋଇ ଘର ଆଗ ଦାଣ୍ଡ କାଦୁଅ। ପାଦ ପଡ଼ିଲେ ନରମ ମାଟିରେ ପାଦ ଦବି ଯିବାର ସମ୍ଭାବନା।

ମୁଁ ଓ ସାନ ଭାଇ ରଣାକର ଘର ସାମନା ପୋର୍ଟିକୋରେ ବସି ଡ୍ରାଇଭର ଜୟନ୍ତର ଆସିବାକୁ ଅପେକ୍ଷା କରିଥାଉ। ଠିକ୍‌ ସମୟରେ ସେ ଆସି ଘର ସାମନା ବରଗଛ ପାଖ ରାସ୍ତାରେ ଗାଡ଼ି ରଖିଲା। କେବେ ତାର ବିଳମ୍ବ ହୁଏନି, ସମୟ ମାନେ ସମୟ। ଜୟନ୍ତ ହାତ ଉପରକୁ କରି ଦୂରରୁ ନମସ୍କାର ଜଣେଇଲା। ମୁଁ "ନମସ୍କାର" କହି ପ୍ରତି ନମସ୍କାର ଜଣେଇଲି। ମୁଣ୍ଡ ବାଲ ତାର ତେଲ ପଚ୍‌ ପଚ୍‌। ନାଲି ଧଳା ଗାରଗାରିଆ ପୂରା ଜାମା, ପଡ଼ିଥାଏ ପ୍ୟାଣ୍ଟ ଉପରକୁ। ସବୁଦିନ ପରି ପାଟିରେ ପାନ, ଓଠ ନାଲି। ନିଶ ଓ କେଶ ପାଚି ଯାଇଥିଲେ ବି ରଙ୍ଗ ମରା ହେଇ ବେଶ୍‌ କଳା ମଚ୍‌ ମଚ୍‌। ଆମେ ଦୁଇ ଭାଇ ସତର୍କତାର ସହିତ କାଦୁଅ ଆଡ଼େଇ ଆଡ଼େଇ ରାସ୍ତାକୁ ଆସି କାର ଭିତରେ ପଶିବାକୁ ଉଦ୍ୟତ ହେଲୁ। ପଶୁ ପଶୁ ଜୟନ୍ତକୁ ପଚାରିଲି, "ଆଉ ଜୟନ୍ତ, କ'ଣ ଖବର? ବାଲେଶ୍ୱର ଟାଉନରେ ବର୍ଷା ହେଇଚି କି ନାହିଁ?" ପାଟି ପକ ପକ କରି ଉତ୍ତର ଦବ ଦବ ହେଉ ହେଉ ହଠାତ୍‌ ଦେଇ ପାରିଲାନି। ଏକରେ ସେ ଟିକିଏ ଖନା। ଦ୍ୱିତୀୟରେ ପାଟିରେ ପାନ, ଉତ୍ତର କେମିତି ଦିଅନ୍ତା? ପାନ ଛେପ

ରାସ୍ତା କଡ଼କୁ ପର୍ କରି ପକେଇ ଦେଇ, କିଛି କ୍ଷଣ ରହି ଯାଇ କହିଲା, "ହଁ ସାର୍, ହେ- ହେ- ହେଇଚିନା।" କହିବାକୁ ଇଚ୍ଛା ପ୍ରକାଶ କଲେବି ପ୍ରକୃତ ଶବ୍ଦଟି ତା' ମୁଖରୁ ନିଃସୃତ ହେବାରେ ବିଳମ୍ବ ଘଟେ। ତେଣୁ ତା' କଥା ଶୁଣିବାକୁ ହେଲେ ମୋତେ ଧୈର୍ଯ୍ୟର ସହିତ ଅପେକ୍ଷା କରିବାକୁ ପଡ଼େ।

ଜୟନ୍ତ ଗାଡ଼ିର ଇଞ୍ଜିନ ଷ୍ଟାର୍ଟ କରି ପଚାରିଲା, "କେଇଟିକି ଯିବା ସାର୍? ସେଇ ଦାଣ୍ଡିକାଳୀ କ- କ- କଟିକି ନା?" ମୁଁ କହିଲି, "ହଁ ଚାଲ ସେଇଠିକି, ତମେ ତ ବାଟ ଜାଣିଚ।" "ହଁ ସାର୍, ଥରେ ଯାଇଥ୍ମି ଯଦି ସେଠିକି ଆଉ ମତେ କ- କ- କହିତେ ହବନି।" ଏହା କହି ଗାଡ଼ିର ଚକ ଗଡ଼େଇଲା। ଜୟନ୍ତ ସୁନ୍ଦର ଗାଡ଼ି ଚଲାଏ, ତା' ଗାଡ଼ିରେ ବସିବାକୁ ଆମକୁ ନିରାପଦ ଲାଗେ। ଅତ୍ୟନ୍ତ ଭଦ୍ର ଓ ବିଶ୍ୱସ୍ତ ମଣିଷଟିଏ ମଧ।

ଆମର ଗନ୍ତବ୍ୟ ସ୍କୁଲ ଖଣ୍ଡାପଡ଼ା ନିକଟସ୍ଥ ଦାଣ୍ଡ କାଳୀ ମନ୍ଦିର ପାଖ। ଆମ ଘର ଠାରୁ ଜାତୀୟ ରାଜପଥରେ ଦକ୍ଷିଣକୁ ମାତ୍ର ପନ୍ଦର କି କୋଡ଼ିଏ ମିନିଟର ରାସ୍ତା। ଜାତୀୟ ରାଜ ପଥରେ ଯାଇ ଦାଣ୍ଡ କାଳୀ ମନ୍ଦିର ପାରି ହେବା ପରେ ପରେ ଆମେ ମୋଡ଼ ନେଲୁ ବଜାର ଭିତର ଦେଇ ଏକ ଅଣଓସାରିଆ ରାସ୍ତାକୁ। ରାସ୍ତାର ଦୁଇ ପଟରେ ସୁବିସ୍ତୃତ ଚାଷ ଜମି। ରାସ୍ତାକୁ ଲାଗି ତିଆରି ହେଉଥାଏ କେତେ ଗୁଡ଼ିଏ ପକ୍କା ଘର, କେତୋଟି ସମ୍ପୂର୍ଣ୍ଣ ହେଇ ଆସିଲାଣି, ଆଉ କେତୋଟି ଅଧା। ଆମ ଗାଡ଼ି ଆସି ରହିଲା ଗୋଟିଏ ନୂତନ ଦୁଇ ମହଲା ପକ୍କା ଘର ସାମନାରେ।

ଲୁହା ଫାଟକ ଖୋଲି ଆମେ ଦୁଇଭାଇ ଭିତରକୁ ପଶିଲୁ। କଲିଙ୍ଗ୍ ବେଲ୍ ବଜେଇବା ପରେ କବାଟ ଖୋଲିଲେ ଜଣେ ଭଦ୍ର ମହିଳା। ବୟସର ଛାପ ପଡ଼ିଥିଲେ ବି ଠିକ୍ ସବୁଦିନ ଭଳି ସେଇ ହସ ହସ ମୁହଁ, ସେଥିରେ କିଛି କମ୍ ନାହିଁ। ସୀମନ୍ତରେ ସିନ୍ଦୂର, କପାଳରେ ବଡ଼ ଆକାରର ସିନ୍ଦୂର ଟିପା। ମଥାରେ ଶାଢ଼ୀ। ସିଏ ହେଉଛନ୍ତି ଆମର ଅତି ଆଦରଣୀୟା ପୂଜନୀୟା ବୌଦି। ନଇଁ ପଡ଼ି ଆମେ ଦୁହେଁ ପଦ ଧୂଲି ନେଲୁ। ସଙ୍ଗେ ସଙ୍ଗେ ପଚାରିଲେ, "ସବିତା, ସଙ୍ଗୀତା କେନେ ଆସିଲେନି ଗୋ?" ସବିତା ଓ ସଙ୍ଗୀତା ଆମମାନଙ୍କର ଧର୍ମ ପତ୍ନୀ। କବାଟ ଦର ଆଉଜା କରି ଡକା ପକେଇଲେ, "ଏ ଦେଖ ତ, କିଏ ଆସିଚନ୍।" ବାଡ଼ି ପଟରୁ ଘର ଭିତର ଦେଇ ଖୁସି ମନରେ ହସ ହସ ପଶି ଆସିଲେ ଆମର ପରମ ପୂଜ୍ୟ ସାର୍। ଆଣ୍ଠୁ ପର୍ଯ୍ୟନ୍ତ ଧୋତି ଓ ଦେହରେ ପୂରା ହାତ ବାଲା ଗଞ୍ଜି ଖଣ୍ଡିଏ। ମୁହଁରେ ବୟସର ଛାପ। ମଥା କହିବାକୁ ଗଲେ ଚନ୍ଦା, ଯାହା ବି କେରାଏ କେଶ ଅଛି ପକ୍କର ଭାଗ ବେଶୀ। ଆମେ ଦୁଇ ଭାଇ ପଦ ଧୂଲି ନେଲୁ। "ଈଶ୍ୱର ମଙ୍ଗଳ କରନ୍ତୁ, ଆୟୁଷ୍ମାନ ଭବ୍ୟ, ଆସ ଆସ ଭିତରକୁ

ଆସ” କହି ସାର୍ ଆମକୁ ଭିତରକୁ ପାଛୋଟି ନେଇ ଗଲେ। ଭିତରେ ପଡ଼ିଥିବା ଚୌକିରେ ବସିଲୁ। ସାର୍ ବି ପଚାରି ବସିଲେ ସେଇ କଥା, “ସବିତା, ସଙ୍ଗୀତାଙ୍କୁ କାହିଁକି ଆଣିଲନିରେ? ଶୁଣିଥିଲି ସେମାନେ ବି ଆସିଛନ୍ତି? ଅନେକ ଦିନ ହେଲା ସେମାନଙ୍କୁ ଦେଖିନି। ସମସ୍ତଙ୍କୁ ନେଇ ଆସିଥିଲେ ଭଲ ହେଇଥାନ୍ତା। କେବେ ସବୁ ଆସିଲ? ଆଉ କେତେ ଦିନ ରହଣି ଭାରତରେ? ସମସ୍ତ କୁଶଳ ତ? ପୁଅ ଝିଅ କେମିତି ଅଛନ୍ତି, କ’ଣ ସବୁ କରୁଛନ୍ତି? ଅନେକ ଦିନରୁ ଦେଖିନାହିଁ ସେମାନଙ୍କୁ।” ସାରଙ୍କର ପ୍ରଶ୍ନ ପରେ ପ୍ରଶ୍ନ, ଅନେକ ପ୍ରଶ୍ନ ଗୋଟିଏ ପରେ ଗୋଟିଏ। ମୁଁ କହିଲି, “ହଁ ସାର୍ ପିଲାମାନେ ବଡ଼ ହେଇ ଗଲେଣି। ପୁଅ ସୋମନ ଇଞ୍ଜିନିୟରିଂ ପାସ କରି ଗୋଟିଏ ଫାୟାର ସେଫ୍ଟି କମ୍ପାନୀରେ ଚାକିରି କରେ। ଝିଅ ଏଇ ବର୍ଷ ବି ଏସସି ପାସ କଲା, କ’ଣ ଭବିଷ୍ୟତରେ ପଢ଼ିବ, କ’ଣ କରିବ ଏ ପର୍ଯ୍ୟନ୍ତ ଜଣା ନାହିଁ।” ସାନ ଭାଇ ରନାକର ମଧ୍ୟ ତା’ ଝିଅ ବିଷୟରେ କହିଲା, “ସାର୍, ଝିଅ ଲିସା ଲଣ୍ଡନ ସ୍କୁଲ ଅଫ ଇକୋନୋମିକ୍ସରୁ ପାସ କରି ବ୍ୟାଙ୍କ ଅଫ ଇଂଲଣ୍ଡରେ କାମ କରୁଛି। ଏବେ ସିଏ ଲଣ୍ଡନରେ ରହୁଛି” ଏ ସବୁ ଖୁସିରେ ଶୁଣୁ ଶୁଣୁ ସାର୍ କହିଲେ, “ଭଗବାନ ସମସ୍ତଙ୍କର ମଙ୍ଗଳ କରନ୍ତୁ, ସମସ୍ତେ ସୁଖ ଶାନ୍ତିରେ ରୁହନ୍ତୁ, ସେତକ ମୋର ପ୍ରାର୍ଥନା।” ଏତକ କହୁ କହୁ ସେ ଦୁଇ ହାତ ଯୋଡ଼ିଲେ। ଆମ୍ଭମାନଙ୍କର ଥରେ କଥା ଆରମ୍ଭ ହେଲେ କେବେ ବନ୍ଦ ହୁଏନି, ଆଗରୁ କେତେ କେତେ ରାତି ପାହି ଯାଇଚି, ହେଲେ କଥା ସରିନି। ଲାଗିଲା ସାରଙ୍କର ସେ ଅଭ୍ୟାସ ଏବେନି ଯାଇନି।

ସାର୍, ଶ୍ରୀଯୁକ୍ତ ଗୌରୀକାନ୍ତ କର। ଫକୀର ମୋହନ ମହାବିଦ୍ୟାଳୟରୁ ସଦ୍ୟ ବି ଏ ପାସ କରି ୧୯୬୬ ମସିହା ସେପ୍ଟେମ୍ବର ଏକୋଇଶ ତାରିଖରେ ଦାଶରଥ ମିଡ଼ଲ୍ ଇଂଲିସ୍ ସ୍କୁଲରେ ପ୍ରଧାନ ଶିକ୍ଷକ ହିସାବରେ ଯୋଗ ଦିଅନ୍ତି। ମୋର ଷଷ୍ଠ ଶ୍ରେଣୀ। ଆମେ ସେତେବେଲକୁ ଦୁଇ ବର୍ଷ ଭିତରେ ଦୁଇ ଜଣ ପ୍ରଧାନ ଶିକ୍ଷକଙ୍କର ଆଗମନ ପ୍ରସ୍ଥାନ ଦେଖି ସାରିଥାଉ। ତା’ ଉପରେ ଆହୁରି ଜଣେ ଦୁଇ ଜଣ କେବଳ ଦାୟିତ୍ୱରେ ଥିବା ପ୍ରଧାନ ଶିକ୍ଷକ ମଧ୍ୟ। ଦାଶରଥ ମିଡ଼ଲ ଇଂଲିଶ୍ ସ୍କୁଲ, ପୁରାତନ ସ୍କୁଲ ଯେଉଁଠାରେ ଦୂରଦୂରାନ୍ତରୁ ଛାତ୍ରମାନେ ଆସି ଅଧ୍ୟୟନ କରୁଥିଲେ। ଅତୀତରେ ସ୍କୁଲର ସୁନାମ ଥିଲେ ମଧ୍ୟ ସେତେବେଲେ ଅନିଶ୍ଚିତତା ଭିତର ଦେଇ ଗତି କରୁଥାଏ। ସେଇ ଅନିଶ୍ଚିତତା ଏବଂ ଅସ୍ଥିରତା ଭିତରେ ଯୋଗ ଦେଲେ ସାର୍, ମାତ୍ର ବାଇଶ ବର୍ଷର ଉଦୀୟମାନ ଯୁବକ। ସ୍କୁଲରେ ସେ ଜଣେ କେବଳ ବି ଏ। ଅନ୍ୟ କେହି ଶିକ୍ଷକ କଲେଜ ସୀମା ମାଡ଼ି ନଥିଲେ। ତାଙ୍କ ଆବଭାବରୁ ପ୍ରଥମରୁ ଜଣା ପଡ଼ିଗଲା ଯେ

ତାଙ୍କ ମନରେ ଛାତ୍ର ଛାତ୍ରୀମାନଙ୍କୁ ପାଠ ପଢ଼େଇବାର ପ୍ରବଳ ଇଚ୍ଛା, ସେମାନଙ୍କ ସହ ମିଶି ଆପଣେଇ ନେବାର ବିପୁଳ ଆଗ୍ରହ ଓ ଉତ୍ସାହ।

ମଧ୍ୟମ ଧରଣର ଉଚ୍ଚତା। ଦେଖ଼ିବାକୁ ସୁନ୍ଦର ଚେହେରା। ସବୁବେଳେ ତୋଫା ଧୋତି ସାଙ୍ଗକୁ ଫିନ୍ ଫିନ୍ ପତଳା ଧଳା ରଙ୍ଗର କାମିଜ। ହାତରେ ସୁନେଲି ରଙ୍ଗର ଘଣ୍ଟା। ପାଦରେ ନାଲି ରଙ୍ଗର ଚମଡ଼ା ଯୋତା। ଚାଲିର ମଟ୍ ମଟ୍ ଶବ୍ଦରୁ ନଦେଖ଼ିଲେ ବି ଦୂରରୁ ଜଣା ପଡ଼ିଯାଏ ହେଡ଼ମାଷ୍ଟର ଆସିଲେ।

ଷଷ୍ଠ ଶ୍ରେଣୀରେ ସେ ଆମକୁ ପ୍ରଥମେ ଇଂରାଜୀ ପଢ଼େଇଲେ। ଶିକ୍ଷକ ହିସାବରେ ଅନ୍ୟ ଶିକ୍ଷକଙ୍କ ଠାରୁ ଭିନ୍ନ ବୋଲି ତାଙ୍କ ପ୍ରଥମ ପଢ଼େଇବା ଶୈଲୀରୁ ସେ ବାରି ହେଇ ପଡ଼ିଲେ। ଅତି ଶୀଘ୍ର ତାଙ୍କର ବ୍ୟକ୍ତିତ୍ୱ ଚୁମ୍ବକ ପରି ଛାତ୍ରଛାତ୍ରୀ ମାନଙ୍କୁ ଆକର୍ଷଣ କଲା, ଆଉ ତାହାରି ଭିତରେ ମୁଁ ମଧ୍ୟ ଅଜାଣତରେ ଆକର୍ଷିତ ହେଇଗଲି। ଇଂରାଜୀ ବହିର ବିଷୟ ଗୁଡ଼ିକ ପଢ଼େଇବା ସଙ୍ଗେ ସଙ୍ଗେ ସେ ନୂତନ ଶବ୍ଦ, ଫ୍ରେଜ ଓ ସ୍ଟ୍ରକଚର ଶିଖେଇବା ଆରମ୍ଭ କଲେ। ଇଂରାଜୀରୁ ଓଡ଼ିଆକୁ ଅନୁବାଦ ନକରି ଇଂରାଜୀ ମାଧ୍ୟମରେ ସେ ଆମକୁ ବୁଝେଇବାକୁ ଚେଷ୍ଟା କଲେ। ଏହା ଥିଲା ଆମ ପାଇଁ ଏକ ଅଭିନବ ଅନୁଭୂତି। ତାଙ୍କର ପଢ଼େଇବା ଶୈଲୀ ଓ ଛାତ୍ର ବସ୍ତଳତା ଆମର ପଢ଼ିବାର ଆଗ୍ରହକୁ ଅନେକ ମାତ୍ରାରେ ବଢ଼େଇ ଦେଲା। କେବଳ ସେତକ ନୁହଁ, ସାରଙ୍କ ହସ୍ତାକ୍ଷର ଅତି ସୁନ୍ଦର, କିପରି ସେଇମିତି ସୁନ୍ଦର ଇଟାଲିକ୍ ଆଲଫାବେଟ ଲେଖ଼ିବାକୁ ହୁଏ ତାହାବି ସେ ଲେଖ଼ି ଆମକୁ ଶିଖେଇଦେଲେ। ଯେହେତୁ ମୋର ଭଲ ଗୋଲ ଗୋଲ ଅକ୍ଷର ଲେଖ଼ିବାର ପ୍ରବଳ ଇଚ୍ଛା ଥିଲା, ମୁଁ ଆଗ୍ରହର ସହିତ ସେ ଗୁଡ଼ିକ ତାଙ୍କ ପାଖରୁ ଶିଖ଼ି ପକେଇଲି। ସେଇ ଦିନୁଁ ମୋ ହସ୍ତାକ୍ଷରର ଢଙ୍ଗ ସମ୍ପୂର୍ଣ୍ଣ ରୂପେ ବଦଲି ଗଲା। ମୋ ଭଳି ଆହୁରି ଅନେକ ଛାତ୍ର ସେଇ ଧରଣର ଅକ୍ଷର ଲେଖ଼ିବା ଆରମ୍ଭ କରିଦେଲେ।

ଆଉ ଏକ ଘଟଣା ହେଲା ଇଂରାଜୀରେ ମୋ ନାଆଁ ଲେଖ଼ିବାର ସ୍ପେଲିଂକୁ ନେଇ। ମୁଁ ଆଗରୁ ଲେଖ଼ୁଥିଲି ଇଂରାଜୀରେ Gagan Bihari Panigrahi, ସାର୍ ଦେଖ଼ିଲେ ମୁଁ ଲେଖ଼ୁଛି Bihari। ଦୁଇ ତିନି ଥର ସାର ମୋ ଲେଖ଼ିବାକୁ ଚାହିଁଲେ। କୌଣସି କାରଣରୁ ସେ କହିଲେ, "ନାଃ, ଏଇଟି ମୋତେ ଠିକ୍ ଲାଗୁନି। ତୁ Bihari ବଦଳରେ Behari ଲେଖ଼, ସେଇଟା ଭଲ ହେବ।" ସାର୍ କହିବେ ମୁଁ କରିବିନି। ସେଇ ଦିନ ପାଖରୁ ମୁଁ ଲେଖ଼ିବା ଆରମ୍ଭ କଲି Behari, ଯାହାକି ତାହା ଚିରଦିନ ମୋ ପାଇଁ ରହିଗଲା। ଯାହା ସାର କହୁଥାନ୍ତି ଆମେ ସ୍ପଞ୍ଜ ଭଳି ଶୋଷି ନେଉଥାଉ।

ମୁଁ ସେଇ ସ୍କୁଲରେ ଚତୁର୍ଥ ଓ ପଞ୍ଚମ ଶ୍ରେଣୀରେ ପଢ଼ି ଷଷ୍ଠକୁ ଆସିଥାଏ। ପଞ୍ଚମ ପର୍ଯ୍ୟନ୍ତ ମୁଁ ଶ୍ରେଣୀରେ ପ୍ରଥମ ହେଉଥିଲି। ସେମିତି କେହି ଟାଣ୍ଡୁଆ ପ୍ରତିଦ୍ୱନ୍ଦ୍ୱୀ ମୋର

ନଥିଲେ । ଷଷ୍ଠ ଶ୍ରେଣୀ ବେଳକୁ ଆଖପାଖ ଗାଁର ଅନ୍ୟ ସ୍କୁଲରୁ ଛାତ୍ର ଛାତ୍ରୀମାନେ ଆସି ମୋ ସହିତ ଯୋଗ ଦେଲେ । ନିଶାମଣି ଦାସ, ସାଧୁ ଚରଣ ନାୟକ, ସୁନୀଲ୍ ଶତପଥୀ ଓ ପ୍ରକାଶ ମୋହନ ଦାସ, ଏମାନେ ହେଲେ ମେଧାବୀ ଛାତ୍ର ଛାତ୍ରୀଙ୍କ ମଧ୍ୟରେ ଗଣ୍ୟ । ତଥାପି ଷାଣ୍ମାସିକ ପରୀକ୍ଷାରେ ପ୍ରଥମ ହେଲି । ବାର୍ଷିକ ପରୀକ୍ଷା ବେଳକୁ ମୁଁ ଆଉ ପ୍ରଥମ ହେଇ ପାରିଲିନି, ନିଶାମଣି ଅଳ୍ପ ନମ୍ବର ମୋ ଠାରୁ ଅଧିକ ରଖି ପ୍ରଥମ ହେଇଗଲା । ତଥାପି ମୋର ବି କେତୋଟି ବିଷୟରେ ଅଧିକ ନମ୍ବର ରହିଥାଏ । ଅଳ୍ପ କିଛି ଦିନ ମଧ୍ୟରେ ସାର ମୋତେ ବେଶ୍ ଭଲ କରି ଚିହ୍ନିଗଲେ ।

ଇତି ମଧ୍ୟରେ ଜଣେ ନୂତନ ପ୍ରଧାନ ଶିକ୍ଷକ ଆମ ସ୍କୁଲକୁ ଆସିଛନ୍ତି, ଏ ଖବର ବାପାଙ୍କ କାନରେ ପଡ଼ିଗଲା । ମୁଁ ମଧ୍ୟ ତାଙ୍କ ବିଷୟରେ ଘରେ ମାଆ, ନନା ଓ ଭାଉଜଙ୍କ ଆଗରେ ଗପିଥାଏ । ଥରେ ବାପା ଗଲେ ସ୍କୁଲକୁ ନୂତନ ପ୍ରଧାନ ଶିକ୍ଷକ ମହୋଦୟଙ୍କୁ ସାକ୍ଷାତ କରିବାକୁ । ଗଲେ ଦେଖା କରିବାକୁ କିଛି ଆପତ୍ତି ନାହିଁ କିନ୍ତୁ ମୋ ବିରୁଦ୍ଧରେ ଅଭିଯୋଗ କରିବାକୁ ସେ କେବେହେଲେ ଭୁଲିଲେ ନାହିଁ । ବାପାଙ୍କର ତ ସେଇ ପୁରୁଣା ଅଭ୍ୟାସ । ପ୍ରଥମ ଦେଖାରେ ବାପା କହିଲେ, "ମାଷ୍ଟ୍ରେ, ତମେ ତ ନୂଆ ଆସିଚ, ମୋ ପିଲାକୁ ଜାଣି ନଥିବ, ତାକୁ ଟିକିଏ ଦେଖ୍‌ବ, ତା' ଉପରେ ଟିକିଏ ଆଖ୍‌ ରଖ୍‌ବ, ସେ ଘରେ ଜମା ପଢୁନି, ଆମ କଥା ମାନୁନି ।" ବାପା ଅଭିଯୋଗ କରନ୍ତେ ସାର କହିଲେ, "ନାହିଁ ତ, ସେ ପିଲାଟି ବେଶ୍ ଭଲ ପଢୁଚି, ତାକୁ ମୁଁ ଚିହ୍ନେ, ସବୁଥିରେ ଆଗଭର, ଶ୍ରେଣୀରେ ସବୁବେଳେ ଉତ୍ତର ଦିଏ । ଆପଣ ତା' ପାଇଁ ଜମା ବ୍ୟସ୍ତ ହୁଅନ୍ତୁନି, ସେ ଭଲ କରିବ ।" ବାପା ଆଉ କ'ଣ କହନ୍ତେ, ସେ ଦିନ ଚୁପ୍‌ଚାପ୍ ଫେରି ଆସିଲେ । କିଛି ସପ୍ତାହ ଗଲା । ପୁଣି ଥରେ ବାପା ସାରଙ୍କ ପାଖରେ ହାଜର ହେଇ ମୋ ବିରୁଦ୍ଧରେ ଅଭିଯୋଗ ବାଢ଼ି ବସିଲେ, କହିଲେ, "ମାଷ୍ଟ୍ରେ, ମୁଁ ତ ତମକୁ ଆଗରୁ ମୋ ପିଲା ବିଷୟରେ କହିଥିଲି, ସେ ଘରେ ତା' ମାଆ, ଭାଉଜଙ୍କୁ ଉତ୍ତର ଦେଉଛି, ମୋ କଥା ଜମାରୁ ମାନୁନି, ପଢୁନି, ତମେ ଟିକିଏ ତାକୁ ଡାକି ମୋ ଆଗରେ ପଚାରନ୍ତନି" ଇତ୍ୟାଦି ଇତ୍ୟାଦି । ସାର ସେତେବେଳେ ଯୁବକ, ନୂଆ କରି କଲେଜରୁ ସିଧା ନୂତନ କର୍ମ କ୍ଷେତ୍ରକୁ ଆସିଥାନ୍ତି, ମୁହଁରେ ସଫା ସଫା କଥା । କହିଲେ, "ମୁଁ ତ ଆପଣଙ୍କୁ ଆଗରୁ ଥରେ ତା' ବିଷୟରେ କହିଚି, ପିଲାଟି ଭଲ ପଢୁଛି, ମୁଁ ତାକୁ ଭଲ କରି ଚିହ୍ନେ, ଏମିତି ଆପଣଙ୍କର ଯଦି ମୋ କଥାକୁ ବିଶ୍ୱାସ ହେଉନି, ତେବେ ଟି ସି ନେଇ ଅନ୍ୟ ସ୍କୁଲରେ ନାଆଁ ଲେଖେଇ ତାକୁ ପଢ଼େଇ ପାରନ୍ତି ।" ବାପା ତାହା ଶୁଣି ଚୁପ୍, କିଛି ନକହି ଘରକୁ ଫେରି ଆସିଲେ । ସେଇ ଘଟଣା ପର ଠାରୁ ମୋ ବିରୁଦ୍ଧରେ ସାରଙ୍କ ନିକଟରେ ତାଙ୍କର ଅଭିଯୋଗ କରିବା ବନ୍ଦ ।

ଦିନକୁ ଦିନ ସାରଙ୍କ ଖ୍ୟାତି ଛାତ୍ର ଛାତ୍ରୀଙ୍କ ମହଲରେ ବଢ଼ିବାକୁ ଲାଗିଲା । ଆମେ ଷଷ୍ଠ ଶ୍ରେଣୀରୁ ଉତ୍ତୀର୍ଣ୍ଣ ହୋଇ ସପ୍ତମ ଶ୍ରେଣୀରେ ପଦାର୍ପଣ କଲୁ । ସେ ଆମକୁ କେବେ ହେଲେ ଛାତ୍ର ହିସାବରେ ଦେଖୁନଥାନ୍ତି । ତାଙ୍କ ଆଗରେ ଆମେ ସବୁ କୁନି କୁନି ପିଲା, ସେଇୟା ଭାବି ସବୁ କଥା ଗପ ଭଳିଆ ଆମକୁ ଠଟ୍ଟା ମଜା କରି କହି ଯାଉଥିଲେ, ଆଉ ଆମେ କାନ ଡେରି ଶୁଣିଯାଉଥିଲୁ । ସେଥିପାଇଁ ତାଙ୍କ ସହିତ କଥା ହେବାକୁ ବା ତାଙ୍କୁ ପ୍ରଶ୍ନ ପଚାରିବାକୁ ଆମର ଭୟ ନଥିଲା । କେବଳ ଯେ ସାର ଆମକୁ ପାଠ ପଢ଼େଇଲେ ତାହା ନୁହେଁ, ତାଙ୍କର ଅନ୍ୟାନ୍ୟ ପ୍ରତିଭା ମଧ୍ୟ ଧୀରେ ଧୀରେ ଆମ ଆଗରେ ବିକଶିତ ହେବାକୁ ଲାଗିଲା । ତାଙ୍କ ସହିତ ଖୋଲାଖୋଲି ନିର୍ଭୟରେ ମିଶିବା ଫଳରେ ଆମେ ଜାଣିବାକୁ ପାଇଲୁ ସାର କବିତା ଲେଖି ପାରନ୍ତି, ନାଟକ କରନ୍ତି, ପ୍ରାର୍ଥନା ବି ଲେଖନ୍ତି । ଏହା ଜାଣି ଆମେ କହିଲୁ, "ସାର ଆମକୁ ଗୋଟିଏ ପ୍ରାର୍ଥନା ଲେଖି ଦିଅନ୍ତୁ, ଆମେ ସ୍କୁଲରେ ଗାଇବୁ ।" ସେତେବେଳେ ଆମେ ଗାଉଥିଲୁ, ରାମକୃଷ୍ଣ ନନ୍ଦଙ୍କର ପ୍ରସିଦ୍ଧ ପ୍ରାର୍ଥନା "ଆହେ ଦୟାମୟ ବିଶ୍ୱ ବିହାରୀ ।" ସାରଙ୍କ ପାଖରୁ ଆଣିଲୁ ତାଙ୍କ ନିଜ ରଚନା, "ଭକତର ଡାକ ଶୁଣ ଦୀନନାଥ ।" ସାର, ସ୍ୱର ବି ବତେଇ ଦେଲେ କେମିତି ଗାଇବାକୁ ହେବ । ଏହାକୁ ପ୍ରଥମେ ଆମେ ହାତରେ ଲେଖି ଅନେକ ଗୁଡ଼ିଏ କପି କରି ସବୁ ଶ୍ରେଣୀରେ ବାଣ୍ଟିଦେଲୁ ଓ ଦିନେ ଆରମ୍ଭ କଲୁ ପ୍ରାର୍ଥନାଟି । ଯେଉଁମାନେ ଭିତର କଥା ଜାଣି ନଥିଲେ ଶୁଣି ଆଶ୍ଚର୍ଯ୍ୟ । ସମସ୍ତଙ୍କୁ ପ୍ରାର୍ଥନାଟି ବହୁତ ଭଲ ଲାଗିଲା । ସେଇଦିନ ପାଖରୁ ସେ ପ୍ରାର୍ଥନା ଆମ ସ୍କୁଲରେ ତ ପ୍ରଚଳନ ହେଲା, ତା' ଛଡ଼ା ସେ ଅଞ୍ଚଳର ଆଖପାଖ ସ୍କୁଲ ମାନଙ୍କରେ ବି ମାଡ଼ି ଗଲା ।

ସ୍କୁଲ ଛୁଟି ପରେ ଘରକୁ ନଯାଇ ଆମେ ସାରଙ୍କ ଚାରିପାଖରେ ବେଢ଼ି ରହିଲୁ । ସେ ନାନା କଥା ଗପୁଥାନ୍ତି ଆଉ ଆମେ ଶୁଣୁଥାଉଁ । ମଝିରେ ମଝିରେ ଲେଖିଥିବା କବିତା ବି ପଢ଼ି ଶୁଣାନ୍ତି । କୁଆଡୁ କୁଆଡୁ ଉଦ୍‌ବୋଧନ ମୂଳକ ପ୍ରେରଣାମୂଳକ ଶିକ୍ଷଣୀୟ ଗପ ସବୁ ଆଣି କହନ୍ତି । କେବଳ ଖାଇବା ସମୟକୁ ଛାଡ଼ି ଦେଲେ ଆଉ କେବେ ମୁଁ ଘରେ ରହିଲି ନାହିଁ । ଫଳରେ ମୋର ଘରେ ଯେଉଁ ଦୁଷ୍ଟାମି ସେ ସବୁ ଆପେ ଆପେ ଦୂରେଇଗଲା । ଘରେ କିଛି ଭୁଲ କାମ କଲେ ମାଡ଼ ବସୁଥିଲା । ତେଣୁ ମୁଁ ସବୁବେଳେ ଭୟଭୀତ ହୋଇ ରହୁଥିଲି । ଫଳରେ ସର୍ବଦା ହୀନମନ୍ୟତା ମୋର ଘାରି ରହୁଥିଲା । ସାରଙ୍କ ସହିତ ମିଶିବା ଫଳରେ ହୀନମନ୍ୟତା ଦୂରେଇ ଯାଇ ଆତ୍ମବିଶ୍ୱାସ ବଢ଼ିଲା । କାହାରି ସହିତ ମୁହଁ ଟେକି କଥା ପଦେ କହିବାକୁ ଭୟ ଲାଗିଲାନି । ଆଗରୁ ଘରେ ଦୁଷ୍ଟାମି କରି ମାଡ଼ ଖାଉଥିଲି, ଦୁଇ ବର୍ଷ ମୁଁ ସାରଙ୍କ ପାଖରେ ପଢ଼ିଲି, ହେଲେ ଥରେ

ବି ତାଙ୍କ ପାଖରୁ ମାଡ଼ ଖାଇନି। ବରଂ ମୋ ଜାଣିବାରେ ପ୍ରଥମେ ସାର୍ ଅନ୍ୟ ଶିକ୍ଷକଙ୍କୁ ପ୍ରବର୍ତ୍ତେଇଲେ ଛାତ୍ରମାନଙ୍କୁ ମାଡ଼ ନ ଦେବାପାଇଁ।

ଆମ ସାଙ୍ଗମାନଙ୍କ ମହଲରେ ଆମେ ଥାଉଁ ପାଞ୍ଚ ଜଣ, ନିଶାମଣି, ସାଧୁ, ପ୍ରକାଶ, ସୁନୀଲ ଓ ମୁଁ। ଆମକୁ ସାର୍ ଡାକନ୍ତି କେବେ କେବେ ପଞ୍ଚସଖା ତ କେବେ କେବେ ପଞ୍ଚରଥୀ। ପଢ଼େଇବାରେ ସୁବିଧା ହେବା ପାଇଁ ସେ ବର୍ଷ ସପ୍ତମ ଶ୍ରେଣୀ ଛାତ୍ରଛାତ୍ରୀମାନଙ୍କୁ ବିଭିନ୍ନ ଗ୍ରୁପ୍ କରି ରଖ୍ଦିଆଗଲା। ଆମେ ରହିଲୁ ଗ୍ରୁପ୍ 'ଏ' ରେ। ଆମ ପାଞ୍ଚଜଣଙ୍କୁ ଛାଡ଼ି ଆଉ ତିନି ଜଣ ଯେଉଁମାନେ ସେଇ ଗ୍ରୁପରେ ରହିଲେ ସେମାନେ ହେଲେ ପ୍ରମିଳା ପଣ୍ଡା, ବ୍ରଜ କିଶୋର ଦାଶ ଓ ସୁରେନ୍ଦ୍ର ଯେନା। ଏଇମିତି ଆଠ ଜଣ ଆମେ 'ଏ' ଗ୍ରୁପରେ ଓ ସାର୍ ହେଲେ ଆମର ଶିକ୍ଷକ। ସକାଳେ ଓ ସନ୍ଧ୍ୟାରେ ଆମେ ସାରଙ୍କ ଚାରି ପାଖରେ ବସି ପଢ଼ୁ। ଶୀତ ଦିନିଆଁ ସକାଳେ ଆମ ଗ୍ରୁପ ପୋଖରୀ କୂଳ ପକ୍କାଘାଟ କଅଁଳ ଖରାରେ ବସନ୍ତି। ବେଶୀ ଖରା ହେଲେ ବାଉଁଶ ପୋତି ଚାଦର ଟାଙ୍ଗିଦେଉ। ସାର୍ ଗଣିତ, ସାହିତ୍ୟ, ବିଜ୍ଞାନ, ଇଂରାଜୀ ଠାରୁ ଆରମ୍ଭ କରି ଚିତ୍ରାଙ୍କନ ପର୍ଯ୍ୟନ୍ତ ସମସ୍ତ ବିଷୟ ଆମକୁ ପଢ଼ାନ୍ତି। ଯଦିଓ ସେ ବି ଏ ତାଙ୍କର ସବୁ ବିଷୟରେ ପଢ଼େଇବାର ଦକ୍ଷତା ଥିଲା। ଖରାଦିନ ସନ୍ଧ୍ୟାବେଳେ ସ୍କୁଲ ପ୍ରାଙ୍ଗଣରେ ପିଲାମାନେ ଯିଏ ଯେଉଁଠି ଇଚ୍ଛା କଲା ଦଳ ଦଳ ହେଇ ଲଣ୍ଠନ ଜାଳି ବସି ପଢ଼ନ୍ତି। ଦେଖ୍ବାକୁ ବେଶ୍ ସୁନ୍ଦର ଲାଗେ। ସେତେବେଳେ ସ୍କୁଲରେ ବିଜୁଳି ଆଲୁଅ ନଥିଲା। ସାର୍ ଅନ୍ଧାରରେ ଏ ଦଳରୁ ସେ ଦଳ ସେ ଦଳରୁ ଏ ଦଳ ଏମିତି ବୁଲି ବୁଲି ତଦାରଖ କରନ୍ତି ଛାତ୍ରମାନେ ପଢ଼ୁଛନ୍ତି କି ନାହିଁ। ସ୍କୁଲ ସମୟରେ ଅନ୍ୟ ଶିକ୍ଷକ ମାନେ ଯେ ଯାହାର ବିଷୟ ପଢ଼େଇବା କଥା ପଢ଼ାନ୍ତି। ସପ୍ତମ ଶ୍ରେଣୀରେ ସରସ୍ୱତୀ ପୂଜା ବେଳକୁ ସ୍କୁଲ ବିଦ୍ୟୁତିକରଣ ହେଲା। ତାହା ବି ସେଇ ସାରଙ୍କ ପ୍ରଚେଷ୍ଟାରେ। ସାର୍ ଓ ଗୋପିନାଥ(ବାରିକ୍) ସାରଙ୍କ ନିର୍ଦ୍ଦେଶନାରେ ସରସ୍ୱତୀ ପୂଜାରେ ପ୍ରଥମ କରି ଆଲୋକ ମାଲାରେ ସୁସଜ୍ଜିତ ହେଇ ପୂଜା ମଣ ମୁଷ୍ଟକର ହେଲା। ବିଦ୍ୟାଳୟ ପ୍ରାଙ୍ଗଣ ବିଜୁଳି ଆଲୁଅରେ ଆଲୋକିତ ହେଲା।

ସାର୍ ଆମକୁ ପଞ୍ଚସଖା ଡାକୁଥିବାରୁ ଆମେ ଦିନେ ପଚାରିଲୁ, "ସାର୍, ପଞ୍ଚସଖା କିଏ?" ସେ କହିବା ଆରମ୍ଭ କଲେ, "ଉତ୍କଳମଣି ଗୋପବନ୍ଧୁଙ୍କୁ ତ ତମେମାନେ ସବୁ ଜାଣିଚ। ସାକ୍ଷୀଗୋପାଳ ନିକଟବର୍ତ୍ତୀ ବକୁଳ ଓ ଛୁରିଆନା ବନରେ ସେଇ ଗୋପବନ୍ଧୁଙ୍କ ସ୍ୱପ୍ନ ଓ ପ୍ରଚେଷ୍ଟାରେ ଏକ ବନ ବିଦ୍ୟାଳୟ ଗଢ଼ି ଉଠିଥିଲା। ଆଉ ତାଙ୍କୁ ଯେଉଁ ମାନେ ସାଥୀ ଦେଇଥିଲେ ସେ ବିଶିଷ୍ଟ ଜନ ମାନେ ହେଲେ ନୀଳକଣ୍ଠ, କୃପାସିନ୍ଧୁ, ହରିହର ଓ ଗୋଦାବରୀଶ। ଏହି ପଞ୍ଚ ସାହିତ୍ୟ ପ୍ରେମୀ, ଦେଶ ପ୍ରେମୀ, ଶିକ୍ଷାବିତ୍ ବିଶିଷ୍ଟ

ଜନଙ୍କୁ ପଞ୍ଚସଖା ବୋଲାଯାଏ ।” ଏହା ପରେ ସେ ଆମକୁ ଗୋଦାବରୀଶଙ୍କର “ତୁଙ୍ଗ ଶିଖରି ଚୂଲ” କବିତାଟି ଆଣି ସମବେତ ସଙ୍ଗୀତ ହିସାବରେ ଗାଇବାକୁ ଶିଖେଇଥିଲେ ।

ସେତେବେଳେ ଗାଁ ନୀଳଗିରି ରୋଡ଼ ହାଇସ୍କୁଲରେ ପ୍ରଧାନ ଶିକ୍ଷକ ହିସାବରେ ଶ୍ରୀଯୁକ୍ତ ରଘୁବର ଦାଶ ନୂତନ କରି ନିଯୁକ୍ତି ପାଇଥାନ୍ତି । ତାଙ୍କ ଝିଅ ମନୋରମା ଦାଶ ଷଷ୍ଠ ଶ୍ରେଣୀରେ ଆସି ଆମ ସହିତ ଯୋଗଦେଲେ । ତା’ ସହିତ ପ୍ରଥମେ ସାଙ୍ଗ ହେଲେ ପ୍ରମିଲା ପଣ୍ଡା । ଦୁଇ ଜଣଯାକ ଭାରି ମେଳାପୀ, ଗପୁଡ଼ି, କଥା କହିବାରେ ଧୁରନ୍ଧର, ଚୁଲ୍‌ବୁଲି ଧରଣର ବାଳିକା । ହସ ଲଡ଼ୁ ଖାଇଲା ପରି ମୁହଁରେ ସବୁବେଳେ କିରି କିରି ହସ । ସାର ତାଗିଦ୍ କଲେବି ତାଙ୍କର ହସ କେବେହେଲେ ବନ୍ଦ ହୁଏନି, ପାଣି ପରି ବହି ଚାଲିଥାଏ ବନ୍ଧ ବାଢ଼ ନ ମାନି । ଥରେ କେମିତି କେଜାଣି କୌଣସି କାରଣରୁ ସେମାନଙ୍କର ଇଚ୍ଛା ହେଲା ସାରଙ୍କ ପତ୍ନୀଙ୍କର ନାଁ କ’ଣ ଜାଣିବାକୁ । ସାର ନବ ବିବାହିତ । ଯେତେ ପଚାରିଲେ ବି କୌଣସିମତେ ସେ ତାଙ୍କ ପତ୍ନୀଙ୍କ ନାଁଟିକୁ ତାଙ୍କ ମାନସ ପେଡ଼ିରୁ ଫିଟେଇଲେ ନାହିଁ । ସେତେବେଳେକୁ ସମସ୍ତେ ଜାଣିଯାଇଥାନ୍ତି ମୁଁ ସାରଙ୍କର ବିଶ୍ୱସ୍ତ ଚାଟ । ମଝିରେ ମଝିରେ ସ୍ନେହରେ ସେ ମୋତେ “ଘନିଆ” ବୋଲି ଡାକନ୍ତି । ମୋତେ ହିଁ କେବଳ ଭରସି ତାଙ୍କର ଚିଠି ଗୁଡ଼ିକ ଦିଅନ୍ତି ପୋଷ୍ଟ ଅଫିସରେ ପକେଇବା ପାଇଁ । ମୁଁ ଚିଠି ନେଇ ଯାଏ ଗାଆଁ ଉପର ମୁଣ୍ଡରେ ଥିବା ପୋଷ୍ଟ ଅଫିସକୁ ପକେଇବାକୁ । ଚିଠି ଗୁଡ଼ିକରେ ନାଁ ଓ ଠିକଣା ଲେଖା ହେଇଥାଏ । କେବେ କେବେ ଲଫାଫା ନଥିଲେ ସାର ଖାଲି ଚିଠି ଲେଖି ଦିଅନ୍ତି, ମୁଁ ଲଫାଫା କିଣି ଠିକଣା ଲେଖି ତା’ ଭିତରେ ଚିଠି ପଶେଇ ପଠାଇଦିଏ । କିନ୍ତୁ ସେ ଚିଠି ଗୁଡ଼ିକର ଅକ୍ଷର ଏବଂ ଭାଷା ବଙ୍ଗାଳାରେ । ମନୋରମା ଓ ପ୍ରମିଲା ଦୁଇ ଜଣ ମୋର ଭଲ ସାଙ୍ଗ । ତେଣୁ ସେମାନେ ମୋ ପଛରେ ପଡ଼ିଲେ, କହିଲେ, “ଗଗନ, କୁହନା, କ’ଣ ନାଁ ଲେଖା ହେଇଥାଏ ଚିଠି ଉପରେ ?” ପ୍ରଥମେ ପ୍ରଥମେ ମୁଁ ଚୁପ୍ ରହିଲି । ପରେ ବେଶୀ ପଚାରିବାରୁ ମୁଁ ବାହାଦୁରି କାଢ଼ି କହିଲି, “ନାହିଁ, ମୁଁ କହିବିନି ।” ସେମାନେ କିନ୍ତୁ ମୋତେ ଛାଡ଼ିଲେନି । ମୁଁ କେବଳ କହିଲି, “ଲେଖା ହେଇଥାଏ, ଗାଁ– କୁଟିଲା ଡାଙ୍ଗର, ପୋଷ୍ଟ ଅଫିସ– ତାରାପୁର, ଭାୟା– ଦେହୁର୍ଦା, ଜିଲ୍ଲା ହେଲା, ବାଲେଶ୍ୱର,” ଏତକ କହି ଦେଇ ଦୌଡ଼ି ପଳାଏ । ସେମାନେ ପୁଣି ମୋ ପଛରେ ପଡ଼ନ୍ତି, ପଚାରନ୍ତି, କହନ୍ତି, “ସେ ଠିକଣାରୁ ଆମକୁ କ’ଣ ମିଳିବ ? ଅତି ତମେ ଦେଖେଇ ହଉଚ, ଅସଲ କଥାଟା କୁହନା, ନାଁଟା କ’ଣ ଲେଖା ହେଇଥାଏ ? ଆମର ନାଁଟା ଦରକାର । ସେଇଟା ଆମେ ଜାଣିବାକୁ ଚାହୁଁ ।” ମୁଁ ଯେତେ ମନା କରୁଥାଏ, ସେ ଦୁଇଜଣ ମୋ ପଛରେ ସେତେ ପଡ଼ୁଥାନ୍ତି । ମୁଁ ଘୋର ଅସୁବିଧାରେ ପଡ଼ିଲି । ପ୍ରକୃତରେ ସେ ନାଁଟି ବି ଏମିତିକା ଯେ

ମୋର କ୍ଷୁଦ୍ର ମସ୍ତିଷ୍କ ସୀମିତ ଶବ୍ଦ ଅଭିଧାନର ବହିର୍ଭୂତ । ମୋ ଜାଣିବାରେ ଝିଅ ମାନଙ୍କ ନାଁ ସବୁ ସରସ୍ବତୀ, ଲକ୍ଷ୍ମୀ, ମାଧବୀ, ମାଲତୀ, ଚମ୍ପା, ପଦ୍ମାବତୀ ଇତ୍ୟାଦି ଇତ୍ୟାଦି । ସେ ନାଁଟି ପ୍ରକୃତରେ ମୁଁ ସେତେବେଳ ଯାଏଁ କେବେହେଲେ କାହାରି ପାଖରୁ ଶୁଣି ନଥିଲି କି ଜାଣି ବି ନଥିଲି । କହିବି କିପରି ଇଂରାଜୀ ଅକ୍ଷରରେ କ'ଣ ଲେଖା ହେଇଚି ? ଶେଷକୁ ଏଟିକି କହିଲି ମୁଁ ଜାଣିନି କ'ଣ ସେ ନାଁ ଟା, ଏତକ ତାର ସ୍ପେଲିଂ ହେଲା ଏଇୟା, A-P-A-R-N-A । ସେଟିକିରେ ସେମାନେ ଖୁସ୍ । ସାରଙ୍କୁ ଯାଇ ଚିକ୍ରାର କରି କହିଲେ, "ଜାଣିଗଲୁ ଜାଣିଗଲୁ ଆମେ ଜାଣିଗଲୁ ।" ସାର ପଚାରିଲେ, "କ'ଣ ଜାଣିଲ ?" ସେମାନେ କହିଲେ, "ଅ-ପ-ର୍ଣା ।" ସାର କ'ଣ ଆଉ କହନ୍ତେ, ହସି ଦେଇ ଏତକ କହିଲେ, "ଦୁଷ୍ଟ ବାଳିକା ।" ପରେ ଜାଣିଲୁ ଅପର୍ଣା । ହେଉଚନ୍ତି ପାର୍ବତୀ । ଆଗରୁ ଜାଣି ଯାଇଥାଉ "ଗୌରୀକାନ୍ତ" ଶିବଙ୍କର ଅନ୍ୟ ନାମ । ତା' ମାନେ ଗୌରୀକାନ୍ତ-ଅପର୍ଣା ଅର୍ଥାତ୍ ଶିବ-ପାର୍ବତୀ । ଆମ ମାନଙ୍କ ଭିତରେ ଚର୍ଚା ଚାଲିଲା, କି ମେଳକ ! ଭଗବାନ ଜାଣି ଜାଣି ଏମିତି ସତରେ କରିଚନ୍ତି ପରା ।

ସ୍କୁଲରେ ଯୋଗଦାନ କରିବା ପୂର୍ବରୁ ହୋମିଓପ୍ୟାଥିକ ଔଷଧ ଉପରେ ସାରଙ୍କର ଅନେକ ବିଶ୍ୱାସ ଥିଲା । ନିଜର କେତେବେଳେ କେମିତି ଆବଶ୍ୟକ ନିମନ୍ତେ ସେ ଔଷଧ କିଛି କିଛି କିଣି ଆଣି ପାଖରେ ରଖିଲେ । ତାପରେ ଦେଖିଲେ ସ୍କୁଲରେ ଉତ୍ତମ ପାନୀୟ ଜଳର ବ୍ୟବସ୍ଥା ନାହିଁ । ପୁରାତନ କୂପଟି ଯାହା ଥିଲା ସେତେବେଳେ ପ୍ରଦୂଷିତ ହୋଇ ଅଚଳ ଅବସ୍ଥାରେ, ପିଲାମାନେ ପୋଖରୀ ଜଳ ପାନ କରୁଚନ୍ତି । ସେଇଥିରେ ପୁଣି ସମସ୍ତ କାରବାର । କ'ଣ, ପୋଖରୀ ଜଳରେ ଔଷଧ ସେବନ କରାହେବ ? ପାନୀୟ ଜଳକୁ ଅତ୍ୟନ୍ତ ଜରୁରୀ ଭାବି ଆସିବାର କେତେ ମାସ ଭିତରେ ଉଦ୍ୟମ କରି ନଳ କୂପଟିଏ ସ୍କୁଲ ହତା ଭିତରେ ସାର ବସେଇଲେ । ବେଶ୍ ସୁନ୍ଦର ନିର୍ମଳ ସୁସ୍ବାଦୁ ପାଣି ସେଥିରୁ ଝରି ଆସିଲା । ପୋଖରୀ ପାଣି ବଦଳରେ ଆମେ ସ୍କୁଲ ପିଲାମାନେ ଆନନ୍ଦରେ ନଳକୂପର ମଧୁର ଜଳ ପିଇଲୁ । ସେଇଥିରେ ହୋମିଓପ୍ୟାଥିକ ଔଷଧ ମଧ ଦିଆ ଆରମ୍ଭ ହେଲା । ଏଇମିତି ସ୍କୁଲ ଭିତରେ ଔଷଧ ଦେଉ ଦେଉ ସେ ଖବର ସ୍କୁଲ ବାହାରକୁ ଚାଲିଗଲା । ସାହିରୁ ଲୋକ ଆସିଲେ, ଗାଁରୁ ଲୋକ ଆସିଲେ, ଅନ୍ୟ ଗାଁରୁ ବି ଲୋକେ ଔଷଧ ନେବା ପାଇଁ ଆସିଲେ । ଧୀରେ ଧୀରେ ରୋଗୀ ସଂଖ୍ୟା ବୃଦ୍ଧି ପାଇଲା । ସେତେବେଳେ ମୁଁ ଦେଖ୍ ଦେଖ୍ ସାରଙ୍କ ପାଖରୁ ବି କିଛି ଶିଖିଲି । ସାର କେମିତି ଠିପିକୁ ଧରି ଟୋପା ପକେଇବାକୁ ହେବ୍ ମୋତେ ଶିଖେଇ ଦେଲେ । ଶିଖ୍ ଯାଇ ସାରଙ୍କର ମୁଁ ଜଣେ ଅଧସ୍ତନ ସହକାରୀ ଭଳିଆ ହେଇଗଲି । କେହି ଔଷଧ ନେବାକୁ ଆସିଲେ ସାର୍ କହିଦେଲା ମାତ୍ରେ ମୁଁ ଦେଇ ଦେଉଥିଲି । ତାଙ୍କୁ ଆଉ ଅଧିକ

ପରିଶ୍ରମ କରିବାକୁ ପଡୁ ନଥିଲା । ବେଳେ ବେଳେ ସାର ନଥିଲେ ମୁଁ ନିଜେ ଔଷଧ ଦେଇ ଦେଉଥିଲେ ଏବଂ ସାର ଆସିଲେ କହି ଦେଉଥିଲି କେଉଁଟି କ'ଣ ପାଇଁ ଦେଇଛି । ସାରଙ୍କର କେତୋଟି ବଙ୍ଗଳା ଭାଷାରେ ବହିଥାଏ, ତାକୁ ପଢ଼ି ସାରି ଔଷଧ ଦିଅନ୍ତି । ସାରଙ୍କର ହୋମିଓପ୍ୟାଥିକ ଔଷଧ ଦେବା କଥା ସେ ସାରା ଅଞ୍ଚଳରେ ବ୍ୟାପିଗଲା । ସାର ପୁଣି ସମସ୍ତ ନିଜ ହାତରୁ ଖର୍ଚ୍ଚ ବହନ କରି ସବୁ ଚଳାଉଥିଲେ ।

ଅନେକ ଦିନରୁ ବରୁଣସିଂ ଗ୍ରାମରେ ମଥୁରା ମୋହନ ବେହେରା ନାମରେ ଜଣେ ହୋମିଓପ୍ୟାଥିକ ଡାକ୍ତର ଥିଲେ । ଆମ ଘରେ କେହି ଯଦି ଅସୁସ୍ଥ ହେଉଥିଲା ବାପା ସେଉଠୁ ଔଷଧ ଆଣୁଥିଲେ । ମଥୁରା ବାବୁଙ୍କର କେହି ଉତ୍ତରାଧିକାରୀ ନଥିବାରୁ ତାଙ୍କ ସମ୍ପତ୍ତି ଗୁଡ଼ିକ ସେ ଏକ ଟ୍ରଷ୍ଟିକୁ ଦେଇ ଦେଇଥିଲେ । ଟ୍ରଷ୍ଟି ବଳରେ ଗାଁରେ ଏକ ଦାତବ୍ୟ ଚିକିତ୍ସାଳୟ ତାଙ୍କ ନାମାନୁସାରେ ହେବାର ପ୍ରସ୍ତାବ ଆସିଲା । ତାହା ସର୍ବ ସମ୍ମତିକ୍ରମେ ଗୃହୀତ ହେବାରୁ ପ୍ରଥମେ ତାଙ୍କ ଉପର ସାହି ବାସ ଭବନରେ ଔଷଧ ବିତରଣ ହେବାର ନିଷ୍ପତ୍ତି ନିଆ ହେଲା । ଅନୁରୋଧ କ୍ରମେ ସାର ପ୍ରଥମ କିଛି ମାସ ତାର ଦାୟିତ୍ଵ ନେଇ ଚଲାଇଲେ । ସ୍କୁଲ ଛୁଟି ପରେ ବର୍ଷାଦିନେ ପ୍ରତିଦିନ କାଦୁଅରେ ଧୋତି ଟେକି ଜୋତା ହାତରେ ଧରି ଉପର ସାହିକୁ ଯାଇ ସାର ରୋଗୀମାନଙ୍କୁ ଔଷଧ ଦେଇ ଚିକିତ୍ସା କରୁଥିଲେ । ସରକାରୀ ଡାକ୍ତର ଆସିବା ପର୍ଯ୍ୟନ୍ତ ଏହି ବ୍ୟବସ୍ଥା ଚାଲୁ ରହିଥିଲା ।

ନଳକୂପ ପରେ ପରେ ସ୍କୁଲ ପୋଖରୀର ନବୀକରଣ ହେଲା ୧ ୯ ୬୧ ମସିହା ଗ୍ରୀଷ୍ମ ଛୁଟିରେ । ଖନନ ନିମନ୍ତେ କେତେକ ଆଦିବାସୀ ଆସି ସ୍କୁଲ ହତାରେ ରହି ଖନନ କାର୍ଯ୍ୟ ଚଳାଉଥିଲେ । କାମ ଶେଷରେ ସମସ୍ତେ ଯେ ଯାହାର ଅଞ୍ଚଳକୁ ଲେଉଟି ଗଲେ, କେବଳ ଜଣେ ରହିଗଲା ସେମାନଙ୍କ ଭିତରୁ । ନାଁ ତାର ଚନ୍ଦ୍ରମୋହନ ସିଂ । ଦେଖିବାକୁ ସୁନ୍ଦର, କଳା ମିଟ୍ ମିଟ୍ ଦେହ ସାଙ୍ଗକୁ ଧଳା ଚକ୍ ଚକ୍ ଦାନ୍ତ, ବେଶ୍ ହୃଷ୍ଟପୁଷ୍ଟ ଚେହେରା, ଅତ୍ୟନ୍ତ ବିଶ୍ୱସ୍ତ । ଭଲ ବାଂଶୀ ବଜାଏ, ତା' ପାଖରୁ ମୁଁ କିଛି ଦିନ ବାଂଶୀ ଶିଖୁଥିଲି । ରହୁ ରହୁ ରହିଗଲା ସ୍କୁଲ ପିଅନ ହେଇ ସାରଙ୍କ ସମୟରେ । ପିଅନ ହେଉ ହେଉ କାଳକ୍ରମେ ସାରଙ୍କର ରୋଷେଇଆ ବି ସେ ପାଲଟିଗଲା । ଶ୍ରୀଯୁକ୍ତ ଗୌରୀକାନ୍ତ କର, ଜାତିରେ ଶ୍ରେଷ୍ଠ, ବ୍ରାହ୍ମଣ । ଆଦିବାସୀ ଚନ୍ଦ୍ରମୋହନ ସିଂ ରୋଷେଇ କଲେ ଖାଉଚନ୍ତି, ଏ ନେଇ ଗାଁ ଲୋକେ ଫୁସୁର ଫାସର ହେଲେ । କିନ୍ତୁ ସାରଙ୍କ ସାମନାରେ କହିବାକୁ କାହାର ସାହସ ନଥିଲା । ଓକିଲ୍ ମିଆଁ ଓ ତାର ପୁଅ ଇବ୍ରାହିମ ଥରେ ସାରଙ୍କୁ ଘରକୁ ନିମନ୍ତ୍ରଣ କଲେ । ସାର ସାଦରେ ନିମନ୍ତ୍ରଣ ଗ୍ରହଣ କଲେ । ସାର ନିଜେ ପୂଜା ପଟଳ କରନ୍ତି, ହେଲେ କାହାର ଜାତି ଧର୍ମକୁ ଭିତ୍ତି କରି ଆଲୋଚନା

ସମାଲୋଚନା କରିବା ବା ଜାତିକୁ କେନ୍ଦ୍ରକରି କାହାକୁ ହୀନ ଚକ୍ଷୁରେ ଦେଖିବା, ଏକଥା କେହି କେବେହେଲେ ଶୁଣିନି । ତାଙ୍କ ଆଗରେ ସବୁ ଜାତି ଓ ଧର୍ମର ଛାତ୍ର ଛାତ୍ରୀମାନେ ଥିଲେ ସମାନ ।

ସାର୍ ମିଡ୍‌ଲ ସ୍କୁଲରେ ଯୋଗଦେବା ପର ଠାରୁ ଗାଁ ହାଇସ୍କୁଲ ଶିକ୍ଷକ ମାନଙ୍କ ସହିତ ଉତ୍ତମ ସମ୍ପର୍କ ଗଢ଼ି ଉଠିଲା । କିଏ "କର" ବାବୁ ଡାକିଲାଣି ତ କିଏ "ବଡ଼ ଭାଇ", କିଏ ସାଙ୍ଗ ହିସାବରେ "ଗୌରୀ" ତ କିଏ "ସାର୍," ଏମିତି ବିଭିନ୍ନ ପ୍ରକାରର ସମ୍ବୋଧନ ସେମାନେ ସାରଙ୍କୁ କରିବାକୁ ଲାଗିଲେ । ଦୁଇ ସ୍କୁଲର ଶିକ୍ଷକ ମାନଙ୍କୁ ନେଇ ନାଟକ, ଫେନ୍‌ସି ଡ୍ରେସ ପରେଡ଼, ଗାନ୍ଧୀ ଜୟନ୍ତୀ ଉତ୍ସବ ପାଳନ, ସ୍ୱାଧୀନତା ଦିବସ, ସାଧାରଣତନ୍ତ୍ର ଦିବସ ଇତ୍ୟାଦି ଇତ୍ୟାଦି ଅନେକ କାର୍ଯ୍ୟକ୍ରମର ଆୟୋଜନ ଆରମ୍ଭ ହେଲା । ଫେନ୍‌ସି ଡ୍ରେସ ପରେଡ଼ରେ ସାର୍ ଯୁଧିଷ୍ଠିର ହେଲେ । ସେଉଠୁ ଆମେ ଜାଣିଲୁ ସେ ଜଣେ ଉତ୍ତମ ଧରଣର ଅଭିନେତା । କେବଳ ଅଭିନୟ କରିନ୍ତିନି, ନାଟକ ଲେଖନ୍ତି ଓ ନାଟକରେ ନିର୍ଦ୍ଦେଶନା ମଧ୍ୟ ଦିଅନ୍ତି । ମିଡ୍‌ଲ ସ୍କୁଲ ଓ ହାଇସ୍କୁଲର ମିଳିତ ଉଦ୍ୟମରେ ପ୍ରଥମ ନାଟକ ମଞ୍ଚସ୍ଥ ହେଲା ୧୯୬୭ ମସିହା ନଭେମ୍ବର ମାସ ଚଉଦ ତାରିଖରେ । ଏହା ଥିଲା ଚାଚା ନେହେରୁଙ୍କ ଜନ୍ମଦିନ ଶିଶୁ ଦିବସ ଉପଲକ୍ଷେ । ନବମ ଶ୍ରେଣୀରେ ପଢୁଥିବା ବେଳେ 'ଦେଖିଲେ ଜାଣିବେ' ନାଟକରେ ମୁଁ ତାଙ୍କ ନିର୍ଦ୍ଦେଶନାରେ ଅଭିନୟ କରିଥିଲି । ତା'ପରେ ପରେ ସାର୍ ସ୍କୁଲରେ ଅନେକ ଥର ଅନେକ ନାଟକ ଓ ଗୀତିନାଟ୍ୟ ସଫଳତାର ସହିତ ଲେଖି ନିର୍ଦ୍ଦେଶନା ଦେଇ ମଞ୍ଚସ୍ଥ କରେଇଛନ୍ତି ।

କେବଳ ପାଠରେ ନୁହେଁ କ୍ରୀଡ଼ାରେ ମଧ୍ୟ ସାରଙ୍କର ଆଗ୍ରହ । ସେ ସୁନ୍ଦର ଭଲି ବଲ ଖେଳିପାରନ୍ତି । ତାହା ଦେଖି ମୁଁ ମଧ୍ୟ ଉତ୍ସାହିତ ହେଇ ଭଲି ବଲ ଖେଳିବା ଶିଖିଲି । ଡ୍ରିଲ କ୍ଲାସ ଶିକ୍ଷକ ଅନୁପସ୍ଥିତ ଥିଲେ ସେ ଅନେକ ସମୟରେ ଆମକୁ ଡ୍ରିଲ କରାନ୍ତି । ବଗିଚା କରିବା ସାରଙ୍କର ଆଉ ଏକ ସଉକ । ଛାତ୍ର ଓ ପିଅନ ଚନ୍ଦ୍ରମୋହନର ସହାୟତାରେ ସେ ନିଜେ ଅନେକ ପନିପରିବା ଚାଷ ମଧ୍ୟ କରୁଥିଲେ ।

ସପ୍ତମ ଶ୍ରେଣୀର ବାର୍ଷିକ ପରୀକ୍ଷା ପୂର୍ବରୁ ଖରାଦିନେ ସ୍କୁଲ ବାରଣ୍ଡାରେ ଆମେ ସାରଙ୍କ ସହିତ ଅନେକ ଛାତ୍ର ଶୋଉଥିଲୁ । ସାର ଶୁଅନ୍ତି ତାଙ୍କର ପୂର୍ବପଟ ସ୍ୱଦ୍ରକାୟ କୋଠରି ସାମନାରେ, ସାରଙ୍କ ପରେ ତାଙ୍କ ମୁଣ୍ଡ ଆଡ଼କୁ ମୁଁ ଓ ମୋ ପରେ ଅନ୍ୟାନ୍ୟ ଛାତ୍ରମାନେ । ଆମର ସ୍ଥାନ ଥାଏ ନିର୍ଦ୍ଦିଷ୍ଟ, କେହି ବଦଳେଇ ପାରିବ ନାହିଁ । ଶୋଇବା ଆଗରୁ ସାରଙ୍କ ରେଡିଓ ବାଜେ । ମୁଖ୍ୟତଃ ସେ ଶୁଣନ୍ତି କଲିକତା ସେଣ୍ଟର, ବେଳେ ବେଳେ କଟକ । ତାର କାରଣ ଆମ ବାଲେଶ୍ୱରକୁ କଟକ ସେଣ୍ଟର ସଫା ଆସେ

ନାହିଁ। ଅନେକ ସମୟରେ ପଡ଼ ପଡ଼ ଚଡ଼ ଚଡ଼ ସଅଁ ସଅଁ ସେଁ ସାଁ ହୁଏ। ଶୋଇବା ଆଗରୁ ଭାସି ଆସେ ରବୀନ୍ଦ୍ର ସଙ୍ଗୀତ। ସାର୍ ଶୁଣନ୍ତି, ମୁଁ ବି ପାଖରେ ରହି ଶୁଣେ, ମୋତେ ବହୁତ ଭଲ ଲାଗେ। ବେଳେ ବେଳେ ସାର୍ ଶୋଇ ପଡ଼ନ୍ତି, ରେଡିଓ ବହୁତ ରାତି ଯାଏ ପଡ଼ ପଡ଼ ହେଉଥାଏ, ମୁଁ ଅନେକ ସମୟରେ ରାତି ଅଧରେ ଉଠି ବନ୍ଦ କରିଦିଏ। ଏମିତି ଶୁଣି ଶୁଣି ମୁଁ ଅନେକ ରବୀନ୍ଦ୍ର ସଙ୍ଗୀତ ମନେ ରଖିଦେଇଥିଲି। ଘରକୁ ଏକୁଟିଆ ଫେରିଲା ବେଳେ ମୁଁ ସେଗୁଡ଼ିକ ଗୁଣୁ ଗୁଣୁ ହେଇ ଗାଇ ଗାଇ ଯାଏ, "ମମ ଚିତେ ନିତି ନୃତେ କେ ଯେ ନାଚେ ତାତା ଥଇ ଥଇ ତା ତା ଥଇ ଥଇ ତା ତା ଥଇ ଥଇ"। ୟା ସାଙ୍ଗକୁ ଆହୁରି ବଙ୍ଗଳା ଲୋକ ଗୀତି, "ସାତ ଭାଇ ଚମ୍ପା ଜାଗୋରେ ଜାଗୋରେ, ଘୁମ୍ ଘୁମ୍ ଥାକେ ନା ଘୁମେରଇ ଘୋରେ" ଇତ୍ୟାଦି ଇତ୍ୟାଦି। କେବଳ ଏତିକି ନୁହେଁ, ଶ୍ୟାମା ସଙ୍ଗୀତ, ନଜରୁଲ ଗୀତି ମଧ୍ୟ ଶୁଣେ। ସାର ଅନେକ ସମୟରେ ବଙ୍ଗଳା ନାଟକ ଶୁଣନ୍ତି। ମୁଁ କିନ୍ତୁ ଏତେ ସମୟ ଧରି ନାଟକ ଶୁଣିଲେ ସମୟ ନଷ୍ଟ ହେବ ବୋଲି ଶୁଣି ପାରେନି। କଥାବାର୍ତ୍ତା ପରେ ଆମେ ଜାଣିଲୁ, ସାରଙ୍କର ଓଡ଼ିଆ ସାହିତ୍ୟ ସଙ୍ଗେ ସଙ୍ଗେ ବଙ୍ଗଳା ସାହିତ୍ୟରେ ମଧ୍ୟ ଦଖଲ ଯେହେତୁ ସେ ସୁନ୍ଦର ବଙ୍ଗଳା ବୁଝି ପାରନ୍ତି, ପଢ଼ି ପାରନ୍ତି ଓ ଲେଖି ପାରନ୍ତି। ତାଙ୍କର ଗୋଟିଏ ବିରାଟ ବଙ୍ଗଳା ଅଭିଧାନ ଥିଲା। ସାରଙ୍କ ସହିତ ମିଶି ମୋର ବଙ୍ଗଳା ଅକ୍ଷର ଶିଖିବାକୁ ମନ ବଳିଲା ଓ ମୁଁ ଶିଖିବା ଆରମ୍ଭ କଲି। କିଛି ଦିନ ପରେ ମୁଁ ବି ଅକ୍ଷର ଚିହ୍ନି ଚିହ୍ନି ବଙ୍ଗଳା ପଢ଼ି ପାରିବାର କ୍ଷମତା ହାସଲ କଲି।

ସପ୍ତମ ଶ୍ରେଣୀରେ ଆମେ କେବଳ ପଞ୍ଚରଥୀ ବୃତ୍ତି ପରୀକ୍ଷା ଦେବାକୁ ଗଲୁ। ସେ ବର୍ଷ ବୋର୍ଡ ପରୀକ୍ଷା ଉଠିଯାଇ ବୃତ୍ତି ପରୀକ୍ଷାର ପ୍ରଚଳନ ହେଲା। ସାର ଗଲେ ଆମ ସହିତ। ବାଲେଶ୍ୱର ଜିଲ୍ଲା ସ୍କୁଲରେ ପରୀକ୍ଷା। ଆମେ ଗୋପୀନାଥ(ବାରିକ) ସାରଙ୍କ ମୋତିଗଞ୍ଜ ଘରେ ରହିଲୁ। ଆମର ବୃତ୍ତି ପରୀକ୍ଷା ପରେ ପରେ ଅନ୍ୟ ଛାତ୍ର ମାନଙ୍କର ବାର୍ଷିକ ପରୀକ୍ଷା ସ୍କୁଲରେ ସରିଲା। ଦିନେ ସମସ୍ତ ଛାତ୍ର ଓ ଶିକ୍ଷକଙ୍କର ଗ୍ରୁପ ଫୋଟୋଟିଏ ତୋଳା ହେଲା। ବାଲେଶ୍ୱରରୁ ଦାସ ଷ୍ଟୁଡିଓର ମାଲିକ ଆସି ଫୋଟୋ ତୋଳିଲେ। ମୁଁ ବି ସାରଙ୍କ ସହିତ ପୃଥକ୍ ଫୋଟୋ ଗୋଟିଏ ଷ୍ଟୁଡିଓ ବାଲାକୁ କହି ତୋଳିଲି। ଆମର ସ୍କୁଲରୁ ବିଦାୟ ନେବାର ବେଳ ଆସି ପହଞ୍ଚିଲା। ବହୁତ ଦୁଃଖ ଲାଗିଲା, ସାରଙ୍କ ସହିତ ଆମେ ଏତେ ମିଶି ଯାଇଥିଲୁ ଯେ ଛାଡ଼ି ଯିବାକୁ ମନ କହିଲାନି। ସାର୍ ଆମକୁ ସ୍ନେହ ଶ୍ରଦ୍ଧାରେ, ପାଠରେ, ଶାଠରେ, ହସ ଖୁସି ଓ ଠଟା ମଜାର ବନ୍ଧନରେ ବାନ୍ଧି ପକେଇଥିଲେ। ବିଦାୟ ସଭାରେ ବୋହେ କାନ୍ଦିଲୁ। ସାର ବୁଝେଇ ବସି କହିଲେ, "ଆରେ, କୁଆଡ଼େ ଯାଉଚ କି ତୁମେମାନେ ? ଏତେ କାନ୍ଦ ?

ଏଇଠିତ, ଏଇ ଗାଁରେ ତ ରହିବ, ଦେଖା ହବନି ସବୁ ଦିନ ? ଏଇତ ବାଡ଼ ଡେଇଁଲେ ହାଇସ୍କୁଲ, ପାଠ ପଢ଼, ଉନ୍ନତି କର, ତୁମମାନଙ୍କର ଭବିଷ୍ୟତ ଉଜ୍ଜ୍ୱଲ କର। ଦୁନିଆରେ ଯେଉଁଠି ରହିଲେ ବି ତୁମେମାନେ ମୋ ମନରେ ମୋ ହୃଦୟରେ ସର୍ବଦା ରହିବ, ଏଇ ତ ଶିକ୍ଷକ ଛାତ୍ର ସମ୍ପର୍କ, ଗୁରୁ ଶିଷ୍ୟ ପରମ୍ପରା।” ସାରଙ୍କ ପାଖରୁ ଏପରି ଶୁଣି ମନକୁ ବୁଝେଇ ରହିଲୁ ଓ ଆମେ ଗାଁ ହାଇସ୍କୁଲରେ ନାଁ ଲେଖେଇଲୁ।

ଗ୍ରୀଷ୍ମ ଛୁଟି ହେଲା। ସାର ତାଙ୍କ ଗାଁ ଘରକୁ ଗଲେ। ମୁଁ ଅଷ୍ଟମ ଶ୍ରେଣୀକୁ ଉତ୍ତୀର୍ଣ୍ଣ ହେଲି। ହଠାତ୍ ଦିନେ ଶୁଣିଲି ସେ ସପରିବାର ସକାଳ ଟ୍ରେନରେ ଗାଁ ଷ୍ଟେସନରେ ହାଜର। ଆଶ୍ଚର୍ଯ୍ୟ ହେଲି, କିଛି ଖବର ଅନ୍ତର ନାହିଁ, ଚିଠି ନାହିଁ ସାର କେମିତି ପହଞ୍ଚିଗଲେ ? ଦୌଡ଼ିଲି ଦେଖାକରିବାକୁ ଷ୍ଟେସନକୁ। ସସ୍ତ୍ରୀକ ସାର, ସାଥିରେ ମାଆ ଓ ପୁତୁରା, ଉତ୍ସବ। ସାର, ସାରଙ୍କ ସ୍ତ୍ରୀ ଓ ମାଆଙ୍କ ପଦଧୂଳି ନେଲି। ସାରଙ୍କ ସ୍ତ୍ରୀଙ୍କର ମୁହଁ ସବୁବେଳେ ହସ ହସ, ମାଥାରେ ଓଢ଼ଣା ଓ କପାଳରେ ଏକ ବଡ଼ ସିନ୍ଦୂର ଟୋପା। ତାଙ୍କର କହିବାର ଭାଷା ଓଡ଼ିଆ ଓ ବଙ୍ଗଳା ମିଶ୍ରିତ, ଚାରିଭାଗରୁ ତିନି ଭାଗ ବଙ୍ଗଳା ଆଉ ଭାଗେ ଓଡ଼ିଆ। ପ୍ରଥମେ ପ୍ରଥମେ ମୁଁ ଅନେକ ନବୁଝି ହଁ ହାଁ ମାରି ଦେଉଥିଲି। ସାରଙ୍କ ସହିତ କଥାବାର୍ତ୍ତା ହେଇ ଜଣା ପଡ଼ିଲା ସାର ଚିଠି ଦେଇଛନ୍ତି ହେଲେ ତାହା ମୋ ପାଖରେ ପହଞ୍ଚିନି। ଯେହେତୁ କିଛି ବନ୍ଦୋବସ୍ତ ହେଇ ନଥିଲା ସାର ବାଧ୍ୟ ହେଇ ସ୍କୁଲକୁ ଗଲେ। ସେଠାରେ ପରିବାର ନେଇ ରହିବାର ସୁବିଧା ନଥାଏ। ସଙ୍ଗେ ସଙ୍ଗେ ଘରେ ଖବର ଦେଲି। ମୋ ମାଆ ସମସ୍ତଙ୍କୁ ନେବା ପାଇଁ ଆସିଲେ। ସାର ଯିବାକୁ ଅମଙ୍ଗ ହେବାରୁ ଘରୁ ଖାଇବା ରୋଷେଇ କରି ସ୍କୁଲକୁ ସମସ୍ତଙ୍କ ପାଇଁ ନେଇ ଆସିଲୁ। ସଙ୍ଗେ ସଙ୍ଗେ ଯେଉଁ ଭଡ଼ା ଘରେ ରହିବା କଥା ସେଠାରେ ସବୁ ବନ୍ଦୋବସ୍ତ କରା ହେଲା ଓ ସାର ସପରିବାର ସେଠାରେ ଯାଇ ବାସ କଲେ।

ସାର୍ ହଇରାଣରେ ପଡ଼ିଲେ, କାହିଁକି ଚିଠି ମିଳିଲାନି ଏଇଟା ମୋ ମନରେ ରହିଲା। ମୁଁ ତହିଁ ପର ଦିନ ବଜାରରେ ଥାଏ, ଦେଖାହେଲା ଗାଁ ପୋଷ୍ଟ ପିଅନ ସହିତ। ତାକୁ ପଚାରିଲି, “ଆରେ ବାବୁ! ମୋ ନାଁରେ ଚିଠି ଖଣ୍ଡିଏ ଆସିଥିଲା ପହଞ୍ଚିଲାନି କେମିତି ମୋ ପାଖରେ ?” ସେ କହିଲା, “କାହିଁ, ଚିଠିତ ଆସିନି, ଆସିଥିଲେ ମୁଁ ଦେଇ ନ ଥାନ୍ତି ?” ଏତିକି ବେଳେ ମୁଁ ତା’ସାଇକେଲରୁ ଚିଠି ଥଲିଟି ଜବଦ କରିଦେଇ କହିଲି, “ଦେଖିବା, ଯ଼ା ଭିତରେ ଅଛି କି ନାହିଁ।” ଏତେ ହଠାତ୍ ଅପ୍ରତ୍ୟାଶିତ ଭାବରେ ମୁଁ ଏମିତି କରିବି ସେ ଭାବି ପାରି ନଥିଲା। ମୁଁ ଚିଠି ବିଡ଼ାରୁ ଖୋଜିବାରୁ ସତକୁ ସତ ମୋ ନାଁରେ ସାରଙ୍କ ଚିଠିଟି ପାଇଲି। କହିଲି, “କିହୋ

ବାବୁ, କହୁଥିଲ ଚିଠି ଆସିନି, ହେଇତ ଚିଠି ।" ଭାଷଣ ତା'ଉପରେ ବିରକ୍ତ ହେଲି ।
ଏଥି ପାଇଁ ସାର୍ କେତେ ହଇରାଣ ହେଲେ, ଏମିତି ଆଉ ଭବିଷ୍ୟତରେ ନକରିବାକୁ
ତାକୁ କହିଲି ।

ହାଇସ୍କୁଲର ପାଠ ପଢ଼ା ଆରମ୍ଭ ହେଲା । ଅୟଥା କାମରେ ଅନେକ ସମୟ
ନଷ୍ଟ ହେବାରୁ ପଢ଼ା ପଢ଼ି ସୁରୁଖୁରୁରେ ଗତି କଲା ନାହିଁ । ଦିନକୁ ଦିନ ମାର୍କ ସବୁ
ଖରାପ ହେବାକୁ ଲାଗିଲା । ସାର୍, ହାଇସ୍କୁଲର ଶିକ୍ଷକ ଓ ନନାମାନେ କେହି କିଛି
କରିପାରିଲେ ନାହିଁ, ମୋର ନିଜର ସୁବୁଦ୍ଧି ଉଦୟ ନହେବା ଯାଏଁ । ମୋର ଏମିତି
କମ ନମ୍ବର ଜାଣି ସାର୍ ଦିନେ ଅସନ୍ତୋଷ ପ୍ରକାଶ କଲେ । କହିଲେ, "ଚାଲ୍, ମୋ
ସାଙ୍ଗରେ ଏଇ ଖରା ଛୁଟିରେ ମୋ ଘରକୁ, ସେଇଠି ମୁଁ ତୋତେ ଗଣିତ ସବୁ
କରେଇବି ।" ଘରେ କହି ଅନୁମତି ଆଣିବା ପରେ ମୋର ସମ୍ମତି ସାରଙ୍କୁ ଜଣେଇଲି ।
ଖରାଛୁଟି ପଡ଼ିଲା । ଦିନେ ସାରଙ୍କ ପୁତୁରା ଉତ୍ସବ, ସାର୍ ଓ ମୁଁ ସକାଳ ଗାଡ଼ିରେ
ଉଠିଲୁ । ନୀଳଗିରି ରୋଡ଼ରୁ ଜଲେଶ୍ୱର । ଜଲେଶ୍ୱରରୁ ଭୋଗରାଇ ଥାନା ପର୍ଯ୍ୟନ୍ତ ବସ୍
ଯୋଗେ ଗଲୁ । ସେଠାରୁ ପୁଣି ସାରଙ୍କ ଗାଁ କୁଟିଲା ଡାଙ୍ଗର, ସାତ ମାଇଲ ବାଟ ଚାଲି
ଚାଲି ଯିବାକୁ ହେବ । ମେ ମାସ ଖରା । ଥାନା ପହଞ୍ଚିଲା ବେଳକୁ ମୁଁ ହାଲିଆ । କିନ୍ତୁ
ଯାହା ଜାଣିଲି, ବାଟ ସେଉଠୁ ଆରମ୍ଭ ହେଲା ।

ସବୁଆଡ଼େ ବିଶାଳକାୟ ଦିଗନ୍ତ ବିସ୍ତାରୀ ବାଲିବନ୍ତ । ଦୁଇ ପଟରେ କାଜୁ
ବାଦାମ ଓ ନାରିକେଳ ବୃକ୍ଷର ଜଙ୍ଗଲ । ଦୂରକୁ ଚାହିଁଲେ ତପ୍ତ ବାଲୁକା ରାଶିର ଉପର
ଭାଗ ମରୁଦ୍ୟାନ ଭଲି ଝିଲିମିଲି କରୁଥାଏ । କେବେ କେବେ ଉଚ୍ଚ ବାଲି ଚଡ଼ାର ଶୀର୍ଷ
ଭାଗରେ ଦେଖାଯାଉଥାଏ ପାନ ବରଜ । ଭୋଗରାଇ ଅଞ୍ଚଳରେ ଚଲା ରାସ୍ତା ସବୁ
ବାଲୁକାମୟ । ସେଇଥିରେ ପଦ ଚାଲନା କରିବାକୁ ହେବ । ଉଦୁଉଦିଆ ଖରାରେ
ବାଲି ତାତି ଚହ ଚହ । କଥାରେ କହନ୍ତି ଧାନ ପକେଇଦେଲେ ଖଇ ଫୁଟିଯିବ ପରା,
କିନ୍ତୁ ମୋତେ ଲାଗିଲା ଖାଲି କଥା ନୁହଁ ସତରେ ଖଇ ଫୁଟିଯିବ । ମଝିରେ ମଝିରେ
ଗରମ ପବନ ଗରମ ବାଲି ଉଡ଼େଇ ନେଉଥାଏ । ଆମେ ଚାଲିବା ଆରମ୍ଭ କଲୁ । ମୋ
ପାଦରେ ଯୋତା ନଥାଏ, ଫୁଙ୍ଗୁଳା ପାଦ । କିଛି ସମୟ ଚାଲିଲି । ଯେଉଁଠି ରାସ୍ତା
କଡ଼ରେ ଗଛ ଥାଏ, ତା' ତଳେ ତଳେ ଛାଇରେ ଚାଲିଲି । ଯେଉଁଠି ଗଛ ନାହିଁ ସେଠି
ଉହ ଉହ ତାତିଲା ବାଲି, ସେଥିରେ ବି ଚାଲିଲି । ଆଉ ହେଲାନି । ମୁଁ ଭାବିଲି ପାଦରେ
ଫୋଟକା ବାହାରିଗଲା । ଗୋଟିଏ ବଡ଼ ଗଛ ଦେଖି ତା'ତଳ ଛାଇରେ ଯାଇ କିଛି
ସମୟ ସମସ୍ତେ ବସିଲୁ । ମୁଁ ଦେଖୁଥାଏ ମୋହରି ଆଗରେ ସେ ଅଞ୍ଚଳ ଲୋକେ
ଯୋତା ନଥାଇ ଖାଲି ପାଦରେ ଚାଲିଥାନ୍ତି, ଆଶ୍ଚର୍ଯ୍ୟ ଲାଗୁଥାଏ । ସାର୍ କହିଲେ,

"ସେମାନଙ୍କର ସେଇମିତି ଚାଲି ଚାଲି ଅଭ୍ୟାସ ।" ସେମାନଙ୍କୁ ଦେଖି ପ୍ରେରଣା ପାଇ କିଛି ସମୟ ପରେ ପୁଣି ଚାଲିବା ଆରମ୍ଭ ହେଲା । ହେଲେ ଯେଉଁ କଥାକୁ ସେଇ କଥା । ପାଦ ପୀଡ଼ାରେ ଆଖିରୁ ଲୁହ ବାହାରିଗଲା । ବାଟ ଅସରନ୍ତି, ଦୀର୍ଘ ସାତ ମାଇଲର ରାସ୍ତା । ଶେଷକୁ ସାର ବୁଦ୍ଧିଟିଏ ବାହାର କଲେ । କହିଲେ, "ତୁ ହାତରେ ମେଣ୍ଠାଲ ପତ୍ର ଥିବା ଡାଳ ଧର, ଦୌଡ଼ି ଦୌଡ଼ି ଯିବୁ ପାଦକୁ ଗରମ ଲାଗିବା ପର୍ଯ୍ୟନ୍ତ । ଯେତେବେଳେ ଗରମ ଅସହ୍ୟ ହେଇ ପଡ଼ିବ ଡାଳ ତଳେ ପକେଇ ଦେଇ ତା' ଉପରେ ଠିଆ ହେଇ ପଡ଼ିବୁ ।" ମୁଁ ସେଇୟା କରି କରି ଗଲି । ଏମିତି ବସି ଉଠି ଘରେ ପହଞ୍ଚୁ ପହଞ୍ଚୁ ଅପରାହ୍ନର ଶେଷ ଭାଗ ।

ବାଲୁକାମୟ ଭୋଗରାଇ ଅଞ୍ଚଳ ପାନ, ସପ ମସିଣା ଓ ନଡ଼ିଆ ପାଇଁ ପ୍ରସିଦ୍ଧ ବୋଲି ଆଗରୁ ଶୁଣିଥିଲି । ଏ ଅଞ୍ଚଳ ଓ ଆମ ଅଞ୍ଚଳ ମଧ୍ୟରେ ଅନେକ ପାର୍ଥକ୍ୟ ପରିଲକ୍ଷିତ ହେଲା । ଏହାର ଭୌଗୋଳିକ ଅବସ୍ଥିତି, ବୃକ୍ଷଲତା, ବାସିନ୍ଦା ମାନଙ୍କର ଭାଷା ଓ ଚାଲିଚଲନ ପୃଥକ । ବଙ୍ଗର ପ୍ରଭାବ ଅନେକ । "ହା ତକା"ର ଅର୍ଥ, ଏଇ ଦେଖ । "ସେ ଯିବ ମାଡ଼େ" ସେ ଯିବ ବୋଧହୁଏ । "ତୁ ଯିବୁ ହଁ, ତୁ ଖାଇବୁ ହଁ" "ସେ ଅଙ୍ଗାଟା ଆଣିଲୁ" ସେ ଜାମାଟା ଆଣିଲୁ ଇତ୍ୟାଦି ଇତ୍ୟାଦି । ମୋତେ ପ୍ରଥମେ ପ୍ରଥମେ ସବୁ କିଛି ନୂଆ ନୂଆ ଲାଗିଲା । ପୁତୁରା ଉତ୍ସବ ମୋତେ ସାହାଯ୍ୟ କରେ ସବୁଥିରେ ବୁଝିବା ପାଇଁ, ଜାଣିବା ପାଇଁ ।

ଲୋକ ମାନଙ୍କର ପୂଜା ପଟଳରେ ଅଟଳ ବିଶ୍ୱାସ । ଅନେକ ନୂଆ ନୂଆ ଦେବଦେବୀ ଯଥା, ଛିନ୍ନମସ୍ତା, ବଗଲା ମୁଖୀ ସେଠାରେ ପ୍ରଥମ କରି ଶୁଣିଲି । ସାରଙ୍କର ପରିବାର ବଡ଼ ଓ ଅନେକ ବନ୍ଧୁ ବାନ୍ଧବ । ଅନେକ ଘର ଲୋକ ଓ ବନ୍ଧୁ ବାନ୍ଧବଙ୍କୁ ଆଗରୁ ଜାଣିଥିଲି ଯେଉଁମାନେ ଆମ ଗାଁକୁ ଆସିଥିଲେ ଓ ଅନେକଙ୍କ ବିଷୟରେ ସାରଙ୍କ ଠାରୁ ଶୁଣିଥିଲି । ଯେଉଁ ମାନଙ୍କ ବିଷୟରେ ଶୁଣିଥିଲି ସେମାନଙ୍କ ସହିତ ମୋର ସାକ୍ଷାତ ହେଲା । ସବୁଦିନେ ମୁଁ ପଢ଼ାପଢ଼ି କରେ । ସାର ତଦାରଖ କରନ୍ତି । ସେଠାରୁ କେତେକ ଅଞ୍ଚଳ ବୁଲିଯିବାର ସୁଯୋଗ ମିଳିଲା । ପାନ ବରଜ, ପାହାଡ଼ ସମାନ ବାଲିଚଦା, କାଜୁ ବାଦାମ ଗଛ, ଘଞ୍ଚ ଗୁଆ ଓ ନାରିକେଲ ଜଙ୍ଗଲ, ଏ ସବୁ ଥିଲା ମୋ ପାଇଁ ନୂତନ ।

ମାସେ ଭିତରେ ମୁଁ ସାରଙ୍କ ପରିବାରର ଆଉ ଜଣେ ସଦସ୍ୟ ହେଇଗଲି । କେତେକଙ୍କର ପ୍ରିୟପାତ୍ର ମଧ୍ୟ ହେଲି । ଛାତ୍ର ତ ନିଶ୍ଚୟ, ତଥାପି ସାର ମୋତେ ସାନ ଭାଇ ତୁଲ୍ୟ ଦେଖୁଥିବାରୁ ମୁଁ ତାଙ୍କ ସ୍ତ୍ରୀଙ୍କୁ ବୌଦି ସମ୍ବୋଧନ କରୁଥିଲି । ସେଥିପାଇଁ ଅନ୍ୟାନ୍ୟ ବନ୍ଧୁମାନେ ମୋ ସହିତ ସେହି ପ୍ରକାରର ସମ୍ପର୍କ ଯୋଡ଼ି ଦେଇ କଥାବାର୍ତ୍ତା

କରନ୍ତି । ମୋର ସମସ୍ତେ ଯନ୍ ନିଅନ୍ତି । ମୋ ଥିବା ଭିତରେ ବିଭିନ୍ନ ମୂର୍ତ୍ତି ସମାବେଶରେ ଏକ ବିରାଟ ପୂଜାର ଆୟୋଜନ ହେଲା । ତା'ସହିତ ଏକ ଦାନ କର୍ମ ମଧ ଦେଖ୍ଲି ଯାହାକୁ କି ସେମାନେ କହୁଥିଲେ "ତୁଲ୍ୟ ଦାନ ।"

ପୂଜା ସମୟରେ ଆଉ ଏକ ଘଟଣା । ମୂର୍ତ୍ତି ଗଢ଼ିବାକୁ ଜଣେ ଜୀର୍ଣ୍ଣ ଶୀର୍ଣ୍ଣକାୟ, ଚର୍ମ ବିଗଳିତ, ପକ୍ କେଶ ବୃଦ୍ଧ ମିସ୍ତ୍ରୀ ଆସିଲେ । ବହୁ କଷ୍ଟରେ ମନ ଧାନ ଦେଇ ସେ ମୂର୍ତ୍ତି ଗଢ଼ୁଥାନ୍ତି । ତାଙ୍କର ଏପରି ଅବସ୍ଥା ଦେଖି କାହିଁକି କେଜାଣି ମନ ମୋର ଉଦାସରେ ଭରିଗଲା, ମୁଁ ଭାବ ବିହ୍ବଳିତ ହେଇଯାଇ ନିରୋଳାରେ ବସି କାନ୍ଦିବାକୁ ଲାଗିଲି । ସାର ଓ ବୌଦି ମୁଁ କାନ୍ଦୁଚି ଜାଣି ଦଉଡ଼ି ଆସିଲେ, ମୋତେ ବୁଝେଇବାରୁ ମୁଁ ତୁନି ହେଲି । ପୂଜା ସରିଲା । ଏଇମିତିରେ କେମିତି କେତେ ଶୀଘ୍ର ଆମର ମାସେ ପୂରିଗଲା । ଫେରିବା ବେଳ ହେଲା । ମନେ ପଡ଼ିଗଲା ଆସିବା ବେଳର ତାତିଲା ବାଲି । ସାରଙ୍କୁ ପଚାରିଲି, "ସାର, ଫେରିବାବେଳକୁ କ'ଣ ବାଲି ସେମିତି ତାତିଲା ଥିବ ?" ସେ ମୋ ମନରେ ଭୟ ବୁଝିପାରି କହିଲେ, "ନାହିଁରେ, ତୁ ଜମାରୁ ବ୍ୟସ୍ତ ହଅ ନା, ସେମିତି ନଥିବ, ଏକରେ ଆମେ ବଡ଼ି ସକାଳୁ ଥଣ୍ଡା ଥଣ୍ଡାରେ ବାହାରିଯିବୁ, ଦ୍ବିତୀୟରେ ବର୍ଷା ଯୋଗୁଁ ବାଲିର ତାତି ଆଉ ନଥିବ ।" ସେଇଯ୍ୟା ସତ ହେଲା । ଆସିବା ବେଳକୁ କଷ୍ଟ ହେଲାନି । ସାଙ୍ଗରେ ବୌଦି ବି ଆସିଲେ । କଥା ଭାଷା ହେଇ ଚାଲୁ ଚାଲୁ ସମୟ ଜଣା ପଡ଼ିଲାନି । ସାରଙ୍କ ଘରର ଅନୁଭୂତି ମୋ ମନରେ ଅଭୁଲା ସ୍ମୃତି ହିସାବରେ ଚିରଦିନ ପାଇଁ ରହିଗଲା ।

ନବମ ଶ୍ରେଣୀ ପରେ ପରେ ପଢ଼ାପଢ଼ିରେ ବ୍ୟସ୍ତ ରହି ସାରଙ୍କ ସହିତ ଅଧିକ ମିଳିବାର ସୁଯୋଗ ଆସିଲାନି । ତଥାପି ମୁଁ ମଝିରେ ମଝିରେ କେତେବେଳେ କାମ ପଡ଼ିଲେ ବା ମନ ଭଲ ନଲାଗିଲେ ଯାଇ ଦେଖା କରିଦେଇ ଆସେ । ପଢ଼ାପଢ଼ିରେ ଦରକାର ହେଲେ ସାରଙ୍କ ପାଖରେ ପହଞ୍ଚେ । ମାଆ ବି ମଝିରେ ମଝିରେ ସାରଙ୍କୁ ମନେ ପକେଇ କହେ, "ସେ ମୋର ଆଉ ଗୋଟେ ପୁଅ, ମୋ ହାତ ବିନ୍ଧୁଥିଲା, ହେମୋପାତି ଔଷଧ ଦବାରୁ ମୋ ହାତ ଭଲ ହେଲା ।" ଏହା ଶୁଣି ମୁଁ ତାକୁ ଥଟ୍ଟାରେ କହେ, "ହଁ, ତୋର ଏଇମିତିରେ ତ ସାତଟା ପୁଅ ଆଉ ତୁ ଆହୁରି ଗୋଟିଏ ଅଧିକା କଲ୍ଲୁଣି ।" ସେ କହେ, "କି ? କିସ ହେଲା କି ? ହଅନ୍ତୁ ମୋର ଆଠଟା ।" ପୁନିଅଁ ପର୍ବରେ ଘରେ କିଛି ପିଠା ପଣା ହେଲେ ଆମ ହାତରେ ହେଉ ବା ଅନ୍ୟ କାହା ହାତରେ ହେଉ ଦେଇ ପଠାଏ ।

ସାରଙ୍କ ସଂସାର କ୍ରମେ କ୍ରମେ ବୃଦ୍ଧି ପାଇବାକୁ ଲାଗିଲା । କନ୍ୟା ଦେବୀ ଭାରତୀ ଓ ପୁତ୍ର ଦେବାଶିଷ ସଂସାରକୁ ଆସିଲେ । ପାଖରେ ରହି ପଢ଼ୁଥାନ୍ତି ଦୁଇ

ପୁତୁରା, ଉହ୍ବବ ଓ ପ୍ରଣବ । ସାର ସେମାନଙ୍କୁ ନିଜ ସନ୍ତାନ ଭଳି ସ୍ନେହ ଦିଅନ୍ତି । ସମସ୍ତଙ୍କୁ ନେଇ ତାଙ୍କର ସଂସାର ଦୁଃଖେ ସୁଖେ ଚାଲିଲା । ଆମ ଘରେ କୌଣସି ପାରିବାରିକ ସମସ୍ୟା ଉପୁଜିଲେ ପରିସ୍ଥିତିକୁ ସମ୍ଭାଳିବାକୁ ମୁଁ ସାରଙ୍କ ପାଖରେ ହାଜର ହୁଏ । ସାର ସମାଧାନର ପନ୍ଥା ବତେଇ ଦିଅନ୍ତି । ସେଇ ଅନୁସାରେ ସୁଧାରିବାକୁ ଚେଷ୍ଟା କରେ । ଏକାଦଶ ଶ୍ରେଣୀ ଟେଷ୍ଟ ପରୀକ୍ଷା ପରେ ପରେ ପଢ଼ାପଢ଼ି କରିବାକୁ ମୁଁ ଗାଁ ଛାଡ଼ି କକାଙ୍କ ସହର ବାସ ଭବନକୁ ଚାଲିଗଲି । ସେତେବେଳକୁ ମୋର ପଢ଼ାପଢ଼ି ଓ ମାର୍କରେ ଅନେକ ଉନ୍ନତି ଘଟିଥାଏ । ତାହା ଜାଣି ସାର୍ ଖୁସି ହେଉଥାନ୍ତି । ମ୍ୟାଟ୍ରିକ ପରୀକ୍ଷା ସରିଲା । ଯେଉଁ ଦିନ ଫଳ ବାହାରିଲା ଓ ସାର ଜାଣିଲେ ଆମେ ପାଞ୍ଚଜଣ ପ୍ରଥମ ଶ୍ରେଣୀରେ ଉତ୍ତୀର୍ଣ୍ଣ ହୋଇଛୁ ସେ ଦିନ ସେ ଅତ୍ୟନ୍ତ ପ୍ରୀତ ହୋଇ କହିଥିଲେ, “ଯେଉଁ ପାଞ୍ଚଜଣଙ୍କୁ ମୁଁ ପଞ୍ଚସଖା ବା ପଞ୍ଚରଥୀ ବୋଲି ସପ୍ତମ ଶ୍ରେଣୀରୁ ନାଁ ଦେଇ ପଠେଇଥିଲି ମୋର ସେଇ ପାଞ୍ଚଜଣ ହିଁ ମାଟ୍ରିକ୍ୟୁଲେସନରେ ପ୍ରଥମ ଶ୍ରେଣୀ ପାଇଛନ୍ତି, ଏହା ଠାରୁ ଗର୍ବର କଥା ଆଉ କ'ଣ ହେଇପାରେ ।”

ଫକୀର ମୋହନ କଲେଜରେ ପଢ଼ିବା ବେଳେ ମୁଁ କକାଙ୍କ ଟୋଲଙ୍କସାହି ବାସ ଭବନରେ ରହି ପଢ଼ିଲି । ଗାଁକୁ ଆସିଲେ ରାସ୍ତାରୁ ପ୍ରଥମେ ଯାଏ ସାରଙ୍କ ଘରକୁ, ତା'ପରେ ନିଜ ଘର । ଫେରିବା ବେଳେ ସାରଙ୍କର ଆଶୀର୍ବାଦ ନେଇ ଫେରେ । ଏଇମିତି କିଛି ଦିନ ଚାଲିଲା । ୧ ୯ ୭ ୪ ମସିହା ମାର୍ଚ୍ଚ ମାସରେ ଅଚାନକେ ବାପାଙ୍କର ଅସୁସ୍ଥତା ଓ ଡାକ୍ତରଖାନାରେ ଭର୍ତ୍ତି ହବା ଖବର ପାଇ ସାର୍ ଗଲେ ବାପାଙ୍କୁ ଦର୍ଶନ କରିବାକୁ ବାଲେଶ୍ବର ବଡ଼ ଡାକ୍ତରଖାନାକୁ । ପରିବାର ଶୋକାକୁଳ । ସେଇ ଘଡ଼ିସନ୍ଧି ମୁହୂର୍ତ୍ତରେ ମୁଁ ସାରଙ୍କୁ ମଝିରେ ମଝିରେ ଦେଖା କରିବାକୁ ଯାଉଥାଏ । ପ୍ରଥମ ଥର ଦେଖାରେ ମୋର କୋହ ସମ୍ଭାଳି ନପାରି ସାରଙ୍କ ପାଖରେ ଭୋ ଭୋ ହୋଇ କାନ୍ଦି ପକେଇଲି । ସାର୍ ପାଖରେ ଡାକି ବସେଇଲେ, କହିଲେ, “ଘନିଆରେ ! ମୁଁ ଭାବିଥିଲି ତୁ ଥିର ଧରିବୁ, ତୁ ଏମିତି ଅଥିର ହେଲେ ଚଲିବ ?” ସାର ମୋତେ ଜୀବନଟା କ'ଣ ସେଇ ବିଷୟରେ ବୁଝେଇ ବସିଲେ, ଗପ କହିଲେ, ମନକୁ ସାନ୍ତ୍ୱନା ମିଳିଲା, ମୁଁ ଠୁନି ହେଲି । କାନ୍ଦିବା ଲୋକକୁ ହସେଇ ଦବା ଲୋକ ସିଏ, ଭୁଲେଇ ଦବା ଲୋକ ସିଏ, ସେଇଟି ତାଙ୍କର ଈଶ୍ବର ପ୍ରଦତ୍ତ ଗୁଣ । ଠୁନି ହବାରେ ସାର କହିଲେ, “ତୁ ତ ଘରେ ଅଛୁ, ଯଦି କିଛି ଖବର ଆସିଲା ଡାକ୍ତର ଖାନାରୁ ଯେତେ ରାତି ହେଇଥାଉ ନା କାହିଁକି ତୁ ମୋତେ ମୂଲିଆ ହାତରେ ଖବର ଦେବୁ ।” ସେ ରାତି ଦରକାର ପଡ଼ିଲାନି, ଖବର କିଛି ଆସିଲାନି । ହେଲେ ବାପା ଯେଉଁ ଦିନ ଇହଧାମ ଛାଡ଼ିଲେ ଶିବ ଡାକ୍ତରଖାନାରୁ ଯାଇ ଘର ଦାଣ୍ଡ ବରଗଛ ମୂଳ ପହଞ୍ଚିବା ଆଗରୁ ସାର ପହଞ୍ଚି ସାରିଥିଲେ ଆମ ଘରେ ।

କେବଳ ମାଆଙ୍କ ପାଖରେ ରହିଲେ ସିଏ। ଆମେ ସମସ୍ତେ ଶବ ଦାହ କରି ଫେରିଲୁ। ସମସ୍ତ କ୍ରିୟା. କର୍ମ ସରିଲା। କେତେ ଦିନ ପରେ ବଡ଼ ନନା ପଚାରିଲେ, "ସେ ସଂକୀର୍ତ୍ତନ ଦଳ କେମିତି ଠିକ୍ ବେଳରେ ସେଦିନ ଆସି ପହଞ୍ଚିଗଲେ, କିଏ ତାଙ୍କୁ କେତେବେଲେ କେମିତି ଖବର ଦେଲା ?" କିଏ ଜଣେ କହିଲେ, "ଗୌରୀକାନ୍ତ ସାର୍।" ଗୋରୀକାନ୍ତ ସାର୍ ଖବର ଦେଇ ସେ ସବୁ ସଙ୍ଗେ ସଙ୍ଗେ ଆୟୋଜନ କରି ପକେଇଲେ ବାପାଙ୍କ ମହାଯାତ୍ରା. ସମୟରେ। କହିବାକୁ ପଡ଼େନି ତାଙ୍କୁ ଅନେକ କଥା, ନିଜ ମନରୁ ପର ପାଇଁ କରନ୍ତି। ମୋ ବାପାଙ୍କର ପ୍ରିୟ ଥିଲେ ସାର, ସ୍ନେହ ଚକ୍ଷୁରେ ଦେଖୁଥିଲେ। ଭଲରେ ମନ୍ଦରେ ଦୌଡ଼ି ଯାଆନ୍ତି ସାରଙ୍କ ପାଖକୁ। ସାରଙ୍କ ବାପା ତାଙ୍କ ଗାଆଁରୁ ଆସିଲେ ତାଙ୍କ ସହିତ ମୋ ବାପା ଅନେକ ସମୟ ଧରି ବାର୍ତ୍ତାଳାପ କରନ୍ତି, ଦୁଃଖ ସୁଖ ହୁଅନ୍ତି। ପୁତୁରା ଉସ୍ତବକୁ ଖରାଦିନେ ଉପରବେଲା ପଖାଳ ଖୁଏଇବାକୁ ଡାକି ନିଅନ୍ତି। ବାପାଙ୍କ ଆଗରେ ସାର "ଗୌରୀକାନ୍ତ ବାବୁ" କି "କର ବାବୁ" ନ ଥିଲେ, ଥିଲେ କେବଳ "ଗୌରୀକାନ୍ତ।"

ଆଇଏସ୍‌ସିରେ ପରୀକ୍ଷାର ଦୁଇ ସପ୍ତାହ ଆଗରୁ ବାପାଙ୍କର ଇହଲୀଳା ସମ୍ବରଣ, ଫଳରେ ପରୀକ୍ଷାରେ ଖରାପ ହେବା ପରେ ସାର ମୋତେ ବହୁତ ବୁଝେଇଚନ୍ତି। ପଛ କଥାକୁ ପଛରେ ପକେଇ ଆଗକୁ ଆଗକୁ ଦେଖି ମାଡ଼ି ଯିବାକୁ ଉପଦେଶ ଦେଇଚନ୍ତି। ସେଇୟା ମନରେ ରଖି ମୁଁ ସେତେବେଲେ ବଞ୍ଚିଥିଲି। ବିଏସ୍‌ସିରେ ପାଠପଢ଼ା ଭଲ ଚାଲିଚି ଜାଣି ଖୁସି ହେଇଚନ୍ତି ଓ ମୋର ବିଏସ୍‌ସି ଫଳକୁ ଅନେଇ ବସିଚନ୍ତି। ବିଏସ୍‌ସିରେ ଉଉମ ଫଳ ପ୍ରାପ୍ତି ହେବାପରେ ଯେତେବେଲେ ଏମ୍‌ଏସ୍‌ସି ପଢ଼ିବାକୁ ଭୁବନେଶ୍ୱର ଗଲି, ସାର ଜାଣି ଭାରି ଖୁସିହେଲେ। ସେତେବେଳକୁ ସାର ସ୍କୁଲ ହତା ଭିତରକୁ ରହିବାକୁ ଆସି ଯାଇଥାନ୍ତି। କହିବାକୁ ଗଲେ ସେଠାରେ ଏକ ତପୋବନ ମଧ୍ୟରେ ଆଶ୍ରମର ବାତା ବରଣ ଓ ତା'ସହିତ ସାରଙ୍କର ନିରାଡ଼ମ୍ବର ଜୀବନ ଯାପନ। ଗୁରୁ, ଗୁରୁମା ଗହଣରେ ଶିଷ୍ୟ, ଶିଷ୍ୟା ଓ ଗାଈ ନନ୍ଦିନୀ ମଧ୍ୟ। ସେଇ ଆଶ୍ରମରେ ବସି କଥା ହେଉ ହେଉ ସମୟ କୁଆଡ଼େ ନଦୀର ପାଣି ପରି ବହିଯାଏ, ଜଣା ପଡ଼େନି।

ସାର କେତେ ବର୍ଷ ଆଗରୁ କେବଳ ବିଏ ପାସ କରିଥିଲେ। ନିଜର ଚାକିରି କ୍ଷେତ୍ରରେ ଉଉରୋଉର ଉନ୍ନତି ପାଇଁ ବିଏଡ୍ କରିବାକୁ ଚାହୁଁଥିଲେ। ତାହା କଲେ ତାଙ୍କୁ ଟ୍ରେଣ୍ଡ ଗ୍ରାଜୁଏଟ ଦରମା ହାରରେ ଦରମା ମିଳିବ। ସେଇଟି ସେ ବିଭିନ୍ନ ଅସୁବିଧା ଯୋଗୁଁ କରିପାରୁ ନଥିଲେ। ପରିବାର ଛାଡ଼ି ଷ୍ଟଡି ଲିଭ ନେଇ ଯିବା ସମ୍ଭବ ହେଇ ପାରୁନଥିଲା। ମୁଁ ଏମ୍‌ଏସ୍‌ସି ପଢ଼ୁଥିବା ସମୟରେ ଗ୍ରୀଷ୍ମ ଛୁଟିରେ ବି ଏଡ୍ କରିବାର ସୁଯୋଗ ତାଙ୍କୁ ଭୁବନେଶ୍ୱର ରିଜିଓନାଲ କଲେଜ ଅଫ୍ ଏଜୁକେଶନ୍‌ରେ ମିଳିଲା।

ସାର ଗଲେ ଟ୍ରେନିଂ ନେବାକୁ। ସେଠାରେ ଥିବା ହଷ୍ଟେଲରେ ରହିଲେ। ମୋର ସେତେବେଳକୁ ଛାତ୍ର ଧର୍ମଘଟ ହେଇ ବାଣୀବିହାର ବନ୍ଦ। ମାର୍ଜାର ଶିଶୁବତ୍‌ କେତେ ଦିନ ଏପଟ ସେପଟ ହେବା ପରେ ମୁଁ ସାରଙ୍କ ପାଖରେ ଯାଇ ତଳେ କେତେ ରାତି ଶୋଇଲି। ତାଙ୍କ ପାଖରେ ଖାଇଲି। ଲାଇବ୍ରେରୀକୁ ପଢ଼ିବାକୁ ଗଲି। ସେଇ ରହିବା ସୁଯୋଗରେ ଆମେ ଦୁହେଁ ଦିନେ ରବିବାର ଦେଖି କୋଣାର୍କ ଓ ପୁରୀ ମଧ ବୁଲି ଗଲୁ। ଆମର ମିଳା ମିଶା ଓ କଥାବାର୍ତ୍ତାରୁ ସାରଙ୍କର କୋଠରିରେ ରହୁଥିବା ଆଉ ଜଣେ ଶିକ୍ଷକ ସାରଙ୍କୁ ଥରେ ପଚାରିଲେ, "ଭାଇ, ଏ ପିଲାଟି କିଏ? ଆପଣଙ୍କ ସହିତ ତାର ସମ୍ପର୍କ କ'ଣ? ଆପଣ ଦୁଇ ଜଣଙ୍କର କଥାବାର୍ତ୍ତାରୁ ମୁଁ ତ କିଛି ଜାଣି ପାରୁନି, କିଛି ବୁଝି ପାରୁନି କିପରି ସମ୍ପର୍କ।" ଏହା ଶୁଣି ସାର ହସିଲେ, କହିଲେ, "ସେ ମୋର ଛାତ୍ର ତା' ପିଲାଟି ବେଳରୁ, ମୋର ସାନ ଭାଇ ଓ ମୋର ଅତି ଅନ୍ତରଙ୍ଗ ବନ୍ଧୁ ବି, ଏଠି ଏଇ ବାଣୀବିହାରରେ ଏମ୍‌ଏସ୍‌ସି ପଢୁଚି। ଏହା ପରେ ଆପଣ ଯାହା ବୁଝିବେ ବୁଝନ୍ତୁ, ଯାହା ଭାବିବେ ଭାବନ୍ତୁ।" ଏହା ଶୁଣି ସେ ବ୍ୟକ୍ତି ଜଣକ ସାରଙ୍କୁ କେବଳ ଆଶ୍ଚର୍ଯ୍ୟର ସହିତ ଅନେଇ ରହିଲେ। ବି ଏଡ୍‌ ପରୀକ୍ଷାରେ ସାର ପ୍ରଥମ ଶ୍ରେଣୀରେ ଉତ୍ତୀର୍ଣ୍ଣ ହେଲେ, ଯେ ଦିନ ଜାଣିଲି ମୁଁ ଢେର ଖୁସି ହେଇଥିଲି।

ମୋର ଏମ୍‌ଏସ୍‌ସି ପରୀକ୍ଷା ସରିଲା। ଘରକୁ ଫେରିଲି। ସାର ବି ଫେରିଆସିଥାନ୍ତି। ମୁଁ ପ୍ରାୟ ସବୁଦିନେ ସନ୍ଧ୍ୟାରେ ଯାଏ ସାରଙ୍କ ବସାକୁ ବା ମୋ କହିବା ଅନୁସାରେ ତପୋବନ ବେଷ୍ଟିତ ଆଶ୍ରମକୁ। ବୌଦି ନାନା ପ୍ରକାରର ପିଠା କରି ଖୁଆନ୍ତି। ଅନେକ ସ୍ନେହ କରନ୍ତି। ପ୍ରତିଦିନ ସନ୍ଧ୍ୟାରେ ଚାହା ପିଇବାକୁ ଦିଅନ୍ତି। ପ୍ରଥମେ ପ୍ରଥମେ କେତେ ଦିନ ପିଇଲି, କିନ୍ତୁ ଦିନେ ପରିଷ୍କାର ମନା କଲି, କହିଲି ବୌଦି, "ମୁଁ ଆପଣଙ୍କର ମୋ ପ୍ରତି ସ୍ନେହ ସ୍ୱୀକାର କରୁଛି ମାତ୍ର ମୁଁ ଆଉ ଚାହା ପିଇବିନି, ମୋର ଚାହା ଅଭ୍ୟାସରେ ପଡ଼ିଯିବ ଯେଉଁଟାକୁ ମୁଁ କରିବାକୁ ଚାହେଁନି, ମୋତେ କ୍ଷମା କରନ୍ତୁ।" ସଙ୍ଗେ ସଙ୍ଗେ ସାର କହିଲେ, "ସେ ଯଦି ଚାହୁଁନି ତା' ଇଚ୍ଛା ରହୁ, ତାକୁ ବାଧ୍ୟ କରନି।" ମୁଁ ସବୁଦିନେ ଯାଏ, ଅନେକ ଆଡୁ ଅନେକ କଥା ପଡ଼େ। ପଚ କଥା ଗପି ହସୁ, ପୁଅ ବାପ ସଙ୍ଗେ ଖେଳୁ, ସାଙ୍ଗରେ ସାନଭାଇ ରନ୍ନାକର ଥିଲେ ଆହୁରି ମଜା କରେ, ଖୁସି ହାସି ହେଉ, ଘରକୁ ଫେରୁ।

କେବଳ ମୁଁ ଯେ ଯାଏ ସାରଙ୍କ ପାଖକୁ ଉପଦେଶ ଲୋଡ଼ିବାକୁ, ତାହା ନୁହେଁ। ସାନଭାଇ ରନ୍ନାକର ମଧ ତାଙ୍କର ବଡ଼ ଚାଟ, ଭଲ ପଢ଼ୁଥିଲା, ଶ୍ରେଣୀରେ ପ୍ରଥମ ହେଉଥିଲା। ମାଟ୍ରିକରେ ଜାତୀୟ ବୃତ୍ତି ଓ ଆଇଏସସିରେ ପ୍ରଥମ ଶ୍ରେଣୀ। ମୋ ଠାରୁ ଚାରି ବର୍ଷ ସାନ। ସାରଙ୍କ ପ୍ରତି ତାର ଅଗାଧ ଭକ୍ତି। ସାରଙ୍କର ବି ତା' ପ୍ରତି ଅନେକ

ସ୍ନେହ ଓ ଆଦର। ବିପଦ ବେଳେ କେବଳ ସାରଙ୍କୁ ହିଁ ଭରସା କରି ଦୌଡ଼ି ଯାଏ ତାଙ୍କ ପାଖକୁ। ଦିନେ ଗାଁ ଘରେ ଅତୀବ ମର୍ମନ୍ତୁଦ ଘଟଣାଟିଏ ଘଟିଯାଇଥାଏ। ଚାଷୀ ଘର ଲୋକ ଆମେ। ଚାଷ ପାଇଁ ବଳଦ ଆମର ସର୍ବସ୍ୱ, ବହୁ ମୂଲ୍ୟବାନ, ବହୁ ଯତ୍ନର ସହିତ ଘରେ ରହନ୍ତି। କୌଣସି କାରଣରୁ ଏକ ସଙ୍ଗରେ ଚାରୋଟି ବଡ଼ ବଡ଼ ବଳଦ ମୃତ୍ୟୁବରଣ କରି ପଡ଼ିଥାନ୍ତି ଘରେ। ସମସ୍ତଙ୍କ ମୁହଁରେ ବିଷାଦର ଛାୟା। ମୁଁ ଘରେ ନଥାଏ। ଠିକ୍ ସେଇଦିନ ତାର ଟେଲିଗ୍ରାମ ଆସି ପହଞ୍ଚି ଥାଏ ରାଜସ୍ଥାନର ଜୟପୁର ଇଞ୍ଜିନିୟରିଂ କଲେଜରୁ ଇଞ୍ଜିନିୟରିଂ ପଢ଼ିବାକୁ। ଅନେକ ଇଚ୍ଛା ଥିଲେ ବି ଏପରି ସଙ୍କଟ କାଳରେ ବଡ଼ ନନାଙ୍କୁ ସାହସ କରି କହିପାରୁ ନଥାଏ। କାହିଁ କେତେ ଦୂର ରାଜସ୍ଥାନର ଜୟପୁର। ଠିକ୍ ସମୟରେ ପହଞ୍ଚିବାକୁ ହେଲେ ରାତି ପାହିଲା ମାତ୍ରେ ଘରୁ ବାହାରି ଯିବାକୁ ପଡ଼ିବ। କ'ଣ କରିବ? ଯିବ କି ନାହିଁ? ସ୍ଥିର ନକରି ପାରି ଦୌଡ଼ିଲା ସାରଙ୍କ ପାଖକୁ। ମନରେ ଦ୍ୱନ୍ଦ୍ୱ, ଆଖିରେ ଲୁହ, କହିଲା, "ସାର୍ ଘରେ ଏମିତି ଅବସ୍ଥା, ମୁଁ କ'ଣ କରିବି?" ସାର କ୍ଷଣେ ଅଟକି ଯାଇ କହିଲେ, "ତୁ ଭାବ, ତୋର ଯଦି ଇଞ୍ଜିନିୟର ହବାକୁ ଇଚ୍ଛା ଅଛି ଆଉ ତୁ ନଯାଉ ତେବେ ଦଶ ବର୍ଷ ପରେ କ'ଣ କହିବୁ? ମୁଁ ଇଞ୍ଜିନିୟରିଂ ପଢ଼ିଥାନ୍ତି, ସୁଯୋଗ ଆସିଥିଲା, ବଳଦ ମରିଯିବାରୁ ଯାଇ ପାରିଲିନି, ଏଇୟା ତ? ତୁ ବଳଦଙ୍କୁ ଫେରେଇ ଆଣି ପାରିବୁକି? ମୋତେ କହ? ମୋ ମତରେ ତୁ ପଳେଇ ଯା, ଗଲାବେଳକୁ କେବଳ ମାଆଙ୍କୁ କହିବାକୁ ଭୁଲିବୁନି। ସବୁ ପରେ ଠିକ ହେଇଯିବ, ମୁଁ ବୁଝିବି।" ସେଇୟା ଶୁଣି ମନରେ ସାହସ ଆସିବାରୁ ସେ ଇଞ୍ଜିନିୟରିଂ ପଢ଼ିବାକୁ ଜୟପୁର, ରାଜସ୍ଥାନ ଚାଲିଗଲା ସାରଙ୍କର ଆଶୀର୍ବାଦ ନେଇ।

ଅନେକ ଝଡ଼ଝଞ୍ଜା ଅତିକ୍ରମ କରି ମୁଁ ଦିଲ୍ଲୀରେ ଉଚ ଶିକ୍ଷା କରିବା ପାଇଁ ପହଞ୍ଚିଲି। ମଝିରେ ମଝିରେ ପତ୍ର ମାଧ୍ୟମରେ ସାରଙ୍କ ସହିତ ମୋର ସମ୍ପର୍କ ଥାଏ। ତାଙ୍କର ଲିଖିତ ପତ୍ର ଗୁଡ଼ିକ ସ୍ୱଳ୍ପ ସଂଖ୍ୟକ ହେଲେ ହେଁ ସେଇ ଲେଖାରୁ ମୁଁ ସ୍କୁଲ, ଗାଁ, ତାଙ୍କ ପରିବାର ଓ ମୋ ପରିବାରର ଖବର ପାଏ। ବିଶେଷ କରି ସାରଙ୍କ ଲେଖା ପଢ଼ିଲେ ଲେଖାର ମଧୁରତା ମୋର ହୃଦୟ ସ୍ପର୍ଶ କରେ, ମୋତେ ଶାନ୍ତି ଲାଗେ, ମନ ସ୍ଥିର ହୁଏ, ତେଣୁ ଦୁଇ ତିନି ଥର ପଢ଼େ। ମୁଁ ଯେତେବେଳେ ଦିଲ୍ଲୀରେ ପିଏଚଡି କରିବାକୁ ପହଞ୍ଚିଲି ଖୁସି ହୋଇ ସେ ମୋତେ ପ୍ରଥମ କରି ଚିଠି ଖଣ୍ଡିଏ ଲେଖିଥିଲେ। ତାହା ଥିଲା,

    "ଶ୍ରଦ୍ଧାସ୍ପଦ ଗଗନ,   ୨୨.୧୦.୧୯୧୯

    ସ୍ନେହାଶିଷ ନେବୁ, ତୋର ଚିଠି ଯଥା ସମୟରେ ପାଇ ମଧ ମୋର ପତ୍ର

ଦେବାରେ ବିଳମ୍ବ ହୋଇଛି। ଯାହା ହେଉ ମନରେ କିଛି ଭାବିବୁ ନାହିଁ। ମୋର ମନରେ ଗର୍ବ ଯେ ପ୍ରଥମ ଥର ପାଇଁ ମୋର ଦିଲ୍ଲୀରେ ଥିବା ଛାତ୍ର ତଥା ସାନ ଭାଇ ପାଖକୁ ପତ୍ର ଲେଖୁଛି।" ମୁଁ ଅବଗତ ଥିବା ଏକ ଦେହାନ୍ତ ଖବର ଲେଖିବା ପରେ ଲେଖିଥିଲେ, "ପରିବର୍ତ୍ତନଶୀଳ ଦୁନିଆ। ପଛକୁ ଅନାଇବାର ବେଳ ଆଉ ନାହିଁ। ଆଗେଇ ଯାଅ। ବିଜୟର ମାଳା ଭଗବାନ ତୁମ୍ଭମାନଙ୍କ ଗଳାରେ ଲମ୍ବାଇ ଦିଅନ୍ତୁ। ତାହା ହିଁ ମୋର ଭଗବାନଙ୍କ ନିକଟରେ ପ୍ରାର୍ଥନା।" ପଛକୁ ନ ଅନେଇ ଆଗେଇ ଚାଲ, ଏଇ ମନ୍ତ୍ର ସବୁବେଳେ ସାର୍ ମୋ କାନରେ ଫୁଙ୍କୁଥିଲେ ଯାହାକି ମୋତେ ସଦା ସର୍ବଦା ଦୁନିଆର କଣ୍ଟକିତ ଚଲାପଥରେ ଚାଲିବାକୁ ସାହାଯ୍ୟ କରିଛି।

କେତେବେଳେ "ଘନିଆ" ତ କେତେବେଳେ "ଗଗନା", ପୁଣି କେତେବେଳେ "ଗଗନ" ଏଇମିତି ନାନା ପ୍ରକାରର ସେ ମୋତେ ସ୍ନେହରେ ସମ୍ବୋଧନ କରନ୍ତି। ମୁଁ ଯେତିକି ତାଙ୍କର ଅନୁପସ୍ଥିତି ଅନୁଭବ କରେ ସେ ମଧ ସେତିକ ଅନୁଭବ କରନ୍ତି। ପୁତ୍ର ଦେବାଶିଷ (ବାପି)ର ବ୍ରତୋପନୟନ ସମ୍ବାଦ ସହ ଅନ୍ୟାନ୍ୟ ଖବର ଦେଇ ଗାଁ ସ୍କୁଲରୁ ୬.୫.୧୯୮୧ ମସିହାରେ ଦିଲ୍ଲୀକୁ ଲେଖିଥିଲେ,

"ତୋ ଘରେ କୁଶଳ? ତୁ କେବେ ଆସିବୁ? ତୋର ଅନୁପସ୍ଥିତି ଅନେକ ସମୟରେ ଅନୁଭବ କଲେ ମଧ ନିରବ ରହେ। "ଯଦି ଥାଆନ୍ତା ମୋର ବିହଙ୍ଗ ପକ୍ଷ..." ତୁ ତୋର ସାଧନାର ତରି ଅବିଶ୍ରାନ୍ତ ବାହି ଚାଲିଥାଆ। ସିଦ୍ଧି ସୁନିଶ୍ଚିତ। ବିବେକାନନ୍ଦଙ୍କର ଉକ୍ତି, "ଉତ୍ତିଷ୍ଠତ, ଜାଗ୍ରତ୍ ପ୍ରାପ୍ୟବରାନ୍ ନିବୋଧତ।"

ମନ ଖରାପ ଥିଲେ ବା ସାର୍ ଚିଠି ଅନେକ ଦିନ ଧରି ଦେଇ ନଥିଲେ ଜଗନ୍ନାଥଙ୍କ ଉପରେ ଭକ୍ତ ଅଭିମାନ କରି ଜଣାଣ ଗାଇଲା ଭଳି ମୁଁ ଅଭିମାନ କରି ମନ କଥା ଲେଖି ଦିଏ। ସେଥିପାଇଁ ସେ କେବେହେଲେ ମୋତେ କିଛି ଖରାପ ଲେଖନ୍ତିନି, ପ୍ରତିକ୍ରିୟା ପ୍ରକାଶ କରନ୍ତିନି। ସର୍ବଦା ଧୀର, ସ୍ଥିର ଓ ଶାନ୍ତ। କାନାଡ଼ା ଆସିବା ପରେ ୪.୫.୧୯୮୬ରେ ସାର୍ ଲେଖିଥିଲେ,

"ଶ୍ରୀଜ୍ଞାସ୍ପଦ ଘନିଆ,

ମୋର ସ୍ନେହାଶିଷ ନେବୁ। ତୋର ପତ୍ର ଯଥା ସମୟରେ ପାଇ ମଧ ଏ ଯାବତ୍ ନିରୁତ୍ତର ଥିଲି। କେବଳ ଲକ୍ଷ୍ୟ କରୁଥିଲି ସମସ୍ତ କ୍ରିୟା ଓ ପ୍ରତିକ୍ରିୟା। କିନ୍ତୁ ମୋର ନଥିଲା। କାରଣ ତୋର ମୋ ପ୍ରତି ଯେଉଁ ଅକୃତ୍ରିମ ଭକ୍ତି ଓ ଶ୍ରଦ୍ଧା ତାର ପ୍ରତିଦାନରେ ମୁଁ ତୋତେ କିଛି ଦେଇ ପାରିନାହିଁ। ପାଇଛି ଅନେକ। ଆଜି ମୋର ଛାତି ଗର୍ବରେ ସ୍ଫୀତ। ସମସ୍ତଙ୍କ ଆଗରେ ଏ ଗର୍ବ ପ୍ରକାଶ କରିବାରେ ତିଳେ ହେଲେ

ଦ୍ୱିଧା କରେନା ଯେ ମୋର ଛାତ୍ର ଆଜି ତାର ସୌରଭ ବାହାରେ ବିକିରଣ କରିବାକୁ ଯାଇଛି । ଭଗବାନଙ୍କ ଠାରେ ପ୍ରାର୍ଥନା କରୁଛି ତୁ ସୁସ୍ଥ ମନ ଓ ଦେହରେ ତୋର ସାଧନାରେ ସିଦ୍ଧିଲାଭ କର ।" ଏଇ ବାକ୍ୟ କେଇଟି ସାରଙ୍କର ବଡ଼ ପଣ । ମନ ଅସ୍ଥିର ଥିଲେ ସ୍ଥିର କରିବାକୁ ମୁଁ ପୁଣି ଥରେ ସାରଙ୍କ ଲିଖିତ ପତ୍ର ପଢ଼େ ଯାହାକି ମୋର ମାନସିକ ସ୍ଥିରତା ଆଣିବାକୁ ସାହାଯ୍ୟ କରେ ।

ଝିଅଟିଏ ଆସି ନଇଁ ପଡ଼ି ଆମ ଦୁଇ ଭାଇଙ୍କର ପଦଧୂଳି ନେଲା । ମୁଁ ତା' ମୁହଁକୁ ଚାହିଁଲି ହେଲେ ଚିହ୍ନି ନପାରି ପଚାରିଲି, "ତୁ କିଏ ରେ ମା ? ଝିଅଟି ଲାଜେଇ ଯାଇ କାନ୍ଥକୁ ଆଉଜି ଠିଆ ହୋଇ ମୁହଁ ତଳକୁ କରି କିଛି କହୁ କହୁ ବୌଦି କହି ପକେଇଲେ, "ସେ ପରା ବାପିର ଝିଅ ।" ମୁଁ କାବା ହୋଇ ତାକୁ ଚାହିଁ କହିଲି, "ଏଁ ବାପିର ଝିଅ ? ଏଡ଼େ ବଡ଼ୁଟିଏ ହୋଇ ଗଲାଣି !" ବୌଦି କହିଲେ, "ହଁ, ସେ କଟକରେ ମେଡିକାଲ ପଢୁଚି ।" ଆମେ ଶୁଣି ବହୁତ ଖୁସି ହେଲୁ ଓ ଆଶ୍ଚର୍ଯ୍ୟ ବି ହେଲୁ ଯ୍ୟା ଭିତରେ କେତେ ବର୍ଷ ବିତି ଗଲାଣି । ବାପିର ଝିଅ ଯାଇ ମେଡିକାଲ୍ ପଢ଼ିଲାଣି ।

ବାପି, ଦେବାଶିଷ କର ସାରଙ୍କର ଏକମାତ୍ର ପୁଅ । ବର୍ତ୍ତମାନ ଡାକ୍ତର । ଆମେ ସ୍କୁଲରେ ପଢୁଥିଲା ବେଳେ ତା' ଜନ୍ମ । ପିଲାବେଳର ଫୋଟୋଟିଏ ସାରଙ୍କ ପାଖରୁ ମାଗି ନେଇ ଆଲ୍ବମ୍‌ରେ ସଜେଇଥିଲି । କଲେଜରେ ପଢ଼ିବା ବେଳେ ସାରଙ୍କ ବସାକୁ ଆସିଲେ ଘର ଆଗରେ ଲାଗିଥିବା ଝୁଲାରେ ମୁଁ ବହୁତ ସମୟ ବସେ । ବାପି ଆସି ଝୁଲାରେ ମୋ ଉପରେ ବସେ, ଘଷି ମାଜି ହୁଏ, କଥା ପଚାରେ, ମୁଁ ତା' ମୁହଁକୁ ଚାହିଁ ଉତ୍ତର ଦିଏ, ସେ ଧୀର ସ୍ଥିର ହୋଇ ଶୁଣେ ଓ ବୁଝେ । ବେଳେ ବେଳେ ଗରମ ହେଉଥିବା ବେଳେ ସେମିତି ଉପରେ ବସିଲେ ମୁଁ ତା' ଉପରେ ବିରକ୍ତ ହୋଇ କହେ, "ତୁ ଗଲୁ, ଉଠିଲୁ ମୋ ଉପରୁ ବାପି, ଟିକିଏ ତଳେ ବସ ।" ସାର ଏହା ଶୁଣି ତାକୁ ତାଗିଦ କଲେ ସେ ଚୁପ ହୋଇ ତଳେ ବସେ । ବାପି ଯେବେ ମେଡିସିନ ପଢ଼ିବାକୁ ସିଟ୍ ପାଇଲା ସାର ମୋତେ ୨୭.୧୧.୧୯୯୦ ରେ କାନାଡ଼ାକୁ ଲେଖିଥିଲେ "ଡକ୍ଟର ଜେ ବେହେରାଙ୍କ ଆଶୀର୍ବାଦରେ ବାପି ବୁଲ୍ଡ ମେଡିକାଲ କଲେଜରେ ପଢୁଛି । ତୋର ତଥା ବାବୁଲି (ରନ୍ୟାକର)ର ପତ୍ର ତାକୁ ପଢ଼ାଇଛି । ତୁମ୍ଭମାନଙ୍କର ଆଶା ସଫଳ କରିବା ପାଇଁ ଉପଦେଶ ଦେଇଛି ।"

ସାର ସମୟେ ସମୟେ ସଂସାର ତରି ବୋହିବା ପାଇଁ କଠିନ ଆର୍ଥିକ ପରିସ୍ଥିତି ଦେଇ ଗତି କରିଛନ୍ତି । ସ୍କୁଲ ଶିକ୍ଷକ ଦରମାରେ ଝିଅ ତିନୋଟିଙ୍କୁ ବିବାହ ଦେଇ, ପୁତୁରା ମାନଙ୍କୁ ପାଠ ପଢ଼େଇ ମଣିଷ କରି, ଶେଷକୁ ପୁଅକୁ ମେଡିକାଲ ପଢ଼େଇବା

କିଛି କମ୍ କଥା ନୁହେଁ। ଏପରିକି ପରିବାରରେ ଆର୍ଥିକ ପରିସ୍ଥିତିର ମୁକାବିଲା କରିବା ପାଇଁ 'ଗୌରୀ ଓ ଅପର୍ଣା' ଲିଖିତ ନିଜର ଅତି ଆପଣାର ହାତ ସୁନା ମୁଦିକୁ ମଧ ଅନ୍ୟ ପାଇଁ ବିନା ଦ୍ଵିଧାରେ ଦେଇ ଦେଇଛନ୍ତି। ଏପରି ବଦାନ୍ୟତା କମ୍ ଦେଖିବାକୁ ମିଳେ। ତା' ସଙ୍ଗେ ବି ସେ କେବେ ହେଲେ କାହାରି ପାଖରେ ହାତ ପତେଇ ନାହାନ୍ତି। ସରଳ ନିରାଡ଼ମ୍ବର ଜୀବନ ଯାପନ କରି ନିଜ ପରିବାରର ଗୁକୁରାଣ ମେଣ୍ଟେଇ ବରଂ ସେ ଅନ୍ୟ ମାନଙ୍କୁ ଦରକାର ବେଳେ ସାହାଯ୍ୟ କରିଛନ୍ତି।

ସାର କିଛି ସମୟ କଥାବାର୍ତା ହେଲା ପରେ କହିଲେ, "ଏ ଶୁଣୁଚ, ଏମାନେ ତ ବିଦେଶୀ ଲୋକ, ଆମର ଏଠାକାର ମିଠା ଜଳଖିଆ କିଛି ଖାଇବେନି, ଆଉ କ'ଣ କରିଚ ଏମାନଙ୍କ ପାଇଁ?" ତାହା ଶୁଣି ବୌଦି କହିଲେ, "ତମେ ତ ସବୁ କଥା କୁହାରେ ମାତିଚ। ରନ୍ନାକର ଫୋନ କରି କହିଥିଲା ସେ ଆସିବା ଆଗରୁ ଖବର ଦବ। ମୁଁ ପିଠା କରି ରଖିଥାନ୍ତି କେତେ ମନ କରିଥିଲି। କିଛି ଖବର ନଦେଇ ଆସି ପହଞ୍ଚିଲା।" ବୌଦି ଏକଥା କହୁ କହୁ ହାତ ତିଆରି ଖସା ଓ ନଡ଼ିଆ କୋରା ଲଡ଼ୁ ଆଣି ଆମ ସାମନାରେ ଗୋଟିଏ ଥାଲିରେ ଥୋଇଲେ। ସାନ ଭାଇ ରନ୍ନାକର କହିଲା, "ମୁଁ ଜାଣି ଜାଣି କିଛି କହିଲିନି ବୌଦି, ମୁଁ ଚାହୁଁ ନଥିଲି ଆପଣ ଆମ ପାଇଁ କଷ୍ଟ କରନ୍ତୁ।" ବୌଦିଙ୍କର ସମସ୍ତଙ୍କୁ ଖୁଏଇବାରେ ଆନନ୍ଦ, ଆମେ ଯେତେ ଥର ଆସୁ କିଛି ନା କିଛି ଖୁଆନ୍ତି। ହାତ ତିଆରି ଲଡ଼ୁ ଖିଆ ହେଲା ପରେ ବାହାରିଲୁ ଉଦ୍ୟାନ ବୁଲି।

ସାରଙ୍କ ଉଦ୍ୟାନ, ତାଙ୍କ ନିଜ ହାତର କରାମତି, ନିଜ ଝାଲବୁହା ପରିଶ୍ରମର ଫଳ। ନାନା ଜାତି, ନାନା ରଙ୍ଗ, ଦେଶୀ ବିଦେଶୀ ଫୁଲ ମାନଙ୍କର ସମାହାର। ଗାର୍ବେରା, ଡାଲିଆ, ଇକ୍ସୋରା, ଜିନିଆ, ବିଭିନ୍ନ ରଙ୍ଗର ମନ୍ଦାର, ବିଭିନ୍ନ ପ୍ରକାରର ଗେଣ୍ଡୁ, ଏମିତି ଆହୁରି କେତେ କେତେ ଜାତିର ଫୁଲ। ସକାଳର ବର୍ଷା ପାଣି ସ୍ପର୍ଶରେ ଅଧିକ ସତେଜ ଦେଖା ଯାଉଥାନ୍ତି। ଅଛ ବତାସରେ ଦୋହୋଲି ଯାଉଥାନ୍ତି। ସାର ଆଗେ ଆଗେ ଆଉ ଆମେ ଦୁଇ ଭାଇ ତାଙ୍କ ପଛରେ। ଫୁଲ ସବୁ ଆସି ଦେହରେ ବାଜି ଯାଉଥାନ୍ତି। ଘରର ପଛ ପଟେ ପନିପରିବା ଚାଷ। ସାର ଆମକୁ ବୁଲେଇ ରେଡିଓରେ କ୍ରିକେଟ୍ ଖେଳର ଧାରା ବିବରଣୀ ଦେଲା ଭଳି କହି କହି ଚାଲିଥାନ୍ତି ଆଉ ଆମେ ଦୁଇ ଭାଇ ଶୁଣୁଥାଉ। "ଏଇଟି ଭେଣ୍ଡି, ଫୁଲ ଆସିଲାଣି, ଆଉ କିଛି ଦିନ ପରେ ଫଳ ଆସିବ। ଏଇଟି କାକୁଡ଼ି ଅନେକ ଖାଇଲୁଣି ଏବେ ଟିକିଏ କମି ଆସିଛି। ତଥାପି କିଛି କମ୍ ନୁହେଁ। ଏଇଟି ପାଳଙ୍ଗ ଶାଗ। ଏଥିରେ ଜନ୍ତି ମାଡ଼ି ଅନେକ ଧରିଥିଲା ଏବେ ତାର ସମୟ ଗଲାଣି," ଏମିତି ସାର କହି

ଚାଲିଥାନ୍ତି । କଥା କହୁ କହୁ ମଝିରେ ମଝିରେ ଗଛ ଡାଳକୁ ଆଉଁସି ଦେଉଥାନ୍ତି । ଲତାଟିଏ ରାସ୍ତା ଉପରକୁ ମାଡ଼ି ଆସିଥିଲେ ଯନ୍ ସହକାରେ ହାଲକା କରି ଧରି ବୁଲେଇ ଦେଉଥାନ୍ତି । ଲାଗୁଥାଏ ସତେ ଯେପରି ସାର୍ ସେମାନଙ୍କ ସହିତ କଥା ହେଉଛନ୍ତି ଆଉ ଲତାମାନେ ବି ତାଙ୍କ କଥା ବୁଝୁଛନ୍ତି, ଲାଜେଇ ଯାଇ ପୁଣି ମୁହଁ ବୁଲେଇ ନେଉଛନ୍ତି । ଅଳ୍ପ ଦୂରକୁ କଲମି ଆମ୍ଭର ବାଗାନ । ବଗିଚା କରିବା ସାରଙ୍କର ଅନେକ ଦିନର ସଉକ । ମୋର ଛାତ୍ରାବସ୍ଥାରୁ ମୁଁ ଏହା ଦେଖୁ ଆସିଛି । ଏ ବୟସରେ ବି ସେ ଅଭ୍ୟାସ ସାରଙ୍କର ଯାଇନି । ଏବେ ଏହା ତାଙ୍କ ଅବସର ଜୀବନର ଚିତ୍ତ ବିନୋଦନର ମାର୍ଗ ।

ସାର୍ ଚାକିରିରୁ ଅବସର ନେବେ, ସେ ବେଳର ପ୍ରଧାନ ଶିକ୍ଷକଙ୍କ ଠାରୁ ପତ୍ରଟିଏ ପାଇଲି ଆମର ଟରୋଣ୍ଟୋ ଫଷ୍ଣେନ୍ବୁ ଡ୍ରାଇଭ୍ ବାସ ଭବନ ଠିକଣାରେ । ୨୦୦୩ ମସିହାର କଥା । ଚିଠି ପଢ଼ି ସାରି ମନେ ପଡ଼ିଗଲା ୧୯୬୬ ମସିହାର ଷଷ୍ଠ ଶ୍ରେଣୀ, ଯେଉଁ ବର୍ଷ ସାର ନିଯୁକ୍ତି ପାଇଥିଲେ । ମୁଁ ଥିଲି ୧୯୬୬ ମସିହା ସାରଙ୍କର ପ୍ରଥମ ବର୍ଷର ଛାତ୍ର । ଭାବି ପାରିଲିନି ଯା ଭିତରେ ସଇଁତିରିଶ ବର୍ଷ ବିତିଗଲାଣି । ନିରବଚ୍ଛିନ୍ନ ଭାବରେ ଦୀର୍ଘ ଏତେ ଦିନର ଶିକ୍ଷାଦାନ, ବରୁଣସିଂବାସୀଙ୍କୁ, ସେ ସାରା ଅଞ୍ଚଳକୁ । ସାର୍ ଆମ ଗାଁ ମାଟି ଛାଡ଼ି ଚାଲିଯିବେ, ମୋ କଚ୍ଚନାକୁ ଆସିଲାନି । ପ୍ରଧାନ ଶିକ୍ଷକ ଲେଖିଥିଲେ ବାର୍ଡା ପଠେଇବାକୁ । କ'ଣ ଲେଖିବି ? ଆସନ୍ତା ଥର ଗ୍ରାମ ଭ୍ରମଣରେ ଗଲେ ସାରଙ୍କ ସହିତ ସାକ୍ଷାତ ହେବନି ? ଅସମ୍ଭବ । ମନର ଆବେଗ ଉଦ୍‌ବେଗକୁ ଆୟତ୍ତ କରି ବିଦାୟ କାଳୀନ ବାର୍ଡାଟିଏ ଲେଖି ପଠେଇଥିଲି । ଅନେକ ଦିନ ପରେ ପ୍ରଧାନ ଶିକ୍ଷକ ବିରଞ୍ଜିନାରାୟଣ (ଦାସ) ବାବୁ ପୁଣି ଲେଖିଥିଲେ ଯେ ଥରେ ସ୍କୁଲରେ, ଥରେ ଗାଁ ଲୋକେ, ଥରେ ପୁରାତନ ଛାତ୍ରମାନେ ଏମିତି ତିନି ତିନି ଥର ବିଦାୟ ସଭାର ଆୟୋଜନ କରାହେଇଥିଲା । ମୋର ପଠେଇଥିବା ବାର୍ଡାଟି ବିଦାୟ କାଳୀନ ସଭାରେ ପାଠ କରାଯାଇଥିଲା । 'ସ୍ମୃତି ସୌରଭ' ସ୍ମରଣିକାଟିଏ ପ୍ରକାଶ କରାଯାଇଥିଲା । ବିଦାୟ କାଳୀନ ଦୁଃଖରେ ସାରା ଅଞ୍ଚଳ ଲୁହ ଝରେଇ ପଖାଳି ଦେଉଥିଲା ସେହି ବିଦ୍ୱାନ, ଶିକ୍ଷାଦାତା ମହା ମନିଷୀଙ୍କ ପଦ ଯୁଗଳ ।

ସାରଙ୍କର ଜନ୍ମ ଭୂମି ହୋଇ ଥାଇପାରେ ସେଇ ଲଙ୍କା ଆମ୍ଭ ବୃକ୍ଷ ଘେରା ଅଜଣା ଅଶୁଣା ଅଖ୍ୟାତ ପଲ୍ଲୀ କୁଟିଲାଡାଙ୍ଗର, ମାତ୍ର ବରୁଣସିଂହ ଅଞ୍ଚଳ ଥିଲା ତାଙ୍କର କର୍ମ ଭୂମି । ସେଇ କର୍ମ ଭୂମିରୁ ହିଁ ଶେଷକୁ ଚାଲିଶ ଜଣ ନୂତନ ଓ ପୁରାତନ ଛାତ୍ର ମିଶି ଶ୍ରଦ୍ଧାରେ ତାଙ୍କ ସହିତ ଗଲେ ବାଟେଇ ଦେବାକୁ ପୂରା ତାଙ୍କ ଗାଁ କୁଟିଲାଡାଙ୍ଗର

ପର୍ଯ୍ୟନ୍ତ । ଗଲାବେଳେ ପଦୁଟିଏ ଲେଖ ଯାଇଥିଲେ ସାର, ସେ ଅଞ୍ଚଳର ଅଶ୍ନ୍ଲ ଜନତାଙ୍କ ପାଇଁ,

"ତୁମ ବିଦ୍ୟାଳୟ ତୁମର ରହିଛି ଗଢ଼ିବ ସୁନ୍ଦର କରି,
ତା କଲ୍ୟାଣ ତୁମ ଗୁରୁଙ୍କ ଦକ୍ଷିଣା ନଦେବ ମନୁ ପାଶୋରି ।
ଷଡ଼ତ୍ରିଂଶ ବର୍ଷ ପଞ୍ଚ ମାସାଧିକ କରି ଅଛି ଶିକ୍ଷା ଦାନ,
ମଙ୍ଗଳ ମନାସେ ବିଦାୟ ବେଳାରେ ଶୁଭ ହେଉ ସର୍ବଦିନ ।"

ଉଦ୍ୟାନ ଭିତରେ ପୁଷ୍କରିଣୀଟିଏ । ପକ୍କାଘାଟ । ତିନି ଧାରରେ ନାରିକେଲ ବୃକ୍ଷ । ସାର, "ଆ ଦେଖିବୁ, ଆଉ କେତେ ଜଣଙ୍କର ଖେଳ" କହି ମୋତେ ଡାକି ନେଲେ ପୋଖରୀ କୂଳକୁ । ମୁଁ ବୁଝି ପାରିଲିନି ପ୍ରଥମେ । ଘାଟରେ ଛିଡ଼ା ହୋଇ ଛୋଟ ପିଲାଟେ ଫୋପାଡ଼ିଲା ପରି ହାତ ଉପରକୁ କରି ଖାଦ୍ୟ କିଛି ଫୋପାଡ଼ି ଦେଲେ ପୋଖରୀ ପାଣିକୁ । ଚପ୍ କରି ଶବ୍ଦ ହୋଇ ଖାଦ୍ୟ ଟିକ ପଡ଼ିଲା ପାଣିରେ । ନିମିଷକେ ଚବର ଚାବର ହୋଇ କେତେ ଗୁଡ଼ିଏ ମାଛ ମଥା ପିଟି ପାଣିରେ ତରଙ୍ଗ ଖେଳେଇ ଘୁରି ବୁଲିଲେ । ସାରଙ୍କ ମୁହଁରେ ଖେଳିଗଲା ଆନନ୍ଦର ଢେଉ । ଇଏବି ସାରଙ୍କର ଆଉ ଏକ ଖେଳ । ଘର ଆଗରେ ଫୁଲ ବଗିଚା, ପଛରେ ପନିପରିବା, ଫଳ ବଗିଚା ଓ ତା' ମଧ୍ୟରେ ପୁଷ୍କରିଣୀ । ଲାଗୁଥାଏ ସତେ ଯେପରି କୁଞ୍ଜ ବନ ଭିତରେ ସାରଙ୍କ ନିବାସ । ନା ଅଛି ସହର ମାନଙ୍କର ଶବ୍ଦ ପ୍ରଦୂଷଣ, ନା ଗାଡ଼ି ମଟର ଧୁଆଁ । କେବଳ ଶାନ୍ତ ସ୍ନିଗ୍ଧ ପରିବେଶରେ ଶାନ୍ତ ବାତାବରଣ ଛାଇ ହୋଇ ରହିଥାଏ । ଏହା ଦେଖ ମନରେ ଭାବିଲି, ସାର କର୍ମମୟ ଜୀବନରେ ହସି ଖେଳି ବିତେଇଲେ ଜୀବନ୍ତ କର୍ଣ୍ଢେଇଙ୍କ ସହିତ, ଆଉ ଏବେ ଖେଳୁଛନ୍ତି ଫୁଲ, ଫଳ ଓ ମାଛଙ୍କ ସହିତ । ନା ମନରେ ଗ୍ଲାନି, ନା ଈର୍ଷା, ନା ଅହଙ୍କାର, ନା ଧନ ଅର୍ଜିବାର ଲାଳସା । ସବୁବେଳେ ଧୀର, ନମ୍ର, ସ୍ଥିତପ୍ରଜ୍ଞ ଓ ହସ ହସ ମୁଖ ମଣ୍ଡଳ । ମନକୁ ଆସିଲା ଜୀବନକୁ ଜିଇଁ ଜାଣିଚନ୍ତି ଏହି ମହା ପୁରୁଷ ।

ଏପରି ଅମୂଲ୍ୟ ମୁହୂର୍ତ ବିତେଇବା ପରେ ଆମ ଦୁଇ ଭାଇଙ୍କର ବିଦାୟ ନେବାର ବେଳ ଆସି ପହଞ୍ଚିଲା । ପଦ ଧୂଲି ନେବାବେଳେ ସାର ଭାବପ୍ରବଣ ହୋଇ ମୋତେ ଆଶୀର୍ବାଦ କରି କୁଣ୍ଢେଇ ପକେଇଲେ । ଆସିବାକୁ ମନ ବଳୁ ନଥିଲେ ବି କ୍ରୁର ସମୟର ବାଧ୍ୟତା ଭିତରେ ବିଦାୟ ନେବାକୁ ପଡ଼ିଲା । ଅପେକ୍ଷା କରିଥିଲା ବାହାରେ ଜୟନ୍ତ ଗାଡ଼ି ଭିତରେ । ଫାଟକକୁ ଧରି ଚାହିଁ ରହିଥିଲେ ସାର ଓ ବୌଦି । ଦୁହେଁ ହାତ ହଲାଉ ଥାଉ ସେମାନଙ୍କର ମୁହଁ ଅଦୃଶ୍ୟ ହେବା ଯାଏଁ । ବଜାର ପାରି ହୋଇ ଗାଡ଼ି ଆମର ଗତିକଲା ଜାତୀୟ ରାଜପଥରେ । କେଇଟି ମୁହୂର୍ତ ପରେ ଦେଖିଲି ଜାତୀୟ

ରାଜ ପଥକୁ ଲାଗି "ସାଇ ଜ୍ୟୋତି ଚକ୍ଷୁ ଚିକିତ୍ସାଳୟ। ଡ଼ାକ୍ତର ଦେବାଶିଷ କର।" ସାରଙ୍କ ପୁଅ ବାପିର ଚିକିତ୍ସାଳୟ। ଶହ ଶହ ଲୋକଙ୍କୁ ଦୃଷ୍ଟି ଦାନ କରୁଛି। ଆଖପାଖ ଅଞ୍ଚଳରେ ନାଁ ବାଜୁଛି, ଡାକ୍ତର ଦେବାଶିଷ କର। ୧ ୯ ୬୭ ମସିହାରେ ତା' ବାପାଙ୍କର ଏଇ ସେବା ମନୋବୃଭି ମୁଁ ମୋ ନିଜ ଆଖରେ ଦେଖ୍ଥିଲି। ନିଜ ହାତରୁ ପଇସା ଖର୍ଚ୍ଚ କରି ହୋମିଓପ୍ୟାଥ୍କ ଔଷଧ ଆଣି ରୋଗୀ ସେବା କରୁଥ୍ଲେ। ତାହା ସହିତ ଜଡ଼ିତ ଦୀର୍ଘ ସଳଁ ତିରିଶ ବର୍ଷର ଶିକ୍ଷାଦାନ। ଆଜି ଦେଖ୍ଲି ପୁତ୍ର ଦେବାଶିଷ ପିତାଙ୍କର ଉତ୍ତମ ଦାୟାଦ ହିସାବରେ ଡାକ୍ତର ହେଇ ରୋଗୀ ସେବା କରୁଛି। ମନରେ ଭାବିଲି ଦାନ ହିଁ ହେଉଚି ସେଇ ବାଲିବନ୍ତରୁ ଆସିଥ୍ବା ମଣିଷର ବଂଶ ପରମ୍ପରା, ଶିକ୍ଷାଦାନ ହେଉ ଅବା ଚକ୍ଷୁଦାନ। ନିରବରେ ପ୍ରଣିପାତ ଜଣାଉ ଜଣାଉ ଭାବୁଥ୍ଲି ଧନ୍ୟ ସେ "ବାଲିବନ୍ତର ମଣିଷ।"

ଗାଡ଼ି ଜାତୀୟ ରାଜ ପଥରୁ ବାହାରି ଆମ ଗାଆଁ ଆଡ଼କୁ ମୁହେଁଇଲା। ଏତେ ସମୟ ଭାବପ୍ରବଣ ହୋଇ ନିରବି ଯାଇଥ୍ବାରୁ ପାଖରେ ବସି ଗାଡ଼ି ଚଲଉଥ୍ବା ଜୟନ୍ତ ମୋତେ ଚାହିଁ ତା' ପାନଖୁଆ ଦାନ୍ତ ଦେଖେଇ ମୁଚୁକୁଦିଆ ହସଟିଏ ମୁହଁରେ ଫୁଟେଇ ଦେଇ ପଚାରିଲା, "ସାର୍, ବସିକି କି-କି କିସ ଭାବୁଚନ୍ତି ?"

ଘର

ଚାଦର ପରି ଘୋଡ଼େଇ ଥିବା ଧୂଆଁଳିଆ ଧୂସରିଆ କୁହୁଡ଼ି କେତେ ବେଳୁ ଦୂରେଇ ଗଲାଣି । ସକାଳ ସୂର୍ଯ୍ୟ କିରଣ ବରଗଛ ଡାଳ ଫାଙ୍କ ଦେଇ ଘର ଦାଣ୍ଡ ଉପରେ ବିଛାଡ଼ି ହୋଇ ପଡ଼ିଥାଏ । ସାମନା ପୋର୍ଟିକୋ ଖରାରେ ମୁଁ ଚଉକି ଖଣ୍ଡେ ପକେଇ ବସିଥାଏ । ହାତରେ ଥାଏ ଦାସ ବେନହୁରଙ୍କ ଗଙ୍ଗା ପ୍ରବାହ ପୁସ୍ତକର ପ୍ରଥମ ଭାଗଟି । ସେଇଠି ବସି ମୁଁ ଅନେକ ସମୟ ଧରି ଦାଣ୍ଡ ଆଗ ବରଗଛକୁ ଅନେଇଥାଏ । ଅନାବନା ଲତା ସବୁ ବରଗଛ ଦେହରେ ଶାଢ଼ୀ ପିନ୍ଧିଲା ପରି ଲଟେଇ ହୋଇ ରହିଥାନ୍ତି । ଲତାର ମଝିରେ ମଝିରେ ଶୋଭା ପାଉଥାଏ ବାଇଗଣିଆ ରଙ୍ଗର ଫୁଲ, ଠିକ୍ ଛପା ଶାଢ଼ୀ ପରି । ଧୂସରିଆ ଗାରଗାରିଆ ଗୁଣ୍ଡୁଚି ମୂଷା ଆମେ ପିଲାଦିନେ ଡାଲ ମାଙ୍କୁଡ଼ି ଖେଳିଲା ଭଳି ଏ ଡାଲରୁ ସେ ଡାଲ ଡେଇଁ ଡେଇଁ ଡାଲପତ୍ର ଦୋହୋଲେଇ ଦେଉଥାଆନ୍ତି । ଘର ଚଟିଆ ଦୁଇଟି ବାଉଁଶ ଖୁଣ୍ଟ ଉପରେ ବସି ଖରାରେ ଖୁଣ୍ଟାଖୁଣ୍ଟି ହେଉଥାନ୍ତି । ବରଗଛରୁ ଶୁଖିଲା ହଳଦିଆ ପତ୍ର ଶରତ ଋତୁରେ ଗଙ୍ଗାଶିଉଲି ଝରିଲା ପରି ମୃଦୁ ପବନରେ ଏକ ପରେ ଏକ ଝରି ପଡ଼ୁଥାନ୍ତି । ଦାଣ୍ଡ ଶୁଖିଲା ପତ୍ରରେ ଭରି ଯାଉଥାଏ । ଦେଖୁଥାଏ, ଶାଖା ମାନଙ୍କରୁ ପୁଣି କଅଁଳ ସାଗୁଆ ପତ୍ର ଗଜରିବାରେ ଲାଗିଗଲେଣି । କିଛି ଦିନ ଅନ୍ତେ ମନ୍ଦାର ଫୁଲିଆ ନାଲି ଟହ ଟହ ବରଫଳ ଶାଖା ମାନଙ୍କରେ ଶୋଭା ପାଇବେ । ଜାତି ଜାତିକା ରଙ୍ଗବେରଙ୍ଗର ପକ୍ଷୀମାନେ ଆସି କିଚିରି ମିଚିରି ସ୍ୱନ କରି ଫଳ ଖାଇବାରେ ଲାଗିଯିବେ । କେତେ କାଳର ଏ ବରଗଛ, କିଏ ଜାଣେ ? ବର୍ଷ ବର୍ଷ ଧରି କେତେ ଗ୍ରୀଷ୍ମ, କେତେ ବର୍ଷା, ମୁଣ୍ଡ ଟେକି ସହି ଆସିଲାଣି । ବାପାଙ୍କ କହିବା ଅନୁସାରେ ସେ ଠାଙ୍କ ହେତୁ ହେବା ଠାରୁ ଏ ବରଗଛ ଦେଖି ଆସିଛନ୍ତି । ତାଙ୍କ ଜୀବନ କାଳରେ ବି ଏ ଗଛର ବୟସ କେତେ, ତାଙ୍କୁ କେହି ବୟସ୍କ ବ୍ୟକ୍ତି ଠିକ୍ ଭାବରେ କହିବା ତ ଦୂରର କଥା ଅନୁମାନ କରିବି କହିପାରି ନାହାନ୍ତି । ବୟସ

ବଢ଼ିବା ସଙ୍ଗେ ସଙ୍ଗେ ଗଛର କଳେବର ବୃଦ୍ଧି ହୋଇ ଦ୍ୱାମକୁ ପାଇଲାଣି । ଗାଁ ଆର ମୁଣ୍ଡ ଉପର ସାହିରେ କେହି ଅଜଣା ଲୋକ ଯଦି ଗାଁକୁ ଆସି ପଚାରନ୍ତି, "ଗୋବିନ୍ଦ ପାଣିଗ୍ରାହୀଙ୍କ ଘର କେଉଁଠ ?" ଲୋକେ କହନ୍ତି, "ଏଇ ଗୋହିରିରେ ନାକ ସିଧା ଚାଲିଯିବ, ଡାହାଣ ହାତି ଯେଉଁଠ ବଡ଼ ବରଗଛଟିଏ ଦେଖିବ ଠିକ୍ ତାହାରି ମୂଳରେ ଯେଉଁ ମାଟି ଓ ନଡ଼ା ଛପର ଘରଟି, ସେଇଟା ତାଙ୍କ ଘର ।" ବରଗଛ ଆମ ବଂଶର ନିସାଣ । ଏ ବରଗଛ, ଏହାର ଓହଲ, ଶାଖା, ପ୍ରଶାଖା, ପତ୍ର ଓ ଫଳ, କେଡ଼େ ଆମ୍ୟାୟ ।

ବିମାତା ଲଳିତା ଓ ତାଙ୍କ ପୁତ୍ର ମାନଙ୍କ ସହିତ ମନୋମାଲିନ୍ୟ ହେବାରୁ ଦୈତାରୀ ପାଣିଗ୍ରାହୀ ମୂଳ ବାସ ସ୍ଥାନ ପରିତ୍ୟାଗ କରି ଏହି ବରଗଛ ମୂଳରେ ପ୍ରଥମେ ନିଜ ପରିବାର ରହିବା ପାଇଁ ଘରଟିଏ ନିର୍ମାଣ କରିଥିଲେ । ମାଟି କାନ୍ଥ ଉପରେ ନଡ଼ା ଛପର ଘର ଓ ଘର ଆଗକୁ ବରଗଛ ପର୍ଯ୍ୟନ୍ତେ ଲମ୍ବିଯାଇଥିବା ନାଲି ମୋଟା ବାଲିରେ ଦାଣ୍ଡ । ଘରର ଆଗପଟେ ଉଚ୍ଚ କାନ୍ଥ ଓ ଉଚ୍ଚ ପିଣ୍ଡା । ପିଣ୍ଡା ମାନଙ୍କରେ କଳା କଳା ଶାଳ କାଠର ଖୁଣ୍ଟ । ମୁଖ୍ୟ ଦ୍ୱାରର କବାଟ ମଜ୍ଭୁତ କଳା ତାଳ ପଟା ଓ ବୃହତ ଲୌହ କଣ୍ଟାରେ ନିର୍ମିତ । କବାଟ ଉଚ୍ଚ ହେଇ ନଥିବାରୁ ମୁଣ୍ଡ ନୁଆଁଇ ଘର ଭିତରକୁ ପଶିବାକୁ ପଡ଼ୁଥିଲା । ଘରକୁ ପଶିବା ମାତ୍ରେ ଗୁହାଳ ଘର । ଆଉ ଏକ ଦୁଆରବନ୍ଦର ଯାଉଁଲି କବାଟ ପାରିହେଲେ ଅଗଣା । ଅଗଣାର ଦକ୍ଷିଣ ପଟକୁ କୋଠରି ଭିତରେ ଆଉ ଏକ କୋଠରି, ଯେଉଟାକି ପ୍ରଥମ ଶୋଇବା କୋଠରି । ବାଟ ମୁହଁରେ ଥିବା ପ୍ରବେଶ କୋଠରିରେ ଚାଉଳ ରହିବା ପାଇଁ ବଡ଼ ବଡ଼ କଉଡ଼ିମାନ ଭାଡ଼ି ଉପରେ । ତାହାର ଡାହାଣ ପଟକୁ ଦ୍ୱିତୀୟ ଶୋଇବା କୋଠରି । ତା' ସାମନାରେ ଢିଙ୍କି । ତାକୁ ଲାଗି ଝରକା ନଥିବା ଅମାର ଘର । ଅମାର ଘରେ ଧାନ ରହିବା ସଙ୍ଗେ ସଙ୍ଗେ କାଠରେ କୁଟିକମ ହେଇଥିବା ଠାକୁର ଖଟୁଲିରେ ଗୃହ ଦେବତା ଆଣ୍ଡୁଆ ଗୋପାଳ । ପ୍ରପିତାମହ ଦୈତାରୀ ପାଣିଗ୍ରାହୀ ଆଣ୍ଡୁଆ ଗୋପାଳଙ୍କର ପିତ୍ତଳ ବିଗ୍ରହ ସେ କାଲରେ ବୃନ୍ଦାବନରୁ ଆସି ପ୍ରତିଷ୍ଠା କରିଥିବା କଥା ବାପା ଓ କକା ତାଙ୍କ ମାଆଙ୍କ ପାଖରୁ ଶୁଣିଥିଲେ ବୋଲି କହନ୍ତି । ପୂର୍ବ ପଟ ଈଶାଣ କୋଣକୁ ରୋଷେଇ ଘର, ଘରଟି ଅନ୍ଧକାରମୟ । ତା' ଭିତରେ କେବଳ ଭାତ ହାଣ୍ଡି ରହେ, ରୋଷେଇ ହୁଏ ବାହାରେ । ଘରର କୋଠରି ମାନଙ୍କ ଉପରେ ତାଳ ପଟାରେ ଛାତ ଓ ତା' ଉପରେ ମାଟି ପକେଇ ଦ୍ୱିତୀୟ ମହଲା, ଯାହାକୁ କି କୋଠା କୁହାଯାଏ । ଦୁଇ ପଟରେ ଦୁଇଟି ବିଶାଲକାୟ ମାଟିରେ ଗଢ଼ା ଅଙ୍କା ବଙ୍କା ତେଢ଼ା ପାହାଚ କୋଠା ଉପରକୁ ଯିବାକୁ । ଗୋଟିଏ ଦକ୍ଷିଣ ପଟକୁ ଓ ଅନ୍ୟଟି ପଶ୍ଚିମ ଓ ଉତ୍ତର ପଟ ପାଇଁ । ଘରର ପଛପଟକୁ ନିତି ବ୍ୟବହାର୍ଯ୍ୟ ପୋଖରୀ । ବାଡ଼ିରେ ଆମ୍ବ, ବେଲ, କଇଥ, ତାଳ, ନିମ, ତେନ୍ତୁଲି, କରଞ୍ଜ ଓ ବାଉଁଶ ବୁଦା ।

ବାପା କହନ୍ତି ପ୍ରପିତାମହ ଦୈତାରୀ ପାଣିଗ୍ରାହୀ ଓ ପିତାମହ ରାଧାନନ୍ଦ ପାଣିଗ୍ରାହୀଙ୍କ ଜୀବନ କାଳ ସେଇ ଘରେ କଟିଥିଲା । ବାପା ଓ କକା ଶୈଶବ କାଳରୁ ତାଙ୍କ ପିତାଙ୍କୁ ହରେଇ ବସିଥିଲେ । ଘରର ଉଭରୋଭର ଉନ୍ନତି କରିବା ତ ଦୂରର କଥା ଭାଇ ଭଗାରିଙ୍କ ଷଡ଼ଯନ୍ତ୍ରରେ ଦୁନିଆରେ ଗଣ୍ଡେ ଖାଇ ଖଣ୍ଡେ ପିନ୍ଧି ବଞ୍ଚି ରହିବା ବି ଏକ ସମୟରେ ତାଙ୍କ ପକ୍ଷରେ କଠିନ ହେଇପଡ଼ିଥିଲା । ବାପାଙ୍କର ଭର୍ଷ୍ଣାକୁଲାର ଯାକେ ପାଠ । ଅଳ୍ପ ପାଠ ଯୋଗୁଁ ଛୋଟ ଦଫାଦାରୀ ଚାକିରି । ମାସକୁ ଛଅ ଟଙ୍କା ଦରମା । ସେଇଥିରେ ଘରର ସମସ୍ତ ଗୁଜୁରାଣ ମେଣ୍ଟେଇ ଦୁଃଖେ ସୁଖେ ଅଭାବକୁ ଦେହର ଆଉ ଏକ ଅଙ୍ଗ ଭାବି ଚଳିବାକୁ ପଡ଼ୁଥିଲା । ବଳକା କାହିଁ ଯେ ଘରର ଉନ୍ନତି କରିବା ଦିଗରେ ପଦକ୍ଷେପ ନେବାକୁ ସାହସ କରିବେ ? ବାପା ସବୁବେଳେ କହନ୍ତି, "ଗୋପାଳଜୀ କରନ୍ତୁ, ମୋ ପିଲାମାନଙ୍କର ଡେଣା ଲାଗିଯାଉ, ପର ଲାଗିଯାଉ, ଉଡ଼ି ଯାଆନ୍ତୁ, ସେତିକି ଯାହା ମୋର ଆଶା, ଆଉ ଘର ଦ୍ୱାର ନହେଲା ନାହିଁ ।" ତେଣୁ ସେଇମିତି ସେଇ ଘରେ ସେ ତାଙ୍କର ଜୀବନ କାଳ ବିତେଇ ଦେଇଥିଲେ ।

ବରଗଛକୁ ଅନେଇ ଅତୀତର କଥା ମନେ ପକଉ ପକଉ କଅଁଳା ବାଛୁରୀର ହମ୍ବା ରଡ଼ି ଶୁଣି ମୁଁ ଦାଣ୍ଡ ପଟରୁ ଘର ବାଡ଼ି ପଟକୁ ଚାଲିଗଲି । ଗଛ ଛାଇ ତଳେ ଗାଈଟିଏ ଖୁଣ୍ଟରେ ବନ୍ଧା ହୋଇଥାଏ । ବାଦାମୀ ରଙ୍ଗର ଗାଈଟି, ମୁଣ୍ଡରେ ଚାନ୍ଦ । ସାନ ଭାଇ ମାନା ବଡ଼ ପାଟି କରି ଘର ଭିତରେ ଅନ୍ୟ ମାନଙ୍କୁ ପଚାରୁଥାଏ, "ଗାଈ ଦୁହାଁ ହେଲାଣିକି ନାହିଁ ? କେତେବେଳେ ଦୁହିଁବ ? ବାଛୁରୀ ରଡ଼ି ଛାଡ଼ିଲାଣି, ଉଚ୍ଚୁର ହେଲାଣି !" ସାନ ଭାଇ ସହିତ କଥା ହେଇ ଜାଣିଲି ଆଜିକାଲି କୁଆଡ଼େ ଆଉ ଆଗ ଭଳି ଗାଁରେ ଗୁହାଲ ନାହିଁ କି ବଳଦ ବା ଗାଈ କେହି ରଖୁ ନାହାନ୍ତି । ଟ୍ରାକ୍ଟର ଦ୍ୱାରା ଚାଷ, ବଳଦ କିଏ ରଖୁଛି ? ଓମ୍‌ଫେଡ଼୍‌ରୁ କ୍ଷୀର, ଗାଈ କିଏ ପାଳୁଛି ? ଗୋରୁ ଗାଈ ନଥିବାରୁ ଖତ ହିସାବରେ ଗୋବର ଜମିରେ ପଡ଼ୁନାହିଁ, ତା' ବଦଳରେ ପଡ଼ୁଛି ସାର ।

ଗାଈ ଓ ଗୁହାଲ କଥା ପଡ଼ିଲାରୁ ପୁଣି ମନେ ପଡ଼ିଲା ବାପାଙ୍କ କଥା । ବାପା କହନ୍ତି ପ୍ରଥମେ ଆମ ଦାଣ୍ଡଘରେ ଗୁହାଲ ଥିଲା । କକା ଚାକିରି କରିବା ପରେ ଅଣ୍ଟାରେ ଦୁଇ ପଇସା ହେଲାରୁ ସେ କୁଆଡ଼େ ପ୍ରଥମ କରି ଘର ଭିତରୁ ଗୁହାଲ ଉଠେଇ ଦେଇ ବାହାରେ ଦୁଇ ବଖରା ଗୁହାଲ ଘର ତିଆରି କରେଇଥିଲେ । ଗୋଟିଏ ବଖରା ବଳଦ ମାନଙ୍କ ପାଇଁ ଓ ଅନ୍ୟଟି ଟିକିଏ ବଡ଼, ଗାଈ ଓ ବାଛୁରୀ ରହିବା ପାଇଁ । ଗୁହାଲ ଉଠିଗଲା ସତ ହେଲେ ତାହାର ପ୍ରଭାବ ସେ କୋଠରିରୁ ଗଲା ନାହିଁ । ଆମେ ଦେଖିବାରେ ସବୁଦିନେ ସେ କୋଠରିଟି ସନ୍ତ ସନ୍ତିଆ, ବର୍ଷ ସାରା ଜରକେ । ଆମେ ଯେତେବେଳେ ଘରଟି କାହିଁକି ସତ୍ତସତ୍ତିଆ ବୋଲି ବାପାଙ୍କୁ ପ୍ରଶ୍ନ କରୁ, ବାପା କହନ୍ତି, "ଏଇ ଘରେ

ଜଜବାପା ଦୌତାରୀ ପାଣିଗ୍ରାହୀଙ୍କ ଅମଲରୁ ଗୁହାଲ ଥିଲା। ଗୋମୂତ୍ରରେ ଥିବା ଲୁଣ ଅଂଶର ପ୍ରଭାବରୁ ଘରଟି ଅଦ୍ୟାବଧି ଜଲମା ଧରୁଛି। କାହୁଆଁ କୃପାରୁ ଏହା ସୁଧୁରିଚି।” ଆମେ ଆଶ୍ଚର୍ଯ୍ୟ ହେଉଥିଲୁ ଘର ଭିତରେ ପୁଣି ଗୁହାଲ! ତା’ ସଂଗେ ସଂଗେ ଖୁସି ହେଉଥିଲୁ ଆଉ ତାରିଫ୍ କରୁଥିଲୁ କକାଙ୍କର ଘରକୁ ପରିବର୍ତ୍ତନ ଦିଗରେ ଉତ୍ତମ ପଦକ୍ଷେପକୁ।

ବାଡ଼ି ପଟ ପିଣ୍ଡାରେ ବସି ଭଉଣୀ ଦୁଇଜଣ ଓ ଭାଇବୋହୂମାନେ ସନ୍ଧ୍ୟାରେ ପୋଡ଼ ପିଠାର ଯୋଜନା କରୁଥାନ୍ତି। ମୁଁ ଜାମ କୋଳି ଗଛମୂଳରେ ବସି ସେମାନଙ୍କର କଥୋପକଥନ ଶୁଣୁଥାଏ। ପିଠା ପାଇଁ ଚୂନା କିପରି କୁଟିବେ ସେଇଥାକୁ ନେଇ ଆଲୋଚନା। ଚାଉଳ ବାଟିବେ ନା ହେମ ଦସ୍ତାରେ କୁଟିବେ ନା ମିକ୍ସିରେ ଚୂନା କରିବେ। ନାନୀ କହୁଥାଏ ସେ ଶିଳରେ ବାଟିଦେବ। ତା’ କହିବା ଅନୁସାରେ “ଚାଉଳ କେତେକି ? ସାଆଣ୍ଟେ ହେଇଯିବ। ଏରକମ କେତେ କରିଚି ନା, ତମେ ଆଜିକାଲିକା ପିଲା, ସବୁଥିରେ ଖାଲି କିସ ନା ମିକ୍ସି।” ସାନ ଭଉଣୀ ମଞ୍ଜୁ କହୁଥାଏ, “ମୁଁ ହେମଦସ୍ତାରେ କୁଟିଦେମି।” ବୋହୂ ଦୁଇଜଣ କହୁଥାନ୍ତି, “ନାନୀମାନେ, ତମେ କେହି ଜମା ବ୍ୟସ୍ତ ହୁଅନି ମିକ୍ସିରେ ଚୂନା କରିଦବା, ଜଲଦି ହେଇଯିବ, କାହାରି କିଛି କରିବା ଦରକାର ନାହିଁ।” ଶେଷକୁ ବୋହୂମାନଙ୍କର ଜିତାପଟ, ମିକ୍ସିରେ ଚାଉଳ ଚୂନା କରିବାର ଶେଷ ନିଷ୍ପତ୍ତି ନିଆ ହେଲା। ମୁଁ ଅବଗତ ଥିଲେ ବି ମଜାରେ କହିଲି, “ଆରେ, ଢିଙ୍କିରେ କୁଟୁନ।” ସମସ୍ତେ ହୋ ହୋ ହେଇ ହସିଲେ। ନାନୀ ତା’ ପଟା ପଟା ଦାନ୍ତକୁ ଦେଖେଇ ଖୁବ୍ ଜୋରରେ ହସିଲା। କହିଲା, “ଗଗନା! (ଗେଲରେ ସେ ମୋତେ ବେଳେ ବେଳେ ଗଗନା ଡାକେ) ବେ, ଆଜିକାଲି ଆଉ ଢିଙ୍କି ଅଛିନା, ତୁ କହୁଚୁ?” ସତରେ ଆଜିକାଲି କୁଆଡ଼େ ଗାଆଁରେ ଆଉ ଢିଙ୍କି ନାହିଁ କି ଢିଙ୍କିଶାଳ ନାହିଁ। ଢିଙ୍କିର ଆଉ ଆବଶ୍ୟକତା ନାହିଁ, ସବୁ ମେସିନରେ, ଢିଙ୍କି ଏବେ ଗ୍ରାମ ମାନଙ୍କରେ ସ୍ୱପ୍ନ। ଏପରିକି ଚୁଡ଼ା ଓ ଚୂନା କୁଟିବା ମଧ ମେସିନ୍‌ରେ। ଘରର ପୂର୍ବ ପଟକୁ ଆମର ଢିଙ୍କିଶାଳ ଥିଲା। ଅନେକ ସ୍ମୃତି ତା’ ଭିତରେ। ଅନେକ ସମୟ ବି ସେଇଠି ଆମର ବିତିଛି। ମାଆ, ଗାଁର ଧାନକୁଟୁଣୀ ନୀଳା ନାନୀ ଓ ମଢ଼ି ନାନୀ ସହିତ ଧାନ କୁଟି ବର୍ଷକ ପାଇଁ ଚାଉଳ କରି ରଖେ। ମାଆକୁ ସାହାଯ୍ୟ କରିବାକୁ ଯାଇ ପର୍ବପର୍ବାଣୀ ମାନଙ୍କରେ ଆମେ ମଧ ବର୍ଷରେ ଅନେକ ବାର ତା’ ସହିତ ଚୂନା କୁଟିଛୁ। ରାଢ଼ି ସାହି ଭଗି ଠାକୁମା ଆଉ ଗଉଡ଼ ସାହି ଭୂକ ସେଇଠି ମୁଢ଼ି ଭାଜନ୍ତି। ଆମ ପିଲାମାନଙ୍କର ଛୋଟ ଖେଳନା ଢିଙ୍କିଟିଏ ମଧ ସେଇଠି ଅଧା କାନ୍ତ କଡ଼କୁ ପଡ଼ିଥିଲା। ମାଆ କହିବା ଅନୁସାରେ

କକାଙ୍କ ପ୍ରଚେଷ୍ଟାରେ ଡିଙ୍କିଶାଳଟି ମଧ୍ୟ ଘର ଭିତର ବରଙ୍ଗାରୁ ପୂର୍ବ ପଟକୁ ଉଠି ଆସିଥିଲା ।

ଦେଇତାରୀ ପାଣିଗ୍ରାହୀ ଘର ତିଆରି କରିବା ପରେ ଯଦି କିଛି ପରିବର୍ତ୍ତନ ଘର ପାଇଁ କରାଯାଇଛି ତାହା କେବଳ କକାଙ୍କ ଦ୍ୱାରା ସମ୍ଭବ ହୋଇପାରିଥିଲା । ଏକମାତ୍ର ସାନ ଭାଇର ଏପରି ପାରିଲା ପଣ ଦେଖି ବାପା କଥାରେ କଥାରେ କହନ୍ତି , "ମୋ କାହୁଆଁ, କାହୁଆଁ ଯାହା କରିବ, କାହୁଆଁ ଯାହା କହିବ, କାହୁଆଁକୁ ପଚାର, କାହୁଆଁକୁ ପଚାରି କହିବି ।" ଜମିବାଡ଼ି ସଂକ୍ରାନ୍ତୀୟ ହେଉ ବା ପଇସା କଉଡ଼ି କଥା ହେଉ, କେହି ଗାଁ ବାଲା ଯଦି ଆସି ବାପାଙ୍କୁ କିଛି କହନ୍ତି ବା ହଇରାଣ ହରକତ କରନ୍ତି, ବାପା କହନ୍ତି, "କାହୁଆଁ ଆସିଲେ ତାକୁ ପଚାରିବୁ, ତାକୁ କହିବୁ ଯାହା କହିବା କଥା । ମଣି, ମୋ ପାଖରେ କହିଲେ କିଛି ଫଳିବନି ।" ଯଦି କାହାର କିଛି ଗଣ୍ଡଗୋଳିଆ ମନୋବୃତ୍ତି ଥାଏ ସିଏ ଆଉ ଡରରେ ଆସେ ନାହିଁ । କକାଙ୍କୁ ସମସ୍ତଙ୍କର ଡର ।

ପିଲାଟି ଦିନରୁ କକାଙ୍କ ଦେହର ବର୍ଣ୍ଣ ଟିକିଏ ନିରସା ଶ୍ୟାମଳ ଥିବାରୁ ତାଙ୍କର ବାପା, ମା, ଭାଇ ଓ ପାଖ ପଡ଼ିଶା କେତେ ଜଣ ତାଙ୍କୁ ସସ୍ନେହେ କାହୁଆଁ ନାମରେ ଡାକୁଥିଲେ । ଆମେ ଶୁଣିବାରେ ବାପା ତାଙ୍କର ଶେଷ ସମୟ ପର୍ଯ୍ୟନ୍ତ ତାଙ୍କୁ କାହୁଆଁ ଇ ଡାକି ଆସିଥିଲେ । କକା ଗାଁ ସ୍କୁଲରେ ଦୀର୍ଘ ଏଗାର ବର୍ଷ ସୁନାମର ସହିତ ଶିକ୍ଷକତା କରିଥିଲେ । ସ୍କୁଲରେ ଶିକ୍ଷକ ଥିବାରୁ ଆମେ ସମସ୍ତେ ତାଙ୍କୁ ପିଲାଟି ଦିନରୁ "ସ୍କୁଲ ବାପା" ବୋଲି ସମ୍ବୋଧନ କରୁଥିଲୁ, କାଳକ୍ରମେ ତାହା ଅପଭ୍ରଂଶ ହେଇ "ଇସ୍କୁଲବାପା" ହେଇଗଲା । ଗାଁରେ ଶିକ୍ଷକତା କରିବା ପରେ ସେ ଗାଁ ଛାଡ଼ି ବାହାରେ ଚାକିରି କରିବାକୁ ଚାଲିଗଲେ । ତାଙ୍କ ପିଲାଛୁଆଙ୍କୁ ନେଇ ସବୁବେଳେ ସରକାରୀ କ୍ୱାର୍ଟର୍ସ ମାନଙ୍କରେ ରହିଲେ । ମଝିରେ ମଝିରେ କେବଳ ଘରର ଦୁଃଖ ସୁଖ ଭଲ ମନ୍ଦ ବଡ଼ ଭାଇଙ୍କ ଠାରୁ ବୁଝିବାକୁ ଗାଁକୁ ଆସନ୍ତି । ରାତିଏ ବା ଖୁବ୍ ବେଶୀରେ ଦି ରାତି ରହି ପୁଣି ଲେଉଟି ଯାଆନ୍ତି । ଘରକୁ ଆସିଥିଲା ବେଳେ ଗାଁରୁ ପାଞ୍ଚ ଦଶ ମୁଖିଆ ଲୋକ ଦେଖା କରିବାକୁ ଆସନ୍ତି । ମୁରବି ଗୁରୁଜନ ସ୍ତରର ବୟସ୍କ ଲୋକେ କହନ୍ତି "କାହୁଆଁ ଆସିଛି", ଗାଁ ଲୋକେ କହନ୍ତି "ଗୋପାଳ ମାଷ୍ଟେ ଆସିଛନ୍ତି", ଆଉ ଆମେ କହୁ "ଇସ୍କୁଲ ବାପା ଆସିଲେଣି ।" ସିଏ ଆସିଲେ ନୂଆ ନୂଆ ଜିନିଷ ଆମ ଗାଁ ଘରେ ଘଟେ । ସେ ଆମ ଭଳି ପୋଖରୀ ଜଳ ପିଅନ୍ତି ନାହିଁ । ଆମକୁ ଏହା ବଡ଼ କୌତୁକ ଲାଗେ । ଘରେ ଆମର ନଳକୂପ ବା କୂପ ନଥିଲା । ଆମକୁ କୁହାଯାଏ ଗାଁର କେଉଁ ନଳକୂପରୁ ଯାଇ ପାଣି ଆଣିବାକୁ । ମୁଁ ଓ ମୋ ଉପର ଭାଇ ଦୈନ, ଆମେ ଦୁଇ ଜଣ ଯାଇ କେତେବେଳେ ମିଲ୍‌ବାଡ଼ିରୁ ତ କେତେବେଳେ ଗାଁ ରେଲ ଷ୍ଟେସନ ନଳକୂପରୁ

ବାଲ୍‌ଟିରେ ବାଡ଼ି ଖଣ୍ଡିଏ ଲଗେଇ କାନ୍ଧରେ ପାଣି ଭରି ଆଣୁ। ବାପା ରଖ୍‌ଥିବା ଆଲମାରି ଚିନି ଜାରୁ ଚିନି ବାହାରି ଚାହା ତିଆରି କରାହୁଏ। କକା ଆସିଲେ ଚିନି କେବଳ ବାହାରେ। ଭଦ୍ର ଲୋକଙ୍କ ସହ କକା ବସି ଚାହା ପିଅନ୍ତି, ଆମେ କୌତୂହଳରେ ଦେଖୁ। ବାପାଙ୍କର ଅଭ୍ୟାସ ନଥାଏ ଚାହା ପିଇବାର, ଗରମ ଚାହା ତ ଆହୁରି ଦୂରର କଥା, ଅକାଲେ ସକାଲେ କେମିତି କେତେବେଲେ ପିଇଲେ ଥଣ୍ଡା କରି ଏକାବେଲେକେ ପିଇ ଦିଅନ୍ତି। ବାପା ଗାଁରେ ରହି ଜମିଜମା ଚାଷବାସ କଥା ବୁଝନ୍ତି। ପ୍ରତି ଶୀତରେ ଧାନ ଅମଳ ପରେ କକା ଆସି ତାଙ୍କ ଭାଗ ଧାନ ବିକ୍ରି କରି ଟଙ୍କା ଧରି ଚାଲି ଯାଆନ୍ତି।

ସେତେବେଲେକୁ ଘରେ ଆମେ ପିଲାମାନେ ଆଠ ଜଣ। ସବା ସାନଟି ଆସି ନଥାଏ। ବଡ଼ ତିନିଜଣଙ୍କୁ ଛାଡ଼ିଦେଲେ ବାପା, ମାଆ ଆଉ ଆମେ ପିଲା ପାଞ୍ଚ ଜଣ ସଭିଏଁ ଶୀତଦିନେ ସେଇ ପ୍ରଥମ ଶୋଇବା କୋଠରିରେ ତଲେ ହେଁସ ମଶିଣା ପାରି ଶୋଉ। ଦକ୍ଷିଣ ପଟକୁ ଛୋଟ ଝରକାଟିଏ ଚଟାଣ ଠାରୁ ଟିକିଏ ଉପରକୁ, ଗବାକ୍ଷ କହିଲେ ଅତ୍ୟୁକ୍ତି ହେବନି। ତହିଁରେ ତାର ଜାଲି ଲାଗିଥାଏ। ସେଥ୍ରୁ ଆସୁଥିବା ଆଲୁଅରୁ କେବଳ ବାହାରେ ଦିନ କି ରାତି ହେଲା ଜଣାପଡ଼େ, କୋଠରି ଆଲୋକିତ ହେବା ଦୂରର କଥା। ଗମ୍ଭୀରା କୋଠରି ଭିତରଟି ବେଶ୍ ଉଷ୍ମ। କେବଳ ଯେ ଆମେ ଶୋଉ ତା' ନୁହଁ, ତା' ଭିତରେ ବାପାଙ୍କର ଗୋଟିଏ ଛୋଟ ଆଲମାରି ଓ ବଡ଼ କାଠ ସିନ୍ଦୁକ ମଧ୍ୟ ଜାଗା ଆବୋରି ବସିଥାନ୍ତି। ଜାଗା କମ୍ ଥିବାରୁ ରାତିରେ କିଏ କାହା ଉପରେ ଗୋଡ଼ ଥୋଇ ଶୋଇଲାଣି, କିଏ କାହାର କନ୍ଥା ଟାଣି ନେଲାଣି, କିଏ କାହାକୁ ଗୋଇଠା ମାରିଲାଣି, କାହାର ପରିସ୍ରା ବି ହେଇଗଲାଣି, ସେଇଠି ସବୁ ପ୍ରକାରର ଚାଲେ। ଖରାଦିନ ହେଲେ ଆମେ ବାହାରକୁ ବାହାରୁ, ଦାଣ୍ଡ ପାରି ପିଣ୍ଡା, ଘର ଭିତର ପିଣ୍ଡା, ଯିଏ ଯୁଆଡ଼େ ପାରିଲା ମଶିଣା ଖଣ୍ଡେ ପାରି ମଶାରିଟିଏ ଟାଣିଦେଇ ଶୋଇଲା। ଦ୍ଵିତୀୟ କୋଠରିଟିରେ କକା ତାଙ୍କର ଆସବାବ ପତ୍ର ଯାହା ଯେମନ୍ତେ ଥୋଇ ବଡ଼ କୋଳପଟିଏ ପକେଇ ଚାବି ନେଇ ପଲେଇ ଯାଆନ୍ତି। ଆମେ ତାଙ୍କ କୋଠରିଟିକୁ କହୁ "ଖୁଡ଼ୀଘର।" ଯେବେ କକା ଗାଁକୁ ଆସନ୍ତି ବାହାର ଲୋକ ଲଗେଇ ଅଲନ୍ଦୁ ଝଡ଼ା ଝଡ଼ି କରି ପରିଷ୍କାର ପରିଚ୍ଛନ୍ନ କରାନ୍ତି।

୧୯୬୩ ମସିହାରେ ଆମ ଅଜାଣତରେ ବଡ଼ ନନାଙ୍କର ବିବାହ ସମ୍ପନ୍ନ ହେଇଗଲା। ନା ଥିଲା ବାଣ ରୋଶଣି, ନା ବାଜା ମହୁରୀ। ବାପାଙ୍କ ହାତରେ ପଇସା କାହିଁ ଏ ସବୁ ଲୋକ ଦେଖାଣିଆ ଜିନିଷ କରିବାକୁ? କନ୍ୟା ଘରେ ସାତ ଦିନ କଟେଇ ନିରାଡ଼ମ୍ବରେ ବଡ଼ନନାଙ୍କର ବିଭାଘର ସରିଥିଲା। ତାର ବର୍ଷକ ପରେ

ନୂଆ ବୋହୂ ଘରକୁ ଆସିଲେ। ନବ ଦମ୍ପତିଙ୍କ ପାଇଁ କୋଠରିଟିଏ ନିହାତି ଆବଶ୍ୟକ। ତେଣୁ ସେମାନଙ୍କୁ ବାପା ନିଜ ଶୋଇବା କୋଠରିଟି ବିନା ପ୍ରଶ୍ନରେ ବିନା ଆଲୋଚନାରେ ଦେଇ ଦେଲେ। ସେଇଦିନ ଠାରୁ ବାପାଙ୍କ ହାତରୁ ନିଜ ଶୋଇବା କୋଠରିଟି ଚାଲିଗଲା, ସେଇ ପରିସ୍ଥିତିରେ ବାପା ମାଆ ତାଙ୍କର ପାଞ୍ଚଟି ଶାବକଙ୍କୁ ନେଇ ଯାଆନ୍ତି କୁଆଡ଼େ? ଆମେ ଯେତେ ଖୁସି ହେଉଥିଲୁ ନୂଆ ଭାଉଜଙ୍କୁ ଦେଖି ସେତିକି ମନ ଦୁଃଖ ହେଇଗଲା। ଦିନେ ଦେଖିଲୁ ଆମର ହେଁସ, ମଶିଣା, କନ୍ଥା, ଛିଣ୍ଡା କନ୍ଥା ସବୁ ପାହାଚରେ ଦକ୍ଷିଣ ପଟ କୋଠା ଉପରକୁ ଉଠିଗଲା। ଆମକୁ ବି ବିଛଣା ସହିତ ଉପରକୁ ଯିବାକୁ ପଡ଼ିଲା। ପ୍ରଶସ୍ତ ଜାଗା କିନ୍ତୁ ତା' ଉପରେ। ବାଗୁଡ଼ି ଖେଳିଲେ, ଫୁଟବଲ୍ ଖେଳିଲେ ବି ଜାଗାର ନିଅଣ୍ଟ ହେବନି। ଯେତେ ଗଡ଼ାଗଡ଼ି କଲେ ବି କରାଯାଇପାରେ। ତେଣୁ ଆମକୁ ସେଇଟା ବେଶ୍ ସୁହେଇଲା। ରାତିରେ ଶୋଇଲା ବେଳେ ମୁଁ ବିଛଣା ଉପରେ ଶୁଏ, ଉଠିଲା ବେଳକୁ ଭୂଇଁରୁ ଉଠେ। ସକାଳୁ ଉଠିଲେ ବାବନା ଭୂତ ଭଳି ଧୂଳି ସର ସର, ମୋତେ ଚିହ୍ନିବା କଠିନ। କାନ୍ଥ କଡ଼ରେ ହାଣ୍ଡି, ଆଟିକା, କଳସି, ମାଠିଆ ଇତ୍ୟାଦି ଥାଏ। ବେଳେ ବେଳେ ଗଡ଼ା ଗଡ଼ି କରି ଆମେ ସେମାନଙ୍କ ପାଖରେ ପହଞ୍ଚି ଯାଉଥିଲୁ। ଆମ ପାଖରୁ ଧକ୍କା ଖାଇ ସେମାନେ ବି ଆମ ସହିତ ଗଡ଼ା ଗଡ଼ି ହୁଅନ୍ତି। ଉପରେ ଶୋଇବାରୁ ସବୁଠାରୁ କିନ୍ତୁ ଅଧିକ ଅସୁବିଧା ହେଉଥିଲା ବାପା ମାଆଙ୍କୁ। ଆମ ମାନଙ୍କର କାମ ସେଇଠି ସରିଯାଉଥିଲା ହେଲେ ସେମାନେ ରାତିରେ ପରିସ୍ରା କରିବାକୁ ଉଠିଲେ ତାଙ୍କୁ ସବୁ ସମୟରେ ପାହାଚରେ ତଳକୁ ଆସିବାକୁ ପଡ଼ୁଥିଲା। ପାହାଚ ଗୁଡ଼ିକ ପୁଣି ଅଙ୍କା ବଙ୍କା, ତେଢ଼ା। ବେଳେ ବେଳେ ଅନ୍ଧାରରେ ପାହାଚରୁ ପାଦ ଖସିଯିବାର ଦୃଷ୍ଟାନ୍ତ ବି ଅଛି। ତା' ଛଡ଼ା ଆମେ ଯଦି ସନ୍ଧ୍ୟା ବେଳେ କେବେ ତଳେ ଶୋଇ ପଡ଼ିଛୁ ତେବେ କଥା ସରିଲା। ମାଆ ଆମକୁ ଟେକି ନପାରି ଘୋଷରା ଟଣା କରି, ଯଦି ନହେଲା ବିଧା ଚାପୁଡ଼ା ମାରି ଉଠେଇ ଉପରକୁ ନେଇଥାଏ। ଟେକି ପାରିଲେବି ପାହାଚରେ ଚଢ଼ି ଉପରକୁ ନେବା ଦୁଷ୍କର ବ୍ୟାପାର। ମାଡ଼ ଖାଇ ନିଦରେ ମୁଁ ଉଠିଯାଏ, ତହିଁ ପର ଦିନ ସକାଳକୁ ଜାଣି ପାରେନି କେତେବେଳେ ଉପରକୁ ଗଲି।

ଖରାଦିନେ, ବର୍ଷା ଦିନେ କୋଠା ଉପରେ ବେଶ୍ ଚଳି ଯାଉଥିଲା, ଫାଙ୍କା ଫାଙ୍କା ଲାଗୁଥିଲା। କିନ୍ତୁ ଶୀତଦିନେ ଖୋଲା ଉପର ଯୋଗୁଁ ଶୀତର ପ୍ରକୋପ, ତେଣୁ ଶୋଇବା କଠିନ। କେଉଁଠି ଶୋଇବୁ? ବାହାର ପିଣ୍ଢାରେ ତ ସମ୍ଭବ ନୁହଁ। ତେଣୁ ବାପା ମାଆ ବସି ମନ୍ତ୍ରଣା କଲେ ଦାଣ୍ଡ ଘରେ ଶୋଇବାର। ସେ ଘରଟା ସବୁବେଳେ ଜରକେ। ସତ ସତିଆ ପାଣି ଜରକାରେ ଶୋଇଲେ ପିଲାମାନଙ୍କୁ ସନ୍ନିପାତ ହେଇଯିବ

ବେଲି ଉଠାସ ଲୋକେ କହିଲେ । କିନ୍ତୁ ବାପା ମାଆ ନିରୁପାୟ, ନାଚାର । ପ୍ରଥମ ଶୀତ ବେଳେ ତଳେ ବେଶ୍ ମୋଟା ପାଳ ହେଁସ ଆଦି ପାରି ଦିଆଗଲା । ତା' ଉପରେ କନ୍ଥା ମଶିଣା ବିଛେଇ ଶୋଇବା ହେଲା । ବାପା ସେ ଘରେ ପଡ଼ିଥିବା ଖଟ ଉପରେ ଶୋଇଲେ, ଆଉ ଆମେ, ମାଆ ଓ ପାଞ୍ଚଟି ପିଲା, ତଳେ । ପ୍ରଥମ ଶୀତ ସେମିତି କଟିଲା । ଦ୍ୱିତୀୟ ଶୀତ ବେଳକୁ ଆଗରୁ ବାପା ମସୁଧା କଲେ କକାଙ୍କୁ କହିବେ, ସେ ଯଦି ତାଙ୍କର କୋଠରିର ଚାବି ଦେଇ ଦିଅନ୍ତି, ସେ ଘରେ ସମସ୍ତେ ଶୋଇ ପାରନ୍ତେ । ୟା ଭିତରେ କକା ଅନେକ ଦିନ ସରକାରି ଚାକିରି କରି ବାହାରେ ରହିଲେଣି, ପଇସା କମେଇଲେଣି, ସ୍କୁଲ୍ ସବ୍‌ଇନିସ୍ପେକ୍ଟର । ବେଶ୍ ଲୋକ ତାଙ୍କୁ ଚିହ୍ନିଲେଣି, ଭଦ୍ର ସମାଜରେ ମିଶିଲେଣି । ହୁକୁମ ଆଦେଶ କରିବାରେ ଧୁରନ୍ଧର ହେଇଗଲେଣି, ପାଞ୍ଚ ପଚାଶ ଲୋକ ଖାତିର କରି ଦୂରରୁ ମୁଣ୍ଡ ନୁଆଁଇ ନମସ୍କାର କଲେଣି । କକା ଥରେ ଗାଁକୁ ଆସିଥାନ୍ତି । ବାପା ବେଲ କାଲ ଉଣ୍ଠି ନିଜର ଅଗ୍ରଜ ପଣିଆକୁ ଆୟୁଧ କରି କହିଲେ, "କାହୁଁଆଁରେ ! ତୋତେ ଗୋଟେ କଥା କହନ୍ତି, ତୁ ତ ଏଠାରେ ରହୁନୁ, ଘରଟା ତୁଚ୍ଛାକୁ ତାଲା ପଡ଼ୁଛି, ପିଲାମାନେ ପାଣି ଜରକା ଘରେ ହନ୍ତସନ୍ତ ହେଇ ଶୋଉଛନ୍ତି, ଭାବୁଥିଲି ତୁ ଯଦି କୁଞ୍ଚି କାଠିଟା ଦିଅନ୍ତୁ ସେଇଘରେ ଆମେ ସବୁ ଶୋଇ ପଡ଼ନ୍ତେ ରେ ।" ଏତକ ଶୁଣିବା ମାତ୍ରେ କକା କହି ଉଠିଲେ "ତମେ କ'ଣ ଚାହୁଁଚ, ମୁଁ ଏଠିକି ନଆସେ ? ମୋର ଏଠାରେ କିଛି ସତ୍ତ୍ୱ ନରହୁ ? କ'ଣ ତମର ଉଦ୍ଦେଶ୍ୟ ?" ଏତକ ଶୁଣିବା ମାତ୍ରେ ବାପାଙ୍କ ଗାଲରେ କିଏ ଚାପୁଡ଼ାଟେ ପକେଇଲା ପରି ଲାଗିଲା । ସଙ୍ଗେ ସଙ୍ଗେ ବାପା କହିଲେ, "ନାହିଁରେ, ସେକଥା ମୁଁ ଜମା ଚାହିଁବିନି । ତୁ ସେ କଥା କାହିଁକି ଭାବୁଚୁ ? ହଉ, ଯାହା ତୋର ଇଚ୍ଛା ସେଇଆ ହବ ।" ବାପା କହନ୍ତି, ଯିଏ ଯାହା କହିଲା ସବୁ କଥାରେ "ହଉ ମାରିଦବ, କାହାରି ସହିତ କେବେ କିଛି ଯୁକ୍ତିତର୍କ ବିତଣ୍ଡା କରିବନି ।" ବାପା ସେଦିନ "ହଉ" ମାରିଦେଇ ଆଉ ସେ ପ୍ରସଙ୍ଗ କେବେ ହେଲେ ଉଠେଇ ନାହାନ୍ତି । ସାନ ଭାଇଟାକୁ ଆଉ କ'ଣ କହନ୍ତେ ଯେ ? ବାପାଙ୍କୁ ବାର ବର୍ଷବେଳେ କକାଙ୍କୁ ଜମାରୁ ଚାରିବର୍ଷ, ସେତିକି ବେଳେ ସେମାନଙ୍କ ବାପା, ରାଧାନନ୍ଦ ପାଣିଗ୍ରାହୀ ଜୀବନର ଅଧା ବୟସରେ ଆଖି ବୁଜି ଦେଇଥିଲେ । ବାପା ଛେଉଣ୍ଡ ଛୋଟ ଭାଇଟାକୁ କାଖେଇ କୋଳେଇ ବଡ଼ କରିଛନ୍ତି, କ'ଣ ରାଗିବେ, ନା ନାଲି ଆଖି ଦେଖେଇବେ, ନା ଘୃଣା କରିବେ ? ତଥାପି ମାଆ ଥରେ ପଚାରିଥିଲା, "ତମେ ପଚାରିଲ, ଖୁକ ବାପା (କକାଙ୍କ ପ୍ରଥମ ଝିଅ ନାଁ ଖୁକ ବୋଲି ମାଆ ତାଙ୍କୁ ଖୁକବାପା ବୋଲି ସମ୍ବୋଧନ କରେ) କିସ କହିଲେ ?" ବାପା, ମାଆର କଥାକୁ ବାଆଁରେଇ ଦେଇ କହିଲେ, "ଆମ ଭାଇ ଭାଇ ଭିତର କଥା, ତୁ

ସେଥିରେ କାହିଁକି ମୁଣ୍ଡ ପୂରଉଛୁ, ସିଏ ଯାହା କହିଲା ତୋର କ'ଣ ଗଲା।" ମାଆ ଚୁପ୍ ରହିଲା। କେବଳ ସେଇ ବର୍ଷ ଶୀତ କାହିଁକି, ଦାଣ୍ଡଘର ସତସଣ୍ଟିଆରେ ଆମେ ବାପା, ମାଆ, ଭାଇ ଓ ଭଉଣୀମାନେ ଶୋଇ ବର୍ଷ ବର୍ଷ ଧରି ଅନେକ ଶୀତ ରାତି ବିତେଇଲୁ।

ଚାକିରିର ଶେଷ ଭାଗକୁ ମଝିରେ ମଝିରେ କକା ଗାଁକୁ ଆସି ବାପାଙ୍କୁ ତାଙ୍କ ଅବସର ଦିନର ନକ୍ସା କଥାଛଳରେ ଦେଖାନ୍ତି। ଭବିଷ୍ୟତରେ କ'ଣ କ'ଣ ଘର ପାଇଁ କରାଯିବ ଦିନ ଦ୍ୱିପହରେ ସ୍ୱପ୍ନ ଦେଖାନ୍ତି। "ଏଠି ଏମିତି ଗେଟ୍ ହେବ, ସେଠି ସେମିତି ଦକ୍ଷିଣ ଦୁଆରି କୋଠରି ହେବ, ପବନ ଯା' ଆସ ପାଇଁ ଏଇମିତି ବଡ଼ ବଡ଼ ଝରକା ଲାଗିବ, ଏଇଠି ନଡ଼ିଆ ଗଛ ଲାଗିବ, ଏଠି ଫୁଲ ବଗିଚା ," ଅମୁକ ହବ ସମୁକ ହବ ଢିଙ୍କି ବଗ ଇତ୍ୟାଦି ଇତ୍ୟାଦି। ବାପାଙ୍କର ତ କରିବାର କିଛି କ୍ଷମତା ନାହିଁ, ତେଣୁ ବାପା ସବୁ କଥା ଶୁଣିଯାଆନ୍ତି, "ହଉ" ମାରି ଚୁପ ହେଇ ରହନ୍ତି। ଆମେ ବି କକାଙ୍କ କଥା ଶୁଣୁ। ସତକୁ ସତ କେଉଁ ଏକ ବର୍ଷ ଶୀତଦିନେ କେତେଜଣ ଆଦିବାସୀ ଲୋକ ଆସି ମୂଳଦୁଆ ପାଇଁ ପୂର୍ବପଟେ ମାଟି ବି ପକେଇଲେ। ତାହା ଆମେ ଦେଖିଲୁ, ଭାବିଲୁ ସତରେ ନୂଆ ଘର ହବ, ଖୁସିରେ କୁରୁଳି ଉଠିଲୁ। ହେଲେ ଶେଷକୁ କକା ବାଲେଶ୍ୱରରେ ବାଡ଼ି କିଣି ପକ୍କା ଘରଦ୍ୱାର କରି ପରିବାର ନେଇ ରହିଗଲେ, ଗାଁକୁ ଆଉ ଅବସର ପରେ ଫେରିଲେ ନାହିଁ, ଘର କରିବାଟ ଦୂରର କଥା।

ୟା ଭିତରେ ବର୍ଷ ପରେ ବର୍ଷ ବିତିଗଲା। ଆମେ ପିଲାମାନେ ବଡ଼ ହେଇଗଲୁ, ପ୍ରାଇମେରୀ ସ୍କୁଲ ପାଠ ଶେଷ କରି ହାଇସ୍କୁଲ ଗଲୁ। ଆଉ ସେ ଛୋଟ୍ ଦାଣ୍ଡଘରେ ଏତେ ଗୁଡ଼ାଏ ବଡ଼ ବଡ଼ ପିଲାଙ୍କୁ ଧରି ବାପା ମାଆଙ୍କର ଶୋଇବା ସମ୍ଭବ ହେଲାନି। ଖରାଦିନ ଛୁଟିରେ ଯେଉଁ ଭାଇମାନେ ବାହାରେ ରହୁଥିଲେ ସେମାନେ ଘରକୁ ଆସିଲେ ଆହୁରି ସମସ୍ୟା ବଢ଼ିଯାଏ। ଘର ନିକଟରେ ଆମ ଗାଁ ମାଇନର୍ ସ୍କୁଲ। କେତେକ ଶିକ୍ଷକ ସେଠାରେ ବାସ କରନ୍ତି ଓ ଛୁଟି ମାନଙ୍କରେ ଘରକୁ ପଳାନ୍ତି। ଆମେ ସବୁବେଳେ ସ୍କୁଲ ହତାରେ ସମୟ କଟେଇବାକୁ ସୁଖ ପାଉଥିଲୁ। ବାପା କହନ୍ତି, "ମୁଁ ପାଠ ପଢ଼ିନି, ମୋ ପାଠ କମ୍, ଦେଖନ୍ତୁ, କାହୁଆଁ ପାଠ ପଢ଼ିଚି ବୋଲି ପାଞ୍ଚ ପଚିଶ ଲୋକ ତାକୁ ମାନୁଚନ୍ତି, ଦେଶ ବିଦେଶ ବୁଲୁଚି, ତମେ ମାନେ କାହୁଆଁ ପରି ପାଠ ପଢ଼। ପାଠ ପଢ଼ କି ନ ପଢ଼, ଖାଲି ସ୍କୁଲରେ ଶିକ୍ଷକଙ୍କ ପାଖରେ ବସି କ'ଣ କଥା ହଉଛନ୍ତି ଶୁଣ। ସେଇଟା ସାଇ ପଡ଼ିଶାଙ୍କ ଘରେ ବା ବଜାରରେ ବସିବା ଠାରୁ ଭଲ।" ଭାଇମାନେ ସମସ୍ତେ ଭଲ ପଢ଼ୁଥିବାରୁ ସ୍କୁଲର ଶିକ୍ଷକମାନେ ମଧ ଆମକୁ ଆଦର କରୁଥିଲେ। ସ୍କୁଲରେ ପଢ଼ା ପଢ଼ି ବସାଉଠା କରୁ କରୁ ବାହାର ପକ୍କା ବାରଣ୍ଡାରେ ଶୋଇବା ଆରମ୍ଭ

କଲୁ। ଅଙ୍ଗୁଳି ପ୍ରବେଶାତ ବାହୁ ପ୍ରବେଶ୍ୟ। ଖରା ହେଉ ବର୍ଷା ହେଉ ରାସ୍ତାରେ କାଦୁଅ ହେଉ, କୌଣସି ଗୋଟିଏ ରାତିବି ଛୁଟିମାନଙ୍କରେ ସ୍କୁଲକୁ ଯାଇ ଶୋଇବାରେ ବାଦ୍ ପଡ଼େନି। ରାତିରେ ସ୍କୁଲ ବାରଣ୍ଡାରେ ବିଜୁଳି ବତୀଟିଏ ଜଳେ, ବତୀ ଚାରିପାଖେ ବିଭିନ୍ନ ଆକାର ପ୍ରକାର ପୋକ ମାନଙ୍କର ସମାବେଶ। ପୋକ ଖାଇବାକୁ ବେଙ୍ଗମାନେ ପହଞ୍ଚନ୍ତି ଓ ବେଙ୍ଗକୁ ଖାଇବାକୁ ବେଳେ ବେଳେ ସାପ ମଧ ହାଜର ହେବାର ଦୃଷ୍ଟାନ୍ତ ରହିଛି। ଏମିତି ପୋକ ଜୋକ, ଝିଟିପିଟି, ବେଙ୍ଗ, ଅସରପା, ସାପଙ୍କ ଗହଣରେ ଆମମାନଙ୍କର ରାତି କଟି ଯାଉଥିଲା। କିଛି ବର୍ଷ ପରେ ଆମେ ଘର, ସ୍କୁଲ ଓ ଗାଁ ଛାଡ଼ି କଲେଜରେ ପଢ଼ିବାକୁ ସହର ମାନଙ୍କୁ ଚାଲିଗଲୁ।

ବାଡ଼ି ପଛପଟ ଜାମ କୋଳି ଗଛରୁ ପକ୍ଷୀଟିଏ ଫଡ଼ ଫଡ଼ ଶବ୍ଦ କରି ଉଡ଼ିଗଲା। ଶୁଖିଲା ପତ୍ର କେତୋଟି ଖସ୍ ଖସ୍ ହେଇ ତଳେ ଖସି ପଡ଼ିବାରୁ ମୁଁ ଉପରକୁ ଚାହିଁଲି। ଗଛଟି ୟା ଭିତରେ ଝଙ୍କାଳିଆ ହେଇ ଅନେକ ବଡ଼ ହୋଇଗଲାଣି। ଗଛର ପତ୍ର ଫାଙ୍କ ଦେଇ ଦେଖିଲି ଶୀତ ଦିନର ଧୂସର ଆକାଶ। ସାନ ଭାଇ ମୁଁ ଗଛକୁ ଅନେଇବାର ଦେଖି କହିଲା "ଏ ଗଛରେ ଜ୍ୟେଷ୍ଠ ମାସ ବେଳକୁ ବହୁତ ଜାମକୋଳି ଧରେ। ବେଶ୍ ବଡ଼ ବଡ଼ ମାଛ ଆଖି ଭଳି କଳା ମଚ ମଚ କୋଳି। କୋଳି ପାଚିଲେ ଜାଲ ତଳେ ଧରି ଡାଳ ହଲେଇ ଦେଲେ ଢେର କୋଳି ଜାଲ ଭିତରେ। ଭାରି ମିଠା, ହଁ। ପ୍ରଥମେ ପ୍ରଥମେ ଆମେ ବହୁତ ଖାଉ। ଶେଷ ଆଡ଼କୁ ଛାଡ଼ି ଦେଉ। କୁଆଡୁ କୁଆଡୁ ଚଢ଼େଇ ଆସି କୋଳି ଖାଇ ଯାଆନ୍ତି, ତଳେ ପକେଇ ଅବର୍ଜନିଆ କରନ୍ତି। କେତେ ମଣିଷ ସଫା କରିବ?" ତା' କଥା ଶୁଣି ମନେ ପଡ଼ିଗଲା ଆମ ପିଲାବେଳର ଆମ୍ଭ ଧାଡ଼ିରେ ଥିବା ବଡ଼ ଜାମକୋଳି ଗଛ କଥା। ସେଥିରେ ବି କୋଳି ଜ୍ୟେଷ୍ଠମାସ ମଝିରେ ପାରୁଥିଲା। ମାଆ କହେ "ଜେଷ୍ଠି ଜାମ।" ମୂଲିଆ ଲଗେଇ ଆମ ପାଇଁ ବିଛେଇ ଦିଏ, କଳା ମଚ ମଚ ମିଠା କୋଳି। ଆମେ ଖାଉ ଜିଭ ବାଇଗଣୀ ରଙ୍ଗ ଧରିବା ପର୍ଯ୍ୟନ୍ତ। ସାଇ ପଡ଼ିଶା ବି ଆସି ଖାଆନ୍ତି। ବଡ଼ ନନା ଯେତେବେଳେ ରୋଜଗାର କ୍ଷମ ହେଲେ କିଛିଟା ଉପୁରି ପଇସାବି ତାଙ୍କ ହାତକୁ ଆସିଲା। ସେ ପରିସ୍ଥିତିରେ ଘରର କିଛି ପରିବର୍ତ୍ତନ କରିବାକୁ ତାଙ୍କର ମନ ବଳିଲା। ମସୁଧା କଲେ ପୁରୁଣା ଘରକୁ ଯୋଡ଼ି ପୂର୍ବ ପଟକୁ ଆଉ ଦୁଇଟି କୋଠରି ଓ ପକ୍କା ବାରଣ୍ଡା କରିବେ। ପୂର୍ବ ପଟ ଘର ଭାଙ୍ଗି ତାକୁ ଲଗେଇ ମାଟି କାନ୍ଥରେ ଆଉ ଦୁଇଟି କୋଠରି ତିଆରି ହେଲା, ବଡ଼ ବଡ଼ ଝରକା, ଦୁଆର ବନ୍ଦରେ ବେଶ୍ ଉଚ୍ଚ ଯାଉଁଲି କବାଟ ବି ଲାଗିଲା। ଭବିଷ୍ୟତରେ ଅଧିକ କୋଠରି କରି ଉତର ପଟରୁ ପୁର ବୁଲି ଆସିବାର ଆଶା ରଖାଗଲା। ପାଞ୍ଚଟି ଇଟା ପାହ୍ୟା ମଧ ଉଠିଲା ଛପରକୁ ଧରି ରଖିବାକୁ। ପିଣ୍ଡା ପକ୍କା ହେବାପାଇଁ ବାହାର

ପଟ ସୀମାରୁ ଇଟା ଦିଆହେଲା। ଘର ଯେଉଁ ଯୋଡ଼ା ହେଲା ତାପରେ ପୂର ନ ବୁଲି ସେଇମିତି ଖୋଲା ଅବସ୍ଥାରେ ଅନେକ ବର୍ଷ ରହିଲା। ବାଟ ବନ୍ଦ କରିବାକୁ କବାଟ ପରିବର୍ତ୍ତେ ବାଉଁଶ ତାଟି ଖଣ୍ଡେ ଲାଗିଲା। ଅନେକ ସମୟରେ ତାଟି ଖୋଲାଥିଲେ ବୁଲା କୁକୁର ଘର ଭିତରକୁ ପଶି ସବୁ ଅପବିତ୍ର କରନ୍ତି, ପୁନଃ ପବିତ୍ର କରିବାକୁ ଯାଇ ଗୋବର ପାଣି ପଡ଼େ। ମାଆ ପାଟି କରେ। କିଛି ଦିନ ସମସ୍ତେ ସତର୍କ ହୋଇ ତାଟି ବନ୍ଦ କରନ୍ତି, ପୁଣି ଯିଏକୁ ସିଏ। ଏଇମିତି କବାଟ ବଦଳରେ ତାଟି ଦେହ ସୁହା ହୋଇଗଲା।

କେଉଁ ଏକ ଦିନେ ଆମେ ଦେଖିଲୁ କରତିଆ ଆସି ବଡ଼ କରତରେ ଆମ ପ୍ରିୟ ଜାମକୋଲି ଗଛ କାଟିବାରେ ଲାଗିଛନ୍ତି। ପଚାରିବାରୁ ଜାଣିଲୁ କୁଆଡ଼େ ସେଥିରୁ ପଟା ତିଆରି ହୋଇ ଘରର ପୂର ବୁଲିବ, ଆଉ ନୂଆ ଯେଉଁ କୋଠରି ହେବ ତହିଁରେ କବାଟ ଝରକା ଲାଗିବ। ବଡ଼ନନାଙ୍କର ଏ ପ୍ରକାରର ଉଭଟ ଯୋଜନା ଆମ ଜାମ କୋଲି ଗଛକୁ ନେଇ। ଜାଣି ମନ ଦୁଃଖ ହେଲା କିନ୍ତୁ ଆମ ପିଲାଙ୍କ ମନ କଥାକୁ ପଚାରୁଛି କିଏ? ଜାମ ଗଛର ଗଣ୍ଡି ପଟା ହେବାପାଇଁ ବାଡ଼ି ପିଣ୍ଡାରେ ମାସ ବର୍ଷ ଧରି ପଡ଼ି ରହିଲା। ଇତିମଧ୍ୟରେ ଘରେ ଆଉ ଅଧିକ କିଛି କରିବାକୁ ନନାଙ୍କର ସ୍ପୃହା କମିଯିବାରୁ ଘର ଖଣ୍ଡିଆ ହୋଇ ରହିଲା। ଜାମ ଗଣ୍ଡି ପଡ଼ି ପଡ଼ି ସେଥିରେ ଉଇମାନେ ରାଜୁତି ଆରମ୍ଭ କରିଦେଲେ। ପଟା କ'ଣ ହେବ? ଶେଷକୁ କାଠ ଚିରା ହୋଇ ଜାଳେଣି କାମରେ ବ୍ୟବହୃତ ହେଲା। କୋଲି ଖାଇବା ବି ଗଲା, କବାଟ ଝରକା ହେବା ବି ଗଲା। କଞ୍ଚ ବି ଗଲା, କରିଆବି ଗଲା। ପୂର ବୁଲି ପାରିଲା ନାହିଁ କି ବାଡ଼ି ପଟ କବାଟ ଲାଗି ପାରିଲା ନାହିଁ। ଯେଉଁ ଇଟା ପାହ୍ୟା ଉଠିଥିଲା ସେଠୁ ଇଟାଯାଇ ଅନ୍ୟ କାମରେ ଲାଗିଲା। ଏତିକି ହେଲା ଯେ ଦୁଇ ବଖରା ଘର ହେବାରୁ ଆମେ ଆଉ ସ୍କୁଲକୁ ଛୁଟି ମାନଙ୍କରେ ଶୋଇବାକୁ ଯାଇ ନାହୁଁ।

ଅଚାନକେ ବାପା ଚାଲିଯିବାରୁ ସବୁ କିଛି ଘରେ ବର୍ଷକ ପାଇଁ ସ୍ଥଗିତ ରହିଲା। ଘର ଶୋକାଛନ୍ନ। ଦ୍ୱିତୀୟ ଭାଇ ପଦୁନନାଙ୍କର ବିବାହବି ଅଟକିଲା। ବାପାଙ୍କର ବର୍ଷକିଆ ପରେ ଧୀରେ ଧୀରେ ପୁଣି ଘର ପୂର୍ବାବସ୍ଥାକୁ ଫେରି ଆସିବାକୁ ଲାଗିଲା। ପଦୁନନାଙ୍କର ବିବାହ ସମ୍ପନ୍ନ ହେଲା। ଯେଉଁ କୋଠରି ଦୁଇଟି ନୂତନ କରି ହୋଇଥିଲା ଗୋଟିକରେ ପଦୁନନା ବିବାହ ପରେ ରହିଲେ। ବାଇ ତଡେଇଙ୍କ କୁଟା କାଠି ପକେଇବା ଓ ସେମାନଙ୍କର ମଳମୂତ୍ର ଦାଉରୁ ନିଜକୁ ଓ ନବବିବାହିତା ପନ୍ନୀଙ୍କୁ ରକ୍ଷା କରିବାକୁ ଯାଇ ଉପରେ ବାଉଁଶ ତିଆରି ଟେଙ୍ଗରା ପଦୁନନା ପକେଇଲେ। ଆର କୋଠରିଟିରେ ଆମେ ସବୁ ଅବିବାହିତ ଭାଇମାନେ ଦୁଇଟି ଖଟ ପକେଇ ରହିଲୁ। ଆଉ ତାର ନାଁ

ଦେଇଦେଲୁ "ବ୍ୟାଚଲର୍ସ କଲୋନି।" ବ୍ୟାଚଲର୍ସ କଲୋନି ବହୁତ ଦିନ ଧରି
ଚାଲିଲା। ଛୁଟିଦିନ ମାନଙ୍କରେ ସମସ୍ତେ ଆସିଲେ ପାଠ ପଢ଼ା ସେଇଠି ହୁଏ। ଓଡ଼ିଆ
"ସମାଜ" ଓ ଇଂରାଜୀ "ଷ୍ଟେଟ୍ସମ୍ୟାନ" ଖବର କାଗଜ ପଢ଼ାହୁଏ। ପଦୁନନାଙ୍କ
ଶ୍ୱଶୁର ଘର ପ୍ରଦତ୍ତ ସଦ୍ୟ ଆନିତ ନୂତନ ଫିଲିପ୍ସ ସ୍ପିକର ରେଡିଓ ବି ଶୁଣାଯାଏ।
ପରେ ପରେ ସେଇ "କଲୋନି"ରୁ ଯିଏ ଯୁଆଡ଼େ ବାହାରକୁ ପଲେଇଗଲେ। ଘର
ଉପରେ ସେପରି ଆଉ ମାଡ଼ ପଡ଼ିଲା ନାହିଁ। ସେତେବେଳକୁ "ଖୁଡ଼ୀଘର" କୋଲପର
କୁନ୍ଥିକାଠ ମିଳିଯାଇଥିଲା ହେଲେ ବାପା ଆଉ ନଥିଲେ।

ଅଳସ ଅପରାହ୍ନର ମଉଳା ସୂର୍ଯ୍ୟ ତେନ୍ତୁଳି ଗଛ ଓ ବାଉଁଶବୁଦାର ଉହାଡ଼ରେ
ତଳକୁ ଖସି ଆସିବାର ଉପକ୍ରମ କରୁଥାନ୍ତି। ରହି ରହି କପୋତଟିର ଡାକ ଭାଙ୍ଗୁଥାଏ
ନିରବତାର ଆସ୍ତରଣକୁ। ଦିହକୁ ସୁହେଇଲା ଭଲି ଉତ୍ତମ ତାପମାତ୍ରା। ମଧ୍ୟାହ୍ନ ଭୋଜନ
ପରେ ପିଲାଦିନ କଥା ମନେ ପକେଇ ଆମ୍ବଡାଳ ମାନଙ୍କରେ ବଉଳ ଆସିଲାଣି କି
ନାହିଁ ମୁଁ ଗଛ ପରେ ଗଛ ବୁଲି ବୁଲି ଦେଖୁଥାଏ। ଏ ଆମ୍ବଗଛ ମାନଙ୍କ ସହିତ ଆମର
ବାଲ୍ୟକାଳରୁ ପରିଚୟ। ଏମାନଙ୍କର ଆମେ ନାଁ ବି ଦେଇଥିଲୁ। ବାଡ଼ିପଟ ପିଣ୍ଡାରେ
ଭଉଣୀ ଦୁଇଜଣ ରାତିର ପୋଡ଼ ପିଠା ପାଇଁ ପ୍ରସ୍ତୁତି ଚଲେଇ ଦେଲେଣି। ନାନୀ
କୋରଣୀରେ ନଡ଼ିଆ କୋରି ରଖୁଥାଏ ଓ ସାନ ଭଉଣୀ ତାଳ ଗଜା ଶିଳରେ ବାଟୁଥାଏ।
ଘର ପୋଷା ବିରାଡ଼ିଟି ତାଙ୍କ ପାଖରେ ବସି ହାତ ଚାଟୁଥାଏ, ନାଲି ଲମ୍ବା ଜିଭ
ବାହାର କରି ହାଇ ମାରି ଅଳସ ଭାଙ୍ଗୁଥାଏ। ଭାଇ ବୋହୂମାନେ ଘର ଭିତରେ
ମିକ୍ସିରେ ଚାଉଲ ଗୁଣ୍ଡ କରି ଚୁନା କରିସାରିଲେଣି। ବଡ଼ ଭିଣୋଇ ବାଡ଼ିଆଡ଼ ଖରାରେ
ଘାସ ମଝିରେ ଖଣ୍ଡେ ଚଉକି ପକେଇ "ସମାଜ" ପଢ଼ୁଥାନ୍ତି। ଆଜୀବନ ଶିକ୍ଷକତା
କରିଥିବାରୁ ପଢ଼ାପଢ଼ି ପ୍ରତି ତାଙ୍କର ସବୁବେଳେ ସରାଗ, ଆଗ୍ରହ। ଖବର କାଗଜ
ଖଣ୍ଡେ ପାଇଲେ ପ୍ରଥମ ପୃଷ୍ଠାରେ ମୋଦୀଙ୍କର ଦେଶବାସୀଙ୍କୁ ବିକାଶ ସମ୍ବନ୍ଧୀୟ ପାହାଡ଼
ସମାନ ଫମ୍ପା ବାକ୍ୟବାଣର ଖବର ଠାରୁ ଆରମ୍ଭ କରି ପଛ ପୃଷ୍ଠାର ଯାଦୁ କାଛ
ଉପଶମ ପାଇଁ ମଲମ ବିଜ୍ଞାପନ ପର୍ଯ୍ୟନ୍ତ ଆମୂଲ ଚୂଲ ପଢ଼ନ୍ତି। ଚେୟାର ଖଣ୍ଡେ ଆଣି
ମୁଁ ଭଉଣୀମାନଙ୍କ ପାଖରେ ବସିଲି। ଏମିତି ଏକୁଟିଆ ନାନୀ ପାଖରେ ଥିଲେ ସେ
ଅନେକ ଦୁଃଖ ସୁଖ ହୁଏ। ମାଆ କଥା ମନେ ପକାଏ, ପୁରୁଣା ଦିନର ଦୁଃଖ କଷ୍ଟ
ମନେ ପକେଇ ଦୁଃଖ କରେ, ଖୁସି ବି ହୁଏ ଯେ ସବୁ ଭାଇମାନେ ତାର ଏବେ
ପାରିଗଲେଣି। ମୋତେ ଦେଖି କହିଲା, "ମାଆ ଚାଲି ଯିବାର ଦି ବର୍ଷ ହେଇଗଲା,
ଏଇ କାଲି ପରି ନାଗୁଟି, ଜମାରୁ ବିଶ୍ୱାସ ହଉନି।" ନଡ଼ିଆ କୋରୁ କୋରୁ ପୁଣି
କହିଲା "ଗଗନା ! ତୁ ଯଦି ସତରେ ଏ ବାଡ଼ି ଘର କିଣି ନଥାନ୍ତ, ଆମେ କିସ

କରିଥାନ୍ତେ କହନା ? ମୁଁ ଶୁଣିଚି, ମାଆ ମଝିରେ ମଝିରେ କହେ ଯେ, ମ ଗଗନ ଯଦି ଖୁକବାପା ପାଖରୁ ଏ ଘର ବାଡ଼ି କିଣି ନଥାନ୍ତା, ଆଉ ମ ବାବୁଲି ଯଦି ତିନିଟା ପକା କୋଠରି କରି ନଥାନ୍ତା, ଘର ଯେମିତି ଭାଙ୍ଗିଗଲା ନା, ମ ଛୁଆ ପିଲା ହୀନ ଛିନ୍ ହେଇଯାଇ ଥାନ୍ତେ, ବରଗଛ ମୂଳରେ ପଲ୍ଲୀ ମାରି ରହିଥାନ୍ତେ। ଠାକୁରେ ମ ଛୁଆଙ୍କୁ ଭଲରେ ରଖନ୍ତୁ। ଏଇମିତି କହି ମାଆ କାନ୍ଦେ, ମାଆ କଥା ମନେ ପଡ଼ିନେ ମୋତେ ବି ଦୁଃଖ ନାଗେ, ମାଆ ମୋର କେତେ କଷ୍ଟ ନକରିଚି ଏତେ ଛୁଆଙ୍କୁ ପାଳିବା ନାଗି, ବାପାର ତ କ୍ଷମତା ନଥିଲା, ଚିରା ଶାଢ଼ୀ ପିନ୍ଧି ବେଲ କଟେଇଚି, ସାଇ ପଡ଼ିଶା କେତେ କଥା ମ ମାଆଙ୍କୁ ନ କହିଛନ୍ତି।" ନାନୀ ଏମିତି ମାଆ କଥା କହି ପୁରୁଣା କଥା ଗପି ଗପି ନିଜେ କାନ୍ଦି ପକେଇଲା, ଲୁଗା କାନିରେ ଆଖି ପୋଛିଲା। ମୁଁ ତାକୁ ବୁଝେଇଲି, କହିଲି, "ନାନୀ, ଗଲା କଥା ଗଲାଣି, କଥାରେ କହନ୍ତି ଗଲା କଥା ଗଲା, ଆଉ ନାତି ମିଲା, ସେ କଥା ଆଉ କାହିଁକି ଭାବୁଚୁ? ବାପା ଗୋଟିଏ କଥା କହନ୍ତି ମୋର ସବୁବେଲେ ମନେ ପଡ଼େ। ସେ କହିଥିଲେ, "ଭୂମି କନ୍ୟା ଗୋରୁ, ଭାଗ୍ୟ ପରା ପର"। ଯାହାର ଯେଉଁ ଜମି ପାଇବାର ଥିବ ତାକୁ କେହି ନେଇ ପାରିବନି, କେବେ ହାତ ଛଡ଼ା ହବନି। ଆମେ ଖାଲି ବାଡ଼କୁ ବତା, ସେଇ ଗୋପାଲଜୀ ସବୁ ପରା କରଉଚନ୍ତି ବୋଲି ମା କହେ।" ମୋ କଥା ଛଡ଼େଇ ନେଇ ସାନ ଭଉଣୀ ମଞ୍ଜୁ କହିଲା, "ଛାଡ଼ ସେ ବେକାର କଥା, କିଛି ଚେଷ୍ଟା କରିବନି, ଗୁଡ଼ ନମ୍ବେଇକି ଘର ପିଣ୍ଠାରେ ବସିବ, ଆଉ ଜମି ତମ ପାଖକୁ ଖାଲି ଦଉଡ଼ିକି ଆଇବନା, ନାଇ ନାହିଁ, ଗୋପାଲଜୀ ପରା କରୁଚି, ହୁଃ, ମୋ ମାଆ କଥା ଜାଣିନୁ ନା?" ତା' କଥା ଶୁଣି ସମସ୍ତେ କାନ୍ଦୁ କାନ୍ଦୁ ହସି ପକେଇଲେ।

ସମସ୍ତେ ବାହାରକୁ ପଲେଇଯିବା ପରେ କେବଲ ସାନଭାଇ ଦୁଇଜଣ ଓ ବଡ଼ ନନାଙ୍କର ପିଲାପିଲି ଘରେ ରହିଥିଲେ। ପଦୁନନା ମାର୍କୋଣାରେ ବିଏ ବିଏଡ଼ କରି ପ୍ରଧାନ ଶିକ୍ଷକ ହେଲେ। ଦଇନନନା ରାଉରକେଲାରେ ଇଞ୍ଜିନିୟରିଂ ପାସ କରି ଷ୍ଟିଲ ପ୍ଲାଣ୍ଟରେ ଚାକିରି କରିବାରୁ ରାଉରକେଲାରେ ରହିଗଲେ। ମୁଁ ବାଲେଶ୍ୱରରୁ ଭୁବନେଶ୍ୱର, ଭୁବନେଶ୍ୱରରୁ ଦିଲ୍ଲୀ ଓ ଦିଲ୍ଲୀରୁ କାନାଡ଼ା ଚାଲିଆସିଲି। ବାବୁଲି ରାଜସ୍ଥାନ ଜୟପୁରରୁ ଇଞ୍ଜିନିୟରିଂ ପାସ ପରେ ବମ୍ବେ, ବମ୍ବେରୁ ଆଲାହାବାଦ, ଆଲାହାବାଦରୁ ମେଲବୋର୍ଷ୍ ଚାଲିଗଲା। ବାପାଙ୍କ ପରେ ବଡ଼ନନା ଚାଷବାସ ଦେଖିବା ପରଠାରୁ କକାଙ୍କୁ ପ୍ରତି ବର୍ଷ ତାଙ୍କ ଜମି ବାବଦରେ ଧାନ ବିକ୍ରି କରି ପଇସା ଧରେଇ ଦେଉଥିଲେ। ବାପାଙ୍କ ଅନ୍ତେ ସେଥିରେ ସେ ବେଜବାବି ହେଲେ, କଥା ରଖ୍ ପାରିଲେ ନାହିଁ। ଧୀରେ ଧୀରେ କକାଙ୍କର ନନାଙ୍କ ପ୍ରତି ଆସ୍ଥା ମଧ ତୁଟିବାକୁ ଲାଗିଲା। ଯେହେତୁ

ତାଙ୍କ ପିଲାମାନେ ବାହାରେ ରହି ଚାକିରି ବାକିରି କରୁଥିଲେ ସେମାନଙ୍କର କାହାରି ସମୟ ନଥିଲା ଜମିଜମା ଗାଁରେ ଯାଇ ଦେଖିବାକୁ। ଏ ପାଇଁ ସେମାନଙ୍କ ମଧ୍ୟରୁ ଅନେକ ଅନିଚ୍ଛା ପ୍ରକାଶ ବି କରୁଥିଲେ। ସର୍ବୋପରି ଦେହରେ କାଦୁଅ ଛିଟିକା ନପଡ଼ିଲେ କ'ଣ ଚାଷ ହୁଏ? ଦେହରେ କିଏ କାଦୁଅ ଲଗେଇବାକୁ ଇଚ୍ଛୁକ? ଇତିମଧ୍ୟରେ କକା ନ୍ୟାୟତଃ ଯିଏ ଯାହା ପାଇବାର କଥା ବାପା ଓ କକା ଦୁଇଭାଇଙ୍କ ଭିତରେ ଜମି ଓ ଘର ବାଡ଼ି ଭାଗ ବଣ୍ଟରା ବଡ଼ ନନାଙ୍କ ସହିତ କଥାବାର୍ତ୍ତା କରି ଶେଷ କରିଦେଇଥିଲେ। ବଡ଼ ନନା କହନ୍ତି, "ବାପା ମୋତେ କହିଚନ୍ତି କାହ୍ନୁଆଁ ଯାହା ଇଚ୍ଛା ନବ ତୁ ମାନିବୁ, ଅରାଜି ହବୁନି।" ଭାଗ ପରେ ଆମ ଚାରି ପୁରୁଷର ମାଟିଘର, ବାଡ଼ି ଓ ପୋଖରୀ କକାଙ୍କ ଭାଗରେ ପଡ଼ିଲା। ଆମେ ପୂର୍ବପଟ ଜମି ଆମ୍ୟ ଧାଡ଼ି ସହ ନେଇଥିଲୁ। ଏହା ଅନେକ ଦିନ ପରେ ମୋର ଦୃଷ୍ଟିଗୋଚରକୁ ଆସିଲା। କକା ଚାହୁଁ ନଥିଲେ ସେ ଥାଉଁ ଥାଉଁ ତାଙ୍କ ସମ୍ପତ୍ତି ଅନ୍ୟ କେହି ତୋଷରପାତ କରନ୍ତୁ। ନିଜ ପିଲାମାନେ ତାଙ୍କ ହକ୍ ଦାବିରୁ ଯେପରି ବଞ୍ଚିତ ନହୁଅନ୍ତୁ। ତେଣୁ ତାଙ୍କ ମନକୁ ଆସିଲା ଜମି ସବୁ ବିକ୍ରି କରି ଟଙ୍କା ବ୍ୟାଙ୍କରେ ରଖି ଦେବାକୁ ବା ତାଙ୍କ ପରିବାରର ଅନ୍ୟ ହିତକର କାର୍ଯ୍ୟରେ ଲଗେଇବାକୁ।

୧୯୯୧ ମସିହା ମେ ୩୦ ତାରିଖରେ ଲିଖିତ କକାଙ୍କର ଖଣ୍ଡିଏ ନୀଲ ରଙ୍ଗର ଏରୋଗ୍ରାମ ଟରୋଣ୍ଟୋର ଗ୍ରେନଭିଲ୍ ଷ୍ଟିଟ୍ ଠିକଣାରେ ଡାକ ମାଧ୍ୟମରେ ଆସି ମୋର ହସ୍ତଗତ ହେଲା। ସନ୍ତର୍ପଣରେ ଚିଠିଟି ଖୋଲିଲି। କକାଙ୍କର ସେହି ଚିରାଚରିତ ଶୁଦ୍ଧ ଓଡ଼ିଆ ଭାଷା ଓ ଗୋଲ ଗୋଲ ସୁନ୍ଦର ଅକ୍ଷର, ଯାହା ସହିତ ମୁଁ ବେଶ୍ ପରିଚିତ। ଅନ୍ୟାନ୍ୟ ଖବର ସହିତ ମୁଖ୍ୟ ଖବର ଥିଲା ତାଙ୍କ ଭାଗରେ ପଡ଼ିଥିବା ଜମି ଖଣ୍ଡିଏ ସେ ବିକ୍ରି କରିବାକୁ ଇଚ୍ଛୁକ। ଜମି ବିକ୍ରି କରିବାର ଇଚ୍ଛା ପ୍ରକାଶ କରିବା ଇଏ ତାଙ୍କର ପ୍ରଥମ, ଆଗରୁ ତାଙ୍କଠାରୁ କେବେ ଶୁଣି ନଥିଲି। ସେଥିରେ ସେ ଧାଡ଼ିଟିଏ ଲେଖିଥିଲେ "ଏହା ପୈତୃକ ସର୍ବୁ ଅଟେ। ତୁ ନେବାକୁ ଅରାଜି ହେଲେ ଓ ମୋତେ ଲିଖିତ ଭାବେ ଜଣାଇଲେ ମୁଁ ଅନ୍ୟକୁ ଦେବି"XXX "ବାକି ଘରୋଇ ବାଡ଼ି କଥା ତୁ ଆସନ୍ତା ବର୍ଷ ଆସିଲେ ଗୋଟିଏ ଫାଇନାଲ ନିଷ୍ପତ୍ତି କରିଦେବା। ଅନ୍ୟାନ୍ୟ ପୈତୃକ ସର୍ବୁ ବିକ୍ରି କରିବା ନାହିଁ।"

ଚିଠିଟି ପଢ଼ି ଉଁ କି ଚୁଁ ନହୋଇ ତା' ଉପରେ ମୁଁ ଦୁଇ ସପ୍ତାହ ବସିଗଲି। ହେଲେ ବିଭିନ୍ନ ଦିଗରୁ ଯାବତୀୟ ଚିନ୍ତା ଦିନ ରାତି ପାଣି ଅତଡ଼ା ଖାଇ ପଶିଆସିଲା ପରି ମନ ଭିତରକୁ ପଶି ଆସୁଥାଏ। ଜମି କିଣିବି ନା କିଣିବିନି? କିଣିଲେ ମୋର ସେ ଜମି ହେବ କ'ଣ? ଯେତକ ଅଛି ସେତକ ତ ଉତ୍ତମ ରୂପେ ଚାଷ କରିହେଉ ନାହିଁ।

ସବୁବେଳେ ସେ ପାଇଁ ଅଶାନ୍ତି, ଅଧିକ କ'ଣ ଦରକାର ? ମୋ ପିଲାପିଲି ସେଠାକୁ ଯିବାର ସମ୍ଭବ ନୁହେଁ, ତେଣୁ କାହା ପାଇଁ କିଣିବି ? ଏମିତି ଦ୍ୱନ୍ଦ୍ୱର ଜାଲ ମୋତେ ଢାଙ୍କି ପକଉଥାଏ। ଶେଷକୁ ମାସେ ଯିବା ଉଭାରୁ ପତ୍ର ଖଣ୍ଡିଏ ଭାବି ଚିନ୍ତି ଲେଖିଲି, ଘର, ଘରବାଡ଼ି ଲଗାତ ସମସ୍ତ ଜମି ଏକ ସମୟରେ ବିକ୍ରି କରିଦେବାର ପ୍ରସ୍ତାବ ଆଗତ କରି। ଯଥା ସମୟରେ ସେ ଚିଠି ଖଣ୍ଡକ ପାଇ କକା ଲେଖିଲେ "ତୋର ତା୧୪-୭-୯୧ରିଖ ଚିଠି ପାଇଛି। ତୋର ମନୋଭାବ ତଥା ଶେଷ ନିଷ୍ପତ୍ତି ଚିଠିଟି ମୋର ହୃଦବୋଧ ହେଲା। ତୋର ଏହି ନିଷ୍ପତ୍ତି ଫଳରେ ଅନେକ ବିଷୟ ସମାଧାନ ହେବ।" ଏହା ଲେଖି ସେ ତାଙ୍କ ସମସ୍ତ ଜମିର ତାଲିକା ମୂଲ୍ୟ ସହ ପଠେଇଲେ। ସମ୍ପୂର୍ଣ୍ଣ ମୂଲ୍ୟ ଏକ ଲକ୍ଷ ଟଙ୍କା। ସେ ତାଲିକା ମଝିରେ ପୁଣି ଲେଖିଥିଲେ "ଉପରୋକ୍ତ ସମସ୍ତ ପୈତୃକ ସମ୍ପତ୍ତିର ଦାୟିତ୍ୱ ତୁ ଗ୍ରହଣ କରିଥିବାରୁ—ଗୋଟିଏ ଲୋକାପବାଦରୁ ଆମ ପରିବାର ମୁକ୍ତି ପାଇବା ସଙ୍ଗେ ସଙ୍ଗେ—ଗୋଟିଏ ବଂଶର ଉପଯୁକ୍ତ ଦାୟାଦ ହିସାବରେ ତୋର ଦୃଢ଼ ପଦକ୍ଷେପ ସର୍ବଦା ପ୍ରଶଂସନୀୟ। ଏହା ତୋ ଜୀବନରେ ଗୋଟିଏ ମହତ୍ କାର୍ଯ୍ୟ ବୋଲି ଗ୍ରହଣ କରିବୁ। ଇତି। ତୋର ବାପା- (ସ୍ୱାକ୍ଷର)- ୨୯-୮-୯୧"

ଏ ପତ୍ର ପାଇବା କ୍ଷଣି ଭାବିଲି ନିଷ୍ପତ୍ତି ନେବାର ବେଳ ଆସିଗଲା, ପଢ଼ିଲା ଭାଲେଣି। କହିତ ଦେଇଥିଲି ସମସ୍ତ ଜମି ଓ ଘର ବାଡ଼ି କିଣିବି ବୋଲି। ସତରେ ଜମି କିଣିବି କି ନାହିଁ ? କିଣିବି ? କାହା ପାଇଁ କିଣିବି ? କାହିଁକି କିଣିବି ? ସାଙ୍ଗମାନେ ଆଲୋଚନା ମାଧମରେ କହନ୍ତି ଭୁବନେଶ୍ୱରରେ ଫ୍ଲାଟ କିଣିବା କଥା। ଅନେକ ବି କିଣିସାରିଲେଣି। ସିଏ ସମୀଚୀନ। ମାତ୍ର ଇଏ ଜମି ପୁଣି ଗାଁରେ କେଉଁ ମଫସଲ ପାଣି କାଦୁଅ ଜାଗାରେ। ଏ ଜମିର ଭବିଷ୍ୟତରେ ମୂଲ୍ୟ ବା କ'ଣ ? ଏହା କେବଳ ନିଜର ଭାବପ୍ରବଣତା ଓ ନିଜର କଷ୍ଟମୟ ଶ୍ରମ ଅର୍ଜିତ ଡଲାରର ଅପବ୍ୟୟ ନୁହେଁ ଆଉ କ'ଣ ?

ସେତେବେଳେ ନୂଆ ନୂଆ ଆମେ ଟରୋଣ୍ଟୋ ଆସିଥାଉ। ସ୍ତ୍ରୀ ସବିତାଙ୍କର ନୂତନ ଚାକିରିକୁ ମୋର ବି ନୂତନ ଚାକିରି। ଭାରତ ଛାଡ଼ିବା ଆଗରୁ ନିଜର ଓ ଭାଇ ମାନଙ୍କର ଅନେକ ରଣ ଥିଲା। ସବୁ ପରିଶୋଧ କରିସାରିଲା ପରେ ସଞ୍ଚି ସଞ୍ଚି ପାଖରେ ମାତ୍ର ପନ୍ଦର ହଜାର ଡଲାର ଗଚ୍ଛିତ। ସେତେବେଳେ ଗୋଟିଏ ଡଲାର ବିନିମୟରେ ମାତ୍ର ଆଠଟି ଭାରତୀୟ ମୁଦ୍ରା। ତେଣୁ ଲକ୍ଷେ ଟଙ୍କା ପାଇଁ ଅତି କମରେ ବାର ତେର ହଜାର ଡଲାରର ଆବଶ୍ୟକ। ଏହା ଭାବି ଦୁଶ୍ଚିନ୍ତା ଓ ମନସ୍ତାପରେ ସମୟ କଟୁଥାଏ। ମୋର ମନକଥା ପତ୍ନୀ ସବିତା କେମିତି କେଜାଣି ଜାଣିପାରି କହିଲେ "ଯଦି ତମର

ଇଚ୍ଛା ହେଉଚି କିଣିବାକୁ, ତେବେ କିଣନ୍ତୁ। ମୁଁ ତମ ପଛରେ କ'ଣ ନାହିଁ? ନିଜ ଜନ୍ମସ୍ଥାନ ତ କିଣୁଛ, ଆଉତ କୁଆଡ଼େ ଉଡ଼େଇ ଦଉନ, ଏତେ ଚିନ୍ତା କାହିଁକି?" ମୋତେ ଏଇ ପଦକ କଥା ସାହସ ଦେଲା, ଆକାଶରେ ନେଇ ବସେଇ ଦେଲା ଭଳି ଲାଗିଲା। ତଥାପି ପର ମୁହୂର୍ତ୍ତରେ ମନ ଦ୍ଵନ୍ଦ୍ଵରେ ଆଉଟୁପାଉଟୁ ହେଉଥାଏ। ଅନେକ ସାଙ୍ଗମାନଙ୍କର ପରିବାର ଭାରତ ଗଲେ ଗାଆଁକୁ ନଯାଇ ଭୁବନେଶ୍ୱରରେ ହୋଟେଲରେ ରହି ପ୍ରତ୍ୟାବର୍ତ୍ତନ କରନ୍ତି। ଆମର ଯଦି ସେଇୟା ହେଲା ତେବେ କେବଳ ଅର୍ଥ ଶ୍ରାଦ୍ଧ ଅଯଥାରେ ହେବ। ଫଳ କିଛି ହେବନି। ସେତିକି ବେଳେ ମନେ ପଡ଼ିଲା ଅନେକ ବର୍ଷ ଆଗରୁ ହାଇସ୍କୁଲ ପାଠ୍ୟ ପୁସ୍ତକରେ ପଢ଼ିଥିବା ରନ୍‌କର ପତିଙ୍କର "ଗ୍ରାମ୍ୟ ଜୀବନ" ପ୍ରବନ୍ଧରୁ କେତୋଟି ଧାଡ଼ି, "ଜନନୀ ଜନ୍ମଭୂମିଶ୍ଚ ସ୍ୱର୍ଗାଦପୀ ଗରୀୟସୀ, ଯେଉଁ ଗ୍ରାମରେ ଜନ୍ମଗ୍ରହଣ କରି ତାହାର ପାଣି, ପବନ, ତରୁଲତା ସଙ୍ଗେ ଆମ୍ଭମାନଙ୍କର ଶିଶୁଜୀବନ ଓତପ୍ରୋତ ଭାବରେ ଜଡ଼ିତ, ସେହି ଜନନୀସ୍ୱରୂପା ଜନ୍ମଭୂମିର ଉନ୍ନତି ପ୍ରତି ରୁଦ୍ଧନେତ୍ର ହେବା ମାନବଧର୍ମ ଓ ମାନବ ମର୍ଯ୍ୟାଦାର ବିରୋଧୀ।" ଏହାକୁ ମନେ ପକାଉ ପକାଉ ମୋ ବାଲ୍ୟକାଳର କଥା ମନେ ପଡ଼ିଲା। ମନେ ପଡ଼ିଲା ସେଇ ଦାଣ୍ଡ ଆଗରେ ବରଗଛ। ଆମ ତୋଟା। ଖରାଦିନିଆ ସନ୍ଧ୍ୟାରେ ପୋଖରୀ ହୁଡ଼ାରେ ସୁଲୁସୁଲିଆ ପବନ। ଋତୁ ପରେ ଋତୁର ଦୃଶ୍ୟ ପରିବର୍ତ୍ତନ ଠିକ୍ ଚଳଚ୍ଚିତ୍ର ଦେଖିଲା ଭଳି, ଭଳିକି ଭଳି। ପିଲାଦିନେ ଯେଉଁ ଜମିକୁ ଯାଉଥିଲୁ ସେ ଜମି ଗୁଡ଼ିକ ମନେ ପଡ଼ିଲା। ସବୁ ଭାଇ ଭଉଣୀଙ୍କ ଜନ୍ମ ସେଇଠି, କଉଡ଼ି ଲଗା ଷଠି ଘରର ଚିହ୍ନ ମାଟି କାନ୍ଥରେ, ନିଜର ଜନ୍ମସ୍ଥାନ, ମୋଟ ଉପରେ ବାଂଶର ଭିଟା ମାଟି। ମାଆ ବୁଢ଼ୀ ସହିତ ସାନ ଭାଇଙ୍କ କଥା ମନେ ପଡ଼ିଲା। ଆଜି ନକିଣିଲେ କାଲି କାହାକୁ ହସ୍ତାନ୍ତର ହେଇଯିବ। ଚିରଦିନ ପାଇଁ ବାଲ୍ୟକାଳର ସ୍ମୃତି ବିସ୍ମୃତିର ଗଭୀର ମହାସାଗର ଅତଳ ଗର୍ଭରେ ଲୀନ ହେଇଯିବ। ମାଟି ମାଆର ଡାକ କାନରେ ପଡ଼ିଲା। ହୃଦୟ ବିଦାରି ପକେଇଲା। ଆଉ ଗୋଟିଏ ଦିନ ବିଳମ୍ବ ନକରି ଟଙ୍କା କକାଙ୍କ ଉପଦେଶ ଅନୁଯାୟୀ ଶ୍ୱଶୁରଙ୍କ ମାର୍ଫତରେ ପଠାଇଲି। ବଡ଼ନନା, ସାନ ଭାଇ ଭଗ ଓ ଶ୍ୱଶୁରଙ୍କ ସହଯୋଗରେ କକା ସମସ୍ତ କାଗଜ ପତ୍ର କାମ ଶେଷ କରି ମୋତେ ପତ୍ର ଖଣ୍ଡିଏ ଲେଖିଦେଲେ। କକାଙ୍କ ଭାଗରେ ପଡ଼ିଥିବା ସମସ୍ତ ପୈତୃକ ସଂପତ୍ତିର ମାଲିକ ହିସାବରେ କକା ମୋତେ ଦାୟିତ୍ୱ ଦେଲେ, ଏକ ଲକ୍ଷ ୨୦ ହଜାର ଭାରତୀୟ ମୁଦ୍ରା ବିନିମୟରେ ସମସ୍ତ କବାଲା ଖର୍ଚ୍ଚ ସହିତ। ଏହା ମୋ ଜୀବନର ଏକ ମାଇଲ'ଖୁଣ୍ଟ। ଅଧିକନ୍ତୁ କକାଙ୍କ ଆନ୍ତରିକ ଇଚ୍ଛା ଅନୁସାରେ ଘର ଡିହ ଖଣ୍ଡିକ ମୋର ବର୍ଷକର ପୁତ୍ର ସୋମନ ନାମରେ ଦାନ ପତ୍ର କରିଦେଲୋ।

ଘରବାଡ଼ି କିଣା ହେବା ପରେ ସାନଭାଇ ବାବୁଲି ଥରେ ଛୁଟିରେ ଅଷ୍ଟେଲିଆରୁ ଆସିଥାଏ। ସେ ସେତେବେଳେ ଆଗରୁ ବାକି ଥିବା ଉତ୍ତର ପଟେ ତିନୋଟି ବଖରା ଘର କରି ପୁର ବୁଲେଇ ଦେବାକୁ ଇଚ୍ଛା ପ୍ରକାଶ କଲା। ବଡ଼ନନା କହିଲେ "ନାହିଁ ନାହିଁ ସେମିତି ନୁହେଁ, ଯଦି କରିବା ଭଲକି କରିବା, ସେପଟରୁ ଆଗ ପୁରୁଣା ଘର ଭାଙ୍ଗି ନୂଆ ତିଆରି କରିବା।" ଏତେ ସବୁ ଘର ଭଙ୍ଗା। ଭଙ୍ଗି କରି କରିବାକୁ ତାର ସାହସ ନହେବାରୁ ସେ ମଙ୍ଗିଲା ନାହିଁ। ତାର ଗାଁରେ ଘର କରିବାର ଇଚ୍ଛା କହିବାକୁ ଗଲେ ଅନେକ ଦିନରୁ। ଯେତେବେଳେ ସେ ଜୟପୁର ରାଜସ୍ଥାନରେ ଇଞ୍ଜିନିୟରିଂ ପଢୁଥିଲା। ସେତେବେଳେ ଜବାହରଲାଲ ନେହେରୁ ବିଶ୍ୱବିଦ୍ୟାଳୟ, ଦିଲ୍ଲୀକୁ ଆସି କେବେ କେବେ ମୋ ପାଖରେ ଛାତ୍ରାବାସରେ ରହୁଥିଲା। ଆମେ ସେତେବେଳେ କପର୍ଦକ ଶୂନ୍ୟ। ତଥାପି ଦୁଇ ଭାଇ ଗାଁରେ କିପରି ଘର କରିବା ସେ ବିଷୟରେ କାଗଜରେ ଗାର କାଟି କଳ୍ପନା ଜଳ୍ପନା କରୁଥିଲୁ। ସେତେବେଲର ସେ କଳ୍ପନା କେବଲ ଦୂରଦିଗନ୍ତର ଅସ୍ପଷ୍ଟ ଅଦୃଶ୍ୟ ସ୍ୱପ୍ନ ବୋଲି କହିଲେ ଅତ୍ୟୁକ୍ତି ହେବନାହିଁ। ମାତ୍ର କିଏ ଜାଣିଥିଲା ସେଇ ସ୍ୱପ୍ନ ଦିନେ ବୀଜ ରୂପେ ସୁପ୍ତ ଅବସ୍ଥାରେ ଥିଲା, ପାରିପାର୍ଶ୍ୱିକ ଅବସ୍ଥାକୁ ଅପେକ୍ଷା କରି। ଏବେ ଜଳବାୟୁ ଅନୁକୂଲ ହେବାରୁ ଅଙ୍କୁରୋଦ୍ଗମ ହେବାକୁ ଲାଗିଲା। ବାବୁଲିର ଅର୍ଥଦାନ, ସାନଭାଇ ଭଗ, ମାନା ଓ ପୁତୁରା ଜିତୁର ସହାୟତାରେ ପ୍ରଥମେ ତିନୋଟି ପକ୍କା କୋଠରିର ଯୋଜନା କାର୍ଯ୍ୟକାରୀ ହୋଇ ସମାପନ ହେଲା। ସମସ୍ତେ ଖୁସିହେଲେ। ମାଆ ଅନୁଜ ବାବୁଲିର ଗୁଣଗାନ କଲା।

ଦାଣ୍ଡ ପଟ ପକ୍କା ଚଉରା ମୂଲରେ ସଞ୍ଜ ସଲିତା ଜଲି ଲିଭି ସାରିଥିଲା, ଶଙ୍ଖ ବାଜି ସାରିଥିଲା। ସନ୍ଧ୍ୟାର ଆଗମନ। ଅନ୍ଧାରର କଲା ପରଦା ଧୀରେ ଧୀରେ ଓହ୍ଲେଇ ଆସୁଥାଏ। ହାଲକା ଜାନୁଆରୀ ମାସର ଶୀତ। ବାଡ଼ି ପଟେ କୋଲାହଲ। ବାହାର କାଠ ଚୁଲିର ଧୂଆଁରେ ଆଖପାଖ ଧୂମାୟିତ। ମଝିରେ ମଝିରେ ଧୂଆଁ ସହିତ ଚୁଲିର ନିଆଁ ଧାସ ଉପରକୁ ଉଠି ଆସୁଥାଏ। ଚାରି ପାଖରେ ଚୌକିରେ ଚାଦର, ସ୍ୱେଟର ଆଦି ଘୋଡ଼େଇ ହୋଇ ଭାଇ, ଭାଇ ବୋହୂ, ନାନୀ ଓ ଭିଣୋଇ ମାନଙ୍କର ଭିଡ଼। କିଏ ଦୂରରୁ ଚୁଲିକୁ ଅନେଇଥାଏ ତ କିଏ ପାଖରେ ବସି ହାତ ଦୁଇଟିକୁ ନିଆଁରେ ଦେଖେଇ ସେକୁଥାଏ। ସାନ ଭଉଣୀ ମଞ୍ଜୁ ଓ ସାନ ଭାଇ ଭଗ ପୋଡ଼ ପିଠା ପ୍ରସ୍ତୁତି ପଥରେ ଆଗେଇ ଚାଲିଥାନ୍ତି। ଭାଇ ବୋହୂମାନେ ଉପାଦାନ ଓ ଉପକରଣ ମାନ ପାଖରେ ଆଣି ଯୋଗାଇ ଦେଉଥାନ୍ତି। ଉପଦେଶର ଅଭାବ ନଥାଏ, ସବୁ ଦିଗରୁ ଉପଦେଶମାନ ତୀର ଭଲି ଆସୁଥାନ୍ତି, ଯାଉଥାନ୍ତି। ହେଲେ ସେଥିରେ ପ୍ରକୃତ କାମ କରିବାବାଲାଙ୍କର କିଛି ଅସୁବିଧା ହେଉ ନ ଥାଏ। ସେମାନେ କୌଣସି ଉପଦେଶକୁ

ଗ୍ରହଣ କଲା ଭଳିଆ ଲାଗୁନଥାନ୍ତି। ତାଙ୍କ କାମ କାରସାଦିରୁ ଜଣା ପଡୁଥାଏ ଏ ସବୁ କାମରେ ସେମାନେ, ପୋଖତ, ଧୁରନ୍ଧର, ଅନେକ ଦିନରୁ କରିଆସିଲେଣି। କେତେଜଣ ଏପଟ ସେପଟ ଯାଆ ଆସ କରି ରାତ୍ରି ଭୋଜନ ତିଆରି କରିବାରେ ବ୍ୟସ୍ତ। କେତେକ ଫାଙ୍କା ଆବାଜ କରିବା ବାଲା ମଝିରେ ମଝିରେ ଆସି "କେତେ ଦୂରଗଲା" ପଚାରି ଦେଇ ପଲେଇଯାଉଥାନ୍ତି। ମୋଟା ମୋଟି କହିବାକୁ ଗଲେ ଏକ ଖୁସିହାସିର ଫୁଆରା ଉପରକୁ ଉଠୁଥାଏ। ମୁଁ ମୋ କ୍ୟାମେରାଟି ଧରି କିପରି ଚୁଲି ନିଆଁ ସହିତ ପୋଡ଼ ପିଠାର ଫୋଟୋ ଉଠିବ ତାର ଉପାୟ ଖୋଜିବାରେ ଲାଗିଥାଏ। ପୋଡ଼ ପିଠା ତିଆରି ହବାର ଦୃଶ୍ୟ ମୁଁ ଅନେକ ଦିନ ଧରି ଗାଁରେ ଦେଖିବାକୁ ପାଇ ନଥିଲି। ଏମାନଙ୍କର କଳା କଉଶଳ ଦେଖି ପଚାରିଲି, "ତୁମେମାନେ ଏ ସବୁ ମାଆ ପାଖରୁତ ଶିଖିଥିବ ନିଶ୍ଚେ, ହେଲେ ଶିଖିଲ କେବେ? ମାଆ କଥା ଆସିବାରୁ ସାନ ଭାଇ ବାବୁଲି କହିଲା "ମୁଁ ଯେତେବେଲେ ଆସେ ମାଆ ପୋଡ଼ ପିଠା ମୋ ପାଇଁ ନିଶ୍ଚିତ କରେ।" ସଙ୍ଗେ ସଙ୍ଗେ ଭାଇ ବୋହୂ ନିହାରୀକା କଥା ଯୋଡ଼ିଲେ, କହିଲେ "ସତରେ, ଅଷ୍ଟେଲିଆ ନନା ଯେବେ ଆସନ୍ତି ମାଆ ପୋଡ଼ ପିଠା କରନ୍ତି।" ସମସ୍ତଙ୍କ ମୁହଁରେ ମାଆଙ୍କ କଥା। ମାଆଙ୍କର ବିୟୋଗ ମାତ୍ର ଦୁଇ ବର୍ଷ ତଳର। ନିକଟରେ ଶ୍ରାଦ୍ଧ ଯାଇଥିବାରୁ ତାର ଅନୁପସ୍ଥିତି ସମସ୍ତଙ୍କ ମନରେ ଖେଳୁଥାଏ। ଲାଗୁଥାଏ ସତେ ଯେପରି ମାଆ ନଈଁ ନଈଁ ଆସୁଛି, ସେ ଘର ଖଟ ଉପରେ ଶୋଇଛି, ବାରଣ୍ଡା ସୋଫାରେ ବସିଛି। ବାବୁଲି କହିଲା, "ମାଆ କହେ ଯେଉଁ ବର୍ଷ ଘର ଭାଙ୍ଗିଗଲା ନା, ସେ ଭଙ୍ଗା ଘର ଭିତରୁ କୁଆଡ଼େ ସେ କାନ୍ଦଣା ଶୁଣେ, ତାକୁ ଲାଗେ ଯେପରି କିଏ ଜଣେ ଠିଆ ହେଇ ସକେଇ ସକେଇ କାନ୍ଦୁଚି, କେତେ ଥର ମୋତେ କହିଛି, ତୁ ଘର କରି ନଥିଲେ ଆମେ ବରଗଛ ମୂଲରେ ରହିଥାନ୍ତୁ।" ଏତକ କହି ସେ ଭାବ ପ୍ରବଣ ହୋଇ ଉଠିଲା। ପୋଡ଼ ପିଠା ଜନିତ କାର୍ଯ୍ୟକ୍ରମ ସୁଚାରୁ ରୂପେ ସମାପ୍ତ ହେଇ ଆସୁଥିବାରୁ ସମସ୍ତେ ଘର ଭିତରକୁ ରାତ୍ରି ଭୋଜନ ପାଇଁ ମୁହେଁଇଲେ। କଥାଟି ସେଇଟି ରହିଗଲା।

ହେଲେ ଘର ଭାଙ୍ଗିଯିବା ପ୍ରସଙ୍ଗଟି ମୋ ମନରୁ ନିଦ ହେଲା ପର୍ଯ୍ୟନ୍ତ ଗଲାନାହିଁ। ଚାରି ପୁରୁଷର ଘର। ଜମି କିଣାହେଲା, ତିନୋଟି ପକ୍କା କୋଠରି କରାହେଲା, ହେଲେ ପୁରୁଷାନୁକ୍ରମିକ ରହି ଆସିଥିବା ପୁରୁଣା ମାଟି ଘରଟି କିପରି ଓ କାହିଁକି ଭାଙ୍ଗିଲା? ମଝିରେ ଥରେ ଘର ଛପର ଉଡ଼ିଯାଇ ପାଣି ପଡୁଥିବାରୁ ମୁଁ ଘରେ ପହଞ୍ଚି ଅସନ୍ତୁଷ୍ଟ ହୋଇଥିଲି। ପଇସା ଦେବାରୁ ଘର ଛପର କରା ହେଇଥିଲା। ପୁଣି ସେଇ କଥା? କାହିଁକି? ସେତେବେଲେ ବଡ଼ନନା ତାଙ୍କ ପିଲାପିଲି ଓ ବୁଢ଼ୀ ମାଆଙ୍କୁ ନେଇ ଗାଁରେ ଥିଲେ। ସାନ ଦୁଇଭାଇ ବି ଥିଲେ। ଏମିତି କିଛି ବର୍ଷ ଚାଲିଥିଲା। ସାନ ଭାଇମାନେ

ଜମି ବାଡ଼ି ବୁଝିବାରୁ କଙ୍କଡ଼ାକୁ ଗୋଲି ପାଣି ସୁହେଇଲା ଭଲି ବଡ଼ନନାଙ୍କୁ ଏଇଟା ବେଶ୍‌ ସୁହେଇଲା। ଏଇ ସୁଯୋଗ ନେଇ ସେ ଘରକୁ ମାସେ ଦୁଇମାସରେ ଥରେ ଆସିଲେ। କୁଆଡ଼େ ରହୁଚନ୍ତି, କୁଆଡ଼େ ଯାଉଚନ୍ତି କାହାରିକୁ ପତ୍ତା ମିଲିଲା ନାହିଁ। ସମସ୍ତେ କେବଳ ଦିନରାତି ସନ୍ଦେହ କରିବାରେ ରହିଲେ। ଏ ସବୁ ନେଇ ମୁଁ ପରିବାର ବର୍ଗଙ୍କ ଠାରୁ ପତ୍ର ପାଉଥିଲି। ସେଥିରୁ ଜାଣିବାକୁ ପାଉଥିଲି ଘରେ ନିଜ ନିଜ ଭିତରେ ବୁଝାମଣାର ଅଭାବ ହୋଇ ମନୋମାଲିନ୍ୟ ବଢ଼ିଛି। କ୍ରମେ କ୍ରମେ ପରସ୍ପର ଭିତରେ ବିଶ୍ୱାସ ତୁଟିଯାଇ ସମ୍ପର୍କ ମଧ ତୁଟିବାକୁ ଆରମ୍ଭ କଲାଣି। ମୋର କିନ୍ତୁ ତଥାପି ଏକଥାକୁ ବିଶ୍ୱାସ ହେଉ ନଥାଏ। ଦିନେ ପୁତୁରା ଜିତୁ ପାଖରୁ ଚିଠିଟିଏ ପାଇଲି। ବିଚରା ସମସ୍ତ ବିବରଣୀ ସହ ଅତ୍ୟନ୍ତ ଦୁଃଖ ପ୍ରକାଶ କରି ଚିଠି ଖଣ୍ଡିଏ ସେ ଲେଖିଥିଲା। ଚାରି ପୁରୁଷର ମାଟି ଘର ସମସ୍ତଙ୍କ ଜାଣତରେ ଭାଙ୍ଗି ଧରାଶାୟୀ ହୋଇ ଯାଇଛି ବୋଲି ଲେଖିଥିଲା। ମନୋମାଲିନ୍ୟକୁ ମେଣ୍ଟାଇବା ପାଇଁ ଦୃଢ଼ ପଦକ୍ଷେପ ନେଇ ଅତି ଶୀଘ୍ର ଏହାର କିଞ୍ଚିଟା ସମାଧାନର ପନ୍ଥା ବାହାର କରିବାକୁ ସେ ମୋତେ ନିବେଦନ କରିଥିଲା। ସେ ଲେଖିଥିଲା, "ଭାଗ କରିବା ପାଇଁ ଉପଯୁକ୍ତ ମୁରବିଙ୍କ ଅଭାବ। କାରଣ, ଯେଉଁ ବ୍ୟକ୍ତି ନ୍ୟାୟ ତଥା ଲୋଭଶୂନ୍ୟ, ସେ ଏ କାମ କରି ପାରିବେ। ଆଉ ମଧ ସେ ବ୍ୟକ୍ତିର ଅନ୍ୟମାନଙ୍କ ପ୍ରତି ଜାହିର/କର୍ତ୍ତୃତ୍ୱ ଥବ। ତେଣୁ ମୋ ମତରେ ତମେ ହିଁ ଯୋଗ୍ୟ।" କିଞ୍ଚିଟା ଖବର ମୁଁ ଆଗରୁ ପତ୍ର ମାଧମରେ ପାଇଥିଲି। ଏସବୁ ପଢ଼ି ପରିସ୍ଥିତିକୁ ମୁକାବିଲା କରିବା ପାଇଁ ମୁଁ ଆଗରୁ ନିଜକୁ ପ୍ରସ୍ତୁତ କରାଇ ନେଇଥିଲି। ମୋ ଯିବାର ପନ୍ଦର ଦିନ ଆଗରୁ ପତ୍ନୀ ସବିତା ଭାରତ ଭ୍ରମଣରେ ଯାଇ ସାରିଥିଲେ। ଓଡ଼ିଶାରେ ପହଞ୍ଚି ସେ ଯଥାରୀତି ଗାଁକୁ ଯାଇ ବିସ୍ମିତ ହେଲେ ସମସ୍ତ ଦେଖି। ଫୋନରେ ତାଙ୍କ ସହିତ କଥାଭାଷା ହେଲାବେଲେ ମୁଁ ପଚାରିଥିଲି, "କ'ଣ ଦେଖିଲ? କ'ଣ ପରିସ୍ଥିତି? ମୋତେ କିଛି ଟିକିଏ କହିବ କି?" ସେ ଅଧିକ କିଛି ନକହି ଏତକ କହିଥିଲେ, "ଆସ, ତମେ ତମ ନିଜ ଆଖିରେ ଦେଖିବ।" ଏହା ଶୁଣି ସନ୍ଦିହାନ ମନ ନେଇ ମୁଁ ଭାରତ ଭ୍ରମଣରେ ବାହାରିଲି।

ଓଡ଼ିଶାରେ ପହଞ୍ଚି ଗାଁକୁ ଯାଇ ସମସ୍ତ ଦୃଶ୍ୟ ସ୍ୱଚକ୍ଷୁରେ ଦେଖିଲି। ସମସ୍ତ ଘଟଣା ଜାଣିବାକୁ ଚେଷ୍ଟା କଲି। ନୂଆ ନୂଆ ଆସିଥିବା ଭାଇ ବୋହୂ ନିହାରିକା ତାଙ୍କର ଅଭିଜ୍ଞତା ମୋ ଆଗରେ କହି ବସିଲେ, କିପରି ଦିନେ ମେଘ ରାତିରେ ଭୟଙ୍କର ଶିଳକରି ଅନ୍ଧାରରେ କାନ୍ଥ ଭୁଷୁଡ଼ି ଗଲା। ମୋ ଆଗେ ନିରୋଲାରେ ବୃଦ୍ଧା ଅସହାୟା ମାଆ ଲୁହ ଗଡ଼େଇଲା। କହିଲା, "ବାପାରେ, ମୋହରି ଆଖି ଆଗରେ ଚାରି ପୁରୁଷର ଘର ଆଜି ଭୁଷୁଡ଼ି ଗଲା, କେହି ଦାୟିତ୍ୱ ନେଲେନି, କେହି ବୁଝିଲେନି,

ମୁଁ କିଛି କରି ପାରିଲିନିରେ, ଏ ବୁଢ଼ୀ କଥା କିଏ ଶୁଣୁଚି ? ମ ଜୀବନଟା ଯାକ ମୁଁ ତ କାହାର କେବେ ଅନିଷ୍ଟ ଚିନ୍ତା କରିନି, ମୁଁ ତ ମୋ ଜୀବନ ସାରା ଦୁଃଖୀ, ମୁଁ ମ ସୁଖ ଦୁଃଖରେ ଥାଏ, କିଏ କାହିଁକି ଏ ଅଭିସମ୍ପାତ ମତେ ଦେଲା, ମ ଘର ଭାଙ୍ଗିଲା ?" ଟିକିଏ ରହିଯାଇ ନାକ ପୋଛି ପୁଣି କହିଲା, "ଗୋସାଇଁ ଦେଇତାରୀ ପାଣିଗ୍ରାହୀ କରିଯାଇଥିଲା, ତ ବାପ, ଜଜବାପ କିଛି କରି ନଥିଲେ। ତମେ ମାନେ ଯଦି ଯୋଗ୍ୟ ଆଉ ଥରେ ଘର କରିବ, ମୁଁ ତ ବୁଢ଼ୀ ହେଲିଣି, ମୋର ବା ଆଉ କେତେ ଦିନ। ପିତୃ ପୁରୁଷ ସ୍ୱର୍ଗରେ ରହି ଦେଖିବେ, ଖୁସି ହେବେ। ମୁଁ ତ ଆଉ ନଥିବି ଦେଖିବାକୁ।" ଏତକ କହି ଆଉ ଥରେ ଆଖିରୁ ତାର ଢବ ଢବ ହେଇ ଲୁହ ଗଡ଼ି ପଡ଼ିଲା। ସେଇଠି ତାହାରି ଗାଢ଼ ସବୁଜିଆ କସ୍ତା ଲୁଗାର କାନି ଟାଣି ନେଇ ତା' ଆଖିରୁ ଲୁହ ପୋଛିଦେଇ କହିଲି, "ହଉ, ତୁ କାନ୍ଦନା।" ବାପାଙ୍କ ଭଳିଆ "ହଉ"ଟିଏ ମାରିଦେଲି। ପୁଣି କହିଲି, "ତୁ ବ୍ୟସ୍ତ ହଅନା, ମାଟି ଘର ଭାଙ୍ଗି ଗଲା, ପକ୍କା ଘର ହବ, ଏଇ ବରଗଛ ମୂଲେ ହବ, ତୁ ଦେଖିକି ମରିବୁ, ହେଲା।" ଆଶ୍ୱାସନା ପାଇ ସେ ବି ବାପାଙ୍କ ଭଳିଆ "ହଉ" ମାରି ଦେଇ ତୁନି ହେଲା। ମାଆ ଆଗରେ ନ କାନ୍ଦିଲେ ବି, ଉପରକୁ ନ ଦେଖେଇଲେ ବି, ମୋ ଅନ୍ତର ସେତେବେଳେ କାନ୍ଦୁଥିଲା।

ଖବର ପାଇଲି ବଡ଼ନନା ଅବାଟକୁ ଯାଇ ଏମିତି ଭଉଁରୀରେ ପଡ଼ିଚନ୍ତି ଯେ ଆଉ ସେଥିରୁ ସେ ମୁକୁଲି ଆସିବା ଅସମ୍ଭବ। ପିଲାମାନଙ୍କ କଥା ବୁଝିବାକୁ କେହି ନାହାନ୍ତି। ଜମିବାଡ଼ି ଦେଖିବାକୁ କେହି ନାହିଁ। ସାନ ଭାଇମାନଙ୍କ ପାଖରେ ପଇସା ନାହିଁ। ଘର ଛପର କରିବ କିଏ ? ବଡ଼ନନା ମଝିରେ ମଝିରେ କହୁଥିଲେ "ଗଗନ, ଘରର ଛପରଟା କଲାନି, ଏ ଘର ଆଉ ରହିବ ନା ?" ମୁଁ ଏକଥା ଅନ୍ୟମାନଙ୍କ ଠୁଁ ଶୁଣି ଆଶ୍ଚର୍ଯ୍ୟ ହେଲି। ମନେ ମନେ ଭାବିଲି, ଗଗନ ତ ଏଠାରେ ରହୁନି, ଘର ଛପର କରିବ କାହିଁକି ? ଯେଉଁମାନେ ରହୁଚନ୍ତି ସେମାନେ ତ ଛପରଟା ଅତି କମ୍‌ରେ କରିପାରିଥାନ୍ତେ। ଏ ପ୍ରଶ୍ନର ଉତ୍ତର ଦେବାକୁ କେହି ନଥିଲେ। କାହାକୁ ବା ପଚାରିଥାନ୍ତି ?

ଗତସ୍ୟ ଶୋଚନା ନାସ୍ତି। ଏଇଆ ଭାବି ଅତୀତକୁ ନେଇ ଗୋଳେଇ ଘାଣ୍ଟିହେବାକୁ ମୋର ଆଉ ଇଚ୍ଛା ବା ସମୟ ନଥିଲା। କିପରି ଆଗକୁ ଆଗକୁ ଚାଲିବୁ, ଭବିଷ୍ୟତକୁ ଆଖି ଆଗରେ ରଖି ଘର ତିଆରି କରିବୁ ସେଇ ଯୋଜନାରେ ରହିଲୁ। ପତ୍ର ମାଧ୍ୟମରେ ଭାଇମାନଙ୍କ ସହିତ ଯୋଗାଯୋଗ କରି ଓ ଘରେ ପତ୍ନୀ ସବିତାଙ୍କ ସହ ଆଲୋଚନା କରି ଘର ତିଆରି କରିବାର ଯୋଜନା ଚାଲିଲା। ଅନେକ ଦିନରୁ ସବିତାଙ୍କର ଆନ୍ତରିକ ଇଚ୍ଛା ଥିଲା ଗାଁରେ କେତେ ବଖରା ଘର କରିବାକୁ। ସେ କହନ୍ତି, "ଗାଁରେ ଏତେ ଲୋକ ଘର କରୁଛନ୍ତି, ଆମେ କରିବାନି କାହିଁକି ? ତା'

ସହିତ ଆମ ଦୁଇ ଭାଇଙ୍କର ଜବାହରଲାଲ ନେହେରୁ ବିଶ୍ୱବିଦ୍ୟାଳୟର ଛାତ୍ରାବାସରେ ବସି ଦେଖିଥିବା ସ୍ୱପ୍ନକୁ ରୂପାୟିତ କରିବାକୁ ଏବଂ ମାଆକୁ ଦେଇଥିବା ପ୍ରତିଶ୍ରୁତିକୁ ଫଳବତୀ କରିବାକୁ, ଘର ତୋଳିବାର ଯୋଜନା ଚାଲିଲା। ଯେ ଯାହାର କ୍ଷମତା ଅନୁସାରେ ଘର ତିଆରି କରିବାରେ ସାହାଯ୍ୟ କରିବାକୁ ଆଗଭର ହେଇ ଆଗେଇ ଆସିଲେ। ବଡ଼ଭାଇ ଦୀନ ନନାଙ୍କ ତତ୍ତ୍ୱାବଧାନରେ ଘର ତିଆରି କାମ ଚାଲିଲା। ରାଉରକେଲାରୁ ସେ ସିମେଣ୍ଟ ପଠେଇଲେ। ଟ୍ରକ୍ ଆସି ଗାଁରେ ବୋଝେଇ ଖଲାସ କଲା। ତା' ସହିତ ଇଲେକଟ୍ରିକ ସରଞ୍ଜାମ ମଧ୍ୟ ସାନ ଭାଇ ଭଗ ଯାଇ ରାଉରକେଲାରୁ ନେଇ ଆସିଲା। ସମସ୍ତଙ୍କର ଅକ୍ଲାନ୍ତ ପରିଶ୍ରମରେ ବର୍ଷକ ଭିତରେ ଘର ଛିଡ଼ା ହେଲା। ତହିଁ ପର ବର୍ଷ ସପରିବାର ଗାଁରେ ପହଞ୍ଚିଲୁ ଘର ପ୍ରତିଷ୍ଠା ପାଇଁ। ବନ୍ଧୁବର୍ଗ ପରିବାର ଆସି ଗାଁରେ ରୁଣ୍ଡ ହେଲେ। କକା ଓ ମାଆଙ୍କ ଗହଣରେ ସାରା ପରିବାର ବର୍ଗଙ୍କର ଫୋଟୋ ଛାତ ଉପରେ ରହି ତୋଲା ହେଲା। ମାଆ ବରଗଛ ମୂଲେ ଘରର ଶୁଭ ଦେଇ ମାର୍ବଲ ପଥରରେ ଘରର ନାମାନୁସାରେ ଫଳକ ଦାଣ୍ଡ କାନ୍ତରେ ଲଗେଇଲା "ମାଧବୀ ଗୋବିନ୍ଦ।" ମାଆଙ୍କ ନାଁ ମାଧବୀ ଓ ବାପାଙ୍କ ନାଁ ଗୋବିନ୍ଦ। ସମସ୍ତେ ଖୁସିରେ କରତାଲି ଦେଲେ। ଅଶୀରୁ ଊର୍ଦ୍ଧ୍ୱ ବର୍ଷୀୟ ପିତୃତୁଲ୍ୟ କକା ଆନନ୍ଦରେ ଗଦ୍‌ଗଦ୍ ହେଇ କହିଲେ, "ମୋ ପୈତୃକ ସମ୍ପତ୍ତି ଓ ପୈତୃକ ଭିଟା ମାଟି ଆଜି ମୋ ଉପଯୁକ୍ତ ଦାୟାଦ ମାନଙ୍କ ହାତରେ। ମୋର ଯୋଗ୍ୟ ସନ୍ତାନମାନେ କୋଠା ପିଟି ଆଜି ଛାତ ଉପରୁ ସମସ୍ତଙ୍କର ଫୋଟୋ ଉଠଉଛନ୍ତି। ମୋ ଇହକାଳ ଭିତରେ ମୋ ଆଖି ଏଇୟା ଦେଖିଲା। ମୋ ପାଇଁ ୟା ଠାରୁ ଗର୍ବର କଥା ଆଉ କ'ଣ ହେଇପାରେ?" ସେଇ ବାକ୍ୟରୁ ଝରି ପଡ଼ୁଥିଲା ତାଙ୍କ ହୃଦୟରୁ ଆତ୍ମସନ୍ତୋଷର ସ୍ଫୁଲିଙ୍ଗ। ସେ ଏ କଥା କହିବା ବେଳେ ମୁଁ ମନେ ମନେ ତାଙ୍କ ପ୍ରତି ଶତ ପ୍ରଣିପାତ ଜଣଉଥିଲି।

    "ମାଧବୀ ଗୋବିନ୍ଦ।" ସାମନାରେ ପୋର୍ଟିକୋ। ତାକୁ ଲାଗି ପୂର୍ବ ପଟକୁ ପକ୍କାର ତୁଳସୀ ଚଉରା। ଘର ଭିତରକୁ ପଶିଲେ ପ୍ରଥମେ ଦାଣ୍ଡଘର। ଦାଣ୍ଡଘରେ ମାଆଙ୍କର ଫୋଟୋକୁ ବେଢ଼ି ତାର ସାତ ପୁଅ ଓ ବୋହୂମାନଙ୍କର ଫୋଟୋ। ଘର ଭିତରେ ପକ୍କା ଅଗଣା। ଅଗଣାରେ ଠିଆ ହୋଇ ଉପରକୁ ଚାହିଁଲେ ଦେଖାଯାଏ ଆକାଶ ଚୁମ୍ବୀ ବାଡ଼ି ଆଡ଼ର ତାଳଗଛ। ଅଗଣାକୁ ବେଢ଼ି ବାରଣ୍ଡା ଓ ପାଞ୍ଚଟି ବଖରା ଘର। ଡାହାଣ ପଟକୁ ପୂଜାଘର। ସେଠାରେ ଦୈତାରୀ ପାଣିଗ୍ରାହୀଙ୍କ ଅମଲର ଆଣ୍ଠୁଆ ଗୋପାଳଙ୍କ ପିଉଲ ବିଗ୍ରହ ମାର୍ବଲର ଆସ୍ଥାନ ଭିତରେ। ସାମନାକୁ ବସା ଉଠା ପାଇଁ ଚାରି ପାଖରେ ବାରଣ୍ଡା। ବାରଣ୍ଡିକୁ ଲାଗି ଗ୍ୟାସ୍ ଚୁଲି ଥାଇ ରୋସେଇ ଘର। ଡାହାଣ ପଟେ ଛାତ ଉପରକୁ ଯିବାକୁ ସିଡ଼ି। ଛାତ ଉପରୁ ଚଉଦିଗକୁ ଚାହିଁଲେ ସବୁଜିମାରେ

ଭରପୂର। ପଶ୍ଚିମ ପଟେ ତେନ୍ତୁଳି ଗଛ, ପୂର୍ବକୁ ତାଳ, ଆମ୍ବ ଓ ବାଉଁଶ ଗଛମାନଙ୍କର ସମାହାର। ଉତ୍ତରକୁ କେଡ଼ କାଳର ସେଇ ପ୍ରିୟ ବରଗଛ ଓ ଦକ୍ଷିଣରେ ଜାମ ଓ ଆମ୍ବ। ଅନ୍ଧକାର ରାତିରେ ଉପରକୁ ଚାହିଁଲେ ତରାଟ ଫୁଲ ଫୁଟିଲା ପରି ତରା ଭରା ଆକାଶ। ଜହ୍ନରାତିରେ ପାଖ ନଡ଼ିଆ ଗଛ ବାହୁଙ୍ଗାରେ ଜହ୍ନ ଆଲୁଅ ପଡ଼ି ଚିକ୍ ଚିକ୍ କରେ। ଏ ସବୁ ସଙ୍ଗେ ଦଇନନ୍ଦନାଙ୍କ ମନ ମାନିଲା ନାହିଁ। ସେ ବେଶ୍ ଭଲ ଅର୍ଥ ବିନିମୟରେ ଘର ଉପରେ ପାଣି ଟାଙ୍କି ବସେଇ ଗଭୀର ନଳକୂପ ପକେଇ ଚବିଶ ଘଣ୍ଟା ପାଣିର ବ୍ୟବସ୍ଥା କଲେ। ପକ୍କାର ଗାଧୁଆ ଘର, ଦେଶୀ ଓ ବିଦେଶୀ ଠାଣିରେ ଉତ୍ତମ ଶୌଚାଳୟର ବନ୍ଦୋବସ୍ତ କରି ସେଠାକୁ ପାଣି ସରବରାହର ବ୍ୟବସ୍ଥା କରେଇଲେ। କିଛି ପଇସା ତାଙ୍କ ଅଟକଳରୁ ଅଧିକ ହେବାରୁ ସାନଭାଇ ବାବୁଲି ତାକୁ ଭରଣା କଲା।

ରାତି ପାହି କେତେ ବେଳୁ ସକାଳ ହେଲାଣି। ନିର୍ମଳ ଆକାଶ। ବାଡ଼ିପଟ ଆମ୍ବଗଛ ଡାଲ ଦେଇ ତେରଛା ସୂର୍ଯ୍ୟ କିରଣ ଖୋଲା ଜାଗାରେ ପଡ଼ିଥାଏ। ତହିଁ ଆଗ ସନ୍ଧ୍ୟାରେ ପୋଡ଼ ପିଠା ହେଉଥିବା ବାହାରର ନାଲି ଟହ ଟହ ରୁଲି ଲିଭିଯାଇ କେବଳ ଅଙ୍ଗାର ଓ ପାଉଁଶ। ଘର ଭିତର ପକ୍କା ଅଗଣାରେ କଡ଼େଇରେ ପୋଡ଼ ପିଠା। ତା' ଉପରେ ଦରପୋଡ଼ା କଦଳୀ ପତ୍ର, କଳା ଅଙ୍ଗାର ଓ ପାଉଁଶ। ସାନ ଭାଇ ସରଞ୍ଜାମ ଆଣି ପୋଡ଼ ପିଠା ଝଡ଼ା ଝଡ଼ି କରି କାଟିବାର ଉପକ୍ରମ କରୁଥାଏ। ତା' ଚାରି କଡ଼ିଆ ବସି ଘର ପୋଷା ବିଲେଇ ମାନଙ୍କର ମିଆଁଉ ମିଆଁଉ ଶବ୍ଦ। ପିଠା କଟା ହେବାର ଦେଖି ମୁଁ ଓ ସାନଭାଇ ବାବୁଲି ଯାଇ ବିଲେଇଙ୍କ ସାଙ୍ଗରେ ପିଠା ଆଶାରେ ବସିଲୁ। ସୁସ୍ୱାଦୁ ବାସନାରେ ପାଖଆଖ ମହକି ଉଠୁଥାଏ। ସାନଭାଇ ଭଗ ପନିଖ୍ର ସଦ୍‌ବ୍ୟବହାର କରି ପୋଡ଼ ପିଠା କାଟିବାରେ ଲାଗିଲା। ପ୍ରାତଃ ଭୋଜନର ସମୟ। ଛୋଟ ଛୋଟ ଖଣ୍ଡମାନ ଯିଏ ଯେମନ୍ତେ ନେଇ ଖାଇବାରେ ଲାଗିଲେ। ମୁଁ ବି ଖାଇଲି। ଖାଇବା ବେଳେ ଲେଖିଥିବା "ଓଡ଼ିଆଣି ଘରେ ପିଠାପଣା" କବିତାରୁ ଦୁଇ ପଦ ମନେ ପଡ଼ିଗଲା।

"ମୁଆଁ ପୋଡ଼ ପିଠା ଖଣ୍ଡ ଖଣ୍ଡ ହୋଇ ନଡ଼ିଆ ନବାତ ସାଥେ,
ମିଠା ମାଲପୁଆ କେଡ଼େ ସୁଆଦିଆ କଦଳୀ ଗୁଡ଼ ସହିତେ।
ଓଡ଼ିଆ ଘରର ପିଠା ପଣା ଯିଏ ଥରେ ଖାଇଅଛି ଜାଣ,
ଭୁଲିବନି ସିଏ, ପୁଣି ଖାଇବାକୁ ମନ ହେବ ଛନ ଛନ।"

ମାଆ ପାଖରୁ ଶିଖ୍ ସାନ ଭାଇ ଓ ଭଉଣୀମାନେ ଗତ ରାତିରେ ତିଆରି କରିଥିବା ଇଏ ସେଇ ଓଡ଼ିଆ ଘରର ପୋଡ଼ପିଠାର ନମୁନା। ଅବିକଳ ମାଆର ହାତ ତିଆରି, ଯାହାର ସ୍ୱାଦୁ ଓ ମହକ ନିଆରା।

ପୋଡ଼ ପିଠା ଖାଇ ସାରିବା ପରେ ବାଡ଼ିଆଡ଼େ କ୍ୟାମେରା ଧରି ବୁଲି ବାହାରିଲି। ମୋ ସହିତ ସାଥୀ ଦେବାକୁ ପତ୍ନୀ ସବିତା, ଅନ୍ୟ ବଡ଼ ସାନ ଭାଇ, ଭାଇ ବୋହୂ, ପୁତୁରା ମାନେ ଆସିଲେ। ଜାନୁଆରୀ ଶେଷର ନରମ ନିର୍ମଳ ସକାଳ। ବାଡ଼ିପଟେ ସତେକି ପ୍ରକୃତି ତା' ପସରା ମେଲେଇ ଦେଇଛି। ସୂର୍ଯ୍ୟ କିରଣ ପଡ଼ି ଆମ୍ବ, କମଳା, ଡାଳିମ୍ବ, ଆତ, କରମଙ୍ଗା, ଓଉ ଓ ପିଜୁଳି ଗଛ ତଳେ ଛାଇ ଆଲୁଅର ଲୁଚକାଳି ଖେଳ। ଆମ୍ବ ଗଛ ଡାଳରେ ମାତିଥାଏ ଅର୍କିଡ୍‌ର ଲତା। ପ୍ରାକୃତିକ ପରିବେଶରେ ବେଶ ସବୁଜ ହୃଷ୍ଟପୁଷ୍ଟ ଦେଖାଯାଉଥାଏ। ଫୋଟୋଟିଏ ତୋଳିଲି।

ସକାଳ ଚାହା ଓ ପୋଡ଼ ପିଠା ପରେ ଭିଣୋଇ ତାଙ୍କର "ସମାଜ" ଖଣ୍ଡକ ଧରି ସକାଳ ଅଧା ଖରା ଅଧା ଛାଇରେ ଚଉକି ପକେଇ ପଢ଼ିବାକୁ ବସିଗଲେଣି। ବୋହୂମାନେ ତାଙ୍କ ପାଇଁ ହାତ ପାଆନ୍ତାରେ ସାଇତା ଯାଇଥିବା ବଡ଼ ବଡ଼ ବାତାପି ଗଛରୁ ନିଜେ ନିଜେ ତୋଳିସାରିଲେଣି। ବାତାପି ଗୁଡ଼ିକର ଆକାର ପ୍ରଦର୍ଶନୀକୁ ଯିବା ତୁଲ୍ୟ। ଏତିକି ବେଳେ ସାନ ଭାଇ ଆସି ପତ୍ନୀ ସବିତାଙ୍କୁ ଡାକିଲା, "ବୋଉ, ଚାଲ ସେ ପଟ ଗଛରୁ କମଳା ତୋଳା ହେବ, କେବଳ ତମ ଆସିବାକୁ କେତୋଟି କମଳା ରଖାଯାଇଥିଲା, ତମକୁ ଭଲ ଲାଗେ ସେଇ କମଳା।" ଆମେ ସମସ୍ତେ ଆରପଟକୁ ଗଲୁ, ଗଛରୁ କମଳା ତୋଳା ଦେଖିବାକୁ। ତୋଳିଲା ବେଳେ କେଉଁଟି କିଏ ଧରି ପାରୁଥାଏ ତ କେଉଁଟା ତଳେ ପଡ଼ିଯାଉଥାଏ। ଏପରି ଦୃଶ୍ୟ ଢେର୍ ହାସ୍ୟରୋଳ ସୃଷ୍ଟି କଲା। କିଛି ସମୟ ପରେ ଲଙ୍କା ଓ ଲୁଣ ଦେଇ କମଳା ଖିଆହେଲା। ମଧ୍ୟାହ୍ନ ଭୋଜନରେ ଓଉ ଖଟା କରିବା ପାଇଁ ଗଛରୁ ସଦ୍ୟ ଓଉ ତୋଳା ହେଲା। କଦଳୀ ଗଛରୁ କଞ୍ଚା କଦଳୀ ଆସିଲା। ସେପଟେ ବିଶାଳକାୟ ଖମ୍ବ ଆଳୁ ଖୋଳା ହୋଇ ଆସିଲା। ଏ ସବୁ ଦେଖି କିଛି ସମୟ ପାଇଁ ମୁଁ ମନେ ମନେ ଭାବବିହ୍ୱଳ ହୋଇ ପଡ଼ିଲି। କାହାକୁ କିଛି ନକହି ଯାଇ ଦୂରରେ ମୋର ପ୍ରିୟ ବାଲ୍ୟକାଳରୁ ପରିଚିତ ପୋଖରୀ ହୁଡ଼ାରେ ନଡ଼ିଆ ଗଛ ପାଖରେ ଏକୁଟିଆ ନିରବରେ ବସିଲି।

ନଇଁ ଆସିଥିବା ବାଉଁଶ ବୁଦାରୁ ଶୁଖା ପତ୍ରମାନ ପବନରେ ଚକ୍ରି ପରି ଘୂରି ଘୂରି ପୋଖରୀ ପାଣିରେ ପଡୁଥାନ୍ତି। କାଠ ଖୁମ୍ପାଟିଏ ଆର ପଟ ବାଡ଼ିର କଦମ୍ବ ଗଛ ଗଣ୍ଡିରେ ବସି ଖୁମ୍ପି ଖୁମ୍ପି ଖଟ ଖଟ ଶବ୍ଦ କରୁଥାଏ। ଲାଗୁଥାଏ ଯେପରି ଶୁଖିଲା କାଠ ଉପରେ କିଏ ଜଣେ ହାତୁଡ଼ିରେ ଜୋରରେ ବାଡ଼ଉଚି। ପୋଖରୀ ପାଣି ନିର୍ମଳ। ପାଖ ତାଳଗଛ ମାନଙ୍କର ତହିଁରେ ପ୍ରତିବିମ୍ବ। ଏତିକି ବେଳେ ଦେଖିଲି ବଡ଼ ମାଛଟିଏ ଉପରକୁ ଲମ୍ଫ ଦେଇ ଶବ୍ଦକରି ପାଣି ଭିତରେ ବୁଡ଼ିଗଲା। ଧୀରେ ଧୀରେ ଅଗଣିତ ଲହଡ଼ି ତହିଁରୁ ଉତ୍ପନ୍ନ ହୋଇ କୂଳକୁ ଆସି କୁଆଡ଼େ ମିଳେଇ ଗଲେ। ସାନ ଭାଇଙ୍କ

କହିବା ଅନୁସାରେ ପୋଖରୀରେ ଅନେକ ବଡ଼ ମାଛ ଅଛନ୍ତି । ସତରେ ଗତବର୍ଷ ଆମ ଆଗରେ ପାଞ୍ଚଟି ବଡ଼ ଭାକୁର ବି ଧରାଯାଇଥିଲା । ସେଇଠି ବସି ବାପା ମାଆଙ୍କ କଥା ମନକୁ ଆସିଲା । ବାପା ତ ଦେଖି ପାରିଲେନି ଆମେ ଅଳ୍ପ ବୟସର ହେଇଥିଲୁ, ସେ ଚାଲିଯାଇଥିଲେ । ମନକୁ ବୁଝେଇ ନିଜକୁ ନିଜେ ସାନ୍ତ୍ୱନା ଦେଲି, ଅତି କମରେ ମାଆ ତ ତାର ଅନ୍ତିମ ସମୟ ଏଇ ପକ୍କା ଘରେ ପନ୍ଦର ବର୍ଷ ଧରି ସାନ ଦି ପୁଅ, ବୋହୂ ଓ ନାତିଙ୍କ ମେଳରେ କଟେଇଲା । ସେ ପାଇଁ ଅବଶୋଷ ନାହିଁ । ଆମେ ଗାଁକୁ ଆସିଲେ ଏଇ ଘରେ ସବୁ ବନ୍ଧୁବର୍ଗ, ଭାଇ, ଭାଉଜ, ଭଉଣୀ, ଭିଶୋଇଙ୍କ ସହିତ ଏକଜୁଟ ହେଇପାରୁଚେ, ସୁଖ ଦୁଃଖ ହେଇ ପାରୁଚେ । ପୁଣି ପିଲାମାନେ ଭାରତ ଆସିଲେ ହୋଟେଲରେ ରହିବା ଅପେକ୍ଷା ଗାଁରେ ରହିବାକୁ ସୁଖ ପାଉଛନ୍ତି । ଏଠାକାର ପ୍ରାକୃତିକ ପରିବେଶ, ପ୍ରଦୂଷଣ ବିହୀନ ନିର୍ମଳ ବାତାବରଣ ଓ ବିଶେଷ କରି ପରିବାର ବର୍ଗଙ୍କ ସ୍ନେହ ଶ୍ରଦ୍ଧା ସେମାନଙ୍କୁ ବିମୋହିତ କରୁଛି ।

ଏଇୟା । ଭାବୁ ଭାବୁ ଫେରିଗଲି ଦୀର୍ଘ ଅଠେଇଶ ବର୍ଷ ତଳର ଟରୋଣ୍ଟୋରେ ଆପାର୍ଟମେଣ୍ଟରେ ରହିବା ବେଳକୁ, ଯେତେବେଳେ ମନ ମଧ୍ୟରେ ଦ୍ୱନ୍ଦ୍ୱ ଆସୁଥିଲା, ଗାଁରେ, ମଫସଲରେ ଜମି କିଣିବୁ ନା କିଣିବୁନି । ଏବେ ନିଜକୁ ନିଜେ ପଚାରି ହେଉଛି, ଗାଁରେ ଏ ଘର, ଏ ଘରେ ସମୟ ବିତେଇବା, ବନ୍ଧୁ ପରିଜନଙ୍କ ସହ ହସ ଖୁସି ହେବା, ଏହାର ଭାଉ କେତେ ? ସର୍ବୋପରି ଏ ଭିଟା ମାଟିର ମହକ, ଡଲାର ଦ୍ୱାରା ହେଉ କି ଟଙ୍କା ଦ୍ୱାରା ହେଉ, ଏହାର ମୂଲ୍ୟ କି ବିଶ୍ୱର କୌଣସି ମୁଦ୍ରାରେ ମୂଲେଇ ହୁଏ ?

ଏତିକି ବେଳେ ସାନଭାଇ ଆସି ପାଖରେ ପହଞ୍ଚି ଭାବନାର ଖିଅ ଛିଣ୍ଡେଇ ପକେଇ ପଚାରିଲା, "କିସ ଏକା ଏଠ ବସିକି ଭାବୁଚ ?" ମୁଁ କହିଲି, "ନାହିଁ କିଛି ନାହିଁ, ଚାଲ୍ ଘର ଭିତରକୁ ଯିବା ।"

ଓସା– ଆମେରିକାରେ ଓଡ଼ିଶା

ପତ୍ର ଝଡ଼ା ରତୁ ଶରତ ସରି ସରି ଆସୁଥାଏ। ବୃକ୍ଷ ମାନଙ୍କରୁ ପୀତ, ହରିତ, ନାରଙ୍ଗୀ ଓ ଲୋହିତ ରଙ୍ଗର ପତ୍ରମାନ ଝରି ଯାଇ ରାସ୍ତା ଘାଟ ଭରି ଦେଉଥାନ୍ତି। ଚିର ହରିତ୍ ବୃକ୍ଷ ମାନଙ୍କ ସହ ଭୂତ ଭଳିଆ ଛିଡ଼ା ହୋଇଥାନ୍ତି ପର୍ଣ୍ଣମୋଚୀ ବୃକ୍ଷମାନ। ନଭେମ୍ବର ମାସ ଏକ ତାରିଖ, ୧୯୮୫ ମସିହା। ଧୂସରିଆ ଆକାଶ। ତୁଷାର ପାତ ହେଇ ନଥାଏ କି ଶୀତର ପ୍ରକୋପ ଆସି ନଥାଏ। କାନାଡ଼ାର ଲଣ୍ଟନ ସହରରେ ମୁଁ ପ୍ରଥମେ ପାଦ ଥାପିଲି। ହ୍ୟୁରନ ହାଇଟ ଆପାର୍ଟମେଣ୍ଟରେ ବାଙ୍ଗାଲୋରରୁ ଆସିଥିବା ରବିନ୍ଦ୍ରନାଥ ନାମକ ଜଣେ ପିଏଚ୍‌ଡି ଛାତ୍ରଙ୍କ ସହିତ ମୋର ରହିବା ସ୍ଥିର ହେଇଥାଏ। ରବି ୱେଷ୍ଟର୍ଣ୍ଣ ବିଶ୍ୱବିଦ୍ୟାଳୟ ରସାୟନ ବିଦ୍ୟା ବିଭାଗରେ ପିଏଚ୍‌ଡି କରୁଥାନ୍ତି। ଦେଖିବାକୁ ଡେଙ୍ଗା, ପତଲା ଓ ଅତ୍ୟନ୍ତ ମେଳାପି। ସେ ଜଣେ କ୍ରିକେଟ ଖେଳାଳି। ମୁଁ ବାୟୋକେମିଷ୍ଟ୍ରି ବିଭାଗରେ ପ୍ରଫେସର ଇଆନ୍ ୱାକରଙ୍କ ଅଧୀନରେ ପୋଷ୍ଟଡକ୍‌ରାଲ ଫେଲୋ ହିସାବରେ ଯୋଗଦେଇଥାଏ। ନୂତନ ଦେଶ ଓ ନୂତନ ସଭ୍ୟତାରେ ସାମିଲ ହେବା ପାଇଁ ରବି ମୋତେ ପ୍ରଥମେ ପ୍ରଥମେ ବହୁତ ସାହାଯ୍ୟ କରୁଥିବାରୁ ତାଙ୍କ ସହିତ ମୋର ଘନିଷ୍ଟତା ବଢ଼ିଲା। କିନ୍ତୁ କେତୋଟି ମାସ ସାଥିରେ ରହିଲା ପରେ ସେ ବିଶ୍ୱବିଦ୍ୟାଳୟ ନିକଟସ୍ଥ ଏକ ଆପାର୍ଟମେଣ୍ଟକୁ ସ୍ଥାନାନ୍ତରିତ ହୋଇଗଲେ। ସେ ଯିବା ପରେ ଇପିଲି ଦୁର୍ଯ୍ୟୋଧନ ନାମକ ଜଣେ ବ୍ରହ୍ମପୁର ଅଞ୍ଚଳର ଓଡ଼ିଆ ମୋ ସହିତ ରହିବାକୁ ଆସିଲେ। କାନାଡ଼ା ଆସିବା ଦିନରୁ ଓଡ଼ିଆ କହିବା ବା ଶୁଣିବାରୁ ବଞ୍ଚିତ ଥିବାରୁ ତାଙ୍କୁ ପାଇ ମୁଁ ବହୁତ ଖୁସି ହେଲି। ଏମିତି ଦୁଇ ଓଡ଼ିଆ କିଛି ମାସ ସମୟ କଟେଇଲୁ।

ଇପିଲି କମନଓ୍ୱେଲଥ ଫେଲୋସିପ ପାଇ ଭୂତତ୍ତ୍ୱ ବିଦ୍ୟାରେ ପିଏଚଡି କରିବାକୁ ଆସିଥାନ୍ତି। ଜାଣିଲି ସେ ପ୍ରଫେସର ଲଲାତେନ୍ଦୁ ମାନସିଂହଙ୍କ ଅଧୀନରେ ପିଏଚଡି

କରିବେ। ପ୍ରଫେସର ମାନସିଂହ ଯେ ଲଣ୍ଡନରେ ଥିଲେ ଏକଥା ମୋତେ ଜଣା ନଥିଲା। ସେ ଓଡ଼ିଶାର ସୁନାମଧନ୍ୟ କବି ପଦ୍ମଶ୍ରୀ ମାୟାଧର ମାନସିଂହଙ୍କର ସୁପୁତ୍ର। ସେ ଭୂତତ୍ତ୍ୱ ବିଭାଗରେ ପ୍ରଫେସର ପଦରେ ଅବସ୍ଥାପିତ। ଦିନେ ଇପିଲି ତାଙ୍କୁ ଆମ ଆପାର୍ଟମେଣ୍ଟକୁ ନିମନ୍ତ୍ରଣ କରିବେ ବୋଲି ମନସ୍ଥ କଲେ। ମୋ ମନରେ କାହିଁକି କେଜାଣି ପ୍ରଶ୍ନ ଆସିଲା ମାନସିଂହ ବାବୁ କେମିତିକା ଲୋକ ହେଇଥିବେ? ଓଡ଼ିଆ କହୁଥିବେ କି ନାହିଁ? ଓଡ଼ିଶାରେ ଯାହା ଶୁଣୁଥିଲୁ ବଡ଼ ବଡ଼ିଆ ଘରର ଲୋକ ସେମାନେ। ଆମ ସହିତ କଥା ଭାଷା ହେବାକୁ ଉଚିତ ମଣିବେ କି ନାହିଁ? ଏ ସବୁ ଭାବନା ନେଇ ମୁଁ ସନ୍ଦେହରେ ଥିଲି। ନିର୍ଦ୍ଧାରିତ ଦିନ ଠିକ୍ ସମୟରେ ସେ ଆସି ଆମ ଆପାର୍ଟମେଣ୍ଟରେ ପହଞ୍ଚିଲେ। ମଧ୍ୟ ବୟସ୍କ ମଧ୍ୟମ ଧରଣର ଉଚ୍ଚତାରେ ମଣିଷ ଜଣେ। ଆମେ ତାଙ୍କୁ ଅଭ୍ୟର୍ଥନା ପୂର୍ବକ ଆମର କ୍ଷମତାନୁଯାୟୀ ଯଥାମାନ୍ୟ ଚର୍ଚ୍ଚା କଲୁ। ତାଙ୍କୁ ସାକ୍ଷାତ କରିବା ପୂର୍ବରୁ ମୋର ତାଙ୍କ ପ୍ରତି ଯେଉଁ ଧାରଣା ବା ସନ୍ଦେହ ଥିଲା ସାକ୍ଷାତ କରି କଥା ଭାଷା ହେବା ପରେ ତାହା ସମ୍ପୂର୍ଣ୍ଣ ରୂପେ ଉଭେଇ ଗଲା। ମୋତେ ଲାଗିଲା ସେ ଅତ୍ୟନ୍ତ ଜ୍ଞାନୀ, ମେଳାପୀ, ମିଷ୍ଟଭାଷୀ, ଛାତ୍ରବତ୍ସଳ ଓ ପରୋପକାରୀ ମଣିଷ ଜଣେ। ଆମ ସହିତ ଖାଣ୍ଟି ଓଡ଼ିଆରେ କଥାବାର୍ତ୍ତା ହେଲେ। ପ୍ରଥମ ଦେଖାରେ ପରିଚୟ ହୁଅନ୍ତେ ତାଙ୍କ ସହିତ ମୋର ବନ୍ଧୁତ୍ୱ ସ୍ଥାପନ ହେଇଗଲା। ବିଭିନ୍ନ ଦିଗରୁ କଥାଭାଷା ହେବା ଫଳରେ ସେ ମଧ୍ୟ ମୋ ବିଷୟରେ ଅନେକ କଥା ଜାଣିଗଲେ।

ତାଙ୍କ ସହିତ କଥୋପକଥନରୁ ଅବଗତ ହେଲି ଯେ କାନାଡ଼ା ଓ ଆମେରିକାରେ ଏକ ଓଡ଼ିଆ ସଙ୍ଗଠନ ଅଛି ଯାହାର ନାଁ "ଦା ଓଡ଼ିଶା ସୋସାଇଟି ଅଫ ଦା ଆମେରିକାଜ" ଯାହାକୁ କି ସଂକ୍ଷେପରେ "ଓସା" ବୋଲି କହୁଛନ୍ତି। ଉତ୍ତର ଆମେରିକାରେ ଓଡ଼ିଶା ସୋସାଇଟି! ଏହା ଶୁଣି ଆଶ୍ଚର୍ଯ୍ୟ ହେଲି। ମନରେ କୌତୂହଳତା ଜାଗିଲା, ସଭ୍ୟ ମାନେ ଓଡ଼ିଆରେ କଥା ହୁଅନ୍ତି ନା ଇଂରାଜୀରେ? ତାଙ୍କର ପିଲାପିଲି ଓଡ଼ିଆରେ ନା ଇଂରାଜୀରେ? ଆହୁରି ଶୁଣିଲି ୧୯୮୬ ମସିହା ଜୁଲାଇରେ ଓସାର ସପ୍ତଦଶ ବାର୍ଷିକ ସମ୍ମିଳନୀ ଟରୋଣ୍ଟୋ ସହରରେ ପାଳନ ହେବାକୁ ଯାଉଛି। ଟରୋଣ୍ଟୋ, ଲଣ୍ଡନ ସହର ଠାରୁ କାରରେ ଗଲେ ମାତ୍ର ଦୁଇ ଘଣ୍ଟାର ରାସ୍ତା ଓ ଏହା କାନାଡ଼ାର ସର୍ବବୃହତ ନଗର। ଲାଲୁ ବାବୁ(ପରିଚୟ ପରେ ଆମେ ତାଙ୍କୁ ଲାଲୁ ବାବୁ ସମ୍ୱୋଧନ କରୁ) ସମ୍ମିଳନୀ ସ୍ମରଣିକା ଦାୟିତ୍ୱରେ ଥାଆନ୍ତି। ଅଳ୍ପ ଦିନ ମଧ୍ୟରେ ସେ ମୋର ଚିତ୍ର ଆଙ୍କିବାର ପାରଦର୍ଶିତା ମଧ୍ୟ ଜାଣି ଯାଇଥିଲେ। ଫଳରେ ସେ ମୋତେ ଅନୁରୋଧ କଲେ କିଛି ଚିତ୍ର ସ୍ମରଣିକା ଅଙ୍ଗ ଶୋଭା ବର୍ଦ୍ଧନ ନିମନ୍ତେ ଅଙ୍କନ କରି ଦେବା ପାଇଁ। ମୁଁ ବିନା ଦ୍ୱିଧାରେ ଚିତ୍ର କିଛି ଆଙ୍କିଦେଲି ଯେଉଁ ଗୁଡ଼ିକ କି ସ୍ମରଣିକାର ଶ୍ରୀ ବୃଦ୍ଧି ଦିଗରେ

ବ୍ୟବହୃତ ହେଲା। ସ୍ମରଣିକାଟି ସେ ବର୍ଷ ଡିରେକ୍ଟରି ସହ ମାତ୍ର ୭୧ ପୃଷ୍ଠାର। ଓଡ଼ିଆ ଅକ୍ଷର ଗୁଡ଼ିକ ହସ୍ତ ଲିଖନ। ଦଶାବତାର ଓ କୋଣାର୍କ ଚକ୍ର ଚିତ୍ର ଥାଇ ସ୍ମରଣିକାର ବାହ୍ୟ ଆବରଣ। ଲାଲୁ ବାବୁ ସ୍ୱୟନ୍ଦରେ ସ୍ମରଣିକାଟି ବନେଇ ତାଙ୍କ ଡଟ ମାଟ୍ରିକ୍ସ ପ୍ରିଣ୍ଟରେ ଛପେଇ ୟୁନିଭରସିଟି ପ୍ରେସରୁ ବହୁତ ଗୁଡ଼ିଏ କପି ବନ୍ଧେଇ କରି ଆଣିଲେ। ମୋତେ କପିଟିଏ ଦେଲେ। ଦୁଃଖର ବିଷୟ ନୂତନ ଚାକିରିର କର୍ମବ୍ୟସ୍ତତା ହେତୁ ଆଉ ମୁଁ ଟରୋଣ୍ଟୋ ଓଡ଼ିଆ ସମ୍ମିଳନୀରେ ଯୋଗଦେଇ ପାରିଲି ନାହିଁ।

ସେଇ ସମୟରେ ଲାଲୁ ବାବୁ କିଛି ବର୍ଷ ଧରି ଓସାର ସ୍ମରଣିକା ଦାୟିତ୍ୱରେ ରହିଲେ। ତା' ପର ବର୍ଷ ପାଲୋ ଆଲଟୋ, କାଲିଫର୍ଣ୍ଣିଆରେ ସମ୍ମିଳନୀ ହେବାର ସ୍ଥିର ହେଲା। ସ୍ମରଣିକାର ଓଡ଼ିଆ ଅକ୍ଷର ପୁଣି ସେଇ ହାତଲେଖା। ଇତିମଧ୍ୟରେ ୧୯୮୭ ମସିହା ଫେବ୍ରୁଆରୀ ମାସରେ ମୋର ବିବାହ ସମ୍ପନ୍ନ ହେଇଗଲା ଓ ପତ୍ନୀ ସବିତା ମୋ ସହିତ ଯୋଗଦେଲେ। ସେ ରାଉରକେଲା ଇଞ୍ଜିନିୟରିଂ କଲେଜରୁ ସଦ୍ୟ କମ୍ପ୍ୟୁଟର ସାଇନ୍ସରେ ମାଷ୍ଟର ଡିଗ୍ରୀ କରି ଆସିଥାନ୍ତି। ଆମେ ଦିନେ ଲାଲୁବାବୁଙ୍କୁ ଆମ ଘରକୁ ନିମନ୍ତ୍ରଣ କଲୁ ରାତ୍ରି ଭୋଜନ ପାଇଁ। ଲାଲୁ ବାବୁଙ୍କ ସହିତ ସବିତାଙ୍କର ପରିଚୟ ହେଇ ଆମ୍ୟୁୟତା ବଢ଼ିଲା। ସେ ଓ ଲାଲୁ ବାବୁ କଥାବାର୍ତ୍ତା ହୋଇ ଦୁହେଁ ମିଶି ତାଙ୍କ ଅଫିସରେ କମ୍ପ୍ୟୁଟର ମାଧ୍ୟମରେ ଓଡ଼ିଆ ଅକ୍ଷର ବନେଇବାର ଯୋଜନା କଲେ। ଏମିତି ଦିନେ ଦୈବାତ୍ ମୁଁ ସେଠାରେ ଯାଇ ପହଞ୍ଚି ଦେଖେତ ଓଡ଼ିଆ ଅକ୍ଷର ତିଆରି ଚାଲିଛି। ଚିତ୍ର ଆଙ୍କିବା ଓ ସୁନ୍ଦର କରି ଅକ୍ଷର ଲେଖିବା ବା କାଲିଗ୍ରାଫି କରିବା ମୋର ପିଲାଟି ଦିନରୁ ସଉକ। ଓଡ଼ିଆ ଅକ୍ଷର ବନା ହେବାର ଦେଖି ହାତ ମୋର ଖୁଜୁ ବୁଜୁ ହେଲା। ତେଣୁ ସେମାନଙ୍କ ସହିତ ଅକ୍ଷର ବନେଇବା ପ୍ରକଳ୍ପରେ ମୁଁ ମଧ୍ୟ ସଂଗେ ସଂଗେ ନିଜକୁ ସାମିଲ କରିଦେଲି। ସେତେବେଳେ ଆମର ନିଜର କମ୍ପ୍ୟୁଟର ନଥାଏ, ତେଣୁ ସବୁ କାମ ଲାଲୁ ବାବୁଙ୍କ ଅଫିସରେ ବସି ତାଙ୍କରି କମ୍ପ୍ୟୁଟରରେ ଚାଲିଥାଏ।

୧୯୮୮ ମସିହାରେ ମିଚିଗାନର ସାଗିନ ସହରରେ ଓସା ସମ୍ମିଳନୀ ହେବାର ସ୍ଥିର ହେଲା। ଲାଲୁ ବାବୁ ପୁଣି ସ୍ମରଣିକା ଦାୟିତ୍ୱରେ ରହିଲେ। ଆମେ ତିନିଜଣ ସ୍ଥିର କଲୁ ଯେ ସେ ବର୍ଷ ଓସା ସ୍ମରଣିକା ପାଇଁ ଆଉ ହାତରେ ଓଡ଼ିଆ ନଲେଖି କମ୍ପ୍ୟୁଟରରେ ଛପେଇବୁ। ତେଣୁ ଛୁଟି ଦିନ ମାନଙ୍କରେ ଅନେକ ରାତି ଯାକେ ବସି ତିନିଜଣ ସମ୍ପୂର୍ଣ୍ଣ ଗୋଟିଏ ଓଡ଼ିଆ ଅକ୍ଷର ସେଟ୍ ବନେଇଲୁ। ପରେ ପରେ ବିଭିନ୍ନ ପ୍ରକାରର ଅକ୍ଷର ସବୁ ତିଆରି ହେଲା। ସେ ଗୁଡ଼ିକର ନାଁ ଓଡ଼ିଶାର ଫୁଲ ଅନୁସାରେ ଦେଇଦେଲୁ ସେବତୀ, ମଲ୍ଲୀ, ମାଲତୀ, ମନ୍ଦାର ଇତ୍ୟାଦି ଇତ୍ୟାଦି। ସ୍ମରଣିକା ପାଇଁ ଆସିଥିବା ଯେତେ ଓଡ଼ିଆ କବିତା, ପ୍ରବନ୍ଧ ଓ ଗଳ୍ପ ସମସ୍ତ ନୂଆ କରି ବନେଇଥିବା ଓଡ଼ିଆ

ଅକ୍ଷରରେ ଟାଇପ ସେଟ୍ କରାହେଲା। ଏ ଗୁଡ଼ିକ ସବୁ ସବିତା ବସି କଲେ। ୧୯୮୮ ମସିହା ସାଗିନ ଓଡ଼ିଆ ସମ୍ମିଳନୀ ସ୍ମରଣିକାରେ ଓଡ଼ିଆ ଅକ୍ଷର ହସ୍ତ ଲିଖନ ପରିବର୍ତ୍ତେ କମ୍ପ୍ୟୁଟର ଅକ୍ଷରରେ ସମ୍ପୂର୍ଣ୍ଣ ରୂପେ ପ୍ରଥମ ଥର ପାଇଁ ଛପା ହେଲା। ସେତେବେଲେକୁ ଓଡ଼ିଶାରେ ମଧ କମ୍ପ୍ୟୁଟରରେ ଓଡ଼ିଆ ଅକ୍ଷର ଛପା ହେଇ ନଥାଏ। ସେ ବର୍ଷ ସ୍ମରଣିକାର କଲେବର ଡିରେକ୍ଟରି ସମେତ ୯୦ ପୃଷ୍ଠାକୁ ବୃଦ୍ଧି ପାଇଲା। ଯଦିଓ ଲାଲୁ ବାବୁ ତାଙ୍କର ୟୁରୋପ ଗସ୍ତ ଯୋଗୁଁ ସମ୍ମିଳନୀକୁ ଯାଇ ପାରି ନଥିଲେ ଆମେ ସ୍ୱାମୀ ସ୍ତ୍ରୀ ଅଚାନକେ ଅପ୍ରସ୍ତୁତ ଭାବେ ଟରୋଣ୍ଟୋ ନିବାସୀ କେତେ ଓଡ଼ିଆ ବନ୍ଧୁମାନଙ୍କ ଦ୍ୱାରା ପ୍ରଭାବିତ ହୋଇ ସେଇ ସମ୍ମିଳନୀରେ ଯୋଗଦେଲୁ। ସେ ଥିଲା ଆମର ପ୍ରଥମ ଓସା ସମ୍ମିଳନୀ। ଅକ୍ଷର ବନେଇବା ଓ ସ୍ମରଣିକା ଛପେଇବା ସମୟରେ ଲାଲୁ ବାବୁଙ୍କ ସଂସ୍ପର୍ଶରେ ଆସି ଉତ୍ତର ଆମେରିକାର ଅନେକ ଓଡ଼ିଆ ମାନଙ୍କ ନାମ ସହିତ ଆମେ ପରିଚିତ ହେଇ ଯାଇଥିଲୁ, ଯେତେବେଲେ ସମ୍ମିଳନୀ ଗଲୁ ସେଇ ନାମ ସହିତ ମୁଖମୁଣ୍ଡଲର ସମ୍ପର୍କ ସ୍ଥାପନ ହେଇଗଲା। ଓଡ଼ିଆ ମାନଙ୍କ ସହିତ ସମ୍ପର୍କ ବଢ଼ିବା ସଙ୍ଗେ ସଙ୍ଗେ ଓସା ସଙ୍ଗଠନ ସହିତ ଆମର ଆମ୍ନୀୟତା ମଧ ଧୀରେ ଧୀରେ ବୃଦ୍ଧି ପାଇବାକୁ ଲାଗିଲା।

ଇତିମଧ୍ୟରେ ଆମେ ଲଣ୍ଠନ ଛାଡ଼ି ଟରୋଣ୍ଟୋ ପଳେଇ ଆସିଲୁ। ୧୯୯୦ ମସିହାରେ ଦିଗମ୍ବର(ମିଶ୍ର)ଭାଇନା ଓସାର ସଭାପତି ଥିବାବେଲେ ଆମକୁ ଅନୁରୋଧ କଲେ ଓସାର ସଭ୍ୟ ହେବା ପାଇଁ। ମନରେ ଭାବିଲୁ ହଜାର ହଜାର ମାଇଲ ହୋଇ ଦଶ ହଜାର ମାଇଲ ଦୂରରେ ଯେତେବେଲେ ଆସି ରହିଲୁଣି ସେତେବେଲେ ଓଡ଼ିଆ ସଙ୍ଗଠନର ସଭ୍ୟ କାହିଁକି ନ ହେବୁ। ଓଡ଼ିଆ ସଙ୍ଗଠନଟିଏ ଗଢ଼ା ଯାଇଛି ଇଏତ ଅତି ଗର୍ବର କଥା। ସେଥିରେ ଯୋଗଦେଇ ଆମେ ଯଦି କିଛି କରି ପାରିବା ତେବେ ସେ ହେବ ଆମର ସୌଭାଗ୍ୟ। ତା' ଛଡ଼ା ଆମର ନିଜର ମାତୃଭାଷା, କଲା, ସାହିତ୍ୟ ଓ ସଂସ୍କୃତି ପ୍ରତି ଥିବା ଇଚ୍ଛାର ପରିପ୍ରକାଶ ପାଇଁ ଏକ ମଞ୍ଚର ତ ଆବଶ୍ୟକ। ମଞ୍ଚଟି ରହିଲେ ସିନା ସମ୍ଭବ ହେବ ଏ ସବୁ କରିବାକୁ। ସେଇଥିଲ ଭାବି ଦିଗମ୍ବର ଭାଇନାଙ୍କ ଅନୁରୋଧକୁ ସମ୍ମାନ ପ୍ରଦର୍ଶନ ପୂର୍ବକ ଆମେ ଓସାରେ ଆଜୀବନ ସଭ୍ୟ ହେଇଗଲୁ।

୧୯୯୪ ମସିହାରେ ଓସାର ରଜତ ଜୟନ୍ତୀ ପାଲନର ଉସ୍ତବ। ନ୍ୟୁ ଜର୍ସିର ପୋମୋନା ସହରରେ ପାଲନ ହେବାର ସ୍ଥିର ହେଲା। ଏ ଉପଲକ୍ଷେ ଶ୍ରୀଗୋପାଲ ବାବୁ (ପ୍ରଫେସର ଶ୍ରୀଗୋପାଲ ମହାନ୍ତି) ଫକୀର ମୋହନଙ୍କର ଛଅ ମାଣ ଆଠ ଗୁଣ୍ଠ ନାଟକ ଟରୋଣ୍ଟୋରେ ବାସ କରୁଥିବା ଓଡ଼ିଆ ମାନଙ୍କୁ ନେଇ ମଞ୍ଚସ୍ଥ କରିବାର ମନସ୍ଥ କଲେ। ଶ୍ରୀଗୋପାଲ ବାବୁ ଜଣେ ନାଟ୍ୟପ୍ରେମୀ। ପ୍ରଥମେ କହୁଥିଲେ ନ୍ୟୁୟର୍କ

କଳାକାର ମାନଙ୍କୁ ନେଇ କରିବେ। କ'ଣ ଭାବି ପୁଣି ପରିବର୍ତ୍ତନ କରିଦେଲେ। କଳା ସହିତ ଲୋକଙ୍କୁ ସେ ସହଜରେ ଚିହ୍ନି ପାରନ୍ତି। କେମିତି ଜାଣିଲେ କେଜାଣି ମୋତେ ଭଗିଆ ଓ ସ୍ତ୍ରୀ ସବିତାଙ୍କୁ ସାରିଆ ଭୂମିକାରେ ଅଭିନୟ କରିବାକୁ ମନୋନୀତ କଲେ। ସେ କହିବା ଅନୁସାରେ ଆମ ଦୁଇଜଣଙ୍କୁ ଦେଖ୍ ସେ ଏ ନାଟକର ଯୋଜନା କରିଥିଲେ। ଉତ୍ସବ ମଞ୍ଚରେ ନାଟକ ସକାଶେ ଏକ ଘଣ୍ଟା ସମୟ ଦେବାକୁ ରଜତ ଜୟନ୍ତୀର ଆବାହକ ମନୋରଞ୍ଜନ ପଟ୍ଟନାୟକ ମହାଶୟ ପ୍ରଥମେ ଅମଙ୍ଗ ହେଲେ। ତାର କାରଣ କେଉଁ ସ୍ତରରେ ନାଟକକୁ କଳାକାର ମାନେ ଅଭିନୟ କରି ଉପସ୍ଥାପନା କରିବେ ତାହା ତାଙ୍କୁ ଅଜଣା ଥିଲା। କଳାକାର ମାନଙ୍କର ଦକ୍ଷତା ମଧ ଜଣା ନଥିଲା। ତେଣୁ ଏହି ନାଟକଟିକୁ କେବଳ ତାଙ୍କରି ସକାଶେ ସମ୍ମିଳନୀ ପୂର୍ବରୁ ଥରେ କାନାଡ଼ାର ହାମିଲଟନ ସହରରେ ବିଷୁବ ମିଳନ ଉପଲକ୍ଷେ ମଞ୍ଚସ୍ତ କରିବାର ସ୍ଥିର କରାହେଲା। ସେ ନ୍ୟୁୟର୍କରୁ ଆସି ଦେଖ୍ବେ ବୋଲି କହିଲେ। ସ୍କୁଲରେ ପଢ଼ୁଥିବା ବେଳେ ମୁଁ 'ଦେଖ୍ଲେ ଜାଣିବେ' ନାଟକରେ ନାରୀ ଭୂମିକା ନେଇ ଅଭିନୟ କରିଥିଲି। ବାଣୀବିହାରରେ ଛାତ୍ର ଥିବା ବେଳେ ପ୍ରାଣୀ ବିଜ୍ଞାନ ତରଫରୁ ତିନି ତିନି ଥର ନାଟକରେ ଅଭିନୟ କରିଛି। ରବୀନ୍ଦ୍ର ମଣ୍ଡପ ସହିତ ନାଟକରେ ଜଡ଼ିତ ଥିବା ଲେଖକ ଓ ନିର୍ଦ୍ଦେଶକ ଆମକୁ ଆସି ନିର୍ଦ୍ଦେଶନା ଦେଇଥିଲେ। ସବିତା ମଧ ବାଲେଶ୍ୱର ନୃତ୍ୟ ସଙ୍ଗୀତ କଳାମନ୍ଦିରରେ ଅନେକ ନାଟକ ଓ ଗୀତିନାଟ୍ୟରେ ଅଭିନୟ କରିଥାନ୍ତି। ତଥାପି ଏହା ଶୁଣି ଆମ ମାନଙ୍କର ଭାଲେଣି ପଡ଼ିଲା। ଭଲ ହେଲେ ସୁଯୋଗ ମିଳିବ ରଜତ ଜୟନ୍ତୀରେ ଅଭିନୟ କରିବା ପାଇଁ, ମନ୍ଦ ହେଲେ ନାହିଁ। ରାତି ଦିନ ପରିଶ୍ରମ କରି କାନାଡ଼ାର ହାମିଲଟନ ସହରରେ ପ୍ରଥମେ ମଞ୍ଚସ୍ତ କଲୁ। ମନୋରଞ୍ଜନ ବାବୁ ଏକୁଟିଆ ଆସିଲେ ନ୍ୟୁୟର୍କରୁ କେବଳ ନାଟକଟିକୁ ଦେଖ୍ବା ପାଇଁ। ନାଟକ ଦେଖ୍ ସେ ଅତ୍ୟନ୍ତ ପ୍ରୀତ ହେଲେ ଏବଂ ରଜତ ଜୟନ୍ତୀରେ ମଞ୍ଚସ୍ତ କରିବାକୁ ଆମକୁ ଅନୁମତି ମିଳିଗଲା।

ସପରିବାର ଆମେ ଟରୋଣ୍ଟୋରୁ ନ୍ୟୁ ଜର୍ସିର ପୋମୋନା ସହରରେ ପହଞ୍ଚିଲୁ। ବିଖ୍ୟାତ ଚିତ୍ରଶିଳ୍ପୀ ପ୍ରଫୁଲ୍ଲ ମହାନ୍ତି ମଞ୍ଚସଜ୍ଜାର ଦାୟିତ୍ୱରେ ଥାଆନ୍ତି। ରାଷ୍ଟ୍ରଦୂତ ଶ୍ରୀ ଲଲିତ ମାନସିଂହ ମୁଖ୍ୟ ଅତିଥ୍ ହିସାବରେ ଦର୍ଶକ ମଣ୍ଡଳୀରେ ଥାଆନ୍ତି। ଯଦିଓ କୌଣସି କାରଣରୁ ନାଟକ ପରିବେଷଣରେ ବିଳମ୍ବ ଘଟିଲା ତଥାପି ଆମେ ବହୁ ଉସ୍ଥାହ ଉଦ୍ଦୀପନାର ସହିତ ନାଟକଟି ରଜତ ଜୟନ୍ତୀ ମଞ୍ଚରେ ପରିବେଷଣ କଲୁ। ନାଟକ ପରେ ଦର୍ଶକ ମାନଙ୍କର ଭୂୟସୀ ପ୍ରଶଂସା। ସମସ୍ତଙ୍କର କହିବା ଅନୁସାରେ ଏହା ଏକ ସଫଳ ପ୍ରକଳ୍ପ। ଓସା ତରଫରୁ ସମଗ୍ର ଉତ୍ତର ଆମେରିକାରେ ପ୍ରଥମ ଥର ପାଇଁ ସମ୍ପୂର୍ଣ

ଓଡ଼ିଆ ନାଟକ ମଞ୍ଚସ୍ଥ, ସେ ପୁଣି ଆଞ୍ଚଳିକ କଳାକାର ମାନଙ୍କୁ ନେଇ। ନାଟକଟି ଦେଖିବାକୁ ଯେଉଁମାନେ ସୁଯୋଗ ପାଇଥିଲେ ସେମାନେ ପ୍ରଶଂସା ପୂର୍ବକ ଅନେକ ଚର୍ଚ୍ଚା କରନ୍ତି ଏବଂ ତାଙ୍କ ଆଖିରେ ଆମେ ଦୁଇଜଣ ସବୁଦିନ ପାଇଁ "ଭଗିଆ" ଓ "ସାରିଆ" ହେଇ ରହିଗଲୁ। ଏହା ଥିଲା ଓସା ମଞ୍ଚରେ ଆମର ପ୍ରଥମ ଅଭିନୟ। ସେହି ଦର୍ଶକମାନଙ୍କ ମଧ୍ୟରୁ ଅନେକେ ଏ ମର ସଂସାରରୁ ବିଦାୟ ନେଲେଣି। ଦୀର୍ଘ ଛବିଶ ବର୍ଷ ପରେ ବି ଚଉଦ ଜୁଲାଇ ୨୦୨୦ରେ ବୋଷ୍ଟନର ଶ୍ରୀ ବିଜୟ ମିଶ୍ର ସେଇ "ଛଅ ମାଣ ଆଠଗୁଣ୍ଠ" ମଞ୍ଚସ୍ଥ ଉପରେ ଏକ ମନ୍ତବ୍ୟ ଲେଖନ୍ତି ଓସାର ସମ୍ବାଦ ସରବରାହ ଇଲେକ୍ଟ୍ରୋନିକ୍ "ଓସାନେଟ" ଗ୍ରୁପ୍ ମାଧ୍ୟମରେ। ତାହାର ସାର ମର୍ମ ହେଲା, "ଶ୍ରୀଗୋପାଳ ବାବୁଙ୍କ ଦ୍ୱାରା ୧୯୯୪ ମସିହାରେ ଆଞ୍ଚଳିକ କଳାକାର ମାନଙ୍କୁ ନେଇ ଯେଉଁ ଛମାଣ ଆଠଗୁଣ୍ଠ ନାଟକ ମଞ୍ଚସ୍ଥ ହେଲା ତାହା ଆଗରୁ କେବେ ହେଇ ନଥିଲା, ଏହା ଉତ୍ତର ଆମେରିକାରେ ଓଡ଼ିଆ କଳା ସମ୍ପ୍ରସାରଣ କରିବାର ପ୍ରଥମ ମାଇଲ ଖୁଣ୍ଟ। ଏହା ନିଶ୍ଚିତ ଭାବରେ ପ୍ରମାଣ କରେଇ ଦେଲା ଯେ ଏଠାକାର କଳାକାରଙ୍କୁ ନେଇ ଉଚ୍ଚକୋଟୀର ନାଟକ ମଞ୍ଚସ୍ଥ କରିହେବ। ସେଥିରେ ଯେଉଁ କଳାକାର ମାନେ ଅଂଶ ଗ୍ରହଣ କରିଥିଲେ ସେମାନେ ଅତି ସୁନ୍ଦର ଅଭିନୟ କରିଥିଲେ। ମଞ୍ଚସଜ୍ଜା ଓ ଆଲୋକ ପାତ ଅତି ସୁନ୍ଦର ଥିଲା। ଗଗନ ଏବଂ ସବିତାଙ୍କର ମୁଖ୍ୟ ଚରିତ୍ର ହିସାବରେ ଅଭିନୟ ସମସ୍ତଙ୍କୁ ଚମକ୍ରୁତ କରିଥିଲା।"

ତା ପରେ ପରେ ଆମେ ଓସାର ବିଭିନ୍ନ ମଞ୍ଚରେ, ଐତିହାସିକ, ପାରିବାରିକ, ସାମାଜିକ, ହାସ୍ୟ ରସାମ୍ରୁକ ଓ ପୌରାଣିକ ଏମିତି ଅନେକ ଛୋଟ ବଡ଼ ନାଟକରେ ବିଭିନ୍ନ ଭୂମିକାରେ ଅଭିନୟ କଲୁ। ଡେଟ୍ରଏଟ୍ (୨୦୦୭)ର ଫୋର୍ଡ ସେଣ୍ଟର ଫର ପରଫରମିଂ ଆର୍ଟ ସେଣ୍ଟରରେ ଗୋପାଳ ଛୋଟରାୟଙ୍କ ଲେଖା ଉପରେ ଆଧାରିତ ହାସ୍ୟ ରସାମ୍ରୁକ ନାଟକ "ପଦେ କଥା" ନାଟକରେ ଅଭିନୟ କଲୁ। ଏହା ମୋର ନିର୍ଦ୍ଦେଶନା ଥିଲା। ଅଧ ଘଣ୍ଟାଏ ଧରି ପ୍ରେକ୍ଷାଳୟରେ ହାସ୍ୟରୋଳ ଲାଗି ରହିଥିଲା। ଏହା ପ୍ରମୋଦ ପଟ୍ଟନାୟକ ନାଟକ ପ୍ରତିଯୋଗିତା ଥିବାରୁ ଆମେ ପ୍ରଥମ ପୁରସ୍କାର ପାଇବା ପାଇଁ ବିବେଚିତ ହୋଇଥିଲୁ। ଓହାୟୋ (୨୦୧୪)ରେ ମନୋରଞ୍ଜନ ଦାସଙ୍କର ନାଟକ "ବବ୍ଜି ଜଗବନ୍ଧୁ" ଉପରେ ଆଧାରିତ "ବିଦ୍ରୋହ" ନାଟକ ପରିବେଷଣ ମୋ ପାଇଁ ଅବିସ୍ମରଣୀୟ ହୋଇ ରହିବ। ମୁଁ ସେଥିରେ ବବ୍ଜି ଜଗବନ୍ଧୁ ଭୂମିକାରେ ଅଭିନୟ କରିଥିଲି ଓ ପତ୍ନୀ ସବିତା କସ୍ତୁରୀ ଭୂମିକାରେ ଅଭିନୟ କରିଥିଲେ। କୌଣସି କାରଣରୁ ମଞ୍ଚ ଉପରେ ମୋତେ ଦୁର୍ଘଟଣାର ସମ୍ମୁଖୀନ ହେବାକୁ ପଡ଼ିଥିଲା। ମନରେ ସନ୍ଦେହ ଥିଲା ଆମେ ପ୍ରଥମ ପୁରସ୍କାର ପାଇଁ ଯୋଗ୍ୟ ବିବେଚିତ ହେବୁ କି

ନାହିଁ, ଦୁର୍ଘଟଣା ସତ୍ତ୍ବେ ବି କାନାଡ଼ା ପ୍ରଥମ ପୁରସ୍କାର ପାଇଲା । ଅନେକ ଏ ନାଟକର ପ୍ରଶଂସା କରିଥିଲେ ।

୨୦୦୮ରେ ଟରୋଣ୍ଟୋ ସହରର ରୋଜ ଥ୍ୟେଟରରେ ବୈଷ୍ଣବ ପାଣିଙ୍କର ସମ୍ପୂର୍ଣ୍ଣ କର୍ଣ୍ଣାର୍ଜୁନ ଗୀତିନାଟ୍ୟ ପରିବେଷଣ କରି ଦର୍ଶକ ମାନଙ୍କୁ ଆପ୍ୟାୟିତ କରିବାର ସୁଯୋଗ ଆମେ ପାଇଥିଲୁ । କେବଳ ଯେ ନାଟକ କରିଛୁ ତାହା ନୁହଁ ବଡ଼ ବଡ଼ ଥ୍ୟେଟର ଯଥା ପେଟ୍ରିଅଟ, ଫୋର୍ଡ ସେଣ୍ଟର ଫର ପରଫରମିଂ ଆର୍ଟସ ଓ ଓହାୟୋ ଥ୍ୟେଟରରେ ଅଭିନୟ କରିବାର ସୁଯୋଗ ପାଇ ପାରିଛୁ ସେପାଇଁ ଆମେ ଗର୍ବ ଅନୁଭବ କରୁ । ଏହା କେବଳ ସମ୍ଭବ ହୋଇ ପାରିଛି ଓସାର ସହାୟତା ଓ ପୃଷ୍ଟପୋଷକତା ଯୋଗୁଁ ।

ନାଟକ ମାଧ୍ୟମରେ ଓଡ଼ିଆ ଭାଷା ଓ ସାହିତ୍ୟର ପ୍ରସାରଣ ପାଇଁ ଓସା ପୃଷ୍ଟପୋଷକତା କରିଆସିଅଛି । ରଜତ ଜୟନ୍ତୀ ଏବଂ ସୁବର୍ଣ୍ଣ ଜୟନ୍ତୀ ଉତ୍ସବରେ ଫକୀର ମୋହନଙ୍କର କାଳଜୟୀ ନାଟକ ଛଅମାଣ ଆଠଗୁଣ୍ଠ ନାଟକ ପରିବେଷଣ କରିବା ଏହାର ଜ୍ୱଳନ୍ତ ଉଦାହରଣ । ଦୁଇ ଥର ମୋତେ ଭଗିଆ ଭୂମିକାରେ ଓ ପତ୍ନୀ ସବିତାଙ୍କୁ ସାରିଆ ଭୂମିକାରେ ଅଭିନୟ କରିବାର ସୁଯୋଗ ମିଳିଛି, ସେ ପାଇଁ ଆମେ ଗର୍ବିତ ।

ଭାଷା ଗୋଟିଏ ଜାତିର ପ୍ରାଣ । ଯାହାର ଭାଷା ଯେତେ ଉନ୍ନତ ସେ ଜାତି ସେତେ ସଭ୍ୟ ବୋଲି ବିବେଚନା କରାହୁଏ । ଓଡ଼ିଆ ଅସ୍ମିତାକୁ ଚକ୍ଷୁ ସାମନାରେ ରଖି କେତେକ ଭାଷା ପ୍ରେମୀ ଓଡ଼ିଆ ଭାଷା ଅନ୍ଦୋଳନ ଆରମ୍ଭ କରିଥିଲେ ଉତ୍ତର ଆମେରିକାରେ । ସେଇ ପରିପ୍ରେକ୍ଷୀରେ ୧୯୯୯ ମସିହାରେ ଟରୋଣ୍ଟୋ ସହରରେ ହୋଇଥିବା ସମ୍ମିଳନୀରେ ଦ୍ୱିତୀୟ କବିତା ପାଠ କାର୍ଯ୍ୟକ୍ରମ ଆରମ୍ଭ ହୁଏ । ପ୍ରଥମ ୧୯୯୬ ମସିହାରେ ଓ୍ୱାସିଂଟନ ଡିସିରେ । ଟରୋଣ୍ଟୋ କବିତା ପାଠକୁ ବୋଷ୍ଟନ ସହରର ବିଜୟ (ମିଶ୍ର) ଭାଇନା ଆରମ୍ଭ କରିଥିଲେ । ସେତେବେଳେ ଅଳ୍ପ କେତେକେ ସାହିତ୍ୟ ପ୍ରେମୀ କବିତା ପାଠରେ ଯୋଗଦେଉଥିଲେ । ମୋର କବିତା ଲେଖିବାର ଦକ୍ଷତା ସେତେବେଳେ ନଥିଲା । ତେଣୁ ମୁଁ ସେଥିରେ ଯୋଗ ଦେଇପାରିନଥିଲି । ଏବେ କବିତା ପାଠର ଶ୍ରୋତା ବହୁ ମାତ୍ରାରେ ବୃଦ୍ଧି ପାଇ ଅଧିକ ଜନପ୍ରିୟ ହେଲାଣି । ମୁଁ ପ୍ରତି ସମ୍ମିଳନୀରେ ଏହାର ପ୍ରତୀକ୍ଷାରେ ଥାଏଁ । ଡେଟ୍ରୋଏଟ, ସିଆଟେଲ, ଚିକାଗୋ, ଓହାୟୋ, ଓ୍ୱାସିଂଟନ, ନ୍ୟୁୟର୍କ, ଆଟଲାଣ୍ଟିକ ସିଟି ଓ ଟରୋଣ୍ଟୋ ଆଦି ସହର ମାନଙ୍କରେ ସ୍ୱରଚିତ କବିତା ପାଠ କରି କେବଳ ମୁଁ ଯେ ଆନନ୍ଦ ପାଇଛି ତା’ ନୁହେଁ ଅନେକ ଶ୍ରୋତାଙ୍କର ମନୋରଞ୍ଜନ ଏହା ଦ୍ୱାରା ସମ୍ଭବ ହୋଇ ପାରିଛି ବୋଲି ମୁଁ ଅନୁଭବ କରିଛି । ତା’ ଛଡ଼ା ଏହା ଦ୍ୱାରା ଓଡ଼ିଆ ସାହିତ୍ୟ ପ୍ରତି ଏକ ରକମ ମମତା ବି ଅନେକଙ୍କର

ବଢ଼ିଛି। କବିତା ପ୍ରେମୀଙ୍କର ସଂଖ୍ୟା ବି ବଢ଼ିଛି। ଯେଉଁଥର ୨୦୧୫ ମସିହାରେ ୱାସିଂଟନ ସହରରେ ଓଡ଼ିଆ ସମ୍ମିଳନୀ ଅନୁଷ୍ଠିତ ହୋଇଥିଲା ସେଥର ଅନେକ ସାହିତ୍ୟ ପ୍ରେମୀ କବିତା ପାଠରେ ଯୋଗଦାନ କରିଥିଲେ। ପ୍ରକୋଷ୍ଠ ଭରପୂର ଥିଲା। ସେ ଥର ମୋର ଏକ ରମ୍ୟ କବିତା ବହୁଳ ଭାବରେ ହାସ୍ୟରୋଳ ସୃଷ୍ଟି କରିଥିଲା।

ସମ୍ମିଳନୀ ପରେ ପ୍ରଫେସର ଲଲାଟେନ୍ଦୁ ମାନସିଂହ ଏକ ମନ୍ତବ୍ୟରେ ଏ ବିଷୟରେ ଲେଖିଥିଲେ। ତାର ଓଡ଼ିଆରେ ମର୍ମ ହେଲା, "କବିତା ପାଠକଲା ବେଳେ କୋଠରିରେ ଛାଇ ରହିଥିବା ନିରବତାରୁ ଜଣା ପଡ଼ୁଥିଲା ଶ୍ରୋତା ମାନଙ୍କର ଓଡ଼ିଆ କବିତା ପ୍ରତି କେତେ ଆଗ୍ରହ। ବିଭିନ୍ନ ସ୍ୱାଦୁର ଅନେକ କବିତା ଶୁଣିବାକୁ ମିଳିଥିଲା, ହେଲେ ଦୁଇଟି କବିତା ମୋର ମନେ ରହିଗଲା, ଗୋଟିଏ ହେଉଛି ଟରୋଣ୍ଟୋର ଗଗନ ପାଣିଗ୍ରାହୀଙ୍କ ସ୍ୱରଚିତ କବିତା ଓ ଅନ୍ୟଟି ହେଲା ପୋର୍ଟଲାଣ୍ଡ, ଓରେଗାନର ସୂର୍ଯ୍ୟ ମିଶ୍ରଙ୍କ ବାଲ୍ୟକାଳରୁ ମନେ ରଖିଥିବା କବିତା।"

ଓଡ଼ିଆ କବିତା ପାଠ କେବଳ ଗୋଟିଏ କୋଠରି ମଧ୍ୟରେ ଆବଦ୍ଧ ନରହି କିପରି ମୁଖ୍ୟ ସାଂସ୍କୃତିକ କାର୍ଯ୍ୟକ୍ରମରେ ସାମିଲ ହେବ ଏବଂ ସମସ୍ତଙ୍କର ମନୋରଞ୍ଜନ ସକାଶେ ସାହାଯ୍ୟ କରିବ ସେଥିପାଇଁ ସେ ତାଙ୍କର ସେଇ ଲେଖା ମାଧ୍ୟମରେ ସଙ୍ଗଠନର କର୍ମକର୍ତ୍ତା ମାନଙ୍କୁ ଅନୁରୋଧ କରିଥିଲେ।

କବିତା ପାଠ ଓ ଓଡ଼ିଆ ସାହିତ୍ୟ କାର୍ଯ୍ୟକ୍ରମ ମାଧ୍ୟମରେ ଆମେ ଓଡ଼ିଶାର ଅନେକ ବିଶିଷ୍ଟ ସାହିତ୍ୟିକ ଏବଂ କବିଙ୍କର ସଂସ୍ପର୍ଶରେ ଆସି ପାରିଛୁ। ସେମାନେ ହେଲେ ପ୍ରତିଭା ରାୟ, ଦାଶ ବେନହୁର, ଦୀନନାଥ ପାଠୀ, ବିଭୂତି ପଟ୍ଟନାୟକ, ଦେବଦାସ ଛୋଟରାୟ, ମନୋରମା ମହାପାତ୍ର ପ୍ରମୁଖ। ମୋର ଦୁଇଟି କବିତା ସଂକଳନ 'ଫୁଲ ବଗିଚା' ଓ 'ପ୍ରତିଛବି'ରେ ଓସା ସଙ୍ଗଠନର ଭୂମିକା ପ୍ରଚ୍ଛଦ ପଟରେ ରହିଛି।

ଅନେକ ସମ୍ମିଳନୀରେ ଚିତ୍ର ପ୍ରଦର୍ଶନ କରିବାରେ ମୋତେ ସୁଯୋଗ ମିଳିଛି। ଚିକାଗୋ ସମ୍ମିଳନୀ(୨୦୧୩)ରେ ସରିତା ମହାପାତ୍ରଙ୍କ ନିର୍ଦ୍ଦେଶନାରେ ଚିତ୍ର ପ୍ରଦର୍ଶନୀ ଆୟୋଜନ କରାଯାଇଥିଲା। ସେଥିରେ ବିଶିଷ୍ଟ ଚିତ୍ରଶିଳ୍ପୀ ଦୀନନାଥ ପାଠୀ ଯୋଗଦାନ କରିଥିଲେ। ତାଙ୍କ ସହିତ ବାର୍ତ୍ତାଲାପ କରିବାର ସୁଯୋଗ ମିଳିଲା। ବାଲୁକା ଚିତ୍ରଶିଳ୍ପୀ ସୁଦର୍ଶନ ପଟ୍ଟନାୟକ (୨୦୧୪), ପ୍ରସିଦ୍ଧ ସ୍ଥପତି ରଘୁନାଥ ମହାପାତ୍ର(୨୦୧୫)ଙ୍କୁ ଭେଟିବାର ସୁଯୋଗ ମିଳିଲା। ବିଜ୍ଞାନରେ ଗବେଷଣା କରିବା ମୋର ବୃତ୍ତି। କିନ୍ତୁ ଏ ସବୁ କଳା ଓ ସାହିତ୍ୟ ବିଦେଶ ମାଟିରେ ରହି ଆଲୋଚନା କରିବା, ଅନ୍ୟମାନଙ୍କର ମନୋରଞ୍ଜନ ସକାଶେ ସହାୟ ହେବା କେବଳ ସମ୍ଭବ ହୋଇପାରିଛି ଓସା ସଙ୍ଗଠନ ବଳରେ।

ଉତ୍ତର ଆମେରିକା ମହାଦେଶରେ ଆମେରିକା ଓ କାନାଡ଼ା ହେଉଛି ଦୁଇଟି ବିଶିଷ୍ଟ ଦେଶ । କାହିଁ ପଶ୍ଚିମରେ ପ୍ରଶାନ୍ତ ମହାସାଗର ସୀମାରେଖା ଠାରୁ ଆରମ୍ଭ କରି ବିସ୍ତାରୀ ଯାଇଛି ପୂର୍ବକୁ ଆଟଲାଣ୍ଟିକ ମହାସାଗର ପର୍ଯ୍ୟନ୍ତ । ଏହି ବିସ୍ତୀର୍ଣ୍ଣ ଭୌଗୋଳିକ ସୀମାକୁ ନେଇ ଆମେରିକା ଓ କାନାଡ଼ାର ରାଜ୍ୟ ସମୂହ । ତା’ ମଧ୍ୟରେ ସୁଦୂର ଆଲାସ୍କା ଠାରୁ ଆରମ୍ଭ କରି ଟେକ୍ସାସ, କାଲିଫର୍ଣ୍ଣିଆ ଠାରୁ ଆରମ୍ଭ କରି ନ୍ୟୁୟର୍କ ପର୍ଯ୍ୟନ୍ତ ଓଡ଼ିଆ ମାନଙ୍କର ବସତି । ସେମାନଙ୍କ ମଧ୍ୟରୁ ଅନେକ ଓଡ଼ିଆ ହେଉଛନ୍ତି ଓସାର ଆଜୀବନ ସଭ୍ୟ । ସୀମିତ ଅର୍ଥରେ ଏହାକୁ ସୁଚାରୁ ରୂପେ ପରିଚାଳନା ଓ ସଭ୍ୟମାନଙ୍କ ମଧ୍ୟରେ ସୁସମ୍ପର୍କ ସ୍ଥାପନ କରିବା ଅତ୍ୟନ୍ତ ଦୁରୂହ ବ୍ୟାପାର । ଆଗକାଲରେ ଆଜିକାଲି ଭଳି ଇଣ୍ଟରନେଟର ସୁବିଧା ନଥିଲା । ଡାକ ଓ ଟେଲିଫୋନ ମାଧ୍ୟମରେ ସଂସ୍ଥାର ସମସ୍ତ କାର୍ଯ୍ୟ ତୁଲାଇବାକୁ ପଡ଼ୁଥିଲା । ତଥାପି ସ୍ୱେଚ୍ଛାସେବୀ ହିସାବରେ ଅନେକ ଓଡ଼ିଆ ନିଜର ବହୁ ମୂଲ୍ୟ ସମୟ ବିନିମୟରେ ଓସା ସଂସ୍ଥାର ରକ୍ଷଣାବେକ୍ଷଣ କରିଛନ୍ତି । ବର୍ଷ ବର୍ଷ ଧରି ବାର୍ଷିକ ସମ୍ମିଳନୀର ଆୟୋଜନ କରିଆସିଛନ୍ତି । ଏହା ସତ୍ତ୍ୱେ ବି ମୁଷ୍ଟିମେୟ ସଭ୍ୟ ଏହି ସ୍ୱେଚ୍ଛାସେବୀଙ୍କ ବିରୁଦ୍ଧରେ ଅନ୍ୟାୟ ଅନୀତି ଆଳରେ ମକଦମା କରି ସ୍ୱେଚ୍ଛାସେବୀଙ୍କୁ ଅଦାଲତର ଦ୍ୱାରସ୍ଥ କରେଇଲେ ।

୨୦୦୭ ଓ ୨୦୦୯ ମସିହାରେ ମକଦମା ଲାଗିଲା । ସେତେବେଲେ ଓରନେଟ ଇମେଲ ଗ୍ରୁପ୍ ମାଧ୍ୟମରେ ଓସା ସମ୍ବନ୍ଧୀୟ ସମସ୍ତ ଆଲୋଚନା ହେଉଥାଏ । ସେଥିରେ ମେମ୍ବର ଓ ଅଣମେମ୍ବର ସମସ୍ତେ ପୃଥିବୀର ସବୁ ଆଡୁ ଥାଆନ୍ତି । ମଝିରେ ମଝିରେ ଏଥିରେ ଅନେକ ସଙ୍ଗଠନ ସମ୍ବନ୍ଧୀୟ ଆଲୋଚନାର ମୋଡ଼ ଅପ୍ରୀତିକର ଆଡ଼କୁ ମୁହାଁଇ ଥାଏ । ନିରବରେ ମୁଁ ଏହାକୁ ଦେଖି ମନେ ମନେ ଭାବିଲି ସଂସ୍ଥା ସମ୍ବନ୍ଧୀୟ ସମସ୍ତ ଭଲ ମନ୍ଦ ଆଲୋଚନା ଓସାର କେବଳ ମେମ୍ବର ମାନଙ୍କ ମଧ୍ୟରେ ସୀମିତ ରହିଲେ ଭଲ । ସେ ପାଇଁ ମୁଁ ପ୍ରଥମେ ଓସାନେଟ ଇମେଲ ଗ୍ରୁପର ଆରମ୍ଭ ଆଉ କେତେକ ସ୍ୱେଚ୍ଛାସେବୀଙ୍କୁ ନେଇ କଲି । ଏହା ଓସାର ମୁଖ୍ୟ ସମ୍ବାଦ ସରବରାହ ମାଧ୍ୟମ ହେଉ ବୋଲି ୨୦୦୭ ମସିହା ଡେଟ୍ରୋଏଟ୍ କନ୍‌ଭେନ୍‌ସନ୍‌ରେ ଆଗତ କରାଯାଇ ସର୍ବସମ୍ମତି କ୍ରମେ ଗୃହୀତ ହେଲା । ସେହି ଦିନ ଠାରୁ ସମସ୍ତ ଭଲ ମନ୍ଦ ଓସା ନେଟରେ ହିଁ ଆଲୋଚନା ହେଲା । ଏହା ବର୍ତ୍ତମାନ ସମ୍ବାଦ ସରବରାହର ମୁଖ୍ୟ ମାଧ୍ୟମ ।

ଦ୍ୱିତୀୟ ଥର ଯେତେବେଲେ ମକଦମା ରୁଜୁ ହେଲା, ଏହା ନିଶ୍ଚିତ ଭାବରେ ଓସା ପାଇଁ କାମ କରୁଥିବା ନିଃସ୍ୱାର୍ଥପର ସ୍ୱେଚ୍ଛାସେବୀଙ୍କ ବିରୁଦ୍ଧରେ ଅନ୍ୟାୟ ବୋଲି ମୁଁ ଭାବିଲି । ଏପରି ପରିସ୍ଥିତି ମୋ ଚକ୍ଷୁ ସାମନାରେ ଦେଖି ସହ୍ୟ ନକରିପାରିବାରୁ ମୁଁ

ମୋର ସ୍ୱେଚ୍ଛାସେବୀ ବନ୍ଧୁ ମାନଙ୍କର ମନୋବଳକୁ ଦୃଢ଼ୀଭୂତ କରିବାକୁ ଯାଇ ଏଥରେ ନିରବ ଦର୍ଶକ ନ ହୋଇ ସକ୍ରିୟ ଭାବରେ ଜଡ଼ିତ ହେଇଗଲି। ଫଳରେ ଅନେକ ଟେକା ପଥର ଫୋପଡ଼ା ଓ କୁତ୍ସାରଟନାର ସମ୍ମୁଖୀନ ହେଲି। ମୁଁ ଯେଉଁ ଓସା ନେଟ ସୃଷ୍ଟି କରିବାର ନେତୃତ୍ୱ ନେଇଥିଲି ସେଇ ନେଟ ମାଧ୍ୟମରେ ମୋତେ ଶରବ୍ୟ ହେବାକୁ ପଡ଼ିଲା। ମକଦ୍ଦମା ଅନେକ ମାସ ଧରି ଚାଲିଲା। ସଂସ୍ଥା ତରଫରୁ ଓକିଲ ପାଉଣା ହିସାବରେ ଗୁଡ଼ାଏ ଅର୍ଥ ଶ୍ରାଦ୍ଧ ହେଲା। ବନ୍ଧୁ ବନ୍ଧୁଙ୍କ ମଧ୍ୟରେ ମନୋମାଳିନ୍ୟ ହେଲା। ତଥାପି ଆମେ ସ୍ୱେଚ୍ଛାସେବୀ ଗଣ ସେଥିରେ ବିଚଳିତ ନହୋଇ ଏହାର ସାମନା କରି କୋର୍ଟ କେସ ଜିତିଲୁ ଓ ଓସାକୁ ଆହୁରି ମଜଭୁତ୍ କରିବାରେ ସାହାଯ୍ୟ କଲୁ। ଦୁର୍ବଳ ହେବା ପରିବର୍ତ୍ତେ ୨୦୦୭ ମସିହା ପାଖରୁ ଓସା ସଙ୍ଗଠନ ପୂର୍ବ ଅପେକ୍ଷା ଅଧିକ ସବଳ ହୋଇ ଉଠିଲା।

ଅନେକ ସମୟରେ ଓସାର ରକ୍ଷଣାବେକ୍ଷଣ ପାଇଁ କାମ କରିବାର ଆବଶ୍ୟକତା ପଡ଼ିଲେ ମୁଁ କେବେ ପଛାଦପଦ ହୋଇ ଯାଇନାହିଁ। ଆୱାର୍ଡ କମିଟିର ଚେୟାର ଏବଂ ମେମ୍ବର ହିସାବରେ କାର୍ଯ୍ୟ କରିଛି, ଇଲେକ୍ସନ କମିଟିର ମେମ୍ବର ହିସାବରେ କାର୍ଯ୍ୟ ତୁଲେଇଛି, ସ୍ମରଣିକାର ସମ୍ପାଦକ ହିସାବରେ ଓ ନାଟକ ପ୍ରତିଯୋଗିତାରେ ଜଜ୍ ହିସାବରେ ରହିଛି। ଟରୋଣ୍ଟୋ ସମ୍ମିଳନୀରେ ଆବାହକର ଭୂମିକା ଓ ସୁବର୍ଣ୍ଣ ଜୟନ୍ତୀରେ ନାଟକ ନିର୍ଦ୍ଦେଶକର ଭୂମିକା ମୋ ପାଇଁ ଅତ୍ୟନ୍ତ ଗୁରୁତ୍ୱ ପୂର୍ଣ୍ଣ। ସଂସ୍ଥା ପାଇଁ ଏ ସବୁ କରିବାରେ ମୁଁ କେବେହେଲେ କୁଣ୍ଠାବୋଧ କରିନାହିଁ ବରଂ ଏହାକୁ ମୋର କର୍ତ୍ତବ୍ୟ ଭାବି କରିଛି ଓ ଆନନ୍ଦ ବି ପାଇଛି। କେବଳ ମୁଁ ନୁହେଁ ମୋର ସାରା ପରିବାର, ପତ୍ନୀ ସବିତା, ପୁଅ ସୋମନ ଓ ଝିଅ ଇନିକା ଓସା ପାଇଁ କାର୍ଯ୍ୟ କରି ଆସିଛନ୍ତି। ପତ୍ନୀ ଦୁଇ ବର୍ଷ ଧରି ୨୦୧୪ ରୁ ୨୦୧୬ ଓସାର ସମ୍ପାଦିକା ହିସାବରେ ଗୁରୁ ଦାୟିତ୍ୱ ନେଇ ସଫଳତାର ସହିତ ତାହା ତୁଲେଇ ଥିଲେ।

୨୦୦୭ ମସିହାରେ ଡେଟ୍ରୋଏଟ୍ ସହରରେ ଓଡ଼ିଆ ସମ୍ମିଳନୀ ଯେତେବେଳେ ସରିଲା ସେଇଠି ନିଷ୍ପତ୍ତି ହେଲା ୨୦୦୮ ମସିହାର ସମ୍ମିଳନୀ କାନାଡ଼ାର ଟରୋଣ୍ଟୋ ସହରରେ ପାଳନ ହେବ। ଟରୋଣ୍ଟୋ ସମ୍ମିଳନୀର ମୁଖ୍ୟ ଆବାହକ ହିସାବରେ ମୁଁ କାର୍ଯ୍ୟ ତୁଲେଇବା ପାଇଁ ସର୍ବସମ୍ମତିକ୍ରମେ ମନୋନୀତ ହେଲି। ଆବାହକ ହେବା ଏକ ଦାୟିତ୍ୱପୂର୍ଣ୍ଣ ଏବଂ ସମୟ ସାପେକ୍ଷ କାର୍ଯ୍ୟ। ଯଦିଓ ଯୋଗଦେଉଥିବା ସଭ୍ୟମାନେ ନିଜ ବ୍ୟୟରେ ଆସି ହୋଟେଲଙ୍କରେ ରହନ୍ତି ଏବଂ ନିଜ ପଇସାରେ ଭୋଜନ ପାନ ଆଦି କରନ୍ତି ତଥାପି ଏ ସବୁକୁ ଯୋଗାଡ଼ ଯନ୍ତ କରି ରଖିବା, ମୁଖ୍ୟବକ୍ତା, ମୁଖ୍ୟ ଅତିଥ ନିମନ୍ତ୍ରଣ କରିବା ଏବଂ ଓଡ଼ିଶାରୁ କଳାକାର ମାନଙ୍କୁ ଆମନ୍ତ୍ରଣ କରି ଆଣିବା ପାଇଁ

ପାଣ୍ଠି ସଂଗ୍ରହ କରିବା ଏମିତି ଅନେକ ଗୁରୁତ୍ୱପୂର୍ଣ୍ଣ କାର୍ଯ୍ୟ କରିବାକୁ ପଡ଼େ। ସେ ପାଇଁ ମୁଁ ଆଉ କେତେକ ସ୍ୱେଚ୍ଛାସେବୀଙ୍କ ସହିତ କାର୍ଯ୍ୟ ଚଳେଇଲି। ଏଥିରେ ପ୍ରଥମ ଥର ପାଇଁ ଓଡ଼ିଶାର ରାଜ୍ୟପାଳ ଶ୍ରୀଯୁକ୍ତ ମୁରଲିଧର ଭଣ୍ଡାରେ ଯୋଗଦାନ କରିଥିଲେ। ବିଶିଷ୍ଟ ରାଷ୍ଟ୍ରପତି ପୁରସ୍କାରପ୍ରାପ୍ତ ଚଳଚ୍ଚିତ୍ର ନିର୍ମାତା ଶ୍ରୀଯୁକ୍ତ ଅକ୍ଷୟ ପରିଜା ଓ ରେଲୱେ ବୋର୍ଡ଼ର ଚେୟାରମ୍ୟାନ ଶ୍ରୀଯୁକ୍ତ କଲ୍ୟାଣ ଜେନା ମୁଖ୍ୟ ଅତିଥି ହିସାବରେ ଯୋଗ ଦେଇଥିଲେ। ଓଡ଼ିଶା ବିକାଶ ସେମିନାରରେ ପୂର୍ଣ୍ଣ ମିଶ୍ର, ସନ୍ଦୀପ ଦାଶବର୍ମ୍ମା ଓ ଚିତ୍ତ ବରାଳ ପ୍ରମୁଖ ବିଶିଷ୍ଟ ସଭ୍ୟମାନେ ରେଲୱେ ବୋର୍ଡ଼ର ଚେୟାରମ୍ୟାନ ଶ୍ରୀ ଜେନାଙ୍କ ଆଗରେ ଓଡ଼ିଶାରେ ନୂତନ ରେଲପଥ ନିର୍ମାଣର ଦାବି ଉପସ୍ଥାପନା କରିଥିଲେ। ଫଳ ସ୍ୱରୂପ ଓଡ଼ିଶାରେ ରେଲପଥର ଉତ୍ତରୋତ୍ତର ଉନ୍ନତି ଦିଗରେ ଏହା ସାହାଯ୍ୟ କରିପାରିଥିଲା ବୋଲି ବିଶ୍ୱାସ କରାଯାଏ।

ପ୍ରଥମ ଥର ପାଇଁ ଓଡ଼ିଶୀ ନୃତ୍ୟ ସମ୍ମିଳିତ ସ୍ୱତନ୍ତ୍ର ସେମିନାରର ଆୟୋଜନ କରାଯାଇଥିଲା ଯେଉଁଥିରେ ମେନକା ଠକ୍କର, ଆନ ମରି ଗେଷ୍ଟନ, ଏଲୋରା ପଟ୍ଟନାୟକ ଓ ସୁଜାତା ମହାପାତ୍ର ପ୍ରମୁଖ ନୃତ୍ୟାଙ୍ଗନାମାନେ ଅଂଶ ଗ୍ରହଣ କରିଥିଲେ। କହିବା ବାହୁଲ୍ୟ ଏହି କନ୍‌ଭେନସନରେ ପ୍ରଥମ କରି ପ୍ରସିଦ୍ଧ ନୃତ୍ୟାଙ୍ଗନା ସୁଜାତା ମହାପାତ୍ରଙ୍କୁ ଉତ୍ତର ଆମେରିକାକୁ ଆମନ୍ତ୍ରଣ କରାଯାଇଥିଲା ନୃତ୍ୟ ପରିବେଷଣ କରିବା ପାଇଁ। ଏ ସବୁର ଖର୍ଚ୍ଚ ବହନ କରିବା ନିମନ୍ତେ ଓଣ୍ଟାରିଓ ଆର୍ଟସ କାଉନସିଲକୁ ମୁଁ ଏକ ଗ୍ରାଣ୍ଟ ଲେଖିଥିଲି। ସେଥିରେ ସଫଳତା ହାସଲ କରିବା ଯୋଗୁଁ ସେଇ ଅର୍ଥରେ ଏହାକୁ ଆୟୋଜନ କରିବା ସମ୍ଭବ ହୋଇ ପାରିଥିଲା।

ଆଉ ଏକ ବିଶେଷତ୍ୱ ହେଲା, ଟରୋଣ୍ଟୋ ଓଡ଼ିଆ ସମ୍ମିଳନୀ ଆନୁକୂଲ୍ୟରେ ଉତ୍ତର ଆମେରିକାରେ ପ୍ରଥମ କରି ବୈଷ୍ଣବ ପାଣିଙ୍କର କର୍ଣ୍ଣାର୍ଜ୍ଜୁନ ଗୀତିନାଟ୍ୟର ମଞ୍ଚସ୍ଥ। ସେ ପାଇଁ ଟରୋଣ୍ଟୋ ଅଞ୍ଚଳର କଳାକାର ମାନେ ଅଭିନୟରେ ଅଂଶ ଗ୍ରହଣ କରିବାର କଥା ଉଠିଲା। ଯଦିଓ ମୁଁ ଏହି ଗୀତିନାଟ୍ୟରେ ଆଗରୁ କର୍ଣ୍ଣ ଭୂମିକାରେ ଅଭିନୟ କରିଥିଲି, ସମ୍ମିଳନୀର ଆବାହକ କାର୍ଯ୍ୟ ତୁଲେଇ ଅଭିନୟ କରିବା ମୋ ପକ୍ଷରେ ସମ୍ଭବ ହେବନି ବୋଲି ମୁଁ ମୋର ମତବ୍ୟକ୍ତ କଲି। ସାଂସ୍କୃତିକ କାର୍ଯ୍ୟକ୍ରମ ଦାୟିତ୍ୱରେ ଥିଆନ୍ତି ପ୍ରଫେସର ଶ୍ରୀଗୋପାଳ ମହାନ୍ତି। ସିଏ ହିଁ ୧୯୯୪ ମସିହାରେ ଛଠମାନ ଆଠଗୁଣ୍ଠରେ ମୋତେ ଅଭିନୟ କରିବାକୁ ପ୍ରବର୍ତ୍ତେଇ ଥିଲେ। ପୁଣି ସେ ନଛୋଡ଼ ବନ୍ଧା, କହିଲେ, "ଗଗନ ତମକୁ ଅଭିନୟ କରିବାକୁ ପଡ଼ିବ। ମୁଁ ଆଉ କାହାକୁ ଦେଖି ପାରୁନି, ଦୟାକରି ଆମକୁ ସାହାଯ୍ୟ କର।" ଶେଷକୁ ବାଧ୍ୟ ହୋଇ ମୁଁ ଅଭିନୟ ପାଇଁ ମୋର ସମ୍ମତି ଦେଲି। ଏହା ରହିଲା ମୋ ପାଇଁ ଏକ କଠିନ ଦାୟିତ୍ୱ। ରିହରସେଲ

କରିବା। ସଙ୍ଗେ ସଙ୍ଗେ ଅନ୍ୟାନ୍ୟ କାର୍ଯ୍ୟ ତୁଲେଇବାକୁ ପଡୁଥାଏ। ଏପରିକି କନଭେନସନ ଆଗ ଦିନ ରାଜ୍ୟପାଲ ଆସି ସହରରେ ପହଞ୍ଚିଲେଣି, ଆବାହକ ହିସାବରେ ମୁଁ ତାଙ୍କୁ ଅଭ୍ୟର୍ଥନା କରିବା କଥା, ହେଲେ ମୁଁ ରୋଜ ଥିଏଟରରେ ଷ୍ଟେଜ ରିହରସେଲରେ ବ୍ୟସ୍ତ। ଶେଷ ମୁହୂର୍ତ୍ତରେ ଅନେକ ସମ୍ମିଳନୀ ସମ୍ବନ୍ଧୀୟ କାର୍ଯ୍ୟ ଥାଏ। ଏପଟେ ନାଟକର ସଂଳାପ ମନେ ରଖ଼ିବି ନା ସେପଟେ କନଭେନସନର କାମ କରିବି, ଏ ନେଇ ମୁଁ ମଞ୍ଚରେ ମଞ୍ଚରେ ବ୍ୟତିବ୍ୟସ୍ତ ହୋଇ ପଡୁଥିଲି।

ତଥାପି ଅନେକଙ୍କର ପରିଶ୍ରମ ବଳରେ ଗୀତିନାଟ୍ୟ ପରିବେଷଣର ସନ୍ଧ୍ୟା ଆସି ହେଲା। ପ୍ରାସାଦ ସ୍ୱରୂପ ଅତ୍ୟାଧୁନିକ ରୋଜ ଥିଏଟର ରଙ୍ଗମଞ୍ଚ ସାମନାରେ ଉତ୍ତର ଆମେରିକାର ଓଡ଼ିଆ ଭାଷୀ ଦର୍ଶକମଣ୍ଡଳୀ ଆସି ରୁଣ୍ଡ ହେଲେ। କୋଲାହଲ ଚପି ଗୀତିନାଟ୍ୟର ଲାଲିତ୍ୟ ସ୍ୱର ଝଙ୍କାରିତ ହେଲା ରୋଜ ଥିଏଟରର ସରାଉଣ୍ଡ ସାଉଣ୍ଡ ମାଧ୍ୟମରେ। ମଞ୍ଚର ପାଟଳ ବର୍ଣ୍ଣ ଭେଲଭେଟ ପରଦା ମନ୍ଥର ଗତିରେ ଦୁଇ ପାର୍ଶ୍ୱକୁ ଯେତେବେଳେ ଅପସରି ଗଲା, ନିରବତା ଓ ଅନ୍ଧକାରରେ ଛାଇ ହୋଇଗଲା ରୋଜ ଥିଏଟର। ରଙ୍ଗମଞ୍ଚରେ ଶୁଣାଗଲା ଦୁର୍ଯ୍ୟୋଧନଙ୍କର ଗମ୍ଭୀର ଉଦ୍‌ବେଗପୂର୍ଣ୍ଣ କଣ୍ଠ ସ୍ୱର, "ହେ ମାତୁଳ ଶକୁନି, ସଖା କର୍ଣ୍ଣ, ବୁଦ୍ଧି ଶୂନ୍ୟ ଘଟିଲାଣି ଏଣିକି ମୋହର।" ଏହିପରି ଦୃଶ୍ୟ ପରେ ଦୃଶ୍ୟ ଶେଷ ହୋଇ ଅନ୍ତିମ ଦୃଶ୍ୟ ଆସି ପହଞ୍ଚିଲା। କ୍ଷୀଣ ଆଲୋକରେ ଏକ ପାର୍ଶ୍ୱରେ କର୍ଣ୍ଣ ଓ ଅପର ପାର୍ଶ୍ୱରେ ଅର୍ଜୁନଙ୍କର ଘୋଟକ ସଜ୍ଜିତ ରଥ। ରଙ୍ଗମଞ୍ଚ ସମ୍ପୂର୍ଣ୍ଣ ରୂପେ ଆଲୋକ ରଶ୍ମିରେ ଉଦ୍‌ଭାସିତ ହେବାମାତ୍ରେ ଦେଖାଗଲା ବାମ ପାର୍ଶ୍ୱରେ ମହାଦାନୀ କର୍ଣ୍ଣଙ୍କ ସହିତ ସାରଥି ମାତୁଳ ଶଲ୍ୟ ଓ ଦକ୍ଷିଣ ପାର୍ଶ୍ୱରେ ଗାଣ୍ଡିବଧାରୀ ପାର୍ଥଙ୍କ ସହିତ ସାରଥୀ କେଶବ। ଧୂମ୍ର କୁଣ୍ଡଳୀ ମିଶ୍ରିତ ଏ ଦୃଶ୍ୟ ଦେଖ଼ତେ ଉତ୍‌ଫୁଲ୍ଲିତ ଦର୍ଶକମାନଙ୍କର ଘନ ଘନ କରତାଲିରେ ରୋଜ ଥିଏଟର ଉଚ୍ଛୁଲି ପଡ଼ିଲା। ଅର୍ଜୁନଙ୍କ ବୁକୁଫଟା ଚିତ୍କାରରେ ଥିଏଟର ପୁଣି ନିରବତାକୁ ଫେରି ଆସିଲା। କୃଷ୍ଣଙ୍କ ପ୍ରରୋଚନାରେ ଅର୍ଜୁନ ବିରଥୀ କର୍ଣ୍ଣଙ୍କୁ ବଧ କଲେ। ଭଗବତ୍‌ ଗୀତାର ଶ୍ଲୋକ "ଯଦା ଯଦାହି ଧର୍ମସ୍ୟ ଗ୍ଲାନିର୍ଭବତି ଭାରତ"ର ଉଚ୍ଚାରଣରେ କର୍ଣ୍ଣବଧ ଗୀତିନାଟ୍ୟର ପରିସମାପ୍ତି ଘଟିଲା। ରୋଜ ଥିଏଟର କରତାଲି ଓ ହାସ୍ୟରୋଲରେ ଗୁଞ୍ଜରି ଉଠିଲା। ଦର୍ଶକ ମଣ୍ଡଳୀଙ୍କ ମଧ୍ୟରୁ ଅନେକ ଆମମାନଙ୍କୁ ଅଭିନନ୍ଦନ ଜଣେଇବାକୁ ଦୌଡ଼ି ଆସିଲେ। ଅନେକ ଦିନ ଧରି ଗୀତିନାଟ୍ୟର ଭୂରି ଭୂରି ପ୍ରଶଂସା ଜାରି ରହିଲା।

ନାଟକ ଶେଷ ବେଳକୁ ମୋ ଦେହରେ ଆଉ ଜୀବନ ନଥାଏ, ସମସ୍ତ ଶକ୍ତି ଖର୍ଚ୍ଚ ହୋଇ ସାରିଥାଏ, ଦର୍ଶକମାନେ କିପରି ଜାଣିବେ ଅନ୍ତରାଳରେ କ'ଣ ଘଟୁଛି ? ନାଟକ ପରେ ମୁଁ ଗ୍ରୀନ ରୁମ୍‌କୁ ଲେଉଟିଗଲି। ମେକ୍‌ ଅପ୍‌ ବାହାର କରିବାକୁ ଉଦ୍ୟତ

ହୁଅନ୍ତେ, କେହି ଜଣେ କଳାକାର ଆମ ଭିତରୁ କହିଲେ, "ଭାଇନା, ଆପଣଙ୍କୁ କିଏ ଜଣେ ଖୋଜୁଚନ୍ତି।" ମୁଁ ଭାବିଲି କେହିଜଣେ ଅଭିନନ୍ଦନ ଜଣେଇବାକୁ ଆସିଛନ୍ତି ବୋଧହୁଏ। ମାତ୍ର ନା, ଜନେକ ଆମନ୍ତ୍ରିତ କଳାକାର ତାଙ୍କର ପ୍ରାପ୍ୟ ନେବାକୁ ମୋତେ ଖୋଜି ଖୋଜି ମୋ ପାଖରେ ହାଜର। ମୁଣ୍ଡରେ ଚଡ଼କ ପଡ଼ିଲା, ଏତେ ପଇସା କୁଆଡୁ ଆଣିବି ସେ ସମୟରେ ? ପାଖରେ ନଥାଏ ଚେକ୍ ବୁକ୍। ଦୁଃଖର ସହିତ କ୍ଷମା ପ୍ରାର୍ଥନା କଲି, ଯେତେ ଶୀଘ୍ର ତହିଁ ପରଦିନ ଦେବାକୁ ପ୍ରତିଶ୍ରୁତି ଦେବା ସତ୍ତ୍ୱେ ବି କଳାକାର ଜଣକ ଅସନ୍ତୁଷ୍ଟ ମନରେ ପ୍ରସ୍ଥାନ କଲେ। ମୁଁ ଥିଲି ଉପାୟହୀନ, ମୋ ପାଖରେ ସେତେବେଳେ ବିକଳ୍ପ କିଛି ନଥିଲା। ତହିଁ ପରଦିନ ସମ୍ମିଳନୀର ଥକା ମାରିବା ପରିବର୍ତ୍ତେ ଯେତେ ସକାଳେ ଯାଇ ପ୍ରାପ୍ୟ ପରିଶୋଧ କରି ଆସିଲି। ଫେରିବା ବେଳେ ଭାବୁଥାଏ ଜଣେ ଆୟୋଜକ ହେଇ ମଞ୍ଚ ଉପରେ ଅଭିନୟ କରିବା ବଡ଼ ଦୁଷ୍କର ବ୍ୟାପାର। ଗୀତିନାଟ୍ୟ ସଫଳ ହେଲା କିନ୍ତୁ ସେ ସମୟ ଓ ଘଟଣା କେବେ ଭୁଲିବାର ନୁହଁ। ବିଭିନ୍ନ ପ୍ରକାରର ସାଂସ୍କୃତିକ କାର୍ଯ୍ୟକ୍ରମ ରୋଜ ଥ୍ରିଏଟରକୁ ଆସର ମୁଖରିତ କରି ରଖିଥିଲା ଦୀର୍ଘ ତିନି ଦିନ ଦୁଇ ରାତି ଧରି।

ବହୁ ଝଡ଼ଝଞ୍ଜା ଅତିକ୍ରମ କରି ଓସାର ବୋଇତ ସମୟର ସ୍ରୋତରେ ଭାସି ଭାସି ଆସି ପଚାଶ ବର୍ଷରେ ପଦାର୍ପଣ କଲା। ନ୍ୟୁଜର୍ସିର ଆଟ୍ଲାଣ୍ଟିକ ସିଟିରେ ସୁବର୍ଣ୍ଣ ଜୟନ୍ତୀ ଉତ୍ସବ ପାଳନ ହେବ ବୋଲି ସ୍ଥିର ହେଲା। ଓସାର ସବୁଠାରୁ ପୁରାତନ ଏବଂ ବଡ଼ ଚାପ୍ଟର ନ୍ୟୁୟର୍କ-ନ୍ୟୁଜର୍ସି। ସେଠାକାର ସଭ୍ୟ ଓ କର୍ମକର୍ତ୍ତାମାନେ ଆଗେଇ ଆସିଲେ ଏ ଗୁରୁଦାୟିତ୍ୱ ବହନ କରିବା ପାଇଁ। ଆବାହକ ହେଲେ ଡକ୍ଟର ଉମା ବଲ୍ଲଭ ମିଶ୍ର। ତାଙ୍କ ସହିତ ଡେଟ୍ରୋଏଟ୍ ସମ୍ମିଳନୀରେ କଥା ହେଉଥିବା ବେଳେ ସେ କହିଲେ, "ଗଗନ, ତମେ ଆଉ ସବିତା ଯେଉଁ ପଚିଶ ବର୍ଷ ତଳେ ନାଟକଟି କରିଥିଲ ନା ସେମିତି ଆଉ ହେଇ ପାରିନି କେବେ। ଯେଉଁମାନେ ଦେଖିଥିଲେ ସେଥିରୁ ଅଧା ଗଲେଣି, ଆଉ ଆମେ ଅଧା ଅଛେ।" ଏହା ଶୁଣି ମୋ ମନକୁ କ'ଣ ଆସିଲା କେଜାଣି ମୁଁ କହିଦେଲି, "ଯଦି ଚାହିଁବେ ଏବେ ବି ହେଇ ପାରିବ, ଅସମ୍ଭବ କ'ଣ?" ସଙ୍ଗେ ସଙ୍ଗେ ଉମା ଭାଇନା କହିଲେ, "କରି ପାରିବ ଯଦି କର, ପଚିଶ ବର୍ଷରେ ହେଇଥିଲା, ପଚାଶ ବର୍ଷରେ ପୁଣି ହବ।" କହିତ ଦେଲି, ଅଭିନୟ କରିବ କିଏ ? ସେଇଠୁ ପାଖରୁ ଚାଲିଲା ଯୋଜନା। ସନ୍ଧ୍ୟା ବେଳେ ବସରେ ଫୋର୍ଡ଼ ସେଣ୍ଟର ଫର ପରଫର୍ମିଂ ଆର୍ଟସ୍‌ରୁ ହୋଟେଲକୁ ଫେରୁଥିଲି। ବସ୍ ଭିତରେ ଦେଖା ହେଲା ୱାସିଂଟନ ଡିସିର ଅଞ୍ଜନା ଚୌଧୁରୀଙ୍କ ସହିତ। ମୋତେ ସେ "ଭାଇନା" ବୋଲି ସମ୍ବୋଧନ କରନ୍ତି। କହିଲି, "ଅଞ୍ଜନା, ଗୋଟିଏ ଅନୁରୋଧ ରଖିବ?" ସେ କହିଲେ, "ଇଏ ଗୋଟେ

କଥା ଭାଇନା, ଆପଣ କହିବେ, ମୁଁ ରଖିବିନି ? କ'ଣ କହୁ ନାହାନ୍ତି।" ମୁଁ କହିଲି, "ଛଅମାଣ ଆଠଗୁଣ୍ଠ ନାଟକ କାନାଡ଼ା ସହିତ ମିଶି ୱାସିଂଟନ କରିବାକୁ ରାଜି ହବ ? ରଜତ ଜୟନ୍ତୀରେ ହେଇଥିଲା, ସୁବର୍ଣ୍ଣ ଜୟନ୍ତୀରେ ହବ। ରାଜି ହେବେ ଲୋକେ ତମ ୱାସିଂଟନରୁ ?" ସଙ୍ଗେ ସଙ୍ଗେ ସେ କହିଲେ, "ହେବେନି କାହିଁକି, ଆପଣ କହିଲେ ନିଶ୍ଚୟ ରାଜିହେବେ। ମୁଁ ରାଜି କରେଇବି, କେତେ ଜଣ ଦରକାର ?" ମୁଁ କହିଲି, "ଅତି କମ୍‌ରେ ଛଅ ଜଣ।" "ମିଳି ଯିବେ ଭାଇନା, ମୋ ଉପରେ ଛାଡ଼ି ଦିଅନ୍ତୁ", ଏତକ କହି ସେ ତାଙ୍କ ରୁମ ଆଡ଼କୁ ମୁହେଁଇଲେ। ମୁଁ "ପରେ କଥା ହେବା" କହି ମୋ ରୁମକୁ ଚାଲିଗଲି। ରୁମରେ ପତ୍ନୀ ସବିତା ପହଞ୍ଚି ସାରିଥାନ୍ତି। ତାଙ୍କୁ ୟା ଭିତରେ ହେଇଥିବା ସମସ୍ତ କଥୋପକଥନ ବିଷୟରେ ଅବଗତ କରେଇଲି। ସେ ଏତେ ଶୀଘ୍ର କୌଣସି ଥରେ ଖୁସି ହେଇ ଯାଆନ୍ତିନି। କହିଲେ, "କାମ ପଡ଼ିବ, କରିବା ଯଦି ମନ ଦେଇ କରିବା, କରି ପାରିଲେ ଭଲ ହୁଅନ୍ତା, ଉମା ଭାଇନା ସତରେ ରାଜି ତ ?" ମୁଁ କହିଲି, "ହଁ, ମୁଁ ତାଙ୍କୁ ଭଲକରି ପଚାରିଚି, ସେ ରାଜି।" ଡେଟ୍ରୋଏଟ୍ ସହରରେ ସମ୍ମିଳନୀ ସରିଲା। ଆମେ ଟରୋଣ୍ଟୋ ଫେରି ଆସିଲୁ।

ଟରୋଣ୍ଟୋ ଆସିବା ମାତ୍ରେ ମୁଁ କିଏ ଅଭିନୟରେ ଭାଗନେବେ, କଳାକାର ସନ୍ଧାନରେ ଲାଗିଗଲି। ଅବଶ୍ୟ କେତେ କଳାକାର ମୋ ଆଖି ସାମନାରେ ଆଗରୁ ଥାଆନ୍ତି। ମଙ୍ଗରାଜ ଭୂମିକାରେ ତନ୍ମୟ ପଣ୍ଡା। ଦେଖିବାକୁ ବେଶ୍ ଡେଙ୍ଗା, ଜମିଦାର ଭଳିଆ ଚେହେରା ଓ ଚାଲି, ଆଉ ତା' ସାଙ୍ଗକୁ ଲମ୍ବା କେଶ ଆହୁରି ମାନୁଥାଏ। ଚମ୍ପା ଭୂମିକାରେ ନିବେଦିତା ପଟନାୟକ। ଆଗରୁ ଆମ ସହିତ ଅଭିନୟ କରିଛନ୍ତି। ଯାହା ଶିଖେଇଲେ ଶୀଘ୍ର ଶିଖିଯାଇ ପାରନ୍ତି ଓ ଭଲ ଅଭିନୟ ବି କରି ପାରନ୍ତି। ଆଉ ଦୁଇଜଣ ରହିଲେ ସନା ଦେଉରୀ ଓ ଗୋବିନ୍ଦା ବାରିକ। ସେ ଦୁଇଟି ଭୂମିକାରେ ଯଥାକ୍ରମେ ରହିଲେ ପ୍ରଶାନ୍ତ ଭୂୟାଁ ଓ ଗୋପାଳ ରାଓ। ଆମେ ସ୍ୱାମୀ ସ୍ତ୍ରୀ ଦୁଇଜଣ ଯେଉଁ ଭଗିଆ ସାରିଆକୁ ସେଇ ଭଗିଆ ସାରିଆ। ଏଥର ଦୁଇ ଜଣ ମିଶି ନିର୍ଦ୍ଦେଶନା ଦେଲୁ। କଳାକାର ହିସାବରେ କାହାରିକୁ ବାଛିବାର ନାହିଁ। ବହୁତ ଆଗରୁ ସମସ୍ତଙ୍କୁ ସଂଳାପ ଗୁଡ଼ିକ ଲିଖିତ ଆକାରରେ ଦେଇ ଦିଆଗଲା। ଅପ୍ରେଲ ମାସରୁ ଆରମ୍ଭ ହେଲା, ଦୀର୍ଘ ତିନିମାସ ଧରି ଚାଲିଲା ଘମାଘୋଟ ରିହରସଲ୍। ସାଉଣ୍ଡ ଓ ଲାଇଟରେ ରହିଲେ ପଣ୍ଡା ଭଉଣୀ ଦ୍ୱୟ, ସୃଷ୍ଟି ଓ ସୃଜନୀ। ଝିଅ ଇନିକା ଓ ସ୍ରିଜା ନୃତ୍ୟରେ। ୱାସିଂଟନ କଳାକାର ମାନଙ୍କ ସହିତ ରିହରସଲ ମଧ୍ୟ ଅନେକ ଥର ହେଲା। ସୁବର୍ଣ୍ଣ ଜୟନ୍ତୀର ଉସବ। ଶୁଣିଲୁ ଜୀବନରେ ଥରେ ଦେଖିବାର ସୁଯୋଗ ଏମିତି ଆସେ। ଅନେକ ଯାକ ଜମକରେ ହେଉଛି। ସ୍ୱେଚ୍ଛାସେବୀମାନେ ଜୋରସୋରରେ ମନପ୍ରାଣ ଦେଇ ଲାଗିପଡ଼ିଛନ୍ତି।

ସାଂସ୍କୃତିକ କାର୍ଯ୍ୟକ୍ରମ ଦାୟିତ୍ୱରେ ଥିବା ବ୍ୟକ୍ତିଙ୍କ ସହିତ ଦୁଇଥର କଥା ହେଇ ମୁଁ ଆମର ସମସ୍ତ ଲାଇଟ, ସାଉଣ୍ଡ, ପ୍ରପ୍‌ ଓ ଷ୍ଟେଜର ଆବଶ୍ୟକତା ତାଙ୍କୁ ଜଣେଇ ଦେଇ ନିର୍ଭୟରେ ରହିଲି।

ନିଜର ସମସ୍ତ ଆବଶ୍ୟକୀୟ ସରଞ୍ଜାମ ଧରି ଆମେ ଆଟଲାଣ୍ଟିକ ସିଟିର "ହାରାସ ହୋଟେଲ"ରେ ନିର୍ଦ୍ଧାରିତ ସମୟରେ ହାଜର ହେଲୁ। ସେଠାରେ ପହଞ୍ଚି ପ୍ରଥମେ ଗଲି ଅଭିନୟ ମଞ୍ଚ ଦେଖିବାକୁ। ମଞ୍ଚ ଦେଖିବା ମାତ୍ରେ ବୁଝିଗଲି ନାଟକ ପାଇଁ ମଞ୍ଚ ଆଦୌ ଅନୁକୂଳ ନୁହଁ। ଦ୍ୱିତୀୟରେ ଯେଉଁମାନେ ଲାଇଟ୍‌ ଏବଂ ସାଉଣ୍ଡ ଦାୟିତ୍ୱରେ ଥିଲେ ସେମାନଙ୍କ ପାଖରେ ଆମ ନାଟକର ଆବଶ୍ୟକ ଅନୁଯାୟୀ କୌଣସି ତଥ୍ୟ ପହଞ୍ଚି ପାରିନି। ପୁଣି ସାଂସ୍କୃତିକ କମିଟି ତରଫରୁ ଆମ ପାଖରୁ ଆଉଥରେ ନେବାକୁ ମଧ କେହି ସେଠାରେ ଉପସ୍ଥିତ ନାହାନ୍ତି। ଆମକୁ ଆଗରୁ ପ୍ରତିଶ୍ରୁତି ଦେଇଥିବା ଅନୁସାରେ ପ୍ରପ୍‌ ମଧ ଯୋଗାଡ଼ କରାଯାଇ ପାରିନାହିଁ। ଏଇ ଅବସ୍ଥାରେ କେମିତି ଯେ ନାଟକ ମଞ୍ଚସ୍ଥ ସମ୍ଭବ ହେବ, ମୁଁ ଭାବି ପାରିଲିନି। ନା ଉଇଙ୍ଗିସ୍‌, ନା ସ୍କ୍ରିନ, କିଛି ନଥାଏ। ମଞ୍ଚ ସାମନାରେ ବିରାଟ ବିରାଟ ସାଉଣ୍ଡ ସିଷ୍ଟମ ଦୃଷ୍ଟି ଅବରୋଧ କରିବା ପାଇଁ ମୁଣ୍ଡ ଟେକି ରହିଥାନ୍ତି। ନିଜର ସଙ୍ଗଠନ, ନିଜ ଘର କଥା, କାହାକୁ କହିବା, କାହା ଆଗରେ ଅଭିଯୋଗ କରିବା ? ତେଣୁ କିଛି କାହାରିକୁ ନକହି, ସବୁ ସହି ଯାଇ ମନରେ ସାହସ ବାନ୍ଧି ନାଟକ ଯେପରି ହେଲେ ମଞ୍ଚସ୍ଥ କରିବୁ ସେଇ ବିଶ୍ୱାସ ନେଇ ରହିଲୁ। ୱାସିଂଟନ କଳାକାରମାନଙ୍କ ସହିତ ମିଳି ସମ୍ପୂର୍ଣ୍ଣ ରିହରସଲ ପୂର୍ବ ରାତ୍ରିରେ ସଫଳ ରହିଲା।

ଆମ ନାଟକର ନିର୍ଦ୍ଧାରିତ ସମୟ ରାତ୍ର ୧୧:୩୦। ସେ ପାଇଁ ମୁଁ ନୈଶ୍ୟ ଭୋଜନ ସାରି ନିଜର ପ୍ରକୋଷ୍ଠକୁ କିଛି ସମୟ ବିଶ୍ରାମ ପାଇଁ ଚାଲିଗଲି। ଅନ୍ୟ କଳାକାର ମାନଙ୍କୁ କହି ରଖିଥାଏ ୯:୪୫ ବେଳେ ଏକକୁଟ ହେବାକୁ। କିନ୍ତୁ ହଠାତ୍‌ ରୁମରେ ଥିବାବେଳେ ମୋର ରୁମ ଫୋନଟି ବାଜି ଉଠିଲା। ଅନ୍ୟ ପଟରେ ଥାଆନ୍ତି ଆମର ସାଉଣ୍ଡ ଇନଚାର୍ଜ ସୃଷ୍ଟି ପଣ୍ଡା। ବିଚାରୀ ଅଣ ନିଃଶ୍ୱାସୀ ହୋଇ କହିଗଲା, "ଗଗନ୍‌ ଅଙ୍କଲ୍‌, ପ୍ଲିଜ କମ୍‌ ଏଣ୍ଡ ଚକ୍‌ ଟୁ ଦି ଅର୍ଗାନାଇଜରସ୍‌। ଦେ ୱାଣ୍ଟ ଅସ୍‌ ଟୋ ସ୍ଟାର୍ଟ ଦି ପ୍ଲେ ଏଟ ନାଇନ।" ଏହା ଶୁଣି ମୁଁ କହିଲି, "ୟୁ ମଷ୍ଟ ବି କିଡ଼ିଂ।" ସେ କହିଲା, "ନାହିଁ ଅଙ୍କଲ୍‌ ଦେ ହେଭ ଅଲ୍‌ରେଡି ଆନାଉନ୍‌ସ୍ଡ ଇଟ୍‌। ପ୍ଲିଜ କମ୍‌ ଡାଉନ ଏଣ୍ଡ ଚକ୍‌ ଟୁ ଦେମ୍‌।" କ'ଣ ହେଲା, ନାଟକ ରାତ୍ର ନଅଟାରେ ମଞ୍ଚସ୍ଥ କରିବୁ ? ଆଶ୍ଚର୍ଯ୍ୟ ହେଲି। ଏ ତ ଅସମ୍ଭବ। ଯଦି ବି ସତ୍ୟ ହେଇଥାଏ ତେବେ ଏତେ କଳାକାରଙ୍କୁ ଏକାଠି କରିବା କ'ଣ ସହଜ ? "ହାରାସ ହୋଟେଲ" କ'ଣ ଛୋଟ କଥା ? ତା'

ଛଡ଼ା ଇଣ୍ଟରନେଟ ବି ସେଠାରେ ଠିକ୍‌ରେ କାମ କରୁନଥାଏ । ଏହାର ସତ୍ୟାସତ୍ୟ ନିରୂପଣ କରିବାକୁ ମୁଁ ତଳକୁ ଦୌଡ଼ିଲି । ସାଂସ୍କୃତିକ ଦାୟିତ୍ବରେ ଥିବା ପ୍ରଦୀପ ମହାପାତ୍ର ମୋ ସହିତ ବାରଣ୍ଡାରେ ଭେଟି କହିଲେ, "ଭାଇନା, କିଛି ଜରୁରୀ ଶେଷ ସମୟର ପରିବର୍ତ୍ତନ ଯୋଗୁଁ ଆମେ ଚାହୁଁଚୁ ଆପଣ ୯:୩୦ ରେ ନାଟକ ଆରମ୍ଭ କରନ୍ତୁ ।" ଏହା ଶୁଣି ମୁଁ କହିଲି, "ଦେଖ ପ୍ରଦୀପ, ତମେତ ମୋତେ ୧୧:୩୦ରେ ସମୟ ଦେଇଥିଲ, ଏବେ ୯ଟା ବାଜିଲାଣି ଆଉ ତମେ ମୋତେ କହୁଚ ୯:୩୦ରେ ଆରମ୍ଭ କରିବା ପାଇଁ । ଏହା ତ ଅସମ୍ଭବ । ମାତ୍ର ଏତକ ଆମେ କରି ପାରିବା ଯେତେ ଶୀଘ୍ର ଆମେ ସଜ ହେଇଯିବୁ ସେତେ ଶୀଘ୍ର ଆରମ୍ଭ କରିବୁ ।" ଏମିତି ହେଇ ଶେଷରେ ୧୦:୩୦ ରେ ଆରମ୍ଭ ହେଲା ସେଇ କାଳଜୟୀ ନାଟକ ଯାହାକି ପଚିଶ ବର୍ଷ ତଳେ ହେଇଥିଲା ଏଇ ଓସା ମଞ୍ଚରେ । ମଞ୍ଚ ଆଗରେ ଉତ୍ସୁକ ଦର୍ଶକ ମାନଙ୍କର ଖରା ଖର୍‌ ଭିଡ଼ । ଏତେ ବାଧାବିଘ୍ନକୁ ଏଡ଼େଇ ବାଜି ଉଠିଲା ପ୍ରଥମ ଦୃଶ୍ୟର ସେଇ ଲାଲିତ୍ୟ ସ୍ବର, "ତୁ ମୋର ଚାନ୍ଦ ବଦନୀ, ହସି ଦେଲେ ଖସେ ମୁକୁତା ମଣି, ମୋ ସାରିଆଲୋ ।" ସମସ୍ତ କଳାକାର ସଜାଗ । ଏକ ଦୃଶ୍ୟ ପରେ ଅନ୍ୟ ଏକ ଦୃଶ୍ୟ, ଏଇମିତି ଅନେକ ଉତ୍ସାହ ଓ ଉଦ୍ଦୀପନାର ସହିତ କଳାକାରମାନେ ନାଟକ ପରିବେଷଣ କଲେ । ଏକ ଘଣ୍ଟା ସାତ ମିନିଟ ପରେ ନାଟକର ସମାପ୍ତି । କର ତାଳିରେ ଭରି ଉଠିଲା ଓସା ସୁବର୍ଣ୍ଣ ଜୟନ୍ତୀ ମହୋତ୍ସବର ମଞ୍ଚ । ସଫଳ ହେଲା ନାଟକ ଛଅମାଣ ଆଠଗୁଣ୍ଠ । ଅନେକେ ଧାଇଁ ଆସିଲେ ଆମ ମାନଙ୍କୁ ଶୁଭେଚ୍ଛା ଜଣେଇବାକୁ । ଗ୍ରୀନ ରୁମ୍ ଭରିଗଲା ସଦ୍ୟ ନାଟକକୁ ଉପଭୋଗ କରିଥିବା ଦର୍ଶକମାନଙ୍କ ଉପସ୍ଥିତିରେ । କରିଡୋରରେ ଚାଲାବେଲେ ବି ଅନେକ ଦର୍ଶକ ଆମମାନଙ୍କୁ ଶୁଭେଚ୍ଛା ଜଣେଇଲେ । ଶେଷକୁ ଜଣେ କେହି ଦୌଡ଼ି ଆସି କହିଲେ, "ଆଜ୍ଞା ଆପଣମାନେ ଭଗିଆ ସାରିଆ ଭୂମିକାରେ ଅଭିନୟ କରୁଥିଲେ ? ଅତି ସୁନ୍ଦର ହେଇଥିଲା ଆଜ୍ଞା ନାଟକଟି । ସମସ୍ତଙ୍କର ଅଭିନୟ ଏକଦମ ନିଖୁଣ । ଏପରି ନାଟକ ପରିବେଷଣ ଏବେ ଓଡ଼ିଶାରେ ବି ଦେଖିବା ମିଳିବା ବିରଳ ।" ଆମେ ଆଶ୍ଚର୍ଯ୍ୟ ହୋଇ ଧନ୍ୟବାଦ କହିଲୁ । ପରେ ଜଣା ପଡ଼ିଲା ସେ ଭଦ୍ରବ୍ୟକ୍ତି ଜଣକ ଆମର ବନ୍ଧୁ ଚନ୍ଦନ ପ୍ରତିହାରିଙ୍କ ପିତା ଯିଏକି ଓଡ଼ିଶାରୁ ଆମେରିକା ପୁଅ ଘରକୁ ଆସିଛନ୍ତି । ଚିହ୍ନା ଅଚିହ୍ନା ଅଗଣିତ ଦର୍ଶକ ମାନଙ୍କର ଭୂରି ଭୂରି ପ୍ରଶଂସା ଶୁଣିବାକୁ ମିଳିଲା । ଇମେଲ ମାଧ୍ୟମରେ ମଧ୍ୟ ମେସେଜ ସବୁ ଆସିବାକୁ ଲାଗିଲା । ମନକୁ ଆସିଲା ଏତେ ଅବ୍ୟବସ୍ଥା ଭିତରେ ବି ଯଦି ନାଟକ ମଞ୍ଚସ୍ଥ ହେଇ ପାରିଲା, ଆଉ ଲୋକେ ପସନ୍ଦ କଲେ, ଆମର ଏତେ ମାସର ଶ୍ରମ ତେବେ ସାର୍ଥକ ହେଲା ।

ବାର୍ଷିକ ଓଡ଼ିଆ ସମ୍ମିଳନୀ ହେଉ ଅବା ଆଞ୍ଚଳିକ ନାଟକ ମହୋତ୍ସବ ହେଉ

ଅନେକ ନାଟକରେ ଅଭିନୟ କରିଥିବାରୁ, ନିର୍ଦ୍ଦେଶନା ଦେଇଥିବାରୁ ଓ ଉତ୍ତର ଆମେରିକାରେ ନାଟ୍ୟ କଳାର ସମ୍ପ୍ରସାରଣ ପାଇଁ ସାହାଯ୍ୟ କରିଥିବାରୁ ସୁବର୍ଣ୍ଣ ଜୟନ୍ତୀର ଶୁଭ ଅବସରରେ ପତ୍ନୀ ସବିତା କଳାଶ୍ରୀ ଉପାଧିରେ ମଣ୍ଡିତା ହେଲେ। ସବିତାଙ୍କୁ ବିଖ୍ୟାତ ବଂଶୀ ବାଦକ ହରି ପ୍ରସାଦ ଚୌରସିଆ ଓସା ମଣ୍ଡପରେ ଉପାଧି ପ୍ରଦାନ କଲେ। ଓସା ମୋତେ ୨୦୦୮ ର ଚାଳିଶତମ ନ୍ୟୁୟର୍କ-ନ୍ୟୁଜର୍ସି କନ୍‌ଭେନସନ୍‌ରେ ଏହି କଳାଶ୍ରୀ ଉପାଧି ପ୍ରଦାନ କରିଥିଲା। ଏଥି ପାଇଁ ଆମେ ଦୁଇଜଣ ଓସା ନିକଟରେ ରଣୀ ଓ ଓସା ପାଖରେ ଆମର କୃତଜ୍ଞତା ସବୁବେଳେ ଜଣାଉ।

ସୁବର୍ଣ୍ଣ ଜୟନ୍ତୀରେ ଅନ୍ୟ କେତେ ଜଣଙ୍କ ସହିତ ମୁଁ ସ୍ମରଣିକା ସମ୍ପାଦନା ଦାୟିତ୍ୱରେ ମଧ ରହିଥିଲି। ନାଟକ ସହିତ ସେ କାମ ବି ସମାନ୍ତରାଲ ଭାବରେ ଗତି କରୁଥିଲା। ତାର ବହିରାବରଣ ଚିତ୍ର ମୋତେ କରିବାକୁ ପଡ଼ିଲା। ପୁତ୍ର ସୋମନ ସହିତ ସେଇଟି ବି ମୁଁ ତୁଲେଇ ଥାଏ। ଶେଷ ପର୍ଯ୍ୟାୟ ଆଡ଼କୁ ସେ ପାଇଁ ବି ବିନିଦ୍ର ରଜନୀ ବିତେଇବାକୁ ପଡ଼ିଲା। ସ୍ମରଣିକାଟି ଭଲ ହେଇଛି ବୋଲି ଅନେକଙ୍କର ମତ ଶୁଣି ଖୁସି ହେଲି।

ଏଇମିତି ବନ୍ଧୁମାନଙ୍କ ହାଉଯାଉରେ ସୁବର୍ଣ୍ଣ ଜୟନ୍ତୀ ସରିଲା। ଶେଷରେ ବନ୍ଧୁ ବନ୍ଧୁଙ୍କୁ ବିଦାୟ ଦେବାର ପର୍ବ ଆସିଲା। ଓସା ସମ୍ମିଳନୀର ଏଇଟି ହିଁ ହେଲା ବିଶେଷତ୍ୱ, ଦେଖିବାର କଥା। ପ୍ରାୟ ଏଇ ବିଦାୟ ପର୍ବଟି ଦୁଇ ଘଣ୍ଟା ଲାଗିଯାଏ। ଯଦି ବାହାରିବାର ନିର୍ଦ୍ଧାରିତ ସମୟ ସକାଳ ଆଠଟା, ପ୍ରକୃତରେ ବାହାରୁ ବାହାରୁ ହେଇଯାଏ ଦିନ ଦଶ ବା ଏଗାରଟା, ବିଶେଷତଃ ଯେଉଁମାନେ କାର ଚଲେଇ ଫେରୁଛନ୍ତି। ବିମାନରେ ଫେରିବା ବାଲାଙ୍କର ଏପରି ସୁଯୋଗ ଆସେନି, କାରଣ ତାଙ୍କର ତ ବିଲମ୍ବ କରିବାର ଚାରା ନାହିଁ। ଆସିବା ଆଗରୁ ଲାଗୁଥାଏ ଯେମିତି ଏଇଠି ସବୁ କିଛି କରି ପକେଇବି, ସମସ୍ତଙ୍କ ସହିତ କଥା ହେଇଯିବି। ସମସ୍ତଙ୍କ ସହିତ ସାକ୍ଷାତ ହେଇଯିବ। ହେଲେ ଗଲାବେଳକୁ ପତ୍ନୀ କହିବେ "ଇସ୍‌ ତାଙ୍କ ସହିତ ଦେଖାହେଇ ପାରିଲାନି।" ମୁଁ ପଚାରିବି "ଆରେ ସିଏ ଆସିଥିଲେ, ଦେଖିଲକି ନାହିଁ ?" ସେ କହିବେ "ନାହିଁ, ମୋତେ ଟିକିଏ ଆଗରୁ କହିଲନି କାହିଁକି ?" ଏମିତି ବି କିଛି ସମୟ ଚାଲେ। ସମସ୍ତଙ୍କୁ ବିଦାୟ କହିବାକୁ ବି ସମୟ ମିଳେନି। ଗଲାବେଳକୁ ନୂଆ କରି ସାଙ୍ଗ କରିଥିବା ସାଙ୍ଗ ମାନଙ୍କର ଇ-ମେଲ ଓ ଫୋନ ନମ୍ବରର ଆଦାନପ୍ରଦାନ ହୁଏ। କିଏ ପୁଣି କହୁଥାଏ "ଦେଖ କି ଯିବେ, ଡ୍ରାଇଭ ସେଫ।" କିଏ କହୁଥାଏ "ପୁଣି ଆସନ୍ତା ବର୍ଷକୁ ନାସଭିଲରେ ଦେଖାହେବ।" ଏହା କହୁ କହୁ କାହାର ଆଖିରୁ ଦୁଇ ଟୋପା ଲୁହ ବି ଝରି ଯାଉଥାଏ। ସୁବର୍ଣ୍ଣ ଜୟନ୍ତୀ ସମ୍ମିଳନୀର ବିଦାୟକାଳୀନ ପର୍ବ ବି ଏଥିରୁ

ବାଦ ପଡ଼ନ୍ତା କିପରି । ଏଇମିତିରେ ପାଞ୍ଚ ଦିନର ଓଡ଼ିଆ ମେଳା ଶେଷ ହେଲା, ଯେ ଯାହା ବାସସ୍ଥାନକୁ ଲେଉଟି ଗଲେ ।

ମୁଁ ଯେତେବେଳେ ପ୍ରଥମେ କାନାଡ଼ା ଆସିଥିଲି ଜଣେ ହେଲେ କାନାଡ଼ା ବା ଆମେରିକାବାସୀ ଓଡ଼ିଆଙ୍କ ସହିତ ମୋର ପରିଚୟ ନଥିଲା । ଓସା ମାଧ୍ୟମରେ ବର୍ତ୍ତମାନ ମହାଦେଶର କୋଣେ ଅନୁକୋଣେ ଅନେକ ଓଡ଼ିଆଙ୍କ ସହିତ ସୌହାର୍ଦ୍ଧ୍ୟ ପୂର୍ଣ୍ଣ ବନ୍ଧୁତ୍ଵ ସ୍ଥାପନ ହେଇ ପାରିଛି କେବଳ ଏଇ ଓସା ସହାୟତାରେ, ଓସା ମାଧ୍ୟମରେ । କ'ଣ ପାଇଁ ଏ ସଙ୍ଗଠନ ? କ'ଣ ପାଇଁ ଏ ଓଡ଼ିଆ ମେଳା ? ଓଡ଼ିଆମାନେ ଆସିଥିଲେ ଏ ଦେଶକୁ ନୂତନ ଦୁନିଆର ଅଭିଜ୍ଞତା ଅର୍ଜନ କରିବାକୁ, କିଏ ଆସିଥିଲା ଉଚ୍ଚ ଶିକ୍ଷା ମାଧ୍ୟମରେ ଅନୁସନ୍ଧିତ୍ସୁ ମନର ପିପାସା ମେଣ୍ଟେଇବାକୁ ବା କିଏ ଆସିଥିଲା ନିଜର ଆର୍ଥିକ ପରିସ୍ଥିତକୁ ସୁଦୃଢ଼ କରିବାକୁ । ମାତ୍ର ଜୀବନର କେଉଁ ମୁହୂର୍ତ୍ତରେ କିଏ ଲେଉଟି ଯାଇଥିଲା ନିଜ ଜନ୍ମ ମାଟିକୁ ତ କିଏ ବରି ନେଇଥିଲା ଏଇ ବିଦେଶ ମାଟିକୁ ନିଜର କର୍ମଭୂମି ହିସାବରେ । ବିଦେଶ ମାଟିରେ ଯେତେ ଦିନ ରହିଲେ ବି ସକାଳ ସଞ୍ଜେ ସବୁଦିନ ଅଜାଣତରେ ଝୁରି ହେଉଥାନ୍ତି ସେଇ ଜନ୍ମ ସ୍ଥାନକୁ, ତାର ପାଣି ପବନକୁ, ବୃକ୍ଷ ଲତାକୁ ଆଉ ତାର ପର୍ବପର୍ବାଣୀ ଓ ସଂସ୍କୃତିକୁ । ଏ ବିଦେଶ ମାଟିରେ ବର୍ଷକେ ଥରେ ସେଇୟାକୁ ମନେ ପକେଇବାକୁ ଏହି ସମ୍ମିଳନୀ ମାଧ୍ୟମରେ ଯତ୍ କିଞ୍ଚିତ ପ୍ରୟାସ । ଓଡ଼ିଆରେ ଗପିବା, ଗାଇବା, ଗୁଲି ଖଟି କରିବା ଓ ଓଡ଼ିଆ ଖାଇବା ଏଇ କେତେ ଦିନ ଭିତରେ କରିବାର ପ୍ରବଳ ଇଚ୍ଛା, ସେଥି ପାଇଁ ତ ଓସା, ଆମେରିକାରେ ଓଡ଼ିଶା ସଙ୍ଗଠନ । ଓସା ଯେ କେବଳ ସାଂସ୍କୃତିକ କାର୍ଯ୍ୟକ୍ରମରେ ବ୍ୟସ୍ତ ତାହା ନୁହଁ, ଅନେକ ଓଡ଼ିଆଙ୍କ ଦୁର୍ଦ୍ଦିନରେ ଏହାର କର୍ମକର୍ତ୍ତାମାନେ ଆଣ୍ଠା ଭିଡ଼ି ଛିଡ଼ା ହୋଇଛନ୍ତି । କେବଳ ସେତକ ନୁହଁ ଓଡ଼ିଶାବାସୀଙ୍କ ଅସମୟରେ, ଧୋଇ ହେଉ ମରୁଡ଼ି ହେଉ, ସାହାଯ୍ୟ କରିବାକୁ କେବେହେଲେ ପଛେଇ ଯାଇ ନାହାନ୍ତି ।

ଦୀର୍ଘ ତିନି ଦଶନ୍ଧି ପରେ ବି ପ୍ରତି ବର୍ଷ ଓସା ସମ୍ମିଳନୀରୁ ଫେରିବା ବେଳେ ମୋର ସେଇ ଲାଲୁ ବାବୁଙ୍କ ସହିତ ପ୍ରଥମ ସାକ୍ଷାତର ସନ୍ଧ୍ୟା ମନେ ପଡ଼େ, ଯେତେବେଳେ ମୁଁ ଓସାର ନାଁ ବି ଶୁଣି ନଥିଲି । ପତ୍ନୀ ସବିତା ଓ ଲାଲୁ ବାବୁଙ୍କ ସହିତ ହସ ଖୁସିରେ ଓଡ଼ିଆ ଅକ୍ଷର ତିଆରି କରିବାର କଥା ମନେ ପଡ଼େ, ଆଉ ମନେ ପଡ଼େ କାନାଡ଼ାର ପ୍ରଥମ ପତ୍ର ଝଡ଼ା ରତୁ ଶରତର କଥା ।

ନାଟକ ସଂଧ୍ୟା

"ବଂଶିଗଲି, ମଥାରେ ଧକ୍କା ଯେମିତି ବାଜିଥିଲା, ଅଚେତ ତ ହେଇ ଯାଇନି, ଅଣ୍ଡା ଗୁରୁତର ଭାବେ ଜଖମ ହେବାରୁ ତ ରକ୍ଷା ମିଳି ଯାଇଛି । ଏତେ ବଡ଼ ବିପତ୍ତିର ଦୁଆର ମୁହଁରୁ ଫେରି ଆସିଲି, ସେଇଟା ବଡ଼ ସୌଭାଗ୍ୟର କଥା ନୁହେଁ ତ ଆଉ କ'ଣ !"

ଆମ କାନାଡ଼ା ଚାପ୍ଟରର ନାଟକ ପରିବେଷଣ ପରେ ପରେ ଆଡ଼ମ୍ବରପୂର୍ଣ୍ଣ ବିଶାଳକାୟ ଓହାୟୋ ଥ୍ଏଟରର ସବା ପଛ ଧାଡ଼ି ଚୌକିରେ ବସି ମୁଁ ଏଇୟା ଭାବି ହେଉଥାଏ । ଭାବନାର ଗଭୀରତା କାହିଁ କେତେ ତଳ ଅଥଳ ସମୁଦ୍ରଗର୍ଭର ଗଭୀରତା ସମାନ । ମୋର ବାଁ ପାଖରେ ପତ୍ନୀ ସବିତା ଓ ଡାହାଣ ପାଖ ଚୌକିରେ ବସିଥାଏ ଆମ ଟରୋଣ୍ଟୋରୁ ଜୟଦୀପ ପାତ୍ର, ଯା ସହିତ ଆମର ଦୀର୍ଘ ଦିନର ପରିଚୟ ଓ ବନ୍ଧୁତା । ମୋ କାନ ପାଖରେ ମନ୍ତ୍ରଣା ଫୁଙ୍କିଲା ଭଳି ସେ ଚୁପ୍ ଚୁପ୍ କହି ଚାଲିଥାଏ, "ତଥାପି ମୁଁ କହୁଛି ଆମର ପ୍ରଥମ ପୁରସ୍କାର ପାଇବାର ଚାନ୍ସ ଅଛି ଗଗନ ଭାଇ, ମୁଁ ସବୁ ଦେଖୁଛି ବୋଲି କହୁଛି, କେତେ ଜଣ ତ ଜମାରୁ ପାଖ ପଶି ପାରିବେନି, ତାଙ୍କ କଥା ଏକବାରେ ଛାଡ଼ି ଦିଅନ୍ତୁ । ପ୍ରତିଯୋଗିତାକୁ ଆସିବା ଭଳିଆ ଏ ପର୍ଯ୍ୟନ୍ତ ୱାସିଂଟନ, ଆଉ ଡେଟ୍ରୋଏଟ୍, ଏଠାକାର ଲୋକାଲ ଓହାୟୋ ବି ନୁହେଁ, ଆଉ ରହିଲେ କେବଳ ଦୁଇଟି, ନ୍ୟୁୟର୍କ-ନ୍ୟୁଜର୍ସ ଆଉ ଚିକାଗୋ, ସେମାନେ କ'ଣ କରୁଛନ୍ତି ଏବେ ଦେଖୁବାନି କି, ନା, ଆପଣ କ'ଣ ଭାବୁଚନ୍ତି ଗଗନ ଭାଇ ?"

ମୁଁ ମଞ୍ଚକୁ କେବଳ ଅନେଇ ରହିଥାଏ । ଆଉ ଜୟଦୀପ ମୋ କାନ ପାଖରେ ଏଇମିତି ଚାପା ଗଳାରେ ଗପି ଚାଲିଥାଏ । ଦୃଷ୍ଟି ମଞ୍ଚ ଉପରେ, ହେଲେ ମନ ଯାଇ ଘଟିଯାଇଥିବା ଦୁର୍ଘଟଣାରେ । ଜୟଦୀପର କଥା ଶୁଣୁଥିଲେ ବି ଉତ୍ତର ଦେବାକୁ ମୋର ଇଚ୍ଛା ହେଉ ନଥାଏ, ତେଣୁ ନିରବ । ଏହା ନୁହେଁ ଯେ ତା' କଥା ମୋତେ ବିରକ୍ତି ଲାଗୁଥାଏ, ସେତେବେଳେ ମୋର କଥା କହିବାର ଇଚ୍ଛା କି ଶକ୍ତି ନଥାଏ । ଭାବୁଥାଏ

ନିରୋଳା ଜାଗାକୁ ଯାଇ ଟିକିଏ ଏକୁଟିଆ ବସନ୍ତି କି, ମୁଣ୍ଡଟା ଟିକିଏ ହାଲୁକା ହେଇ ଯାଆନ୍ତା, ଉସ୍ୱାସ ବି ଲାଗନ୍ତା, ପର ମୁହୂର୍ତ୍ତରେ କିନ୍ତୁ ଛାଡ଼ି ଯିବାକୁ ମନ କହୁ ନଥାଏ । ଏଇମିତି ଦ୍ୱନ୍ଦ୍ୱର ବୁଢ଼ିଆଣି ଜାଲରେ ଛନ୍ଦି ହୋଇ ମୁଁ ମଞ୍ଚରେ ଏକ ପରେ ଏକ ନାଟକ ପରିବେଷଣକୁ ଅନେଇ ରହିଥାଏ ।

ତାହାରି ଭିତରେ ପୁଣି ଭାବୁଥାଏ, ସମସ୍ତଙ୍କୁ ମୁଁ ତଳେ ପକେଇ ଦେଲି, କେତେ ଆଶା କରି ନଥିଲେ ସମସ୍ତେ ପ୍ରଥମ ପୁରସ୍କାରକୁ, ମୁଁ ପ୍ରଥମରୁ ଆଶା କରି ନଥିଲେ ବି ମଝିରୁ ତ ଆଶାୟୀ ହେଇ ପଡ଼ିଥିଲି, ହେଲେ ଶେଷରେ ଏମିତି କେମିତି କରିଦେଲି ଯେ, ଏକାଥରକେ ସବୁ ଚୁରମାର ହେଇଗଲା, ଅଙ୍କେ ସବୁ ଫସର ଫାଟିଗଲା । କେତୋଟି ସେକେଣ୍ଡରେ ସମସ୍ତ ଅଘଟଣ, ତା' ପାଇଁ ମୁଁ ଦାୟୀ ଭାବି ଭାରି ଖରାପ ଲାଗୁଥାଏ, ନିଜକୁ ଦୋଷୀ ମଣୁଥାଏ । ତୃତୀୟ ଦୃଶ୍ୟ ପରେ ମୋ ମନ ଭିତରେ ଆସି ଯାଇଥିବା ଗର୍ବର ଇଏ ଫଳ ନୁହଁ ତ, ତା' ବି ଭାବି ହେଉଥାଏ । ପର ମୁହୂର୍ତ୍ତରେ ପୁଣି ଭାବୁଥାଏ ମୁଁ କ'ଣ ଜାଣି ଜାଣି ଏ ସବୁ କରି ପକେଇଲି, ଏମିତି କ'ଣ କିଏ ଜାଣି ଜାଣି କରେ ? ଜୀବନରେ ଅନେକ ଥର ନାଟକ କରିଛି ହେଲେ ଏମିତି ପରିସ୍ଥିତିର କେବେ ହେଲେ ସମ୍ମୁଖୀନ ହେଇ ନଥିଲି ।

କେତେକ ଏଇ ଟିକକ ଆଗରୁ ମୋତେ ସହାନୁଭୂତି ଦେଖେଇ କେତେ କ'ଣ କଥା କହି ଗଲେଣି । କିଏ କହିଲା, "ଯାହା ହେଲା ହେଲା ବହୁତ ଭଲ ହେଲା, ଶେଷକୁ ଏମିତି ହେବ କ'ଣ ଆପଣ ଜାଣିଥିଲେ, ସେତକ ଛାଡ଼ିଦେଲେ ଆପଣଙ୍କର ଚମକାର, ଫିନିସିଂଟା ପୁରା କ୍ଲାଇମାକ୍ସ ।" ଏ ସବୁ ଶୁଣି ଆହୁରି ଖରାପ ଲାଗୁଥାଏ, "ଫିନିସିଂ ଟା ପୁରା କ୍ଲାଇମାକ୍ସ ।" କିଏ କହିଲା, "ଓଃ କ'ଣ ନକଲେ ଆପଣଙ୍କ କାନାଡ଼ା ବାଲା ? ବେଷ୍ଟ, ଖାଲି ସେଇ ଟିକକ ଗଣ୍ଠଗୋଳିଆ ରହିଗଲା, ନହେଲେ ଅତି ସୁନ୍ଦର, ପୁରା ହାଇ କ୍ଲାସ, ତଥାପି ବି ଚାନ୍ସ ଅଛି ଆପଣଙ୍କର ।" ସମସ୍ତଙ୍କ କଥାରେ "ସେଇ ଟିକକ", ଯାହା ପାଇଁ ଏବେ ମୁଁ ବସି ଭାବି ହେଉଛି, ମନ ସନ୍ତୁଳି ହେଉଛି ।

ଚିକାଗୋରେ ଓସାର ବାର୍ଷିକ ସମ୍ମିଳନୀ ବଡ଼ ଧୁମଧାମ ସହିତ ସମାପନ ହେବା ପରେ ସେଇଠି ସିଦ୍ଧାନ୍ତ ହେଇଥିଲା ଯେ ପର ସମ୍ମିଳନୀ ଓହାୟୋର କଲମ୍ୱସ ସହରରେ ଅନୁଷ୍ଠିତ ହେବ । କଲମ୍ୱସ ନିବାସୀ ସତ୍ୟ ପଟ୍ଟନାୟକ ଆବାହକ ରୂପେ ଏ ଗୁରୁ ଦାୟିତ୍ୱ ନିଷ୍ଠାର ସହିତ ବହନ କରିବାକୁ ଆଗଭର ହେଇ ବାହାରି ପଡ଼ିଲେ । ଯଥା ସମୟରେ ବିଜ୍ଞାପନ ବାହାରିଲା । ସାଂସ୍କୃତିକ କାର୍ଯ୍ୟକ୍ରମରେ ପ୍ରମୋଦ ପଟ୍ଟନାୟକ ନାଟକ ପ୍ରତିଯୋଗିତାରେ ଅଂଶ ଗ୍ରହଣ କରିବା ପାଇଁ କାନାଡ଼ା ବାସୀ ଇଚ୍ଛା ପ୍ରକାଶ କରି ନାମ ଦାଖଲ କରିଦେଲେ । କଥା ପଡ଼ିଲା କିଏ କାନାଡ଼ାରୁ ନାଟକର ଦାୟିତ୍ୱ

ନେଇ କଲମ୍ବସରେ ପରିବେଷଣ କରେଇ ପାରିବ ? ନାଟକ ପ୍ରେମୀଙ୍କ ଭିତରେ ଆଲୋଚନା ଚାଲିଲା । ଶେଷକୁ ଆମ ମଥା ଉପରକୁ ଯେତେବେଳେ ଭାରଟା ଆସିଲା ମୁଁ ଓ ପତ୍ନୀ ସବିତା ଆଗ୍ରହର ସହିତ ନିର୍ଦ୍ଦେଶକ ହିସାବରେ ଏ ଗୁରୁ ଦାୟିତ୍ୱ ବହନ କରିବାକୁ ରାଜି ହୋଇଗଲୁ ।

ମଞ୍ଚରେ ନ୍ୟୁୟର୍କ-ନ୍ୟୁଜର୍ସି ଚାପ୍ଟରର ନାଟକ ଆରମ୍ଭ ହେବ ବୋଲି ଘୋଷଣା ହେଲା । ଆରମ୍ଭର କିଛି ସମୟ ପରେ ସଂଲାପରୁ ଜଣା ପଡ଼ିଲା ଯେ ଏହା କୌଣସି ପୁରାତନ ଲେଖା ଉପରେ ଆଧାର ନୁହେଁ । ସେମାନଙ୍କ ଭିତରୁ କିଏ ଜଣେ ଲେଖିଥାଇ ପାରନ୍ତି, ମର୍ଡର ମିଷ୍ଟ୍ରି ଉପରେ । ପ୍ରଥମ ଦୃଶ୍ୟର ଆରମ୍ଭ ବେଶ୍ ଚମତ୍କାର, ଭେରି ଇନୋଭେଟିଭ ।

ଆମର ନାଟକ କିନ୍ତୁ ଆମ ଭିତରୁ କାହାରି ଲେଖା ନୁହେଁ । ମନୋରଞ୍ଜନ ଦାସଙ୍କର ବନ୍ଦି ଜଗବନ୍ଧୁ ନାଟକ ଉପରେ ଆଧାରିତ । ନାନା ପ୍ରକାରର ମଞ୍ଚସ୍ଥ ଯୋଗ୍ୟ ସୁନ୍ଦର କ୍ଷୁଦ୍ର ନାଟିକା ଯୋଗାଡ଼ କରି ତହିଁରୁ ଗୋଟିଏ ଚୟନ କରିବା ବେଳେ କିଏ କହୁଥିଲା "ପୌରାଣିକ ହେଲେ ପୁରସ୍କାର ପାଇବାକୁ ସୁବିଧା ହବ;" ଆଉ କିଏ କହୁଥିଲା "ହାସ୍ୟ ରସାମ୍ବକ ନାଟକଟିଏ, ବେଶୀ ଲୋକ ଆଜିକାଲି ହାସ୍ୟ ରସାମ୍ବକୁ ପସନ୍ଦ କରୁଛନ୍ତି ।" ଏମିତି ଆଲୋଚନା ହେଉ ହେଉ ମନୋରଞ୍ଜିନ ଦାସଙ୍କର ଐତିହାସିକ ନାଟକ "ବନ୍ଦି ଜଗବନ୍ଧୁ" କରିବାକୁ ପତ୍ନୀ ସବିତା କହିଲେ । ତାହା ଶୁଣି ମୁଁ କହିଲି, "ପାଗଲ ନା କ'ଣ ? ଏତେ ଅଳ୍ପ ସମୟ ଭିତରେ "ବନ୍ଦି ଜଗବନ୍ଧୁ" ଭଳି ନାଟକ କରିବା ଅସମ୍ଭବ, ପୁନି ସେ ନାଟକ କରିବା କଷ୍ଟ ।" ସେ କହିଲେ, "ହଁ, କଷ୍ଟ ହୁଅନ୍ତାନି କି ? ଯଦି କରିବା ତେବେ ସେଇ ପରି ଭଲ ନାଟକ କରିବା, ସହଜ ନାଟକ କରି ଲାଭ କିଛି ନାହିଁ । କଳା ଭଲିଆ ଲାଗିବନି । ଅସମ୍ଭବ କାହିଁକି ? ହେଇ ପାରିବ, ଚେଷ୍ଟା କଲେ ହବନି କାହିଁକି ? ଅନେକ କାଟି ଦେବାକୁ ପଡ଼ିବ, କେବଳ କେତେକ ଗୁରୁତ୍ୱପୂର୍ଣ୍ଣ ଦୃଶ୍ୟ ରଖ ସେଥରୁ ସଂଲାପ କମେଇ ଦେଲେ କରି ହବ ।" ଶେଷକୁ ଚୂଡ଼ାନ୍ତ ନିଷ୍ପତି ନିଆ ହେଲା "ବନ୍ଦି ଜଗବନ୍ଧୁ" ନାଟକଟିକୁ କ୍ଷୁଦ୍ର ଆକାରରେ ପରିବେଷଣ କରିବାର । ଏହାକୁ ବାଛିବାର ଆଉ ଏକ ଉଦ୍ଦେଶ୍ୟ ଟରୋଣ୍ଟୋରେ ଅତୀତରେ ଥରେ ଏହା ମଞ୍ଚସ୍ଥ ହେଇ ସାରି ଥାଏ । କଟକ ଚିତ୍ରାଳୟରୁ ଆସିଥିବା ଅନେକ ପୋଷାକପତ୍ର ଯ଼ା ପାଇଁ ମହଜୁଦ୍ ଥାଏ । ଦ୍ୱିତୀୟ କଥା ହେଲା ମୁଖ୍ୟ ଚରିତ୍ର ଗୁଡ଼ିକରେ ଆଗରୁ ଯେଉଁମାନେ ଅଭିନୟ କରିଥିଲେ ସେଇମାନେ ହିଁ ପୁଣି ଅଭିନୟ କରିବେ, ତେଣୁ ଅଧିକ ପରିଶ୍ରମ କରିବାକୁ ପଡ଼ି ନପାରେ । ଏଇ ସବୁକୁ ଚକ୍ଷୁ ସାମନାରେ ରଖ଼ ଯଦିଓ ମୁଁ ପ୍ରଥମରୁ ସନ୍ଦିହାନ ଥିଲି ଶେଷକୁ ରାଜି ହେଇଗଲି ।

ମନୋରଂଜନ ଗ୍ରନ୍ଥାବଳିର ପ୍ରଥମ ଭାଗ ଯୋଗାଡ଼ ହେଇ ଆସିଲା ଯେଉଁଥିରେ କି "ବବି ଜଗବନ୍ଧୁ" ନାଟକ ସନ୍ନିବେଶିତ। କାନାଡ଼ାରେ ଏ ସବୁ ଗ୍ରନ୍ଥାବଳି ଦୁଷ୍ପ୍ରାପ୍ୟ। ତଥାପି ଶ୍ରୀଗୋପାଳ(ମହାନ୍ତି) ବାବୁଙ୍କ ଭଳି ନାଟ୍ୟପ୍ରେମୀ ଏ ସବୁ ଗଚ୍ଛିତ କରି ରଖିଥାନ୍ତି, କେଉଁ କାଳରୁ ସଂଗ୍ରହ କରି କରି। ବହିଟି ଆଣି ଆମେ ଦୁଇଜଣ ପ୍ରଥମେ ନାଟକଟିକୁ ଆମୂଳଚୂଳ ପଢ଼ିଲୁ। ପତ୍ନୀ ସବିତା ଗୁରୁତ୍ୱ ପୂର୍ଣ୍ଣ ଦୃଶ୍ୟ ଗୁଡ଼ିକ ନିରୂପଣ କରି ସେଇ ଦୃଶ୍ୟ ମାନଙ୍କର ଦୀର୍ଘ ସଂଳାପ ଗୁଡ଼ିକ ସଂକ୍ଷିପ୍ତ କଲେ। ଏ ସବୁ କରିବା ପରେ ଆମକୁ କେମିତି ନାଟକଟି କଙ୍କାଳସାର ମନେ ହେଲା। ଏକ ଦୃଶ୍ୟ ସହିତ ଅନ୍ୟ ଏକ ଦୃଶ୍ୟର ସମ୍ପର୍କ ରହିଲା ନାହିଁ, ଖାପଛଡ଼ା ଲାଗିଲା। ସେ ସବୁକୁ ଯୋଡ଼ିବା ପାଇଁ ସବିତା ଗ୍ରାମ ବାସୀ ଚରିତ୍ର ସୃଷ୍ଟି କରେଇ ସେଇମାନଙ୍କ ମୁଖରେ ସଂଳାପ ଭରି ଦେଲେ ଯେଉଁମାନେ କି ସୂତ୍ରଧର ଭଳି କାର୍ଯ୍ୟ କଲେ। ଏ ସବୁ କରିବା ସତ୍ତ୍ୱେ ବି ମଝିରେ ମଝିରେ ଆବଶ୍ୟକ ଅନୁଯାୟୀ ସଂଳାପ ପରିବର୍ତ୍ତନ ଚାଲୁ ରହିଥାଏ।

ଆମ ଆଖି ଆଗରେ ନ୍ୟୁୟର୍କର ନାଟକ ବି ସରିଲା। ପ୍ରଥମରୁ ଯେମିତି ଆରମ୍ଭ କରି ଆସିଥିଲେ, ଶେଷ ଆଡ଼କୁ ଆଉ ସେମିତି ହେଇ ପାରିଲାନି। ବୋଧେ ସେମାନଙ୍କର ଧୈର୍ଯ୍ୟଚ୍ୟୁତି ଘଟିଲା, ଶେଷରେ କମେଡ଼ି ଭଳି ଲାଗିଲା। ସଙ୍ଗେ ସଙ୍ଗେ ପାଖରେ ଜୟଦୀପର ପ୍ରଶ୍ନଟିଂ ଆରମ୍ଭ ହେଇଗଲା, "ଦେଖିଲେ ତ? ଦେଖିଲେ ତ ଗଗନ ଭାଇ? ଭଲ ହେଲା ଯେ କିନ୍ତୁ ଟକ୍କର ଦେଲା ଭଳିଆ ହେଇନି। ଆମର ଫାର ବେଟର।" ସେ ସେଇପରି ଆଶାୟୀ ହୋଇ ତାର ଯୁକ୍ତି ବାଢ଼ି ଚାଲିଥାଏ।

ନ୍ୟୁୟର୍କ ପରେ ଆରମ୍ଭ ହେଲା ଚିକାଗୋର। ଏଇଟି ପ୍ରତିଯୋଗିତାର ଶେଷ ନାଟକ। ଚିକାଗୋ ଟକ୍କର ଦେଲା ବାଲା। ଆଗ ବର୍ଷ ପ୍ରଥମ ପୁରସ୍କାର ପାଇଥାନ୍ତି। ମୁଁ ସେତେବେଳେ ବିଚାରକ ମଣ୍ଡଳୀରୁ ଜଣେ ଥାଏ। ମୁଁ ମଞ୍ଚକୁ ସେମିତି ଉଦାସ ମନ ନେଇ ଚାହିଁଥାଏ, ନାଟକର ଆରମ୍ଭ ହେଲା। ମହାଭାରତର ଏକ ଅଂଶ ଉପରେ ଆଧାରିତ ପୌରାଣିକ ନାଟକ। ଯେଉଁ ବ୍ୟକ୍ତି ଜନକ ଧୃତରାଷ୍ଟ ଚରିତ୍ରରେ ଅଭିନୟ କରୁଥାନ୍ତି ଦେଖି ଖୁସି ଲାଗୁଥାଏ। ଅତ୍ୟନ୍ତ ପ୍ରଶଂସନୀୟ ଅଭିନୟ ତାଙ୍କର। ଅନ୍ୟାନ୍ୟ ଭୂମିକାର ଅଭିନୟ କରୁଥିବା କଳାକାର ମାନେ ମଧ ଉତ୍ତମ। ଏମାନଙ୍କର ଚରିତ୍ରମାନଙ୍କୁ ଦେଖି ମୁଁ ଆମର ମନେ ପକଉଥାଏ। ଆମର ବି କିଛି କମ୍ ନଥିଲେ। ଯେଉଁ ମାନଙ୍କୁ ଆମେ ବାଛିଥିଲୁ ସେମାନଙ୍କର ଅଭିନୟରେ ରୁଚି ଓ ପାରଦର୍ଶିତା ଥିଲା। ଆଗରୁ ଯେତେବେଳେ ବବି ଜଗବନ୍ଧୁ ଟରୋଣ୍ଟୋରେ ମଞ୍ଚସ୍ଥ ହୋଇଥିଲା ସେଠରେ ଅଭିନୟ କରିବା କଳାକାରମାନେ ଥିଲେ ମୁଁ, ସବିତା, ପରାଶର ମିଶ୍ର ଓ ହର ପାତ୍ରୀ। ପ୍ରଥମେ ସେମାନଙ୍କୁ ସେଇ ସେଇ ଭୂମିକା ଯଥା ବବି, କସ୍ତୁରୀ, ଥୋମାସ ଓ ଏକ ମୁଖ୍ୟ

ପାଇକ ଦେଇ ଦିଆଗଲା। ବାକି ମେଜର ଫ୍ଲେଚର, କେତେକ ଗ୍ରାମବାସୀ, ଅନ୍ୟ କେତେକ ପାଇକ ଓ ମନ୍ତ୍ରୀ ରହିଲେ। ସୁନ୍ଦର ଡେଙ୍ଗା ଚେହେରା ଦେଖି ତନ୍ମୟ (ପଣ୍ଡା) ବାବୁଙ୍କୁ ମନ୍ତ୍ରୀପଦଟି ଦିଆଗଲା। ସେ ସେଥିରେ ରାଜି ହେଇଗଲେ। ସତ୍ୟଜିତ ପଟ୍ଟନାୟକ ଓ ତାଙ୍କର ପତ୍ନୀ ନିବେଦିତା ଆମ ସହିତ ଆଗରୁ ଅଭିନୟ କରି ପୁରସ୍କାର ଜିଣିଥାନ୍ତି। ସ୍ୱାମୀ ସ୍ତ୍ରୀ ଦୁହେଁ ବେଶ୍ ସୁନ୍ଦର ଅଭିନୟ କରନ୍ତି। ସେମାନେ ବିନା ଦ୍ୱିଧାରେ ଗ୍ରାମବାସୀ ପାଇଁ ହଁ ଭରିଲେ। ଅନ୍ୟ ପାଇକ ପାଇଁ ରାଜି ହେଲେ ଶୁଭେନ୍ଦୁ ଗଣ୍ଟାୟେତ ଓ ଓଟାଓ୍ଁରୁ ସୁଶାନ୍ତ ପାତ୍ରୀ। ବାକି ରହିଲା ଅନ୍ୟ ଏକ ମୁଖ୍ୟ ଚରିତ୍ର ମେଜର ଫ୍ଲେଚର। ଭାବୁ ଭାବୁ ଆମର ମନକୁ ଆସିଲା ପୁତ୍ର ସୋମନ। ସେ ମଧ୍ୟ ସମ୍ମିଳନୀକୁ ଆସୁଥାଏ। ମାତ୍ର ତିନୋଟି ଦୃଶ୍ୟରେ ତାର ଅଭିନୟ। ଇଞ୍ଜିନିୟରିଂରେ ଶେଷ ବର୍ଷର ଛାତ୍ର ଥିଲେ ସୁଦ୍ଧା ସେ ଅଭିନୟ ପାଇଁ ରାଜି ହେଇଗଲା। ସର୍ବୋପରି କଳାକାରମାନଙ୍କୁ ଦେଖିବାକୁ ଗଲେ ସମସ୍ତେ ଦକ୍ଷ।

ଚିକାଗୋ ନାଟକର ଆଉ ଗୋଟିଏ ବିଶେଷତ୍ୱ ଦେଖିଲି ତାଙ୍କର ପୋଷାକ। ପୌରାଣିକ ନାଟକ ଯୋଗୁଁ ପୋଷାକର ବେଶ୍ ଜାକଜମକ, ଲାଗୁଥାଏ ପୋଷାକ ଓ ମୁକୁଟ ଭାରତରୁ ମଗେଇ ଥିବାର। କୌଣସି ଥରେ ଖୁଣ ବାଛି ହେଉ ନଥାଏ। ଆମର ପୋଷାକ ବି କିଛି କମ୍ ନଥିଲା। ବହୁ ପରିଶ୍ରମରେ ସେ ସବୁ ଯୋଗାଡ଼ କରା ହେଇଥିଲା। ନାଟକର ପୂର୍ବାଭ୍ୟାସ ଚାଲିଥିବା ବେଳେ ପୋଷାକ ଓ ଅନ୍ୟାନ୍ୟ ଆବଶ୍ୟକୀୟ ସାମଗ୍ରୀ ଧୀରେ ଧୀରେ ସଂଗ୍ରହ ହେବା କାର୍ଯ୍ୟ ଆମେ ଆରମ୍ଭ କରି ଦେଇଥିଲୁ। ସବୁଠାରୁ ଗୁରୁତ୍ୱପୂର୍ଣ୍ଣ ହେଉଛି ବ୍ରିଟିଶ ଅଫିସର ମାନଙ୍କର ପୋଷାକ। ଆଗରୁ ମଞ୍ଚସ୍ଥ ହୋଇଥିବା ବେଳେ ଯେଉଁ ପୋଷାକ ଓଡ଼ିଶାର କଟକ ଚିତ୍ରାଳୟରୁ ଆସି ରହିଥିଲା ସେ ଗୁଡ଼ିକ ପୁଣିଥରେ ଆମେ ନିରୀକ୍ଷଣ କଲୁ। କିନ୍ତୁ ତାହା ଆମର ମନକୁ ପାଇଲାନି। ଭାବିଲୁ ଯାକୁ ପିନ୍ଧିଲେ ଐତିହାସିକ ନାଟକଟି ହାସ୍ୟରସାତ୍ମକ ନାଟକ ପରି ଲାଗିବ। ତେଣୁ ବିକଳ୍ପ ପୋଷାକର ଆବଶ୍ୟକତା। ଟରୋଣ୍ଟୋସ୍ଥିତ ଥିଏଟର ସପ୍ଲାଇ ଷ୍ଟୋର "ମାଲାବାର"ରେ ଯାଇ ପହଞ୍ଜିଲୁ, ସେଇ ସମୟର ବ୍ରିଟିଶ ଆର୍ମି ଅଫିସରମାନଙ୍କ ପୋଷାକ ତଲାସରେ। ସମୟ କାଳ ଅନ୍ଦାଜ ୧୮୨୦ ରୁ ୧୮୫୦ ମସିହା ଭିତରେ। ସେଠାରେ ଅବିକଳ ପୋଷାକ ନ ମିଲିଲେ ବି ପାଖାପାଖି ମିଲିଲା ମାତ୍ର ଭଡ଼ାଟା ଶୁଣି "ଘୋଡ଼ା ଛଅ ଟଙ୍କାକୁ ଦାନା ନଅ ଟଙ୍କା" ଭଳିଆ କଥାଟା ହେଲା। ଶେଷକୁ ଭାବିଲୁ ନିଜ ହାତ ଉପରେ ଭରସା କରିବୁ, ନିଜେ ତିଆରି କରିବୁ। ଅବିଳମ୍ବେ ଠିକ୍ ମାପ ଦେଖି ଫିଟ୍ କଲା ଭଳିଆ ଜାକେଟ୍ କିଣା ହେଇ ଆସିଲା ସେକେଣ୍ଡ ହେଣ୍ଡ ଷ୍ଟୋରରୁ। ରଙ୍ଗ ଥିଲା ଆମ ପାଖରେ। ସେ ସମୟର ପୋଷାକ

କେମିତି ଥିଲା ପୁଅ ସୋମନ ପଢ଼ାପଢ଼ି କରି କହିଲା । ସେଇ ସବୁ ଚିତ୍ର ଦେଖ୍ ରଙ୍ଗ ମରାହେଲା । ସମୟ ଖର୍ଚ୍ଚ ହେଲା ହେଲେ ଭଲ ଉତୁରିଲା, ଦେଖ୍ ମନ ଖୁସି ହେଲା । ବ୍ରିଟିଶ୍ ଅଫିସରମାନଙ୍କର ଟୋପି ଅସଲ, ନୋହିଲେ କୌତୁକିଆ ଦେଖାଯିବ । କେମିତି "ଟ୍ରାଇ କରନର୍ ହ୍ୟାଟ୍" ଅର୍ଥାତ୍ ଓଡ଼ିଆରେ ଯାହାକୁ କହନ୍ତି "ତିନି କୋଣିଆ ଟୋପି" ତିଆରି କରାହୁଏ ସେ ବିଷୟରେ ପଢ଼ା ଚାଲିଲା । ଶକ୍ତ କନା ବାଲା ବକେଟ୍ ହ୍ୟାଟ୍ କିଣା ହେଇ ଆସିଲା, ସୁନ୍ଦର ମୋଟା କଳାକାଗଜ ଠିକ୍ ମାପ ଏବଂ ଆକାରରେ କଟାଯାଇ ସେଥିରେ ଲଗାଇ ଦିଆଗଲା । ଶେଷକୁ ତା' ଉପରେ ରଙ୍ଗିନ "ଲୋଗୋ" ଜେରକ୍ସ କରାହେଇ କଟାଗଲା ଓ ଲଗେଇ ଦିଆଗଲା । ବାସ୍ ଚମତ୍କାର, ଫଳ ଆଶାତୀତ । ପୋଷାକ ସାଜକୁ ଟୋପି ସୁନ୍ଦର ମ୍ୟାଚିଂ ହେଲା । ଆଗରୁ ସଂଗ୍ରହ କରାହେଇଥିବା ପୁରୁଣା ପୋଷାକରୁ ପାଇକ ମାନଙ୍କର ପୋଷାକ ବ୍ୟବହାର କଲୁ ।

ଅନ୍ୟାନ୍ୟ ସାମଗ୍ରୀ ଭିତରେ ମେଜର ଫ୍ଲେଚରର ବନ୍ଦୁକ ବାକିଥାଏ । କିଏ ଜଣେ କହିଲା, "କେତୋଟି ମିନିଟର ତ କଥା, ଏତେ ଚିନ୍ତା କାହିଁକି ? ଡଲାର ଷ୍ଟୋରରୁ କିଣି ଆଣ, ନୋହିଲେ "ହାଲୋଇନ" ବେଳର କାହା ପାଖରେ ଥିବ ଦେଖ, କାମ ସରିଲା ।" ଆମେ କହିଲୁ "ଡଲାର ଷ୍ଟୋର ? କହିଲ ଉଚିତ କଥା, ସୁଲଭ ମୂଲ୍ୟରେ ନିର୍ଦ୍ଦିଷ୍ଟ ସେଇଟି ମିଳି ଯାଇପାରିବ, ହେଲେ ଆମେ ଫ୍ୟାସନ ପରେଡ୍ କରୁ ନାହୁଁ, ଆମେ ଐତିହାସିକ ନାଟକ କରୁଛୁ, ତା' ଉପରେ ଗୁରୁତ୍ୱ ରହିବା ଉଚିତ ।" ଭଡ଼ା ଆସିଲେ ପୁଣି ସେଇ କଥା, ଅଧିକ ପଇସା । କଥା ହେଲା ପୁଣି ବନ୍ଦୁକଟି ନେଇ କାନାଡ଼ା ଆମେରିକା ବୋର୍ଡର ପାରି ହେବା କଠିନ । ବୋର୍ଡରବାଲା, ବନ୍ଦୁକ ପୁରୁଣା ହଉ ଅବା ନୂଆ, କାମ କରୁ କି ନକରୁ, ଖାଲି ବନ୍ଦୁକ ଦେଖ୍ ଯଦି ଆତଙ୍କବାଦୀ ଭାବି ଅଟକେଇ ଦେଲେ ତେବେ ଝମେଲା ସେଇଠି ଆରମ୍ଭ ହେଲା । ତେଣୁ ବୁଦ୍ଧି କରାଗଲା, ମନୋରଞ୍ଜନ (ପଟ୍ଟନାୟକ) ବାବୁଙ୍କୁ କୁହାଯିବ । ସେ ନାଟକ ପ୍ରେମୀ, କଥା ଦେଲେ ମାନେ କାମ ନିଶ୍ଚୟ କରିବେ, ସେ ଆମେରିକାର କାନସାସ୍ ସିଟିର ବାସିନ୍ଦା । ତାଙ୍କୁ ଲାଲୁ(ମାନସିଂହ)ବାବୁଙ୍କ ଦ୍ୱାରା ଫୋନ କରାହେଲା । ସିଏ କୁଆଡ଼େ ଶୁଣି କହିଲେ, "ଇଏ ଗୋଟେ କଥା, ନିଶ୍ଚୟ ଭଡ଼ାରେ ଆଣି ଦେବି, କିଛି ଚିନ୍ତା ନାହିଁ, ଖାଲି ସ୍ପେସିଫିକେସନଟା ମୋତେ ପଠେଇ ଦିଅନ୍ତୁ ।" ସେ ନାଟକ ପ୍ରେମୀ ଓ ଆଗରୁ କାନାଡ଼ାରେ ଥିଲେ, ତେଣୁ କାନାଡ଼ା ଓ ନାଟକ ପାଇଁ ସେ ଯାହା କିଛି କରି ପାରନ୍ତି । ତାଙ୍କୁ ଫୋଟୋ ପଠେଇ ଦିଆଗଲା ।

ଶେଷକୁ ରହିଲା ବବ୍ବିର ତରବାରି । ଲାଲୁ ବାବୁ ନିଜେ ମାନସିଂହ, ପାଇକ ଘରର ପୁଅ । ସ୍ମୃତି ପାଇଁ ଅସଲି ତରବାରୀଟିଏ ଘରେ ସଜେଇ ରଖିଥାନ୍ତି । ଏତେ

ଓଜନ ଯେ ସାବଧାନ ହେଇ ମଞ୍ଚରେ ଟେକି ଧରି ପାରିଲେ ହେଲା । ତାଙ୍କୁ ଅନୁରୋଧ କରିବାରୁ ସେ ନବାକୁ ରାଜି ହେଲେ । ତା' ଛଡ଼ା ଭାରତ ଓ ବ୍ରିଟିଶ ଦେଶର ପୁରାତନ ମାନଚିତ୍ର, ସେକାଳର ପାଲଟଣା ପୋତ ନମୁନା ଆଦି ଖୋଜାଖୋଜି କରି ଯୋଗାଡ଼ କରି ରଖା ହେଲା ।

ଶୁଣୁଥାଉ ଟିକାଗୋର ପ୍ରଚ୍ଛଦ ପଟରୁ ରେକର୍ଡ ହେଇଥିବା ଗୀତ ବ୍ୟବହାର କରା ହେଉଥାଏ । ଆମ ନାଟକରେ କିନ୍ତୁ ସେଇୟା ନଥିଲା । କସ୍ତୁରୀ ଭୂମିକାରେ ଅଭିନୟ କରୁଥିବା ପତ୍ନୀ ସବିତା ମଞ୍ଚ ଉପରେ ହିଁ ଗୀତ ପରିବେଷଣ କରିଥିଲେ । ତାଙ୍କର ତୃତୀୟ ଦୃଶ୍ୟରେ ନୃତ୍ୟ ସହ ସଙ୍ଗୀତ ପରିବେଷଣ କରି ଥୋମାସକୁ ବିଷ ଚଟେଇ ମାରିବାର ଥିଲା । ପ୍ରଥମେ ସେ ଓଡ଼ିଶୀ ଗୀତଟିଏ ବୋଲୁଥିଲେ, ଭଲ ବି ଲାଗୁଥିଲା । ତଥାପି ଅନେକ ରିହରସଲ ପରେ କହିଲେ, "ଗଗନ, ମୁଁ ସେ ଗୀତଟି ଗାଉଛି, ହେଲେ ମୋର ମନ କିନ୍ତୁ ଶତକଡ଼ା ଶହେ ଭାଗ ମାନୁନି, ମୁଁ ଗୋଟିଏ ସ୍ୱର ଦେବି ତମେ ସେଇ ସ୍ୱରରେ ଦୃଶ୍ୟ ସହିତ ସାମଞ୍ଜସ୍ୟ ରଖି ଗୀତଟିଏ ଲେଖି ଦେଇ ପାରିବ ?" ମୁଁ କହିଲି "ହଁ, କିଛି ଚିନ୍ତା ନାହିଁ, ଲେଖି ଦେବି ।" ସେତେବେଳକୁ ସମସ୍ତ ସଂଲାପ ଦେହ ଭିତରେ ଖୁଦି ହୋଇ ଯାଇଥାଏ । ତେଣୁ ଗୀତଟି ଲେଖିବାକୁ କିଛି ଅସୁବିଧା ହେଲାନି ।

ଗୀତ ଲେଖି ବସିଲି,

"ଅଭିସାର ଅଭିଶାପ ଜାଣି ନ ପାରଇ

ଅରାତି ଶିବିରେ ଆଜି ଆସିଛି ମୁଁ କାହିଁ ପାଇଁ ।୦

କିଣାଇ ଗାଇବି ଗୀତ କା ଲାଗି ଗାଇବି

ଯୁଗଳ ପାଦେ ଘୁଙ୍ଗୁର କିଣାଇଁ ବାନ୍ଧିବି

ଜାଣେନା ଉଦାସୀ ମନ ପାରିବ କି ଗାଇ ।୧

ଲିଭି ଲିଭି ଆସେ ମନେ ମନର କାମନା

ରହିଯାଏ ଦୂରେ ବହୁ ଦୂରେ ମନ ବାସନା

ଜୀବନ ମରଣ ପଥେ ଆଜି ମୁଁ ବାଟୋଇ ।୨"

ସବିତାଙ୍କ ପ୍ରଦତ୍ତ ସ୍ୱରରେ ଗୀତଟି ସୁନ୍ଦର ଭାବରେ ମିଶିଗଲା, ବେଶ୍ ଚମକ୍କାର ଶୁଭିଲା ।

ଧ୍ୱନି, ଆଲୋକ ଦାୟିତ୍ୱରେ ରହିବାର ସ୍ଥିର ହେଲା ତନ୍ମୟ ବାବୁଙ୍କ ଝିଅ ସୃଷ୍ଟି ପନ୍ଥା ଓ ମୋ ଝିଅ ଇନିକା ପାଣିଗ୍ରାହୀ । ପ୍ରଥମରୁ ସଂଲାପ ମୁଖସ୍ଥ ହୋଇଯାଇଥିବାରୁ ସମସ୍ତଙ୍କର ଅଭିନୟ ଉପରେ ଆମ୍ବିଶ୍ୱାସ ଧୀରେ ଧୀରେ ସୁଦୃଢ଼ ହେବାକୁ ଲାଗିଲା ।

ପୁଅ ସୋମନ ଇଂରାଜୀ ଶବ୍ଦଗୁଡ଼ିକ ଆମେରିକାନଙ୍କ ଭଳି ନକହି ବ୍ରିଟିଶ୍ ଠାଣିକୁ ପରିବର୍ତ୍ତନ କରିଦେଇଥାଏ, ଶୁଣିବାକୁ ବେଶ୍ ଶ୍ରୁତି ମଧୁର ହେଉଥାଏ। ନାଟକଟି ସୁନ୍ଦର ଭାବରେ ରୂପ ନେଲା ଓ ପ୍ରସ୍ତୁତି ସରିଲା।

ଅଭିନୟ, ପୋଷାକ ଓ ଅନ୍ୟାନ୍ୟ ସାମଗ୍ରୀ ଠିକ୍ ଠିକ୍‌ରେ ଯାଉଥିବାରୁ କେତେ ଜଣ ଅତ୍ୟନ୍ତ ଆଶାୟୀ ହୋଇ କହିଲେ, "ଆମକୁ ଯେମିତି ହେଲେ ପ୍ରଥମ ପୁରସ୍କାରଟି ମିଳିବା ଉଚିତ।" ହେଲେ ସେତେ ପର୍ଯ୍ୟନ୍ତ ଆମେ ଆଶାବାଦୀ ନଥିଲୁ। ପ୍ରଥମରୁ ଆମର ଉଦ୍ଦେଶ୍ୟ ଥିଲା ତୃଟି ବିହୀନ ସୁନ୍ଦର ପରିବେଷଣ କରିବାକୁ ଚେଷ୍ଟା କରିବା, ତା' ପରେ ଫଳ ଯାହା ହେବ ହେବ, "କର୍ମଣ୍ୟେ ବାଧିକା ରସ୍ତୁ ମା ଫଲେଷୁ କଦାଚନ।" ସ୍କୋରିଂ ସିଟ ତିଆରି କରିବା ପରେ ଓ ଅନେକ ସମୟରେ ବିଚାରକ ମଣ୍ଡଳୀରେ ରହିବା ପରେ ଆମେ ଜାଣିଛୁ କେମିତି ଗୋଟିଏ ଦୁଇଟି ମାର୍କରେ ସବୁ ଏପଟ ସେପଟ ହୋଇଯାଏ। ଦର୍ଶକ ମାନଙ୍କର ମନୋରଞ୍ଜନ କରି ମନ ଜିଣି ପାରିଲେ ହେଲା, ସେଇଟା ଲକ୍ଷ୍ୟ, ପୁରସ୍କାରକୁ କିଏ ଆଶା କରୁଛି। ଏଇୟା ଆମ ମନ ଭିତରେ ପ୍ରଥମରୁ ଥିଲା।

ଚିକାଗୋର ନାଟକ ସରିଲା। ଜୟଦୀପ କହିବା ଆଗରୁ ମୁଁ କହିବା ଆରମ୍ଭ କଲି, "ଏଇଟା କ'ଣ ଜୟଦୀପ ତମ ଅନୁସାରେ?" ତଥାପି ସେ ମାନିବାକୁ ନାରାଜ, କହିଲା, "ବହୁତ ଭଲ ହେଲା ଯେ ହେଲେ ଗଗନ ଭାଇ, ମୁଁ କହୁଚି ଆମର ତଥାପି ବେଷ୍ଟ। ଆଇ କେନ୍ ଗ୍ୟାରେଣ୍ଟି ୟୁ", ମନ ଭିତରକୁ ତାର କ'ଣ ଯେ ପଶି ଯାଇଛି ସେ ଛାଡ଼ିବାକୁ ନାରାଜ। ଜମା ହାର ମାନିବାର ମତଲବରେ ସେ ନଥାଏ।

ନାଟକ ପ୍ରତିଯୋଗିତାର ଅନ୍ତ ସେଇଟି। ଆମ ନାଟକକୁ ଜୟଦୀପ ବାରମ୍ବାର ପ୍ରଶଂସାର ଫୁଲରେ ପୋତି ପକାଉ ଥିବାରୁ ମୋ ଆଶାର ବର୍ତ୍ତିକାଟି ଯେଉଁ ଲିଭି ଲିଭି ଆସୁଥିଲା ସେଇଥିରେ ଜୟଦୀପ କଥା ଘିଅ ଭଳି କାମ କରି ପୁଣି ବର୍ତ୍ତିକାକୁ ଜଳେଇ ଦେଲା। ଆମେ ଅପେକ୍ଷା କରିଥାଉ କେତେବେଳେ ଫଳ ଶୁଣାଣି ହେବ। ଆମ ଭଳି ଆହୁରି ଅନେକ। ସମ୍ମିଳନୀର ଆବାହକ ସତ୍ୟ ପଟନାୟକ ମଞ୍ଚ ଉପରକୁ କିଛି ନୂତନ ଘୋଷଣା କରିବାକୁ ଆସିଲେ। ତା' ପରେ ଅନ୍ୟାନ୍ୟ କାର୍ଯ୍ୟକ୍ରମର ଆରମ୍ଭ। ସବୁ କାର୍ଯ୍ୟକ୍ରମ ସରିଲେ ଯାଇ ଘୋଷଣା କରାହେବ କିଏ ଜିତିଲା ପ୍ରମୋଦ ପଟନାୟକ ନାଟକ ପ୍ରତିଯୋଗିତାରେ। ବିଚାରକମାନେ ନିଜ ନିଜର ମାର୍କ ସବୁ ଦେଇସାରିଥାନ୍ତି ଆୟୋଜକଙ୍କୁ।

ଡେଟ୍ରୋଏଟ୍ ସହରର ବନ୍ଧୁ ସୁବାଶିଷ ମହାନ୍ତି ଆସି ସେତେବେଳେ ପଚାରି ଗଲେ, "ଭାଇନା, କେମିତି ଅଛନ୍ତି, ଯଦି ବେଶୀ କିଛି ଖରାପ ଲାଗିବ, ମୋତେ

କହିବେ, ଆମେ ଆପଣଙ୍କ ପାଇଁ ଅଛୁ, କିଛି ଖରାପ ଭାବିବେନି, ଯାହା ଯେତେବେଳେ ଦରକାର, ଯେତେ ରାତି ହେଉ ପଛକେ ମତେ ଉଠେଇବେ।" ସତ୍ୟଜିତ ପଟ୍ଟନାୟକ ବି ସେଇ କଥା, "ଭାଇନା, ଆମେ ସବୁ ଅଛୁ କିଛି ଚିନ୍ତା ନାହିଁ, ଖରାପ ଲାଗୁଥିଲେ ଯାଇ ବିଶ୍ରାମ କରି ପାରନ୍ତି।" ସୁବାଶିଷ ଓ ସତ୍ୟଜିତ ଦୁଇଜଣ ବୃତ୍ତିରେ ଫିଜିଓ ଥେରାପିଷ୍ଟ। ସତରେ ମୋ ପାଇଁ ତାଙ୍କର କି ଦରଦ। ସେତେବେଳକୁ ଆଣ୍ଠୁ ପଛ ପଟେ ଭୀଷଣ ଦରଜ, ମଥା ପଛଟା ଫୁଲି ଯାଇଥାଏ। କିନ୍ତୁ ସେମିତି କିଛି ନସହି ପାରିଲା ଭଳିଆ ଲାଗୁ ନଥାଏ। ଥିଏଟରର ସବା ପଛ ଧାଡ଼ି ସିଟରେ ବସି ମୁଁ ନିରବରେ ଫଳକୁ ଅପେକ୍ଷା କରିଥାଏ ଓ ପଛ କଥା ଭାବି ହେଉଥାଏ।

ସମୟ ଆସିଲା, ସମ୍ମିଳନୀ ପାଇଁ ସଦଳବଳେ କଲମ୍ବସରେ ଆମେ ଆସି ପହଞ୍ଚିଲୁ। ପହଞ୍ଚିବା ମାତ୍ରେ ଆସିଲୁ ଥିଏଟର ପରିଦର୍ଶନରେ। ଓହାୟୋ ଥିଏଟର, ବାହାରୁ ସେମିତି କିଛି ଜଣା ପଡୁନଥାଏ। ଭିତରକୁ ପଶି ଦେଖିଲୁ, ବିରାଟକାୟ, ପ୍ରାସାଦ ସଦୃଶ, ସ୍ୱାନିସ ବରୋକ ଶୈଳୀରେ ନିର୍ମିତ ଏହି ଥିଏଟର। ସାଜସଜ୍ଜାରେ ଅତୁଳନୀୟ, ବିଶାଳକାୟ ସାଣ୍ଡେଲିୟର ଥିଏଟରର ମଧ୍ୟ ଭାଗରୁ ଦୋଳାୟମାନ, ପ୍ରଶସ୍ତ ଓ ଗଭୀର ମଞ୍ଚ। ମଞ୍ଚ ଉପରେ ଯେତେ ଲୋକ ଠିଆ ହେଲେବି ଜାଗାର ଅଭାବ ରହିବ ନାହିଁ। ନାଟକ ପାଇଁ ସମସ୍ତ ପ୍ରକାର ଆଲୋକର ସୁବ୍ୟବସ୍ଥା। ୨୭୦୦ ଦର୍ଶକଙ୍କ ମନୋରଞ୍ଜନ ସକାଶେ ମନଲୋଭା ମେରୁନ ରଙ୍ଗର ଭେଲଭେଟ କପଡ଼ାରେ କୁରସୀ। ଶୁଣିବାକୁ ପାଇଲୁ ଉଚ୍ଚକୋଟୀର ସାଉଣ୍ଡ ବ୍ୟବସ୍ଥା ଯୋଗୁଁ ସେଠାରେ କ୍ୟାରଲ କିଙ୍ଗ, ଜୁଲୀ ଆଣ୍ଡ୍ରିଉଜ୍, ୟୋ ୟୋ ମା, ୟାନି, କେନି ଜି ପ୍ରଭୃତି ବିଶ୍ୱ ବିଖ୍ୟାତ କଳାକାରମାନେ ଅତୀତରେ ସଙ୍ଗୀତ ଓ ବାଦ୍ୟ ପରିବେଷଣ କରିଛନ୍ତି। ମନ ଖୁସି ହେଇଗଲା ଥିଏଟର ଦେଖି।

ସମ୍ମିଳନୀରେ ପ୍ରଥମେ ଓ୍ୱାସିଂଟନର ଲିନା ମିଶ୍ର ଦେଖା ହେଲେ, କହିଲେ, "ଭାଇନା ନମସ୍କାର, ଏଥର ଡ୍ରାମା ଆଣିଛନ୍ତି କି ନାହିଁ?" ମୁଁ କହିଲି, "ନମସ୍କାର ଲିନା, କ'ଣ ଖବର? କେମିତି ଅଛ ସବୁ? ବିମଳ କେମିତି? ହଁ ଡ୍ରାମା ଆଣିଛୁ।" ଏତେକ ଶୁଣି ଲିନା କହିଲେ, "ଇସ୍, ଆପଣ ଆସିଚନ୍ତି ନା, ଆସି ନଥିଲେ ଆମର ଚାନ୍ସ୍ ଥିଲା ପ୍ରାଇଜ ପାଇବାର, ଗଲା ଏବେ ଆପଣଙ୍କ ସହିତ କିଏ ପାରିବ ଯେ, ହଉ ଅତି କମରେ ଆପଣଙ୍କ ଡ୍ରାମା ଦେଖି ଖୁସି ହବା।" ଚିକାଗୋର ସୁଜାତା ପଟ୍ଟନାୟକ ଖବର ପାଇ ତାଙ୍କ ଦଳକୁ ଚେତାବନୀ ଦେବାର ଶୁଣିଲି, "ଏଥର ଆଗରୁ ଯେଉଁମାନେ ଜଜ୍ ହେଉଥିଲେ ସେମାନେ ମଞ୍ଚ ଉପରେ, ସାବଧାନ୍।"

ସମ୍ମିଳନୀର ଦ୍ୱିତୀୟ ସନ୍ଧ୍ୟାରେ ପ୍ରମୋଦ ପଟ୍ଟନାୟକ ନାଟକ ପ୍ରତିଯୋଗିତାର

ଆୟୋଜନ ହେଇଥାଏ। ସାଉଥ୍‌, କାଲିଫର୍ଣ୍ଣିଆ, ଟେକ୍ସାସ୍‌, ନ୍ୟୁୟର୍କ, ୱାସିଂଟନ, ଓହାୟୋ, ମିଚିଗାନ୍‌, ଚିକାଗୋ ଓ କାନାଡ଼ା, ଏହି ପରି ନଅଟି ଦଳ ପ୍ରତିଯୋଗିତାରେ ଅଂଶଗ୍ରହଣ କରିଥାନ୍ତି। ଗତ କେତେ ବର୍ଷ ହେଲା ନାଟକ ଅତ୍ୟନ୍ତ ପ୍ରତିଯୋଗିତା ମୂଳକ ହେଇଯାଇଥାଏ। ସମସ୍ତେ ସମସ୍ତଙ୍କୁ ଜଗି ଛକି କଥାବାର୍ତ୍ତା କରୁଥାନ୍ତି, ଯେମିତି ବାହାରକୁ କିଛି ଜଣା ନ ପଡ଼ିବ। ଅତୀତରେ ଟରୋଣ୍ଟୋର ନାଟକ ପରିବେଷଣରେ ବେଶ ସୁନାମ ଥାଏ। ତେଣୁ ସମସ୍ତଙ୍କର ଚକ୍ଷୁ ଟରୋଣ୍ଟୋ ଉପରେ। ସେଇଥି ପାଇଁ ଆମେ ଭ୍ରମ ସୃଷ୍ଟି କରିବାକୁ ଯାଇ ଆମ ନାଟକର ନାଁ 'ବକ୍ସି ଜଗବନ୍ଧୁ' ନଦେଇ 'ବିଦ୍ରୋହ' ରଖିଥାଉ। ତାହା ହେଲେ କ'ଣ ଆମେ କରୁଛୁ କେହି ଟେର ପାଇ ପାରିବେ ନାହିଁ।

ଆମକୁ ଦିଆଯାଇଥିବା ଗ୍ରୀନ୍‌ରୁମ୍‌ରେ ସମସ୍ତେ ଦୁଇ ଘଣ୍ଟା ପୂର୍ବରୁ ପହଞ୍ଚି ମେକ୍‌ଅପ ବେଶଭୂଷା ହେବାକୁ ଲାଗିଲେ। ମେକ୍‌ଅପ୍‌ ସରିଲା। ନିଶ ଲଗେଇବା କଥା ପାଇକ ମାନଙ୍କର, ବକ୍ସିର। ସେଇଟା ମୋର ଶେଷ କାମ। ସେପାଇଁ 'ମାଲାବାର'ରୁ ସ୍ପିରିଟ୍‌ଗମ୍‌ କିଣା ହୋଇ ଯାଇଥାଏ। ନିଶ ଲଗେଇବାକୁ ମୁଁ ଉଦ୍ୟତ ହୁଅନ୍ତେ ସ୍ପିରିଟ୍‌ ଗମ୍‌ ଶିଶିର ଟିପି ଖୋଲୁନାହିଁ, ମନରେ ଭାବିଲି ସମସ୍ୟାର ଅନ୍ତ ନାହିଁ, ଅଠା ଶୁଖି ଯାଇ ଜାମ ଧରିଚି। ସମସ୍ତେ ଅପେକ୍ଷା କରିଛନ୍ତି, ନିଶ ଲାଗିବ, ସମୟ ହେଇ ଆସିଲାଣି, ତଥାପି ଶିଶିର ଟିପି ଖୋଲୁ ନଥାଏ। କିଏ କହୁଛି, "ହେ, ଚାଲ ବେ, ବିନା ନିଶରେ ପଳେଇଯିବା।" ଆଉ କିଏ କହୁଥାଏ, "ଛ ଏ କି କଥା, ପାଇକ ପୁଣି ବିନା ନିଶରେ, ବକ୍ସି ପୁଣି ବିନା ନିଶରେ, କଳ୍ପନା ବି କରି ହେବନି।" ସେତେବେଳକୁ ମୁଁ ବହୁତ ଚେଷ୍ଟା କରିସାରିଲିଣି। ଗରମ ପାଣିରେ ଦେଖେଇ ସାରିଲିଣି। ସମସ୍ତେ ଥରେ ଲେଖାଏଁ ହାତ ମାରି ଓୱ ଆଃ କରିସାରିଲେଣି, ହେଲେ ଶିଶି ଶୁଣିବାର ନାହିଁ, ଟିପି ଉଁ କି ଚୁଁ ହେବାର ନାହିଁ। ଶେଷକୁ ପୁଅ ସୋମନ ଏକା ଥରକେ ଦେଲା ଗୋଟିଏ ମୋଡ଼ା ଯେ ଟିପି ନଖୋଲି ଯିବ କୁଆଡ଼େ। ହୋ ହୋ ହେଇ ସମସ୍ତେ ପାଟି କରି ଉଠିଲେ। କିଏ କହିଲା, "ସେ ବ୍ରିଟିଶ ଅଫିସର ତ ସେଇଥି ପାଇଁ ତାର ବଳ ବେଶୀ, ଖୋଲି ପକେଇଲା।" ପାଇକ ମାନେ ବି ଛାଡ଼ିବା ଲୋକ ନୁହନ୍ତି, ସେମାନଙ୍କ ଭିତରୁ କିଏ କହିଲା, "ଆମେ କ'ଣ କମ୍‌ କି?" ସମସ୍ତଙ୍କ ମନରେ ଏକ ଉଦ୍ଦୀପନା, ମନୋବଳ ଦୃଢ଼। ସମସ୍ତେ ସମସ୍ତଙ୍କୁ ସାହାଯ୍ୟ କରିବାର ମନୋବୃତ୍ତି। ସମସ୍ତଙ୍କର ମେକ୍‌ଅପ୍‌ ସରିଲା, ପୋଷାକ ପିନ୍ଧି ତଳକୁ ଆସିଲେ। ଠିକ୍‌ ବେଳରେ ଲାଭାଲିଅର ମାଇକ୍‌ ଗୁଡ଼ିକ ସମସ୍ତଙ୍କ ଛାତି ପାଖରେ ବି ଲାଗିଗଲା। ଥିଏଟରର ସବା ପଛରେ ଇନିକା ଓ ସୃଷ୍ଟି, ଲାଇଟ ଓ ସାଉଣ୍ଡ ଦାୟିତ୍ଵରେ।

ଯଥା ସମୟରେ କାନାଡ଼ା ଚାପ୍ଟରର ନାଁ ଡକା ହେଲା। ଟାଇମିଂ କରା ହେଲା। ବିଦ୍ରୋହ ନାଟକର ଆରମ୍ଭ।

ବିକଟାଳ ଚିକ୍ତାର କରି ବାଜି ଉଠିଲା ବିଗ୍ୟୁଲ। ପ୍ରଥମ ଦୃଶ୍ୟ। ମଞ୍ଚର ମଧ୍ୟ ଭାଗରେ ବକ୍ଷି, ତାଙ୍କୁ ବେଢ଼ି ରହିଛନ୍ତି ପାଇକଗଣ, ଏକ ପ୍ରକାରର ତାଙ୍କୁ ଜେରା କରିବାରେ ଲାଗିଛନ୍ତି "ରାଜା ଫିରିଙ୍ଗୀ ସହିତ ସନ୍ଧିକଲେ ଆମେ ବିଦ୍ରୋହ କରିବୁ, ହଁ ହଁ ଆମେ ବିଦ୍ରୋହ କରିବୁ, ବିଦ୍ରୋହ କରିବୁ।" ପାଇକ ମାନଙ୍କର ଚିକ୍ତାରରେ ବିଶାଳକାୟ ଓହାୟୋ ଥ'ଏଟର ଥରି ଉଠିଲା। ଦର୍ଶକ ମଣ୍ଡଳୀ ସ୍ତବ୍ଧ। ତତ୍କ୍ଷଣାତ୍‌ ଥ'ଏଟର ମଧ୍ୟରେ ନିରବତା ଛାଇ ହେଇଗଲା।

ଦ୍ୱିତୀୟ ଦୃଶ୍ୟରେ ଫ୍ଲେଚରର ତାଚ୍ଛଲ୍ୟ ହସ ଓ ତାହାର ଜବାବରେ ତରବାରୀ ବାହାର କରି ବକ୍ଷିଙ୍କର କଣ୍ଠ ଫଟା ବିକଟାଳ ଚିକ୍ତାର "ଓଡ଼ିଆ ପାଇକଙ୍କର ଯୁଦ୍ଧ ଦେଖ୍ ନାହାନ୍ତି ସାହେବ, ତା' ଛଡ଼ା ବକ୍ଷିର ହାତରେ ଏଇ ପୁରୁଷାନୁକ୍ରମିକ ତରବାରୀ ଯିଏ ମୋଗଲ, ପଠାନ୍‌, ମରହଟ୍ଟା ମାନଙ୍କର ତତଲା ଲୁହ ପିଇ ପିଇ ତତଲା ହୋଇ ରହିଛି।" ଦର୍ଶକମାନଙ୍କର ଘନ ଘନ କରତାଳିରେ ସମଗ୍ର ଥ'ଏଟର ଗୁଞ୍ଜରି ଉଠିଲା।

ତୃତୀୟ ଦୃଶ୍ୟରେ କସ୍ତୁରୀ ଓ ଥୋମାସ। କସ୍ତୁରୀ ପାଦରେ ନୂପୁର। ସେଇ ନୂପୁରର ତାଲେ ତାଲେ ନୃତ୍ୟ ପରିବେଷଣ ଓ ସେଇଠି ସୁଲଳିତ ମଧୁର କଣ୍ଠରେ ଗୀତ ଗାନ, "ଅଭିସାର ଅଭିଶାପ ଜାଣି ନ ପାରଇ, ଅରାତି ଶିବିରେ ଆଜି, ଆସିଛି ମୁଁ କାହିଁ ପାଇଁ.... ସାରା ଥ'ଏଟର ନିରବତାର ଆସ୍ତରଣ ଭିତରେ, ସୂଚୀ ପାତରେ ବି ଶବ୍ଦ ହେବାର ସମ୍ଭାବନା, ଦର୍ଶକ ବିମୁଗ୍ଧ। କସ୍ତୁରୀର ବିଷ ବୋଳା ହାତରେ ଥୋମାସର ଚୁମ୍ବନ ଓ ଅସହାୟ ଭାବେ ଚିକ୍ତାର କରି ଚଲି ପଡ଼ିବା ଓ ତାର ମୃତ୍ୟୁ। ସେଇ ସମୟରେ ମଞ୍ଚର ମଧ୍ୟ ଭାଗରେ ରହି ହାତ ଉପରକୁ ଛାଟି କସ୍ତୁରୀର ଘନ ଘନ ଅଟ୍ଟହାସ୍ୟ, "ଓଡ଼ିଆ ଝିଅ ହାତରେ ଚୁମ୍ବନ ଦେବାର ଫଳ କିଏ ଭୋଗ କରିବ? ଏ ଯେ, ଏଯେ ବକ୍ଷିର ବିଷ, ଏଇ ଓଡ଼ିଆଣୀ ହାତରେ ବୋଲିଦେଇଥିଲା, ହାଃ ହାଃ ହାଃ ହାଃ" ପୁଣି ଅଟ୍ଟହାସ୍ୟ। ଦର୍ଶକଙ୍କର ଘନ ଘନ କରତାଳି କମ୍ପେଇ ଦେଲା ଓହାୟୋ ଥ'ଏଟର। ମୁଁ ସେତେବେଳେ ଉଇଙ୍ଗସ୍‌ କଡ଼ରୁ ଦେଖୁଥାଏ, ଭାବିଲି, ପ୍ରଥମ ପୁରସ୍କାରଟି ଥୁଆ, ମନରେ ଗର୍ବର ସଞ୍ଚାର।

ଆଉ କେତୋଟି ଦୃଶ୍ୟ ପରେ ଅନ୍ତିମ ଦୃଶ୍ୟ। ଆଲୋକପାତ ହେବା ବେଳକୁ ବକ୍ଷି ଚୌକିରେ ମଞ୍ଚର ମଧ୍ୟ ଭାଗରେ ଦେହରେ ଜଞ୍ଜିର ବନ୍ଧା ହୋଇ ବସିଥିବା ଦରକାର। ମଞ୍ଚ ଅନ୍ଧକାର, କେବଳ ଧୀପସା ଧୀପସା କ୍ଷୀଣ ନୀଳ ଆଲୁଅର ରେଖା। ଉଇଙ୍ଗସ୍‌ ଧାରରେ ମୁଁ ମୋ ପାଖରେ ରଖଥାଏ ବନ୍ଦ କରିହେଉଥିବା ଟିଣ ଚୌକିଟିଏ।

ମୋର ଉଦ୍ଦେଶ୍ୟ ଥିଲା ଚୌକିଟି ନେଇ ଅନ୍ଧାର ଭିତରେ ବସି ଯିବି ଓ ଦେହ ଉପରେ କେବଳ ଜଞ୍ଜିର ପକେଇଦେବି ସାମନା ପଟରୁ। ଆଲୁଅରେ ଦେଖାଯିବ ଯେପରି ମୁଁ ଜଞ୍ଜିରରେ ବନ୍ଧା ହେଇଛି। କିନ୍ତୁ ସେଇଠି ମଞ୍ଚ ଉପରେ ଉପସ୍ଥିତ ଥିବା ଭିତରୁ କେହି ଜଣେ କହିଲେ "ଦିଅନ୍ତୁ ମୁଁ ଚୌକିର ପଛ ପଟେ ଜଞ୍ଜିରଟି ବାନ୍ଧି ଦେଉଛି। ଆପଣ ଯାଇ ଖାଲି ବସି ଯିବେ, କିଛି କରିବାକୁ ପଡ଼ିବ ନାହିଁ। ଦୁର୍ଯୋଗକୁ ମୁଁ ନିର୍ବୋଧ ତାଙ୍କ କଥାରେ ରାଜି ହେଇଗଲି। ସେ ଚୌକିରେ ମୋତେ ଜଞ୍ଜିର ସହ ବାନ୍ଧି ଦେବା ପରେ ମୁଁ ଅନ୍ଧାରରେ ଚୌକି ନେଇ ଦୌଡ଼ିଲି ମଞ୍ଚର ମଧ୍ୟ ଭାଗକୁ। ବନ୍ଧା ହୋଇଯିବା ଫଳରେ ମୋ ଅଜାଣତରେ ମୋ ଯିବା ଭିତରେ ଚୌକି ଖୋଲା ରହିବା ପରିବର୍ତ୍ତେ ବନ୍ଦ ହୋଇ ଯାଇଛି ଜଞ୍ଜିର ଦ୍ୱାରା। ମୋ ଅକଲକୁ ସେଇଟା ଆସିଲାନି, କେତୋଟି ସେକେଣ୍ଡରେ ଅଘଟଣ ଘଟିଗଲା। ଅନ୍ଧକାର ଭିତରେ ବନ୍ଦ ଚୌକିରେ ମୁଁ ବସି ପଡ଼ିଲି। ପ୍ରଚଣ୍ଡ ଶବ୍ଦ ସହ କଟା ବୃକ୍ଷ ଧରାଶାୟୀ ହେଲା ପରି ମୁଁ ପଛକୁ ଚିତ୍‌ମାତ ହେଇ ପଡ଼ିଲି। ମୁଣ୍ଡ ମଞ୍ଚ ଉପରେ ବାଡ଼େଇ ହେଇଗଲା, ଆଖିରୁ ଆଲୁଅ ବାହାରିଗଲା, ଅଣ୍ଟା ଓ ପିଠା ଚୌକିରେ କଟି ହେଇଗଲା। ଅକସ୍ମାତେ ଏପରି ଅଘଟଣ ଓ ଭୀଷଣ ଯନ୍ତ୍ରଣା।

ତଳେ ପଡ଼ି କେତେ ସେକେଣ୍ଡ ପରେ ନିଜକୁ ନିଜେ ପଚାରି ହେଲି, ମୁଁ ବଞ୍ଚିଛି କି ନାହିଁ? ନିଜ ଭିତରୁ ଉତ୍ତର ଆସିଲା, ବଞ୍ଚିଛି, ଚେତା ଅଛି କି ନାହିଁ? ଅଛି, ମୋର ସଂଲାପ ମନେ ପଡ଼ୁଛିକି ନାହିଁ? ମନେ ପଡ଼ୁଛି। ଯେହେତୁ ଜଞ୍ଜିରଟି ଚୌକିରେ ବନ୍ଧା ହୋଇଥାଏ ମୋର ଉଠି ପାରିବାର କୌଣସି ଚାରା ନଥିଲା। ମୁଁ ସେହି ପରି ତଳେ ପଡ଼ି ରହିଥାଏ। ଏତେ ଜୋର ପଡ଼ିବାର ଶବ୍ଦ ଶୁଣି, "ନାଟକକୁ ମାର ଗୁଲି," ଏଇ ମନବୃତ୍ତି ନେଇ ଗୋଟିଏ ପଟୁ ବିକଳ ହେଇ ବିଜୁଳି ବେଗରେ ଦୌଡ଼ି ଆସିଲେ କସ୍ତୁରୀ, ସ୍ତ୍ରୀ ସବିତା ଓ ଅନ୍ୟ ପଟୁ ମେଜର ଫ୍ଲେଚର, ପୁଅ ସୋମନ। ଠିକ୍ ସେଇ ସମୟରେ ଦୃଶ୍ୟ ଆରମ୍ଭ ହେଲା ଭାବି ଆଲୋକ ଦାୟିତ୍ୱରେ ଥିବା ବ୍ୟକ୍ତି ଜଣକ ଆଲୁଅ ଲଗେଇଦେଲେ, ଇନିକା ନକହିବା ସତ୍ତ୍ୱେ। ଦର୍ଶକଙ୍କ ଆଗରେ ମୁଁ ଚିତ ପଟାଙ୍ଗ ହେଇ ପଡ଼ିଥାଏ, ଧକ୍କା ଖାଇ ମଥାରୁ କେଶୀ ଖସି ଯାଇ ତଳେ। ଧେଇଁ ସେଇଁ ହୋଇ ପ୍ରଥମେ ସୋମନ ଓ ସବିତା ପଚାରିଲେ, "କେମିତି ଅଛ, ଠିକ୍ ଅଛ ନା ନାହିଁ, କିଛି ହେଇଛି କି? ନାଟକ କରିବା ନା ବନ୍ଦ କରିଦବା?" ଏ ସବୁ ଫୁସଫୁସ କାନ ପାଖରେ ଚାଲିଥାଏ। ମୁଁ କହିଲି "ମୋତେ ଖାଲି ଉଠେଇ ଦିଅ, ନାଟକ ସମ୍ପୂର୍ଣ୍ଣ କରିବା, ଦେହରେ କୋଉଠି ଆଘାତ ଲାଗିଛି, କ'ଣ ହେଇଛି ପରେ ଦେଖାଯିବ, ନାଟକ ସରିଲେ।" କେଶୀ ଆସି ମଥାରେ ଲଗେଇଲି ଆଲୁଅରେ, ସମସ୍ତଙ୍କ ସାମନାରେ, କେତେ ଜଣ ଦର୍ଶକଙ୍କର ହସ ମଧ୍ୟ ମୋତେ ଶୁଭିଲା। ତାହା ଶୁଣି ଲଜ୍ଜିତ

ହେଲି, କିନ୍ତୁ ମନରେ ବଳ ଆସିଲା। "ମନେ ମନେ କହିହେଲି, ଠିକ୍ ଅଛି, ଛାଡ଼ିବିନି, ସଂପୂର୍ଣ୍ଣ କରିବି ଅଭିନୟ।" କେଶୀ ଅନ୍ଦାଜ କରି ଲଗେଇଦେଲି, ସେ ବି ଠିକ୍ ଜାଗାରେ ଲାଗିଗଲା। ଝିଅ ଇନିକା ଲାଇଟ ପାଖରେ ବସିଥିବାରୁ ସେ ସଙ୍ଗେ ସଙ୍ଗେ ପୁଣି ଆଲୁଅ ଲିଭେଇ ଦେଇଥିଲା। ସୋମନ ଓ ସବିତା ମୋତେ ଚୌକିରେ ବସେଇ ଦେଇ ଅନ୍ଧାରରେ ମଞ୍ଚର ଦୁଇ ପାର୍ଶ୍ୱକୁ ଦୌଡ଼ି ପଳେଇ ଗଲେ। ଆଲୁଅ ପୁଣି ଆସିଲା, ସ୍ଥଗିତ ହୋଇ ଯାଇଥିବା ନାଟକର ପୁନରାରମ୍ଭ।

ବକ୍ସି ଓ ମେଜର ଫ୍ଲେଟରର ଶେଷ ଦୃଶ୍ୟ।

Fletcher – You know Buxi, why you are here?

ବକ୍ସି – ବିଜୟର ଆଉ ଆସ୍ଥାଳନ କାହିଁକି ଫ୍ଲେଟର ?

Fletcher – Are you not scared that you are here in this condition?

ବକ୍ସି– ବରଂ ଗର୍ବ ହେଉଛି।

Fletcher- Why? Why, because you are caught and defeated?

ବକ୍ସି – ଖୋର୍ଦ୍ଧା ଭୂଇଁର ସେବା ପାଇଁ ମୁଁ ମୋର ରକ୍ତଦାନ କରୁଛି ବୋଲି। ସେଇ ରକ୍ତ ମୋର ମାଆର ମଥାରେ ଚିରଦିନ ସିନ୍ଦୁର ଗାର ହୋଇ ରହିବ।

Fletcher- Martyr--- martyr (Laugh)

ବକ୍ସି- ହଁ ଫ୍ଲେଟର୍ ଏ ପରାଜୟ ପରାଜୟ ନୁହେଁ। ଏ ପରାଜୟ ଆମର ବିଜୟ। ଆଜି ହୁଏତ ଅନ୍ଧକାର ଆସିଛି, ମାତ୍ର ମୁଁ ଏତକ କହି ରଖୁଛି ଦିନା ଦିନେ ହେବ ସୂର୍ଯ୍ୟୋଦୟ। ସେ ଦିନ ଏ ଫିରିଙ୍ଗି ଦଳ ଏ ଦେଶରୁ ନିଷ୍କାସିତ ହେବେ, ଆଉ ଲେଖା ହେବ ଭାରତର ନୂତନ ଇତିହାସ।

Fletcher- Oh, you become hysteric, all right, your time is over, remember your God.

ଚିକ୍ରାର କରି ବକ୍ସି କହି ଉଠିଛି, "ଜନନୀ ଜନ୍ମ ଭୂମିଷ୍ଠ ସ୍ୱର୍ଗାଦପି ଗରିୟସୀ। ଠାକୁର ମୋର ଜନ୍ମଭୂମି– ଯାଦ କଟାଡ଼ି ବକ୍ସି କହିବାକୁ ଆରମ୍ଭ କଲେ, ସେ ଜନ୍ମ ଭୂମିର ଜୟହେଉ। ଖୋର୍ଦ୍ଧାର ଜୟହେଉ।"

ଏହା ଶୁଣି ସେତିକି ବେଳେ ଫ୍ଲେଟର ତାକୁ ଗୁଲି କରି ମାରିଛି।

ଗୁଲିର, "ଗୁଡୁମ ଗୁଡୁମ" ଆବାଜରେ ସମସ୍ତେ ସ୍ତବ୍ଧ ଓ ନିରବ, ତାହାରି ଭିତରେ ପିଲାଟିଏ ଜୋରରେ ଚିକ୍ରାର କରି କାନ୍ଦି ଉଠିବାର ଶୁଣାଗଲା। ପିଚକାରୀ

ମାରି ରକ୍ତ ବକ୍ସିର ଛାତିରୁ ବାହାରି ଆସି ପିନ୍ଧିଥିବା ଗେଞ୍ଜିକୁ ଲାଲେ ଲାଲ୍ କରିଦେଲା । ଏହାକୁ ବି ଆଗରୁ ବ୍ୟବସ୍ଥା କରା ହୋଇଥିଲା ।

ଫ୍ଲେଚର ହସି ଉଠି ହାତରେ ଧରିଥିବା ବନ୍ଧୁକକୁ ଉପରକୁ କରି କହିଲା ଜୋରରେ, "Rule Britannia rule, Rule Britannia rule ."

ବକ୍ସି ମୃତ, ଚୌକି ସହିତ ଚେନରେ ବନ୍ଧା ହୋଇ ରହିଚି, ଚକ୍ଷୁ ମୁଦି ହୋଇ ମସ୍ତକ ଢଳି ଯାଇଚି ଗୋଟିଏ କଡ଼କୁ । ଫ୍ଲେଚର କିଛି ସମୟ ନିରବ ହୋଇଗଲା, ବାହାରକୁ ବନ୍ଧୁକ ଧରି ଚାଲି ଯାଉଥିଲା । ପୁଣି କ'ଣ ଭାବି ପଛକୁ ବୁଲି ପଡ଼ି ଆଗକୁ ଆସି ସାମରିକ ପଦ୍ଧତିରେ ଯେତେବେଲେ ସେଲ୍ୟୁଟ୍ ମାରି କହିଛି, "My tribute to you Buxi, tribute to you for your heroism and love for your mother land, my tribute, my tribute." ଘନ ଘନ କରତାଲିରେ ଥ୍ୟେଟର କମ୍ପି ଉଠିଲା, ଦର୍ଶକ ମଣ୍ଡଲୀ ଦଣ୍ଡାୟମାନ, କରତାଲିର ଅନ୍ତ ନାହିଁ ।

"ବିଦ୍ରୋହ" ନାଟକର ଯବନିକା ପତନ ସେଇଠି ।

ଭାଷଣ ଯନ୍ତ୍ରଣାରେ ବି ଗୋଟିଏ ଶବ୍ଦ ଭୁଲିନି । ଆହତ ସୈନିକ ପରି ଅତି କଷ୍ଟରେ ଛୋଟେଇ ଛୋଟେଇ ମଞ୍ଚରୁ କଡ଼କୁ ଆସିଲି । ଗ୍ରିନ୍‌ରୁମ୍‌ରେ ବିଷାଦର ଛାୟା ଖେଲି ଯାଇଥାଏ, ସମସ୍ତଙ୍କର ମନ ଦୁଃଖ । କାହାରିକୁ କିଛି କହିବାକୁ ମୋର ସାହସ କୁଲାଉ ନଥାଏ । କାହାରି ମୁହଁକୁ ମୁହଁ ଟେକି ଚାହିଁବାକୁ ସାହସ ହେଉ ନଥାଏ । ସେତିକି ବେଲେ ସବିତା ଆସି ହତୋସାହ କଣ୍ଠରେ କହିଲେ, "ତମକୁ ସମସ୍ତଙ୍କୁ "ସରି" କହିବାକୁ ପଡ଼ିବ । ସମସ୍ତେ କେତେ ଆଶା କରିଥିଲେ ପ୍ରଥମ ପୁରସ୍କାର ପାଇବେ ବୋଲି ।" ମୁଁ କହିଲି, "ଠିକ ଅଛି କହିଦେବି ।" ସେତେବେଲେ ମୋର କାନ୍ଦିବାକୁ ଇଚ୍ଛା ହେଉଥିଲା ।

ସନ୍ଧ୍ୟାର ସମସ୍ତ ସାଂସ୍କୃତିକ କାର୍ଯ୍ୟକ୍ରମର ସମାପ୍ତି ପରେ ଫଲ ଘୋଷଣା ହେବ । ସେପାଇଁ କେହି କୁଆଡ଼େ ଯାଉ ନଥାନ୍ତି । ଆମ ଦଲରୁ କେତେ ଜଣ ତଥାପି ଆଶାବାନ, କେତେକ ଆଶା ଛାଡ଼ି ଦେଇଥାନ୍ତି । ମୁଁ ନା ଏ ପଟେ ନା ସେ ପଟେ । ତଥାପି ଫଲ ଘୋଷଣାକୁ ଅପେକ୍ଷା କରିଥାଏ, କେଉଁ ନିଭୃତ କୋଣରେ ଚେନାଏ ଆଶାକୁ ଜାବୁଡ଼ି ଧରି । ଅପେକ୍ଷାର ଅନ୍ତ ନାହିଁ ।

ସବିତା ସଙ୍ଗଠନର ସମ୍ପାଦିକା ଥିବାରୁ ସମସ୍ତ ନାଟକ ସରିବା ପରେ ମଞ୍ଚ ଉପରକୁ ଚାଲିଗଲେଣି, ନିଜର ଦାୟିତ୍ୱ ତୁଲେଇବାକୁ । କେବଲ ଦୁଇଜଣ, ମୁଁ ଓ ଜୟଦୀପ ପଛରେ ବସିଥାଉ । ସିଏ ବି ରାତ୍ରି ଭୋଜନ ପାଇଁ ନଯାଇ ମୋତେ ସାଥୀ ଦେଇ ଅପେକ୍ଷା କରିଥାଏ । ଖବର ଆସିଲା କିଛି ସମୟ ପରେ ନାଟକ ପ୍ରତିଯୋଗିତାର

ଫଳ ଘୋଷଣା କରାହେବ । ଓସାର ଉପ ସଭାପତି ଶୀଖଣ୍ଡ ଶତପଥୀ ଫଳ ଘୋଷଣା କରିବେ । ପ୍ରତିଯୋଗୀମାନେ ଉଦ୍‌ଗ୍ରୀବ ପୂର୍ବକ ଉକ୍‌ଷାରେ ଫଳ ଘୋଷଣାର ପ୍ରତୀକ୍ଷାରେ ।

ଓସାର ଉପ ସଭାପତି ଫଳ ଘୋଷଣା କରିବାକୁ ମଞ୍ଚ ଉପରକୁ ଆସିଲେ, ମନ ମଧ୍ୟରେ ଉସ୍ସୁକତା । ଶେଷକୁ ଘୋଷଣା କଲେ "କାନାଡ଼ା ଚାପ୍ଟର ପ୍ରମୋଦ ପଟ୍ଟନାୟକ ନାଟକ ପ୍ରତିଯୋଗିତାରେ ପ୍ରଥମ ।" ପାଖରେ ବସିଥିବା ଜୟଦୀପ ଡିଆଁଟିଏ ମାରି ଉଠି ପଡ଼ି ଚିକ୍‌ାର କରି କହିଲା, "ଦେଖିଲେ ଦେଖିଲେ ତ ଗଗନ୍‌ ଭାଇ, ମୁଁ ପ୍ରଥମରୁ କ'ଣ ଆପଣଙ୍କୁ କହିଥିଲି, ମୋ କଥା ଠିକ ହେଲା ନା ନାହିଁ, ଆପଣ ମୋ କଥାକୁ ବିଶ୍ୱାସ କରୁ ନଥିଲେ, ଆମର ପରା ହାଇ କ୍ଲାସ ଥିଲା ।" କିଛି ନକହି ଆନନ୍ଦରେ ତାକୁ କୁଣ୍ଢେଇ ପକେଇଲି । ଖୁସିରେ ଆଖିରୁ ଦୁଇ ଟୋପା ଆନନ୍ଦାଶ୍ରୁ ଝରି ଆସିଲା । ବହୁ କଷ୍ଟରେ ଛୋଟେଇ ଛୋଟେଇ ମଞ୍ଚ ଉପରେ ପହଞ୍ଚିଲା ବେଳକୁ ମୋ ଆଗରୁ ଆମ ଦଳରୁ ମନ୍ତ୍ରୀ, କସ୍ତୁରୀ, ପାଇକମାନେ ପହଞ୍ଚି ସାରିଥିଲେ । ଲାଗୁଥିଲା ଯେପରି "ଓସ୍କାର ପୁରସ୍କାର" ବିତରଣ ଉସ୍ସବ । ଗର୍ବର ସହିତ କାନାଡ଼ା ଦଳ ପ୍ରମୋଦ ପଟ୍ଟନାୟକ ଟ୍ରଫି ଆଣିଲେ । ଲାଗିଲା ଯେମିତି ଦରଜ ତକ ଦେହରୁ ଯାଦୁକରର କାଉଁରୀ କାଠି ସ୍ପର୍ଶରେ ଛାଇଁ ଛାଇଁ କୁଆଡ଼େ ଉଭେଇଗଲା ।

ଠିକ୍‌ ବାହାରି ଆସିଛୁ, ଲବିରେ ଦେଖା ହେଲେ ଅଶୋକ(ଦାସ) ବାବୁ । ପୁରୁଖା ଲୋକ, ବହୁତ ଦିନ କାନାଡ଼ାରେ ରହିଲେଣି, ବହୁତ କନ୍‌ଭେନ୍‌ସନ୍‌ ଯାଇଛନ୍ତି । କହିଲେ, "ଗଗନ, ବୁଝିଲ ? ମୋତେ ଜଣେ ଆସି ପଚାରିଲେ, ସେ ବ୍ରିଟିଶ ଅଫିସର ଜଣକ କିଏ ହେଇଥିଲେ କହିଲ, ସୁନ୍ଦର ବ୍ରିଟିଶ ଇଂଲିଶ କହୁଛି, କିଏ ସେ ଜଣକ । ମୁଁ ତାଙ୍କୁ ହସି କହିଲି, ସେ ପରା ଆମ ଗଗନର ପୁଅ । ଓଃ, କ'ଣ ଆକ୍ଟିଂ ସୋମନ୍‌ କଲାମ ଗଗନ୍‌ ! ତା' ଚାଲି, ତା' ହସ, ତା' କଥା, ପୂରା ଜମେଇ ଦେଲା ଶେଷ ସିନ୍‌ରେ । ଆମେ ସମସ୍ତେ କାବା ହେଇ ଠିଆ ହେଇ ତାଲି ମାରିଲୁ, ବାଃ, ୱେଲ୍‌ ଡନ୍‌ ୱେଲ୍‌ ଡନ୍‌ କାନାଡ଼ା, ୱେଲ୍‌ ଡନ୍‌ ।"

ଆମେ ବାହାରକୁ ଆସିଲୁ, ରାତ୍ରି ଭୋଜନ ପାଇଁ ଲମ୍ବା ଧାଡ଼ି । ଚିକାଗୋର ଜ୍ଞାନ (ପଟ୍ଟନାୟକ) ବାବୁ ଦେଖାହେଲେ, ପଚାରିଲେ, "ଗଗନବାବୁ, କେମିତି ଅଛନ୍ତି ? ମୁଁ ଆପଣଙ୍କର ପ୍ରଥମ ଦୃଶ୍ୟ ଦେଖିଲି, ପାଇକମାନଙ୍କର କି ଅଭିନୟ, ବାପରେ ବାପ, ହରବାବୁଙ୍କର କି ଆକ୍ଟିଂ, ଛାନିଆରେ ପଲେଇ ଯାଇ ଆମ ଲୋକଙ୍କୁ କହିଲି, ତମର ଚାନ୍‌ସ ନାହିଁ" ଠିକ୍‌ ସେତିକି ବେଳେ ତାଙ୍କର ପତ୍ନୀ ସୁଜାତା କହିଲେ, "ପଲେଇ ଗଲ କାହିଁକି ? ଠିଆ ହେଇ ଆହୁରି ଦେଖିଥାଆନ୍ତ ନା ।"

ତପନ ପାଢ଼ୀ, ଓସା ସଭାପତି ସବିତାଙ୍କୁ ଦେଖି ପଚାରିଲେ, "ସବିତା, ତମେ

ସ୍ଟେଜରେ ଗୀତଟା ଲାଇଭ ଗାଉଥିଲ ? ସବିତା କହିଲେ, "ହଁ।" ସେ କହିଲେ, "ଓ ରିଅଲୀ, ମୁଁ ଭାବିଲି ରେକର୍ଡିଂ, ଯାହା କୁହ କମାଲ କରିଦେଲ, ୟୁ ଡିଜର୍ଭ ଫାଷ୍ଟ ପ୍ରାଇଜ।" କୁଆଡ଼େ ଥିଲା ଡେଟ୍ରୋଏଟ୍‌ର ପରାଗ ମିଶ୍ର, ଦୌଡ଼ି ଆସିଲା, କହିଲା, "ଭାଇନା, ମନେ ଅଛି ଡେଟ୍ରୋଏଟ୍‌ରେ ମୋର ନିଶ ଖସି ଯିବା କଥା, ଆପଣ ଦୌଡ଼ି ଯାଇ ଅଠା ଆଣି ଆମ ସମସ୍ତଙ୍କର ଲଗେଇଥିଲେ, ଆଇ କେନ ନଟ ଫରଗେଟ ଦ୍ୟାଟ ଭାଇନା, ଆଇ ନୋ ହାଉ ୟୁ ଫିଲ, ଆଇ ଫେଲ୍ ଦି ସେମ୍ ଓ୍ୱେ। ମୁଁ ଦେଖିଲି, ଆପଣ କିନ୍ତୁ ପୁରା ଠିକ୍ ଜାଗାରେ କେଶୀ ଲଗେଇ ଦେଲେ। ବଢ଼ିଆ ହେଲା ଡ୍ରାମା। କାନାଡ଼ା ଚାପ୍‌ର ଇଜ ଦି ବେଷ୍ଟ।" କିଏ ଜଣେ ଅଜଣା ଓଡ଼ିଆ ମୋତେ ଦେଖି କହିଲେ, "ୟୁଅର ଓ୍ୱାଇଫ ଇଜ୍ ବେଟ୍‌ର ଆକ୍ଟର ଦେନ ୟୁ, ଗ୍ରେଟ ସୋ, ଲଭଡ଼ ଇଟ୍।" ମୁଁ କହିଲି, "ଥେଙ୍କ ୟୁ ଫର କମପ୍ଲିମେଣ୍ଟିଙ୍ଗ୍ ମାଇଁ ଓ୍ୱାଇଫ, ଆଇ ଓ୍ୱିଲ୍ ପାସ ଇଟ ଓନ୍ ଟୁ ହାର।"

ଓହାୟୋରୁ ଟରୋଣ୍ଟୋ ଦୀର୍ଘ ରାସ୍ତା ଗାଡ଼ି ଚଲେଇ ଫେରିବା ବେଳେ ନାଟକ ବିଷୟରେ ଗପି ଗପି ଫେରିଲୁ। ଓସାର ସମ୍ମିଳନୀ ପରେ କେତୋଟି ସପ୍ତାହ ବିତିଗଲା। "ବିଦ୍ରୋହ" ନାଟକ ସୋସିଆଲ ମିଡିଆରେ ବେଶ୍ ଚର୍ଚ୍ଚିତ ଚର୍ବଣ ହେଲା। ଓଡ଼ିଆମାନେ ସେଇଠି ଆମ ନାଟକର ଉଠେଇ ଥିବା ଫୋଟୋ ସବୁ ଆମ ପାଖକୁ ପଠେଇଲେ। ଫୋଟୋର ଆଦାନ ପ୍ରଦାନ ସରିଲା। ସମସ୍ତ ଉସ୍ଫାହ ଉଦ୍ଦୀପନା ଆସ୍ତେ ଆସ୍ତେ ଧୁମେଇ ଆସିଲା।

ହଠାତ୍ ଦିନେ ଫୋନ କଲଟିଏ ପାଇ ଆଶ୍ଚର୍ଯ୍ୟ ହେଲି କାଲିଫର୍ଣ୍ଣିଆରୁ ବନ୍ଧୁ ପ୍ରିୟଦର୍ଶୀ ଦାସଙ୍କ ଠାରୁ। ସାଦର ସମ୍ଭାଷଣ ପରେ ସେ କହିଲେ, "ବନ୍ଧୁ, ଆପଣଙ୍କ "ବିଦ୍ରୋହ" ନାଟକର ଏତେ ଯେ ପ୍ରଶଂସା ଏହା ଶୁଣି ଆମେ ଇଚ୍ଛା କଲୁ ଆମର ଏ "ବେ ଏରିଆ"ରେ ଓଡ଼ିଆ କଳାକାର ମାନଙ୍କୁ ନେଇ ସେଇଟିକୁ ମଞ୍ଚସ୍ଥ କରିବୁ। ଆପଣ ଆମକୁ ଏ ଦିଗରେ ସାହାଯ୍ୟ କଲେ ଆମେ ଉପକୃତ ହୁଅନ୍ତୁ।" ମୁଁ କହିଲି, "ଧନ୍ୟବାଦ, ଆପଣଙ୍କୁ ଭଲ ଲାଗିଥିବାରୁ। ଠିକ୍ ଅଛି ନିଶ୍ଚୟ ସାହାଯ୍ୟ କରିବୁ, କ'ଣ ଦରକାର କହନ୍ତୁ କେଉଁ ପ୍ରକାରେ ସାହାଯ୍ୟ କରିପାରିବୁ ?" ସେ କହିଲେ, "ଲେଖା, ପୋଷାକ, ଟୋପି ଓ ଭାଉଜଙ୍କର ଗୀତ, ଶୁଣିଲି କୁଆଡ଼େ ପୋଷାକ ଅତି ସୁନ୍ଦର ହେଇଥିଲା। ଏ ସବୁ ଆପଣ ପଠେଇବାର ଖର୍ଚ୍ଚ ଆମେ ବହନ କରିବୁ, ଆଶା କରୁଛୁ ଆପଣ ପଠେଇବାରେ ଅମଙ୍ଗ ହେବେନାହିଁ।" ମୁଁ କହିଲି "ନାହିଁ ଅମଙ୍ଗ କାହିଁ ପାଇଁ ହେବି ବନ୍ଧୁ, ପଠେଇଦେବି।" ତହିଁ ପର ଦିନ ଫେଡେକ୍ସରେ ପୋଷାକ ପଠେଇବାର ବନ୍ଦୋବସ୍ତ କଲି। ପ୍ୟାକେଟ ତିଆରି କରୁ କରୁ ଭାବୁଥିଲି, ପରିଶ୍ରମ ବୃଥା ଗଲାନି,

ମନେ ପକଉ ଥିଲି, ପତ୍ନୀ ସବିତାଙ୍କର ସେଇ ପଦ କଥା, "ହେଇ ପାରିବନି କାହିଁକି ? ହେଇ ପାରିବ ନା", ପାଇକ ମାନଙ୍କର, "ହଁ, ହଁ, ଆମେ ବିଦ୍ରୋହ କରିବୁ ଆମେ ବିଦ୍ରୋହ କରିବୁ", ପୁଅ ସୋମନର ବ୍ରିଟିଶ ଇଂଲିଶ ଓ ଜଞ୍ଜିର ଦ୍ୱାରା ବନ୍ଧା ହୋଇ ମୋର ସ୍ଟେଜରେ ଅନ୍ଧାରରେ ଚିତପଟାଙ୍ଗ ହେଇ ପଡ଼ିବାର। ପଛରେ ହାତ ମାରିଲି, ମୁଣ୍ଡରେ ହାତ ମାରିଲି, ସେତେବେଳକୁ ବଥା ଆଉ ନଥାଏ।

ଗବେଷଣାରେ ଘୋଡ଼ା ଦୌଡ଼

ନଭଷ୍ଠୁମୀ ମାର୍ସ ବିଲ୍ଡିଂ ଦ୍ୱାଦଶ ମହଲା। କାଚ ଘେରାରୁ ପରଦା ଟେକି ମୁଁ ବାହାରକୁ ଚାହିଁଲି। ପଶ୍ଚିମାକାଶ ପାଟଳ ରଙ୍ଗରେ ରଙ୍ଗୀନ ଦିଶୁଥାଏ। ତାର ପ୍ରତିଫଳନ ସୁବୃହତ୍ ଓଣ୍ଟାରିଓ ହ୍ରଦର ଜଳରାଶି ଉପରେ ପଡ଼ି ଝଲସି ଉଠୁଥାଏ। ନିକଟ ଅତୀତରେ ସୂର୍ଯ୍ୟ ଅସ୍ତାଚଳରେ ଅସ୍ତମିତ ହୋଇଯାଇ ଥିବାର ଆଭାସ ତହିଁରୁ ମିଳୁଥାଏ। ଅନ୍ଧକାରର ପରଦା ଧୀରେ ଧୀରେ ନଇଁ ଆସୁଥାଏ। ସନ୍ଧ୍ୟାର ଆଗମନ। ତଥାପି ଟରୋଣ୍ଟୋ ସହରର ବହୁ ତଳ ବିଶିଷ୍ଟ ଅଟ୍ଟାଳିକା ଓ ସରଣୀ ମାନଙ୍କରୁ ବିଛୁରି ହୋଇ ପଡୁଥିବା ଉଜ୍ଜ୍ୱଳ ନିଅନ ଆଲୁଅ ସମ୍ପୂର୍ଣ୍ଣ ଅନ୍ଧକାର ଆସିବାରେ ପ୍ରତିବନ୍ଧକ ସୃଷ୍ଟି କରୁଥାନ୍ତି।

ମାର୍ସ ବିଲ୍ଡିଂରେ ପୃଥିବୀ ପ୍ରସିଦ୍ଧ ହସ୍ପିଟାଲ ଫର୍ ସିକ୍ ଚିଲ୍ଡ୍ରେନ୍ର ଗବେଷଣାଗାରମାନ ସ୍ଥାନିତ। ସେଠାରେ ମୋର ମଲିକ୍ୟୁଲାର ବାୟୋଲଜିରେ ଗବେଷଣା। ୨୦୦୦ ମସିହାରେ ମୁଁ ଏଠାକାର ଏକ ଗବେଷଣାଗାରରେ ନିଯୁକ୍ତି ପାଇଥାଏ। ଯଦିଓ ମାର୍ସ ବିଲ୍ଡିଂ ନୂତନ କରି ଗଢ଼ି ଉଠିଛି ସେଥିରେ ସ୍ଥାନିତ ଗବେଷକ ମାନଙ୍କର ଇତିହାସ ଜାଜ୍ୱଲ୍ୟମାନ। ମୁଖ୍ୟ ପ୍ରବେଶ ଦ୍ୱାରରେ ପଶୁ ପଶୁ ଡାହାଣକୁ ଦେଖିବାକୁ ମିଲେ ଡାଇବେଟିସ୍ ରୋଗ ପାଇଁ ଇନ୍ସୁଲିନ୍ ଆବିଷ୍କାର କରିଥିବା ପୃଥିବୀ ପ୍ରସିଦ୍ଧ ବୈଜ୍ଞାନିକ ବେଷ୍ଟିଂ ଓ ବେଷ୍ଟଙ୍କର ପ୍ରତିମୂର୍ତ୍ତି। ତା' ସହିତ ପ୍ରଦର୍ଶିତ ସେମାନଙ୍କ ଦ୍ୱାରା ପ୍ରାପ୍ତ ହୋଇଥିବା ନୋବେଲ ପୁରସ୍କାରର ସ୍ୱର୍ଣ୍ଣ ପଦକ। ଏଠାରେ ଗବେଷଣା କରୁଥିବା ବୈଜ୍ଞାନିକ ମାନେ ଅନେକ ରୋଗର 'ଜିନ୍' ଆବିଷ୍କାର କରିଛନ୍ତି।

ଡିସେମ୍ବର ମାସର ଶେଷଭାଗ। ଖ୍ରୀଷ୍ଟମାସ ସମୟର ଛୁଟି ଦିନ ଯୋଗୁଁ ଶ୍ୱାନ ମାର୍ଜାରଟିଏ ବି ସେଠାରେ ଦେଖିବା ବିରଳ, ସବୁଆଡ଼ ଶୂନ୍‌ଶାନ୍, ନିରବ ନିସ୍ତବ୍ଧ। ମଣିଷର ସ୍ୱର ଶଢ଼ ମିଳିବା କଠିନ। ମୁଁ ଏକାକୀ ଗବେଷଣାଗାରରେ। ହାତରେ କିଛି ସମୟ ଥିବାରୁ ବାହାରକୁ ଚାହିଁ ଦେଖୁଥାଏ ଓଣ୍ଟାରିଓ ହ୍ରଦର ଦୃଶ୍ୟ। ଏମିତି ମୁଁ ଅନେକ

ସମୟ ଝରକା ଦେଇ ବାହାରକୁ ଚାହିଁ ରହେ । କିଛି ସମୟ ପରେ ଫେରିଆସି କାନ୍ତୁଘଣ୍ଟାକୁ ଚାହିଁ ଦେଖିଲି ସମୟ ସଂଖ୍ୟା ପାଞ୍ଚଟା ବାଜିବା ଉପରେ । ନିର୍ଦ୍ଦିଷ୍ଟ ସମୟରେ ଗଲି ଡାର୍କ ରୁମ ଭିତରକୁ ଏବ୍‍ରେ ଫିଲ୍ମ‍ର ଅଟୋରେଡିଓଗ୍ରାମଟି ଡେଭେଲପ୍ କରିବା ପାଇଁ । ପାଞ୍ଚ ମିନିଟ୍ ପରେ ବାହାରକୁ ବାହାରି ଆସି ଦେଖୁଥାଏ ଫିଲ୍ମରେ ଆଙ୍କି ହୋଇଥିବା କଳା କଳା ଚିହ୍ନଗୁଡ଼ିକୁ । ସେହି ଚିହ୍ନଗୁଡ଼ିକ ଆମ ଭଳି ମଲିକ୍ୟୁଲାର ବାୟୋଲୋଜିଷ୍ଟ ହିଁ ବିଶ୍ଳେଷଣ କରି ତାର ଅର୍ଥ ବୁଝିପାରନ୍ତି ଓ ତାର ଗାମ୍ଭୀର୍ଯ୍ୟତା ବା ଗୁରୁତ୍ୱ ହୃଦୟଙ୍ଗମ କରିପାରନ୍ତି ।

ମୁଁ ଫିଲ୍ମଟିକୁ ଦେଖୁ ଦେଖୁ ହଠାତ୍ ପରୀକ୍ଷାଗାରର ଟେଲିଫୋନଟି ଜାଲ ପରି ଛାଇ ରହିଥିବା ନିରବତାକୁ ଆଡ଼େଇ ଦେଇ ଜୋରରେ ବାଜି ଉଠିଲା । ଫିଲ୍ମଟିକୁ ଦେଖିବାକୁ ଆଉ ଫୁରସତ ମିଳିଲାନି । ଦୌଡ଼ି ଯାଇ "ହ୍ୟାଲୋ" କହିଲି । ଅନ୍ୟ ପଟୁ ପତ୍ନୀ ସବିତାଙ୍କର ସୁପରିଚିତ କଣ୍ଠ ସ୍ୱର, "ଆଉ କେହି ଅଛନ୍ତି ସେଠାରେ, ନା ତମେ ଏକୁଟିଆ ?" ମୁଁ ତାର ଉତ୍ତର ଦେବା ଆଗରୁ ପୁଣି ସେ କହି ଉଠିଲେ, "ହଁ, କେତେବେଳେ ବାହାରୁଛ ? ମନେ ଅଛି ତ ? ଆଜି ଆମର ଯିବାର ଅଛି ରେଷ୍ଟୁରେଣ୍ଟରେ ଖାଇବାକୁ । ମୁଁ ପିଲାମାନଙ୍କୁ ସବଓ୍ୱେ ଟ୍ରେନ୍‍ରେ ନେଇ ରେଷ୍ଟୁରେଣ୍ଟରେ ପହଞ୍ଚୁଛି, ତମେ ଯେମିତି ଠିକ୍ ସମୟରେ ସେଠାରେ ପହଞ୍ଚ, ଆଗରୁ କହି ଦଉଛି ଯେମିତି ଜମାରୁ ଡେରି ନକର ।" ମୁଁ ପ୍ରତ୍ୟୁଉତ୍ତରରେ କହିଲି, "ହଁ, ହଁ, ମୁଁ ପହଞ୍ଚୁଛି, ତମର ଆଦୌ ବ୍ୟସ୍ତ ହବା ଦରକାର ନାହିଁ ।" ପୁଣି ସବିତା ସେ ପଟରୁ ପଚାରିଲେ, "ମନେ ଅଛିତ କେଉଁ ରେଷ୍ଟୁରେଣ୍ଟ ?" "ହଁ ହଁ, ଆକୋ ହୋ ସିମ ଜାପାନିଜ ରେଷ୍ଟୁରେଣ୍ଟ, ଠିକ୍ ମନେ ଅଛି ।" ମୁଁ ରେଷ୍ଟୁରେଣ୍ଟର ନାଁ ନେଇ "ବାଏ" କହିଦେଇ ଫୋନଟିକୁ ଥୋଇଦେଲି ।

ତାପରେ ଦୀର୍ଘ ନିଃଶ୍ୱାସଟିଏ ମାରି ମନକୁ ମନ କହି ହେଲି, ଯାହା ହେଉ ସବିତା ଫୋନ କଲେ, ନୋହିଲେ ସବୁ ଗଡ଼ବଡ଼ ହେଇଯାଇଥାନ୍ତା, ମୋର ଜମାରୁ ମନେ ନଥିଲା । ସବିତା ମୋତେ ଏପରି ଫୋନ କରି ମନେ ପକେଇଦେବାର କିଛି ନୂତନତ୍ୱ ନଥିଲା । ନିତି ଦିନିଆ କଥା । ମୋ ଭଳିଆ ଭୋଲା ମହେଶ୍ୱରଙ୍କ ଭୁଲା ମନ ଜାଣି ଏମିତି ଅନେକ ସମୟରେ ସେ ଫୋନ କରି ଯୋଜନା ମାନ ମନେ ପକେଇ ଦିଅନ୍ତି । ଗବେଷଣାଗାରରେ ପରୀକ୍ଷାନିରୀକ୍ଷା ଭିତରେ ବୁଡ଼ି ରହି ସତରେ ସେଦିନ ବି ମୁଁ ଭୁଲି ଯାଇଥିଲି । ଭାଗ୍ୟ ଭଲ ସେ ଫୋନଟିଏ କଲେ, ନୋହିଲେ ରେଷ୍ଟୁରେଣ୍ଟ ଯିବା ବଦଳରେ ମୁଁ ଘରେ ଯାଇ ହାଜର ହେଇଥାନ୍ତି ଆଉ ତାହାକୁ କେନ୍ଦ୍ର କରି ମହାଭାରତଟିଏ ସୃଷ୍ଟି ହେଇଯାଇଥାନ୍ତା ।

ଫୋନ୍‌ଟି ପାଇ ମୁଁ ଆଶ୍ୱସ୍ତ ହେଲି। ବ୍ୟାକ୍‌ପ୍ୟାକ୍‌ରେ ଫିଲ୍ମ‌ଟିକୁ ଗୁଞ୍ଜି ଦେଇ ତର ତର ହେଇ ଶୀତ ଜାକେଟ୍‌ ଓ ଜୋତା ପିନ୍ଧି ବାହାରକୁ ବାହାରି ଆସିଲି। ବାହାରେ ପାଞ୍ଚ ସେଣ୍ଟିମିଟର ବହଳର ତୁଷାର ପାତ ହେଇ ଛାଡ଼ି ଯାଇଥାଏ। ତେଣୁ ରାସ୍ତା ଘାଟ ଧୋବ ଫରଫର। ନିଅନ୍‌ ଆଲୁଅ ପଡ଼ି ସଦ୍ୟ ତୁଷାର ହୀରା ଖଣ୍ଡ ପରି ମଝିରେ ମଝିରେ ଚକ୍‌ ଚକ୍‌ କରୁଥାଏ ଓ ପବନରେ ଏପଟ ସେପଟ ଉଡୁଥାଏ। ନିର୍ମଳ ଆକାଶ। ଡିସେମ୍ବର ମାସର କାଲୁଆ ପବନ ଭୀଷଣ ଜୋରରେ କାନରେ ଆସି ଟାଁଏଁ ଟାଁଏଁ ବାଜିବାରୁ ମୁଁ ମୁଣ୍ଡ ଓ କାନ ପାଇଁ ଥିବା ଆଭରଣଟିକୁ ବେଶ୍‌ ଭଲ କରି ଭିଡ଼ି ଦେଇ କ୍ଷିପ୍ର ଗତିରେ ପାଦ ପକେଇ ଚାଲିଲି। କିଛି ସମୟ ପରେ ସିଟି ହଲ୍‌ ପାରି ହୋଇ ଟରୋଣ୍ଟୋର ସର୍ବବୃହତ କ୍ରୟ ବିକ୍ରୟର ବାଣିଜ୍ୟସ୍ଥଳୀ "ଇଟନ ସେଣ୍ଟର" ଭିତରକୁ ପଶିଗଲି। ଖ୍ରୀଷ୍ମାସ ବଜାର। ଲୋକମାନଙ୍କର ବେଶ୍‌ ଗହଳି। ବିଶାଳକାୟ ସୁନ୍ଦର ସୁସଜ୍ଜିତ ଖ୍ରୀଷ୍ମାସ ବୃକ୍ଷ ସହିତ ତା' ଭିତରେ ଆହୁରି ନାନା ରଙ୍ଗର ରଙ୍ଗ ରଙ୍ଗିଆ ଖ୍ରୀଷ୍ମାସ ସଜାଣି, ସାଣ୍ଟା କ୍ଲୁଜ, ସ୍ଲେଜ ଗାଡ଼ି, ହରିଣ, ବିରାଟ ବିରାଟ ହୀରା ପରି ଚିକ୍‌ମିକ୍‌ କରୁଥିବା ତାରାମାନ। ତା' ଉପରେ ଥରେ କେବଳ ଆଖି ବୁଲେଇ ଆଣିଲି। ମନ କିନ୍ତୁ ମୋର ଥାଏ ସେଇ ନୂତନ କରି ଡେଭଲପ୍‌ ହୋଇଥିବା ଫିଲ୍ମ ଉପରେ। ମନର ଉସ୍ତୁକତାକୁ ଆଉ ସମ୍ଭାଳି ନପାରି ପୁଣି ବ୍ୟାଗରୁ ଫିଲ୍ମ‌ଟିକୁ ବାହାର କଲି। ଆଜିକାଲିର କିଶୋର କିଶୋରୀମାନେ ମୋବାଇଲ ଫୋନ୍‌କୁ ପାପୁଲି ଭିତରେ ରଖି ତାକୁ ଅନେଇ ଅନେଇ ବାଟ ଚାଲିଲା ଭଳି ମୁଁ ଫିଲ୍ମ‌ଟିକୁ ଚାହିଁ ଚାହିଁ ସତର୍କତାର ସହିତ ଜନ ଗହଲି ଆଡ଼େଇ ଚାଲିବାକୁ ଲାଗିଲି।

ରେଷ୍ଟୁରେଣ୍ଟରେ ପହଞ୍ଚିଲା ବେଳକୁ ପରିବାର ଲୋକେ ପହଞ୍ଚି ନଥାନ୍ତି। ତା' ଭିତରେ ଏକ ନିରୋଳା ନିଭୃତ କୋଣରେ ପଡ଼ିଥିବା ଟେବୁଲରେ ବସି ନିଜକୁ ସଜାଡ଼ି ନେଇ ଫିଲ୍ମ‌ଟିକୁ ଆଲୁଅ ଆଡ଼କୁ ଟେକି ଧରି ପୁଣି ଭଲ କରି ନିରୀକ୍ଷଣ କରିବାକୁ ଲାଗିଲି। କେତେ ମିନିଟ୍‌ ବିଶ୍ଲେଷଣ କଲା ପରେ ଆଶା ଜନକ ଫଳ ପ୍ରାପ୍ତି ହେଇଥିବାର ଆଭାସ ପାଇ ଆନନ୍ଦର ସୀମା ରହିଲା ନାହିଁ। ଖୁସି ହୋଇ ଟେବୁଲରେ ଧଡ଼୍‌ କରି ହାତ ବାଡ଼େଇ ଦେବାରୁ ରେଷ୍ଟୁରେଣ୍ଟର କାମ କରୁଥିବା ଲୋକଙ୍କ ଭିତରୁ କେତେ ଜଣ ମୋତେ ଅନେଇଲେ। ମୁଁ "ସରି" କହି ଚୁପ ହେଇଗଲି। ତଥାପି ଫଳ ଦେଖି ମୁଁ ମନ ଭିତରେ ଏତେ ଖୁସି ହୋଇ ଯାଇଥିଲି ଯେ ଆର୍କିମିଡିସ "ଇଉରେକ୍ଵା ଇଉରେକ୍ଵା" କହି ନଗ୍ନ ଅବସ୍ଥାରେ ଗ୍ରୀସର ରାଜଦାଣ୍ଡରେ ଦୌଡ଼ିଲା ଭଳି ରେଷ୍ଟୁରାଣ୍ଟ ବାହାରକୁ ଯାଇ ମୋର ଦୌଡ଼ିବାକୁ ମନ ହେଉଥିଲା। କିନ୍ତୁ ନିଜକୁ ଆୟତରେ ରଖିଲି। କାହାକୁ ବା କହନ୍ତି, ମୋ ଖୁସିରେ କିଏ ଭାଗୀଦାର ହେବ, କେହି ଜଣେ

ହେଲେ ଚିହ୍ନା ପରିଚୟ ଲୋକ ପାଖରେ ନଥାନ୍ତି । ମନ ହେଉଥିଲା ରେଷ୍ଟୁରେଣ୍ଟରେ ଅପେକ୍ଷାରତା ତନ୍ତୀ ୱେଟ୍ରେସ ଜଣକୁ ଡାକି ପାଖରେ ବସେଇ, ସେ ବୁଝୁ କି ନବୁଝୁ, ମୋର ପରୀକ୍ଷାର ଫଳ ଗୁଡ଼ିକ ତା' ଆଗରେ ଗାଇ ଯାଆନ୍ତି ।

ଠିକ୍ ସେତିକି ବେଳେ ପୁତ୍ର ଓ କନ୍ୟାଙ୍କ ସହ ପତ୍ନୀ ସବିତା ସେଠାରେ ପହଞ୍ଚିଗଲେ । ସେମାନେ ବସୁ ନ ବସୁଣୁ ସେମାନଙ୍କୁ ମୋର ଉତ୍ତମ ପରୀକ୍ଷା ଫଳର ଶୁଭ ଖବରଟି ଜଣେଇ ଦେଲି । କହିଲି, "ଆମ ଗବେଷଣାଗାରରୁ ମେଗାନ ସ୍ଲିନ ନାମକ ଯେଉଁ ଝିଅଟି ଅକ୍ସଫୋର୍ଡ ଯାଇ ଏଞ୍ଜାଇମ୍ ବନେଇ ପଠେଇଥିଲା ମୁଁ ପରୀକ୍ଷା କରି ସେଥିରୁ ବେଶ୍ ଉତ୍ତମ ଫଳ ପାଇଛି । ଏତେ ପରିଶ୍ରମରେ ଛୁଟିରେ ଆସି କାମ କରିଥିଲି ଯାହାହେଉ ଭଲ ଫଳ ମିଳିଲା, ସେ ଲାଗି ମୁଁ ଭାରି ଖୁସି ।" ସେମାନେ ସମସ୍ତେ ମୋର କାମ ଭଲ ହେଇଥିବାର ଜାଣି ଆନନ୍ଦ ପ୍ରକାଶ କଲେ । ତା' ପାଇଁ "କଙ୍ଗ୍ରାଚୁଲେସନ୍" କହି ଅଭିନନ୍ଦନ ବି ଜଣେଇଲେ ।

"ମେନୁ" ଦେଖି ଯେ ଯାହାର ରାତ୍ରି ଭୋଜନ ମଗେଇଲେ, ମୁଁ ବି ମଗେଇଲି । ଖାଦ୍ୟ ଆସିବା ଭିତରେ ମୁଁ ଅନେକ ଥର ଫିଲ୍ମଟିକୁ ଦେଖି ସାରିଲିଣି । ଖାଦ୍ୟ ଆସିଲା, ସମସ୍ତେ ଖାଇବା ଆରମ୍ଭ କଲେ । ମୁଁ ନ ଖାଇ ତଥାପି ସେଇ ପିଲ୍ମଟିକୁ ଅନେଇ ରହିଥାଏ । ଆଉ ସହ୍ୟ ନକରି ପାରି ସବିତା କହିଲେ, "ହଉ ହେଲା, ଦେଖିଲତ ପୁଣି ଆଉ କ'ଣ ? କୁଆଡ଼େ କ'ଣ ସେଟା ପଳେଇ ଯାଉଛି ନା କ'ଣ ? ଖାଇବା ଥଣ୍ଡା ହେଉଟି, ଖାଇ ସାରି ଦେଖିଲେ ହେବନି ? ଏବେ ଖାଇବା ଆରମ୍ଭ କର" ତା' ବି ସତ, କିନ୍ତୁ ସେ କ'ଣ ବୁଝୁଚନ୍ତି ଏହାର ପ୍ରଚ୍ଛଦପଟ୍ରେ କେତେ କ'ଣ ସବୁ ଘଟି ଯାଇଛି, କେଉଁ ପରିସ୍ଥିତି ଓ କେତେ ଜିଦା ଜିଦ୍‌ରେ ଏ ସବୁ ଗବେଷଣା ଚାଲିଛି । ତଥାପି ମୁଁ ତାଙ୍କ କହିବା ଅନୁସାରେ ନିଜକୁ ସଞ୍ଜତକୁ ଆଣି ଫିଲ୍ମଟିର ବିଶ୍ଳେଷଣ କରିବା ସ୍ଥଗିତ ରଖି ତାକୁ ବ୍ୟାକପ୍ୟାକରେ ଭରି ଦେଇ ଖାଇବାରେ ମନୋନିବେଶ କଲି ।

ଖିଆ ପିଆ ସରିଲା । ଗିଲାସରୁ ପାଣି ପିଉ ପିଉ ସବିତା ପଚାରିଲେ, "କ'ଣ ଫଳ ମିଳିଛ ଏବେ କହିଲ ? ଏତେ ଖୁସି ହେଇଯାଉଥିଲ କ'ଣ ପାଇଁ ? କ'ଣ ସେଥିରୁ ମିଳିବ ତୁମକୁ ? କ'ଣ, ନୋବେଲ ପ୍ରାଇଜଟା ମିଳିଯିବ ?"

ମୁଁ ଯେତେବେଳେ ଖୁସି ହେଇ ଘରେ ତାଙ୍କ ଆଗରେ ମୋ ଗବେଷଣାଗାରରେ ଘଟିଥିବା ଘଟଣା ସବୁ ଗଦ ଗଦ ହେଇ ଗପି ଯାଏ ସେ ମୋତେ ସବୁବେଳେ ସେଇ ଗୋଟିଏ ପ୍ରଶ୍ନ ପଚାରନ୍ତି, "କ'ଣ, ନୋବେଲ ପ୍ରାଇଜଟା ମିଳିଯିବ ?"

ତାଙ୍କର କଥା ଶୁଣି ମୁଁ କହିଲି, "ନୋବେଲ ପ୍ରାଇଜ ମିଳୁ କି ନ ମିଳୁ ଆମେ

ବିଜ୍ଞାନରେ ପ୍ରାୟ ଏମିତି ପ୍ରତି ଦିନ କିଛି ନା କିଛି ନୂଆ ପରୀକ୍ଷା କରି ପାଇଥିବା ଫଳ ସବୁ ବିଶ୍ଳେଷଣ କରି ବସୁ। କେତେବେଳେ ଖୁସି ହେଉ, କେତେବେଳେ ଉଦାସ ବି ହେଉ, ତାହା ଫଳ ଉପରେ ନିର୍ଭର କରେ। ଏଇଟା ତ ବୈଜ୍ଞାନିକଙ୍କ ଜୀବନ। ଆଜି କିନ୍ତୁ ଏହା ନିତି ଦିନିଆ ଘଟଣା ନୁହେଁ, ତା'ଠୁଁ ଢେର୍ ବେଶୀ, ଦୁଇ ଦଳ ବୈଜ୍ଞାନିକଙ୍କ ମଧ୍ୟରେ ପ୍ରତିଯୋଗିତା, ଘୋଡ଼ା ଦୌଡ଼। ମୂଳ କଥା ହେଲା କିଏ ଆଗରେ ପହଞ୍ଚିବ, ଯିଏ ଆଗ ଫଳ ବିଜ୍ଞାନ ପତ୍ରିକାରେ ପ୍ରକାଶ କରିବ, ଯିଏ ଆଗ ପ୍ରକାଶ କରିବ ସିଏ ଜିତିଲା ବୋଲି ଜାଣିବ। ଫଳ ଉତ୍ତମ ଯୋଗୁଁ ମୋର ଖୁସି ହେବାର କଥା। ଏପରି ମୁହୂର୍ତ୍ତ ଗବେଷଣା ଜୀବନରେ ଖୁବ୍ କ୍ବଚିତ ଆସେ।

ମୁଁ ଆଗରୁ ତ ତମକୁ କହିଚି ମୋ ସହିତ ଏଇମିତି ଆଉ ଗୋଟିଏ ଘଟଣା ବହୁତ ଆଗରୁ ଘଟିଥିଲା। ମୁଁ ଯେତେବେଳେ ନୂଆ ନୂଆ ୟୁନିଭରସିଟି ଅଫ୍ ଓ୍ବେଷ୍ଟର୍ଣ୍ଣ ଓ୍ବେରିଓ ବାଇୟୋ କେମିଷ୍ଟ୍ରି ବିଭାଗକୁ ଆସିଥିଲି ମୋତେ ଏକ ରାସାୟନିକ ପଦାର୍ଥ ତିଆରି କରିବାକୁ ପଡ଼ିଥିଲା। ତମେ ତ ଜାଣିଛ, ମୁଁ ବାୟୋଲଜି ଓ ଜିନେଟିକ୍ସର ଛାତ୍ର, ଗବେଷଣା ମୋର ଜିନେଟିକ୍ସରେ। ଜୈବିକ ରାସାୟନିକ ପଦାର୍ଥ ତିଆରି କରିବାର ଅଭିଜ୍ଞତା ମୋର ସୀମିତ ରସାୟନ ବିଦ୍ୟା ଜ୍ଞାନର ବାହାରେ। ପ୍ରଥମେ ପ୍ରଥମେ ମୋ ଆଗରୁ କେହି ଜଣେ ଗୋଟିଏ ପଦ୍ଧତି ଅନୁସରଣ କରି ସେହି ପଦାର୍ଥଟିକୁ ତିଆରି କରିବାକୁ ଚେଷ୍ଟା କରିଥିଲେ। ମୁଁ ଯେତେବେଳେ ତିଆରି କରିବା ଆରମ୍ଭ କଲି ସେ ପଦ୍ଧତିକୁ ଶତକଡ଼ା ଶହେଭାଗ ଅନୁସରଣ କରିବା ସତ୍ତ୍ୱେ ବି ଫଳ ପାଇ ପାରି ନଥିଲି। ଅସଫଳ ହେବାରୁ କୌଣସି ଆଡ଼େ ମୋର ମନ ଲାଗିଲାନି। କେମିତି ସେ ରାସାୟନିକ ପଦାର୍ଥଟି ବନେଇବି ସବୁବେଳେ ମନ ମୋର ସେଇଠି ରହିଲା। ବହୁ ପରିଶ୍ରମ କଲା ପରେ ବି ଯେତେବେଳେ ଫଳ ନମିଳିଲା। ଶେଷକୁ ଦିନେ ମୁଁ ଯାଇ ମୋ ସୁପରଭାଇଜର ଡକ୍ଟର ଓ୍ବାକରଙ୍କୁ ପଚାରିଲି ସେ ତିଆରି ହୋଇଥିବା ରାସାୟନିକ ପଦାର୍ଥଟିକୁ ନିଜ ଆଖିରେ ଦେଖିଛନ୍ତିକି ? ସେ ନାହିଁ କରିବାରୁ ସେତକ ଶୁଣି ଦେଇ ମୁଁ ଆଉ ଅଧିକ କିଛି କହିଲିନି, ସେଇ ଦିନ ଠାରୁ ସେ ପଦ୍ଧତି ଅନୁସରଣ କରିବା ବନ୍ଦ କରି ଦେଲି। ସେତେବେଳେ ମୋର ଜଣେ ବନ୍ଧୁ ରବୀନ୍ଦ୍ରନାଥ ରାସାୟନିକ ବିଦ୍ୟାରେ ରସାୟନ ବିଦ୍ୟା ବିଭାଗରେ ଗବେଷଣା କରୁଥାନ୍ତି। ତମେ ତ ରବିକୁ ଭେଟିଛ। ତାର ସାହାଯ୍ୟ ଲୋଡ଼ିଲି। ସେ ମୋତେ କେତେଗୁଡ଼ିଏ ଉପଦେଶ ଦେଲେ। ସେଗୁଡ଼ିକୁ ଆଖି ଆଗରେ ରଖି ଓ ତା' ସହିତ ମୁଁ ମୋର ନିଜର କିଛି ବୁଦ୍ଧି ଖଟେଇ ପୁଣି ପରୀକ୍ଷା ଆରମ୍ଭ କଲି। ଦିନ ରାତି ଅକ୍ଲାନ୍ତ ପରିଶ୍ରମ ପରେ ରାସାୟନିକ ପଦାର୍ଥଟି ତିଆରି ହେଇ ପାରିଲା। ସେଦିନ ମୋର ଖୁସି କହିଲେ ନ ସରେ। କାନାଡ଼ା ଆସି ସଫଳତା ଅର୍ଜନ କରିବାରେ

ସେଇଟି ଥିଲା ମୋର ପ୍ରଥମ । ତାହା ୧୯୮୫ ମସିହା ଡିସେମ୍ବର ମାସ ଷୋହଳ ତାରିଖର କଥା । ସେଦିନ ମୋ ସୁପରଭାଇଜର ଡକ୍ଟର ଠାକର ବି ମୋ ଉପରେ ଭାରି ଖୁସି ହେଇଯାଇଥିଲେ । କାମ ସାରି ଘରକୁ ଫେରିବା ବେଳେ ଠିକ୍ ଆଜି ପରି ଆନନ୍ଦରେ ମୋ ପାଦ ତଳେ ପଡୁ ନଥିଲା ।”

ଏହା ଶୁଣି ସବିତା କହିଲେ, “ସିଏତ ଅନେକ ବର୍ଷ ତଳର କଥା ବୋଲି ତମେ କହିଲ । ଏବେ ଏଇଟା କ’ଣ ହେଇଟି କୁହ ? କାହିଁକି ତମେ ଏତେ ଖୁସି ? କ’ଣ ମେଗାନ ସ୍କିନ ତିଆରି କରି ପଠେଇଥିଲା ଅକ୍ସଫୋର୍ଡରୁ ?”

ମୁଁ କହିଲି, “କହୁଚି କହୁଚି, ବ୍ୟସ୍ତ ହୁଅନି ।”

ରେଷ୍ଟୁରେଣ୍ଟର ଖଣ୍ଡିଏ ନାପକିନ୍ ଟାଣି ଆସି ପକେଟରୁ କଲମଟିଏ ବାହାର କରି ତା’ ଉପରେ ମଣିଷ ମସ୍ତିଷ୍କର ଚିତ୍ରଟିଏ ଆଙ୍କିଦେଇ ସବିତାଙ୍କୁ ବୁଝେଇ ବସିଲି । କହିଲି, “ଭାବ ଏଇଟି ମଣିଷର ମସ୍ତିଷ୍କ । ଆଉ ଏଇ ଅଂଶଟିକୁ କହନ୍ତି ସ୍ଟ୍ରାଏଟମ୍ । ଏଇ ସ୍ଟ୍ରାଏଟମ୍‌ରେ କୋଷମାନେ ଯେତେବେଳେ ଦ୍ରୁତ ଗତିରେ କ୍ଷୟ ହୁଅନ୍ତି ସେତେବେଳେ ମଣିଷର ମାଂସପେଶୀ ଓ ସ୍ନାୟୁ ଦୁର୍ବଳ ହେଇଯାଆନ୍ତି, ଠିକ୍‌ରେ କାମ କରନ୍ତି ନାହିଁ, ମଣିଷ ଏକ ରୋଗରେ ଆକ୍ରାନ୍ତ ହୁଏ ଫଳରେ ଚାଲବୁଲ କରିବା ସମ୍ଭବ ହୁଏ ନାହିଁ, ତାକୁ “ହଣ୍ଟିଙ୍ଗଟନ ରୋଗ” କୁହାଯାଏ । ମୋଟ ଉପରେ କାହିଁକି କୋଷମାନଙ୍କର କ୍ଷୟ ଘଟେ ତାହାରି ଉପରେ ଆମର ସମସ୍ତ ଗବେଷଣା ।

ତମେ ତ ଶୁଣିଛ ଡିଏନ୍ଏ । ତାହା ଆମ ଗୁଣସୂତ୍ର ମାନଙ୍କରେ ଥାଆନ୍ତି । ଯେମିତି ଘର ତିଆରି କରିବା ପାଇଁ ଇଟାର ଆବଶ୍ୟକ ସେଇମିତି ଡିଏନ୍ଏ ତିଆରି ପାଇଁ ଇଟା ରୂପକ ଏଟିଜିସି ଏଇ ଚାରୋଟି ରାସାୟନିକ ପଦାର୍ଥର ଆବଶ୍ୟକ । ଏ ସବୁକୁ ‘ବେସ୍’ କୁହାଯାଏ । ଏହି ଚାରୋଟି ‘ବେସ୍’କୁ ନେଇ ଡିଏନ୍ଏର ଗଠନ । ଅଣୁ ସ୍ତରରେ ଡିଏନ୍ଏ ଗୋଟିଏ ସିଡ଼ି ଭଳିଆ ଦେଖାଯାଏ କିନ୍ତୁ ସିଡ଼ିକୁ ହାତରେ ଧରି ବୁଲେଇଦେଲେ ଯେମିତିକା ହେଇଯିବ ଠିକ୍ ସେଇମିତି । ଡିଏନ୍ଏର କୌଣସି ଜାଗାରେ ନିର୍ଦ୍ଦିଷ୍ଟ ଆକାର ପ୍ରକାର ଥାଇ ଯଦି ସେହି ଅଂଶରୁ ତିଆରି ହେଉଥିବା ପ୍ରୋଟିନ ଦ୍ୱାରା କୌଣସି ନିର୍ଦ୍ଦିଷ୍ଟ କାର୍ଯ୍ୟ ସମ୍ପାଦନ ହୁଏ ତେବେ ତାହାକୁ ‘ଜିନ୍’ କୁହାଯାଏ । ଆମର ‘ହଣ୍ଟିଙ୍ଗଟିନ ଜିନ୍’ ଉପରେ କାମ ଯାହାକି ମଣିଷର ତେଇଶିଟି ଗୁଣସୂତ୍ର ଭିତରୁ ଚାରି ନମ୍ବର ଗୁଣସୂତ୍ରରେ ଅବସ୍ଥିତ । ସାଧାରଣ ଭାବରେ ହଣ୍ଟିଙ୍ଗଟିନ ଜିନରେ ତିନୋଟି ‘ବେସ୍’ ସିଟିଜି ଯାହାକୁ କି ଟ୍ରିପଲ ରିପିଟ୍ କହନ୍ତି, କ୍ରମାଗତ ଭାବରେ ଛଅରୁ ପେଣ୍ଟିରିଶ ପର୍ଯ୍ୟନ୍ତ ଥାଆନ୍ତି । ବୈଜ୍ଞାନିକମାନେ ଅନେକ ପରୀକ୍ଷା କରି ଆବିଷ୍କାର କରିଛନ୍ତି ଯେ ଏହି ରୋଗର କାରଣ ଅତ୍ୟନ୍ତ ବିଚିତ୍ର । ଯେଉଁମାନଙ୍କୁ

ଏ ବ୍ୟାଧି ହୋଇଥାଏ ସେମାନଙ୍କର ଏହି ନିର୍ଦ୍ଦିଷ୍ଟ "ଜିନ"ରେ ସିଟିଜି ଟ୍ରିପଲ୍ ରିପିଟ ପଇଁତିରିଶରୁ ବିସ୍ତାରିତ ହୋଇ ତାହାର ସଂଖ୍ୟା ଅତି ଊର୍ଦ୍ଧ୍ୱରେ ଏପରିକି ହଜାରେ ଉପରକୁ ପହଞ୍ଚି ଯାଏ। କାହିଁକି ଏମିତି ବିସ୍ତାରିତ ହୁଏ ଏବଂ କିଏ ଏହାକୁ କରାଏ ଅଣୁ ସ୍ତରରେ ଜାଣିବାଟା ହିଁ ହେଉଛି ଆମ ଗବେଷଣାଗାରର ମୂଳ ଲକ୍ଷ୍ୟ। ଯଦି ଏହାକୁ ଜାଣିବା ସମ୍ଭବ ହେଇ ପାରନ୍ତା ତେବେ ତା' ପାଇଁ ଔଷଧ ଆବିଷ୍କାର କରାଯାଇ ପାରନ୍ତା, ଆଉ ଏଇ ବିସ୍ତାରିତ ହେବାକୁ ସ୍ଥଗିତ କରି ଦିଆ ଯାଇପାରନ୍ତା, ଫଳରେ ଏ ଭଳିରୁ ରୋଗରୁ ମୁକ୍ତି ମିଳନ୍ତା।"

ସବିତା ମୁଣ୍ଡ ହଲେଇ ସମ୍ମତି ଜଣେଇ କହିଲେ, "ବୁଝିଲି ଏବେ ତମେ କ'ଣ କେଉଁ ଗବେଷଣାରେ ଲାଗିଚ, ହେଲେ ଏଇ ଫିଲ୍ମରେ କ'ଣ ଅଛି ଯେ ତମେ ଏମିତି ଖୁସି ହେଇ ଯାଉଥିଲ।"

ମୁଁ କହିଲି, "ଅପେକ୍ଷା କର ମୁଁ ସେତେ ପର୍ଯ୍ୟନ୍ତ ଯାଇନି, କହୁଚି, କହୁଚି, ଟିକିଏ ଥୟ ଧର।"

ମୁଁ ପୁଣି କହିବା ଆରମ୍ଭ କଲି, "ମୁଁ ତ ତମକୁ ଏବେ କହିଲି ଗୁଣସୂତ୍ର ମଧ୍ୟରେ ଡିଏନ୍ଏର ଅବସ୍ଥିତି। ଅନେକ ସମୟରେ ବିଭିନ୍ନ କାରଣରୁ ଡିଏନ୍ଏଟି ଭାଙ୍ଗିରୁଜି ଯାଏ। ଭାଙ୍ଗାରୁଜା ଡିଏନ୍ଏ ଗୁଡିକର ପୁଣି ମରାମତି ଦରକାର ହୁଏ। ମରାମତି ପାଇଁ ବିଭିନ୍ନ ପ୍ରକାରର ଏଞ୍ଜାଇମ୍ ବଢ଼େଇ ଭଲି କାମ କରନ୍ତି। ଠିକ୍ ମରାମତି ହେଲେ ଏହା ପୁଣି ଅବିକଳ ପୂର୍ବାବସ୍ଥାକୁ ଫେରିଆସେ, ବେଠିକ୍ ମରାମତି ହେଲେ ବିକଳାଙ୍ଗ ହୋଇ ରୋଗ କରିବାର କାରଣ ହେଇଥାଏ।

ଏଇସବୁ ସି, ଟି, ଜି ଟ୍ରିପଲ ରିପିଟ ମାନଙ୍କର ଭାଙ୍ଗାରୁଜା ପରେ କିପରି ମରାମତି ହୁଏ ଏଇ ଫିଲ୍ମରୁ ହିଁ ତାହା ଜଣାପଡ଼େ। ମୁଁ ଏହି ପଦ୍ଧତିଟିକୁ ଆମ ଗବେଷଣାଗାରରେ ନିଜେ ବାହାର କରିଛି ପ୍ରଥମ ଥର ପାଇଁ। ଏମିତି ମୁଁ ଅନେକ ପରୀକ୍ଷା ବର୍ଷ ବର୍ଷ ଧରି କରି ରୋଗ ବିଷୟରେ ଫଳ ସବୁ ହାସଲ କରିଥାଏ। ତାହାକୁ କିପରି ବିଜ୍ଞାନ ପତ୍ରିକାରେ ପ୍ରକାଶ କରିବା ସେଥିରେ ଆମେ ଲାଗିଥାଉ। ତା' ଛଡ଼ା ସେଇ କାମକୁ ଆହୁରି ଆଗକୁ ଆଗକୁ କିପରି ବଢ଼େଇ ହେବ ସେଇ ଚେଷ୍ଟାରେ ଥାଉ। କିନ୍ତୁ ସେ ସବୁ କାମ ପାଇଁ ଆମ ପାଖରେ ଗୋଟିଏ ଆବଶ୍ୟକ ଗୁରୁତ୍ୱପୂର୍ଣ୍ଣ ଏଞ୍ଜାଇମ୍ ନଥାଏ। ସେ ଏଞ୍ଜାଇମ୍‌ଟି ଥାଏ ଡକ୍ଟର ପଲ୍ ମଉରିଚ ନାମକ ଜଣେ ନର୍ଥ କାରୋଲିନାର ନାମକରା ବୈଜ୍ଞାନିକଙ୍କ ପାଖରେ।

ସେତିକି ବେଳେ ଆମେରିକାନ ସୋସାଇଟି ଅଫ୍ ମାଇକ୍ରୋବିଓଲୋଜିର ସମ୍ମିଳନୀ ସାଉଥହମ୍ପଟନ ଫେୟାରମଣ୍ଟ ହୋଟେଲ, ବର୍ମୁଡ଼ାରେ ହେଉଥିଲା। ତମର

ତ ମନେ ଥିବ ମୁଁ ବର୍ମୁଡ଼ା ଯାଇଥିଲି । ବର୍ମୁଡ଼ା ସମ୍ମିଳନୀରେ ଆମେ ଆମର ଗବେଷଣା, ବକ୍ତୃତା ଓ ପୋଷ୍ଟର ମାଧ୍ୟମରେ ସମସ୍ତଙ୍କୁ ଜଣେଇଲୁ । ଅନେକ ବୈଜ୍ଞାନିକ ଆମର କାମକୁ ତାରିଫ କଲେ । ଆମେ ଶୁଣି ଖୁସି ହେବା ସଙ୍ଗେ ସଙ୍ଗେ ପୁଣି କିପରି ଏ କାମକୁ ଆହୁରି ଆଗକୁ ଆଗକୁ ନେଇ ହେବ ସେହି ମସୁଧାରେ ଥାଉଁ । ଆମ କାମ ପାଇଁ ଯେଉଁ ଏକ୍ସାଇମେଣ୍ଟି ଦରକାର ସେଇଟି କିପରି ପାଇବୁ ସବୁବେଳେ ସେଇ ଚେଷ୍ଟାରେ ଥାଉ ।

ସୌଭାଗ୍ୟକୁ ଡକ୍ଟର ପଲ୍ ମଡରିଚ ମଧ୍ୟ ସେଇ ମିଟିଙ୍ଗକୁ ଆସିଥାନ୍ତି । ସେ ନର୍ଥ କାରୋଲିନାର ଡିଉକ ବିଶ୍ୱବିଦ୍ୟାଳୟରେ ଗବେଷଣା କରନ୍ତି । ସେ ପୁଣି ନ୍ୟାସନାଲ ଏକାଡେମୀର ମେମ୍ବର, ସେଇଟା କିଛି କମ୍ କଥା ନୁହଁ । ବେଳକାଲ ଉଣ୍ଟି ମୁଁ ଓ ଡକ୍ଟର ପିଅରସନ, ଦୁଇଜଣ ତାଙ୍କୁ ସାକ୍ଷାତ କରି ତାଙ୍କ ସହିତ ଆଲୋଚନା କରିବାର ସମୟ ସ୍ଥିର କଲୁ । ଡିଏନ୍ଏ କିପରି ମରାମତି ହୁଏ ସେ ଦିଗରେ ତାଙ୍କର ଜ୍ଞାନ ଗଭୀର । ଅଭିଜ୍ଞତା ଓ ଦକ୍ଷତା ସୁଦୂରପ୍ରସାରୀ । ତେଣୁ ସାରା ପୃଥିବୀର ବୈଜ୍ଞାନିକ ମାନେ ତାଙ୍କୁ ଡିଏନ୍ଏ ମରାମତି ବିଭାଗରେ ସବୁ ଠୁଁ ଉଚ୍ଚକୋଟୀର ଗବେଷକ ହିସାବରେ ମାନ୍ୟ କରନ୍ତି ।

ଡକ୍ଟର ପଲ୍ ମଡରିଚଙ୍କ ସହିତ ଫେୟାରମଣ୍ଟ ହୋଟେଲ ଲବିରେ ଦିନେ ଆଲୋଚନା ଆରମ୍ଭ ହେଲା । ଆମ ସହିତ ତାଙ୍କର ଆଉ ଜଣେ ସହ ଗବେଷକ ଡକ୍ଟର ରବି ଆୟର ଯୋଗଦେଲେ । ଡକ୍ଟର ମଡରିଚ ଦେଖିବାକୁ ବାଙ୍ଗର, ପକ୍ କେଶ । ପୃଥିବୀର ଏତେ ବଡ଼ ସୁନାମ ଧନ୍ୟ ବୈଜ୍ଞାନିକଙ୍କ ସହିତ କଥାବାର୍ତ୍ତା ଅତ୍ୟନ୍ତ ଗର୍ବ ଓ ଗୌରବର କଥା । ମନେ ମନେ ମୁଁ ନିଜକୁ ଭାଗ୍ୟବାନ ମନେ କରୁଥାଏ । ପ୍ରାୟ ଏକ ଘଣ୍ଟା ଧରି ତାଙ୍କ ଆମ ଭିତରେ ବିଭିନ୍ନ ପ୍ରକାରର ଆଲୋଚନା କାମକୁ ନେଇ ଚାଲିଲା । ଆଲୋଚନା ବେଶ୍ ସୌହାର୍ଦ୍ୟପୂର୍ଣ୍ଣ ରହିଲା । ଡକ୍ଟର ମଡରିଚ ଆମର କାମକୁ ତାରିଫ କଲେ । ଏ କାମକୁ ଆହୁରି କିପରି ଆଗକୁ ନେଇ ହେବ ଆମେ ଧାର୍ଯ୍ୟ କରିଥିବା ପଦ୍ଧତି ଉପରେ ସେ ସହମତ ହେଲେ । ଏ ସବୁ ଦେଖିବା ପରେ ସେ ଆମକୁ ତାଙ୍କ ପାଖରେ ଥିବା ଏକ୍ସାଇମ୍ ଯୋଗେଇବେ ବୋଲି ପ୍ରତିଶ୍ରୁତି ଦେଲେ । ସହଯୋଗିତା ସୂତ୍ରରେ ଦୁଇ ଗବେଷଣାଗାରର ସହାୟତାରେ ଗବେଷଣା ଆଗକୁ ବଢ଼ାଇବାର ଚୂଡ଼ାନ୍ତ ନିଷ୍ଟି ନିଆଗଲା । ଆଲୋଚନା ସନ୍ତୋଷଜନକ ରହିଲା ଜାଣି ଖୁସି ହେଲି ।

ସେହି ମିଟିଙ୍ଗରେ ଆଉ ଜଣେ ଡକ୍ଟର ଗୁଅମିନ୍ ଲି ନାମକ ବୈଜ୍ଞାନିକଙ୍କ ସହିତ ସାକ୍ଷାତ ହୋଇ ସୌହାର୍ଦ୍ୟତା ବଢ଼ିଲା । ଡକ୍ଟର ଲି, ଡକ୍ଟର ମଡରିଚଙ୍କ ଶିଷ୍ୟ ।

ସେତେବେଳେ ସେ ଏମୋରି କଲେଜ ଅଫ୍ ମେଡିକାଲ ସାଇନ୍ସ୍‌ରେ ଗବେଷଣା କରୁଥାନ୍ତି। ବର୍ମ୍ୟୁଡ଼ାର ମିଟିଙ୍ଗ ସରିଲା। ଆମେ ଟରୋଣ୍ଟୋ ଫେରି ଆସିଲୁ।

ୟା ଭିତରେ ଆମେ ଆମ କାମଟିକୁ ଅନେକ ବାଧାବିଘ୍ନ ଦେଇ ଗତି କରି ନେଚର ସ୍ଟ୍ରକ୍‌ଚରାଲ ଏଣ୍ଡ ମଲିକ୍ୟୁଲାର ବାୟୋଲଜି ଜରନାଲରେ ୨୦୦୫ ମସିହା ଅଗଷ୍ଟ ମାସରେ ପ୍ରକାଶ କରିଦେଲୁ। ଏ କଥା ବି ତମେ ଜାଣିଚ, ମୁଁ ଆଗରୁ ତମକୁ କହିଚି। ଏହି ଜରନାଲ୍‌ଟି ନେଚର ପବ୍ଲିଶିଂ ଗ୍ରୁପର ପୃଥିବୀରେ ମାନ୍ୟଗଣ୍ୟ ବେଶ୍ ନାମକରା ଜରନାଲ୍ ଥିବାରୁ ମୁଁ ବହୁତ ଖୁସି ହେଇଥିଲି। ଆମ ପ୍ରକାଶିତ ଆର୍ଟିକିଲ୍‌ଟି ପଢ଼ି ଡକ୍ଟର ମଡରିଚ୍ ଆମକୁ ଅଭିନନ୍ଦନ ବାର୍ତ୍ତା ପଠେଇଲେ।

ARTICLES

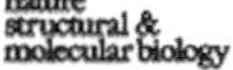

Slipped (CTG)•(CAG) repeats can be correctly repaired, escape repair or undergo error-prone repair

Gagan B Panigrahi, Rachel Lau, S Erin Montgomery, Michelle R Leonard & Christopher E Pearson

ୟା ଭିତରେ କିଛି ସମୟ ବିତିଗଲା। ମୁଁ ଅନ୍ୟାନ୍ୟ ଗୁରୁତ୍ୱପୂର୍ଣ୍ଣ ଗବେଷଣା କାମରେ ବ୍ୟସ୍ତ ରହିଗଲି। କିଛି ମାସ ପରେ ପୁଣି ସେହି ଦିଗରେ ଯେତେବେଳେ କାମ ଆରମ୍ଭ କରେ ମୋର ସେ ଏଞ୍ଜାଇମ୍‌ଟିର ଆବଶ୍ୟକତା ପଡ଼ିଲା। ବର୍ମ୍ୟୁଡ଼ାରେ ହୋଇଥିବା ଆଲୋଚନାକୁ ପୁନର୍ଜୀବିତ କରି ଆମେ ଡକ୍ଟର ମଡରିଚଙ୍କୁ ପତ୍ର ଲେଖି ଏଞ୍ଜାଇମ୍ ପାଇଁ ଅନୁରୋଧ କଲୁ। ଏ ଥିଲା ୨୦୦୮ ମସିହା ଜୁନ ମାସର କଥା। ଅବିଳମ୍ବେ ଡକ୍ଟର ମଡରିଚ୍ ଏଞ୍ଜାଇମ୍ ପଠେଇବାକୁ ରାଜି ହେଇ ତାଙ୍କର ସହକର୍ମୀ ଡକ୍ଟର ରବି ଆୟାରଙ୍କ ସହିତ ଯୋଗାଯୋଗ କରିବାକୁ ପ୍ରସ୍ତାବ ଦେଲେ। ଡକ୍ଟର ରବି ଆୟାରଙ୍କ ସହିତ ମୋର ବର୍ମ୍ୟୁଡ଼ାରେ ପରିଚୟ ହେଇଥାଏ। ମୁଁ ତାଙ୍କ ସହିତ ଈ-ମେଲ ମାଧ୍ୟମରେ ଯୋଗାଯୋଗ କରିବାରୁ ଅଳ୍ପ ଦିନ ମଧ୍ୟରେ ସେ ଏଞ୍ଜାଇମ୍‌ଟି ପଠେଇ ତା' ସହିତ କିପରି କେଉଁ ପଦ୍ଧତି ଅନୁସରଣ କରି ପରୀକ୍ଷା କରିବାକୁ ହେବ ମୋତେ ଲେଖିଲେ।

ମୋ ପାଖରେ ଏଞ୍ଜାଇମ୍ ପହଞ୍ଚିଲା। ଦେଖିଲି ପରିମାଣ ବହୁତ କମ୍, "ପର ହସ୍ତେ ଧନ, ପୋଥ୍ ହସ୍ତେ ବିଦ୍ୟା।" ଉପାୟ ନାହିଁ। ତାହାକୁ ନେଇ ମୋତେ ଯନ୍ ସହକାରେ ସମସ୍ତ ପରୀକ୍ଷା ସଫଳତାର ସହିତ ଶେଷ କରିବାକୁ ହେବ, ତାହା ଜାଣି

ସାବଧାନତାର ସହିତ ମୁଁ ପରୀକ୍ଷା କରିବା ଦିଗରେ ଆଗେଇଲି । ଦୀର୍ଘ ଏକ ବର୍ଷ ପରିଶ୍ରମ ଫଳରେ କାମ ସରିଲା । ସେତିକିବେଳେ ମୋ ଅଧୀନରେ ମେଗାନ ସ୍ମିନ ଝିଅଟି କାମ କରୁଥାଏ । ବେଶ୍ ସୁନ୍ଦର ଆଶା ଓ ଉତ୍ସାହ ଜନକ ଫଳ ମିଳିବାରୁ ଆମେ ଦିନେ ଡକ୍ଟର ମଡରିଚଙ୍କ ସହିତ ଆଲୋଚନା କରିବା ପାଇଁ ଯୋଗାଯୋଗ କଲୁ ଓ ବିଶେଷ କରି ଯେତେ ଶୀଘ୍ର କାମଟିକୁ ବିଶ୍ୱରେ କେଉଁ ଏକ ଜଣାଶୁଣା ନାମକରା ବିଜ୍ଞାନ ପତ୍ରିକାରେ ପ୍ରକାଶ କରାଯାଇ ପାରିବ ସେହି ଦିଗରେ ଭାବିବା ଆରମ୍ଭ କରିଦେଲୁ ।

ଏପଟ ସେପଟ ଅନେକ ଥର ଇ-ମେଲର ଆଦାନ ପ୍ରଦାନ ପରେ ଦିନେ ଆଲୋଚନାର ଦିନ ଓ ସମୟ ଧାର୍ଯ୍ୟ ହେଲା । ଟେଲିଫୋନ ସହାୟତାରେ କନଫାରେନ୍ସ କଲର ବ୍ୟବସ୍ଥା କରାହେଲା । ଆଲୋଚନାର ସୁବିଧା ଦୃଷ୍ଟିରୁ ଆଗରୁ ଡକ୍ଟର ପିଅରସନ୍ ଆମର ସମସ୍ତ ପରୀକ୍ଷାର ଫଳ ଫାଇଲ ମାଧ୍ୟମରେ ଡକ୍ଟର ମଡରିଚଙ୍କ ପଠାଇ ଦେଇଥାନ୍ତି । ନର୍ଥ କାରୋଲାଇନା ପଟରେ ରହିଲେ ଡକ୍ଟର ରବି ଆୟାର, ଡକ୍ଟର ମଡରିଚ ଓ ଟରୋଣ୍ଟୋ ପଟରେ ରହିଲୁ ଆମେ ତିନି ଜଣ, ଡକ୍ଟର ପିଅରସନ, ମେଗାନ ସ୍ମିନ୍ ଓ ମୁଁ । ଡକ୍ଟର ପିଅରସନ ଉତ୍ସାହପୂର୍ବକ ନିଜ କମ୍ପ୍ୟୁଟରରେ ଚିତ୍ର ସବୁ ବାହାର କରି ଆଲୋଚନା କରିବାକୁ ଆରମ୍ଭ କଲେ । ପାଞ୍ଚ ମିନିଟ ଯାଇଛି କି ନାହିଁ ଡକ୍ଟର ମଡରିଚ, ଡକ୍ଟର ପିଅରସନଙ୍କୁ କ୍ଷଣେ ଆଲୋଚନା ସ୍ଥଗିତ ରଖିବାକୁ କହିଲେ । ସେ ବନ୍ଦ ହେବା ପରେ ଡକ୍ଟର ମଡରିଚ କହିଲେ, "ରବି ଓ ମୁଁ, ଆମେ ଦୁଇ ଜଣ ଆଲୋଚନା କରି ଏଇ ସିଦ୍ଧାନ୍ତରେ ପହଞ୍ଚିଛୁ ଯେ ଆମେ ଆଉ ସହଯୋଗ ସୂତ୍ରରେ କାମ କରିବାକୁ ଚାହୁଁନାହୁଁ । ସେହି କାମଟି କେବଳ ଆମ ଲାବୋରେଟୋରୀରେ ଆମେ ଅନେକ ଦୂର ଆଗେଇ ନେଲୁଣି । ତେଣୁ ଆଉ ଆଲୋଚନାରେ ଅଧିକ ଦୂରକୁ ଆଗେଇବା ଅନୁଚିତ ହେବ ।"

ସେତିକି ବେଳେ ସବିତା ଆଉ ସମ୍ଭାଳି ନପାରି କହି ଉଠିଲେ, "ଏତ ବଡ଼ ଅସଙ୍ଗତ କଥା । ରାଜି ହେଲେ ଦୁଇ ଦଲ ମିଶି କାମ କରିବେ, କାମ ସରିଲା ପରେ କହୁଚନ୍ତି ସେ ନିଜେ କରୁଛନ୍ତି ? ଆଗରୁ କହିଲେନି । ଜଣେ ଏତେ ସମୟ ନଷ୍ଟ କରି ନଥାନ୍ତା, ଅନ୍ୟ ବ୍ୟବସ୍ଥା କରା ହେଇ ପାରିଥାନ୍ତା । ବଡ଼ ବଡ଼ ବୈଜ୍ଞାନିକ ହେଇ ବି ଏପରି ପିଲାଙ୍କ ଭଳିଆ କ'ଣ ବ୍ୟବହାର କରୁଛନ୍ତି ମ ?"

ମୁଁ ସବିତାଙ୍କ କଥାରେ ସହମତ ହେଇ କହିଲି, "ତମେ ଠିକ୍ କହିଛ, ଏହା ନିଶ୍ଚିତ ଭାବେ ଅସଙ୍ଗତ, ଅସୁନ୍ଦର କଥା । ଏମିତିକା କ'ଣ ଆନ୍ତର୍ଜାତିକ ସ୍ତରରେ ବୈଜ୍ଞାନିକ ମାନଙ୍କ ଭିତରେ ହୁଏ ?"

ଏତିକି ବେଳେ ମଗାଇଥିବା କିଛି ଜାପାନିଜ ଆଇସକ୍ରିମ ଆସି ଆମ ଟେବୁଲରେ ପହଞ୍ଚିଲା। ଆମେ ସମସ୍ତେ ଖାଇବା ଆରମ୍ଭ କଲୁ। ଖାଉ ଖାଉ ଧୈର୍ଯ୍ୟହରା ହୋଇ ସବିତା ପଚାରିଲେ, "ସେଉଠୁ କ'ଣ ହେଲା, ତମେମାନ କ'ଣ କଲ? କିଛି କଲ ନା, ତାଙ୍କ କଥା ମାନି ଚୁପ ହେଇ ରହିଗଲ?"

ମୁଁ କହିଲି, "ନା, ଆମେ ଚୁପ୍ ହେଇ ରହିଲୁନି, ତାପରେ କ'ଣ କଲୁ ଶୁଣ।" ଡକ୍ଟର ମଉରିଚ କ'ଣ କହିଲେ, ପ୍ରଥମେ ଏତେ ହଠାତ୍ ଆମେ କେହି ବୁଝି ପାରିଲୁ ନାହିଁ। ପୁଣି ଥରେ ଡକ୍ଟର ପିଅରସନ୍ ତାଙ୍କ କହିବାର ମତଲବ କ'ଣ ପଚାରିବାରୁ ଡକ୍ଟର ମଉରିଚ୍ ତାଙ୍କର ବକ୍ତବ୍ୟ ଦୋହୋରେଇଲେ। ତା'ପରେ ଯାଇ ତାହା ଆମ ସମସ୍ତଙ୍କ ମୁଣ୍ଡରେ ପଶିଲା ଓ ଆମେ ଭଲକରି ବୁଝିଲୁ।

ତମେତ ଜାଣିଛ ଡକ୍ଟର ପିଅରସନ୍ କେମିତିକା ଲୋକ। ଟେଲିଫୋନ ରିସିଭରଟି ଥୋଇ ଦେଇ ନିଜ ପ୍ରକୋଷ୍ଠର ଦରଜା ବନ୍ଦ କରି ଅତ୍ୟନ୍ତ ଅଶ୍ଲୀଳ ଅଶ୍ରାବ୍ୟ ଭାଷାରେ ଚିତ୍କାର କରିବାକୁ ଲାଗିଲେ। ଏକେ ତ ସେ କ୍ଷଣକୋପୀ। ଏମିତି ପରିସ୍ଥିତିରେ ତାଙ୍କର ଜିହ୍ୱା ଆୟତ୍ତରେ ନରହିବା ସ୍ୱାଭାବିକ। ମୁଁ ନିର୍ବାକ ହୋଇ ଜଡ଼ ସଦୃଶ ଚୌକିରେ ବସି ରହି ଡକ୍ଟର ପିଅରସନଙ୍କ ନାଟକୀୟ ଭଙ୍ଗୀରେ କଥା ମାନ ଶୁଣିବାରେ ଲାଗିଥାଏ। ବିଚରା ମେଗାନର ମଧ ତଦ୍ରୂପ ଅବସ୍ଥା। ଏମିତି ଅବାଗିଆ ପରିସ୍ଥିତି ଡକ୍ଟର ପିଅରସନଙ୍କ ସହିତ ଉପୁଜିବାର ଅଭିଜ୍ଞତା ମୋର ଆଗରୁ ଅଛି। ତଥାପି ମୋ ସ୍ଥିର ମସ୍ତିଷ୍କ ପାଣିରେ ଟେକାଟିଏ ଫୋପାଡ଼ିଲେ ଯେମିତି ତରଙ୍ଗ ସୃଷ୍ଟି ହୋଇ ଚହଲି ଯାଏ ସେଇମିତି ଚହଲି ଗଲା। ପୃଥିବୀର ଜଣେ ଏତେ ବଡ଼ ନାମକରା ବୈଜ୍ଞାନିକ, ପୁଣି ନ୍ୟାସନାଲ ଏକାଡେମିର ମେମ୍ବର, କଥା ଦେଇ ଏପରି ଏତେ ଶୀଘ୍ର ଦିଗ ପରିବର୍ତ୍ତନ କରି ପଛଘୁଞ୍ଚା ଦେଇ ପାରନ୍ତି ତାହା ମୋର ବିଶ୍ୱାସ ହେଉନଥାଏ। ବୈଜ୍ଞାନିକ ମାନଙ୍କ ମଧ୍ୟରେ ପ୍ରତିଦ୍ୱନ୍ଦ୍ୱିତା ଓ ଶତ୍ରୁତା ମୁଁ ଆଗରୁ ଅନେକ ଶୁଣିଛି, ମାତ୍ର ସେତେବେଳେ ତାହା ଅଙ୍ଗେ ନିଭେଇଲି।

କିଛି ସମୟ ନିରବରେ ବିତିଲା ପରେ ଏହାର ପରବର୍ତ୍ତୀ ପଦକ୍ଷେପ କ'ଣ, ମୁଁ ସେଇଠି ବସି ଚିନ୍ତା କରୁଥାଏ। ଅବସ୍ଥା କିଞ୍ଚିତ ମାତ୍ରାରେ ସମ୍ଭଲା ପଡ଼ିବାରେ, ଶାନ୍ତ ବାତାବରଣ ଫେରି ଆସିବା ପରେ ମୁଁ ଧୀର ଓ ନମ୍ର ଭାବରେ କହିଲି, "ଏପରି ପ୍ରତିକ୍ରିୟା ଦେଖାଇବାରେ ଆମର କୌଣସି କିଛି ଲାଭ ହେବନି। ପୁଣି କାହାଠୁ ଏଞ୍ଜାଇମ୍‌ଟି ଆସି ଆମକୁ କାମ କରିବାକୁ ପଡ଼ିବ। ଆମେ କୌଣସି ପ୍ରକାରେ ଯଥା ଶୀଘ୍ର ପ୍ରକାଶ କରି ପାରିଲେ ଆମ ପକ୍ଷରେ ଉତ୍ତମ ହେବ। କାରଣ ପଲ ମଉରିଚ ବର୍ତ୍ତମାନ ଆମ ସହିତ ସହଯୋଗିତା ପରିବର୍ତ୍ତେ ପ୍ରତିଯୋଗିତାର ମଇଦାନକୁ ଓହ୍ଲୈ

ଆସିଲେଣି ।” ମୋ କଥା ଶୁଣି ସମସ୍ତେ କିଛି କ୍ଷଣ ପାଇଁ ନିରବ ହେଇଗଲେ । ମୁଁ ପୁଣି କହିଲି, “ଏବେ ଆମେ ଏହାର ପର ପଦକ୍ଷେପ ଉପରେ ଆଲୋଚନା କରିବା ଉଚିତ ହେବ ବୋଲି ମୁଁ ଭାବୁଛି, କିପରି ଏ କାର୍ଯ୍ୟ ଶେଷ କରି ଅତି ଶୀଘ୍ର ପ୍ରକାଶ କରିହେବ ତା’ ଉପରେ ଆଲୋଚନା କରି ପନ୍ଥା ବାହାର କରିବା ଉଚିତ ।” ଡକ୍ଟର ପିଅରସନ ମୋ କଥାରେ ସମ୍ମତି ଜଣେଇ କହିଲେ, “ତାହା ଉଚିତ କଥା ।” ଅଯଥା ପ୍ରତିକ୍ରିୟା ଦେଖାଇବାର କିଛି ଯଥାର୍ଥତା ନାହିଁ ବୋଲି ସମସ୍ତେ ଅନୁଭବ କଲେ ।

ଯେହେତୁ ଡକ୍ଟର ମଉରିଚ ନିଜେ ନିଜ ଲାବୋରେଟୋରୀରେ ଏ କାମଟିକୁ କରିବାକୁ ଇଚ୍ଛା ପ୍ରକାଶ କଲେଣି, କଥାଟା ଏକରକମ ପ୍ରତିଯୋଗିତା ସ୍ତରକୁ ଆସିଗଲାଣି । ତେଣୁ ଯେତେ ଶୀଘ୍ର ଏ କାମଟିକୁ ଯୁଦ୍ଧକାଳୀନ ଭିତ୍ତିରେ ସମାପ୍ତ କରି ପ୍ରକାଶ କରିବାକୁ ହେବ । ମନ ଭିତରେ ପୁଣି ଆସୁଥାଏ ଡକ୍ଟର ମଉରିଚଙ୍କ ଲାବୋରେଟୋରୀ ସହିତ ଟକ୍କର ଦେବାଟା କ’ଣ ଆମ ପକ୍ଷରେ ସମ୍ଭବ ହେବ ? ସେ ତ ପରକଥା, ପ୍ରଥମ କଥା ହେଲା ଏଞ୍ଜାଇମ୍ ଆସିବ କୁଆଡୁ ? ଏଞ୍ଜାଇମ ତ ରହିଲା ତାଙ୍କରି ପାଖରେ ।”

ସବିତା ମୋତେ ଅଟକେଇ କହିଲେ, “ସେଉଠୁ କ’ଣ କଲ ? ପୁଣି ଆଣିଲ କେଉଁଠୁ ?” ସେତେବେଳେ ପୁଅ ଓ ଝିଅ ତାଙ୍କ ତାଙ୍କ ଭିତରେ ଗପିବାରେ ଲାଗିଥାନ୍ତି । ଝିଅ ଖେଳଣାରେ ଦୁଇଜଣ ମିଶି ଖେଳୁଥାନ୍ତି ଓ ବେଳେ ବେଳେ ମୋତେ ଅନେଇ ମୋ କଥା ଶୁଣୁଥାନ୍ତି, ଆଉ ମୁଁ ଗପି ଚାଲିଥାଏ ।

ମୁଁ ପୁଣି କହିବା ଆରମ୍ଭ କଲି, “ପୃଥିବୀରେ ଆଉ କେଉଁମାନେ ସେ ବିଷୟରେ ଗବେଷଣା କରନ୍ତି ସେ ବିଷୟରେ ଆଲୋଚନା କରୁ କରୁ, ଡକ୍ଟର ପିଅରସନ ଅକ୍ସଫୋର୍ଡ ବିଶ୍ୱବିଦ୍ୟାଳୟର ଡକ୍ଟର ଓଫର ଗିଲିଆଡ଼ିଙ୍କ କଥା ସ୍ମରଣ କଲେ । ସେ ସେହି ପ୍ରକାରର ଅନେକ ଗବେଷଣା କରିଥାନ୍ତି । କାଳ ବିଳମ୍ବ ନକରି ସେଇଠି ବସି ଡକ୍ଟର ପିଅରସନ ଅକ୍ସଫୋର୍ଡକୁ ଫୋନ ଲଗେଇଲେ ଏବଂ ସୌଭାଗ୍ୟକୁ ତାଙ୍କ ସହିତ କଥାହେବାର ସୁଯୋଗ ବି ମିଳିଗଲା । ସେ ତାଙ୍କୁ ପୁଙ୍ଖାନୁପୁଙ୍ଖ ଭାବରେ ଆମ କାମର ବିବରଣୀଟିଏ ଦେଇ ଫୋନ କରିବାର ଉଦ୍ଦେଶ୍ୟ ଜଣେଇଲେ । ଆମର ପ୍ରସ୍ତାବିତ କାମଟି ଶୁଣି ଡକ୍ଟର ଗିଲିଆଡ଼ି କହିଲେ କେହି ଯଦି ସେଠାକୁ ଯାଇ ଏଞ୍ଜାଇମ୍ ତିଆରି କରିପାରିବ ତେବେ ସେଥରେ ତାଙ୍କର କୌଣସି ଆପଉ ନାହିଁ ।”

ସବିତା କହି ଉଠିଲେ, “ଭଲ କଥା, ସେଉଠୁ କିଏ ଗଲା ସେଠାକୁ ଜିନିଷଟି ବନେଇବାକୁ ?”

ମୁଁ କହିଲି, “ଯେମିତି ଏ କଥା ଉଠିଛି, ମିଗାନ ସ୍ଲିନ୍ ଝିଅଟି ତୁରନ୍ତ ଅକ୍ସଫୋର୍ଡ

ଯିବାକୁ ରାଜି ହେଇଗଲା। ସମସ୍ତେ ଚିକ୍ରାର କରି "ହାଇ ଫାଇଭ୍" କଲେ। ଖୁସି ତ ହେଲୁ, ହେଲେ ପ୍ରଥମ କଥା ହେଲା ଏଞ୍ଜାଇମ୍ ତିଆରି କରିବାର ମୂଳ ପଦାର୍ଥଟି ଆସିବ କେଉଁଠୁ? ବିହନ ଥିଲେ ସିନା ତାହା ବୁଣି ଗଛ ବଢ଼େଇ ଧାନ ଫଳେଇବ। ମୂଳ ଜିନିଷ ବା ବିହନ ପାଖରେ ନ ଥିଲେ ପୁଣି ଅନେକ ଦିନ ଲାଗି ଯାଇପାରେ। ତାହା ତ ରହିଲା ସେଇ ଡକ୍ଟର ପଲ ମଉରିଚଙ୍କ ପାଖରେ। ସେ କ'ଣ ଆମକୁ ଆଉ ଦେବେ? ସେମିତି ହେଲେ ଡକ୍ଟର ମଉରିଚ ଆଗ ତାଙ୍କର କାମ ଶେଷ କରି ପ୍ରକାଶ କରିବାର ସକ୍ଷମ ହୋଇଯିବେ। ଆମର ସମସ୍ତ ପରିଶ୍ରମ ଫସର ଫାଟିବ, ପାଣିରେ ମିଳେଇ ଯିବ, ଆମେ ପଛରେ ପଡ଼ିଯିବୁ।"

ସବିତା କହିଲେ, "ଇଏତ ବଡ଼ ଝମେଲା କଥା। ସେଇ ଲୋକ ପାଖରେ କ'ଣ ସବୁ? ସିଏ କ'ଣ ପୁଣି ଦେଲା?"

ମୁଁ କହିଲି, "ଶୁଣ ନା, କ'ଣ ହେଲା, ଆମେ କ'ଣ କଲୁ। ଆମର ମନେ ପଡ଼ିଲା ଡକ୍ଟର ଗୁଥମିନ ଲି ଙ୍କ କଥା। ବର୍ମୁଡ଼ାରେ ତାଙ୍କ ସହିତ ଆମ ଦୁଇଜଣଙ୍କର ପରିଚୟ ହୋଇଥିଲା। ତଥାପି ଡକ୍ଟର ଲି ଆମ କଥାରେ ମାନିବେ କି ନାହିଁ ଆମେ ସନ୍ଦିହାନରେ ଥିଲୁ କାରଣ ଡକ୍ଟର ଲି ଡକ୍ଟର ମଉରିଚଙ୍କର ଶିଷ୍ୟ। କ'ଣ ଘଟଣା ଡକ୍ଟର ମଉରିଚଙ୍କ ସହିତ ଘଟିଲା ଏ ସବୁ କିଛି ନକହି ଆମେ ତାଙ୍କ ସହିତ ତୁରନ୍ତ ଯୋଗାଯୋଗ କଲୁ। ଭାଗ୍ୟକୁ ଡକ୍ଟର ଲି ବି ରାଜି ହୋଇ ଏକ ସପ୍ତାହ ଭିତରେ ଆମର ଦରକାରୀ ଜିନିଷଟି ଆମକୁ ପଠେଇଦେଲେ।"

ଏହା ଶୁଣି ସବିତା ଖୁସିରେ ତାଳିଟିଏ ମାରିଦେଇ କହିଲେ, "ଆଃ, ବହୁତ ବଢ଼ିଆ କଥା।"

ମୁଁ କହିଲି, "ଯେମିତି ସେ ଜିନିଷଟି ଆମ ହାତକୁ ଆସିଛି, ଦଶ ଦିନ ଭିତରେ ମିଗାନ ସ୍ଲିନ୍ ସମସ୍ତ ସରଞ୍ଜାମ ଧରି ଅକ୍ସଫୋର୍ଡ ଅଭିମୁଖେ ବାହାରି ଗଲା। ଯୋଜନା ହେଲା ମିଗାନ ସେଠାରେ ପହଞ୍ଚି ଏଞ୍ଜାଇମ୍ ତିଆରି କରି ପଠେଇବ ଓ ଆଉ ମୁଁ ଏଠାରେ ଯେତେ ଶୀଘ୍ର ଗୋଟିଏ ପରେ ଗୋଟିଏ ପରୀକ୍ଷା କରି ଚାଲିବି।

ତାହା ହିଁ ଆମେ କଲୁ। ରାତି ଦିନ ଲାଗି ବହୁ ବାଧାବିଘ୍ନର ସମ୍ମୁଖୀନ ହୋଇ ବିଚରା ମିଗାନ ଅକ୍ସଫୋର୍ଡରୁ ଏଞ୍ଜାଇମ୍ ତିଆରି କରି ପଠଉ ପଠଉ ଏଇ ଡିସେମ୍ବର ମାସ ଆସି ହେଇଗଲା। ତେଣୁ ଖ୍ରୀଷ୍ଟମାସ ଛୁଟିରେ ଛୁଟି ନନେଇ ଗବେଷଣାଗାରରେ ଘମାଘୋଟ ପରୀକ୍ଷା ଚାଲିଥାଏ। ତା' ଫଳକୁ ମୁଁ ଅନେଇ ରହିଥାଏ। ମିଗାନ ଅକ୍ସଫୋର୍ଡରେ ତିଆରି କରିଥିବା ଏଞ୍ଜାଇମ୍ କାମ କରିବ କି ନ କରିବ ମୋତେ ଅଜଣା, ସେ ପାଇଁ ମୋ ମନ ମଧ୍ୟରେ ହିମାଳୟ ଉଚ୍ଚା ଶଙ୍କା ଭରି ଦେଇଥାଏ।

ଆଉ ଆଜି ଏଇ ଯେଉଁ ଫିଲ୍ମଟି ମୁଁ ଦେଖୁଛି ତାହା ହେଉଛି ସେହି ଜରୁରୀ ପରୀକ୍ଷାର ଫଳ। ତା'ର ଗୁରୁତ୍ୱ କେତେ ତାହା କେବଳ ମୋତେ ହିଁ ଜଣା। ମିଗାନ ଅକ୍ସଫୋର୍ଡରେ ତିଆରି କରିଥିବା ଏଞ୍ଜାଇମ୍ ସତରେ ଠିକ୍ କାମ କଲା ବୋଲି ମୁଁ ଆଜି ଏଇ ପରୀକ୍ଷାରୁ ଜାଣିଲି, ସେ ପାଇଁ ମୁଁ ବହୁତ ଖୁସି।"

ଏହା ଶୁଣିବା ପରେ ସବିତା ଦୀର୍ଘ ନିଶ୍ୱାସଟିଏ ନେଇ କହିଲେ, "ଆଚ୍ଛା, ସେଇଥିପାଇଁ, ଯାହା ହେଉ ଭଲ କଥା।" ତାଙ୍କ ମୁହଁରୁ ଲାଗୁଥିଲା ସେ ବି ଯେମିତି ମୋ ସହିତ ଦୌଡ଼ ପ୍ରତିଯୋଗିତାରେ ଜିତିଗଲେ।

ପରିବାରଙ୍କ ସହିତ ରେଷ୍ଟୁରେଣ୍ଟରେ ନୈଶ୍ୟ ଭୋଜନ ସାରି ଆମେ ଘରକୁ ଫେରୁଥାଉ। ସବ‌ୱେ ଟ୍ରେନରେ ବସିଥିବା ବେଳେ ସବିତା ପୁଣି ପଚାରିଲେ, "ଏକ୍ସପେରିମେଣ୍ଟ କାମ ତ ସରିଲା, ଏବେ କ'ଣ କରାହେବ ?"

ମୁଁ କହିଲି, "ଇଏତ ଗଲା ପ୍ରଥମ ପ୍ରତିବନ୍ଧକ। ଏହାକୁ ଭିତ୍ତିକରି ମୋତେ ଆହୁରି ଅନେକ ପରୀକ୍ଷା କରିବାକୁ ପଡ଼ିବ। ତା'ପରେ ଦ୍ୱିତୀୟ କାମ ହେଲା ଏହାକୁ ଯେତେ ଶୀଘ୍ର ପ୍ରକାଶ କରିବାକୁ ପଡ଼ିବ, ପଲ୍ ମଡରିଚଙ୍କ ଆଗରୁ ପ୍ରକାଶ ନକଲେ ଏହାର ମୂଲ୍ୟ କିଛି ରହିବ ନାହିଁ, ପରିଶ୍ରମ ବୃଥା ଯିବ।"

ଏତକ ଶୁଣି ସବିତା କହିଲେ, "ଲାଗିପଡ଼ ତା'ହେଲେ, ଦେଖେଇ ଦିଅ ସେମାନଙ୍କୁ ଯେ ଆମେ ବି କିଛି କମ୍ ନୋହୁଁ।"

ସେ ରାତିରେ ଘରକୁ ଫେରି ଗବେଷଣାର ଫଳାଫଳ ଡକ୍ଟର ପିଥରସନ ଓ ଅକ୍ସଫୋର୍ଡରେ ଥିବା ମିଗାନ ସ୍ଟିନ୍‌କୁ କେବଳ ଗୋଟିଏ ଧାଡ଼ିରେ ଇ-ମେଲ୍ ଲେଖି ପଠେଇ ଦେଲି। ଡିସେମ୍ୱର ୩୧ ତାରିଖରେ ମିଗାନ ଅକ୍ସଫୋର୍ଡରୁ ବାର୍ତ୍ତା ପଠେଇଲା, "ଅତି ଉତ୍ତମ ଖବର, ନୂତନ ବର୍ଷର ଶୁଭେଚ୍ଛା।" ଉତ୍ତମ ଫଳ ସହିତ ୨୦୦୮ ମାସିହାକୁ ବିଦାୟ ଦେଇ ୨୦୦୯ ମାସିହାକୁ ସ୍ୱାଗତ ଜଣେଇଲୁ।

ପରବର୍ତ୍ତୀ ପଦକ୍ଷେପ ହେଲା ଯେତେ ଶୀଘ୍ର ଅନ୍ୟାନ୍ୟ ଜରୁରୀ ପରୀକ୍ଷାମାନ ସାରି ଲେଖା ଲେଖି ପ୍ରକାଶ କରିବା। ଇତି ମଧ୍ୟରେ ମୁଁ ପ୍ରାୟ ପ୍ରତିଦିନ ଦୁଇଥର, ଥରେ ପରୀକ୍ଷାଗାରରେ ପହଞ୍ଚି ଆଉଥରେ ପରୀକ୍ଷାଗାରରୁ ବାହାରିବା ଆଗରୁ, ୱେବ୍‌ରେ ଯାଞ୍ଚ କରୁଥାଏ ମଡରିଚ ଲାବୋରେଟୋରୀରୁ କିଛି ପେପର ପ୍ରକାଶ ପାଇଲା କି। କିଏ ଆଗେ ଏ କାମର ଫଳାଫଳ ବିଜ୍ଞାନ ପତ୍ରିକାରେ ପ୍ରକାଶ କରିବ ସେଇଟା ରହିଲା ଦୁଇ ଦଳଙ୍କ ମଧ୍ୟରେ ପ୍ରତିଯୋଗିତା।

ନିର୍ଦ୍ଧାରିତ ସମୟ ଅନୁସାରେ ମୋର ପରୀକ୍ଷା ସବୁ ସରିଲା, ଆଉ ବିଳମ୍ୱ ନକରି ପେପର ଲେଖା ଆରମ୍ଭ ସଙ୍ଗେ ସଙ୍ଗେ ହେଇଗଲା, କିନ୍ତୁ ଯେତେ ଶୀଘ୍ର ହେବା

କଥା ସେତେ ଶୀଘ୍ର ସମ୍ଭବ ହୋଇପାରୁ ନଥିବାରୁ ମାନସିକ ଚାପ ମୋର ଧୀରେ ଧୀରେ ବଢ଼ିବାକୁ ଲାଗିଲା। ସେଥିପାଇଁ ଦିନରାତି ପରିଶ୍ରମ ଲାଗି ରହିଲା। ଶେଷକୁ ଜୁନ ମାସରେ ଲେଖା ସରିବା ମାତ୍ରେ "ପ୍ରସିଡିଂସ ଅଫ ଦି ନ୍ୟାସନାଲ ଏକାଡେମି ଅଫ ସାଇନ୍ସେସ୍" ଜରନାଲକୁ ପଠାଯିବାର ମନସ୍ଥ କରାହେଲା। ଏହି ଜରନାଲଟିର 'ଇମ୍ପାକ୍ଟ ଫ୍ୟାକ୍ଟର'। ଦେଖ‍୍ବାକୁ ଗଲେ ମନ୍ଦ ନୁହେଁ। ଆଜିକାଲି ସବୁ ଇମ୍ପାକ୍ଟ ଫ୍ୟାକ୍ଟର ଉପରେ ନିର୍ଭର। କିନ୍ତୁ ଏ ଜରନାଲରେ ପ୍ରକାଶ କରିବାକୁ ହେଲେ ବିଭିନ୍ନ ସମ୍ପାଦକୀୟ କଟକଣା ଦେଇ ଯିବାକୁ ପଡ଼େ। ସବୁକୁ ମେଣ୍ଟେଇ, ପ୍ରତିଟି ପ୍ରତିବନ୍ଧକ ଏକ ପରେ ଏକ ପାରି କରି ଅଗଷ୍ଟ ମାସରେ ଜର୍ନାଲକୁ ଲେଖାଟି ପଠାଇ ଦିଆଗଲା। ସେ ପାଇଁ ଦୀର୍ଘ କେତେ ଦିନ ଧରି କାମ ଲାଗି ରହିଥିଲା ଓ ପଠେଇବା ରାତିରେ ପୂର୍ଣ୍ଣ ଉଜାଗର ରହିବାକୁ ପଡ଼ିଲା।

ବିଶ୍ୱସ୍ତ ସୂତ୍ରରୁ ଖବର ମିଳୁଥାଏ ଯେ ମଡ଼ରିଚ ଗ୍ରୁପର କାମ ମଧ ତୀବ୍ର ଗତିରେ ଆଗେଇ ଚାଲିଥାଏ। ମଝିରେ ମଝିରେ ଡକ୍ତର ରବି ଆୟାରଙ୍କର ମେଲ୍ ବି ମୁଁ ପାଉଥାଏ। ମୁଁ କିନ୍ତୁ ତାଙ୍କୁ ଗବେଷଣା ବିଷୟରେ କିଛି ହେଲେ ଲେଖେନାହିଁ। କିଏ ଜାଣେ, କିଏ କ'ଣ କରିବ, ମୋର ସେତେବେଲେ ସମସ୍ତଙ୍କ ଉପରୁ ବିଶ୍ୱାସ ତୁଟି ଯାଉଥାଏ।

ଆମର ଗବେଷଣା ପତ୍ରଟି ପତ୍ରିକାର ସମ୍ପାଦକ ମଣ୍ଡଳୀଙ୍କ ନିକଟରେ ରହିଥାଏ। ସମ୍ପାଦକଙ୍କ ଠୁଁ ଉତ୍ତର ଅପେକ୍ଷାରେ ଆମେ ଥାଉ। ଦିନେ ତାଙ୍କ ଠାରୁ ଉତ୍ତର ଆସିଲା। ଯେଉଁ ବୈଜ୍ଞାନିକ ମାନେ ଆମ ଗବେଷଣା ପତ୍ରକୁ ଦେଖି ମନ୍ତବ୍ୟ ଦେଲେ ସେମାନେ ପୁଣି କେତେକ ନୂତନ ପରୀକ୍ଷା କରିବାର ପ୍ରସ୍ତାବ ଆଗତ କରି ଆମକୁ ଜଣେଇଲେ। ତାହା ଦେଖି ସମୟ ଅଭାବରୁ ଏବଂ ପ୍ରତିଯୋଗିତା ଦୃଷ୍ଟିରୁ ଗବେଷଣାର ଗମ୍ଭୀରତା ଆହୁରି ବୃଦ୍ଧି ପାଇଗଲା। ପୁଣି ମନରେ ଦୁଶ୍ଚିନ୍ତା ଇତିମଧ୍ୟରେ ମଡ଼ରିଚ ଦଲ ତାଙ୍କର ଫଲାଫଲ ପ୍ରକାଶ କରି ଦେବେ ନାହିଁ ତ ? ଏ ଚିନ୍ତା ସମସ୍ତଙ୍କୁ ଘାରି ରହିଲା। ପୁଣି ମନକୁ ଆସୁଥାଏ, ଇଏ ଆଉ କେଉଁ ବୈଜ୍ଞାନିକଙ୍କ ମାଧ୍ୟମରେ କୁଟିଲ ଷଡ଼ଯନ୍ତ୍ର ନୁହେଁ ତ। ଏମିତି ଅନେକ ପ୍ରକାରର ମନ୍ଦ ଚିନ୍ତା ବି ମନକୁ ମଝିରେ ମଝିରେ ଆସୁଥାଏ।

ଆଉ ବିଲମ୍ବ ନକରି ମୁଁ ପ୍ରସ୍ତାବିତ ଗବେଷଣାରେ ଲାଗି ପଡ଼ିଲି। ଏକ ପରେ ଏକ ପରୀକ୍ଷା କରି ଫଲ ହାସଲ କରି ଚାଲିଥାଏ। ଅତି ଶୀଘ୍ର ପୁଣି ସବୁକୁ ଆଉଥରେ ଲେଖି ସମ୍ପାଦକଙ୍କ ନିକଟକୁ ପଠାଇ ଦିଆଗଲା। ୨୦୦୯ ଯାଇ ୨୦୧୦ ରେ ପହଞ୍ଜିଲା। ଯ଼ା ଭିତରେ ଗୋଟାଏ ବର୍ଷ ବିତିଯାଇଥାଏ। ମେ ମାସ ପଚିଶ ତାରିଖରେ ପତ୍ର ଆସିଲା ଯେ ଆମର ପେପର ପ୍ରକାଶ ପାଇଁ ମନୋନୀତ ହେଇଗଲା। ଯେତେ ଶୀଘ୍ର ତୁଟି ସଂଶୋଧନ କରି ପଠାଇ ଦିଆଯିବ ସେତେ ଶୀଘ୍ର ମୁଦ୍ରଣ ପାଇଁ ପେପରଟି

ପ୍ରେସକୁ ଯାଇ ପାରିବ । ଏ ଖବର ପାଇ ଆମର ଆନନ୍ଦର ସୀମା ରହିଲା ନାହିଁ । ତୁରନ୍ତ ଆମେ ସମସ୍ତ ସଂଶୋଧନ କରି ପଠେଇଦେଲୁ । ସେ ପର୍ଯ୍ୟନ୍ତ ମଡରିଚଙ୍କ ଗବେଷଣାଗାରରୁ କୌଣସି ପ୍ରକାରର ପ୍ରକାଶ ଜନିତ ସମ୍ବାଦ ନଥାଏ । ସେଇଦିନ ଦେଢ଼ ବର୍ଷ ଧରି ଚାଲିଥିବା ଘୋଡ଼ା ଦୌଡ଼ର ବିରତି ଘଟିଲା ଯେଉଁଦିନ ଆମେ ଆମ ଗବେଷଣାର ପେପରଟି ପଲ ମଡରିଚଙ୍କ ଆଗରୁ ପ୍ରକାଶ କରିବାରେ ସକ୍ଷମ ହେଇଗଲୁ ।

Isolated short CTG/CAG DNA slip-outs are repaired efficiently by hMutSβ, but clustered slip-outs are poorly repaired

Gagan B. Panigrahi[a,1], Meghan M. Slean[a,b,c,1,2], Jodie P. Simard[a], Opher Gileadi[c], and Christopher E. Pearson[a,b,3]

[a]Program of Genetics and Genome Biology, The Hospital for Sick Children, Toronto, ON, Canada M5G 1L7; [b]Department of Molecular Genetics, University of Toronto, Toronto, ON, Canada M5G 1L7; and [c]Structural Genomics Consortium, Oxford University, Oxford OX3 7DQ, United Kingdom

Edited* by Richard D. Kolodner, Ludwig Institute for Cancer Research, La Jolla, CA, and approved May 25, 2010 (received for review August 11, 2009)

ଏ ଖବରଟି ପାଇବା ମାତ୍ରେ ଆଗ ମୁଁ ସବିତାଙ୍କୁ ଫୋନ କରି ଜଣେଇଦେଲି । ସବିତା ଏହା ଶୁଣି ବହୁତ ଖୁସି ହେଲେ । ଆନନ୍ଦରେ ଖୁସି ଖବର ପାଳନ ନିମନ୍ତେ ସାରା ପରିବାରକୁ ନେଇ ମୁଁ ଗୋଟିଏ ରେଷ୍ଟୁରେଣ୍ଟରେ ନୈଶ୍ୟ ଭୋଜନରେ ଆପ୍ୟାୟିତ କରେଇଲି ।

ଜୀବନରେ ବିଜ୍ଞାନ କ୍ଷେତ୍ରରେ ଏହିପରି ଘଟିଥିବା ଅଗଣିତ ପ୍ରତିଯୋଗିତା, ଅନିଶ୍ଚିତତା, ସଫଳତା ଓ ବିଫଳତା ମଧ୍ୟରୁ ଏହା କେବଳ ଗୋଟିଏ ମାତ୍ର ଉଦାହରଣ । ଏହି କାମର ସଫଳତା ପରେ ମୋତେ ଗଡ଼ଟିଏ ଜିଣି ଯିବା ପରି ମନେ ହେଉଥିଲା । ମନରେ ଗର୍ବ ଆସୁଥିଲା ଆମେ ପରିଶ୍ରମ କରି ପ୍ରତିଯୋଗିତାରେ ଶେଷକୁ ସଫଳକାମୀ ହେଲୁ ।

ୟା ଭିତରେ ପାଞ୍ଚ ବର୍ଷ ଅତିବାହିତ ହେଇଯାଇଥାଏ । ୨୦୧୫ ମସିହା, ଅକ୍ଟୋବର ମାସ । ସୁଇଡେନରୁ ପ୍ରତି ବର୍ଷ ପରି ନୋବେଲ ପୁରସ୍କାର ଘୋଷଣା ହେବାର ବେଳ । ସାରା ବିଶ୍ୱରେ ବୈଜ୍ଞାନିକଙ୍କ ପାଇଁ ଏ ସମୟଟି ମଉଛବ କହିଲେ ଅତିରଞ୍ଜିତ ହେବ ନାହିଁ । ଗୋଟିଏ ପରେ ଗୋଟିଏ ନୋବେଲ ପୁରସ୍କାର ଘୋଷଣା ଚାଲିଥାଏ । ଅକ୍ଟୋବର ମାସ ସାତ ତାରିଖ ଦିନ ମୁଁ ଲାବୋରେଟୋରୀରେ ଥାଏ । ଖବର ପାଇଲି ପଲ ମଡରିଚ ଦୀର୍ଘ ଦିନ ଧରି ଗବେଷଣା କରିଥିବା ଡିଏନ୍ଏ ମରାମତି ଯୋଗୁଁ ରସାୟନ ବିଦ୍ୟା ବିଭାଗରେ ନୋବେଲ ପୁରସ୍କାର ବ୍ରିଟିଶ୍ ନାଗରିକ ଟମ ଲିଣ୍ଡଲ ଓ ଆମେରିକାର ନାଗରିକ ଆଜିଜ ସଙ୍କାରଙ୍କ ସହିତ ପାଇଲେ । ତାଙ୍କର ନୋବେଲ ପୁରସ୍କାର ପାଇବା ପାଇଁ ବିବେଚିତ ହେବା ଗବେଷଣା ଅନେକ ଦିନର ପୁରୁଣା

ଡିଏନ୍ଏ ବେସ୍ ବେସ୍ ଭିତରେ ଅମେଳକ ସୃଷ୍ଟି ହେଲେ କେମିତି ମରାମତି ହୁଏ ସେ ସମୟରେ ତାଙ୍କର ଗବେଷଣା। ସେଥିପାଇଁ ତାଙ୍କୁ ବହୁତ ବର୍ଷ ଆଗରୁ ନୋବେଲ ପୁରସ୍କାର ମିଳିବ ବୋଲି ଆଶା କରାଯାଉଥିଲା। ଟମ୍ ଲିଣ୍ଡଲଙ୍କୁ ମୁଁ ଭାଷଣ ଦେବାର ଶୁଣିଥିଲି ବାୟୋକେମିଷ୍ଟ୍ରି ବିଭାଗ, ୟୁନିଭରସିଟି ଅଫ୍ ଓ୍ୱେଷ୍ଟର୍ଷ ଓଣ୍ଟାରିଓରେ। ଡକ୍ଟର ଠାକରଙ୍କ ଗବେଷଣାଗାରରେ ଥିବାବେଳେ ନର୍ଥ କାରୋଲାଇନାର ଆଜିଜ୍ ସଙ୍କାରଙ୍କ ଲାବୋରାଟୋରୀ ସହିତ ସହଯୋଗିତା କ୍ଷେତ୍ରରେ କାମ କରି ମୁଁ "ନିଉକ୍ଲିକ ଏସିଡ୍ ରିସର୍ଚ" ନାମକ ଜରନାଲରେ ପେପର ପ୍ରକାଶ କରିଥାଏ। ତାଙ୍କର ଲାବୋରେଟୋରୀରେ କାମ କରିବାର ସୁଯୋଗ ମୋତେ ମିଳିଥିଲା। ଆମେରିକା ଯିବାପାଇଁ ଭିସା ପ୍ରାପ୍ତିରେ ପ୍ରତିବନ୍ଧକ ସୃଷ୍ଟି ହେବାରୁ ଆମେରିକା ଯାତ୍ରା ସ୍ଥଗିତ ରହିଲା ଓ ତାଙ୍କ ଲାବୋରେଟୋରୀରେ ଯୋଗଦେବା ମୋ ପକ୍ଷରେ ସମ୍ଭବ ହେଇପାରିଲା ନାହିଁ। ମୋଟାମୋଟି ଉପରେ କହିବାକୁ ଗଲେ ଏ ସମସ୍ତ ବୈଜ୍ଞାନିକଙ୍କ ସହିତ ମୋର ଆଗରୁ କୌଣସି ନା କୌଣସି ସୂତ୍ରରେ ପରିଚୟ।

ଏ ଖବର ପାଇ ମୁଁ ଖୁସି ହେବି କି ନ ହେବି ଜାଣି ପାରିଲିନି। ଘରକୁ ଫୋନ କରି ପତ୍ନୀ ସବିତାଙ୍କ ସହ କଥା ହେଲି, ତାଙ୍କୁ ଏ ବିଷୟରେ କହିଲି, "ତମର ମନେ ଅଛି ନା ସେଇ ପଲ ମଡରିଚ୍ ବୈଜ୍ଞାନିକଙ୍କ କଥା?" ସଙ୍ଗେ ସଙ୍ଗେ ସେ କହିଲେ, "ହଁ, ହଁ, ମନେ ଅଛି, ସେଇ ଲୋକ ତ ଯିଏ ତମମାନଙ୍କୁ ଗବେଷଣାରେ ହଇରାଣ କରିଥିଲା, ପ୍ରଥମେ କହିଲା ସାଙ୍ଗରେ ଗବେଷଣା କରିବ, କାମ ସରିବା ପରେ ପଛଘୁଞ୍ଚା ଦେଇ ମନା କରିଦେଲା, ହଁ ବେଶ୍ ଭଲ ମନ ଅଛି, କ'ଣ ହେଲା?" ମୁଁ କହିଲି, "ଏବେ ଏଇନେ ମୁଁ ଶୁଣିବାକୁ ପାଇଲି, ସେ ନୋବେଲ୍ ପୁରସ୍କାର ପାଇଲେ।" କିଛି ସମୟ ରହିଯାଇ ସବିତା ଆଶ୍ଚର୍ଯ୍ୟ ହେଇ କହିଲେ, "ଆଛା, କେମିତି? ସେ କେମିତି ପାଇଗଲେ?" ମୁଁ କହିଲି, "ଏବେକାର କାମ ନୁହଁ, ସେ ଡିଏନ୍ଏ ମରାମତିରେ ଆଗରୁ ଅନେକ ଗୁରୁତ୍ୱପୂର୍ଣ୍ଣ ଗବେଷଣା କରିଛନ୍ତି, ସେଇଥିପାଇଁ ତାଙ୍କୁ ମିଳିବାର ଶୁଣାଯାଉ ଥିଲା, ଏଇ ବର୍ଷ ସେ ସଫଳକାମୀ ହେଲେ, ତାଙ୍କୁ ନୋବେଲ ପୁରସ୍କାର ମିଳିଲା।"

ସବିତା "ଆଛା" କହି ନିରବରେ ମୋ କଥା କେବଳ ଶୁଣିଗଲେ।

ମୁଁ କହିଲି, "ମୁଁ ଯେତେବେଳେ ମୋର ଅତି ଗୁରୁତ୍ୱପୂର୍ଣ୍ଣ ଗବେଷଣା ଗୁଡ଼ିକ ତମ ଆଗରେ ବଖାଣି ବସେ, ତମେ ତ ମୋତେ ସବୁବେଳେ କୁହ, କ'ଣ ନୋବେଲ୍ ପ୍ରାଇଜଟେ ମିଳିଯିବ? କିନ୍ତୁ ଆଜି ଏ କଥା କିଏ ଜାଣୁ କି ନଜାଣୁ ଆମେ ତ ଜାଣିଚୁ, ତମେତ ଜାଣିଚ, ଜଣେ ନୋବେଲ ବିଜେତା ବୈଜ୍ଞାନିକଙ୍କୁ ଆମେ ଗବେଷଣାର

ଘୋଡ଼ା ଦୌଡ଼ରେ କିପରି ପଛକୁ ପକେଇ ଦେଇଥିଲୁ।” ଏତକ କହି ମୁଁ ହସିଲି।

ଏହା ଶୁଣି ସବିତା ମଧ୍ୟ ହସିଦେଇ କହିଲେ, “ହଁ ସେଇଯ଼ାକୁ ଭାବି ମନକୁ ଯାହା ସାନ୍ତ୍ୱନା ଦେବା କଥା।”

ୟା ଭିତରେ ଆହୁରି ଅନେକ ଗୁରୁତ୍ୱପୂର୍ଣ୍ଣ ଗବେଷଣା ବିଶ୍ୱରେ ଅତି ଉଚ୍ଚକୋଟୀର ବିଜ୍ଞାନ ପତ୍ରପତ୍ରିକା ମାନଙ୍କରେ ଆମର ପ୍ରକାଶ ପାଇଲାଣି। ତଥାପି ଯେତେବେଲେ ସେଇ “ପ୍ରସିଡିଙ୍ଗ୍ସ ଅଫ ଦି ନ୍ୟାସନାଲ ଏକାଡେମୀ ଅଫ୍ ସାଇନ୍‌ସେସ”ର ଆର୍ଟିକିଲଟି ମୁଁ ଦେଖେ, ମନ ମୋର ଆମୃତୃପ୍ତିରେ ଭରିଯାଏ। ଆଉ ସେତିକି ବେଲେ ମନେ ପଡ଼ିଯାଏ ନୋବେଲ୍ ବିଜେତା ଡକ୍ଟର ପଲ ମଉରିଟଙ୍କ ସହିତ ବର୍ମ୍ୟୁଡ଼ାର ଫେୟାରମଣ୍ଡ ହୋଟେଲ ଲବିରେ ବସି ବିଜ୍ଞାନ ଆଲୋଚନା କରିବାର କଥା।

BLACK EAGLE BOOKS

www.blackeaglebooks.org
info@blackeaglebooks.org

Black Eagle Books, an independent publisher, was founded as
a nonprofit organization in April, 2019. It is our mission to
connect and engage the Indian diaspora and the world at large
with the best of works of world literature published on a
collaborative platform, with special emphasis on
foregrounding Contemporary Classics and New Writing.